外 国 文 学 名 著 丛 书

〔美〕米切尔/著

飘 上

戴 侃 李野光 庄绎传/译

"外国文学名著丛书"编委会

人民文学出版社
PEOPLE'S LITERATURE PUBLISHING HOUSE

Margaret Mitchell
GONE WITH THE WIND
据 The Macmillan Company, New York, 1947 年版译出。

图书在版编目(CIP)数据

飘:上下／(美)米切尔著；戴侃,李野光,庄绎传译. -- 北京：
人民文学出版社, 2025. -- (外国文学名著丛书). -- ISBN 978-7-02
-019360-8

Ⅰ. I712. 45

中国国家版本馆 CIP 数据核字第 202548C64A 号

责任编辑	张海香	
装帧设计	刘　静	
责任印制	王重艺	

出版发行	人民文学出版社	
社　　址	北京市朝内大街 166 号	
邮政编码	100705	

印　　刷	河北新华第一印刷有限责任公司	
经　　销	全国新华书店等	

字　　数	944 千字	
开　　本	850 毫米×1168 毫米　1/32	
印　　张	44.25　插页 5	
印　　数	1—5000	
版　　次	1990 年 8 月北京第 1 版	
印　　次	2025 年 7 月第 1 次印刷	

书　　号	978-7-02-019360-8	
定　　价	188.00 元(全两册)	

如有印装质量问题,请与本社图书销售中心调换。电话:010-65233595

米切尔

出版说明

人民文学出版社自一九五一年成立起，就承担起向中国读者介绍优秀外国文学作品的重任。一九五八年，中宣部指示中国科学院文学研究所筹组编委会，组织朱光潜、冯至、戈宝权、叶水夫等三十余位外国文学权威专家，编选三套丛书——"马克思主义文艺理论丛书""外国古典文艺理论丛书""外国古典文学名著丛书"。

人民文学出版社与中国科学院文学研究所，根据"一流的原著、一流的译本、一流的译者"的原则进行翻译和出版工作。一九六四年，中国社会科学院外国文学研究所成立，是中国外国文学的最高研究机构。一九七八年，"外国古典文学名著丛书"更名为"外国文学名著丛书"，至二〇〇〇年完成。这是新中国第一套系统介绍外国文学作品的大型丛书，是外国文学名著翻译的奠基性工程，其作品之多、质量之精、跨度之大，至今仍是中国外国文学出版史上之最，体现了中国外国文学研究界、翻译界和出版界的最高水平。

历经半个多世纪，"外国文学名著丛书"在中国读者中依然以系统性、权威性与普及性著称，但由于时代久远，许多图书在市场上已难见踪影，甚至成为收藏对象，稀缺品种更是一书难求。在中国读者阅读力持续增强的二十一世纪，在世界文明交流互鉴空前频繁的新时代，为满足人民日益增长的美好生活的需要,人民文学出版社决定再度与中国社会科学院外国文学研究所合作,以"网罗经典,格高意远,本色传承"为出发点,优中选优,推陈出新,出版新版"外国文学名著丛书"。

值此新版"外国文学名著丛书"面世之际,人民文学出版社与中国社会科学院外国文学研究所谨向为本丛书做出卓越贡献的翻译家们和热爱外国文学名著的广大读者致以崇高敬意!

"外国文学名著丛书"编委会
二〇一九年三月

编委会名单

1958—1966

卞之琳	戈宝权	叶水夫	包文棣	冯 至	田德望
朱光潜	孙家晋	孙绳武	陈占元	杨季康	杨周翰
杨宪益	李健吾	罗大冈	金克木	郑效洵	季羡林
闻家驷	钱学熙	钱锺书	楼适夷	蒯斯曛	蔡 仪

1978—2001

卞之琳	巴 金	戈宝权	叶水夫	包文棣	卢永福
冯 至	田德望	叶麟鎏	朱光潜	朱 虹	孙家晋
孙绳武	陈占元	张 羽	陈冰夷	杨季康	杨周翰
杨宪益	李健吾	陈 燊	罗大冈	金克木	郑效洵
季羡林	姚 见	骆兆添	闻家驷	赵家璧	秦顺新
钱锺书	绿 原	蒋 路	董衡巽	楼适夷	蒯斯曛
蔡 仪					

2019—

王焕生	刘文飞	任吉生	刘 建	许金龙	李永平
陈众议	肖丽媛	吴良柱	吴岳添	陆建德	赵白生
高 兴	秦顺新	聂震宁	臧永清		

目 次

译 本 序

  《飘》是一部取材于美国南北战争和战后重建的小说,书名直译应为"随风飘逝",它出自书中女主人公思嘉之口,大意是说那场战争像飓风一般卷走了她的"整个世界",她家的农场也"随风飘逝"了①。思嘉以这一短语抒发了南方农场主的思想感情,作者用来作为书名,也表明了她对南北战争的观点,这与本书内容是完全一致的。

  美国南北战争(1861—1865),实质上是两种社会制度的斗争,即马克思所说的"奴隶制度与自由劳动制度的斗争"。奴隶制是美国南部农业社会的基础,是资本主义的赘瘤。从十九世纪三十年代开始,废奴运动在北方蓬勃兴起,到五十年代南北分裂的趋势日益显著。一八六○年共和党人林肯当选总统,南部蓄奴州相继脱离联邦,于翌年二月成立独立的政府,简称南部联盟;四月十二日联盟军炮击萨姆特要塞,南北战争爆发。由于这场战争是实行脱离政策的南部联盟发动的,故在美国历史上称为"脱离战争"。林肯一直同情黑人,反对奴隶制,但就任总统后采取了严格遵守宪法和维护联邦统一的立场,曾在一封公开信中说:"我在这场斗争中的最高

---

  ① 见本书第二十四章。

目标是拯救联邦，而不是拯救或摧毁奴隶制。"不过，在战争进程中他断定，要想赢得军事胜利就必须解放黑人奴隶，于是在形势逼迫下于一八六二年九月发表了解放宣言，从而加速了胜利的到来。战争结束后不久，林肯遇刺身亡，安·约翰逊继任总统。约翰逊原是南部民主党人，并拥有奴隶，因此对南部抱同情态度。他开始执行的重建计划中没有给南部各州的黑人以选举权，而重新组成的南部各州政府都推行《黑人法典》，将黑人贬低到社会中的从属地位。那时黑人农民的起义遭到残酷镇压，由南部联盟退伍军人组成的三K党也大肆活动，成为南部白人秘密抵抗"重建"的工具。

南北战争也是一次资产阶级民主革命，它为美国资本主义空前迅速的发展扫清了道路。对于这场革命，本书作者显然采取了与历史潮流相反的态度，对战后重建也作了歪曲的描写。作品写于二十世纪二十至三十年代，当时许多美国南方的作家对南北战争以前的蓄奴制社会是深表怨恨和痛加谴责的，尽管同时也对北方资本主义势力的入侵心怀不满，语多讽刺。像米切尔这样以同情农奴主的观点来处理这一历史题材，甚为罕见。

然而，这部小说一九三六年问世后立即风靡全国，六个月内共售出一百万册，日销额最高达到五万。一九四九年作者去世时，本书已在世界上四十个国家共销售八百万册，到一九八八年增加到二千五百万册以上，平均每年近五十万册。小说于一九三七年获普利策奖，根据小说拍摄的彩色电影《乱世佳人》一九三九年首演，一九四○年获奥斯卡奖，曾创造连续二十多年获巨额利润的纪录，至今犹在世界影坛上享有盛誉。由于这部作品长期广泛流传，故事中的主要人物几乎家喻户晓,读者普遍关心两位主人公后来的情况,一直要求出《飘》的续集。米切尔生前坚决拒绝这一要求,认为故事已经有了一个"自然而合适的结束"了。以后出版界和电影界不断物色作家来承担撰写续集的任务,未能如愿,直到去年五月《生活》杂志的一篇专题报道才正式宣布:南方女作家亚·里普莉已着手写作续集,计划一九九○年与读者见面。

这部小说为什么能在美国和世界各国赢得那么多读者,而且历久不衰?这是一个值得研究的问题。我国有的评论家认为这是由于本书"适合一般市民的兴趣",这显然是把它当作一般的畅销书或通俗文学作品对待,正如我们企图从主题思想方面来进行批判乃至否定一样,未免太笼统太简单一些。实际上,这部作品中尽管也有世乱兵燹、悲欢离合的动人情景和爱恶交错、情词误会的曲折因缘,但与那些以奇险取胜、以妖冶媚人的所谓通俗之作比较起来,毋宁说它的故事结构是简单的,情节是常见的,作家的艺术手法也是朴实的。再加上题材的严肃性和倾向的明确性,作品的格调便远远超出迎合市民趣味的境界了。

这部作品的成功之处,一是现实主义地反映了十九世纪中叶美国南方农场主阶级的生活和南北战争及重建时期的一个重要侧面,二是创造了几个鲜明而丰满的人物形象,后者尤为突出。这是作者在艺术上做出的重要贡献,它已为历史所证明,我们不能因其社会政治观点上的偏颇而不予重视。

玛·米切尔(1900—1949),出生在美国佐治亚州亚特兰大,父亲曾是亚特兰大历史学会主席。她大学毕业后任《亚特兰大日报》记者四年,后因踝关节受伤退职,以整整十年时间写成此书。亚特兰大是南北战争中南方联盟军的铁路、供应和工业基地，一八六四年南北两军在这里进行了几个月的拉锯战，史称亚特兰大战役。米切尔无疑对这一战役的经过以及前前后后的有关情况，包括佐治亚州的社会风尚，等等，都很有研究，因此写这些题材时显得颇为得心应手，意态从容。书中许多情节，无论是环境气氛或人物活动，都写得准确细腻，达到了高度真实的地步，读起来仿佛身历其境。正因为如此，本书续集的作者里普莉也很强调刻意求真的精神，据说她为了安排思嘉和瑞德重新接触，已搜集了一八七三年亚特兰大和查尔斯顿之间的火车时间表，并从当时报纸的缩微胶卷中寻找天气预报。她说："我还得了解当时剧院在上演什么剧目，市场上能买到哪些东西呢。"

  本书在人物描写方面更显示了作者的艺术才能。书中个性鲜明、音容仿佛、给读者留下深刻印象的人物数以十计。他们有的性格复杂，城府颇深，经作者层层揭示，终显得丰满突出；有的明净单纯，浑朴一体，只需淡淡勾勒，便见其活泼自然。在他们身上，从家族遗传到社会影响，从阶级烙印到时代变迁，从外貌特征到内心活动，从语言色调到举止神情，都能融汇统一，成为完整的艺术形象。作者对于这些人物，对于他们性格思想的各个方面，其褒贬爱憎是明显的，也是辩证的，是直觉的，也是发展的。在她的笔下，除了被笼统谴责的"北方佬"和支持共和党的"白人渣滓"，以及被解放了的黑人而外，我们看不到真正的反面人物，连妓女沃特琳的眼神里有时也闪着人道的光辉。同样，除了作为传统道德化身的爱伦和媚兰，也没有理想的正面形象。杰拉尔德生气勃勃，但无非草莽创业、附庸风雅之流；艾希礼看似白璧微瑕，其实是没落阶级遗留的废物。社会不仅仅由好人坏人组成，肯定否定之间划不出明晰的界线,这既符合世态人情,还孕育着更高的艺术真实。

当然,作者在人物描写上着墨最多的是思嘉和瑞德两人。思嘉那十年来的生活经历大体分为三个阶段,而作为精神支柱的则是爱情、土地和金钱,即对于这三者的占有欲。其中对爱的占有欲更带有掠夺性、猎奇性和盲目性,愈是难以实现愈追求不舍,因此长期专注在艾希礼身上,直到媚兰死后即将获得满足时,才发觉他并不值得爱,才决定移情别恋,但为时已晚。她对土地和金钱的追求也是狂热的和不择手段的,但跟爱情的主观直觉和梦幻色彩比较起来,则主要是现实变革的结果,是战后家业衰败、生活贫困和重建时期金钱至上主义的产物。尽管为了金钱可以委屈自己的肉体,损害自己的妹妹,不惜与弗兰克结婚,但决不牺牲对艾希礼的爱情。因此爱情一旦幻灭,金钱便黯然失色了。这是思嘉最大的不幸,颇值得读者同情,正如她那艰苦创业的精神有时令人佩服。思嘉有一定的叛逆思想,但这是与她的投机性分不开的,都来源于彻底的自私自利和无止境的占有欲。她先是在道德上背叛了母亲的教养,继而在农场主与北方资产阶级的最后决斗中背叛了父辈的立场,实际走上了资本主义发展的道路。当然,在思嘉身上后者更显得无足轻重,因为美国农场主本身即“体现着资本家与地主的两位一体”,何况本书结束时思嘉正要回到与自己血肉相连的塔拉农场去呢!

瑞德·巴特勒在某种意义上也是农奴主阶级向资产阶级转变的人物,至少是南方名门望族的一个不肖子。他为人狡诈、冷酷、倔强,为达到个人目的不择手段,与思嘉相比有过之而无不及。他与思嘉一样,只从个人利害出发看待战争,但远比思嘉高明，看得出南方"只有棉花、奴隶和傲慢"，胜利非北方莫属。因此他充分利用战争，大发横财，直到战争末期才在"爱国良心"的一时冲动下入伍，以挽救战后身败名裂的命运，实际是进一步暴露了一个投机商人的面目。但是他对思嘉的爱却是真诚而热烈的，这不仅是情欲的追求，也是理智的抉择，因为他认识到了思嘉是他真正的同类，两人婚配无异于璧合珠联。但是他的现实主义与思嘉的幻想几经较量，终于失败了，于是他将爱全部转到女儿邦妮身上，并决心为了她的前途而在生活作风乃至政治倾向上来一个转变，争取上流社会的同情。结果邦妮一死，他的理想便随之破灭，生活乐趣也荡然无存。瑞德是性格最复杂、眼光最锐利的一个人物。他妒忌和鄙视艾希礼，但又最理解艾希礼，甚至到思嘉最后贬弃艾希礼时对他做出了公正而同情的评价。他最了解思嘉的强处和弱点，既爱她又轻侮她，既恋恋不舍又不甘屈尊以求，反而采取冷嘲热讽、若即若离的态度，以致在明争暗斗中落得个两败俱伤的下场。不过，正是通过他对思嘉的无情解剖，作者才完成了塑造这个女主人公的艰巨任务。瑞德也最了解媚兰，可以说是媚兰最忠诚的倾慕者。只有在媚兰面前他才感到自惭形秽，也只有在媚兰面前，读者才看到了他灵魂中高尚的一面。他爱孩子，包括思嘉的前夫之子在内；他不歧视下层社会的人，连嬷嬷也为之心折。他那冷酷强悍的外貌底下有的是温煦的人情。邦妮死了，媚兰也死了，他决定离开思嘉，浪子回头，回到查尔斯顿去与家族和解，老老实实学一点绅士风度。这显然符合作者的理想，但也决不是偶然的。

米切尔在人物描写中成功地采用了对照的手法，特别是瑞德和艾希礼之间，思嘉和媚兰之间，以及媚兰夫妇和思嘉夫妇之间。思嘉和媚兰之间的对照,自私与博爱、妒忌与宽容、刚强好胜与柔韧坚忍的对照,是本书贯彻始终的主线之一,达到了使两者彼此依存、相得益彰的最大艺术效果。这种手法在许多次要人物上也隐约可见,如皮蒂与梅里韦瑟太太,苏伦与卡琳,英迪亚与霍妮,波克与彼得大叔,乃至爱伦与塔尔顿太太、杰拉尔德与亨利叔叔之间,都给人以这样的感觉。与对照法相适应,作者写景叙事,特别是写思乡怀土时,常出以抒情笔调,倍增感染,或间以心理分析,思辨议论,迸发出睿智与哲理的火花。至于语言委婉多姿,虽略嫌繁冗,却毫无生涩之感。总之,米切尔作为一个现实主义小说家,她的才能既是多方面的,也是卓越的。

在一部描写阶级矛盾与种族矛盾相结合的作品中,作家在这方面的主观偏见不能不令人十分注意。在她的笔下,凡是忠诚于奴隶主的黑人都有善良勤劳的品质和机敏干练的才能,当然也对他们的愚昧无知百般揶揄。嬷嬷和彼得大叔便是这样两个典型人物,思嘉"疼爱"他们,夸奖他们,实际上是"把他们当作孩子"。他们身上只体现了那个时代美国黑人的一个方面,而另一个方面——要求自由和奋起反抗的方面,却成了存心掩盖和恶意攻击的牺牲品。因此,如果我们说作家的种族偏见歪曲了黑人形象,这也是符合实际的。

瑞德走了,思嘉准备先回塔拉,"明天"再想出办法把他弄回来。后来究竟怎样呢?里普莉说,如果时间允许,她可以写出一百种续集来。的确,本书的结尾给读者留下了广阔的想象天地,这正是作家艺术魅力的产物。说到这里,我们也不禁要掩卷沉思了。

本书在中国最先由傅东华翻译,分为三卷于一九四〇年开始出版,流传颇广。这次重译,我们采取了尽量忠实于原著的态度,因为对于这样一部雅俗共赏的世界名著,似不宜在情节上随意删削,文辞上多所增补。为了使读者不感到陌生,书名沿用傅译,书中四位主要人物的名字也基本照旧。本书第一——三十八章和第五十二—六十三章系戴侃与李野光合译,第三十九—五十一章系庄绎传所译。由于种种原因,译时略觉匆促,字句间或有斟酌不够之处,尚望专家和读者们予以指正。

李野光

一九八九年九月二十九日,北京

第　一　部

第 一 章

思嘉·奥哈拉长得并不漂亮,但是男人们一旦像塔尔顿家那对孪生兄弟为她的魅力所迷住时,便看不到这一点了。她脸上混杂着两种特征,一种是她母亲的娇柔,一种是她父亲的粗犷,前者属于法兰西血统的海滨贵族,后者来自浮华俗气的爱尔兰人,这两种特征显得太不调和了。不过这张脸,连同那尖尖的下巴和四四方方的牙床骨,是很引人注意的。她那双淡绿色的眼睛纯净得不带一丝褐色,配上刚硬乌黑的睫毛和稍稍翘起的眼角,显得别具风韵。上头是两撇墨黑的浓眉斜竖在那里,给她木兰花一般白皙的皮肤画了一条十分惹眼的斜线。这样白皙的皮肤对南方妇女是极其珍贵的,她们常常用帽子、面纱和手套把皮肤保护起来,不让受到佐治亚炎热太阳的曝晒。

一八六一年四月一个晴朗的下午,思嘉同塔尔顿家的孪生兄弟斯图尔特和布伦特坐在她父亲的塔拉农场阴凉的走廊里,她标致的模样儿使四周的一派春光显得更明媚如画了。她穿一件新做的绿花布衣裳,长长的裙子在裙箍上波翻浪涌般地飘展着,配上她父亲新近从亚特兰大给她带来的绿色山羊皮便鞋,显得分外相称。她的腰围不过十七英寸,是附近三个县里最细小的了,而这身衣裳更把腰肢衬托得恰到好处,再加上里面那件绷得紧紧的小马甲,她的虽然只有十六岁但已成熟了的乳房便跃然显露了。不过,无论她散开的长裙显得多么朴实,发髻梳在后面的发型显得多么端庄,那双交叠在膝头上的白生生的小手显得多么文静,她的本来面目终归是掩藏不住的。那双绿色的眼睛尽管生在一张故作娇媚的脸上,却仍然是骚动的,任性的,生意盎然的,与她的装束仪表很不相同。她的举止是由她母亲的谆谆训诫和嬷嬷的严厉管教强加给她的,但她的眼睛属于她自己。

在她两旁,孪生兄弟一边一个懒懒地斜靠在椅子上,斜睨着从新装的窗玻璃透过来的阳光谈笑着,四条穿着高筒靴和因经常骑马而鼓胀的长腿随便交叠在那里。他们现年十九岁,身高六英尺二英寸,骨骼长大,肌肉坚实,晒得黑黑的脸膛,深赤褐色的头发,眼睛里闪着快乐而自负的神色。他们穿着同样的蓝上衣和深黄色裤子,长相也像两个棉桃似的一模一样。

外面,向晚的阳光斜投到场地上,映照着山茱萸一簇簇的白色花朵在新绿的背景中显得分外鲜艳。孪生兄弟骑来的马就拴在车道上,那是两匹高头大马,毛色红得像主人的头发;马腿旁边有一群一直跟随着主人的瘠瘦而神经质的猎犬在吵吵嚷嚷。稍稍远一点的地方躺着一条黑花斑的白色随车大狗,那是贵族人家所特有的,它把鼻子贴在前爪上,耐心地等待着两个小伙子回家去吃晚饭。

在这些猎犬、马匹和两个孪生兄弟之间,有着一种比通常伴随更深密的关系。他们都是年轻、健康而茫无思虑的动物,也同样圆滑、优雅、兴致勃勃;两个小伙子和他们所骑的马一样精神,带有危险性,可同时对于那些懂得怎样驾驭他们的人又是温驯可爱的。

坐在走廊里的三个年轻人，尽管都出生在优裕的庄园主家庭，从小由仆人细心服侍着，可他们的脸显得既不懒散也不娇柔。他们像一辈子生活在野外、很少在书本上费脑筋的乡巴佬一样，显得强壮而又活泼。在北佐治亚的克莱顿县，生活还处在新开辟阶段，与奥古斯塔、萨凡纳和查尔斯顿比较起来还有一点点粗犷风味。南部那些开化得较早的文静居民瞧不起内地佐治亚人，可是在北佐治亚这儿，人们并不以缺乏高雅的文化教育为耻，只要在那些重要的事情上学得精明就行了。而种出好棉花，骑马骑得好，打枪打得准，跳舞跳得轻快，善于体面地追逐女人，喝酒时像个温文尔雅的绅士，就是他们心目中的重要事情。

这对孪生兄弟在这些方面都很精通，他们对于学习书本知识的笨拙无能也同样是出众的。他们家比全县其他人家拥有更多的钱、更多的马和更多的奴隶，可是两个小伙子同他们的大多数穷邻居比起来，胸中的文墨却少得多。

正是由于这个缘故，斯图尔特和布伦特如今在塔拉农场的走廊里聊天玩儿，消磨这四月傍晚的大好时光。他们刚刚被佐治亚大学开除，而这是过去两年中把他们撵走的第四所大学了。于是他们的两个哥哥，汤姆和博伊德，也同他们一起回到了家里，因为这所学校既然不欢迎那对孪生兄弟，两位做哥哥的也就不高兴在那里待下去了。斯图尔特和布伦特把他们最近一次的除名当作一个有趣的玩笑；而思嘉呢，她自从去年离开费耶特维尔女子学校以后就一直懒得去摸书本，所以也像他们那样觉得这是好玩的事。

"我知道你们俩一点也不在乎被学校开除，汤姆也是这样，"她说，"可是博伊德怎么样？他可有点一心想受教育的意思，而你俩接连把他从弗吉尼亚大学、亚拉巴马大学、南卡罗来纳大学拖了出来，如今又从佐治亚大学回来了。这样下去，他永远也毕不了业了！"

"唔，他可以到费耶特维尔那边的帕马利法官事务所去学法律嘛，"布伦特漫不经心地答道，"而且，这没什么要紧。反正我们本来在学期结束之前就要回家的。"

"那为什么？"

"战争嘛，傻瓜！战争随时可能打起来，难道你以为战争打响之后我们谁还会留在学校里不成，你说？"

"你明明知道不会有什么战争的，"思嘉着恼地说，"那只是嘴上说说罢了。就在上个星期，艾希礼·威尔克斯和他父亲还对我爸说，咱们派驻华盛顿的专员将要同林肯先生达成——达成一个关于南部联盟的协议呢。况且不管怎样，北方佬害怕我们，不敢动手打的。根本不会有什么战争，谈它干什么，我都听腻了。"

"不会有什么战争！"孪生兄弟愤愤不平地喊起来，仿佛他们上当了似的。

"怎么，亲爱的，战争可真的会打起来的啊！"斯图尔特说，"北方佬可能害怕咱们，可是自从前天波尔格将军把他们轰出萨姆特要塞以后，他们就只好打起来了，要不就会作为胆小鬼在全世界面前丢脸。什么，南部联盟——"

听到这里，思嘉嘟起嘴来，显得很不耐烦的样子。

"只要你再说一声'战争'，我就要进屋去，把门关上了。我这辈子还从来没有像对'战争'这么一个词这样感到厌烦，除非那个词意味着'脱离联邦'。爸爸从早到晚谈战争，战争,来看他的那些人也叫嚷着谈论什么萨姆特要塞、州权、亚伯·林肯,烦得我简直要大喊大叫!而且所有的男孩子也都在谈这些,还有他们的宝贝军队。今年春天,任何晚会上也没有听到过什么有趣的事情,因为男孩子再也不谈别的了。我最高兴的是佐治亚要等到过了圣诞节以后才宣布脱离联邦,要不然会把圣诞晚会也糟蹋了。要是你再谈'战争'我马上就进屋去了。"

她说到做到,因为她从来就忍受不了那种不以她为主题的谈话。不过她说话时仍带微笑,有意加深脸上的酒窝,同时把两圈又硬又黑的睫毛像蝴蝶翅膀似的迅速地扇动起来。小伙子们给迷住了,这正中她的心意,于是他们连忙向她道歉,说不该让她着恼。他们并不因为她对战争不感兴趣而丝毫轻视她。真的,他们更敬重她了。战争原本是男人的事,与女人无关,因此他们便把她的态度看成是富于女性的见证了。

把他们从战争这个话题支使开以后,她便饶有兴味地回到他们眼前的处境上来。

"你们的母亲对于你俩再一次被开除的事说了些什么呀?"

小伙子们显得有点尴尬,想起三个月前他们从弗吉尼亚大学被请回家时母亲的那番表现。

"唔,她还没来得及说呢,"斯图尔特答道,"今天一清早她还没起床,汤姆和我俩便出门了。汤姆半路上去方丹家了,我们便径直到这儿来了。"

"昨天晚上你们到家时她什么话也没说吗?"

"昨晚我们可运气了。刚好我们快要到家的时候,上个月妈在肯塔基买下的那匹公马给送来了,家里正热闹着呢。

原来那畜生——它长得可真威武,思嘉,你一定得告诉你爸,叫他赶快去瞧瞧——那畜生一路上已经把马夫咬了两大口,而且踏坏了我妈的两个黑小子,他们是在琼斯博罗遇上的。而且,就在我们刚要到家的时候,它差点儿把我们的马棚给踢倒了,还捎带把妈的那匹老公马草莓也踢了个半死。我们到家时,妈正在马棚里拿着一口袋糖哄它,让它慢慢平静下来,还真起作用了。黑奴们躲得远远的,瞪着眼睛简直给吓坏了,可妈还在跟那畜生说话,仿佛跟它是一家人似的,它正在吃她手里的东西呢。世界上谁也比不上我妈那样会跟马打交道。那时她瞥见了我们,便说:'天哪,你们四个又回来干什么呀?你们简直比埃及的瘟疫还让人讨厌!'这时那匹公马开始喷鼻子直立起来,她赶紧说:'从这里滚开吧,难道你们没看见这个大宝贝在生气了吗?等明天早晨我再来服侍你们四个!'这样,我们便上床睡觉了。今天一大早,趁她还来不及抓住我们,我们便溜了出来,只留下博伊德一个人去对付她。"

"你们看她会打博伊德吗?"原来思嘉知道,瘦小的塔尔顿太太对她那几个已长大成人的儿子还是很粗暴的,她认为必要的时候还会用马鞭子抽他们的脊背;对于这种情形,思嘉和县里的其他人都有点不大习惯。

比阿特里斯·塔尔顿是个忙人,她手中不仅有一大片棉花地,一百个黑奴和八个孩子,而且还有个在州里数一数二的养马场。她性情暴躁,动不动就为四个儿子经常吵架而大发雷霆。她一方面不许任何人打她的一匹马或一个黑奴,另一方面却认为偶尔打打她的孩子们,对他们并没有什么不好。

"她当然不会打博伊德。她从来没有打过他,这不仅因为他年龄最大，还因为他是个矮子，"斯图尔特这样说，对自己那六英尺二英寸的个头儿扬扬得意，"因此我们才把他留在家里去向妈交代一切。老天爷明白，妈应当不再打我们了！我们都十九了，汤姆二十一了，可她还把我们当六岁娃娃看待呢。"

"你母亲明天要参加威尔克斯家的野宴，她会骑那匹新买来的马去吗？"

"她要骑的，不过爸说骑那匹太危险了。而且，无论如何，姑娘们不会同意她骑。她们说，要让她至少像个贵妇人那样乘坐马车去参加宴会。"

"但愿明天别下雨，"思嘉说，"几乎天天下雨，都快一星期了。要是把野宴改成在家里野餐，那才是再扫兴不过的事呢。"

"唔，明天天准晴，还会像六月天那样炎热，"斯图尔特说，"你看那落日。我还从没见过比这更红的太阳呢。凭落日来预测天气，往往是不会错的。"

他们都朝远方望去，越过奥哈拉家无边无际的新翻耕的棉花地，直到红红的地平线上。如今太阳在弗林特河对岸的群山后面一片汹涌的红霞中缓缓降落，四月白天的暖意也渐渐消退，隐隐透出丝丝的凉意。

那年春天来得很早，随着来的是几场温暖的急雨，这时粉红的桃花突然纷纷绽放，山茱萸也以雪白的繁花将幽暗的河边湿地和远处的山冈装点起来。春耕已快要结束，落日如血的霞光把佐治亚红土地上新开的犁沟映照得更红了。饥饿而湿润的土地等待着人们把它翻开并撒上棉籽，它在犁沟的沙顶上显出是淡红色的，而在沟道两旁阴影遮掩的地方则呈现出朱红、猩红和栗色来。农场那座刷白了的砖房像坐落在茫茫红海中的一个岛屿,那是一片由旋卷迂回的新月形巨浪组成的大海,可是当那些带粉红尖顶的水波分裂为波涛时,它立即僵化了。因为这里没有像佐治亚中部的黄土地或海滨种植场滋润的黑土地那样的长长的笔直的犁沟。北佐治亚连绵起伏的山麓地带被犁成了无数弯弯曲曲的垄沟,使肥沃的土壤不致被冲洗到河床里去。

这是一片红得刺眼的土地,雨后更红得像鲜血一般,干旱时便成了满地的红砖粉,所以也是世界上最好的产棉地。这里有洁白的房屋,太平岁月翻耕过的田地,缓缓流过的黄泥河水,但同时也是一个由阳光灿烂和阴翳深浓形成强烈对比的地方。尚待种植的空地和绵延数英里的棉花田微笑着袒露在平静温和的阳光之中。在这些田地的边缘上耸立着一片片处女林,它们即使在最炎热的中午也是幽暗而清凉的,而且显得有点神秘,有点不怎么和善,其中那些飕飕作响的松树好像怀着老年人的耐心在等待着,好像以轻轻的叹息声在发出威胁:"当心呀! 当心呀! 你们原先是我们的。我们能够把你们要回来。"

坐在走廊里的三个年轻人听到嘚嘚的马蹄声,马具链环的叮当声和黑奴们尖厉的嬉笑声,这是那些干农活的人手和骡马从田地里回来了。同时从屋子里传来思嘉的母亲爱伦·奥哈拉温和的声音,她在呼唤替她提着钥匙篮子的黑女孩,后者用尖脆的声调答道:"来啦,太太。"于是便传来从后面过道里走向熏腊室的脚步声,爱伦要到那儿去给回家的田间劳动者分配食物。接着便听到瓷器当当和银餐具丁丁的响声,这时兼管衣着和膳事的男仆波克已经在摆桌子开晚饭了。

听到这些最后的声响,那对孪生兄弟才明白他们该动身回家了。可是他们不愿意回去见母亲的面,便在塔拉农场的走廊里徘徊流连,迫切盼望着思嘉邀请他们留下来吃晚饭。

　　"我说,思嘉,谈谈明天的事吧,"布伦特开腔了,"不能因为我们不在,不了解野宴和舞会的事,就凭这理由不让咱们明儿晚上多多地跳舞。你没有答应他们大家吧,是不是?"

　　"唔,我答应了! 我怎么知道你们都会回来呢? 我哪能冒险在一边待着,等着专门伺候你们两位呀?"

　　"你在一边待着?"两个小伙子放声大笑。

　　"你瞧,亲爱的,你得跟我跳第一个华尔兹,末了跟斯图跳最后一个,然后跟我们一起吃晚饭。我们要像上次舞会那样坐在楼梯平台上,让金西嬷嬷再来给咱们算命。"

　　"我可不爱听金西嬷嬷算命。你知道她说过我会嫁给一个头发乌亮、黑胡子长长的男人,而我是不喜欢黑头发男人的。"

　　"那么,亲爱的,你是喜欢红头发的喽,是不是?"布伦特傻笑着说,"现在,快说吧,答应跟我们跳所有的华尔兹,跟我们一道吃晚饭。"

　　"要是你肯答应,我们就告诉你一个秘密。"斯图尔特说。

　　"什么?"思嘉嚷着,一听到"秘密"这个词便像个孩子似的活跃起来。

　　"斯图,是不是昨天我们在亚特兰大听到的那个消息?如果是,那你知道,我们答应过不告诉别人的。"

　　"嗯,那是皮蒂小姐告诉我们的。"

　　"什么小姐?"

　　"你知道,就是艾希礼·威尔克斯的表亲。皮蒂帕特·

11

汉密尔顿小姐,查尔斯和媚兰的姑妈,她住在亚特兰大。"

"这我知道,一个傻老太婆,我一辈子也没见过比她更傻的了。"

"对,昨天我们在亚特兰大等着搭火车回家时,她的马车正好从车站经过,她停下来跟我们说话,告诉我们明天晚上在威尔克斯家的舞会上要宣布一门亲事。"

"唔,我也听说过,"思嘉失望地说,"她的那位傻佬儿查理·汉密尔顿和霍妮·威尔克斯。这几年谁都在说他们快要结婚了,尽管他本人对这件事好像有点不冷不热似的。"

"你认为他傻吗?"布伦特问,"去年圣诞节你可让他在你身边嗡嗡嗡地转了个够呢。"

"我没法不让他转呀,"思嘉毫不在意地耸了耸肩膀,"我觉得他这个人太娘娘腔了。"

"不过,明晚要宣布的并不是他的亲事,"斯图尔特得意地说,"那是艾希礼和查理的妹妹媚兰小姐订婚的事哩!"

思嘉的脸色没有变,可是嘴唇发白了。犹如一个冷不防受到当头一击的人,在震动的最初几秒钟她还不明白那是怎么回事。她注视斯图尔特时的脸色还那么平静,以致这位毫无分析头脑的人还以为她仅仅感到惊讶和很有兴趣呢。

"皮蒂小姐告诉我们,他们本来准备到明年才宣布订婚,因为媚兰小姐近来身体不怎么好;可是周围到处在谈论战争,两家人都觉得不如快快成婚的好。所以决定明天晚上在宴会上宣布。你看,思嘉,我们把秘密告诉你了,你也得答应跟我们一道吃晚饭呀。"

"当然,我会的。"思嘉下意识地说。

"并且跳所有的华尔兹吗?"

"所有的。"

"你真好！我敢打赌，别的小伙子们准要疯了。"

"让他们去疯好了，"布伦特说，"我们俩能对付他们的。瞧着吧，思嘉。明天上午的野宴也跟我们坐在一起好吗？"

"什么？"

斯图尔特将请求重复了一遍。

"当然。"

哥儿俩心里美滋滋地彼此对望着，可也有些惊异。尽管他们把自己看作思嘉所嘉许的追求者，可是以前他们还从没这么轻易得到过这一嘉许的表征。她通常只让他们乞求、倾诉，敷衍他们，不明确表示可否，他们气恼时便报以笑颜，他们发怒时则略显冷淡。而现在她实际上已经把明天全部的活动都许给了他们——答应野宴时跟他们坐在一起，跟他们跳所有的华尔兹（而且他们决意要使每一个舞都是华尔兹），并且一道吃晚饭。就为这些，被大学开除也值得了。

他们的成功带来了满腹新的热情，使他们愈加流连忘返，谈论明天的野宴、舞会和艾希礼·威尔克斯与媚兰·汉密尔顿，彼此抢着说话，开着玩笑，然后大笑不已，看来是在多方暗示要人家留他们吃晚饭。这样闹了好一会儿，他们才发现思嘉已没有什么要说的，这时气氛有点变了。怎么变的呢，哥儿俩并不知道，只觉得那番兴高采烈的光景已经在眼前消失。思嘉好像并不怎么注意他们在说些什么，虽然她的一些回答也还得体。他们意识到某种难以理解的事，为此感到沮丧和不安，末了又赖着待了一会儿才看看手表，勉强站起身来。

在新翻过的田地那边，太阳已经很低，河对岸高高的树林已经在幽暗的轮廓中渐渐模糊。家燕在场地上轻快地飞来飞去,小鸡、鸭子和火鸡有的蹒跚而行,有的昂首阔步,有的左顾右盼,都纷纷从田地里回家来了。

斯图尔特吆喝了一声:"吉姆斯!"不一会儿一个和他们年龄相仿的高个儿黑孩子气喘吁吁地从房子附近跑出来,向两匹拴着的马走去。吉姆斯是贴身用人,像那些狗一样到哪里都伴随着主人。他曾是他们儿时的玩伴,到他们十岁生日那一天便归他们自己所有了。塔尔顿家的猎犬一见他便从红灰土中跳起来,站在那里恭候主子们驾到。两个小伙子躬身同思嘉握手告别,告诉她明天一早他们将赶到威尔克斯家去等候她。然后他们迅速走下人行道,骑上马,由吉姆斯跟随着一口气跑上柏树夹道,一面回过头来,挥着帽子向思嘉高声喊叫。

他们在尘土飞扬的大道上拐过那个看不见塔拉农场的弯子以后,布伦特勒住马头,在一丛山茱萸下站住了。斯图尔特跟着停下来,黑小子也紧跑几步跟上了他们。两匹马觉得缰绳松了,便伸长脖子去啃柔嫩的春草,猎犬们也耐着性子重新在灰土中躺下,贪馋地仰望着在愈来愈浓的暮色中回旋飞舞的燕子。布伦特那张老实巴交的宽脸上显出迷惑而略带激愤的神情。

"听我说,"他说,"你不觉得她好像要请我们留下吃饭吗?"

"我本来以为她会的,"斯图尔特答道,"我一直等着她说出来,可是她竟没有说。你想这是为什么?"

"我可一点也不明白。不过据我看,她是应当留我们的。这毕竟是我们回家后的第一天,她跟我们又有好久没见面了。何况我们还有许许多多的事情没跟她说呢。"

"据我看，我们刚来时她好像很高兴见到我们。"

"我本来也这样想。"

"可后来，大约半个钟头以前吧，她就不怎么说话了，好像有点头痛。"

"我看到这一点了，可我当时并不在意。你想她是哪儿不舒服了呢？"

"我不知道。你认为我们说了什么让她生气的话吗？"

他们两人思量了一会儿。

"我什么也想不起来。而且，思嘉一生气，谁都看得出来。她可从不像有的女孩子那样闷声不响。"

"对，这就是我喜欢她的地方。她生气时可不是那么冷冷地按捺着性子绕来绕去——她会痛痛快快告诉你。不过，一定是我们说了或做了什么事，使得她默不作声，并装出不舒服的样子。我敢担保，我们刚来时她是很高兴并且有意要留我们吃晚饭的。"

"你不觉得那是因为我们被开除了吗？"

"见鬼，决不会的！别那么傻。我们告诉她这消息时，她还若无其事地笑呢。再说，思嘉对于读书的事也并不比我们重视呀。"

布伦特在马鞍上转过身去唤那个黑人马夫："吉姆斯！"

"唔？"

"你听见我们对思嘉小姐讲的话了吗？"

"没有呀，布伦特先生！您怎么怀疑俺偷听白人老爷的话呢？"

"偷听，我的上帝！你们这些小黑鬼什么事都知道。怎么，你这不是撒谎吗？我亲眼看见你偷偷绕过走廊的拐角，蹲在墙边茉莉花底下呢。好,你听见我们说什么惹思嘉小姐生气——或者叫她伤心的话了吗?"

经他这一说,吉姆斯才打消了假装不曾偷听的主意,皱着眉头回想起来。

"没啥,俺没听见您讲啥惹她生气的话。俺看她挺高兴见到你们,挺惦记你们,还喊喊喳喳像只小鸟儿乐个不停呢。后来你们谈起艾希礼先生和媚兰小姐结亲的事,她才不作声了,像只雀儿看见老鹰打头上飞过一般。"

哥儿俩面面相觑,同时点了点头,可是并不了解其中的奥妙。

"吉姆斯说得对,可我不明白那究竟是为什么,"斯图尔特说,"我的上帝!艾希礼对于她没有什么意义,只不过是个朋友罢了。她对他不怎么感兴趣。她感兴趣的是我们。"

布伦特点点头表示同意。

"可是,你想过没有,"他说,"也许艾希礼没告诉她他明天晚上要宣布那件事,而她觉得不先告诉老朋友便对所有别的人都说了,因此气坏了呢?姑娘们总是非常看重首先听到这种事情的。"

"唔,也许。可就算没有告诉她是明天又怎样呢?本来是要保密,叫人大吃一惊的嘛,一个男人就没有权利对自己订婚的计划秘而不宣吗?要不是媚兰小姐的姑妈泄露出来,我们也不会知道呀。而且思嘉一定早已知道他总是要娶媚兰的。你想,我们知道也有好几年了。威尔克斯家和汉密尔顿家向来是中表联姻。谁都知道他总有一天要娶她的,就像霍妮·威尔克斯总要同媚兰小姐的兄弟查尔斯结婚一样。"

"好了,我不想谈下去了。不过,我对于她不留我们吃晚饭这一点,还是感到遗憾。老实说,我不想回家听妈对我们被学校开除的事大发脾气。这不能当作第一次那样看待了。"

"说不定博伊德已经把她的火气平息下来了。你明白那个讨厌的矮鬼是多么伶牙俐齿。他每次都能把她说得心平气和的。"

"是呀,他办得到,不过那要花博伊德许多时间。他要拐弯抹角绕来绕去,直到妈给弄得实在糊涂了,情愿让步,才叫他省下点嗓子去干律师的事。可是眼下,他恐怕还没来得及准备好开场呢。你看,我敢跟你打赌,妈一定还在为那匹新来的马感到兴奋呢,说不定要到坐下来吃晚饭和看到博伊德的时候才会想起我们又回家了。只要晚饭不吃完,她的怒火就会愈来愈旺的。因此要到十点钟左右博伊德才有机会去告诉她,既然咱校长采取了那样的态度斥责你我二人,我们中间谁要是还留在学校也就太不光彩了。而要他把她扭过来转而对校长大发脾气,责问博伊德干吗不开枪把他打死,那就非到半夜不行。所以,我们要半夜过后才能回家。"

哥儿俩你瞧着我,我瞧着你,不知说什么好。他们对于烈性的野马,对于行凶斗殴,以及邻里的公愤,都是毫无畏惧的,唯独那位红头发母亲的痛责和有时不惜抽打在他们屁股上的马鞭,才叫他们感到不寒而栗。

"那么,就这样吧,"布伦特说,"我们到威尔克斯家去。艾希礼和姑娘们会乐意让我们在那里吃晚饭的。"

斯图尔特显得有点不舒服的样子。

"不,别到那里去。他们一定在忙着准备明天的野宴呢,而且……"

"唔,我忘记了,"布伦特连忙解释说,"不,我们别到那里去。"

他们对自己的马吆喝了两声,然后默默地骑着向前跑了一会儿,这时斯图尔特褐色的脸膛上泛起了一抹红晕。直到去年夏天为止,斯图尔特曾经在双方家庭和全县的赞许下追求过英迪亚·威尔克斯。县里的人觉得也许那位冷静含蓄的英迪亚会对他起一种镇定作用。无论如何,他们热切地希望这样。斯图尔特本来是可以匹配的,但布伦特不满意。布伦特也喜欢英迪亚,可是觉得她太平淡太柔顺,他自己简直无法对她产生爱情,因此在这一点上就无法与斯图尔特做伴了。这是哥儿俩头一次在兴趣上发生分歧,而且布伦特对于他兄弟居然会看上一个他认为毫不出色的姑娘,觉得很恼火。

后来,去年夏天在琼斯博罗橡树林里一个政治讲演会上,他们两人突然发现了思嘉。他们认识她已多年了,并且从童年时代起,她就是一个讨人喜欢的游伴,因为她会骑马,会爬树,几乎比男孩子毫不逊色。可现在他们惊奇地发现她已经是个成年姑娘,而且可以说是全世界最迷人的一个呢。

他们第一次注意到她那双绿眼睛在怎样跳舞,她笑起来两个酒窝有多么深,她的手和脚多么娇小,而那腰肢又多么纤细呀!他们对她的巧妙赞扬使她乐得放声大笑,同时,一想到她已把他们当作一对出众的小伙子,他们自己也不禁有点飘飘然了。

那是哥儿俩一生中值得纪念的一天。从那以后,每当他们谈起这件事来都觉得奇怪,为什么从前竟没有注意到思嘉的美貌。他们至今没有找到正确的答案,来说明为什么思嘉偏偏决定要在那一天引起他们的注意。原来思嘉生成地不能容忍任何男人同别的女人恋爱,因此她一见到英迪亚和斯图尔特在一起说话便觉得受不了,便会产生掠夺之心。她并不满足于单单占有斯图尔特,还要把布伦特也猎取过来,并且以一种十分巧妙的手腕把他们两人控制住。

如今他们两人双双坠入了她的情网,而英迪亚·威尔克斯和布伦特曾经半心半意追求过的那位来自洛夫乔伊的莱蒂·芒罗,都被远远地抛在他们脑后了。至于如果思嘉接受他们中的某一个时,那个落选的该怎么办,这个问题哥儿俩并不考虑。到了河边再过桥吧。眼下他们对一位姑娘取得了一致的看法,这就相当满意了,因为他们中间并没有什么嫉妒之心。这种局面引起了左邻右舍的注意,并叫他们的母亲苦恼不堪——她是不怎么喜欢思嘉的。

"要是那个小精灵挑上了你们中间的哪一个,那就够他受的了,"她说,"可万一她把你俩都挑上呢,那时你们就得到犹他州去做摩门教徒①——我怀疑人家会不会要你们……我唯一担心的是过不了几天,你们俩就会被这个虚情假意的绿眼小妖精给弄得迷迷糊糊,彼此嫉妒乃至用枪杆子自相残杀起来。不过,要真的弄到那步田地倒也不是坏事。"

从演讲会那天起,斯图尔特每次见到英迪亚都觉得不是滋味。这不是因为英迪亚责怪了他,或者在脸色姿态之间暗示过她已经发觉他突然改变原来的忠诚了。她这个地道的正派姑娘决不会这样做。可是斯图尔特跟她在一起时总感到内心有愧,很不自在。他明白是自己设法让英迪亚爱上了他,也知道她现在仍然爱他,所以他内心深处隐隐觉得自己的行为

---

① 摩门教是 1830 年创立于美国的一个教派,初期行一夫多妻制,但这里是讲的一妻多夫。

不大像个有教养的人。他仍然十分爱她,对她那种贞静贤淑的仪态,她的学识和她所具有的种种高尚品质,他都十分尊敬。然而,糟糕的是,一跟思嘉的光彩照人和千娇百媚比起来,她就只显得那么暗淡无味和平庸呆板了。你跟英迪亚在一起时永远头脑清醒,而跟思嘉在一起就迥然不同。光凭这一点就足以叫一个男人心烦意乱了,可这种烦乱还真有魅力呢。

"那么,咱们到凯德·卡尔弗特家去吃晚饭。思嘉说过凯瑟琳已经从查尔斯顿回来了。也许她有什么我们还没听到的关于萨姆特要塞的消息。"

"凯瑟琳不会有的。我敢跟你打赌,她甚至连要塞在海港里都不清楚,哪里还知道那儿本来挤满了北方佬,后来被咱们全部轰走了。她唯一知道的就是舞会和她招来的那些情人。"

"那么,去听听她的那套胡扯也挺有趣呀。何况那也是个藏身之地,可以让我们等妈上床睡了再回家去。"

"唔,好极了!我喜欢凯瑟琳,她很好玩,我也想打听打听卡罗·莱特和其他查尔斯顿人的消息;可是要再去跟她的北方佬继母坐在一起吃顿饭,那才真要我的命呢!"

"别对她太苛刻了,斯图。她还是怀有好意的。"

"我并不是苛求她。我倒为她难过,可是我不喜欢那种让我为她难过的人。她在你周围转来转去,总想叫你感到舒适自在,可是她所做的和说的偏偏让你反感。她简直让我坐立不安!她还把南方人当作蛮子。她甚至跟妈这样说过。她害怕南方人。我们每次在她家,她都像吓得要死似的。她让我想起一只蹲在椅子上的瘦母鸡,瞪着两只又亮又呆板的怯生生的眼睛,仿佛一听到谁有什么动静就要扇着翅膀咯咯地叫起来。"

"这个,你也不能怪她。你曾经开枪打伤过凯德的腿嘛。"

"对,可那次是我喝醉了,否则也不会干出那样的事来,"斯图尔特为自己辩护,"而且凯德自己从不怀恨。凯瑟琳和雷福德或者卡尔弗特先生也没有什么恶感。就是那个北方佬继母,她却大声嚷嚷,说我是个蛮子,说文明人跟粗野的南方人在一起很不安全。"

"不过,你不能怪她。她是个北方佬,不太懂礼貌,而且你毕竟打伤了她的继子呀。"

"可是,呸!那也不能作为侮辱我的理由啊!你是我妈的亲生儿子,但那次托尼·方丹打伤了你的腿,她发过火吗?没有,她只请老方丹大夫来给你包扎了一下,还问他托尼的枪怎么会打不准哪。你还记得那句话使托尼多么难过吧?"

哥儿俩都哈哈大笑起来。

"妈可真有办法!"布伦特衷心赞赏地说,"你可以永远指望她处事得当,不让你在众人面前感到难堪。"

"对,不过今晚我们回家时,她很可能要当着父亲和姑娘们的面让我们丢脸呢,"斯图尔特快快不乐地说,"听我说,布伦特。我看这意味着咱们不能到欧洲去了。你记得妈说过,要是咱们再被学校开除,便休想参加大旅游了。"

"这个嘛,见鬼去吧!咱们不管它,是不是?欧洲有什么好玩的?我敢打赌,那些外国人拿不出一样在咱们佐治亚还没有的东西来。我敢打赌,他们的马不如咱们的跑得快,他们的姑娘不如咱们的漂亮,而且我十分清楚,他们的哪一种稞麦威士忌都不能跟咱爸的酒相比。"

"可艾希礼·威尔克斯说过,他们那里有非常丰富的自然风景和音乐。艾希礼喜欢欧洲。他经常谈起欧洲。"

"唔,你知道威尔克斯家是些什么样的人。他们对音乐、书籍和风景都喜爱得出奇。妈说那是因为他们的祖母是弗吉尼亚人。她说弗吉尼亚人是十分重视这类东西的。"

"让他们重视去吧。我只要有好马可骑,有好酒可喝,有好的姑娘可以追求追求,还有个坏姑娘好开玩笑,就任凭别人去赏玩他们的欧洲好了……咱们干吗要惋惜什么大旅游呢?就算我们如今是在欧洲,可战争发生了怎么办?要回家也来不及呀。我宁愿去打仗也不想到欧洲去。"

"我也是这样,随时都可以……喏,布伦特,我想起可以到哪儿去吃晚饭了。咱们骑马越过沼泽地,到艾布尔·温德那里去,告诉他我们四人又都回到了家里,准备去参加操练。"

"这是个好主意!"布伦特高兴得叫起来,"而且咱们能听听军营里所有的消息,弄清楚他们最后决定采用哪种颜色做制服。"

"要是采用法国步兵服呢,那我再去参军就活该了。穿上那种口袋似的红裤子,我会觉得自己像个娘儿们了。我看那跟女人穿的红法兰绒衬裤一模一样。"

"您少爷们想到温德先生家去吗?"吉姆斯问,"要是您想去,您就吃不上好晚饭了。他们的厨子死啦,还没买到新的呢。他们随便找了个女人在做吃的,那些黑小子告诉我她做得再糟不过了。"

"我的上帝!他们干吗不买个新的厨子呀!"

"这帮下流坯穷白人,还买得起黑人?他们家历来最多也只有四个。"

吉姆斯的口气中充满了公然的蔑视。他自己的社会地位倒是可靠的,因为塔尔顿家拥有上百个黑奴,而且像所有大农场的奴隶那样,他瞧不起那些只有少数几个奴隶的小农场主。

"你说这话,看我剥你的皮!"斯图尔特厉声喊道,"你怎么能叫艾布尔·温德'穷白人'呢。他穷是穷,可并不是什么下流坯。任何人,无论黑人白人,谁要是瞧不起他,我可决不答应。全县没有比他更好的人了,要不军营里怎么会举他当尉官呢?"

"俺可弄不懂这个道理,"吉姆斯不顾主人的斥责硬是顶嘴回答说,"俺看他们的军官全是从有钱人里边挑的,谁也不会挑肮脏的下流货。"

"他不是下流货呀!你是要拿他跟真正的白人下流坯像斯莱特里那种人相比吗?艾布尔只不过没有钱罢了。他不是大农场主,但毕竟是个小农场主。既然那些新入伍的小伙子认为可以举他当尉官,那么哪个黑小子也不能肆意说他的坏话。营里自有公论嘛。"

骑兵营是三个月前佐治亚州脱离联邦那天成立起来的,从那以后那些入伍的新兵便一直在盼望打仗。这个组织至今还没有命名,尽管已经有了种种方案。对于这个问题,正像对于军服的颜色和式样似的,每个人都有自己的主张,并且都不愿意放弃。什么"克莱顿野猫"啦,"暴躁人"啦,"北佐治亚轻骑兵"啦,"义勇军"啦,"内地步枪兵"啦(尽管这个营将是用手枪、军刀和单刃猎刀而不是用步枪来装备的),"克莱顿灰衣人"啦,"血与怒吼者"啦,"莽汉和应声出击者"啦,所有这

些名称都不乏附和的人。在问题没有解决之前，大家都称呼
这个组织为"营"，并且，不管最终采用的名称多么响亮，他们
始终用的是简简单单一个"营"字。

　　军官由大家选举，因为全县除了少数几个参加过墨西哥
战争和塞米诺尔战争的老兵外，谁也没有军事经验；而且，如
果大家并不喜欢和信任他，要让一个老兵当头领也只会引起
全营的蔑视。大家全都喜欢塔尔顿家四个小伙子和方丹家三
兄弟，不过令人遗憾的是都不愿意选举他们，因为塔尔顿家的
人太容易喝醉酒和喜欢玩乐，而方丹兄弟又非常性急和暴躁。
结果艾希礼·威尔克斯被选做队长了，原因是他是县里最出
色的骑手，而且头脑冷静，大伙相信他还能维持某种表面的秩
序。雷福德·卡尔弗特是人人都喜爱的，被任命为上尉，而艾
布尔·温德，那个沼泽地捕猎手的儿子（他本人是小农），则
被选做中尉了。

　　艾布尔是个精明沉着的大个儿，不识字，心地和善，比别
的小伙子年龄大一些，在妇女面前也表现得比较有礼貌。
"营"里很少有骄下媚上的现象。他们的父亲和祖父大多是
以小农致富的，不会有那种势利眼。而且艾布尔是"营"里最
好的射击手，一杆真正的"神枪"，他能够在七十五码外瞄准
一只松鼠的眼睛，也熟悉野外生活，会在雨地里生火，会捕捉
野兽，会寻找水源。"营"里很尊重有真本事的人，而且由于
大伙喜欢他，所以让他当了军官。他严肃对待这种荣誉，不骄
傲自大，好像这不过是他的本分。可是那些农场主太太们和
他们的农奴们却不能宽恕他并非生来就是上等人这一事实，
尽管她们的男人都做到了。

　　开始时，这个"营"只从农场主的子弟中招募营丁，因而

可以说是个上层的组织;他们每人自备马匹、武器、装备、制服和随身仆人。但是有钱的农场主在克莱顿这个新辟的县毕竟很少,同时为了建立一支充实的武装力量,便有必要从小农和森林地带的猎户、沼泽地的捕兽者、山地居民,有时甚至穷白人(只要他们在本阶级的一般水平之上)的子弟中招募更多的新兵。

后一部分青年人也和他们的富裕邻居一样,渴望着战争一爆发便去打北方佬,不过金钱这个微妙的问题却随之产生了。小农中很少有人是有马的。他们是使用骡子耕作,而且也没有富余的,最多不过四头骡子。这些骡子即使营里同意接受,也不能从田里拉去上战场呀,何况营里还口口声声说不要呢。至于那些穷白人,他们只要有一头骡子便自以为满不错了。边远林区的人和沼泽地带的居民既无马也没有骡子。他们完全靠林地的出产和沼泽中的猎物过活,做生意也是以物换物,一年看不见五美元现金,要自备马匹、制服是办不到的。可是这些人身处贫困仍极其骄傲,就像那些拥有财富的农场主一样;他们决不接受来自富裕邻居的任何带施舍意味的东西。在这种局面下,为了保持大家的感情和把军营建成一个充实的组织,思嘉的父亲,约翰·威尔克斯,巴克·芒罗,吉姆·塔尔顿,休·卡尔弗特,实际除安格斯·麦金托什以外,全县每个大农场主,都捐钱把军营全面装备起来,包括马匹和人员在内。这件事是由每个农场主同意出钱装备自己的儿子和别的若干人开始的,但经过适当的安排以后,营里那些不怎么富裕的成员也就能够坦然接受他们的马匹和制服而不觉得有失体面了。

营队每星期在琼斯博罗集合两次,进行操练和祈祷战争早日发生。马匹还没有备齐，但那些有马的人已经在县府背后的田野里搞起了他们想象中的骑兵演习，掀起满天尘土，扯着嘶哑的嗓子叫喊着，挥舞着从客厅墙上取下来的革命战争时代的军刀。那些还没有马匹的人便只好坐在布拉德仓库前面的镶边石上观看，一面嚼着烟草闲聊。要不他们就比赛打靶。谁也用不着你去教他打枪。因为大多数南方人生来就是玩枪的，他们平日消磨在打猎中的时间把他们全都练成了好射手。

从农场主家里和沼泽地的棚屋中，一队队年轻人携着武器奔向每个集合点。其中有初次越过阿勒格尼山脉时还很新的用来打松鼠的长杆枪，有佐治亚新开辟时打死过许多印第安人的老式毛瑟枪，有在一八一二年以及墨西哥和塞米诺尔战争中服过役的马上用的手枪，还有决斗用的镶银手枪、短筒袖珍手枪、双筒猎枪，漂亮的带有硬木枪托的英制新式来复枪，等等。

操练结束时，常常要在琼斯博罗一些酒馆里演出最后的一幕。到了傍晚，争斗已纷纷发生，使得军官们十分棘手，不得不在北方佬打来之前便忙着处理伤亡事件了。就是在这样一场斗殴中，斯图尔特·塔尔顿开枪打伤了凯德·卡尔弗特，托尼·方丹打伤了布伦特。那时这对孪生兄弟刚刚被弗吉尼亚大学开除回到家里，同时营队成立，他们热情地参加了。可是枪伤事件发生以后，也就是说两个月前，他们的母亲打发他们去进了州立大学，命令他们留在那里不要回来。他们痛苦地怀念着操练时那股兴奋劲儿，觉得只要能够和伙伴们一起骑着马，嘶喊，射击，哪怕牺牲上学的机会也是值得的。

"这样，咱们就径直过去找艾布尔吧，"布伦特提议说，

"咱们可以穿过奥哈拉先生家的河床和方丹家的草地,很快就赶到那里。"

"俺到那里什么好的也吃不着,只有吃负鼠和青菜了。"吉姆斯不服气地说。

"你什么也休想吃,"斯图尔特奸笑道,"因为你得回家去,告诉妈我们不回去吃晚饭了。"

"不,俺不回去!"吉姆斯惊慌地嚷道,"不,俺不回去!回去给比阿特里斯小姐打个半死可不是好玩的。首先她会问俺你们怎么会又给开除了?其次,俺怎么今晚没带你们回家,好让她好好揍你们一顿?末了,她还会突然向我扑过来,像鸭子扑一只无花果虫似的。俺很清楚,她会把这件事通通怪在俺头上。要是你们带俺到温德先生家去,俺就整夜蹲在外边林子里,没准儿巡逻队会逮住俺的,因为俺宁愿给巡逻队带走,也不要在太太生气时落到她的手中。"

哥儿俩瞧着这个倔犟的黑孩子,感到又困惑又气恼。

"这傻小子可是做得出来,会叫巡逻队给带走的。果真这样,便又给妈添了个话题,好唠叨几个星期了。我说这些黑小子们是最麻烦的。有时我甚至想,那帮废奴主义者的主意倒不错呢。"

"不过嘛,总不能让吉姆斯去应付咱们自己不敢应付的场面吧。看来咱们只好带着他。可是,当心,不要脸的黑傻瓜,你要是敢在温德家的黑人面前摆架子,敢夸口说咱们常常吃烤鸡和火腿,而他们除了兔子和负鼠什么也吃不上,那我——我就要告诉妈去。而且,也不让你跟我们一起去打仗喽。"

"摆架子?俺在那些不值钱的黑小子跟前摆架子?不,

先生们,俺还讲点礼貌呢。比阿特里斯小姐不是像教育你们那样也教育俺要有礼貌吗?"

"可她在咱们三人身上都没有做得很好呀,"斯图尔特说,"来吧,咱们继续赶路。"

他让自己的大红马后退几步,然后用马刺在它腰上狠踢一下,叫它跳起来轻易地越过篱栏,进入杰拉尔德·奥哈拉农场那片松软的田地。布伦特的马跟着跳过,接着是吉姆斯的,他跳时紧紧抓住鞍头和马鬃。吉姆斯不喜欢跳篱栏,但是他为了赶上自己的两位主人,还跳过比这更高的地方呢。

他们在愈来愈浓的暮色中横过那些红土垄沟,跑下山麓向河床走去。这时布伦特向他兄弟喊道:

"我说,斯图!你觉得思嘉本来想留咱们吃晚饭吗?"

"我始终认为她会的,"斯图尔特高声答道,"你说呢……"

第 二 章

　　那对孪生兄弟离开时,思嘉站在塔拉农场的走廊上目送他们,直到飞跑的马蹄声已隐隐消失,她才像个梦游人似的回到椅子上去。她的脸觉得发僵,仿佛有什么痛处,可嘴巴却真的酸痛了,原因是刚才很长一段时间她在咧着嘴假装微笑,为了不让那对孪生子发觉她内心的秘密。她疲惫地坐下,将一条腿盘起来,这时心脏难受得发胀,好像快要从胸腔里爆出来似的。它古怪地轻轻跳着;她的两手冰凉,一种大祸临头的感觉沉重地压迫着她。她脸上流露出痛苦和惶惑的神情,这种惶惑说明,她这个娇宠惯了、经常有求必应的孩子现在可碰到生活中不愉快的事了。

　　艾希礼要同媚兰·汉密尔顿结婚了!

　　唔,这不可能是真的!那对孪生子准弄错了。他们又在开她的玩笑呢。艾希礼不会,不会爱上她。谁也不会的,同媚兰这样一个耗子般的小个儿。思嘉怀着轻蔑的心情想起媚兰瘦小得像孩子的身材,她那张严肃而平淡得几乎有点丑陋的鸡心形的脸,而且艾希礼可能好几个月没见到她了。自从去年"十二橡树"村举行家中大宴会以来,他最多只到过亚特兰大两次。不,艾希礼不可能同媚兰恋爱,因为——唔,她决不会错的——因为他在爱她呀!她思嘉才是他所爱的那个人呢——她知道!

思嘉听见嬷嬷笨重的脚步在堂屋里把地板踩得嘎嘎响,便赶快将盘着的那条腿伸下来,并设法放松脸部的表情,尽量显得平静一些。可万万不能让嬷嬷怀疑到出了什么事呀!嬷嬷总觉得奥哈拉家的人连身子带灵魂都是她的,他们的秘密就是她的秘密。只要有一丝神秘的味道,她就会像条警犬似的无情地追踪嗅迹。思嘉根据已往的经验,知道如果嬷嬷的好奇心不能立即满足,她就会去跟妈一起嘀咕,那时便只好向母亲交代一切,要不就得编出一个像样的谎话来。

嬷嬷从堂屋里出来了,她是个大块头老婆子,但眼睛细小而精明,活像一头大象。她长得黑不溜秋,是纯粹的非洲人,把整个身心毫无保留地献给了奥哈拉一家,成了爱伦的左右手,三个女孩子的煞星和其他家仆的阎罗王。嬷嬷虽然是黑人,但她的行为规范和自豪感却和她主人的一样高或者还要高些。她是在爱伦·奥哈拉的母亲索兰吉·罗毕拉德的卧室里养育大的,那位老太太是个文雅冷静的高鼻子法兰西人,无论对自己的儿女或者仆人只要触犯法规便不惜给以应得的惩罚。她曾经做过爱伦的嬷嬷,后来爱伦结婚时跟着她从萨凡纳来到了内地。嬷嬷要是宠爱谁,就会严加管教。正由于她是那样宠爱思嘉和因思嘉而感到骄傲,她对思嘉的管教也就没个完了。

"那两位少爷走了吗?你怎么没留他们吃晚饭呀,思嘉小姐?俺告诉了波克,叫他添两份客饭啦。你的礼貌到哪里去了呢?"

"唔,他们尽谈战争,我都听得烦死了,再忍受不了同他们一起吃晚饭,尤其怕爸也参加进来大叫大嚷,议论林肯先生。"

"你可像个女仆一般不知礼了,还亏你妈和俺辛辛苦苦教你呢。还有,你怎么没披上你的披肩呀?夜风快吹起来了!俺一次又一次告诉你,光着肩膀坐在夜风里要感冒发烧的。快进屋里来,思嘉小姐。"

思嘉故意装出一副冷淡的样子掉过头去,幸喜嬷嬷正在一个劲儿唠叨披肩的事,不曾看见她的脸。

"不,我要坐在这里看落日。它多美呀。你去给我把披肩拿来。劳驾了,嬷嬷,让我坐在这里,等爸爸回家来再进屋去。"

"俺听你这声音像是着凉了。"嬷嬷怀疑地说。

"唔,没有,"思嘉不耐烦地说,"你去把我的披肩拿来吧。"

嬷嬷蹒跚着走回堂屋,这时思嘉听到她轻声呼唤着上楼去找楼上的那个女用人。

"听着,罗莎!把思嘉小姐的披肩给我扔下来。"接着,她的声音更响了:"不中用的黑鬼!她总是什么忙也帮不上的。又得俺亲自爬上楼去取了。"

思嘉听到楼梯咯咯作响,便轻轻站起身来。嬷嬷一回来又要重复那番责备她不懂礼貌的话了,可思嘉觉得正当自己心酸的时候,实在无法忍受再叨叨这种鸡毛蒜皮的小事。她犹豫不定地站着,不知该躲到哪里去让痛苦和心情略略平息,这时她忽然想起一个念头,给她带来了一线微弱的希望。原来那天下午她父亲骑马到威尔克斯家的农场"十二橡树"村去了,他是为了商量购买他那位管家波克的胖老婆迪尔茜才到那里去的。迪尔茜是"十二橡树"村的女领班兼接生婆,自从六个月前结婚以来，波克就没日没夜地缠着要主人把她买过来，好让他们两口子住在一起。那天下午杰拉尔德实在已抵挡不住，只得动身到那边去商量购买迪尔茜的事。

当然，思嘉心想，爸会知道这个可怕的传闻是不是真的。就算他今天下午的确没有听到什么消息，他也许注意到了某些迹象，感觉到威尔克斯家有什么叫人兴奋的事吧。要是我能在吃晚饭前一个人看见他，说不定就能弄个明白——原来不过是那哥儿俩的一个缺德的玩笑罢了。

杰拉尔德该回来了。如果她想单独见他，她也无须麻烦，只消在车道进入大路的口子上迎接他就行。她悄悄地走下屋前的台阶，又回过头来仔细看看，要弄清楚嬷嬷的确没有在楼上窗口观望。她没有看见那张围着雪白头巾的黑色阔脸在晃动的帷帘间不满地窥探，便大胆地撩起那件绿花布裙，沿着石径向车道迅速跑去，只要那双镶有缎带的小便鞋允许，她是能跑多快就跑多快的。

铺着碎石的车道两旁，茂密的柏树枝叶交错，形成天然的拱顶，使那长长的林荫路变成了一条阴暗的甬道。她一跑进这甬道里，便觉得自己已经安全了，家里的人望不见了，这才放慢脚步。她气喘吁吁，因为她的胸衣箍得太紧，不容许她这样飞跑，不过她还是尽可能迅速走去。她很快便到了车道尽头，走上了大路，可是她并不停步，直到拐了个弯，那里有一大丛树遮掩着她，使家里人再也看不见了。

她两颊发红，呼吸急促，在一个树桩上坐下来等待父亲。往常这时候，他应该已经回来了，不过她高兴今天他晚一些，这样她才有时间喘过气来，使脸色显得平静些，不致引起父亲的猜疑。她分分秒秒地期待着听到嘚嘚的马蹄声，看到父亲用他那吓死人的速度驰上山冈。可是一分钟又一分钟过去了,杰拉尔德还是不见回来。她顺着大路望去,想找到他的影子,这时心里的痛处又膨胀起来了。

"唔,那不可能是真的!"她心想,"他为什么不来呢?"

她的目光沿着那条因早晨下过雨而变得血红的大路迤逦前行。她沉思着,在心里跟踪着这段路程奔下山冈,到那懒洋洋的弗林特河畔,越过荆榛杂乱的沼泽谷底,再爬上下一个山冈到达"十二橡树"村,艾希礼就住在那里。此刻,这条路的全部意义就在这里——它是通向艾希礼和那幢美丽的像希腊神殿般高踞于山冈上的白圆柱房子。

"啊,艾希礼!艾希礼!"她心里喊着,心跳得更快了。

自从塔尔顿家那对孪生子把他们的闲话告诉她以后,一种惶惑和灾祸的冷酷感一直沉重地压抑着她,可如今这种意识已被推到她心灵的后壁去,代之而起的是两年以来始终支配着她的那股狂热之情。

现在看来颇有点奇怪,当她还没有长大成人的时候,为什么从不觉得艾希礼有何动人之处呢?童年时,她看见他走来走去,可一次也不曾想过他。直到两年前那一天,当时艾希礼刚从为期三年的欧洲大陆旅游回来,到她家来拜望,她才爱上了他。事情就这么简单。

那时她正在屋前走廊上,他骑着马从林荫道上远远而来,身穿灰色细棉布上衣,领口打着个宽大的黑蝴蝶结,与那件皱领衬衫很相配。直到今天,她还记得他那穿着上的每一个细节,那双马靴多亮啊,还有蝴蝶结别针上那个浮雕宝石的蛇发女妖的头,那顶宽边巴拿马帽子——他一看见她就立即把帽子拿在手里了。他跳下马,把缰绳扔给一个黑孩子,站在那里朝她望着,那双蒙眬的灰色眼睛瞪得大大的,流露着微笑;他的金黄色头发在阳光下闪烁,像一顶灿烂的王冠。那时他温和地说:"你都长成大人了,思嘉。"然后轻轻地走上台阶,吻了吻她的手。还有他的声音啊! 她永远也忘不了她听到时那怦然心动的感觉,仿佛她是第一次听到这样慢吞吞的、响亮的、音乐般的声音!

就在这最初一刹那,她觉得她需要他,像要东西吃,要马骑,要温软的床铺睡觉那样简单,那样说不出理由地需要他。

两年以来,他陪着她在县里各处走动,参加舞会、炸鱼宴、野餐,乃至法庭开庭日的听审,等等,尽管从来不像塔尔顿兄弟那样频繁,也不像方丹家的年轻小伙儿那样纠缠不休,可每星期都要到塔拉农场来拜访,从未间断过。

的确,他从来没有向她求过爱,他那双清澈的眼睛也从来没有流露过像思嘉在其他男人身上熟悉的那种炽热的光芒。可是仍然——仍然——思嘉知道他在爱她。在这点上她是不会错的。直觉比理智更可靠,而从经验中产生的认识也告诉她他在爱她。她几乎常常叫他吃惊,那时他的眼睛显得既不蒙眬也不疏远,带着热切而凄楚的神情望着她,使她不知所措。她知道他在爱她。他为什么不对她说明呢? 这一点她无法理解。但是她无法理解他的地方还多着呢。

他经常很客气,可又那么冷淡,那么疏远。谁也不明白他在想些什么,而思嘉是最不明白的。在那一带,人人都是一想到什么就说什么,因此艾希礼的谨慎性格便更加使人看不惯了。他对县里的种种娱乐,如打猎、赌博、跳舞和谈论政治等方面,都跟任何别的青年人一样精通,而且是最出色的骑手;可是他跟大家有不同之处,那就是这些愉快的活动对于他来说,都不是人生的目的。他单单对书本和音乐感兴趣,并且很爱写诗。

啊,他为什么要长得这么漂亮,可又这么客气而不好亲近,而且一谈起欧洲、书本、音乐、诗歌以及那些她根本不感兴趣的东西来,就那么兴奋得令人生厌——可是又那么令人爱慕呢?一个晚上又一个晚上,当思嘉同他坐在前门半明半暗的走廊上闲谈过以后,每次上床睡觉时,总要翻来覆去好几个钟头,最后只得自我安慰地设想下次他再来看她时一定会向她求婚,这才渐渐睡着。可是,下次来了又走了,结果还是一场空——只不过那股令她着迷的狂热劲儿却升得更高更热罢了。

她爱他,她需要他,可是她不了解他。她是那么直率、简单,就像吹过塔拉上空的风和从塔拉身边绕过的河流一样,而且她即使活到老也不可能理解一件错综复杂的事。如今,她生平第一次碰上了一个性格复杂的人。

因为艾希礼天生属于那种类型,他们一有闲暇不是用来做事,而是用来思想,用来编织色彩斑斓而毫无现实内容的幻梦。他生活在一个比佐治亚美好得多的内心世界里流连忘返。他对人冷眼旁观,既不喜欢也不厌恶。他对生活漠然视之,无所动心,也无所忧虑。他对宇宙以及他在其中的地位,无论适合与否都坦然接受,有时耸耸肩,回到他的音乐、书本和那个更好的世界里去。

思嘉不明白,既然他的心对她的心是那样陌生,为什么他竟会迷住她呢?就是他的这个秘密像一扇既没有锁也没有钥匙的门引起了她的好奇心。他身上那些她所无法理解的东西只有使她更加爱他,他那种克制的求爱态度只能鼓励她下更大的决心去把他占为己有。她从不怀疑他总有一天会向她求婚，因为她实在太年轻太娇惯了，从来不懂得失败是怎么回事。现在，好比晴天霹雳，这个可怕的消息突然降临。艾希礼要娶媚兰了！这不可能是真的呀！

怎么，就在上周一个傍晚他们骑马从费尔希尔回家时，他还对她说过："思嘉，我有件十分重要的事要告诉你，可是不知怎么说好。"

那时她假装正经地低下头来，可高兴得心怦怦直跳，觉得那个愉快的时刻来了。接着他又说："可现在不行啊！咱们快到家了，没有时间了。唔，思嘉，你看我多么胆怯呀！"他随即用靴刺在马肋上踢了几下，赶快送思嘉越过山冈回塔拉来了。

思嘉坐在树桩上，回想着那几句曾叫她十分高兴的话，可这时它们突然显出另一种意义，一种可怕的意义。也许他打算告诉她的就是他要订婚的消息呢！

啊，只要爸回来就好了！这个疑团她实在再也忍受不了啦。她又一次焦急地沿着大路向前望去，又一次大失所望。

这时太阳已经落到地平线以下，大地边沿那片红霞已消退成淡粉色的暮霭。天空渐渐由浅蓝变为知更鸟蛋般淡淡的青绿，田园薄暮中那种超尘绝俗的宁静也悄悄在她周围降落。朦胧夜色把村庄笼罩起来了。那些红土垄沟和那条仿佛刚被切开的红色大路，也失掉了神奇的血色而变成平凡的褐色土地了。大路对面的牧场上，牛、马和骡子静静地站在那里，把头颈从篱栏上伸出去，等待着被赶回棚里去享受晚餐。它们不喜欢那些灌木丛的黑影把牧地小溪遮蔽，同时抽动双耳望着思嘉，仿佛很欣赏人类的陪伴似的。

在奇异的朦胧暮色中,河边湿地上那些在阳光下郁郁葱葱的高大松树,如今已变得黑乎乎的,与暗淡的天色两相衬托,好像一排黑色巨人站在那里,把脚下缓缓流过的黄泥河水给遮住了。河对过的山冈上,威尔克斯家的白色烟囱在周围的茂密橡树林中渐渐隐去,只有远处点点的晚餐灯火还能照见那所房子依稀犹在。暖和而柔润的春之气息,带着新翻的泥土和蓬勃生长的草木的潮湿香味温馨地把她包围起来。

落日、春天和新生的草木花卉,对于思嘉来说都没有什么奇异之处。她毫不在意地接受它们的美,犹如呼吸空气和饮用泉水一样,因为除了女人的相貌、马、丝绸衣服和诸如此类的具体东西以外,她从来也不曾有意识地在任何事物身上看到过美。不过,塔拉农场照料得很好的田地上空这一静穆的暮景却给她那纷乱的心情带来了一定程度的安宁。她如此热爱这片土地,以致好像并没发觉自己在爱它,就像爱她母亲在灯光下祈祷时的面容一样。

在蜿蜒的大路上仍然不见杰拉尔德的影子。如果她还要等候很久,嬷嬷就一定会来寻找她,并把她赶回家去。可是就在她眯着眼睛向那愈来愈黑暗的大路前头细看时,她听到了草山脚下嘚嘚的马蹄声,同时看见牛马在慌张地散开。杰拉尔德·奥哈拉飞奔着回家来了。

他跨着那匹腰壮腿长的猎马驰上山冈,远远看去像个孩子骑在一匹过于高大的马上似的。长长的白发在他脑后飞扬着,他举着鞭子,吆喝着加速前进。

思嘉心中尽管充满了焦急不安的情绪,但仍然怀着无比的自豪感观望父亲,因为杰拉尔德真正是个出色的骑手。

"我不明白他为什么一旦喝了点酒便要跳篱笆,"思嘉心想,"而且去年他就是在这里把膝头摔坏的呀。你以为他会记住这教训吧,尤其是他还对母亲发过誓,答应再也不跳了呢。"

思嘉不怕她父亲,并且觉得他比她的姐妹们更像是一个同辈,因为跳篱笆和向他妻子保密这件事使他感到一种孩子气的骄傲和略带内疚的愉悦,而这是可以和思嘉干了坏事瞒过嬷嬷时的高兴心情比美的。现在她从树桩上站起身来看他。

那匹大马跑到篱笆边,弯着前腿纵身一跃,便像只鸟儿般毫不费力地飞了过去,它的骑手也高兴地叫喊着,将鞭子在空中抽得噼啪响,长长的白发在脑后飞扬起来。杰拉尔德并没有看见在树木黑影中的女儿,他在大路上勒住缰绳,赞赏地轻拍着马的颈项。

"在咱们县里没有谁比得上你,州里也没有。"他得意扬扬地对自己的马说。他那爱尔兰米思地方的口音依然很重,尽管到美国已三十九年了。接着他赶快理了理头发,把揉皱的衬衫和扭到耳背后的领结也整理好。思嘉知道这些修整工夫是为了让自己像个讲究的上等人模样去见母亲,假装是拜访邻居以后安安稳稳骑马回来的。她明白自己的机会到了,她可以开始同他谈话而不必担心泄露真实的用意了。

这时她大声笑起来。果然不出所料,杰拉尔德听见笑声大吃一惊,但随即便认出了她,红润的脸上堆满了边讨好边挑战的表情。他艰难地跳下马来,因为双膝已经麻木了;然后把缰绳搭在胳臂上,蹒跚地向她走来。

"好啊,小姐,"他说着,拧了一下她的面颊,"那么,你是在偷看我了,而且像你的苏伦妹妹上星期干过的那样,准备到你母亲面前去告我的状了吧?"

他那沙哑低沉的声音里含有怒意,但同时也带有讨好的意味,这时思嘉便挑剔而又嗲声嗲气地伸出手来将他的领结拉正了。他那扑面而来的呼吸让她闻到了一股强烈的混合着薄荷香气的波旁威士忌酒味。他身上还散发着咀嚼烟草和擦过油的皮革以及马汗的气味——这是一股各种味道的混杂,她经常把它同父亲联系起来,以致在别人身上闻到时也本能地喜欢。

"不会的,爸,我不是苏伦那种搬弄是非的人。"她请他放心,一面略略向后退了一下,带着品评的神气端详他的服饰。

杰拉尔德是个矮个儿,身高只有五英尺多,但腰身很壮,脖子很粗,坐着时那模样叫陌生人看了还以为他是个比较高大的人呢。他那十分笨重的躯干由经常裹在头等皮靴里的短粗的双腿支撑着,而且经常大大叉开站着,像个摇摇摆摆的孩子。凡是自以为了不起的矮人,那模样大多是有点可笑的;可是一只矮脚的公鸡在场地上却备受尊敬,杰拉尔德也就是这样。谁也不会有胆量把杰拉尔德当作可笑的矮个儿看待的。

他今年六十岁了,一头波浪式的鬈发已白如银丝,但是他那精明的脸上还一点没皱纹,两只蓝眼睛也焕发着青年人无忧无虑的神采,这说明他从来不为什么抽象的问题伤脑筋,只想些简单实际的事,如打扑克时要抓几张牌,等等。他那张纯粹爱尔兰型的脸,同他已离别多年的故乡的那些脸一模一样,是圆圆的、深色的,短鼻子,宽嘴巴,满脸好战的神情。

杰拉尔德·奥哈拉虽然外表粗暴,但心地却十分善良。他不忍心看到奴隶们受惩罚时的可怜相,即使是应该的也罢;也不乐意听到猫叫或小孩啼哭。不过他很害怕别人发现他的这个弱点。他还不知道人家遇到他不过五分钟就明白他是好心肠的人了。可是如果他觉察到这一点,他的虚荣心就要大受伤害,因为他喜欢设想,只要自己大喊大叫地发号施令,谁都会战战兢兢地服从呢。他从来不曾想到过,在这个农场里人人都服从的只有一个声音,那就是他太太爱伦的柔和的声音。这个秘密他永远也不会知道,因为自爱伦以下直到最粗笨的大田劳工,都在暗中串通一气,让他始终相信自己的话就是圣旨。

思嘉对他的脾气和吼叫比谁都更不在乎。她是他的头生孩子,而且杰拉尔德也清楚,在三个儿子相继躺进了家庭墓地之后,他不会再有儿子了,因此他已逐渐养成习惯,以男人对男人的态度来对待她,而这是她所最乐意接受的。她比几个妹妹更像父亲,因为卡琳生来体格纤弱,多愁善感,而苏伦又自命不凡,总觉得自己文雅,有贵妇人风度。

此外,思嘉和父亲之间还有一个相互制约的协议把彼此联系在一起。要是杰拉尔德看见女儿爬篱笆而不愿绕道到大门口去,他便当面责备她,但事后并不向爱伦或嬷嬷提起。而思嘉要是发现他在向太太郑重保证之后还照样骑着马跳篱笆,或者从县里人的闲谈中听说他打扑克时输了多少钱,她也不在吃晚饭时像苏伦那样直通通地说起这件事。思嘉和她父亲认真地彼此交代过:谁要是把这种事搬到母亲耳边,那只会使她伤心,而他们是无论如何也犯不着这样做的。

如今思嘉在擦黑的微光中望着父亲,也不知为什么她觉得一到他面前心里就舒服了。他身上有一种生气勃勃的粗俗味儿吸引着她。她作为一个最没有分析头脑的人,并不明白这是由于她自己身上也或多或少有着同样品性的缘故,尽管爱伦和嬷嬷花了十六年的心血想把它抹掉,也终归徒然。

"好了,你现在完全可以出台了,"她说,"我想除非你自己吹牛,谁也不会怀疑你玩过这种花招的。不过我觉得,你去年已经摔坏了膝盖,现在又跳这同一道篱笆——"

"唔,要是我还得靠自己的女儿来告诉我什么地方该跳或不该跳,那可太糟糕了,"他叫嚷着,又在她脸颊上拧了一把,"颈脖子是我自己的,就是这样。此外,姑娘,你光着肩膀在这儿干什么来着?"

她看到父亲在玩弄他惯用的手法来回避眼前一次不愉快的谈话,便轻轻挽住他的胳臂,一边说:"我在等你呢!我没想到你会这么晚才回来。我还以为你把迪尔茜买下来了。"

"买是买下来了,可价钱要了我的命。买了她和她的小妞儿普里茜。约翰·威尔克斯几乎想把她们送掉,可我决不让人家说杰拉尔德·奥哈拉在买卖中凭友情占了便宜。我叫他把两人共卖了三千。"

"我的天,爸爸,三千哪!再说,你也用不着买普里茜呀!"

"难道该让我自己的女儿公然来评判我?"杰拉尔德用幽默的口吻喊道:"普里茜是个满可爱的小妞儿,所以——"

"我知道。她是个又鬼又笨的小家伙,"思嘉不顾父亲的吼叫,只平静地接下去说,"而且,你把她买下的主要理由是,迪尔茜央求你买她。"

杰拉尔德好像倒了威风,显得很尴尬,就像他平常做好事时给抓住了那样,这时思嘉便乐呵呵地笑话起他那伪装的坦率来了。

"不过,就算我这样做了又怎么样?只买来迪尔茜,要是她整天惦记孩子，又有什么用呢？好了，从此我再也不让这里的黑小子跟别处的女人结婚了。那太费钱。来吧，淘气包，咱们进屋去吃晚饭。"

周围的黑影愈来愈浓，最后一丝绿意也从天空中消失了，春天的温馨已被微微的寒意所取代。可是思嘉还在踌躇，不知怎样才能把话题转到艾希礼身上而又不让杰拉尔德怀疑她的用意。这是困难的，因为思嘉身上找不出一根随机应变的筋来；同时杰拉尔德也和她十分相似，没有哪一次不识破她的诡计，犹如她猜透了他的一样。何况，他这样做时是很少拐弯抹角的。

"'十二橡树'村那边的人都怎样了？"

"大体和往常一样。凯德·卡尔弗特也在那里。我办完迪尔茜的事以后，大家在走廊上喝了几盅棕榈酒。凯德刚刚从亚特兰大来，他们正兴致勃勃，在那里谈论战争，以及——"

思嘉叹了一口气。只要杰拉尔德一谈起战争和脱离联邦这个题目，他不扯上几个小时是不会罢休的。她连忙拿另一个话头来岔开。

"他们有没有谈起明天的全牛野宴？"

"我记得是谈起过的。那位小姐——她叫什么名字来着？——就是去年到这里来过的那个小妮子，你知道，艾希礼的表妹——啊，对了，媚兰·汉密尔顿小姐，就叫这个名字——她和她哥哥查尔斯已经从亚特兰大来了，并且——"

"唔，她果真来了？"

"她来了，真是个可爱的文静人儿，总是不声不响的，女人家就该这样嘛。走吧，女儿，别磨蹭了。你妈会到处找咱们的。"

思嘉一听到这消息心就沉了。她曾经不顾事实地一味希望会有什么事情把媚兰·汉密尔顿留在亚特兰大,因为她就是那里的人呀;而且听到连父亲也完全跟她的看法相反,满口赞赏媚兰那文静的品性,这就迫使她不得不摊开来谈了。

"艾希礼也在那里吗?"

"他在那里。"杰拉尔德放开女儿的胳臂,转过身来,用犀利的眼光凝视着她的脸,"如果你就是为了这个才出来等我的,那你为什么不直截了当说,却要兜这么大个圈子呢?"

思嘉不知说什么好,只觉得心中一片纷乱,脸都涨得通红了。

"好,说下去。"

她还是什么也不说,真希望在这种局面下能使劲摇晃自己的父亲叫他闭嘴算了。

"他在,并且像他的几个妹妹那样十分亲切地问候了你,还说希望不会有什么事拖住你不去参加明天的大野宴呢。我当然向他们保证绝不会的,"他机灵地说,"现在你说,女儿,关于你和艾希礼,这到底是怎么回事呀?"

"没什么,"她简单地答道,一面拉着他的胳臂,"我们进去吧,爸。"

"现在倒是你要进去了,"他说,"可是我偏要站在这里,直到我明白你是怎么回事。唔,我想起来了,你最近显得有点奇怪。难道他跟你胡闹来着? 他向你求婚了吗?"

"没有。"她简单地回答。

"他是不会的。"杰拉尔德说。

她心中顿时火起,可是杰拉尔德摆了摆手,叫她平静些。

"别说了,姑娘! 今天下午我从约翰·威尔克斯那里听说,艾希礼千真万确要跟媚兰小姐结婚。明天晚上就要宣布。"

思嘉的手从他的胳臂上滑下来。那果然是真的呀!

她心头一阵剧痛,仿佛一只野兽用尖牙在咬着似的。就在这当儿,她父亲的眼睛死死盯住她,由于面对一个他不知该怎样回答的问题而觉得有点可怜,又颇为气恼。他爱思嘉,可是现在她竟把她那些孩子气的问题向他提出来,强求他来解决,这就使他很不舒服。爱伦懂得怎样回答这些问题。思嘉本来应当到她那里去诉苦的。

"你这不是在出自己的洋相——出咱们大家的洋相吗?"他厉声说,声音高得像平日发脾气时一样了,"你是在追求一个不爱你的男人了? 可这县里有那么多公子哥儿,你本来是谁都可以挑的呀!"

愤怒和受伤的自尊感反而把思嘉心中的痛苦驱走了一部分。

"我并没有追求他。只不过——感到吃惊罢了。"

"你这是在撒谎!"杰拉尔德大声说,接着,他凝视着她的脸,又突然显得十分慈祥地补充道:"我很难过,女儿。但毕竟你还是个孩子,而且别的小伙子还多着呢。"

"妈嫁给你时才十五呀,现在我都十六了。"思嘉嘟嘟哝哝地说。

"你妈可不一样,"杰拉尔德说,"她可从来不像你这样胡思乱想。好了,女儿。高兴一点,下星期我带你到查尔斯顿去看尤拉莉姨妈。看看他们那里怎样闹腾萨姆特要塞的事,包你不到一星期就把艾希礼忘了。"

"他还把我当孩子看,"思嘉心里想,悲伤和愤怒憋得她说不出话来,"以为只要拿着新玩具在我面前晃两下,我就会把伤痛全忘了呢。"

"好,不要跟我作对了,"杰拉尔德警告说,"你要是懂点事,早就该同斯图尔特或者布伦特结婚了。考虑考虑吧,女儿。同这对双胞胎中无论哪一个结婚,两家的农场便可以连成一片,吉姆·塔尔顿和我便会给你们盖一幢漂亮房子,就在两家农场连接的地方,那一大片松林里,而且——"

"别把我当小孩子看待了,好吗?"思嘉嚷道,"我不去查尔斯顿,也不要什么房子,或同双胞胎结婚。我只要——"说到这里她停顿了,但已经为时过晚。

杰拉尔德的声音显得出奇地平静,他慢吞吞地说着,仿佛是从一个很少使用的思想匣子里把话一字一句地抽出似的。

"你唯一要的是艾希礼,可是却得不到他。而且即使他要和你结婚,我也未必就乐意答应,无论我同约翰·威尔克斯家有多好的交情。"这时他看到她惊惶的神色,便接着说:"我要让我的女儿幸福,可你同他在一起是不会幸福的。"

"啊,我会的,我会的!"

"你不会的,女儿。只有同一类型的人两相匹配,才有幸福可言。"

思嘉心里忽然起了一种恶意,想大声喊出来:"可你不是一直很幸福呀,尽管你和妈并不是同类的人。"不过她把这念头压下去了,生怕他容忍不了这种鲁莽行为,会打她的耳光。

"咱们家的人跟威尔克斯家的人不一样,"他字斟句酌地慢慢说,"威尔克斯家跟咱们所有的邻居——跟我所认识的每家邻居都不一样。他们是些古古怪怪的人,最好是和他们的表姐妹去结婚,让他们一起保持自己的古怪去吧。"

"怎么,爸爸,艾希礼可不是——"

"别急呀,姑娘!我并没说这个年轻人的坏话嘛,因为我喜欢他。我说的古怪,并不就是疯狂的意思。他的古怪并不像卡尔弗特家的人那样,把所有的一切都押在一匹马身上,也不像塔尔顿家的孩子那样每次都喝得烂醉如泥,而且跟方丹家那些狂热的小畜生也不一样,他们动不动就行凶杀人。那种古怪是容易理解的,而且,老实说吧,要不是上帝保佑,杰拉尔德·奥哈拉很可能样样俱全呢。我也不是说,你要是做了他的妻子,艾希礼会跟别的女人私奔,或者揍你。要是那样,你反而会幸福些,因为你至少懂得那是怎么回事。可是他的古怪属于另一种方式,它使你对艾希礼根本无理解可言。我喜欢他,可是对于他所说的那些东西,我几乎全都摸不着头脑。好了,姑娘,老实告诉我,你理解他关于书本、诗歌、音乐、油画以及诸如此类的傻事所说的那些废话吗?"

"啊,爸爸,"思嘉不耐烦地喊道,"要是我跟他结了婚,我会把这一切都改变过来的!"

"唔,你会,你现在就会?"杰拉尔德暴躁地说,狠狠地瞪了她一眼,"这说明你对世界上任何一个男人都知道得还很少,更何况对艾希礼呢。你可千万别忘了哪个妻子也不曾把丈夫改变一丁点儿啊。至于说改变威尔克斯家的某个人,那简直是笑话,女儿。他们全家都那样,而且历来如此。而且大概会永远这样下去了。我告诉你,他们生来就这么古怪。瞧他们今天跑纽约,明天跑波士顿,去听什么歌剧,看什么油画,那个忙活劲儿!还要从北方佬那儿一大箱一大箱地订购法文和德文书呢！然后他们就坐下来读,坐下来梦想天知道什么玩意儿,这样的大好时光要是像正常人那样用来打猎和玩扑克,该多好呀！"

"可是县里没有人骑马骑得比艾希礼更好的呢,"思嘉对这些尽是诬蔑艾希礼的话十分恼火,才开始辩护起来,"也许他父亲不算,此外一个人也没有。至于打扑克,艾希礼不是上星期在琼斯博罗还赢走了你二百美元吗?"

"又是卡尔弗特家的小子们在胡扯了,"杰拉尔德不加辩解地说,"要不然你怎会知道这个数目。艾希礼能够跟最出色的骑手骑马,也能跟最出色的牌友玩扑克——我就是最出色的,姑娘！而且我不否认,他喝起酒来能使甚至塔尔顿家的人也醉倒在桌子底下。所有这些他都行,可是他的心不在这上面。这就是我说他为人古怪的原因。"

思嘉一声不响,她的心在往下沉。对于这最后一点,她想不出辩护的话来了,因为她知道杰拉尔德是对的。艾希礼的心不在所有这些他玩得最好的娱乐上。对于大家所最感兴趣的任何事物,他最多只不过出于礼貌,表示爱好而已。

杰拉尔德明白她这沉默的意思,便拍拍她的臂膀得意地说:"好啦,思嘉！你承认我这话说对了。你要艾希礼这样一个丈夫干什么呢? 他们全都是疯疯癫癫的,所有威尔克斯家的人。"接着,他又用讨好的口气说:"刚才我提到塔尔顿家的小伙子们,那可不是挤兑他们呀。他们是些好小子,不过,如果你在设法猎取的是凯德·卡尔弗特,那么,这对我也完全一样。卡尔弗特家的人是好样的,他们都是这样,尽管那老头娶了个北方佬。等到我过世的时候——别响呀,亲爱的,听我说嘛！我要把塔拉农场留给你和凯德——"

"你把凯德用银盘托着送给我,我也不要,"思嘉气愤地喊道,"我求求你不要硬把他推给我吧!我不要塔拉或别的什么农场。农场一钱不值,要是——"

她正要说"要是你得不到你所想要的人",可这时杰拉尔德被她那种傲慢的态度激怒了——她居然那样对待他送给的礼品,那是除爱伦以外他在世界上最宠爱的东西呢,于是他大吼了一声。

"思嘉,你真敢公然对我说,塔拉——这块土地——一钱不值吗?"

思嘉固执地点点头。她内心太痛苦了,已经顾不上考虑这是否会惹她父亲大发脾气。

"土地是世界上唯一最值钱的东西啊!"他一面嚷,一面伸开两只又粗又短的胳臂做出非常气愤的姿势,"因为它是世界上唯一持久的东西,而且你千万别忘了!它是唯一值得你付出劳动,进行战斗——牺牲性命的东西啊!"

"啊,爸,"她厌恶地说,"你说这话可真像个爱尔兰人哪!"

"难道我为这感到羞耻过吗?不。我感到自豪呢。你可别忘了你是半个爱尔兰人,姑娘!对于每一个身上有一滴爱尔兰血液的人来说,他们居住的土地就像他们的母亲一样。此刻我是在为你感到羞耻啊。我把世界上——咱们祖国的米思除外——最美好的土地给你,可你怎么样呢?你嗤之以鼻嘛!"

杰拉尔德正准备痛痛快快发泄一下心中的怒气,这时他看见思嘉满脸悲伤的神色,便止住了。

"不过,你还年轻。将来你会懂得爱这块土地的。只要你做了爱尔兰人,你是没法摆脱它的。你现在还是个孩子,还只为自己的意中人操心哪。等到你年纪大一些,你就会懂得——如今你要下定决心,究竟是挑选凯德还是那对双胞胎,或者伊凡·芒罗家的一个小伙子,无论谁,到时候看我让你们过得舒舒服服的。"

"啊,爸!"

这时杰拉尔德觉得这番谈话实在厌烦透了,而且一想到这个问题还得由他来解决,便十分恼火。此外,由于思嘉对他所提供的最佳对象和塔拉农场居然无动于衷,还是那么郁郁不乐,也感到委屈得很。他多么希望这些礼物被女儿用鼓掌、亲吻来接受啊!

"好,姑娘,别噘着嘴生气了。无论你嫁给谁,这都没关系,只要他跟你情投意合,是上等人,又是个有自尊心的南方人就行。女人嘛,结了婚便会产生爱情的。"

"啊,爸!看你这观念有多旧多土啊!"

"这才是个好观念啊!那种美国式的做法,到处跑呀找呀,要为爱情结婚呀,像些用人似的,像北方佬似的,有什么意思呢。最好的婚姻是凭父母给女儿选择对象。要不,像你这样的傻丫头,怎能分清楚好人和坏蛋呢?好吧,你看看威尔克斯家。他们凭什么世世代代保持了自己的尊严和兴旺呢?那不就凭的是跟自己的同类人结婚,跟他们家庭所希望的那些表亲结婚哪。"

"啊!"思嘉嚷起来,由于杰拉尔德的话把事实的不可避免性说到家了,她心中产生了新的痛苦。杰拉尔德看看她低下的头,很不自在地把两只脚反复挪动着。

"你不是在哭吧?"他问她,笨拙地摸摸她的下巴,想叫她仰起脸来,这时他自己的脸由于怜悯而露出深深的皱纹来了。

“没有!”她猛地把头扭开,激怒地大叫了一声。

“你这是在撒谎,可是我很喜欢这样。我巴不得你为人骄傲一些,姑娘。但愿在明天的大野宴上也看到你这样骄傲。我不要全县的人都谈论和笑话你,说你成天痴心想着一个男人,而那个人却根本无意于你,只维持着一般的友谊罢了。”

“他对我是有意的呀,”思嘉想,心里十分难过,“啊,情意深着呢!我知道他真的这样。我敢断定。只要再有一点点时间,我相信便能叫他亲自说出来——啊,要不是威尔克斯家的人总觉得他们只能同表亲结婚,那就好了!”

杰拉尔德把她的臂膀挽起来。

“咱们得进去吃晚饭了。这件事就不要声张,只咱俩知道行了。我不会拿它去打扰你妈——你也用不着跟她说。擤擤鼻涕吧,女儿。”

思嘉用她的破手绢擤了擤鼻涕,然后他们彼此挽着胳臂走上黑暗的车道,那匹马在后面缓缓地跟着。走近屋子时,思嘉正要开口说什么,忽然看见走廊暗影中的母亲。她戴着帽子、披肩和手套,嬷嬷跟在后面,脸色阴沉得像满天乌云,手里拿着一个黑皮袋,那是爱伦出去给农奴们看病时经常带着装药品和绷带用的。嬷嬷那两片又宽又厚的嘴唇向下耷拉着,她生起气来会把下嘴唇拉得有平时两倍那么长。现在这张嘴正噘着,因此思嘉明白嬷嬷正在为什么不称心的事生气呢。

“奥哈拉先生,”爱伦一见父女俩在车道上走来便叫了一声——爱伦是地道的老一辈人,她尽管结婚十七年了,生育了六个孩子,可仍然讲究礼节——她说:“奥哈拉先生,斯莱特里那边有人病了。埃米的新生婴儿快要死了,可是还得给他施洗礼。我和嬷嬷去看看还有没有什么办法。”

她的声音带有明显的询问口气，仿佛在征求杰拉尔德的同意，这无非是一种礼节上的表示，但从杰拉尔德看来却是十分珍贵的。

“真是天晓得！”杰拉尔德一听便嚷嚷开了，“为什么这些下流白人偏偏在吃晚饭的时候把你叫走呢？而且我正要告诉你亚特兰大那边人们在怎样谈论战争呀！去吧，奥哈拉太太。我知道，只要外边出了点什么事，你不去帮忙是整夜也睡不好觉的。”

“她总是一点不休息，深更半夜给黑人和穷白人下流坯子看病，好像他们就照顾不了自己。”嬷嬷自言自语咕哝着下了台阶，向等在道旁的马车走去。

“亲爱的，你就替我照管晚饭吧。”爱伦说，一面用戴手套的手轻轻摸了摸思嘉的脸颊。

不管思嘉怎样强忍着眼中的泪水，她一接触到母亲的爱抚，从她绸衣上隐隐闻到那个柠檬色草编香囊中的芳馨，便被那永不失效的魅力感动得震颤起来。对于思嘉来说，爱伦·奥哈拉周围有一种令人吃惊的东西，房子里有一种不可思议的东西同她在一起，使她敬畏，使她着迷，又使她平静。

杰拉尔德扶他的太太上了马车，吩咐车夫一路小心。车夫托比驾驭杰拉尔德的马已经二十年了，他噘着嘴对这种吩咐表示抗议——还用得着你来教训我这个老把式哪！他赶着车动身了，嬷嬷坐在他身旁，刚好构成一副非洲人噘嘴使气的绝妙图画。

“要是我不给斯莱特里那些下流坯帮那么大的忙——换了别人本来是要报酬的，”杰拉尔德气愤地说，“他们就会愿意把沼泽边上那几英亩赖地卖给我，县里也就会把他们摆脱了。"接着，他面露喜色，想起一个有益的玩笑来："来吧，女儿，咱们去告诉波克，说我没有买下迪尔茜，而是把他卖给约翰·威尔克斯了。"

他把缰绳扔给一个站在旁边的黑小子，然后大步走上台阶。他已经忘记了思嘉的伤心事，一心想去捉弄他的管家。思嘉跟在他后面，慢腾腾地爬上台阶，两只脚像铅一般沉重。她想，无论如何，要是她自己和艾希礼结为夫妻，至少不会比她父母这一对显得更不相称的。如往常那样，她觉得奇怪，怎么这位大喊大叫、没心计的父亲会设法娶上了像她母亲那样一个女人呢？因为从出身、教养和性格来说，世界上再没有两个人比他们彼此距离更远的了。

第 三 章

爱伦·奥哈拉现年三十二岁,按照当时的标准已是个中年妇人,她生过六个孩子,其中三个已经夭折。她长得高高的,比那位火爆性子的矮个儿丈夫高出一头,不过她的举止是那么文静,走起路来只见那条长裙子轻盈地摇摆,这样也就不显得怎么高了。她那奶酪色的脖颈圆圆的,细细的,从紧身上衣的黑绸圆领中端端正正地伸出来,但由于脑后那把戴着网套的丰盈秀发颇为浓重,便常常显得略向后仰。她母亲是法国人,是一对从一七九一年革命中逃亡到海地来的夫妇所生,她给爱伦遗传了这双在墨黑睫毛的阴影下略略倾斜的黑眼睛和这一头黑发。她父亲是拿破仑军队中的一名士兵,传给她一个长长的、笔直的鼻子和一个有棱有角的方下巴,只是后者在她两颊的柔美曲线的调和下显得不那么惹眼了。同时爱伦的脸也仅仅通过生活才养成了现在这副庄严而并不觉得傲慢的模样,这种优雅,这种忧郁而毫无幽默感的神态。

要是她的眼神中有一点焕发的光彩,她的笑容中有一点殷勤的温煦,她那使儿女和仆人听来感到轻柔的声音中有一点自然的韵味,那她就是一个非常漂亮的女人了。她说话用的是海滨佐治亚人那种柔和而有点含糊的口音,元音是流音,子音咬得不怎么准,略略带法语腔调。这是一种即使命令仆人或斥责儿女时也从不提高的声音,但也是在塔拉农场人人都随时服从的声音,而她丈夫的大喊大叫在那里却经常被悄悄地忽略了。

从思嘉所能记得的最早时候起,她母亲便一直是这个样子,她的声音,无论在称赞或者责备别人时,总是那么柔和而甜蜜;她的态度,尽管杰拉尔德在纷纷扰扰的家事中经常要出点乱子,却始终是那么沉着,应付自如;她的精神总是平静的,脊背总是挺直的,甚至在她的三个幼儿夭折时也是这样。思嘉从没见过母亲坐着时将背靠在椅子背上,也从没见过她手里不拿点针线活儿便坐下来(除了吃饭),即使是陪伴病人或审核农场账目的时候。有客人在场时,她手里拿的是精巧的刺绣,旁的时候则是缝制杰拉尔德的衬衫、女孩子的衣裳或农奴们的衣服。思嘉很难想象母亲手上不戴那个金顶针,或者她那一路窸窸窣窣的身影后面没有那个黑女孩,后者一生中唯一的任务是给她拆绷线,以及当爱伦为了检查烹饪、洗涤和大批的缝纫活儿而在满屋子到处跑动时,捧着那个红木针线盒儿从一个房间走到另一个房间。

思嘉从没见过母亲庄重安详的神态有被打扰的时候,她个人的衣着也总是那么整整齐齐,无论白天黑夜都一样。每当爱伦为了参加舞会、接待客人或者到琼斯博罗去旁听法庭审判而梳妆时,那就得花上两个钟头的时间,让两位女仆和嬷嬷帮着打扮,直到自己满意为止;不过到了紧急时刻,她的梳妆工夫便惊人地迅速了。

思嘉的房间在她母亲房间的对面,中间隔着个穿堂。她从小就熟悉了:在天亮前什么时候一个光着脚的黑人的急促脚步在硬木地板上轻轻走过,接着是母亲房门上匆忙的叩击声,然后是黑人那低沉而带惊慌的耳语,报告本地区那一长排白棚屋里有人生病了,死了,或者养了孩子。她那时还很小,时常爬到门口去,从狭窄的门缝里窥望,看到爱伦从黑暗的房间里出来,同时听到里面杰拉尔德平静而有节奏的鼾声;母亲让黑人手中的蜡烛照着,臂下挟着药品箱,头发已梳得熨熨帖帖,紧身上衣的纽扣也全扣好了。

思嘉听到母亲踮着脚尖轻轻走过厅堂,并坚定而怜悯地低声说:"嘘,别这么大声说话。你会吵醒奥哈拉先生的。他们还不至于病得要死吧。"这时,她总有一种安慰的感觉。

是的,她明白爱伦已经摸黑外出,一切正常,便爬回去重新躺到床上睡觉了。

早晨,经过抢救产妇和婴儿的通宵忙乱——那时老方丹大夫和年轻的方丹大夫都已外出应诊,没法来帮她的忙——然后,爱伦又像通常那样作为主妇在餐桌旁出现了,她那黝黑的眼圈略有倦色,可是声音和神态都没有流露丝毫的紧张感。她那庄重的温柔下面有一种钢铁般的品性,它使全家包括杰拉尔德和姑娘们无不感到敬畏,尽管杰拉尔德宁死也不愿承认这一点。

有时思嘉夜里轻轻走去亲吻高个子母亲的面颊,她仰望着那张上唇显得太短太柔嫩的嘴,那张太容易为世人所伤害的嘴,她不禁暗想它是否也曾像娇憨的姑娘那样咯咯地笑过,或者同知心的女友通宵达旦唧唧私语。可是,不,这是不可能的。母亲从来就是现在这个模样,是一根力量的支柱,一个智慧的源泉,一位对任何问题都能够解答的人。

然而思嘉错了,因为多年以前,萨凡纳州的爱伦·罗毕拉德也曾像那个迷人的海滨城市里的每一位十五岁的姑娘那样咯咯地笑过,也曾同朋友们通宵达旦喁喁私语,互谈理想,倾诉衷肠,只有一个秘密除外。就是在那一年,比她大二十八岁的杰拉尔德·奥哈拉闯进了她的生活——也是那一年,青春和她那黑眼睛表兄菲利普·罗毕拉德从她的生活中隐退了。因为,当菲利普连同他那双闪闪发光的眼睛和那种放荡不羁的习性永远离开萨凡纳时,他把爱伦心中的光辉也带走了,只给后来娶她的这位罗圈腿矮个儿爱尔兰人留下了一个温驯的躯壳。

不过这对杰拉尔德也就够了,他还因为真正娶上了她这一难以相信的幸运而吓坏了呢。而且,如果她身上失掉了什么,他也从不觉得可惜。他是个精明人,懂得像他这样一个既无门第又无财产但好吹嘘的爱尔兰人,居然娶到海滨各州中最富有最荣耀人家的女儿,也算得上是奇迹了。要知道,杰拉尔德是个白手起家的人呢。

杰拉尔德二十一岁那年来到美国。他像以前或以后许多好好坏坏的爱尔兰人那样,是匆匆而来的,因为他只带着身上穿的衣服和买船票剩下的两个先令,以及悬赏捉拿他的那个身价,而且他觉得这个身价比他的罪行所应得的还高了一些。世界上还没有一个奥兰治派分子①值得英国政府或魔鬼本身出一百英镑的;但是如果政府对于一个英国的不在地主②地租代理人的死会那么认真,那么杰拉尔德·奥哈拉的突然出

---

① 奥兰治分子是 1795 年北爱尔兰的一个秘密团体的成员,支持新教。

② 不在地主指不属于产权所在地的地主。

走便是适时的了。的确,他曾经称呼过地租代理人为"奥兰治派野崽子",不过,按照杰拉尔德对此事的看法,这并不使那个人就有权哼着《博因河之歌》那开头几句来侮辱他。

博因河战役①是一百多年以前打的,但是在奥哈拉家族和他们的邻里看来,就像昨天发生的事,那时他们的希望和梦想,他们的土地和钱财,都在那团卷着一位惊惶逃跑的斯图尔特王子的魔雾中消失了,只留下奥兰治王室的威廉和他那带着奥兰治帽徽的军队来屠杀斯图尔特王朝的爱尔兰依附者了。

由于这个以及别的缘故,杰拉尔德的家庭并不想把这场争吵的毁灭性结果看得十分严重,只把它看作是一桩有严重影响的事罢了。多年来,奥哈拉家与英国警察部门的关系很不好,原因是被怀疑参与了反政府活动,而杰拉尔德并不是奥哈拉家族中头一个暗中离开爱尔兰的人。他的两个哥哥詹姆斯和安德鲁,他几乎想不起来了,只记得是两个闷声不响的年轻人,他们时常在深夜来来去去,干一些神秘勾当,或者一走就是好几个星期,使母亲焦急万分。他们是许多年前人们在奥哈拉家猪圈里发现一批埋藏的来复枪之后到美国来的。现在他们已在萨凡纳做生意发了家,"虽然只有上帝才知道那地方究竟是哪里"——他们母亲提起这两个大儿子时总这样说。年轻的杰拉尔德就是给送到两位哥哥这里来的。

他离家出走时,母亲在他脸上匆匆吻了一下,并贴着耳朵说了一声天主教的祝福,父亲则给了临别赠言,"要记住自己

---

① 博因河战役是 1690 年英格兰国王威廉三世在爱尔兰博因河畔打败前王詹姆斯二世的一次战斗,被认为是新教的胜利。

是谁,不要学别人的样。"他的五位高个子兄弟羡慕而略带关注地微笑着向他说了声再见,因为杰拉尔德在这强壮的一家人中是最小和最矮的。

他父亲和五个哥哥都身高六英尺以上,其粗壮的程度也很相称,可是二十一岁的小个子杰拉尔德懂得,五英尺四英寸半便是上帝所能允许他的最大高度了。对杰拉尔德来说,他从不以自己身材矮小而自怨自艾,也从不认为这会阻碍他去获得自己所需要的一切。更确切些不如说,正是杰拉尔德的矮小精干使他成为现在这样,因为他早就明白矮小的人必须在高大者中间顽强地活下去。而杰拉尔德是顽强的。

他那些高个儿哥哥是些冷酷寡言的人,在他们身上,历史光荣的家族传统已经永远消失,沦落为默默的仇恨,爆裂出痛苦的幽默来了。要是杰拉尔德也生来强壮,他就会走上奥哈拉家族中其他人的道路,在反政府的行列中悄悄地、神秘地干起来。可杰拉尔德像他母亲钟爱地形容的那样,是个"高嗓门,笨脑袋",脾气暴躁,动辄使拳头,并且盛气凌人,叫人见了都害怕。他在那些高大的奥哈拉家族的人中间,就像一只神气十足的矮脚鸡在满院子大个儿雄鸡中间那样,故意昂首阔步,而他们都爱护他,亲切地怂恿他高声喊叫,必要时也只伸出他们的大拳头敲他几下,让这位小弟弟不要太得意忘形了。

杰拉尔德到美国来之前,没有受过多少教育,可是他对此并不怎么有自知之明。其实,即使别人给他指出,他也不会在意。他母亲教过他读书写字。他很善于做算术题。他的书本知识就到此为止了。他唯一懂得的拉丁文是做弥撒时应答牧师的用语,唯一的历史知识则是爱尔兰的种种冤屈。他在诗歌方面,只知道穆尔的作品,音乐则限于历代流传下来的爱尔兰歌曲。他尽管对那些比他较有学问的人怀有敬意,可是从来也不感觉到自己的缺陷。而且,在一个新的国家,在一个连那些最愚昧的爱尔兰人也在此发了大财的国家,在一个只要求你强壮和不怕干活的国家,他需要这些东西干什么呢?

詹姆斯和安德鲁也不认为自己很少受教育是一件憾事。他们收留杰拉尔德进了他们在萨凡纳的商店。他的字写得清楚,算数算得准确,与顾客谈起生意来也很精明,因此赢得了两位哥哥的器重;至于文学知识和欣赏音乐的修养,年轻的杰拉尔德即使具有,也只会引起他们的嗤笑。在本世纪初,美国对爱尔兰人还很和气。詹姆斯和安德鲁开始时用帆布篷车从萨凡纳往佐治亚的内地城镇运送货物,后来赚了钱便自己开商店,杰拉尔德也就跟着他们发迹了。

他爱南方,并且他自以为很快就成了南方人。的确,关于南方和南方人,有许多东西是他永远也不会理解的,不过,南方人的有些思想习惯,如玩扑克,赛马,争论政治和举行决斗,争取州权和咒骂北方佬,维护奴隶制和棉花至上主义,轻视下流白人和过分讨好妇女,等等,他一经理解便全心全意地接纳,并成为他自己的了。他甚至学会了咀嚼烟叶。至于喝威士忌的本领,那是他不用学的,因为他生来就已经具备。

然而,杰拉尔德还是杰拉尔德。他的生活习惯和思想变了,但他不愿改变自己的态度,即使他能够改变。他羡慕那些种稻米、棉花的富裕地主,羡慕他们慢条斯理、温文尔雅地骑着纯种马,后面是载着他们文质彬彬的太太们的马车和奴隶们的大车,从他们的古旧王国向萨凡纳迤逦而来。可是杰拉尔德永远也学不会文雅。他们那种懒洋洋的含糊不清的声音,他觉得特别悦耳,但他自己那轻快的土腔却总是吊在舌头上摆脱不了。他们处理重大事务时,在一张牌上赌押一笔财产、一个农场或一个奴隶时,以及像向黑人孩子撒钱币似的将他们的损失惬意地轻轻勾销时,那种满不在乎的神气是他十分喜爱的。然而杰拉尔德已经懂得什么叫贫穷,因此永远学不会惬意而体面地输钱。他们是个快乐的民族,这些海滨佐治亚人,声音柔和,容易动怒,有时前后矛盾得十分可爱,所以杰拉尔德喜欢他们。不过,这位年轻的爱尔兰人身上充满了活泼好动的生机,他是刚刚从一个风冷雾湿但多雾的沼泽不产生热病的国家出来的,这便把他同这些出生在亚热带气候和瘴气湿地中的懒惰绅士们截然分开了。

他从他们那里学到了他发现有用的东西,其余的便拒绝了。他发现玩扑克牌是所有南方习俗中最有用的,只要会打扑克,加上一个喝威士忌的海量,就行了。玩牌和喝酒是杰拉尔德的天生癖性,给他带来了平生三样最受赞赏的财富中的两样,即他的管家和他的农场。另一样是他的妻子,他只能把她看作是上帝的神奇赐予。

他的管家名叫波克,黑得又光又亮,举止庄严,且有全副出色的裁缝手艺,是他打了个通宵的扑克牌从一位圣西蒙斯岛的地主手中赢来的。那个地主在敢于虚张声势方面与杰拉尔德不相上下,可是喝起新奥尔良朗姆酒来就不行了。尽管波克原先的主人后来要求以双倍的价钱把他买回去,杰拉尔德却断然拒绝了,因为这是他占有的第一个奴隶,而且绝对是"海滨最好的管家",称得上是他实现平生渴望的最好开端,怎么能放弃呀?杰拉尔德一心要当奴隶主和拥有地产的上等人呢。

他已下定决心,不要像詹姆斯和安德鲁那样把所有的白天都花费在讨价还价上,或者把所有的夜晚都用来对着灯光检查账目。他跟两个哥哥不同,他已深深感到社会上最被人瞧不起的是那些"生意人"。杰拉尔德要当一个地主。他像一个曾经在别人所拥有和猎取的土地上干活的爱尔兰佃农那样,满心希望看到自己的田地绿油油地从眼前铺展开去。他无情地、一心一意地追求一个目标,就是要拥有自己的住宅,自己的农场,自己的马匹,自己的奴隶。而在这个新国家里,既然已不像在他所离开的那个国家要冒双重危险,即全部的收获都被租税吞掉和随时有可能被突然没收,他就很想得到这些东西了。但是,一个时期以来,他已渐渐发现,怀抱这个雄心和实现这个雄心毕竟是两码事。滨海的佐治亚州是那样牢牢地掌握在一个顽强的贵族阶级手中,在这里,他就休想有一天会赢得他所刻意追求的地位。

过了些时,命运之手和一手扑克牌两相结合,给了他一个他后来取名为塔拉的农场,同时让他从海滨迁移到北佐治亚的丘陵地区来了。

那是一个很暖的春天夜晚,在萨凡纳的一家酒店里,邻座一位生客的偶尔谈话引起杰拉尔德侧耳细听。那位生客是萨凡纳本地人,在内地居住了十二年之后刚刚回来。他是在州里举办抽彩分配土地时的一个获奖者。原来杰拉尔德来到美洲前一年,印第安人把佐治亚中部广大的一片土地放弃了,佐治亚州当局便以这种方式进行分配。他迁徙到了那里,并建立了一个农场;但是现在他的房子失火烧掉了,他对那个"可诅咒的地方"已感到厌烦,因此很乐意将它脱手。

杰拉尔德心中一直没有放弃那个念头,想拥有一个自己的农场,于是经过介绍,他同那个陌生人谈起来,而当对方告诉他,那个州的北部已经从卡罗来纳和弗吉尼亚涌进了大批大批的新人时,他的兴趣就更大了。杰拉尔德在萨凡纳已住了很久,知道了海滨人的观点,即认为这个州的其余部分都是偏僻的森林地带,每个灌木丛中都潜伏着印第安人。他在处理"奥哈拉兄弟公司"的业务时访问过在萨凡纳河上游一百英里的奥古斯塔,而且旅行到了离萨凡纳很远的内地,看到了那个城市西面的古老城镇。他知道,那个地区也像海滨那样拥有不少居民,但是从陌生人的描绘来看,他的农场是在萨凡纳西北二百五十英里以外的内地,在查塔霍奇河以南不远的地方。他知道,河那边往北一带仍控制在柴罗基人手里,所以他听到陌生人嘲笑他提起与印第安人的纠纷,并叙述那个新地区有多少新兴的城镇正在成长起来、多少农场经营得很好时,便禁不住大吃一惊了。

一小时之后,谈话开始放慢,于是杰拉尔德想出一个诡计,那双碧蓝的眼睛也不由得流露出真情来——他提议玩牌。夜渐渐深了,酒斟了一巡又一巡,这时其他几个牌友都歇手了,只剩下杰拉尔德和陌生人在继续对赌。陌生人把所有的筹码全都押上,外加那个农场的文契。杰拉尔德也推出他的那堆筹码,并把钱袋放在上面。如果钱袋里装的恰好是"奥哈拉兄弟公司"的款子,杰拉尔德第二天早晨做弥撒时也不会觉得良心不安而表示忏悔的。他懂得自己所要的是什么,而当他需要时便断然采取最直截了当的手段来攫取它。而且,他是那样相信自己的命运和手中的那几张牌,所以从来就不考虑:要是桌子对面放的是一手更高的牌呢,那他将怎样偿还这笔钱呀?

"你这不是靠买卖赚来的,而我呢,也乐得不用再给那地方纳税了,"陌生人叹了口气说,一面叫拿笔墨来,"那所大房子是一年前烧掉的,田地呢,已长满了灌木林和小松树。不过,这些都是你的了。"

"千万不要把玩牌和威士忌混在一起,除非你早就戒酒了。"当天晚上波克服侍杰拉尔德上床睡觉时,杰拉尔德严肃地对他这样说,这位管家由于崇拜主人正开始在学习一种土腔,便用一种基希和米思郡的混合腔调作了必要的回答,当然这种腔调只有他们两个人懂,别人听来是莫名其妙的。

浑浊的弗林特河在一排排松树和爬满藤萝的水橡树中间悄悄地流着,像一条弯曲的胳臂绕过杰拉尔德的那片新土地,从两侧环抱着它。杰拉尔德站在那个原来有房子的小小圆丘上,对他来说,这道高高的绿色屏障既是他的所有权的一个看得见的可喜的证明,又好像是他亲手建造用来作为私有标志的一道篱笆。他站在那座已烧掉的房子的焦黑基石上,俯视着那条伸向大路的林荫小道,一面快活地咒骂着,因为这种喜悦之情是那么深厚,已无法用感谢上天的祈祷来表达了。这两排阴森的树木,那片荒芜的草地,连同草地上那些缀满白花的木兰树和底下齐腰深的野草,也是他的。那些尚未开垦的、长满了小松树和矮树丛的田地,那些连绵不断向周围远远伸展开去的红土地面也属于杰拉尔德·奥哈拉所有了——这一切都成了他的,因为他有一个从不糊涂的爱尔兰人头脑和将全部家当都押在一手牌上的勇气。

杰拉尔德面对这片寂静的荒地,闭上了眼睛,他觉得自己仿佛回到了家里。在这儿,在他脚下,一幢刷白的砖房将拔地而起。大路对过将有一道新的栅栏把肥壮的牲口和纯种马圈起来,而那片从山腰伸到肥沃的河床的红土地,将像凫绒被似的在阳光下闪耀银光——棉花,大片大片的棉花啊!奥哈拉家的产业从此要复兴了。

杰拉尔德用自己的一小笔赌本,从两位不很热心的哥哥那里借到的一点钱,以及典地得到的一笔现金,买了头一批种大田的黑奴,然后来到塔拉,在那四间房的监工屋里,像单身汉似的孤独地住下来,直到有那么一天塔拉农场的白色墙壁拔地而起为止。

他平整田地,种植棉花,并从詹姆斯和安德鲁那里又借了些钱买来一批奴隶。奥哈拉一家是家族观念很强的人,他们无论在兴旺或不走好运的时候都同样抱在一起,但这并不是出于过分的手足之情,而是因为从严峻的岁月里懂得了,一个家族要生存下去就必须形成一条一致对外的坚固战线。他们把钱借给杰拉尔德,有朝一日钱还会连本带利回到他们手中的。这样,杰拉尔德不断买进毗连的地亩,农场也渐渐扩大,终于那幢白房子已不再是梦想而是现实了。

那是用奴隶劳动建筑的,一所显得有点笨拙的、好像趴在地上似的房子,它坐落在一块坡地上,俯瞰着那片向河边伸延下去的碧绿的牧场;它使杰拉尔德非常得意,因为它尽管是新建的却已经有点古色古香的模样了。那些曾经见过印第安人在枝丫下往来的老橡树,现在用它们的巨大躯干紧紧围住这所房子,同时用枝叶在屋顶上空撑起一片浓荫。那片从乱草中复原过来的草地,如今已长满了苜蓿和百慕大牧草,杰拉尔德决计要把它管理得好好的。从林荫道的柏树到奴隶区那排白色木屋,到处都能使人看到塔拉农场的坚实、稳固、耐久的风采。每当杰拉尔德骑马驰过大路上那个拐弯并看见自己的房子从绿树丛中耸出的屋顶时,他就要兴奋得连心都膨胀起来,仿佛每一个景观都是头一次看到似的。

他已经完成这一切,这位矮小的、精明的、盛气凌人的杰拉尔德。

杰拉尔德同县里所有的邻居都相处得很好,但有两家除外,一是麦金托什家,他们的土地和他的在左侧毗连;二是斯莱特里家,他们那三英亩瘠地,沿着河流和约翰·威尔克斯家农场之间的湿地低处,伸展到了他的田地的右边。

麦金托什家是苏格兰和爱尔兰的混血,也是奥兰治派分子,而且,如果他们具有天主教教历中的全部圣洁品质,在杰拉尔德眼中,他们的祖先便会永远诅咒他们了。的确,他们已经在佐治亚生活了七十年,而且那以前有一代人是在卡罗来纳度过的,但这个家族中第一个踏上美洲大陆的人是从阿尔斯特来的,这对于杰拉尔德来说就足够了。他们是一个缄默寡言、性格倔强的家族,与外人绝少往来,也只同卡罗来纳的亲戚通婚。杰拉尔德并不是唯一不喜欢他们的人,因为县里各家都相处融洽,乐于交往,谁也忍受不了像他们这种性格的人家。还有谣传说他们同情废奴主义者,但这并没有提高麦金托什家的声望。老安格斯从来没有解放过一个奴隶,而且由于出卖了一些黑人给一个到路易斯安那蔗田去的过路的奴隶贩子而不可饶恕地违背了社会公德,但谣言照样流传。

"毫无疑问,他是个废奴主义者,"杰拉尔德对约翰·威尔克斯说,"不过,在一个奥兰治党人身上,当一种主义跟苏格兰人的悭吝相抵触时,那个主义也就完了。"

至于斯莱特里家,那又是另一回事了。他们是穷白人,甚至还不如安格斯·麦金托什,因为后者总算还能以倔强的独立性争取到邻居们勉强的尊敬。老斯莱特里死死抱住他那几英亩土地,任凭杰拉尔德和约翰·威尔克斯一再出价购买也不放手,他就是这么个刻板而又爱发牢骚的人。他的老婆是个蓬头散发的女人,体弱多病,形容憔悴,却养了一大窝家兔般的儿女——他们很有规律地逐年增长。汤姆·斯莱特里没有奴隶,他和两个大儿子时作时停地种着那几英亩棉花,老婆和几个小儿子则照管那块号称菜园的土地。可是,不知怎的,棉花总是长不好;菜园呢,也由于斯莱特里太太不断生孩子,种出的菜蔬很少够她那一家子吃的。

汤姆·斯莱特里在邻居家的走廊上赖着不走,向人家讨棉花籽儿下种,或者要一块腌肉去"对付一顿",这情景是常见的。他使出自己的一点力气来憎恨邻居们,感到他们在客气底下暗藏着轻蔑;他尤其憎恨"阔人家的势利眼黑鬼"。县里那些干家务活的黑人总以为自己比下流坏白人还高一等,他们的公然蔑视刺痛了他,而他们比较稳定的生活更引起他的嫉恨。以他自己的穷困生涯作对比,他们确实是吃得好,穿得好,并且病了有人照看,老了有人供养。他们为自己主人的好名声感到骄傲,并且大多以自己归上等人所有而觉得光荣,而他呢,却是人人都瞧不起的。

斯莱特里很可以把自己的农场以高出三倍的价钱卖给县里任何一个大地主。他们会觉得,为了不跟一个碍眼的人居住在同一地方,花这笔钱还是值得的,可是他却很乐意留着不走,靠那每年一包棉花的收入和邻居们的施舍艰难地生活下去。

杰拉尔德同县里所有其他的人都相处得不错,愉快而又亲近。威尔克斯家,卡尔弗特家,塔尔顿家,方丹家,他们一看见这位骑着大白马的矮个儿驰上他们的车道便含笑相迎,微笑着招呼仆人拿高脚杯来,杯子里放一茶匙糖和少许薄荷叶,然后斟上威士忌酒。杰拉尔德是可爱的,邻居们很快便知道,连他们的孩子、黑奴和狗都一眼就看出这人尽管大喊大叫,举止粗野,但实际上是个好心肠的人,乐意倾听别人的话,而且慷慨大方。

他每次来时,总要引起一群乱吠乱跳的猎狗和叫喊着的黑孩子跑去迎接他,吵吵嚷嚷抢着牵他的马,当他和蔼地训斥他们时便显得有点尴尬地傻笑起来。那些白人孩子也吵着坐到他的膝头上,可他正忙于向他们的长辈指责北方佬政客的丑行呢。他那些朋友的女儿都把他当作知心人,向他吐露自己的恋爱故事。至于邻居的小伙子们,他们是怕在父亲面前承认自己的不体面行为的,可是却把他当作患难知交。

"这么说,你这钱欠了一个月啦,你这小鬼头!"他会大声嚷嚷,"那么,我的上帝,你干吗不早点来跟我要呢?"

他那粗鲁的口气是大家都熟悉的,谁也不会反感,所以这只会使那些年轻人腼腆地傻笑两声然后答道:"是呀,大叔,可我害怕麻烦您呢,而且我父亲——"

"你父亲是个好人,这得承认,不过严格了一点。那么,把这个拿去,以后谁也别提起就是了。"

最后才表示降服的是地主太太们。不过,当威尔克斯太太——像杰拉尔德形容的"一位了不起的具有沉默天才的女士"——有天晚上在杰拉尔德的马已经跑上车道之后对她的丈夫说,"这人尽讲粗话,可毕竟是个上等人。"这时,杰拉尔德已肯定是成功了。

他并不明白他花了差不多十年的工夫才达到这个地步,

因为他从来没有意识到他初来时邻居们是用怀疑的眼光看他的。按他自己的想法,他一踏上塔拉这块土地便毫无疑问很适合待在这里了。

杰拉尔德四十三岁那年,他的腰身已那么粗壮,脸色那么红润,活像一个从体育画报上剪下来的打猎的乡绅,那时他想起塔拉虽然很可贵,可只有它和县里那些心地坦荡、殷勤好客的人,还是不够的。他还缺少一个妻子。

塔拉农场迫切需要一位女主人。现在的这位胖厨子本来是管庭院的黑人杂工,因为迫切需要才提升到厨房工作的,可他从来没有按时开过一顿饭;而那位内室女仆原先也是在田里干活的,她任凭屋子里到处都是尘土,好像手头永远也不会有一块干净的桌布或餐巾似的,因此一有客人到来,便要手忙脚乱一番。波克是唯一受过训练和胜任的黑人管家,他现在负责管理所有的奴仆,但是几年来,在杰拉尔德遇事乐呵呵的生活作风影响下,也变得怠惰和漫不经心了。作为贴身用人,他负责整理杰拉尔德的卧室,作为膳事总管,他要让饭菜安排得像个样子,不过在别的方面他就有点听之任之了。

那些具有非洲人精确本能的黑奴,都发现杰拉尔德尽管大喊大叫,但并不厉害,所以他们便肆无忌惮地利用这一点。表面上经常存在这样的威胁,说是要把奴隶卖到南方去,或者要狠狠地鞭打他们,但实际上塔拉农场从来没有卖过一个奴隶,鞭打的事也只发生过一次,那是因为没有把杰拉尔德的狩猎了一整天的爱马好好刷洗一下。

杰拉尔德那双锐利的天蓝色眼睛注意到左邻右舍的房子收拾得多么整洁,那些头发梳得溜光、裙子窸窸窣窣响的主妇们多么从容地管理着他们的仆人。他不熟悉这些女人从天亮到深夜忙个不停地监督仆人烧菜做饭、哺育婴儿、缝纫洗浆的劳碌情形，他只看到表面的成绩，而这些成绩给他留下了深刻的印象。

有一天早晨他准备进城去旁听法庭开审，波克把他心爱的皱领衬衫取来，可他一看便发觉它已被那个内室女仆弄得不成样子，只能给他的管家穿了。这时他多么感到迫切需要一个老婆啊！

"杰拉尔德先生，"波克眼看杰拉尔德生气了，便讨好地对他说，一面将那件衬衫卷起来，"你如今缺少的是一位太太，一位能带来许多家仆的太太。"

杰拉尔德责骂波克无礼，但他明白他是对的。他需要一个妻子，他也需要儿女，而且，如果不很快得到他们，那将为时太晚了。但是他不想随便娶个女人，像卡尔弗特那样，把那个照管他的没娘孩子的北方佬女家庭教师讨来当老婆。他的妻子必须是一位夫人，一位出身名门的夫人，像威尔克斯太太那样端庄贤淑，能够像威尔克斯太太整顿她自己的田地那样把塔拉农场管理好。

但是要同这个县的大户人家结亲却有两个难处。第一是这里结婚年龄的姑娘很少。第二，也是更不好办的一点是，杰拉尔德是个"新人"（尽管他在这里已居住了将近十年），又是外国人。谁也不了解他的家族情况。尽管佐治亚内地社会并不像海滨贵族社会那样难以接近，可是也没有哪个家庭愿意让自己的女儿嫁给一个来历不明的男人。

杰拉尔德明白，不管那些同他一起打猎、喝酒和谈论政治的本县男人多么喜欢他，他还是很难找到一个情愿把女儿许给他的人家。而且他不想让人们闲谈时说起某位某位做父亲的已经深表遗憾地拒绝杰拉尔德向他的女儿求婚了。不过，他的这种自知之明并没有使他觉得自己在邻居们面前低人一等。事实上，他无论如何也不会感到自己在哪方面不如别人。那仅仅是县里的一种奇怪习俗，认为姑娘们只能嫁到那些至少在南部已居住二十年以上、已经拥有自己的田地和奴隶，并且已沾染了当时引为时髦的那些不良癖好的人家去。

"收拾行李吧。咱们要到萨凡纳去，"他告诉波克，"只要让我听到你说一声'嘘'或者'保证！'我就立即把你卖掉，因为这种字眼我自己是很少说的。"

詹姆斯和安德鲁对于他的婚姻可能会提出某种主意，而且他们的老朋友中可能有适合他的要求并愿意嫁给他的女儿吧。他们两人耐心地听完他的想法，可是谁也不表示赞成。他们在萨凡纳没有可以求助的亲戚，因为他们来美国时已经结婚。而他们的老朋友们的女儿也早已出嫁并都在生儿育女了。

"你不是什么有钱人，又不是什么望族。"詹姆斯说。

"我已经挣了不少钱，我也能成为一个大户人家。我当然不能马马虎虎讨个老婆完事。"

"你太好高骛远了。"安德鲁干脆这样指出。

不过他们还是替杰拉尔德尽了最大的努力。詹姆斯和安德鲁是上了年纪的人，在萨凡纳已颇有名望。他们的朋友可真不少，在一个月里带着他从这家跑到那家，吃饭啦，跳舞啦，参加野餐会啦，忙个不停。

最后杰拉尔德表示："只有一个我看得上眼的，可是在我来到这里时她恐怕还没有出生呢。"

"你看得上眼的究竟是谁呀？"

"是爱伦·罗毕拉德小姐。"杰拉尔德故意装出漫不经心的样子答道,因为爱伦·罗毕拉德那双稍稍有些耷拉的黑眼睛实际上已远不只叫他看上眼了。她尽管外表上显得有点没精打采,令人捉摸不透,这在一个十五岁的姑娘家身上尤其罕见,可是毕竟把他迷住了。此外,她身上还有一种令人倾倒的绝望神态在深深地摇撼他的心灵,叫他在她面前变得分外温柔,而这是他和世界上任何其他人在一起时从来没有过的。

"可是你的年龄完全可以当她的父亲了!"

"可我正当壮年呀!"杰拉尔德被刺得大叫起来。

詹姆斯冷静地谈了自己的意见。

"杰里,你在萨凡纳再也找不到一个比她更难以娶到的女人了。她父亲是罗毕拉德家族的人,而这些法国人非常骄傲。至于她母亲——愿她安息——那是位非常了不起的太太。"

"我不管这些,"杰拉尔德愤愤地说,"何况她母亲已经死了,而罗毕拉德那老头又喜欢我。"

"作为一个普通人是这样,可作为女婿就未必了。"

"那姑娘无论如何也不会要你的,"安德鲁插嘴说,"她爱上她的一个表兄,那个放荡的叫菲利普的花花公子,已经一年了,尽管她家里还在没完没了劝她不要这样。"

"他这个月到路易斯安那去了。"杰拉尔德说。

"你怎么知道的?"

"我知道,"杰拉尔德回答,他不想说出是波克向他提供了这一宝贵的信息,也不告诉他们菲利普接到家里的快信赶回西部去了,"而且我并不认为她爱他已经到了摆脱不开的地步。十五岁毕竟还太年轻,是不怎么懂得爱情的。"

"她们宁愿要那个危险的表兄也不会挑上你的。"

所以,当消息从内地传来说皮埃尔·罗毕拉德的女儿要嫁给这个矮小的爱尔兰人时,詹姆斯和安德鲁也和其他人一样不禁大吃一惊。整个萨凡纳都在暗中纷纷议论,并猜测如今到西部去了的菲利普·罗毕拉德是怎么回事,可是闲谈归闲谈,谁也没有找到答案。为什么罗毕拉德家族中最可爱的一个女儿会跟一个大喊大叫、面孔通红、身高不及她耳朵的矮小鬼结婚,这对所有的人都始终是个谜。

连杰拉尔德本人至今也不大明白事情究竟是怎样搞成的。他只知道出现了一个奇迹。而且,一辈子也就这么一次,当脸色苍白而又十分镇静的爱伦将一只轻柔的手放在他的臂膀上并且说"奥哈拉先生,我愿意嫁给你"时,他简直谦卑到五体投地了。

对于这个神秘莫测的问题,连罗毕拉德家族中那些惊惶失措的人也只能找到部分的答案。只有爱伦和她的嬷嬷才知道那天晚上发生的整个故事,那时这位姑娘像个伤心的孩子似的哭了个通宵,而第二天早晨起床时她已经是个下定决心的女人了。

嬷嬷有所预感地给她的小主妇拿来一个从新奥尔良寄来的小包裹,上面的通讯地址是个陌生人写的,里面装着一张爱伦的小照(爱伦一见便惊叫一声把它丢在地上),四封爱伦写给菲利普·罗毕拉德的亲笔信,以及一位新奥尔良牧师附上的短简,它宣布她的这位表哥已经在一次酒吧的斗殴中死了。"他们把他赶走了,父亲、波琳和尤拉莉把他赶走了。我恨他们。我恨他们大家。我再也不要看见他们了。我要离开这里。我要到永远看不见他们的地方去,也永远不再见这个城市,或者任何一个使我想起——想起他的人。"

一直到天快亮的时候,本来伏在床头陪着她一起啜泣的嬷嬷这才对她提出警告:"可是不行,小宝贝,你不能那样做呀!"

"我一定要这样,他是个好心人。我要这样办,或者到查尔斯顿的修道院里去当修女。"

正是这个修道院的念头给皮埃尔·罗毕拉德带来了威胁,使他终于在惶惑而悲痛的心情下表示了同意。他是个坚贞不渝的长老会教友,尽管他的家族信奉天主教,因此心想与其让女儿当修女还不如把她嫁给杰拉尔德·奥哈拉好。最后,他对杰拉尔德这个人,除了门第欠缺之外,就不再抱什么反感了。

就这样,爱伦(已不再姓罗毕拉德)离开萨凡纳,从此一去不返,她随同一位中年丈夫,带着嬷嬷和二十个黑人家奴,动身到塔拉去了。

第二年,他们生了第一个孩子,取名凯蒂·思嘉,是随杰拉尔德的母亲命名的。杰拉尔德感到有点失望,因为他想要一个儿子,不过他还是很喜欢这个黑头发的女儿,高高兴兴地请塔拉农场的每个农奴都喝了酒,自己也乐得喝了个酩酊大醉。

如果说爱伦对于自己那么仓促决定同杰拉尔德结婚曾经有所懊悔的话,那是谁也不知道的,杰拉尔德更是如此,他每次瞧着她都要骄傲得不行呢。她一离开萨凡纳那个文雅的海滨城市,便把它和它所留下的记忆抛到了脑后;同样,她一到达北佐治亚,这里便成为她的家了。

她的老家,她父亲那所粉刷成浅红色的住宅,原是那么幽雅舒适,有着美女般丰盈的体态和帆船乘风破浪的英姿;它是法国殖民地式的建筑,以一种雅致的风格拔地而起,里面用的是螺旋形楼梯,旁边的铁制栏杆精美得像花边似的。那是一所富丽、优雅而僻静的房子,是她的温暖的家,但如今她永远离开了。

她不仅离开了那个优美的住处,而且离开了那建筑背后的一整套文明,如今发现自己置身于一个完全不同的陌生世界,仿佛跨过了一个大陆似的。

北佐治亚这里是个草莽未除、民情粗犷的地区。她高高地站在蓝岭山麓的高原上,看见一望无际逶迤起伏的红色丘陵和底部突露的花岗岩,以及到处耸立的嶙峋的苍松。这一切在她眼里都显得粗陋和野性未驯,因为她看惯了满缀着青苔绿蔓的海岛上那种幽静的林薮之美,亚热带阳光下远远延伸的白色海滩,以及长满了各种棕榈的沙地上平坦辽阔的远景。

在这个地区,人们习惯的是冬季的严寒和夏天的酷热,而且这些人身上有的是她从未见过的旺盛的生机和力量。他们为人诚恳,勇敢,大方,蕴藏着善良的天性,可是强壮、刚健,容易发火。她已离开的那些海滨人常常引为骄傲的是,他们对人对事,甚至对待决斗和争执,都采取一种满不在乎的态度;可是这些北佐治亚人身上却有一股子强暴劲儿。在海滨,生活已经熟透了——可在这里,生活还是稚嫩的,生气勃勃的,新的。

爱伦在萨凡纳认识的所有人好像都是从同一个模子里出来的,他们的观点和传统都那样相似,可在这里人们就多种多样了。这些到北佐治亚定居的人来自许多不同的地方,诸如佐治亚其他地区，卡罗来纳，弗吉尼亚，欧洲，以及北美等等。有些人如杰拉尔德那样是到这里来碰运气的新人。还有些人像爱伦则是旧家族的成员，他们觉得原来的老家待不下去了，便到这遥远的地方来寻找避难所。也有不少人在无故迁徙，这就只能说是前辈拓荒者的好动的血液仍在他们的血脉中加速流动了。

这些来自四面八方和有着种种不同背景的人给这个县的全部生活带来了一种不拘礼仪的风习，而这是爱伦所不曾见过，也是她自己永远无法充分适应的。她本能地知道海滨人民在什么样的环境下应当如何行动。可是，谁也没有说过北佐治亚人该怎样做呀！

而且，还有一种力量推动着这个地区的一切事情，那就是席卷整个南部的发达高潮。全世界都迫切需要棉花，而这个县的新垦地还很肥沃，在大量生产这种东西。棉花便是本地区的脉搏，植棉和摘棉便是这红土心脏的舒张和收缩。财富从那些弧形的垄沟中源源而来，同样源源而来的还有骄矜之气——建立在葱绿棉林和广袤的白絮田野上的骄矜之气。如果棉花能够使他们这一代人富裕起来，那么到下一代该更加富裕多少啊！

这种对于未来的绝对把握使生活充满了激情和热望，而县里的人都在以一种爱伦所不了解的全心全意的态度享受着这种生活。他们有了足够的钱财和足够的奴隶，现在有时间玩乐一番了，何况他们本来就是爱玩的。他们永远也不会忙到不能放下工作来搞一次炸鱼野餐、一次狩猎或赛马，而且很少有一个星期不举行全牲大宴或舞会的。

爱伦永远不想也不能完全成为他们中间的一员——她在

萨凡纳时凡事都自作主张惯了——不过她尊重他们,而且渐渐学会了羡慕这些人的坦诚和直率,他们胸无城府,对一个人的评价也总是从实际出发的。

她成了全县最受爱戴的一位邻居。她是个节俭而温厚的主妇,一个贤妻良母。她本来会奉献给教堂的那份悲痛和无私,如今都全部用来服务于自己的儿女和家庭以及那位带她离开萨凡纳的男人了——这个男人让她离开了萨凡纳和那里所有留下记忆的事物,可是从来也没有提过什么问题呢。

到思嘉年满周岁并且长得据嬷嬷看来比一般女婴更加健康活泼的时候,爱伦生了第二个孩子,取名苏珊·埃莉诺,人们常叫她苏伦;后来又生了卡琳,在家用《圣经》中登记为卡罗琳·艾琳。接下去是一连三个男孩,但他们都在学会走路之前便夭折了——三个男孩如今躺在离住宅一百来码的坟地里,在那些蜷曲的松树底下,坟头都有一块刻着"小杰拉尔德·奥哈拉"字样的石碑。

在爱伦来到塔拉农场的当天,这个地方就变了。她虽然刚刚十五岁,可是已经准备好担负起一个农场女主人的职责了。年轻姑娘们在结婚之前首先必须温柔可爱,美丽得像个装饰品,可是结婚以后就理该料理家务,管好全家那上百个的白人黑人,而且她们从小就着眼于这一点而受到了训练。

每个有教养的年轻太太都必须接受的这种婚前准备,爱伦早就接受过了;而且她身边还有嬷嬷,能够叫一个最不中用的黑人也使出劲来。她很快就使杰拉尔德的家务中出现了秩序、尊严和文雅,给塔拉农场带来了前所未有的美丽风貌。

农场住宅不是按照什么设计图样建筑的,有许多房子是根据需要和方便在不同地方、不同时间陆续增添的。不过,由于爱伦的关注和照管,它形成了自己的迷人之处,从而弥补了设计上的欠缺。一条两旁栽着杉树的林荫道从大路一直延伸到住宅门前——这样一条杉树林荫道是构成一所农场主住宅所必不可少的——它不仅提供阴凉,而且通过对比使其他苍翠树木显得更加明朗。走廊顶上交错的紫藤给粉白砖墙衬映得分外鲜艳,它同门口那几丛粉红的紫薇和庭院中开着白花的木兰连成一片,便把这所房子的笨拙外貌掩饰了不少。

在春夏两季,草地上的鸭茅和苜蓿长得翡翠般绿油油的,逗引着一群群本来只在屋后闲逛的吐绶鸡和白鹅前来欣赏。这些家禽中的长辈们时常领着它们的后代偷偷进入前院,来探访这片绿茵,并在甘美茂盛的茉莉花蕾和百日草苗圃的诱惑下流连忘返。为了防备它们的掠夺,前院走廊上安置了一个小小的黑人哨兵。那是个黑人男孩坐在台阶上,手里拿着一条破毛巾当武器,构成了塔拉农场风景的一部分——当然是不怎么愉快的部分,因为不准他用石子投掷这些家禽,只能挥舞毛巾吓唬吓唬罢了。

爱伦给好几十个黑人男孩分派了这个差事,这是一个男性奴隶在塔拉农场得到的头一个职位。他们年满十岁以后,就给打发到农场修鞋匠老爷爷那里,或者到制车匠兼木工阿莫斯那里,或者到牧牛人菲利普那里,或者到养骡娃库菲那里专门学手艺。要是他们表现得不适合任何一行手艺,就得去当大田劳工,这么一来他们便觉得自己已完全丧失取得一个社会地位的资格了。

爱伦的生活既不舒适也不愉快,不过她并不期待过舒服的日子,而且如果不愉快,那也是女人的命运。这个世界是男人的,她承认这一事实。男人占有财产,然后由女人来管理。

管理得好时，男人享受名誉，女人还得称赞他能干。男人只要手上扎了根刺便会像公牛般大声吼叫，而女人连生孩子时的阵痛也得忍气吞声，生怕打搅了他。男人们出言粗鲁，经常酗酒，女人们却装作没有听见这种失言，并一声不响地服侍醉鬼上床睡觉。男人们粗暴而直率，可女人们总是那么和善、文雅，善于体谅别人。

她是在上等妇女的传统教养下长大的，这使她学会怎样承担自己的职责而不丧失其温柔可爱之处。她有意要把自己的三个女儿也教育成高尚的女性，但是只在那两个小的身上成功了，因为苏伦渴望当一名出色的闺秀，很用心听母亲的教诲，卡琳也是个腼腆听话的女孩。可是思嘉，杰拉尔德的货真价实的孩子，却觉得那条当上等妇女的路实在太艰难了。

思嘉叫嬷嬷生气的一个毛病是不喜欢跟那两个谨慎的妹妹或威尔克斯家很有教养的几位姑娘在一起玩，却乐意同农场上的黑孩子或邻居家的男孩子们厮混，跟他们一样爬树，一样掷石子。嬷嬷感到十分难过，怎么爱伦的女儿会有这样的怪癖，并且经常劝诫她"要学得像个小姐那样"。但是爱伦对问题看得更宽容，更远。她懂得从青梅竹马中能产生未来的终身伴侣的道理，而一个姑娘的头等大事无非结婚成家而已。她暗自念叨着：这孩子只不过精力旺盛些罢了，至于教育她学会那些德貌兼备的优点，成为一个使男人倾心的可爱姑娘，那还有的是时间呢。

抱着这个目的，爱伦和嬷嬷同心协力，因此到思嘉年龄大些时便在这方面学习得相当不错了。她甚至还学会了一些旁的东西。尽管接连请了几位家庭女教师，又在附近的费耶特维尔女子学校念了两年书，她受的教育仍是不怎么完全的，不过在跳舞这一门上却是全县最出色的一位姑娘,真是舞姿翩翩,美妙无比。她懂得怎样微笑才能让那两个酒窝轻轻抖动,怎样扭着走路才能让宽大的裙子迷人地摇摆,怎样首先仰视一个男人的面孔,然后垂下眼来,迅速地掀动眼帘,显出自己是在略带激情地颤抖似的。她最擅长的一手是在男人面前装出一副婴儿般天真烂漫的表情,借以掩饰自己腹中一个精明的心计。

爱伦用细声细气的训诫,嬷嬷则用滔滔不绝的唠叨,都在尽力将那些作为淑女贤妻所不可少的品质栽培到她身上去。

"你必须学会温柔一些,亲切一些,文静一些,"爱伦对女儿说,"男人们说话时千万别去插嘴,哪怕你真的认为自己比人家知道得多。男人总是不喜欢快嘴快舌的姑娘的。"

"小姑娘家要是皱着眉头、嘟着嘴,说什么俺要这样不要那样,她们就休想找到丈夫,"嬷嬷忧郁地告诫说,"小姑娘家应当低着头回答:'好吧,先生,俺知道了,'或者说:'听您的吩咐,先生。'"

她们两人把凡是大家闺秀应该知道的东西都教给了她,可是她仅仅学到了表面的礼貌。至于这些皮毛所应当体现的内在文雅,她却既不曾学到也不知道为什么要学。有了外表就行了,因为上等妇女身份的仪表会给她赢来好名声,而她所需要的也不过如此而已。杰拉尔德吹嘘说她是周围五个县的美女,这话有几分真实,因为邻近一带几乎所有的青年,以及远到亚特兰大和萨凡纳某些地方的许多人,都向她求过婚呢。

到了十六岁,她就显得娇媚动人了,这应当归功于嬷嬷和爱伦的培养,不过她同时也变得任性、虚荣而固执起来。她有着和她的爱尔兰父亲一样容易感情冲动的气质,可是像她母亲那样无私而坚忍的天性却压根儿没有,只不过学到了一点点表面的虚饰。爱伦从来不曾充分认识到这只是一点虚饰,因为思嘉经常在她跟前显示自己最好的一面,而将她的大胆妄为掩藏起来,并且克制着自己的脾气,表现得如她母亲所要求的那样性情温婉,要不然,母亲那责备的一瞥管叫她羞愧得会掉泪呢。

但是嬷嬷对她不存幻想,倒是经常警觉地观察着这种虚饰上的破绽。嬷嬷的眼睛比爱伦的锐利得多,思嘉实在想不起来这一辈子有哪件事是长期瞒过了她的。

这两位钟爱的良师并不为思嘉的快乐、活泼和娇媚担忧。这些特征正是南方妇女引以自豪之处。她们担心的是杰拉尔德的倔强而暴躁的天性在她身上的表现,有时还生怕她们无法将她身上这些破坏性的东西掩盖起来,直到她选中一个如意郎君为止。可是思嘉想要结婚——要同艾希礼结婚——并且乐意装出一副貌似庄重、温顺而没有主见的模样,如果这些品性真正能够吸引男人的话。至于男人们为什么喜欢这样,思嘉是不清楚的。她只知道这样的方法能行得通。她从来没有多大兴趣去思考这件事的道理,因为她对人的内心活动,甚至她自己的内心活动,都一无所知。她只明白,要是她如此这般地做了说了,男人们便会准确无误地用如此这般的恭维来回报她。这像一个数学公式似的一点也不困难,因为思嘉在学校念书时数学这门功课学得相当轻松。

如果说她不怎么懂得男人的心理,那么她对女人的心就知道得更少了,原因是她对她们更加不感兴趣。她从来不曾有过一个女朋友,也从来不因此感到遗憾。对于她来说,所有的女人,包括她的两个妹妹在内,在追逐共同的猎物——男人时,都是天然的仇敌。

所有的女人,除她母亲以外,都是如此。

爱伦·奥哈拉却不一样,思嘉把她看作一种有别于人类中其他人的神圣人物。当思嘉还是个小孩时,她就把母亲和圣母马利亚混淆在一起了,如今她虽已长大成人,也看不出有什么理由要改变这种看法。对她来说,爱伦代表着只有上帝或一位母亲才能给予的那种安全可靠的保证。她认为她的母亲是正义、真理、慈爱和睿智的化身,是个伟大的女性。

思嘉非常希望做一个像母亲那样的人。唯一的困难是,要做一个公正、真诚、慈爱、无私的人,你就得牺牲许多人生乐趣,而且一定会失掉许多漂亮的男人。可是人生太短促,要丧失这样可爱的事物就未免太可惜了。等到有一天她嫁给了艾希礼,并且年纪老了,有了这样做的机会时,她便着意去模仿爱伦。可是,在那以前……

第 四 章

那天晚上吃晚饭时,思嘉因母亲不在而代为主持了全部的用餐程序,可是她心中是一片纷扰,怎么也放不下她所听到的关于艾希礼和媚兰的那个可怕的消息。她焦急地盼望母亲从斯莱特里家回来,因为母亲一不在场,她便感到孤单和迷惘了。斯莱特里家和他们闹个不停的病痛,有什么权利就在她思嘉正那么迫切需要母亲的时候把爱伦从家中拉走呢?

这顿不愉快的晚餐自始至终只听见杰拉尔德那低沉的声音在耳边震响,直到她发觉自己已实在无法忍受了。他已经完全忘记了那天下午同思嘉的谈话,一个劲儿地在唱独角戏,讲那个来自萨姆特要塞的最新消息,一面配合声调用拳头在餐桌上敲击,同时不停地挥舞臂膀。杰拉尔德已养成了在餐桌上垄断谈话的习惯,但思嘉往往不去听他,只默默地琢磨自己的心事。可是今晚她再也挡不住他的声音了,不管她仍多么紧张地在倾听是否有马车辚辚声宣告爱伦回来了。

当然,她并不想将自己心头的沉重负担向母亲倾诉,因为爱伦要是知道了她的一个女儿想嫁给一个已经同别人订婚的男子,一定会大为震惊和十分痛苦的。不过,她此刻正沉浸在一个前所未有的悲剧中,很需要母亲一在场便能给予她的那点安慰。每当母亲在身边时,思嘉总觉得安全可靠,因为只要爱伦在,什么糟糕的事都可以弄得好好的。

她一听到车道上吱吱的车轮声便忽地站起身来,接着又坐下,因为马车显然已绕到屋后院子里去了。那不可能是爱伦,她是会在前面台阶旁下车的。这时,从黑暗的院子里传来了黑人们兴奋的谈话声和尖厉的笑声,思嘉朝窗外望去,看见刚才从屋里出去的波克高举着一个熊熊的松枝火把,照着几个模糊的人影从大车上下来了。笑声和谈话声在黑沉沉的夜雾中时高时低,显得愉快、亲切、随便,这些声音有的沙哑而缓和,有的如音乐般嘹亮。接着是后面走廊阶梯上嘈杂的脚步声,渐渐进入通向主楼的过道,直到餐厅外面的穿堂里才停止了。然后,经过片刻的耳语,波克进来了,他那严肃的神气已经消失,眼睛滴溜溜直转,一口雪白的牙齿闪闪放光。

"杰拉尔德先生,"他气喘吁吁地喊道,满脸焕发着新郎的喜气,"您新买的那个女人到了。"

"新买的女人?我可不曾买过女人呀!"杰拉尔德声明,装出一副瞠目结舌的模样。

"是的,您买的,杰拉尔德先生!是的!她就在外面,要跟您说话呢。"波克回答说,激动得搓着两只手,吃吃地笑。

"好,把新娘带进来。"杰拉尔德说。于是波克转过身去,招呼他老婆走进饭厅,这就是刚刚从威尔克斯农场赶来,要在塔拉农场当一名家属的那个女人。她进来了,后面跟着她那个十二岁的女儿——她怯生生地紧挨着母亲的腿,几乎被那件肥大的印花布裙子给遮住了。

迪尔茜身材高大,腰背挺直。她的年纪从外表看不清楚,少到三十,多到六十,怎么都行。她那张呆板的紫铜色脸上还没有皱纹呢。她的面貌显然带有印第安人血统,这比非洲黑人的特征更为突出。她那红红的皮肤，窄而高的额头，高耸的颧骨，以及下端扁平的鹰钩鼻子（再下面是肥厚的黑人嘴唇），所有这些都说明她是两个种族的混种。她显得神态安详，走路时的庄重气派甚至超过了嬷嬷，因为嬷嬷的气派是学来的，而迪尔茜却生来就是这样。

她说话的声音不像大多数黑人那样含糊不清，而且更注意选择字眼。

"您好，小姐。杰拉尔德先生，很抱歉打扰您了，不过俺要来再次谢谢您把俺和俺的孩子一起给买过来。有许多先生要买俺来着，可就不肯把俺的普里茜也买下，这会叫俺伤心死的。所以俺要谢谢您。俺要尽力给您干活儿，好让您知道俺没有忘记您的大德。"

"嗯——嗯。"杰拉尔德应着，不好意思地清了清嗓子，因为他这番做的好事被当众揭开了。

迪尔茜转向思嘉，眼角皱了皱，仿佛露出了一丝微笑。"思嘉小姐，波克告诉了俺，您要求杰拉尔德先生把俺买过来。今儿个俺要把俺的普里茜送给您，做您的贴身丫头。"

她伸手往后把那个小女孩拉了出来。那是个棕褐色的小家伙，两条腿细得像鸡脚，头上矗着无数条用细绳精心缠住的小辫儿。她有一双尖利而懂事的、不会漏掉任何东西的眼睛，可是脸上却故意装出一副傻相。

"谢谢你，迪尔茜，"思嘉答道，"不过我怕嬷嬷要说话的。我一生下来就由她一直在服侍着呢。"

"嬷嬷也老啦，"迪尔茜说，她那平静的语调要是嬷嬷听见了准会生气的，"她是个好嬷嬷，不过像您这样一位大小姐，如今应当有个好使唤的丫头才是。俺的普里茜倒是在英迪亚小姐跟前干过一年了。她会缝衣裳,会梳头,能干得像个大人呢。"

普里茜在母亲的怂恿下突然向思嘉行了个屈膝礼,然后咧着嘴朝她笑了笑;思嘉也只好回报她一丝笑容。

"好一个机灵的小娼妇,"她想,于是便大声说:"谢谢你了,迪尔茜,等嬷嬷回来咱们再谈这事吧。"

"谢谢您,小姐。这就请您晚安了。"迪尔茜说完便转过身去,带着她的孩子走了,波克蹦蹦跳跳地跟在后面。

晚餐桌上的东西已收拾完毕,杰拉尔德又开始讲演,但好像连自己也并不怎么满意,听的人就更不用说了。他令人吃惊地预告战争即将爆发,同时巧妙地询问听众:南方是否还要忍受北方佬的侮辱呢? 他所引起的只是些颇不耐烦的回答——"是的,爸爸",或者"不,爸爸",如此而已。卡琳这时坐在灯底下的矮凳上,深深沉浸于一个姑娘在情人死后当尼姑的爱情故事中,同时,眼中噙着欣赏的泪花在惬意地设想自己戴上护士帽的姿容。苏伦一面在她自己笑嘻嘻地称之为"嫁妆箱"的东西上刺绣,一面思忖着在明天的全牲大宴上她可不可能把斯图尔特·塔尔顿从她姐姐身边拉过来,并以她所特有而思嘉恰恰缺少的那种妩媚的女性美把他迷住。而思嘉呢,她早已被艾希礼的问题搅得六神无主了。

既然爸爸知道了她的伤心事,他怎么还能这样喋喋不休地尽谈萨姆特要塞和北方佬呢? 像小时候惯常有过的那样,她奇怪人们居然会那样自私,毫不理睬她的痛苦,而且不管她多么伤心,地球仍照样安安稳稳地转动。

她心里仿佛刚刮过了一阵旋风,可奇怪的是他们坐着的这个饭厅竟显得这么平静,这么与平常一样毫无变化。那张笨重的红木餐桌和那些餐具柜，那块铺在光滑地板上的鲜艳的旧地毯，全都照常摆在原来的地方，就好像什么事也不曾发生似的。这是一间亲切而舒适的餐厅，平日思嘉很喜爱一家人晚餐后坐在这里时那番宁静的光景；可是今晚她恨它的这副模样，而且，要不是害怕父亲的厉声责问，她早就该溜走，溜过黑暗的穿堂到爱伦的小小办事房去了，在那里她可以倒在旧沙发上痛哭一场啊！

那是整个住宅里思嘉最喜爱的一个房间。在那儿，爱伦每天早晨坐在高高的写字台前写着农场的账目，听着监工乔纳斯·威尔克森的报告。那儿也是全家休憩的地方，当爱伦忙着在账簿上刷刷写着时，杰拉尔德躺在那把旧摇椅里养神，姑娘们则坐在下陷的沙发垫子上——这些沙发已破旧得不好摆在前屋里了。此刻思嘉渴望到那里去，单独同爱伦在一起，好让她把头搁在母亲膝盖上，安安静静地哭一阵子。难道母亲就不回来了吗？

不久，车轮轧着石子道的嘎嘎响声终于传来，接着是爱伦打发车夫走的声音，她随即就进屋里来了。大家一齐抬头望着她迅速走近的身影，她的裙箍左右摇摆，脸色显得疲倦而悲伤。她还带进来一股淡淡的柠檬香味，她的衣服上好像经常散发出这种香味，因此在思嘉心目中它便同母亲连在一起了。嬷嬷相隔几步也进了饭厅，手里拿着皮包，嘴唇噘得很长，眉毛耷拉着。她阴沉地自言自语着蹒跚而来，有意把声音放低到不让人听懂，同时又保持一定的高度，好叫人家知道她反正是不满意。

“很抱歉这么晚才回来。”爱伦说，一面将披巾从肩头取下来，递给思嘉，同时顺手在她面颊上摸了摸。

杰拉尔德一见她进来便容光焕发了,仿佛施了魔术似的。

"那娃娃给施了洗礼了?"

"施了,也死了,可怜的小东西,"爱伦回答说,"我本来担心埃米也会死,不过现在我想她会活下去的。"

姑娘们都朝她望着,流露出满脸惊疑的神色,杰拉尔德却表示达观地摇了摇头。

"唔,对,还是孩子死了好,可怜的没爹娃——"

"时候不早了,现在咱们做祈祷吧。"爱伦那么机灵地打断了杰拉尔德的话头,要不是思嘉很了解母亲,谁也不会注意她这一招的用意呢。

究竟谁是埃米·斯莱特里的婴儿的父亲呢?这无疑是个很有趣的问题。不过思嘉心里明白,要是等待母亲来说明,那是永远也不会弄清事实真相的。思嘉怀疑是乔纳斯·威尔克森,因为她常常在天快黑时看见他同埃米一起在大路上走。乔纳斯是北方佬,没有老婆,而他既当了监工,便一辈子也参加不了县里的社交活动。没有哪个正经人家会招他做女婿,也没有什么人,除了像斯莱特里那一类的下等人之外,会愿意同他交往的。由于他在文化程度上比斯莱特里家的人高出一头,他自然不想娶埃米,尽管他也不妨常常在暮色苍茫中同她一起走走。

思嘉叹了口气,因为她的好奇心实在太大了。事情常常在她母亲的眼皮底下发生,可是她从不注意,仿佛根本没有发生过似的。爱伦对于那些她认为不正当的事情总是不屑一顾,并且想教导思嘉也这样做,可是没有多大效果。

爱伦向壁炉走去,想从那个小小的嵌花匣子里把念珠取来,这时嬷嬷大声而坚决地说:"爱伦小姐,你还是先吃点东西再去做你的祷告吧!"

"谢谢你,嬷嬷,可是我不饿。"

"俺这就给你弄晚饭,你准备吃吧,"嬷嬷说,她气恼地皱着眉头,走出饭厅要到厨房去,一路上喊道:"波克,叫厨娘把火捅一捅。爱伦小姐回来了。"

地板在她脚下一路震动,她在前厅唠叨的声音也越来越高,叫饭厅里全家人都清清楚楚听见了。

"俺说过多回了,给那些下流白人做事没啥意思。他们全是懒虫,不识好歹。爱伦小姐也犯不着辛辛苦苦去伺候这些人。他们果真值得人伺候,怎的没买几个黑人来使唤呢。俺还说过——"

她的声音跟着她一路穿过那条长长的、只有顶篷没有栏杆的过道,那是通向厨房的必经之路。嬷嬷总有她自己的办法来让主子们懂得她对种种事情究竟抱什么态度。就在她独自嘟哝时她也清楚,要叫上等白人来注意一个黑人的话是有失身份的,她知道,为了保持这种尊严,他们必须不理睬她所说的那些话,即使她是站在隔壁房间里大声嚷嚷的。这样既可以保证她不受责备,同时又能使任何人都心中明白她在每个问题上都有哪些想法。

波克进来了,手里拿着一个盘子、一副刀叉和一条餐巾。他后面紧跟着杰克,一个十岁的黑人男孩,他一只手忙着扣白色短衫上的纽扣,另一只手拿了个拂尘,那是用细细的报纸条儿绑在一根比他还高的苇秆上做成的。爱伦有个精美的孔雀毛驱蝇帚,但那只在特殊场合使用,而且由于波克、厨娘和嬷嬷都坚信孔雀毛不吉利,是经过一番家庭斗争才用上的。

爱伦在杰拉尔德递过来的那把椅子上坐下,这时四个声音一齐向她发起了攻势。

“妈,我那件新跳舞衣的花边掉了,明天晚上上‘十二橡树’村我得穿呀。请给我钉钉好吗?”

“妈,思嘉的新舞衣比我的漂亮。我穿那件粉红的太难看了。怎么她就不能穿我那件粉的,让我穿她那件绿的呢?她穿粉的很好嘛。”

“妈,明儿晚上我也等到舞会散了才走行吗?现在我都十三了——”

“奥哈拉太太,你相不相信——别响,姑娘们,我要去拿鞭子了!凯德·卡尔弗特今天上午在亚特兰大对我说——你们安静一点好吗?我连自己的声音都听不见了——他说他们那边简直闹翻了天,大家都在谈战争、民兵训练和组织军队一类的事。还说从查尔斯顿传来了消息,他们再也不会容忍北方佬的欺凌了。”

爱伦疲倦得不想说话,对这场七嘴八舌的喧哗只微微一笑,不过作为妻子,她得首先跟丈夫说几句。

“要是查尔斯顿那边的先生们都这样想,我相信咱们大家也很快就会这样看的。”她说,因为她有个根深蒂固的信念,即除了萨凡纳以外,整个大陆的大多数上等人都能在那个小小的海港城市找到,而这个信念查尔斯顿人也大都有的。

“不行,卡琳,明年再说吧,亲爱的。明年你就可以留下来参加舞会,并且穿成人服装,那时我的小美人儿该多么光彩呀!别噘嘴了,亲爱的。你可以去参加全牲野宴,请记住这一点,并且一直待到晚餐结束;至于舞会,可要满十四岁才行。

“思嘉,把你的舞衣给我吧。做完祷告我就替你把花边缝上。

"苏伦,我不喜欢你这种腔调,亲爱的。你那件粉红舞衣挺好看,同你的肤色也很相配,就像思嘉配她的那件一样。不过,明晚你可以戴上我的那条石榴红的项链。"

苏伦在她母亲背后向思嘉得意地耸了耸鼻子,因为做姐姐的正打算恳求戴那条项链呢。思嘉也对她吐了吐舌头,表示无可奈何。苏伦是个喜欢抱怨而且自私得叫人厌烦的妹妹,要不是爱伦管得严,思嘉不知会打她多少次耳光了。

"好了,奥哈拉先生,现在再给我讲讲卡尔弗特先生关于查尔斯顿都谈了些什么吧。"爱伦说。

思嘉知道母亲根本不关心战争和政治,并且认为这是男人的事,没有哪个妇女会乐意伤这个脑筋。不过杰拉尔德倒是乐得亮亮自己的观点,而爱伦对于丈夫的乐趣总是很认真的。

杰拉尔德正在发布他的新闻时,嬷嬷把几个盘子推到女主人面前,那是焦皮饼干、油炸鸡脯和切开了的热气腾腾的黄甘薯,上面还淌着融化了的黄油呢。嬷嬷拧了小杰克一下,他才赶紧走到爱伦背后,将那个纸条帚儿缓缓地前后摇拂着。嬷嬷站在餐桌旁,观望着一叉叉食品从盘子里送到爱伦口中,仿佛只要她发现有点迟疑的迹象,便要强迫将这些吃的塞进爱伦的喉咙里。爱伦努力地吃着,但思嘉看得出她实在太疲乏了,根本不知道自己在吃什么,只不过嬷嬷那毫不通融的脸色在迫使她这样做罢了。

盘子里空了,可杰拉尔德才讲了一半呢,他在批评那些要解放黑奴可又不付出任何代价的北方佬做起事来那么偷偷摸摸时,爱伦站起身来了。

"咱们要做祷告了?"他很不情愿地问。

"是的。这么晚了——你看,已经整十点了,"时钟恰好像咳嗽似的闷声闷气地敲着钟点,"卡琳早就该睡了。波克,请把灯放下来;还有我的《祈祷书》,嬷嬷。"

嬷嬷用沙哑的嗓音低声吩咐了一句,杰克便将驱蝇帚放在屋角里,动手收拾桌上的杯盘,嬷嬷也到碗柜抽屉里去摸爱伦那本破旧的《祈祷书》。波克踮着脚尖去开灯,他抓住链条上的铜环把灯慢慢往下放,直到桌面上一片雪亮而天花板变得阴暗了为止。爱伦散开裙裾,在地板上屈膝跪下,然后把打开的《祈祷书》放在面前的桌上,再合着双手搁在上面。杰拉尔德跪在她旁边,思嘉和苏伦也在桌子对面各就各位地跪着,把宽大的衬裙折起来垫在膝头底下,免得与地板硬碰硬时更不好受。卡琳年纪小,跪在桌旁不方便,因此就面对一把椅子跪下,两只臂肘搁在椅垫上。她喜欢这个位置,因为每逢做祈祷时她很少不打瞌睡的,而这样的姿势却容易不让母亲发现。

家仆们挨挨挤挤地拥进穿堂,跪在门道里。嬷嬷大声哼哼着倒伏在地上,波克的腰背挺直得像根通条,罗莎和丁娜这两个女仆摆开漂亮的印花布裙子,跪的姿势很好看。厨娘戴着雪白的头巾,更加显得面黄肌瘦。杰克正瞌睡得发傻,可是为了躲避嬷嬷那几只经常拧他的手指,他没有忘记尽可能离她远些。他们的黑眼睛都焕发着期待的光辉,因为同白人主子们一起做祈祷是一天中的一桩大事呢。至于带有东方意象的祷文中那些古老而生动的语句,对他们并没有多大意义,但能够给予他们内心以各种满足。因此当他们念到"主啊,怜悯我们""基督啊,怜悯我们"时,也总是浑身摇摆、极为感动似的。

爱伦闭上眼睛开始祷告,声音时高时低,又像催眠又像抚慰。当她为自己的家庭成员和黑人们的健康与幸福而感谢上帝时,那昏黄灯光下的每一个人都把头低了下来。

接着她又为她的父母、姐妹、三个夭折的婴儿以及"涤罪所里所有的灵魂"祈祷,然后用细长的手指握着念珠开始念《玫瑰经》①。宛如清风流水,所有黑人和白人的喉咙里都唱出了应答的圣歌声:

"圣母马利亚,上帝之母,为我们罪人祈祷吧,现在,以及我们死去的时候。"

尽管思嘉正在伤心和噙着眼泪,她还是深深领略到了往常这个时刻所有的那种宁静的和平。白天经历的部分失望和对明天的恐惧顿时消失了,留下来的是一种希望的感觉。但这种安慰不是她那颗升腾到上帝身边的心带来的,因为对于她来说,宗教只不过停留在嘴皮子上而已。给她带来安慰的是母亲仰望上帝圣座和他的圣徒天使们、祈求赐福于她所爱的人时那张宁静的脸。当爱伦同上帝对话时,思嘉相信上帝一定听见了。

爱伦祷告完,轮到杰拉尔德了。他经常在这种时候找不到念珠,只好偷偷掐着指头计算自己祷告的遍数。他正在嗡嗡地念着时,思嘉的思想便开了小差,自己怎么也控制不住了。她明白应当检查自己的良心。爱伦教育过她,每一天结束时都必须把自己的良心彻底检查一遍,承认自己所有的过失,祈求上帝宽恕并给以力量,做到永不再犯。但是思嘉只检查她的心事。

———————————

① 《玫瑰经》是天主教的祷文,通常手执一串念珠(共一百六十五颗)做念珠祈祷。

她把头搁在叠合着的双手上,使母亲没法看见她的脸,于是她的思想便伤心地跑回到艾希礼那儿去了。当他真正爱她思嘉的时候,他又怎么打算娶媚兰呢?何况他也知道她多么爱他?他怎么能故意伤她的心啊?

接着,一个崭新的念头突然像颗彗星似的在她脑子里掠过。

"怎么,艾希礼并不知道我在爱他呀!"

这个突如其来的念头把她震动得几乎要大声喘息起来。她的思想木然不动,默无声息,仿佛瘫痪了似的,好一会儿才继续向前奔跑。

"他怎么能知道呢?我在他面前经常装得那么拘谨,那么庄重,一副'别碰我'的神气,因此他也许认为我一点不把他放在心上,只当作普通朋友而已。对,这就是他从不开口的原因了!他觉得他的爱是没有希望了,所以才会显得那样——"

她的思路迅速回到了过去好几次的情景,那时她发现他在用一种奇怪的态度瞧着她,那双最善于掩藏思想的灰色眼睛睁得大大的,毫无掩饰,里面饱含着一种痛苦绝望的神情。

"他已经伤心透了,因为他觉得我在跟布伦特或斯图尔特或凯德恋爱呢。也许他以为如果得不到我,便同媚兰结婚也一样可以叫他家里高兴的。可是,如果他知道我在爱他——"

她那轻易多变的心情已经从沮丧的深渊飞升到快乐的云霄中去了。这就是对于艾希礼的沉默和古怪行为的解释。只因为他不明白呀!她的虚荣心赶来给她所渴望的信念帮忙了,使这一信念变成了千真万确的事。如果他知道她爱他,他就会赶忙到她身边来。她只消——

"啊!"她乐不可支地想,用手指拧着低垂的额头,"瞧我多傻,竟一直没有想到这一点!我得想个办法让他知道。他要是知道我爱他,便不会去娶媚兰了呀!他怎么会呢?"

这当儿,她猛地发觉杰拉尔德已祷告完了,母亲的眼睛正盯着她呢。她赶快开始她那十遍的诵祷,机械地掐着手里的念珠,不过声音中带有深厚的激情,引得嬷嬷瞪着眼睛仔细地打量她。她念完祷告后,苏伦和卡琳相继照章办事,这时她的心仍在那条诱惑人的新思路上向前飞跑。

即使到了现在,也还不太晚哩!在这个县,那种所谓丢人的私奔事件太常见了,那时当事人的一方或另一方实际上已和一个第三者站到了婚礼台上。何况艾希礼的事连订婚还没宣布呢!是的,还有的是时间!

如果艾希礼和媚兰之间并没有爱情而只有很久以前许下的一个承诺,那他为什么就不可能废除那个诺言来同她结婚呢?他准会这么办的,要是他知道她思嘉爱他的话。她必须想法让他知道。她一定要想出个办法来!然后——

思嘉忽然从欢乐梦中惊醒过来,因为她疏忽了没有接腔,她母亲正用责备的眼光瞧着她呢。她一面重新跟上仪式,一面睁开眼睛迅速环顾周围,那些跪着的身影、那柔和的灯光、黑人摇摆时那些阴暗的影子,甚至那些在一个钟头之前她看来还很讨厌的熟悉家具,顷刻之间都蒙上了她自己情绪的色彩,整个房间又显得很可爱了!她永远也不会忘记这个时刻和这番景象!

"最最忠贞的圣母。"母亲吟诵着。现在开始念圣母连祷文了,爱伦用轻柔的低音赞颂圣母的美德,思嘉便随声应答:

"为我们祈祷吧。"

对于思嘉来说,从小以来,这个时刻与其说是崇敬圣母还不如说是崇敬爱伦。尽管这有点亵渎神圣的味道,思嘉合着眼睛经常看见的还是爱伦那张仰着的脸,而不是古老颂词所反复提到的圣母面容。"病人的健康""智慧的中心""罪人的庇护""神奇的玫瑰"——这些词语之所以美好,就因为它们是爱伦的品性。可是今晚,由于她自己意气昂扬,思嘉发现整个仪式中这些低声说出的词语和含糊不清的应答声有一种她从未经历过的崇高的美。所以她的心升腾到了上帝身边,并且真诚地感谢为她脚下开辟了一条道路——一条摆脱痛苦和径直走向艾希礼怀抱的道路。

最后一声"阿门"说过了,大家有点僵痛地站起身来,嬷嬷还是由丁娜和罗莎合力拉起来的。波克从炉台上拿来一根长长的纸捻儿,在灯火上点燃了,然后走入穿堂。那螺旋形楼梯的对面摆着个胡桃木碗柜,在饭厅里显得有点大而无当,宽阔的柜顶上放着几只灯盏和长长一排插在烛台上的蜡烛。波克点燃一盏灯和三支蜡烛,然后以一个皇帝寝宫中头等侍从照着皇帝和皇后进卧室的庄严神气,高高举起灯盏领着这一群人上楼去。爱伦挎着杰拉尔德的臂膀跟在他后面,姑娘们也各自端着烛台陆续上楼了。

思嘉走进自己房里,把烛台放在高高的五斗柜上,然后在漆黑的壁橱里摸索那件需要修改的舞衣。她把衣服搭在胳臂上,悄悄走过穿堂。她父母卧室的门半开着,她正要去敲时,忽然听到爱伦在说话,声音很低,也很严肃。

"杰拉尔德先生,你得把乔纳斯·威尔克森开除。"

杰拉尔德一听便发作起来,"那叫我再到哪里去找个不在我跟前搞鬼的监工呢?"

"必须立即开除他,明天早晨就开除。大个儿萨姆是个不错的工头,在找到新的监工以前,可以让他暂时顶替一下。"

"啊哈!"杰拉尔德大声说,"我这才明白啦,原来是这位宝贝乔纳斯生下了——"

"必须开除他。"

"这么说,他就是埃米·斯莱特里那个婴儿的父亲喽,"思嘉心想,"唔,好呀。一个北方佬跟一个下流白人的女孩,他们还能干出什么好事来呢?"

稍稍停顿了一会儿,让杰拉尔德的吐沫星子消失,思嘉才敲门进去,把衣裳交给母亲。

到思嘉脱掉衣服、吹熄了蜡烛时,她准备明天实行的那个计划已经安排得十分周密了。这个计划很简单,因为她怀有杰拉尔德那种刻意追求的精神,把注意力集中在那个目标上,只考虑达到这个目标所能采取的最直接的步骤。

第一,她要装出一副"傲慢"的神气,像杰拉尔德所吩咐的那样。从到达"十二橡树"村那一刻起,她就要摆出自己最快乐最豪爽的本性来。谁也不会想到她曾经由于艾希礼和媚兰的事而沮丧过。她还要跟那个县里的每一个男人调情。这会使得艾希礼无法忍受,但却越发爱慕她。她不会放过一个处于结婚年龄的男人,从苏伦的意中人黄胡子的老弗兰克·肯尼迪,一直到羞怯寡言、容易脸红的查尔斯·汉密尔顿,即媚兰的哥哥。他们会聚在她周围,像蜜蜂围着蜂房似的,而且艾希礼也一定会被吸引从媚兰那边跑过来,加入这个崇拜她的圈子。然后,她当然要耍点手腕,安排他离开那一伙,单独同她待几分钟。她希望一切都会那样顺利进行,要不然就困难了。可是,如果艾希礼不首先行动起来呢,那她就只好干脆自己动手了。

等到他们终于单独在一起时,他对于别的男人挤在她周围那番情景当然记忆犹新,当然会深深感到他们每个人都确实很想要她,于是他便会流露出那种悲伤绝望的神色了。那时她要叫他发现,尽管受到那么多人爱慕,她在世界上却只喜欢他一个人,这样他就会重新愉快起来。她只要又娇媚又含蓄地承认了这一点,她便会显得身价百倍,更叫人看重了。当然,她要以一种很高尚的姿态来做这些。她连做梦也不会公然对他说她爱他——这是绝对不行的啊!不过,究竟用什么样的态度告诉他,这只是枝节问题,根本用不着太操心。她以前不知处理过多少这样的场面,如今再来一次就是了。

她躺在床上,全身沐浴着朦胧的月光,心里揣摩着通盘的情景。她仿佛看见他明白她真正爱他时脸上流露的那种又惊又喜的表情,还仿佛听见他向她求婚时要说的那番话。

自然,那时她就得说,一个男人既然已经跟别的姑娘订婚,她便根本谈不上同他结婚了,不过他会坚持不放,最后她只得让自己给说服了。于是他们决定当天下午就逃到琼斯博罗去,并且——

瞧,明天晚上这时候她可能已经是艾希礼·威尔克斯夫人了!

这时她索性翻身坐起来,双手紧抱着膝盖,一味神往地想象着,有好一会儿俨然做起艾希礼·威尔克斯夫人——艾希礼的新娘来了!接着,一丝凉意掠过她的心头。假如事情不照这个样子发展呢?假如艾希礼并不恳求她一起逃走呢?她断然把这个想法从心里推出去了。

"我现在不去想它，"她坚定地说，"要是我现在就想到这一点，它便会把我的整套计划推翻。没有任何理由不让事情按照我所要求的方式去发展——要是他爱我的话。而我知道他是爱我的！"

她抬起下巴，那双暗淡而带黑圈的眼睛在月光下闪烁着。爱伦从没告诉过她愿望和实现是两件不同的事；生活也没教育过她捷足者不一定先登。她怀着高涨的勇气躺在银白的月色中，设想自己的计划，这个计划出自一个十六岁的姑娘，那时她过惯了惬意的日子，认为根本不可能有什么失败，认为只要有一件新的衣裳和一张清秀的面孔当武器，就能把命运击溃哩！

第 五 章

　　早晨十点钟。那是四月暖和的天气,金色的阳光穿过宽大窗户上的天蓝色帷帘灿烂地泻入思嘉的房间。那些奶油色墙壁都闪闪发亮,桃花心木家具也泛出葡萄酒一般深红的光辉,地板也像玻璃似的耀眼了,连铺着旧地毯的地方也洒满了灰色光点。

　　空气中已经有点夏天的味道,它是佐治亚初夏的迹象,春季的高潮恋恋不舍地让位给比较炎热的气候了。一股芬芳柔和的暖意已倾注到房间里来,它饱含着种种花卉、刚抽枝叶的树木和润湿的新翻红土的香味。思嘉能从窗口看到沿着石子车道的两行水仙花和一丛丛像花裙子般纷披满地的黄茉莉在那里竞相怒放,争丽斗妍。模仿鸟和樫鸟为争夺她窗下的一棵山茱萸又打了起来,在那里斗嘴,樫鸟的声音尖锐而昂扬,模仿鸟则娇柔而凄婉。

　　这样一个明朗的早晨通常总会把思嘉引到窗口,倚在窗棂上领略塔拉农场的花香鸟语。可是今天早晨她无暇欣赏旭日和蓝天,只有一个想法匆匆掠过心头:"谢谢老天爷,总算没有下雨。"她床上放着一件苹果绿的镶着淡褐花边的纹绸舞衣,折叠得整整齐齐装在一个匣子里。这是准备带到"十二橡树"村去,等舞会开场时穿的,但是思嘉一瞥见它便不由得耸了耸肩膀。如果她的计划成功,今晚她就用不着穿这件衣裳了。等不到舞会开始,她和艾希礼早就启程到琼斯博罗结婚去了。现在的麻烦问题是——她穿什么衣裳去参加野宴呢?

什么样的衣裳使她窈窕的身材显得更为动人和最使艾希礼倾倒呢?从八点钟开始她一直在试衣裳,试一件丢一件,此刻又灰心又恼火,穿着镶边的宽松内裤、紧身布褡和三条波浪式的镶边布衬裙站在那里。那些被她舍弃的衣服成堆地丢在地板上、床上、椅子上,五彩缤纷,一片凌乱。

那件配有粉红长饰带的玫瑰红薄棉布衣裳很合身,可是去年夏天媚兰去"十二橡树"村时已经穿过,她一定还记得的,也许还会故意提起呢。那件泡泡袖、花边领的黑羽缎衣裳同她的白皙皮肤非常相称,不过她穿在身上显得老成了一点。思嘉瞅着她那十六岁的面容,好像生怕看到皱纹和松弛的下巴肉似的。在媚兰那娇嫩的姿色前可千万不能显得稳重和老气呀!那件淡紫色条纹细棉布的,配上宽宽的镶边和网缘,倒是十分漂亮,可是这对她的身段很不合适。它最好配卡琳那种纤细的身材和淡漠的容貌,可思嘉觉得要是她穿起来便像个女学生了。在媚兰那泰然自若的姿态旁边,显得学生气可绝对不行呀!还有一件绿方格丝纹绸的,饰着荷叶边,每条荷叶边都镶入一根绿色天鹅绒带子,这是最适合的,实际上是她最中意的一件衣裳,因为它能叫她的眼睛显得黑一点,像绿宝石似的,只可惜紧身上衣的胸口部分有块显而易见的油渍。当然,她可以把别针别在那上面,但媚兰眼尖,可能会看出来。如今只剩下几件杂色棉布的了,思嘉觉得这些都不够鲜丽,不适宜在野宴上穿。此外便是些舞衣和她昨天穿过的那件绿花布衫了。但这件花布衫是下午穿的衣服,不好在上午的野宴上派用场,因为它只有小小的泡袖,领口低得像件舞衣呢。可是,除了这件外,就再也没有别的好穿了。即使在上午穿这种袒胸露臂的衣服不怎么合适,但她毕竟是不怕将自己的脖子、臂膀和胸脯露出来的。

她站在镜前扭着身子端详自己的侧影,心想实在看不出浑身上下有何值得惋惜之处。她的脖子短,但浑圆可爱;两臂丰腴,也很动人。她的两个乳房被紧身褡撑得隆然突起,非常可爱。她从来用不着像大多数十六岁的姑娘们那样,在胸衣的衬里中缝上小排小排的丝绵来使乳房显得更加丰满和曲线分明。她很高兴自己继承了爱伦那纤细白嫩的双手和小巧玲珑的双足,并且希望还能长到爱伦那样的身高,尽管目前的高度已叫她很满意了。多可惜,不能把腿显露出来,她想着,一面提起衬裙遗憾地打量宽松内裤里那双丰腴而白净的腿。她天生有这样两条腿呀!甚至连费耶特维尔学院的姑娘们也那样羡慕呢!至于谈到她的腰肢,在费耶特维尔,琼斯博罗,或者所有三个县里,谁也不如她这样纤腰袅袅,令人着迷呢!

一想到腰肢,她就又回到实际问题上来了。那件绿花布衫的腰围是十七英寸,但嬷嬷却按照那件羽缎衣服把她的腰身作为十八英寸来束了。嬷嬷本应该给她束得更紧些的。她推门一听,嬷嬷沉重的脚步声在楼下穿堂里轰轰震响,便连忙高声喊她,因为她知道这时爱伦正在薰腊间给厨子分配当天的食物,放肆大叫也不碍事的。

“有人当俺会飞呢。”嬷嬷抱怨着爬上楼来。她噘着嘴走进屋里,那表情像是巴不得要跟谁打架似的。她那双又大又黑的手里端着个托盘,上面放着热气腾腾的食物,那是两只涂满黄油的大山芋、一摞淌着糖浆的荞麦面饼和一大片泡在肉汤里的火腿。思嘉一看见嬷嬷手上的东西,那颇为恼火的神气便立即变得非要大干一仗不可了。她当时正忙着试衣裳,忘记了嬷嬷的铁硬规矩,即奥哈拉家的女孩子动身去赴宴会之前,必须先在家里把肚子填得满满的,这样她们在宴会上就吃不下什么了。

"这没有用。我不吃。你索性把它拿回厨房去吧。"

嬷嬷把托盘放到桌上,然后两手叉腰,摆出一副架势。

"你就得吃!俺不想再看见前次野宴上发生的那种事了。那次俺吃了猪肠子病得厉害,没在你们出发前拿吃的来。今番你可得给俺全吃下去。"

"我不要吃嘛!快,过来,给我把腰扎得更紧一点,眼看咱们已经晚了。我听见马车都绕到前门来了。"

嬷嬷的口气像是在哄孩子了。

"那么,思嘉小姐,听俺的话,就吃一点点吧。卡琳小姐和苏伦小姐可全都吃了。"

"她们要吃就吃去,"思嘉不屑地说,"她们一点骨气也没有,像只兔子,可我不行!我再也不吃这种打垫的东西了。我没有忘记那次到卡尔弗特家去之前吃了一整盘,谁知他们家有冰淇淋,还是用从萨凡纳带来的冰做的,结果我只吃了一勺。今天我可要好好享受一番,高兴吃多少就吃多少。"

嬷嬷听了这番不伦不类的犟话,气恼得皱紧了眉头。在嬷嬷心目中,一个年轻姑娘该做什么和不该做什么,那是黑白分明的两个方面,中间没有可以通融的余地。苏伦和卡琳是她手中的两团熟泥,任凭她强劲的双手随意搓捏,她们对于她的告诫也总是侧耳恭听。可是要开导思嘉,指出她那些感情用事的做法大都有违上流社会的风习,那就会引起一场争斗。嬷嬷对思嘉的每一次胜利都是好不容易才赢得的,这中间还得归功于一种白人所不懂得的狡狯心计。

"就算你并不在乎人们怎样谈论这个家庭,可俺还在乎呢,"她嘟哝着,"俺不想站在一旁,让宴会上的每个人都说你那么没有家教。俺一次又一次告诉过你,你只要看见某人吃东西像小雀子那样斯斯文文的,你就能断定她是个上等人。可俺不打算叫你到威尔克斯先生家去,在那儿粗鲁地猛吃猛喝,馋得像只老鹰。"

"母亲是上等人,可她照样吃呢。"思嘉表示反对。

"等你嫁了人,你也可以吃,"嬷嬷辩驳说,"爱伦在你这个年龄,在外面从来不吃什么,你波琳姨妈和尤拉莉姨妈也不吃。现在她们都嫁人了。年轻姑娘们凡是馋嘴的,大都找不到男人。"

"我就不信。在你生病时举行的那次野宴上,我事先并没有吃东西,艾希礼·威尔克斯还告诉我,他很高兴看见一个姑娘胃口好呢。"

嬷嬷不祥地摇着头。

"男人家嘴里说的和心里想的是两码事。俺看不出艾希礼先生有多大的意思要娶你。"

思嘉顿时皱起眉头,眼看要发作了,但随即克制住自己。嬷嬷在这一点上打中了她,没有什么好辩驳的了。嬷嬷看见思嘉一脸的不服气,便端起托盘,用一种出自本能的温和而狡狯的方式改变了策略。她边叹息边向门口走去。

"那好吧。刚才厨娘装这盘子时俺就跟她说了,'一个女孩子是不是上等人,看她吃什么就知道啦。'俺又对她说,俺还没见过一个白人小姐比媚兰小姐吃得更少的呢,像她上次去看艾希礼先生——俺的意思是去看英迪亚小姐时那样。"

思嘉用十分怀疑的眼光瞪了她一眼,可是嬷嬷那张宽脸上只流露出天真而惋惜的神情,似乎在惋惜思嘉不如媚兰·汉密尔顿那样像个大家闺秀。

"把盘子放下,过来替我把腰扎紧点儿,"思嘉很不耐烦地说,"我想过会儿再吃一点。要是现在就吃,那就扎不紧了。"

嬷嬷掩饰着得意之情,立刻把盘子放下。

"俺的小宝贝儿打算穿哪一件呀?"

"那件。"思嘉答道,一面指着那团蓬乱的绿花布。这时嬷嬷立即起来反对了。

"不行,你不能穿。那不是早晨穿的衣服。你不到下午三点不能露出胸口,况且那件衣服既没领,也没袖。你要是穿上,皮肤上就会出斑点,好像生来就这样似的。去年你在萨凡纳海滩上出了那些斑点,俺整个冬天都在用奶油擦呢。如今俺可不想再让你出了。你要穿,俺就告诉你妈去。"

"只要你在我穿好衣裳之前去对她说上一句半句,我就一口也不吃你的了,"思嘉冷冷地说,"要是我已经穿好了,妈就来不及叫我再回来换呢。"

嬷嬷发现自己在算计上输了,只好通融地叹了口气。比较起来,与其让思嘉到野宴上去狼吞虎咽,还不如任凭她在早上穿起下午的衣裳来算了。

"现在给我紧紧抓住个什么,使劲儿往里吸气。"她命令道。

思嘉照她的吩咐办,紧紧抓住一根床柱,站稳了身子。嬷嬷嬷狠狠地使劲拉着,抽着,直到束着鲸须带的小小腰围收得更小了,她眼睛里才露出骄傲而喜悦的神色。

"谁也没有俺小宝贝儿这样的腰身,"她赞赏地说,"俺每回给苏伦小姐扎到二十英寸以下,她就要晕过去了。"

"呸!"思嘉喘着气,轻蔑地说,"我这一辈子可还从未晕过呢。"

"唔,不过偶尔晕那么几回也不碍事,"嬷嬷告诉她,"你有时候太性急了,思嘉小姐。俺几次对你说,你见了蛇和耗子也不晕,那样子并不体面。当然,俺不是说在家里,而是说在外边大伙儿面前,俺还跟你说过——"

"唔,快!别说这么多的废话了。我会抓到男人的。我就是不嚷嚷也不晕倒,看我能不能抓到。天啊,我的胸褡太紧了!快穿上衣裳吧。"

嬷嬷小心地把那件十二码细纱布做的绿花裙子罩在小山似的衬裙上,然后把低领紧胸衣的后背钩上。

"在太阳底下你得把披巾披在肩上,热了也不要把帽子摘下来,"她吩咐说,"要不,你回家时就晒得像老斯莱特里小姐一样黑了。现在来吃吧,亲爱的,可别吃得太急,要是吃了又马上吐出来,那可不行啊。"

思嘉听话地面对托盘坐下来,不知自己肚子里要是再塞进去一点东西还能不能呼吸空气。嬷嬷从盥洗架上摘下一条大毛巾,小心地将它的一端系在思嘉脖子上,另一端盖住她的膝头。思嘉从那片火腿开始,因为她喜欢吃火腿,但也只能勉强咽下去。

"我真恨不得早就结婚了,"她反悔似的说,一面厌烦地向山芋进攻,"我再也忍受不了这样没完没了勉强自己,永远不能凭自己高兴做事。在自己很想吃东西时偏装得像小雀子那样只能吃一点点,真是太腻烦了。在自己想跑时偏要慢慢地走,在自己能够连跳两天也不觉得累时偏要装得跳完一场华尔兹就晕倒了,这真叫人腻烦透了! 我再也不想说'您真了不起呀!'来愚弄那些比我还无知得多的男人;再也不想假装自己什么都不懂,让男人们来对我讲些什么,而且感到自命不凡……我实在不能再吃了。"

"吃个热饼试试。"嬷嬷好像求她似的。

"为什么一个女孩子要找男人就该装得那么傻呀?"

"俺想,那是因为他们男人都有自己的主张。他们都知道自己要哪样的人。只要你给了他们想要的东西,你就省掉了一大堆苦恼,也省得一辈子当老处女。他们想要的是耗子般的小姑娘,胃口小得像雀子,一点儿见识也没有。要是一位先生疑心你比他更有见识,他就不乐意同你这位大家小姐结婚了。"

"你以为男人们要是结婚之后发现他们的太太是有见识的,他们会感到惊奇吗?"

"是呀,可那就晚了。他们已经结婚了。而且先生们总是提防着他们的老婆会有见识。"

"到时候我可偏要照我所想做的去做,说我所想说的话,无论人家怎样不喜欢,我都不管。"

"不行,你不能这样,"嬷嬷担忧地说,"只要俺还有一口气,就不许你这样。现在吃饼吧。泡着肉汤吃,亲爱的。"

"我看北方佬姑娘用不着做这种傻瓜。去年我们在萨拉托加时,我注意到她们有许多人在男人面前也显得很有见识似的。"

嬷嬷轻蔑地一笑。

"北方佬姑娘嘛！当然，俺看她们想啥说啥，不过俺没见她们哪几个在萨拉托加有人向她们求婚的。"

"可是北方佬也得结婚呀，"思嘉争辩说，"她们并非长大就行了。她们也要结婚，生孩子。她们的孩子多着呢。"

"男人家是为了钱才娶她们的。"嬷嬷断然说。

思嘉把烤饼放在肉汤里泡了泡，再拿起来吃。也许嬷嬷说的有些道理吧。一定有点道理，因为爱伦也说过同样的话，不过说法不大一样，也更委婉一些。事实上，她那些女友的母亲全都教给自己的女儿必须做那种不能自立的、依恋别人的、小牝兔般怯生生的可怜虫。其实，要养成和保持这个模样，也需要不少的知识呢。也许她是太鲁莽了。她常同艾希礼争论，坦白地说出自己的意见。也许就是这种态度和她喜欢散步和骑马的有益于健康的习惯，使艾希礼害怕同她接近而转向娇弱的媚兰那边去了。也许，要是她变换一下策略——可是她觉得，如果艾希礼竟屈服于这种预先策划好的女人手段，她就再也不能像现在这样敬佩他了。任何一个男人，只要他愚蠢到了居然为一个假笑、一次晕倒和一声"你真了不起呀"所诱惑，便是不值得要的人。可是他们好像全都喜欢这一套呢。

如果她以前对艾希礼也采用了这种错误的策略——当然，这已经是过去的事，算了。如今她要采取不同的手法，正当的手法。她需要他，并且只有几个小时可以用来争取他了。如果晕倒，或者说假装晕倒，便能达到目的，那就晕倒好了。如果微笑，卖弄风情，或者装傻，就能够把他引诱过来，她倒是乐意去调情一番，也高兴装得甚至比凯瑟琳·卡尔弗特更傻。

如果需要更加大胆的办法呢？她也乐意采用。总之，成败在此一举了！

谁也不会告诉思嘉，说她自己的个性尽管有可怕的致命弱点，可是跟她所能采用的任何伪装相比，仍然更有吸引力。要是有人这样告诉她，她会感到高兴但同时不会相信的。而且那个她本人现在所处的这个文明世界也同样不会相信，因为与以前或以后无论什么时候比起来，这种文明对于女性天然的评价都是最低的了。

马车载着她在红土大路上向威尔克斯农场驰去，这时思嘉心里暗暗感到高兴，因为母亲和嬷嬷都不跟他们一起去。这样，在野宴上便没有人耸着眉头或噘着下嘴唇来干涉她的行动计划了。当然，明天苏伦一定会向她们描述的，不过要是一切都按思嘉所希望的进行，那么她家里因她与艾希礼订婚或者私奔而引起的激动，就会抵消他们的不快而有余了。是的，她很庆幸爱伦被迫留在家里。

杰拉尔德早晨喝了几杯白兰地，乘兴把乔纳斯·威尔克森开除了，于是爱伦便在威尔克森离开之前留在塔拉农场检查账目。当她坐在小办事房里那个高高的写字台前忙着时，思嘉进去吻了吻她表示告别。乔纳斯·威尔克森拿着帽子站在爱伦身旁，他那绷紧的黄面皮上流露着无法掩饰的又气又恨的神情，因为他觉得自己被这样无礼地从一个全区最好的监工位置撵走，实在难以忍受。何况这只是区区一桩风流韵事所引起的呢。他已经一而再、再而三地告诉杰拉尔德，对于埃米·斯莱特里的娃娃，有嫌疑认作父亲的不下十来个，当然也很可能包括他本人在内。这个看法杰拉尔德表示同意，至于爱伦,她却认为他的案情并不能因此有所改变。乔纳斯恨所有的南方人。他恨他们对他态度冷淡并轻视他的社会地位,尽管表面敷衍也是掩盖不了的。他最恨爱伦·奥哈拉,因为她是他所恨的那些南方人的典型。

嬷嬷作为农场女工头留下来协助爱伦,因此只派了迪尔茜跟来,她被安排坐在托比旁边的赶车人座位上,那个装有姑娘们舞衣的长匣子就在她膝上搁着。杰拉尔德跨着那匹大猎马在车旁缓缓地走着,他的酒兴尚未消散,同时由于迅速处理完了威尔克森那桩不愉快的事,正在自鸣得意。他把责任推到爱伦身上,根本没想到爱伦因错过野宴和朋友欢聚的良机会感到多么失望;因为这是个春日良辰,他的田地显得那样美丽,鸟儿又歌唱得那样动听,他自己也觉得那样年轻好玩,便再不想别的了。有几回他忽然哼起了《矮背马车上的佩格》和其他爱尔兰小曲,或者那首更加阴郁的《罗伯特·埃米特①挽歌》,"她距离年轻英雄的长眠之地很远"。

他很愉快,一想到今天一整天都将在大谈特谈北方佬和战争中度过,更是兴奋极了。同时他也为自己那三个穿着漂亮裙子、打着可笑的小花阳伞的女儿感到骄傲。他不再去想头一天同思嘉进行过的那番谈话,因为那已经从他心里统统跑掉了。他只觉得她很美,足以使他十分自豪,而且今天她的眼睛绿得像爱尔兰山陵呢。这后一种思想使他更加悠然自得,因为其中颇有诗意;于是,他便给姑娘们放声而略略走调地唱起她们心爱的《身穿绿军装》②来了。

---

① 罗伯特·埃米特(1778—1803),爱尔兰民族主义领袖,1803年举行反英起义失败,以叛国罪被处以绞刑。
② 《身穿绿军装》是19世纪爱尔兰爱国革命歌曲。

思嘉用母亲对一个自命不凡的儿子那样既钟爱又藐视的神情看着他，眼看他到日落时又要喝得酩酊大醉了。他到天黑回家时又将如往常那样跳过从"十二橡树"村到塔拉的那一道道篱笆，不过她希望由于上帝的仁慈和他那匹马的清醒，他不要摔断了脖子才好。他会偏偏不走桥上却策马蹚着水过河，然后一路嚷着回家，让波克搀扶着躺到办事房的沙发上，因为这种时候波克经常擎着灯在前厅等候着。

　　他会把那套簇新的灰毛料衣服糟蹋的，为此他将在第二天早晨赌咒发愿详细告诉爱伦，说他的那匹马黑暗中从桥上掉到河里去了——这样一个明明谁也骗不了的谎话却会为大家所接受，让他觉得自己就是高明得很。

　　爸爸是个可爱、自私、不负责任的宝贝，思嘉暗想，心头不由得涌起一股对他的热爱之情。今天早晨她感到又兴奋又愉快，仿佛整个世界连同杰拉尔德都包容在她那博爱的胸怀里了。她很漂亮，这一点她自己清楚；她等不到今天过去就要把艾希礼占为己有。阳光温暖而柔和，佐治亚明媚的春光在她眼前展现。大路旁一丛丛黑莓已一片嫩绿，把冬天雨水冲洗下来的红土沟壑都掩盖起来了，而那些从红土中突露出来的花岗岩卵石已开始披上切罗基蔷薇，周围是淡紫色的野罗兰。河岸高处林木葱茏的小山上，山茱萸开满了晶莹的白花，像残雪还在万绿丛中恋恋不舍似的。开花的山楂子树正迎风怒放，开始从娇白转为粉红，在树下闪耀着光斑的枯松枝间，野忍冬织成了一张猩红、橘红和玫瑰红的三色地毯。微风里飘散着新灌木和野花的淡淡清香，整个世界都显得秀色可餐了。

　　"我将终生记住这一天有多么美丽，"思嘉想，"也许这就是我结婚的日子呢！"

她怀着兴奋的心情设想自己就在这天下午或者晚间月下，同艾希礼一起坐车穿过这花香叶绿的美景，到琼斯博罗的一家教堂去。当然，她还得在一位亚特兰大牧师的主持下再举行一次婚礼，但那又要叫爱伦和杰拉尔德烦恼了。她设想爱伦听到女儿同另一个姑娘的未婚夫私奔时气得脸色灰白的模样，不由得有点畏缩起来，但是她知道，只要爱伦再看看女儿的幸福光景，也就会原谅她了。至于杰拉尔德，他是会大声咒骂的，不过，尽管他昨天警告过她不要嫁给艾希礼，他还是会因为自己家同威尔克斯家做了亲戚而感到说不出地高兴。

"不管怎样，这些都是我结婚以后的事，现在不必管它。"这样一想，她就把烦恼丢在一边了。

在这么暖洋洋的阳光下，在这样明媚的春天，当"十二橡树"村的烟囱正好开始在那边小山上出现时，你除了尽情欢乐，是不可能有旁的什么感觉的。

"我将一辈子住在那里，我将看见五十个这样的春天，也许还要多呢。我将告诉我的儿女和孙儿孙女，这个春天多么美丽，比他们所要看到的都更为可爱。"想到这最后一点时她快活极了，便加入了《身穿绿军装》末尾的合唱部分，并且赢得了杰拉尔德的高声称赞。

"我不明白你今天早晨为什么这样快活。"苏伦表示反感地说，因为她心里还在痛苦地嘀咕：要是她穿上思嘉那件新的绿色绸舞衣，她会比思嘉好看得多。思嘉为什么总那样自私，不肯把衣服和帽子借给她呢？妈为什么也总是那样护着她，说绿色同苏伦不相配呢。"你和我一样清楚，艾希礼的亲事要在今晚宣布，爸今天早晨这样说的。当然我也明白，你对他表示亲昵已经好几个月了。"

"你就知道这些。"思嘉说着,吐了吐舌头,不准备让自己的兴致给破坏了。到明天早晨这个时候,请看这位苏伦小姐吃惊的模样吧。

"苏伦,你知道事情并不是那样,"卡琳震惊地表示异议,"思嘉喜欢的是布伦特。"

思嘉那双笑盈盈的绿眼睛朝妹妹望着,心想她怎么会这样可爱呢。全家都知道,卡琳这个十三岁的姑娘已经倾心于布伦特了,可布伦特却全不在意,只把她当思嘉的小妹妹看待。每当爱伦不在场时,大家总喜欢拿布伦特来捉弄她,直到她哭出来为止。

"亲爱的,我一点也不喜欢布伦特,"思嘉乐得慷慨地说,"而且他也一点不喜欢我。你看,他正在等着你快快长大呢!"

卡琳那张圆圆的小脸红了,她心里又高兴又怀疑,两方面像在打架似的。

"唔,思嘉,你这话当真?"

"思嘉,你知道母亲说过,卡琳还太小,还不该想什么男孩子,可你偏偏去逗引她。"

"好吧,你走着瞧,看我究竟喜欢不喜欢,"思嘉答道,"你是不要妹妹露脸,因为你知道再过一年左右她就会长得比你漂亮了。"

"你们得小心,今天讲话该文明些啊,要不然我回去抽你们,"杰拉尔德警告说,"嘘!别响,我听听,这是马车声吧?准是塔尔顿家或者方丹家的。"

他们驶近一个从茂密的山冈下来的交叉道时,马蹄声和车轮声听得更清楚了,同时从树林背后传来喊喊喳喳的女人争吵声和欢笑声。走在前头的杰拉尔德勒住马向托比打了个手势,叫他把马车在交叉路口停下来。

"那是塔尔顿家的姑娘们,"他向他的女儿们宣布,他红润的脸上泛起了光彩,因为除了爱伦,他在全县的太太们中就最喜欢这位红头发的塔尔顿夫人,"而且是她亲自驾车呢。噢,居然有位玉手纤纤的太太在摆弄马儿啦。轻盈如羽毛,又结实得像张生牛皮,可仍然那么美丽动人呀。你们谁也没有这样好看的手,真太可惜了!"他补充说,一面又钟爱又带责备地向他的女儿们瞟了几眼,"卡琳害怕牲口,苏伦的手一碰缰绳就像摸着了熨斗似的,而你这个淘气鬼——"

"我么,不管怎样我从来没有给撂下来过,"思嘉气冲冲地嚷道,"可塔尔顿夫人每次打猎都摔跤呢!"

他从马镫上欠起身,一扬手把帽子摘下来,这时塔尔顿家的马车满载着穿得漂漂亮亮、撑着阳伞、飘着面纱的姑娘出现了,塔尔顿夫人果然如杰拉尔德说的那样坐在车夫座位上。由于马车上挤着她的四个女儿和她们的嬷嬷,以及几只装着跳舞衣的长匣子,已再也容不下一个车夫了。加之,比阿特里斯·塔尔顿只要自己的一双手闲着便从不愿意让任何人来驾车,无论他是黑人还是白人。看来外表娇弱,骨骼纤秀,皮肤白皙得好像那火焰般的头发把她脸上的全部血色都吸收到这炫亮的一丛里来了,可是她却有着充沛的精神和不倦的体力。她养了八个孩子,都和她一样头发火红,精力旺盛。她把他们教养得十分成功,全县的人都这样说,因为像对待她的那些马驹似的,她把同样的溺爱和最严格的训练都放到他们身上了。"勒住他们,但不要伤了他们的锐气。"这就是塔尔顿夫人的箴言。

她爱马,也经常谈论马。她了解它们,把它们掌握得比全县任何人都好。她蓄养的小马驹越来越多,已挤出圈门跑到前面草地上来了,就像她的八个孩子挤出了山上那座散乱不整的房子似的,于是每当她在农场里转悠时,马驹、儿女和猎狗,都成群地尾随着她。她相信她的马都具有人性,尤其那匹名叫乃利的枣红母马。如果由于家务忙,她来不及在规定时间去骑马散心时,她便把糖碗交给一个黑小子,吩咐他:"给乃利一把糖吃,告诉她我马上就出来。"

　　除了某些特殊场合,她经常穿着骑装,因为无论后来骑了没有,她总是希望要骑的,所以,怀着这种期待的心情,她每天起身时就穿上骑装。每天早晨,无论晴雨,乃利都身着鞍辔,在屋前走来走去,等着塔尔顿夫人从家务中抽出一小时来骑它。可是费尔希尔是个很不好管理的农场,难得有空闲时间,因此乃利往往会驮着空鞍一小时又一小时地在那里来回走动,比阿特里斯·塔尔顿则把骑装的衣襟高高扎起来,露出六英寸高的锃亮的马靴整天忙活。

　　今天,她穿一件下摆不合时宜地窄小的深黑色绸衣,那模样仍和平时一样,因为这衣服是严格地按照她的骑装做的,头上戴的又是一顶小黑帽,上面那支长长的黑羽毛把一只热情的亮闪闪的褐色眼睛遮住了,这和她打猎时戴的那顶又破又旧的帽子一模一样。

　　她看见杰拉尔德,便挥了挥鞭子,同时把那两匹像在跳舞似的枣红马勒住,马车停下了。马车后座的四位姑娘一齐探出身来,叽里呱啦地喧嚷着打招呼,把一对辕马都吓得蹦跳起来。这情景在一个偶然经过的旁观者看来,会觉得塔尔顿和奥哈拉两家的人大概是多年不见了,其实他们两天前还见过呢。不过塔尔顿家是个好交际的家庭,喜欢和邻居尤其奥哈拉家的姑娘们来往。那就是说,他们喜欢苏伦和卡琳。至于思嘉,除了那个没有头脑的凯瑟琳·卡尔弗特之外,全县没有哪位姑娘真正喜欢她。

在夏天,这个县里差不多平均每星期要举行一次全牲野宴和跳舞会,可是对于塔尔顿家那些红头发的最会享乐的人来说,每次野宴和舞会都仿佛是头一次参加似的,总是非常兴奋。她们是一支健美而活泼的四人小分队,挤在马车里衣裙压着衣裙,阳伞遮着阳伞,连宽边草帽上簪着的红玫瑰花和系在下巴颏底下的天鹅绒带子也都在相互碰撞着,纠缠着。四顶草帽底下露出了各色的红头发:赫蒂的是正红,卡米拉的是草莓金红,兰达的是铜赭红,贝特西的胡萝卜红。

"好一窝漂亮的云雀呀,太太!"杰拉尔德殷勤地说,一面让自己的马靠近塔尔顿家的马车,"不过她们要赶上母亲,那还差得远呢。"

塔尔顿夫人滴溜溜转着一对红褐色的眼睛,把下嘴唇往里吸着,露出一副略带嘲讽的欣赏模样,这时姑娘们嚷嚷开了:"妈,别飞媚眼了,要不我们告爸去!""我发誓,奥哈拉先生,妈只要有个像您这样漂亮的男人在身边,她就决不让我们沾边儿了!"

思嘉听了这些俏皮话,和旁的人一起笑起来,不过像往常一样,塔尔顿家的姑娘们对待母亲的那种放肆态度使她大为惊骇。她们把她当作一个仿佛跟她们自己一样的人,仿佛她刚满十六岁呢。对于思嘉,不要说真正跟自己的母亲说这种话,就连这样一个念头几乎也是亵渎的呢。不过——不过——人家姑娘们同母亲的那种关系还是很有意思的。她们尽管那样批评、责备和取笑她,可对她还是崇拜的。不,思嘉立即暗自说,她这并不是想宁愿要一个像塔尔顿夫人那样的母亲,只是偶然觉得同母亲开开玩笑也很有趣罢了。她知道甚至这种想法也是对爱伦的不敬,因此为自己感到羞耻。她知道,马车里那四个火红头发的姑娘是不会为这样胡乱的想法伤脑筋的,于是像往常一样她又深感自己跟人家不同,又被一片懊恼而惶惑的心情所笼罩了。

思嘉的头脑尽管敏锐,可并不善于分析,不过她朦胧地意识到,虽然塔尔顿家的姑娘们像马驹一样顽皮,像三月的山兔一样撒野,她们身上还是有一股天生无忧无虑的直率劲儿。她们的父母双方都是佐治亚人,并且是佐治亚南部的人,距离那些开拓者还只有一代。他们对自己和周围环境都有信心。他们本能地知道自己是在干什么,这和威尔克斯家的人一样,尽管方式很不相同;而且这中间没有那种经常在思嘉心中激化的冲突,因为思嘉身上有一种温和的过分讲究教养的滨海贵族血统和一种精明而凡俗的爱尔兰农民血统混合在一起,那是两不相容的。思嘉既要尊敬母亲,把她作为偶像来崇拜,又想揉母亲的头发,并且取笑她。她明白她只能要么这样,要么那样,二者不能兼而有之。跟男孩子一起时,也是同一种感情冲突在作祟,使得她既想装得像个很有教养的温文贞静的闺秀,又想做一个顽皮女孩,不妨跟人来几次亲吻。

“今天早上爱伦在哪儿?”塔尔顿夫人问。

“她刚刚把家里的监工开除了,她留在家里同他交接账目。你家先生和小伙子们哪儿去了?”

“唔,他们几个小时前就骑马到‘十二橡树’村去了——我敢说是去品尝那边的混合饮料看够不够劲儿,仿佛他们从现在到明儿早晨都不要喝了！我想叫约翰·威尔克斯留他们过夜，即使只能让他们睡在牲口棚里也好。五个喝醉了的酒鬼可够我受的了。要是只有三个，我还能对付得了，可是——"

杰拉尔德连忙打断她，把话题岔开。他能感觉到自己的三个女儿正在背后暗笑，因为她们还记得去年秋天他参加了威尔克斯举办的那次野宴之后，是在什么样的情景下回家来的。

"那你今天怎么没骑马呢，塔尔顿夫人？说实在的，你没有骑上乃利，简直便不像你自己了。你这人就是个斯坦托①嘛。"

"斯坦托？好个糊涂的汉子！"塔尔顿夫人模仿他的爱尔兰土腔嚷道，"你的意思是说那个半人半马的怪物吧？斯坦托是个嗓门像铜锣的人呀。"

"不管它是什么，这没关系，"杰拉尔德回答说，对自己的错误毫不在意，"至少你驱赶起猎狗来，太太，你的嗓门就像铜锣啦。"

"这话可对了，妈，"赫蒂说，"我告诉过你，你每回看到一只狐狸都要像个印第安土人那样大喊大叫的。"

"可还不如你让嬷嬷洗耳朵时叫得响呢，"塔尔顿夫人回敬她，"而你都十六了！唔，至于说到我今天怎没骑马，那是因为乃利今天清早下驹儿了。"

"真的？"杰拉尔德着实高兴地嚷道，他那爱尔兰人爱马

① 原文 Stentor，系 Centaur 之误。后者是希腊神话中的一个人首马身的怪物，而前者本义是希腊神话中特洛伊战争的一个传令官，这里引申为大嗓门的人。

的激情在眼睛里闪闪发亮,同时思嘉从自己母亲和塔尔顿夫人的比较中又大吃了一惊。对于爱伦来说,母马从不下驹儿,母牛从不产犊儿,当然,母鸡也几乎是不生蛋的。她根本不谈这种事。可是塔尔顿夫人却没有这样的忌讳。

"是匹小母马喽?"

"不,是个漂亮的小驹子,腿足有两码长。你一定得过来看看,奥哈拉先生。它可真是一匹塔尔顿家的好马。红得像赫蒂的头发呢。"

"而且长得也很像赫蒂。"卡米拉说,这惹得长脸的赫蒂动手来拧她,她尖叫一声就躲到一大堆裙子、长裤和晃动的帽子中间去了。

"我的这几匹小母马今天早晨都快活极了,"塔尔顿夫人说,"我们今天早晨听到艾希礼和他的那个从亚特兰大来的小表妹的消息以后,她们都一直在发疯似的闹个不停。那个表妹叫什么来着?媚兰?上帝保佑,那个怪可疼的小妮子,可是我连她的名字和模样都总是记不起来。我家厨娘是威尔克斯家膳事总管的老婆,那男的昨儿晚上过来谈起了那桩新闻,说今天晚上要宣布这门亲事,厨娘今天早晨对我们说了。姑娘们听了都兴奋极了,尽管我看不出这是什么缘故。这几年谁都知道艾希礼要娶她,那就是说,如果他不跟梅肯那里伯尔家他的一个表妹结婚的话。这就像霍妮·威尔克斯要跟媚兰的哥哥查尔斯结婚一样。现在,奥哈拉先生,请告诉我,要是威尔克斯家的人同他们家族以外的人结婚,是不是就不合法呢?因为如果——"

思嘉没有听见其余那些说笑的话。顷刻间仿佛太阳钻到一团冷酷的乌云背后去了。世界陷入了黑影之中,万物都失去了光彩。那些新生的绿叶也失去了生气,山茱萸变得苍白了,开花的山楂刚才还那么娇艳,现在也突然凋谢了。思嘉把手指伸进马车的帷帘里,她的阳伞也跟着抖动了好一会儿。原来,知道艾希礼订婚是一回事,可听见别人这样偶尔谈起来又是另一回事了。但是不久,她的勇气又汹涌地回来了,太阳又重新出现了,世界又大放光辉。她知道艾希礼爱她。这是千真万确的。于是她微笑着想象,要是这天晚上并没有宣布什么亲事,而是发生了一次私奔,塔尔顿夫人会怎样大惊失色啊!从此以后,塔尔顿夫人会对邻居们说,思嘉这丫头多么狡猾,她居然一声不响坐在那里听她谈媚兰,而她和艾希礼却一直在——想着这些,她的两个酒窝也微微颤抖起来。这时,赫蒂始终在观察母亲的话会产生什么效果,现在看见思嘉这模样,便有点迷惑不解地皱起眉头往后一靠,不再操这份心了。

"我不管你的意见怎么样,奥哈拉先生,"塔尔顿夫人强调说,"这种中表婚姻是完全错误的。艾希礼要娶汉密尔顿家的姑娘是够糟的了,至于霍妮要嫁给那个脸色苍白的查尔斯·汉密尔顿——"

"霍妮要是不嫁给查理,她就谁也捞不到,"兰达说,她是个对别人刻薄但觉得自己很走俏的人,"除了查理,她从来没有过男朋友。而且他对她也从不怎么亲热,尽管他们已经订婚了。思嘉,你还记得,去年圣诞节他怎么追求你来着——"

"可别使坏呀,姑娘,"她母亲说,"表兄妹不应该结婚,就是从表兄妹也不应该。那会削弱血统的。那跟马不一样。你可以让一匹母马跟它的兄弟配,乃至一匹公马跟它的女儿配,结果还是很好,如果你懂得血统的话。可是人就不行了。外表也许不错。但精气神儿就不行。你——"

"不过，太太，在这一点上我可要跟你唱反调了。你能举出比威尔克斯家更好的人来吗？他们家从布赖恩·博鲁小时候起就一直是中表结亲呀。"

"他们早该停止了，因为如今已露出迹象来了。唔，艾希礼还没什么，他还是长得挺英俊，可就连他——不过，请看看威尔克斯家那些没精打采的姑娘吧，真可怜呀！当然，都还是些好女孩子，可就是没精打采。再看媚兰那妮子，瘦得像根棍儿，真是弱不禁风，一点精神也没有。她自己没个主张，只会说，'不，太太！''是的，太太！'你明白我的意思吗？那个家族需要新的血液，像我家这些红头发姑娘或你家思嘉那样优美强壮的血液。不过，请不要误解。威尔克斯家就他们的为人来说都是些好人，而且你也知道我很喜欢他们，可是让我们坦白说吧！他们太讲究教养，也太爱搞近亲结婚了。难道不是这样？他们在一块干地上，在一条平坦大路上，会走得很好，可是请听我说，我不相信威尔克斯家的人能够走烂泥路。我认为他们的精气神儿已经耗尽了，因此一旦发生危机，我就不相信他们能经得起风险。他们是个过太平日子的家族。至于我，我要的是一匹任何天气都能闯的马。而且他们的近亲结婚已经使他们变得跟这一带其他的人不一样了。整天要么弹钢琴，要么钻书本。我相信艾希礼是宁愿读书不愿打猎的。是的，我真相信这一点，奥哈拉先生！你再看看他们的骨骼，太纤细了！他们家需要强壮有力的男女——"

"啊——啊——嗯。"杰拉尔德若有所思地支吾着。他突然颇为内疚地意识到这番谈话虽然很有意思，对自己也还得当，可是对爱伦就完全是另一回事了。事实上他明白，如果爱伦得知她的几个女儿听了这样毫不忌讳的一次谈话，她一定会永远不舒服的。可是塔尔顿太太像往常那样，一谈起无论是马或人的生育这个得意的话题，便滔滔不绝，根本不听别人的意见了。

"我说这些话是有感而发的，因为我的一些表亲也是中表结婚，而且老实告诉你，他们的孩子都长得像鼓眼牛蛙，真可怜哪！所以，我家里要我跟一位从表兄结婚时，我便像只马驹似的跳了起来，坚决反对。我说：'不，妈。我不能这样。我的孩子会像马那样得大关节病和气喘病的。'好，我妈一听说大关节病便晕倒了，可我岿然不动，我奶奶也支持我。你看，她也很懂得马的繁殖，还夸我说得对呢。于是她帮助我跟着塔尔顿先生逃走了。现在，请看看我的这些孩子！又高大又健康，没有一个是带病或矮小的，尽管博伊德只有五英尺十英寸高。可是，他们威尔克斯家——"

"你不想换换话题，太太。"杰拉尔德赶紧插嘴，因为他已注意到卡琳的惶惑神色和苏伦脸上流露的贪婪好奇心，恐怕再这样下去她们以后会向爱伦提出烦人的问题，那便暴露出他作为一个陪女儿外出的监护人是多么不称职了。至于思嘉，他高兴地看到，她似乎在想旁的事情，像个大家闺秀的样子。

赫蒂·塔尔顿把他从困境中救了出来。

"我的天哪，妈，咱们走吧！"她不耐烦地喊道，"看这太阳把我烤的，我都听得见痱子在脖子上暴跳出来了。"

"等等，太太，过会儿再走，"杰拉尔德说，"那么，关于卖给我们马匹交营里的事，你究竟是怎么决定的？战争眼看随时可能爆发，小伙子们希望这个问题早日落实。那是一支克莱顿县的军队，我们要的也是克莱顿县的马匹。可是你这位太太也实在固执,至今还不同意把你的好马卖给我们。"

"也许并不会发生战争呢。"塔尔顿夫人心存观望地说,这时她的心思已经从威尔克斯家的古怪婚姻习惯中彻底转过来了。

"怎么,太太,你不能——"

"妈,"赫蒂又一次插进来,"你跟奥哈拉先生到了'十二橡树'村再谈马匹的事不好吗?"

"对了,对了,赫蒂小姐,"杰拉尔德说,"我一分钟也不敢耽搁你们啦。咱们一会儿就到'十二橡树'村了,那里的每一个人,老老少少,都想知道马匹的事。不过,看到像你母亲这样一位文雅而漂亮的太太居然那样固执地不肯卖自己的马,我可真伤心呀!请问,塔尔顿夫人,你的爱国心到哪里去了?难道南部联盟对你就毫无意义?"

"妈,"小贝特西喊道,"兰达坐在我衣裳上,弄得我浑身都要皱巴巴的了。"

"唔,把兰达推开,贝特西,别嚷嚷。现在,杰拉尔德先生,你听我说,"她准备反驳,眼睛开始闪闪发光了,"你犯不着用南部联盟来压我嘛!我认为南部联盟对我像对你一样重要;我有四个男孩子到了营里,可你一个也没有呢。不过我的孩子们能照管自己,而我的马却不行。我要是知道我的马是给那些我认识的小伙子,那些惯于骑纯种马的上等人骑的,我将乐意把它们无偿地献出来。不,我不会有片刻的犹豫。可是,要让我的宝贝们去任凭那些惯于骑骡子的林区和山地人摆布,那可不行,先生!我一想起它们背上长了鞍疮和喂养得不好就要犯梦魇的。你以为我会让那帮蠢货去骑我的这些娇养惯了的宝贝,去撕扯它们的嫩嘴,鞭打它们,直到它们给糟蹋得毫无生气吗？你瞧，我现在只想到这些，就浑身起鸡皮疙瘩了！不行，奥哈拉先生。你想要我的马，这是好意，不过你最好还是先到亚特兰大去买些老废物来给你们的庄稼汉去骑吧。反正他们永远也分不出好歹来的。"

"妈，咱们继续赶路不好吗？"卡米拉也加入了这个等得不耐烦的合唱，"你明明知道最后你还是会把你的那些宝贝交给他们的。只要爸和几个男孩子跟你仔细谈谈南部联盟是多么需要马匹，你就会哭着把它们交出去了。"

塔尔顿太太咧嘴一笑，抖了抖缰绳。

"我不会做那种事的。"她说着用鞭子在那两匹马背上轻轻碰了一下。马车又飞速地行驶了。

"真是个好女人，"杰拉尔德说，一面把帽子戴上，回到自己的马车旁，"走吧，托比。我们要把她磨服，还是会弄到那些马的。当然喽，她说得也对。她是对的。谁要不是上等人，他就没资格骑马。他应当去当步兵。不过最糟糕的是这个县里没有足够的农场主子弟来编成一个整营呢。你说怎么样，小妞儿？"

"爸，请你要么走在我们前头，要么在后面。看你踢起这么一大堆的尘土，都快把我们呛死了。"思嘉说，她觉得再也无法忍受这种谈话了。因为别人的谈话使得她不能好好思索，而她急于要在抵达"十二橡树"村之前整理好思想，同时准备一副光彩动人的面容。杰拉尔德顺从地刺了刺马肚子，一溜烟跑到前头追赶塔尔顿家的马车去了，到那里他还可以继续关于马匹的谈话。

第 六 章

他们过了河，马车向山上驶去。甚至在"十二橡树"村还没进入眼帘之前，思嘉就已经看见一团烟雾在那些高高的树顶上悠闲地飘浮着，也闻到了那股混合着燃烧的山胡桃木和烤猪肉羊肉的香味。

那些从头天晚上便在缓缓燃着的烤全牲的火坑，估计现在已成为玫瑰红灰烬的长槽，兽肉在上面的叉子上转动着，肉汁徐徐地滴落到炭火中，发出咝咝的声音。思嘉知道微风吹送的那股香味是从那幢大房子背后的大橡树林里飘来的。约翰·威尔克斯常常是在那里，在那缓缓而下通向玫瑰园的斜坡上，举行他的全牲野宴。这个阴凉宜人的佳境要比别的例如卡尔弗特家使用的地方好得多。卡尔弗特太太不喜欢野宴上的食品，并且声称好几天之后房子里都还有那些气味，所以她的客人就常常被安排在一个离住宅四分之一英里的平坦而没有遮阴的地点热汗淋漓地吃着。不过，也只有这位以好客闻名全州的约翰·威尔克斯才真正懂得怎样举行野宴。

那些长长的带有支架的野餐桌上铺着威尔克斯家最漂亮的亚麻布，这些餐桌常常摆在最阴凉的地方，两旁是没有靠背的条凳；空地上还放着一些椅子、矮脚凳和坐垫，是给那些不喜欢坐条凳的人准备的。在离宴席较远的地方才是那些长长的烤兽肉的火坑和炖肉汁的大铁锅,这里散发的油烟和种种浓烈的香味是客人们闻不到的。威尔克斯先生经常养着至少十来个黑人,他们端着托盘来回跑动为客人提供食品。那边仓房背后还设有另一个野宴火坑,专供家仆、来宾们的车夫、侍女等人使用,他们吃的是玉米饼、山薯和黑人最喜欢的牲畜内脏,时令碰巧时还有足够的西瓜让他们吃个饱。

当思嘉远远闻到新鲜猪肉的香味时,她欣赏地皱起鼻子,希望等到烤好以后她的食欲会旺盛起来。此刻她的肚子里还是饱饱的,而且腰扎得很紧,生怕自己随时都会打出嗝来。如果真的打嗝儿,那就要命了,因为只有老头儿和老太婆才不怕周围的人议论敢在宴席上打嗝呢。

他们驶上了山顶,这时那座白房子已整整齐齐出现在她面前,你看那高高的圆柱,宽阔的游廊,坦平的屋顶,这美丽得像一个那么相信自己魅力的美人儿,她显得雍容大方,对谁都一样亲切可爱了。思嘉喜爱"十二橡树"村胜过喜爱塔拉农场,因为它有一种堂皇的美,一种柔和的庄严,而这是杰拉尔德的住宅所不具备的。

宽阔弯曲的车道上到处是骑乘的马和马车,宾客们正纷纷下马下车,向朋友打招呼。咧着大嘴傻笑的黑人对宴会总是那么兴奋,他们正在把牲口牵到仓场上去卸鞍解辔,让它们好好休息一下。成群的孩子,有黑的,有白的,在新绿的草地上嚷着跑着,玩跳房子和捉人的游戏,并且竞相夸口要在野宴上吃多少多少东西。那间从前头一直延伸到屋后的宽敞大厅里已经挤满了人,当奥哈拉家的马车驶到前面台阶边停下时,思嘉看见那些像蝴蝶般漂亮的姑娘们摇摆着裙裾在二楼的楼梯上走上走下,有的彼此搂着腰肢倚在楼栏杆上,笑着召唤下面大厅里的年轻小伙子们。

从那敞开的法国式窗口，她瞥见那些年龄较大的妇女穿着深色绸衣端端正正坐在客厅里，摇着扇子，谈论着婴儿、疾病和谁跟谁结婚，以及怎么会结婚的，等等。威尔克斯家的膳事总管汤姆在大厅和门厅里穿梭般忙活着，他手里端着一只银托盘，不停地鞠躬微笑，向那些身穿淡米色或灰色裤子和皱边亚麻布衬衫的青年人奉献高脚酒杯。

阳光灿烂的前廊上也拥挤着宾客。是的，全县的人都在这里了，思嘉心想。塔尔顿家四个小伙子和他们的父亲倚着高高的圆柱，孪生兄弟斯图尔特和布伦特照例肩并肩站在那儿，博伊德和汤姆则同他们的父亲詹姆斯·塔尔顿在一起。卡尔弗特先生贴近他的北方佬老婆，后者虽然已在佐治亚生活了十五年之久，可仍然显得有点像陌生人似的。每个人都对她十分客气而亲切，都觉得她可怜，不过谁也不会忘记她由于做了卡尔弗特先生的孩子们的家庭教师而加重了她在出身上犯下的过错。那两个卡尔弗特家的小伙子雷福德和凯德，同他们那个活跃的白白胖胖的妹妹凯瑟琳在一起，向黑脸乔·方丹和他的漂亮的未婚妻萨莉·芒罗开玩笑。亚历克斯和托尼·方丹在向迪米蒂·芒罗耳语，惹得她一次又一次咯咯大笑。有些家庭是远道来的，例如从十英里外的洛夫乔伊，从费耶特维尔，从琼斯博罗，少数几家甚至来自亚特兰大和梅肯。整个房子像要被客人挤垮了，而不停地高谈阔论和哗然大笑，以及妇女们咯咯的笑声、尖叫声和喧嚷声，更是此起彼落，热闹无比。

约翰·威尔克斯站在走廊台阶上，他一头银丝般的头发，腰背挺直，焕发着宁静和蔼的容光，像佐治亚夏天的太阳一般永不衰败。他旁边站着霍妮·威尔克斯(人们之所以这样称呼她①,是因为她对于从父亲到大田劳工所有的人都用同样亲切的口气说话),她正在不停地欢笑着迎接每一位来宾。

霍妮那种显然渴望对谁都显得亲切动人的劲儿,同她父亲的姿态形成了鲜明的对照,这使思嘉想起也许塔尔顿太太刚才说的话毕竟是有些道理的。威尔克斯家的男人们无疑有自己的家族特征。那种把约翰·威尔克斯和艾希礼的灰眼睛衬托得更显著的赤金色浓睫毛,在霍妮和她妹妹英迪亚的脸上便变得稀疏而没有什么光泽了。霍妮像只野兔似的睫毛很少,而英迪亚除了用"平淡"一词以外,再没有别的说法可以形容了。

英迪亚的踪影哪里也找不到,但思嘉知道她也许是在厨房里对仆人们做最后的指示。可怜的英迪亚,思嘉心想,自从她母亲去世以后,她得为家务操不少的心呢,因此除了斯图尔特·塔尔顿,便没有机会去交别的男朋友了。而且,如果他觉得我比她长得漂亮,那也不是我的过错呀。

约翰·威尔克斯走下台阶,伸出手臂去搀扶思嘉。她下马车时瞥见苏伦在得意地傻笑,便知道她已经从人丛中找出弗兰克·肯尼迪来了。

我就不信找不到一个比这穿裤子的老处女更好的男人!她心里轻蔑地嘀咕着,一面跳下地来微笑着向约翰·威尔克斯表示感谢。

弗兰克·肯尼迪赶快向马车走来搀扶苏伦,苏伦那个得意劲儿更叫思嘉恨不得抽她一鞭子。弗兰克·肯尼迪可能拥有比县里任何人都多的土地,而且可能心地很好,可这些在一个年满四十的人身上是毫无意思的,何况他既瘦小又神经质,长着稀稀拉拉几根黄胡子,是个婆婆妈妈、唯唯诺诺的人。

不过,思嘉记起了自己的计谋,便打消这种轻蔑心理,反而向他飞了个嫣然的微笑,这使他不由得一怔,一面向苏伦伸出手臂,一面高兴得不知所措地把两只眼睛朝思嘉身上骨碌碌乱转。

思嘉即使在跟约翰·威尔克斯愉快地交谈时,两只眼睛也在人群里搜索艾希礼,可是他不在走廊上。周围是一片欢迎的招呼声,斯图尔特和布伦特·塔尔顿这对孪生兄弟一齐向她走来。芒罗家的姑娘们也对她的衣服大声称赞,她很快便成了一个吵吵闹闹的圈子的中心,这些声音越来越高,把整个大厅里的喧哗都压倒了。可是艾希礼在哪里?还有媚兰和查尔斯呢?她装得若无其事地环顾周围,并一直朝大厅那里笑闹的人群中望去。

她闲谈着,笑着,迅速向屋子里、庭院里搜索着,忽然发现一个陌生人独自站在大厅里用一种淡漠而不怎么礼貌的神情注视着她,这使她产生了一种复杂的感觉:一面由于自己吸引了一个男人而十分得意,一面又想到自己的衣服领口太低露出了胸脯而有点难为情了。他看来年纪不小,至少有三十五岁。他个子高高的,体格很强壮。思嘉心想,还从没见过这样腰圆膀阔、肌肉结实、几乎粗壮得有失体面的男人呢。当她的眼光和那人的眼光接触时,他笑了,露出一口狰狞雪白的牙齿,在修剪得短短的髭须底下闪闪发光。他脸膛黑黑的,颇像个海盗,一双又黑又狠的眼睛仿佛主张把一艘大帆船凿沉或抢走一名处女似的。他脸上的表情冷漠而鲁莽,连对她微笑时嘴角上也流露出嘲讽的意味,使思嘉紧张到出不来气。她想人家这样无礼地瞧着她简直是一种侮辱,可懊恼自己竟没有受辱的感觉。她不知道这究竟是个什么人,但他黑黑的脸膛无可否认地有着上等人家的血统。两片饱满的红嘴唇上那细长的鹰钩鼻子、高高的前额和宽阔的天庭,都说明了这一点。

她毫无笑容地努力把自己的眼光挪开,同时他也回过头去,因为有人在叫他:"瑞德,瑞德·巴特勒! 到这里来! 我要你见见佐治亚一个心肠最硬的姑娘。"

瑞德·巴特勒? 这名字有点耳熟,好像同某个不体面的趣闻有关似的,不过她正一心想着艾希礼,便不去细究了。

"我得上楼去理理头发,"她告诉斯图尔特和布伦特,他们正想把她从人群中带走,"你们俩可得等着我,别跟旁的女孩子跑掉,惹我生气啊。"

她看得出来,要是她今天跟任何别的人调情,斯图尔特是不会善罢甘休的。因为他刚刚喝了几杯,正摆出一副找人打架的神气,她凭经验知道这就要出事了。她在过厅里站下来跟朋友们说话,又对英迪亚打招呼,后者正从后屋里出来,已忙得头发不整,两鬓流汗。可怜的英迪亚! 一个姑娘长着不灰不白的头发和眼睫毛,以及一个显得性情固执的下巴,这就够糟的了,何况已经二十岁了还没嫁人呢! 她不知英迪亚是否怀恨她把斯图尔特从她身边夺走了。有不少的人还在说她仍然爱他,可是你怎么也琢磨不透一个威尔克斯家的人是如何想的。即使她怀恨这件事,她也绝不会露出痕迹来,仍一如既往地用那种稍觉疏远又颇为亲切的态度对待思嘉。

思嘉愉快地跟她交谈了几句,便走上宽阔的楼梯。这时,一个羞答答的声音在后面叫她的名字,她回过头来,看见了查尔斯·汉密尔顿。他是个俊俏的小伙子,满头柔软的褐色鬈发覆盖在白皙的前额上,眼睛也是深褐色的,明亮,温柔,像一只聪敏的长毛牧羊犬。他穿着很合身的芥末色裤子和黑色上衣,带皱褶的衬衫领口打着个很宽很时髦的黑领结。她转过身来时,他脸上泛起薄薄的红晕,因为他在女孩子面前总有点怯生生的。像大多数怕羞的男人那样,他非常爱慕思嘉这样快活、开朗而落落大方的姑娘。她以前对他的态度从没有超出敷衍应酬的范围,因此她现在回报他的那嫣然一笑和高兴地伸出的两只手,就使他惊喜得透不过气来了。

"怎么,查尔斯·汉密尔顿,你这漂亮的小家伙,是你呀!我敢说你是专门从亚特兰大老远赶来,这可叫我心疼得不行啊!"

查尔斯激动得结结巴巴,几乎说不出话来了。他抓住她那双温暖的小手,痴痴地望着那双滴溜溜转的绿眼睛。姑娘们是惯用这种态度跟男孩子说话的,可对查尔斯却从来没有过。他可真不明白为什么她们老是把他当作小弟弟看待,又总是那么亲切,但从来不肯跟他开玩笑。他经常看见姑娘们跟那些比他难看得多和笨得多的男孩子在一起调情说笑,早就巴不得她们也跟他这样闹着玩儿。可是除了偶尔一两次外,他跟她们在一起时往往不知道说什么好,所以总是哑口无言,窘困得难受极了。事情过后,他夜里躺在床上睡不着觉时,倒想起许许多多本来可以说的俏皮逗人的话来,可是机会没有了,因为人家姑娘们经过这么一两回试验之后,便把他撂在一边了。

至于霍妮,他同她已经有了默契,准备来年秋天他继承了遗产的时候结婚,可是他跟她在一起时同样也很不自在,没什么好说的。有时候他有一种不怎么爽气的感觉,觉得霍妮那种有点卖弄风情和自作主张的神气对他很不利,因为她对男孩子有股狂热劲儿,他恐怕一有机会她就会给随便哪个男人玩这一套。所以查尔斯对于娶霍妮这一前景不怎么热心,因为她没有在他心中掀起那种疯狂的浪漫激情,而那是他心爱的书本告诉他一个恋人所应当有的。他经常渴望着有个美丽、大胆、感情炽热、善于戏谑的女人来爱他。

可如今思嘉·奥哈拉用她所说的对他心疼的话,在跟他开玩笑呢!

他要想出几句话来说说,可是想不出来,接着他便默默祝福思嘉,因为她在一个劲儿地说下去,他也就用不着开口了。这真是做梦也想不到的。

"现在,你就站在这儿,等我回来,到时我跟你一起吃野宴。可不要走开去跟别的女孩子胡闹呀,那样我可要吃醋了!"这些话从那张两旁各有一个酒窝的樱桃小口里说出,同时乌黑的睫毛在碧绿的眼睛上方假装严肃地飞舞着。

"我不会的。"他终于使劲喘过气来,可是绝没有想到她是在把他当作一只等待屠夫的小牛犊呢。

她拿那把合着的折扇在他臂膀上轻轻敲了敲,然后转身上楼,这时她的视线又落到那个名叫瑞德·巴特勒的人身上,他正孤零零地站在离查尔斯几步远的地方。他显然从旁听见了刚才的全部谈话,因为他仰头对思嘉咧嘴笑了笑,那模样邪恶得像只公猫似的,随即又将思嘉浑身上下打量着,眼光中全然没有思嘉所习惯的那种敬意。

"真见鬼!"思嘉用杰拉尔德惯用的那句粗话气恼地暗自

思忖说，"他看来好像——好像知道我没穿内衣是什么模样似的。"接着把头一甩，径自上楼去了。

在放着包裹的那间卧室里，她发现凯瑟琳·卡尔弗特正站在镜前打扮，拼命咬着嘴唇，想叫它们显得更红一些。她的饰带上佩着新鲜的玫瑰花，这同她的两颊相互辉映，那双矢车菊般的蓝眼睛更是兴奋得神采飞扬了。

"凯瑟琳，"思嘉说，一面试着把她穿的那件紧身上衣拉高一点，"楼下那个姓巴特勒的讨厌家伙是谁？"

"唔，亲爱的，你不知道吗？"凯瑟琳兴奋地低声说，留心不让在隔壁房间闲聊的迪尔茜和威尔克斯家姑娘们的嬷嬷听见，"我真想不到威尔克斯先生怎么会让他到这里来了，不过他本来就在琼斯博罗同肯尼迪先生商谈买棉花的事。当然了，肯尼迪先生要把他带在身边，就一起来了。他不能丢下他就走啊。"

"他究竟是怎么回事呢？"

"亲爱的，人家谁也没有招待过他呢！"

"真的没有吗？"

"没有。"

思嘉默默地寻思这件事，因为她还从不曾跟一个不受招待的人在一起待过呢。这倒是一种很令人兴奋的局面。

"他干过什么事了？"

"唔，思嘉，他的名声坏极了！他叫瑞德·巴特勒，是查尔斯顿人，他的朋友本来都是那里最上等的人，可现在都不理他了。去年夏天卡罗·雷特跟我谈了他的情形。她跟他的家庭并没有亲属关系，可是她了解他的一切，而且谁都了解。他是从西点军校开除出来的。你想想吧！还有些事情实在太糟糕了,卡罗也不便知道。此外就是关于他没有娶那个姑娘的事——"

"快告诉我!"

"亲爱的,你真的什么也不知道?卡罗去年夏天全都告诉我了,可要是她妈听说她居然知道这种事,恐怕会气得要死呢。唔,这位巴特勒先生带着一个查尔斯顿姑娘坐马车出去玩。我从来不知道她究竟是谁,不过我能猜到一点。她一定不是什么好东西,否则便不会在下午那么晚的时候没个陪伴就跟他出去了。而且亲爱的,他们在外面几乎待了个通宵,最后才步行回家,据说是马跑了,车也给摔坏了,他们在树林里迷了路。后来你猜怎么样——"

"我猜不着,你说吧。"思嘉很热心地说,巴不得发生最糟糕的事。

"第二天他居然拒绝同她结婚!"

"啊。"思嘉的希望破灭了。

"他说他没——嗯——没跟她有过什么,也看不出为什么就该娶她。于是,当然喽,她哥哥把他叫出来,这时巴特勒先生声称他宁愿给枪毙也不要娶一个蠢货。这样一来,他们就只有进行决斗,结果巴特勒先生击中了那姑娘的哥哥,他死了,同时巴特勒先生也只好离开查尔斯顿,可至今没有人接待他。"凯瑟琳得意地结束了她的故事,而且很及时,因为这时迪尔茜回到房里照料思嘉梳妆来了。

"她怀孕了没有?"思嘉在凯瑟琳的耳边悄悄地问。

凯瑟琳拼命摇头。"不过她同样给毁了。"她有点厌恶地低声回答。

但愿艾希礼别毁了我才好,思嘉突然这样想。像他这样一个十十足足的正人君子,是决不会不娶我的。可是,不知怎的,她情不自禁地对瑞德·巴特勒产生了一种敬意,因为他还拒绝跟一个蠢女人结婚哩。

　　思嘉坐在屋后那株大橡树树荫下一张高高的花梨木褥榻上,她衣裙上的荷叶边和皱襞向周围荡漾着,底下那双绿羊皮软鞋露出了大约两英寸的样子,这是大家闺秀坐着时双脚所能露出的最大部分了。她手里捧着一个几乎没有动过的盘子,两旁站着七位骑士。野宴已达到高潮,暖烘烘的空气中洋溢着笑声、谈话声、餐具碰着杯盘的叮当声,以及烤肉和黏稠肉汤的浓烈香味。间或一阵清风吹过,从长长的烤牲火坑向宾客们飘来了股股轻烟,小姐太太们假装厌烦地尖叫起来,一面使劲挥舞手中的棕榈叶扇子。

　　大多数年轻小姐同她们的男伴坐在餐桌两旁长长的条凳上,唯独思嘉,她明白在这种座席上只能每边各坐一个男人,便单单另外挑了个位置,这样她就可以引来尽可能多的男人聚在自己周围了。

　　已婚妇女都坐在凉亭里,她们的深色衣裳在周围的欢快色彩中看来更加显眼。主妇们无论年龄大小,常常坐在一起,稍稍离开那些明眸皓齿的小姐、情郎和他们的喧笑声,因为在南方,妇女一结婚就不算美人了。从那位倚老卖老公然在打嗝儿的方丹老太太到初次怀孕正在极力忍住不呕吐出来的十七岁的艾丽斯·芒罗,她们正交头接耳不停地讨论着家系和产科方面的问题,这才使得这样的集会更加愉快而富于教育意义了。

　　思嘉朝她们轻蔑地瞥了一眼,觉得她们活像一群肥老鸦。

已婚妇女从来都是没有什么趣味的。可她就不想想,要是她嫁给了艾希礼,不也得自动地跟这些穿深色绸衣的庄重主妇们一起,坐到凉亭下和前屋客厅里去,并且跟她们一样庄重,一样呆板,不再属于那有趣而快活的一群了。原来她像大多数女孩子那样,她的想象力只能把她带到结婚的礼坛上去,不近也不远,到此为止。此外,她现在正觉得十分不幸,没有心思去考虑这种抽象的事。

她垂下眼睛看看手里的盘子,灵巧地拿起一片薄薄的饼干送到嘴边轻轻咬了一点,模样是那么文雅,好像根本没有食欲似的,要是嬷嬷见了准会大加赞赏。她尽管周围有了那么多向她献殷勤的小伙子,可是从没像现在这样难受过。她自己也不明白是怎么回事,昨天晚上她想好的那些计划至少在艾希礼身上已经彻底完了。她吸引来几十个旁的男人,偏偏艾希礼没有来。因此昨天下午她所感到的那些恐惧现在又都卷土重来,笼罩在她身上了,使她的心脏时紧时慢地跳得很不正常,脸色也红一阵白一阵,难看得很。

艾希礼不想加入她周围的那个圈子,实际上她来到以后还没有单独跟他说过一句话,甚至自从见面时打了招呼便再没有机会对他说话了。当她走进后花园时,他上前来欢迎过她,但当时媚兰正挎着他的胳膊——她几乎还没有他的肩膀高呢。

媚兰是个娇小脆弱的姑娘,从外表看就像个躲在母亲裙子里玩耍的孩子,加上她那双褐色大眼睛流露的怕羞到几乎惊恐的神色,就更加给人以这样的印象了。她长着一头稠密乌黑的鬈发,上面严严地罩着发网,显得一丝不乱。这黑毵毵的一大堆前面挂着个长长的寡妇嘴刘海儿,使得她的脸蛋完全成了鸡心形。由于两个颧骨隔得太远，下巴太尖，那张脸虽然娇怯可人，但仍然比较平淡，何况她又不会讨好卖乖来诱惑男人，让他们忘记她这种平淡。她长得像——而且就是——泥土一样简单，面包一样可贵，春水一样清澈。不过，无论她的相貌多么平淡，身材多么娇小，她的举止行动中仍包含着一种沉静而非常动人的庄重美，这使她看起来像个远不止十七岁的大姑娘了。

她穿一件灰色细棉布衣裳，上面配有樱桃色缎带，裙裾荡漾，皱襞粼粼，似在掩饰那个如孩子般尚未充分发育的身躯，而那顶垂着鲜红的细长饰带的黄帽子，则使她的奶油色皮肤更加光莹夺目了。她那对沉甸甸的耳坠子吊在长长的金链上，从整整齐齐网着的鬓发中垂下来，在褐色眼睛近旁摆荡着，这对眼睛像冬天树林中波光皎洁的湖水，两片褐色的叶子从宁静的湖水中闪映出来。

她用怯生生的喜悦心情微笑着欢迎思嘉，称赞她那件绿色衣裳多么漂亮，这时思嘉很不好意思，几乎装不出一副礼貌的笑容来回答，因为她那么迫切地需要同艾希礼单独谈话呀！从那以后，艾希礼就离开宾客坐在媚兰脚边一只小凳上，同她悄悄地谈着，悠闲而睡眼蒙眬地微笑着，这样的微笑正是思嘉最心爱不过的。更糟糕的是在他的微笑下媚兰眼中焕发着一闪一闪的光辉，以致连思嘉也不得不承认她几乎是美丽的了。媚兰望着艾希礼时，她那平淡的脸上也仿佛被一支内心的火炬照耀得容光焕发，因为只要一颗热恋的心能够在脸上显现，那么现在媚兰脸上显现的正是这样的一颗心。

思嘉想把目光从这两个人身上挪开，不再看他们，可是办不到，而且每看一眼就得从她周围的骑士们找到加倍的欢乐，跟他们一起笑着,谈着冒失的事情,挑逗他们,对他们的奉承话拼命摇头,摇得那双耳坠狂跳不止。她说了好几遍"胡说八道",声明真理不在他们任何一个人身上,并且发誓永远不相信他们任何人说的任何事情。可是艾希礼好像根本没有注意到她。他只一味地仰望着媚兰不停地说下去,同时媚兰俯视着他,她脸上的表情明明显示出她是属于他的。

这样,思嘉便觉得难堪极了。

在局外人看来,她是比谁也更没有理由觉得难堪的。她无疑是这次野宴上的美人,是大家注意的中心。她正在男人们中间激起的那阵狂热,加上其他姑娘们心中的妒火,在任何别的时候都会叫她心满意足了。

查尔斯·汉密尔顿由于受到她的青睐,仍牢牢地站在她右边,任凭塔尔顿家的孪生兄弟合力挤他也不挪动一步。他一只手拿着她的扇子,另一只手端着自己那盘连碰也没碰的烤肉,固执地不去跟霍妮的眼光接触,这叫霍妮伤心得快要哭了。她左边是凯德懒洋洋地待在那里,他不时拉拉她的衣角让她注意,同时用一双怒气冲冲的眼睛直瞪着斯图尔特。他和这对孪生兄弟之间的敌对气氛已达到了一触即发的程度,并且已开始斗起嘴来。弗兰克·肯尼迪像只带小鸡的母鸡在瞎忙着,到橡树树荫下的餐桌旁来回奔跑,替思嘉挑拣好吃的东西,仿佛那儿的十几个仆人都不中用似的。最后,苏伦已实在按捺不住满腔怨愤,便冲出大家闺秀的忍让范围,公然向思嘉怒目而视。小卡琳也早就想哭的,因为尽管思嘉讲了不少鼓励的话,可布伦特只对她说了声"好啊,小妹",同时拨了拨她头上的发带便转身去全心全意奉承思嘉了。往常他总是那么亲切,用一种出于自然的敬重态度对待她,让她感到自己已经是个大人,便暗暗梦想有一天她将绾起发髻,放下裙裾,把他当作一个真正的情人来接待。可现在看来,思嘉已经把他捞到手了!至于芒罗家的几位姑娘,她们眼看方丹家那些黑皮肤小伙子已公然背叛她们,可是仍极力掩饰着心头的懊恼,不过当托尼和亚历克斯站在圈子外面等着觑着,随时准备只要有人站起身来便立即抢占一个靠近思嘉的位置,那副讨厌相就叫她们忍无可忍了。

她们用微妙地扬起眉头的方式将自己对思嘉行为的反感传递给赫蒂·塔尔顿。对于思嘉来说,唯一的要诀是"快"。这时,那三个年轻姑娘不约而同地举起花边阳伞,说她们已吃够了,谢谢,一面用手指轻轻扶着身边男人的胳膊,娇声笑嚷着到玫瑰园、清泉和夏季别墅参观去了。这种有秩序的战略性撤退对于一个在场的女人是不会不产生效果的,可男人就看不出来。

思嘉看见那三个男人被拉出了她的魅力圈,跟着女孩子们到她们从小便熟悉的名胜地观光去了,便咯咯地笑起来,同时狠狠盯住艾希礼,看他是否注意到这件事。可是他正在玩媚兰的那条缎带,一面微笑地望着她。思嘉感到揪心般一阵剧痛。她恨不得立刻跑过去将媚兰的乳白色皮肤狠狠地抓呀,掐呀,直到鲜血淋漓才痛快哩。

她的眼光从媚兰身上移开,便瞥见了瑞德·巴特勒,他已跟众人厮混在一起,可是仍站在一旁同约翰·威尔克斯交谈。他一直在观察她,但一旦接触到她的眼光便笑起来。思嘉感到很不自在,觉得这个不受招待的男子是在场唯一知道她那狂欢背后隐藏着什么心事的人,而且这只能给他以讥诮的乐趣。那么,她也可以抓他掐他来取乐呀!

"只要我能够熬过这个野宴，一直坚持到午后，"她想，"所有的女孩子便会上楼去午睡，准备精神饱满地参加晚上的舞会，那时我要留在楼下找机会跟艾希礼说话。他一定已经注意到我是多么受人爱慕了。"接着，她又自我宽慰地做出了另一种推测："当然喽，他必须照顾到媚兰，因为她毕竟是他的表妹，而且又一点不引人注目，如果他不那么关照她，她简直就要做无人问津的'墙花'①了。"

想到这里，她重新鼓起勇气，并且对查尔斯加倍下功夫，这时他那双褐色的眼睛正炽热地俯视着她。对于查尔斯来说，这真是绝妙的一天，美梦般的一天，他已经毫不费力地同思嘉恋爱起来。由于这种新的感情的冲击，霍妮在他心中的形象便暗淡模糊了。霍妮是一只尖叫的麻雀，而思嘉则是只闪烁的蜂鸟。她逗弄他，疼爱他，向他提问题，然后又自己回答，这样他无须开口便显得非常聪明。别的小伙子显然被她对查尔斯的这种偏爱所激怒，而且给弄得糊里糊涂，因为他们知道查尔斯为人那么羞怯，一口气说不出两个字、一句的话来，可是出于礼貌，他们不得不强压着心头的怒火。谁都敢怒而不敢言，这对思嘉是个很大的胜利，可在艾希礼身上却是例外。

最后一叉子猪肉、鸡肉、羊肉都吃完了，思嘉希望时机已经来到，英迪亚会起身建议小姐们进屋去休息。这时是下午两点，太阳直照头顶，有点炎热，可是英迪亚由于准备野宴接连忙了三天，实在太劳累了，便乐得留下来坐在凉亭里歇一会儿，一面朝那位来自费耶特维尔的聋老头儿高声说话。

----

① 墙花指舞会中没有舞伴而坐着看的女子。

一阵懒沉沉的睡意向人群袭来。黑人们慢悠悠地收拾长桌上的残羹剩菜。谈笑声渐渐低沉,这里、那里三五成群的人也开始静默。大家都在等待女主人来宣布结束午前的野宴活动。棕榈扇子摇得愈来愈慢,有些先生由于炎热和吃得过饱,已经打起瞌睡来。大野宴已经结束,所有的人都要趁太阳正旺的时刻休息一下了。

在午宴和晚会之间这段空隙中,人们都显得安静而平和。只有年轻小伙子们仍保持着不甘寂寞的精力,正是这种精力刚才使整个聚会充满了生机。他们从一群人到另一群人不断走动,慢吞吞地低声谈论着,漂亮得像些纯种马驹,也同样地危险。中午懒洋洋的气氛笼罩了整个聚会,可是在它下面潜伏着一些暴躁因素,它们可能突然爆发,上升到凶残的顶点,并且迅速蔓延,成为燎原之势。男人和女人,他们既是美丽的,又是放荡的,那可爱的外表下面都有一点火爆性,其中已经驯服了的只是很小一部分而已。

过了一会儿,太阳越发热了,思嘉和其他人又朝英迪亚看了看。谈话已渐渐沉寂,这时丛林里所有的人都忽然听到了杰拉尔德的激昂的声调。原来他站在距离野宴席不远的地方,同约翰·威尔克斯争论得正起劲呢。

"真是活见鬼,你这人哪!祈求跟北方佬和平解决吗?咱们已经在萨姆特要塞向那些流氓开了火了!还能和平?南方应当以武力表明它不能让人侮辱,并且它不是凭联邦的仁慈而是凭它自己的力量在脱离联邦!"

"啊,我的上帝!他又喝够了!"思嘉心想,"这样,我们都得在这里坐到半夜去了。"

顷刻之间,瞌睡从懒洋洋的人群中逃之夭夭,一种像电流般敏感的东西迅速掠过周围。男人们从条凳和椅子上跳起来,挥动着两臂,同时拼命提高嗓门,一心要压倒别人的声音。本来整个上午都没有谈起政治和迫在眉睫的战争,因为威尔克斯先生要求大家不要去打扰那些太太小姐。如今杰拉尔德吼出"萨姆特要塞"这几个字来了,在场的每一个人便都忘记了主人的告诫。

"咱们当然要打——""北方佬是贼——""咱们一个月就能把他们报销——""是啊,一个南方人能打掉二十个北方佬——""给他们一次教训,叫他们不要很快就忘了——""不,你看林肯先生怎么侮辱咱们的委员吧!""是啊,跟他们敷衍几个礼拜——还发誓一定得撤出萨姆特呢!""他们要战争,咱们就让他们厌恶战争——",在所有这些声音之上,杰拉尔德的嗓门在隆隆震响。但思嘉能够听到的全是"州权、州权"的反复叫喊。杰拉尔德真是得意极了,可他的女儿并不得意。

脱离联邦、战争——这些字眼由于长期以来不断重复,思嘉已觉得十分刺耳,不过现在她更恨这些声音,因为它们意味着那些男人将站在那里激烈地争论好几个小时,而她就没有机会去单独见艾希礼了。当然,实际上不会发生战争,而且大家心里都清楚。他们只不过喜欢谈论,同时喜欢听自己谈论。

查尔斯·汉密尔顿没有跟着别人站起来,而且发现思嘉身边人已经很少了,他便挨得更近一些,凭着那股从新的爱情中产生的勇气,低声表白起来。

"奥哈拉小姐——我——我——已经决定,如果战争打起来,我要到南卡罗来纳去加入那边的军队。据说韦德·汉普顿先生正在那里组织一支骑兵,我当然愿意去跟他在一起。

他为人很好,还是我父亲最要好的朋友呢。"

思嘉想,"这叫我怎么办呢——给他喝三声彩吗?"因为查尔斯的自白表明他是在向她袒露内心的秘密。她想不出什么话来说,只好默默地看了看他,觉得男人真笨,他们还以为女人对这种事感兴趣呢!他把她的这种表情看作是又惊慌又嘉许之意,于是索性大胆而迅速地说下去——

"要是我走了,你会——你会感到难过吗,奥哈拉小姐?"

"我会每天晚上偷偷哭泣的。"思嘉这样说,听那口气显然是在开玩笑,可是他只从字面上理解,便一阵脸红乐得不行了。她的一只手本来藏在衣服的皱褶里,这时他故意把自己的手轻轻探进去碰它,后来索性紧紧握住了,连他自己都不明白哪来这么大的勇气,也不知她怎的就默许了,因此感到愕然。

"你会为我祈祷吗?"

"瞧这个傻瓜!"思嘉刻薄地想道,一面偷偷向周围瞥了一眼,希望能找到机会回避这种对话。

"你会吗?"

"唔——会,真的,汉密尔顿先生。每晚祈祷三轮念珠,至少!"

查尔斯迅速看了看周围,屏住气,憋着肚子。实际上他们是单独在一起了,真是千载难逢的机会。而且,即使再一次遇到这样的天赐良机,他的勇气也许要不济事呢!

"奥哈拉小姐——我要告诉你一件事。我——我爱你!"

"嗯?"思嘉心不在焉地说,一面将眼光穿过正在辩论的人群朝艾希礼仍坐在媚兰脚边谈话的那个地方望去。

"真的!"查尔斯低声说,由于她既没有笑也没有惊叫或晕倒而高兴得不行了,因为按照他平常所想象的,年轻姑娘们在这种场合必然会那样的,"我爱你! 你是世界上最——最——"这时他才有生以来头一次找到自己的舌头了,"我所认识的最美丽的姑娘和最可爱最亲切的人,而且你有最高贵的风度,我以我的整个心灵爱着你。我不能指望你会爱一个像我这样的人,但是,我亲爱的奥哈拉小姐,只要你能给我一点点鼓励,我愿意做世界上任何的事情来使你爱我。我愿意——"

查尔斯停住了,因为他想不出一桩足以向思嘉确实证明自己爱情深度的困难行动来,于是他只好简单地说:"我要跟你结婚。"

思嘉听到"结婚"这个字眼,便猛地从幻想中回到现实里来。她刚才正在梦想结婚,梦想着艾希礼呢,如今只好用一种很难掩盖得住的懊恼神色望着查尔斯发怔了。怎么恰好在今天,她苦恼得几乎要发狂的时候,这个像牛犊似的傻瓜偏偏要来把自己的感情强加于人呢? 思嘉注视着那双祈求的褐色眼睛,可是看不出一个羞怯男孩的初恋的美,看不出那种对于一个已经实现的理想的崇拜之情,或者像火焰般烧透他整个身心那种狂喜和亲切的感觉。思嘉已经见惯了向她求婚的男子,一些比查尔斯·汉密尔顿诱人得多的男子,他们也比他灵巧得多,决不会在一次野宴上当她心中有更重要的事情在考虑时提出这种问题的。她只看到一个二十岁的、红得像胡萝卜、有点傻里傻气的男孩子。她但愿自己能够告诉他,说他显得多么傻气。不过,母亲教导她在这种场合应当说的那些话自然而然地来到了嘴边,于是她出于长期养成的习惯,把眼睛默默地向下望,然后低声说:"汉密尔顿先生,我明白了你的好意,要我做你的妻子,这使我感到荣幸,不过这来得太突然了,我不知说什么好呢。"

这是一种干净利落的手法,既可以安抚一个男人的虚荣心,又可以继续向他垂钓,所以查尔斯便高高兴兴地游上来了,他还以为这钓饵很新鲜,自己又是第一个来咬的呢。

"我会永远等待!除非你完全拿定了主意,我是不会强求的。奥哈拉小姐,请你说我可以抱这种希望吧!"

"唔!"思嘉漫不经心地应着,那双尖利的眼睛继续盯住艾希礼,他没有参加关于战争的议论,仍在望着媚兰微笑。要是查尔斯这个在一味央求她的傻瓜能安静一会儿,说不定她能听清楚他们的话呢。她必须听清楚。究竟媚兰说了些什么,才使他眼睛里流露出那么趣味盎然的神色来呀?

查尔斯的话把她正在聚精会神地谛听着的声音给搅和了。

"唔,别响!"她轻轻说,连看也不看他,在他手上拧了一下。

查尔斯吓了一跳,先是觉得惭愧,因思嘉的斥责而满脸通红,接着看到思嘉的眼睛紧盯在他妹妹身上,便微笑了。思嘉恐怕有人会听见他的话。她自然觉得不好意思,有点害羞,更担心的是可能有人在偷听。倒是查尔斯心中涌起了一股从未体验过的男性刚强感,因为这是他平生第一次让一个女孩子感到难为情呢。他心头的震撼是令人陶醉的。他改变了自己的表情,显出一副自以为毫不介意的样子,同时故意在思嘉手上拧了一下作为回报,表示他是个堂堂的男子汉,懂得而且接受她的责备了。

她甚至没有发觉他在拧她,因为这时她能清楚地听见作为媚兰主要迷人之处的那个娇滴滴的声音了:"我恐怕难以同意你对于萨克雷先生作品的意见。他是个愤世嫉俗的人。我想他不是狄更斯先生那样的绅士。"

对一个男人说这种话有多傻呀!思嘉这样想,心里顿感轻松,几乎要咯咯笑起来。原来,她不过是个女学究罢了,可谁都知道男人们是怎样看待女学究的……要使男人感兴趣并抓住他的兴趣,最好的办法是拿他做谈话的中心,然后渐渐把话题引到你自己身上来,并且保持下去。如果媚兰原来是这么说的:"你多了不起呀!"或者"你怎么会想起这样的事情来呢?可是我只要一想到它们就小脑袋瓜都要炸了!"那么思嘉就会有理由感到恐惧。但是她呢,面对脚边的一个男人,自己却像在教堂里似的一本正经地谈起来了。这时思嘉的前景已显得更加明朗,事实上已明朗得叫她回过头来,用纯粹出于喜悦的心情向查尔斯嫣然一笑。查尔斯以为这是她的爱情的明证,便乐得忘乎所以地将她的扇子夺过来使劲挥打,以致把她的头发都扇得凌乱不堪了。

"艾希礼,你可没有发表意见支持我们呀。"吉姆·塔尔顿从那群叫嚷的男人中回过头来说。这时艾希礼只得表示歉意,并且站起身来。再也找不到像他这样漂亮的人了!——思嘉注意到他从容不迫的样子多么优雅,他那金色的头发和髭须在阳光下多么辉丽,便在心中暗暗赞美。接着,甚至那些年长些的人也要安静下来听他的意见了。

"怎么,先生们,如果佐治亚要打,我就跟它一起去。不然的话,我为什么要进军营呢?"他说着,一双灰眼睛睁得大大的,平时含着的几分蒙眬欲睡的神色已经在思嘉从未见过的强烈表情中消失了,"但是,跟上帝一样,我希望北方佬将让我们获得和平,不至于发生战争——"这时从方丹家和塔尔顿家的小伙子们中爆发出一阵嘈杂的声音,他便微笑着举起手来继续说:"是的,是的,我知道我们是受侮辱了,被欺骗了,但是如果我们处在北方佬的地位,是他们要脱离联邦,那我们会怎么办呢?大概也是一样吧。我们也是不会答应的。"

"他又来了,"思嘉想,"总是设身处地替人家说话。"据她看来,任何一次辩论中都只能有一方是对的。有时候,艾希礼简直就不可理解。

"我们还是不要头脑太热,还是不要打起来的好。世界上的苦难大多是由战争引起的。等到战争一结束,谁也不知道那究竟是怎么回事了。"

思嘉听了嗤之以鼻。艾希礼幸而在勇气这一点上没有什么可指摘的,否则便麻烦了。她这样想时,艾希礼周围已爆发出一片表示强烈抗议和愤慨的大声叫嚷了。

这时在凉亭里,那位来自费耶特维尔的聋老头儿也在大声向英迪亚发问。

"这究竟是怎么回事呀?他们在说什么?"

"战争!"英迪亚用手拢住他的耳背大声喊道。

"战争,是吗?"他边嚷边摸索身边的手杖,同时从椅子里挺身站起来,显示出已多年没有过的那股劲头,"我要告诉他们战争是什么样的,我打过呢。"原来麦克雷先生很少有机会用那种为妇女们所不允许的方式来谈战争呢。

他急忙踉跄着向人群走来,一路上挥着手杖叫嚷着;因为他听不见周围的声音,便很快无可争辩地把讲坛占领了。

"你们这班火暴性子的哥儿们,听我说。你们别只想打仗吧。我打过,也很清楚。我先是参加了塞米诺尔战争,后来又当大傻瓜参加墨西哥战争。你们全都不明白战争是怎么回事。你们以为那是骑着一匹漂亮的马驹子,让姑娘们向你们抛掷鲜花,然后作为英雄凯旋回家吧。噢,不是这样。不,先生,那是挨饿,是因为睡在湿地上而出疹子、得肺炎。要不是疹子和肺炎,就是拉痢疾。是的,先生,这便是战争对待人类肠胃的办法——痢疾之类——"

小姐太太们听得有点脸红了。麦克雷先生让人们记起一个更为粗野的时代,像方丹奶奶和她的令人难为情地大声打的嗝儿那样,而那个时代是人人都愿意忘掉的。

"快去把你爷爷拉过来,"这位老先生的一个闺女轻轻对站在旁边的小女孩说,接着她又向周围那些局促不安的主妇们低声嘟哝:"我说呢,他就是一天比一天不行了。你们相信吗,今天早晨他还跟玛丽说——她才十六呢——'来吧,姑娘……'"这以后声音便成了耳语听不清了,这时那位小孙女正溜出去,想把麦克雷先生拉回到树荫里去坐下。

所有的人都在树下乱转,姑娘们兴奋地微笑着,男人们在热烈地争论,他们中间只有一个人显得很平静,那就是瑞德·巴特勒。思嘉的视线落到他身上,他靠着大树站在那儿,双手插在裤兜里。因为威尔克斯离开了他,他便独自站着,眼看大家谈得越来越热火,也不发一言。他那两片红红的嘴唇在修剪得很短的黑髭须底下往下弯着,一双黑溜溜的眼睛闪烁着取乐和轻蔑的光芒——这种轻蔑就像是在听小孩子争吵似的。多么令人不快的微笑呀,思嘉心想。他静静地听着,直到斯图尔特·塔尔顿抖着满头红发、瞪着一双火暴眼睛又一次重申:"怎么,我们只消一个月就能干掉他们! 绅士们总是会战胜暴徒的。一个月——喏,一个战役——"

"先生们,"瑞德·巴特勒用一种查尔斯顿人的平板而慢悠悠的声调说,仍然靠着大树站在那儿,两手照旧插在裤兜里,"让我说一句好吗?"

他的态度也像他的眼睛那样流露着轻蔑的神情,这种轻蔑带有过分客气的味道,这就使那些先生们自己的态度显得滑稽可笑了。

人群向他转过身来,并且给他以一个局外人总该受到的礼遇。

"先生们,你们有没有人想过,在梅森-狄克森线以南没有一家大炮工厂?有没有想过,在南方,铸铁厂那么少?或者木材厂、棉纺厂和制革厂?你们是否想过我们连一艘战舰也没有,而北方佬能够在一星期之内把我们的港口封锁起来,使我们无法把棉花运销到国外去?不过——当然啦——先生们是想到了这些情况的。"

"怎么,他把这些小伙子们都看成傻瓜了!"思嘉厌恶地想道,气得脸都红了。

很明显,当时产生这种想法的人并不只她一个,因为有好几个男孩子已翘起下巴,显得很不服气。约翰·威尔克斯看似无意但却迅速地回到了发言人旁边的位置上,仿佛是想向所有在场的人着重指出这个人是他的座上客,并且提醒他们这里还有女宾呢。

"我们大多数南方人的麻烦是,我们既没有多到外面去走走,也没有从旅行中汲取足够的见识。好在,当然喽,诸位先生都是惯于旅游的。不过,你们看到了些什么呢?欧洲、纽约和费城,当然女士们还到过萨拉托加。"(他向凉亭里的那一群微微鞠躬。)"你们看见了旅馆、博物馆、舞会和赌场。然后你们回来,相信世界上再没有像南部这样的好地方了。至于我,我是在查尔斯顿出生的,但最近几年住在北方。"他露出一口白牙笑了笑,仿佛知道所有在场的人都明白他不再住在查尔斯顿的理由,但即使明白了他也毫不在乎。"我见过许多你们没有见过的东西。成千上万为了吃的和几个美元而乐意替北方佬打仗的外国移民、工厂、铸铁厂、造船厂、铁矿和煤矿——一切我们所没有的东西。怎么,我们有的只是棉花、奴隶和傲慢。他们会在一个月内把我们干掉。"

接着是一个紧张的片刻,全场沉默。瑞德·巴特勒从上衣口袋里掏出一块精美的亚麻布手绢,悠闲自在地掸了掸衣袖上的灰尘。这时人群中发出一阵不祥的低语声,同时从凉亭里传来了像刚刚被惊扰的一窝蜂发出的那种嗡嗡声。思嘉即使感到那股愤怒的热血仍在自己脸上发涨,可是她心里却有某种无名的意识引起她思索,她觉得这个人所说的话毕竟是对的,听起来就像是常识那样。不是吗,她还从来没见过一个工厂,也不曾认识一个见过工厂的人呢。然而,尽管这是事实,可他到底不是个宜于发表这种谈话的上等人,何况是在谁都高高兴兴的聚会上呢。

斯图尔特·塔尔顿蹙着眉头走上前来,后面紧跟着布伦特。当然,塔尔顿家这对孪生兄弟是颇有礼貌的,他们也不想在一次大野宴上闹起来,尽管自己实在被激怒了。女士们也全都一样,她们兴奋而愉快,因为很少看见过这样争吵的场面。她们通常只能从一个三传手那里听到这种事呢。

"先生,"斯图尔特气冲冲地说,"你这是什么意思?"

瑞德用客气而略带嘲笑的眼光瞧着他。

"我的意思是，"他答道，"像拿破仑——你大概听说过他的名字吧？——像拿破仑有一次说的，'上帝站在最强的军队一边！'"接着他向约翰·威尔克斯转过身去，用客气而真诚的态度说："你答应过让我看看你的藏书室，先生。能不能允许我现在就去看看？我怕我必须在下午早一点的时候回琼斯博罗去，那边还有点小事要办。"

他又转过身来面对人群，喀嚓一声并拢脚跟，像个舞蹈师那样鞠了一躬，这一躬对于一个像他这样气宇轩昂的人来说显得很是得体，同时又相当鲁莽，像迎面抽了一鞭子似的。然后他同约翰·威尔克斯横过草地，那黑发蓬松的头昂然高举，一路上发出的令人不舒服的笑声随风飘回来，落到餐桌周围的人群里。

人群像吓了一跳似的沉默了好一会儿，然后才再一次爆发出嗡嗡的议论声。凉亭里的英迪亚从座位上疲倦地站起身来，向怒气冲冲的斯图尔特走去。思嘉听不见她说些什么，但是从她仰望斯图尔特面孔的眼神中流露出一种像是良心谴责的意味。媚兰正是用这种表示自己属于对方的眼光看艾希礼的，只不过斯图尔特没有发觉就是了。所以说，英迪亚真的在爱他呢。思嘉这时想起，如果在去年那次政治讲演会上她没有跟斯图尔特那么露骨地调情，说不定他早已同英迪亚结婚了呢。不过这点内疚很快就同另一种欣慰的想法一起过去了——要是别的姑娘们保不住她们的男人，那也不能怪她呀！

斯图尔特终于低头向英迪亚笑了笑，但这不是情愿的，接着又点了点头。也许英迪亚刚才是在求他不要去跟巴特勒先生找麻烦吧。这时客人们站起来，一面抖落衣襟上的碎屑，树下又是一阵愉快的骚动。太太们在呼唤保姆和孩子，把他们召集在一起,准备告辞了,同时一群群的姑娘陆续离开,一路谈笑着进屋去,到楼上卧室里去闲聊,并趁机午睡一会儿。

除了塔尔顿夫人,所有的太太小姐都出了后院,把橡树树荫和凉亭让给了男人。塔尔顿夫人是被杰拉尔德、卡尔弗特先生和其他有关的人留下来,要求她在卖给军营马匹的问题上给一个明确的回答。

艾希礼漫步向思嘉和查尔斯坐的地方走过来,脸上挂着一缕深思而快乐的微笑。

"这家伙也太狂妄了,不是吗?"他望着巴特勒的背影说,"他那神气活像个博尔乔①家的人呢!"

思嘉连忙寻思,可是想不起这个县里,或者亚特兰大,或者萨凡纳有这样一个姓氏的家族。

"我不知道这家人呀。他是他们的本家吗? 他们又是谁呢?"

查尔斯脸上露出一种古怪的神色,一种怀疑与羞愧之心同爱情在激烈地斗争着。但是他一经明白,作为一位姑娘只要她可爱、温柔、美丽就够了,不需要有良好的教育来牵制她的迷人之处,这时爱情便在他内心的斗争中占了上风,于是他迅速答道:"博尔乔家是意大利人呢。"

"啊,原来是外国人。"思嘉显得有点扫兴了。

她给了艾希礼一个最美的微笑,可不知为什么他这时没有注意她。他正看着查尔斯,脸上流露出理解和一丝怜悯的表情。

---

① 博尔乔是意大利十五六世纪的一个豪门大族。

思嘉站在楼梯顶上,倚着栏杆留心看着下面的穿堂。穿堂里已经没有人了。楼上卧室里传来无休止的低声细语,时起时落,中间插入一阵阵尖厉的笑声,以及"唔,你没有,真的!"和"那么他怎么说呢?"这样简短的语句。在六间大卧室里的床上和睡椅上,姑娘们正在休息,她们把衣裳脱掉了,胸衣解开了,头发飘散在背上。午睡本是南方的一种习惯,在那种从清早开始到晚上舞会结束的全天性集会中,尤其是必不可少的。开头半小时姑娘们总是闲谈嬉笑,然后仆人进来把百叶窗关上,于是在温暖的半明半暗中谈话渐渐变为低语,最后归于沉寂,只剩下柔和而有规律的呼吸声了。

　　思嘉确信媚兰已经跟霍妮和赫蒂·塔尔顿上床躺下了,这才溜进楼上的穿堂,动身下楼去。她从楼梯拐角处的一个窗口看见那群男人坐在凉亭里端着高脚杯喝酒,知道他们是要一直坐到下午很晚时才散的。她的目光在人群中搜索,可是艾希礼不在里面。于是她侧耳倾听,听到了他的声音。原来正如她所希望的,他还在前面车道上给那些离去的太太和孩子们送别呢。

　　她兴奋得心都跳到喉咙里来了,便飞速跑下楼去。可是,假如她碰上威尔克斯先生呢?她怎样解释为什么别的姑娘们都美美地午睡了,她却还在屋子里到处溜达呢?好吧,反正这个风险是非冒一下不可了。

　　她跑到楼下时,听见仆人们由膳事总管指挥着在饭厅里干活,主要是把餐桌和椅子搬出来,为晚上的舞会作准备。大厅对面藏书室的门敞着,她连忙悄悄溜了进去。她可以在那里等着,直到艾希礼把客人送走后进屋来,她就把他叫住。

　　藏书室里半明半暗,因为要挡阳光,把窗帘放下来了。那间四壁高耸的阴暗房子里塞满了黑乎乎的图书,使她感到压抑。要是让她选择一个像现在这样进行约会的地点,她是不会选这房间的。书本多了只能给她一种压迫感,就像那些喜欢大量读书的人给她的感觉一样。那就是说——所有那样的人,只有艾希礼除外。在半明半暗中,那些笨重的家具兀立在那里,它们是专门给高大的威尔克斯家男人做的座位很深、扶手宽大的高背椅,给姑娘们用的前面配有天鹅绒膝垫的柔软天鹅绒矮椅。这个长房间尽头的火炉前面摆着一只七条腿的沙发,那是艾希礼最喜欢的座位,它像一头巨兽耸着隆起的脊背在那儿睡着了。

她把门掩上,只留下一道缝,然后极力镇定自己,让心跳渐渐缓和。她要把头天晚上计划好准备对艾希礼说的那些话从头温习一遍,可是一点也想不起来了。究竟是她设想过一些什么,可现在忘记了,还是她本来就只准备听艾希礼说话的呢?她记不清楚,于是突然一个寒噤,浑身恐惧不安。只要她的心跳暂时停止,不再轰击她的耳朵,也许她还能想出要说的话来。可是她急促的心跳偏偏加快了,因为她已经听见他说完最后一声再见,走进前厅来了。

她唯一能想起来的是她爱他——爱他所有的一切,从高昂的金色头颅到那双细长的黑马靴;爱他的笑声,即使那笑声令人迷惑不解;爱他的沉思,尽管它难以捉摸。啊,只要他这时走进来把她一把抱在怀里,她就什么也不用说了。他一定是爱她的——"或许,我还是祷告——"她紧紧闭上眼睛,喃喃地念起"仁慈的圣母马利亚——"来。

"怎么,思嘉!"艾希礼的声音突然冲破她耳朵里的轰鸣,使她陷于狼狈不堪的境地。他站在大厅里,从虚掩着的门口注视着她,脸上流露出一丝疑惑的微笑。

"你这是在躲避谁呀——是查尔斯还是塔尔顿兄弟?"

她哽塞着说不出声来。看来他已经注意到有那么多男人聚在她的周围了!他站在那儿,眼睛熠熠放光,仿佛没有意识到她很激动,那神态是多么难以言喻地可爱呀!她不说话,只伸出一只手来拉他进屋去。他进去了,觉得又奇怪又有趣。她浑身紧张,眼睛里闪烁着他从未见过的光辉,即使在阴暗中他也能看见她脸上泛着玫瑰色的红晕。他自动地把背后的门关上,然后把她的手拉过来。

"怎么回事呀?"他说,几乎是耳语。

她一接触到他的手便开始颤抖。事情就要像她所梦想的那样发生了。她脑海里有许许多多不连贯的思想掠过,可是她连一个也抓不住,所以她就编不出一句话来。她只能浑身哆嗦,仰视着他的面孔。他怎么不说话呀?

"这是怎么回事?"他重复说,"是要告诉我一个秘密?"

她突然能开口了,这几年母亲对她的教诲也同样突然地随之消失,而父亲爱尔兰血统的直率则从她嘴里说出来了。

"是的——一个秘密。我爱你。"

霎时间,一阵沉重的沉默,仿佛他们谁也不再呼吸了。然后,她的战栗渐渐消失,快乐和骄傲之情从她胸中涌起。她为什么不早就这样办呢?这比人们所教育她的全部闺门诀窍要简单多了!于是她的眼光径直向他搜索了。

他的目光里流露出狼狈的神色,那是怀疑和别的什么——别的什么呢?对了,杰拉尔德在他那匹珍爱的猎马摔断了腿,他不得不用枪把那匹马杀死的那一天,是有过这种表情的。可是她为什么现在要去想那件事呀?真是傻透了。那么,艾希礼又究竟为什么显得这么古怪,一言不发呢?这时,他脸上仿佛罩上了一个很好的面具,他殷勤地笑了。

"难道你今天赢得了这里所有别的男人的心,还嫌不够吗?"他用往常那种戏谑而亲切的口气说,"你想来个全体一致?那好,你早已赢得了我的好感,这你知道。你从小就那样嘛。"

看来有点不对头——完全不对头了!这不是她所设想的那个局面。她头脑里各种想法疯狂奔突,转来转去,其中有一个终于开始成形了。不知怎的——出于某种原因——艾希礼看来似乎认为她不过在跟他调情而已。可是他知道并非如此。她想他一定是知道的。

"艾希礼——艾希礼——告诉我——你必须——啊,别开玩笑嘛!我赢得你的心了吗?啊,亲爱的,我爱——"

他连忙用手掩住她的嘴。假面具消失了。

"你不能这样说,思嘉!你决不能。你不是这个意思。你会恨你自己说了这些话的,你也会恨我听了这些话的!"

她把头扭开。一股滚热的激流流遍她的全身。

"我永远不会恨你。我告诉你我是爱你的,我也知道你一定对我有意,因为——"她停了停,她从来没有见过谁脸上有这么痛苦呢,"艾希礼,你是不是有意——你有的,难道不是吗?"

"是的,"他阴郁地说,"我有意。"

她吃惊了,即使他说的是讨厌,她也不至于这样吃惊啊。她拉住他的衣袖,哑口无言。

"思嘉,"最后还是他说,"我们不能彼此走开,从此忘记我们曾说过这些话吗?"

"不，"她低声说，"我不能。你这是什么意思？难道你不要——不要跟我结婚吗？"

他答道："我快要跟媚兰结婚了。"

不知怎的，她发现自己坐在一把天鹅绒矮椅上，而艾希礼坐在她脚边的膝垫上，把她的两只手拿在自己手里紧紧握着。他正在说话——说些毫无意义的话。她心里完全是一片空白，刚才还势如潮涌的那些思想此刻已无影无踪了，同时他所说的话也像玻璃上的雨水没有留下什么印象。那些急切、温柔而饱含怜悯的话，那些像父亲在对一个受伤的孩子说的话，都落在听不见的耳朵上了。

只有媚兰这个名字的声音使她恢复了意识，于是她注视着他那双水晶般的灰眼睛。她从中看到了那种常常使她迷惑不解的显得遥远的感觉——以及几分自恨的神情。

"父亲今晚要宣布我们的婚事。我们很快就要结婚。我本来应当早告诉你，可是我还以为你知道了——几年前就知道了呢。我可从没想到你——因为你的男朋友多着呢。我还以为斯图尔特——"

生命和感觉以及理解力开始涌回到她的身上。

"可是你刚才还说对我有意呢。"

他那温暖的双手把她的手握痛了。

"亲爱的，难道你一定要我说出那些叫你难过的话来吗？"

她不作声，这逼得他继续说下去。

"亲爱的，我怎么才能让你明白这些事呢？你还这样年轻，又不怎么爱想问题，所以还不懂得结婚是什么意思呢。"

"我知道我爱你。"

"像我们这样不同的两个人,要结成一对美满夫妻,只有爱情是不够的。你需要的是一个男人的全部,包括他的躯体,他的感情,他的灵魂,他的思想。如果你没有得到这些,你是会痛苦的。可是我不能把整个的我给你,也不能把整个的我给予任何人。我也不会要你的整个思想和灵魂。因此你就会难过,然后就会恨我——会恨透了的!你会恨我所读的书和所喜爱的音乐,因为它们把我从你那儿抢走了,即使只抢走那么一会儿也罢。所以我——也许我——"

"你爱她吗?"

"她是像我的,是我的血脉的一个部分,而且我们互相了解。思嘉!思嘉!难道我就不能使你明白,除非两个人彼此相像,否则结了婚也是无法平平稳稳过下去的。"

别的什么人也说过:"结婚只能是同类配同类,不然就不会有幸福。"这话是谁说的呢?仿佛她听过已经上百万年了,可是它仍然显得毫无意义。

"但是你说过你有意呢。"

"我本不该说的。"

这时她脑子里什么地方有一把缓缓燃着的火升起来了,愤怒开始要扫除其余的一切。

"好吧,这样说反正是够混蛋的——"

他的脸发白了。

"我这样说是混蛋的,因为我就要跟媚兰结婚了。我本来就不该说的,既然我知道你不会理解。我怎能不关心你呢?——你对生活倾注着全部热情,而这种热情我却没有。你能够狠狠地爱和狠狠地恨,而我却不能这样。你就像火和风以及其他原始的东西那样单纯,而我——"

思嘉想起了媚兰,突然看到她那双宁静的仿佛正在出神的褐色眼睛,她那双戴着黑色花边长手套的温和的小手和那种高雅文静的神态。于是她的怒火爆发了,这就是激起杰拉尔德去杀人和其他爱尔兰先辈去冒生命危险的那种怒火。此刻她身上已没有一点点母系罗毕拉德家族富有教养和能够默默忍受世界上任何折磨的品性了。

　　"你为什么不说出来,你这个懦夫!你是害怕跟我结婚喽!你是宁愿同那个愚蠢的小傻瓜过日子,她开口闭口'是的''是的',还会养出一群像她那样百依百顺的小崽子来呢!为什么——"

　　"你不能把媚兰说成这样!"

　　"什么'你不能',去你的吧!你算老几,要来教训我不能这样不能那样?你是个胆小鬼,你混蛋。你让我相信你准备娶我——"

　　"你要公道些,"他用恳求的口气说,"我何尝——"

　　她可不要什么公道,尽管知道他的话是一点不错的。他从来没有跨越过跟她的友谊关系的界限,可是她想到这一点,怒火就更旺了,因为这有伤她的自尊心和女性的虚荣。她一直在追求他,可他一点也不动心。他宁愿要媚兰这样脸色苍白的小傻瓜也不要她。啊,她要是遵照母亲和嬷嬷的教训,连一丝喜欢的意思也从不向他透露,那会好得多呢——比面对这种羞死人的场面更不知要好到哪里去了!

　　她一跃而起,两只手紧紧握拳,同时他也起身俯视着她,脸上充满着无言的痛苦,就像一个人在被迫面对现实而现实又十分惨痛似的。

　　"我要恨你一辈子,你这混蛋——你这下流——下流——"她要用一个最恶毒的字眼,可是怎么也想不出来。

"思嘉——请你——"

他向她伸出手来,可这时她使出全身力气狠狠地打了他一个耳光,那噼啪的响声在这静静的房间里就像抽了一鞭子似的。紧接着她的怒气突然消失,心中只剩下一片凄凉之感了。

她那红红的手掌印明显地留在他白皙而疲倦的脸上。他一句话也没说,只拿起她那只柔软的手放到自己唇边吻了吻。接着,他没等她说出话来便走了出去,随手把门轻轻关上。

她很突然地又在椅子上坐下,因为怒气一过,两个膝头便疲软无力了。他走了,可是他那张被抽打的脸孔的印象将终生留在她的记忆中。

她听见他徐缓而低沉的脚步声在大厅尽头渐渐消失,这才觉得她这番举动的严重后果已全部由她来承担了。她已永远失去了他。从此还会恨她,每次看见她都会记起她曾在根本没得到他鼓励的情况下就要将自己委身于他了。

"我像霍妮·威尔克斯一样下贱了。"她突然这样想,并记起每个人,首先是她自己,曾怎样轻蔑地嘲笑霍妮的鲁莽行为。她仿佛看见霍妮吊在男人膀子上那种讨厌的扭捏作态,听见她那愚蠢的嗤笑声,这越发刺痛了她,于是又大生其气,生自己的气,生艾希礼的气,生人世间的气。因为她恨自己,恨这一切,这是出于一种因为自己十六岁的爱情遭到挫折和屈辱而产生的怨愤。她的爱中只混进了一点点真正的柔情,大部分是虚荣心混杂着对自己魅力的迷信。现在她失败了,而比失败感更沉重的是她的恐惧,惧怕自己已沦为公众的笑柄。她已经像霍妮那样惹人注目了吗?会不会人人都耻笑她？想到这里她就浑身战栗起来。

她的手落在身旁一张小桌上，手指无意地触摸着一只小巧的玫瑰色瓷碗，碗上那两个有翼的瓷天使在咧着嘴傻笑。房间里静极了，为了打破这沉寂，她几乎想大叫一声。她必须做点什么，否则会发疯的。她拿起那只瓷碗，狠狠地向对面的壁炉掷去，可它只掠过了那张沙发的高靠背，砸到大理石炉台上，哗啦一声就摔碎了。

"这就太过分了。"沙发深处传来声音说。

她从来没有这样惊恐过，可她已经口干得发不出声来了。她紧紧抓住椅背，觉得两腿发软，像站不稳了似的，这时瑞德·巴特勒从他一直躺着的那张沙发里站起来，用客气得过分的态度向她鞠了一躬。

"睡个午觉也要被打扰不休，被迫恭听那么一大段戏文，这已经够倒霉了，可为什么还要危及人家的生命呢？"

他是个实实在在的人，他不是鬼。可是，神灵保佑我们，他一切都听见了！她只得尽全力，装出一副端庄的模样。

"先生，你待在这里，应当让人家知道才好。"

"是吗？"他露出一口雪白的牙齿，一对勇敢的黑眼睛在嘲笑她，"不过你才是个不请便来的闯入者呢。我是被迫在这里等候肯尼迪先生，因为觉得我在后院也许是个不受欢迎的人，几经考虑才识相地来到这里。我想这下大概可以不受干扰了吧。可是，真不幸！"他耸耸肩膀，温和地笑起来。

一想起这个粗鲁无礼的人已经听见一切，听见了那些她现在宁死也不愿说出的话，她的脾气又开始发作了。

"窃听鬼！"她愤愤地说。

"窃听者常常听的是一些很动听而有益的东西，"他故意傻笑着说，"从长期窃听的经验中，我——"

"先生，你不是上等人！"

"你的眼力很不错，"他轻松地说，"可你，小姐，也不是上等女人哟！"他似乎觉得她很有趣，因为他又温和地笑了，"无论谁，只要她说了和做了我刚才听到的那些事情，她就不能再算个上等女人了。不过，上等女人对于我来说也很少有什么魅力。我明知她们在想些什么，可是她们从来就没有勇气或者说缺乏教养来说出她们所想的东西。这种态度到时候就要使人厌烦了。可是你，亲爱的奥哈拉小姐，你是个精神很不平凡，很值得钦佩的姑娘，因此我要向你脱帽致敬。我不明白，那位文绉绉的威尔克斯先生有什么美妙之处，能叫你这样一位性格如急风暴雨的姑娘着迷呢？他应当跪下来感谢上帝给了他一个有你这种——他是怎么说的？——对'生活倾注着全部热情'的姑娘，谁知他竟是个畏畏缩缩的可怜虫——"

"你还不配给他擦靴子呢！"她气愤地厉声说。

"可你是准备恨他一辈子啦！"说罢他又在沙发上坐下了，思嘉听见他还在笑。

假如她能够把他杀了，她是做得出来的。但事情没有那样发生，她尽力装出庄重的样子走出藏书室，砰的一声把沉重的门关上。

她一口气跑上楼去，到达楼梯顶时她觉得简直要晕倒了。她停下来，抓住栏杆，由于愤怒、羞辱和紧张的结果，那颗急遽蹦跳的心似乎要从胸口里跳出来了。她想深深地喘几口气，可是嬷嬷把腰身扎得实在太紧了。要是她果真晕过去，人们便会在这楼梯顶上发现她，那他们会怎样想呢？哦，他们是什么都想得出来的,像艾希礼和那个可恶的巴特勒,以及所有那些专门妒忌别人的下流女孩子!有生以来第一次,她后悔自己没有像别的女孩子那样随身带着嗅盐,她甚至连嗅盐瓶也从来没有过呢。她一贯以从不觉得头晕而引为骄傲。可此刻她千万不能让自己晕倒呀!

渐渐地,那种难受的感觉开始消失了。不久她觉得已完全正常,便悄悄溜进英迪亚房间隔壁的那间小梳妆室,松开胸衣,爬到别的正在睡觉的姑娘旁边的一张床上躺下了。她设法让自己的心跳缓和下来,并力图使脸色平静,显得泰然自若,因为她知道她此刻的模样必然像个疯女人一样了。要是有个女孩子正醒着呢,她就会发现周围有点不对头。可是千万千万不能让任何人知道出过什么事了。

从楼梯顶上的那个凸窗里,她能看到男人们还在树下和凉亭的椅子上斜躺着歇息。她真羡慕他们极了!作为一个男人,永远也不用经受她刚才所经历的那种痛苦,该多快活呀!她站在那里看着他们,觉得有点眼酸头晕,这时忽然听见屋前车道上急速而沉重的马蹄声、石子飞溅声和一个大声询问黑人的激动的嗓音。石子又喀嚓地飞溅起来,很快她就看见一个男子骑马驰过绿油油的草地,向那群在树下消闲的人飞奔而来。

大概是一位迟到的客人,可为什么竟骑着马穿过英迪亚最心爱的草地呢?她认不出他,但是当他从鞍上翻身下马,一手抓住约翰·威尔克斯的胳膊时,她看到了他浑身激动的模样。人群立即把他包围起来,把那些高脚玻璃杯和棕榈叶扇子丢在桌上和地上不管了。虽然距离较远,她还是听见人们在询问和喊叫的一片嘈杂声,也感觉到他们激动到了顶点的紧张气氛。接着,在所有这些声音之上传来斯图尔特·塔尔顿的一声兴奋的喊叫:"咳——呀——咳!"仿佛他是在猎场上奔跑似的。同时她头一次听到了反叛的吼声,尽管她并不懂得它的意义。

她正在看时,塔尔顿家四兄弟由方丹家的小伙子们跟着从人群中挤出来,匆匆向马棚跑去,一路高喊:"吉姆斯,来,吉姆斯,赶快备马!"

"一定是谁家着火了。"思嘉心想。但是不管有没有着火,她的头一桩事情是在自己被发现之前赶快回到卧室里去。

现在她心里平静些了,她踮着脚尖上楼梯,走进安静的厅堂。整个房子笼罩在一片浓重而温暖的朦胧状态中,仿佛它像姑娘们那样自由自在地睡着了,一直要睡到晚上,然后在音乐和烛光中焕然一新地显出自己优美的全貌。她小心翼翼地推开梳妆室的门,随即溜了进去。她的一只手还放在背后握着门把,这时霍妮低柔得像耳语的声音从通向卧室的对面门缝里传过来了。

"我看思嘉今天的行动那么迅速,怕是使出了一个女孩子最大的劲儿来了!"

思嘉觉得她的心又开始奔突起来,不由得用一只手紧紧抓住胸口,像要把它压服似的。"窃听的人常常听到一些很有益的东西,"她忽然记起这句带嘲讽的话。她要不要重新溜出来呢?或者索性闯进去,让霍妮活该下不了台?但接着传来第二个声音,这使她呆住不动了。这时即使有一队骡子也休想把她拉动,因为她听见了媚兰的声音。

"啊,霍妮,别这样!别太刻薄了。她只不过兴致很高,很活泼。我认为她是十分可爱的。"

"啊,"思嘉想,几乎把手指甲掐透了胸衣,"还用得着这油嘴滑舌的小妖精来袒护我!"

媚兰这话比霍妮那种痛痛快快的挖苦还要难听。思嘉除了母亲以外,从来不相信任何女人,也不相信任何女人有什么动机不是自私自利的。媚兰以为她对艾希礼已经十拿九稳了,所以才乐得炫耀一下这种基督精神。思嘉觉得这正是媚兰在夸耀自己的胜利,同时想取得为人可爱的美名。思嘉自己在同男人们议论别的女孩子时也常常玩这种把戏,并且每次都叫那些蠢男人相信了她多么可爱和多么宽宏大量呢。

"唔,小姐,"霍妮尖酸地说,同时提高声音,"你准是瞎了眼啦!"

"小声点,霍妮,"萨莉·芒罗的声音插进来,"满屋子的人都要听见你的话了。"

霍妮放低声音,但继续说下去。

"喏,你们都看见的,她跟每一个能抓到的人都搞得很欢,甚至那位肯尼迪先生——他还是她妹妹的男朋友呢。我可从没见过这号人哪!而且她一定是在追求查尔斯。"霍妮有点难为情地咯咯笑起来,"可你们知道,查尔斯和我——"

"你这是当真吗?"几个声音兴奋地低声说。

"唔,别跟任何人说,姑娘们——还没有呢!"

接着又是咯咯的笑声和弹簧床架嘎嘎的响声,因为有人在挤着霍妮了。媚兰嘟哝了句什么,大致是说她多么高兴霍妮将成为她的嫂子。

"嗯,我可不高兴让思嘉当我的嫂子,因为她是我见过的第一号浪荡货,"这是赫蒂·塔尔顿着恼的声音,"但是她跟斯图尔特已经等于订婚了。布伦特说她对他一点也不在乎。

当然,布伦特也是很喜欢她的。"

"要是你问我,"霍妮用故作神秘的口气说,"我说只有一个人是她中意的。那就是艾希礼!"

低声细语混作一团,有的在提问,有的在打岔;思嘉听着又害怕又羞愧,心都凉了。霍妮对男人是个傻瓜,一个可笑的笨蛋,可是她对别的女人有一种女性的直觉,而思嘉低估了这一点。思嘉在藏书室先后跟艾希礼和巴特勒一起时受到的那种痛苦和侮辱,跟这里的情况比起来只不过是小小的针刺罢了。男人毕竟是让你信得过,能给你保密的,即使像巴特勒那样的人也不例外。可是有了霍妮这张像野外猎犬般的快嘴,等不到六点钟事情便会传遍整个县里了。昨天晚上她父亲杰拉尔德还说过,他不愿意让人家笑话他的女儿呢。可现在他们全都要笑话她了!想到这里,她的腋窝下冒出冷汗,滴滴答答往两肋直流。

这时传来媚兰的声音,盖过了所有其他人的议论声,她的声音显得有分寸而平和,略带责备的口气。

"霍妮,你知道事情并不是那样。这样说多不厚道呀!"

"就是那样嘛,媚兰,只要你不总是把那些实在没有什么好的人当好人看,你就会明白了。至于我,我还巴不得就是那样呢。那会够她受的。思嘉·奥哈拉平时的一举一动都一直是在制造麻烦和争夺别人的情人。你很清楚她从英迪亚身边抢走了斯图尔特;可她自己并不要他。今天她又想抢肯尼迪和艾希礼,还有查尔斯——"

"我一定得马上回家去!"思嘉想,"我得马上回家去!"

她恨不得用一种魔法把自己立即送回塔拉,送到那个安全的地方。她恨不得跟母亲在一起,就那么瞧着她,拉着她的衣襟,倒在她怀里哭诉今天的全部经历。要是她不得不继续听下去,她就会冲到里面,将霍妮那一头蓬乱的浅色头发大把大把地扯下来,然后向媚兰啐几口唾沫,叫她知道她是怎样看待她那种假仁假义的。可是她今天已经干得够那个的了,已经跟那些下流白人差不离了——这就是她的麻烦所在啊。

她用双手使劲压住裙子,不让它发出窸窣的声音,同时像一只动物似的偷偷摸摸朝后退了出来。"回家吧,"她一路念叨着,迅速跑过厅堂,经过那些关着的门和静悄悄的房间,"我必须回家去。"

她已经跑到了前面的回廊里,这时一个新的念头使她突然停下来——她不能回家!她不能逃走!她有必要在这里坚持到底,忍受姑娘们所有的恶言恶语和她自己的羞愧与悲伤。逃走,只会给她们提供更多的口实用来攻击她。

她握着拳头捶打身边那根高高的白柱子,恨不得自己就是参孙①,那样她便可以把"十二橡树"村摧垮,并毁灭其中的每一个人。她要叫他们后悔。她要做给他们看看。她并不明白究竟怎样做给他们看,不过她反正是要做的。她要伤害他们,比他们伤害她还要厉害。

此刻,艾希礼作为艾希礼其人已经被她遗忘了。他已不再是她所爱的那个高高的睡眼蒙眬的小伙子,而仅仅是威尔克斯家、"十二橡树"村和县里的一部分或一分子——这一切

---

① 《圣经·旧约》:以色列人,力大无比的勇士,娶非利士女子为妻。后非利士人收买了他的情妇大利拉,她从参孙口中探出他力大无穷的原因,趁他沉睡时剃去他的头发。他于是被缚,遭非利士人戏辱,便求告神再赐给他一次力量,然后双手合抱一根柱子,倾覆神室与敌人同归于尽。

她都痛恨,因为他们在嘲笑她! 对于一个十六岁的姑娘来说,虚荣比爱情更有力量,她愤怒的心中除了恨已经什么也容纳不下了。

"我不回去,"她想,"我要留在这里,我要叫他们难堪。我永远不告诉妈。不,我永远不告诉任何人。"她鼓起勇气回到屋里,爬上楼梯,走进另一间卧室。

她转过身,看见查尔斯正从穿堂的那一头走进屋来。他一瞥见她就急忙走过来了。他的头发已经凌乱不堪,那张脸也激动得像朵天竺葵。

"你知道发生了什么事吗?"他来不及到她跟前便大声嚷道,"你听说了没有? 保罗·威尔逊刚刚从琼斯博罗赶来报信了!"

他停了停,气喘吁吁地走近她。她一句话也没说,只呆呆地凝视着他。

"林肯先生已经招募,招募士兵——我的意思是志愿兵——七万五千人了!"

又是林肯先生! 男人们究竟想过什么真正重要的事情没有? 这不又来了一个傻瓜想叫她也对林肯先生的胡闹发火吗? 可她正在为自己伤心,她的名誉也等于扫地了呢!

查尔斯凝望着她。她的脸色惨淡得像张白纸,她那双略嫌狭窄的眼睛像绿宝石一样闪亮。他从没见过哪位姑娘脸上有这样的怒火,哪双眼睛有这样的光焰。

"我这人真笨,"他说,"我应当慢慢对你说才对。我忘记了姑娘们是多么娇嫩。很遗憾把你吓成了这个模样。你不觉得要晕倒吧,会吗? 要不要我给你倒杯水来?"

"不。"她说,设法挤出一丝微笑来。

"我们到那边条凳上去坐坐好吗?"他挽住她的胳膊问。

她点点头,于是他小心地搀着她走下屋前的台阶,领她穿过草地到前院最大的一株橡树底下的铁条凳去。女人是多么脆弱而娇嫩啊,他心里想,你一提起战争和凶险的事她们就要晕倒了。这个想法使他觉得自己很有丈夫气概,当他扶着她坐下时又显得加倍地温柔。她此刻的表情那么奇怪,惨白的脸上有的是一种野性的美,这叫他心神不安起来。难道是她想到他可能要去打仗而发愁了? 不,这未免有点太自负了,不可信。那她为什么这样古怪地瞧着他呢? 为什么她的手指拨弄花边手绢时会颤抖呢? 而且她那又浓又黑的眼睫毛正如他读过的爱情故事里那些女孩子的眼睛那样,含着羞怯和爱情在忽闪呢!

他接连三遍清了清嗓子准备说话,可是每次都没说出来。他垂下眼睛,因为它们跟思嘉那双锋利得像要刺透他又似乎没有看见他的绿色眼睛刚刚相遇了。

"他有很多钱,"她匆匆地想,一个念头和一个计谋接连在脑子里闪过,"他也没有父母来干涉我,而他又住在亚特兰大。如果我马上同他结婚,那会叫艾希礼明白我一点也不在乎——我本来就只是逗他玩玩罢了。这样也可以把霍妮活活气死。她永远永远也休想再弄到一个情人,而别人则会把她笑话死的。这还会叫媚兰痛心,因为她是最爱查尔斯的。同时斯图尔特和布伦特也会难过——"她不明白自己为什么要伤害这两个人,大概是因为他们有几位阴险的姐妹吧,"这样,等到我坐着漂亮马车,带着大批华丽的衣服,有了一幢自己的住宅,再回到这里来拜访时,他们就要感到不好受了。他们就会永远永远也不笑话我了。"

"当然了,这意味着真要打起来了,"查尔斯经过好几次挣扎才说出这话,"不过你不用担忧,思嘉小姐,一个月便会完事的,我们要打得他们嚎着求饶。是呀,先生,嚎叫吧! 我决不错过这个机会。我怕的是今天晚上的舞会要开不成了,因为营里要在琼斯博罗集合呢。塔尔顿家的哥儿们已经去通知大家了。我知道小姐太太们会感到遗憾的。"

她只"哦"了一声,因为想不出更好的词来,不过这也就够了。

她已经开始恢复冷静,思想也在逐渐集中。她的满怀激情已被覆盖上一层霜雪,她认为永远也不会再有什么温暖的感觉了。干吗不拿下这个脸蛋儿红扑扑的漂亮小伙子呢? 他和旁的小伙子一样,她也一样不感兴趣。不,她从此对任何事物也不会感兴趣了,哪怕活到九十岁也罢。

"我现在还不能决定究竟是否参加韦德·汉普顿先生的南卡罗来纳兵团呢,还是加入亚特兰大的城防警卫队。"

她又"哦"了一声,两人的眼光碰在一起,她那颤动的眼睫毛立刻使他神魂颠倒了。

"你肯等我吗,思嘉小姐? 只要——只要知道你在等我,直到我们干掉他们,那就简直像天堂一样幸福了!"他屏息静气等待她回答,他看着她嘴角上的动静,同时第一次注意到嘴角两边的酒窝,心想要是吻它一吻,那该多么美妙啊! 这当儿,她那只手心冒着热气的手已溜进他的手里了。

"我倒不想等呢。"她说,眼睛蒙眬地微闭起来。

他握住她的手坐在那里,嘴张得大大的。这时思嘉从眼睫毛下觑着他,客观地认为他像一只被人叉起的蛤蟆。他结巴了好几次,那张嘴闭了又张开,同时满脸通红,像朵天竺葵。

"你可能爱我吗？"

她一声不吭，只低头望着自己的衣襟，这又把查尔斯弄得时而异想天开，时而困惑莫解。也许一个男人不该向姑娘提出这样的问题吧。也许要回答这个问题，对她来说未免有失处女的体面吧。查尔斯由于以前从来不敢闯入这种局面，所以现在感到茫然不知所措。他想喊叫，想唱歌，想吻她，想在这块草地周围跳跃，然后跑去告诉所有的人，包括白人和黑人，说她爱他。可是他坐在那里一动不动，只紧紧握住她的手，把她的戒指都快掐进肉里去了。

"你愿意很快跟我结婚吗，思嘉小姐？"

"唔。"她哼着鼻子应了一声，继续用手指摆弄衣裳的皱褶。

"我们要不要同时举行婚礼，跟媚兰——"

"不！"她连忙说，两只熠熠生光的眼睛似有愠色地仰望着他。查尔斯明白又是自己犯错误了。当然，一个女孩子要的是自己单独的婚礼——不能与别人共享荣耀。她能不介意他的这种鲁莽，倒是很难得的。他恨不得此刻早已天黑，让他敢于在夜色中拿起她的手来吻吻，并且把自己想说的话都说出来。

"我什么时候对你父亲说好呢？"

"越快越好。"她说，但愿他能放松一些，不再那样狠狠地紧握着她那些戴指环的手指，要不她就只好提出请求了。

他一听便跳起来，这时她还以为他已顾不得什么体面，要去欢蹦乱跳一番了。可是他却笑容满面地俯视着她，仿佛他那颗洁净而单纯的心已完整地反映在他的眼光中。以前从没有人这样看过她，以后也再不会有别的人来这样看她了，可是此刻在她那古怪的超然心态下,她反而只想到他很像一只小牛犊。

"我现在就去找你父亲,"他喜气洋洋地说,"我不能等了。亲爱的,请原谅我好吗?"这一亲昵的称呼好不容易才说出来,可一经说出他便愉快地反复使用起来。

"好吧,"她说,"我在这里等你。这里很凉快,很舒服。"

他走开了,穿过草地拐到屋后去了。她独自坐在瑟瑟有声的橡树下。从马棚那边,男人们正骑着马川流不息地出来,黑人奴仆紧跟在后。芒罗家的小伙子们一路挥着帽子飞奔而过,方丹家和卡尔弗特家的已经喊叫着沿大路跑去了。塔尔顿家四兄弟也冲过来,穿过思嘉身边的草地,布伦特喊道:"妈妈就要给咱们马啦!咳——呀——咳!"草皮纷纷飞扬,他们一溜烟走了,又剩下思嘉独自坐在那里。

那幢白房子将它的高高圆柱竖立在她面前,似乎庄严而疏远地渐渐向后隐退。现在它已永远不会属于她了。艾希礼永远也不会带着她作为新娘跨过它的门槛了。啊,艾希礼,艾希礼! 我究竟干了些什么啊? 她内心深处,在受了伤害的骄矜和冷漠的实际覆盖下,有种东西在可怕的躁动。一种成年人的情感正在诞生,它比她的虚荣心或固执的自私心更为强大。她爱艾希礼,她也知道自己爱他,可是对于这一点,她还从来没有像看见查尔斯在那弯弯的碎石路上消失时那样耿耿于怀呢。

第 七 章

不过两星期工夫,思嘉便由一位小姐变成了人家的妻子,再过两个月又变成了寡妇。她很快便从她那么匆促而很少思索地给自己套上的羁绊中解脱出来,可是从那以后她再也没有尝过未婚日子那种无忧无虑的自由滋味了。寡居生活紧随着新婚而来,更叫她惊慌的是很快便做了母亲。

在往后的岁月中,每当她想起一八六一年四月末的那些日子,思嘉总是记不清当时的细节了。时间和事件奔涌而来,又混杂在一起,像个没有什么真实和理性可言的噩梦。直到她死的那一天,关于这些日子的记忆中仍将留下不少的空白点。尤其模糊不清的是从她接受查尔斯的求婚到举行婚礼那段时间的记忆。两个星期啊!在太平年月这么短暂的订婚期是不可能的。那时总得有一年或至少六个月的间隙才说得过去。可是南方已普遍热衷于战争,凡事都像风驰电掣般呼啸着滚滚向前,往昔那种慢条斯理的节奏已经一去不复返了。爱伦曾急得不住地搓手,想要缓一点办婚事,为的是让思嘉能比较从容地将事情考虑一下。可是思嘉对母亲的建议报以愠色,置若罔闻。她要结婚!而且马上就要。在两周之内。

听说艾希礼的婚礼已经从秋天提前到五月一日,以便在营队应召服役时他能立即随同出发,思嘉这时便把自己的婚礼定在他的前一天。爱伦表示反对,但是查尔斯提出了新的理由来恳请同意,因为他急于要动身去南卡罗来纳加入韦德·汉普顿的兵团,同时杰拉尔德也支持这两个年轻人。杰拉尔德已被战争狂热激动得坐卧不宁,也很高兴思嘉选中了这么好的配偶,他怎能在战机已发时给这对青年恋人挡路呢?爱伦心乱如麻,终于像整个南方的其他母亲那样只得让步。她们的悠闲生活已经天翻地覆,她们的开导、祈求和忠告已毫无用处,怎么也抵挡不住那股势如狂澜将她们席卷而去的巨大力量了。

南方沉醉在热情和激动之中。谁都知道只消一个战役便能结束战争,每个青年人都急急忙忙去报名投军,生怕战争很快就结束了。他们同样急急忙忙跟自己的心上人结婚,好立即赶到弗吉尼亚去给北方佬打一棒子。县里举行了好几十桩这样的战时婚礼,而且很少有时间来为送别伤心,因为谁都太忙、太激动,来不及认真思考和相对流泪了。太太小姐们在缝制军服,编织袜子,卷绷带,男人们在操练和打靶。一列列载运军队的火车每天经过琼斯博罗往北向亚特兰大和弗吉尼亚驶去。有些分队穿着漂亮的深红色军服,有些是浅蓝色的,也有穿社会—民兵连绿色服装的;有些一小群一小群的穿着家织布军衣,戴着浣熊皮帽子;另一些则不穿制服,穿的是细毛织品和精美的亚麻布衣裳。他们全都是些操练未熟、武装不全的队伍,但同样粗野和激动,同样地高声喊叫,仿佛是到什么地方去赴野宴似的。这番情景使县里的小伙子们陷入一片恐慌,生怕在他们到达弗吉尼亚之前战争已经打完了,因此军营出发前的准备活动在加速进行。

在这片混乱中,思嘉婚礼的准备工作也在进行,而且她几乎还没来得及弄清,母亲的结婚礼服和披纱已经穿戴在她身上,她已经从塔拉农场的宽阔楼梯上走下来,去面对那满屋的宾客了。事后她仿佛从梦中回忆起:墙壁上点着成百上千支辉煌的蜡烛,母亲的脸上充满怜爱而略显昏乱,她的嘴唇微微颤动,为女儿的幸福暗暗祈祷;父亲因喝了白兰地,对于女儿嫁给一个有钱、有名望又有卓越门第的女婿感到骄傲,乐得满脸绯红了。——还有艾希礼,他挽着媚兰站在楼梯口。

她看见他脸上的表情,心想:"这不可能是真的。这不可能。这是一个噩梦。我会醒过来并发现这纯粹是一场噩梦。我现在决不去想它,不然我就会在这些人面前喊叫起来了。我现在不能想。我要到以后再想,到那时我就会受得了——那时我就看不见他的眼睛了!"

一切都很像是在梦里,从那两排微笑的人中一路穿过,查尔斯的绯红的脸和结结巴巴的声音,以及她自己的回答,那么惊人地清晰和那么冷淡的回答。然后是祝贺,是亲吻,是干杯,是跳舞——一切的一切都像是在梦中。甚至连艾希礼在她脸颊上的轻吻,连媚兰的低语——"你看,我们已经是真正的姑嫂了"——也不是真实的。甚至连查尔斯的矮胖姑妈因过度兴奋而晕过去时引起的那阵纷扰,也带有噩梦的色彩。

但是,到跳舞和祝酒都终于结束,黎明开始降临时,当所有那些塔拉农场尽可能挤得下的亚特兰大宾客都到床上、沙发上和地板草垫上去睡觉了,所有的邻居都回家休息了,为了准备参加第二天"十二橡树"村的婚礼时,那种梦一般的恍惚状态便在现实面前像玻璃似的粉碎了。现实是从她梳妆室里出来的穿着睡衣、满脸绯红的查尔斯,他看见思嘉从拉得很高的被单边缘上惊奇地望着他时还赶忙回避呢。

当然，她知道新婚夫妻是要在同一张床上睡觉的，可是以前她从未想到过这件事。就她母亲和父亲的情况来说，那是很自然的，不过她从来没有把它应用到自己身上。自从野宴过后，她这才头一次明白她给自己招来了什么样的后果。一想到这个她并没真正想和他结婚的陌生的小伙子就要钻进她被窝里来，而这时候她自己的心还在为过去的鲁莽行为痛悔，为永远失掉艾希礼感到十分难过，这叫她如何承受得了啊？因此当他犹豫不决慢慢挨近床来时，她粗鲁地低声喝住了他。

"你真要挨近，我就大声喊，我会喊的！我要——放开喉咙喊！给我走开！看你敢碰我一下！"

这样，查尔斯便坐在椅子上度过了这个新婚之夜，当然不怎么愉快，因为他了解，或者自以为了解，他的新娘是多么羞怯，多么娇嫩。他愿意等待，直到她的恐惧心理慢慢消失，只不过——只不过——他在圈椅里将身子扭过来扭过去总觉得不舒服，便不由得叹了口气，因为他很快就要出发上前线去了。

思嘉自己的婚礼已经是噩梦一般够受的了，可艾希礼的还要坏。思嘉穿着那件苹果绿的二朝服①站在"十二橡树"村的大客厅里，周围是几百支明晃晃的蜡烛和头天晚上那同一群拥挤着的人。她看见媚兰·汉密尔顿那张平淡而娇小的脸竟显得容光焕发，好像因做了威尔克斯家的媳妇而无比高兴。如今，艾希礼是永远不在了。她的艾希礼呀！不，现在可不是她的了。那么，他曾经是她的？这一切在她心里已经是一团乱麻，而她的心情又那么厌烦，那么惶惑不安。他曾经说过他

①　二朝服指结婚第二天穿的衣服。

爱她,可又是什么把他们分开了呢?要是她能够记起来,那该多好啊!她由于跟查尔斯结婚而将县里的闲言碎语压了下去,可现在看来那又有什么要紧呢?那在当时显得很重要,不过现在已无足轻重了。要紧的是艾希礼。可他已经不在了,而她呢,已经跟一个她不仅不爱而且委实有些轻视的男人结婚了。

啊,她对于这一切多么后悔!她常常听说有些人为了要害别人反而害了自己,从今以后这已经不仅仅是个比喻了。如今她已懂得了它的真正含意。如今,当她迫切希望能摆脱查尔斯,自己一个人作为未婚闺女平平安安地回到塔拉去,这时才明白她真的是自作自受,无话可说了。母亲曾设法阻止她,可她就是不听呢。

就这样,思嘉在艾希礼结婚的那天晚上迷迷糊糊地跳了一个通宵的舞,机械地说着,微笑着,同时好像与己无关似的感到奇怪,不知为什么人们会那样愚蠢,居然把她当作一个幸福的新娘而看不出她是多么伤心。好吧,感谢上帝,他们看不出来呢!

那天晚上,嬷嬷服侍她脱了衣裳之后自己走了,查尔斯又羞涩地从梳妆室出来了,心里正在纳闷要不要再到那张马鬃椅子上去睡一夜,这时她哭起来了。她一言不发地哭着,一直哭到查尔斯钻进被窝,在她身边躺下,试着安慰她,同时她的眼泪也哭干了,她这才终于将头枕在查尔斯的肩头静静地抽泣。

要是没有战争,他们就会有一星期时间到县里各处转转,各地也将举行舞会和野宴来祝贺这对新婚夫妇,然后他们才动身到萨拉托加或者白萨尔弗去做蜜月旅行。要是没有战争,思嘉就会得到三朝、四朝、五朝的衣服,穿着去出席方丹家、卡尔弗特家和塔尔顿家为她举办的晚会。可是现在没有晚会,也没有蜜月旅行了。结婚一星期后,查尔斯便动身去参加韦德·汉普顿上校的部队了。再过两星期,艾希礼和军营便出发开赴前线,使全县都陷入送别亲人的悲恸之中了。

在那两个星期里,思嘉从没有单独见到过艾希礼,从未私下跟他说过一句话。甚至在可怕的告别时刻,那时他在去火车站的途中经过塔拉停留了片刻,她也没有私下跟他谈话的机会。媚兰戴着帽子,围着围巾,挽着他的臂膀,俨然一副新少奶奶端庄文静的模样。塔拉农场所有的人,无论白人黑人,全都出来给艾希礼送行。

媚兰说:"艾希礼,你得亲亲思嘉。她现在已经是我的嫂子了。"艾希礼弯下腰用冰冷的嘴唇在她脸上亲了亲,他的面孔是板着的,绷紧的。思嘉从这一吻中几乎没有感到什么喜悦,因为媚兰的怂恿反而使她郁郁不乐了。媚兰临别时给她的拥抱更叫她闷得透不过气来。

"你要到亚特兰大来看看我和皮蒂姑妈呀,好不好?啊,亲爱的,我们都很想念你!我们很想更多地了解查尔斯的太太呢。"

五个星期过去了,这期间查尔斯从南卡罗来纳写来了不少羞怯、狂喜和亲昵的信,倾诉他的爱情、他对战争结束后的计划、他要为她而当英雄的渴望,以及他对他的司令韦德·汉普顿的崇拜,等等。到第七个星期,汉普顿上校以他个人的名义发来一个电报,接着又寄来一封信,一封亲切、庄严的吊唁信。查尔斯死了。上校本来要早些来电报的,可是查尔斯觉得他的病不要紧,不愿意让家里担忧。这个不幸的小伙子,他不仅被剥夺了他自以为赢得的爱情,而且在战场上获得荣誉的崇高理想也被骗走了。他先是患肺炎,接着是麻疹,很快便屈辱地死去了,连北方佬的影子也没看见就在南卡罗来纳军营里死了。

后来,查尔斯的儿子也在"适当的"时候诞生了,因为当时流行按孩子父亲的司令官命名,他取名为韦德·汉普顿·汉密尔顿。思嘉曾因发觉自己怀孕而绝望地哭泣,并宁愿自己死掉。可是她在整个妊娠期间很少有不舒服的感觉,分娩时也没有多大痛苦,而且产后那么快便恢复了,所以嬷嬷私下告诉她这是很平常的事——女人就该多受些磨难嘛。她对孩子不怎么钟爱,尽管嘴里不这样说。她本来是不想要他的,对他的出世感到懊恼,现在虽然孩子已在眼前,却好像这不可能是她的,不是她身上的一块肉似的。

尽管她生了韦德以后,在一个短得有点不怎么体面的时间内身体便复原了,但是心理上有些恍惚和病态。她精神萎靡,即使全农场的人都设法要让她振作起来,也没有用。爱伦整天蹙额皱眉地转来转去,杰拉尔德愈来愈动辄骂人,同时从琼斯博罗给她带来些无用的礼物。连老方丹大夫在给她服用了一些含硫滋补品和糖浆、草药而没有见效之后,也承认他已束手无策了。他暗暗告诉爱伦,那是因为伤透了心才使思嘉这样时而性急易怒,时而没精打采,反复无常的。可是思嘉本人,要是她高兴说话,她会告诉他们,这个问题远非如此,要复杂得多呢。她没有告诉他们说,那是因为她对于做母亲一事感到非常厌烦和十分苦恼,最重要的是因为艾希礼走了,才使她显得这样愁苦不堪。

她的厌烦情绪是强烈而经常的。自从军营开赴前方以后,县里就没有什么娱乐和社交生活了。所有有趣的年轻男子全都走了——包括塔尔顿家四兄弟、卡尔弗特家哥儿俩、方丹家和芒罗家的小伙子们,以及从琼斯博罗、费耶特维尔和洛夫乔伊来的每一个年轻而逗人喜爱的小伙子。只有那些年纪较大的男人、残疾人和妇女留了下来,他们整天编织缝纫,加紧种植棉花和玉米,为军队饲养更多的猪羊牛马。除了由苏伦的中年情人弗兰克·肯尼迪率领的那支补给队为了收集军需品每月经过这里一次之外,就再也看不见一个真正的男子汉了。补给队的那些男人也并不怎么令人兴奋,而弗兰克那种缩手缩脚的求爱方式,思嘉一见便要恼火,直到她觉得已很难对他客气了。她恨不得叫苏伦和他了结他们的事算了。

即使补给队更加有趣些,那也不会给她的处境以任何改变。她是一个寡妇,她的心已经进入坟墓。至少别人认为她的心已经在坟墓里,并期望她就这样处世行事。这使她很恼火,因为她虽然尽了自己的力量也记不起查尔斯的什么事来,只记得当她答应可以同他结婚时他脸上那种死牛犊似的表情。现在连这个印象也愈来愈模糊了。不过她毕竟是个寡妇,不得不遵守寡妇的规矩。未婚姑娘的那些娱乐已经没她的份儿了。她必须严肃而冷漠。爱伦自从看见弗兰克的一个副官在花园里推着她荡秋千并荡得她尖声大笑起来以后,便长篇大论地向她说明了这一点多么重要。爱伦对此深感痛苦,曾经告诉她做寡妇最容易遭人非议,所以她的举止行为必须比一个少奶奶更加倍小心才好。

"只有天晓得,"思嘉想,一面顺从地听着母亲的谆谆教诲,"做了少奶奶便已经毫无乐趣了,那么寡妇就简直像死人哪。"

一个寡妇必须穿难看的黑色衣服，上面连一点点装饰也不能有，不能有花、丝带或镶边，乃至珠宝，只能有条纹玛瑙的丧服胸针或用死者头发做的项链。而她帽子上缀着的那幅黑纱必须垂到膝盖，要到守寡满三年之后才能缩短到肩头的部位。寡妇决不能开怀畅谈和放声嬉笑，连微笑也只能是愁苦的，悲戚的。还有，最可怕的是，她们不能露出一点乐意跟先生们在一起的样子。要是有位先生缺乏教养，竟至于表示对她感兴趣，她就得严肃而措辞适当地谈起她的亡夫，使对方听了肃然起敬，并从此死了这条心。啊，是的，思嘉纳闷地想，有些寡妇到年老色衰时还是再嫁了，虽然谁也不知道在周围邻居的监视下她们是怎么谈成的。而且通常都是嫁给一些拥有大农场和大群孩子的老鳏夫呢。

结婚就够倒霉的了，可是当寡妇——哦，那就一切都完了！人们常谈到，查尔斯死了以后韦德·汉普顿对她是一个多好的安慰，这话多么愚蠢！他们还愚蠢地说什么现在她活着有了指望呢！谁都说她有这个已故爱情的象征多么幸福，她自然也不去纠正他们的看法。可是这种思想距离她自己的心境实在太远了！其实她对韦德几乎没有什么兴趣，有时甚至要记起他确实是她的孩子也不容易哩。

每天早晨醒来后，有那么一个蒙眬的片刻她又成了思嘉·奥哈拉，那时太阳灿灿地照着窗外的山茱萸，模仿鸟在愉快地歌唱，炒腌猪肉的香味轻轻飘入她的鼻孔里。她又是个无忧无虑的少女了。接着她听见焦急的饥饿的哭叫声，并且常常——常常还要经过片刻的惊讶，这才想起："怎么，屋里有个小毛头呢！"于是她记起这是她的婴儿。这一切都令人迷惑不解，不知究竟是怎么回事。

然后就是艾希礼！啊,最难忘的是艾希礼,有生以来第一次,她恨起塔拉农场来了,恨那条长长的通向山冈、通向河边的红土大道,恨那些密植着棉苗的红色田地。每英尺土地,每一棵树和每一道小溪,每一条小径和驰马的大路,都使她想起艾希礼来。他属于另一个女人,他已经打仗去了,但是他的幽灵还时常在暮色中的这些道路上出没逡巡,还在走廊上的阴影里眯着一双睡意蒙眬的灰眼睛对她微笑。她只要听见马蹄声在那条从"十二橡树"村过来的河边大道上一路嗒嗒而至,便没有一次不想起艾希礼的!

　　"十二橡树"村这个她曾经爱过的地方,如今她也恨起它来了。她恨它,但是她的心给拴在那里,所以她听得见约翰·威尔克斯和姑娘们谈起他——听得见他们在读他从弗吉尼亚寄来的信。这些使她伤心,但是非听不可。她不喜欢挺着脖子的英迪亚和蠢话连篇的霍妮,并且知道她们也同样不喜欢她,可是她离不开她们。而且她每次从"十二橡树"村回到家里,都要怏怏不乐地躺在床上,拒不起来吃晚饭。

　　就是这种拒不吃饭的态度使母亲和嬷嬷着急得不行。嬷嬷端来了盛着美味的托盘,哄着她说,如今她已是寡妇,可以凭自己高兴尽量吃了,可是思嘉一点也没有食欲。

　　方丹大夫严肃地告诉爱伦,伤心忧郁症往往导致身心衰退,女人便会渐渐消耗而死。爱伦听得脸都白了,因为这正是她早已在担心的事。

　　"难道就没有办法了吗,大夫?"

　　"最好的办法是让她换一下环境,"大夫说,他巴不得把一个棘手的病人赶快摆脱掉。

　　这样,思嘉便勉强带着孩子离开了塔拉,先是去走访在萨凡纳的奥哈拉和罗毕拉德两家的亲戚,然后去看在查尔斯顿的爱伦的两个姐妹,波琳和尤拉莉。不过她比爱伦的安排提早一个月便回来了,也没有说明是什么缘故。萨凡纳的两位伯伯还是很殷勤的,只是詹姆斯和安德鲁以及他们的夫人都上了年纪,喜欢静静地坐着谈过去的事,而思嘉对此不感兴趣。罗毕拉德家也是这样。至于查尔斯顿,思嘉觉得那个地方实在太可怕了。

波琳姨妈和她丈夫住在河边一个农场里,那里比塔拉要僻静得多。姨父是个小老头儿,表面上还算客气,可是也有了老年人那种漠不关心的神态。他们的最近一家邻居也在二十英里以外,中间隔着满是柏树和橡树的深密丛林,只有阴暗的道路可以来往。那些活橡树身上挂着像迎风摇曳的帘帷般的灰色苔藓,思嘉看了觉得很不舒服,仿佛浑身有虫子在爬似的。它们往往使她想起杰拉尔德给她讲过的那些在茫茫灰雾中漫游的爱尔兰鬼怪的故事。在波琳姨妈家,除了白天编织、晚上听凯里姨父朗读布尔瓦·李顿的作品之外,就没有什么事好做了。

尤拉莉姨妈家的住宅是坐落在查尔斯顿"炮台"上的一所大房子,前面有个墙壁高耸的园子荫蔽着,可是也并不怎么好玩。思嘉习惯于连绵起伏的红土丘陵地带那样开阔的视野,因此在这里便觉得被禁锢起来了。这儿尽管比波琳姨妈家有较多的交往,但思嘉不喜欢那些来访的人,不喜欢他们的传统风俗和装模作样、讲究门第的习气。她很清楚,他们知道她是一个不门当户对的人家的孩子,并且惊异为什么一位罗毕拉德家的小姐会嫁给一个新来的爱尔兰人。思嘉感觉到尤拉莉姨妈还在背地里替她辩护呢。这种情况把她惹火了,因为她和父亲一样是不怎么重视门第的。她为杰拉尔德和他单凭自己作为一个爱尔兰人的精明头脑而白手起家的成就感到骄傲。

那些查尔斯顿人太看重他们自己在萨姆特要塞事件中所起的作用了！难道他们就不明白，要是他们不那么傻，不打响开战的第一枪，别的某些傻瓜也会打的呀？思嘉听惯了佐治亚高地人的脆亮声音，觉得沿海地区的语音有点假里假气。她甚至想只要她再听到这种声音，她就会被刺激得尖叫起来了。她有时实在忍不住了，以致在一次正式拜会中她故意模仿了杰拉尔德的土腔，叫她姨妈感到十分尴尬。不久她就回到了塔拉。与其整天去听查尔斯顿口音，还不如在这里为回忆艾希礼而痛苦呢。

爱伦在昼夜忙碌，要加倍提高塔拉农场的生产力来支援南部联盟。她看见她的长女从查尔斯顿回来显得这样消瘦、苍白而又语言尖厉时，不禁吓坏了。她自己也尝到过伤心的滋味，便夜夜躺在鼾声如雷的杰拉尔德身旁思量，要想出个办法来减轻思嘉的愁苦。查尔斯的姑妈皮蒂帕特·汉密尔顿小姐已经来过好几次信，要求她让思嘉到亚特兰大去住一个较长的时候，现在爱伦第一次在认真考虑了。

皮蒂帕特小姐在信中说，她同媚兰住在一所大宅子里，"没有一个可以保护的男人"，所以觉得很孤单。"如今亲爱的查理已经去世。当然，我哥哥亨利还在，不过他和我们不一起住。也许思嘉跟你们谈到过有关亨利的事了，我这里不便多写。要是思嘉跟我们住在一起，媚兰和我都会觉得方便得多，安全得多。三个单身女人毕竟比两个强一些。而且亲爱的思嘉在这里也许能找到某种消愁解忧的办法，譬如，看护这边医院里的勇敢的小伙子们,就像媚兰那样——并且,当然喽,媚兰和我都急于想看看那个亲爱的小乖乖……"

这样,思嘉又把她居丧用的那些衣服重新装进箱子里,然后带着韦德·汉普顿和他的小保姆普里茜,还有满脑子母亲和嬷嬷给她的嘱咐以及杰拉尔德给的一百美元联盟纸币,动身到亚特兰大去了。她不怎么愿意到那里去。她认为皮蒂姑妈是世界上最愚蠢的老太太,而且一想到要跟艾希礼的老婆同室而居,她就觉得恶心死了。不过,她目前已不能再住在县里想那些伤心事,所以换换环境总是好的。

第 二 部

第 八 章

一八六二年五月的一个早晨，火车载着思嘉北上了，她想亚特兰大不可能像查尔斯顿和萨凡纳那样讨厌的，而且，尽管她对皮蒂帕特小姐和媚兰很不喜欢，她还是怀着好奇心想看看，从前年冬天战争爆发前她最后一次拜访这里以来，这个城市究竟变得怎样了。

亚特兰大历来比别的城市更使她感兴趣，因为她小时候就听父亲说过她和亚特兰大恰巧是同年诞生的。后来她长大了一些，才发现父亲原来把事实稍稍夸大了，因为他习惯地认为一定的夸张只能使故事变得更有趣味。不过亚特兰大的确只比她年长九岁，它至今与她听说过的任何别的城市比起来仍显得惊人地年轻。萨凡纳和查尔斯顿有着一种老成的庄严风貌，一个已经一百好几十年，另一个正在跨入它的第三个世纪，这从思嘉年轻人的眼里看来已俨然是坐在阳光下安详地挥着扇子的老祖母了。可亚特兰大是她的同辈，带有青年时代的莽撞味，并且像她自己那样倔强而浮躁。

杰拉尔德讲给她听的那个故事也有实际依据，那就是她和亚特兰大是在同一年命名的。在思嘉出世之前九年里，这个城市先是叫作特尔米纳斯，后来又叫马撒斯维尔，直到思嘉诞生那年才成为亚特兰大。

杰拉尔德开初迁到北佐治亚来时,亚特兰大根本还不存在,连个村子的影儿也没有,只是一大片荒原。不过到第二年,即一八三六年,州政府授权修筑一条穿过柴罗基部族新近割让的土地向北的铁路。这条铁路以田纳西和大西部为终点,这是明确的,但是它的起点在佐治亚则尚未确定,直到一年以后一位工程师在那块红土地里打了一根桩子作为这条铁路线的南端起点,这才确定下来,同时亚特兰大也就从特尔米纳斯正式诞生,开始成长起来。

那时在北佐治亚还没有铁路,旁的地方也很少。不过在杰拉尔德与爱伦结婚之前那些年里,在塔拉以北二十五英里处的那个小小居民点便慢慢发展成一个村子,铁轨也在慢慢向北延伸。于是建设铁路的时代真正开始了。从奥古斯塔旧城,第二条铁路横贯本州往西,与通向田纳西的新铁路相连接。从萨凡纳旧城,第三条铁路首先通到佐治亚心脏地带的梅肯,然后向北推进,经过杰拉尔德所在的地区到达亚特兰大,与其他两条铁路衔接起来,给萨凡纳港口提供了一条通往西部的大道。从年轻的亚特兰大这同一个交叉点开始,又修了第四条铁路,它是朝西南方向往蒙哥马利和莫比尔去的。

亚特兰大由一条铁路诞生,也和它的铁路同时成长。到那四条干线完成以后,亚特兰大便和西部、南部和滨海地区连接起来,并且通过奥古斯塔也同北部和东部连上了。它已经成为东西南北交通的要冲,那个小小的村子已经蓬蓬勃勃地发展起来。

在一段比思嘉十七岁的年龄长不了多少的岁月里,亚特兰大从一根打进地里的桩子成长为一个拥有上万人口的繁荣小城,成为全州瞩目的中心。那些老一点、安静一点的城市,总是用孵出了一窝小鸭子的母鸡的感觉来看一个闹哄哄的新城市。为什么这个地方跟旁的佐治亚市镇那么不一样呢？为什么它成长得这么快呢？总之，它们认为它没有什么好吹嘘的——只不过有那些铁路和一批闯劲很足的人罢了。

在这个先后叫作特尔米纳斯、马撒斯维尔和亚特兰大的市镇落户的人，都是很有闯劲的。这些好动而强壮有力的居民来自佐治亚州老区和一些更远的州县，他们被吸引到这个以铁路交叉点为中心向周围扩展的市镇上来。他们满怀热情而来，在车站附近那五条泥泞红土路交叉处的周围开起了店铺，他们在白厅大街和华盛顿大街，在地脊上那条由世世代代印第安人用穿鹿皮鞋的脚踩出的名叫桃树街的小径两侧，盖起了漂亮的住宅。他们为这个地方感到骄傲，为它的发展感到骄傲，为促使它发展的人，即他们自己，感到骄傲。至于那些旧的城镇，让它们高兴怎样称呼亚特兰大就怎样称呼去吧。亚特兰大是一点也不在乎的。

思嘉一直喜欢亚特兰大，她的理由恰恰就是萨凡纳、奥古斯塔和梅肯诋毁它的那些理由。这个市镇像她自己一样是佐治亚州新旧两种成分的混合物，其中旧的成分在跟那个执拗而有力的新成分发生冲突时往往退居次要地位。而且，这里面还有一种对于这个市镇的个人情感上的因素——它是和她同一年诞生，至少是同一年命名的。

头天晚上是整夜的狂风暴雨，但是到思嘉抵达亚特兰大时太阳已开始露出热情的脸来，准备一定要把那些到处淌着河流般的红泥汤的街道晒干。车站旁边空地上的泥土，由于车辆行人来来往往，不断塌陷搅拌，快要成一个给母猪打滚的大泥塘了,也时常有些车轮陷在车辙中的烂草里动弹不得。军用大车和救护车川流不息,忙着装卸由火车运来的军需品和伤员,有的拼命开进来,有的挣扎着要出去,车夫大声咒骂,骡马跳着叫着,泥浆飞溅到好几丈远,这就使那一片泥泞加一团混乱的局面变得更糟了。

思嘉站在车厢门口下面的那个梯级上,她穿着黑色丧服,绉纱披巾几乎飘垂到了脚跟,那纤弱的身材还是相当漂亮的。她犹豫着不敢走下地来,生怕泥水弄脏了鞋子和衣裙,便向周围那些扰攘拥挤乱成一片的大车、短途运输车和马车匆匆看了一眼,寻找皮蒂帕特小姐。可是那位胖乎乎红脸蛋的太太连个影儿也没有,思嘉感到万分焦急,这时一个瘦瘦的花白胡子的黑人老头,手里拿着帽子,显出一种庄重不凡的气度,踩着泥泞向她走过来。

"这位是思嘉小姐吗?俺叫彼得,皮蒂小姐的马车夫。你别踩在这烂泥地里,"他厉声命令着,因为思嘉正提起裙子准备跳下来,"你跟皮蒂小姐同一个毛病,像小孩似的也不怕弄湿了脚。让俺来驮你吧。"

他尽管看来年老体弱,却轻松地把思嘉背了起来,这时,瞥见普里茜怀抱着婴儿站在车厢梯台上,他又停下来说:"那孩子是你带来的小保姆吗,思嘉小姐?她太年轻了,看不好查尔斯先生的独生婴儿呢!不过咱们以后再说吧。你这小姐儿,跟俺走吧,可当心别摔着那娃娃。"

思嘉乖乖地让他驮着向马车走去,一面不声不响听他用命令的口吻批评她和普里茜。他们在烂泥地里穿行,普里茜嘟着嘴一脚泥一脚水地跟在后面,这时思嘉回想起查尔斯说过的有关彼得大叔的话来。

"他跟着父亲经历了墨西哥的全部战役,父亲受了伤他就当看护——事实上是他救了父亲的命。彼得大叔实际上抚养了我和媚兰,因为父母亲去世时我们还小呢。大概就是那个时候,皮蒂姑妈同她哥哥亨利叔叔发生了一次争吵,所以她就过来同我们住在一起,并照顾我们了。皮蒂姑妈是个最没能耐的人——活像个可爱的大孩子,彼得大叔也就这样对待她。为了明哲保身,她事事都不自己做主,要由彼得大叔来替她决定。我十五岁开始拿较多的零用钱,那就是他决定的;当亨利叔叔主张我拿大学的学位时,也是他坚持要我到哈佛去念四年级的。他还决定媚兰到一定年龄就绾起头发并开始参加舞会。他告诉皮蒂姑妈什么时候太冷或下雨不宜出门,什么时候该戴披巾……他是我所见过的最能干的黑人老头,也可以说是最忠心耿耿的一位。唯一不好的是他把我们三个,连精神带肉体,都当作他个人所有的了,这一点他自己也是清楚的。"

查尔斯的这番话,等到彼得大叔爬上马车驾驶坐位并拿起鞭子时,思嘉便认定是确确实实的了。

"皮蒂小姐因为没有来接你而不大高兴。她怕你见怪,但是俺告诉她,她和媚兰小姐要来,只会溅一身泥水,糟践了新衣裳,而且俺会向你解释的。思嘉小姐,你最好自己抱那娃娃。瞧那黑小鬼快把他给摔了。"

思嘉瞧着普里茜叹了口气。普里茜不是个很能干的保姆。她刚刚从一个穿短裙子、翘着小辫儿、瘦得皮包骨头的黑小鬼,一跃而成为身穿印花布长裙、头戴浆过的白头巾的保姆,正扬扬得意、忘乎所以呢。要不是在战争时期,在供应部门对塔拉的要求下,爱伦不得不让出了嬷嬷或迪尔茜乃至罗莎或丁娜,她是决不会在这么小小年纪就上升到这样高的位置的。普里茜还从没到过离"十二橡树"村或塔拉一英里以外的地方,因此这次乘火车旅行,加上晋升为保姆,便使她那小小黑脑瓜里的智力越发吃不住了。从琼斯博罗到亚特兰大这二十英里的旅程使她太兴奋了,以致思嘉一路上被迫自己来抱娃娃。此刻,这么多的建筑物和人进一步把她迷惑住了。她扭着头左顾右盼,指东指西,又蹦又跳,把个娃娃颠簸得号啕大哭起来。

思嘉渴望着嬷嬷那双肥大老练的臂膀。嬷嬷的手只消往孩子身上一搁,孩子马上就不哭了。可如今嬷嬷在塔拉,思嘉已毫无办法。她即使把小韦德从普里茜手里抱过来,也没有用。她抱着同普里茜抱着一样,他还是那么大声号哭。此外,他还拉扯她帽子上的饰带,当然也会弄皱她的衣裙。所以她便索性装作没有听见彼得大叔的话了。

"也许,过些时候我会摸准小毛头的脾气,"她烦躁地想着,同时马车已颠簸摇晃着驶出了车站周围的烂泥地,"不过,我永远也不会喜欢逗他们玩。"这时韦德已哭叫得脸都发紫了,她这才怒气冲冲地呵斥了一声:"把你兜里的糖奶头给他,普里茜。无论什么都行,只要叫他别哭就好。我知道他是饿了。可现在我一点办法也没有。"

普里茜把早晨嬷嬷给她的那个糖奶头拿出来塞进婴儿嘴里,哭叫声果然停息了。由于耳边恢复了清静,眼前又不断出现新的景象,思嘉的情绪开始好转。到彼得大叔终于把马车赶出水坑泥洼驶上了桃树街时,她觉得几个月来头一次有点兴致勃勃的感觉了。这城市竟发展到这个地步啦!距她上次拜访这里才一年多一点,她熟悉的那个小小的亚特兰大怎么会发生这许多变化呢?

过去一年她完全沉溺在自己的悲痛中,只要一提到战争就不胜烦恼,因此她不明白从开战的那个时刻起亚特兰大就在变了。那些在和平时期使亚特兰大成为贸易枢纽的铁路,如今在战时已具有重大的战略意义。由于离前线还很远,这个城市和它的几条铁路成了南部联盟两支大军即弗吉尼亚军团和田纳西与西部军团之间的联系纽带。亚特兰大同样使两支大军与南部内地相沟通,从那里取得给养。如今,适应战争的需要,亚特兰大已成为一个制造业中心,一个医疗基地,以及南方为前线大军征集食品和军需品的主要补给站了。

思嘉环顾周围,想寻找那个她还记得很清楚的小市镇。它不见了。她现在看见的这个城市就像是一个由婴儿一夜之间长大起来并忙于扩展的巨人似的。

亚特兰大一片喧嚣,像个嗡嗡不休的蜂窝,它大概骄傲地意识到了自己对南部联盟的重要性,所以在没日没夜地工作,要把一个农业社会加以工业化。战争开始前这里只马里兰以南有很少几家棉纺厂、毛纺厂、军械和机器厂,这种情况还是南方人引以自豪的。南方产生政治家和士兵,农场主和医生,律师和诗人,可是肯定不出工程师和机械师。让北方佬去挑选这些下等职业吧。但是现在南部联盟各州的港口已被北方炮舰封锁,只有少许偷越封锁线的货物从欧洲暗暗流入,于是南方也就拼命制造起自己的战争用品来了。北方可以向全世界要求提供物资和兵源,在它优厚的金钱引诱下,成千上万的爱尔兰人和日耳曼人源源不断地涌入联邦军队。而南方就只好转而依靠自己。

在亚特兰大,只有一些缓慢进行生产的机械工厂用来制造军需品——其所以缓慢,是因为南方很少可供模仿的机器,几乎每一个轮子和齿轮都是按照从英国偷运进口的图样制成的。现在亚特兰大的街道上有不少陌生的面孔。一年以前市民们还会驻足倾听一个西部腔调的声音,可如今连来自欧洲的外国话也无人注意了。这些欧洲人都是越过封锁线来为南部联盟制造机器和生产军火的。他们是些技术熟练的人,如果没有他们,南部联盟就很难制造手枪、来复枪、大炮和弹药了。

工作昼夜不停地进行,你几乎可以感觉到这个城市的心脏在紧张地搏跳,将军用物资输送给血管般的铁路干线,然后运到两个战区的前方去。每天任何时刻列车都吼叫着在这个城市进进出出。新建工厂的烟囱吐出滚滚煤烟,像阵雨似的纷纷落到白房子上。到晚上,直至夜深人静以后许久,工厂里仍是炉火熊熊,铁锤叮当。那些一年前还空无人迹的地段,如今已有了许多工厂在那里制造马具、鞍鞯和皮鞋,许多兵工厂在生产枪炮,碾压厂和铸铁厂在生产铁轨和用来补充战争损失的货车,还有种种的零件厂在制造马刺、缰辔、扣子、帐篷、纽扣、手枪、刀剑,等等。铸铁厂已深感缺铁,因为越过封锁线运进来的为数极少,而亚拉巴马铁矿由于矿工都上了前线已几乎停产。亚特兰大的草地上已看不见铁栅栏、铁凉棚、铁门,甚至连铁铸的人像也没有,因为它们早已被送进碾压厂的熔化锅里派上用场了。

在桃树街和附近的街道两旁有各军事部门的总部,它们每间办公室里都挤满了穿军服的人;还有物资供销部、通信队、邮政服务公司、铁路运输机关、宪兵司令部,等等。市郊区有马匹补充站,一群群骡马在宽敞的马棚里转来转去。再偏僻些的街道旁边是医院。根据彼得大叔所说的情形，思嘉觉得亚特兰大已成为一座伤兵城了，因为那里有数不清的普通医院、传染病医院和流行病医院，而且每天下午列车开到五点镇时还要卸下大批的伤病员哩。

那个小小的市镇不见了，如今有的是一个迅速扩大的城市，它正在以无穷无尽的力量与紧张喧扰的活动不断更新自己的面貌。这种繁忙景象使得刚从农村悠闲生活中出来的思嘉快要喘不过气来了，可是她喜欢这样。这地方有一种振奋的气氛令她鼓舞，仿佛她真正感受到城市的心脏在同她自己的心脏一起合拍地搏动。

他们在这座城市的主要大街上穿过泥洼缓缓前进，思嘉很有兴味地观望着新的建筑和新的面孔。人行道上拥挤着穿军服的人，他们佩戴的徽章标明他们属于不同的军阶和服役部门；狭窄的街道塞满了各种车辆——马车，短程运输车，救护车，驾驶员浑身污泥、汗流满面、骡马在车辙中挣扎前进的盖着帆布的军用大车；穿灰色服装的信使溅着泥水在各个首脑机关之间匆匆奔跑着传递命令和电报；正在康复的伤兵拄着拐杖一瘸一拐地走动，有的还由小心的护士小姐在一旁搀扶着。喇叭声、军鼓声和吆喝的口令声从训练新兵的操场上远远传来。思嘉还心惊肉跳地头一次看见了北方佬的制服，那是彼得大叔用鞭子指给她看的一队垂头丧气的北方兵，他们正由一小队上了刺刀的南部联盟军押送到火车站去，然后运往俘虏营。

"啊，我会高兴在这里住下去了！多么富于生气，富于刺激性啊！"思嘉这样想。自从大野宴以来，这还是头一次她真正感到乐趣呢。

这座城市实际上比她所发现的还要富有生气。这里有好几十家新开的酒吧,有随着军队蜂拥而来的妓女,有令教会人士大为惊恐的春色满院的娼寮。每一家旅店、公寓和私人住宅都挤满了客人,他们是来探望住在亚特兰大各个大医院的受伤亲属的。每星期都有宴会、舞会、义卖会和无数的战时婚礼。婚礼上的新郎总是正在休假的人,穿着漂亮的灰制服,佩着金丝穗带;新娘穿戴的是越过封锁线走私来的精美服饰,礼堂上挂的是十字交叉的军刀,祝酒用的是被封锁的香槟,接着便是黯然流泪的话别。每天夜里,两旁种着树的阴暗大街上都回响着舞步声,同时客厅里的钢琴在叮当作响,那里女高音和军人来宾的声音混杂在一起,唱着悲喜交集的《吹起停战号》和《你的信来了,可是来得太晚了》。这些凄楚的民歌使那些从来没有悲伤过的人听了也要潸然泪下。

马车在大街上碾着泥泞一路驶去,思嘉不停地问这问那,彼得大叔用鞭子指点着一一回答,很高兴显示一下自己的见识。

"那边是兵工厂。是的,小姐,他们在那里造枪炮什么的。不,小姐,那不是商店,是实施封锁办事处。喏,小姐,你不知道什么叫实施封锁办事处吗?他们办事处是给外国人住的,外国人来买咱们南部联盟的棉花,把它运到查尔斯顿和威尔明顿去,然后给咱们运回火药。不,小姐,俺说不准他们是哪国人。皮蒂小姐说他们是英国人,可谁也听不懂他们说的话。是的,小姐,煤烟多得很呢,把皮蒂小姐的绸窗帘都弄坏了。这是从铸铁厂和碾压厂来的。它们晚上那个响声呀!谁也睡不着的。不,小姐,俺不能停下来让你看。俺答应皮蒂小姐一直把你送到家的……思嘉小姐,行礼呀。梅里韦瑟太太和埃尔辛太太在给你鞠躬呢。"

思嘉隐约记得这两位太太的名字,她们从亚特兰大到塔拉去参加过她的婚礼。她还记得她们是皮蒂小姐最要好的朋友。于是她赶快朝彼得大叔指的方向鞠了一躬。她们俩坐在一家绸布店门前的马车里。店主和两个伙计站在走道上,抱着一捆捆棉布给她们看。梅里韦瑟太太是个结实的高个儿女人,她的紧身褡束得很紧,挺出来的胸脯像个船头。她那铁灰色的头发中掺进了一抹惹眼的褐色假发,显得很不调和。她的脸圆圆的,面色较深,流露出和善精明而习惯于指挥别人的神情。埃尔辛太太年轻些,身材纤细瘦弱,她曾经是个美人儿,至今风韵犹存,也显得仍有点骄矜。

这两位太太再加上另一位,即惠廷太太,是亚特兰大的三根台柱子。她们管理着自己所属的那三家教堂、牧师、唱诗班和教区居民。她们组织义卖和缝纫会,她们陪伴姑娘们参加舞会和野餐,她们知道谁找的对象好,谁的不好,谁常常偷着喝酒,谁要生孩子了和什么时候生,等等。她们是家系学权威,了解佐治亚、南卡罗来纳和弗吉尼亚任何一个人的家世,对于别的州就懒得去管了,因为她们相信凡是有点身份的人没有一个是从这三个州以外的地方来的。她们懂得哪些行为是端庄的,哪些不是,并且总能叫别人知道自己的看法——梅里韦瑟太太是凭大声疾呼,埃尔辛太太是用一种优雅而感伤的缓慢腔调,惠廷太太则以痛苦的低语,表示她多么厌恶谈这样的事情。这三位太太像罗马的第一任三头政治那样互相猜忌,也许正因为这样她们才结成了紧密的联盟。

"我对皮蒂说了要你加入我的医院,"梅里韦瑟太太微笑着高声说,"你可别答应米德太太或惠廷太太啊!"

"我不会的，"思嘉说，也不明白梅里韦瑟太太说的什么，只觉得人家竟这样欢迎和需要自己，心中有点热乎乎的，"我希望很快就能去看你。"

马车行驶了一程之后停了片刻，让两位挎着绷带篮子的妇女战战兢兢踏着垫脚石横过溜滑的街道。就在这时思嘉偶尔瞥见人行道上一个人影，她穿着颜色鲜艳——这在大街上显得太鲜艳了——的衣裳，披着垂脚跟的佩斯利须边披巾。思嘉转过身来，发现那是一个漂亮的高个女子，一头浓密的头发红得令人难以相信，脸上的表情也俗不可耐。她这是生平第一次看见这种显然"在头发上下了不少工夫"的妇女，因此仔细打量着她，有点着迷了。

"彼得大叔，那人是谁呀？"她低声问。

"俺不知道。"

"你知道的，我敢说。究竟是谁嘛？"

"她叫贝尔·沃特琳。"彼得大叔答道，撇起嘴来。

思嘉立即抓住了他没有称人家"小姐"或"太太"这一事实。

"她是谁？"

"思嘉小姐，"彼得脸色阴沉地说，一面往马背上抽了一鞭子，"皮蒂小姐不会乐意让你打听那些和你无关的事情。她们是这个城里一些不值钱的人，谈起来没什么意思。"

"哎呀！我的天！"思嘉心想，被顶得不再作声了，"那一定是个坏女人！"

她以前从没见过一个坏女人，便好奇地回过头去盯住她的背影看，直到她在人群中消失为止。

现在，商店和战时盖起来的建筑物彼此相隔得远一些了，它们形成一组一组的,中间都有空地。最后他们驶离了市区,住宅区迎面出现了。思嘉把那些住宅当作老朋友一个个认出来。那里是莱登家的房子,庄严而堂皇;那是邦内尔家的,有白色的小圆柱和绿色百叶窗;那是麦克卢尔家的佐治亚式红砖住宅,前面围着一道方形的灌木篱,显得分外局促。现在他们走得慢些了,因为从走廊里、园子里和走道上都有小姐太太在招呼思嘉,其中有的她不怎么熟悉,有的能够依稀记起来,但大多数是她根本不认识的人。皮蒂帕特小姐准是把她到来的消息早已传开了。小韦德不得不被一次又一次抱着举起来,让那些穿过门前湿地一直跑到马车道口的人惊叹地看个清楚。她们全都向思嘉大声喊叫,要她一定参加她们的缝纫会或她们的看护会,而不要参加别的什么组织,她当然左顾右盼应接不暇地随口应答着。

他们经过一幢盖得凌乱不堪但装有绿色护墙板的房子时,一个站在门前台阶上的小黑女孩喊道:"她来了!"米德大夫和他太太以及那个十三岁的小费尔随即走了出来,一齐嚷着表示问候。思嘉记得他们也参加过她的婚礼。米德太太跑到马车道上伸长脖子看了看小毛头,可大夫不顾泥泞一直来到马车旁边。他个子高高的,骨瘦如柴,蓄着一把尖尖的铁灰色胡子,衣服穿在那瘦长的身躯上像是被大风刮到了上面似的。亚特兰大人把他看作力量和智慧的源泉,当然他也从他们的信念中有所收获。要不是他喜欢发表神谕式的讲话和态度有点傲慢,他可以说是本城最厚道的人了。

大夫同她拉拉手,在韦德的肚子上拍了拍并称赞了几句,便宣布皮蒂帕特姑妈已经发誓应允,让思嘉除了米德大夫那里外不要到任何别的医院和看护会去了。

"啊,亲爱的,可是我已经答应了上千位太太呢!"思嘉说。

"一定有梅里韦瑟太太吧,我敢担保!"米德太太气愤地大声嚷道,"讨厌的女人!我想她是每一趟火车都去接的!"

"我答应了,因为我不明白那都是干什么的,"思嘉承认,"看护会是怎么回事呀?"

大夫和他的太太都对她的无知感到有点惊讶。

"唔,当然了,你一直给关在乡下,所以不懂,"米德太太为她辩解,"我们给不同的医院分别组织了看护会,分班轮流每天去进行护理。我们看护伤病员,帮助大夫,做绷带和衣服,等到他们可以出院时便把他们带到家里来调养,直到他们能返回部队去为止。同时我们照顾伤员家属中那些穷困户——有的还不光是穷困而已。米德大夫是在公立医院工作,我的看护会也在那里,人人都夸他了不起,而且——"

"行了,行了,米德太太,"大夫得意地说,"别在人跟前给我吹嘘了。我做的事还很不够呢,你又不让我上军队里去。"

"'不让'!"她愤怒地嚷道,"我?明明是市里不让你去,你很清楚。怎么,思嘉,人们听说他想到弗吉尼亚去当军医时,全城的太太们都签名上书请求他留在这里呢。当然,这个城市没有你是不行的。"

"行了,行了,米德太太,"大夫再次说,分明是给夸得乐滋滋的了,"也许,有一个孩子在前线,暂时也就够了吧。"

"而且我明年也要去了!"小费尔兴奋地嚷着,跳着,"去当鼓手。我正在学打鼓呢。你们要不要听听?我现在就去把鼓拿来。"

"不,现在不要,"米德太太说,一面把他拉得更靠近一些,脸色顿时显得很紧张,"明年还不行,乖乖。也许后年吧。"

"可那时战争就结束了!"他急躁地嚷道,一面使劲要挣脱母亲的手,"而且你答应了的!"

做父母的在他头顶上交换眼色,给思嘉看见了。原来大儿子达西·米德已经在弗吉尼亚前线,他们要把留下的这个小的抓得更紧些呢。

彼得大叔清了清嗓子。

"俺出门时皮蒂小姐正在生气,要是俺不早些回到家里,她会晕过去的。"

"再见。我今天下午就过去看你,"米德太太大声说,"你替我告诉皮蒂,要是你不上我的看护会来,那就更够她受的了!"

马车连溜带滑地在那泥泞的道路上向前驶去,思嘉往后靠在褥垫上微笑着。此刻她觉得几个月来从没有这样舒服过。亚特兰大,它那么拥挤,那么匆忙,生活中激荡着一股振奋的潜流,是非常惬意、非常快活的,比起查尔斯顿城外那个只有鳄鱼在静夜吼叫的孤独的农场来,比起在高墙后面花园里做梦的查尔斯顿本身来,比起宽阔的街道两旁栽着棕榈和近处流淌着泥水河的萨凡纳来,都好得不知多少呢。是的,它暂时甚至比塔拉还好,尽管塔拉是那么可爱的地方。

这座街道狭窄而泥泞的城市坐落在连绵起伏的红色丘陵中,它有某种令人兴奋之处,某种生涩而粗糙的东西,这与思嘉身上她母亲和嬷嬷所赋予的优美外表底下那种生涩而粗糙的本质恰好彼此呼应,气味相投。她顿时觉得这才是她所适合的地方了,而那些平躺在黄水旁边的幽静古老的城市却是她生来就不习惯的。

房子愈来愈稀疏，思嘉探身向外看见了皮蒂帕特小姐的红砖石瓦的住宅。这几乎是城市西边最末的一所房子了。再过去便是桃树街，它越来越窄地在大树底下蜿蜒向前，渐渐消失在寂静的密林之中。皮蒂小姐住宅门前那道干净的木板围墙新近漆成了白色，它围着的那个小院子里星星点点地闪烁着花时末了残余的黄水仙。门前台阶上站着两位穿黑色衣裳的妇女，后面是一个肥胖的黄皮肤女人，她的两只手笼在围裙底下，一口雪白的牙齿因咧嘴微笑而露在外面。矮胖的皮蒂帕特姑妈兴奋地不断挪动着那双小巧的脚，一只手压在丰满的胸脯上，想使一颗微跳的心平静下来。思嘉看见媚兰站在她身旁，便顿生反感，因为她明白了，如果亚特兰大美中不足，像油膏上叮着只苍蝇，那准是这个身穿丧服的瘦小人物造成的。她满头乌黑的鬈发压得服服帖帖，很适合一个少奶奶的身份，一张鸡心脸上流露着表示欢迎和愉快的可爱的微笑。

如果一个南方人竟愿意收拾行装旅行二十英里去做一次客，那么他至少会在那里住一个月，往往还要长得多。南方人很热心招待客人，也很乐意到别人家去做客，例如在别人家里过圣诞假日，一直住到第二年七月，这是亲戚之间常有的事。新婚夫妇常作环游式的蜜月旅行，有时留在一个合意的人家住下，直到第二个孩子出世为止。一些比较年长的姑妈、叔叔星期天到侄儿侄女家来吃午饭，有时便留下不走了，乃至若干年以后去世也就葬在那里。客人来了，不会添什么麻烦，因为有的是房子和仆人，而且几个月膳食的额外开支在这个富裕地区也是小事一桩，算不了什么。不分年龄性别，人人都出外做客,度蜜月的新婚夫妇啦,丧失了亲人的老少男女啦,由父母安排离家以避免不理想婚配的女孩子啦,以及到了危险年龄而没有订婚对象,因此想换个地方在亲戚们的指引下选择佳偶的姑娘啦,等等。客人来访给单调滞缓的南方生活增加了兴奋剂和多样化,所以总是受欢迎的。

因此思嘉这次到亚特兰大来,也没有事先想过要在这里住多久。如果她发现在这里也像在萨凡纳和查尔斯顿那样沉闷无聊,那她一个月后就回家去。如果住得开心,她就无限期地住下去。但是她一到这里,皮蒂姑妈和媚兰就开始行动起来,劝说她跟她们永久住在一起。她们拿出一切可以找到的理由来说服她。她们挽留她,首先是为了她自己,因为她们是爱她的。她们住在这幢大房子里感到孤单,晚上更是害怕,而她很勇敢,能壮她们的胆量。她又那么可爱,能使她们在愁闷时受到鼓舞。既然查尔斯已经死了,她和她的儿子就理应跟他老家的人住在一起。还有,按照查尔斯的遗嘱,这房子的一半是属于她的。最后,南部联盟正需要每一个人都来参加缝纫、编织、卷绷带和护理伤兵的工作呢。

查尔斯的叔叔亨利·汉密尔顿独身住在车站附近的亚特兰大旅馆,他也认真地跟她谈了这个问题。亨利叔叔是个性情暴戾的老绅士,矮个儿,大肚子,脸孔红红的,一头蓬乱的银白长发,他非常看不惯那种女性的怯弱和爱说大话的习气。就是由于这个缘故,他和自己的妹妹皮蒂帕特小姐没有多少话好说。他们从小在性格上就是水火不相容的,后来又因为他反对皮蒂小姐教育查尔斯的那种方式而更加不和——他说皮蒂帕特简直是在把查尔斯"从一个军人的儿子改造成一个娘娘腔的小白脸!"几年前有一次他狠狠地抢白了她一顿,从那以后皮蒂小姐再也不提他，要谈也只小心地悄悄嘟哝几句，她那种出奇的沉默态度会使局外人以为这个诚实的老律师起码是个杀人犯呢。那次叫她伤心的事件是这样发生的：有一天皮蒂姑妈想从自己交由亨利托管的不动产中提取五百美元来投资一家并不存在的金矿。亨利叔叔不同意她这样做，狠狠批评她糊涂得像只六月的臭虫，并且显得很烦躁不安，在她身边待不到五分钟就走了。从那以后，她只在正式场合同他见面，那就是每月一次让彼得大叔驾车送她到亨利的办公室去领取家用开支。而且她每次从那里回来，都要躺在床上暗暗流泪和服用镇静剂，甚至闹个通宵。媚兰和查尔斯跟叔叔相处很好，常常想办法来解除她的这种痛苦，可是皮蒂常常要孩子脾气，噘着嘴不说话，拒绝他们的调解。她说亨利就是她的十字架，她得一辈子忍受下去了。从这里，查尔斯和媚兰只能得出一个结论，即她从这种偶然的刺激——对她僻静生活的唯一刺激中，能享受到极大的乐趣。

亨利叔叔一见思嘉就喜欢她了，因为他说思嘉尽管有那么一股傻劲，但总算还有点头脑。他不仅是皮蒂和媚兰的不动产保管人，也是查尔斯遗留给思嘉的不动产的保管人。思嘉又惊又喜地发现她如今是个不大不小的年轻女财主了，因为查尔斯不但留下了皮蒂那所房子的一半给她，而且留下了农田和市镇上的财产。同时车站附近沿铁路的一些店铺和栈房也是给她的一部分遗产，它们的价格自从战争爆发以来已上涨了两倍。亨利叔叔就是在向她提供财产清单时建议她在这里永久定居的。

"等韦德·汉普顿长大以后，他将成为一个年轻财主，"他说，"照亚特兰大目前发展的形势看，再过二十年他的财产会增加十倍,而唯一正确的办法是让孩子在自己产业所在的地方居住,这样他才能学会照管它——是的,还要照管皮蒂和媚兰的财产。他不久就将是汉密尔顿家族留下的唯一男丁了,因为我是不会永远待在这里的。"

至于彼得大叔,他以为思嘉已经要在这里住下去了。他很难设想查尔斯的独生子会到一个他无法加以监督的地方去抚育成人。对于所有这些主张,思嘉只报以微笑,不表示意见,因为她目前还不很清楚自己究竟喜不喜欢亚特兰大,愿不愿意跟夫家的人长久相处,不好贸然承诺。她也明白,还必须争取到杰拉尔德和爱伦的支持。此外,她离开塔拉还没几天就想念得不行了,非常想念那红土田地和正在猛长的绿色棉苗,以及傍晚时可爱的幽静。她想起杰拉尔德说过她的血液中有着对土地的爱,这句话的意思她现在才开始模糊地意识到了。

所以她暂时巧妙地回避着,不明确答复她将在这里住多久,同时很容易便投身到桃树街僻静的尽头这幢红砖房子里的生活中去了。

思嘉跟查尔斯的亲人们住在一起,看到他出生的那个家庭,如今才对这位在短短的时间里娶她为妻、丢下她当寡妇和年轻母亲的小伙子了解得稍稍多了一点。如今已很容易理解他为什么那样羞怯,那样单纯,那样不切实际了。如果查尔斯曾经从他的作为一个坚强、无畏、性急的军人父亲那里继承了某些品质的话,这些品质也被从小养育他的那个环境的闺门气氛消磨掉了。他一生最爱这位孩子气的皮蒂姑妈,同时比一般兄弟更密切地接近媚兰,而这两位却是世上罕见的怪僻女人。

皮蒂姑妈六十年前取名萨拉·简·汉密尔顿,但是自从溺爱她的父亲针对她那飘忽不定、啪哒啪哒到处乱跑的小脚给了她这个绰号以来,就谁也不叫她的原名了。这第二个名字叫开以后若干年中,她身上发生了许多变化,使它本来带有的宠爱意味已显得很不相称。原先那个飞快地跑来跑去的孩子,现在留下的只有那双与体重不相适应的小脚,以及喜欢漫无目的地喋喋不休的习惯。她身体结实,两颊红彤彤的,头发银光闪闪,只是胸衣箍得太紧而常常有点喘不过气来。她那双小脚给塞在更小的鞋子里,已无法行走一个住宅区以上的路程。她的心脏稍稍有点兴奋就怦怦直跳,而她厚着脸皮纵容它,以致一遇到刺激就要晕倒。人人都知道她的昏厥通常只是一种故作娇弱的假态而已,可大家都很爱她,总是克制着不说出来。人人爱她,简直把她当作一个孩子给宠坏了,也从来不跟她认真——唯独她的哥哥亨利例外。

她最喜欢聊天,世界上再没有叫她这样喜欢的事了,甚至在吃的方面也不如这样有兴趣。她可以喋喋不休地谈上几个小时,主要是谈别人的事,不过并没有什么恶意。她总是记不清人名、日期和地点,常常把一些亚特兰大戏剧中的演员同另一戏剧中的演员混淆起来,不过别人并不因此而被搅乱,因为谁也不会愚蠢到把她的话当真呢。也从没有人告诉她任何真正使人吃惊或真正属于丑闻的事,为的是保护她的老处女心态。尽管她已是六十岁的人了,可朋友们仍然好意地相互串通,要让她继续做一个受到庇护和宠爱的老小孩。

媚兰在许多方面像她的姑妈。她也有些羞怯,动辄脸红,为人谦逊,不过她是有常识的——"有某种常识,我承认这一点。"思嘉不怎么情愿地想道。媚兰也像姑妈那样有一张受宠爱的娃娃脸,这样的娃娃从来只知道单纯和亲切,诚实和爱,她从没注意过粗暴和邪恶,即使看见了也认不出来。因为她经常是愉快的,她要周围所有的人也都愉快,至少感到舒适。怀着这一目的,她常常只看见每个人的最好的一面,并给以善意的评论。一个仆人无论怎样愚蠢,她都能在他身上找到弥补这一缺陷的忠诚与好心的因素;一个女孩子无论怎样丑陋和讨厌,她总会在她身上发现某种体型方面的优点,性格方面的高尚之处;一个男人无论怎样不中用或令人厌烦,她都要从他可能改变的角度而不是实际行为的角度来估量他。

由于她具备这些诚恳而自发地出自一个宽大胸怀的品德,所有的人便都拥戴她,因为她既然能在别人身上发现他们连自己也不曾梦想到的优良品质,谁还能抵挡她那诱人的魅力呢?她比城里任何人都有更多的女友,男友也是这样;不过追求她的人却很少,因为她缺乏那种最能迷惑男人的任性和自私的特点。

媚兰的所作所为不外乎所有南方姑娘被教育去做的那些事,即让周围的人感到自在和惬意。正是这种愉快的女性共有的情操,才使南方社会如此令人高兴。女人们懂得,任何一个地方,只有男人们在那里感到满足、顺利和自尊心不受威胁,女人们才能在那里愉快地生活下去。所以,从摇篮到坟墓,女人们始终是在努力让男人过得舒服,而满意的男人则以殷勤和崇拜来慷慨地回报她们。事实上,男人们是乐意将世界上的一切都给女人的,只是没让她们具有聪明才智。思嘉也像媚兰那样发挥自己魅力的作用,但是她还使用了一种很有修养的功夫和高度的技巧。这两个女人之间的区别在于:媚兰为了使人们愉快而讲些亲切和恭维的话(即使仅仅是暂时的），而思嘉从不这样，除非是要为自己达到更高的目的。

查尔斯没有从他自己最喜欢的那两个人受到强有力的影响，也没有学会粗暴或讲求实际，因为养育他长大的家庭温柔得像只鸟窠。这个家庭跟塔拉比起来，显得是那样安静，那样旧式，那样文雅。思嘉觉得，这幢房子正在要求得到白兰地、烟草和望加锡头油的男性阳刚的气味，要求有粗野的声音和偶尔的咒骂，要求有枪支和胡子，有马鞍和缰辔以及围绕在脚边的猎犬。她很怀念在塔拉只要母亲背过身去便经常听到的那些争吵声，嬷嬷同波克争吵、罗莎跟丁娜斗嘴、她自己和苏伦激烈争论，以及杰拉尔德大喊大叫的恐吓声，等等。毫不奇怪，查尔斯出身于这样一个家庭，便变得像个小女孩了。这里从来闻不到带刺激性的味道，说话也是细声细气的，人人都尊重别人的意见，结果就使得厨房里那个黑灰头发的独裁者发号施令起来。思嘉原先为了逃避嬷嬷的监督而希望有个比较宽容的掌权人物，可如今发现彼得大叔给小姐太太定下的标准甚至比嬷嬷的还要严格，便有点快快不乐了。

在这样一个家庭里，思嘉恢复了原来的常态，而且几乎不知不觉地情绪也正常了。她还不过十七岁，身体挺好，精力充沛，查尔斯家的人又在千方百计让她快活。如果他们有一点点没有做到，那也不能怪他们，因为她每次一听见谈起艾希礼的名字就要心悸，而这种痛苦是谁也无法帮她去掉的。何况媚兰又总是经常提到他！不过媚兰和皮蒂还是不断在设法宽慰她们认为她目前所经受的悲伤。她们把自己的忧愁搁在一边，集中心思来转移她的注意力。她们忙着给她准备吃的，安排她的午睡，让她坐马车出外消遣。她们不仅非常羡慕她，羡慕她的勇敢性格，她的美丽身段，她的小巧的手脚，她的白皙皮肤,而且经常这样说;同时还用爱抚她、拥抱她和吻她的方式来加强口头上的亲切安慰。

思嘉并不怎么重视这样的亲昵,不过她受到恭维时也觉得暖乎乎的。在塔拉,谁也没有对她说过这么多好听的话。实际上,嬷嬷把时间都用来给她的骄傲自负泼冷水了。如今小韦德已不再是个累赘了,因为全家的人,无论白人黑人,以及左邻右舍,都把他奉为神圣,并且总是盼着争着要抱他。媚兰尤其疼爱他。即使在他大哭大叫闹得最凶的时候,媚兰也觉得他是可爱的,她这样说了以后还要补充一句:"啊,你这疼煞人的小心肝! 我巴不得你就是我自己的呢!"

有时候思嘉发现很难掩饰自己的情感,她仍然觉得皮蒂姑妈是最愚蠢的一位老太太,她那种含糊不清和爱说大话的毛病简直叫人难以忍受。她怀着一种日益增长的妒忌心理厌恶媚兰。有时媚兰正眉飞色舞地谈论艾希礼或者朗读他的来信,她会不由自主地突然站起来走开了。但是,总的说来,在这样的环境下生活算是过得够愉快的了。亚特兰大比萨凡纳或查尔斯顿或塔拉都要有趣得多,它提供给你这么许多新奇的战时消遣,以致她很少有工夫去思索或发闷了。不过有时候她吹灭蜡烛,把头埋到枕头里准备入睡时,会不由得叹息一声思忖起来:"要是艾希礼没有结婚,那才好呢! 要是我用不着到那遭瘟的医院里去护理,那才好呢! 啊,要是我能找到个情人,那才好呢!"

她很快就厌恶护理工作了,可是她逃不掉这项义务,因为她同时参加了米德太太和梅里韦瑟太太的看护会。这意味着每星期有四个上午,她要头上扎着毛巾,从脖子到脚跟裹着热围裙,在那热得发昏、臭气扑鼻的医院里干活。在亚特兰大,每一位或老或少的已婚妇女都在护理伤员,她们那么热情地履行自己的义务,据思嘉看来几乎要发疯了。她们总以为思嘉也像她们自己那样沉浸在炽热的爱国情绪之中,如果发现她竟对战争没有什么兴趣,准会大吃一惊。除了每时每刻都在担心艾希礼的生命安全外,她对战争采取了毫不关心的态度;她之所以参加护理工作,只不过因为无法摆脱而已。

的确,护理工作是没有什么浪漫色彩的。对她来说,这意味着呻吟、眩晕、死亡和恶臭。医院里到处是肮脏的、长着大胡子的、满身虱子的男人,他们臭气熏天,身上的创伤难看得会叫一个基督徒也作呕。医院里充满了坏疽的臭味,她还没有进门就感到一股恶臭扑鼻而来,同时还有一种令人头晕的香气粘留在她的手上和头发上,连夜里做梦时也常常出现。大群大群的苍蝇、蚊子和白蛉子在病房里嗡嗡着、歌唱着,将病人折磨得大声诅咒或无力地哭泣。思嘉呢,她搔着自己身上被蚊子咬成的肿块,挥着棕榈叶扇子,直到肩膀酸痛起来,这时她恨不得让那些伤兵都干脆死掉算了。

媚兰却好像对那些臭气、伤口乃至赤身露体的情景都不在乎,这叫思嘉觉得奇怪——她不是最胆小怕羞的女人吗?有时媚兰端着盘子和手术器械站在那里,看米德大夫给伤兵剜烂肉,她的脸色也显得苍白极了。有一回,作完这样一次手术之后,思嘉还发现她在卫生间里悄悄用毛巾捂着嘴呕吐呢。不过,只要是在伤兵看得见的地方,她总显得那么温和,那么富于同情心,那么笑容满面,以致医院里的人都叫她仁慈天使。思嘉也很喜欢这个称号,可这意味着要接触那些满身虱子的人,要将手指伸进昏迷病人的咽喉去检查他们是否吞烟草块时窒息了,要给断肢残臂裹绷带,要从化脓的伤口中挑蛆虫,等等。不,她不喜欢这样的护理工作!

如果她被允许去向那些正在康复的病人施展自己的女性魅力,那倒是可以干下去的,因为他们中有许多长相很好,出身也不错,可惜她是寡妇,不能这样做。城里的年轻小姐,由于不便看那些有碍未婚女性身份的情景,是不许参加护理的,因此她们负责康复院的工作。她们既未结婚又非守寡,便乐得向那些康复者大举进攻,于是连那些很不好看的姑娘,据思嘉冷眼旁观,也是不难找到订婚对象的了。

思嘉接触到的,除了那些病情险恶和伤势很重的男人之外,完全是个女性世界,这一点叫她非常苦恼,因为她既不喜欢也不信任与自己同性别的人,甚至还厌恶她们。可是每星期有三个下午她必须出席由媚兰的朋友们组织的缝纫会和卷绷带委员会。这两个组织中那些认识查尔斯的姑娘们,尤其是本城两位富孀的女儿范妮·埃尔辛和梅贝尔·梅里韦瑟,对她都很亲切,也十分照顾。不过她们总有点尊敬她的意思,仿佛她已经老了,没事了,而她们经常谈跳舞,谈情人,这使她既妒忌又恼恨,妒忌姑娘们的快乐自由,恼恨自己的寡妇身份把参加这些活动的门堵死了。怎么,她比范妮和梅贝尔漂亮三倍呢!啊,生活多么不公平呀!当她的心还在活蹦乱跳、还跟艾希礼一起在弗吉尼亚时,人们就认为它已经进了坟墓,这是多么不公平的事啊!

不过,尽管有这些不称心的事,亚特兰大仍使她感到非常满意。于是,她在那里便一个星期又一个星期地继续住下去了。

第 九 章

那年夏天的一个早晨,思嘉坐在卧室的窗前,满肚子不高兴地观看好些大车和马车载着姑娘们、大兵和她们的陪伴人,兴高采烈地驶离桃树街,到林地去采集松柏之类的装饰物,准备给当天晚上要为医院福利举办的义卖会使用。那条红土大道在树荫中光影斑驳,阳光在枝柯如拱的大树下闪烁,纷纷而过的马蹄扬起一阵阵云雾般的红色尘土。有辆大车走在最前面,载着四个粗壮的黑人,他们携着斧子准备去砍常青树和把上面的藤蔓扯下来;大车背上高高地堆放着一些盖着餐巾的大篮子,橡树条编成的午餐盒和十几只西瓜。黑人中有两个带着班卓琴①和口琴,他们正在热情奔放地演奏《骑士詹恩,如果你想过得快乐》。他们后面滚滚而来的是大队人马,女孩子们穿着薄薄的花布衣裳,披着轻纱,戴着帽子和保护皮肤的长手套,头顶上还撑着小小的阳伞。年纪大一些的太太们夹杂在那些笑声和马车与马车间的呼唤戏谑之中,显得心平气和,笑容满面。从医院来的康复病人挤在壮实的陪伴人和苗条的姑娘们中间,听凭姑娘们放肆地挑剔和嘲笑。军官们骑着马懒洋洋地在马车旁边慢慢移动——轮声辚辚,马刺叮

---

① 班卓琴是一种吉他类乐器。

当,金色的穗带闪闪发光,小阳伞前后碰撞,扇子纷纷挥舞,黑人们放声歌唱。人人都离开桃树街去采集青枝绿叶,举行野宴和吃西瓜去了。除了我,人人都去了,思嘉郁郁不乐地想。

他们经过时都向她挥手致意,她也尽量装出高兴的样子来回答,但那是很困难的。她心里开始隐隐刺痛,这疼痛慢慢升向喉咙,并在那里结成一块,随即化为眼泪。除她以外,人人都去野餐了。除她以外,人人都要参加今晚的义卖和舞会。这就是说,除了她和皮蒂帕特和媚兰以及城里其他正在服丧的不幸者之外,所有的人都去啊!可是媚兰和皮蒂好像并不在意。她们甚至并不想参加。只有思嘉才想呢。她可真的非常想去呀。

这简直太不公道了。她比城里的任何一个姑娘都加倍努力,为义卖做好了筹备工作。她编织了袜子、婴儿帽、毯子、围巾,织了不少的花边,画了许多瓷发缸和须杯,她还做了好几个上面绣有美国国旗的沙发枕套。(上面的星星确实偏了一点,有些几乎成了圆的,其余的有六个甚至七个尖头,但效果还是很好。)昨天她在到处是灰尘的旧军械库里,给排列在墙边的展品摊悬挂黄红绿三色帷布,直累得筋疲力尽。这是医院妇女委员会监督下的一桩平凡而艰苦的工作,绝不是好玩的。要知道,在梅里韦瑟太太、埃尔辛太太和惠廷太太左右,由她们这样的人主管,你简直就成了黑人劳工队中的一员,一点也马虎不得。你还得听她们吹嘘自己的女儿有多少人在爱慕。而且,最糟糕的是,思嘉在帮皮蒂帕特和厨娘烙千层饼准备抽签售卖时,她的手指上给烫起了两个水泡呢。

现在,她已经像个大田劳工那样苦干了许久,好玩的时候眼看就要开始了,可是她却不得不乖乖地退下来。啊,这世界多不公道,她偏偏有一个死了的丈夫,一个婴儿在隔壁房间里哇哇大哭,以致被排除在一切娱乐之外。刚刚一年多一点以前她还在跳舞,还在穿鲜艳的衣裳(而不是这件黑色丧服),并且实际上同三个小伙子有恋爱关系。现在她才十七岁,还有许多的舞好跳呢。啊,这是不公道的!生活在她面前走过,沿着一条夏季的林荫大道;生活中有的是穿灰制服的人和叮当响的马刺,薄薄的花布衣裳和声调悠扬的五弦琴。她想不要对自己最熟悉的那些男人、那些她在医院里护理过的男人微笑挥手,可是又很难制止脸上的酒窝,很难装出自己的心已进入坟墓的样子——因为它并没有进去呀!

她突然停止点头和挥手,因为皮蒂帕特已走进屋来,她像平常那样因爬楼梯而气喘吁吁,并且很不礼貌地把她从窗口拉开。

"难道你发疯了,宝贝,居然向你卧室窗外的男人挥起手来了?我说,思嘉,我简直给吓坏了!要是你母亲知道了会怎么说呢?"

"唔,他们不知道这是我的卧室呀。"

"可是他们会猜想这是你的卧室,那不一样糟糕吗?宝贝,你千万不能做这种事。人人都会议论你,说你不规矩——而且无论如何梅里韦瑟太太知道这是你的卧室嘛。"

"而且我想她会告诉所有的小伙子,这只老猫!"

"宝贝,别说了!多丽·梅里韦瑟可是我最要好的朋友啊。"

"唔,老猫总归是老猫——啊,对不起,姑妈,你不要哭!我忘了这是我卧室的窗口了。我再也不这样了——我——我是想看看他们从这儿走过。我也想去呢。"

“宝贝！”

“唔，我真的想呀。我非常厌烦老坐在家里。”

“思嘉，请答应我以后不说这样的话了。人们会议论的。他们会说你对查理缺乏应有的尊重——”

“啊，姑妈，你别哭了！”

“啊，我惹得你也哭起来了。”皮蒂帕特抽泣着说，稍稍有点高兴似的，一面伸手到裙兜里去掏手绢。

思嘉心中那点隐隐的刺痛终于到了喉咙里，她放声痛哭起来——不，皮蒂帕特心想，这不是为可怜的查尔斯，而是因为那些车轮声和笑声最后渐渐消失了。这时媚兰从自己的房间里窸窸窣窣地走进来，她懊恼地蹙着眉头，手里拿着一把刷子，通常很整齐的那头黑发现在解开了发网，成了一大把波浪式的小小发卷披散在脸侧。

“亲爱的，怎么回事呀？”

“查理！”皮蒂帕特哽咽着说，她像乐于痛痛快快地悲伤一番似的，一面把头紧伏在媚兰的肩窝里。

“唔，勇敢些，亲爱的！”媚兰一听到她哥哥的名字便嘴唇哆嗦起来，“别哭了。唔，思嘉！”

思嘉倒在床上扯开最大的嗓门哭着，哭的是她丧失了的青春和被剥夺了的青春的欢乐，像一个孩子，她曾经一哭就能得到自己所要的东西，而如今知道哭已经不管用了，因此感到非常气愤和绝望。她把头埋在枕头里，一面哭一面用双脚乱踢着被子。

“我还不如死了好！”她伤心地哭着说。面对这样悲痛的情景，皮蒂姑妈那想流即流的眼泪也不流了，这时媚兰赶紧跑到床边去安慰她的嫂子。

"亲爱的,别哭了! 只要想想查理多么爱你,你也就会感到安慰了。还要想想你有那么个宝贝儿子呢。"

思嘉既因自己被误解而感到愤慨,又因失去了一切而觉得孤单,这两种情绪混在一起,她便开不得口了。这真不幸,因为如果她能够开口,她就会用父亲那种爽直的口吻把一切隐蔽的真情都大声讲出来。媚兰拍着她的肩膀,皮蒂帕特踮着脚尖吃力地在房里走动,她想把窗帘放下来。

"别这样!"思嘉从枕头上抬起那张又红又肿的面孔喊道,"我还没断气呢,用不着把帘子放下来——尽管这也快了。啊,请离开这里,让我一个人待着吧!"

她又把脸埋到枕头里。媚兰和皮蒂帕特低声商量了一番,俯身看了看她,然后悄悄出去了。接着,她听见她们下楼时媚兰轻轻对皮蒂说:"皮蒂姑妈,我希望你不要再对她谈起查尔斯了。你知道这总是叫她伤心的。可怜的人儿,每次一谈起,她的模样就那么古怪,我看是拼命忍着不要哭出声来。我们可不能再加重她的痛苦呀。"

思嘉气得一脚踢开被子,想找一句最难听的话来咒骂一声。

"真是见你妈的鬼!"她终于骂出这句话来,随即觉得舒服了一点。媚兰才十八岁,怎么就能安心待在家里,什么乐趣也没有,还为她哥哥佩戴黑纱呀? 媚兰好像并不知道,或者不关心,生活正马刺叮当地一路驶过去了呢。

"可她就是这么个木头人嘛,"思嘉想,一面捶着枕头,"她从来也不像我有这么多人在捧着追着,所以并不怀念我心中所怀念着的那些东西。并且——并且她已经有了艾希礼,而我呢——我可一个也没搞到呀!"想起这段伤心事,她又放声痛哭起来。

她闷闷不乐一个人关在房间里,直到下午,看见那些出外野餐的人回来,大车上高高地堆放着松枝、藤萝和蕨类植物,她仍然不觉得高兴。人人都显得既疲乏又快活,再一次向她挥手致意,她只郁郁地回答。生活已经没有什么希望,而且肯定不值得过下去了。

在午睡时刻,梅里韦瑟太太和埃尔辛太太坐着马车登门拜访来了,她没有想到她那忧郁的心情竟这样得到了解脱。媚兰、思嘉和皮蒂帕特姑妈都对这种不适时的来访感到吃惊,于是赶快起来扣好胸衣,掠了掠头发,下楼迎接客人。

"邦内尔太太的几个孩子出疹子了!"梅里韦瑟太太突如其来地说,明显地表示她觉得邦内尔太太本人对于发生这种事是有责任的。

"而且麦克卢尔家的姑娘们又被叫到弗吉尼亚去了,"埃尔辛太太用慢条斯理的口气补充说,一面懒懒地摇着扇子,仿佛诸如此类的事情都没有什么要紧似的,"达拉斯·麦克卢尔也受伤了。"

"多可怕呀!"几位女主人齐声喊道,"难道可怜的达拉斯——"

"没有。只打穿了肩胛,"梅里韦瑟太太轻松地说,"不过在那样的时候发生,可再坏不过了。如今姑娘们正到北边去接他。不过,天晓得,我们实在没有时间坐在这里闲聊了。我们得赶快回到军械库去,把全部的布置工作完成。皮蒂,我们要你和媚兰今晚去顶替邦内尔太太和麦克卢尔家几位姑娘呢。"

"唔,不过,多丽,我们不能去。"

"别跟我说什么能不能的,皮蒂帕特·汉密尔顿,"梅里韦瑟太太认真地说,"我们要你去照管那些弄点心的黑人。这本来是邦内尔太太的事。至于媚兰,你得把麦克卢尔家姑娘们的那个摊位接过来。"

"唔,我们真的不能——可怜的查理去世还刚刚——"

"我理解你的心情,不过,对我们的主义,无论做出什么样的牺牲都是应当的。"埃尔辛太太插嘴说,她那温和的声音仿佛就这样把事情决定下来了。

"唔,我们是很乐意帮忙的,可是——你们怎么不找几个漂亮姑娘来管这些摊位呢?"

梅里韦瑟太太像吹喇叭似的用鼻子嗤了一声。

"我真不明白这些日子年轻人都中了什么邪,他们根本没有责任感。所有那些还没有负责管摊位的姑娘都有够多的借口好推诿,你也不好说了。哦,可她们休想愚弄我!一句话,她们只不过不让你妨碍她们去跟军官们调情罢了。她们生怕站在柜台后面没法儿炫耀自己的漂亮衣裳。我真巴不得那个跑封锁线的—— 他叫什么来着?"

"巴特勒船长。"埃尔辛太太补充道。

"我巴不得他多运进一些医疗用品,少来一些裙子和花边之类的东西。要是我今天不得不去检查一件衣裳,那我就得检查他走私进来的二十件。巴特勒船长——这名字我一听就腻烦。现在,皮蒂,我没工夫谈这些了。你一定得来呀。人人都会理解的。反正你是在后面屋里,谁也不会瞧见,就连媚兰也用不着抛头露面嘛。麦克卢尔家姑娘们负责的摊位是在最远的那一头,摆得也不怎么好看,所以不会有人注意你。"

"我想我们应当去,"思嘉说,一面努力克制自己的热情,尽量显得诚恳单纯一些,"这是我们能够替医院做的最微小的一点事。"

两位来访的太太本来对她连名字也没提一下,这时才转过身来严峻地瞧着她。她们尽管极为宽容,可是还没有考虑到叫一位居丧刚刚一年的寡妇到社交场合去服务呢。思嘉像个孩子,瞪着两只眼睛承受着她们犀利的目光。

"我想我们大家都应当去帮助把义卖会办好。我看最好我同媚兰一起去管那个摊位,因为——嗯,我觉得我们两个人去比一个人显得更好一些。你不这样看吗,媚兰?"

"好吧,"媚兰无可奈何地说,还在服丧期间就公然到一个公众集会上去露面,这样的想法简直是前所未闻,因此她不知该怎么办好。

"思嘉是对的,"梅里韦瑟太太说,她注意到媚兰有点软下来了,她站起身来,整了整裙腰,"你们俩——你们大家,都得去。好,皮蒂,不要再解释了。你要想一想,医院多么需要钱来买床和药品。而且我觉得查理会高兴让你们为他所献身的主义出力的。"

"好,"皮蒂帕特说,她像往常那样在一个比自己强硬的人面前毫无办法,"只要你觉得人们会理解,那就行了。"

"太好了!太好了!好得叫人难以相信!"思嘉在心中欢乐地唱着,谨慎地钻进那个用黄红两色帷布围着的摊位,这本来应该归麦克卢尔家的姑娘们管理的。现在她真的来到一个集会上了!经过一年的蛰居,经过身披黑纱、缄默不语和几乎苦恼得要发疯的一年之后,她现在真的又来到了一个集会上,一个亚特兰大前所未有的最大规模的集会上。她在这里能够看到许多人和无数的灯光,能够听到音乐,并且自在地观赏由那位著名的巴特勒船长最近跑封锁线带进来的美丽花边、绉边等装饰品。

她坐在摊位柜台后面一条小凳子上,前前后后地观看那个长长的展览厅,这地方直到今天下午以前还是个空空荡荡难看的教练厅呢。姑娘太太们今天花了多少力气才把它收拾得这样漂亮。它显得很可爱了。亚特兰大所有的蜡烛和烛台今天晚上都聚集到这里来了,银烛台伸出十几只弯弯的胳臂,瓷烛台底座密布着生动的人物雕像,古铜的烛台庄严而挺拔,它们都擎着大小不等、颜色不同的散发着月桂树香味的蜡烛,立在直贯整个大厅的枪架上,在装饰着鲜花的桌子上,在摊位柜台上,甚至在敞开着的窗棂上,那儿夏天的暖风不大不小,恰好能使微微摇曳的烛光分外明亮。

大厅中央是那盏又大又难看的吊灯,挂在一些从天花板垂下来的生锈的链条上,可是它已经用盘绕的常春藤和野葡萄藤打扮得完全变样了,尽管这些藤蔓由于灯火熏烤已经在开始凋谢。四壁墙脚摆放着许多清香扑鼻的松枝,几个角落更装饰得像凉亭似的,那是老太太们和陪伴人喜欢坐的地方。到处垂挂着长串的常春藤、葡萄藤和牛尾藤,在墙壁上围成花环,在窗户上变为翠绿的流苏,在所有用色彩鲜艳的粗布围着的摊位上则盘成扇形的图案。在这万绿丛中,在国旗和各种旗帜上,到处都闪烁着南部联盟的以红蓝两色为背景的璀璨的星星。

给乐队布置的那个平台尤其富有艺术性。它完全隐蔽在周围的青枝绿叶和缀满星星的旗帜当中,人们几乎看不出来。思嘉知道,全城所有的盆栽花卉和桶栽植物,如锦紫苏、天竺葵、绣球花、夹竹桃、秋海棠,等等,都在这里了——连埃尔辛太太那四株珍贵的橡胶植物也被当作宝贝借来摆在平台的四个角上。

在大厅里平台对面的一端,妇女们人数很少,也很不惹人注意。这面墙上挂着戴维斯总统和佐治亚州自己的"小亚历"、南部联盟副总统斯蒂芬斯的巨幅肖像。他们上方是一面很大的国旗,而下面长桌上是从本城各花园搜集来的奇花异卉,如蕨类植物、成排的红黄白三色蔷薇、贵重的金色剑兰、一丛丛的彩色金莲花、高标挺秀地扬着深茶色和乳酪色头颅鄙视群芳的蜀葵,等等。蜡烛在它们当中像圣餐台上的灯火般宁静地燃着。那两张面孔,属于两个在如此严重关头掌握大权的人物的面孔,它们迥不相同,但同样俯视着眼前这个场面:戴维斯两颊扁平,眼光冷漠得像个苦行僧,两片薄薄的嘴唇矜持地紧闭着;斯蒂芬斯的脸上深嵌着一双炽烈如火的黑眼睛,可是只看见疾病和痛苦,并且凭胆气和热情战胜了它们——这两张面孔都是人们所深爱的。

义卖委员会中几位全权负责的老太太拖着窸窸窣窣的衣裙,像几艘满帆的船一般威风凛凛地走了进来,她们催促那些晚到的少奶奶和吃吃笑着的姑娘们赶快进入自己的摊位,然后迅速穿过门道,走入正在那里安排点心的后屋。皮蒂姑妈喘着气跟在她们后面。

乐队登上平台,他们穿一色的黑衣服,咧着嘴,胖胖的脸颊上已经汗光闪闪了。他们开始调整丝弦,以预计成功的神气用乐弓拉着弹着。梅里韦瑟的马夫老利维,他从亚特兰大还叫马撒斯维尔的时代起就一直领导着每次义卖会、跳舞会和结婚仪式上的管弦乐队,现在用乐弓敲了敲,叫大家做好准备。这时,除负责义卖会的那些太太外,到场的人还很少,可是大家的眼光都集中到他身上,接着便听见小提琴、大提琴、手风琴、班卓琴和骨片呱嗒板儿配合着奏起了一曲缓慢的《罗琳娜》——它慢到不能合着跳舞的程度,好在舞会要到所有的摊位都卖掉了展品才开始。思嘉一听到那支忧郁而美妙的华尔兹舞曲,便觉得心脏已怦怦跳起来了:

　　岁月缓缓流逝,罗琳娜!
　　雪又落在草上。
　　太阳远在天边,罗琳娜……

　　一二三,一二三,低回旋——三,转身——二三。多美妙的华尔兹!她微微伸出双手,闭着眼睛,身子随着那常常想起的悲伤的节奏摇摆着。这支哀婉的曲调和罗琳娜的失落的爱情中,有某种东西同她自己情感上的骚动汇合在一起,又结成一个硬块进入她的喉咙里了。

　　接着,仿佛是由华尔兹乐调所引发的,从下面月光朦胧的大街上飘进来一些声响,一些嘚嘚的马蹄声和辚辚的车轮声,暖风中荡漾着的笑声,以及黑人们关于把马匹拴在什么地方的激烈的争吵声。楼梯上一片嘈杂,包括轻松的欢笑,女孩子们的清新活泼的声音和她们的陪护人的低声吩咐混杂在一起,还有相见时故作惊喜之态的叫喊,以及姑娘们认出朋友时高兴的尖叫,尽管她们就是当天下午才分手的。

　　大厅突然活跃起来。那里到处都是女孩子,像一群蝴蝶般纷纷飘进来,鲜艳的衣裙被裙箍撑得大大的,不惜露出了底下的花边内裤;圆圆的、雪白的小肩膀光裸在外面,小小的一抹酥胸也在荷叶边的领口微露雪痕;花边披巾看似随意地搭在臂膀上;洒金描画的扇子,天鹅毛和孔雀毛的扇子,用细细的丝绦吊在手腕上晃荡着;有些姑娘的黑发从两鬓向后梳成光滑的髻儿,那么沉甸甸地坠在那里,使她们的头也骄傲地微微后仰;还有些将大堆的金色发卷披散在脖子周围,让金耳坠在里面忽隐忽现地跟它们一起摇摆跳荡。花边,绸缎,辫绳,丝带,所有这些都是偷过封锁线进口的,因此显得越发珍贵,穿戴起来也越发自豪,何况炫耀这样的华丽装饰可以作为对北方佬的一种特殊侮辱,会更加使人感到骄傲。

并非城里所有的花都是献给南部联盟的两位领袖。那些最小最香的花朵都装饰在姑娘们身上。茶花插在粉嫩的耳朵背后,茉莉花和蔷薇花蕾编成小小的花环佩戴在两侧如波涛翻滚的鬈发上;有的花朵端端正正地点缀着胸前的缎带,有的不等天亮就会作为珍贵纪念品装进那些灰制服的胸袋中。

人群中有许许多多穿制服的人,其中不少是思嘉认识的,是她在医院的帆布床上、在大街上或者在训练场上初次见到的。他们的制服如此华丽,胸前缀着亮晶晶的扣子,袖口和衣领上盘着闪闪发光的金色穗带,裤子上钉着红黄蓝三色条纹,这些因所属部类不同而互有区别的徽饰将那单调的灰色衬托得完美极了。大红和金色的绶带前后摆动,闪闪的军刀碰撞着雪亮的长筒靴,马刺叮叮当当地响着。

"多么漂亮的男人。"思嘉满怀豪情暗暗赞赏,看着他们向朋友们挥手致意,躬身吻着老太太们的手。他们全都显得那么年轻,尽管大都蓄上了黄黄的一抹胡须或一把稠密的黑褐色胡子,那么漂亮,那么洒脱,胳臂挂在吊带里,白得出奇的绷带裹着头部,把大半边晒得黑黑的脸遮住了。他们有的挂着拐杖,像单足跳行似的跟在姑娘后面,这使得姑娘们引以自豪,并十分注意地将脚步放慢,以适应这些陪护人的步调。这些穿制服的人中有一个穿得特别俗丽,颜色特别鲜艳,像只热带鸟立在鸦群中,连姑娘们的华丽服饰也黯然失色了——他是个路易斯安那义勇兵,一个肤色微黑、满脸奸笑、三分像人七分像猴儿的小个子,穿着肥大的蓝白条裤子、淡黄色长筒靴和窄小的红色上衣,一只胳臂挂在黑绸吊带里。他是梅贝尔·梅里韦瑟的昵友,名叫雷内·皮卡德。整个医院的人,至少是每个能行走的人,一定全都来了,还有全部休假和请病假的以及本市与梅肯之间所有的铁路、邮政、医疗、军需各个部门的职工也都来了。女士们会何等地高兴啊!今晚医院要挖出个银矿来了。

下面大街上传来低沉的鼓声、脚步声和马夫们赞赏的喊叫声。接着便吹起喇叭,同时一个低调的声音发出解散队伍的号令。随即,身穿鲜艳制服的乡团和民兵部队拥上了窄窄的楼梯,挤进了大厅,鞠躬,敬礼,握手,好不热闹。乡团里有的是以打仗为光荣、相信明年只要战争不结束就一定能上前线的男孩子,也有但愿自己年轻一些能穿上军服并以儿子在前线而自豪的白胡子老头。民兵中有许多中年男子和一些年纪更大的人,但也有少数是正当服役年龄可不如那些年纪更大或更小的人那样感兴趣的。这时人们已经在开始议论和询问了:他们为什么没有到李将军的部队去呢?

他们怎么全都到这个大厅里来了!几分钟以前这里还显得是那么宽敞的一个地方,可现在挤得满满的,弥漫着香水、香粉、头油和月桂树蜡烛燃烧的气味,还有花的芳香,以及由于脚步杂沓在原教练场地板上擦起的一点点尘土味儿。人声嘈杂,一片喧阗,几乎什么也听不见了,这时老利维仿佛感受到了现场的喜悦和兴奋之情,便临时中止了《罗琳娜》的演奏,重重地敲了敲乐弓,然后拼命一拉,乐队奏起《美丽的蓝旗①》来了。

几百个声音一齐跟上,高唱着,叫喊着,变成了一片欢呼。这时乡团的号手爬上乐台,恰好在合唱开始时用喇叭加入了乐队,那高亢而清脆的音调撼人心弦地凌越于群众合唱之上,使大家听得浑身起鸡皮疙瘩,一股激情的寒意浸透脊髓:

> 万岁!万岁!南部的权力万岁!
> 万岁!美丽的蓝旗,
> 只有一颗星的蓝旗,万岁!

人们紧跟着唱第二段,这时跟大家一起唱着的思嘉忽然听见媚兰的美妙女高音在背后飞扬起来,像喇叭声那样清脆、真诚和撼人心魄。她转过身来,看见媚兰站在那里,两手交叠着放在胸前,眼睛闭着,小小的泪珠沿两颊簌簌而下。乐曲终了时,她轻轻用手绢拭了拭脸,同时奇怪地向思嘉微微一笑,好像要略表歉意而又不屑于这样做似的。

“我多高兴,”她低声说,“多么为这些士兵感到骄傲,所以禁不住哭起来了。”

她的眼里闪耀着一种深情的近乎狂热的光辉,这使她那张平淡的小脸神采焕发和十分美丽了。

这种表情同样浮现在所有妇女的脸上,她们唱完那支歌时,那些红喷喷的或皱巴巴的脸上都满是骄傲的泪水,嘴唇上浮出微笑,眼睛里闪着炽热的光芒,一齐望着她们的男人,情

---

① 蓝旗是南方政府的国旗。

人望着爱侣,母亲望着儿子,妻子望着丈夫。她们都很美丽,这种令人目眩的美使一个即使最平淡的女人也变得很出色了,因为她被她的男人全心全意地保护着和热爱着,而她以千倍的爱在报答他。

她们爱她们的男人,她们相信他们,她们始终不渝地信任他们。她们有这样一道顽强的灰色防线在保护她们不受北方佬的侵害,还怕什么灾祸会降临到她们身上来呢?自从世界诞生以来,几曾有过像他们这样的男人,这样勇敢,这样不顾一切,这样英俊,这样温柔的男人呀?像他们为之战斗的这种正当公平的主义,除了绝对的胜利之外,还会有什么别的结局呢?这个主义她们像爱自己的男人那样爱护它,她们用自己的双手和心灵为它服务,她们整天谈它,想它,梦见它——必要时,她们愿意为它而牺牲自己的男人,并且像男人们高举战旗那样骄傲地承担她们的损失。

这是她们心里的热爱和自豪之情的最高潮,南部联盟事业的最高潮,因为最后胜利就在眼前了。"石壁"将军杰克逊在谢南多亚河谷的几次胜仗和北方佬军队在里士满附近"七日战役"中的惨败,已清楚地说明了这一点。有了像李将军和杰克逊这样的将领,还能不打赢这场战争吗?只消再来一次胜仗,北方佬就会跪下求和,男人们就会骑马归来,就会到处是亲吻和欢笑了。再打一次胜仗,战争就要结束了!

当然,屋子里有了空的椅子和永远见不到父亲的婴儿,在弗吉尼亚寂寞的小溪畔和田纳西静静的群山中有了许多未立墓碑的坟冢,但是为了这样一个主义,能说付出的代价太高了吗?妇女需要的丝绸,家庭需要的茶和糖,都很难得到,不过这是可以一笑置之的事情。何况,那些冒险跑封锁线的人还在北方佬失灵的鼻子底下不断运进这些东西，并且使你一旦有了这些东西就加倍高兴呢。不久拉斐尔·塞姆斯和南部联盟的海军就要来对付那些北方佬的炮艇，港口就会打开。同时英国正进来协助南部联盟赢得胜利，因为英国纺织厂由于缺乏南方的棉花已经闲着没事干了。英国贵族自然是同情南部联盟的。同类相怜嘛，所以都反对北方佬那样一群拜金主义者。

妇女们就这样扭摆着丝绸衣服，笑着，满怀骄傲地望着她们的男人，她们知道在死亡面前夺得的爱是倍加珍贵的，因为从中可以感受到一种奇怪的刺激。

思嘉开始观看这拥挤的人群时，由于自己参加了集会而感到的那种异常刺激，心脏禁不住怦怦直跳，不过当她似懂非懂地看见周围人们那兴高采烈的面容，她的喜悦便开始消失。在场的女人个个都焕发着一种她所没有的炽热激情。这使她感到迷茫和沮丧起来。不知怎的，大厅好像并不怎么漂亮，姑娘们也并不怎么时髦，而每个人脸上似乎仍然在闪耀的忠于主义的挚爱之情——怎么，只不过显得愚蠢可笑罢了！

她心头突然掠过一点自我意识的闪光，使她惊异得张口结舌，原来她并没有分享这些女人的强烈自豪感，她们为主义牺牲自己和所有一切的渴望。她虽然还没有恐惧地想到："不——不！我决不能这样看！这是错误的——有罪的，"但已认为主义这东西对她来说根本没有什么意思，她听旁人那么如醉似狂地谈论它已听得厌烦了。在她看来，主义毫无神圣之处，战争也并非什么崇高的事，只不过是盲目地戕杀人类、耗费金钱、妨害人们享受的一种讨厌行为而已。她明白自己已厌倦于无穷无尽地编织，无穷无尽地卷绷带和刷整棉布，以致把手指都磨粗了。啊,她对医院已厌烦透了!对于那些令人作呕的坏疽臭味,那些无休止的呻吟,只有厌烦、恶心,实在无法忍受;对于那种两颊深陷、濒临死亡的脸部表情,实在恐惧得不敢再看了。

当这种叛逆性的亵渎思想在她心中出现时,她偷偷地向周围观察,生怕有人从她脸上清楚地看出来。啊,她怎么就不能跟这些女人有同样的感受呢!她们对主义的忠诚是全心全意的,是真挚的。她们所说所做的一切的确都是出于至诚。而且,如果有人要疑心她——不,决不能让人知道!她必须继续装出对主义热情和感到自豪的样子,假装在履行自己作为一个南部联盟军官的遗孀的义务,那就是勇敢地承受自己的悲哀,假装她的心已经进入坟墓,并认定她的丈夫既然是为了主义的胜利而死,也就算不了什么似的。

啊,她为什么跟这些女人不一样呢?她永远不能像她们那样无私地爱什么事业或什么人。这是一种多么孤独的感觉——而以前她无论在身心哪个方面都从没有感到孤独过。首先她企图扼杀这种思想,可是她生成的那个忠实于自己的本性不允许她这样做。因此,在义卖进行中,当她和媚兰一起在她们的摊位上接待顾客时,她的思想仍在继续活动,想方设法要相信自己是正确的——而这样的事,对她来说从来就并不怎么困难。

别的女人大谈什么爱国心和主义,只显得愚蠢可笑而已,而那些谈论什么严重争执和州权的男人也几乎是一样的货色。只有她思嘉·奥哈拉·汉密尔顿一个人,才具有坚定正确的爱尔兰人头脑。她不会在主义问题上让自己当糊涂虫,但同样也不会做承认自己真实感情的傻瓜。她头脑坚定,不会在估计形势时只讲实用,因此谁也不会了解她内心的感受。如果这些参加义卖会的人知道她此刻在想些什么,他们一定会大吃一惊的!要是她突然爬上乐台,大声宣布她认为战争应当停止,好让每一个人都回家去,去照管他们的棉花,让他们又像从前那样举办宴会,像从前那样有自己的情人和大量的浅绿色衣服,那会引起多大的轰动啊!

她的自我辩解使她暂时受到了鼓舞,不过她仍然在厌恶地环顾着大厅。麦克卢尔家姑娘们的那个摊位,正如梅里韦瑟夫人所说的,并不怎么显眼,有时许久没有一个顾客光顾,因此思嘉无事可做,只嫉妒地望着快乐的人群。媚兰意识到她的阴郁情绪,但以为她是在怀念查理,便不准备去同她交谈。她自己忙着整理摊位上的义卖品,让它们显得更引人注目些,而思嘉却仍坐在那里快快不乐地四处张望。甚至连戴维斯先生和斯蒂芬斯先生肖像下面堆放的那些鲜花,也只能使她感到讨厌罢了。

"这简直像个祭坛了,"她鼻子里哼了一声,"看他们对待这两个人的那种态度,简直就是父亲和儿子的关系啦!"这时,她突然感到这种大不敬是那么可怕,便赶快在胸前画了个十字表示认罪,并且及时克制住自己。

"嗯,这是真的,"她向自己的良心辩解,"人人都在把他们当作神圣,可实际上他们只不过是凡人,而且还是很不好看的凡人呢。"

当然,斯蒂芬斯先生由于终生残废,对于自己的长相是没有办法的,可是戴维斯先生呢——思嘉抬起头来望着那张浮雕般光净而骄傲的面孔。叫思嘉感到最讨厌的就是他那把山羊胡子。男人要么把脸刮光,只蓄八字须,要么蓄上全副的胡须,怎能这样不伦不类呢。

"瞧那一小绺,好像还满得意哩!"她这样想,至于他脸上那种勇于挑起一个新国家的重任的冷静刚毅的表情,她却压根儿没有看见。

是的,她现在很不愉快,尽管开始时她曾为自己能参加这个盛会而一度高兴过。看来,仅仅人在这里还是不够的。她来到了义卖会上,可她并不是其中的一部分。谁也不注意她,她又是会上唯一没有情人的年轻已婚妇女。可她以前总是占据舞台中心的位置。这真不公道呀!她才十七岁,她的脚正在啪哒啪哒地敲着地板,准备上场跳舞呢。她才十七岁,可她的丈夫已躺在奥克兰公墓,她的婴儿睡在皮蒂帕特姑妈家的摇篮里,所以人人都觉得她应当安分守己了。跟在场的任何一个女孩子比起来,她的胸脯更白,腰肢更细,双脚更小巧,但是,不管这些多么重要,她仍然只配躺在查理身旁,墓碑上刻着"某某爱妻"的字样。

她已经不是一个姑娘,不能跳舞和调情了,也不是一个妻子,不能同别的妻子坐在一起品评那些跳舞调情的姑娘了。而且,她的年纪还轻,还不该当寡妇呀!寡妇应当是老年人——老得不想跳舞,不想调情,也不想惹男人们爱慕。啊,她刚刚十七岁,就得端端正正坐在这里,作为寡妇尊严和规矩的标本,这多么不公道呀!当漂亮的男人到她们摊位来买东西时,她也必须低声说话,两眼谦卑地往下俯视,这多么不公道呀!

在亚特兰大,每个姑娘周围都站着三层男人,甚至最平淡的女孩子也神气得像个美人儿似的——而且,最糟糕的是,她们都穿着那么漂亮又漂亮的衣裳在活动呢!

思嘉像只乌鸦坐在那里,一身黑衣服的袖子长到手腕,纽扣一直扣到下巴底下,连一点点花边或饰带也没有,除了母亲给的那枚黑玛瑙胸针以外,没有任何珠宝之类的东西。她眼睁睁地看着那些俗不可耐的女孩子吊着漂亮男人的胳臂走来走去。这一切的一切,只不过因为查理出了一次疹子罢了。可恨的是他并非光荣地死在战场上,连一点可以吹嘘的资本也没给她留下。

她心怀敌意地撑着两肘倚立在柜台内观望人群,尽管嬷嬷经常告诫她这种姿势会把肘子磨皱和扭歪的。即使扭歪了又有什么关系呢?反正她大概已没有机会再显露它们了。她如饥似渴地望着一群群穿着各种服色的姑娘们走过,其中有的穿奶油色波纹绸衣,戴蔷薇花蕾发箍,有的穿粉红缎子,上面打着十八道用黑天鹅绒带镶滚的荷叶边;有的穿浅蓝色绸衣,后面托着十码长带波浪形花边的裙裾;她们都袒露胸口,簪着诱人的鲜花。梅贝尔·梅里韦瑟吊在那个义勇兵的膀子上向隔壁那个摊位走来,她身上那件苹果绿薄纱衣裳如此宽松,把她的腰身衬托得纤细极了。衣服上镶着大量奶油色的上等花边,那是从查尔斯顿最后一艘封锁舰上弄来的,梅贝尔为此大肆炫耀,仿佛干这次偷越封锁线买卖的不是大名鼎鼎的巴特勒船长而是她自己呢。

“我要是穿上这件衣裳,会显得多好看呀!”思嘉心想,怀着满腔妒火。她那腰粗得像头母牛。这种绿色对我很合适,它会使我的眼睛变得——像她这样的人怎配穿这种颜色呀?她那皮肤绿得像块干酪了。真可惜,我再也不能穿这种颜色了,即使服丧期满了也不能穿。不行,甚至我想法再嫁人也是不行的。那么,我就只能穿倒霉的老灰色,穿褐色和淡紫色了。

对于这一切不公平的事,她考虑了不一会儿也就过去了。本来嘛,人生在世,属于玩乐、穿漂亮衣裳、跳舞、调情的时间是何等短促,只有很少很少几年呢!接着你就得结婚,穿颜色暗淡的衣服,生孩子,眼看苗条的腰身给糟践了,在跳舞会上跟其他已婚妇女坐到角落里,只偶尔出来同自己的丈夫或别的老先生跳几下,而这些老先生又是专门踩你脚的!如果你不这样做,那些少奶奶就会议论你,你的名誉就毁了,你的家庭也就不光彩了。你做小姑娘的时候,把光阴全都花费在学习怎样打扮和怎样迷惑男人上,可后来这些本事只用了一两年就完了,这是多么可怕的浪费啊!于是,思嘉想起她在母亲和嬷嬷手下进行的训练,她知道这种训练是全面而优良的,因为它常常收到很好的效果。它有一整套规矩叫你遵循,只要你照着去做,你的努力便一定成功。

你跟老太太们在一起时,总得是可爱而无可指摘的,要装得尽可能头脑简单,因为老太太们往往既苛刻又妒忌,像老猫似的监视着年轻姑娘,随时准备着,只要你口头眉梢稍有不当之处就扑过来抓住你。至于对老先生们,作为一个姑娘最好是淘气和放肆一些,而且可以稍稍而不过分地来一点卖弄风情,把那些老傻瓜挑逗起来。这会使他们觉得自己又年轻了,无所顾忌了,便动手来拧你的面皮,说你是个小妖精。当然喽,你在这种情况下总得红起脸来,否则他们会进一步来拧你,搞到无礼取乐的程度,甚至回头告诉他们的儿子,说你为人放荡。

对于年轻姑娘和年轻的已婚妇女,你就得满嘴抹蜜,每次见面都吻她们,即使一天见十次也罢。你得伸出胳臂搂住她们的腰,并让她们也搂着你,哪怕你很不喜欢这样。你得表示无所偏袒地欣赏她们的衣着,或者她们的婴儿,拿她们的情人开玩笑,恭维她们的丈夫,并且谦逊地咯咯笑着否认她们对你的称赞,说你自己没有一点可以与她们相比之处。最重要的是,你千万不要比她们更多地表示自己对什么事物的真正看法。

至于别人的丈夫,你得严格地避免嫌疑,即使他们就是你已经抛弃的情人,也无论他们是多么富于诱惑力的男人。如果你对年轻的丈夫们太殷勤,他们的太太便会说你轻浮,你就会落得个坏名声,从此永远抓不到自己的情人了。

不过,对于年轻的单身汉——哦,那就是另一回事了!你不妨对他们温柔地笑笑,而当他立即注意到你为何这样笑时,你可以拒不说明,并且笑得更欢一些,逗着他们一直在你周围琢磨其中的奥秘。你可以在眼角眉梢示意,应许他们多多少少带刺激性的东西,叫他们千方百计要跟你单独说话。于是,你单独跟他在一起了,他要吻你,这时你就装出非常非常受委屈、非常非常生气的样子。你可以让他请求你饶恕这种卑鄙企图,并且用温柔的神态表示原谅,使他还会恋恋不舍地再一次想来吻你。有时,但并非常常,你让他吻了一下。(母亲和嬷嬷并没有教她这样做,可她自己发现这是很起作用的。)然后你哭起来,并且声明你不知怎的一时糊涂,从此他再也不会尊重你了。于是,他就得替你把眼泪拭干,往往还会做出求爱的表示,表示他的确是非常尊重你的。接着就会——唔,对于单身男人有那么多的事情好做,而且她全都知道,像暗送秋波啦,像用扇子半遮半露地微笑啦,像扭着臀部将裙子摆得像铃铛啦,流泪啦,痴笑啦,说恭维话啦,亲切地表示同情啦,等等。

唔,所有这些手法都没有哪一次不成功的——唯独对艾希礼是例外。

不,学会这些巧妙的手法以后,只用了很短一个时期就永远束之高阁,这似乎太不应该了。要是一辈子不结婚,继续穿着可爱的淡绿色衣裳,永远受到漂亮男人们的追求,那该多好呀! 不过,要是日子久了,你就会变成一个像英迪亚·威尔克斯那样的老处女,人人都会以那种自鸣得意的讨厌口气说:"可怜的家伙!"不,毕竟不如结了婚,保持着你的自尊为好,即使你从此不再有什么乐趣也罢。

啊,这人生多么荒唐! 为什么她会傻到这个地步,偏偏同查尔斯结了婚,十六岁时就断送了自己的一生呢?

她的这种愤愤不平而又毫无希望的幻想忽然给打断了,因为人群开始向墙壁纷纷后退,女士们小心地扶着她们的裙圈,不让它们给挤碰得朝自己身上翻过来,将内裤露出得太多,有失体面。思嘉踮起脚尖从一群人头上望去,只见民团队长正登上乐队演奏台。他一声口令,半个连的人便排成了一列。花了几分钟工夫,他们演习了一遍灵活的操练,直练得汗流满面,赢得观众的热烈喝彩,思嘉也跟着众人礼貌地鼓了鼓掌。接着,一声解散,士兵们纷纷向那几个卖糖拌酒和柠檬水的摊位拥去,思嘉也朝媚兰回过头来,觉得最好是赶快装出一副关心主义的神气来应付她一下。

"他们显得真漂亮,不是吗?"她说。

媚兰正忙着整理柜台上的那些编织品。

"他们中的大多数人,要是穿上灰制服出现在弗吉尼亚,还会漂亮得多呢。"媚兰这样说,也没有想到要把声音放低一点。

有几位民兵队员的自命不凡的母亲紧靠着站在旁边,听见了媚兰的这句评语。吉南太太气得脸色一阵红一阵白的,因为她那位二十五岁的威利就在这个民团里呢。

　　思嘉想不到媚兰竟说出这样的话来,觉得太可怕了。

　　"怎么了,媚兰!"

　　"这是真话呢,思嘉。我这不是说那些小孩和老头。不过,有许多民兵是完全能够扛起枪来的,而眼下他们应该做的恰恰就是这样。"

　　"可是——可是——"思嘉开始琢磨,因为她以前从没考虑过这件事。"有的人待在家里是要——"威利·吉南关于自己待在亚特兰大的理由是怎么跟她说的?"有的人待在家里是要保卫这个州不受侵略嘛!"

　　"现在没有人侵略我们,也没有人要来侵略我们,"媚兰冷冷地说,同时朝一群民兵望去,"要不让侵略者进来,最好的办法是到弗吉尼亚前线去打击北方佬。至于说什么民兵留在这里是要防备黑人暴动,我看这是从未听说过的最愚蠢的话了。我们的人民为什么要暴动呢? 这只不过是懦夫们的最好借口而已。我敢担保,只要各个州的全部民兵都到弗吉尼亚去,我们就能在一个月内干掉那些北方佬。我就是这个意思!"

　　"怎么,媚兰!"思嘉再一次喊起来,瞪着两只大眼睛。

　　媚兰那对本来很温和的黑眼睛如今冒出了怒火,"我的丈夫不害怕上了前线,你的丈夫也是这样。我宁愿他们两人死了也不要待在家里——啊,亲爱的,对不起。我这话太冒失、太残忍了!"

　　她抚慰地拍拍思嘉的臂膀,思嘉凝视着她。不过,思嘉心里想的不是已故的查尔斯。她想的是艾希礼。要是艾希礼也会死呢？这时恰好米德大夫朝她们这个摊位走来，她就转过头去机械地对他笑了笑。

"好啊，姑娘们，"他招呼她们，"你们能来真太好了。我知道你们今晚出来是多么不容易的事。不过，这全是为了主义呀。现在我要告诉你们一个秘密。我想出了一个惊人的办法，能在今晚给医院弄到更多的钱，可是我恐怕有些女士们会给吓坏了。"

说到这里他停了下来，捋着山羊胡子咯咯地笑着。

"唔，什么？快说吧！"

"我再一想，觉得还是让你们猜一猜好。不过，如果教徒们因此就要把我撵出这个城市，你们女孩子可得起来支持我呀。反正，这都是为了医院。你们等着瞧吧。这样的事，以前还从没干过呢。"

他大摇大摆地向坐在角落里的一群陪护人走去了，这里思嘉和媚兰彼此转过头来正要猜测那个秘密究竟是怎么回事，却见有两位老先生已走近她们的摊位，大声宣布要买十英里长的梭织花边。好吧，有了两位老先生总比一位先生都没有要强一些，尽管思嘉在量花边时不得不假装正经地让人家在下巴上捏了一下。这两个老不正经的人迅速离开向柠檬水摊位那边去了，别的老头又来到柜台边。这个摊位的顾客不如旁的摊位上多，因为人家那里有梅贝尔·梅里韦瑟的银笛般的欢笑，有范妮·埃尔辛的咯咯的笑声，有惠廷家姑娘们的灵敏的应答，能使顾客们感到高兴。媚兰就像个小店主似的悄悄地、冷静地卖给男人们一些不怎么合用的东西，而思嘉又是以媚兰为榜样行事的。

别的柜台前都有大群的人站在那里,姑娘们在叽里呱啦地闲聊,男人们在购买东西。可思嘉和媚兰的柜台前不是这样。来到这里的很少几个人,也只谈谈他们怎样跟艾希礼一起上大学,说他是多好的一名士兵,或者以尊敬的口气谈到查尔斯,叹息他的死对亚特兰大是多么大的损失,等等。

后来,乐队忽然奏起《约翰尼·布克,帮助这个黑人!》的纵情欢乐的曲调,思嘉一听几乎要惊叫起来。她想跳舞。她真的想跳舞啊! 她瞧着眼前的地板,合着乐调用脚尖轻轻地拍打,同时她的绿眼睛焕发着炽热的光辉,仿佛正在毕毕剥剥地燃烧似的。这时有个新来的站在门道里的男人从对面看见了她们,并且突然认出来了,于是仔细观察着思嘉那张愠怒不平的脸孔和那双斜斜的眼睛。接着,他暗自咧嘴一笑,因为弄清了对方暗示欢迎的表情,这种表情当然是每个男人都看得出来的。

他穿一套黑色毛葛衣服,个子高高的,凌驾于近旁那些军官之上,肩膀很宽,但往下便渐渐瘦削,形成一个细细的腰身和一双小得出奇的脚,脚上是锃亮的皮靴。他那一身纯黑的衣服,一件带褶边的漂亮衬衫和一条笔挺的直罩脚背的裤子,显得同他的体态和面容很不相称,因为他修饰得像个花花公子,把一套纨绔子式的衣裳穿在一个强壮和隐隐流露危险性而很少有斯文气的身上了。他的头发乌溜溜的,两撇小小的黑髭须修剪得十分精致,与身旁那些骑兵的时髦而张扬的髭须比起来,显得像外国人的模样。看他那神气,他分明是个荒淫无耻之徒。他显得非常自负,给人以讨厌的傲慢无礼的感觉,而且他凝望思嘉时那双放肆的眼睛中有一种不怀好意的神色,直到思嘉终于感觉到了他的注视而向他望去为止。

她心中隐约听到了相识的信号，可一时想不起他究竟是谁。不过他是几个月来头一位显示了对她颇有兴趣的男人，于是她抛给他一个快乐的微笑。他向她鞠躬，她也轻轻回了一礼，接着他就挺直身子，以一种特别柔和的印第安人般的步态向她走来，这吓得她不觉用手去捂住自己的嘴，因为现在她知道他是谁了。

她好像被雷电击中了似的，站在那里木然发呆，他却穿过人群走了过来。这时她才盲目地转过身子，一心想赶快跑进后面卖点心的房间里去，可是她的裙子被摊位上的一只铁钉挂住了。她生气地拼命拔着、拉扯着，但顷刻之间他已经来到了她身旁。

"让我来吧，"他说着，便弯下腰来解裙子上的那条荷叶边，"我真没想到你还记得我，奥哈拉小姐。"

他那声音，在她听来觉得分外愉快，是一个上等人的节奏抑扬的调子，响亮而带有查尔斯顿人的平稳、和缓、悠长的韵味。

她恳求地仰望着他，由于上次见面的情景而羞得满脸通红，面对着那两只她生平所见最黑亮的、如今在无情地欢蹦乱跳的眼睛。这世界上有那么多人，怎么偏偏是他来了呢，这个可怕的家伙曾经目睹过她与艾希礼演出那一幕，那至今仍使她做噩梦的一幕呀！这个讨厌的糟蹋过女孩子的坏蛋，早已是正经人家不肯接待的人了，可他还好像满有理由地说过她不是个上等女人呢！

媚兰听到了他的声音，便转过身来，这时思嘉才头一次谢天谢地庆幸自己在世界上还有这么一位小姑子。

"怎么——这是——是瑞德·巴特勒先生，不是吗？"媚兰微露笑容说,一面伸出手来,"我见过你——"

"在宣布你们订婚的喜庆日,"他补充说,同时低下头来吻她的手,"谢谢你还记得我。"

"你从查尔斯顿老远跑来有何贵干啊,巴特勒先生?"

"为一桩生意上的麻烦事,威尔克斯太太。从今往后我就得在你们这个城市进进出出了。我发现我不仅得把货物运进来,而且得照料它们的处理情况。"

"运进来——"媚兰开始时皱起眉头,但随即露出欢快的微笑,"怎么,你——你一定就是我们经常听到的那位大名鼎鼎的巴特勒船长——跑封锁线的人物了。这里每个女孩子都穿着你运进来的衣裳呢。思嘉,你不觉得激动吗——怎么了,亲爱的? 你头晕了? 快坐下吧。"

思嘉坐到小凳子上。她的呼吸变得那样急促,以致她担心胸衣上的纽带要绷断了。啊,这是多么可怕的事情! 她从没想到还会碰见这个人呢。这时他从柜台上拿起她的那把黑扇子,开始关切地给她扇起来,也许太关切了,他的面容显得很严肃,但眼睛仍在跳动。

"这里可真热呢,"他说,"难怪奥哈拉小姐要发晕了。让我领你到窗口去好吗?"

"不要。"思嘉说,口气那么粗鲁,叫媚兰都愣了。

"她已经不再是奥哈拉小姐了,"媚兰说,"她如今是汉密尔顿夫人,是我的嫂子。"媚兰同时递给她一个亲昵的眼色。思嘉看着巴特勒船长那张海盗般黝黑的脸上的表情,只觉得自己快要给闷死了。

"我深信这对于两位迷人的太太是可喜可贺的事。"他说着,微微鞠了一躬。这样的恭维话每个男人都讲过,可是从他嘴里说出,思嘉便觉得完全是相反的意思了。

"我想,你们两位的先生今晚都来了吧,在这个愉快的盛会上? 真想再一次见见他们呢。"

"我丈夫在弗吉尼亚,"媚兰骄傲地昂了昂头,"只是查理——"她的声音突然中断了。

"他死在军营里了。"思嘉硬邦邦、怒冲冲地说出这句话来。这家伙难道永远不走了? 媚兰瞧着她,大为惊异,那位船长则打了一个自责的手势。

"亲爱的太太们——我怎能这样! 请你们务必宽恕。不过,也请允许一个陌生人表示一点慰问,我是说,为了国家,虽死犹生嘛。"

媚兰眨着泪眼对他笑了笑,但思嘉只觉得一阵怒火和内在的仇恨在狠咬她的脏腑。他是又一次说了句得体的恭维话,这是任何一位先生在这种情况下都会说出来的,不过他的意思则完全是另一回事。他是在嘲笑她呢。他明明知道她不爱查尔斯,而媚兰这个大傻瓜却看不透他。啊,恳求上帝,千万别让人看透他呀! 她又惊慌又恐惧地思忖着。他会说出他所知道的情况吗? 他无疑不是个上等人,既然这样,就很难说他会怎样了。对这种人是没有什么标准好衡量的。她抬起头来望着他,只见他的两个嘴角朝下耷拉,装出一副假惺惺的同情的样子,同时他仍在继续替她扇扇。他那表情中有某种东西在向她的精神挑战,这引起她心中一股憎恶之情,同时力量也恢复了。她突然从他手中把扇子夺了过来。

"我已经好好的了,"她用严厉的口气说,"用不着这样扇,把我的头发都扇乱了!"

"思嘉,亲爱的! 巴特勒船长,请你务必原谅她。她——

她一听到有人说起可怜的查理的名字,就要失去理智——也许,说到底,我们今晚不该到这里来的。早晨我们还安安静静的,你瞧,可后来太紧张了——这音乐,这热闹劲儿,可怜的孩子!"

"我很理解,"他用努力装出的严肃口吻说,可是当他回过头来仔细凝望媚兰,好像把媚兰那可爱而忧郁的眼睛看穿了似的,这时他的表情就变了,那黑黑的脸孔上流露着勉强尊敬而温和的神色,"我相信你是位勇敢的少奶奶,威尔克斯太太。"

"对我一字不提呢!"思嘉生气地想,而媚兰只是惶惑地笑笑,然后答道:

"哎哟,别这样说,巴特勒船长!医院委员会只不过要我们照管一下这个摊位,因为临揭幕前一分钟——要一只枕头套?这个就很好,上面有旗帜的。"

她回过头去接待那三位出现在柜台边的骑兵。有一会儿,媚兰心想巴特勒船长为人真好。然后,她就希望自己的裙子和摊位外面那只痰盂之间能有比那块粗棉布更加结实的东西挡住,因为那几位骑兵要对着痰盂吐烟草涎水,但不像使用马枪那样准确,说不定会吐到她身上来呢。接着又有更多的顾客拥上前来,她便把船长、思嘉和那只痰盂都忘了。

思嘉一声不响地坐在小凳上挥着扇子,也不敢抬头,但愿巴特勒船长快些回到他所属的那艘船上去。

"你丈夫去世很久了?"

"嗯,是的,很久了。快一年了。"

"就像千秋万代似的,我相信。"

思嘉不大明白千秋万代的意义,但听那口气无疑是引诱的味道，所以她默不作声。

"那时你们结婚很久了吗？请原谅我提这样的问题，可是我离开这一带太久了。"

"两个月。"思嘉不大情愿地说。

"一个悲剧，不折不扣的。"他用轻松的口气继续说。

啊，该死的家伙，她愤愤地想。如果不是他而是任何别的人，我简直要气得发僵，并且命令他立即滚开。可是他知道艾希礼的事，而且还知道我并不爱查理。这样，我的手脚就给捆住了。她默不作声，仍旧低着头看她的扇子。

"那么，这是你头一次在公众场合露面了？"

"我知道在这里显得很不合适，"她连忙解释说，"不过，负责这个摊位的麦克卢尔家的姑娘们临时有事到外地去了，又没有别的人，所以媚兰和我——"

"为了主义嘛，多大的牺牲也是应该的。"

怎么，这不是埃尔辛太太说过的话吗？可是她说的时候听起来不一样。她真想刺他几句，不过话到嘴边又憋了回去。毕竟，她到这里来不是为了什么主义，而是因为在家里待腻了。

"我常常想，"他沉思道，"服丧这个制度，让女人披着黑纱关在屋子里度过她们剩下的一生，这简直就像印度寡妇自焚殉夫一样的野蛮。"

"自焚殉夫？"

他笑了笑，她因为自己的无知而脸红了。她痛恨那些说起话来叫她听不懂的人。

"在印度，一个男人死了就烧掉，而不是埋葬，同时他的妻子也总是爬到火葬堆上同他一起被烧死。"

"多惨啊！她们为什么这样呢？难道警察也不管吗？"

"当然不管。一个不自焚的老婆会成为被社会遗弃的人，所有高贵的印度太太们都要因为她不像个有教养的女人而纷纷议论呢。这好比那个角落里有身份的女士们会议论你似的，要是你今天晚上穿着红衣裳来领跳一场苏格兰舞的话。不过，据我个人看来，我认为自焚殉夫比我们南方活埋寡妇的习俗还要人道得多。"

"你怎么敢说我被活埋了呢！"

"你看女人们把那根捆住她们的锁链抓得多紧！你觉得印度的习俗很野蛮——可是，如果不是南部联盟需要你们，你会有勇气今天晚上在这里露面吗？"

这样的辩论总是叫思嘉感到迷惑不解。巴特勒现在说的更加倍使她糊涂了，因为她有个模糊的观念，即觉得其中有些道理。不过，现在是压倒他的时候了。

"当然喽，我是不会来的。因为那样就会是——嗯，是不名誉的——就会显得好像我并不爱——"

他瞪着眼睛等她说下去，眼光里流露出冷嘲的乐趣，这叫她说不下去了。他知道她没有爱过查理，而且偏不让她企图利用他的客气和好意来加以解释。要同这样一个不是上等人的家伙打交道，是一件多么多么可怕的事啊！一个上等人，即使他明明知道一位女士是在说谎，也往往显得是相信她的。这才是南方骑士的风度。一个上等人总是正正当当，说起话来总是规规矩矩，总是设法使女人感到舒服一些。可是这个男人好像并不理睬什么规矩，并且显然很高兴谈一些谁也没有谈过的事情。

"我急着要听你说下去呢。"

"我想你这人真是讨厌透顶。"她眼睛向下无可奈何地说。

他从柜台上俯过身来,直到嘴靠近了她的耳朵,然后用一种与经常在雅典娜剧场出现的那个舞台丑角很相像的姿态轻轻地说:"别害怕,我的好太太! 你的秘密在我手里是绝对安全的!"

"哦,"她狂热地低语说,"你怎么能说出这种话!"

"我只是想让你放心嘛。你还要我说什么呢?'依了我吧,美人儿,要不我就给捅出来!'——难道要我这样说吗?"

她不大情愿地面对着他的目光,看见它就像个淘气孩子在捉弄人似的。她扑哧一声笑起来。这场面毕竟太可笑了。他也跟着笑,笑得那么响,以致角落里的几位陪护人都朝这边观看。一经发现原来查尔斯·汉密尔顿的遗孀在跟一位从不相识的陌生人亲热得不亦乐乎,她们便把脑袋凑在一起议论开了。

米德大夫登上乐台,摊开两只手臂叫大家安静,这时响起一阵咚咚的鼓声和一片嘘声。

"今天,我们大家,"他开始讲演,"得衷心感谢这么多美丽的女士们,是她们以不知疲倦的爱国的努力,不但把这个义卖会办得非常成功,而且把这个简陋的大厅变成了一座优美的庭园,一座与我周围的玫瑰花蕾相称的花园。"

大家都拍手赞赏。

"女士们付出的最大代价,不只是她们的时间,还有她们双手的劳作;而且,这些摊位上的精良物品是加倍美丽的,因为它们出自我们迷人的南方妇女的灵巧的双手。"

又是一阵热烈的欢呼声。这时,一直懒洋洋地斜靠在思嘉身旁那截柜台上的瑞德·巴特勒却低声说:"一只神气活现的山羊,你看他像吗?"

思嘉首先是大吃一惊,怎么对亚特兰大这位最受爱戴的公民如此大不敬呢?她用责备的眼光注视着他。不过,这位大夫下颌上那把不停地摇摆着的灰色胡子,也的确使他像只山羊,她瞧着瞧着便忍不住咯咯地笑了。

"但是,只有这些还是不够的。医院委员会里那些好心的女士们,她们用镇静的双手抚慰了许多苦难者的心,把那些为了我们最最英勇的主义而受伤的人从死神的牙关里抢救了出来,她们是最了解我们的迫切需要的。我不想在这里列举她们的名字。我们必须有更多的钱用来向英国购买药品。今天晚上还承蒙那位勇敢的船长来参加我们的盛会,他在封锁线上成功地跑了一年,而且还要继续跑下去,给我们带来所需的药品。瑞德·巴特勒船长!"

虽然这是出其不意,那位跑封锁线的人物还是很有礼貌地鞠了一躬——太彬彬有礼了,思嘉想,并开始琢磨其中的原因。看来仿佛是这样:他过分表示礼貌,恰恰是由于他对所有在场的人极为轻蔑的缘故。他鞠躬时全场爆发出热烈的喝彩声,连坐在角落里的太太们也伸长脖子在看他。这就是可怜的查尔斯·汉密尔顿的遗孀在勾搭的那个人呀!可查理死了还不到一年呢!

"我们需要更多的黄金,我此刻正在向你们请求,"大夫继续说,"我请求你们做出牺牲,不过这种牺牲,跟我们那些穿灰军服的勇士们正在做出的牺牲比起来,便显得微不足道,简直是可笑的了。女士们,我要你们的首饰。是我要你们的首饰吗？不。联盟需要你们的首饰,联盟号召你们献出来,我知道没有哪个人会拒绝的。一颗亮晶晶的宝石戴在一只美丽的手腕上,多好看呀!金光闪闪的别针佩在我们爱国妇女的胸前,多美呀!但是,为主义做出的牺牲比所有这些金饰和宝石要美丽多少倍呢。金子要熔化,宝石要卖掉,把钱用来买药品和其他医药物资。女士们,现在有两位英勇的伤兵提着篮子来到你们面前——"但是他讲话的后一部分被暴风雨般的掌声和欢呼声淹没了。

思嘉首先想到的是深深庆幸自己正在服丧,不允许她戴外祖母留下的那副珍贵的耳坠和那条沉甸甸的金链,以及那对镶黑宝石的金手镯和那个石榴石别针。她看见那个小个子义勇兵用那只未受伤的胳臂挽着一只橡木条篮子在她这边的人群里转来转去,还看见老老少少的妇女热情地嬉笑着在使劲捋镯子,或者装出痛苦的样子把耳坠子从耳朵上摘下来,或互相帮助把项圈上的钩子解开,把别针从胸前取下。周围是一片轻轻的金属碰撞的丁丁声和"等等,等等,我很快就解下来了"的喊声。梅贝尔·梅里韦瑟正在拧她胳臂肘上的一副鸳鸯手钏。范妮·埃尔辛一面叫嚷着"妈,我可以吗?"一面在拉扯鬈发上那件世代相传的镶嵌珍珠的金头饰。每当一件捐献品落入篮子,都要引起一阵喝彩和欢呼。

现在,那个咧嘴傻笑的义勇兵胳臂上挽着沉甸甸的篮子向她们的摊位走来了。他从瑞德·巴特勒身边走过时,一只漂亮的金烟盒给随随便便地丢进了篮子。他一来到思嘉面前,把篮子放在柜台上,思嘉便摇摇头摊开两手,表示什么也不能给他。要作为在场的独一无二毫无捐献的人,真是太难堪了。这时她看见了自己手上那只金光闪烁的粗大的结婚戒指。

她惶惑地迟疑了一会儿,回想起查尔斯的面孔——他把戒指套上她手指时的那副表情。可是记忆已经模糊,被每次想起他都会立即产生的那种懊恼心情弄模糊了。查尔斯——那个断送她的一生、让她变成了一个老妇人的原因就在他身上呢。

她突然狠狠地掐住那只戒指想把它捋出来,可是它箍得很紧,动不了。这时义勇兵正要向媚兰走去。

"等等!"思嘉喊道,"我有点东西要给你呢!"戒指捋出来了,她准备把它丢进篮子里去,那儿已堆满金链、手表、指环、别针和镯子,可这时她瞥见了瑞德·巴特勒的眼睛。他那撇着的下唇露出一丝微笑。她好像偏要反抗似的把戒指抛在那堆首饰上了。

"啊,亲爱的!"媚兰低声说,一面抓住她的胳膊,眼睛里闪耀着爱和骄傲的光辉,"你真勇敢,真是个勇敢的姑娘!等等——喂,请等等,皮卡德中尉!我也有东西给你呢!"

她在使劲捋自己的结婚戒指,这戒指思嘉知道,自从艾希礼给她戴上以后从没离开过那只手指。世界上也只有思嘉知道,它对媚兰有着多么重要的意义。它好不容易给取下来了,接着在媚兰的小小手心里紧紧握了一会儿,然后才轻轻地落到那首饰堆上。两位姑娘站在那里目送义勇兵向角落里那群年长的太太们走去,思嘉是一副倔强的神态,媚兰则显得比流泪还要凄楚似的。这两种表情都被站在她们身边的那个男人看得一清二楚了。

"要不是你勇敢地那样做了,我是无论怎样也做不到的。"媚兰说着,伸出胳臂抱住思嘉的腰肢,并且温柔地紧搂了一下。有一会儿思嘉很想摆脱她的胳臂,并使劲放开嗓子大叫一声"天知道!"就像她父亲感到恼怒时那个样子,但是她瞥见了瑞德·巴特勒的眼光,才设法装出一个酸溜溜的微笑来。媚兰总是误解她的动机,这使她感到十分懊恼——不过这或许比猜出她的本意要可取得多。

"多么漂亮的一个举动,"瑞德·巴特勒温和地说,"就是像你们所做出的这样的牺牲,鼓舞了我们军队中那些勇敢的小伙子们。"

思嘉正想狠狠地回敬他几句,但好不容易克制住了。他的每一句话里都含有讽刺。她从心底里厌恶他,这个懒洋洋地斜靠在柜台边的家伙。可是他身上有某种刺激性的东西,某种热烈的、富有生命力的、像电流一般的东西。她自己心中全部的爱尔兰气质都被鼓动起来迎接他那双黑眼睛的挑战了。她下定决心要把这个男人的锐气打下去一截子。他知道她的秘密,这使他处于对她的优势,而且是十分厉害的,因此她必须改变这种局面,要设法逼他退居下游。她把想要直截了当地说出自己对他看法的冲动使劲压了下去。糖浆往往比酸醋能抓到更多的苍蝇,像嬷嬷经常说的,而她是要抓住并且降服这只苍蝇,使得他再也休想来控制她了。

"谢谢你,"她温柔地说,故意装作不懂他的意思似的,"能得到巴特勒船长这样赫赫有名人物的夸奖,真是荣幸之至啊!"

他掉过头来放声大笑——思嘉听来觉得很刺耳,就像嗥叫一般,于是她的脸又红了。

"怎么,难道你心里真是这样想的吗?"他好像逼着她回答,声音低得在周围一片喧嚷中只有她才能听见,"你为什么不说我不是什么上等人而是个该死的流氓,如果我不自己滚开你就要叫一个勇敢的大兵来把我撵出去吧?"

她真想狠狠地回敬他几句,但话到嘴边又毅然打住,并换了个腔调说:"怎么,巴特勒船长! 你说到哪里去了! 仿佛没人知道你是多么有名、多么勇敢的一个——一个——"

"我真对你感到失望了。"他说。

"失望?"

"是的。在头一次不平凡的见面时,我心想总算遇到了一个不但漂亮而且很有勇气的姑娘。可如今我发现你也只不过漂亮罢了。"

"你的意思是说我是个胆小鬼了?"

"正是这样。你没有勇气说出你心里的话。我头一次见到你时,我想:这是个万里挑一的女孩子。她不像旁的小笨蛋那样专门相信妈妈所说的一切,并且照着去做,也不管自己心里的感觉如何。她们把自己的感情、希望和小小的伤心事用一大堆漂亮话掩藏起来。那时我想:奥哈拉小姐是个有独特精神的姑娘。她知道自己需要什么,她也不害怕说出自己的心事——或者摔花瓶。"

"啊! 那我此刻就要说出我的心事了,"她满腔的怒火冲口而出,"要是你还有一点点教养,你就再也不要到这里来,再也不要跟我说话了。你早就应当知道,我是决不想再来理睬你的! 你可不是个上等人! 你简直是个讨厌的没教养的东西! 你满以为有那几条小小的破船可以逃过北方佬的封锁,你就有权到这里来嘲弄那些正在为主义贡献一切的勇敢的男人和女人了——"

"得了,得了——"他奸笑着央求她,"你开头讲得蛮不错,说出了心里的话,但是请不要跟我谈什么主义嘛。我不高兴听人家谈这些,而且我敢打赌,你也——"

"怎么,你怎么会——"她一开始便发觉自己失去了控制,于是赶快打住,满肚子懊恼自己不小心掉进了人家的陷阱。

"你发现我之前,我就站在那边门道里,观望着你,"他说,"我同时观望别的女孩子。她们全都好像是从同一个模子里铸造出来的面孔。可你不一样。你脸上的表情是容易理解的。你没有把你的心思放在事业上,并且我敢打赌,你不是在思考我们的主义或医院。你满脸表现出来的是想要跳舞,要好好玩乐一番,可是又办不到。所以你都要发狂了。讲老实话吧。难道我说得不对吗?"

"我没有什么要跟你说的了,巴特勒船长,"她尽可能一本正经地对他说,努力想把已经丢掉了的面子挽回来一些,"仅仅凭一个'伟大的跑封锁线的冒险家'的身份,你是没有权利侮辱妇女的。"

"伟大的跑封锁线的冒险家! 这简直是笑话。请求你再给我一点点宝贵的时间,然后再叫我不明不白地走开吧。我不想让这么可爱的一个小小爱国者,对于我为联盟的主义所做出的贡献,仍处于茫然无所知的境地呢。"

"我没有兴趣听你的吹嘘了!"

"跑封锁线对我来说是一桩生意,我从中赚了不少钱。一旦我不再从中赚钱了,我就会撒手不干的。你看这怎么样呢?"

"我看你是个要钱不要脸的流氓——跟那些北方佬一模一样。"

"一点不错,"他咧着嘴笑笑,"北方佬还帮忙我赚钱呢。可不,上个月我还把船径直开进纽约港,装了一船的货物呢。"

"什么!"思嘉惊叫一声,不由得大感兴趣,十分激动,"难道他们不轰你吗?"

"我可怜的天真娃娃!当然不啦。那边有的是联邦爱国者,他们并不反对卖东西给联盟来赚大钱呀。我把船开进纽约,向北方佬公司买进货物,当然是十分秘密的,然后再开回来。等到这样做有点危险了,我就换个地方,到纳索去,那里同样是这些联邦爱国者给我准备好了火药、枪弹和漂亮的长裙。这比到英国去更方便。有时候,要把它运进查尔斯顿或者威尔明顿,倒稍稍有点困难——不过,你万万不会想到一点点黄金能起多大的作用呀!"

"唔,我知道北方佬很坏,可是不知道——"

"北方佬出卖联邦赚几个老实钱,这有什么不好啊?这可是一点关系也没有。结果反正都一样。他们知道联盟总是要被打垮的,那又为什么不尽早捞几个钱呢?"

"给打垮——我们?"

"当然喽。"

"请你赶快走开好吗——难道我还得叫马车拉我回家去,这才能摆脱你吗?"

"好一个火热的小叛徒!"他说,又咧嘴笑了笑。接着他鞠了一躬,便悠然自得地走开了,让她一个人气得胸脯一鼓一鼓地站在那里。一种连她自己也不怎么理解的失望之情,好比一个孩子眼看自己的幻想破灭时的失望之情,像火焰般在她心里燃烧。他怎么敢把那些跑封锁线的人说得那么迷人,他怎么竟敢说联盟会被打垮！光凭这一点就该枪毙他——作为叛徒枪毙。她环顾大厅,望着所有熟悉的面孔,那么相信成功、那么勇敢、那么忠诚的面孔,可是不知怎的一丝凄冷的凉意突然向她心头袭来。给打垮吗？这些人——怎么,当然不会！连这个想法本身都是不可能的,不忠的。

"你们俩嘀咕什么了?"媚兰见顾客都走开了,便转过身来问思嘉。"我看见梅里韦瑟太太始终在盯着你,都觉得不好意思了。亲爱的,你知道她会怎么说呀!"

"唔,刚才这个人太差劲——是个没教养的家伙。"思嘉说,"至于梅里韦瑟那老太太,就让她说去吧。我可不耐烦就专门为她去做个傻里巴几的人呢。"

"怎么,思嘉!"媚兰生气地喊道。

"嘘——嘘,"思嘉提醒她注意,"米德大夫又要讲话了。"

人群听到大夫提高了声音,便再次安静下来。他首先感谢女士们踊跃捐出了她们的首饰。

"那么现在,女士们和先生们,我要提出一个惊人的建议——一个会使你们某些人感到震惊的新鲜玩意儿,不过我请你们记住,这纯粹是替医院、替我们的躺在医院里的小伙子们来着想的。"

人人都争着挤上前去,预先猜想这位不露声色的大夫所要提出的惊人建议究竟是什么。

"舞会就要开场了,第一个节目当然是弗吉尼亚双人舞,接着是一场华尔兹。然后是波尔卡舞、苏格兰轮舞、玛祖卡舞,这些都将用一个弗吉尼亚短舞打头。我很清楚,对于弗吉尼亚双人舞的领头是会有一番小小的竞争的,所以——"大夫擦了擦他的额头,向角落里投去一个滑稽的眼色,他的太太就坐在那些陪护人中间,"先生们,如果你们想同你所挑选的一位女士领跳一场弗吉尼亚双人舞,你就得出钱来请她。我愿意充当拍卖人,卖得的钱都归医院。"

所有正在挥动的扇子都突然停止了,一片激动的嗡嗡声在整个大厅泛滥开来。陪护人所在的那个角落也是一团混乱,其中米德太太急于对丈夫的提议表示支持,可他的那种新花样又是她从心底里不赞成的,因此处于不利地位。埃尔辛太太、梅里韦瑟太太和惠廷太太气得脸都红了。可是突然从乡团中爆发出一阵欢呼,并立即获得其他穿军服的人的附和。年轻姑娘们都热烈鼓掌,兴奋得跳起来。

"你不觉得这是——这简直是——简直有点像拍卖奴隶吗?"媚兰低声说,疑惑地凝视着那位早已设防的大夫,而他在她眼中一直是个完美无缺的人物。

思嘉什么也不说,但是她的眼睛在发光,她的心紧缩得有点疼痛。如果她不是寡妇就好了。如果她又是从前的思嘉·奥哈拉,穿着苹果绿衣裳,胸前飘着深绿色天鹅绒饰带,黑头发上簪着月下香,袅袅婷婷地走在外面舞场里,那她就会领那场弗吉尼亚双人舞。是的,一定会这样!那会引起十几位男子来争夺她,争着将自己所出的价钱交给大夫。啊,如今只能强制自己坐在这里当墙花,眼看范妮或梅贝尔作为亚特兰大的美人儿领跳第一场双人舞了!

从那一片嘈杂中忽然冒出了小个儿义勇兵的声音,他用十分明显的法兰西腔调说:"请允许我——用二十美元请梅贝尔·梅里韦瑟小姐。"

梅贝尔刷的一下脸红了,赶紧伏在范妮的肩上,两个人交缠着脖子把脸藏起来,吃吃地笑着,这时已经有许多别的声音在喊着别人的名字,提出不同的价额。米德大夫又是笑嘻嘻的了,他根本不理睬坐在角落里的医院妇女委员会在怎样愤慨地纷纷议论。

开头,梅里韦瑟太太断然大声宣布,她的女儿梅贝尔绝对不参加这样一种活动;可是,等到梅贝尔的名字喊得最多、价额也提高到了七十五美元时,她的抗议便开始松劲了。思嘉撑着两只臂肘倚在柜台上,望见拥挤的人群在乐台周围兴奋地笑着喊着,挥舞着大把大把南部联盟的钞票,不禁眼红得要冒火了。

如今,他们大家都要跳舞了——除了她和那些老太太们。如今,人人都可以享乐一番了,只有她例外。她发现瑞德·巴特勒就站在大夫的下首时,还没来得及改变脸上的表情,他便看见了她,他的一个嘴角垂了下来,一道眉毛翘了上去。她翘着下巴扭过头来不理他,这时忽然听见有人喊她的名字——用明显的查尔斯顿口音喊她的名字,声音凌驾于所有其他名字之上。

"查尔斯·汉密尔顿太太——一百五十美元——金币。"

人群一听到那个金额和那个名字便顿时鸦雀无声了。思嘉更是惊骇得几乎不能动弹。她坐在那里,双手捧着下巴颏,眼睛瞪得大大的。人们一齐转过身来瞧着她。她看见大夫从台上俯下身来在瑞德·巴特勒耳旁低语些什么,也许是说她还在服丧,不好出来跳舞吧。她看见瑞德懒洋洋地耸了耸肩膀。

"请你另挑一位美人,好不好?"大夫问道。

"不,"瑞德明白地回答,他毫不在意地朝人群扫了一眼,"汉密尔顿太太。"

"我告诉你,那是不可能的,"大夫不耐烦地说,"汉密尔顿太太不会——"

思嘉听到一个声音,但最初还没有认出来这就是她自己说话的声音。

"行,我愿意!"

她一跃而起,但心脏在猛烈地撞击着,她生怕站不稳。她那么激动,是因为自己又成了大家注目的中心,又成了全场最为人们所渴望的姑娘,而且,最妙的是,又可以跳舞了。

"哦,我不在乎! 我不在乎他们说些什么!"她低声喃喃着,浑身有一股美妙的狂热劲儿。她头一扬迅速走出了摊位,两只脚跟像响板一般敲打着,同时哗的一声把那把黑绸扇子全面甩开。霎时间,她瞥见了媚兰那张惊疑的脸孔,那些陪护人脸上的表情,那些焦急的女孩子,以及士兵们热烈赞扬的神色。

接着她就来到了舞场上,同时瑞德·巴特勒穿过人群向她走来,脸上挂着一丝流里流气的嘲讽的微笑。但是她不在乎——哪怕他就是亚伯·林肯本人她也不在乎! 她要重新跳起舞来了。她要领跳那场弗吉尼亚双人舞呢。她轻捷地给他一个低低的屈膝礼和一丝娇媚的微笑。他将手放在他穿着皱边衬衣的胸口上鞠了一躬。本来吓呆了的乐队指挥利维这时立即想起要掩盖这个场面,便大叫一声:"挑好你的舞伴,准备跳弗吉尼亚双人舞呀!"

于是乐队哗的一声奏起了最美妙的舞曲《迪克西》①。

---

① 《迪克西》是1859年丹尼尔·埃米特为供黑人游吟艺人表演而作的歌曲。美国南北战争期间,南部联盟军亦唱此歌。

"巴特勒船长,你怎么敢叫我出这样的风头呀?"

"可是,汉密尔顿太太,你是明明想出这个风头的嘛。"

"你怎么会在众人面前把我的名字喊出来的呀?"

"你本来也是可以拒绝的嘛。"

"不过——我这是为了主义呢。既然你出了这许多金元,我就不能只顾自己了。请别笑,大家都在瞧着我们呢。"

"他们反正是要看的。请不要拿出什么主义之类的废话来跟我胡聊了。你既然要跳舞,我才给了你这个机会。这是双人舞最末一种舞步的进行曲吧,是不是?"

"对——真的,我该停下来休息了。"

"为什么,是我踩了你的脚吗?"

"没有——不过他们会议论我的。"

"你当真顾虑这些——你心里是这样想的吗?"

"唔——"

"你又不是在犯什么罪,是吗? 干吗不跟我跳华尔兹?"

"可是如果我妈会——"

"原来还拴在妈妈的裙带上呢。"

"唔,你总是把品德说得那么一钱不值,真讨厌死了。"

"可品德本来就是一钱不值嘛。你怕人家议论吗?"

"不——但是——好,我们别谈这个了。谢天谢地,华尔兹开始了。双人舞总是叫我跳得喘不过气来。"

"不要回避我的问题。究竟你觉得旁人的议论要不要紧呢?"

"唔,如果你一定要我回答,我就说——不要紧! 不过,一个女孩子通常是关心这种事的。只是今晚嘛,我不管了。"

"好样的! 你这才是自己在思想,而不是让旁人替你思想呢。这就开始聪明起来了。"

"唔,可是——"

"一旦你像我这样惹起了那么许多人议论,你就会明白这原来是没有什么关系的。想想看,在查尔斯顿就没有哪家人家愿意接待我的。即使我对我们正义神圣的主义做出了贡献,也改变不了他们的禁忌啊。"

"多可怕呀!"

"唔,一点也不可怕。只要你还没有丢掉自己的名誉,你就永远也不会明白名誉这个东西是个多大的负担,也不会明白自由究竟意味着什么。"

"你这话说得太难听了!"

"难听可又真实。只要你经常备有足够的勇气——或者金钱——你就用不着什么名誉了。"

"金钱并不是能买到一切的啊。"

"大概有人对你说过这话了。你自己决不会想出这种陈腔滥调来的。它买不到什么呀?"

"唔,这我不明白——反正,幸福或爱情是买不到的。"

"一般说来,它也能买到。万一不行时,它也可以买一种最出色的代用品。"

"你真有那么多钱吗,巴特勒船长?"

"这问题显得好没涵养啊,汉密尔顿太太。我简直是有点吃惊了。不过嘛,是这样。作为一个从小就两手空空被剥夺了继承权的年轻人,我干得是蛮不错的。我有把握在封锁线上捞到一百万。"

"唔,不可能吧!"

"唔,会的。要知道,从一种文明的毁灭中也像从它的建设中那样,能捞到大量的金钱。可这个道理大多数人好像并不明白。"

"你这是什么意思呢?"

"你的家庭,我的家庭,以及今晚在场的每个家庭,都凭的是把一片荒野改变为一片繁荣而致富的。这就是帝国建设时期。在帝国建设时期有大钱好赚。不过,在帝国毁灭时期能赚的钱更多呢。"

"你这谈的是什么帝国呀?"

"就是我们生活所在的这个帝国——这个南方——这个南部联盟——这个棉花王国——它如今正在我们脚下崩溃。只不过大多数笨蛋看不到这一点,不能利用这崩溃所创造的大好形势罢了。我就是从这毁灭中发财致富的。"

"那么你真的认为我们会被打垮了?"

"是的。为什么要做鸵鸟呢?"

"啊,亲爱的,我最不爱谈这样的事了。你能不能也说些有趣的话呢,巴特勒船长?"

"要是我说你的眼睛像一对金鱼缸,它们满满地盛着最清澈的绿水,当金鱼就像现在这样游到水面上来时,你就美丽得要命了——这样说你会高兴吗?"

"唔,我不高兴这样……你听这音乐不是很美妙吗?唔,我可以跳一辈子华尔兹!可以前我并不觉得那么需要它呢。"

"你是我搂抱过的最漂亮的舞伴了。"

"巴特勒船长,你别把我搂得这么紧呀。大家都在看呢。"

"要是没有人看着我们,你会高兴我这样搂着吧?"

"巴特勒船长,你有点忘形了。"

"一点儿也没有。我怎么会呢,有你搂在我怀里?……这是什么曲子,是新的吗?"

"是的,不是好极了吗? 这是我们从北方佬手里缴获的。"

"叫什么名字?"

"《到这场残酷战争结束时》。"

"歌词是怎样的? 唱给我听听。"

> 亲爱的人儿啊,你可还记得
> 我们上次相会的时刻?
> 那时你跪在我脚边,
> 对我说你多么爱我。
> 啊,你穿着灰色的戎装
> 那么骄傲地在我面前站着,
> 你发誓无论命运怎样拨弄,
> 你永不背叛我和你的祖国。
> 我悲伤、孤独,我流泪叹息,
> 可音信杳然,毫无结果!
> 但愿这场残酷的战争结束,
> 我们能重新愉快地会合!

"当然,原来是'蓝色的戎装',我们把它改成了'灰色'……唔,你的华尔兹跳得真好,巴特勒船长。大多数高个子男人都不行,你知道的。真不敢去想我今后要过多少年才能再跳舞呢。"

"几分钟就行了嘛。下一场双人舞我还要投你的标,还有再下一场,再下一场。"

"唔,别这样,我不行了。你可千万不要投了!我的名声眼看就毁了。"

"本来就是够坏的了,再跳一场又何妨呢?等我跳过五六场之后,兴许让给别的小伙子跳那么一场两场,不过最后一场还得归我。"

"唔,好的。我知道自己是疯了,但不管它了。无论人家怎么说,我都一点也不在乎了。我在家里已坐腻了,我就是要跳,要跳——"

"也不再穿黑衣服了?我讨厌丧服。"

"可是我总不能脱掉这丧服呀——巴特勒船长,你别把我搂得这么紧呀。你再这样,我可要生气了。"

"你那生气的模样才好看呢。我偏要搂得再紧一点——你瞧——就想试试你会不会真的生气。你自己没有意识到,那天在'十二橡树'村你气得摔家伙时,那模样有多迷人呀!"

"啊,请你——你能不能把那件事忘掉?"

"不,那是我平生最珍贵的记忆之一——一位娇生惯养的带有爱尔兰人坦率品性的南方美人——你很有爱尔兰人气质,你知道。"

"唔,亲爱的,音乐结束了,皮蒂帕特姑妈也从后面屋里出来了。我知道梅里韦瑟太太一定会告诉她。啊,千万千万,我们快到那边去,也好朝窗外看看。我不想让她现在看见我。她那眼睛睁得像碟子一样大呢。"

第 十 章

第二天早晨吃鸡蛋饼的时候,皮蒂帕特姑妈在伤心落泪,媚兰一声不响,思嘉则是一副倔强不屈的神气。

"不管他们怎么议论,我不在乎。我敢打赌,我给医院挣的钱比无论哪个女孩子都多——比我们卖出那些旧玩意儿所有的收入还多。"

"唔,亲爱的,钱有什么了不起呢?"皮蒂帕特一面哭泣,一面绞着两只手说,"我简直不相信自己的眼睛,可怜的查理死了还不到一年……这讨厌的巴特勒船长就让你那么抛头露面,而他又是个可怕的、可怕极了的家伙,思嘉。惠廷太太的堂姐科尔曼太太,她丈夫刚从查尔斯顿来,跟我谈了这个人的情况。他是个好人家的败类——啊,巴特勒家怎么会养出像他这样的不肖子来呀!他在查尔斯顿没人接待,名声坏透了,还牵涉到一个女孩子——那种坏事连科尔曼太太都不好意思去听呢——"

"唔,我就不信他会坏到那个地步,"媚兰温和地说,"他看起来完全是个上等人嘛,而且,你只要想想他曾那么勇敢地跑封锁线——"

"他并不是勇敢,"思嘉执拗地说,一面把半缸糖浆倒在鸡蛋饼上,"他是为了赚钱才去干的。他跟我这样说过。他对南部联盟毫无兴趣,他还说我们会被打垮呢。不过,他的舞跳得好极了。"

她的这番话把听的人吓得目瞪口呆,不敢吭声了。

"老在家里待着我已腻了,也不想再这样待下去。要是他们全都在议论我昨晚的事,那么反正我的名声已经完了,他们再说什么别的也就没有关系了。"

她没有意识到这正是巴特勒的观点。这观点来得那么巧,并且非常适合她现在的想法。

"啊! 要是你母亲听见了,她会怎么说呀? 她又会怎样看我呢?"

思嘉一想起母亲听到自己女儿的不名誉行为时必然会出现的那种惊慌失措的神色,便觉得有股冰凉的罪恶感袭上心头。但她再一想,亚特兰大和塔拉相距二十五英里呢,于是又鼓起勇气来了。皮蒂姑妈决不会告诉爱伦的。因为那会使她这个监护人处于很不体面的地位。只要皮蒂不嚼舌头,她就没事了。

"我看——"皮蒂说,"是的,我看我最好是给亨利写封信去谈谈——尽管我极不愿意这样做——可他是我们家唯一的男人,让他去对巴特勒船长表示责备的意思——啊,亲爱的,要是查理还活着多好——你可千万千万不要再理睬那个人呀,思嘉!"

媚兰一声不响地坐在那里,两只手放在膝上,盘子里的鸡蛋饼早已凉了。她站起身来,走到思嘉背后,伸出胳臂抱住她的脖子。

"亲爱的,"她说,"你不要难过。我明白,你昨晚做了件勇敢的事,这对医院有很大帮助。如果有人敢说你一句半句,我会起来对付他们的……皮蒂姑妈,你别哭了。思嘉也实在够苦的了,哪儿也不能去,她还是个孩子呢。"她用手指摆弄着思嘉的黑发,"要是我们偶尔出去参加一点社交活动,那兴许要好一些。也许我们太只顾自己了,总是闷闷不乐地关在家里。战争时期跟平时不一样嘛。每当我想到城里那些士兵,他们远离家乡,晚上也没什么朋友好去拜访的——还有医院那些伤兵,他们已经可以起床,但是还不能回到部队里去——这样,我觉得我们真有点自私了。我们应当立即收三个正在康复的伤员到家里来,像别的人家那样,同时请几个士兵每逢礼拜天来这里吃饭。好了,思嘉,你不用着急,人们一旦了解就不会说什么了。我们知道你是爱查理的。"

思嘉本来根本不着急,倒是对于媚兰在她头发里摆弄的那两只手却有点不耐烦了。她真想使劲将脑袋一摆,说一声:"简直是瞎扯!"因为她还清楚地记得,昨晚那些乡团队员、民兵和住院的伤兵曾怎样争着要跟她跳舞来着。在这世界上谁都可以,就是不要媚兰来充当她的保护人。她能保护自己的,谢谢你了。如果那些不怀好意的老婆子硬要大喊大叫——好吧,没有她们她也会照样过下去。世界上有那么多漂亮的军官,她干吗还要为这些老婆子的叫嚷发愁呢!

皮蒂帕特正在媚兰的安慰下轻轻地拭眼睛,这时普里西拿着一封厚厚的信跑进来了。

"给你的,媚兰小姐。一个黑小子给你带来的。"

"我的?"媚兰诧异地说,一面拆信封。

思嘉正在吃她的鸡蛋饼,所以不曾注意,直到发觉媚兰呜呜咽咽地哭了,才抬起头来,看见皮蒂帕特姑妈正把一只手放到胸口上去。

"艾希礼死了?"皮蒂帕特尖叫一声,把头往后一仰,两只胳臂便瘫软地垂下去了。

"啊,我的上帝!"思嘉也叫了一声,顿时血都冷了。

"不是的! 不是的!"媚兰喊道,"快! 思嘉! 拿她的嗅盐来,闻吧,闻吧,亲爱的,你觉得好些了吗? 使劲吸呀。不,不是艾希礼。真抱歉,我把你吓坏了。我哭了,是因为太高兴了。"她忽然把那只紧握着的手松开,把手里的一件东西放到嘴唇上亲了亲。"我多么高兴。"说着,又是一阵呜咽。

思嘉匆匆瞥了一眼,发现那是一个又粗又重的金戒指。

"读吧,"媚兰指着地板上的信说,"啊,他多可爱,多好的心啊!"

思嘉莫名其妙地把那张信笺拾起来,只见上面用粗黑的笔迹写道:"南部联盟也许需要它的男士们的鲜血,但是还不索要它的女士们的爱情的血液。亲爱的太太,请接受这个我对你的勇气表示敬意的标志,并请你不要以为你的牺牲没有意思了,因为这只戒指是用十倍于它的价值赎回来的。瑞德·巴特勒船长。"

媚兰把戒指套在手指上,然后珍惜地看着它。

"我告诉过你他是个上等人,不是吗?"她回过头去对皮蒂帕特这样说,一丝明朗的微笑从她脸上的泪珠里透露出来,"只有一位崇高而用心的上等人才会想到那叫我多么伤心——我愿意拿出我的金链子来代替。皮蒂帕特姑妈,请你务必写个条子去,请他星期天来吃午饭,好让我当面谢谢他。"

由于心情激动,旁的人好像谁也不曾想起巴特勒船长没有把思嘉的戒指也退回来。可是思嘉想到了,并且很恼火。

她知道那不是由于巴特勒船长为人高尚而促使他做出这样一个豪侠的举动。那是因为他希望获得邀请到皮蒂帕特家里来，并且精确无误地算准了怎样才能得到这一邀请。

"我听说了你最近的行为，心中感到极为不安。"爱伦的来信中这样写道，思嘉坐在桌前阅读，不由得皱起了眉头。一定是那个讨厌的消息迅速传开了。思嘉在查尔斯顿和萨凡纳时，常听人说亚特兰大的人比南方任何其他地方的人都更爱议论和干预旁人的事，现在她才相信了。义卖会是星期一晚上举行的，今天才星期四呢。是哪个缺德的老婆子自告奋勇给爱伦写了信呢？有那么一会儿她怀疑到皮蒂帕特身上，可是立即打消了这种想法。可怜的皮蒂帕特，由于害怕因思嘉举止不当而受到指责，一直心惊胆战，她是不大可能把自己作为监护人的失职行为告诉爱伦的。说不定是梅里韦瑟太太干的吧。

"我很难相信你会这样忘记自己的身份和教养。对于你在服丧期间到公众场合去露面这一过失，考虑到你是很想对医院有所帮助，我还可以原谅。但是你居然去跳舞了，而且是同巴特勒船长这样一个人！我听到过许多他的事情（谁没有听到？）并且波琳上星期还写了信来，说他名声很坏，在查尔斯顿，连他自己家里也没有接待他，当然他那位伤透了心的母亲例外。他这样一个品性糟透了的人准会利用你的年幼无知，叫你出风头，好公开破坏你和你家庭的名誉。怎么皮蒂帕特小姐会这样玩忽职守，没有好好监护你呀？"

思嘉望着桌子对面的姑妈。老太太认出了爱伦的手迹，她那张肥厚的小嘴胆怯地嘟着，像个害怕挨打想凭眼泪来逃避的小孩子一般。

"我一想起你这么快便忘记了自己的教养,就伤心透了。我已经打算立即把你叫回家来,但这要由你父亲去斟酌处理。他星期五到亚特兰大去跟巴特勒船长交涉,并把你接回家来。我担心他会不顾我的劝告对你发火。我祈望这样的鲁莽行为只是由于年轻和欠考虑而引起的。没有人比我更希望为我们的主义服务了,我也希望我的几个女儿都像我这样,可不要辱没——"

信中还有更多这类的话,但思嘉没有读完。她生平第一次给彻底吓坏了。她现在已不再那样满不在乎和存心反抗了。她觉得自己的确是年幼胡来,就像十岁时在餐桌旁向爱伦摔了一块涂满黄油的饼干那样。她思量着,她那慈祥的母亲如今也在严厉地责备她,而她父亲就要到城里来跟巴特勒船长办交涉了。她越发感到问题的严重性。父亲会很凶的。她终于知道自己已不再是个可爱的淘气孩子,不能坐在他膝头上扭来扭去赖掉一场惩罚了。

"不是——不是坏消息吧?"皮蒂帕特紧张得发抖地问她。

"爸爸明天要来了,他会像只鸭子抓无花果虫那样扑向我来呢。"思嘉忧心忡忡地回答。

"普里茜,把我的嗅盐拿来,"皮蒂帕特烦躁地说,接着把椅子往后一推,丢下刚吃一半的饭不管了,"我——我觉得要晕了。"

"嗅盐在你的裙兜里呢。"普里茜说,她在思嘉背后跳来跳去,欣赏着这幕感人的戏剧。她知道,杰拉尔德先生发起脾气来常常是煞好看的,只要不发在她的头上就好了。皮蒂从裙腰上把药瓶摸了出来,赶快送到鼻子跟前。

"你们大家都得守在我身边,一刻也不要丢下我单独同他在一起,"思嘉喊道,"他是挺喜欢你们两个的,只要你们在场他就不敢跟我闹了。"

"我可不行,"皮蒂帕特胆怯地说,一面站起身来,"我——我觉得不大舒服。我得躺下休息。明天我要躺一整天。你们务必向他转达我的歉意。"

"胆小鬼!"思嘉心想,愤愤地瞪了她一眼。

媚兰一想起要面对奥哈拉先生那大发雷霆的模样,也吓得脸发白了,可是她仍然鼓起勇气来保护思嘉。"我会——我会帮助说明你那样做完全是为了医院。他一定会谅解的。"

"不,他不会,"思嘉说,"并且,唔,如果硬叫我这么丢脸地回塔拉去,我就要像母亲警告过的那样,死给他看!"

"啊,你不能回去,"皮蒂帕特一声惊叫,又哭起来了,"要是你回去,我就只好——是的,只好请亨利来跟我们住在一起,可是你知道,我是怎么也不能跟他一起住的。我只跟媚兰两个人在屋里时,一到晚上就紧张死了,因为有那么许多男人在城里呀。可是你这个人很勇敢,有你在,家里没有一个男子汉我也不怕了!"

"唔,他不会把你带回塔拉去!"媚兰说,看样子她也快要哭了,"如今这就是你的家了。我们要是没有你,怎么办呢?"

"你要是知道我对你真正的看法,就会巴不得让我走了。"思嘉满不高兴地想,但愿除媚兰之外还有别的人能帮助她躲过父亲的谴责。要由一个你最不喜欢的人来保护你,那才讨厌呢。

"也许我们应当取消对巴特勒船长的邀请——"皮蒂首先提出来。

"唔,那不行!那就显得太不礼貌了!"媚兰着急地嚷道。

"扶我上床去吧。我眼看要犯病了,"皮蒂帕特哼哼着,"啊,思嘉,你怎么让我受这个罪呀?"

第二天下午杰拉尔德抵达时,皮蒂帕特已经病倒在床上了。她好几次从紧闭的卧室里传出道歉的口信,并吩咐让那两个惊惶失措的女孩子主持晚餐。杰拉尔德尽管也吻了吻思嘉,并在媚兰的脸颊上表示赞许地拧了一下,叫了声"媚兰姑娘",可始终保持一种令人不安的沉默态度。思嘉心里很难受,觉得还不如让他大喊大叫地咒骂一通要痛快得多。媚兰坚守诺言,像个影子似的寸步不离地紧挨着思嘉,而杰拉尔德又是那么讲究的一个上等人,不好在她面前责备自己的女儿。思嘉不得不承认媚兰把事情处理得很好,仿佛她压根儿不知道有过什么差错似的,并且一开始吃晚饭就巧妙地让他忙于说话,不得空。

"我很想听听县里所有的情况,"她笑容满面地对他说,"英迪亚和霍妮太不爱写信了,可我知道你是了解那边一切动静的。给我说说乔·方丹的婚礼吧。"

杰拉尔德被恭维得高兴起来。他说那次婚礼不怎么热闹,"不像你们几位姑娘当初办的那样",因为乔只有很少几天的休假。芒罗家的小女儿萨莉长得很漂亮。可惜他记不起她穿的什么衣服了,但是他听说她连件"隔朝"衣也没有呢!

"真的吗?"她们俩像受了侮辱似的惊叫道。

"真的,因为她根本就不曾有过一个'二朝'。"杰拉尔德解释说,接着便大笑起来,也来不及反省这种话可能是不适宜对女人说的。思嘉听到他的笑声便兴致勃勃了,并且庆幸媚兰有这个本领。

"第二天乔便回弗吉尼亚去了,"杰拉尔德赶忙补充一句,"以后也没有搞什么拜访和舞会。塔尔顿那对孪生兄弟如今也还待在家里。"

"我们听说了。他们复原了吗?"

"他们的伤势不重。斯图尔特伤在膝头上,布伦特被一颗米尼式子弹打穿了肩胛。你们也听说过他们在表彰英勇事迹的快报上列名了吗?"

"没有呀!给我们说说吧!"

"两个都是冒失鬼。我想他们身上一定有爱尔兰人血统,"杰拉尔德得意地说,"我忘记他们干了些什么,不过布伦特现在是个中尉了。"

思嘉听了他们的功绩感到很高兴,仿佛觉得这功绩自己也有份似的。一个男人只要曾经追求过她,她就永远忘不了他是属于她的,他所做的一切好事也就有助于她的荣誉了。

"我还有个消息是你们两人都感兴趣的,"杰拉尔德说,"听说斯图又在'十二橡树'村求婚了。"

"是霍妮还是英迪亚?"媚兰兴奋地问,而思嘉几乎是愤愤地瞪着眼珠子等待说下去。

"唔,当然了,是英迪亚小姐。她不是一直牢牢地抓住他,直到我们家这个小妞儿去勾引他为止吗?"

"唔。"媚兰对于杰拉尔德这股直率劲儿感到有点尴尬。

"还不只这样呢,如今小布伦特又喜欢到塔拉来转悠了!"

思嘉不好说什么。她的这位情人的变节行为在她看来几乎是一种侮辱。尤其她还记得,当她告诉这对孪生兄弟她快要和查理结婚时,他们表现得多么粗野。斯图尔特甚至威胁要杀死查理或思嘉,或者他自己,或者所有这三个人。那一次闹得可真紧张呀!

"是苏伦吗?"媚兰问,脸上流露出高兴的微笑,"不过我想,肯尼迪先生——"

"唔,他呀?"杰拉尔德说,"弗兰克·肯尼迪还是那样蹑手蹑脚的,连见了自己的影子也害怕。他要是再不说清楚,我就要问问他究竟安的什么心。不。布伦特的主意是打在我那小姐儿身上。"

"卡琳?"

"她还是个孩子呢!"思嘉尖刻地说,终于又开口了。

"她比你结婚的时候只小一岁多一点点呢,小姐,"杰拉尔德反驳道,"你这是在抱怨你过去的情人看上了你的妹妹喽?"

媚兰脸红了,她很不习惯这样的坦率态度,于是示意彼得去把甘薯馅饼拿进来。她在心里拼命寻找别的话题,最好既不牵涉到某个具体的人而又能使奥哈拉先生不要谈起他此行的目的。她什么也想不出来,不过奥哈拉一打开话匣子,便只要有人听他,也用不着你去怂恿了。他谈到物资供销部的需求每月都在增加,谈到杰斐逊·戴维斯多么奸滑愚蠢,以及那些被北方佬以重金招募到军队的爱尔兰人怎样耍流氓,等等。

酒摆到桌上了,两位姑娘站起来准备走开,这时杰拉尔德皱着眉头严峻地看了他女儿一眼,叫她单独留下来陪他一会儿。思嘉无可奈何地瞧着媚兰,媚兰无计可施,绞着手里的手绢,悄悄走出去,把那两扇滑动的门轻轻拉上了。

"好啊,姑娘!"杰拉尔德大声说,一面给自己倒了一杯葡萄酒,"你干得不错嘛!你这是想再找一个丈夫啦,刚当了几天寡妇?"

"别这么大声嚷嚷,爸爸,用人们——"

"他们早知道了,一定的,大家都听说咱们家的丑事了。你那可怜的母亲给气得躺倒了,我也抬不起头来。真丢人呀!不,小家伙,这一回你休想再用眼泪来对付我了,"他急速地说下去,口气中微微流露着惊恐,因为看见思嘉的眼睑已开始眨巴眨巴,嘴也撇了,"我了解你。你是丈夫一死马上就会跟别人调情的。不要哭嘛。今天晚上我也不想多说了,因为我要去看看这位漂亮的巴特勒船长,这位拿我女儿名誉当儿戏的船长。但是明天早晨——现在你别哭了。这对你毫无好处,毫无好处。我已经决定,你明天早晨就跟我回塔拉去,省得你再让我们大家丢脸。别哭了,好孩子。瞧我给你带来了什么!这不是很漂亮的礼物吗?瞧呀!你怎么给我添这许多麻烦呢,叫我在忙得不可开交时老远跑到这里来?别哭了!"

媚兰和皮蒂帕特睡着好几个小时了,可思嘉仍然醒着躺在闷热的黑暗中,她那颗憋在胸腔里畏缩着的心显得很沉重。要在这生活刚刚重新开始的时候就离开亚特兰大,就回家去,去见母亲,这该多可怕呀!她宁死也不愿意去跟母亲见面。她但愿自己此刻就死了,那时大家都会后悔自己怎么就这样狠心呢。她的头在火热的枕头上转过来转过去,直到隐隐听见寂静的大街上有个声音远远地传来。那是一个怪熟悉的声音,尽管那样模糊,听不清楚。她从床上溜下来,走到窗口。街道两旁那些交拱着的树木,在一片繁星密布的幽暗天空下,显得柔和而黑黝黝的。声音愈来愈近,那是车轮的声响,马蹄的嘚嘚声和人声。她忽然咧嘴一笑,因为她听到一个带浓重爱尔兰土腔和威士忌酒味的声音在高唱《矮背马车上的佩格》,她明白了。这一回尽管不是在琼斯博罗旁听了法庭审判,但杰拉尔德这次回家的情景却是同上次的一模一样。

思嘉隐约看见一辆马车在屋前停下来,几个模糊的人影下了车。有个什么人跟着他。那两个影子在门前站住,随即门闩一响,思嘉便清清楚楚地听到了杰拉尔德的声音。“现在我要给你唱《罗伯特·埃米特挽歌》,这支歌你是应该熟悉的,小伙子。让我教你唱吧。”

“我很想学呢,”他的那位同伴答道,他那拖长的声调中好像抑制着笑声似的,“不过,以后再说吧,奥哈拉先生。”

“啊,我的上帝,这就是那个姓巴特勒的家伙呀!”思嘉心里想,开始觉得懊恼,但随即高兴起来。至少他们没有搞决斗,而且他们一定很投机,才在这个时刻在这种情况下一道回家来。

“我要唱,你就得听,要不我就宰了你,因为你是个奥兰治分子。”

“不是奥兰治分子,是查尔斯顿人。”

“那也好不到哪里去。而且更坏呢。我有两个姨姐妹就在查尔斯顿,我很清楚。”

“难道他想让所有的邻居都听见吗?”思嘉惊恐地想道,一面伸手去找自己的披肩。可是她怎么办呢?她不能深更半夜下楼去把父亲从大街上拖进来呀!

这时倚在大门上的杰拉尔德二话不说,便昂着头用低音吼着唱起《挽歌》来。思嘉将两只臂肘搁在窗棂上听着,心里很不是滋味。这本来是支很美妙的歌,只可惜她父亲唱不成调儿。她自己也是喜欢这支歌的,还跟着歌词沉思了一会儿,那是这样开始的:

> 她距离年轻英雄的长眠之地很远,
> 她的情人们正围着她在这里悲叹。

歌声在继续,她听见皮蒂帕特和媚兰的房间里有了声响。可怜的人,她们都给吵醒了。她们不习惯像杰拉尔德这样充满血性的男人。歌唱完了,两个人影叠在一起从过道上走来,登上台阶。接着是轻轻地叩门声。

"我看只好我下楼去了,"思嘉想,"他毕竟是我父亲,而皮蒂是死也不会去的。"而且,她不想让用人们看见杰拉尔德这副模样。要是彼得去扶他上床,他准会发脾气的。只有波克才懂得怎样对付他。

她用披肩紧紧围着脖子,点起床头的蜡烛,然后迅速从黑暗的楼梯上下去,走到前面穿堂里。她把蜡烛插在烛台上,开了门,在摇曳不定的烛光下看见瑞德·巴特勒衣着整齐地搀扶着她那位矮矮胖胖的父亲。那首《挽歌》显然已成了杰拉尔德的天鹅之歌,因为他已经老老实实地挂在这位同伴的臂膀上了。他的帽子不见了,那头波浪式的长发乱成一堆白马鬃似的,领结歪到了耳朵下面,衬衫胸口上满是污秽的酒渍。

"是你父亲吧,我想?"巴特勒船长说,黝黑的脸膛上闪烁着两只乐呵呵的眼睛。他一眼便看遍了她那宽松的睡衣,仿佛把那条披肩都看穿了。

"把他带进来。"她毫不客气地说,对自己的装束感到很不好意思,同时恼恨父亲使她陷入了任凭此人嘲笑的尴尬境地。

巴特勒把杰拉尔德推上前来。"让我帮你送上楼去好吗？你是弄不动他的。他沉得很呢。"

她听到这一大胆的提议，便吓得张口结舌了。试想果真巴特勒船长上楼去了，此刻正畏缩着躲在被子里的皮蒂帕特和媚兰会怎样看呢！

"哎哟，不用了！就放到这里，放在客厅里的长沙发上好了。"

"你是说寡妇自焚①？"

"你要是留神把话说得文明一点，我就感激不尽了。这儿，把他放下吧。"

"要不要替他脱掉靴子？"

"不要，他本来就是穿着靴子睡的。"

她不小心说溜了嘴，恨不得咬断自己的舌头，因为他把杰拉尔德的两条腿交叉起来时轻轻地笑了。

"现在请你走吧。"

他走过黑暗的穿堂，拿起那顶掉在门槛上的帽子。

"星期天来吃午饭时再见吧。"他边说边走出门去，随手轻轻把门带上。

思嘉五点半钟起身，这时仆人们还没有从后院进来动手做早餐。她溜进静悄悄的楼下客厅里。杰拉尔德已经醒过来，坐在沙发上，双手捧着圆圆的脑袋，仿佛要把它捏碎似的。思嘉进去时他偷偷朝她看了看。他这样动动眼睛也觉得痛苦不堪，接着便呻吟起来。

~~~~~~~~~~~~

① 英语中"长沙发"和"寡妇自焚"这两个词读音有些近似。

"哎哟,真要命了!"

"你干的好事呀,爸爸!"她愤愤地低声说,"那么晚回来,还唱歌把所有的邻居都吵醒了。"

"我唱歌了?"

"唱了!把《挽歌》唱得震天响呢!"

"可我压根儿记不得了。"

"邻居们会到死还记得的。皮蒂帕特小姐和媚兰也是这样。"

"真倒霉,"杰拉尔德呻吟着,动着长了厚厚一层苦苔的舌头,在焦干的嘴唇上舔了一圈,"一玩儿起来,以后的事我就什么都记不起来了。"

"玩儿?"

"巴特勒那小子吹牛说他玩儿扑克天下无敌——"

"你输了多少?"

"怎么,我赢了,当然。只消喝一两杯我就准赢。"

"拿出你的荷包来我看看。"

仿佛动弹一下都很痛苦似的,杰拉尔德好不容易才从上衣口袋里取出荷包,把它打开。他一看里面是空的,这才愣住了。

"五百美元,"他说,"准备给你妈向跑封锁线的商人买东西用的,如今连回塔拉的盘费也没了。"

思嘉气恼地瞧着那个空荷包,心中渐渐形成一个念头,并且很快就明确了。

"我在这里再也抬不起头来了,"她开始说,"你把我们的脸都丢尽了。"

"闭住你的嘴,孩子。你没看见我的头都快炸了吗?"

"喝得醉醺醺的,带着巴特勒船长这样一个男人回来,扯开嗓子唱歌给大家听,还把口袋里的钱输得精光。"

"这个人太会玩牌了,简直不像个上等人。他——"

"要是妈听到了会怎么说呢?"

他忽然惊慌失措地抬起头来。

"你总不至于向你妈透露让她难过吧,你会吗?"

思嘉只嘟着嘴不说话。

"试想那会叫她多伤心,像她这么个柔弱的人。"

"那么你也得想想,爸,你昨晚还说我辱没了家庭呢!我,只不过可怜巴巴地跳了一会儿舞,给伤兵挣了点钱嘛。啊,我真想哭。"

"好,别哭,"杰拉尔德用祈求的口气说,"我这可怜的脑袋还怎么受得了呀,它真的就要炸了!"

"你还说我——"

"得了,得了,小家伙,别为你这可怜的老父亲说的什么话伤心了,他是完全无心的,并且什么事情也不懂!当然,你是个又乖又好心的姑娘,我很清楚。"

"还要带我不光彩地回家去吗?"

"噢,亲爱的,我不会这样做。那是逗你玩儿的。你也不要在妈跟前提这钱的事,她已经在为家里的开支发急了,你说呢?"

"不提,"思嘉爽气地说,"我不会提的,只要你让我还留在这里,并且告诉妈说,那只不过是些刁老婆子的闲扯罢了。"

杰拉尔德伤心地看着女儿。

"这等于是敲诈了嘛。"

"昨晚的事也很不名誉呢。"

"好吧，"杰拉尔德只得哄着她说，"我要把那件事统统忘掉。现在我问你，像皮蒂帕特这样一位体面的女士，家里会藏得有白兰地吗？要是能喝一杯解解昨晚的酷醉——"

思嘉转过身来，踮着脚尖经过穿堂，到饭厅里去拿那瓶白兰地酒，这是皮蒂帕特每当心跳发晕或者好像要晕时总得喝一口的，因此思嘉和媚兰私下称之为"治晕药水"。思嘉脸上是一片得胜的神色，对于自己这样不孝地摆弄父亲一点不觉得羞耻。如今，即使还有什么多嘴多舌的人再给爱伦写信，她也可以从谎言中得到宽慰了。如今她可以继续待在亚特兰大了。如今，她可以凭自己高兴做几乎任何想做的事了，因为皮蒂帕特本来就是个没主见的女人。她打开酒柜，拿出酒瓶和玻璃杯，把它们抱在胸前站了一会儿，想象着美妙的远景。

她仿佛看见在水声潺潺的桃树溪畔举行野餐和在石山举行大野宴的情景，还有招待会、跳舞会、坐马车兜风，以及星期日晚上在小店吃晚餐，等等。所有这些活动她都要在场，并且成为其中的核心，成为一群群男人围聚着的核心。男人们会很快坠入情网，只要你在医院里给他们稍稍做点事情就行。现在她不再对医院那么反感了。男人生病时总是容易感动的。他们很轻易就会落到一位机灵姑娘的手里，就像在塔拉农场，只要你把果树轻轻一摇，一个个熟透了的苹果就掉下来了。

她拿着那瓶能叫人重新振作的酒回到父亲那里，一路在心中感谢上帝，因为著名的奥哈拉家族的头脑毕竟没有抵挡住昨晚的那场搏斗；她并且突然想起：也许瑞德·巴特勒还和这件事有些关系呢。

第十一章

那以后一个星期的一天下午,思嘉从医院回来,感到又疲倦又气愤。其所以疲倦,是因为整个上午都站在那里,而气愤的是梅里韦瑟太太狠狠地责备了她,因为她替一个伤兵包扎胳臂时坐在他的床上。皮蒂姑妈和媚兰都戴好了帽子,带着韦德和普里茜站在走廊上,准备出外作每周一次的访问活动。思嘉请她们原谅不奉陪了,便径直上楼进入自己的房间。

思嘉听见马车轮的声音已远远消失,知道现在家里已没有人看得见了,便悄悄溜进媚兰的房里,拿钥匙把门反锁好。这是一间整洁的小小闺房,安静而温暖地沐浴在下午四点斜照的阳光里。除了很少几块地毯之外,光滑的地板上一无所有,雪白的墙壁也只有一个角落被媚兰作为神龛装饰了起来。

这里悬挂着一面南部联盟的旗帜,底下是媚兰的父亲在墨西哥战争中用过的那把金柄的军刀,它也是查尔斯出去打仗时佩带过的。还有查尔斯的肩带和插手枪的腰带,连同套子里的一只左轮,也挂在这里。在军刀和手枪之间是查尔斯本人的一张银版照相,他身穿笔挺的灰色军装英武地站着,一双褐色的大眼睛神采奕奕,嘴唇上流露着腼腆的微笑。

思嘉对那张照片连瞧也没瞧,便毫不犹豫地向屋子里床旁边那张桌子走去,桌上摆着一个四方的花梨木信匣。她从匣子里取出一束用蓝带子扎着的信札,那是艾希礼亲手写给媚兰的。最上面的一封是那天上午才收到的,思嘉把它打开了。

思嘉头一次来偷看这些信时,还感到良心上很不安,也生怕被发觉,以致双手哆嗦得几乎取不出信来。可后来干的次数一多,那点从来就不怎么讲究的荣誉感以及怕人发现的顾虑也就渐渐消失了。偶尔之间她也会心一沉,想到"母亲要是知道了会怎么说呢?"她明白,母亲宁愿让她死也决不容许她干出这种无耻的勾当来。所以思嘉起初很苦恼,因为她还想做一个在各方面都像母亲的人。可是想读这些信的诱惑力实在太强大,使得她把这样的考虑都渐渐置之度外了。现在她已经成了老手,善于把那些不愉快的思想索性从心里撂开。她学会了对自己说:"我现在不去想这件那件烦人的事了,等到明天再想吧。"往往到明天,那个思想压根儿已不再出现,或者由于一再推迟而淡漠起来,觉得并不怎么烦人了。这样,偷看艾希礼的信这件事也就不再是她良心上的一个负担了。

媚兰对于艾希礼的信则向来是慷慨大方的,往往要给皮蒂姑妈和思嘉朗读几段。可那些没有读的段落呢,它们正是思嘉感到痛苦的地方,并促使她去偷看这位小姑子的邮件。她必须弄清楚究竟艾希礼从结婚以来是否已经爱媚兰了。她必须弄清楚他是不是在假装爱她。他在信里给她写温柔亲昵的话吗?他表现了什么样的感情?又是用怎样热烈的口气表达的呢?

她小心地把信笺摊开。

艾希礼的细小匀整的笔迹在她眼前跃然出现,她开始阅读,"我亲爱的妻",这个称呼立即使她松了一口气。他毕竟还没有称呼媚兰为"宝贝"或"心肝"呢。

"我亲爱的妻:你来信说你深恐我在向你隐藏我的真实思想,问我近来在想些什么——"

"哎哟,我的天!"思嘉深感歉疚地想道,"隐藏他的真实思想,媚兰了解了他的心思吗?或者我的心思?她是不是猜疑他和我——"

她把信更凑近一些,紧张得双手发抖,但是读到下一段时又开始轻松了。

"亲爱的妻,如果我向你隐藏了什么,那是因为我不想给你加重负担,使你在担心我的身体安全的同时还要为我心理上的困扰担忧。不过我什么也瞒不住你,因为你对我太了解了。请不用害怕。我没有受伤,也没有生过病。我有足够的东西吃,间或还有一张床好睡。作为一个士兵,不能有旁的要求了。不过,媚兰,我心头压着许多沉重的想法,我愿意向你敞开我的心扉。

"入夏以来,我晚上总睡不好,经常在营里熄灯后许久还没有入睡,只好一次又一次仰望星星,心里这样想:'你怎么到了这里,艾希礼·威尔克斯?你为了什么而打仗呢?'

"当然不是为名誉和光荣。战争是肮脏的事业,而我不喜欢肮脏。我不是个军人,我也没有不惜从炮口里寻求虚名的志愿。不过,如今我已到这里打仗来了——我这个天生的地地道道的乡下书呆子!因为,媚兰,军号激不起我的热血,战鼓也催不动我的脚步,我已经清清楚楚看出我们是被出卖了,被我们南方人狂妄的私心所出卖了——我们相信我们一个人能够击垮十个北方佬,相信棉花大王能够统治世界呢!我们被那些高高在上、备受尊敬和崇拜的人们出卖了,他们用空谈、花言巧语、偏见和仇恨,用什么'棉花大王''奴隶制''州权''该死的北方佬'把我们引入了歧途。

"因此,每当我躺在毯子上仰望着天空责问自己'为了什么而打仗'时,我就想起州权、棉花、黑人和我们从小被教养着憎恨的北方佬,可是我知道所有这些都不是我来参加战争的理由。另一方面,我却看见了'十二橡树'村,回想月光怎样从那些白柱子中间斜照过来,山茱萸花在月色中开得多么飘飘若仙,茂密的蔷薇藤把走廊一侧荫蔽得在最热的中午也多么清凉。我还看见母亲在那里做针线活,就像我小时候那样。我听见黑人薄暮时疲倦地一路歌唱着从田里回来,准备吃晚餐,还听见吊桶下井打水时辘轳吱吱嘎嘎的响声。从大路到河边,中间是一片宽广的棉田,前面是辽阔的远景,黄昏时夜雾从低洼处升起,周围渐渐朦胧起来。所有这些,正是为了这些,我才到这里来的,因为我既不爱死亡和痛苦,也不爱光荣,更不对任何人怀有仇恨。也许这就是所谓的爱国心,就是对家庭和乡土的爱吧。不过,媚兰,意义还更深一点。因为,媚兰,我上面列举的这些仅仅是我甘愿为之献出生命的那个东西的象征,即我所热爱的那种生活的象征罢了。因为我是在为以往的日子、为我所最珍爱的旧的生活方式而战斗,这种生活方式,无论命运的结局怎样,我担心它已经一去不复返了。因为,无论胜也罢,败也罢,我们同样是要丧失的。

"如果我们打赢这场战争,建立我们梦想的棉花王国,我们也仍然是失败了,因为我们会变成一个不同的民族,旧的宁静的生活方式会从此消失。世界会来到我们的门口吵着要买棉花,我们也可以规定自己的价格。那时,我担心我们会变得跟北方佬一模一样,像他们那样专门牟利,贪得无厌,一切商品化,而这些都是我们现在所蔑视的。如果我们失败了,啊,媚兰,如果我们失败了呢?

"我并不是怕危险,怕被俘,怕受伤,甚至死亡,如果死神一定要来的话;我怕的是一旦战争结束,我们就永远也回不到原来的时代去了。而我是属于过去那个时代的。我不属于现在这个残杀的疯狂时代,我害怕自己会跟未来的世界格格不入,即使我尽力去适应它。你也不行,亲爱的,因为你和我属于同一个血统。我不知道未来会带来什么,不过可以肯定不是像过去那样美丽和令人满意的光景。

"我躺在那些酣睡的小伙子们附近,瞧着他们,心中暗忖那对孪生兄弟,或者亚历克斯,或者凯德,是否也有这样的想法呢?我不知道他们是否明白自己是在为主义而战,而这个主义在第一声枪响时便立即丧失了,因为我们的主义实际上就是我们的生活方式,它现在已不复存在。不过我觉得他们不会有这些想法,所以他们是幸运的。

"当我向你求婚时,我不曾为我们设想到这一点。我只想到要在'十二橡树'村像过去那样平和、舒适而安定地生活下去。媚兰,我们两人是一样的,一样爱好宁静,因此我看见我们前面是一段长长的平静无事的岁月,让我们自由自在地读书、听音乐和做梦。可没有想到会像今天这样,从来也没有想到啊!没有想到我们竟会碰到这种局面,这种旧的生活方式的毁灭,这种血腥的屠杀和仇恨!媚兰,我们有什么值得这样做的呢——州权,奴隶,棉花,都不值得啊!没有任何东西值得我们去蒙受今天所遭遇或将来可能遭遇的灾难,因为如果北方佬打垮了我们,前景就可怕得不堪设想了。而且,亲爱的,他们还很可能把我们打垮呢!

"我不应该给你写这些话的。我甚至不应该去想这些。可是你问过我心里在想些什么,而且失败的恐惧确实存在。你还记得举行大野宴和宣布我们订婚那天的情况吗?那天有个名叫巴特勒、口音像来自查尔斯顿的人,由于他批评南方无知,几乎引起了一场争斗。你是否还记得,因为他说我们很少有铁厂和工厂,棉纺厂和船只,兵工厂和机器制造厂,那对孪生兄弟便要开枪打他呢?你是否还记得,他说过北方佬舰队能够把我们严密地封锁起来,让我们的棉花运不出去?他是对的。我们是在使用革命战争时代的毛瑟枪对付北方佬的新的来复枪,而封锁线已经愈来愈紧,很快连药品也要弄不进来了。我们本来应当重视像巴特勒这样的冷嘲派,他们了解情况,并且敢于说出来,而不像政治家那样只有笼统的感觉罢了。他实际上是说南方除了棉花和傲慢态度之外,是没有什么东西来打这场战争的。现在棉花已没有价值,唯一剩下的只有他所说的那种傲慢了。不过,我要把这种傲慢称为无比的勇气。如果——"

但是思嘉没有继续读下去,便小心地把信折起来,装进封套,因为读得实在有点厌烦了。而且,信中用的那种语调,那些谈论失败的蠢话,也叫她隐隐感到压抑。她毕竟不是要从媚兰的这些信件中来了解艾希礼的令人费解而枯燥无味的思想呀。这些思想,他以前坐在塔拉农场的走廊上时,她已经听得够多的了。

她唯一想知道的是,艾希礼给不给妻子写那种感情热烈的信。看来至今还没写过。她读了读信匣里的每一封信,发现其中没有哪一封是一个哥哥对妹妹所不能写出来的。信写得很亲切,很幽默,很随便,但决不是情书。思嘉自己收到过的热烈的情书太多了,只要一过目是决不会看不出真正的感情特征的。可这些信中没有那样的特征。像每回偷看之后那样,她浑身有一种称心如意的感觉,因为她确信艾希礼还在爱着她。她还常常满怀轻蔑地试想,为什么媚兰竟看不出艾希礼仅仅把她当作一个朋友在爱她呢?媚兰显然没有从丈夫的信中发现什么缺陷,不过她从来不曾收到过别的男人的情书,因此也就没有什么好拿来跟艾希礼的信作比较了。

"他怎么会写出这样的怪信来,"思嘉想,"要是我有个丈夫给我写这种无聊的废话,看我怎样教训他!怎么,连查理写的信也比这些强得多呢!"

她把那些信的边缘揭开,看看上面的日期,记住它们的大概内容。其中没有什么生动地描写军营和冲锋的段落,像达西·米德给他父母或可怜的达拉斯·麦克卢尔给他的两位姐姐费思和霍普写的信那样。米德家和麦克卢尔家给他们的所有邻居骄傲地朗读那些信,而思嘉只好暗暗地感到羞耻,因为媚兰没有从艾希礼那里收到过这样的信来给缝纫会的人朗读。

仿佛艾希礼给媚兰写信时故意压根儿不谈战争,并且设法在他们两人周围画一个没有时间性的魔幻圈子,把自从萨姆特要塞事件以来所发生的一切都通通排除在外面。仿佛他甚至是在设想根本就没有战争这回事。他写到他跟媚兰曾经读过的书和唱过的歌,写到他们所熟悉的老朋友和他在大旅游中去过的地方。所有的信中都流露出一种想回到"十二橡树"村来的渴望心情,一页又一页地写狩猎,写寒秋,星光下在幽静的林中小道上骑马漫游的情景,写大野宴和炸鱼宴,写万籁无声的月夜和那幢古老住宅的宁静的美。

她思索着刚刚读过的那封信中的话:"没有想到会像今天这样,从来也没有想到啊!"它们好像是一个痛苦的灵魂面对着某种他所不能面对而又必须面对的东西在发出呼叫似的。这使她感到困惑,因为他既然不害怕受伤甚至死亡,还害怕什么呢?她生来不善于分析,现在只好同这种复杂的思想作斗争了。

"战争把他搅乱了——他不喜欢那些使他困扰的事情……例如我……他爱我,可是他害怕跟我结婚,因为——因为怕我打乱他的思想和生活方式。不,他不见得就是害怕。艾希礼并不是胆小鬼。他受到快报的表扬,斯隆上校在那封给媚兰的信中谈到他领头打冲锋的英勇事迹,这都说明他一点也不胆小。他一经决定要做什么事情,那就谁也不比他勇敢或更加坚决了,不过——他这人是生活在自己的脑子里而不是在外界人世间,他极不愿意出来深入现实,并且——唔,我不明白那是怎么回事!要是我早几年就理解了他的这个特点,我想他一定跟我结婚了!"

她把那束信贴在胸口上站了一会儿,恋恋不舍地想着艾希礼。自从她初次爱上他那天以来,她对他的感情从没改变过。当时她才十四岁,那一天她站在塔拉农场走廊上,看见艾希礼骑在马上微笑着缓缓而来,他的头发在早晨的阳光下银光闪闪,那时这种感情便突然袭上心头,使她激动得说不出话来了。她的爱情仍然是一个年轻姑娘对一位她不能理解的男人的仰慕,这个男人的许多品质都是她自己所没有却十分敬佩的。他仍然是一个年轻姑娘梦想中的完美无缺的骑士,而她的梦想所要求的只不过是承认他爱她,所希望的只不过是一个吻罢了。

读完那些信后,她深信即使他已经跟媚兰结婚,但仍是爱她思嘉的;只要明确了这一点,她就几乎没有别的奢望了。她仍然是那个年轻的天真未凿的姑娘。要是查理曾经用他那摸摸索索的笨拙劲儿和羞羞答答的亲昵举动轻轻扣动了她内心的情欲之弦,那么她对艾希礼的梦想就不会满足于一个吻了。可是她单独同查理在一起的那几个月光之夜并不曾触发她的情窦,也没有使她臻于成熟。查理没有唤醒她对于所谓情欲、所谓温存、所谓肉体与灵魂上的真正接触的观念,因此她才保持着这种天真未凿的状态。

对她来说,情欲只不过是屈从那种不可理解的男性狂热罢了,那是女性分享不到乐趣的一种痛苦而尴尬的举动,它将不可避免地导致更加痛苦的分娩程序。在她看来,结婚就是这样,没有什么好惊奇的。她举行婚礼之前,母亲曾含蓄地告诉她,结婚是女人必须庄严而坚决地忍受的某种事件,后来她当了寡妇,别的已婚妇女时常悄悄说的一些话更加证实了这一点。思嘉很高兴,自己在情欲和结婚方面总算已经过关了。

思嘉与结婚这件事已经是不相干了,但与恋爱则并非如此,因为她对艾希礼的爱情是不一样的,那是与情欲或婚姻没有关系的,是一种神圣而十分惊人地美丽的东西,一种在长期被迫默不作声但时常以回忆和希望来维持着的过程中偷偷增长的激情。

她叹息着用带子把那一大束信小心地捆好,又一次(第一千次)暗想究竟艾希礼身上有什么东西在躲避她的理解。她想把这个问题思考出一个满意的结论来,但是像往常那样,结论不听从她那简单头脑的指挥,偏偏拒不出现。她把那捆信放回到匣子里,把盖子盖好。这时她皱起眉头,因为她回想刚才读过的那封信中,最末一段提到了巴特勒船长。真奇怪,艾希礼怎么对那个流氓一年前说过的话有那么深的印象呢?巴特勒船长无可否认地是个流氓,不管他跳舞跳得多么美妙。只有一个流氓才能说出像他在义卖会上说出的那些有关南部联盟的话来。

她向对面的镜子走去,在那里得意扬扬地理了理头发。她又精神起来了,就像每次看见自己的白皙皮肤和斜斜的绿眼睛时似的,微笑着漾出那两个酒窝来。这时,她愉快地瞧着镜中的影像,记起艾希礼一直多么喜爱她的酒窝,便把巴特勒船长从心中打发走了。至于爱着另一个女人的丈夫,偷看那个女人的信件,这些并没有引起她良心的谴责,因而也就不会妨碍她欣赏自己的青春美貌和重新确信艾希礼对她的爱了。

她开了门,轻心快意地走下阴暗的螺旋形楼梯,走到一半便开始唱起《到这场残酷战争结束时》来了。

第 十 二 章

战争在继续进行,大部分是成功的,但人们已不再说"再来一个胜仗就可以结束战争"这样的话了,也不再说北方佬是胆小鬼了。现在大家都已明白,北方佬远不是胆小鬼,而且绝不是再打一个胜仗就能把他们击垮的。不过南部联盟军在摩根将军和福雷斯特将军指挥下在田纳西州打的胜仗,以及第二次布尔溪战役的胜利,是可以作为击溃北军的战利品而加以吹嘘的。当然,这些胜利都付出了重大的代价。亚特兰大各个医院和一些居民家里,伤病员在大量拥入,同时有愈来愈多的女人穿上了丧服,奥克兰公墓里那一排排的士兵坟墓也每天都在增加。

南部联盟政府的货币在惊人地贬值,生活必需品价格随之急剧上涨。物资供销部门征收的食品税已高到使亚特兰大居民的饮食也开始蒙受损失了。白面极贵又很难买到,因此普遍以玉米面包代替饼干、面包卷和蛋糕。肉店里已几乎不卖牛肉,连羊肉也很少,而羊肉的价钱又贵得只有阔气人家才买得起。好在还有充足的猪肉,鸡和蔬菜也不少。

北方佬对南部联盟各州港口的封锁已加紧了,因此像茶叶、咖啡、丝绸、鲸须衣褡、香水、时装杂志和书籍等奢侈品,就既稀少又很贵了。甚至最便宜的棉织品的价格也在飞涨,以致一般女人都在唉声叹气地改旧翻新,对付着换季的衣着。多年以来尘封不动的织布机现在从阁楼上取了下来,几乎家家的客厅里都能见到家织的布匹。几乎每个人,士兵、平民、妇女、小孩和黑人,都穿上了这种家织土布的衣裳。灰色,作为南部联盟军制服的颜色,如今在日常穿着中已经绝迹,而由一种白胡桃色的家织布所替代了。

各个医院已经在为缺乏奎宁、甘汞、鸦片、哥罗仿、碘酒等等而发愁了。纱布和棉布绷带现在也很贵重,用后不能丢掉,所以凡是在医院服务的女人都带着一篮篮血污的布条回家,把它们洗净熨平,然后再带回医院给别的伤员使用。

但是,对于刚刚从寡妇蛰居中跑出来的思嘉来说,战争只不过是一个愉快和兴奋的时候而已。甚至节衣缩食她也一点不以为苦,只要重新回到这广阔的世界里便心满意足了。

她回想过去一年的沉闷日子,一天又一天毫无变化地过着,便觉得眼前的生活已大大加快,达到了令人难以相信的速度。每天早晨开始的都是一个新的激动人心的日子,她会遇到一些新的人,他们要求来拜访她,说她多么漂亮,说他们多么希望享有特权去为她战斗甚至付出生命。她能够而且的确在爱着艾希礼直到自己生命中的最后一息,可是这并不妨碍她去引诱别的男人来向她求婚。

当前正在继续的战争给了后方人们一个不拘常规地进行社交活动的机会,这使老人们大为吃惊。做母亲的发现陌生男人来拜访女儿,他们既没有介绍信又家世来历不明;更可怕的是她们的女儿竟与这些人手携手地坐在一起!就说梅里韦瑟太太吧,她是直到结婚以后才吻她的丈夫的,现在看见梅贝尔竟在吻那小个子义勇兵雷内·皮卡德了,这叫她怎能相信自己的眼睛呢？特别是当梅贝尔公然表示不觉得羞耻时，她就更加惊恐万状了。即使雷内很快便向她求了婚，也没有缓和这一紧张局面。梅里韦瑟太太觉得南方正在道德上迅速而全面地崩溃，并且经常提出这样的警告。其他做母亲的人也衷心赞同她的意见，并将问题归咎于战争。

可是那些说不定在一周或一个月内就会牺牲的男人，是不耐烦等待一年才去要求叫一位姑娘的小名的（当然还得冠以"小姐"的称号）。他们也不会履行战前规定的那种冗长的正式求婚礼节。他们总是在三四个月之内就提出订婚的要求。至于女孩子们，她们本来很清楚上等人家的姑娘一般要拒绝男方三次，而如今却在头一次就急忙接受了。

这种不正规的状况使思嘉觉得战争还是相当有趣的。除了护理工作肮脏和卷绷带太麻烦以外，她不怕战争永远拖延下去。事实上，她现在对医院里的事情已能镇静地应付了，因为那里还是一个很好很愉快的狩猎场呢。那些无依无靠的伤兵会乖乖地屈服于她的魅力之下。只要给他们换换绷带，洗洗脸，拍打拍打他们的枕头，给他们打打扇子，他们很快就爱上你了。啊，经历了过去一年的暗淡日子，这里就是天堂了！

思嘉又回到她跟查尔斯结婚以前所处的地位，还仿佛根本没有嫁给他，根本没有感受过他死亡的打击，根本没有生过韦德似的。战争、结婚和生孩子一点没有触动她内心深处的那根弦就从她身边过去了，她一点也没有改变。她有一个孩子，可是那所红砖房子里其他的人在仔细照料着他，她简直可以把他忘了。她在思想和感情上又成了原来的思嘉，原来县里的那个美女。她的思想和行为又恢复到往昔那个模样，可是活动的天地却大大扩展了。她不顾皮蒂姑妈那些朋友们的非议,仍然像结婚以前那样为人行事,如参加宴会啦,跳舞啦,同士兵一起骑马外出啦,彼此调情啦,凡是她在姑娘时期做过的一切现在都做,只差没有脱掉丧服了。她知道脱丧服这件事虽然微不足道,但皮蒂帕特和媚兰是会死活不同意的。而且她当寡妇也像做姑娘时一样迷人,只要对她不加干涉她就照样快乐,只要不使她为难她就乐于助人,而且对自己的姿容和到处招人爱慕也是十分得意的。

在这个几周以前还令人痛苦的地方,如今她感到愉快起来了。她高兴又有了一些情人,高兴听他们说她仍然那么美丽,这是在艾希礼已经跟媚兰结婚而且正面临危险的情况下她所能享受到的最大愉快。不过在目前,即使想起艾希礼已经属于别人也是比较容易忍受的,因为他毕竟远在他方呢。亚特兰大和弗吉尼亚相距数百英里之遥,他有时好像就是她的,犹如是媚兰的一个样。

一八六二年秋天就这样在护理、跳舞、坐马车和卷绷带中飞快地过去了,连回塔拉小住几回也没有花去多少日子。在塔拉的小住是令人失望的,因为很少机会像在亚特兰大所希望的那样跟母亲清静地长谈,也没有时间陪着她做针线活儿,闻闻她窸窣走动时从马鞭草香囊中散发的隐隐香味,或者让她的温柔的手在自己脸颊上轻轻抚摩一番。

母亲瘦了,好像有满腔的心事,而且从清早开始起,一直要到全农场的人都入睡以后许久才得休息。南部联盟物资供销部的需求一月比一月高,她的任务便是设法让塔拉农场拼命生产。连杰拉尔德也不得闲,这是多年以来头一次,因为他找不到一个监工来代替乔纳斯·威尔克森的工作,每天都得亲自骑马到田里去来回巡视。既然母亲忙碌得每天只能道一声晚安,父亲又整天在大田里,思嘉便觉得塔拉这地方已无法待下去。甚至她的两个妹妹也各有各的心事,不得清闲。苏伦现在同弗兰克·肯尼迪达到了某种"默契",并以一种思嘉觉得几乎难以忍受的寓意在唱起《到这场残酷战争结束时》来了。还有卡琳,她太迷恋布伦特·塔尔顿了,也不能陪伴思嘉或给她带来什么乐趣。

尽管思嘉每回都是怀着愉快的心情到塔拉老家去的,但她收到皮蒂和媚兰不可避免地催她回来的信时,也并不觉得难过。倒是母亲在这种时候,想到她的长女和唯一的外孙即将离开她,总要长吁短叹,默默地伤心一番。

"但是我不能只顾自己把你留在这里,既然那边需要你在亚特兰大参加护理工作,"母亲说,"只是——只是,亲爱的,我总觉得还没有来得及跟你好好谈谈,没有好好地重新叙一叙母女之情,而你很快就走了。"

"我永远是你的小女孩。"思嘉总是这样说,一面把头紧靠在母亲胸口,内心深感歉疚。她没有告诉母亲,她急于回到亚特兰大去不是要为南部联盟服务,而是因为在那里可以跳舞,还有许多情人。近来有许多事情她向母亲隐瞒了,其中最重要的是瑞德·巴特勒经常到皮蒂帕特姑妈家来这件事。

在义卖会之后几个月里,瑞德每次进城都要来拜访皮蒂帕特姑妈家,然后带着思嘉一起坐马车外出,陪她去参加跳舞会和义卖会,并在医院外面等着把她送回家来。她也不再担心他会泄露她的秘密了,不过在意识深处仍潜藏着一个不安的记忆,即他目睹过她那件最丢人的事,知道她和艾希礼之间的真正关系。正是由于这个缘故,他每次跟她过不去时,她都不说什么。可是他却时常跟她过不去。

　　他已经三十五六岁了,比她曾经有过的任何情人都大,所以她在他跟前简直是个毫无办法的孩子,不能像对待那些年龄与她相近的情人那样来对待和支配他。他总是显得若无其事,仿佛世界上没有什么令人惊奇之处反而十分好玩似的;因此她即使被气得闷声不响了,也觉得自己给他带来了莫大的乐趣。她在他的巧妙引逗下往往会勃然大怒,因为她兼有父亲的爱尔兰人脾性和从母亲那里继承来的略带狡黠的姣好面容。在这以前,她除非在母亲跟前,是从来不控制自己的脾气的,可如今为了避免他那得意的咧嘴冷笑,便不得不忍痛把已到嘴边的话也憋了回去。她恨不得他也发起脾气来,那时她就不会有处于这种不利地位的感觉了。

　　她几乎每次跟他斗嘴都没有占到便宜,事后总是狠狠地说这个人不行,没有教养,不是上等人,她再也不同他交往了。可是或迟或早,他又回到了亚特兰大,又假装来拜访皮蒂姑妈,以过分的殷勤送给思嘉一盒从纳索带来的糖果。或是在社交性的音乐会上抢先占一个思嘉身旁的座位,或者在舞会上紧盯着她,而她对他这种殷勤的厚脸皮态度照样感到高兴,总是笑呵呵的,宽恕了他过去的冒失,直到下一次再发生为止。

　　尽管他的有些品性叫人很恼火,她还是更加盼望他来拜访了。他身上有一种她无法理解而令人兴奋的东西,一种与她所认识的每个人都不一样的东西。他那魁伟俊美的身躯不乏惊人之处,因此只要他走进屋来就让你觉得突然受到肉体的冲击,同时那双黑眼睛流露着鲁莽无礼和暗暗嘲笑的神色,这给思嘉以精神上的挑战,激起她下决心要把他降服。

"这几乎像是我已经爱上他了!"她心中暗想,有点莫名其妙,"不过,我并没有,只是不明白究竟是怎么回事。"

可是那种兴奋的感觉依然存在。他每次来看她们,他那全副的男性刚强之气总要使得皮蒂姑妈的这个富有教养的上等人家显得既狭小又暗淡,而且颇有点酸腐味儿。思嘉并不是这个家庭中唯一对他产生奇异而非情愿反应的人,因为连皮蒂姑妈也被他逗得心慌意乱了。

皮蒂明明知道爱伦会不赞成巴特勒来看她的女儿,也知道查尔斯顿上流社会对他的排斥是一件不容忽视的事,可是她已抵制不住他那精工设计的恭维和殷勤,就像一只苍蝇经不起蜜糖缸的引诱那样。加之,他往往送给她一两件从纳索带来的小礼品,口称这是他冒着生命危险专门为她跑封锁线买来的——这些礼物无非是别针、织针、纽扣、丝线、发夹之类。不过,这种小小奢侈品现在也是很不容易得到的,以致妇女们只好戴手工做的木制发卡,用布包橡子当纽扣,而皮蒂又缺乏道德上的毅力,只好接受巴特勒的馈赠了。此外,她还有一种孩子般的嗜好,喜欢新颖的包装,一看见这些礼品便忍不住要打开来看看,既然打开了又怎好再退还呢? 于是,收下礼品之后,她就再也鼓不起勇气来说什么由于名声上的关系,他不适宜常来拜访这三位没有男性保护的单身妇女了。的确,只要瑞德·巴特勒在屋子里,皮蒂姑妈便觉得自己需要一位男性保护人,这是不难想见的。

"我不明白他究竟是怎么回事,"她时常无可奈何地叹息,"可是——说真的,我觉得他很可能是个令人感到亲切的好人,如果只凭感觉来说的话——嗯,他在内心深处是尊重妇女的。"

媚兰自从收到那只退回来的结婚戒指以后,便觉得瑞德·巴特勒是个难得那么文雅而精细的上等人,现在听皮蒂这样评论,还不免感到震惊呢。他一向对她很有礼貌,可是她在他面前总有点怯生生的,这主要是因为她跟每一个不是从小就认识的男人在一起时都会感到羞涩的缘故。她还暗暗地非常为他难过,这一点要是巴特勒知道了定会高兴的。她深信一定有某种罗曼蒂克的伤心事把他的生活给毁了,才使他变得这样强硬而苛刻,而他目前最需要的是一个好女人的爱。她一向生活在深闺之中,从没见过什么恶人恶事,也很难相信它们是存在的,因此当她听到人们悄悄谈论瑞德和那个女孩子在查尔斯顿发生的事情时,便大为震惊和难以相信。所以,她不仅没有对他产生恶感,反而更加暗暗地同情他,觉得他蒙受了重大的冤屈,她为之愤愤不平。

思嘉默默地同意皮蒂姑妈的看法。她也觉得巴特勒不尊重女人,只有对媚兰或许是例外。每当他的眼光从上到下打量着她的身躯时,她总觉得自己像没穿衣服似的。这倒并不是他说了什么。如果他说出来,她是可以狠狠地教训他几句的。可恶的是他那双眼睛从一张黝黑的脸上讨厌和肆无忌惮地向你瞧着时那副模样,仿佛所有的女人都不过是他自己高兴时享用的财产罢了。这副模样只有跟媚兰在一起时才不会出现。他望着媚兰时脸上从没有过那种冷冷的品评神态,眼睛里从没有嘲讽意味;他对媚兰说话时,声音也显得特别客气,尊敬,好像很愿意为她效劳似的。

"我不明白你为什么对媚兰比对我好得多。"有天下午思嘉不耐烦地对他说,当时媚兰和皮蒂睡午觉去了,她单独跟他在一起。

原来刚才有一个小时之久,她一直望着他手里拿着媚兰正在缩卷准备编织的那团毛线,也一直在注意媚兰详细而自豪地谈起艾希礼和他的晋升时那副又呆板又叫人看不透的表情。思嘉知道瑞德对艾希礼没有什么太高的评价,而且毫不关心他最近当上了少校这件事。可是他却很有礼貌地在应答媚兰,并嗫嗫地说了一些赞许艾希礼英勇的应酬话。

思嘉气恼地想:要是我,只要一提起艾希礼的名字,他就会竖起眉毛讨厌地笑起来了!

"我比她漂亮得多,"她继续说道,"就是不理解你为什么偏偏对她更好一些。"

"我敢说你是在妒忌吧?"

"啊,别胡猜!"

"你又使我失望了。如果说我对威尔克斯太太好一些,那是因为她值得这样。她是我生平很少见过的一个温厚、亲切而不自私的人。不过你或许没有注意到她的这些品性。而且,尽管她还年轻,她却是我有幸结识过的很少几位伟大女性之一呢。"

"那么你是说你不认为我也是一位伟大女性喽?"

"我想,在我们头一次遇见时,我们就彼此同意你根本不是个上等女人了。"

"啊,看你再敢那么可恨,那么放肆地提起这件事来! 你怎能凭那点小孩子脾气就说我的坏话呢? 而且那是许久以前的事了,如今我已经长大,要是你不经常提起来说个不休,我就压根儿把它忘记了。"

"我并不认为那是小孩子脾气,也不相信你已经改了。即使今天,只要你一不如意,你还会像当时那样摔花瓶的。不过你现在大体上是称心惬意的,所以用不着摔那些小古董了。”

“啊,你这——我真恨不得自己是个男人!那样我就要把你叫出去,把你——”

“把我宰了,以消你心头之恨。可是我能在五十码之外打中一个银币呢。最好还是抓住你自己的武器——酒窝呀,花瓶呀,等等。”

“你简直是个流氓!”

“你是想用这种辱骂来激怒我吗?很遗憾,我只能叫你失望。单凭一些符合实际的谩骂是不能让我生气的。我的确是个流氓,又怎能不是呢?在这个自由国家,只要自己高兴,人人都可以当流氓嘛。像你这样的人,亲爱的女士,明明心地是黑的却偏要掩盖它,而且一听到别人这样骂,你就大发雷霆,那才是伪君子呢。”

在他那冷静的微笑和慢条斯理的批评面前,她实在毫无办法,因为她以前从没碰到过这样难以对付的人。她的武器诸如蔑视、冷漠、谩骂,等等,现在都不好使用了,因为无论她怎么说都不能让他感到羞耻。根据她的经验,骗子最坚决要维护的是他的诚实,懦夫最坚决要维护的是他的勇敢,粗人是他的文雅,痞子是他的荣誉。可这条规律对于瑞德并不适用。他承认你所说的一切,并且笑嘻嘻地鼓励你再说下去。

在这几个月里,他经常来来去去,来时不预先通报,去时不说再见。思嘉从来没有发现他究竟到亚特兰大来干什么,因为别的跑封锁线的商人很少从海滨这么远跑来的。他们在威尔明顿或查尔斯顿卸了货物,同一群群从南方各地聚集到这里来购买封锁商品的商人接头。她要是想到,他居然这样不辞跋涉来看她,便应当觉得高兴,不过她即使虚荣得有点反常,也还不怎么相信这一点。如果他曾经表示过爱她,妒忌那些成天围着她转的男人,甚至拉着她的手,向她讨一张照片或一条手绢来珍藏在身边,她就会得意地认为他已经被她的魅力迷住了。可是,他却仍然叫你心烦,不像个恋爱的样子,而最糟糕的是他似乎已经识破她引诱他上钩的手腕了。

他每次进城来都会在女性当中引起一阵骚动。这不仅仅由于他周围有股冒险的跑封锁线商人的罗曼蒂克气息,还因为这中间夹杂着一种危险和遭禁的刺激性成分。他的名声太坏了!因此亚特兰大的太太们每聚会闲谈一次,他的坏名声就增长一分,可这只能使他对年轻姑娘们具有更大的魅力。因为这些姑娘都很天真,她们只听说他"对女人很放荡",至于一个男人究竟是怎么个"放荡"法,她们就不清楚了。她们还听见别人悄悄地说,女孩子跟他接近是危险的。可是,尽管名声这样坏,他却自从第一次在亚特兰大露面以来,连一个未婚姑娘的手也没有吻过,这不很奇怪吗?当然,这一点也只不过使他显得更神秘和更富于刺激性罢了。

除了军队中的英雄,他是在亚特兰大被谈论最多的人物。人人都很清楚,他是由于酗酒和"跟女人的某种瓜葛"而被西点军校开除的。那件关于他连累了一位查尔斯顿姑娘并杀了她兄弟的可怕丑闻,已经是家喻户晓的了。人们还从查尔斯顿朋友的信中进一步了解到,他的父亲是位意志刚强、性格耿直和令人敬爱的老绅士,他把二十岁的瑞德分文不给地赶出了家门,甚至从家用《圣经》中画掉了他的名字。从那以后,瑞德加入一八四九年采金的人潮到过加利福尼亚,后来到了南美洲和古巴。他在那些地方的经历据说都不怎么光彩,譬如,为女人闹纠纷啦,决斗啦,给中美洲的革命党人私运军火啦,等等,其中最坏的是干上了赌博这个行当,像亚特兰大人所听说的。

在佐治亚,几乎每个家庭都有男性成员或亲戚在参加赌博,输钱,甚至输掉房子、土地和奴隶,使得全家苦恼不堪。不过,这与瑞德的情况不同。一个人可以赌得自己破产,但仍不失其上等人身份,可是一旦成了职业赌徒就是被社会遗弃的了。

假如不是战争带来了动乱和他本人为南部联盟政府做事的缘故,瑞德·巴特勒是决不会为亚特兰大所接待的。可是现在,甚至那些最讲究体面的太太们也觉得为了爱国心,有必要宽大为怀了。有些更重情感的人则倾向于认为巴特勒家这个不肖之子已经在悔改并企图弥补自己的罪过了。所以太太们感到理该通融一些,特别对这样勇敢的一位跑封锁线的商人。现在人人都知道,南部联盟的命运就像寄托在前线军人身上那样,也寄托在那些封锁线商船逃避北方佬舰队的技巧上了。

有谣传说,巴特勒船长是南方最出色的舵手之一,又说他行动起来是不顾一切和泰然自若的。他生长在查尔斯顿,熟悉海港附近卡罗来纳海岸的每一个小港小湾、沙洲和岩礁,同时对威尔明顿周围的水域也了如指掌。他从没损失过一只小船或被迫抛弃一批货物。当战争爆发时,他突然从默默无闻中冒了出来,用手头的钱买了一条小小的快艇,而现在,封锁线货物的利润已增加到二十倍,他也拥有四条船了。他用高薪雇用了很好的驾驶员,他们在黑夜载着棉花偷偷离开查尔斯顿和威尔明顿,向纳索、英国和加拿大驶去。英国的棉纺厂正在那里停工待料,工人在挨饿,所以每个骗过了北方佬舰队的封锁线商人都可以在利物浦随心所欲地要高价呢。瑞德的几条船在为南部联盟政府运出棉花和运进南方所迫切需要的战争物资两方面都是特别幸运的。因此,那些太太们对于这样一位勇敢人物便很能宽恕,并且把他的许多事情都不放在心上了。

他身材魁伟,在他面前走过的人都不觉回头看看。他随意花钱,骑一匹野性的黑公马,衣着也是很讲究入时的。这最后一点就足以引人注目了,因为现在军人的制服已经又脏又破,老百姓即使穿上最好的衣裳也看得出是精心修补过的。思嘉觉得还从没见过像他身上穿的这么雅致的淡米色方格花呢的裤子呢。至于他的那些背心,则都是十分漂亮的货色,尤其那件白纹绸上面绣有小小粉红蔷薇花蕾的,更是精美无比。这样的衣着配上潇洒的风度,倒显得非常相称而不徒见其华丽了。

只要他着意显示自己的魅力,那是很少有女人能够抵制得住的,结果连梅里韦瑟太太也不得不为之动容,并邀请他星期天到家里来吃午饭了。

梅贝尔·梅里韦瑟准备在那位小个儿义勇兵下次休假时同他结婚,她一想起这件事就哭鼻子,因为她下定决心要穿一件白缎子衣服结婚,可是在南部联盟境内找不到白缎子。连借也没处借,为的是多年以来所有的缎子结婚礼服都拿去改作军旗了。爱国心很强的梅里韦瑟太太想批评自己的女儿,并想指出对于一位拥护南部联盟的新娘来说,穿家织布的结婚礼服也很体面嘛,可这是没有用的。梅贝尔非要穿缎子不行。为了主义,她宁愿,甚至自豪地不戴发夹,或者没有纽扣和好的鞋子,没有糖果和茶,但就是要穿一件缎子的结婚礼服。

瑞德从媚兰那里听到了这件事,便从英国带回来许多码闪亮的白缎子和一条精美的网状面纱,作为结婚礼品送给她。他采取的手法很巧妙,以致你很难想象怎样能向他提起付钱的事,而且梅贝尔高兴得几乎要吻他了。梅里韦瑟太太知道,送这么昂贵的礼品——而且是一件衣服料子——是极为不正常的,可是当瑞德以十分漂亮的措辞说,对于我们一位出色英雄的新娘来说,用无论多么美丽的衣饰来打扮她都不过分,这样她就无法拒绝了。于是梅里韦瑟太太便邀请他到家里来吃午饭,觉得这个面子比付钱还他的礼品还要有意思些。

他不仅给梅贝尔送来了缎子,而且能对这件礼服的式样提出宝贵的建议。在巴黎,这个季节的裙圈比较宽大,裙裾却短一些。它们已不用皱边,而是做成扇形的花边折叠在一起,把底下镶有穗带的衬裙露出来。他还说他在街上已看不到穿宽松长裤的人,因此设想那已经"过时"了。后来,梅里韦瑟太太告诉埃尔辛太太,要是她稍一放手让他再说下去,他准会把巴黎女人时下穿什么样的内裤都如实地说出来了。

假如他不是那样很有大丈夫气概,他的这种善于描述衣服、帽子和头饰的本领会被当作最精明的女性特点让人记住的。太太们每回向他纷纷提出关于流行服装款式和发型的问题时,连她们自己也觉得有点古怪,不过她们仍然这样做。她们与时髦世界完全隔绝了,就像那些遭难后流落在荒岛上的水手,因为很难看到通过封锁线进来的时装杂志呢。她们不见得知道,法国的太太们可能在剃头发和戴浣熊皮帽子了,于是他的关于那些俗丽衣服的记忆便成了《格迭斯妇女手册》

的代用品。他能留意于妇女所最敏感的那些细节,而且每次出国旅行之后都会为一群妇女所包围,告诉她们今年帽子作兴小了,戴得高了,几乎遮盖着最大部分头顶,不过已不用花朵而用羽毛做装饰;告诉她们法国皇后晚上已不梳发髻,而是把头发几乎全堆在头顶上,将耳朵全露出来,同时晚礼服的领口又惊人地低了。

这几个月他成了本城最出名和最富浪漫色彩的人物,纵然他的名声不好,纵然外面谣传说他不仅跑封锁线而且做粮食投机生意。那些不喜欢他的人说,他每到亚特兰大来跑一趟,食品价格就要上涨五美元。不过,即使有这种闲言碎语在背后流传,如果他认为值得的话,他还是可以保持自己的声望的。可是不,在他设法同那些沉着的爱国公民相处并赢得他们的尊重和不无怨言的喜爱以后,他身上那种怪癖的东西又发作起来,使得他抛弃了原来的态度而公然与他们作对,并让他们知道他原来只不过戴上了假面具,可现在不高兴再戴下去了。

看来他好像对南方特别是南部联盟地区每个人每件事都怀有一种并非出于个人好恶的轻蔑,而且并不想隐瞒这一点。正是他那些对于南部联盟的评论,引起了亚特兰大人先是对他瞠目而视,接着是冷淡,最后就大为愤怒了。等不到进入一八六三年,每当他在集会上出现,男人们便以敬而远之的态度去应付他,妇女们则立即把她们的女儿叫到自己身边来了。

他好像不仅很乐意跟亚特兰大人的诚恳而炽热的忠诚作对,而且高兴让自己以尽可能糟糕的形象出现。当人们善意地称赞他闯封锁线的勇敢行为时,他却漠然地回答说他每次遇到危险都像前线的士兵那样给吓坏了。可是人人都知道南部联盟军队中是没有胆小鬼的,因此觉得这种说法尤其可恶。他经常把士兵称作"我们勇敢的小伙子"或"我们那些穿灰军服的英雄",可说话时用的那种口气却流露出最大的侮辱。有时,那些很想跟他调调情的年轻姑娘们向他表示感谢,说他是为她们而战的一位英雄,他便躬身回答说事情并非如此,因为他也愿意为北方佬妇女办事,只要能赚到同样多的钱就行了。

自从义卖会那天晚上思嘉头一次和他在亚特兰大相会之后,他一直是用这种态度跟她说话的,不过现在他与每个人交谈时也隐隐约约带有嘲讽的意味了。凡是人家称赞他为南部联盟效劳时,他总忘不了回答说跑封锁线是他的一桩生意。他会用眼睛盯着那些与政府签有合同的人平静地说,要是能从政府合同中赚到同样多的钱,那么他肯定要放弃跑封锁线的危险,转而向南部联盟出售劣等的再生布、掺沙的白糖、发霉的面粉和腐烂的皮革了。

他的评论大多是无法争辩的,这就更叫人恼火了。本来就已经传出了一些关于政府合同的小小丑闻。来自前方的信件经常抱怨说,鞋穿不到一星期就坏了,弹药点不起火,缰绳一拉紧就断,肉是腐臭的,面粉里满是虫子,等等。亚特兰大人开始设想,那些向政府出售这种物资的人一定是亚拉巴马或弗吉尼亚或田纳西的合同商,而不可能是佐治亚人。因为佐治亚的合同商人中不是包括有最上等家庭的人吗?他们不是首先向医院捐献资金和帮助抚养阵亡士兵的孤儿了吗?他们不是最先起来响应,至少在口头欢呼向北方佬开战,并且鼓励小伙子们去疯狂地厮杀吗?当时反对凭政府合同牟利的怒潮还没有兴起,所以瑞德的话也仅仅被当作他自己缺德的明证罢了。

他与亚特兰大人作对时,不仅暗示那些身居高位的人贪污受贿,在前方的人也胆小厌战,而且幸灾乐祸地施展手腕,叫一般体面的市民也处于十分尴尬的境地。他禁不住要狠狠刺一下周围那些人的自负、伪善和神气十足的爱国心,就像一个孩子忍不住手痒要刺破一个气球似的。他巧妙地叫那些扬扬得意的人泄气,叫那些愚昧无知和满怀偏见的人出丑,而采用的手法又十分高明,仿佛是十分客气而有趣地把这些人请了出来,叫他们一时还莫名其妙,直到给吹得高高而有点可笑地迎风出现在大庭广众之中,才知道是怎么回事了。

在亚特兰大城接待瑞德的那几个月中,思嘉对他没有存任何幻想。她知道,他那些假意的殷勤和花言巧语都是嘴皮子上的东西。她知道,他之所以扮演一个大胆而爱国的闯封锁线的角色,仅仅因为他自己觉得有趣而已。有时她觉得他就像县里那些跟她一起长大的小伙子那样,譬如,塔尔顿家那对专门想开玩笑的孪生兄弟,方丹家那几个喜欢捉弄人的顽皮孩子,以及整晚坐在那里设计恶作剧的卡尔弗特兄弟。不过他跟他们有一点不同,那就是在瑞德看似轻松愉快的神态背后潜藏着某种恶意,它几乎阴险到了有点残忍的地步。

她尽管十分清楚他是不诚心的,但仍然非常喜欢他扮演的那个罗曼蒂克的封锁线冒险家。因为这首先使得她在同他交往时处于比过去更加便当的地位。所以,当他一旦取下那个假面具、公然摆出架势来跟亚特兰大人的善意作对时,她便大为恼火了。她感到恼火,是因为这种做法显得十分愚蠢,而且有些对他的严厉批评落到了她的身上。

那是在埃尔辛太太为康复期伤兵举行的一次银元音乐会上，瑞德完成了自己与亚特兰大绝交的过程。那天下午埃尔辛家挤满了休假的士兵和来自医院的人，乡团和民兵队的队员，以及已婚妇女、寡妇和年轻姑娘。屋子里所有的椅子都坐满了，连长长的螺旋形楼梯上也站满了客人。埃尔辛家的膳食总管站在门口端着一只刻花玻璃缸接受客人捐赠，他如今已把里面的银币倒出过两次，这足以说明音乐会是成功的，因为现在每个银元值六十美元南部联盟纸币呢。

每个自命有一艺之长的姑娘，都唱的唱了，弹的弹了，特别是扮演活人画的受到了热烈的赞赏。思嘉十分满意，因为她不仅跟媚兰合唱了一曲感人的《花上露浓》，又在要求再唱时来了个更加轻快的《女士们啊，请别管斯蒂芬!》，而且她自己还被挑选出来在最后一场活人画里扮演了"南部联盟的精神"。

她扮演得非常动人，穿一件缝得很朴素的白色稀松棉布的希腊式长袍，腰上束一条红蓝两色的带子，一只手里擎着星条旗，另一只手拿着查尔斯和他父亲用过的那把金柄军刀授予跪在面前的亚拉巴马人凯里·阿什伯恩队长。

演完活人画以后，她不由得要寻找瑞德的眼睛，看看他是否欣赏她所扮的这幅精美的图画。她气愤地看见他正在跟别人辩论，很可能压根儿没有注意她。思嘉从他周围那些人的脸色可以看出，他们被他所说的什么话大大激怒了。

她向他们走去，这时，像往往发生的那样，人群偶尔安静了一些，她听见民兵装束的威利·吉南清楚地说："那么我想，先生，你的意思是我们的英雄们为之牺牲的那个主义并不是神圣的啰?"

"假如你给火车轧死了，你的死不见得会使铁路公司神圣起来，是吗？"瑞德这样反问，那声音听起来好像他在虚心讨教似的。

"先生，"威利说，声音有点颤抖，"如果我们此刻不是在这所房子里——"

"我真不敢想象那会发生什么，"瑞德说，"因为，当然喽，你的勇敢是十分有名的。"

威利气得满脸通红，谈话到此中止。人人都觉得很尴尬。威利是健康而强壮的，而且正当参军年龄，可是没有到前线去。的确，他是他母亲的独生子，而且毕竟还得有人参加民兵来保卫这个州嘛。不过，当瑞德说到勇敢时，在场那几位康复的军官中便有人在鄙夷地窃笑了。

"唔，他干吗不闭起他那张嘴呢！"思嘉生气地想，"他简直是在糟蹋这整个集会呀！"

米德大夫的眉头皱得要发火了。

"对你来说，年轻人，世界上没有什么是神圣的，"他以平常演讲时用的那种声调说，"不过，有许多事物对于南方爱国的先生太太们是神圣的呢。譬如，我们的土地不受篡权者统治的自由，便是一种，还有一种是州权，以及——"

瑞德好像懒得答理似的，声音中也带有一点腻味乃至厌烦的感觉。

"一切战争都是神圣的，"他说，"对于那些硬要打仗的人来说就是这样。如果发动战争的人不把战争奉为神圣，那谁还那么愚蠢要去打仗呢？但是，无论演说家们对那些打仗的白痴喊出什么样的口号，无论他们给战争订出什么样的崇高的目的，战争从来就只有一个原因。那就是钱。一切战争实

306

际上都是对于钱的争吵。可是很少有人明白这一点。人们的耳朵被军号声和战鼓声以及待在家里的演说家们的漂亮言辞塞得太满了。有时喊的口号是'把基督的坟墓从异教徒手中夺回来!'有时是'打倒教皇制度!'有时是'自由!'有时是'棉花,奴隶制和州权!'"

"这和教皇制度有什么相干呢!"思嘉心里想,"还有基督的坟墓,又怎么啦?"

可是当她急忙向那愤怒的一群走去时,她看见瑞德正得意扬扬地穿过人群走向门口。她跟在他后面,但埃尔辛太太一把抓住她的裙子,拦阻她。

"让他走吧,"她用清清楚楚的声音说,这使得全屋子里突然沉默下来的人群都听见了,"让他走。他简直是个卖国贼,投机家! 他是在我们怀里养育过的一条毒蛇!"

瑞德站在门厅里,手里拿着帽子,正如埃尔辛太太所希望的那样听见了她的话,然后转过身来,向屋里的人打量了一会儿。他锋利地逼视着埃尔辛太太平板的胸脯,突然咧嘴一笑,鞠了个躬,走出去了。

梅里韦瑟太太搭皮蒂姑妈的马车回家,四位女士几乎还没坐下,她便发作了。

"你瞧,皮蒂帕特·汉密尔顿! 我想你该感到满意了吧!"

"满意什么?"皮蒂惊恐地喊道。

"对那个你一直在庇护的卑鄙男人巴特勒的德行呀!"

皮蒂帕特一听就急了,气得竟想不起梅里韦瑟太太也招待过巴特勒这回事。倒是思嘉和媚兰想了起来,可是按照尊敬长辈的规矩,她们只得忍着不去计较,都低下头来瞧着自己的手。

"他不只侮辱了我们大家,还侮辱了整个南部联盟呢," 梅里韦瑟太太说,她那结实的前胸在发光的镶边衣饰下猛烈地起伏着,"说什么我们是在为金钱而战! 说什么我们的领袖们欺骗了我们! 应该把他关进监狱! 是的,就是应该! 我要跟米德大夫谈谈这件事。要是梅里韦瑟先生还活着的话,他准会去收拾他的! 现在,皮蒂·汉密尔顿,你听我说。你可决不能让这个流氓再到你们家来了!"

"嗯。"皮蒂没奈何地咕哝着,仿佛她觉得无地自容,还不如死了的好。她乞求似的望着那两位低头不语的姑娘,然后又满怀希望地看看彼得大叔那挺直的脊背。她知道他正在仔细听着梅里韦瑟太太说的每一句话,巴不得他回过头来插上几句,像他经常做的那样。她希望他说:"多丽小姐,您就放过皮蒂小姐算了!"可是彼得一声不响。他从心底里不喜欢巴特勒,这是可怜的皮蒂也知道的。于是,她叹了口气,说: "好吧,多丽,如果你认为——"

"我就这样认为," 梅里韦瑟太太坚决回答说,"首先,我不能想象你中的什么邪竟去接待起他来了。从今天下午起,城里没有哪个体面人家会欢迎他进家门的了。你得鼓起勇气禁止他到你家来。"

她向两位姑娘狠狠地瞪了一眼。"我希望你们俩也在留心听我的话," 她继续说,"因为你们在这个错误中也有份儿,竟对他显得那样高兴! 就是要客气而又毫不含糊地告诉他,他本人和他的那些混账话在你们家里是绝对不受欢迎的。"

这时思嘉火了,像匹烈马受到一个陌生而粗笨的骑手摆弄似的,眼看要暴跳起来了。可是她不敢开腔。她不能冒这个风险让梅里韦瑟太太再给母亲写封信去。

"你这头老水牛!"她想,压在心头的怒火把脸孔憋得通红,"要是我能说说我对你和你那套横行霸道的做法是多么恶心的话,那才是天大的快事呢!"

"我从没想到这辈子还能听到这种公然反叛我们主义的话,"梅里韦瑟太太继续说,但这次用的是一种激于义愤的口气,"凡是认为我们的主义不公正不神圣的人,都应该绞死!从今以后,我再不能听你们两个女孩子跟他说一句话了——怎么,媚兰,我的天,你这是怎么了?"

媚兰脸色灰白,两只眼睛瞪得圆圆的。

"我还要跟他说话,"她低声说,"我决不对他粗暴无礼。我决不禁止他到家里来。"

梅里韦瑟太太气得仿佛给当胸刺了一锥子,噗的一声连肺都炸了。皮蒂姑妈那张肥厚的嘴巴吓得合不拢来。连彼得大叔都回过头瞪着眼发呆了。

"怎的,我为什么就没勇气说这话呢?"思嘉又是妒忌又是佩服,心里很不是滋味,"怎么这小兔子居然鼓足勇气站起来了,跟人家老太太抬杠了?"

媚兰激动得两手发抖,但她赶紧继续说下去,好像生怕稍一迟缓勇气就会消失似的。

"我决不因他说了那些话而对他无礼,因为——他那么当众嚷嚷,是有点粗鲁的——太欠考虑了——不过那也是——也是艾希礼的想法。我不能把一个跟艾希礼有同样看法的人拒之门外。那是不公道的。"

梅里韦瑟太太已缓过气来,又要进攻了。

"媚兰·汉密尔顿，我还从没听人说过这样的弥天大谎呢！威尔克斯家可绝没有这样的胆小鬼——"

"我没说艾希礼是胆小鬼呀！"媚兰说，她那两只眼睛在开始闪烁，"我是说他也有巴特勒船长那样的想法，只是说得不一样罢了。而且我想，他也不会跑到一个音乐会上去说，不过他在信里是对我说过的。"

思嘉听了觉得有点良心不安。她回想艾希礼在信中究竟写了些什么使得媚兰发表这样的看法呢？可是她读过的那些信都随看随忘，一点印象也没有留下。她只认定媚兰这样做简直是糊涂极了。

"艾希礼在信中说我们不该跟北方佬打仗。说我们被那些政治家和演说家的煽动人心的口号和偏见所蒙蔽了，"媚兰急速地说下去，"他说世界上没有任何东西值得我们在这场战争中付出如此大的代价。他说这里根本没有什么光荣可言——有的只是苦难和肮脏而已。"

"啊！是那封信，"思嘉心想，"他是这样的意思吗？"

"我不相信这些，"梅里韦瑟太太固执地说，"是你误解了他的意思。"

"我永远不会误解艾希礼，"媚兰冷静地回答，尽管她的嘴唇在颤抖，"我完全了解他。他的意思恰恰就是巴特勒船长说的那个意思，只不过他没有说得那样粗鲁罢了。"

"你应当为自己感到羞耻，居然把一个像艾希礼这样高尚的人去跟一个像巴特勒那样的流氓相比！我想，你大概也认为我们的主义一钱不值吧！"

"我——我不明白自己是怎么想的，"媚兰犹疑不定地说，这时火气渐渐消了，而对于自己的直言不讳已开始感到惊慌,"我——我愿意为主义而死,就像艾希礼那样。不过——我的意思是——我的意思是,要让男人们去想这些事,因为他们毕竟精明得多。"

"我还从没听说过这样的话呢,"梅里韦瑟太太用鼻子哼了一声,轻蔑地说,"停车,彼得大叔,你都过了我们家门口了。"

彼得大叔一直在专心听着背后的谈话,因此忘记在梅里韦瑟家门前停车了,于是只得勒着马退回来。梅里韦瑟太太下了车,她的帽带像风暴中的船帆飘得高高的。

"你们是要后悔的。"她说。

彼得大叔抽一鞭子,马又向前跑了。

"你们两位年轻小姐应当感到羞耻,让皮蒂小姐气成了这样。"他责备说。

"我并不觉得难受呀,"皮蒂惊讶地回答,因为比这更轻的紧张情绪还常常使她发晕呢,"媚兰,亲爱的,我知道你这一着及时帮助了我,因为说真的,我很高兴有人来把多丽压一下。她多么霸道呀!你怎么会有这股勇气的?可是你觉得你应当说关于艾希礼的那些话吗?"

"可那是真的,"媚兰回答,同时开始轻轻地哭泣起来,"而且我也并不觉得他那样想有什么可耻。他认为战争完全错了,可是他仍然愿意去打,去牺牲,而这就比你认为正当而去打时需要更大的勇气。"

"我的天,媚兰小姐,你别在这桃树街哭了,"彼得大叔咕哝着,一面赶着马加快速度,"人家会说闲话的。回到家里再哭吧。"

思嘉一声不响。这时媚兰将一只手塞进了她的手里,好像在寻求安慰似的,可是她连捏都没有捏它一下。她偷看艾希礼的信时只有一个目的——要让自己相信他仍然爱她。现在媚兰对信中的一些段落作了新的解释,可这是思嘉阅读时压根儿没有看出来的。这使她大吃一惊地发现,原来一个像艾希礼这样绝对完美的人,也居然会跟一个像瑞德·巴特勒那样的无赖汉抱有共同的想法呢。她想:"他们两个都看清了这场战争的实质,但艾希礼愿意去为它牺牲,而瑞德不愿意。我觉得这表示瑞德的见识是高明的。"想到这里她停了一会儿,发觉自己居然对艾希礼有这样的看法而害怕起来。"他们两个看见了同一件不愉快的事实,但是瑞德·巴特勒喜欢正面逼视它,并且公然谈论它来激怒人们——而艾希礼呢,却几乎不敢向它正视。"

这真是叫人迷惑不解的事啊!

第 十 三 章

在梅里韦瑟太太的怂恿下，米德大夫果断行动起来了。他给报纸写了封信，其中虽然没有点瑞德的名，但意思是很明显的。编辑感觉到了这封信的社会戏剧性，便把它发表在报纸的第二版上，这本身就是一个惊人之举，因为报纸头两版经常专登广告，而这些广告又不外是出售奴隶、骡子、犁头、棺材、房屋、性病药、堕胎药和春药之类。

米德大夫的信是后来在南方普遍展开的一个声讨投机家、牟取暴利者和政府合同商的高潮的先声。在查尔斯顿港被北方炮艇严密封锁以后，威尔明顿成了封锁线贸易的主要港口，而那里的情况早已臭名昭著了。投机家们麇集在威尔明顿，他们用手里的现款买下一船船货物囤积起来，待价而沽。高价是随时会来的，因为生活必需品愈来愈紧缺，物价月月上涨。老百姓要么不买，要买就得按投机商的价格付钱，这使得一般穷人和境况不佳的居民日子一天天不好过了。物价上涨的同时，南部联盟政府的纸币不断贬值，纸币越贬值人们就越发渴望看到奢侈品。跑封锁线的商人原来是受命进口必需品，同时被允许以经营奢侈品为副业，可现在的情况是船上塞满了高价的奢侈品，而南部联盟地区迫切需要的东西倒给挤掉了。人们用今天手中的货币疯狂抢购奢侈品，因为生怕明天的价格更高而货币更不值钱。

使情况更糟糕的是，从威尔明顿到里士满只有一条铁路，成千上万桶的面粉和成千上万箱的咸肉由于运不出去堆在车站路旁，眼看着发霉、腐烂，而投机商的酒类、丝绸、咖啡，等等，却往往在威尔明顿上岸以后两天，就能运往里士满销售去了。

有桩一直在暗中流传的谣言如今已公开谈论起来，说是瑞德·巴特勒不仅经营自己的四艘船只，以前所未闻的高价卖出一船船货物，而且买下别人船上的东西囤积居奇。据说他还是某个组织的头领，这个组织拥有百万美元的资金，总部设在威尔明顿，专门在码头上收购那些通过封锁线运进的物资。据说他们在那个城市和里士满有好几十家堆栈，里面堆满了食品、布匹，等待着高价出售。如今军人和老百姓都同样感到生活紧张了，因此反对他及其同伙的怨愤也一天天强烈起来。

"南部联盟海军服务公司的封锁科中有许多勇敢爱国的人，"米德大夫的信中最后写道，"他们公正无私，冒着牺牲性命和所有财产的危险在保护南部联盟。他们受到全体忠诚的南方人民的衷心爱戴，人民无不乐意捐献自己的一点点金钱来报答他们所做出的牺牲。他们是些无私的上等人，我们尊敬他们。关于这些人我没有什么好说的。

"不过另外有些败类，他们披着封锁线商人的伪装牟一己的私利，他们在人民因没有奎宁而濒于死亡时却运进绸缎和花边，在我们的英雄由于缺乏吗啡而忍痛挣扎时却用船只去装载茶叶和酒。因此，我要吁请这个奋勇抵抗和为一种最公正的主义而战斗的民族，对这些人类中的兀鹰大张公愤，同声讨伐。我诅咒这些吸血鬼,他们吸吮着那些跟随罗伯特·李将军的勇士们的鲜血,他们使封锁线商人这个名字在爱国人士面前早已臭不可闻。当我们的小伙子光着脚走上战场时,我们怎能容忍那些嗜尸鬼穿着锃亮的皮靴在我们当中大摇大摆呢?当我们的士兵在浑身哆嗦地围着营火啃霉烂的咸肉时,我们怎能容忍他们捧着珍馐美酒在后方作乐呢?我呼吁每个忠诚的南部联盟拥护者起来把他们撵走!"

亚特兰大人读着这封信,知道檄文已经发布,于是他们这些忠诚的南部联盟拥护者赶快起来撵走巴特勒。

所有在一八六二年秋天接待过巴特勒的人家中,几乎唯独皮蒂姑妈家到一八六三年还容许他进入。而且,如果没有媚兰,他很可能在那里也无人接待。只要他在城里,皮蒂姑妈就有晕倒的危险。她很清楚,如果她允许他来拜访,她的那些朋友会说出些什么话来。可是她没有勇气声明他在这里不受欢迎。每次他一到亚特兰大,她便下定决心并对两位姑娘说,她要在门外迎着他并禁止他进屋里来。可是每次他来时,手里总拿着小包,嘴里是一片称赞她又美丽又迷人的恭维话,她也就畏缩了。

"我就是不知道怎么办好,"她诉苦说,"只消他看着我,我就——我就吓得没命了,不知我一说了他会干出什么事来。他的名声已坏到了这个地步。你看,他会不会打我——或者——或者——啊,要是查理还活着就好了。思嘉,你一定得告诉他不要再来了。好声好气地告诉他。啊,我看你是在鼓励他,所以全城都在议论呢,而且要是你母亲发现了,她会对我怎么说呀?媚兰,你不要对他那么好了。要冷淡疏远一些,那样他就会明白的。哦,媚兰,你是不是觉得我最好给亨利写个条子去,让他跟巴特勒船长谈谈?"

"不,我不觉得,"媚兰说,"而且我也绝不会对他无礼。我想人们对于巴特勒船长都像一群失了魂的小鸡似的在瞎嚷嚷。我相信他不至于像米德大夫和梅里韦瑟太太说的那么坏。他不会囤积粮食让人们挨饿。噢,他还给了我一百美元的孤儿救济金呢。我相信他跟我们每个人一样是忠诚和爱国的,只不过他过于骄傲不屑出来为自己辩护罢了。你知道男人们一旦激怒了会变得多么固执的。"

皮蒂姑妈对于男人啥也不懂,无论他们是发怒了还是怎么的,她只能摇着那双小小的胖手表示奈何不得。至于思嘉,她很久以来就对媚兰那种专门从好的方面看人的习惯不存希望了。媚兰是个傻瓜,在这一点上谁都对她没有办法。

思嘉知道瑞德并不爱国,而且,尽管她宁死也不承认,她对此毫不在乎。倒是他从纳索给她带来的那些小礼品,一个女人可以正正当当接受的小玩意儿,她却十分重视。在物价如此昂贵的情况下,如果还禁止他进门,她到哪里去弄到针线、糖果和发夹呀?不,还是把责任推到皮蒂姑妈身上更顺当些,她毕竟是一家之主,是监护人和道德仲裁人嘛。思嘉知道全城都在议论巴特勒的来访,也在议论她;可是她还知道,在亚特兰大人眼中媚兰·威尔克斯是不会干错事的,那么既然媚兰还在护着巴特勒,他的来访也就不至于太不体面了。

不过,要是瑞德放弃他的那套异端邪说,生活就会惬意得多。那样,她同他在桃树街散步时就用不着因人们公然不理睬他而觉得尴尬了。

"即使你有这些想法也罢,又何必说出来呢?"她这样责备他,"要是你单凭自己的高兴爱想什么就想什么,可就是闭着嘴毫不声张,那就一切都会好得多了。"

"那是你的办法,是不是,我的绿眼睛伪君子？思嘉,思嘉！我希望你拿出更多的勇气来。我认为爱尔兰人是想什么说什么的,只有魔鬼才躲躲闪闪。请老实告诉我,难道你闭着嘴不说话时不觉得心里憋得要爆炸吗？"

"唔,是的,"思嘉不大情愿地承认,"当人们从早晨到中午直到晚上尽谈什么主义时,我就觉得厌烦死了。可是我的天,瑞德·巴特勒,如果我承认了这一点,就谁都不跟我说话,哪个男孩子也不会跟我跳舞了！"

"噢,对了,总得有人伴着跳舞,哪怕要付出最大的代价。那么,我要佩服你这种自我克制的精神,不过我觉得我自己办不到。我也不能披上罗曼蒂克和爱国的伪装,无论那样会多么方便。那种愚蠢的爱国者已经够多的了,他们把手里的每一分钱都押在封锁线上,到头来,等到这场战争一结束,只落得一个穷光蛋。他们不需要我去加入他们的队伍,无论是为爱国主义史册添一分光彩还是给穷光蛋名单加上一个名字。让他们去戴这些荣耀的光环吧。他们是有资格戴的——这一次我总算诚恳了——此外,再过一年左右,那些要戴光环的人也全都会戴上的。"

"我觉得你这人真是太卑鄙了,居然说出这样的话来,你明明知道英国和法国很快就会来帮忙我们,而且——"

"怎么,思嘉！你准是看过报纸了！我真替你吃惊。可再不要这样了。那会把女人的脑子弄坏的。对于你的消息,我要告诉你,不到一个月以前我还在英国。英国决不会帮助南部联盟。英国决不会把赌注压在一条落水狗身上。这便是英国之所以成为英国。此外,目前坐在宝座上的那位荷兰胖女人是敬畏上帝的,她不赞成奴隶制。即使英国棉纺厂的工人由于得不到我们的棉花而饿肚子,它也绝不会为奴隶制而斗争的。至于法国,这个拿破仑的孱弱模仿者,正在墨西哥忙于建设法国区,根本不可能为我们操心了。事实上,它欢迎这场战争,因为这会牵制我们不能去赶走在墨西哥的法国军队……不,思嘉,国外援助这个概念只不过是报纸发明出来用以维持南方士气的一个法宝而已。南部联盟的命运已经注定了。它现在像一匹骆驼,靠它的驼峰维持生命,可是连最大的驼峰也有消耗净尽的一天呢。我给自己打了个在封锁线再跑六个月的算盘,以后就完了。再下去就太冒风险了。那时我要把船只卖给一个自以为还能干下去的英国人。但是不管怎样,这不会叫我为难的。我已经赚了够多的钱,都存在英国的银行里,而且全是金币。这不值钱的纸币已与我毫不相干了。"

他还是像往常那样,话说得似乎很有道理。别人可能说他的话是叛国言论,但思嘉听来却是真实的,合乎情理的。她知道这可能完全错了,她应当感到震惊和愤怒才是。实际上她既不震惊也不愤怒,不过她可以装成那样,那会使她显得可敬一些,更像个上等人家的闺秀。

"我认为米德大夫写的有关你的那些话都是对的,巴特勒船长。唯一挽救的办法是你把船卖掉之后立即去参军。你是西点军校出身的,而且——"

"你这话很像是个牧师在发表招兵演说了。要是我不想挽救自己又怎么样?我干吗要去拼命维护那个把我抛弃了的制度呀?我要眼看着它被彻底粉碎才高兴呢。"

"我可从来没听说过什么制度。"她很不以为然地说。

"没听说过？可你自己就是属于它的一分子，跟我一样，而且我敢肯定你也像我这样，并不喜欢它。再说，我为什么成了巴特勒家族中的不肖子呢？原因不是别的，就在这里——我跟查尔斯顿不一致，也没法跟它一致。而查尔斯顿可以代表南方，只不过更加厉害而已。我想你大概还不明白那是个多么讨厌的地方吧？有许多事情仅仅因为人们一直在做，你也就不得不做。另有许多事情是完全没有坏处的，可是为了同样的原因你就决不能去做。还有许多事情是由于毫无意思而使我腻烦透了。就说我没有娶那位你大约听说过的年轻女人吧，那仅仅是问题爆发的最后一个因素罢了。我为什么要娶一个讨厌的傻瓜，仅仅因为受到某件意外事故的干扰未能把她在天黑之前送到家里吗？又为什么要让她那个凶暴的兄弟在我能够打得更准的情况下来开枪打死我呢？当然，假如我是个上等人，我就会让他把我打死，这样就可以洗刷巴特勒家教上的污点了。可是——我要活呀！我就是这样活了下来，并且活得很舒服呢⋯⋯每当我想起我的兄弟，他生活在查尔斯顿的神圣牛群里，对他们很尊敬；我记起他那个粗笨的老婆和他的圣塞西利亚舞会，以及他那些令人厌倦的稻田——想起这些，我就认识了与那个制度决裂所取得的报偿。思嘉，我们南方的生活方式是跟中世纪封建制度一样陈旧的。令人惊奇的是它居然持续了这么久。它早就该消失，并且正在消失。不过，你还希望我去听像米德大夫这样的演说家告诉我，说我们的主义是公正而神圣的吗？要我在隆隆的鼓声中变得那样激动，以致会抓起枪杆子冲到弗吉尼亚去为罗伯特老板流血吗？你认为我是一个什么样的傻瓜呢？给人家鞭打了一顿还去吻他的鞭子，这可不是属于我干的那个行业。如今南方和我是两清了,谁也不欠谁的了。南方曾经把我抛弃,让我饿死。我没有饿死,倒是从南方的濒死挣扎中捞到了足够的金钱来赔偿我所丧失的与生俱来的权力了。"

"我看你这个人很卑鄙,唯利是图。"思嘉说,不过口气是机械的。他所说的话大多从她耳边滑过去了,就像每次与己无关的谈话一样。不过其中一部分她能理解。她也觉得上等人的生活中的确有许多愚蠢的事情。譬如说,不得不假装自己的心已进入坟墓,而实际并没有。而且,她在那次义卖会上跳舞时人人都大为震惊呢。又比方,她每次做了或说了些什么稍稍与别的年轻女人所说所做不同的事,人家就会气得把眉毛都竖起来了。不过,她听到他攻击那个她自己也最厌恶的传统时,还是要觉得刺耳的。因为一般人在听到别人说出他们自己的心思时,总是委婉地掩饰着并不惊慌的感觉,而她在这些人中生活得太久了,怎能不受影响呢?

"唯利是图?不,我只是有远见罢了。尽管这也许不过是唯利是图的一个同义语。至少,那些和我一样有远见的人会这样说。任何一个忠于南部联盟的人,只要他一八六一年手头有一百美元的现金,都会像我这样干的,可是,真正唯利是图能够利用他们的机会的人又多么少啊!举例说,在萨姆特要塞刚刚陷落而封锁线还没有建成的时候,我以滥贱的价格买进了几千包棉花,并把它们运往英国。它们至今还存放在利物浦堆栈里,一直没有出售。我要保持到英国棉纺厂极需棉花并愿意按我的要价购买时才放手。到时候,即使卖一美元一磅,也是不足为奇的。"

"等到大象在树林里做窝时,你就可以卖一美元一磅了!"

"我相信会卖到这个价的。现在棉花已涨到七十二美分一磅。思嘉,这场战争结束时我会成为一个富翁,因为我有远见——唔,对不起,是唯利是图。我曾经告诉过你,有两个时期是可以赚大钱的,一是在建设一个国家的时候,一是在一个国家被毁坏的时候。建设时赚钱慢,崩溃时赚钱快。记住我的话吧。也许有一天你是用得上的。"

"我非常欣赏好的忠告,"思嘉用尽可能强烈的讽刺口吻说,"不过我不需要你的忠告。你认为我爸是个穷光蛋吗?他可有足够的钱供我花呢,而且我还有查尔斯的财产。"

"我能想象到,法国贵族直到爬进囚车那一分钟为止,也一直是这样想的。"

思嘉每次参加社会活动,瑞德总是指出这同她身穿黑色丧服是不协调的。他喜欢鲜艳的颜色,因此思嘉身上的丧服和那条从帽子一直拖到脚跟的绉纱头巾使他感到既好玩又不舒服。可是她坚持穿戴这些服丧的深色衣物,因为知道如果不再等几年就改穿颜色漂亮的,全城的人就会比现在更加窃窃私语地议论起来。何况,她又怎样向母亲解释呢?

瑞德坦率地说,那条绉纱头巾使她活像只乌鸦,而那身黑衣服则使她显得老了十岁。这种不雅的说法逼得她赶快跑到镜子前去照照,究竟自己是不是像个二十八岁的人了。

"我觉得你应当把自己看重些,不要去学梅里韦瑟太太那样,"他揶揄地说,"趣味要高尚一点,不要用那条纱巾来表现自己实际上从来没有过的悲哀。我敢跟你打赌,这是假的。我真希望在两个月内就叫你把这帽子和纱巾摘掉,戴上一顶巴黎式的。"

"真的？不，请你不要再谈这件事了。"思嘉说，她不高兴瑞德老是叫她想起查尔斯。这时瑞德正准备动身到威尔明顿去，从那里再到国外去跑一趟，所以他没有多说，咧嘴一笑便离开了。

几星期后，一个晴朗的夏天早晨，他拿着一只装潢漂亮的帽匣子来了，这时他发现思嘉一个人在屋里，便把匣子打开。里面用一层层薄绢包着的是一顶非常精致的帽子，思嘉一见便惊叫起来："啊，这宝贝儿！"很久很久没看见新衣裳了，更不用说亲手去摸了，何况这样一顶她从没见过的最可爱的帽子呢！它是用暗绿色塔夫绸做成的，里面衬着淡绿色水纹绸。系在下巴底下的带子有她的手掌一般宽，也是淡绿色的。而且，这件绝妙精制品的帽檐周围还装饰着扬扬得意似的鸵鸟毛呢。

"把它戴上。"瑞德微笑着说。

她飞也似的跑到镜子跟前，把帽子噗的一下戴到头上，把头发往后推推，露出那对耳坠子来，然后系好下巴底下的带子。

"好看吗？"她边嚷边旋转着让他看最好的姿势，同时晃着脑袋叫那些羽毛跳个不停。不过，她用不着看他那赞赏的眼光就知道自己显得多美了。她的确显得又妖媚又俏皮，而那淡绿色衬里更把她的眼睛辉映成深翡翠一般闪闪发亮了。

"唔，瑞德，这帽子是谁的？我想买。我愿意把手头所有的钱都拿出来。"

"就是你的呀，"他说，"还有谁配戴这种绿色呢？你不觉得我把你这眼睛的颜色记得十分精确吗？"

"你真的是替我选配的吗？"

"真的。你看盒子上还有'和平路'几个法文字呢,如果你觉得这多少能说明问题的话。"

她并不觉得这有什么意思,只一味朝镜子里的影像微笑。在这个时刻,除了她两年以来头一次戴上了这么漂亮的帽子并显得分外地迷人之外,任何事情都无所谓了。有了这顶帽子,她还有什么事办不到呀!可是随即她的笑容渐渐消失了。

"你喜欢它吗?"

"唔,这简直像个梦,不过——唔,我恨自己不得不用黑纱罩住这可爱的绿色并把羽毛染成黑的。"

他即刻站到了她身边,用熟练的手指把她下巴底下的结带解开。不一会儿帽子就放回到盒子里了。

"你这是干什么?你说过这是我的呀!"

"可它并不是给你改作丧帽的。我会找到另一位绿眼睛的漂亮太太,她会欣赏我的爱好的。"

"啊,你不能这样!我宁死也得要它!啊,求求你,瑞德,别这样小气!给了我吧!"

"把它改成跟你旁的帽子一样的丑八怪?不行。"

她抓住盒子不放。要把这个使她变得如此年轻而娇媚的宝贝给别的女孩子?啊,休想!她也曾暂时想起皮蒂和媚兰的惊慌模样。她想起母亲和她可能要说的话,不由得打了一个寒噤。可是,虚荣心毕竟更有力量。

"我不会改它。我答应你。就给了我吧。"

他把盒子给她,脸上流露着微带嘲讽的笑容,望着她把帽子再一次戴上并端详自己的容貌。

"这要多少钱?"她突然沉下脸来问,"我手头只有五十美元,不过下个月——"

"按南部联盟的钱算，它大约值两千美元左右。"

"啊，我的天——好吧，就算我现在给你五十，以后，等我有了——"

"我不要钱，"他说，"这是礼物。"

思嘉的一张嘴张开不响了。在接受男人的礼物方面，界线可画得又严密又谨慎呢。

"糖果和鲜花，亲爱的，"爱伦曾经屡次说，"也许一本诗集，或者一个相片本，一小瓶香水，只有这些，男人送给你时可以接受。凡是贵重的礼物，哪怕是你的未婚夫送的，都千万不能接受。千万不要接受首饰和穿戴的东西，连手套和手绢也不能要。你如果收了这样的礼物，男人们就会认为你不是个上等女人，就会对你放肆了。"

"啊，乖乖！"思嘉心想，先看了看镜子里自己的影像，然后看着瑞德那张神秘莫测的脸，"我简直没法告诉他我不能接受。这太可爱了。我宁愿——我几乎宁愿让他放肆一下，如果只是个小动作的话。"这时她不禁对自己也觉得惊恐，怎么会有这样的想法呢，于是脸红了。

"我要——我要给你那五十美元——"

"如果你这样，我就把它扔了。或者，还不如花钱为你的灵魂做做弥撒。我相信，你的灵魂是需要做几次弥撒的。"

她勉强笑笑，可是一瞥见镜子里那绿帽檐底下的笑影便立即下决心了。

"你究竟要对我怎么样呢？"

"我是在用好东西引诱你，将你那些女孩子气的空想磨掉，然后服从我的支配，"他说，"'从男人那里只能接受糖果和鲜花呀，亲爱的！'"他取笑似的模仿着，她也咯咯地笑了。

"你真是个又狡诈又黑心的坏蛋,瑞德·巴特勒,而且你明明知道这帽子太漂亮了,谁还会拒绝呢。"

他的两只眼睛在嘲笑她,即使同时在称赞她的美貌。

"当然喽,你可以对皮蒂小姐说,你给了我一个塔夫绸和绿水绸的样品,并画了张图,而后我向你勒索了五十美元。"

"不,我要说是一百美元,她听了会告诉城里的每一个人,然后人人都会对我眼红,议论我多么奢侈。不过,瑞德,你以后不要再给我带这样贵重的东西好吗?你这已经是太慷慨了,我实在不能接受别的了。"

"真的?可是,只要我觉得喜欢,只要我认为能增加你的魅力,我还要继续带些礼物来。我要给你带些暗绿色水纹绸来做一件长袍,好跟这顶帽子相配。不过我要警告你,我这人并不慷慨。我是在用帽子和镯子引诱你,引你上钩。请经常记住,我每做一件事都有自己的动机,从来不做那种没有报酬的傻事。我总是要得到报偿的。"

他的黑眼睛在她脸上搜索,移到了她的嘴唇上。思嘉垂下眼来,浑身激动。现在,他准备要放肆了,就像爱伦说的那样。他要吻她,或者试图吻她,可是她心慌意乱打不定主意,不知怎么办才好。要是她拒绝呢,他就可能一把将帽子从她头上摘下来,拿去给别的女人。反之,要是允许他规规矩矩亲一下呢,他就可能再给她带些可爱的礼物来,希望再一次吻她。男人总是非常重视亲吻的,其中的缘故只有天知道。往往有这样的情况,吻过一次之后,他们就完全爱上了那个女孩子,并且,倘若那个女孩子为人机灵,吻过一次就不再给吻了的话,他就会大出洋相,显得十分有趣。要是瑞德·巴特勒爱上了她,并且自己承认了,求她接一个吻或笑一笑,那才带劲呢。是的,她愿意让他吻。

但是他没有来吻她。她从眼睫毛底下瞟了他一眼,并用挑逗的口气低声说:"你总是要得到报偿的,是这样吗?那么你想从我这里得到什么呢?"

"那得等着瞧了。"

"唔,要是你觉得我为了偿付那顶帽子便会嫁给你,那是不会的。"她大胆地说,同时俏皮地把头晃了晃,让帽子上的羽毛抖动起来。

他那雪亮的牙齿在一小撮髭须下微微一露,仿佛要笑似的。

"太太,你这是在恭维自己了。我并不想娶你或任何别的女人。我是不准备结婚的。"

"真的!"她吃惊地叫了一声,同时断定他就要放肆了,"我连吻也不想吻你呢。"

"那你为什么把嘴噘成那么个可笑的模样呀?"

"啊!"她向镜子里瞥了一眼,发现自己的红嘴唇的确是个准备接吻的姿势,不禁又嚷了一声,而且气得连连顿脚,"你是我所见过的最可怕的人了,我真的再也不想见到你了!"

"要是你真的这么想,你就会把帽子丢在地上踩起来。哎哟哟,看你急成那个样子,不过这也是恰到好处的,你大概很清楚。来,思嘉,把帽子踩在脚下,好让我看看你对我和我的礼物是怎么想的吧。"

"看你敢把这顶帽子碰一下。"她边说边抓住帽带慢慢往后退。他跟上去,笑嘻嘻地把她的手握住了。

"唔,思嘉,你真像个孩子,可把我的心都揪痛了,"他说,

"我要吻你的,看来你正盼着呢,"说着他随随便便俯下身来将髭须在她脸上擦了擦,"现在,你是不是觉得该打我一个耳光来保持你的体面呀?"

她噘着嘴,抬头注视着他的眼睛,看见那黑黝黝的眼珠子里饱含着乐趣,便扑哧一声笑了。她想这家伙也太爱戏弄人,太叫人恼火了!如果他并不想跟她结婚,甚至不想吻她,那他要怎样呢?如果他并没有爱上她,那为什么来得这样勤并送给她礼物呢?

"这就好了,"他说,"思嘉,我是会教你干坏事的,所以你一旦觉察出来就会让我滚蛋——如果你办得到的话。我这人可是很难摆脱掉的啊。不过我对你只有坏处。"

"是这样吗?"

"难道你看不出来?自从我在义卖会上遇到你那一天起,你的行为就很叫人吃惊了,其中大部分应当归咎于我。是谁怂恿你跳舞的呢?是谁强迫你承认了你认为我们的主义既不光荣也不神圣的呢?是谁促使你承认了你觉得那些为响亮的信条而牺牲的人全是傻瓜呢?谁帮助你给了那些老太太许多闲谈的资料呢?谁正在劝说你提前几年便匆匆地将丧服脱掉呢?最后,又是谁引诱你收受一件要想继续当上等女人就不能接受的礼物呢?"

"你这是在恭维你自己了,巴特勒船长。我根本没有干过这样可耻的事,而且,没有你的帮助我也会做你提到的那些事呢。"

"我怀疑这一点,"他说这话时脸色突然显得平静而阴沉了,"你应当仍然是查尔斯·汉密尔顿的伤心的遗孀,并且因你做的那些好事在伤兵中享有好的名声。可是万一——"

可是她并没有听这些，因为她又在对着镜子惬意地端详自己，心中盘算着今天下午就戴这顶帽子到医院去，同时带些鲜花送给那些正在康复的军官。

她并没有意识到瑞德说的那最后几句话是真实的。她没有看出他已经设法打开她那寡妇生活的牢狱，把她释放出来，使她在作为一个美人本来早已是明日黄花的时候，又能像女王一般凌驾于那些未婚姑娘之上。她也没有看出自己在他的影响下已经远远背离了母亲的教诲。变化是慢慢发生的，从蔑视一种小小的习俗到蔑视另一种习俗，中间似乎没有什么联系，至于瑞德在其中起的作用就更不明显了。她还不明白，正是由于他的鼓励，她才否定了母亲关于妇道的许多严格禁条，忘记了作为一个上等女人时很难遵守的那些教训。

她仅仅看到那顶帽子是她历来有过的最合适的一顶，而且它没有花她一文钱；瑞德也一定是爱上她了，不管他承认与否。她无疑是要想出一个办法来使他承认的。

第二天，思嘉站在镜前，手里拿着一把梳子，嘴里塞满了发夹，正在试着做一种新的发型。这种发型是梅贝尔最近在里士满探望丈夫时学到的，名叫"老猫老鼠小耗子"，据说是时下京都最风行的，不过很不容易做呢。这要把头发从当中分开，每一边又分成逐渐减少的三绺，最大的一绺紧靠中分线，算作"老猫"。"老猫"和"老鼠"很容易就安顿好了，可"小耗子"总是想从发夹中溜出来，恼火得很。不过，她下决心一定要把它弄好，因为瑞德今天要来吃晚饭，而他很注意衣服和头发的式样，并且是最爱评头品足的。

她正在跟自己那把又密又顽固的头发奋斗，额头上冒出了许多汗珠,这时忽然听到楼下穿堂里响起轻快的脚步声,便知道是媚兰从医院回来了。接着,她听见媚兰两步并作一步飞快地跑上楼来,便不禁拿着发夹愣住了,心想一定是出了什么事,因为媚兰像个贵夫人那样一贯是从容缓步的。她走到门口,把门打开,媚兰随即跑进来,满脸的兴奋和惊慌,像个做了错事的孩子似的。

她脸上满是泪珠,帽子挂在头颈上,裙圈急急地摆荡着。她手里抓着个什么东西,周围散发着一股廉价香水的强烈香味。

"啊,思嘉!"她边喊边把门关好,随即在床上坐下,"姑妈回来了吗?还没有?啊,谢天谢地!思嘉,我差点给羞死了!我都快要晕过去了,你看,彼得大叔正在那里威胁说要告诉姑妈呢!"

"告诉她什么呀?"

"说我跟那个——跟那位小姐还是太太说话了——"媚兰用手绢使劲扇着自己那张火烫的脸,"那个红头发的叫贝尔·沃特琳的女人呀!"

"怎么,媚兰!"思嘉嚷着,给吓得眼睛都发直了。

贝尔·沃特琳就是她到亚特兰大的当天在街上看见的那个红头发女人,现在她很可能是城里名声最臭的女人了。有许多妓女跟随着大兵涌进了亚特兰大,而贝尔凭着她那火红的头发和俗丽而过分时髦的衣着成了她们中的佼佼者。人们在桃树街大街上和附近的体面人家很少看到她,但只要她一出现,有身份的妇女便急忙走开,避免同她接近。可是媚兰跟她说话了。难怪彼得大叔大发脾气呢。

"要是皮蒂姑妈发现,我就活不成了!你知道她会到处嚷嚷告诉城里每个人的,这样我就没脸见人了,"媚兰抽泣着说,"可这不是我的过错。我——我不能硬从她面前跑开呀,那样太不礼貌了。思嘉,我——我很替她感到难过。你是不是觉得我这样想太不应该了呢?"

但是思嘉并不关心这件事在道德上是否应该。像大多数有教养和天真烂漫的年轻女人那样,她对妓女怀有一种十分强烈的好奇心。

"她想要干什么? 她的话讲得怎么样?"

"唔,她的语法糟透了,不过我看得出她在极力想学得文雅些,可怜的人儿! 我从医院里出来,发现彼得大叔和马车没有在门口等我,我就想步行回家了。我经过埃默生家的大院时,她正躲在篱笆后面呢! 啊,谢天谢地,埃默生一家都到梅肯去了。这时,她说:'威尔克斯小姐,你跟我说一会儿话好吗?'我不明白她是怎么知道我的名字的。我想我应当尽快走开,可是——可是思嘉,她显得那么可怜——是的,好像是在哀求我。她穿着一身黑衣裳,戴着黑帽子,也没有涂脂抹粉,要不是那头红头发就真正像个规矩人了。她没有等我开口又接着说:'我知道,我是不应当跟你说话的,不过当我跑去对那只年老的母孔雀埃尔辛太太说时,她竟把我从医院里撵出来了!'"

"她真的管她叫母孔雀吗?"思嘉乐呵呵地笑了。

"唔,别笑嘛。这不是好玩的。看来这位小姐,这个女人,是想替医院做点什么——你能想象出来吗? 她提出要每天上午来当看护呢! 当然,埃尔辛太太一听这想法必定是给吓坏了,于是就命令她离开医院。接着她说:'我也想做点事情呢。难道我不也像你们那样是个拥护南部联盟的人吗?'

这样,思嘉,我真的给她那要求帮助的模样感动了。你知道,她要是想为主义效劳,就不能说全是个坏人了。你觉得我这样也很坏吗?"

"看在上帝面上,媚兰,谁管你坏不坏的? 她还说了些什么呢?"

"她说她一直在看经过那里到医院去的女人,觉得我——我的面貌很和气,所以就拦住了我。她有些钱要给我,让我用在医院的事上,还不要告诉任何人钱是从哪里来的。她说埃尔辛太太一定要她说明那是什么样的钱才同意使用。什么样的钱呀! 说到这点我真要晕倒了呢! 那时我感到很不好办,急于要离开她,只得随口应着'唔,是的,当真,你多好',或者旁的傻话,可她却微笑着说'你才真是个基督徒呢',并把这条脏手帕塞到我手里。喏,你闻闻这香味!"

媚兰拿出一条男人用的手帕来,那是又脏又带强烈香味的,里面包着一些硬币。

"她正在说'谢谢你'并表示以后每星期都给我带点钱来的时候,得,彼得大叔赶着车迎面跑来看见我了!"说到这里,媚兰又泪流满面,把头倒在枕头上哭了起来。"当他看清楚是谁跟我在一起时,他——思嘉你看,他竟对我吆喝起来了! 我这一辈子还从没见人吆喝过我呢。他还说:'你就在这里赶快给俺上车吧!'当然我上了车,他便一路上没完没了地骂我,也不让我解释一句,还说他要去告诉皮蒂姑妈。思嘉,请下去求求他不要去告我了,好吗? 说不定他会听你的。你知道,姑妈只要听说我曾经面对面见过那女人,她也会给活活吓死的呀! 思嘉,你愿意去跟彼得大叔说说吗?"

"好,我去。不过,让我们先瞧瞧这里有多少钱。还沉着呢。"

她解开手帕,一大把金币滚了出来,撒落在床上。

"思嘉,有五十美元呢!还是金币!"媚兰惊叫着,数了数那些亮晶晶的硬币,显然给吓住了,"你说,你觉得在小伙子们身上使用这种——噢,这种钱——这样赚来的钱,恰当吗?你不觉得或许上帝会理解她是想帮助,所以就不管这钱是否肮脏了呢?我一想到医院需要那么多的东西时——"

但是思嘉并没有听这些。她在注视那条脏手帕,心里充满着羞辱和愤怒。原来手帕角上有个图案,其中包含着 RKB 三个字母。她那放珍贵物品的抽屉里也有一块跟这一模一样的手帕,那是瑞德·巴特勒昨天借给她用来包那束他们采折的鲜花的。她正准备今晚他来吃饭时还给他呢。

这样看来,瑞德是在同沃特琳那个贱货来往并给她钱了。这就是那笔给医院的捐款的由来了。原来是从封锁线捞到的金币呀。想想看,瑞德居然有胆量在跟那个贱货厮混过以后,再来同一位正经妇女会面呢!想想看,她几乎相信他爱上了她呢。这证明他是绝不会的了。

凡是坏女人,以及那些跟他们有关联的人,对她来说都是些神秘而讨厌的家伙。她知道有些男人怀着某种目的去光顾这些女人,那种目的是正经女人所不齿的——或者,她要是提及的话,也只能用耳语或暗示,或一种委婉的说法。她常常想,只有低劣而粗俗的男人才会去看这样的女人。在这以前,她从来没有想到过,正经男人——就是说,她在体面人家遇见过并一起跳舞的那些男人——也可能做这样的事情。眼前这件事给她的思想打开了一个崭新的天地,一个令人十分恐怖的天地。说不定所有的男人都这样呢!他们强迫自己的妻子忍受这种不道德的行为就够坏的了,还亲自去找下等女人并为这种寻欢作乐付给她们金钱呢! 啊,男人都坏透了,瑞德·巴特勒更是他们中最下流的一个!

她要将这条手帕摔到他脸上去,并指着门口叫他滚出去,而且从此永远永远也不再理他了。可是不,她当然不能那样做。她永远永远不能让他知道她已经明白有那样一个女人存在,更不要说已经明白他去看过她这件事。一个上等女人是决不能这样做的。

"唔,"她满怀愤怒地想,"假如我不是个上等女人,我还有什么不能对这个坏蛋说的呢!"

于是,她把那条手帕揉成一团捏在手里,随即下楼到厨房里去寻找彼得大叔。她从火炉旁走过时,随手把手帕丢到火里,憋着一肚子无可奈何的怒气望着它燃烧。

第十四章

一八六三年夏天到来时,每个南方人心里也升起了希望。尽管有贫困和艰难,尽管有粮食投机商和类似的蠹贼,尽管死亡、疾病和痛苦给几乎每一个家庭留下了影响,南方毕竟又在说"再打一个胜仗就可以结束战争了",而且是怀着比头年夏天更乐观的心情说的。北方佬的确是个很难砸开的核桃,可是他们终于在破裂了。

对于亚特兰大和对于整个南方来说,一八六二年圣诞节都是个愉快的节日。南部联盟在弗雷德里克斯堡打了一个很大的胜仗,北方佬伤亡的人员数以千计。人们在节假期间普遍欢欣鼓舞,欢庆和祝祷局势已出现了转折点。那些穿灰制服的军队已成了久经沙场的队伍,他们的将军已屡建功勋,人人都知道,只要春季战役一打响,北方佬就会被永远彻底地击溃了。

春天到来,战斗又开始了。到五月间南部联盟军队又在昌塞洛斯维尔打了个大胜仗,整个南方都为之欢声雷动。

在离本县较近的地方,一支突入佐治亚的联邦骑兵给击溃了,又成了南部联盟方面的胜利。人们仍在笑嘻嘻地彼此拍着肩背说:"是啊,先生!只要咱们的老福雷斯特将军跟上来,他们就不如早点滚了!"原来四月下旬斯特雷特上校率领一支八百名的北方骑兵队伍突然袭入佐治亚,企图占领在亚特兰大北面六十余英里的罗姆。他们妄想切断亚特兰大和田纳西之间的极端重要的铁路线,然后向南攻入南部联盟的枢纽城市亚特兰大,把集中在那里的工厂和军需物资彻底摧毁。

这是十分厉害的一着,如果没有纳·贝·福雷斯特将军,会给南方造成极大的损失。当时这位将军只带领相当于敌人三分之一的兵力——不过这是些多么了不起的骑手啊!——尾随在他们后面,但赶在他们到达罗姆之前便交上了火,然后是昼夜猛击,终于把他们全部俘获了!

这个捷报和昌塞洛斯维尔大捷的消息几乎同时传到了亚特兰大,引起全城一片震天动地的欢呼。昌塞洛斯维尔的胜利可能有更加重大的意义,但是斯特雷特突击队的被俘也使北方佬显得极为狼狈。

"不,先生,他们最好不要再跟老福雷斯特开玩笑了!"亚特兰大人开心地说,同时一再谈论这次打胜仗的经过,兴味无穷。

现在,南部联盟走运的形势发展到了极盛的高潮阶段,它席卷着满怀喜悦的人们向前汹涌。不错,格兰特率领下的北方佬军队从五月中以来一直在围攻维克斯堡。不错,斯·杰克逊在昌塞洛斯维尔受了重伤,这是南方的一个令人痛心的损失。不错,科布在弗雷德里克斯堡牺牲了,这使佐治亚失掉了一个最勇敢和最有才能的儿子。可是,北方佬再也经不起像弗雷德里克斯堡和昌塞洛斯维尔这样的惨败了。他们会被迫投降,那时残酷的战争便可宣告结束了。

到七月初头,先是谣传,后来从快报上证实了:李将军在向宾夕法尼亚挺进。李将军打进了敌人区域了!李将军在强攻了！这是最后一战了！

亚特兰大人兴奋欢欣得如醉如狂,迫切地渴望着来一次报复。如今北方佬该知道将战争打到自己的家里是什么滋味了。如今他们该知道耕地被荒废、牛马被偷走、房屋被焚毁、老人孩子被抓进牢房、妇女儿童被赶出来挨饿都是些什么样的滋味了。

人人都清楚北方佬在密苏里、肯塔基、田纳西和弗吉尼亚都干了些什么。北方佬在占领区犯下的罪行,连很小的孩子都能又恨又怕地历数出来。现在亚特兰大已到处是从田纳西东部逃来的难民,他们亲口讲述自己的苦难经历,令人听了无不伤心。在那个地区,南部联盟的同情者居少数,战争带给他们的灾难也最沉重,就像在所有边境地区那样,人们彼此告密,兄弟互相残杀。这些难民都大声要求让宾夕法尼亚成为一片焦土,连那些最温和的老太太也表现出严厉的喜悦心情。

但是有人从前线带回消息说,李将军下了命令,宾夕法尼亚州的私人财产不能触动,掠夺一律处以死刑,凡军队征用任何物品都必须付钱——这样,李将军就得付出自己所赢得的全部尊敬才能保全在群众中的声望了。也不让人们在那个繁华州的丰富仓库里为所欲为一下?李将军究竟是怎么想的?可我们的小伙子却迫切需要鞋子、衣服和马匹呢!

米德大夫的儿子达西捎回来一封急信,这是七月初亚特兰大收到的唯一第一手新闻,因此便在人们手中传递,引起愈来愈大的愤慨。

"爸,你能设法给我弄一双靴子来吗?我已经打了两个星期赤脚了,至今还没有希望得到鞋子。要不是我的脚太大,我可以像别的小伙子那样,从北方佬死人脚上脱一双下来,可是我还没找到一个有我这般大脚的北方佬呢。如果你能替我弄到,请不要通过邮局寄。有人会在途中偷走的,而我又不想责怪他们。还是叫费尔坐趟火车送来吧。我们到什么地方,我会很快写信告诉你。眼前我还不清楚,只知道在朝北行进。我们此刻在马里兰,人人都说是开到宾夕法尼亚去……

"爸,我觉得我们应当对北方佬以牙还牙,可是将军说不行。至于我个人,我并不愿意只图一时高兴去烧北方佬的房子而受到枪毙的处分。爸,今天我们穿过了你可能从没见过的极大一片麦田。我们那里可没有这样的麦田呢。好吧,我得承认我们在那片麦地里偷偷搞了一点掠夺,因为我们全都饿得不行了,而这种事只要将军不知道就不会有危险的。不过那些青麦没有给我们任何好处。小伙子们本来都患了点痢疾,那麦子一吃下去便更糟了。要知道,带着痢疾走路比拖着一条伤腿走还要困难呢。爸,请一定设法替我弄双靴子来。我如今已当了上尉,一个上尉即使没有新的制服或肩章,也应当穿双靴子嘛。"

但是军队到了宾夕法尼亚——这才是重要的事情。再打一次胜仗战争就会结束,那时达西·米德所需要的靴子就全都有了,小伙子们就会往回开拔了,大家重新欢聚。米德太太想象儿子终于回到家里,从此不再离开,便忍不住要落泪了。

七月三日,从北方来的电讯突然沉默了,一直沉默到四日中午才有断断续续和经过窜改的报道流入设在亚特兰大的司令部。原来在宾夕法尼亚发生了激战,在一个名叫葛底斯堡的小镇附近打了一次投入李将军全部兵力的大仗。消息并不怎么确切,来得也晚,因为战争是在敌人区域里打的,所有的报道都得首先经过马里兰,转到里士满,然后再到亚特兰大。

人们心中的焦虑逐渐增长,恐惧的预感慢慢地流遍全城。最糟糕的是不明白事情的真相。凡是有儿子在前线的家庭都焦急地祈祷着,但愿自己的孩子不在宾夕法尼亚,可是那些知道自己的亲属就在达西·米德那个团里的,便只好咬着牙声称,他们参加了这次将永远打垮北方佬的鏖战,是十分光荣的事。

　　皮蒂姑妈家的三位女人只好怀着无法掩饰的恐惧心理彼此面面相觑。艾希礼就在达西那个团里呢。

　　到七月五日,坏消息终于到来,但不是从里士满而是从西边传来的。维克斯堡陷落了,经受长期而残酷的围攻之后陷落了,而且实际上整个密西西比流域,从圣路易斯到新奥尔良,都已沦于北方佬之手。南部联盟已被切成两块。在任何别的时候,这一灾难的消息都会给亚特兰大人带来恐怖和悲伤。但是现在,他们已来不及考虑维克斯堡。他们考虑的是在宾夕法尼亚进行强攻的李将军。只要李将军在东边打了胜仗,维克斯堡的陷落就不是太大的灾难了。还有宾夕法尼亚,纽约,华盛顿呢。一旦把它们打下来,整个北方便会陷于瘫痪状态,这可以抵消密西西比流域的败绩而绰绰有余。

　　时间一个钟头又一个钟头沉闷地过去,灾难的阴影笼罩着全城,使炎热的太阳都显得昏暗了,直到人们突然抬起头来,吃惊地凝望着天空,仿佛不相信它是晴朗的、湛蓝的,而是乌云遍布,一片昏沉。到处都可以看到,妇女们在屋前走廊上,在人行道上,甚至在街心聚集成群,挤作一堆,相互告诉说没有什么好的消息,同时设法彼此安慰,装出一副勇敢的模样。可是谣言暗暗流传,像蝙蝠似的在寂静的大街上往来飞掠,说是李将军牺牲了,仗打败了,大量伤亡的名单正源源而来。人们尽量不去信它,可是远远近近的邻居都已惊惶万状,纷纷跑到市中心区,跑到报馆和司令部去讨消息,讨任何消息,哪怕坏消息都行。

成群结队的人聚集在车站旁边,希望进站的列车带来消息,或者在电报局门口,在苦恼不堪的总部门外,在上着锁的报馆门前,等着,悄悄地等着。他们是些肃静得出奇的人群,肃静地愈聚愈多。没有人说话。偶尔有个老头用颤抖的声音乞讨消息,人们只听到那经常重复的回答:"从北边来的电报除了说一直在战斗之外,没有别的。"但这不仅没有激起大伙的埋怨,反而加强了缄默的气氛。步行或坐着马车在外围活动的妇女也愈来愈稠密拥挤。由于大家摩肩擦背而产生的热气,以及不安的脚步所掀起的灰尘,使周围的空气已闷得要窒息了。那些女人并不说话,但她们板得发青的脸孔却以一种无声的雄辩在发出请求,这是比哭泣还要响亮得多的。

城里几乎每家每户都有人上前线,无论他是儿子、兄弟、父亲,还是情人、丈夫。人们都在等候着可能宣布他们家已经有人牺牲的消息。他们预期有死讯到来,但不想收到失败的消息。他们把那种失败的想法打消了。他们的人可能正在牺牲,甚至就在此时此刻,在宾夕法尼亚山地太阳烤着的荒草上。甚至就在此时此刻,南方的士兵可能正在纷纷倒下,像冰雹下的谷物一般,但是他们为之战斗的主义永远不会倒。他们可能在成千上万地死亡,但是像龙齿①的果子似的,成千上万的新人,穿着灰军服、喊着造反的口号的新人,又会从地里冒出来接替他们。至于这些人将从哪里来,还没人知道。他

---

① 龙齿,原意为相互争斗的根源,出于日耳曼神话。

们只是像确信天上有个公正而要求绝对忠实的上帝那样,确信李将军是非凡的,弗吉尼亚军队是不可战胜的。

　　思嘉、媚兰和皮蒂帕特小姐坐着马车停在《观察家日报》社门前,马车的顶篷折到背后了,她们打着阳伞坐在车里。思嘉的手在发抖,头上的阳伞也随着摇晃。皮蒂激动得很,圆脸上的鼻子像只家兔的鼻子不停地颤动。只有媚兰像一尊石雕,坐在那里一动不动,但那双黑眼睛也瞪得愈来愈大了。在两个小时之内她只说过一句话,那是她从手提包里找出嗅盐瓶递给她姑妈时说的,而且是她有生以来第一次用这样毫不亲切的口气对姑妈说话。

　　“拿着吧,姑妈,要是你觉得快晕倒了,就闻一闻。老实告诉你,如果你真的晕倒,那也是没有办法的事,只好让彼得大叔把你送回家去,因为我不会离开这里,直到我听到有关——直至我听到消息为止。而且,我也不会让思嘉离开我。”

　　思嘉没有要离开的意思,因为她不想让自己离开以后得不到有关艾希礼的第一个消息。不,即使皮蒂小姐死了,她也决不离开这里。艾希礼正在那边什么地方打仗,也许正在死亡呢,而报馆是她能得到确切信息的唯一地方。

　　她环顾人群,认出哪些是自己的朋友和邻居,只见米德太太歪戴着帽子让那个十五岁的费尔搀扶着站在那里;麦克卢尔姐妹在设法用颤抖的上嘴唇掩盖她们的龅牙;埃尔辛太太像个斯巴达母亲似的站得笔直,只不过那几绺从发髻上垂下来散乱的灰白头发泄露了她内心的混乱情绪;范妮·埃尔辛则脸色苍白得像个幽灵。(当然,范妮是不会为她兄弟休这样担忧的,那么,她是否有个人们还不知道的真正情人在前线呢?)梅里韦瑟太太坐在她的马车里轻轻拍着梅贝尔的手。梅贝尔好像怀孕许久了,她这样出来公开露面是很不雅观的,尽管她用披肩把自己仔细遮了起来。她为什么这样担忧呀?没有人听说过路易斯安那的军队也到了宾夕法尼亚嘛。大概她那位多毛的小个子义勇兵此刻还平平安安地待在里士满吧。

人群外围出现了一阵骚动,那些站着的人都让开路来,这时瑞德·巴特勒骑着马小心地向皮蒂姑妈的马车靠近。思嘉心想:他哪来的勇气,竟敢在这个时候跑来,也不怕这些乱民由于他没穿军服而轻易地把他撕得粉碎呢!他走近时,她觉得她自己就会头一个动手去撕他。他怎么敢骑着一匹骏马,穿着锃亮的靴子和雪白笔挺的亚麻布套服,叼着昂贵的雪茄,那么时髦,那么健康,可这时艾希礼和所有其他的小伙子却光着脚、冒着大汗、饿着肚子、患着胃溃疡在同北方佬作战——他怎么敢这样呀?

他慢慢穿过人群,不少人向他投来恼恨的目光。老头们吹着胡子发出咆哮,天不怕地不怕的梅里韦瑟太太在马车里微微欠起身来清清楚楚地喊道:"投机商!"用的那声调更使这个字显得又脏又毒了。可是他对谁都不理睬,只举起帽子向媚兰和皮蒂姑妈挥了挥,随即来到思嘉身边,俯下身低声说:"你不觉得现在应当让米德大夫来给我们发表关于胜利的著名讲演,说胜利就像栖息在我们旗帜上的一只尖叫的鹰吗?"

思嘉的神经本来就紧张极了,不知怎么办好,这时她突然像只愤怒的猫转过头来,想狠狠骂他几句,可是他用一个手势制止了。

"我是来告诉你们几位的,"他大声说,"我刚才到过司令部,第一批伤亡名单已经来了。"

他这话在周围那些听见他的话人中顿时引起一阵低语,人群开始骚动,准备沿着白厅街向司令部跑去。

"你们不要去,"他在马鞍上站起身来,举起手喊道,"名单已送到两家报馆去了,正在印刷。你们就待在原地吧!"

"唔,巴特勒船长,"媚兰喊道,一面回过头来眼泪汪汪地望着他,"真该谢谢你跑来告诉我们!名单几时张贴呢?"

"很快会公布的,太太。交给报馆已半个小时了。管这件事的军官一定叫印好才让公布,因为恐怕群众会冲进去要消息。哎,你瞧!"

报馆侧面的窗户打开了,一只手伸出来,手里拿着一叠窄长的印刷品,上面是刚刚排印的密密麻麻的姓名。人群拥上前去抢,把那些长条纸一下撕成了两半,有人抢到了就拼命挤出来急于要看,后面的继续往前挤,大家都在叫喊:"让我过去!让我过去!"

"拉住缰绳。"瑞德一面跳下马,一面把缰绳扔给彼得大叔。人们看见他耸着一对高出众人之上的肩膀,拼命推搡着从身边挤过。一会儿他回来了,手里拿着好几张名单。他扔给媚兰一张,其余的分发给坐在附近马车里的小姐太太,其中包括麦克卢尔姐妹、米德太太、梅里韦瑟太太、埃尔辛太太。

"快,媚兰。"思嘉急不可耐地喊道。因为媚兰的手在索索发抖,她没法看清楚,恼火极了。

"你拿去吧。"媚兰低声说,思嘉便一把抢了过来。先从以 W 打头的名字看起,可是它们在哪里呢?啊,在底下,而且都模糊了。"怀特，"她开始念，嗓子有点颤抖，"威肯斯……温……泽布伦……啊，媚兰，他不在里面！他不在里面！啊，你怎么了，姑妈？媚兰，把嗅盐瓶拿出来！扶住她，媚兰。"

媚兰高兴得当众哭起来，一面扶住皮蒂小姐摆来摆去的头，同时把嗅盐放到她鼻子底下。思嘉从另一边扶着那位胖老太太，心里也在欢乐地歌唱。艾希礼还活着。他甚至也没受伤呢。上帝多好，把他放过来了！多么——

她听到一声低低的呻吟，回头一看，只见范妮·埃尔辛把头靠在她母亲胸口，那张伤亡名单飘落在马车踏板上，埃尔辛太太的薄薄的嘴唇颤抖着，她把女儿紧紧抱在怀里，一面平静地吩咐车夫："回家去，快。"思嘉把名单迅速看了一下。上面不见休·埃尔辛的名字。这么说，范妮一定是有个情人在前线，现在死了！人群怀着同情默默地给埃尔辛家的马车让路，后面跟着麦克卢尔姐妹那辆小小的柳条车。赶车的是费思小姐，她的脸板得像石头似的，她的牙齿至少又一次给嘴唇包了起来。霍普小姐的脸像死灰一样苍白，她挺直腰坐在费思身边，紧紧抓住妹妹的裙子。她们都显得很老了。她们的弟弟达拉斯是她们的宝贝，也是这两位老处女在世界上的唯一亲人。但是达拉斯死了。

"媚兰！媚兰！"梅贝尔喊道，声音显得很快活，"雷内没事！还有艾希礼，啊，感谢上帝！"这时披肩已从她肩上掉下来，她那大肚子再明显不过了。但是这一次无论梅里韦瑟太太或者她自己都没去管它，"啊，米德太太！雷内——"说到这里，她的声音突然变了，"媚兰，你瞧！——米德太太，请看呀！达西是不是——？"

米德太太正垂着两眼在凝望自己的衣襟，听到有人叫她也没有抬起头来,不过小费尔坐在旁边,只要看看他的表情便一切都明白了。

"唔,妈,妈。"他可怜巴巴地说。米德太太抬起头来,正好触到媚兰的目光。

"现在他不需要靴子了。"

"啊,亲爱的!"媚兰惊叫一声,哭泣起来,一面把皮蒂姑妈推到思嘉肩上,爬下马车,向大夫太太的马车走去。

"妈,你还有我呢,"费尔无可奈何地极力安慰身旁脸色苍白的老太太,"只要你同意,我就去把所有的北方佬都杀掉——"

"不!"米德太太哽咽着说,一面紧紧抓住他的胳臂,好像决不放它了似的。

"费尔·米德,你就别说了!"媚兰轻声劝阻他,一面爬进马车,在米德太太身旁坐下,把她搂在怀里。接着,她才继续对费尔说:"你觉得要是你也走了,牺牲了,这对你妈有帮助吗?从没听说过这种傻话。还不快赶车把我们送回家去!"

费尔抓起缰绳,这时媚兰又回过头去对思嘉说话。

"你把姑妈送到家里,就马上到米德太太家来。巴特勒船长,你能不能给大夫捎个信去?他在医院里呢。"

马车从纷纷四散的人群中出发了。有些高兴得在哭泣,但大多数是受到沉重打击后还没有明白过来,仍然目瞪口呆地站在那里。思嘉低着头在看那张模糊的名单,飞快地读着,看有哪些熟人的名字。既然艾希礼已经没事了,她就可以想想别的人了。啊,这名单好长呀!亚特兰大和全佐治亚付出了多大的牺牲啊!

我的天!"卡尔弗特——雷福德,中尉。"雷福!她忽然记起很久前那一天，当时他们一起逃走了，可到傍晚又决定回家来，因为他们饿了，而且害怕天黑了。

"方丹——约瑟夫，列兵。"脾气很坏的小个儿乔！可萨莉刚生了孩子还没复原呢！

"芒罗——拉斐特，上尉。"拉斐同凯瑟琳·卡尔弗特订婚了，可怜的凯瑟琳呀！她这是双重的牺牲，兄弟加未婚夫。不过萨莉更惨，是兄弟加丈夫。

啊，这太可怕了。她几乎不敢再念下去。皮蒂姑妈伏在她肩上抽声叹气，思嘉不怎么礼貌地把她推开，让她靠在马车的一个角落里，自己继续念名单。

当然，当然——不可能有三个叫"塔尔顿"的名字在上面。或许——或许排字工人太匆忙，误将名字排重了。可是，不。他们真在这里。"塔尔顿——布伦特，中尉。""塔尔顿——斯图尔特，下士。""塔尔顿——托玛斯，列兵。"还有博伊德，战争头一年就死了，也不知埋在弗吉尼亚什么地方。塔尔顿家的几个小伙子都完了。汤姆和那对懒惰的长脚孪生兄弟，都喜爱聊天，喜欢开荒谬的玩笑，博伊德很会跳舞，嘴厉害得像只黄蜂，如今都完了！

她再也念不下去了。她不知道别的小伙子，那些跟她一起长大、一起跳舞、彼此调情和亲吻过的小伙子，还有没有人被列在这个名单上。她真想痛哭一场，设法使那双掐住她喉咙的铁爪放松一点。

"我很为你难过，思嘉。"瑞德说。她抬头望着他，她忘记他还在那里了。"里面有许多是你的朋友吗？"

她点点头，勉强说："几乎这个县里的每一家和所有——塔尔顿家所有的三个小伙子——"

他脸色平静而略显忧郁,眼睛里没有那种嘲讽的意味了。

"可是名单还没完呢,"他说,"这仅仅是头一批,不是全部。明天还有一张更长的单子。"他放低声音,不让旁边马车里的人听见,"思嘉,李将军一定是打了败仗。我在司令部听说他已撤回到马里兰了。"

她惊恐地朝他望着,但她害怕的不是李的失败。明天还有更长的伤亡名单呀!明天。她可没有想到明天,只不过一见艾希礼的名字不在上面就乐起来了。明天,怎么,他可能现在已经死了,而她要到明天才会知道,也许还要等到一个星期以后呢。

"唔,瑞德,为什么一定要打仗呢?要是当初让北方佬去付钱赎买黑人——或者就由我们把黑人免费交给他们,免得发生这场战争,那不是会好得多吗?"

"问题不在黑人,思嘉,那只是借口罢了。战争之所以常常发生,就是因为人们喜欢战争。女人不喜欢,可是男人喜欢——对,胜过喜欢女人。"

他又歪着那张嘴笑起来,脸上不再有严肃的神色了。他把头上那顶巴拿马帽摘下来向上举了举。

"再见。我得去找米德大夫了。我想,他儿子的死讯由我这个人去告诉他,这颇有讽刺意味,只是他目前不会感觉到这一点。不过日后,他想起一个投机商居然向他转达了一位英雄牺牲的消息,大概是要恨恨不已的。"

思嘉让皮蒂姑妈服了一杯甜酒后,在床上躺下,留下普里茜和厨娘服侍她,自己便出门到米德大夫家去了。米德太太由费尔陪着在楼上等丈夫回来,媚兰坐在客厅里跟几个来慰问的邻居低声谈话。她同时在忙着干针线活儿,修改一件丧服,那是埃尔辛太太借给米德太太的。这时屋里已充满了用家制黑颜料煮染衣服的辛辣味儿,因为厨师在厨房里正一面啜泣一面搅动泡在大锅里的所有米德太太的衣裳。

"她现在怎么样?"思嘉小声问。

"一滴眼泪也没有,"媚兰说,"女人流不出眼泪才可怕呢。我不知道男人怎么忍得住不哭一声。我猜想大概男人比女人坚强和勇敢一些。她说她要亲自到宾夕法尼亚去把他领回家来。大夫是离不开医院的。"

"那对她太可怕了!为什么费尔不能去呀?"

"她怕他一离开她就会去加入军队。你瞧他年纪虽小可个儿长得那么大。军队里现在连十六岁的人也要呢。"

邻居们因为不想看大夫回来时的情景,便一个个陆续离开了,只剩下思嘉和媚兰两人留在客厅里缝衣服。媚兰尽管忍不住伤心,眼泪一滴滴落在手中的活计上,但显得还算镇静。她显然没有想到战争可能还在进行,艾希礼或许就在此刻牺牲了。思嘉满怀恐惧,不知道应不应该把瑞德的话告诉媚兰,好叫她分担这惊疑莫定的痛苦,或者暂时瞒着她,自己一个人兜着。最后她决定保持沉默。如果让媚兰觉得她太为艾希礼担忧了,那总归是不合适的。她感谢上帝,那天上午包括媚兰和皮蒂在内,人人都陷在各自的忧虑中,无心去注意她的表现了。

她们静静地缝了一会儿,忽然听见外面有声音,便从帘缝中窥望,看见米德大夫正从马背上下来。他垂着两肩,耷拉着脑袋,满脸胡须像扇子似的挂在胸前。他慢慢走进屋来,放下帽子和提包,默默地吻了吻两位姑娘。然后他拖着疲乏的身子上楼去。一会儿费尔下来了,他的腿和胳臂都又瘦又长,显得那么笨拙。媚兰和思嘉都示意让他坐在身边,可是他径直向前廊走去,在那儿的台阶上坐下,双手捧着头一声不响。

媚兰长叹一声。

"他给气疯了,因为他们不让他去打北方佬。才十五岁呀!啊,思嘉,要是有这样一个儿子,倒是好极了!"

"好叫他去送死吗?"思嘉没好气地说,同时想起了达西。

"有一个儿子,哪怕他给打死了,也比没有儿子强,"媚兰说着又哽咽起来,"你理解不了,思嘉,这是因为你有了小韦德,可我呢——啊,思嘉,我多么想要一个儿子啊!我知道,你觉得我不该公然说出这句话来,但这是真的,是每个女人都需要的,而且你也明白这一点。"

思嘉竭力控制住自己,才没有对她嗤之以鼻。

"万一上帝想连艾希礼也——也不放过,我想我是忍受得住的,尽管我宁愿跟他一起死。不过上帝会给我力量来忍受。可是,如果他死了,我又没有一个他的儿子来安慰我,那我就受不了啦。啊,思嘉,你多幸运呀!虽然你失去了查理,可是你有他的儿子。可要是艾希礼没了,我就什么也没有了。思嘉,请原谅我,我有时候真对你十分妒忌呢——"

"妒忌——我?"思嘉吃惊地问,一种负疚感突然袭上心头。

"因为你有儿子,可我没有呀!我有时甚至把韦德当作是我的儿子。你不知道,没有儿子可真不好受呢!"

"简直胡扯!"思嘉觉得放心了,才故意这样说她,同时朝这个红着脸低头缝纫的小个儿匆匆瞥了一眼。媚兰大概很想要孩子了,可是她这个儿肯定是生不出来的。她比一个十二岁的孩子高不了多少,臀部也窄得像个孩子一般,胸脯更是平板板的。一想到媚兰也会有孩子,思嘉便觉得很不舒服。这会引起许许多多她无法对付的想法来。如果媚兰真的跟艾希礼生了个孩子,那就像是从思嘉身上夺走了什么似的,她怎么受得了呢!

"请原谅我说了那些关于韦德的话。你知道我多么爱他。你没有生我的气吧?"

"别傻了,"她不耐烦地说,"快到外面走廊上去安慰安慰费尔。他在哭呢。"

第 十 五 章

那支在葛底斯堡战役中被击溃的军队如今已撤回到弗吉尼亚,并精疲力竭地开进了拉皮丹河岸的冬季营地。圣诞节即将到来,艾希礼回家休假。思嘉两年多以来第一次看见他,那火一般炽热的感情连她自己都觉得惊异了。当初她站在"十二橡树"村的客厅里看着他跟媚兰结婚时,曾以为自己今后再也不会比此时此刻更伤心更强烈地爱他了。可如今她才知道,她在那个早已过去的夜晚所经历的,只不过是一个被夺走了玩具的娇惯孩子的感情而已。长期以来她在梦想着他,同时被迫强制着自己不要说出来,这才把她的感情磨练得更锐利,也更加浓烈了。

艾希礼·威尔克斯穿一身褪色和补缀过的军服,一头金发已被夏日的骄阳晒成亚麻色,看来已完全是另一个人,不像战前她拼命爱着的那个随随便便、睡眼蒙眬的小伙子了。他以前皮肤白皙,身材细长,现在变成褐色和干瘦的了,加上那两撇金黄的骑兵式样的髭须,便成了一个十足的大兵。

他穿着一身旧军服,用军人的姿势笔挺地站在那儿,手枪挂在破旧的皮套里,用旧了的剑鞘轻轻敲着长筒靴,一对快要锈了的马刺在隐隐发光。这就是南部联盟陆军少校艾希礼·威尔克斯。他现在有了命令人的习惯和一种镇静自恃与尊严的神气,两个嘴角也长出了严厉的皱纹。他那又宽又厚的肩膀和冷静明亮的目光,如今也显得有点异样了。他以前是散漫的,懒洋洋的,可现在已变得像猫一样机警,仿佛每一根神经都绷得很紧,像小提琴上的琴弦那样。他的眼睛流露出疲倦和困惑的神色,晒黑的脸皮也紧紧地绷在两个颧骨上,给人以严肃的感觉。他还是她所爱的那个漂亮的艾希礼,不过已显得很不一样了。

思嘉早已计划好要回塔拉去过圣诞节,可是艾希礼的电报一来,世界上就无论什么力量,哪怕是失望的爱伦直接发来的命令,都不能把她从亚特兰大拉走了。要是艾希礼曾经有意回“十二橡树”村,她本来是可以赶回塔拉去的,因为那两个地方相距较近;但是他已经写信给家里,叫他们来亚特兰大见面,而且威尔克斯先生、霍妮和英迪亚都已经进城来了。难道她还要放弃这时隔两年后与他相逢的机会,回到塔拉去吗?难道要放弃听他那令人心醉的声音的机会,放弃从他眼光中了解他没有忘记她的机会吗?绝对不行! 哪怕世界上所有的母亲都来命令她,也不行。

艾希礼和一群同时休假的本县小伙子在圣诞节前几天回来了,这一群人经过葛底斯堡战役已减少了许多。他们中间有消瘦、憔悴和不停地咳嗽的凯德·卡尔弗特,有从一八六一年以来头一次获得休假因此满怀兴奋的芒罗家两兄弟,还有常常喝醉、喜欢打闹和争吵的亚历克斯和托尼·方丹。这几个人必须在车站等候两小时换车,而且还得有头脑清醒的人去设法防止方丹家两兄弟之间和他们与陌生人之间发生斗殴,所以艾希礼就把他们一起带到皮蒂姑妈家来了。

一进屋,方丹兄弟就像两只斗鸡似的争着要去吻战战兢兢而又受宠若惊的皮蒂姑妈,凯德看了便尖酸地说:"你会以为他们在弗吉尼亚一定打斗够了吧,不,从我们到里士满第一天起,他们就一直在喝酒和找人打架。宪兵把他们抓了起来,要不是艾希礼说话伶俐,他们准在牢狱里过圣诞节了。"

　　可是这些话思嘉几乎一句也没听见,因为她好不容易跟艾希礼坐到了同一个房间,早已高兴得如醉如痴了。她怎么会在这两年里想起别的男人谁是令人愉快的、漂亮的,或者有刺激性的呢?她怎么能容忍艾希礼还在世时她就默不作声地听他们向她求爱呢?如今他又在家里了,和她只隔着这块客厅里的地毯。他坐在对面沙发上,一边是媚兰,一边是英迪亚,还有霍妮抱着他的肩膀。这时她每看他一眼,都要使出浑身的劲来不让自己显得眼泪汪汪。要是她有权利也去坐在他身边,挽着他的胳臂,那多好啊!要是她能够每隔几分钟就去摸摸他的袖子,证实他的确在那里,或者拉着他的手用他的手绢拭掉她脸上快乐的泪水,那多好啊!因为媚兰就毫不害羞地在这样做啊!你看她那样高兴,已没有什么羞怯和含蓄的意思了,竟公然吊在丈夫的膀子上,用她的眼神、微笑和泪水在表示多么喜爱他。可是思嘉自己也太快活,太高兴,对这样的情景也不觉得恼恨和嫉妒了。艾希礼终于回家了!

　　她不时用手摸摸自己的脸颊,并对他笑笑,因为那儿是他吻过的,至今还保留着他的嘴唇颤抖的感觉。当然,他没有首先吻她。媚兰正拼命往他怀里钻,一面断断续续地哭,紧紧地抱住他,仿佛永远也不放他走似的。后来,英迪亚和霍妮也走上前去紧紧抱住他,把他从媚兰怀里拉了出来。接着他吻了他父亲,同时敬重而亲切地抱了抱,充分显示了他们之间那种深沉强烈的感情。然后是皮蒂姑妈,她激动得用那双不顶事的小脚一跳一跳地接受他的亲吻和拥抱。最后,他来到她面前,周围的小伙子也都围拢来要求他们彼此亲吻,他先是对她说:"唔,思嘉,你真美,真美!"随即在她脸上吻了一下。

经他这一吻,她原先想说的那些表示欢迎的话全都不翼而飞了。直到好几个小时以后,她才记起他没有吻她的嘴唇。于是她痴痴地设想:如果他是单独同她见面,他便会那样吻的。他会弯下高高的身子,轻轻捧起她的脸颊,让她踮着脚尖,相互吻着,紧紧地长时间地拥抱。不过还有的是时间,整整一个星期,什么事都好办呢。她一定能想出办法让他单独跟她在一起,并且对他说:"你还记得我们时常在我们那条秘密的小路上一起骑马的情形吗?""你还记得我们坐在塔拉农场台阶上,你朗读那首诗的那个夜晚,月亮是什么模样吗?"(我的天!那首诗的标题是什么呀?)"你还记得那天下午我扭伤了脚脖子,你抱着我在暮色中回家的光景吗?"

啊,有多少事情她可以用"你还记得?"来引起他的回忆,有多少珍贵的回忆可以把他带回到那些可爱的日子,那时他们像无忧无虑的孩子在县里到处转悠,有多少事情能叫他们记起媚兰出台以前的岁月啊!而且,他们谈话时她或许还能从他的眼神中发现感情复活的迹象;或者得到某种暗示,说明他对媚兰的丈夫之爱的背后还有所眷恋,像大野宴那天他突然说出实情时那样热情的眷恋。她没有设想过,如果艾希礼明确宣布爱她,他们究竟会怎么办。只要知道他的确还在爱她,就足够了……是的,她能够等待,能够容忍媚兰去享受抓住他胳臂哭泣的幸福。她的时机一定会来的。说到底,像媚兰这样一个女孩子,她懂得什么爱啊?

"亲爱的,你简直像个叫花子了,"媚兰说,这时刚到家的那种兴奋场面已渐渐过去,"是谁给你补的衣服,为什么用蓝布呢?"

"我还以为自己满时髦呢,"艾希礼说,一面看了看身上的衣着,"要是拿我跟那边那些穿破衣烂衫的人比一比,你就会满意些了。这衣服是莫斯给补的,我看补得很好嘛,要知道,他在战前是从没拈过针线的。至于讲到蓝布,那就是这样,你要么穿破裤子,要么就从一件俘获的北方佬制服上弄块碎布来把它补好,没有什么别的选择。至于说像个叫花子,那你还得庆幸自己的命好,你丈夫总算没有光着脚丫跑回来。我那双旧靴子上个星期就彻底坏了,要不是我们运气,打死了两个北方佬侦察兵,我就会脚上绑着一双草鞋回家来啦。这双靴子倒是很合我的脚呢。"

说到这里,他把两条长腿伸出来,让她们欣赏那双已经遍体伤痕的长筒靴。

"另一个侦察兵的靴子我穿了不合适,"凯德说,"靴子比我的脚小两号,现在还夹得我痛极了。不过我照样穿着体面地回来了。"

"可这个自私鬼太小气,不肯给我们俩,"托尼说,"其实对我们方丹家的贵族式小脚是非常合适的。真他妈的恼火,我得厚着脸皮穿这靴子去见母亲了。没打仗的时候,这种东西她是连黑奴也不让穿的。"

"别着急,"亚历克斯说,一面向凯德脚上的靴子瞥了一眼,"咱们回家时,在火车上把他的靴子剥下来。我倒不怕见母亲。可是我——我不想让迪米蒂·芒罗看见我的脚指头全露在外面。"

"怎么,这是我的靴子。我是头一个提出要求的。"托尼说着,朝他哥哥瞪了一眼。这时媚兰吓得慌了手脚,生怕发生一场有名的方丹家族式的争吵,便插进来调解了。

"我本来蓄了满满一脸络腮胡要给你们女孩子看的,"艾希礼一面说一面用力摩擦他的脸,脸上剃刀留下的伤痕还没有全好呢,"那是一脸很好看的胡须,据我自己看连杰布·斯图尔特和内森·福雷斯特的胡子也不过如此呢。可是我们一到里士满,那两个流氓,"他指方丹兄弟,"就决定说既然他们在刮胡子,我的也得刮掉。他们按着我坐下,便动手给我剃开了,奇怪的是居然没把我的脑袋一起剃掉。当时多亏埃文和凯德阻拦,我的这两撇髭须才保全下来。"

"别听他这些鬼话,威尔克斯太太!你还得感谢我呢。要不然你就压根儿不认识他,也不会让他进门了,"亚历克斯说,"我们这样做是为了表示一点谢意,因为他说服了宪兵没把我们关起来。你要是再这样说,我们就马上把你的髭须也剃掉。"

"啊,不,谢谢你了!我看这模样很不错嘛。"媚兰急忙说,一面惊慌地揪住艾希礼,因为那两个黑黑的小家伙显然是什么恶作剧都干得出来的。

"这才叫爱呢。"方丹兄弟一本正经地相互看了一眼,点了点头。

当艾希礼出门送几个小伙子坐上皮蒂姑妈的马车到车站去时,媚兰抓住思嘉的胳臂唠叨起来。

"你不觉得他那件军服太难看了吗?等我拿出那件上衣来,他准会大吃一惊吧?要是还有足够的料子给做条裤子就好了!"

给艾希礼做的那件上衣,一提起来思嘉就头痛,因为她多么热望那是她而不是媚兰送给艾希礼的圣诞礼物啊!做军服的灰色毛料如今比红宝石还要珍贵,几乎是无价之宝,艾希礼身上穿的就是普通的家织布。现在连那种白胡桃般的本色土布也不好买,许多士兵穿着北方佬俘虏的服装,只不过用核桃壳染成了深褐色罢了。可是媚兰碰上了罕见的运气,居然弄到了足够的灰色细平布来做件上衣——当然是一件比较短的上衣,不过照样是上衣嘛。原来她在医院里护理过一个查尔斯顿小伙子,他后来死了,她剪下他的一绺金黄头发,连同一小包遗物和一份关于他死亡前情况的抚慰书(当然没有提到痛苦的情景),寄给了他母亲。这样,她们之间就建立了通讯联系,当对方听说媚兰的丈夫在前线时,便把自己买给儿子的那段灰细布和一副铜纽扣寄来了。那是一段很漂亮的衣料,又厚实又暖和,还带有隐隐约约的光泽,无疑是从封锁线那边过来的货色,也无疑是很昂贵的。这块料子现在在裁缝手里,媚兰催他赶快在圣诞日早晨之前做好。思嘉当然想帮助凑合着做一整套军服,可是不巧,她在亚特兰大怎么也找不到所需的料子。

她有一件给艾希礼的圣诞礼物,不过跟媚兰做的那件灰上衣比起来就黯然失色了。那是一只用法兰绒做的"针线包",里面装着瑞德从纳索带来的一包针和三条手绢,还有两卷线和一把小剪刀。但是她还想送给他一些更亲近的东西,像妻子送给丈夫的东西,如衬衫、手套、帽子之类。唔,是的,无论如何要弄到一顶帽子。现在艾希礼头上戴的平顶步兵帽实在太不像样了。思嘉一向厌恶这种帽子。就算斯·杰克逊宁愿戴这种帽子而不戴软边毡帽,又怎样呢?那也并不能使它就显得神气起来。可是在亚特兰大偏偏只能买到粗制滥造的羊毛帽子,比猴里猴气兵帽还要邋遢。

她一考虑到帽子,便想起瑞德·巴特勒。他有那么多帽子,夏天用的阔边巴拿马帽,正式场合戴的高礼帽,还有猎帽,褐色、黑色和蓝色的垂边软帽,等等。他怎么就需要那么多的帽子,而她的宝贝艾希礼骑着马在雨中行走时却不得不让雨水从那顶步兵帽上滴里答拉往衣领里流呢?

"我要瑞德把他那顶新的黑毡帽给我,"她打定主意,"我还要给帽边镶一条灰色带子,把艾希礼的花环钉在上面,那就显得很好看了。"

她停了停,觉得要拿到那顶帽子大概非费一番口舌不行。可是她不能告诉瑞德说是替艾希礼要的。她只要一提到艾希礼的名字,他就会厌恶地竖起眉毛,而且很可能会拒绝给她。好吧,她就编出一个动人的故事来,说医院里有个伤兵需要帽子,那样瑞德便不会知道真相了。

那天整个下午思嘉都在想方设法要让艾希礼跟她单独在一起,哪怕几分钟也好,可是媚兰始终在他身边,同时英迪亚和霍妮也睁着没有睫毛的眼睛热情地跟着他在屋子里转。这样,连那位显然为儿子而骄傲的约翰·威尔克斯也找不到机会来跟他安静地谈谈了。

吃晚饭的时候还是那样,她们用各种各样有关战争的问题来打扰他。战争!谁要关心你们的战争呢?思嘉觉得艾希礼对战争这个话题也没有太大的兴趣。他跟她们长久地闲聊,不停地笑,支配着谈话的整个场面,这种情形是以前很少见的,可是他好像并没有说出多少东西来。他讲了一些笑话和关于朋友们的有趣故事,兴致勃勃地谈论减缓饥饿的办法和雨里行军的情景,并且详细描绘了李将军从葛底斯堡撤退时骑马赶路的尴尬模样,那时李说:"先生们,你们是佐治亚部队吗? 那好,我们要是缺了你们佐治亚人,就什么都干不下去了!"

据思嘉看来,他之所以谈得这样起劲,是为了避免她们提那些他不高兴回答的问题。有一次,她发现,他在他父亲的长久而困惑的注视下,显得有点犹豫和畏缩起来。这时她不由得开始纳闷,究竟艾希礼心里还隐藏着什么呢? 可这很快就过去了,因为这时她除了兴高采烈和迫切希望跟他单独在一起之外,已没有心思去考虑旁的事了。

她的这种兴致一直持续到火炉周围所有在场的人都开始打哈欠,威尔克斯先生和几个女孩子告别回旅馆去了,这才告一段落。然后,当她跟着艾希礼、媚兰和皮蒂帕特,由彼得大叔擎着蜡烛照路一齐上楼去时,她忽然感到一阵凄凉。原来直到这时,他们站在楼梯口,艾希礼还一直是她的,也仅仅是她的,尽管整个下午他们并没有说过一句悄悄话。可如今,到她道晚安时,她才突然发现媚兰满脸通红,而且在激动得颤抖呢。她两眼俯视地毯,好像对自己的浑身激情不胜惊恐似的,但同时又流露出娇羞的愉快。接着,艾希礼把卧室门推开,媚兰连头也不抬连忙进屋去了。艾希礼也匆匆道过晚安,甚至没有触到思嘉的目光就跟着进去了。

他们随手把门关上,剩下思嘉一个人目瞪口呆站在那里,一股凉意突然袭上心头。艾希礼不再属于她了。他是媚兰的。只要媚兰还活着,她就能和艾希礼双双走进卧室,把门关上——把整个世界关在门外,什么都不要了。

现在艾希礼要走了,要回到弗吉尼亚去,回到雨雪中的长途行军去,回到雪地上饥饿的野营去,回到艰难困苦中去,在那里,他那金发灿烂的头颅和细长的身躯——整个光辉美丽的生命,都有可能顷刻化为乌有,像一只被粗心大意踩在脚下的蚂蚁一样。过去的一星期,那闪光的、梦一般美妙的、洋溢着幸福的时时刻刻,现在都已经消失了。

　　这一星期过得飞快,像一个梦,一个充满松枝和圣诞树的香味,闪烁着小小烛光和家制金色饰品的梦,一个时间分分秒秒像脉搏般飞逝而去的梦。在这样紧张的一星期,思嘉心里经常有某种东西驱使她忧喜交织地注意并记住每分钟所发生的小事,作为他走后的回忆;那些事情她在未来漫长的岁月中一有闲暇便会去细细玩味,从中吸取安慰——譬如,跳舞,唱歌,嬉笑,给艾希礼拿东拿西,预先设想他的需要,陪他微笑,静静地听他谈话,目光跟着他转,使他挺直身躯上的每根线条,他眉头的一颦一蹙,他嘴唇的每一颤动,无不深深印在你心上——因为一星期匆匆而过,而战争却要永远打下去呢。

　　思嘉坐在客厅里的沙发椅上等着,那件即将伴随他远行的礼物放在膝头。这时艾希礼正在跟媚兰话别,她祈祷着他会一个人下楼来,那时天赐良机,她就可以单独跟他待几分钟了。她侧耳倾听楼上的声音,可是整个屋子静悄悄的,静得连她自己的呼吸也似乎响亮起来。皮蒂姑妈正在她房里趴在枕上哭泣,因为艾希礼半小时前就向她告别过了。从媚兰紧闭的卧室里没有传出什么喁喁私语或嘤嘤啜泣的声音。思嘉觉得他在那间房里已待了好几个小时,一直在恋恋不舍地跟媚兰话别,每一分钟都只有增加她的恼恨,因为时间溜得那么快,他马上就要动身了。

她反复想着自己在这个星期里一心一意要对他说的全部话。可是一直没有机会说啊！而且她现在觉得或许永远也没有希望了。

其实也尽是些零零星星的傻话："艾希礼，你得随时当心，知道吗？""不要打湿了脚，你是容易着凉的。""别忘了在衬衣底下放一张报纸在胸脯上，这很能挡风呢。"等等，不过还有旁的事情，一些她要说的更重要的事情，一些她很想听他说出来的重要得多的事情，一些即使他不说她也要从他眼睛里看出来的事情。

有那么多的话要说，可是没有时间了！甚至还剩下的短短几分钟也很可能被夺走，要是媚兰跟着他到门口，到马车跟前的话。为什么她在过去一星期里没有创造机会呢？可是媚兰经常在他身边，她的眼睛始终爱慕地盯着他，亲友邻居也川流不息，从早到晚屋里没断过人。艾希礼从来没有在什么地方一个人待过。到了晚上，卧室门一关，他便跟媚兰单独在一起了。这些日子，除了像哥哥对妹妹，或者对一个朋友，一个终生不渝的朋友那样一种态度之外，他从来没有向思嘉透露过一个亲昵的眼色或一句体己的话。她不能让他离开——说不定是永远离开，除非弄清他仍在爱她。因为只要清楚了这一点，她就可以从他这秘密的爱中获得亲切的安慰，直到生命的最后一息也死而无憾了。

好像等了一辈子以后，她终于听到楼上卧室里他那穿着靴子的脚步声，接着是开门和关门的声音。她听见他走下楼梯。是独自一人！谢天谢地！媚兰一定是被离别的痛苦折磨得出不了门了。如今她可以在这宝贵的几分钟内占有他了。

他慢慢走下楼来，马刺叮当地响着，她还听见军刀碰撞靴筒的声音。他走进客厅时,眼神是阴郁的。他想要微笑,可是脸色苍白,又绷得很紧,像受了内伤在流血的人。她迎着他站起来,怀着独有的骄傲心情深深觉得他是她生平所见的最漂亮的军人了。他那长长的枪套和皮带闪闪发光,雪亮的马刺和剑鞘也晶莹耀眼,因为它们都经彼得大叔仔细擦拭过了。他那件新上衣因为裁缝赶得太急,所以并不怎么合身,而且有的线缝显然是歪的。这件颇有光泽的灰上衣跟那条补缀过的白胡桃色裤子和那双伤痕累累的皮靴显得极不相称,可是,即使他满身银甲,在思嘉看来也不会比现在更像一名雄赳赳的武士。

"艾希礼,我送你到车站去好吗?"她显得有点唐突地提出这一要求。

"请不要送了吧,父亲和妹妹们都会去的。而且,我情愿你在这里跟我话别,不要到车站去挨冻,这会留给我一个更好的记忆。已经有那么多的东西可以做纪念的了。"

她立即放弃了原先的计划。如果车站上有英迪亚和霍妮这两个很不喜欢她的人在场,她就没有机会说一句悄悄话了。

"那我就不去了,"她说,"你瞧,艾希礼,我还有件礼物要送给你。"

如今临到真要把礼物交给他时,她反而有点不好意思起来。她解开包裹,那是一条长长的黄腰带,用厚实的中国缎子做的,两端镶了稠密的流苏。原来几个月前瑞德·巴特勒从萨凡纳给她带来一条黄围巾,一条用紫红和蓝色绒线刺绣着花鸟的艳丽围巾。这星期她细心把上面的刺绣全都挑掉,用那块缎子做了一条腰带。

"思嘉,这漂亮极了! 是你亲手做的吗? 那我就更觉得珍贵了。给我系上吧,亲爱的。小伙子们看见我穿着新衣服,系着腰带,满身的锦绣,一定会眼红得不行呢。"

思嘉把这条漂亮的腰带围到他的细腰上,把腰带的两端在皮带上方系成一个同心结。媚兰尽可以送给他那件新上衣,可这条腰带是她的礼物,是她亲手做成送他上前线的秘密奖品,它会叫他一看见就想起她来。她退后一步,怀着骄傲的心情端详着他,觉得即使杰布·斯图尔特系上那条飘飘洒洒有羽毛的饰带,也不如她这位骑士风度翩翩了。

"真漂亮,"他抚摩着腰带上的流苏重复说,"但是我知道你是拆了自己的一件衣服或披肩做的。你不该这样,思嘉。这年月很难买到这样好的东西呢。"

"唔,艾希礼,我情愿——"

她本来想说:"我情愿剖开我的心让你穿上,如果你需要的话。"结果却说:"我情愿给你做任何事情!"

"真的吗?"他阴郁的面容顿时显得开朗了些,"那么,有件事情倒是可以替我做的,思嘉,这件事情会使我在外面也放心一些。"

"什么事?"思嘉欢喜地问,准备承担什么了不起的任务。

"思嘉,你愿意替我照顾一下媚兰吗?"

"照顾媚兰?"

她突然痛感失望,心都沉了。原来这就是他对她的最后一个要求,而她正准备答应做一桩十分出色和惊心动魄的事呢! 于是,她要发火了。这本是她跟艾希礼在一起的时刻,是她一人所专有的时刻。可是,尽管媚兰不在,她那灰色的影子仍然插在他们中间。他怎么居然在两人话别的当儿提起媚兰来了呢? 他怎么会向她提出这样的要求呢?

他没有注意她脸上的失望神情。像往常那样,他的眼光总是穿透而且远远越过她,似乎在看别的东西,根本没有看见她。

　　"是的,关心她,照顾她一下。她很脆弱,可是她并不明白这一点。她整天护理伤员,缝缝补补,会把自己累垮的。她又是那么温柔、胆小。这世界上除了皮蒂姑妈、亨利叔叔和你,她没有别的亲人,另外只有在梅肯的伯尔家,那是远房的堂表亲了。而皮蒂姑妈——思嘉,你是知道的,她简直像个孩子。亨利叔叔也是个上了年纪的人。媚兰非常爱你,这不仅因为你是查理的妻子,还因为——唔,因为你这个人,她把你当成妹妹在爱。思嘉,我常常做噩梦,想到如果我被打死了,媚兰无依无靠,会怎么样?你答应我的要求吗?"

　　这最后一个请求,她连听也没有听见,因为她给"如果我被打死了"这句不吉利的话吓坏了。

　　原来她每天都读伤亡名单,提心吊胆地读着,知道如果艾希礼出了什么事就整个世界都完了。但是她内心经常感到,即使南部联盟的军队全部覆灭,艾希礼也会幸免于难的。可现在他竟说出这样可怕的话来!她不禁浑身都起鸡皮疙瘩,一阵恐怖感,一种她无法凭理智战胜的近似迷信的惊悸,把她彻底镇住了。她成了地地道道的爱尔兰人,相信人有一种预感,尤其是对于死亡的征兆。而且,她从艾希礼那双灰眼睛里看到深深的哀伤,这只能解释为他已经感觉到死神之手伸向他的肩头,并且听见它在嗥叫了。

　　"你不能说这种话!连想也不能去想。平白无故谈死是要倒霉的!啊,快祷告一下吧,快!"

　　"你替我祷告并点上些小蜡烛吧。"他听她惊慌的口气觉得好笑,便这样逗她。

可是她已经急得不知说什么好,因为她想象到了那可怕的情景,仿佛艾希礼在弗吉尼亚雪地里离她很远很远的地方躺着。他还在继续说下去,声音里流露着一种悲怆和听天由命的意味,这进一步增加了她的恐惧,直到心中的怒气和失望都消失得无影无踪了。

"我就是因为这个缘故向你提出要求的,思嘉。我不知道我会不会发生意外,我们在前线的每一个人会不会发生意外。只是一旦末日到来,我离家这么远,即使活着也太远了,无法照顾媚兰。"

"末——日?"

"战争的末日——世界的末日。"

"可是艾希礼,你总不会认为北方佬能打垮我们吧?这个星期你一直在谈李将军怎样厉害——"

"我这个星期全是在撒谎,像每个回家休假的人一样。我为什么在这还不十分必要的时候就去吓唬媚兰和皮蒂姑妈呢?是的,思嘉,我认为北方佬已经拿住我们了。葛底斯堡就是末日的开端。后方的人还不知道这一点。他们不明白我们已处于什么样的局面,不过——思嘉,我们那个连队的人还在打赤脚,而弗吉尼亚的雪已下得很厚了。我每回看见他们冻坏的双脚,裹着破布和旧麻袋的双脚,看见他们留在雪里的带血的脚印,同时知道我自己弄到了一双完整的靴子——唔,我就觉得我应当把靴子送人也打赤脚才好。"

"唔,艾希礼,请答应我,你决不能把它送掉!"

"我每回看见这样的情况,然后再看看北方佬,就觉得一切都完了。怎么,思嘉,北方佬在花大钱从欧洲雇来成千的士兵呢！我们最近抓到的俘虏大多数连英语也不会讲。他们都是些德国人、波兰人和讲盖尔语①的野蛮的爱尔兰人。可是我们每损失一个人就没有顶替的了。我们的鞋一穿破就没有鞋了。我们被四面包围了，思嘉。我们不能跟整个世界作战呀。"

她胡思乱想起来：就让整个南部联盟被打得粉碎吧。让世界完蛋吧，可是你千万不能死！要是你死了，我也活不成了！

"思嘉，我希望你不要把我这些话去对别人说，我不愿意吓唬别人。而且，亲爱的，我本来也不该说这些话来吓唬你，只是为了解释我为什么要求你照顾媚兰才不得不说了。她那么脆弱胆小，而你却这样坚强。只要你们俩在一起，即使我出了什么事也可以放心了。你肯答应我吗，思嘉？"

"啊，答应！"她大声说，因为当时她觉得艾希礼很快就会死的，任何要求她都得答应，"艾希礼，艾希礼！我不能让你走！我简直没有这个勇气了！"

"你必须鼓起勇气来，"他的声音也稍稍有点显得洪亮而深沉，话也说得干净利落，仿佛有种内心的急迫感在催促似的，"你必须勇敢，不然的话，叫我怎么受得了呢？"

她用高兴的眼光观察他脸上的表情，不知他这话是否意味着不忍心跟她分手，如同她自己的心情那样。他的面容仍和他告别媚兰以后下楼时一样绷得很紧，眼睛里也看不出什么意味来。他俯下身来，双手捧着思嘉的脸，轻轻在额上吻了

---

① 指爱尔兰盖尔语，即爱尔兰语。而居住在苏格兰北部和西部山地的苏格兰人讲苏格兰盖尔语。

一下。

"思嘉,思嘉!你真漂亮,真坚强,真好!亲爱的,你的美不仅仅在这张可爱的脸上,而在于你的一切,你的身子、你的思想和你的灵魂。"

"啊,艾希礼,"她愉快地低声叫道,因为他的话和他那轻轻一吻使她浑身都激动了,"只有你,再没有别人——"

"我常常想,或许我比别人对你更加了解,我看得见你心灵深处的美,而别人却过于大意和轻率,往往注意不到。"

他没有再说下去,同时把手从她脸上放下来,不过仍在注视着她的眼睛。她屏住气等了一会儿,迫切希望他继续说下去,踮着脚尖想听那神奇的三个字。可是他没有说。于是她疯狂地搜索他的脸孔,嘴唇在一个劲儿颤抖,因为她发现他已经不作声了。

她的希望的再一次落空使她更加难以忍受,她像孩子似的轻轻"啊!"了一声便颓然坐下,泪水禁不住夺眶而出。接着她听见窗外车道上传来不祥的声响,这使她更加紧张地感觉到与艾希礼的分别已迫在眉睫。她心中一阵凄楚,比一个异教徒听见冥河渡船的击水声还要害怕。原来,彼得大叔已裹着棉被来到门外,他把马车带了过来送艾希礼上车站去。

艾希礼轻轻说了声"再见",从桌上拿起她从瑞德那里骗来的阔边毡帽,向阴暗的穿堂里走去。他抓住客厅门上的把手,又回过头来凝神地看着她,仿佛要把她脸上和身上的一切都装在心里带走似的。她也用模糊的泪眼注视着他的脸,喉咙哽咽得透不出气来,因为知道他转眼就要走了,从她的关心和这个家庭的庇护下,从她的生命中匆匆地走了,也没有说出她渴望听到的那几个字。也许永远不再回来了。时间快得像一股激流，现在已经太晚了。她突然跟跟跄跄地跑过客厅，跑进穿堂，一手抓住他的腰带。

"吻吻我，"她低声说，"给我一个告别的吻。"

他伸出胳臂轻轻抱住她，然后朝她的脸俯下头来。他的嘴唇一触到她的嘴唇，她的两只胳臂就紧紧箍住了他的脖颈。在无法计量的短短的瞬间，他将她的身子紧贴在自己身上，接着她感到他浑身的肌肉突然紧张起来。可是他随即一扬头，把帽子甩在地上，同时腾出手来，把她的两只胳臂从他脖子上松开。

"不，思嘉，不要这样。"他低声说，用力抓住她的两只交叉的手腕不放。

"我爱你，"她哽咽着说，"我一直在爱你。我从没爱过别人。我跟查理结婚，只是想叫你——叫你难过。啊，艾希礼，我这样爱你，我愿一步步走到弗吉尼亚去，好待在你身边！我要给你做饭，给你擦皮靴，给你喂马——艾希礼，你说吧，说你爱我！有了这句话，我就一辈子靠它活着，死也心甘啊！"

他突然弯下腰去拾那顶帽子，这时她朝他的脸看了一眼。这是她平生所见最愁苦的一张脸，它的表情不再是淡漠的了。脸上流露出对她的爱和由于她的爱而感到的喜悦，可同时也有羞愧和绝望在与之斗争。

"再见。"他用沙哑的声音说。

门嘎的一声开了，一阵冷风袭进屋来，把窗帘吹得乱摆。思嘉站在冷风中瑟瑟发抖，望着艾希礼在走道上向马车跑去，腰上的军刀在冬天无力的阳光下闪烁不已，腰带的流苏也欢快地飘舞着。

第 十 六 章

　　一八六四年一月和二月接连过去了,凄风冷雨,暗雾愁云,人们的心也是阴沉沉的。随着葛底斯堡和维克斯堡两大战役的惨败,南方阵线的中心已经崩溃。经过激烈的战斗,田纳西几乎已全部落入北军的手中。不过尽管有这种种的牺牲,南方的精神并没有被摧垮。不错,一种严峻的决心已取代了当初雄心勃勃的希望,可是人们仍能从阴云密布中找到一线灿烂的光辉。譬如说,去年九月间北方佬试图乘田纳西胜利的声势向佐治亚挺进,结果却被坚决地击退了。

　　就在佐治亚州西北最远的一角奇卡莫加,曾经发生过战争开始以来佐治亚土地上第一次激烈的战斗。北方佬攫取了查塔努加,然后穿过山隘进入佐治亚境内,但是他们被南军打回去了,受到的损失也相当惨重。

　　在奇卡莫加南军的重大胜利中,亚特兰大和它的铁道运输起了突出的作用。朗斯特里特将军的部队,就是沿着从弗吉尼亚经亚特兰大往北到田纳西去的铁路奔赴战场的。这条铁路全长好几百英里,一切客货运输已全部停止,同时把东南地区所有可用的车辆集中起来,完成这一紧急的任务。

　　亚特兰大眼看着一列又一列火车接连不断地驶过城市,其中有客车,有货车车厢,也有敞篷货车,都满载着吵吵嚷嚷的士兵。他们没有吃，没有睡，没有带来运输马匹、伤兵和军需品的车辆，也来不及休息，一跳下车就投入战斗。结果北方佬被赶出佐治亚，退回到田纳西去了。

这是一桩伟大的战绩，亚特兰大每一想起是它的铁路促成了这一胜利时，便感到骄傲和得意。

但是南方在整个冬天都只能用奇卡莫加胜利的消息来提高士气。现在已没有人否认北方佬是会打仗的了，而且终于承认他们也有优秀的将军。格兰特是个屠夫，他只要能打胜仗，无论你死多少人都不在乎，可他总是会打胜的。谢里丹的名字也叫南方人听了胆寒。还有个名叫谢尔曼的人，他在人们口头正日益频繁地出现。他是在田纳西和西部战役中打出名来的，作为一名坚决无情的战将，他的声望已愈来愈高了。

当然，他们中间没有谁能比得上李将军的。人们对这位将军和他的军队仍抱有坚强的信念，对于最后胜利的信心也从不动摇。可是战争已拖得够久的了。已经有那么多的人死了，那么多的人受伤和终身残废了，那么多的人成了寡妇孤儿。而且前面还有长期的艰苦战斗，这意味着还要死更多的人，伤更多的人，造成更多的孤儿寡妇。

更糟糕的是，老百姓当中已在开始流传一种对上层人物不怎么信任的情绪。许多报纸在公开指责戴维斯总统本人和他进行这场战争的方式。南部联盟内阁中存在分歧，总统和将军们之间也不融洽。货币急剧贬值。军队很缺少鞋和衣服，武器供应和药品就更少了。铁路没有新的车厢来替换旧的，没有新的铁轨来补充被北方佬拆掉的部分。前方的将领们大声疾呼要新的部队，可是能够征集到的新兵已愈来愈少。最不好办的是，有些州的州长，包括佐治亚的布朗州长在内，拒绝将本州的民兵队伍和武器送往境外去。这些队伍中还有成千身体合格的青年是陆军所渴望得到的,但政府几次提出要求都没有结果。

随着货币最近一次贬值,物价又飞溅起来。牛肉、猪肉和黄油已卖到三十五美元一磅,面粉一千四百美元一桶,苏打一百美元一磅,茶叶五百美元一磅。至于冬季衣料,即使能买到,价格也高得吓人,因此亚特兰大的妇女们只得用破布衬在旧衣服里面,再衬上报纸,用来挡风御寒。鞋子一双卖二百至八百美元不等,看是用纸板还是用皮革做的而定。妇女们现在都穿一种高帮松紧鞋,那是用她们的旧毛线围巾和碎毛毯片做成,鞋底则是木头做的。

实际上,北军已经把南方真正围困起来,尽管有许多人还不明白这种形势。北方炮艇对南方港口的封锁已更加严密,能够偷越的船只已很少很少了。

南方一向靠卖出棉花和买进自己所不生产的东西为生,可是如今买进卖出都不行了。杰拉尔德·奥哈拉把接连三年收获的棉花都堆积在塔拉轧棉厂附近的棚子里,可如今也捞不到多少好处了。这在利物浦可以卖到十五万美元,但是根本没有希望运到那里去。杰拉尔德本来是个富翁,如今已沦为困难户,还不知怎样去养活他们全家和黑人挨过这一冬呢!

在整个南方,大多数的棉花种植主都处于相同的困境。随着封锁一天天加紧,作为南方财源的棉花已无法运往英国市场,也无法像过去若干年那样把买到的必需品运回国来。总之,农业的南方同工业的北方作战,现在缺少许许多多东西,这些都是和平时期从没想到过要购买的。

这种局面仿佛是专门为投机商和发横财的人造成的,当然也不乏乘机利用的人。由于衣食之类的日常必需品愈来愈缺,价格一天天上涨,社会上反对投机商的呼声也越发强烈和严厉了。在一八六四年初一段时期内,你无论打开哪张报纸都会看到措辞严峻的社论,它们痛骂投机商是蛇蝎和吸血鬼,并呼吁政府采取强硬措施予以镇压。政府也的确作了最大的努力,但没有收到任何效果,因为政府碰到的困难实在太多了!

人们对于投机商的反感最强烈的莫过于对瑞德·巴特勒了。当封锁线贸易已显得太冒风险时,他便卖掉船只,公开做起粮食投机生意来了。许多有关他的传闻从里士满和威尔明顿传到了亚特兰大,使那些不久前还接待过他的人感到十分难堪。

纵然有这么多考验和困苦,亚特兰大原来的一万人口在战争时期还是翻了一番。甚至连封锁也增加了亚特兰大的声望。因为从很早很早的时候起,滨海城市在商业和其他方面一直主宰着南方,可是现在海港被封锁,许多港口城镇被侵占或包围,挽救南方的重任便落到了南方自己的肩上。这时,如果南方要打赢这场战争,内地就显得十分重要了,而亚特兰大便成了事物的中心。这个城市的居民也像南部联盟其他地方的居民一样,正在咬紧牙关忍受艰难穷困和疾病死亡的熬煎;可是亚特兰大城市本身,从战争所带来的后果看,与其说蒙受了不少损失,还不如说大有收获。亚特兰大作为南部联盟的心脏,仍在强壮而生机勃勃地跳动,这里的铁路,作为它的大动脉,仍然负载着人员、军火和生活必需品的滚滚洪流昼夜搏动不已。

从前,思嘉要是穿着这样破旧的衣裳和补过的鞋,一定会觉得很难堪,可是现在她也不在乎了,因为她觉得十分重要的那个人已不在这里,看不见她这个模样了。这两个月她很愉快,比几年以来任何时候都愉快些。当她伸开双臂抱住他的脖子时,她不是感觉到艾希礼的心在急促地跳动吗?她不是看见他脸上那绝望的表情,那种比任何语言都更能说明问题的表情吗?他爱她。现在她已深信这一点,并为此感到十分愉快,以致对媚兰也比较能宽容了。她甚至觉得媚兰可怜,其中也略带轻蔑的意思,认为她没有眼力,愚蠢,配不上艾希礼。

"到战争结束再说!"她想,"战争一结束——就……"

有时候她略带惊恐地细想:"就怎么样呢?"不过很快又把这种想法排除了。战争结束后,一切总都能解决的。如果艾希礼爱她,他就不可能继续跟媚兰一起生活下去。

那么以后呢,离婚是不可想象的;而且爱伦和杰拉尔德都是顽固的天主教徒,决不会容许她去嫁给一个离了婚的男子。那就意味着离开教会!思嘉仔细想了想,最后决定在教会和艾希礼之间她要选择艾希礼。可是,唉,那会成为一桩丑闻了!离婚的人不仅为教会所不容而且还要受到社会的排斥呢。哪个家庭也不会接待这样的人。不过,为了艾希礼,她敢于冒这样的危险。她愿意为艾希礼牺牲一切。

总之,等到战争一结束,就什么都好办了。要是艾希礼真的那么爱她,他就会想出办法来。她要叫他想出个办法来。于是,时间一天天过去,她愈来愈相信艾希礼对她的钟情,越发觉得到北方佬被最后打垮时他一定会把一切都安排得称心如意的。的确,他说过北方佬"拿住"了他们。不过思嘉认为那只不过是胡说而已。他是在又疲倦又烦恼的时候说这话的。她才不去管北方佬是胜是败呢。重要的事情是战争得快快结束,艾希礼快回家来。

接着,当三月的雪下个不停、人人足不出户的时节,一个可怕的打击突然降临。媚兰眼里闪着喜悦的光辉,骄傲而又羞涩地低着头,轻轻告诉思嘉她快要有娃娃了。

"米德大夫说,八月底到九月初要生呢。我也曾想到这一点,可直到今天才相信了。唔,思嘉,这不是非常好的事吗?我本来就非常眼红你的小韦德,很想要个娃娃。我还生怕我也许永远不会生呢,亲爱的。我要生他上十个看看!"

思嘉本来正在梳头,准备上床睡觉了,现在听媚兰这么一说便大为惊讶,拿着梳子的那只手也好像僵住不动了。

"我的天哪!"她这样叫了一声,可一时间还没明白过来是怎么回事。接着她才猛地想起媚兰将要闭门坐月子的情景来,顿觉浑身一阵刀割般的痛楚,仿佛艾希礼是她自己的丈夫而做了对不起她的事似的。一个娃娃。艾希礼的娃娃。唔,他怎么能呢,既然爱的是她而不是媚兰?

"我知道你是吃惊了,"媚兰喘着气喋喋地说,"可是你看,这不是非常好的事吗?啊,我真不知道怎么给艾希礼写信才好呢!要是我明白告诉他,那可太难为情了,或者——或者我什么也不说,让他慢慢注意到,你知道——"

"啊,我的天!"思嘉差一点哭起来,手里的梳子掉到地上,她不得不抓住梳妆台的大理石顶部以防跌倒。

"亲爱的,你不要这样!你知道有个孩子并不坏呀!你自己也这样说过嘛。你不用替我担忧,虽然你的关心是很令人感动的。当然,米德大夫说过我是——"媚兰脸红了,"我是小了一点,可这并不怎么要紧,而且——思嘉,你当初发现

373

自己怀上了韦德时,是怎么写信对查理说的呢?难道是你母亲或者奥哈拉先生告诉他的?哦,亲爱的,要是我也有母亲来办这件事,那才好呢!可我真不知怎么办好——”

“你闭嘴吧!”思嘉恶狠狠地说,“闭嘴!”

“啊,思嘉,我真傻!我真对不起你。我看凡是快乐的人都会只顾自己呢。我忘记查理的事了,一时疏忽了。”

“你别说了!”思嘉再一次命令她,同时极力控制自己的脸色,把怒气压下去。可千万不能让媚兰看出或怀疑她有这种感情呀!

媚兰为人很敏感,她觉得自己不该惹思嘉伤心,因此十分内疚,急得又要哭了。她怎能让思嘉去回想查理去世后几个月才生下韦德那些可怕的日子呢?她怎么会粗心到这个地步,居然说出那样的话来呢?

“亲爱的,让我给你脱衣裳,快睡觉吧,”媚兰低声下气地说,“我替你按摩按摩头颈好吗?”

“别管我了。”思嘉说,脸孔绷得像石板似的。这时媚兰越发觉得罪过,便真的哭着离开了房间,让思嘉独自一人躺在床上。思嘉可并没有哭,她只是满怀屈辱、幻灭和妒忌,不知怎样发泄才好。

她想,既然媚兰肚子里怀着艾希礼的孩子,她就无法跟她在一起住下去了。她不如回到塔拉自己家里去。她不知怎样在媚兰面前隐藏自己内心的隐秘,不让她看出来。到第二天早晨起床时,她已打定主意,准备吃过早点就即刻收拾行装。可是,当她们坐下吃早饭,思嘉一声不响,显得阴郁,皮蒂姑妈显得手足无措,媚兰很痛苦,她们彼此谁也不看谁,这时送来一封电报。

电报是艾希礼的侍从莫斯打给媚兰的。

"我已到处寻找,但没有找到他。我是否应该回家?"

谁也不明白这是什么意思,三个女人惊恐地瞪着眼睛面面相觑,思嘉更是把回家的念头忘得一干二净了。她们来不及吃完早点便赶进城去给艾希礼的长官发电报,可是一进电报局就发现那位长官的电报已经到了。

"威尔克斯少校于三天前执行侦察任务时失踪,深感遗憾。有何情况当随时奉告。"

从电报局回到家里,一路上真是可怕极了。皮蒂姑妈用手绢捂着鼻子哭个不停,媚兰脸色灰白,直挺挺地坐着,思嘉则靠在马车的一个角落里发呆,好像彻底垮了。一到家,思嘉便踉踉跄跄着爬上楼梯,走进自己的卧室,从桌上拿起念珠,即刻跪下来准备祈祷。可是她怎么也想不起祷词来。她好像掉进恐惧的深渊,觉得自己犯了罪,惹得上帝背过脸去,不再理睬她了。她爱上了一个已婚的男人,想把他从他妻子的怀中夺走,因此上帝要惩罚她,把他杀了。她要祈祷,可是抬不起头来仰望苍天。她要痛哭,可是流不出眼泪。泪水似乎灌满了她的胸膛,火辣辣的在那里燃烧,可就是涌不出来。

门开了,媚兰走进房来。她那张脸孔很像用白纸剪成的一颗心,后面衬着那丛乌黑的头发,眼睛瞪得很大,像个迷失在黑暗中吓坏了的孩子。

"思嘉,"她边说边伸出两只手来,"请你务必饶恕我昨天说的那些话,因为你是——你是我现在所有的一切了。啊,思嘉,我知道我心爱的艾希礼已经死了!"

不知怎的,她倚在思嘉的怀里了。她那对小小的乳房在抽泣中急剧地起伏。也不知怎的,她们两人都倒在床上,彼此紧紧地抱着,同时思嘉也在痛哭,跟媚兰脸贴着脸痛哭,两人的眼泪交流在一起。她们哭得那样伤心,可是还没有到哭不出声来的地步。艾希礼死了——死了,她想,是我用爱把他害死的呀!想到这里她又抽泣起来,媚兰却从她的眼泪中获得一点安慰,因此更紧地抱住她的脖子不放了。

"至少,"她低声说,"至少——我怀上了他的孩子。"

"可我呢,"思嘉心想,这时她难过得把妒忌这种卑微的心理也忘记了,"我却什么也没有得到——什么也没有——除了他向我道别时脸上的那番表情,什么也没有啊!"

最初的一些报道是"失踪——据信已经死亡",这出现在伤亡名单上。媚兰给斯隆上校发了十多封电报,最后才收到一封充满同情的复信,说艾希礼和一支骑兵小队外出执行侦察任务,至今没有回来。这中间听说在北军陆地内发生过小小的战斗,惊惶焦急的莫斯曾冒着生命危险去寻找艾希礼的下落,但什么也没有找到。媚兰现在倒显得出奇地镇静,连忙给莫斯电汇了一笔钱,叫他即刻回来。

到"失踪——据信被俘"的消息出现在伤亡名单上时,这悲伤的一家人中才又开始怀抱乐观的心情和希望了。媚兰整天守在电报局里,还等候每一班火车,希望收到信件。她现在病了,同时妊娠期的反应也愈来愈明显,她感到很不舒服,但她拒不按照米德大夫的吩咐卧床休息。不知哪里来的一股热情激励着她,使她片刻不得安宁。思嘉晚上上床睡了许久,还听见她在隔壁房间里走动的声响呢。

有天下午,她由惊慌的彼得大叔赶着马车、瑞德·巴特勒在身旁扶持着从城里回来。原来她在电报局晕倒了,幸好瑞德从旁边经过,突然发现,才护送她回到家里。他把她抱上楼,抱进卧室,把她放在床上躺下。这时全家人都吓得手忙脚乱,连忙弄来烧热的砖头、毯子和威士忌,让她完全苏醒过来。

"威尔克斯太太,"瑞德突如其来地问,"你是怀孩子了,对吗?"

要不是媚兰晕过去刚刚苏醒,还那样虚弱,那样心痛,她听了这个问题一定会羞死了。因为她连对女朋友也不好意思说自己怀孕的事,每次去找米德大夫都觉得很难为情,怎能设想让一个男人,尤其是瑞德·巴特勒这样的男人,提出这样一个问题呢?可如今她软弱无力地独个儿躺在床上,便只得点了点头,算是默认了。当然,点头之后,事情也就并不怎么可怕了,因为他显得那么亲切,那么关心。

"那么,你一定得好好保重。这样到处奔跑,日夜焦急,是对你毫无益处并且要伤害婴儿的!只要你允许,威尔克斯太太,我愿意利用我在华盛顿的影响,把威尔克斯先生的下落打听清楚。如果他当了俘虏,北军公布的名单上一定会有他的;如果没有,情况不明不白,那倒更麻烦了。不过你必须答应我,你一定好好保重自己的身体,否则说老实话,我就什么也不管了。"

"啊,你真好,"媚兰喊道,"人们怎么会把你说得那么可怕呢?"接着,她想起自己没有什么能耐,又觉得跟一个男人谈怀孕的事实在太可怕了,便难过得又哭起来。这时思嘉拿着一块用法兰绒包着的砖头飞跑上楼,发现瑞德正拍着她的手背在安慰她。

他这人说到做到。人们从来不知道他哪儿来的那么多门路,也不敢问,因为这可能牵涉到他同北方佬之间的一种亲密关系。一个月以后,他就得到了消息,他们刚一听到时简直高兴得要发疯了,可是随即又产生了揪心的焦虑。

艾希礼没有死!他只是受了伤,被抓起来当了俘虏,看来目前在伊利诺伊州的罗克艾兰一个战俘营里。他们刚听到这个消息时,只想到他还活着,别的什么也不去想,所以一味地欢欣鼓舞。可是一经冷静下来,他们就面面相觑地同声叨念着"罗克艾兰!"那口气仿佛是说:"进了地狱!"因为就像安德森维尔这个地名在北方臭不可闻一样,罗克艾兰在每个有亲属囚禁在那里的南方人心目中也只能引起恐怖。

当时林肯拒绝交换俘虏,相信这可以使南方不得不继续供养和看守战俘,从而加重它的负担,促使战争早日结束,因此在佐治亚州安德森维尔仍关着成千上万的北军俘虏。这时南方士兵的口粮已经很少,给伤病员的药品和绷带实际上是没有了。他们还能拿出什么来供养俘虏呢?他们只能给俘虏吃前线士兵吃的那种肥猪肉和干豆,这就使北方佬在战俘营像苍蝇似的成批死亡,有时一天死掉一百。北方听到这种报道以后十分恼怒,便给联盟军被俘人员以更加暴虐的待遇,而罗克艾兰战俘营的情况是最坏不过的了。食物很少,三个人共用一条毯子,天花、肺炎、伤寒等疾病大肆蔓延,使那个地方得到了传染病院的恶名。送到那里去的人有四分之三再也不能生还了。

可艾希礼就是在那个恐怖的地方啊!艾希礼尽管还活着,但是他受了伤,而且是关在罗克艾兰,他被解送到那里时伊利诺伊已经下了很厚的雪了。他会不会在瑞德打听到消息以后因伤重而死去?他是否已成了天花的牺牲品?或者得了肺炎,在高烧中狂言呓语,可身上连条毯子也没有盖呢?

"啊,巴特勒船长,还有没有办法——你能不能利用你的影响把他交换过来呢?"媚兰叫嚷着问。

"仁慈公正的林肯先生据说为比克斯比太太的五个孩子掉过大颗大颗的眼泪,可是对于安德森维尔濒死的成千上万个北方兵却毫不动心呢,"瑞德撇着一张嘴说,"即使他们全都死光,他也无所谓。命令已经宣布——不交换。我以前没有跟你说过,威尔克斯太太,你丈夫本来有个机会可以出来,但是他拒绝了。"

"啊,没有!"媚兰不相信有这种事。

"有,真的。北方佬正在招募军队到边境去打印第安人,主要是从南军俘虏中招募。凡是愿意宣誓效忠并报名去同印第安人作战为时两年的俘虏,都可以获释并被送到西部去。威尔克斯先生拒绝这样做。"

"啊,他怎么会呢?"思嘉嚷道,"他为什么不宣誓离开俘虏营,然后立刻回家来呢?"

媚兰似乎有点生气地转向思嘉。

"你怎么会认为他应该做那种事呢?叫他背叛自己的南部联盟去对北方佬宣誓,然后又背叛自己的誓言吗?我倒是宁愿他死在罗克艾兰也不要听到他宣誓的消息。如果他真的做出那种事来,我就永远也不再理睬他了。永远不!当然,他拒绝了。"

思嘉送瑞德出去,在门口愤愤不平地问:"如果是你,你会不会答应北方佬,首先保住自己不要死在那个地方,然后再离开呢?"

"当然喽。"瑞德咧着嘴,露出髭须底下那排雪白的牙齿,狡狯地说。

"那么,艾希礼为什么不这样做呢?"

"他是个上等人嘛!"瑞德答道。思嘉很诧异,他怎么能用这个高尚的字眼来表达出如此讥诮而轻蔑的意味呢?

第 三 部

第 十 七 章

一八六四年的五月来到了,那是个又热又干燥的五月,花蕾还来不及绽开就枯萎了。谢尔曼将军指挥下的北军又一次进入佐治亚,到了多尔顿北边,在亚特兰大西北一百英里处。传说佐治亚和田纳西的边界附近将爆发一场恶战。北方佬正在调集军队,准备发动一次对西部和亚特兰大铁路的进攻,这条铁路是亚特兰大通往田纳西和西部的要道,去年秋天南军就是沿着它迅速赶来取得奇卡莫加大捷的。

不过,大多数亚特兰大人对于在多尔顿发生大战的可能性都不怎么感到惊慌,因为北军集中的地点就在奇卡莫加战场东南部数英里处。他们上次企图打通那个地区的山间狭道时既然被击退了,那么这次也必然会被击退。

亚特兰大和整个佐治亚州的人民都知道,这个州对南部联盟实在太重要了,乔·约翰斯顿将军是不会让北方佬长久留在州界以内的。老约和他的军队连一个北方佬也不会让越过多尔顿南进一步,因为要保持佐治亚的功能不受干扰,对于全局关系极大。这个迄今仍保持完整的州是南部联盟的一个巨大粮仓,同时也是机器厂和贮藏库。它生产军队所使用的大量弹药和武器,以及大部分的棉毛织品。在亚特兰大和多尔顿之间,是拥有大炮铸造厂和其他工业的罗姆城,以及拥有里士满以南最大炼铁厂的埃托瓦和阿拉图纳。而且,亚特兰大不仅有制造手枪、鞍鞯、帐篷和军火的工厂,还有南方规模最大的碾压厂、主要的铁路器材厂和宏大的医院。亚特兰大还是四条铁路的交汇点,这些铁路无疑是南部联盟的命脉。

因此,谁都不着急。毕竟,多尔顿还远着呢,快要靠近田纳西了。在田纳西州战争已打了三年,人们已习惯于把那里当作一个遥远的战场,几乎跟弗吉尼亚或密西西比河一样遥远。何况老约将军和他的部队驻守在北方佬和亚特兰大之间,人人都知道除了李将军本人,加之斯·杰克逊已经去世,当今再没有哪位将领比老约更伟大的了。

一个炎热的五月黄昏,米德大夫在皮蒂姑妈住宅的走廊上谈到当前的形势,说亚特兰大用不着担心,因为约翰斯顿将军像一堵铜墙铁壁耸立在山区,他的这种看法代表了亚特兰大市民的观点。听他谈论的听众坐在逐渐朦胧的暮色中轻轻摇动着,看着夏季第一批萤火虫迎着昏暗奇妙地飞来飞去,但他们都有满怀沉重的心事,情绪也在不断地变化。米德太太抓住费尔的胳臂,希望大夫说的话是真实可靠的。因为一旦战争逼近,她的费尔就不得不上前线了。他现在十六岁,已参加了乡团。范妮·埃尔辛自从葛底斯堡战役以来变得面容憔悴、眼睛凹陷了,她正努力回避那幅可怕的图景——那是这几个月一直在她心里翻腾着的——垂死的达拉斯·麦克卢尔中尉躺在一辆颠簸的牛车上,冒着大雨和长途跋涉,撤回到马里兰来。

凯里·阿什伯恩队长那只已经残废的胳臂又在折磨他了,而且他觉得他对思嘉的追求已处于停顿状态,因此心情十分沮丧。这种局面在艾希礼被俘的消息传来之后就出现了,虽然他并没有意识到这两者之间有什么联系。思嘉和媚兰两人都在想念艾希礼；她们只要没有什么紧急任务在身，或者因必须与别人谈话而转移了注意力时，便总是这样想念他的。思嘉想得既痛苦又悲伤：他一定是死了，否则我们会听到音信的。媚兰则始终在迎着恐惧的激流一次又一次地搏击，心里暗暗对自己说："他不可能死。要是他死了，我会知道的——我会感觉到的。"瑞德·巴特勒懒懒地斜倚在黑影中，穿着漂亮皮靴的两条长腿随意交叉着，那张黑黝黝的脸孔上毫无表情，谁也不知道他在想些什么。韦德在他怀里安然睡着了，小手里拿着一根剔得干干净净的如意骨。每当瑞德来访时，思嘉总是允许韦德坐到很晚才睡，因为这个腼腆的孩子很喜欢他，同时瑞德也很奇怪，竟高兴同他亲近。思嘉通常不乐意让韦德在身边打扰她，但是他一到瑞德怀里就变得很乖了。至于皮蒂姑妈，她正神经质地强忍着不要打出嗝来，因为他们那天晚餐吃的是一只硬邦邦的老公鸡。

　　那天早晨，皮蒂姑妈遗憾地做出决定，最好把这只老公鸡宰掉，省得它继续为那只早被吃掉的老伴伤心，直到自己老死为止。好多天来，它总耷拉着脑袋在空荡荡的鸡场上发闷，也提不起精神来啼叫了。当彼得大叔扭断了它的脖子时，皮蒂姑妈忽然想起她的许多朋友都好几个星期没尝到鸡味了；要是自己一家关起门来享用这顿美餐，那是良心上过不去的，因此她建议请些客人来吃饭。媚兰怀孕到了第五个月，已经有好几个星期既不出外参加活动，也不在家接待宾客，所以对这个主意感到很不安。可是皮蒂姑妈这次很坚决。一家人单独吃这只公鸡，毕竟太自私了吧？何况媚兰的胸部本来就那么平板，她只要把最上面的那个裙圈稍稍提高一点，便没有人会看出来了。

"唔,姑妈,我不想见人,因为艾希礼——"

"其实艾希礼——他并不是已经不在了呀!"皮蒂姑妈用颤抖的声音说,因为她心里已经断定艾希礼是死了,"他还像你那样活得好好的,而你呢,多跟人来往来往对你只有好处,我还想请范妮·埃尔辛也来呢。埃尔辛太太央求我设法让她振作起来,劝她见见客——"

"唔,姑妈,达拉斯刚死不久,你要是强迫她这样做,那可太残忍了。"

"怎么,媚兰,你再这样跟我争下去,我可要气哭了。不管怎么说,我总是你姑妈,也不是不明事理。我一定要请客吃饭。"

于是,皮蒂姑妈请客了,而且到最后一分钟来了一位她没有请也不希望他来的客人。恰好屋子里充满了烤鸡的香味,瑞德·巴特勒不知从哪里鬼使神差地回来了,在外面敲门。他腋下夹着一大盒用花纸包着的糖果,嘴里是满口伶俐的奉承话。这就没有别的办法,只好把他留下了,尽管皮蒂姑妈知道大夫和米德太太对他没有好感,而范妮是不喜欢任何不穿军服的男人的。本来,无论米德家还是埃尔辛家的人,在街上从不跟瑞德打招呼,可如今是在朋友家里,他们当然就得以礼相待。何况他现在受到了媚兰比以前更加坚决的庇护。因为自从他替媚兰出力打听艾希礼的消息以后,她便公开宣布,只要他活着,他便永远是她家受欢迎的客人,无论别人怎样说他的坏话都不在乎。

皮蒂姑妈发现瑞德的言谈举止都彬彬有礼,便渐渐放心了。他一心用同情而尊重的态度对待范妮,范妮因此也高兴起来,于是这顿饭吃得十分愉快。可以说是一顿丰厚的美宴。
凯里·阿什伯恩带来了一点茶叶,那是从一个到安德森维尔
去的北军俘虏的烟叶袋里找到的,给每人都喝了一杯,可惜略
略有点烟草味。每人都分到一小块老公鸡肉,一份相当多的
用玉米片加葱头制作的调味品,一碗干豆,以及大量的米饭和
肉汤,尽管肉汤由于没有面粉掺和而显得稀了些。点心有甘
薯馅饼,外加瑞德带来的糖果。当瑞德把真正的哈瓦那雪茄
拿出来,供男客们一面喝黑莓酒一面抽雪茄时,大家异口同声
说这简直是一次卢库勒斯①家的盛宴了。

　　然后男客们来到前廊上的女士们中间,谈话就转到了战
争这个问题上。近来人们的谈话总是离不开战争,无论什么
话题都要从战争谈起,最后又回到战争上去——有时谈伤心
事,更多的时候是愉快的,但常常同战争有关。战时传奇呀、
战时婚礼呀,在医院里和战场上的死亡呀,驻营、打仗和行军
中的事故呀,关于英勇、怯懦、幽默、悲惨、沮丧和希望的故事
呀,等等,等等。希望,经常是希望,永远是希望。希望仍坚定
不移,尽管去年夏季打了好几次败仗。

　　阿什伯恩队长宣布他已经申请并且获准从亚特兰大调到
多尔顿军队里去,这时太太们都不约而同地用目光吻着他那
只僵直的胳臂,同时又故意掩藏内心的自豪感,声称他不能
去,否则谁来在她们周围充当护花使者呢?

　　年轻的队长从米德太太、媚兰、皮蒂姑妈和范妮这些有身
份的妇女口中听到这样的话,显得既尴尬又高兴,同时暗暗希
望思嘉真的有这个意思。

　　①　卢库勒斯是古罗马将军,以巨富和举办豪华大宴著名。

"怎么,他很快就要回来的嘛,"大夫说,一面伸出胳臂抱着凯里的肩膀,"只要打一次小小的遭遇战,北方佬就会逃回田纳西去的。而且他们一到那里,福雷斯特将军就会好好处理他们。你们太太小姐们用不着害怕北方佬会打到这边来,因为约翰斯顿将军和他的部队像铜墙铁壁般驻守在山区。是的,就是铜墙铁壁,"他很欣赏自己用的这个字眼,又重复了一遍,"谢尔曼永远也休想越过。他永远也挪动不了我们的老约将军。"

妇女们赞赏地笑着,因为他这么轻松的口气听起来就是不容辩驳的真理。关于这种事情,男人的见识毕竟比女人高明得多,既然他说约翰斯顿将军是铜墙铁壁,那就必然是铜墙铁壁了。唯独瑞德还有话说。他从吃过晚饭以后一直默默地坐在夜雾中,撇着两个嘴角,听大家谈论战事,抱在怀里的韦德早已睡着了。

"我听到谣传,说谢尔曼的增援部队已经到了,他现在有了十万多人了?"

大夫的回答很简单。因为自从发现他很不喜欢的这个人也要在这里跟他同桌吃饭时,就一直有种压抑感憋在心里。只是为了尊重皮蒂帕特小姐,而且自己又在她家做客,才勉强克制自己没有发作出来。

"嗯,怎么样,先生?"大夫气冲冲地反问。

"我想刚才阿什伯恩队长说过,约翰斯顿将军只有四千人左右,包括那些逃兵在内,他们是受到上次胜利的鼓舞才又回去的。"

"先生,联盟军里可没有逃兵呀。"米德太太愤愤地插嘴说。

"请原谅，"瑞德用假意谦卑的口吻说，"我指的是那些回来休假忘记归队，还有那些养好了伤半年以上，但是还待在家里准备干日常工作或进行春耕的人。"

他得意地说着，眼睛闪闪发亮，把米德太太气得嘴唇都快咬破了。思嘉看见她这副狼狈相忍不住要笑出声来，因为瑞德抓住她的要害了。现在沼泽地和山区有成百上千的男人躲在那里反抗，不让宪兵抓回部队去。他们声称"这是一场富人的战争，穷人的厮杀"，而他们已受够了。可是还有比他们多得多的人，尽管被列在逃兵名册上，却并不想长此离开部队。他们等待休假已白白地等了三年，同时不断收到文理不通的家信，说"我们在挨饿"；说"今年不会有收成——没人耕地。我们要饿死了"；说"军需官把小猪也捉走了，我们已经有好几个月没收到你寄来的钱了。我们在吃干豆子过日子。"

士兵们收到的家信里经常而且普遍地充满了这样的抱怨："你的老婆，你的娃娃们，你的父母，我们都在饿肚子。这日子几时才完啊？你什么时候回来？我们已经饿得不行了，饿得不行了。"可是部队里的兵员在迅速减少，休假制度已无法执行，于是许多士兵就擅自跑回家来，帮家里耕地、播种和收割，或者修补房子，筑起篱笆。等到部队长官从形势变化中看出很快就要大打起来，才写信给这些人，叫他们赶快归队，这时大家用不着问就知道是怎么回事了。他们只要家里还能有一顿没一顿地再挨上几个月，也就会勉强回去。这种"农忙假"毕竟不能跟临阵脱逃相提并论，可是它对部队的削弱却完全是一样的。

米德大夫发现瑞德·巴特勒的话在听众中引起了尴尬的

沉默时，便赶忙站出来填补这个空隙，用冷冷的口气说："巴特勒船长，咱们部队和北军人数上的差别从来就不起什么作用。一个联盟军士兵能抵挡一打的北方佬呢。"

妇女们点头表示同意。这是人人都清楚的嘛。

"这在战争初期是真的，"瑞德说，"也许现在也还是这样，如果联盟军士兵的枪膛里装有子弹，脚上穿着鞋子，肚子也吃饱了的话。嗯，阿什伯恩队长，你看呢？"

他的声音还是那么温和，甚至有点谦卑。可凯里·阿什伯恩显得不怎么高兴，因为他明明很不喜欢瑞德。他十分愿意站在米德大夫一边，可是又不能说假话。他不顾自己一只胳臂残废了仍要求调到前方去，原因就在于他跟一般市民不同，真正了解当前形势的严峻。还有许多残疾人，包括那些拐着假腿走路的，瞎了一只眼睛的，炸掉了手指的，打断了一只胳臂的，都在默默地从军需、医院、邮政和铁路部门调回到原先的战斗部队。他们知道老约将军需要每个人都回到他那里去。

阿什伯恩一声不响，这激怒了米德大夫，他大发雷霆说："我们的军队以前就是光着脚饿着肚皮打仗和取得胜利的。他们还要这样打下去，还要这样战胜敌人！我告诉你，约翰斯顿将军是谁也撼不动的！自古以来，险峻的山峡就是遭受侵略的人民隐蔽和防守的坚强堡垒。请想想——想想温泉关①吧！"

思嘉苦思冥想了半天也没弄懂"温泉关"是什么意思。

~~~~~~~~~~~

① 温泉关是希腊中部东海岸卡利兹罗蒙山和马利亚科斯湾之间的狭窄通道。公元前四八〇年，人数很少的希腊军队在此抵抗波斯大军达三天之久，保卫了阿提卡和彼奥提亚，史称温泉关战役。

"他们在温泉关打到最后一个人都死光了,不是吗,大夫?"瑞德问他,歪着嘴克制着没有笑出声来。

"你这是在故意侮辱人吧,青年人?"

"大夫,我求你原谅!你误解我了!我只不过向你讨教罢了。我对于古代历史记得的很少。"

"如果必要的话,我们的军队是会打到最后一个人来抵挡北方佬,不让他们深入佐治亚州的,"米德大夫毅然决然说,"可实际上不致如此。他们只消打一个小仗就会把北军赶出佐治亚去。"

皮蒂姑妈赶紧站起来,吩咐思嘉给大家弹一曲钢琴,唱一支歌。她发现大夫和瑞德的对话已愈来愈紧张和激烈了。她很清楚,如果邀请瑞德留下来吃晚饭,那准会惹出事来。无论何时何地,只要他在场,就往往出麻烦。至于他是怎样引起麻烦的,她却永远也不甚明白。天哪,思嘉在他身上看出了什么道理呢?亲爱的媚兰为什么也要袒护他呢?她可真不明白啊!

思嘉听从皮蒂姑妈的吩咐,走进客厅,这时走廊里突然安静下来,但安静之中仍能感到人们对瑞德的愤怒。怎么还有人居然不全心全意地信任约翰斯顿将军及其部队的不可战胜的威力呢?信任是一种神圣的使命。那些心怀叛逆以致不肯相信的人,至少也应该知趣一些,不要开口呀!

思嘉先弹了几段和弦,接着她的歌声便从客厅里飘荡出来了,那么动人,那么凄切,唱的是一首流行歌曲:

> 在一间粉刷得雪白的病房里,
> 躺着已死和濒死的伤兵——
> 他们是挨了刺刀和炮弹的袭击——

有一天抬进谁的心上人。

　　　谁的心上人哟,那么年轻,那么勇敢!
　　　他那张温柔而苍白的脸上——
　　　那即将被坟土掩盖的脸——
　　　少年俊美的风华犹存。

　　"金黄色的鬈发湿了缠结在一起。"思嘉用不很准确的女高音哀婉地继续唱着,这时范妮欠起身来轻声细气地说:"唱点别的吧!"

　　思嘉听了大为惊讶,也很尴尬,于是钢琴声戛然而止。接着,她急匆匆地唱起《灰夹克》的头几小节来,可是很快便觉得这也太凄惨,便草草结束了。她顿时感到茫然,不知如何是好,钢琴声又归于沉寂。因为所有的歌都避免不了生离死别的悲伤啊!

　　瑞德连忙站起身来,把小韦德放在范妮膝头上,进客厅去了。

　　"弹《我的肯塔基老家》吧。"他仿佛随随便便提议说,思嘉也高兴得立刻弹唱起来。她的歌声由瑞德优美的男低音伴和着,等到开始唱第二节时,走廊上的听众才觉得比较舒畅了,尽管这支歌也没有什么令人高兴的地方。

　　　只要再过几天,就能把这副重担卸掉!
　　　且不管它的分量永远不会减!
　　　再过几天,我们将蹒跚着走上大路!
　　　回到我的肯塔基老家,好好安眠!

　　后来的事实证明,米德大夫的预言是对的。约翰斯顿的确像一堵铜墙铁壁屹立在多尔顿以北一百英里的山区。他防守得那样牢固,战斗得那样激烈,坚决不让谢尔曼实现他冲出峡谷向亚特兰大进攻的企图。最后北方佬不得不退回去另作商量了。他们无法从正面攻击突破南军的防线,便在夜幕掩盖下迂回越过山隘,想绕到约翰斯顿的背后切断雷萨卡以南十五英里处的铁路。

既然铁路面临被切断的危险,南部联盟军便立即离开死守的战壕,星夜抄近路向雷萨卡急速挺进。等到那些从乱山中拥出的北军向他们扑来时,南军已经修筑好深沟固垒,架设排炮,亮出刺刀,就像在多尔顿那样严阵以待了。

可是,伤兵们从多尔顿带来了众说纷纭的消息,说老约将军的部队撤退到了雷萨卡,这使亚特兰大人大为吃惊,并引起了一点点慌乱。仿佛西北上空出现了一小片乌云,它预示着一场夏季的暴风雨快要到来了。将军究竟打的什么主意,居然让北方佬侵入佐治亚十八英里呢?山区本来是天然堡垒,连米德大夫也这样说过。怎么老约没有在那里把北军堵住呀?

约翰斯顿在雷萨卡经过一番死战又一次把北方佬击退了,可是谢尔曼照样采取从两翼进攻的战术,把他的大军布成一个半圆形,横渡奥斯坦瑙纳河,袭击南部联盟军后方的铁路。南军部队又一次火速离开自己的阵地去保卫铁路线。他们由于昼夜行军作战,本来已精疲力竭,特别是饥肠辘辘,如今又被迫沿着山谷拼命赶路。他们抢在北军之前到达雷萨卡以南六英里的卡尔洪小镇,立即挖了战壕,只等北方佬一来就发起攻击。战斗开始了,打得十分激烈,北军被打了回去。这时南部联盟军已疲惫万分,便枕戈而卧,希望得到一个喘息机会稍事休息。可敌人不让他们休息。谢尔曼无情地步步进逼，将他的部队布成宽阔的弧形阵线，迫使他们再一次撤退去保卫后面的铁路。

南部联盟军疲乏得边行军边打瞌睡，绝大部分人已什么也不想了。但是他们一动脑筋，便照样相信他们的老约。他们知道自己是在后撤，但也知道并没有被打垮。他们只不过没有足够的兵力来一面坚守自己的阵地一面粉碎谢尔曼的侧翼进攻。只要北方佬在一个地方固定下来同他们对阵，他们每一次都能把北军消灭掉。至于这次撤退的目的地何在，他们并不清楚。不过老约心中有数，有了这一点他们就满足了。他以巧妙的方式指挥了这次退却，因此损失很少，而北方佬的伤亡和被俘人员却是相当多的。他们没有损失一辆军车，只丢了四支枪。他们也没有丢掉背后的铁路。谢尔曼尽管进行了正面进攻、骑兵突袭和侧翼迂回，但都没有接触到铁路线。

关键在铁路。那条细长的、蜿蜒穿过阳光灿烂的山谷向亚特兰大延伸的铁路，仍然掌握在他们手中。人们躺下来睡觉时，看得见那些铁轨在星光中隐隐约约地闪烁。人们倒下死去时，他们那模糊的眼睛看到的最后一个景物，也是在无情的太阳下闪闪发光和炽热灼人的铁轨。

当他们沿着山谷撤退时，他们前面有一大队难民正在溃逃。那是些农民和山民，有穷的，也有富的，有白人，也有黑人，受伤的拄着拐杖，濒死的躺在担架上，大肚子妇女，白发萧萧的老人，走不稳的孩子，他们或坐车或骑马或步行，连同那些堆满箱柜和家用什物的马车和大车，使整个铁路拥挤不堪。这些难民在军队前面五英里处行进，在雷萨卡，在卡尔洪，在金斯敦先后停留了片刻，每停一次都希望听到北方佬已被击退的消息,以便回到自己家里去。可是在那条阳光灼热的大路上却没有谁退回的踪影。南部联盟所过之处都是些空无人烟的大厦,被遗弃的农场,门户洞开的孤独小屋。偶尔可见一个孤零零的妇女和很少几个奴隶留在那里,他们到大路旁边向过路的部队欢呼,提来一桶桶井水给他们解渴,替伤兵裹伤并将死去的人埋葬在自家坟地里。不过一般地说,阳光炎热的山谷已荒无人烟,庄稼也被遗弃在灼热的田地里无人照管了。

约翰斯顿的部队在卡尔洪又被包抄了,于是他退回到阿迭尔斯维尔,在那里发生了一场激战,再退到卡特斯维尔,接着又退到卡特斯维尔以南。现在敌军已经从多尔顿前进了五十五英里。后来且战且退又跑了十五英里,到了纽霍普教堂,南部联盟军才掘壕列阵,决心固守。北军像一条残忍的蟒蛇蜿蜒而来,狠狠地追击着,有时受伤后也退缩一下,但随即又猛冲上来。在纽霍普教堂接连激战了十一昼夜,北军的每次进攻都被打退了。但后来约翰斯顿又遇到了包抄,只得把日益稀少的部队再后撤几英里。

南部联盟军在纽霍普教堂的伤亡是惨重的。伤兵由一列列火车运到亚特兰大,全城为之惊恐。这个城市即使在奇卡莫加战役之后也从没见过这么多的伤兵。医院里挤满了,伤兵就躺在空店铺里的地板上和仓库里的棉花包上。所有的旅店、公寓和私人住宅都住满了伤病员。皮蒂姑妈家也分配到一些人,尽管她提出了抗议,说媚兰正在妊娠期中,陌生人住进来很不方便,那种乌七八糟的情状会引起她早产,可是毫无结果,伤兵还是住进来了。媚兰只得把她最上面的一个裙圈提高一点,将她那日益肥大起来的腰围略加掩饰。家里一住了伤兵,事情就多了,不断地做饭,扶着他们坐起和翻身,打扇,不停地洗涤和卷绷带,而且晚上炎热睡不着时,伤兵在隔壁房间里的呻吟会闹得你通宵不安。最后,这个拥挤不堪的城市已实在无法容纳更多的人,那些源源不断的伤兵才被送到梅肯和奥古斯塔去了。

由于这些像潮水般退下来的伤兵带来了种种互相矛盾的消息,以及纷纷逃来的难民大量增加,亚特兰大这个城市简直沸腾起来了。如今天边那片小小的乌云已经迅速扩大,阴沉沉地酝酿着一场暴风雨,仿佛一阵不祥的冷风已隐隐吹过来了。

谁也没有丧失对自己军队不可战胜的信心,可是人人,至少是每个市民,都不再信任他们的将军了。纽霍普教堂距离亚特兰大只有三十五英里呢!而将军在过去三个星期被北方佬驱退了六十五英里!他为什么不将北军挡住,反而节节败退呢?他是个笨伯,比笨伯还要愚笨啊!那些乡团里的胡子兵和民兵队员安然无恙地待在亚特兰大,但都固执地认为要是让他们来打这个战役一定会打得好些,并且把地图铺在桌上指指点点地说明自己的作战方案。可是将军的队伍愈来愈稀散了,他被迫继续后退,同时迫切地呼吁布朗州长就派遣这些人去支援他,但州里的部队却颇有理由地感到安全。州长毕竟已经违抗过戴维斯总统的调令,如今为什么要对约翰斯顿将军让步呢?

打一阵又后退!打一阵又后退!南部联盟军在二十五天内后退了七十英里,几乎每天都在作战。纽霍普教堂如今已落在南军后面了,它只留下了一个可怕而模糊的记忆:酷热,尘土,饥饿,疲劳,在坎坷不平的红土路上艰苦地行进,在红色的泥泞中歪歪倒倒地挣扎,退却,掘壕,战斗——退却,掘壕,战斗。纽霍普教堂完全是个恍如隔世的噩梦,大珊蒂也是如此,在那里,他们曾经掉转身像恶魔般跟北方佬拼命厮杀,但是,尽管你把北方佬杀得尸横遍野,他们往往有更多的新人补充上来;他们总是形成一条东南向的险恶弧线,绕过南部联盟军的后方,一步步逼近铁路,逼近亚特兰大!

从大珊蒂往南,精疲力竭的部队沿着大路向接近马里塔小镇的肯尼萨山撤退,在这里布成一个十英里宽的弧形阵势。他们在陡峭的山腰上掘了散兵坑,在险峰绝顶架设了排炮。汗流浃背的士兵咒骂着把枪拖上陡坡,因为骡子已爬不上去了。通讯兵和伤兵进入了亚特兰大,给惊慌的市民带来了安定人心的消息。肯尼萨山的高地是坚不可摧的。附近的派因山和劳斯特山也是这样,也修筑了防御工事。北方佬已撼不动老约部队的阵地,他们也很难进行包抄,因为山顶上的炮火控制着很大范围内所有的大路。这样,亚特兰大才感到轻松了些,但是——

但是肯尼萨距这里只有二十二英里呀!

忽然有一天,从肯尼萨山运来的第一批伤兵快要到了,清早七点钟梅里韦瑟太太的马车就停在皮蒂姑妈家门口,黑人利维叔叔往楼上传话,请思嘉立即穿好衣服到医院里去。范妮·埃尔辛和邦内尔家的姑娘们也给从睡梦中叫起来,正在马车后座上打哈欠,埃尔辛家的嬷嬷则满脸不高兴地坐在车夫座位上,膝头上放着一篮新浆洗过的绷带。思嘉也很不乐意,只得勉强起身,因为她头天夜里在乡团举办的舞会上跳了个通宵,腿还酸痛着呢。当普里茜帮她把身上那件又旧又破的印花布看护服扣上扣子时,她暗暗咒骂梅里韦瑟太太这个不知疲倦的办事能手,以及那些伤兵和整个南部联盟。她匆忙地咽下几口玉米粥,吃了几片甘薯干,然后走出家门跟那几个女孩子一起上医院去了。

她十分厌恶这样的护理工作。就在这一天她要告诉梅里韦瑟太太,说爱伦写信叫她回去一趟。可这有什么用呢,那位可敬的老太太正卷起袖子,粗壮的腰身上系着大围裙,在忙着干活呢。她狠狠地瞪了思嘉一眼,说:"你不要再跟我说这种废话了,思嘉·汉密尔顿。我今天就给你母亲写信,告诉她我们非常需要你。我相信她会理解这一点并让你留下来的。好,赶快系上围裙到米德大夫那里去。他要人帮忙扎绷带呢。"

"啊,上帝!"思嘉沮丧地想,"难就难在这里呀。母亲会要我留在这里,可是我宁死也不愿再闻这些臭气了!我真希望自己是个老太婆,那样就可以折磨年轻人而无须受别人的折磨——并且让梅里韦瑟这样的刁老婆子给我走得远远的!"

是的,她对医院,对那些恶臭味,对虱子,对那种痛苦的模样,对那些肮脏的身体,都厌恶极了。如果说对护理工作曾经有过某种新奇感和浪漫意味的话,那也在一年前就已经消磨完了。何况,这些从前线撤下来的伤兵并不如过去那些富有吸引力。他们显得对她一点也不感兴趣,也没有别的话好说,只一味追问:"前方打得怎样了?老约将军在做什么?伟大机智的人物啊,我们的老约!"可是她不认为老约是个伟大机智的人物。他所做的一切只不过是让北方佬侵入佐治亚八十八英里罢了。不,他们不是那种叫你惬意的人。而且他们中间有许多已濒临死亡,很快就会默默地死掉的,因为他们在抵达亚特兰大之前就患了血毒症、坏疽、伤寒症和肺炎,现在已毫无力量抵抗这些疾病了。

天气很热,苍蝇成群结队地飞进敞开的窗户。这些养得又肥又懒的苍蝇比病痛更加严重地摧残人们的精力。恶臭和惨叫声在她周围一阵高过一阵。她端着盘子跟随米德大夫走来走去,浑身热汗,她那件刚浆洗过的衣裳都湿透了。

啊,要站在大夫身边,看着他那把雪亮的手术刀切入令人心疼的肌体,而又强忍着不要呕吐出来,这是多么可厌的事啊!听见手术室里正在进行截肢时的惨叫,是多么可怕的时刻啊!还有,那些血肉模糊的受伤者在周围一片尖叫声中眼巴巴地等待着大夫到来,等待他说出这样令人心悸的话:"很抱歉,孩子,可是这只手必须切掉。是的,是的,我明白;不过你瞧,这些红肿的道道,看见了吗?只能切掉。"这时你看着那张恐怖苍白的脸,心里会涌起一股绝望的怜悯心情,那滋味真够受啊!

当时麻醉药很难弄到,只有做重大的截肢手术时才使用。鸦片也变得十分珍贵,只好用来减轻对垂死者的折磨,而不能当缓解生者痛苦的良药。奎宁和碘酒已根本无货。是的,思嘉对这一切都十分厌恶,因此那天上午她真希望自己也能像媚兰那样有一个怀孕的借口不去上班。如今只有这个理由才能为大家所接受,可以不承担护理工作了。

一到中午,她就解下围裙,从医院溜出来,这时梅里韦瑟太太正忙着替一个瘦高的不识字的山民伤兵写信。思嘉觉得她再也无法忍受了。她觉得这是强加在她身上的一种负担,而且午班火车一到,新的伤兵会拥入医院,她就又有大量的工作要忙到晚上才能走了——甚至还可能没有东西吃呢。

她急急忙忙横过两条马路向桃树街走去,大口大口呼吸着新鲜空气,将那件花边紧胸衣胀得一鼓一鼓的。她在一个街角上站住,不知下一步朝哪里走,因为既不好意思回家去见皮蒂姑妈,又决定了不再回医院去,恰好这时瑞德坐着马车从旁边经过。

　　"你像个捡破烂的女孩子呢。"他这样说,两只眼睛打量着她身上那件补缀过的浅紫色印花布衣裳,上面满是汗渍和污斑,后者显然是护理伤员时沾上的。思嘉觉得又尴尬又懊恼,简直气坏了。他怎么总注意女人的衣裳,怎么粗鲁到评论起她此刻很不整洁的穿着来了呢?

　　"你的话我一句也不要听。赶快下车来扶我坐上去,然后把我送到没人看得见的地方。我不想回医院了,哪怕他们把我绞死也罢! 天知道,我可没有发起这场战争,也看不出有任何理由要让我被折磨死,而且——"

　　"你成了背叛我们伟大主义的罪人了!"

　　"得了,饭锅莫说菜锅黑嘛。快把我扶上去。你往哪里赶都行,我不管。就带着我兜兜风吧。"

　　他从马车上一跃而下,这时思嘉突然觉得,一个完整的男人,一个四肢无缺、五官俱全的男人,他既没有因痛苦而脸色苍白,也没有被疟疾折磨得皮肤焦黄,却显得营养很好,健康强壮,这让人看着多么舒服啊! 而且他穿着讲究,上衣和裤子是用同样的料子做的,非常合身,不像别人穿的那样要不松松垮垮,要不就绷得紧紧的迈不开步。而这套衣服还是新的,一点也不显旧,不像别人那样连肮脏的皮肉和毛茸茸的腿都露出来了。他好像对世界上的事漠不关心,这种态度本身在现时就足以令人惊讶了,因为别人都是满脸忧虑、阴沉和神思恍

惚的表情呢。他那褐色的脸膛是温和的,而那张嘴,那张唇红
齿白、像女人的嘴一样轮廓鲜明富于肉感的嘴,当他搀扶她上
马车时,更浮出随随便便的微笑,动人极了。

他自己也上了车,坐在她身旁,这时他那高大身躯的肌肉
在熨得很好的衣服里显得饱满匀称,而且很吸引人,像往常那
样,她感觉到了它那巨大的魅力,仿佛受到了冲击似的。她望
着他衣服下边鼓出的那副有力的肩膀,那充满诱惑和令人不
安的肩膀,不由得害怕起来。他的身体显得多么壮实而坚韧,
这同他那敏锐的思想一样是很不寻常的。他浑身洋溢着一种
轻松优美的力量,平静时像一只黑豹懒懒地躺在阳光下,机警
时就像这只豹子正准备一跃而起向前猛扑。

“你这个小骗子,”他揶揄地说,一面喝马向前,“你整夜
跟大兵跳舞,给他们送鲜花、送丝带,说你愿意为主义牺牲,可
是一旦要你替几个伤兵包扎和捉虱子时就赶快跑开了。”

“你能不能讲点别的事情,能不能把马车赶得快些呢?
要是碰上梅里韦瑟爷爷从他的小店里出来看见了我,然后回
去告诉那位老太太——我指的是梅里韦瑟太太,那就活该我
倒霉了。”

他把鞭子轻轻抽了一下那匹母马,它便轻快地跑过五点
镇,越过横贯城市的铁路。这时运载伤兵的列车已经进站,担
架工在烈日下迅速地将伤兵抬进救护车和带篷的运货马车。
思嘉丝毫没有良心不安的感觉,反而庆幸自己及时逃脱,感到
十分轻松。

“我对这种医院工作已经腻烦透了,”她说着,一面整理
坐下时撒开的裙子,并把下巴底下的帽带系紧,“每天都有愈
来愈多的伤兵涌进城市。这全是约翰斯顿将军的过错。要是

他在多尔顿把北方佬顶住了,他们早就——”

"傻孩子,他何尝没有起来挡住北方佬呀?可是,如果他继续待在那里,谢尔曼就会从侧面包抄过来,割断他与左右两翼的联系,把他彻底打垮。同时他会丢掉铁路线,而保卫这条铁路正是他的战斗目的。”

"唔,不管怎样,反正是他的过错,"思嘉这样说,她对什么战略战术本来就一窍不通,"他应当想办法呀,而且我觉得应当把他撤掉。他为什么不坚守阵地,却一味后退呢?”

"原来你也和别人一样,因为无法干那种不能干的事了就叫嚷'把他杀掉'。他在多尔顿时被看作救世主,而六星期之后他到了肯尼萨山,就变成叛徒犹大了。可是,只要他把北方佬打退二十英里,他又会变为耶稣。我的孩子,要知道谢尔曼部队的人数是约翰斯顿部队的两倍,他可以用两个人来拼掉我们的一个小伙子。而约翰斯顿却一个人也丢不起。他迫切需要增援,但是他能得到什么呢?就算能得到乔·布朗州长的'宝贝儿郎',可那又有什么用处呀?”

"难道民兵真的要调出去?乡团也这样?我可没有听说过。你怎么会知道的?”

"已经有这样的谣言在到处流传了。那是在今天早晨从米列奇维尔开来的火车上传出来的。民兵和乡团都将调去增援约翰斯顿将军的部队。是的,布朗州长的'宝贝儿郎'很可能终于要尝尝火药味了。我想他们会大吃一惊的。他们的确从没设想过要真刀真枪地干。州长就亲自答应过不会叫他们上前线的。所以,那对他们只不过好玩罢了。他们觉得自己已经保了险,因为州长甚至公然反抗过戴维斯总统,拒绝把他们送到弗吉尼亚去呢。他说他们必须留下来维护本州的安全。谁曾想到战争会打到他们的后院,他们真的必须起来保卫这个州呀?"

"唔,亏你还笑得出来,你这个残忍的家伙!想想乡团里那些老先生和小孩子吧!怎么,连小费尔·米德,连梅里韦瑟爷爷和亨利·汉密尔顿叔叔也得去啊!"

"我不是在说那些小孩子和参加过墨西哥战争的老兵。我说的是像威利·吉南那样爱穿漂亮军服和挥舞刀剑的勇敢的青年男子——"

"还有你自己!"

"亲爱的,这可损害不了我一根毫毛!我既不穿军服也不挥舞军刀,而且南部联盟的命运与我毫不相干。何况我即使是在乡团或任何军队里,也不会束手无策的,因为我在西点军校学到的那些东西已够我终生受用的了……好了,我祝愿老约走运。李将军如今被北方佬拖住,在弗吉尼亚,自顾不暇,无法给他任何帮助。所以,佐治亚州本州的部队就是约翰斯顿所能得到的唯一增援了。他理应获得更大的成就,因为他是个伟大的战略家。他总是设法抢在北方佬之前占据阵地,可是为了保卫铁路线,他又不得不一再后退。而且,请听我说,一旦他们把他赶出山区并来到这里附近比较平坦的地方,他就得任人宰割了。"

"这里附近?"思嘉惊异地问,"你很清楚,北方佬是决不会深入到这里来的呀!"

"肯尼萨山离这里只有二十二英里,我敢跟你打赌——"

"瑞德,你看,街那头,那一大群的人!他们不是士兵。究竟是怎么回事?……啊,全是些黑人!"

一大团红色的尘土从街那头滚滚而来,尘土飞扬中传来杂沓的脚步声和上百黑人唱着《赞美诗》的深沉而雄浑的声音。瑞德勒马把马车停在路旁,思嘉好奇地看着那些汗流浃背的黑人,他们肩上扛着鹤嘴锄和铁锹,由一位军官和一小队佩着工程团标记的人领着一路走来。

"这到底是怎么回事⋯⋯?"她又一次问。

接着,她的眼光落在队伍前边一个高唱《赞美诗》的黑人身上。他身高达六英尺半左右,称得上是个巨人,浑身乌黑,姿势灵活优美,像一头猛兽似的向前迈步走着,一面露出雪白的牙齿,领着全队高唱《去吧,摩西》。她相信世界上除了塔拉农场的工头大个儿萨姆之外,没有哪个黑人有这么高的身材和这么响亮的嗓子。可是大个儿萨姆到这里来干什么呢?离家这么远,尤其现在无人照管农场的时候,而他又是杰拉尔德的得力助手?

她从座位上欠起半个身子来仔细观看,这时那个巨人瞥见了她,即刻咧嘴一笑表示认识,黑脸上也绽出一丝喜悦的光辉来了。他站住脚,放下铁锹,向她走来,一面对那几个最靠近的黑人喊道:"我的天! 这是思嘉小姐呢! 来啊,以利亚! 使徒! 先知! 这是咱们的思嘉小姐呀!"

队伍里顿时一片混乱。大家都惊疑莫定地咧着嘴站住了,大个儿萨姆领着另外三个高大的黑人横过大路向马车走去,后面紧跟着那位不知所措、大声叫嚷的军官。

"回到队伍里来,你们这几个家伙! 回来,我命令你们,要不我就——怎么,是汉密尔顿太太。早晨好,太太,还有你,先生。你们干吗在这里煽起骚动和叛乱呀。天知道,整个上午我已被这些小伙子闹得够呛了。"

"唔,兰德尔队长,请不要责备他们! 都是我们的人呢。

这是大个儿萨姆,我们的工头;以利亚、使徒和先知,也是从塔拉农场来的。他们当然要跟我说话呀。你们好啊,小伙子们?"

她跟他们一一握手,那只雪白的小手握在他们的又大又黑的手掌中,四个人都乐滋滋地跳着笑着,在他们的伙伴们面前骄傲地炫耀自己有多么漂亮的一位小姐。

"你们这些小伙子们大老远从塔拉跑来干什么? 我敢打赌,你们是逃出来的。难道你们不怕巡逻队逮住你们吗?"

他们还以为思嘉在开玩笑,都乐得大叫起来。

"逃走!"大个儿萨姆说,"不是,小姐。俺们不是逃出来的。俺们是塔拉最高大最强壮的四个劳力,他们才挑中,送俺们到这儿来的,"他骄傲地露出一口雪白的牙齿笑着说,"他们特别看中了俺,就因为俺唱得很好。是的,小姐,是弗兰克·肯尼迪先生过来把俺们挑上了。"

"但是来做什么呢,大个儿萨姆?"

"啊,思嘉小姐! 你听见了吗? 俺们是来给白人先生挖沟的,好让他们躲避北方佬。"

兰德尔队长和马车里的人听着这种对于散兵壕的天真解释,都忍不住笑了。

"的确,他们把俺带走时,杰拉尔德先生差点儿发火,他说缺了俺,农场就搞不下去了。可爱伦小姐说:'把他带走吧,肯尼迪先生。联盟比我们更需要大个儿萨姆呢。'她还给了俺一个美元,叫俺好好照白人吩咐的去做。所以俺们就到这儿来了。"

"这到底是怎么回事呀,兰德尔队长?"

"唔,事情很简单嘛。我们必须加固亚特兰大的防御工事,挖掘更多的散兵壕,可是将军无法从前线抽出士兵来干这种事。所以我们只得从农村征调一些强壮的黑人来干了。"

"可是——"

思嘉心里隐隐感到有点恐惧。挖更多的散兵壕啊!他们有什么需要呢?去年一年里已在亚特兰大周围距离市中心一英里的地方修筑了一连串带有大炮掩体的巨大堡垒。这些连结着散兵壕的大型泥土工事一英里又一英里绵亘着,把整个城市包围起来了。而现在还要挖更多的散兵壕!

"可是——我们已经有很好的防御工事,为什么还要再修新的呢?我们连已经有的还用不上呢。毫无疑问,将军是不会让——"

"我们现在的防御工事距离市区只有一英里远,"兰德尔队长简洁地说,"这太近了,很不方便——也不安全。眼下要挖的更远一些。你瞧,如果军队再一次后撤,有许多士兵就要进入亚特兰大城了。"

他随即反悔不该说最后这句话,害怕得瞪大了眼睛。

"不过,当然喽,不会再一次后退了,"他赶紧补充一句,"肯尼萨山周围的防线坚不可摧嘛。山顶四周密密地安置了大炮,控制着下面所有的大路,北方佬不可能接近的。"

可是思嘉看见他在瑞德冷漠而锐利的注视下把眼睛垂下去,这时她也害怕起来。她记得瑞德讲过:"一旦他们把他赶出山区来到这儿附近比较平坦的地方,他就得任人宰割了。"

"唔,队长,你是不是认为——"

"怎么,当然不会的!你一点也不用着急。老约只不过相信凡事以预防为好。这就是我们修筑更多防御工事的理由……不过我得走了。有机会和你聊聊,真叫人高兴……小伙子们,给你们的女主人说再见呀,好,现在我们归队去。"

"再见吧,小伙子们。要是你们病了,或者受了伤,或者遇到什么麻烦,就通知我一声。我就住在那边桃树街尽头,几乎是市区最末了的那幢房子。等一等——"她伸手到提包里摸索起来,"哎哟,我一分钱也没带。瑞德,请借给我一点钱。给,大个儿萨姆,买些烟草给你自己和小伙子们抽吧。你们要好好儿的,按照兰德尔队长的吩咐去做呀。"

那个松松垮垮的队列重新整顿好了,他们又向前行进,尘土的红雾随之升起,大个儿萨姆领着大家又唱起来:"去吧,摩西……"

> 去吧,摩西! 到埃及地方去!
> 去见法老,
> 使你可以将我的百姓领出来![①]

"瑞德,兰德尔队长是在骗我呢,就像所有的男人那样,怕我们妇女听了会吓得晕过去,就不让我们知道真相。难道他不是在撒谎吗? 哦,瑞德,要是没有什么危险,他们干吗要挖这些新的胸墙啊? 难道部队缺员已达到这样的程度,不得不使用黑人了吗?"

瑞德吆喝着那匹母马动身往前走。

"军队缺员缺得厉害呢。不然为什么要把乡团调出去?至于挖壕沟嘛,嗯,这种防御工事到围城时是有些用处的。将军准备在这里作最后的抵抗了。"

"围城! 唔,请赶快掉转车,我要回家了,要回塔拉去,马

---

① 见《圣经·旧约·出埃及记》第3章。

上回去!"

"你这是怎么了?"

"不是说围城吗? 我的上帝,围城了! 围城我是听说过的。爸经历过一次围城,也许那是他爸的事,可他告诉过我——"

"哪一次围城?"

"就是围困德罗赫达,那时克伦威尔打败了爱尔兰人,他们没有吃的,据我爸说他们有许多人饿死在大街上,最后把猫和耗子,还有蟑螂一类的东西都吃光了。他还说他们甚至被逼得人吃人也不投降呢,虽然我弄不清这究竟可信不可信。后来克伦威尔把城攻下来了,全城的妇女都被——这就是围城呀! 我的天!"

"你真无知透了,我从没见过像你这样的年轻人。围困德罗赫达是一六〇〇年前后的事,那时奥哈拉先生还没出世呢。何况,谢尔曼又不是克伦威尔。"

"不是,可他更坏! 他们说——"

"至于讲到围城时爱尔兰人吃的那些珍奇美味——我本人也会乐意吃一只肥美的耗子,就像最近我在饭店里吃的那些东西一样。所以我想还得回里士满,在那里你只要有钱就可以吃到很好的东西。"他的眼睛嘲笑地注视着她那惊惶的脸色。

她很懊恼自己在他面前居然显得那么慌张,便高声喊道:"我真不明白你干吗在这里待了这么久! 你成天考虑的就是要过得舒适,吃得好——如此等等。"

"除了吃喝一类的事,我不知道还有什么更惬意的方法能消磨时光,"他说,"至于说我干吗待在这里——嗯,我读了许多有关围城和被困的城市以及类似情况的书,可是从没亲眼见过,所以我想还是留在这里看看。我是非战斗人员,不会有什么危险,而且,我需要有点实际经验。思嘉,遇到新鲜事千万别放过。它们会使你的思想丰富起来的。"

"我的思想已经够丰富了。"

"关于这一点,你也许知道得最清楚,不过我应当说——不过那是不客气的。也许,我留下来是要在围城时挽救你。我还从没救过一个落难的女子呢。那也将是一种新的经验呀。"

她知道他是在奚落她,可是又意识到他的话背后有一种严肃的意味。她扬起头来。

"用不着你来救我。我能照顾自己。谢谢你了。"

"别这么说,思嘉!如果你高兴,也不妨这样想,可千万不要对一个男人说这种话。这正是北方女孩子所犯的毛病。她们只要不经常说'我们能照顾自己,谢谢你',就是最可爱的姑娘了。总的看来,她们说的也是真话,很不错呢。因此,男人们就让她们自己去照顾自己好了。"

"看你扯到哪里去了,"她冷冷地回敬一句,因为她觉得让人家将自己跟北方佬姑娘相比,是一种莫大的侮辱,"我看你谈到的围城是在骗人吧?你明明知道北方佬是决不会打到亚特兰大来的。"

"我敢跟你打赌,他们在一个月内就会打到这里。我跟你赌一盒糖果——"他那双乌溜溜的眼睛瞟着她的嘴唇,"赌个吻好吗?"

刚才短短的一刹那,思嘉因害怕北方佬入侵而大为揪心,可现在听到"亲吻"这个字眼就什么都忘了。她对这方面可是颇为熟悉,而且比对军事措施有兴趣得多呢。她好不容易才克制住自己没有露出喜悦的笑容来。自从送给她那顶翠绿色帽子以来,瑞德至今没有进一步作过可以认为是在爱她的任何表示。他这个人是决不让你牵着鼻子来谈私情的,无论你怎样诱惑也罢。可是如今,用不着思嘉引诱,他却谈起亲吻来了。

"我对这种私人谈话不感兴趣,"她故意皱起眉头冷冷地说,"而且,我宁愿吻一只猪猡。"

"这里用不着谈个人爱好嘛,而且我常常听说爱尔兰人是偏爱猪的——他们实际上把猪养在床底下。不过,思嘉,你是迫切需要接吻的。这就是目前你所犯的心病。你所有的情人不知为什么都太尊敬你了,或者是太害怕你了,以致都不能真正满足你,结果就养成了你这种盛气凌人的毛病。你应当让人吻你,让一个知道怎样亲吻的人来吻你。"

谈话没有按照她所设想的方式进行。这种情况是每次跟他在一起时都照例要发生的。那往往是两人之间的一次决斗,而她总是输的。

"那么,我想你大概就是那个适当的人选了?"她挖苦地质问他,一面竭力控制自己不要发脾气。

"唔,是的,如果我高兴去努力这样做的话,"他漫不经心地说,"人们常说我很会接吻呢。"

"唔,"她发现对方把她的魅力不当一回事,立即心头火起,"怎么,你……"可是突然又觉得很难为情,便低眉不语了。这时他却满面笑容,只不过那双乌溜溜的眼睛里偶尔闪出一点光辉,像野火苗似的。

"的确,你可能觉得奇怪,为什么从我送给你帽子那天轻轻吻过你一下之后,一直没再找机会吻你——"

"我从来没有——"

"那么说,你就不是个好姑娘了,思嘉,而且我听了也很难过。所有的好姑娘看见男人不想来吻她们都会觉得莫名其妙。她们知道自己不应该盼望他们做这种尝试,也知道碰到人家这样做时必须装出生气的样子,可归根结底还是一样,她们都希望男人想来吻……好了,亲爱的,鼓起勇气来。有一天我会吻你,你也会高兴的。可现在还不是时候,我求你不要太性急了。"

她知道他在奚落她,不过像往常那样,这种奚落使她兴奋若狂。他说的那些话总是那么真实,叫你无法否认。好吧,这就彻底把他暴露了。只要他一旦粗野到对她放肆起来,她就要给他点颜色看看。

"请你把马掉转头来好吗,巴特勒船长?我想回医院去了。"

"你真的想回去了,我的救护天使?那么你宁愿去跟虱子和脏水打交道,不想跟我交谈了?好吧,我才不想拖住你这双勤奋的手不让它去为我们的光荣事业效劳呢。"说着,他掉转马头,他们往回朝五点镇驶去。

"至于说我为什么没有进一步追求嘛,"他冷淡地继续说,仿佛她并没有表示过要结束这次谈话似的,"我是在等你再长大一点。你看,要是我现在就吻你,那是不会有什么好玩的,而且我在享乐方面从来就只顾自己。我从没想过要和小孩子亲吻。"

他勉强克制住没有咧开嘴嬉笑,因为他瞥了一眼,看见她已经气得胸鼓鼓的了。

"除此以外，"他温柔地继续说，"我还在等你对那位可敬的艾希礼·威尔克斯的记忆渐渐消失。"

一听到艾希礼的名字，她即刻感到浑身一阵疼痛，感到热辣辣的泪水在刺激眼帘。消失？对艾希礼的记忆是永远不会消失的，哪怕他死后一千年也不会的。她想着艾希礼受了伤，在远处一个北方佬监狱里奄奄一息，濒于死亡，身上没有盖毯子，旁边没有一个亲人照料。于是她对身边这个养尊处优的男人，这个用慢悠悠的声调掩饰着嘲弄意味的男人，顿时满怀仇恨，忍不住要发作了。

可是她愤怒得说不出话来，只好由他赶着车默默地跑了一程。

"现在我对你和艾希礼的一切实际上全都明白了，"瑞德继续说，"我是从你在'十二橡树'村演出的那一幕开始的；后来我一直注意观察你，又了解到许多情况。什么情况呢？譬如说，你仍对他怀有一种罗曼蒂克的女学生式的热情，而他也在他那高尚天性所允许的范围内予以报答。又如，威尔克斯太太对此毫无察觉，而你在你们两人之间对她玩了一个巧妙的诡计，等等。实际上，我什么都了解，只有一点除外，而且引起了我的好奇心。那便是：高尚的艾希礼有没有冒着玷污他那不朽灵魂的危险跟你亲吻过呢？"

她给他的回答是转过头去不理他，同时固执地沉默不语。

"啊，原来他吻过你了。我猜想那是他在这里休假的时候。那么，既然他可能已经死了，你就要抱着这种感情终生不渝了？不过，我相信你是会摆脱它的。等到你忘记他的吻时，我就会——"

她愤怒地转过头来。

"你给我滚——滚到远远的地方去!"她恶狠狠地说,那双绿眼睛冒出了怒火,"赶快让我下车,要不然我就跳下去。我永远也不再跟你说话了。"

他停住马车,可是还没来得及下车搀扶,她已自己跳下来了。她的长裙子钩住了车轮,一时叫五点镇的人都不免要瞟一眼她的衬裙和内裤。于是瑞德只好弯下身来迅速把它解开。她一句话也不说,甚至头也不回,就愤然而去,这时瑞德才轻轻笑着赶起马车走了。

第 十 八 章

　　自从战争开始以来,亚特兰大第一次听得见炮声了。每天清早城市的喧嚣还没有起来,人们就能隐隐听到肯尼萨山上的大炮在隆隆震响,那声音遥远而低沉,你还以为是夏天来自天外的雷鸣呢。有时还相当清晰,甚至从正午轰轰的铁轨声中也听得出来。人们想不去听它,想用谈话、欢笑和不断的工作来掩盖它,仿佛北方佬不在二十二英里外的地方,可是耳朵却偏要竖起来去听那个声音。城市是一副全神贯注的状态,因为尽管市民们手中都有工作,可大家仍然在谛听着,谛听着;每天总有百十来次,他们的心会突然惊跳起来。是不是炮声更响了? 难道这只是他们的想象吗? 这次约翰斯顿将军会不会把北方佬挡住呢,他会吗?

　　人们的恐慌只不过暂时被掩盖着,没有公开显露而已。随着军队后撤而一天天越发紧张起来的神经,如今已接近爆裂点了。没有人谈到恐惧。这个话题早已成了禁忌,人们只好用大声指责将军来表现自己的紧张心理。公众情绪已达到狂热的程度。谢尔曼已经到了亚特兰大的门口。如果再后退,南部联盟的军队就要进城了。

　　给我们一位不肯退却的将军吧! 给我们一个愿意死守阵地进行战斗的人吧!

到远处隆隆的炮声已充塞他们的耳朵时,号称布朗州长的"宝贝儿郎"的民兵,以及本州的乡团,才开出亚特兰大,去保卫约翰斯顿将军背后查塔霍奇河的桥梁和渡口。那天阴云密布,一片灰沉沉的,他们穿过五点镇走出马里塔大道时,便下起蒙蒙细雨来了。市民倾城而出,密集着站在桃树街两旁商店的板篷下给他们送行,而且很想欢呼一番。

　　思嘉和梅贝尔·梅里韦瑟·皮卡德向医院请了假,来到这里看这些队伍出发,因为亨利叔叔和梅里韦瑟爷爷都参加了乡团呢。她们和米德太太一起挤在人群里,踮着脚尖仔细观望。思嘉虽然也满怀着一般南方人的希望,只相信战局发展中那些最令人高兴和放心的消息,可如今看着这些混杂不齐的队伍走过时却不由得感到凄凉。毫无疑问,既然这些由老头和孩子组成的不谙征战的乌合之众都得出去打仗,局势的严峻就可想而知了!的确,眼前的队伍中也不乏年轻力壮的人,他们穿着在社会上很吃得开的民兵队的漂亮制服,帽子上插着羽毛,腰间飘着饰带,打扮得整整齐齐。但是也有许多老头和孩子,他们的模样叫思嘉看了又怜悯又担心,很不好受。有些白发苍苍的人比她父亲还老,他们在蒙蒙细雨中努力跟着军乐队的节拍步履跟跄地往前走着。梅里韦瑟爷爷肩上披着梅里韦瑟太太那条最好的方格呢围巾当雨衣,他走在最前列,装出笑脸向姑娘们表示敬意。她们也挥着手帕向他大声喊"再见!"只有梅贝尔紧紧抓住思嘉的臂膀,低声说:"啊,可怜的老头儿,要是真下起大雨来,他就完了!他的腰疼——"

　　亨利·汉密尔顿叔叔在梅里韦瑟爷爷后面一排里走着,他那件长外套的领子向上翻起,遮住了耳朵,皮带上挂着两支墨西哥战争时代的手枪,手里提着一个小小的旅行包。他旁边是一个年纪与他差不多的黑人跟班,替他打伞遮雨。青年小伙子们同这些老头肩并肩地走着,看来没有一个是满了十六岁的。他们中间有许多是从学校逃出来参军的,现在一群群穿着军官学校学员的制服,被雨水淋湿的灰军帽上插着黑羽毛,交叉着系在胸脯上的白帆布带子也湿透了。这里面有费尔·米德,他骄傲地佩带着已故哥哥的马刀和马上用的短枪,故意把帽子歪戴着,显得十分神气。米德太太勉强微笑着向他挥手,直到他走过去以后才把头搁在思嘉的肩背上歇了好一会儿,仿佛突然要瘫倒似的。

还有许多人是完全没有武装的,因为南部联盟政府既无枪支又无弹药可拿来分发给他们。这些人希望能从被俘和阵亡的北方兵身上弄到衣服和武器来装备自己。他们的靴筒里插着猎刀,手里拿着又粗又长、装有铁尖头名叫"布朗枪"的杆子。运气较好的则弄到了老式的燧发枪,斜背在肩上,腰间还挂着装火药的牛角。

约翰斯顿将军在后撤中损失了大约一万人。他需要一万名新军来补充自己的队伍。而这些人,思嘉想起来都害怕,就是他所得到的补充了!

炮车隆隆地驶过,把泥水溅到围观的人群中,这时思嘉忽然注意到一个骑着骡子紧靠着一门大炮走着的黑人。他年轻,表情严肃,思嘉一见便惊叫道:"那是莫斯!艾希礼的莫斯!他在这里干什么呀?"她拼命从人群中挤到马路边去,一面呼喊着:"莫斯!停一停!"

那小伙子看见了她,便勒住缰绳,高兴地微笑着,准备跳下马来。这时他背后一个骑着马的浑身湿透的中士喝道:

"不许下马,否则我就毙了你!我们要准时赶到山区去呢。"

莫斯看看中士,又看看思嘉,不知如何是好。于是思嘉蹚着泥水走到正辚辚驶过的车辆旁边,一把抓住莫斯的马镫皮带。

"啊,一分钟就行了,中士先生!你用不着下马,莫斯。你到底在这里干什么?"

"俺动身再上前线去,思嘉小姐。这次是跟老约翰先生,不是跟艾希礼先生了。"

"跟威尔克斯先生!"思嘉吓呆了,威尔克斯先生都快七十了!"他在哪儿?"

"在后面最后一门大炮旁边,思嘉小姐。在后面那儿呢!"

"对不起,太太。快走吧,小伙子。"

思嘉在齐脚踝深的泥里站了一会儿,看着炮车摇摇晃晃地过去。啊,不!她心里想。那不可能。他太老了。而且他也和艾希礼一样,很不喜欢打仗呢!她向后退了几步,到了马路边上,站在那里看着每一张经过的脸。后来,最末一门大炮连同弹药箱轰响着一路溅着泥水来了,她看见了他,那个瘦高而笔挺的身躯,银白的头发湿漉漉地垂挂在头颈上,轻松地跨着一匹草莓色小母马,后者像个身穿绸缎的太太似的,从大大小小的泥水坑中精明地拣着自己的落脚点一路跑来。怎么,这匹母马就是乃利!塔尔顿太太的乃利!比阿特里斯·塔尔顿的心肝宝贝啊!

威尔克斯先生看见她站在泥泞里,便高兴地微笑着把马勒住,随即跳下马向她走来。

"我本来就希望见到你,思嘉。我替你们家的人带来许多信息呢。不过现在来不及了。我们今天早晨才奉令集合，可他们赶着我们立即出发了，你一看就明白的。"

"啊，威尔克斯先生，"她拉着他的手绝望地喊道，"你别去了！你干吗要去呀？"

"啊，你是觉得我太老了吧！"他微笑着，这笑容跟艾希礼的一模一样，只不过面色苍老些罢了，"也许叫我走路是老了些，可骑马打枪却一点不老。而且塔尔顿太太那么慷慨，把乃利借给了我，我骑着非常舒服呢。我希望乃利不要出事才好，因为如果它有个三长两短，我就再也回不来，也没脸去见塔尔顿太太了。乃利是她留下的最后一匹马了。"他这时乐呵呵地笑起来，思嘉的恐惧心理也一扫而光，"你父母和几个姐妹都很好，他们叫我给你带来了问候。你父亲今天差点跟我们一起来了。"

"啊，我爸不会的！"思嘉惊恐地喊道，"我爸不会！他不会去打仗的，是吗？"

"不，可是他本来想去。当然，他那膝盖有毛病，走不了远路，不过他真的很想跟我们一起骑马走呢。你母亲同意了，可是要他先试试能不能跳过草场上那道篱笆，因为她说军队会遇到许多艰难险阻要骑马越过的。你父亲觉得那很容易，可是——你信不信？他的马一跑到篱笆跟前就死死地站住，而你父亲从马头上翻过去了。那可真是奇迹，居然没有摔断他的脖子！你知道他为人多么固执。他立刻爬起又跳。就这样，思嘉，他接连摔了三次，奥哈拉太太和波克才搀着他躺到床上去了。那时他仍然很不服气，赌咒发誓说一定是你母亲'向马耳朵里念了什么咒语'。思嘉，他已经没法儿干什么艰苦的差事了。你也用不着为这感到丢脸。毕竟，总得有人留下来给军队种庄稼呀。"

思嘉一点也不觉得羞耻,反而感到很放心了。

"我把英迪亚和霍妮送到梅肯跟伯尔家的姑娘们住在一起了,奥哈拉先生则来回照料着塔拉和'十二橡树'村……我必须走呀,亲爱的。让我吻吻你的漂亮脸蛋儿吧。"

思嘉把小嘴翘起来,同时感到喉咙里堵得忍不住了。她很喜欢威尔克斯先生。很久以前,曾经有过一个时候,她还希望当他的儿媳妇呢。

"你一定要把这个吻带给皮蒂帕特,这一个给媚兰,"他说着又轻轻吻了两下,"媚兰怎么样了?"

"她很好。"

"啊!"他的眼睛盯着她,但是通过她,而且像艾希礼那样越过她,那双漠然若失的灰眼睛在凝望着另一个世界,"我要是能看到我的大孙子就好了。再见,亲爱的。"

他跃上马背,让乃利缓缓地跑起来,他的帽子仍拿在手里,满头银发任雨水淋着。思嘉还没来得及领会他最后那句话的含义便回到了梅贝尔和米德太太的身边。接着,她出于迷信的恐惧心理在自己胸前画了个十字,并想作一次祷告。他说起过死亡,就像艾希礼那样,可现在艾希礼——不,谁也不应该谈死! 谈死是冒犯天意的事。三位妇女默默地动身冒雨回医院去,这时思嘉正在祈祷:"上帝,请不要怪他。他,还有艾希礼,都不要怪啊!"

从多尔顿向肯尼萨山的步步撤退是五月上旬到六月中采取的;接着是六月暑天的雨季,谢尔曼未能把南军从陡峭而泥滑的山坡上撵走,于是人们又看到了希望。大家都高兴起来,谈到约翰斯顿将军时也温和多了。从六月到七月雨水愈来愈多,南部联盟军在设防坚固的高地周围死守苦战,叫谢尔曼进退两难,这时亚特兰大更是欣喜若狂,被希望冲昏了头脑。好啊!好啊!我们把他们抓住了!这种欢欣鼓舞之情像瘟疫般普遍流传,到处是庆祝晚会和跳舞会。每当有人从前线回到城里过夜,人们都要宴请他们,接着就是舞会,参加的女孩子比男人多十倍,她们崇拜他们,抢着同他们跳舞。

亚特兰大拥挤着游客、难民、住院伤兵的家属,以及前线士兵的妻子和母亲(她们希望自己的亲人受伤时能在身边护理他们)。此外,还有一群群年轻貌美的姑娘从乡下涌进城来,因为乡村只剩下十六岁以下和六十岁以上的男人了。皮蒂姑妈极力反对这些女孩子,她觉得她们到亚特兰大来的唯一目的只是找丈夫而已,而这种不顾廉耻的做法使她纳闷,不知这世界究竟要堕落到什么地步。思嘉也不赞成。她倒并不担心那些十六七岁姑娘所发起的竞争,尽管她们那娇嫩的面容和妩媚的微笑往往使人忘记她们身上的衣裳翻改过不止一次,脚上的鞋也修补过了。她自己的衣着比她们的漂亮得多,因为瑞德·巴特勒用他最后一艘走私船给她带来了一些很好的衣物。不过,她毕竟十九岁了,并且一天天长大,而男人总是要追逐年轻傻妞儿的呀!

她想,一个拖着孩子的寡妇终究敌不过这些漂亮而轻浮的小妖精。可是在这些激动人心的日子里,她的寡妇身份和母亲身份也不再像以前那样使她感到累赘。在白天的医院工作和晚上的舞会之间,她也很少看见自己的儿子韦德。间或,在相当长的时候,她压根儿忘记自己有孩子了。

在炎热潮湿的夏夜,亚特兰大的各个家庭都敞开大门欢迎保卫城市的士兵。从华盛顿大街到桃树街,所有的大厦巨宅都灯火通明,在招待那些从前线壕沟里出来的满身泥土的战士。悠扬的管弦乐声、嚓嚓嚓的舞步声和轻柔的笑声在夜雾中飘荡到很远的地方。人们围着钢琴放声歌唱《你的信来了,可是来得太晚了》,衣衫褴褛的勇士深情地注视着那些躲在羽毛扇后面讪笑的姑娘,好像恳求她们不要再等待,免得后悔莫及。其实那些姑娘只要办得到便谁也不会等待。当全城卷入一片欢腾时,她们争先恐后涌入了结婚的浪潮。在约翰斯顿将军把敌人堵截在肯尼萨山的那一个月内,便有无数对青年男女结成了眷属,这时做新娘的从朋友们那里匆匆借来华丽的服饰,把自己打扮得娇滴滴地出来了,新郎也全副戎装,军刀磕碰着补好了的裤腿,威武得很。有那么多的兴奋场面,那么多的晚会,那么多令人激动、令人欢呼的情景!约翰斯顿将军把北方佬堵截在二十二英里之外啊!

　　是的,肯尼萨山周围的防线是坚不可摧的。经过二十五天的激战之后,连谢尔曼将军也承认这一点了,因为他遭到了惨重的损失。他停止正面进攻,又一次采取包抄战术,来一个大迂回,企图插入南部联盟军和亚特兰大之间。他的这一手又一次得逞了。约翰斯顿被迫放弃那些牢牢守住的高地来保卫自己的后方。他在这个战役中丧失了三分之一的兵力,剩下的人冒着大雨疲惫不堪地挣扎着向查塔霍奇河边撤退。南部联盟军已没有希望得到支援了,而北方佬控制的从田纳西往南直达阵地的铁路却源源不断地给谢尔曼运来援兵和给养。因此南军只好后撤,经过泥泞的田野向亚特兰大撤退。

　　由于丧失了这个原以为牢不可破的阵地,亚特兰大又是一片惊慌。本来人人都相互保证过这种事绝不会发生,并且度过了接连二十五天喜庆般的狂欢日子。可是如今这种事终于发生了！当然喽,将军会把北方佬阻挡在河对岸的。尽管上帝知道那条河就在眼前,离城只有七英里呢!

没想到谢尔曼从北边渡河向他们包抄过来,于是疲劳的联盟军部队也被迫急忙蹚过浑浊的河水,挡住敌军不让它逼近亚特兰大。他们急急忙忙在城市北面桃树沟岸边掘了浅浅的散兵壕,据以自守,可这时亚特兰大已经陷入惊恐万状之中了。

打一阵,退一程!打一阵,退一程!每次后退都使敌军逼近亚特兰大一步。桃树沟离城不过五英里!将军心里究竟打的什么主意呢?

"给我们一个愿意死守阵地进行战斗的人吧!"这呼声甚至深入到里士满去了。里士满方面知道,如果亚特兰大陷落,整个战争也就完了,因此当部队渡过查塔霍奇河以后,便把约翰斯顿将军从总指挥岗位上撤下来,让他的一个兵团司令胡德取代了他。这才使亚特兰大人感到可以松口气了。胡德不会后退。他可不像那个满脸络腮胡、目光闪闪的肯塔基人呢!他享有"牛头犬"的美名。他会把北方佬从桃树沟赶回去的,是的,要迫使他们回到查塔霍奇河对岸,然后一步一步后退,直到返回多尔顿为止。可这时部队在大声喊叫:"把老约还给我们!"因为从多尔顿开始,他们跟约翰斯顿一起走过了漫长的苦难历程,他们懂得其中的艰难险阻,而外人却是无法理解的。

谢尔曼也没有给胡德以准备停当来进行反攻的机会。就在联盟军撤换指挥的第二天,他的部队立即攻打并占领了距亚特兰大六英里的小镇迪凯特,截断了那里的铁路。这条铁路是亚特兰大与奥古斯塔、查尔斯顿、威尔明顿和弗吉尼亚联络的交通线,所以谢尔曼的这步棋是给了联盟军的一个致命性打击。行动的时刻到了! 亚特兰大人高喊要立即行动起来!

于是,在一个酷热的七月下午,亚特兰大人的愿望实现了。胡德将军不仅仅死守奋战而已。他在桃树沟对北方佬发起了猛烈的攻击,命令自己的部队从战壕里冲出,向人数超过自己两倍的北军扑去。

人人胆战心惊地祈祷胡德的突击能把北方佬打回去,谛听着隆隆的大炮声和噼噼啪啪的步枪声,它们尽管距市中心还有五英里,但已经响亮得几乎像在邻街一样了。人们在听到排炮轰击声的同时,还能看见烟雾像一团团低垂的白云似的在树林上空腾起,不过在好几个小时里大家并不了解战斗进行的实际情况。

直到傍晚才传来第一个消息,但这消息很不明确,自相矛盾,而且令人害怕,因为它是由最初几小时内受伤的士兵带回来的。这些伤兵有的成群、有的孤零零地陆续流散回来,轻伤的搀扶着重伤的,一瘸一拐地走着。很快他们便形成了一股滔滔不绝的人流痛苦地涌进城来,向各个医院涌去。他们的面孔被硝烟、尘土和汗渍污染得像黑人似的,他们的创伤没有包扎,鲜血开始凝结,苍蝇已在周围成群飞舞。

皮蒂姑妈家是最先接纳伤兵的几户人家之一,这些伤兵是从城北来的,他们一个又一个蹒跚着来到大门口,随即躺倒在青草地上,大声呼唤起来:

"水!"

在那整个炎热的下午,皮蒂姑妈和她的一家,包括白人黑人,都站在太阳底下忙着提来一桶桶的水,弄来一卷卷的绷带,分送一勺勺喝的,包扎一个个创口,直到绷带全部用完,连撕碎的床单和毛巾都用光了。皮蒂姑妈已完全忘记自己一见鲜血便要晕倒的毛病,竟一直工作到她的小脚在那双更小的鞋里肿胀起来再也站不住了为止。甚至大腹便便的媚兰也忘记自己的不方便之处,与普里茜、厨娘和思嘉肩并肩地拼命工作,脸上的表情紧张得跟那些伤兵一模一样。后来,她终于晕倒了,可是除了厨房里那张桌子,没有地方可以让她躺下,因为全家所有的床铺、椅子和沙发都被伤兵占了。

在忙乱中大家把小韦德忘了,他一个人蹲在前面走廊的栏杆后边,像只关在笼里受惊的野兔,伸出脑袋窥看着草地,两只恐惧的眼睛睁得圆圆的,嘴里噙着大拇指,正在打嗝儿。思嘉一看见他便大声喝道:"韦德·汉普顿,到后面院子里玩去!"可是他被眼前这片混乱的情景所困惑,感到太可怕了,一时还不敢到后院去。

草地上横七竖八地躺着人,他们已浑身疲乏得不能再走,伤势重得无法挪动了。彼得大叔只好把这些人一个个搬上马车,送到医院里去,这样一趟又一趟地赶车,弄得那匹老马也大汗淋漓。于是米德太太和梅里韦瑟太太才把她们的马车送了来,帮着一起运送,马车由于满载伤兵,压得下边的弹簧歪歪扭扭,嘎嘎作响。

接着,在盛夏漫长的黄昏里,连绵不断的救护车从战场上一路开来了,同时还有供应部门的运货车,上面盖着溅满污泥的帆布。再后面是农场上的大车、牛车乃至被医疗团征用的私人马车。它们从皮蒂姑妈家的门前经过,满载着受伤和垂死的人在坑坑洼洼的大路上颠簸着行驶,鲜血从车上一路流

个不停,滴落在干燥的尘土里。那些开车的人一看见妇女们提着水桶拿着勺子在张望就停下来,随即发出了或高或低的一片呼喊声:

"水啊!"

思嘉捧着伤兵颤抖的头,让他们焦裂的嘴唇喝个痛快,接着又把一桶桶的水浇在那些肮脏发烧的躯体上,也流入裂开的伤口中,让他享受到暂时的舒适。她还踮起脚尖把水勺送给车上的车夫,一面胆战心惊地询问他们:"有什么消息?什么消息?"

所有的回答全是:"还不怎么清楚,太太。一时还说不上来。"

天黑了,还是那么闷热。没有一丝风,加上黑人手里擎着的松枝火把,就越发觉得热了。灰尘堵塞了思嘉的鼻孔,使她的嘴唇也干得难受。她那件淡紫色的印花布衣裳是刚刚浆洗过的,现在已沾满了鲜血、污秽和汗渍。那么,这就是艾希礼在信上说的,战争不是什么光荣而是肮脏和苦难了。

由于浑身疲乏,使整个场面蒙上了一层梦魇般的迷幻色彩。这不可能是真实的——或者说,如果真实,就意味着全世界都发疯了。否则为什么她会站在皮蒂姑妈家安静的前院里,在摇曳不定的灯光下往这些垂死的年轻男人身上浇水呢?他们中有那么多人可以做她的情人,他们看见她时总设法要向她露出一丝微笑。那些还在这条黑暗的尘土飞扬的大路上颠簸着被源源运来的人中,也有许多是她十分熟悉的;那些在她面前奄奄一息即将死去而成群的蚊子还在他们血污的脸上叮个不休的人中,有多少是她曾经一起跳舞和欢笑过,曾给他们弹过琴、唱过歌、开过玩笑、抚慰过和稍稍爱过的啊!

她从一辆牛车上堆满伤兵的底层发现了凯里·阿什伯恩,他头部中了颗子弹,差一点没有死掉。可是不去碰旁边六个重伤号,要把他拉出来是不可能的,她只得让他就这样躺着去医院了。后来她听说,他没来得及见到医生就死去了,也不知被埋在什么地方。那个月被埋葬的人多得不可胜数,都是在奥克兰公墓匆匆挖个浅坑,盖上红土了事。媚兰因为没有弄到凯里的一缕头发送给她母亲留作纪念而深感遗憾。

炎热的夜渐渐深了,她们已累得腰酸腿疼,这时思嘉和皮蒂挨个儿大声询问从门口经过的人:"有什么消息? 什么消息?"

她们这样又挨过了几小时,才得到一个答复,可这个答复顿时使她们脸色苍白,彼此注视着默默无言了。

"我们正在败退。""我们只得后退了。""他们的人数比我们多好几千呢。""北方佬在迪凯特附近把惠勒的骑兵队拦腰截断了。我们得去支援他们。""我们的小伙子们马上就会全部进城。"

思嘉和皮蒂彼此紧紧抓住对方的胳臂,以防跌倒。

"难道——难道北方佬就要来了吗?"

"是的,太太,他们就要来了,不过他们是不会深入的,太太。""别着急,小姐,他们没法占领亚特兰大。""不,太太,我们在这个城市周围修筑了百万英里的胸墙呢。""我亲耳听老约说过:'我能永远守住亚特兰大。'""可是我们现在没有老约了。我们有的是——""闭嘴,你这傻瓜! 你是想吓唬太太们?""北方佬永远也休想占领这个地方,太太。""你们太太们怎么不到梅肯或别的安全的地方去呀? 你们在那里没有亲戚吗?""北方佬不会占领亚特兰大,不过只要他们还有这个企图,太太们留在这里就不怎么合适了。""看来会受到猛烈的炮轰呢。"

第二天下着闷热的大雨,败军成千上万地拥入亚特兰大,他们又饿又累,被为时七十六天的战斗和撤退拖得精疲力竭,连他们的马也饿得像稻草人似的。大炮和弹药箱只能用零零碎碎的麻绳和皮带来捆扎搬运了。不过他们并不像一群乌合之众纷纷扰扰地拥进城来。他们迈着整齐的步伐,尽管穿着褴褛,仍显得意气洋洋,那久经战火业已破碎的红色军旗在雨中猎猎飘扬。他们在老约的指挥下已学会了怎样有秩序地撤退,知道这种撤退与前进一样也是伟大的战略部署。那些满脸胡须、服装褴褛的队列合着《马里兰! 我的马里兰!》的乐曲,沿着桃树街汹涌而来。全城居民都蜂拥到大街两旁来向他们欢呼。无论胜也好,败也好,这毕竟是他们的子弟啊!

那些不久前穿着鲜艳制服出发的本州民兵,如今已很难从久经沙场的正规军中辨认出来,因为他们已同样是浑身污泥、邋遢不整的大兵了。不过他们的目光中有一种新的神色。过去三年他们为自己没有上前线去而作的种种辩解,如今已通通忘记了。他们已经用后方的安逸换来了战场上的艰苦。其中有许多已抛弃舒适的生活而选择了无情的死亡。他们现在已成了老兵,尽管入伍不久,但一样是老兵,而且还很自重呢。他们从人群中找出自己的朋友,然后骄傲而又挑衅地注视着他们。他们现在能够昂起头来了。

乡团中的老头和孩子在大队旁边行进着。那些灰白胡须的人已劳累得几乎挪不动腿了,孩子们则满脸倦容,因为他们被迫过早地肩负了成人的任务。思嘉一眼瞥见费尔·米德,可是几乎认不得了,他的脸被硝烟和污秽弄得黑乎乎的,辛劳和疲乏更使他显得神色紧张,苦不堪言。亨利叔叔跛着脚走过去了,他没戴帽子,头从一块旧油布的洞里伸出来,就算披上了雨衣。梅里韦瑟爷爷坐在炮车上,光脚上扎着两块棉絮。但是思嘉无论怎样寻找,也没有找出约翰·威尔克斯来。

不管怎样,约翰斯顿部下的老兵仍然以过去三年来那种不知疲倦和轻快自如的步伐在行进,他们还有精力向漂亮姑娘们咧嘴嬉笑,挥手致意,向那些不穿军服的男人抛出粗野的嘲弄。他们是开到环城战壕中去——这些战壕不是仓促挖成的浅沟,而是用沙袋和尖头木桩防护着的齐胸高的泥土工程。它们绵延不断地环绕着城市,每隔一段距离有个切口,上面耸立着红土墩,正在等待战士们进来驻守。

人群向部队欢呼,仿佛在欢迎他们凯旋归来。每个人心中都怀着恐惧,但是既然他们已了解真相,既然最坏的情况已经发生,既然战争已打到他们的前院,整个城市就彻底变样了。现在已没有惊慌,也没有不正常的狂热症了。人们心中无论想的什么,都不在脸上表现出来。人人都显得兴高采烈,即使这不过是强颜欢笑也罢。人人都对军队装出勇敢而充满信心的模样。人人都重复约翰斯顿即将卸任时说过的那句话:"我能够永远守住亚特兰大。"

现在胡德也不得不后撤了,许多人便跟士兵一样希望能让老约回来,可是他们克制着没有说,只能从老约的名言中汲取勇气了:

"我能够永远守住亚特兰大!"

对胡德来说,约翰斯顿的谨慎战术是不适用的。他给北方佬东面一个袭击,西面一个袭击。谢尔曼正在包围城市,像

个摔跤家在对手身上寻找新的抓着点似的,而胡德并不留在
散兵壕里等待北方佬来进攻。他勇敢地冲出来迎击敌人,向
他们猛扑过去。在短短几天内就打了亚特兰大和埃兹拉教堂
两次大规模的战斗,它们使得桃树沟之战比较起来只是一次
小小的接触罢了。

但是北方佬仍不断掉过头来发起新的攻击。他们尽管损
失惨重,可是兵源丰富,经受得起。他们的大炮一直在向亚特
兰大城内猛轰,大量杀伤城市居民,摧毁了许多建筑物,使街
上平添了不少巨大的弹坑。居民们避难的最好办法是躲进地
窖、地洞和在铁路截口临时挖掘的浅浅隧道中。亚特兰大被
围困了。

胡德将军在就任总指挥以来的十一天里所损失的兵员,
已接近于约翰斯顿在战斗和退却的七十四天中所损失的数
目,而且亚特兰大已沦于三面受敌、岌岌可危的困境。

从亚特兰大至田纳西的铁路已全部控制在谢尔曼手中。
他的部队已越过铁路向东挺进,同时截断了西南方向通往亚
拉巴马的铁路线。如今只有往南与梅肯和萨凡纳相连的一线
还在畅通。但是城里已住满了军队,挤满了伤兵,塞满了难
民,这条铁路是万难解决各种迫切需要的。不过,只要铁路还
能守住,亚特兰大就不会陷落。

思嘉一旦明白这条铁路已变得多么重要,谢尔曼会多么
凶狠地来夺取它,胡德又会怎样拼命保卫它,便觉得这局势太
可怕了。因为这是一条横贯全州,穿过琼斯博罗的铁路,而塔
拉离琼斯博罗只有五英里!塔拉跟亚特兰大这个惊叫的地狱
比起来,好像是个安全的避难所了,可是它距离琼斯博罗只有
五英里!

在亚特兰大战役那一天,思嘉和其他许多太太们坐在店铺的屋顶上,手里打着小小的阳伞,观看战斗进行的情景。但是当炮弹开始在大街上落地开花时,她们便纷纷往地窖里逃避,而且从那天晚上起,妇女、小孩和老人就陆续大批地离开城市。梅肯是他们的目的地,实际上当晚搭火车的那些人在约翰斯顿从多尔顿撤退时就去那里躲过五六次了。比起他们来亚特兰大时,现在的旅行已轻松得多。他们大多只携带一个提包和一顿用手帕包着的简便午餐。间或也有吓怕了的仆人带着银水罐和刀叉,以及第一次出逃时抢救出来的一两张家族肖像。

梅里韦瑟太太和埃尔辛太太不肯离开。医院需要她们,而且,她们骄傲地说,她们一点也不害怕,北方佬是没法把她们赶出家门的。但是梅贝尔和她的婴儿,以及范妮·埃尔辛都到梅肯去了。米德太太拒不接受丈夫的命令,没有搭火车去逃难,这是她结婚以来第一次不服从丈夫的安排。她说大夫需要他。而且费尔还待在什么地方的战壕里,她要留在他附近,以防万一……

不过惠廷太太和思嘉周围的其他许多太太都走了。皮蒂姑妈本是头一个谴责老约退却政策的人,如今却赶在第一批就打好了行李。她说她神经脆弱,实在忍受不了周围的一片嘈杂。她担心一声爆炸自己就吓得晕倒了,也无法跑到地窖里去躲避。不,她并不害怕。她的那张娃娃嘴还尝试过要唱军歌,可是失败了。她要到梅肯去同自己的表姐伯尔老夫人住在一起,两位姑娘会跟着她去的。

思嘉不想到梅肯去。她尽管害怕炮弹,仍宁愿留在亚特兰大,因为她从心底里痛恨伯尔老夫人。多年以前,伯尔夫人在威尔克斯家的一个晚会上发现思嘉在吻她的儿子威利以后,曾说过她为人"放荡"。不,思嘉告诉皮蒂姑妈,我要回塔拉去,就让媚兰跟你到梅肯去好了。

听到思嘉这样讲,媚兰就惊恐而伤心地哭了。这时皮蒂姑妈跑去找米德大夫,媚兰这才抓住思嘉的手恳求道:

"亲爱的,请不要离开我到塔拉去呀!没有你,我太寂寞了。哦,思嘉,要是我生孩子时没有你在身边,我就活不成了!是的——是的,我知道,我有皮蒂姑妈,她对我很好。可是,她毕竟从没生过孩子,有时会弄得我十分紧张,简直要发疯了。请不要丢下我吧,亲爱的!你已经像是我的妹妹了,而且,"她黯然一笑,"你答应艾希礼要照顾我的呀。他说过他要向你提出这个请求。"

思嘉不胜惊讶地注视着她。她自己对这个女人厌恶极了,简直已没法掩饰,可是媚兰怎么会这样喜欢她呢?媚兰怎么会这么愚蠢,居然想不到她在偷偷爱着艾希礼呢?这几个月,她一直在焦急地等待艾希礼的消息,已经上百次地泄露过自己的心事了。可是媚兰丝毫没有察觉,她这个人从自己所喜欢的人身上除了优点以外是什么也看不出来的……是的,她答应过艾希礼要照顾媚兰。啊,艾希礼!艾希礼!你一定是死了,死了好几个月了!可现在给你的许诺却把我牢牢抓住了!

"好吧,"她简洁地说,"我既然答应过他,现在也不收回我的诺言了。不过我不想到梅肯去跟那个老泼妇伯尔待在一起。如果在一起,我就会毫不犹豫地把她的眼珠子给挖出来。我要回塔拉去,你可以跟我一起走。母亲会高兴你去的。"

"啊,这可中了我的意了!你母亲多么可爱啊!不过你知道,要是我生孩子时不让皮蒂姑妈在我身边,她是死也不肯答应的,同时我很清楚她又不愿到塔拉去。那里离前线太近,而姑妈要的是安全呀。"

米德大夫气喘吁吁地赶来,他接到皮蒂姑妈紧急万分的召请后,还以为至少是媚兰要分娩了呢,现在明白了是这么回事,便显得有点生气了。至于眼下的问题,他讲了一番道理就做出了决定,而且没有留下争论的余地。

"媚兰小姐,你到梅肯去这个问题根本不容考虑。你要是随便走动,我就不负责了。火车上拥挤得很,又动荡不定;如果需要调去运伤兵和军队或者供应物资的话,旅客就随时有可能被赶下来给扔在林地里。在你这种情况下——"

"但是,如果我跟思嘉到塔拉去——"

"我告诉你,我不让你走动。到塔拉去的火车跟去梅肯的是同一趟,情况也完全一样。而且,谁也不知道现在北方佬究竟到了哪里。甚至你坐的那趟火车也可能被堵截呢。即使你能平安抵达琼斯博罗,那里离塔拉也还有五英里,道路又坎坷不平,够你在马车上颠簸的。这样的旅行,一个怀孕的妇女怎么能经受得住,此外,自从老方丹大夫参军以后,那个区里已经没有医生了。"

"可是还有接生婆——"

"我说的是医生,"他粗率地答道,一面下意识地打量着她那瘦小的身子,"我不会让你走动的。那可能有危险。你总不想让婴儿生在火车上或马车里吧,是不是?"

这种只有大夫才有的直率口吻,使两位年轻太太都不好意思地脸红起来,默不作声了。

"你只能就待在这里,好让我随时观察,而且你还得卧床。不要上下楼,往地窖里跑。不行,哪怕炮弹正落在窗外也不行。其实嘛,这里并不那么危险。我们很快就会把北方佬打回去的……好了,皮蒂小姐,你马上动身到梅肯去,把两位姑娘留在这里。"

"没有人陪伴吗?"她惊慌地嚷道。

"她们都是少奶奶了,"大夫不耐烦地说,"而且米德太太离这里只隔两户人家嘛。以媚兰小姐目前这个模样,她们也决不会接待男客的。哎哟,皮蒂小姐,这是战时! 我们现在可不能讲究那些老规矩了。我们得替媚兰着想呀。"

他顿着脚走出房间,一个人愤愤地待在前廊里,直到思嘉来到他身边才缓和下来。

"我要跟你坦白地谈谈,思嘉小姐,"他开口说,那把灰白胡子在痉挛地颤抖,"看来你是个通情达理的年轻女子,请恕我直言。我不想再听到关于媚兰小姐要走的这些话了。我怀疑她是否经受得起这种旅行。即使是在最好的环境下,她也会碰到很大的困难——因为,你知道的,她的臀部很窄,分娩时很可能得用钳子,所以我不要那种愚昧的黑人接生婆来动她。像她这样的女人本来是不该生孩子的,可是——不管怎样,你还是替皮蒂小姐打好行李,送她到梅肯去吧。她那么胆小,留在这里只会干扰媚兰小姐,没什么好处。而你,小姐,"他用犀利的眼光盯着她,"我也不愿意再听到你谈回家的事。你就跟媚兰小姐一起留下来,等到她生了孩子再说。你不害怕吧,是吗?"

"啊,不怕!"思嘉勇敢地撒了个谎。

"这才是有胆量的姑娘呢! 你们需要人陪伴,米德太太会随时来的,如果皮蒂小姐要把她的仆人带走,我就打发老贝特西过来照料你们。反正不要很久。据推算,再过五个星期孩子就该出生,不过对于第一个孩子,你就很难说了,而且这样整天打炮,也会受影响的。所以,哪一天都可能生呢。"

　　这么着,皮蒂姑妈便带着彼得大叔和厨娘泪淋淋地动身到梅肯去。由于爱国情绪一时高涨,她把马车和马都送给了医院,可是随即又感到后悔,因此眼泪也就更多了。思嘉和媚兰被留下来,带着韦德和普里茜在那所大房子里。虽然大炮仍在不断地轰鸣,但周围显得安静多了。

第 十 九 章

围城初期,北方佬到处轰击城防工事时,思嘉被震天的炮弹声吓得瑟瑟发抖,双手捂着耳朵,准备随时被炸得一命呜呼,见上帝去了。她一听见炮弹到来前那嘘嘘的尖啸声,就立即冲进媚兰房里,猛地扑倒在床上媚兰的身边,两个人紧紧抱在一起,把头埋在枕头底下,"啊!啊!"地惊叫着。普里茜和韦德也急忙向地窖跑去,在地窖里挂满蜘蛛网的黑暗角落蹲下来。普里茜扯着嗓子大声尖叫,韦德则低声哭泣,伤心地打着嗝儿。

思嘉被羽绒枕头捂得出不来气了,而死神还在上空一声声尖啸,这时她暗暗诅咒媚兰,怪媚兰连累她不能躲到楼下较安全的地方去。因为大夫禁止媚兰走动,而思嘉必须留在她身边。除了害怕被炮弹炸个粉碎以外,她还担心媚兰随时会生孩子。每回想起这一点她就浑身冒汗,衣服都湿了。要是孩子偏偏在这个时候降生,她可怎么办呢?她想,在这炮弹如雨的当儿,她宁愿让媚兰死掉也不能跑到大街上去寻找大夫。她也清楚,如果叫普里茜去冒这个险,那不等她出门就会被炸死的。要是媚兰生孩子了,她该怎么办啊?

关于这些事情,有个下午她和普里茜在准备媚兰的晚餐时,曾低声商量过,普里茜倒令人惊讶地把她的恐惧打消了。

"思嘉小姐,等到媚兰小姐真的要生了,就算俺不能出去找医生,您也用不着烦恼。俺能对付。这接生的事,俺全知道。俺妈不就是个接生婆。她不是教会俺也能接生了?您就把这事交给俺好了。"

思嘉知道身边有个在行的人,便觉得轻松了些。不过她仍然盼望这场严峻的考验快些过去。她一心想离开这炮火连天之地,已惶惶不可终日;她要回塔拉去,更是迫不及待了。她每天晚上都在祈祷,要媚兰的孩子第二天就生下来,那样她就可以解脱自己的诺言,早日离开亚特兰大。塔拉在她心目中是多么安全,与这一切的苦难是多么不相干啊!

思嘉渴望回家去看母亲,这样的焦急心情是她从来不曾有过的。只要她是在母亲身边,无论发生什么事情,她都不会害怕了。每天晚上,在熬过了一整天震耳欲聋的炮弹呼啸声之后,她上床睡觉时总是下决心要在第二天早晨告诉媚兰,她在亚特兰大一天也待不下去了,她一定要回家,媚兰只能住到米德太太那里去。可是头一搁到枕上,她便又记起艾希礼临别时的那副面容,那副因内心痛苦而绷得很紧但嘴唇上勉强露出一丝微笑的面容:"你会照顾媚兰,不是吗?你很坚强……请答应我。"结果她答应了他。如今艾希礼不知躺在什么地方死了。无论是在何处,他仍然在瞧着她,叫她恪守自己的诺言。生也罢,死也罢,她都决不能让他失望,不管要付出多高的代价。就这样,她一天天留下来了。

爱伦写信来敦促女儿回家,思嘉回信时一面极力缩小围城中的危险,一面详细说明媚兰目前的苦境,并答应等媚兰分娩后便立即回去。爱伦对于亲属关系,无论血亲姻亲,都是很重情感的,她回信勉强同意思嘉留下来,但要求将韦德和普里茜立即送回去。这个建议普里茜完全赞同，因为她现在一听到什么突如其来的响声，就要吓得两排牙齿咯咯地打战。她每天得花那么多时间蹲在地窖里，如果不是米德太太家的贝特西帮了大忙，两位姑娘的日子就不知怎么过了。

思嘉也像她母亲一样急于要让韦德离开亚特兰大，这不仅是为了孩子的安全，而且因为他整天惶恐不安，令思嘉厌烦透了。韦德经常给大炮声震慑得说不出话来，即使炮声停息了，也总是默默地牵着思嘉的裙子，哭也不敢哭一声。晚上他不敢上床，害怕黑暗，害怕睡着了北方佬会跑来把他抓走。到了深夜，他那神经质的低声啜泣也会把思嘉的神经折磨得难以忍受。实际上，思嘉自己也和他一样害怕，不过每当他那神情紧张的面容提醒她想起这一点时，她马上就火了。是的，塔拉是对韦德唯一适宜的地方。应当让普里茜送他到那里去，然后即刻回来料理媚兰分娩的事。

但是，思嘉还没来得及打发他们两人动身回去，便突然听到消息说北方佬已扑到南面，亚特兰大和琼斯博罗之间的铁路沿线打起来了。要是北方佬把韦德和普里茜乘的那列火车截获了呢——想到这里，思嘉和媚兰不由得脸都白了，因为谁都知道北方佬对待儿童比对妇女还要残暴。这样一来，她就不敢把他送回家去，只好让他继续留在亚特兰大，像个受惊的默默无声的小幽灵整天啪哒啪哒地跟在母亲后面，紧紧抓住她的衣襟，生怕一松手就丢掉了自己的小命似的。

在七月炎天，从月初到月尾，围城的战斗在继续进行，炮声隆隆的白天和寂寥险恶的黑夜连续不断，市民也开始适应这种局势了。大家仿佛觉得最坏的情况已经发生，也不会有什么更可怕的了。他们以前对围城十分害怕，可现在围城已终于成了事实,看来也并不怎么样。生活还能差不多像往常一样地过,而且的确在这样过着。当然,他们也知道自己是坐在火山上,可是不到火山爆发他们是什么也做不成的。那么,现在又何必着急呢?何况,火山还不一定爆发啊!请看,胡德将军正在挡住北方佬,不让他们进城嘛!请看,骑兵团正在坚守通往梅肯的铁路嘛!谢尔曼永远也休想占领它!

不过,尽管人们在纷纷降落的炮弹面前和粮食愈来愈短缺的情况下,仍装出无忧无虑的样子,尽管他们瞧不起就在半英里外的北方佬,尽管他们对战壕里那支褴褛的联盟军部队坚信不疑,亚特兰大人在内心里仍然是惶惶无主的,不知明天早晨会发生什么事情。焦虑,烦恼,忧愁,饥饿,以及随着那上升了又低落、低落了又上升的希望而日益加深的痛苦,正在磨损着当前形势的薄薄外表,已快要露出其实质来了。

思嘉渐渐学会了从朋友们的脸上和自然的有效调节中汲取勇气,因为事情既然已无法挽救,也就只好忍受。说真的,她每次听到爆炸声仍不免要惊跳一下,但是她不再吓得尖叫着跑去把头钻在媚兰的枕头底下了。她现在已能抑制住自己并怯怯地说:"这发炮弹很近,是不是?"

她不再像以前那样害怕了,这里还有一个原因,即生活已染上一种梦幻般的色彩,而梦太可怕,不可能是真实的。她思嘉·奥哈拉不可能沦于这样的苦境,这样每时每刻都有死亡的危险。生活本来有的那种平平静静的过程,不可能在这么短的时间里就彻底改变了。

那是不真实的,罕见地不真实的,难道天亮时还那么湛蓝的晨空会被这些像雨云般低悬在城市上头的大炮硝烟所污染,难道那弥漫着忍冬和蔷薇花的浓烈香味的温暖中午会这样可怖,让炮弹呼啸着闯入市区,像世界末日的雷声轰然爆炸,将铁片抛出几百丈远,把居民和动物活活地炸得粉碎吗?这是非常不真实的啊!

以前那种安安静静、昏昏沉沉的午睡现在没有了,因为尽管作战的喧嚣声有时也平息一会儿,但桃树街仍整天嘈杂不堪,时而炮车和救护车隆隆驶过,伤兵从战壕里蹒跚而出;时而有的连队从市区一头的壕沟里奉命急忙跑到另一头去,防守那里受到严重威胁的堡垒;时而通信兵在大街上拼命奔跑赶到司令部去,仿佛南部联盟的命运就系在他们身上似的。

炎热的晚上有时会稍稍安静一些,但这种安静也是不正常的。如果说那是沉寂,就未免太沉寂了——仿佛雨蛙、蝈蝈儿和瞌睡的模仿鸟都吓得不敢在通常的夏夜合唱中出声了。这寂静间或也被最后防线中的嗒嗒的毛瑟枪声所打破。

到下半夜,往往在灯火熄灭、媚兰已经睡熟、全城也一片寂静的时候,思嘉还清醒地躺在床上,听见前面大门上铁闩的哗啦声和前屋轻轻的叩门声。

常常,一些面貌模糊不清的士兵站在黑暗的走廊上,好几个人同时从黑暗中对她说话。有时那些黑暗中会传来一个文雅的声音:"太太,请原谅我打扰你了。能不能让我和我的马喝点水呢?"有时是一个带粗重喉音的山民口音,有时是南方草原地区的鼻音;偶尔也有滨海地方那种平静而缓慢的声调,它使思嘉想起了母亲的声音。

"小姐,俺这里有个伴儿,俺本想把他送到医院里去,可是他好像再也走不动了。你让他进来好吗?"

"太太,俺真的什么都能吃。你要是能给,俺倒是很想吃点玉米饼呢。"

"太太，请原谅我太冒失了，可是——能不能让我在这走廊上过一夜？我看到这蔷薇花，闻到这忍冬的香味，就好像到了家里，所以我大胆——"

不，这些夜晚不是真的！它们是一场噩梦，那些士兵是噩梦的组成部分，那些看不见身子或面貌的士兵，他们只是些疲倦的声音在炎热的夜雾里对她说话罢了。打水，给吃的，把枕头摆在前廊上，包扎伤口，扶着垂死者的头。不，所有这些都不可能是她真正干过的事！

有一次，七月下旬一个深夜，是亨利叔叔来叩门了。亨利叔叔的雨伞和手提包都没有了，他那肥胖的肚皮也没有了。他那张又红又胖的脸现在松弛地下垂着，像牛头犬喉下的垂肉似的。他那头长长的白发已经脏得难以形容。他几乎是光着脚，满身虱子，一副挨饿的模样，不过他那暴躁的脾气却一点没有改变。

尽管他说过："这是一场愚蠢的战争，连我这种人也背着枪上前线了。"但在姑娘们的印象中，亨利叔叔还是很乐意这样做的。因为战争需要他，犹如需要青年人一样，而他也在做一个青年人的工作。此外，他告诉思嘉，他还赶得上青年人，可这一点，他高兴地说，却是梅里韦瑟爷爷所办不到的。梅里韦瑟爷爷的腰痛病厉害得很，队长想叫他退伍，但他自己不愿意走。他坦白地说他情愿挨队长的训斥，也不要儿媳妇来过分细心地照料，絮絮叨叨地叫他戒掉嚼烟草的习惯和天天洗胡子。

亨利叔叔这次的来访为时很短，因为他只有四小时假，而且从胸墙到这里来回就得花费一半的时间。

"姑娘们，往后我怕会有很长一段时间不能来看你们了，"他在媚兰卧室里一坐下就这样宣布，一面把那双打了泡的脚放在思嘉端来的一盆凉水里，尽情享受似的搓着，"我们团明天早晨就要开走了。"

"到哪儿去？"媚兰吃惊地问他，赶忙抓住他的胳臂。

"别用手来碰我，"亨利叔叔厌烦地说，"我身上满是虱子。战争要是没有虱子和痢疾，就简直成了野外旅行了。我到哪儿去？这个嘛，人家也没告诉我，不过我倒是猜得着的。我们要往南开，到琼斯博罗去，明天早晨走，除非我完全错了。"

"唔，干吗到琼斯博罗去呢？"

"因为那里要打大仗呀，小姐。北方佬如果有可能，是要去抢那条铁路的。要是他们果真抢走了，那就再会了，亚特兰大！"

"唔，亨利叔叔，你看他们会抢得着吗？"

"呸，姑娘们！不会的！有我在那儿，他们怎么可能呢？"亨利叔叔朝那两张惊惶的脸孔咧嘴笑了笑，随即又严肃起来："那将是一场恶战，姑娘们。我们不能不打赢它。你们知道，当然喽，北方佬已经占领所有的铁路，只剩下到梅肯去的那一条了，不过这还不是他们所得到的一切呢。也许你们还不清楚，他们的确还占领了每一条公路，每一条赶车和骑马的小道，除了麦克唐诺公路以外。亚特兰大好比在一个口袋里，这口袋的两根拉绳就在琼斯博罗。要是北方佬能占领那里的铁路，他们就会把绳子拉紧，把我们抓住，像抓袋子里的老鼠一样。所以我们不想让他们去占那条铁路……我可能要离开一个时候了，姑娘们。我这次来就是向你们大家告别的，并且看看思嘉是不是还跟你在一起，媚兰。"

"当然喽,她跟我在一起,"媚兰亲昵地说,"你不用替我们担心,亨利叔叔,自己要多保重。"

亨利叔叔把两只脚在地毯上擦干,然后哼哼着穿上那双破鞋。

"我要走了,"他说,"我还得走五英里路呢。思嘉,你给我弄点吃的东西带上。有什么带什么。"

他吻了吻媚兰,便下楼到厨房去了,思嘉正在厨房里用餐巾包一个玉米卷子和几只苹果。

"亨利叔叔,难道——难道真的这样严重了吗?"

"严重?我的天,真的!不要再糊涂了。我们已退到最后一条壕沟了。"

"你看他们会打到塔拉去吗?"

"怎么——"亨利叔叔对于这种在大难当头时只顾个人私事的妇女的想法,感到很恼火。但接着看见她那惊慌苦恼的表情,也就心软了。

"当然,他们不会到那里去。塔拉离铁路有五英里,而北方佬要的只是铁路。不过小姐,你这个人的见识也实在太短了。"说到这里他突然停顿了一下,"今天晚上我跑这许多路到这里来,并不是要向你们告别。我是给媚兰送坏消息来的。可是我刚要开口又觉得不能告诉她,因此我才下楼来对你说,让你去处理好了。"

"艾希礼不是——难道你听说——他已经死了?"

"可是,我守着壕沟,半个身子埋在烂泥里,怎么能听到关于艾希礼的消息呢?"老先生不耐烦地反问她,"不,这是关于他父亲的。约翰·威尔克斯死了。"

思嘉顿时颓然坐下,手里捧着那份还没包好的午餐。

"我是来告诉媚兰的——可是开不了口。你得替我办这件事,并且把这些给她。"

他从口袋里掏出一只沉重的金表,表上吊着几颗印章,还有一幅早已去世的威尔克斯太太的小小肖像和一对粗大的袖扣。思嘉一见她曾经从约翰·威尔克斯手里见过上千次的那只金表,便完全明白艾希礼的父亲真的死了。她吓得叫不出声也说不出话来。亨利叔叔一时坐立不安,接连假咳了几声,但不敢看她,生怕被她脸上的泪水弄得更加难受。

"他是个勇敢的人,思嘉。把这话告诉媚兰。叫她给他的几个女儿写封信去。他一生都是个好军人。一发炮弹打中了他,正落在他和他的马身上。马受了重伤——后来是我把它宰了,可怜的畜生。那是一匹很好的小母马。你最好也写封信给塔尔顿太太,告诉她这件事。她非常珍爱这匹马。好了,亲爱的,不要太伤心了。对于一个老头子来说,只要做了一个青年人应当做的事,死了不也很值得吗?"

"啊,他是不应该死的!他根本就不该上前线去。他本来可以活下去看着他的孙子长大,然后平平安安地终老。啊,他干吗要去呀?他本来不主张分裂,憎恨战争,而且——"

"我们许多人都是这样想的,可这有什么用呢?"亨利叔叔粗暴地擤了擤鼻子,"你以为像我这把年纪还乐意去充当北方佬的枪靶子吗?可是这年月一个上等人没有什么旁的选择呀。分手时亲亲我吧,孩子,不要为我担心。我会闯过这场战争平安归来的。"

思嘉吻了吻他,听见他走下台阶到了黑暗的院子里,接着是前面大门上哗啦一响的门闩声。她在原地站了一会儿,凝望着手里的纪念物,然后跑上楼告诉媚兰去了。

到七月末,传来了不受欢迎的消息,那就是像亨利叔叔预言过的,北方佬又绕了个弯子向琼斯博罗打去的。他们切断了城南四英里处的铁路线,但很快被联盟军骑兵击退;工程队在火热的太阳下赶忙修复了那条铁路。

思嘉焦急得快要疯了。她怀着恐慌的心情接连等待了三天,这才收到杰拉尔德的一封信,于是放下心来。敌军并没有打到塔拉。他们听到交战的声音,但是没看见北方佬。

杰拉尔德的信中谈到北方佬怎样被联盟军从铁路上击退时充满了吹嘘和大话,仿佛是他自己单枪匹马立下了这赫赫战功似的。他用整整三页纸描写部队的英勇,末了才简单地提了一笔说卡琳生病了。据奥哈拉太太说是得了伤寒,但并不严重,所以思嘉不必为她担心,而且即使铁路已安全通车,思嘉现在也不用回家了。奥哈拉太太很高兴,觉得思嘉和韦德没有在围城开始时回去是完全正确的。她说思嘉必须到教堂里去为卡琳早日康复作些祈祷。

思嘉对母亲的这一吩咐感到十分内疚,因为她已经好几个月不上教堂去了。要是在以前,她会把这种疏忽看成莫大的罪过,可是现在,不进教堂就好像并不那样有罪了。不过她还是按照母亲的意愿走进自己房里,跪在地上匆匆念了一遍《玫瑰经》。她站起来时,倒并不觉得像过去念完经以后那样心里舒服一些。近来,她已感到上帝并不是在照顾她和南部联盟,尽管成百万的祈祷者每天都在祈求他的恩惠。

那天夜里她坐在前廊上,把杰拉尔德的信揣在怀里,这样她可以随时摸摸它,觉得塔拉和母亲就在身边似的。客厅窗台上的灯将零碎的金黄的光影投射在黑暗的挂满藤蔓的走廊上。攀缘的黄蔷薇和忍冬纠缠一起,在她四周构成一道芳香四溢的围墙。夜静极了。从日落以来连嗒嗒的步枪声也没有听到过,世界好像离人们很远了。思嘉一个人坐在椅子里前后摇晃着,因读了来自塔拉的信而苦恼不堪,很希望有个人,无论什么人,能跟她在一起。可是梅里韦瑟太太在医院里值夜班,米德太太在家里款待从前线回来的费尔,媚兰又早已睡着了。连一个偶尔来访的客人也是不会有的。到上个星期,那些平常来访的人都已无影无踪,因为凡是能走路的人都进了战壕,或者到琼斯博罗附近的乡下追逐北方佬去了。

她往常并不是这样孤独的,而且她也不喜欢这样。因为她一个人待着就得思考,而这些日子思考并不是怎么愉快的事。和别人一样,她已经养成回想往事和死人的习惯了。

今晚亚特兰大这样安静,她能闭上眼睛想象自己回到了塔拉静穆的田野,生活一点也没有改变,看来也不会改变。不过她知道那个地区的生活是决不会跟从前一样的。她想起塔尔顿家四兄弟,那对红头发的孪生兄弟和汤姆与博伊德,不由得一阵悲伤把她的喉咙给哽住了。怎么,斯图或布伦特不是有一个可能做她的丈夫吗?可如今,当战争过后她回到塔拉去住时,却再也听不见他们在林荫道上一路跑来时那狂热的呼唤声了。还有雷福德·卡尔弗特那个最会跳舞的小伙子,他也再不会挑选她当舞伴了。至于芒罗家的一群和小个子乔·方丹,以及——

"啊,艾希礼!"她两手捧着头啜泣起来,"我永远也无法承认你已经没了啊!"

这时她听见前面大门哗啦一声响了,便连忙抬起头来,用手背擦了擦泪水模糊的眼睛。她站起身来一看,原来是瑞德·巴特勒在人行道上走过来了,手里拿着那顶宽边巴拿马帽。自从她那次在五点镇突然跳下马车以后,她一直没有碰见过他。当时她就表示过,她再也不想同他见面了。可是她现在却非常高兴有个人来跟她谈谈,来把她的注意力从艾希礼身上引开,于是她赶紧将心头的记忆搁到一边去了。瑞德显然已忘记了那桩尴尬事,或者是装作忘记了,你看他在顶上一级台阶上她的脚边坐下来,绝口不提他俩之间过去的争论。

"原来你没逃到梅肯去呀!我听说皮蒂小姐已经撤退了,所以,当然喽,以为你也走了。刚才看见你屋子里有灯光,便特地进来想打听一下。你干吗还留在这里呢?"

"给媚兰做伴嘛。你想,她——嗯,她眼下没法去逃难呢。"

"嘿,"她从灯光底下看见他皱起眉头,"你这是告诉我威尔克斯太太还在这里?我可从来没听说过有这种傻事。在她目前的情况下,留在这里可相当危险啊!"

思嘉不作声,觉得很不好意思,因为关于媚兰的处境,她是不能跟一个男人谈论的。使她感到难为情的还有,瑞德居然知道那对媚兰是危险的事呢。一个单身汉会懂得这种事情,总有点不体面啊!

"你一点不考虑我也可能出事,这未免太不仗义了吧。"她酸溜溜地说。

他乐得眼睛里闪闪发光了。

"我会随时保护你不受北方佬欺侮的。"

"我还不清楚这算不算一句恭维话。"她用怀疑的口气说。

"当然不算,"他答道,"你什么时候才不到男人们最随便的表白中去寻找什么恭维呢？"

"等我躺到了灵床上才行。"她微笑着回答，心想常常有男人来恭维她呢，即使瑞德从没有这样做过。

"虚荣心，虚荣心，"他说，"至少，你在这一点上是坦白的。"

他打开他的烟盒，拈出一支黑雪茄放到鼻子前闻了闻，然后划亮一根火柴。他靠在一根柱子上，双手抱膝，静静地吸烟。思嘉又在躺椅里摇晃起来。他们周围一片静悄悄，黑暗的夜雾浓密而温暖。栖息在蔷薇和忍冬密丛中的模仿鸟从睡梦中醒过来，小心而流利地唱了几声。接着，仿佛经过一番审慎的思考，它又沉默了。

这时，瑞德突然从走廊的黑影中笑出声来，低声而柔和地笑着。

"所以你就跟威尔克斯太太留下来了！这可是我从没碰到过的最奇怪的局面呢！"

"我倒看不出有什么奇怪的地方。"思嘉不安地回答，立即引起了警惕。

"没有吗？可这样一来你就不是客观地看问题了。过去一些时候以来，我的印象是你很难容忍威尔克斯太太。你认为她又傻气又愚蠢，同时她的爱国思想也使你感到厌烦。你很少放过机会不趁势说两句挖苦她的话，因此我自然会觉得十分奇怪，怎么你居然会做这种无私的事，会在这炮声震天的形势下陪着她留下来了。说吧，你究竟为什么这样做啊？"

"因为她是查理的妹妹嘛——而且对我也像姐妹一样。"思嘉用尽可能庄重的口气回答，尽管她脸上已在发烧了。

"你是说因为她是艾希礼的遗孀吧。"

思嘉连忙站起来,极力抑制住心中的怒火。

"你上次对我那样放肆,我本来已准备饶恕你,可现在再也不行了。今天要不是我正感到十分苦闷,我本来是决不会让你踏上这走廊来的。而且——"

"请坐下来,消消气吧,"他的口气有点变了,他伸出手拉着她的胳臂,把她拖回椅子上,"你为什么苦闷呢?"

"唔,我今天收到一封从塔拉来的信,北方佬离我家很近了,我的小妹妹又得了伤寒,所以——所以——即使我现在能够如愿地回去,妈妈也不会同意的,因为怕我也传上呢!"

"嗯,不过你也别因此就哭呀,"他说,口气更温和了些,"你如今在亚特兰大,即使北方佬来了,也比在塔拉要安全些。北方佬不会伤害你的,但伤寒病却会。"

"北方佬不会伤害我?你怎么能说这种骗人的话呢?"

"我亲爱的姑娘,北方佬不是魔鬼嘛。他们并不如你所想象的,头上没有长角,脚上没有长蹄子。他们也和南方人一样漂亮——当然喽,礼貌上要差一点,口音也很难听。"

"哼,北方佬会——"

"会强奸你?我想不会。虽然他们很可能有这种念头。"

"要是你再说这种粗话,我就要进屋了。"她厉声喝道,同时庆幸周围的阴影把她那羞红的脸遮住了。

"老实说吧,你心里是不是这样想的?"

"啊,当然不是!"

"可实际是这样嘛!不要因为我猜透了你的心思就生气呀。那都是我们这些娇生惯养和正经的南方太太们的想法呢。她们老是担心这件事。我可以打赌,甚至像梅里韦瑟太太这样有钱的寡妇……"

思嘉强忍着没有出声,想起这些日子凡是有两个以上太太在一起的地方,她们无不偷偷谈论这样的事,不过一般都发生在弗吉尼亚或田纳西,或者在路易斯安那,而不是离家乡很近的地方。北方佬强奸妇女,用刺刀捅儿童的肚子,焚烧里面还有老人的住宅。人人都知道这些都确有其事,他们只不过没有在街角上大声嚷嚷罢了。如果瑞德还有点礼貌的话,他应该明白这是真的,也用不着谈论。何况这也不是开玩笑的事啊。

　　她听得见他在吃吃地暗笑。他有时很讨厌。实际上他在大多数时候都是讨厌的。一个男人居然懂得并且谈论女人心里在想些什么,这太可怕了。这会叫一个姑娘觉得自己身上一丝不挂似的。而且也没有哪个男人会从正经妇女那里了解这种事情。思嘉因为他看透了她的心思而十分生气。她宁愿相信自己是男人无法了解的一个秘密,可是她知道,瑞德却把她看得像玻璃一样透明。

　　"谈到这种事情,我倒要问问你,"他继续说,"你们身边有没有人保卫或监护呢?是令人钦佩的梅里韦瑟太太,还是米德太太?她们一直在盯着我,仿佛知道我到这里来是不怀好意似的。"

　　"米德太太晚上常过来看看,"思嘉答道,很高兴能换个话题了,"不过,她今天晚上不能来。她儿子费尔回家了。"

　　"真是好运气,"他轻松地说,"碰上你一个人在家里。"

　　他声音里有一点东西使她感到愉快,心跳得快起来,同时也感到自己的脸发热了。她听见了她曾多次从男人声音中听到过的那种预示要表白爱情的口气。唔,真有趣!现在!只要他说出他爱她三个字,她就要狠狠地折磨和报复他一下,把

过去三年他对她的讽刺挖苦统统还给他。她要引诱他来一次
苦苦追求,最好把他眼见她打艾希礼耳光那一天她所受到的
羞辱也洗刷掉。然后她要温柔地告诉他她只能像个妹妹那样
做他的朋友,并且以大获全胜来结束这场较量。她预想到这
一美妙的结局时,不觉神经质地笑起来了。

“别笑呀。”他说,一面拉着她的手,把它翻过来,把自己
的嘴唇紧压在手心里。这时有一股电流般的强大热流通过他
温暖的亲吻流注到她身上,震颤地爱抚着她的周身。接着他
的嘴唇从她的手心慢慢向手腕上移动,她想他一定感到她脉
搏的跳动了,因为她的心已跳得更快,她便试着把手抽回来。
这种不怎么可靠的热烈的感觉曾使她想去抚摸他的头发,但
是并不指望他会来吻她的嘴。

她并不爱他——她心慌意乱地对自己说。她爱的是艾希
礼。可是,怎样解释她的这种感觉,这种使她激动得双手颤抖
和心窝发凉的感觉呢?

他轻轻地笑了。

“不要把手缩回去嘛!我又不会伤害你。”

“伤害我?我可并不怕你,瑞德·巴特勒,也不怕任何男
人!”她大声嚷道,并为自己的声音也像手那样颤抖而恼怒。

“这是一种值得尊敬的情绪,不过还是把声音放低些吧。
威尔克斯太太会听见的。求你放冷静点。”他的话听起来好
像为她的激动感到高兴。

“思嘉,你是喜欢我的,不是吗?”

这话才比较符合她的心意。

“唔,有时候是这样,”她谨慎地答道,“那是你的所作所
为不那么像个恶棍的时候。”

他又笑起来,把她的手心贴在他结实的面颊上。

"我想,正因为我是个恶棍,你才爱我呢。你这人很少出门,很少见过真正的恶棍,所以我的这个特点才对你最有吸引力。"

他这一手倒是她没有预料到的,这时她想把手抽出来也没有成功。

"那才不是呢! 我喜欢好人——喜欢那种你信得过的上等人。"

"你的意思是那些你能经常欺骗的人喽。这只是说法不同罢了。可是不要紧。"

他又吻了吻她的手心,这时她的后颈上又感到痒痒地难以忍受。

"不过你就是喜欢我。你会不会有一天爱上我呢,思嘉?"

"嘿!"她得意地暗想,"我总算逮住他了!"于是她装出冷漠的神情答道:"老实说,那是不会的。这就是说——除非把你这德行大大地改变一下。"

"可是我不想改变。因此你就不会爱我了? 这倒是我所希望的事。因为尽管我非常喜欢你,我却并不爱你。而且,如果你再一次在自己的爱情中得不到报偿,那才真正可悲了。亲爱的,你说是这样吗? 我可不可以称你'亲爱的'呢,汉密尔顿太太? 不管你高兴不高兴,我反正要称你'亲爱的';这没关系,只是还得讲礼貌才好。"

"那么你不爱我了?"

"不,真的。难道你希望我爱你?"

"你别这样痴心妄想吧!"

"你就是在希望嘛。真可惜,把你的希望给毁了!我本来应当爱你,因为你又漂亮,又能干,有许多没用的本事。但是像你这样又漂亮又有本事的女人多着呢,她们也同样没什么用呀。不,我不爱你。不过我非常喜欢你——因为你那伸缩性很大的良心,因为你那很少着意掩饰的自私自利,还有你身上精明的实用主义本性,这最后一点我想你是从某位不太远的爱尔兰农民祖先继承下来的。"

农民!怎么,他这简直是在侮辱她嘛!于是她激怒得说不出话来了。

"请不要打断我,"他把她的手紧紧地捏了一下,"我喜欢你,还因为我身上也有同样的品性,所谓同病相怜嘛。我发现你还在惦念那位神圣而愚笨的威尔克斯先生,尽管他可能躺进坟墓里已经半年了。不过你心里一定也还有我的地位。思嘉,你不要回避了!我正在向你表白啊。自从我在'十二橡树'村的大厅里第一眼看见你以后,我就需要你了,那时你正在迷惑可怜的查理·汉密尔顿呢。我想要你的心情,比曾经想要哪个女人的心情都更迫切——而且等待你的时间也比等待其他任何女人的时间都更长呢。"

她听到这末了一句话时,紧张得连气都喘不过来了。原来,不管他怎样侮辱她,他毕竟是爱她的,而且他仅仅由于执拗才不想坦白承认,仅仅由于怕她笑话才没有说出来。好吧,她马上就要给他颜色看了。

"你这是要我跟你结婚吗?"

他把她的手放下,同时高声地笑起来,笑得她直往椅子靠背上退缩。

"我的天,不是!我没有告诉过你我这个人是不结婚的吗?"

"可是——可是——什么——"

他站起来,然后把手放在胸口,向她滑稽地鞠了一躬。

"亲爱的,"他平静地说,"我尊重你是个有见识的人,所以没有首先引诱你,只要求你做我的情妇。"

情妇!

她心里叫喊着这个词,叫喊自己被这样卑劣地侮辱了。不过她在吃惊的最初一刹那并没有感觉到这种侮辱。她只觉得心头一阵怒火,怎么瑞德竟把她看成了这样一个傻瓜。如果他对她只提出这样一个要求,而不是如她所期待的正式结婚,那当然是把她当傻瓜看待了。于是愤怒、屈辱和失望之情把她的心搅得一团糟,她已经来不及从道德立场上想出更好的理由去谴责他,便让来到嘴边的话冲口而出了——

"情妇! 那除了一群乳臭小儿之外,我还能得到什么呢?"

她刚一说完就发现这话很不像样,害怕得目瞪口呆了。他却哈哈大笑,笑得几乎接不上气来,一面从阴影中窥视她,只见她坐在那里,用手绢紧紧捂着嘴,像个吓坏了的哑巴似的。

"正因为那样我才喜欢你! 你是我认识的唯一坦白的女人,一个只从实际出发看问题而不侈谈什么道德来掩饰问题实质的女人。要是别的女人,她就会首先晕倒,然后叫我滚蛋了。"

思嘉猛地站起,羞得满脸通红。她怎么居然说出这种话来呀! 怎么她,爱伦一手教养大的女儿,居然会坐在这里听他说了那种下流话,然后还做出这样无耻的回答呀? 她本来应当吓得尖叫起来的。她本来应当晕倒的。她本来应当一声不响冷冷地扭过头去,然后愤愤地离开走廊回到屋里去的。可现在已经晚了!

"我要叫你滚出去,"她大声嚷道,也不管媚兰或附近米德家的人会不会听见,"滚出去! 你怎么敢对我说这样的话! 我究竟做了什么不正当的事,才叫你——叫你认为……滚出去,永远也别来了。这回我可要说到做到。你永远也不要再来,拿那些无用的小玩意儿,如别针、丝带什么的来哄骗我,满以为我会饶恕你。我要——我要告诉父亲,他会把你宰了!"

他拿起帽子,鞠了一躬,这时她从灯光下窥见,他那髭须底下的两排牙齿间流露出一丝微笑。他一点也不害臊,还觉得她的话很有趣,并且怀着浓厚的兴味看着她呢。

啊,他真是讨厌极了! 她迅速转过身来,大步走进屋里。她一手抓住门把,很想砰的一声把门关上,可是让门开着的挂钩太重了,她怎么使劲也拔不动,直弄得气喘吁吁。

"让我帮你一下忙行吗?"他问。

她气得身上的血管都要破裂了,她连一分一秒也待不下去,于是便一阵风似的奔上楼去。跑到二楼时,她才听到他似乎出于好意替她把门带上了。

第 二 十 章

到炎热喧嚣的八月即将结束时,炮声也突然停息了。全城笼罩在一片寂静中,令人惊诧不已。邻居们在街上碰到时,彼此面面相觑,惊疑莫定,生怕即将发生什么意外。这长期杀声不绝之后的平静,不仅没有给绷紧的神经带来松弛,反而使它更加紧张起来。谁也不知道为什么北方佬的大炮不响了;部队也没有什么消息,只听说他们已经大批大批地从环城的防御工事中撤出,开到南边保卫铁路去了。谁也不清楚战斗在哪里进行,如果目前确实还有战斗,或者仗打得怎么样,如果还在打仗的话。

这几天唯一的消息是口头上流传的种种说法。报纸因缺乏纸张,缺乏油墨,缺乏人手,从围城开始就相继停刊,因此谣诼蜂起,传遍全城。在这焦急的沉默中,人群像潮水般涌向胡德将军司令部索取情报,或者聚集在电报局和车站周围,希望得到一点消息,无论好的坏的都行,因为人人都渴望着谢尔曼炮兵的缄默能证明北方佬在全线退却,同时南部联盟军部队正把他们赶回到多尔顿的铁路以北去。可是没有消息。电讯线路也寂然无声,那剩下的最后一条铁路上也没有列车从南方开来,邮路也中断了。

秋天在尘土和闷热中悄悄地溜了进来,使这突然沉默的城市为之窒息，使人们疲倦而焦急的心越发枯索和沉重，几乎喘不过气来了。思嘉因听不到来自塔拉的信息，着急得快要发疯似的，可是仍努力保持一副勇敢的模样；她觉得从围城开始以来已经很久很久了，仿佛自己一直生活在震耳欲聋的炮声中，直到这古怪的沉寂降临到四周为止。不过从围城开始至今才过了三十天呢。三十天的围城生活啊！整个城市已围上了密密的散兵壕，单调的隆隆炮声昼夜不停，络绎不绝的救护车和牛车在尘土飞扬的大街上一路洒着鲜血驶向医院，早已精疲力竭的掩埋队将死亡者的尸体拖出来，把它们像木头似的倾倒在漫无尽头的浅沟里。这都是刚刚三十天里的事情啊！

而且，从北方佬离开多尔顿南下以来，才过了四个月！刚刚四个月呢！思嘉回顾过去那遥远的一天，觉得它已经恍如隔世。唔，不，实际上的的确确才四个月呀！可是仿佛已挨过一辈子了。

四个月以前啊！怎么，四个月以前，多尔顿、雷萨卡和肯尼萨山对她还仅仅是铁路沿线上一些地方的名字呢。如今它们已成了一个个战役的名称，即约翰斯顿将军向亚特兰大退却时，一路上拼命而徒然地打过的那些战役的名称。而且，桃树沟、迪凯特、埃兹拉教堂和尤它沟也不再是什么令人愉快的地名了。它们曾经是些宁静的乡村，那里有她不少殷勤的朋友；它们是碧绿的田野，在那里小河两岸浅草如茵的地方，她曾经跟漂亮的军官们一起野餐过，可如今这一切都已成为记忆，一去不复返了。这些地名也同样成了战役的名称，她曾经坐过的绿茵般的草地已被沉重的炮车碾得七零八碎，被短兵相接时士兵们拼死的脚步践踏得凌乱不堪，被那些在痛苦中挣扎翻滚的垂死者反复压平了……如今缓缓的溪流已变得比佐治亚红土所赋予它们的本色更红了。桃树沟在北方佬渡过以后,像人们说的,已经是一片深红。桃树沟,迪凯特,埃兹拉教堂,尤它沟,它们永远也不再是一般的地名了。它们在思嘉心目中已成了埋葬朋友们的墓地,尸体在那里露天腐烂的矮树丛和密林,以及谢尔曼曾试图闯入和胡德顽强地把他击退之处的亚特兰大郊区。

后来,从南方来的消息终于到达了紧张的亚特兰大城,但这消息是令人震惊的,对思嘉尤其如此。谢尔曼将军又在开始攻击本城的第四个方面,即又一次攻打琼斯博罗的铁路。大量的北方军队集中在本城的这个第四方面,这不是从事小规模战斗的队伍或骑兵队,而是集结的北方佬大军。成千上万的联盟军已经从靠近城市的战线上撤去堵击他们了。这就是亚特兰大突然沉寂下来的原因。

"怎么,琼斯博罗?"思嘉心里有些纳闷,她一想到塔拉靠那里多近,便惊恐得心都凉了,"他们干吗总是打琼斯博罗呢? 干吗不找个旁的地方去攻打铁路呢?"

她已经一个星期没有听到塔拉的消息,因此再看看杰拉尔德上次的那封短信,就更加害怕起来。卡琳的病情在恶化,变得非常严重了。现在大概还得再过许多天才能收到家信,听到卡琳是死是活的消息。啊,要是在围城以前她回家过一次,管她媚兰不媚兰,那多好啊!

琼斯博罗方面正在进行战斗,这是许多亚特兰大人都知道的,可是究竟打得怎样,却谁也说不清楚,只有最为荒谬的谣传令人困扰。最后,从琼斯博罗来的一个通信兵带来了确切的消息,说北方佬被击退了。可是他们曾经攻入琼斯博罗,撤退之前烧毁了那里的车站，割断了电线，掀翻了三英里铁轨。工程兵正在拼命修复铁路，但是颇费时间，因为北方佬把枕木拆掉用来烧篝火了，把掀翻的铁轨横架在火上烤得通红，然后拿到电线杆周围盘成螺旋形，像些庞大的螺丝锥似的。在目前情况下，要换铁轨或任何铁制的东西都很不容易呢。

不，北方佬还没有打到塔拉。这是那个给胡德将军送来快报的通信兵告诉思嘉的。他在战斗结束后，也就是动身来亚特兰大的时候，遇见了杰拉尔德，后者曾央求他带封信给思嘉。

可是爸在琼斯博罗干什么呀？年轻的通信兵回答这个问题时显得有些不安。原来杰拉尔德是在那里找一位大夫跟他回塔拉去。

思嘉站在前院走廊上的阳光中感谢那位年轻的通信兵帮忙时，觉得两腿发软，好像要站不稳了。如果连爱伦的医术都已经无能为力，因而不得不让杰拉尔德出来找大夫的话，卡琳的病就一定到了生命垂危的地步了！当通信兵在一阵旋风掀起的尘土中离开时，思嘉用颤抖的手指把父亲的信撕开。请看南部联盟地区缺少纸张已达到何等程度，杰拉尔德的信居然写在思嘉上次给他的那封信的行间，因此好不容易才辨认出来！

"亲爱的女儿，你母亲和两个姑娘都得了伤寒。她们的病情很严重，不过我们总是怀着最大的希望在设法治疗。你母亲病倒时让我写信给你，叫你无论如何不要回家，免得你和小韦德也染上这个病。她问候你，并盼你为她祈祷。"

"为她祈祷！"思嘉立即飞奔上楼，跑到自己屋里，然后在床边双膝跪下，以前所未有的虔敬心情祈祷起来。她此刻念的不是正式的祈祷文,而是一遍又一遍地重复这同样的几句话:"圣母呀,请别让我母亲死啊! 只要你不让她死,我就一切从善了! 求求你,别让她死了!"

那以后整整一星期,思嘉像只被打得晕头转向的动物在屋里走来走去。她在等待什么消息,一听到外面有马蹄声就惊跳起来;晚上每逢士兵来叩门时,也要赶忙奔下黑暗的楼梯跑出去,可是并没有塔拉来的音信。她觉得,在她和家庭之间横亘着的已不是二十五英里的土路,而是一个辽阔的大陆了。

邮路仍不畅通,谁也不清楚南部联盟部队如今在哪里,或者北方佬打到了什么地方。人们唯一知道的是,成千上万的士兵,穿灰制服的和穿蓝制服的,聚集在亚特兰大和琼斯博罗之间的某个地点。至于塔拉,已经一星期杳无音信了。

对于伤寒病,思嘉在亚特兰大医院见得够多的了,她明白一星期时间对这种病症意味着什么。爱伦病倒了——也许快要死了。可是思嘉却在亚特兰大,负责照顾一个孕妇,一筹莫展,因为她和家之间有两支大军阻隔着啊! 是的,爱伦病倒了——也许快要死了。但是爱伦不可能生病呀! 她从来没有病过。连这种想法也难以置信,它把思嘉生命安全的基础也震撼得动摇起来了! 即使别人全都病了,爱伦也绝不会生病。爱伦经常照料病人,让他们都好起来。她是不可能病的。思嘉要回家去。她像一个吓坏了、迫切渴望回到她唯一的庇护所去的孩子似的,迫不及待地渴望回到塔拉去。

家啊! 那幢略嫌散漫不整的白房子,那些飘拂着白色窗帘的窗户,那蜜蜂嗡嗡飞绕着的草地上的茂密的苜蓿,那个在前面台阶上驱赶鸭子和火鸡不让它们去糟蹋花坛的黑人男孩,那宁静的红色田野,以及那些绵亘不绝、在阳光下白得耀眼的棉田啊！家啊！

　　如果在围城开始，别的人都在逃难时她就回家了，那该多好啊！那样，她就可以带着媚兰安全地过一段闲暇日子了。

　　"啊，该死的媚兰！"她心里不断地咒骂着，"她为什么就不能跟皮蒂姑妈一起到梅肯去呢？她应当待在那儿，同她的亲属在一起，而不要跟着我嘛。我又不是她的什么亲人。她干吗老缠着我不放？要是她当初到梅肯去了，我便早已到了母亲身边。即使现在——即使现在，如果不是因为她要生孩子，我也宁愿不顾北方佬的威胁冒险回家去。也许胡德将军会派人护送我呢。胡德将军是个好人，我想他一定会答应给我一名护兵和一张通行证，送我越过防线的。可是，我还等那个婴儿出生呢！……啊，母亲，母亲，你可别死啊！……这婴儿怎么老不出生呀？我今天要到米德大夫那里去，问问他有没有什么办法叫婴儿快些出世，好让我早日回家去——如果有人护送的话。米德大夫说媚兰很可能难产，我的老天哪！说不定她会死呢！媚兰死了，那么艾希礼——不，我决不能那样想，那样不好。可是艾希礼很可能已经不在了。不过他曾经让我答应过要照顾她的。可是——如果我没有照顾她，她死了，而艾希礼还活着呢——不，我决不能这样想。这是罪过。我答应过上帝，只要他保佑母亲不死，我就要一切从善呢。啊，要是那婴儿很快出生就好了。要是我能够离开这里——回到家中——到无论什么地方，只要不是这里就好了。"

　　现在思嘉对这座不祥地陷于沉寂的城市憎恨起来了，而以前她是爱过它的。亚特兰大已不再是一个快乐的地方，一个她曾经爱过的极其快乐的地方。自从围城的嘈杂喧哗声停止以后,它已变得那样寂静,那样可怕,像个鼠疫横行的城市似的。在前一个时期,人们还能从震耳的炮声和随时可能丧生的危险中找到刺激,可如今这一片阒寂里就只有恐怖了。整个城市弥漫着惶恐不安、惊疑莫定的气氛和令人伤心的回忆。人们脸上的表情普遍是痛苦的;思嘉认识的少数士兵也显得精疲力竭了,仿佛是些业已输掉的赛跑者还在勉强挣扎着,要跑完最后一圈似的。

八月的最后一天终于来到,它带来颇能令人相信的谣传,说亚特兰大战役开始以来最猛烈的一次战斗打响了。战斗在南边某个地方进行。亚特兰大市民焦急地等待着战况好转的消息,大家一声不响,连开玩笑的兴趣也没有了。现在人人都知道两周前士兵们得知的情况,那就是亚特兰大已退到最后一垒,而且,如果梅肯失守,亚特兰大也就完了。

九月一日早晨,思嘉怀着一种令人窒息的恐惧感醒来,这种恐惧是她头天夜里上床时就感到了的。她睡眼惺忪地想道:"昨天晚上睡觉时我为什么苦恼来着?唔,对了,是打仗。昨天有个地方在打呀!那么,谁赢了呢?"她急忙翻身坐起来,一面揉眼睛,又在心里琢磨起昨天忧虑的事来了。

尽管是清晨,空气也显得又压抑又热,预告会有一个晴空万里、赤日炎炎的中午。外面路上静悄悄的。没有车辆驶过。没有军队在红色尘土中迈步行进。隔壁厨房里没有黑人们懒洋洋的声音,没有准备早点时的愉快的动静,因为除了米德太太和梅里韦瑟太太两家,所有的邻居都逃难到梅肯去了。就是从这两户人家,她也听不见什么声响。街那头更远处的商业区也一样安静,许多店铺和机关都关门上锁,并且钉上了木板,里面的人则手持武器跑到乡下什么地方去了。

今天早晨呈现在她面前的这般寂静,跟过去一星期通常在早晨遇到的那种静谧比起来,显得更加奇怪可怕似的。她没有像往常那样赖在床上翻来覆去,尽打哈欠,而是迅速爬起来,走到窗前,希望看见某位邻居的面孔,或者一点令人鼓舞的迹象。但是马路上空荡荡的。她只注意到树上的叶子仍是碧绿的,但明显地干了,蒙上了厚厚一层红尘,前院里的花卉因无人照管,也已经枯萎得不成样子。

她站在窗口向外眺望,忽然听见远处传来什么声响,隐约而阴沉,像暴风雨来到之前的雷声似的。

"快下雨了,"她即刻这样想,同时她那从小在乡下养成的习惯心理告诉她,"这的确很需要呢。"可是,随即又想,"真的要下雨吗? 不是雨,是炮声!"

她倚在窗棂上,心突突直跳,两只耳朵聚精会神地谛听着远处的轰鸣,想弄清楚它究竟来自哪个方向。但是那沉雷般的响声那么遥远,一时无法断定它的出处。"估计是从马里塔来的吧,主啊!"她暗自祈祷着,"或者是迪凯特,或者桃树沟。可不要从南边来呀! 不要从南边来呀!"她紧紧地抓住窗棂,侧耳谛听着,远方的响声好像愈来愈大了。而且它正是从南边来的。

南边的炮声啊! 琼斯博罗和塔拉——还有爱伦,不就在南边吗?

现在,就在此刻,北方佬也许已经到塔拉了! 她再一细听,可是她耳朵里那突突的脉搏声把远处的炮击声掩盖得几乎听不见了。不,他们不可能已到达琼斯博罗。如果真的到了那么远的地方,炮声就不会这样清晰,这样响。不过,他们从这里向琼斯博罗移动至少已经十英里,大概已靠近拉甫雷迪那个小小的居留地了。可是琼斯博罗在拉甫雷迪南边最多不过十英里呢。

炮声在南边响起来了,这可能就是北方佬给亚特兰大敲起的丧钟啊!不过,对于最担心母亲安全的思嘉来说,南边的战斗只不过是塔拉附近的战斗罢了。她在房间里踱过来踱过去,不停地绞着两只手,第一次充分而清晰地意识到南军可能被打败了。一想到谢尔曼的部队已成千上万地逼近塔拉,她就清楚地看出了战局的严峻和可怕。而这一点,无论是围城中击碎窗玻璃的枪声,还是缺吃缺穿的苦难,或者那一长列一长列躺着的垂死者,都不曾使她认识过。谢尔曼的部队离塔拉只有几英里了!这样,即使北方佬最终被打垮,他们也会沿着大路向塔拉退却,而杰拉尔德可能来不及带着三个生病的女人躲避他们。

啊,要是她现在跟他们在一起,也不管北方佬来不来,那才好呢!她光着脚,披着睡衣,在地板上走来走去,可是越走便越觉得严重,预感到事情不妙。她必须回家,她必须回到母亲身边去。

她听到了下面厨房里传来碗碟声,这是普里茜在准备早餐,可是没听见米德太太的女仆贝特西的声音。普里茜用尖厉而忧伤的腔调在唱:"再过几天啊……"这歌声思嘉听起来很觉刺耳,那悲伤的含意更叫她害怕,她只好披上一条围巾,啪哒啪哒穿过厅堂,走到后面楼梯口高声喊道:"别唱了,普里茜!"

"知道了,太太!"普里茜在楼下不高兴地答应一声,思嘉听了不觉深深抽一口气,突然感到惭愧起来。

“贝特西到哪里去了?”

“俺不知道。她还没来呢。”

思嘉走到媚兰门口,把门略略推开,朝阳光明丽的卧室里看了看。媚兰穿着睡衣躺在床上,闭着眼睛,眼睛周围现出一道黑圈,那张鸡心脸有些浮肿,本来苗条的身躯也变得有点畸形和丑陋了。思嘉恶意地设想,要是艾希礼现在看见了才好呢。媚兰比她所见过的任何孕妇都更难看。她正打量着,这时媚兰睁开眼睛亲切而温柔地对她笑了笑,脸色也顿时明朗起来。

“进来吧,”她艰难地翻过身来招呼,“太阳一出来我就醒了。我正在琢磨,思嘉,有件事情我要问你。”

思嘉走进房来,在阳光耀眼的床上坐下。

媚兰伸出手来,轻轻地握住思嘉的手。

“亲爱的,”她说,“这炮声使我很不安。是琼斯博罗那个方向,是不是?”

思嘉应了一声“嗯”,同时脑子里又重新出现刚才那种想法,心跳也开始加快了。

“我知道你心里很着急。我知道,如果不是为了我,你上星期听到你母亲生病的消息就会回去的。难道不是吗?”

“是的。”思嘉回答,态度不怎么温和。

“思嘉,亲爱的。你对我太好了。那么亲切,那么勇敢,连亲姐妹也不过如此。所以我非常爱你。我觉得是我在拖累你,心里很不安。”

思嘉瞪眼望着。爱她,是这样吗? 傻瓜!

“思嘉,我躺在这里一直在想,打算向你提出一个十分重大的要求。”说着,她把手握得更紧了,“要是我死了,你愿意抚养我的孩子吗?"

媚兰瞪着一双又大又亮的眼睛,急切而温婉地瞧着她。

"你愿意吗?"

思嘉听了有点惊慌失措,不由得把手抽出来,说话的声音也变得硬邦邦的了。

"唔,别傻气了,媚兰。你不会死的。每个女人生第一胎时都觉得自己会死。我曾经也是这样呢。"

"不,你没有这样想过。你从来就是什么也不怕的。你说这话只不过是要鼓起我的勇气罢了。我并不怕死,怕的是要丢下婴儿,而艾希礼又——思嘉,请答应我,如果我死了,你会抚养我的孩子。那样,我就不害怕了。皮蒂姑妈年纪太大,不能带孩子;霍妮和英迪亚很好,可是——我要你带我的婴儿。答应我吧,思嘉。如果是个男孩,就把他教养得像艾希礼,要是女孩——亲爱的,我倒宁愿她将来像你。"

"你这是见鬼了!"思嘉从床沿上跳起来嚷道,"事情已经够糟的了,还用得着你来死呀活呀的胡扯!"

"对不起,亲爱的。但是你得答应我。我看今天就会发生。我相信就在今天。请答应我吧。"

"唔,好吧,我答应你。"思嘉说,一面惶惑地低头看着她。

难道媚兰傻到这步田地,真不知道她对艾希礼是有意的?或者她一切都清楚,而且正因为这样才觉得思嘉会好好照顾艾希礼的孩子? 思嘉抑制不住想大声向媚兰问个明白,可是话到嘴边没有说出来,因为这时媚兰拿过她的手紧紧握住,并放到自己脸上贴了一会儿。现在她的眼神又显得宁静了。

"媚兰,你怎么知道今天就会出事呀?"

"天一亮我就开始阵痛了——不过不怎么厉害。"

"真的吗？可是，你干吗不早点告诉我？我会叫普里茜去请米德大夫嘛。"

"不，暂时还不用去，思嘉。你知道他有多忙，他们大家都很忙呢。只要给他捎句话去，说今天什么时候我们需要他来一下。再叫人上米德太太家去一趟，请她过来陪陪我。她会知道什么时候该打发人去请大夫。"

"唔，别这样尽替别人考虑了。你很清楚，你跟医院里的任何病人一样，目前迫切需要一位大夫。我马上打发人去叫他。"

"不，请你不要去。有时候，生个孩子得花一整天工夫呢。我就是不想让大夫坐在这里白等几个小时，而那些可怜的小伙子都十分需要他呢。只要打发人上米德太太家去一趟就行了。她会明白的。"

"唔，好吧。"思嘉说。

第二十一章

　　思嘉给媚兰端来早点之后，即刻打发普里茜去请米德太太，接着便和韦德一起坐下来吃早餐。但是，她似乎平生第一次没有什么食欲。她既要担心媚兰已濒临分娩，因此神经质地感到恐慌，又要常常不由自主浑身紧张地倾听远处的炮声，结果就什么也吃不下了。她的心脏也显得有点古怪，在有规律地搏跳几分钟之后，总要急速地怦怦乱蹦一阵，蹦得胃都要翻出来似的。稠稠的玉米粥像胶粘在喉咙里咽不下去，连作为咖啡代用品的烤玉米粉和山芋粉的混合饮料也从来没有像今天这样难吃过。既没有糖，又没有奶酪，这种饮料苦得像胆汁，尽管放了所谓"长效糖剂"的高粱饴糖也还是苦。她硬着头皮咽了一口，便把杯子推开了。即使没有其他原因，单凭她吃不到放糖和奶酪的真正咖啡这一点，她就恨死了北方佬。

　　韦德倒是比平时安静了些，也不像每天早晨那样叫嚷不要吃他所厌恶的玉米粥了。她一勺勺地送到他嘴边，他也乖乖地吃着，和着开水一声不响地大口大口咽下去。他那双温柔的褐色眼睛瞪得像银币一样，追踪着她的一举一动，眼睛里流露出童稚的惶惑，仿佛思嘉内心的恐惧也传给他了。他吃完以后，思嘉把他支到后院去玩，望着他蹒跚地横过凌乱的草地向他的游戏室走去，这才如释重负，心里轻松多了。

她起身来到楼梯脚下,犹豫不定地站在那里。她理应上楼去陪伴媚兰,设法缓和她的紧张情绪,让她不要害怕面临的这场考验,可是她觉得自己没有这个本领。媚兰为什么不迟不早偏偏要在这个时候生孩子呢!而且偏偏要在这个时候谈起死呀活呀这样的话来!

　　她在最底下的一步楼梯上坐下来,试着让自己镇静一些,可是随即又想起昨天的战事,不知结果如何,今天又打得怎样了。一场大战就在几英里之外进行,可是你一点也不知道,这显得多么奇怪啊!这个被遗弃的城郊今天竟如此寂静,这跟桃树沟大战的日子对比起来,显得多么奇怪!皮蒂姑妈的住宅是亚特兰大北部最末的一幢房子,而目前的战斗是在南边远处某个地方进行,因此这里既没有加速前进的支援部队经过,也没有救护车和松松垮垮的伤兵队伍从前线回来。她很想知道城市南端的情况会不会也是这样,并且庆幸自己没有住在那里。要是除米德家和梅里韦瑟家以外的所有人家并没有从桃树街北端逃难出去,那多好啊!他们一走,她就觉得寂寞孤单了。她真希望彼得大叔还留在身边,那样他便可以到司令部去打听消息。要不是为了媚兰,她这时也可以亲自去打听,现在她只好等米德太太来了以后再出去了。米德太太,她为什么还没来呢?普里茜到哪儿去了呢?

　　她站起来往外走,到前面走廊上,焦急地盼望她们,可米德家的住宅在街上一个隐蔽的拐弯处,她谁也没有瞧见。过了好一会儿,普里茜才来了,她独个儿慢悠悠地走着,好像准备走一整天似的,还故意将裙子左右摇摆,并不时回过头去看看后面有没有人注意。

　　"你可是冬天的糖浆,好黏糊啊!"普里茜一进大门,思嘉便厉声批评她，"米德太太怎么说的？她能不能马上就过来？"

"她不在。"普里茜说。

"她上哪儿去了？什么时候能回来？"

"唔，太太，"普里茜回答，故意拖长声音来强调她这消息的重要，"他们家的厨娘说，米德太太今天清早得到消息说，小费尔先生给打伤了，米德太太就坐上马车，带着老塔尔博特和贝特西一起去了，他们要把他接回家来。厨娘说他的伤很重，米德太太大概不打算到咱们这边来了。"

思嘉瞪眼看着她，真想揍她几下。这些黑人总是很得意自己能带回这种坏消息。

"好了，别站在这里发呆了。赶快到梅里韦瑟太太家去一趟，请她过来，或叫她家的嬷嬷来一下。好，快去。"

"她们也不在，思嘉小姐。刚才俺回家碰到她家的嬷嬷，还一起聊来着。她们也出去了。门都锁了。俺猜她们是在医院里。"

"所以你才去了那么久呀！每回我打发你出去，叫你到哪里就到哪里，不许中途跟人'聊'，知道了吗？现在，你到——"

思嘉停下来苦苦思索。她们的朋友中还有谁留在这里能够帮忙的呢？有埃尔辛太太。当然，埃尔辛太太近来一直不喜欢她，可是对媚兰却始终很好。

"到埃尔辛太太家去，向她把事情仔细说清楚，请她到这里来一下。还有，普里茜，听我说，媚兰小姐的孩子快生了，她随时都可能要你帮忙。好，你快去快回。"

"是的，太太。"普里茜说着就转身慢腾腾地像蜗牛似的朝车道上走去。

"快一点,你这懒骨头!"

"是的,太太。"

普里茜这才稍稍加快了脚步,思嘉也回到屋里来。她又迟疑着没有立即上楼去看媚兰。她得向媚兰解释清楚,为什么米德太太不能来,可是费尔受重伤的事她听了会难过的。好吧,这一点就瞒过她算了。

她走进媚兰房里,发现那盘早点还没动过。媚兰侧身躺在床上,脸色像白纸一样。

"米德太太上医院去了,"思嘉说,"不过埃尔辛太太马上就来。你痛得厉害吗?"

"不怎么厉害,"媚兰撒谎说,"思嘉,你生韦德时花了多久的时间?"

"不到一会儿工夫,"思嘉不自觉地用愉快的口气回答,"当时我正在外面院子里,几乎来不及进屋。嬷嬷说那样很不体面——简直就像个黑人。"

"我倒是巴不得也像个黑人呢。"媚兰说,一面勉强装出一丝微笑,可是这笑容随即消失,一阵剧痛把她的脸扭歪得不成样子了。

思嘉怀着没有一丝乐观的心情低头看看媚兰那窄小的臀部,但还是用安慰的口气说:"唔,看来也并不怎么样嘛。"

"唔,我知道,不怎么样。我只怕自己有点胆小。是不是——埃尔辛太太马上就会来吧?"

"是的,马上,"思嘉说,"我下楼去打盆清水来,用海绵给你擦擦。今天好热啊。"

她借口打水在楼下尽可能多待些时候,每隔两分钟就跑到前门去看看普里茜是不是回来了。可是普里茜连影子也没有,于是她只好回到楼上,用海绵给媚兰擦洗汗淋淋的身子,然后又替她梳理好那一头长长的黑发。

一小时后,她听见有个黑人的拖沓脚步声从街上过来了,便急忙向窗外望去,只见普里茜仍像刚才那样扭着腰,晃着脑袋慢腾腾地走回家来,她一路上装模作样,仿佛周围有一大群热心的围观者似的。

"总有一天我要给这小娼妇拴上一根皮带。"思嘉在心里恶狠狠地说,一面急急忙忙跑下楼去接她。

"埃尔辛太太到医院去了。他们家的厨娘说,今天早上火车运来了大批伤兵。厨娘正在做汤给那边送去呢。她说——"

"别管她说什么了,"思嘉插嘴说,她的心正往下沉,"快去系上一条干净的围裙,我要你上医院去一趟。我写个字条,你给米德大夫送去。如果他不在那里,就交给琼斯大夫,或者别的无论哪位大夫。你这次要不赶快回来,我就要活活剥你的皮。"

"是的,太太。"

"顺便向那里的先生们打听一下战争的消息。要是他们不知道,就绕到车站去问问那些运伤兵来的火车司机。问问他们,是不是在琼斯博罗或者靠近那里的地方打仗?"

"我的老天爷!"普里茜黝黑的脸上突然一片惊慌,"思嘉小姐,北方佬还没到塔拉吧,是吗?"

"我不知道。我是叫你去打听呀。"

"我的老天爷!他们会怎么对待俺妈呢,思嘉小姐?"

普里茜突然大声号叫起来,那声音使思嘉越发不安了。

"你别号了！媚兰小姐会听见的。现在快去换下你的围裙，快去。"

普里茜被迫加快了速度，她急忙跑到后屋去，于是思嘉在杰拉尔德上次来信——这是家里唯一的一张纸了——的边沿上匆匆写了几句话。她把信纸叠起来，把她的短简叠在顶上边，这时她偶尔瞥见杰拉尔德写的几个字："你母亲——伤寒病——无论如何——回家——"她差点哭了。要不是为了媚兰，她会即刻动身回去的，哪怕只能一路上步行到家也行！

普里茜一手拿着那封信，快步走出门去，思嘉也回到楼上，一面思忖着怎样能骗过媚兰，说明埃尔辛太太为什么没来。不过媚兰并没有问起这件事。她仰身躺着，面容平静而温柔，这情景使思嘉也暂时安心了。

她坐下来，试着说些无关紧要的事情，但是心里对塔拉的悬念，以及对于北方佬可能得逞的忧虑，仍在无情地折磨着她。她心想爱伦已奄奄一息，而北方佬即将闯入亚特兰大，逢人便杀，见东西便烧。就在这样胡思乱想时，远处隐约的隆隆炮声仍不断地轰着她的耳鼓，激起一阵阵恐惧的气氛。最后，她实在谈不下去了，只好凝望着窗外炎热阒寂的街道和静静地挂在枝头的积满灰尘的树叶。媚兰也默默无言，可是她那张平静的脸在一阵阵扭曲，这说明她的阵痛更加频繁了。

她每次阵痛过后总是说："不怎么样，真的。"可思嘉知道这是撒谎。她宁愿听到一声尖叫而看不惯这样默默地忍受。她知道自己应当为媚兰感到难过，但是却无论如何也挤不出一丝温暖的同情来。她的心被她自己的痛楚折磨得太惨了。有一回，她狠狠地盯着那张痛得扭曲的脸，心想为什么在这个世界上千千万万人中，偏偏是她要在这个时候守在这里陪着媚兰,而她跟这个人毫无共同之处,她恨这个人,甚至还巴不得她快点死呢。好吧,也许她这愿望会实现,今天就会实现了。想到这里,她不觉打了个不祥的冷战。据说希望某个人快死,就像诅咒人一样,是不会有好结果的。如嬷嬷说的,诅咒别人的人必定自作自受。于是她赶快祈祷,求上帝保佑媚兰不死,并且又热切地胡扯起来,连自己也不知在说些什么。末了,媚兰伸出一只滚烫的手放在她的手腕上。

"别费苦心来找话说了,亲爱的。我明白你心里多么着急。我很抱歉给你添了这许多麻烦。"

思嘉这才沉默下来,可是没法静静地坐着。如果大夫和普里茜谁都不能按时赶到,那她怎么办呢?她走到窗口,看看下面的大街,然后又回来坐下。接着又站起身来,向屋里另一边的窗外看去。

一小时又一小时过去。到了中午太阳当头时就越发炎热起来,静静的树叶中不见一丝风影。这时媚兰的阵痛更厉害了。思嘉悄悄用海绵给她揩脸,但心里十分害怕。老天爷,看来在大夫到达之前孩子就要降生了!这叫她怎么办呢?对于接生的事她可一窍不通。这正是几星期以来她一直在担心的紧急关头啊!她一直在指望着普里茜来应付这个场面,如果到时候找不到大夫的话,普里茜在接生方面是个行家呢。她说过不止一次了。可如今普里茜在哪里呢?她怎的还没回来呀?怎么大夫也没来呀?她又一次跑到窗口去看。她仔细一听,突然觉得好像远处的大炮声停息了,或者,这只不过是她的想象?如果炮声已经更远,那就意味着战争已更加靠近琼斯博罗,意味着——

她终于看见普里茜沿大街匆匆走过来,于是把半个身子探出窗外。这时普里茜也抬头看见了她,她正要张嘴叫她。思嘉看见那张小黑脸上一片惊慌,生怕她喊出可怕的消息来吓坏了媚兰,便赶快将手指放在嘴唇上示意她不要作声,然后离开窗口。

"我想去打点凉一些的水来。"她俯视着媚兰那双深陷的黑眼睛,勉强微笑着说。接着她急忙出来,小心地把门关上。

普里茜气喘吁吁地坐在过厅的楼梯脚下。

"他们在琼斯博罗打起来了,思嘉小姐!他们说咱们的军队快打败了。啊,上帝,思嘉小姐!要是北方佬到这儿来了,咱们会怎么样呢?啊,上帝——"

思嘉一手把那张哭嚷的嘴捂住了。

"看在上帝面上,你别嚷了!"

是呀,如果北方佬来了,他们会怎么样呢——塔拉会怎么样呢?她极力把这个念头推到脑后,尽可能抓住当前这个更为迫切的问题。要是她还一心去想那些事情,她就会像普里茜那样号叫起来了。

"米德大夫呢,他什么时候来?"

"俺压根儿没看见他,思嘉小姐。"

"什么?"

"是的,他不在医院。梅里韦瑟太太和埃尔辛太太也不在。有个人跟俺说,大夫在车篷子里,跟那些刚刚从琼斯博罗来的伤兵在一起,可是,思嘉小姐,俺不敢到那车篷子里去——那里尽是些快死的人。俺可怕见死人——"

"别的大夫怎么样呢?"

"思嘉小姐,天知道,俺几乎找不到一个人来看你的字条。他们全都在医院里忙着,像发了疯似的。有个大夫对俺说：'滚开，别到这里来打扰我们，谈什么孩子的事，这里有许多人快死啦。去请个女人给你帮忙吧。'后来俺就到处打听消息，照你的吩咐，他们说是在琼斯博罗打仗，俺就——"

"你说米德大夫在火车站？"

"是的，太太。他——"

"好，仔细听着。我要去找米德大夫，要你坐在媚兰小姐身边，她叫你干什么就干什么。你要是向她透露了哪怕一点点关于在什么地方打仗的消息，我就要毫不含糊地把你卖到南部去。你也不要告诉她别的大夫都不能来。听清楚了没有？"

"是的，太太。"

"擦干你的眼睛，赶快打桶清水送上楼去。用海绵给她擦擦身。告诉她我去找米德大夫去了。"

"她是不是快了呢，思嘉小姐？"

"我不知道。我怕就是快了，不过我说不准。你应当知道的。快上去吧。"

思嘉从搁板上一把抓起她的宽边草帽随手扣在头上。她对着镜子机械地理了理几绺松散的头发，但好像并没有看见自己的影像。她心中那微微起伏和发冷的惊恐情绪在向外渗出，直至她抚摩面颊时也猛然发觉自己的手指凉了，尽管这时她身体的其余部分还在冒汗。她匆匆走出家门，来到炎热的阳光下。这是个热得令人眼花的炎炎的酷暑天，她在桃树街上走了不远就觉得太阳穴在轰轰地跳了。她听得见远处街头有许多声音在大叫大喊，时高时低。等到她看见莱顿家的房子，就已经开始气喘，因为她的胸衣箍得太紧了，不过她并没有放慢脚步。这时前面那片喊叫声也愈来愈响了。

从莱顿家的房子到五点镇那段大街上全是一片纷纷攘攘,像个崩塌了的蚁丘似的。黑人们惊惶失措地在街上跑来跑去,无人照管的白人孩子坐在走廊上号叫。街上拥挤着满载伤兵的军车和救护车,以及堆满行李和家具的马车。骑马的男人们乱糟糟地从两旁小巷里奔上桃树街,向胡德将军的司令部驰去。邦内尔家房前,年老的阿莫斯拉着一匹驾辕的马站在那里,他瞪着一双骨碌碌的眼睛招呼思嘉。

"你还没走呀,思嘉小姐? 我们要动身了。老姑娘在里面收拾行李呢。"

"走,上哪儿?"

"天知道呢,小姐。总该有个地方吧。北方佬马上就要来了!"

她急忙往前走,连一声再会也来不及说。北方佬就要到了! 她在韦斯利教堂门前停下来喘口气,让心跳稍稍缓和一些。如果她再不平静一点,就一定要晕倒了。她抓住一根灯柱,倚着它站在那里,这时她瞥见一位骑马的军官从五点镇飞跑而来,于是灵机一动,赶快跑到街心向他挥手。

"啊,站住! 请站住!"

那位军官突然勒住马头,因用力过猛,那匹马竖起前腿往后倒退了好几步。从表情来看,军官已十分疲劳可又有极为紧迫的任务在身,不过他还是迅速地摘下了那顶破旧的军帽。

"太太!"

"告诉我,是不是北方佬真的就要来了?"

"我想是这样。"

"你真的知道吗?"

"是的,太太。我知道。半小时以前指挥部收到了快报,

476

是从琼斯博罗前线来的。"

"琼斯博罗？你确信是这样？"

"我确信是这样。说谎也没有用嘛，太太。消息是哈迪将军发来的，他说：'我已失败，正全线退却。'"

"啊，我的上帝！"

那位军官的疲乏而黝黑的脸平静地俯视着。他重新抓起缰绳，戴上帽子。

"唔，先生，请稍等一会儿。我们怎么办呢？"

"太太，我不好说。军队马上就要撤离亚特兰大了。"

"撤走了，把我们留给北方佬吗？"

"恐怕就是这样。"

那匹马经主人一刺就像弹簧般向前蹦去了，剩下思嘉站在街心，双脚埋在红红的尘土里一动不动。

北方佬就要来了。军队正在撤离。北方佬就要来了。她怎么办呢？她往哪里跑呢？不，她不能跑。背后还有媚兰躺在床上等着生孩子呀！唔，女人为什么要生孩子？要不是为了媚兰，她还可以带着韦德和普里茜到树林里去，那里北方佬是怎么也找不到他们的。但是她不能带着媚兰去啊。不，现在不行。唔，要是她早一点，哪怕昨天就把孩子生了，那他们或许可以弄到一辆救护车把她带走，把她藏在什么地方。可现在——她只能找到米德大夫，叫他跟着她回家去。也许他能让孩子早些生下来。

她提起裙子沿大街直往前跑。"北方佬来了！北方佬来了！"她一路念叨着，仿佛在给脚步打节拍似的。五点镇挤满了人，他们盲目地到处乱跑，同时满载伤兵的军车、救护车、牛车、马车也挤在一起。人群中一片震天的喧嚷像怒涛般滚滚而来。

接着,她看见一场极不协调的奇怪情景。大群大群的妇女肩上扛着火腿从沿着铁路的方向走来。孩子们也头顶着一桶桶装得满满的饴糖在她们身旁急匆匆地跑着。年轻小伙子们拖着一包包的玉米和马铃薯。一个老头用手推车推着一袋面粉在一路挣扎着前进。男人、女人和小孩,黑人和白人,无不神情紧张地匆匆跑着,跑着,拖着一包包、一袋袋、一箱箱的食物——这么多的食物她已经整整一年没见过了。这时,人群突然给一辆歪歪倒倒的马车让出一条通道,文弱而高雅的埃尔辛太太过来了,她站在她那辆四轮马车的车前,一手握着缰绳,一手举着鞭子。她头上没戴帽子,脸色苍白,一头灰色长发飘垂在背上,像个复仇女神般抽打着马一路奔跑。她家的黑人嬷嬷梅利茜坐在后座上一蹦一跳的,一只手里紧紧抓着一块肥腊肉,另一只手和双脚用力挡住堆在周围的那些箱子和口袋不让倒下来。有个干豆口袋裂开了,豆子撒到街上。思嘉向埃尔辛太太尖声喊叫着,可是周围一片嘈杂把她的声音给淹没了,马车摇摇晃晃地驶了过去。

她一时摸不着头脑,不知这究竟是怎么回事。后来,记起了供销部的仓库就在前边的铁路旁,她才明白原来是军队把仓库打开了,让人们在北方佬来到之前尽可能去抢救一些粮食。

她从人群中挤出去,绕过五点镇空地上那些狂热汹涌的人群,又尽快跑过一条短街,向车站赶去。她穿过那些挤在一起的救护车和一团团的尘雾,看见大夫们和担架工人在忙着搬运伤兵。感谢上帝,她很快找到了米德大夫。她绕过亚特兰大饭店,已经看得见整个车站和前面的铁路,这时她猛地站住,完全给吓坏了。

成百上千的伤员,肩并肩,头接脚,一排排一行行地躺在酷热的太阳下,沿着铁路和人行道,在车篷底下,连绵不绝地一直延伸开去。有的静静地僵直地躺着,也有许多蜷伏在太阳下呻吟。到处是成群的苍蝇在他们头上飞舞,在他们脸上爬来爬去,嗡嗡地叫。到处是血、肮脏的绷带、哀叹和担架工搬动时因痛苦而发出的尖声咒骂。

汗渍,血腥,没有洗过的身体和粪便的臭味在一阵阵灼人的热雾中升起,思嘉忍不住要作呕了。救护车的医务人员在躺着的伤员中间急急忙忙地跑来跑去,常常踩在排列得太紧密的伤员身上,那些被踩着的人也只得迟钝地翻着眼睛望望,等着有人来搬运他们。

思嘉用手捂住嘴向后退了两步,觉得快要呕出来了。她实在不敢再往前走。她曾在医院里接触过许多伤兵,桃树沟战役后又在皮蒂姑妈家的草地上看见过一些,可是还没见过这样的情景。像这些在毒热的太阳下烤着的浑身血污和恶臭的身体,她从来没有见过。这是一个充满了痛苦、臭味、喧嚣和忙乱的地狱——忙乱,多么忙乱啊!北方佬眼看就要到了!北方佬就要到了啊!

她耸耸肩膀振作起来,向这忙乱而凄惨的场面中走去,同时睁大眼睛从那些走动的人中辨认米德大夫。但是她发现没法寻找他,因为一不小心就会踩在一个可怜的伤兵身上。她只得提起裙子,在这些人中间一步步挪动,向一群正在指挥担架工的人走去。

她一面走,一面有一只又一只滚烫的手拉着她的裙裾,一个个嘶哑的声音在叫喊:"太太——水!求求你给点水!看在上帝面上,给点水啊!"

她要用力把裙子从那一只只手里拽出来,已经弄得汗流满面了。如果踩着了地上的某个人,她就会吓得尖叫一声,甚至要晕倒的。她抬起脚来跨过死尸,跨过那些眼睛已经失掉光泽但双手仍抓着肚子上同伤口粘在一起的军服的人,那些沾着鲜血的胡子已经干硬但击碎了的下巴仍在颤动着的人——他们似乎在叫喊:"水啊! 水啊!"

她要是不能很快找到米德大夫,就会疯狂地嚷起来了。她向车篷底下那群人望去,竭尽全力大声喊道:"米德大夫!米德大夫在那里吗?"

那群人里走出来了一个人,朝她望着。那是大夫。他身上没穿外衣,袖子高高卷起。他的衬衫和裤子都像屠宰衣似的红透了,甚至那铁灰色的胡子尖儿也沾满了血。从他脸上的表情看,他是深深沉溺在既浑身疲乏又满腔愤怒和热烈同情的感受中了。那张脸是灰乎乎的,满是尘土,汗水在两颊上划着一条条长沟。然而他呼唤她时,那声音是镇静而坚决的。

"感谢上帝,你来了。我正需要人手呢。"

她一时惶惑地凝视着他,连忙把手里提着的裙子放了下来。这裙子落在一个伤兵的脏脸上,他虚弱地转着头,想躲避裙裾的拂扰。大夫这话是什么意思呢? 救护车扬起的干燥而闷人的灰尘向她迎面扑来,同时那腐烂气味也像两股臭水似的冲着她的鼻孔直灌。

"赶快,孩子,到这儿来。"

她提起裙子跨过那一排排伤亡人员,尽快向他走去。她握住他的胳臂,发觉它在疲乏地颤抖,可他脸上没有一点虚弱的神色。

"啊,大夫,"她喊道,"你一定得去呀,媚兰要生孩子了。"

他望着她,她的话他似乎并没有听进去。这时有个枕着水壶躺在她脚边的人咧开嘴对她友好地笑了笑。

"他们会对付过去的。"他高兴地说。

她对脚边的人连看也没看一眼,只一个劲儿地摇着大夫的胳臂。

"是媚兰呀,要生孩子了。大夫,你一定得去。她那——"这不是讲究文雅的时候,可是要在这成百上千的陌生人面前说那种话还是不好开口啊。

"阵痛愈来愈紧了。求求你了,大夫!"

"生孩子,我的天!"这像一个轰雷似的震醒了大夫,他的脸色突然因为恼恨而变得难看了。这怒火不是对思嘉来的,也不是对任何其他人,而是对居然会发生这种事的世界。"你疯了吗?我不能丢下这些人呀。他们都快死了,成百上千的。我可不能为他妈的一个孩子而丢下他们。找个女人给你帮忙吧。找我的太太去。"

她张开嘴,想告诉他米德太太不能来的缘故,可突然又闭口不言了。他还不知道自己的儿子受伤了呢!她不明白如果他知道了会不会仍留在这里,可是从某些迹象看,即使费尔快死了,他也会坚持在这个岗位上救助这许多伤员,而不会只顾那一个人的。

"不,你一定得去,大夫。你知道你自己也说过,她可能难产——"啊,难道这真是思嘉自己站在这个火热的充满呻吟的鬼地方,扯着嗓子说这些粗俗得可怕的话吗?"要是你不去,她就会死啦!"

他粗暴地甩脱了她的手,仿佛没听见她的话或不知她说了些什么似的自顾自说着。

"死？是的,他们都会死——所有这些人。没有绷带,没有药膏,没有奎宁,没有麻醉剂。啊,上帝,弄点吗啡来吧！就一点点,给那些最重的伤号也好。就要一点点麻醉剂呀。该死的北方佬！天杀的北方佬！"

"让他们下地狱吧,大夫！"躺在地上的一个人咬牙切齿说。

思嘉开始发抖了,眼睛里闪着恐惧的泪花。看来大夫是不会跟她走了。媚兰会死掉,她本来就希望她死的。大夫不会去呀。

"看在上帝分上,大夫,求求你！"

米德大夫又沉下脸来,他咬着嘴唇,腮帮子也硬了。

"孩子,让我试试看。我不能答应你。不过我愿意试试。等我们安排好了这些人再说。北方佬快到了,军队正在撤离城市。我不知道他们会怎样对待伤员。火车已经根本没有了。到梅肯的铁路已经被占领……不过我想试试。你走吧。别打扰我了。养个孩子没什么大不了的。无非把脐带扎起来……"

这时有个勤务兵跑过来拍了拍他的臂膀,大夫即刻转过身去,指指点点地吩咐起来。那个躺在思嘉脚边的人同情地仰望着她。她看见大夫已经把她忘了,便慢慢走开了。

她急忙从伤兵中间穿过去往回走,朝桃树街赶去。大夫没有来。她只得自己去对付这个场面了。感谢上帝,普里茜懂得接生的全过程。她已经热得头疼起来,感到里面的胸衣已经湿透了,粘在身上。她觉得脑子已经麻木,两条腿也是这样,想走也走不动,就像在梦魇中似的。她想起还得走那么长一段路才能到家,简直是走不完的路啊!

　　于是"北方佬快来了!"这个念头又反复在她脑子里鼓噪。她的心脏开始轰跳起来,新的生命之液流注到她的四肢里。她急忙走进五点镇的人群中,那里已经拥挤得连狭窄的人行道上也没有落脚之处了。因此她只得在街上行走。一队队满身尘土、精疲力竭的士兵从那里经过。他们数以千计,都是些满脸胡子、肮脏不堪的人,肩上斜挎着枪支,迈着行军的步伐迅速行走。后面是辚辚滚动的炮车,赶车的用长长的皮鞭狠狠抽打着羸弱的骡子。盖着破帆布的军需车摇摇晃晃地在凌乱的车辙中驶着。骑兵掀起一团团令人窒息的尘土无穷无尽地跑过。思嘉以前还从没见过这么多士兵呢。撤退! 撤退! 军队在撤出城去啊!

　　那些匆匆行进的队伍把思嘉推回到拥挤的人行道上去了。这时她闻到廉价玉米威士忌的刺鼻气味。迪凯特大街附近的群众中有些衣着很俗丽的妇女,她们花花绿绿的衣饰和涂脂抹粉的脸孔给人以很不调和的节假日感觉。她们大多喝醉了,那些用胳臂挽着她们的士兵也都是醉鬼。思嘉忽然瞥见一个满头红鬈发的女子,这妖精不是别人,正是贝尔·沃特琳,她靠在一个踉踉跄跄的独臂大兵身上尖声傻气地狂笑着。

　　她左推右搡地穿过人群,好不容易走过五点镇那边的一个街口,这里不怎么拥挤了,她又提起裙子飞跑起来。她到达韦斯利教堂前面时已累得头晕气喘,胃里也很不舒服了。她那件胸衣快要把她的肋骨勒断了。她在教堂的台阶上坐下,两手捧着头,让呼吸渐渐缓和下来。她要是能够深深吸一口气,一直吸到肚子里,那该多舒服啊! 要是她那颗心停止冲撞、轰鸣和急跳,那该多舒服啊! 要是这鬼地方有个人能够帮助她一下,那该多好啊!

你看,她这一辈子还从未遇到过一件事非她自己独立去办不可的呢。常常有别的人替她办事,照顾她,庇护她,保卫她,纵容她。她居然陷入了这样的困境,这是难以令人相信的。没有一个朋友,没有一个邻居来帮助她。以前经常有朋友和邻居,以及甘愿当奴隶的能干的手,来为她效劳。而在此时此刻她迫切需要帮助的情况下,却一个也没有了。她居然落得这样孤独无依,这样恐惧,这样远离家乡,这是难以相信的啊!

家啊!不管有没有北方佬,只要在家里就好了。家啊,即使爱伦病了也好。她渴望看到母亲那张可爱的脸,渴望嬷嬷那双强有力的胳臂来搂着她。

她头晕眼花地站起来,继续往前走。快到家时,她看见韦德在那里攀着一扇大门晃荡。他一看见她,就歪着脸举着一个受伤的指头哭起来了。

"疼!疼!"他抽抽搭搭地嚷着。

"别响!别响!别响!要不我就揍你。到后院玩泥饽饽去,别乱跑。"

"韦德饿了。"他哽咽着说,一面把那个受伤的指头放进嘴里。

"我不管。你到后院去——"

她抬起头来,看见普里茜倚在楼上的窗口,满脸惊恐焦急的神情,不过一看见她的女主人便顿时开朗了。思嘉招手叫她下来,然后自己走进屋里。穿堂里多凉快啊!她脱下帽子扔在桌上,便即刻抬起胳臂抹前额上的汗水。她听见楼上的门一打开,便从里面传出凄惨的呻吟声,那显然是从剧痛中迸发出来的,这时普里茜三步并作一步从楼梯上跑下来。

"大夫来了吗?"

"没有。他不能来。"

"啊,上帝,思嘉小姐!媚兰小姐更惨了!"

"大夫不能来。谁也不能来。只好由你来接生了,我帮助你。"

普里茜张口结舌说不出话来了。她斜睨着思嘉,一面在地上擦着脚,扭着瘦小的身子。

"别装出这副傻相了!"思嘉大声嚷道,对她这副样子感到十分生气,"你究竟是怎么回事?"

普里茜偷偷地往楼梯口退缩。

"说真的,思嘉小姐——"普里茜又怕又羞,瞪着两只眼睛不敢说下去。

"说吧。"

"说真的,思嘉小姐!咱们得请个大夫来才行。俺——俺——思嘉小姐,俺一点也不懂接生的事。俺妈接生的时候,从来不让俺在旁边呢。"

思嘉听了大吃一惊,接着便气得肺都炸了。普里茜偷偷从她身边走开,一心想溜掉,这时思嘉一把抓住她。

"你这骗人的小黑鬼——想怎么样?你一直说生孩子的事你全懂。到底怎么样?老实告诉我!"她拽住她用力摇晃,直摇得她的黑脑袋像醉鬼一般摆来摆去。

"俺是撒谎,思嘉小姐!俺也不明白怎么会向你撒这个谎的。俺只看见生过一个孩子,俺妈好像还怪我不该出来看呢。"

思嘉狠狠地瞅着她,吓得普里茜直往后退,准备溜走。最初她拒不承认事实,但是等到她终于明白普里茜在接生方面就像她一样一窍不通时,她的满腔怒火再也遏制不住了。她有生以来还没有打过奴仆,可此刻她使出了那只疲乏手臂的全部力气在普里茜的黑脸上抽了一记耳光。普里茜尖着嗓子大叫起来,这与其说是因为疼痛,还不如说是出于害怕,同时扭着跳着,要挣脱思嘉的手。

她一尖叫,二楼上的呻吟和呼唤声便停止了,过了片刻才听见媚兰微弱而颤抖的声音,她喊道:"思嘉,是你吗?你快来呀,来呀!"

思嘉放开普里茜的胳臂,这女孩便呜呜咽咽地在楼梯上坐下了。思嘉静静地站了一会儿,抬起头来倾听上面低低的呻吟和呼唤声。这时,她感到仿佛有个牛轭沉重地落在她的头颈上,仿佛上面加了重负,这重负使她每跨一步都觉得十分吃力。

她试着回想自己生韦德时嬷嬷和爱伦替她做的每一件事。但是产前阵痛那种令人迷迷糊糊而不再觉得恐怖的状态使一切都恍如雾中,弄不清楚了。她现在还记得少数几件事,便赶忙以权威的口气吩咐普里茜去做。

"把炉子生起来,烧一壶开水放在那里。把凡是你能找到的毛巾和那团细绳都拿来,给我一把剪刀。不许你说什么东西找不到,一定都要找来,而且赶快找来。快去吧。"

她将普里茜一把提起来,又推了她一下,叫她立即到厨房那边去了。然后她挺挺胸,打起精神上楼去。现在得告诉媚兰,要由她和普里茜来给她接生了,这可是一件不好说的事呢。

第二十二章

以后永远也不会有这么长的一个下午了。也不会这么炎热,不会有这么多懒洋洋的苍蝇。这些苍蝇,不管思嘉怎样不停地挥扇子,仍然成群地落在媚兰身上。她用力挥着那把大棕榈扇,胳臂都酸痛了。但是她好像简直在白费力气,因为她刚把它们从媚兰汗湿的脸上赶开,它们即刻又在她那湿冷的双脚和腿上爬满了,媚兰不时无力地抖动着想摆脱它们,并低声喊道:"请扇扇吧,我的脚上!"

房间里半明半暗,因为思嘉把窗帘拉下来挡热气和阳光了,只有一小点一小点的亮光从帘子的小孔里和边缘上透进来。房间里热得像个烤炉,思嘉身上的衣服湿了,始终没有干过,而且汗水愈来愈多,也粘得愈来愈不好受。普里茜蹲在一个角落里,也在出汗,浑身酸臭。要不是怕这孩子一背着她就会一溜烟跑掉,思嘉简直想把她赶出去。媚兰躺在床上,床单早已给汗渍弄脏,又因为思嘉有时溅上的水,斑斑点点地湿了。她不停地打滚,翻来覆去,时而向左时而向右滚个不停。

有时她挣扎着想坐起来,但向后一靠又躺倒了,于是又打起滚来。最初她还强忍着不叫不嚷,狠狠咬着嘴唇,直咬得皮都破了。这时思嘉的神经也快要绷裂了,才粗声嘎气地说:"媚兰,看在上帝分上,别逞强了吧。想叫就叫吧。除了我们没有别人能听见呢。"

到了后来,就由不得媚兰自己要不要逞强,她终于呻吟起来,有时也大声叫了。她一叫,思嘉便双手捧着头,捂着耳朵,转过身去,巴不得自己死了。做什么都好,就是不要眼睁睁地看着这种痛苦的情景而毫无办法啊。要守在这里,花这么长时间等一个孩子落地,世界上没有比这更倒霉的事了。何况这样等着等着的时候,她很清楚北方佬实际上已经到五点镇了。

她真后悔自己以前没有多注意听听那些主妇们谈生孩子的事。要是平时注意到就好了!要是平时多关心这种事情,她现在就会知道媚兰是不是要很久才能生下来。她隐约记得皮蒂姑妈讲过,她的一个朋友生孩子整整生了两天,结果没生出来自己就死了。说不定媚兰也得生两天呢!可是媚兰身体这样娇弱,她一定经不起两天的折磨。要是孩子不早些下来,她很快就会死的。如果艾希礼还活着,她怎么有脸去告诉他媚兰已经死了——她曾经答应过要照顾她呀!

起初,媚兰疼得厉害时总是要握住思嘉的手,但是她抓得那么紧,几乎要把骨头都捏碎了。一个钟头以后,思嘉的手就青肿起来,快要不能动弹了。她只得拿两条毛巾扎在一起,系在床腿上,然后让媚兰的两只手拉住打结的那一头。媚兰拉着它就像拉着自己的生命线似的,时而紧张地拽住,时而放松一下,随意地撕扯着。整个下午,她的声音像落在陷阱里垂死的野兽一般在嗥叫。她偶尔放下毛巾,无力地搓着双手,瞪着两只痛得鼓鼓的眼睛仰望着思嘉。

"对我说说话吧,请说说话吧。"她低声说,这时思嘉便随意闲聊一阵,直到媚兰又抓住那个毛巾结开始扭摆起来。

房间里又暗又热,充满了痛苦的喊叫和嗡嗡的苍蝇,可是时间过得慢极了,思嘉连早晨的事也有点记不起来了。她觉得仿佛自己在这个闷热、阴沉和汗湿的地方已待了一辈子似的。每当媚兰喊叫时她也很想喊叫,只是由于狠命地死咬着嘴唇不放才没有喊叫出来,并终于把内心的狂乱遏制下去了。

有一次,韦德踮着脚尖跑上楼来,站在门外哭泣。

"韦德饿了!"思嘉听了起身往门外走去,这时媚兰低声说,"别离开我。求求你。你不在我就忍不住了。"

这样,思嘉只好打发普里茜下楼去热点玉米粥喂他。至于她自己,她觉得从下午起她就再也吃不下任何东西了。

壁炉上的钟已经停摆,她已没法知道现在是什么时候,只有等到房里的热气渐消和那一点一点的亮光暗淡下去时,她才把窗帘拉开,猛地发现原来快傍晚了,太阳像个猩红的火球已远远斜挂在西天。不知为什么,她原以为永远是酷热的中午呢。

她心里紧张地猜想现在商业区已经变成什么样子。是不是军队已经全部撤出去了?北方佬进来了没有?联盟军会不经过战斗就开走吗?于是,她不由得十分遗憾和沮丧地想起,联盟军为数那么少,而谢尔曼的部队又多又强壮,谢尔曼啊!连撒旦本人也不会像他这样叫人害怕呢!可现在已没有时间来想这些了,因为媚兰在喊着要水,要一块湿毛巾敷在她头上,要人给她打扇,要人驱赶她脸上的苍蝇。

暮色降临时,普里茜像个黑幽灵似的急急忙忙点起灯,媚兰显得更虚弱了。她开始一遍又一遍地呼唤艾希礼,好像神志昏迷了。这种单调可厌的呼唤声使思嘉恨不得拿一只枕头把她的嘴捂住。也许大夫最终会来的吧。但愿他快点来!这时希望又开始抬头,她转身打普里茜的主意,吩咐她赶快到米德太太家去,看看大夫或者他太太在不在家。

"要是大夫不在,就问问米德太太或他们家的厨娘有什么办法。求她们赶快来一下!"

普里茜啪哒啪哒走了,思嘉望着她在大街上匆匆忙忙地奔跑,她从来没有想到这小东西会跑得这么快。过了相当长一段时间,她独自一人回来了。

"大夫整天不在家。说不定他跟那些大兵一起走了。思嘉小姐,费尔已经完了!"

"死了?"

"是的,太太,"普里茜用自以为重大和得意的口气说,"车夫塔尔博特告诉俺的。他给打中了——"

"别去管这些了。"

"俺没看见米德太太。厨娘说米德太太在给费尔洗身子,要赶在北方佬到这里之前把他安葬好。厨娘说媚兰小姐要是痛得不行了,只消在她床底下放把刀子,就会把阵痛劈成两半的。"

思嘉听了这些毫无用处的话,气得又要揍她了,可是媚兰睁着那双鼓胀的眼睛低声说:"亲爱的,北方佬快来了吗?"

"不,"思嘉坚决地说,"普里茜就会撒谎。"

"是的,太太。俺就是这样。"普里茜急忙表示同意。

"他们快来了。"媚兰低声说,她没有受骗,便将脸埋在枕头里,但声音是捂不住的。

"我可怜的孩子。我可怜的孩子。"歇了一会儿又说:"啊,思嘉,你别待在这里了。你得带着韦德一起离开。"

其实媚兰说的也就是思嘉一直想着的事,可是思嘉听见她说出来反而恼羞成怒了,仿佛她内心的怯懦已明明白白地流露在脸上,被媚兰看透了似的。

"别傻了。我并不害怕。你知道我是不会离开你的。"

"你走不走都一样,反正我快死了。"接着她又呻吟起来。

思嘉像个老太婆似的扶着栏杆慢慢从黑暗的楼梯上摸着走下来,生怕不小心跌倒了。她的两条腿像铅一般沉重,她又疲劳又紧张,一路直哆嗦,同时因为浑身是汗而在不断地打冷战。她十分吃力地摸到前边走廊里,在顶上一级台阶颓然坐下。她背靠着一根廊柱斜倚在那里,用颤抖的手解开胸衣当中的扣子,让胸衣半敞着。夜色黑沉沉,温暖而柔和,她侧身凝望着它,迟钝得像头耕牛。

一切都过去了。媚兰并没有死。那个像小猫似的哇哇叫的小崽正在普里茜手里接受头一次洗浴。媚兰这时睡着了。在经历了这样一场梦魇般的剧痛和对接生程序一无所知,以致害多利少之后,她怎么还睡得着呢?她怎么没有死呀?思嘉知道,如果是她自己经受了这样一番折磨,那一定死了。可是事情一过,媚兰居然还能低声说:"谢谢你了。"尽管她已虚弱得奄奄一息,思嘉是俯身侧耳才听见的。后来她就睡着了。她怎能睡得着呢?思嘉忘记了自己生完韦德之后也睡着过。她什么都记不起来了。她的脑子已成了真空;世界已成了真空;在这漫无尽头的一天之前不曾有过生活,在这以后也不会有——只有——酷热难熬的夜晚,只有她那粗嘎疲倦的呼吸声,只有从腋窝到腰、从臀部到膝盖淋漓不息的黏糊冰冷的汗水。

她听见她自己的呼吸声从均匀响亮转为痉挛性的抽泣,

但她的眼睛是干枯而火辣辣的,仿佛它们再也不会流泪了。她缓慢而吃力地抬起身来,将沉重的裙裾拉到大腿以上。她同时感到又冷又热又黏黏糊糊,而微微的夜风吹在四肢上却爽快得很。她模糊地感到,如果皮蒂姑妈看见她斜躺在这前廊上,裙子撩得那么高,连内裤都露了出来,不知要怎么说呢。不过她不管它。她什么也不管了。时间已停滞不前。现在可能刚过黄昏不久,也可能已经半夜了。她不清楚,也不去管它。

她正要合眼并感到睡意渐浓时,忽然听见楼上走动的脚步声,心想"这可能是该死的普里茜吧"。在黑暗中过了不知多久,普里茜来到她身边,得意地唠叨起来。

"咱们干得不错呢,思嘉小姐。俺说俺妈也不会比这再好了。"

思嘉瞪大眼睛从黑影中望着普里茜,因为太累才没有呵斥,没有责骂,没有数落普里茜的过错——她对自己并没有的那种经验的吹嘘,她的恐惧,她那笨手笨脚的忙乱样儿,她到紧急关头的手足无措:不是拿错了剪刀,就是把水盆里的水溅得满床都是,甚至还失手把新生婴儿跌落过呢。可现在她倒是吹起牛来,说自己干得多么好了。

可是,北方佬还要解放黑人呀!不错,北方佬是受他们欢迎的。

她又静静地靠着柱子斜躺下去,普里茜也明白她的心情,便蹑手蹑脚躲进黑暗中去了。过了好一会儿,思嘉的呼吸已渐渐缓和下来,心跳也平稳了,她才隐约听见前面路上从北边来的杂沓的脚步声。士兵!她慢慢坐起来,把裙子往下拉拉,尽管知道在黑暗处谁也不会看见。他们眼看来到了屋前,绵延不断的一支队伍像些影子一个个过去,这时她向他们喊起来。

"唔,请等一等!"

一个人影离开队伍来到大门口。

"你们要走了?你们把我们丢下不管了?"

那人影似乎摘下了帽子,黑暗中传来平静的声音。

"是的,太太。正是这样。我们是最后一批从防御工事中撤出来的,从北边大约一英里的地方。"

"难道你们——难道军队真的在撤退?"

"是的,太太。你看,北方佬就要来了。"

北方佬就要来了!她把这件事忘记了呢。她的喉咙突然发紧,什么话也说不出来了。那人影走开,同别的影子混淆在一起,杂沓的脚步声也在黑暗中渐渐消失。"北方佬就要来了!北方佬就要来了!"这便是他们的脚步声的节奏所说的那句话,这便是思嘉那颗突突急跳的心一下下捶击的声音。北方佬就要来了啊!

"北方佬就要来了!"普里茜大声嚷着,缩着身子向思嘉紧靠过来。"唔,思嘉小姐,他们会叫咱们全死光的;他们会用刺刀捅进咱们的肚皮!他们会——"

"啊,别嚷了!"这种事用不着听见别人用颤抖的声音说出来,光在自己心里想想就够你害怕的了。于是她心里又掀起一阵恐慌。她怎么办?她怎样才能逃走?她到哪里去寻求帮助呢?所有的朋友都对她毫无用处了。

她突然想起瑞德·巴特勒,便觉得神思镇定,不再惶恐了。她怎么整个上午像只没头的小鸡到处乱窜却没有想起他来呢?她固然恨他,可他是强壮而能干的,又不怕北方佬。他至今还在城里。的确,他上次在这里时她曾经对他大发脾气,他也说了一些令人难以饶恕的话,不过在目前这种时候,他是不会去计较那些事的。他还有一匹马和一辆马车呢。啊,她怎么没有早想起他啊!他可以把他们全都带走,离开这个鬼城市,不受北方佬糟蹋,到别的什么地方去,到任何地方去都行。

她回头面对普里茜,十分急迫地吩咐她。

"你知道巴特勒船长住在哪里吧——在亚特兰大饭店?"

"是的,太太,不过——"

"那好,现在你尽快跑到那里去告诉他,我要他来一下。我要他尽快赶着他的马和马车来,或者来一辆救护车,如果找得到的话。把媚兰小姐生了娃娃的事也告诉他。就说我要他来帮我们离开这里。好,马上就去,赶快!"

她直着腰背坐起来,推了普里茜一把,叫她快跑。

"啊,上帝,思嘉小姐!俺可不敢一个人在黑夜里乱跑呀!要是北方佬把俺给逮住了呢?"

"你只要快跑就能赶上刚才那些人,他们是不会让北方佬逮住你的。快走吧!"

"俺害怕呀!要是巴特勒船长不在饭店里呢?"

"那就打听他在哪里。难道你就连这点勇气也没有?要是他不在饭店,你就到迪凯特街的酒吧间去找他。到贝尔·沃特琳住的地方去。到处去找。你这笨蛋,你没看见,要是你不赶紧去找到他,北方佬就会把我们全都逮住的。"

"思嘉小姐,俺要是上一家酒吧间或婊子家去了,俺妈会拿棉花秆抽俺呢。"

思嘉站起身来。

"好吧,你要不去,我就揍你了。你可以站在外面大街上叫他嘛,难道这样还不行? 或者问问旁人他在不在里面。快走吧!"

普里茜还在那里磨磨蹭蹭,又是用脚擦地,又是噘着嘴嘟囔。思嘉又用力推了她一下,她差一点从台阶上栽下去。

"你得给我马上走,要不我就卖了你,叫你以后永远也见不到你妈或其他任何一个熟人,我还要把你卖出去当大田里的劳工。赶快走吧!"

"唔,上帝,思嘉小姐——"

但是,在这位女主人坚决而无情的推操之下,普里茜只得走下了台阶。前面的大门嘎嘎响了,思嘉又高声喊道:"快跑,你这小笨蛋!"

她听到普里茜啪哒啪哒小跑的脚步声,随即声音在柔软的泥土路上渐渐消失了。

第二十三章

普里茜走了以后,思嘉回到楼下过厅里,点上一盏灯。屋里热得像个蒸笼,仿佛把中午的热气全都关在里面了似的。她那迟钝的感觉已在逐渐消失,肚子开始闹着要吃东西了。她记起自己从昨夜到现在一直没吃过什么,只喝了一勺玉米粥,于是端灯走进厨房。那儿炉子里的火已经灭了,但还是闷热得很。她发现长柄浅锅里还有半张硬玉米饼,便拿起来大口大口地啃着,一面寻找别的食物。盆里还剩下一点玉米粥,她等不及把它倒进碟子里,便随手用大勺舀着吃起来。那是应当放盐的,可是她饿急了,懒得寻找,接连吃了四勺,她才觉得厨房里实在太热,便一手拿灯一手抓一块玉米饼到过厅里去了。

她知道她应当上楼去陪伴媚兰。要是出什么事,媚兰也没有那个力气叫人呢。可是一想起要回到那间房里,那间她已经待过那许多噩梦般的钟点的房里,她就厌烦得很。哪怕媚兰就要死了,她也不能再回到那里去。她永远也不要再见那个房间了。她把灯放在窗边的烛台上,然后又回到前面走廊上去。这里凉快得多,尽管夜里的气温仍然是相当热的。她坐在台阶上,在灯火投过来的暗淡的光圈中,又啃起玉米饼来。

她啃完玉米饼,体力恢复了些,揪心的恐惧也随之而来了。她听得见街上远处嗡嗡的嘈杂声,但不明白这意味着什么。她只觉得有种洪大的声响在时起时伏,但压根儿听不清楚。她聚精会神地向前倾着身子细听,很快就因为过于紧张而腰酸背疼起来。这时,世界上再没有别的事情叫她如此渴望的了,像现在渴望听到马蹄声、渴望看到瑞德那毫不在意和充满自信的眼光来嘲笑她的恐惧这样。瑞德会把她们带走,带到某个地方去。她不知道去哪里。她也不去管它。

她坐在那里侧耳倾听市区的声音,这时树顶上升起一片隐隐的火光,使她觉得奇怪。她望着望着,那火光愈来愈亮。黑暗的天空发红了,先是粉红,随即变成深红,接着她突然看见一条巨大的火舌从树顶上一蹿而起,高高地升到半空中。她猛地跳起来,心又开始发紧了,怦怦地跳个不停。

北方佬已经来了!她知道他们来了,正在那里焚烧市区。那些火焰好像在距市中心不远的东边。它们升得越来越高,同时迅速扩展成一大片红光,她看了十分害怕。一定是一整条大街烧起来了。一阵略带灼热的微风从那边迎面吹来,她闻到了烟火味。

她跑到楼上自己的房间里,把半个身子探出窗外,想更好地看看整个情况。天空呈一片可怖的殷红色,大团大团的黑烟像云涛似的旋转着挂在火焰上空。现在烟火味更加浓了。思嘉心乱如麻,时而认为这火焰会很快蔓延到桃树街,把这幢房子烧掉,时而设想北方佬会向她冲过来,她要往哪里逃跑,她要怎么对付。好像地狱里所有的魔鬼都在她耳边喊叫,她的脑子在极度的惶惑和惊恐中旋转起来,她不得不紧紧抓住窗棂,否则就要跌下去了。

"我得好好想想，"她在心里反复告诫自己，"我一定得想一想。"

可是思绪躲避她，像只受惊的蜂鸟在她心头掠过来掠过去。她俯靠着窗棂站在那里，忽然一个震耳欲聋的爆炸声飞来，比她前几天听到过的大炮声都要响得多。天空被巨大的火焰撕裂了。接着又是几声巨响。大地震撼着，她头上的窗玻璃被震碎了，纷纷落在周围。

一声又一声震耳的爆炸不断传来，世界变成了一个充满喧声、火焰和浑身颤抖的地狱。火星汇成一股股激流蹿入天空，然后缓缓地、懒懒地穿过血红的烟云降落下来。这时她仿佛听到隔壁房里无力的呼唤声，但是她不去管它。她现在没有工夫去顾媚兰了。现在除了恐惧，那种如她所见的火焰般迅速流遍全身血脉的恐惧，再也没有别的东西要顾及的了。她像一个吓得发疯的孩子，要把自己的头钻进母亲怀里，躲避眼前的情景。如果她是在家里，在家里跟母亲一起，那多好啊。

从这些惊心动魄的响声中她听到另一种声音，一种三步并作一步惊惶地奔上楼来的脚步声，同时还听到一个像迷路的猎狗嗥叫的声音。普里茜冲进来了，她奔到思嘉跟前，一把紧紧地抓住她的胳臂，像要把骨头也捏碎似的。

"北方佬——"思嘉首先嚷起来。

"不，太太。是咱们自己人！"普里茜上气不接下气地喊着，指甲在思嘉的胳臂上掐得更深了，"他们在烧铁厂和军需站和仓库，还有，上帝，思嘉小姐，他们还把七十卡车的大炮炮弹和火药爆炸了，而且，耶稣，咱们都会被烧光呢！"

普里茜又尖叫起来，一面紧紧掐住思嘉的手臂，使她又痛又恼,忍不住要哭了。最后思嘉使劲甩掉她的那只手。

原来北方佬还没来呢! 还来得及逃跑呀! 于是她把惊散了的全身力气重整起来。

她想:"如果我不能控制住自己,我就会像只烫坏了的猫儿似的拼命号叫了!"同时普里茜那副可怜的惶恐相也帮助着她镇定下来,她抓住普里茜的肩膀使劲摇晃。

"别管那些乱哄哄的事了,还是谈正经的吧。北方佬还没来呢,你这傻瓜! 你见到巴特勒船长了吗? 他是怎么说的?他会不会来?"

普里茜不再号叫了,但是她的牙床还在打战。

"是的,太太。俺后来找到他了。像你吩咐的,在一个酒吧间。他——"

"别管在哪里找到的。他会来吗? 你告诉他要把马带来吗?"

"上帝,思嘉小姐,他说咱们的军队把他的马和马车拉去当救护车了。"

"啊,我的天啊!"

"不过,他会来——"

"他怎么说的?"

这时普里茜不太喘了,已能稍稍控制自己,但她的两个眼珠子还在紧张地转动。

"是这样,太太,正像你说的,俺在一家酒吧间找到了他。俺站在外面喊他,他就出来了。他奇怪地看着俺,俺刚要跟他说话时,大兵就把迪凯特街那头的一家铺子拆倒并放起火来。他说来吧,就一把拽着俺跑到五点镇。后来他说:什么事? 快讲。俺说你说的,巴特勒船长,请赶快来,带着你的马和马车来。媚兰小姐生了个娃娃,思嘉小姐急着要离开这个城市。他说,她打算到哪里去呀?俺说,俺不知道,先生,不过你一定得去,因为北方佬就要来了,要他陪你一起走。他笑着说他们把他的马拉走了。"

思嘉的心沉重起来,觉得最后一线希望也消失了。她真傻呀,干吗没有想到军队撤退时必然会把留在城里的所有车辆和骡马都拉走呢?她一时吓得目瞪口呆,也没听见普里茜还在说些什么,不过她很快又恢复过来,继续听下半截的故事。

"后来他说,告诉思嘉小姐,叫她放心吧。我要到军队里去替她偷匹马来,哪怕只剩下一匹也好。他还说,在这以前我就偷过马呢。告诉她,我哪怕丢了性命也要给她弄匹马来。后来他又笑着说,赶快回家去吧。可是俺刚要动身,就扑通一声响起来了!俺吓得几乎倒下了,这时他说这没有什么,只不过咱们自己人把火药炸了,免得落到北方佬手里,还有——"

"他会来吗?他在设法弄一匹马来?"

"他是这么说的。"

她长长地舒了口气,觉得轻松了些。只要还有办法弄到一匹马,瑞德·巴特勒是一定会弄到的。瑞德是个能干人。要是他把她们从这片混乱中救出去了,她就饶恕他一切的过错。逃跑呀!只要跟瑞德在一起,她就什么也不怕了。瑞德会保护她们。感谢上帝赐予了这个瑞德啊!她现在纯粹从安全着眼,变得很实际了。

"把韦德叫醒,给他穿好衣裳,替我们打点一包常用的衣裳。把它们装进箱子。别告诉媚兰我们要走了。还不到时候呢。不过要用两条厚毛巾小心地把婴儿裹好,把他的衣服也包起来。"

普里茜还是拉着她的裙子不放,她除了翻白眼没有一点表情。思嘉推她一把,把她那紧抓着的手摆脱掉。

"快去。"她喊道。这时普里茜才像兔子似的悄悄走开了。

思嘉知道她应当进屋去安慰安慰媚兰,知道媚兰一定被连续不断的轰轰巨响和映红了整个天空的火光吓昏了。那光景简直就像世界的末日到了!

但是,她此刻还下不了决心回那间屋去。她跑下楼来,有意要把皮蒂姑妈逃往梅肯时留下的那些瓷器和银器收拾一下。可是等她走进饭厅时,她的一双手却索索颤抖起来,把三只碟子掉在地上打碎了。她跑到走廊上细听外面的动静,随即又回到饭厅里,把些银器当啷一声掉在地板上。不知怎的,她碰到什么就掉落什么。她慌慌张张行走时还在旧地毯上滑了一跤,扑通跌倒了呢,不过她即刻跳起来,一点也没有感觉到痛。她听得见普里茜在楼上像只野兽似的到处奔跑,那声音使她气极了,因为她自己也同样在盲目地跑来跑去。

她跑到走廊上去有十来次了,不过这次她绝不再回来打那个费力不讨好的包裹了。她在走廊上坐下。要想收拾一点东西简直是不可能的。除了怀着一颗忐忑不安的心在这里等待瑞德,看来什么也做不成了。可是左等右等,他就是不来。最后,从大路前头很远的地方,她听见一种没有上油的车轴的吱吱嘎嘎声和缓慢而隐约不清的嘚嘚马蹄声。他干吗不快点走呀?他干吗不鞭打着马跑起来呀?

那声音看看近了,她一跃而起,呼喊瑞德的名字。然后,她隐约看见他从一辆小货车的座位上爬下来,接着大门喀嚓一声,他朝她走过来了。他来到灯光下,才叫思嘉看清楚了。他穿得整整齐齐,像要去参加跳舞会似的。雪白的亚麻布外衣和裤子熨得笔挺,绣边的灰色水绸背心,衬衫胸口镶着一点点褶边。他那顶宽边巴拿马帽时髦地歪戴在头上,裤腰皮带上插着两支象牙柄的长筒决斗手枪。外衣口袋里塞满了沉甸甸的弹药。

他像个野人似的从走道上轻快地大步走来,漂亮的脑袋微微扬起,神气得像个异教徒王子。那种把思嘉吓疯了的黑夜的恐怖,却像一帖兴奋剂似的使他更显得强悍了。他那黝黑的脸上有一丝勉强掩饰着的残暴无情的神色,这一点如果思嘉头脑清楚,看出来了是会把她吓倒的。

他那对黑眼睛眉飞色舞,仿佛觉得眼前这整个局面倒很有趣,仿佛这震天撼地的爆炸声和一派恐怖的火光只不过是吓吓小孩子罢了。他走上台阶时她摇摇晃晃地迎上前去,这时她脸色惨白,那双绿眼睛像在冒火似的。

"晚上好,"他拖长音调说,同时刷的一下摘了帽子,"咱们碰上了好天气啦。我听说你要旅行去呢。"

"你要是再开玩笑,我就永远不再理睬你了。"她用颤抖的声音说。

"你不见得真的被吓坏了吧!"他装出一副吃惊的样子诡秘地微笑着,她真想把他推回到台阶下去。

"是的,我就是被吓坏了。我害怕得要死,而且如果你也有上帝给山羊的那点意识,你照样会害怕的。不过咱们没时间闲扯了。咱们必须马上离开这里。"

"听你的吩咐,太太。不过你琢磨到哪里去好呢?我是怀着好奇心跑到这儿来的,无非想看看你们打算往哪儿去。

你们不能往北也不能往东,不能往南也不能往西。四面八方都有北方佬。只有一条出城的路北方佬还没拿到手,咱们的军队就是由这条路撤退的。可这条路也通不了多久了。史蒂夫·李将军的骑兵正在拉甫雷迪打一场后卫战来维持这条通路,以保证部队撤退,部队一撤完,这条通路也就完了。你要是跟随部队沿麦克唐诺公路走,他们就会把马拉去,这匹马尽管不怎么样,可我是费了不少力气才偷到手的呢。你究竟要到哪里去呀?"

她站在那里浑身哆嗦,听他说了这许多话,可几乎什么也没听见。不过,经他这一问,她却突然明白她要到哪儿去了,她明白在这悲惨的整整一天里她都是知道要到什么地方去的。那唯一的地方呀!

"我要回家去。"她说。

"回家?你的意思是回塔拉?"

"是的,是的!回塔拉去!啊,瑞德,我们得赶紧走呀!"

他瞧着她,好像她神志不清了似的。

"塔拉?我的天,思嘉!难道你不知道他们整天在琼斯博罗打吗?就是为了抢夺在拉甫雷迪前后十英里的那段大路打呀,甚至打到琼斯博罗的街上去了。此刻北方佬可能已经占领整个塔拉,占领整个县了。谁也不清楚他们到了哪里,只知道他们就在那一带。你不能回家!你不能从北方佬军队中间穿过去呀!"

"我一定要回去!"她大喊道,"我一定要!我一定要!"

"你这小傻瓜,"他的声音又急又粗,"你不能走那条路嘛。即使你不碰上北方佬,那树林中也到处是双方军队的散兵游勇。而且咱们的许多部队还在陆续从琼斯博罗撤退。他们会像北方佬一样即刻把你的马拉走。你唯一的办法是跟着部队沿麦克唐诺公路走,上帝保佑,黑夜里他们可能不会看见你。但是你不能到塔拉去。即使你到了那里,你也很可能会发现它已经被烧光了。我不让你回家去。那样做简直是发疯。"

"我一定要回去!"她大声嚷着,嗓子高得尖叫起来了,"我一定要回去!你不能阻拦我!我要回去!我要我的母亲!你要是阻拦我,我就杀了你!我要回去!"

恐惧和歇斯底里的眼泪从她脸上淌下来,她在长时间紧张的刺激下终于忍不住了。她挥舞着拳头猛击他的胸部,一面继续尖叫:"我要!我要!哪怕得一步步走回去也行!"

她突然被他抱在怀里了,她那泪淋淋的脸颊紧贴在他胸前浆过的衬衫褶边上,那捶击他的两个拳头也安静地搁在那里。他用两手轻柔地、安慰地抚摩着她的一头乱发,他的声音也是柔和的。那么柔和,那么宁静,那么不带嘲讽意味,好像根本不是瑞德·巴特勒的声音,而是一个温和强壮的陌生人的声音了,这个陌生人满身是白兰地、烟草和马汗味,使思嘉不由得想起自己的父亲来。

"好了,好了,亲爱的,"他温柔地说,"别哭了。你会回去的,我勇敢的小姑娘。你会回去的。别哭了。"

她感到有什么东西在触弄她的头发,心中微觉骚动,并模糊地意识到那可能是他的嘴唇。他那么温柔,那么令人无限地欣慰,她简直渴望永远待在他怀里。他用那么强壮的胳臂搂抱着她,她觉得什么也不用害怕了。

他从口袋里摸出一条手绢,替她揩掉脸上的泪水。

"来,乖乖地擤擤鼻子,"他用命令的口气说,眼里闪着一丝笑意,"告诉我该怎么办。我们得赶快行动了。"

她顺从地擤了擤鼻子,身上仍在哆嗦,可是不知要吩咐他干什么。他见她颤抖着嘴唇仰望着说不出话来,便索性自作主张了。

"威尔克斯太太已经分娩了?可不能随便动她呀!要让她坐这辆摇摇晃晃的货车颠簸二十几英里,那可太危险了。咱们最好让她跟米德太太一起留下来。"

"米德夫妇都不在家呢。我不能丢开她不管。"

"那很好。让她上车去。那个傻乎乎的小婊子哪儿去了?"

"在楼上收拾箱子呢。"

"箱子?那车上可什么箱子也不能放。车厢很小,能装下你们几个人就不错了,而且轮子随时都可能掉的。叫她一声,让她把屋里最小的那个羽绒床垫拿出来,搬到车上去。"

思嘉仍然不能动弹。他紧紧抓住她的胳臂,他那浑身充溢着的活力仿佛部分地流注到她身上。她想:要是她也像他这样冷静,什么也不在乎,那就好了!他扶着推着她走进过厅,可是她仍然站在那里可怜巴巴地望着他。他撇着下嘴唇嘲弄地说:"难道这就是那个向我保证既不怕上帝也不怕人的年轻女英雄吗?"

他突然哈哈大笑,同时放开了她的胳臂。她好像被刺痛了似的,瞪大眼睛看着他,心里恨他。

"我并不害怕。"她说。

"不,你是害怕的。再过一会儿你就要晕倒了,可我身边没有带嗅盐呢!"

她无可奈何地顿了顿脚,因为她想不出还能采取别的什么举动——接着便一声不响端起灯来,动身上楼去。他紧紧地跟在她后面,她还听得见他在一路暗笑。这笑声促使她坚强起来。她走进韦德的育儿室,发现他抓住普里茜的胳臂坐在那里,衣服还没有穿好,正在悄悄地打嗝儿。普里茜抽噎着。韦德床上那个羽绒褥套是小的,她叫普里茜把它搬下楼放到车上去。普里茜放下韦德,照她的吩咐去做了。韦德跟着她下楼,由于对眼前的事情感兴趣便不再打嗝儿了。

"来吧。"思嘉说着,向媚兰的门口走去,瑞德跟在后面,手里拿着帽子。

媚兰静静地躺在那里,被单一直盖到下巴底下。她的脸色惨白得可怕,但那两只深陷的带黑圈的眼睛却是安详的。她瞥见瑞德来到她的卧室时并不显得惊讶,倒好像那完全是理所当然的事。她试着微微地笑了笑,可是这笑容还没来到嘴角就消失了。

"我们要回家了,到塔拉去,"思嘉连忙向她说明,"北方佬很快就会来。瑞德准备带我们走。这是唯一的办法,媚兰。"

媚兰无力地点点头,又向婴儿做了个手势。思嘉抱起那小娃娃,用条厚毛巾迅速把他包好。这时瑞德来到床边。

"我会当心不让你难受的,"他悄悄地说,一面将被单卷起来裹着她的身子,"请试试能不能抱住我的头颈。"

媚兰试了试,但两只胳臂无力地垂下来了。他弯着腰,将一只手臂伸过去托起她的肩膀,另一只抱住她的两个膝弯,轻轻地把她托起来。她没有喊叫,但思嘉看见她咬紧嘴唇,脸色也更加惨白了。思嘉高举起灯盏照着瑞德向门口走去,这时媚兰朝墙壁做了个无力的手势。

"要什么?"瑞德轻轻问道。

"请你,"媚兰像耳语似的,一面试着用手指指,"查尔斯。"

瑞德低头看着她,好像觉得她神志不清了,但思嘉明白了她的意思,有点不高兴了。她知道媚兰要的是查尔斯的照片,它挂在墙上他的军刀和手枪下面。

"请你,"媚兰又耳语说,"那军刀。"

"唔,好的。"思嘉说。她照着瑞德小心地走下楼梯以后,又回去把那军刀和手枪连同皮带都取下。要是拿着这些东西还要抱着婴儿,同时又端着灯盏,那样子会很狼狈。那就像媚兰似的,她一点不为自己濒临死亡和后面紧跟着北方佬而着急,却一心挂念着查尔斯的遗物呢。

她取下相片时偶尔看了一眼查尔斯的面容。他那双褐色大眼睛跟她的眼光碰上了,这时她好奇地将照片端详了一会儿。这个男人曾经是她的丈夫,曾经跟她并头睡过几个晚上,让她生了个也像他那样有一对温柔的褐色眼睛的孩子。可是她几乎不记得他了。

婴儿在她怀里挥动小小的拳头,像只小猫似的轻轻地叫着,她低头看着他。她这才初次意识到这是艾希礼的孩子,并且突然用她身上剩余的全部力量期望他是她的婴儿,她和艾希礼的婴儿。

普里茜连蹦带跳跑上楼来,思嘉把孩子递给她。她们赶快下楼,一路上灯光向墙壁投下摇曳不定的影子。到了过厅里,思嘉看见一顶帽子,便急忙戴上,在下巴底下系好带子。这是媚兰的黑色丧帽,对思嘉的头也不合适,可是思嘉记不起自己的帽子放在哪儿了。

她走出门外,下了屋前的台阶,一路擎着灯,同时设法不让那把军刀碰腿。媚兰直挺挺地躺在马车的后座上,她旁边是韦德和毛巾裹着的婴儿。普里茜爬进来把婴儿抱在怀里。

　　车子很小,四周的挡板又很低。车轮向里歪着,似乎一转就会掉的。思嘉朝那匹马瞥了一眼,顿时心就沉了。那匹马又小又瘦,没精打采地站在那里,把个脑袋几乎垂到前胯里去了。马背上伤痕累累,连呼吸也显得病恹恹的。

　　"这可不是什么好马,是不是?"瑞德咧嘴笑笑,"就像会死在车辕里似的。不过,这是我能找到的最好的一匹了。有一天我要详详细细告诉你,我是从哪里和怎样把它偷来的,以及我怎样差一点吃枪子儿了。不为别的,单单出于对你的忠诚,我才在我事业上这个要紧的阶段当上了盗马贼——偷到了这样一匹宝贝马。好,让我扶你上车。"

　　他从她手里接过灯来,放在地上。马车前座仅仅是横跨在两旁挡板上的一条窄木板。瑞德将思嘉的身子一把抱起来,放到那块木板上。思嘉暗想,做一个像瑞德这样强壮的男人多好啊。她把宽大的裙子塞在大腿底下,端端正正坐好。如今有了瑞德在身边,她什么也不害怕,无论那火光,那爆炸声,乃至北方佬,都不怕了。

　　他爬上车来,坐在思嘉旁边的座位上,然后提起缰绳。

　　"啊,等等!"她惊叫道,"我忘记锁前面的大门了!"

　　他顿时哈哈大笑起来,一面抖动缰绳击打着马背。

　　"你笑什么?"

　　"笑你呀——你要把北方佬锁在大门外呢!"他说着,马已经慢悠悠地、很不情愿地向前走动了。那盏放在人行道上的灯继续照着,它散布的那个淡黄色的光圈愈来愈小,他们已去远了。

瑞德赶着那匹慢腾腾的马从桃树街向西拐,马车摇摇晃晃地走上一条满是车辙的小道,猛地一颠把媚兰突然闷住的一声呻吟打断了。他们头上是交错遮盖的黑乎乎的树枝,两旁是在黑暗中影影绰绰呈现的寂静的房屋,以及像一排墓碑般隐隐发光的白篱笆木桩。这条路又狭窄又阴暗,像条隧道似的,不过从枝叶茂密的顶篷上隐隐透进来一点点红得可怕的天光,映照着一个接一个的黑影像幽灵似的一路冉冉而过。烟火味愈来愈浓,灼热的微风从市中心带来一片混乱的喧嚣、哭叫和重型军车滞缓的隆隆声响和部队行进时坚定的脚步声。瑞德抖着缰绳让马拐入另一条车道,这时又一声震耳欲聋的爆炸声传来,一团团大如流星烟火般的火焰和黑烟从西边猛地腾起。

"那一定是最后一列军火车了,"瑞德平静地说,"他们为什么没在今天早晨运出去啊,这些笨蛋!那时还有的是时间嘛。现在可苦了我们了。我本来想绕过市中心,我们就可以避开大火和迪凯特街上那些暴民,平平安安到达西南市区。可如今我们必须在什么地方横过马里塔大街才行,而爆炸就发生在马里塔大街附近,除非我估计错了。"

"我们——我们非得通过大火区吗?"思嘉战战兢兢地问。

"要是我们赶快跑,还来得及避免。"瑞德说着,便突然从车上跳下去,消失在一座黑暗的庭院里了。他回来时手里拿着一根小小的树枝,用它狠狠地向伤痕累累的马背上抽打。那畜生只得蹒跚地小跑起来,跑得十分吃力,气喘吁吁,马车也一路摇晃着,颠簸着,车里的人像爆玉米花似的来回晃荡。这时婴儿在啼哭,普里茜和韦德也因为在马车挡板上碰得鼻青脸肿而号啕大哭,可是媚兰却一声不响。

他们驶近马里塔大街时,两旁的树木稀疏,高高的火焰在建筑物上呼啸而起,把街道和房屋卷入亮如白昼的熊熊火光中,投掷着一个个巨大的像沉船上的破帆在大风中扑打般疯狂旋转的暗影。

思嘉的牙齿在咯咯地打战,但是她害怕得要命,连自己也不觉得了。她在发冷,浑身哆嗦,连那几乎烧到脸上的大火也不起任何作用了。这简直是地狱,她已经陷在里面,要是她还能支配自己颤抖的膝盖,她就会跳下车尖叫着从刚才来的那条黑路上奔回去,回到皮蒂姑妈的房子里去躲起来了。她畏缩地向瑞德靠得更紧,用发抖的双手抓住他的胳臂,仰望着他,希望他能说点什么,能给她一点安慰,给她一点信心。他那黝黑的侧影被邪恶的红光映照得十分鲜明,就像古钱上铸造的一个头像似的,那样美丽、残忍而带有颓废色彩。他在她的触摸下回过头来,眼里闪着烈火般吓人的光辉。在思嘉看来,他显得又快活又轻蔑,仿佛对当前的局面感到极大的乐趣似的,仿佛他十分欢迎他们所面对的这个人间地狱。

"这儿,"他伸手摸摸皮带上的一支长筒手枪,"如果有人,无论黑人白人,只要他走到你那边来想抓这匹马,你就开枪把他毙了,以后再讲道理。不过,请千万不要一时激动把这匹宝贝马给打死了。"

"我——我也有一支手枪,"她小声说,一面抓住裙兜里的那件武器,但几乎完全相信,一旦死神来到面前,她是会吓得不敢扣扳机的。

"你真有？哪儿来的？"

"是查尔斯的。"

"查尔斯？"

"是的,查尔斯——我的丈夫。"

"你难道真的有过丈夫吗,亲爱的?"他低声说,同时轻轻地笑着。

他要是认真一点就好了！他要是赶快一点就好了！

"那你说我怎么会有了孩子呢?"她恶狠狠地嚷道。

"唔,还有别的办法嘛,不一定要丈夫。"

"闭住你这张嘴,快点儿跑好不好?"

但是他突然勒住缰绳,因为已快到马里塔大街,马车在一家还没烧到的仓库旁边停住了。

"赶快啊！"这是她心里唯一的一句话。赶快啊！赶快啊！

"有大兵呢。"他说。

在两旁燃烧的建筑物当中,一队士兵迈着行军的步伐沿马里塔大街走来,他们显得很疲乏,步枪随便背在身上,低着头,看来已无力快跑,连左右两边不时倒塌的梁柱和周围滚滚的浓烟也不在乎了。他们都穿得破破烂烂,已很难辨认出军官和士兵来,只不过偶尔看到有的破军帽上还别着饰有花环的"联盟军"标志。许多人赤着脚,有的头上或胳臂上缠着肮脏的绷带。他们陆续走过,谁也不向两旁看一眼,而且一路上都默默无言,要不是那坚定的脚步声,就完全像一队幽灵了。

"仔细瞧瞧他们吧,"瑞德用嘲弄的口吻说,"这样你将来就能告诉你的孙子们,你见过这光荣事业的后卫军撤退时的情景。"

她顿时恨起他来,对他的恨暂时超过了恐惧,她甚至觉得恐惧已是次要的和渺小的了。她明白她自己和马车后座里的几个人的安全都要依靠他,而且只能依靠他。可是她恨他对待那些褴褛队伍的嘲笑态度。她想起已故的查尔斯和可能已不在人世的艾希礼,以及所有那些正在浅浅的坟塚里腐烂的快活英俊的青年,并且忘记了她自己也曾经把他们当作傻瓜。她说不出话来,但她恶狠狠地盯着他时,眼睛里燃烧着憎恨和厌恶。

最后一名士兵走过来了,那是个后排的小个儿,他的枪托一路在地上拖着,他摇摇晃晃,停下来凝望着前面的伙伴;他那张肮脏的脸由于疲倦而显得毫无表情,像个梦游人似的。他像思嘉一样矮小,矮得几乎跟他的枪一般高,而他那肮脏的脸上还一点没有胡须呢。看来至多十六岁,思嘉胡乱地想,一定是从乡团来的,说不定还是个逃跑出来的小学生。

她望着望着,那孩子的两个膝头便慢慢打弯,最后倒在尘土中了。后排有两个人一声不响地走出来,回到孩子身边,其中一人是个黑胡子老长的瘦高个儿,他把手中的枪连同孩子提起来扛到肩上,那轻而易举的姿态就像是专干这一行的老手。他跟在撤退的队伍后面缓缓地走着,两只肩膀因横扛着那个孩子而稍稍下垂,可那孩子虽然虚弱,却像一个被年纪大的人惹得生气的顽童尖叫起来:“放下我,你这该死的家伙!放下我!我能走!”

那个长胡子毫不理睬,扛着他继续往前走,很快便在大路拐弯处消失了。

瑞德静静地坐在那里看着前面那支队伍,手里的缰绳也放松了,黝黑的脸上流露出好奇的神情。这时,随着近旁一片房梁倒塌的响声,思嘉看见一股火苗在他们身边那个仓库的屋顶上升起。接着,像大大小小的旗帜般的火焰兴高采烈地蹿上天空。浓烟灼痛了她的鼻孔,韦德和普里茜已开始咳嗽起来,连那小小的婴儿也在轻轻地打喷嚏。

"啊,我的上帝,瑞德!你发疯了?赶快走呀,赶快走呀!"

瑞德没有搭腔,只是拿那根树枝在马背上狠狠地抽了一下,让那畜生吓得跳起来往前一蹿,随即用尽可能高的速度载着他们摇摇晃晃地横过了马里塔大街。他们前面是一条火的隧道,两旁的建筑物在熊熊燃烧——这就是那条通往铁路的窄窄的短街。他们闯进了这条隧道。一片比十几个太阳还要亮的火光使他们头晕目眩,皮肤灼痛难忍,同时那呼啸声、爆裂声和倒塌声也震得他们一阵阵耳鸣心悸,惶恐不安。他们觉得在这火的激流中熬得没完没了似的,然后才突然又进入那半明半暗的夜色里。

他们匆匆驶离大街,越过铁路,一路上瑞德始终在挥着鞭子。他的面容是镇定而冷漠,仿佛忘记自己是在什么地方了。他那宽阔的肩背向前弓着,下巴翘起来,似乎在想什么不愉快的心事。灼热的火光使他满头满脸汗水流个不停,但是他从没拭过。他们驶进一条又一条的小巷,然后又拐弯抹角地穿过一条条狭窄的街道,直到思嘉已完全辨不出方向,那呼啸的大火也在他们背后渐渐消失了。可瑞德仍旧一言不发。他依旧有规律地挥着鞭子。天空的红光此刻在渐渐消隐,道路已变得又黑又吓人,思嘉很希望他能说说话,无论说什么,哪怕是嘲讽的、带侮辱性的、伤人自尊心的也好。可是他一句话也不说。

无论他说不说话,她都要感谢上帝,因为有他在就是最大的安慰了。有个男人在她身边,让她紧紧地靠着,感觉到他那结实牢靠的臂膀,知道他在挡住那不可名状的恐怖使之不来伤害她,哪怕他仅仅坐在这里凝望,也是很值得庆幸的事!

"唔,瑞德,"她抓住他的胳臂小声说,"要是没有你,我们会怎么样?我真高兴你没有到军队里去啊!"

他回过头来看了她一眼,这一眼可吓得她连忙松开他的胳臂往后退缩。他眼睛里已没有嘲弄的神色,他的目光是赤裸裸的,充满了愤怒和惶惑之情。他撇了撇上嘴唇,随即回过头去。他们颠簸着行驶了好一会儿,除了有时婴儿哭叫和普里茜大声唏嘘之外,一路上都默无声息。思嘉对普里茜的唏嘘实在已忍无可忍,便狠狠地掐了她一把,她着实尖叫了两声才吓得不再作声了。

最后瑞德赶着马向右转了两回,不久便来到一条较宽广平坦的大路上。这时房屋的阴影已离得愈来愈远,而连绵不绝的树林却如墙壁般在两旁隐约出现了。

"我们现在已经出城,走上去拉甫雷迪的大路了。"瑞德简单地说,一面把缰绳收紧。

"快,别再停了!"

"让这牲口喘口气吧,"瑞德回过头来对她说,接着又慢吞吞地问:"思嘉,你仍然决定要干这种发疯的事吗?"

"什么事?"

"你还想冒险到塔拉去吗?那是自杀行为。史蒂夫·李的骑兵和北方佬的军队正在你前面阻挡着呢。"

啊,我的上帝!在她经历了这可怕一天的种种艰险之后,居然他还想拒绝她的要求,不送她回家去。

"啊,是的,是的! 求求你了,瑞德,让我们快点走吧。马并不累呢。"

"稍等一等。你们不能走这条大路到琼斯博罗去。你们不能沿铁路走。他们成天在南面拉甫雷迪一带激战呢。你知道还有旁的路好走吗? 马车路或小路,无需经过拉甫雷迪或琼斯博罗。"

"唔,有的,"思嘉像得救般地喊道,"只要我们能够到达拉甫雷迪附近,我知道有条马车路可以绕开琼斯博罗大道若干英里过去。我和爸常常走那里。它是从麦金托什直接过来的,那儿离塔拉只一英里。"

"那好,也许你们可以平安通过拉甫雷迪了。史蒂夫·李将军整个下午都在那里掩护撤退,北方佬可能还没有到。也许你们能通过,如果史蒂夫·李将军的部队不把你们的马抢走的话。"

"我——我能通过?"

"是的,你。"他的口气很干脆。

"可是,瑞德——你——难道你不送我们了?"

"不。我要在这里跟你们分手了。"

她惊慌失措地看看周围,看看身后那死灰色的天空,看看左右两旁茂密阴暗得如监狱高墙的树木,看看马车后座上吓呆了的人影——最后才回过头来凝望着他。难道她发疯了? 难道她听不明白?

他这时咧嘴笑了。她在朦胧中看得见他那雪白的牙齿和隐藏在他眼光背后的嘲弄意味。

"跟我们分手? 你——你到哪儿去呀?"

"我嘛,亲爱的,我到军队里去。"

她好像放心而又厌烦地叹了一声。他干吗偏偏在这个时候开玩笑呀？哼，瑞德到军队里去！没听他说过，那些被战鼓声和讲演家的大话所诱惑而断送了性命的人都是傻瓜——牺牲自己来让聪明人赚钱的傻瓜吗？

　　"啊，你把我吓成这样，我恨不得把你掐死呢！咱们快走吧。"

　　"亲爱的，我可不是开玩笑。思嘉，你居然不理解我勇于牺牲的精神，这叫我太伤心了。你的爱国心，你对于我们的光荣事业的忠诚，都到哪里去了呢？现在是你叫我光荣凯旋或马革裹尸而归的最好时机了。你快说呀，因为我没有时间在赴前线参加战斗之前发表激昂慷慨的演说了。"

　　他那慢吞吞的声调，在她听来是带讽刺的。他是在讥笑她，甚至她觉得也是在讥笑他自己。他究竟在说些什么呀？什么爱国心，马革裹尸，激昂慷慨的演说？他所说的不见得真正是那个意思吧。在这条黑咕隆咚的路上，她身边带着一个濒死的女人、一个新生的婴儿、一个愚蠢的黑人小婊子和一个吓坏了的孩子，这时候，他居然如此轻松地提出要离开她，让她独自带他们从这广阔的战场、散兵游勇、北方佬和炮火以及天知道还有什么样的风险中穿过去，这简直是令人难以置信的事！

　　曾经有一次，她六岁的时候，从树上摔下来，脸朝下直挺挺地跌在地上。她至今还记得当时她恢复呼吸以前那片刻之间难受的感觉。现在她瞧着瑞德，内心的感受也完全像当时那样：呼吸停止，不省人事，恶心。

　　"瑞德，你是在说着玩的！"

　　她拽住他的胳臂，眼泪簌簌地往他的手腕上滴下来。他把她的手举到唇边轻轻地亲了亲。

"自私透了，难道你不是这样吗，亲爱的？只顾你自己的宝贵安全，便不管联盟的生死存亡了。试想，由于我在最后时刻出现，咱们的部队会受到多大的鼓舞啊！"他说着，声音中带有一种不怀好意的亲切感。

"啊，瑞德，"她哭着说，"你怎么能这样对待我呢？你干吗要丢开我呀？"

"怎么，"他快活地笑道，"也许就因为我们所有南方人身上那种叛逆心理在作祟吧。也许——也许因为我觉得惭愧了。谁知道呢？"

"惭愧？你迟早会惭愧死的。把我们丢在这里，无依无靠——"

"亲爱的思嘉！你并不是无依无靠呀。每一个像你这样自私自利而坚决的人是决不会无依无靠的。北方佬要是能抓到你，那才是上帝保佑他们呢。"

她惊慌失措地望着他，只见他突然跳下马车，绕到她这边的马车旁边来。

"你下来吧。"他吩咐她。

她瞪大眼睛瞧着他。他鲁莽地伸出双臂，把她拦腰抱出来扔在地上。接着他又紧紧拽住将她拖到了离马车好几步的地方。她感到鞋子里的尘土和碎石把她的脚硌痛了。寂静而炎热的黑夜像梦似的包围着她。

"我不想要求你了解或宽恕。我也毫不在乎你会不会这样，因为我是永远不会了解或宽恕我自己做这种傻事的。我深恨自己身上还残留着这么多不切实际的空想。可是我们美好的南方正需要每个男人去为它献身呢。难道我们勇敢的布朗州长不就是这样说的吗？没关系。反正我要上前线去了。"他忽然大笑起来，笑得那么响亮，那么放肆，连黑暗的树林里都发出了回响。

"'我要不是更爱荣誉，亲爱的，我不会这样爱你。'这话很恰当，不是吗？它无疑比我现在自己能想出的任何话都恰当。因为我就是爱你，思嘉，不管上个月的那天夜里我在走廊上说了些什么。"

他那慢悠悠的声音是温柔的，他的手，那双温暖而强有力的手，向上抚摩着她光着的臂膀。"我爱你，思嘉，因为我们两人那么相像，我们都是叛教者，亲爱的，都是自私自利的无赖。要是整个世界都归于毁灭，我们两人都会一点不在乎的，只要我们自己安全舒适就行了。"

他在黑暗中继续说下去，她也听见了，可是压根儿没有听懂。他要把她丢在这里去单独面对那些北方佬呢，她心里正厌烦地试着接受这一冷酷的现实。她心里说："他要丢开我了，他要丢开我了。"可是这并没有使她激动。

后来他用双臂搂住她的肩膀和腰肢，她感到他大腿上坚实的肌肉紧贴在她身上，他外衣的纽扣几乎压进了她的胸脯。一股令人迷惘和惊恐的感觉热潮流遍她的周身，把时间、地点和环境从她的意识中卷走了。她感觉自己像个布娃娃似的瘫软而温顺，娇弱而无所依靠，而他那搂抱的双臂又多么令人惬意啊！

"你对于我上个月说的那些话不想改变自己的看法吗？没有什么能像危险和死亡那样给人以更大的刺激了。来一点爱国精神吧，思嘉。试想，如果你用美好的记忆送一名士兵去牺牲，那会怎么样啊！"

这时他在吻她,他的髭须扎着她的小嘴,他用迟钝而灼热的嘴唇吻着,那么不慌不忙,仿佛眼前还有一整天时间似的。查尔斯从来没有这样吻过她。塔尔顿家和卡尔弗特家的几个小伙子的吻,也从来不像这样叫她热一阵冷一阵地浑身颤抖。他将她的身子压向后面仰靠着,他的嘴唇从她喉颈上往下移动,直到那个浮雕宝石锁着她胸衣的地方。

"亲爱的,亲爱的。"他低声唤着。

她从黑暗中朦胧地瞥见那辆马车,接着又听见韦德刺耳的尖叫声。

"妈,韦德害怕!"

冷静的理智猛地回到她恍惚的心里,她想起自己一时忘记了的事情——她自己也吓住了,因为瑞德要抛弃她,抛弃她,这该死的流氓!尤其可恶的是,他居然如此大胆,站在大路上提出无耻的要求来侮辱她。愤怒和憎恨在她心头涌起,使她的脊梁挺起来,她用力一扭从他怀抱里挣脱出来。

"啊,你这流氓!"她喊着,一面心急如火,想找出更恶毒的话来骂他,找出她听见杰拉尔德骂林肯先生和麦金托什人以及倔犟骡子的那些话来骂他,可是怎么也找不着。"你这下流坯,卑鄙肮脏的臭东西!"同时由于想不出更带侮辱性的手段,她把手抽回来,使出浑身的力气在他嘴巴上打了一巴掌。他向后倒退一步,忙用手抚摸自己的面孔。

"哎。"他平静地哼了一声,然后两人面对面地在黑暗中呆立着。她听得见他粗重的呼吸声,她自己也在吁吁喘气,仿佛跑得急了似的。

"他们说对了!大家都是对的!你不是个上等人!"

"我亲爱的姑娘,"他说,"这多不合适啊。"

她知道他又在笑了,这刺痛了她。

"走吧! 现在就走! 我要你赶快走。我永远不要再见到你了。我希望一发炮弹正好落到你身上。我希望炮弹把你炸个粉碎。我——"

"不用说下去了。我已经大致懂得你的意思。等到我作为牺牲品摆在国家的祭坛上时,我希望你的良心会使你感到内疚。"

她听见他笑着走开了,便回到马车旁边来。她看见他站在那里,听见他正在说话,而且声音变了,变得那么谦和、恭谨,就像他每次跟媚兰谈话时一样。

"威尔克斯太太吗?"

普里茜用惊恐的声音从马车里回答。

"我的上帝,原来是巴特勒船长呢! 媚兰小姐早在那头就晕过去了。"

"她还没死吧? 还在出气吗?"

"是的,先生,她还有气。"

"那么,她像现在这样也许还好些。要是她清醒着,我倒担心她经受不了这许多痛苦呢。好好照顾她吧,普里茜。这张钞票给你。可千万不要变得愈来愈傻呀!"

"是的,先生。谢谢先生。"

"再见,思嘉。"

思嘉知道他已转过身来面对着她,可是她不吭声。她恨透他了,一时说不出话来。他的两只脚磨着路上的鹅卵石,有一会儿她还看见他那宽大的肩膀在黑暗中隐隐显现着。然后他就走了。她还听得到他的脚步声,但不久便渐渐消失了。她慢慢回到马车旁,两个膝头在不停地打战。

他怎么会走了呢,怎么会走进黑暗,走入战争,走向一桩业已失败的事业,走进一个疯狂的世界去呢？他怎么会走啊,瑞德,这个沉湎于女人美酒,讲究吃喝享乐,追求时髦服饰,而又厌恶南方和嘲骂参军打仗的人,怎么会走呀？如今他那双锃亮的马靴踏上了苦难的道路,那儿充满了饥饿、疲惫、行军、苦战、创伤、悲痛,等等,像无数嗥叫的恶狼在等着他,最后的结局就是死亡呢。他是没有必要去的。他安全,富裕,舒适。然而他去了,把她孤零零地抛弃在这漆黑的夜里,前面有北方佬挡着不让她回家去!

如今她想起了所有她要用来咒骂他的恶言恶语,可是已经晚了。她把头靠在马的弯脖子上,放声痛哭起来。

第二十四章

一清早,从头顶的树枝中间透过的灿烂阳光把思嘉晒醒了。因为睡觉的地方过于狭窄,她蜷缩得浑身发僵,一时间竟想不起自己是在哪里了。太阳照得她睁不开眼,她身下的那块硬木板硌着腰背,很不好受,两条腿上还压着个什么东西,沉重得动弹不了。她勉强抬起上半身,发现原来是韦德睡在那里,把头枕在她的膝盖上。媚兰的两只脚几乎伸到她鼻尖上了,普里茜则睡在车座底下,像只猫似的蜷伏着,婴儿夹在她和韦德中间。

后来她才记起了一切。她翻身端坐起来,急忙环顾周围。感谢上帝,还不见有北方佬呢! 他们这个藏身之处昨晚竟不曾被人发现。现在所有的经历都回到记忆中来了,瑞德的脚步声消失后那段噩梦般的旅程,那漫漫长夜,他们颠簸着驶过的那条满是车辙和鹅卵石的黑暗道路,道路两旁马车不时滑下去的那些深沟,她和普里茜把马车推出深沟时那股疯狂的蛮劲儿,等等。她不寒而栗地记起,自己曾屡次把那匹倔犟的马赶进了田里和林中,因为她听见士兵们走近了,也不知是敌是友,生怕他们把马车抢走;生怕一声咳嗽、一个喷嚏,或者韦德的一个嗝儿,会暴露自己,把他们引过来。

啊,那条黑暗的路啊,人们像幽灵似的默无声息地走过,只有柔软泥土上的沉闷的脚步声,隐约的缰辔喊喳声和皮革制品紧压的嘎嘎声!啊,多可怕的时刻呀!当他们的病马赖着不走,而骑兵和炮车正在黑暗中隆隆经过,在他们屏息静坐的地方经过,离得那么近,她几乎能伸手摸到他们,能闻到士兵身上的汗臭味儿!

最后,他们终于到了拉甫雷迪附近,看见远处有几堆营火还在闪闪发光,原来那是史蒂夫·李将军的最末一支后卫队在等候命令撤回。她兜了个一英里的弯儿绕过一片耕地,直到背后那些营火看不见了为止。可是接着她就在黑暗中迷路了,怎么也找不着她本来很熟悉的那条马车道,便着急得哭泣起来。后来总算找到了,可那匹马却跪倒在地上一动不动,不管她和普里茜怎样拉呀拽呀,仍然拒不站起。

这样,她只得把马卸下,浑身疲乏地爬进车的后部,伸着两条酸疼的腿躺了下来。她仿佛记得在蒙眬入睡之前听见过媚兰的声音,那么微弱,好像很抱歉似的在那里恳求:"思嘉,请你给我一点点水,好吗?"

她当时说过:"没有水了。"可是话音没落她就睡着了。

现在已是早晨,世界显得清静而肃穆,周围是一片碧绿,洒着金黄灿烂的阳光。哪里也见不到一个士兵。她觉得又饿又渴,浑身酸疼紧张,并且满心狐疑:她思嘉·奥哈拉,生来只能在亚麻布床单和羽绒床垫上才睡得安稳的,不知怎么居然像个大田劳工那样在硬木板上睡着了呢。

她在阳光下眯着眼睛,偶尔瞥见了媚兰,顿时吓得喘息起来。媚兰躺在那里,寂无声息,脸色惨白,思嘉觉得她准是死了。她看起来像个死人,像个死了的老妇人,一张受尽了折磨的脸,上面披散着几缕蓬乱纠结的黑发。接着,思嘉发现她那微弱的隐隐起伏的呼吸,知道媚兰昨晚竟活了过来,这才放心了。

思嘉用手遮着眼睛向周围看了看。她们显然是在什么人家前院里的树底下度过了一夜,因为她面前是一条砂石铺的车道蜿蜒着,一直伸进一条林荫道中。

"怎么,这是马罗里村呀!"她想,高兴得一阵心跳,因为可以找到朋友和帮手了。

可是农场上笼罩着一片死一般的寂静。灌木和草地上的草由于马蹄、车轮和行人肆意地来回践踏碾压,已被蹂躏得乱七八糟,连沙土都给搅起来了。她向房子望去,但没有看到她所熟悉的那幢古老的装有白色护墙板的住宅,只有一长列长方形的焦黑的花岗岩基石和两个高高伸入树林枯叶中的熏黑了的砖砌烟囱。

她深深吸了口气,不由得打了个寒噤。她会不会发现塔拉也是这副模样,只剩下一片废墟,像死一般沉寂呢?

"我现在不要去想这些,"她急急忙忙告诉自己,"我现在不能让自己去想。一旦想起来,又要被吓住了。"不过,也由不得她自己,她的那颗心已加速跳动,一声声像轰雷似的:"回家去!赶快!回家去!赶快!"

她们必须立即动身回家去。但是她们还得首先找些吃的和喝的,尤其是水。她把普里茜踢醒。普里茜转动着两只眼睛向四下里看了看。

"天晓得,思嘉小姐,俺还以为除非进天堂就再也不会醒来了!"

"你已经离那儿很远了。"思嘉说,一面试着把自己的一头乱发向后掠掠。她的脸是湿的,身上也满是汗水。她觉得自己又脏又乱,黏黏糊糊,差不多要发臭了。她的衣服因为穿在身上睡觉,已经变得皱巴巴的,乱成一团。她这辈子还从没感到这样浑身疲倦和酸痛过,浑身的肌肉仿佛已不再是她自己的,昨晚的过度劳累还在折磨她,动弹一下就针刺般的剧痛。

她低下头看看媚兰,发现她的黑眼睛已经睁开。这双眼睛显然不对头,火亮火亮的,下面各有一道弯曲的黑影。她张着干裂的嘴唇小声央求说:"水。"

"快起来,普里茜,"思嘉命令说,"我们到井边去打点水来。"

"可是,思嘉小姐,那里一定有鬼。说不定有人死在那里呢。"

"你要是不快下车,我就打死你!"思嘉威胁着说,一面跛着脚从马车上爬下来,她实在没心思争辩了。

这时她想起了那匹马。天知道,也许它已经在夜里死掉了!她给马卸车时,马就像快死了。她赶忙绕到马车那边去,看见马侧身躺在那里。如果马真死了,她要诅咒上帝,然后自己也死掉算了。《圣经》上就有人做过那样的事:诅咒上帝,然后死掉。她很能体会那人当时的心情。不过,马还活着——还在沉重地呼吸!它半闭着眼,但明明活着。好吧,只要给点水喝,一定也会缓过来。

普里茜很不情愿地从马车上爬下来,一路嘟哝,跟着思嘉胆怯地向那条林荫道走去。废墟后面是一排粉刷过的奴隶住房,仍静静地蹲在交抱的大树下,但已经空无人迹。在这些住房和熏黑的石基之间,她们找到了水井,水井的顶篷仍竖立在那里,挂着的吊桶深深地垂在井中。思嘉和普里茜一齐动手,用力把绳子往上绞,等到那桶清凉的活水从暗深的井底吊到井台上时,思嘉禁不住低下头去攀着桶咕嘟咕嘟畅饮起来,泼得满身都湿了。

她喝个没完,旁边的普里茜等急了:"够了,思嘉小姐,俺也渴着呢。"这才提醒她想起别人也要喝。

"把绳子解开,把吊桶提到马车上去,让他们也喝一点。剩下的都给马喝。难道你不想想媚兰小姐该奶孩子了?他会饿坏的。"

"可是,思嘉小姐,媚兰小姐没有奶——看来以后也不会有呢。"

"你怎么知道?"

"像她这样的人,俺见得多了。"

"别再给我装什么内行了。昨天生孩子的事,你懂得的就够少的了。现在赶快走吧。我要想法子弄点吃的去。"

思嘉找来找去一无所获,后来才在果园里拾到一些苹果。在这以前已有士兵到过那里,树上什么也没有了;她在地上捡到的那些也大半是烂了的。她把最好的几个装满裙兜,踏着柔润的土地走回来,一路上有些小石子钻进她的便鞋里。她昨天晚上怎么没想起换上一双硬些的鞋呢?她怎么没有把遮阳帽带来呢?她怎么没有带上些吃的东西呢?她简直像个傻瓜!不过,当然喽,她原以为瑞德会照顾她们的。

瑞德!她往地上啐了口唾沫,因为连这名字都是臭的。她多么恨他!他的为人多么可鄙!可是她竟站在路上让他吻过——还几乎很高兴呢!昨晚她简直是疯了。他这人多么卑劣呀!

她回来后,把苹果分给大家,剩下的扔到车子后边。那匹马现在已经站起来了,可是它尽管饮了些水也不见有多大的起色。在阳光下看来,它显得比昨晚糟得多了。它那两个臀骨高高矗起,就像一头老母牛似的,两肋也瘦得像搓衣板;至于脊背,那就只是一大片斑斑点点的伤痕罢了。思嘉套车时也畏畏缩缩不敢碰它。当她把嚼口塞进马嘴里,才发现原来马根本没牙了。都老掉牙了啊!为什么,瑞德既然要偷马,却没有偷一匹好些的呢?

她爬上赶车的座位,用山胡桃树枝往马背上轻轻抽了一下。马喘息一声向前挪动了,可是它走得很慢,她把马赶上大路时发现连她自己这样精疲力竭的人也会比它跑得快呢。啊,要是没有媚兰、韦德、普里茜和那个婴儿拖累她,那多好啊!她会很快跑回家去!真的,她宁愿一步一步跑回去,一步一步愈来愈接近塔拉,接近母亲呀!

他们距离塔拉可能不过十五英里了,但是以这匹老马行走的速度,就还得花一整天,因为她不得不时常停下来让它休息。一整天啊!她顺着红光闪烁的大路向前望去,只见路上尽是深陷的车辙,那是炮车和救护车碾过后留下来的。她还得过许多小时才能知道,究竟塔拉是不是安然无恙,母亲是不是还健在。还得过许多小时,她才能结束这九月骄阳下的旅程。

思嘉回过头去看看媚兰,她在阳光下闭着疲惫的眼睛躺在那里。思嘉扯开帽带,把自己的帽子扔给普里茜。

“把帽子盖到她脸上。这样,她的眼睛就不会给太阳晒坏了。”于是,烈日直射到她那毫无遮蔽的头上,她心想:“不用等到天黑,我就会变得像珠鸡蛋一样满脸雀斑了。”

她有生以来还从没有不戴帽子或披纱在太阳下待过,也从没有不戴手套用她那双胖乎乎的又白又嫩的小手拿过缰绳。可现在她却暴露在烈日下,赶着这辆由病马拉着的破车,浑身肮脏汗臭,肚子又饿,除了像蜗牛似的慢腾腾地爬过这片荒野之外,毫无别的办法。短短几个星期以前,她还是那么安全舒适!那时候她和每个人都以为亚特兰大万无一失,佐治亚决不会被敌人入侵——这好像就是昨天的事!然而,四个月前西北方面出现的那一小片乌云,居然很快酿成一场风暴,接着又成为呼啸的飓风,把她的整个世界都卷走了,把她本人也刮出那个庇护所,如今被抛在这鬼影幢幢的荒原上了。

塔拉会安然无恙吗?或者塔拉也已经随风飘逝,随着那场席卷佐治亚的飓风烟消云散了吗?

她拿树枝抽打着这匹早已乏极了的马,想逼它走快一点,这时歪歪倒倒的马车像个醉汉似的颠簸着他们左右摇晃,不得安宁。

空气像死一般沉闷。在傍晚的太阳光下,每一片记得很清楚的田地和灌木林都是碧绿的,寂静的,那种不祥的宁静在思嘉心中引起了恐惧。那天他们经过的每一幢弹痕累累、空无人烟的房子,每一个像哨兵似的站在火后废墟上的干瘦的烟囱,都使她愈来愈害怕了。从头天夜里以来,他们还没遇见过一个活人或一只活的动物。不错,有的是死人、死马和死骡子躺在路旁,浑身肿烂,叮满了苍蝇,可是活的什么也没有。没有远处牲口的叫声,没有鸟儿歌唱,也没有一丝丝的风吹动树叶。只有这匹马疲惫地行进时呱哒呱哒的蹄声和媚兰的新生儿嘤嘤的啼哭,打破了周围的沉寂。

乡村好像躺在某种可怖的魔法之下。或者更坏些,思嘉不寒而栗地暗想,它像一位母亲的熟悉可爱的面孔,那么美丽,可是终于在经历了死亡的痛苦之后宁静下来了。她觉得那曾经很熟悉的林地里一定到处是鬼。在琼斯博罗战役中死了成千上万的人呢。他们就在这阴森森的树林里,在傍晚斜阳透过静止的树叶胆怯地照着的地方,无论朋友和仇敌,都一样用沾满鲜血和红土的眼睛,用迟钝而可怕的目光,窥视着破马车里的她呢!

"母亲!母亲!"她小声呼唤着。要是她能够克服这一切到达爱伦身边,那就好了!要是出于上帝的赐予,塔拉还安然无恙,她能够赶着马车驶上那条漫长的林荫道一直奔到家里,看见母亲那张慈祥亲切的面孔,能够再一次抚摩到那双柔软、能干、会驱除恐怖的手,能够抓住爱伦的裙裾,并一头扎进它里面,那就好了!母亲会明白该怎么办的。她不会让媚兰和她的新生儿死掉。她会平静地说:"别响,别响。"把所有幽灵和恐怖的东西都赶走的。可是母亲病了,也许快死了呢!

思嘉用鞭子在马的臀部抽了一下。他们得快点走啊!他们整天冒着酷热在这无穷无尽的大路上爬行。看看就要天黑了,他们会孤零零地待在这死寂的荒原上。于是她用起泡的双手更紧地抓住缰绳,在马背上狠狠地抽打着,每抽一下她那酸痛的两臂都痛得像火燎似的。

她只要能回到塔拉和爱伦的温柔怀抱里就好了!那时她要立即卸下肩头上的负担,那远不是她那年轻的肩膀所能胜任的沉重负担——那个濒死的妇人,那个迅速衰弱的婴儿,她自己的饥饿的小男孩,以及那个吓坏了的黑人,他们全都在向她寻求力量,寻求引导,全都从她挺直的脊背上看到勇气,可这勇气是她并不具备的,这力量也早已使完了!

那匹精疲力竭的老马已经对鞭子和缰绳毫无反应了,它只不过拖着四条腿在蹒跚地行走,有时踢着了小石块就颠簸或摇晃一下,几乎跌倒。不过,到暮色降临时,他们终于进入了最后一段旅程。他们拐过马车路上那个弯子,便驶上了宽敞的大道,这里离塔拉只有一英里了!

　　那道山梅花篱笆的阴影在前面隐约出现,这说明已来到麦金托什田产的边沿。再往前一点,思嘉在一条橡树林荫道前收紧了缰绳,这条林荫道通往老安格斯·麦金托什的住宅。那里是一片黑暗。住宅或棚屋里没有一点亮光。她在黑暗中眯细眼睛才隐约看到了前面的情景,这一切在她经过了可怕的一天之后越发显得熟悉了。她看见两个高高的烟囱像庞大的墓碑俯视着业已坍毁的二楼,几扇没有灯光的破窗户像瞎了的一动不动的眼睛嵌在墙壁上。

　　"喂!"她使出全身力气喊道,"喂!"

　　普里茜害怕极了,紧紧抓住她不放,思嘉回过头来,看见她的两个眼珠子在骨碌碌乱转。

　　"别喊了,思嘉小姐! 求求你,别再喊了!"她低声说着,嗓子在颤抖,"谁知道会给你什么回答呀。"

　　"我的上帝!"思嘉心里想,不由得浑身打了个寒噤,"我的上帝! 她这话说得对呢。从那里是什么都可能引出来的!"

　　她抖了抖缰绳,马又继续往前走了。麦金托什家住宅的情景使她最后残余的一线希望也化为泡影了。那房子已被烧毁,沦为一片废墟,杳无人迹,和她那天所经过的每个农庄一模一样。塔拉就在半英里之外,在这同一条大路的路边,正好是军队经过的地方。塔拉一定也被毁掉了! 她只能找到烧黑了的砖头和穿过断垣残壁朦胧闪烁的星光;爱伦和杰拉尔德都不见了,几个姑娘不见了,嬷嬷不见了,黑人们也不见了,天知道他们都到哪儿去了。那里只剩下一片死寂,笼罩着一切。

她干吗这么傻,这么违背常情,居然肩负着这样的使命,拖着媚兰和她的孩子,跑回来了呢? 他们还不如死在亚特兰大,何必今天冒着火一般的骄阳,坐着破马车整日颠簸,跑到荒凉的塔拉废墟来送死呢?

但是,艾希礼把媚兰留给她照顾了。"请照顾她吧。"啊,那美好而伤心的一天,当时,在永远离去之前,他曾和她吻别呢!"你会照顾她,是吗? 请答应我!"结果她就答应了。她干吗要承担这样一项诺言,这样一项由于艾希礼死了而具有双重束缚力的诺言啊? 此刻,她即使已疲惫极了,但仍然恨媚兰,恨那个婴儿的像小猫似的叫着打破沉寂的声音,那声音愈来愈微弱了。不过她已经答应了,而且他们已属于她,就像韦德和普里茜那样属于她,因此,只要她还剩下一点点力气,或者说还有一口气,她就得为他们挣扎,奋斗。她本来可以把他们留在亚特兰大,把媚兰塞进医院,再也不去管了。可是那样一来,无论今生来世,她都永远不敢去见艾希礼,不敢告诉他她把他的妻儿丢在陌生人中间,让他们死去了。

啊,艾希礼! 今天晚上,当她携带着他的妻儿在阴森森的大路上奔波时,他自己在哪里呢? 他还活着吗? 他在罗克艾兰监狱里躺下时还会想起她吗? 或者他出天花死去已经好几个月了,如今正和无数旁的联盟军官兵一起在什么地方的一个长长的坟坑里腐烂?

思嘉紧张的神经几乎一下绷裂了,因为她听见附近灌木丛中突然冒出的一个声音。普里茜大声尖叫着,猛地扑倒在马车的底板上,婴儿被压在下面。媚兰无力地挪了挪身子,双手在寻找婴儿,韦德则用手捂着眼睛浑身哆嗦,但吓得哭不出声来了。一会儿,他们旁边那丛灌木哗啦啦地分开,笨重的兽蹄出现了,接着是一声低沉而凄楚的哞叫,好像朝他们耳朵轰了一炮似的。

"原来是头母牛,"思嘉松了口气,可她的声音还不平静,"别傻了,普里茜。看你把婴儿给压坏了,媚兰和韦德都吓得不行了!"

"那是个鬼呢!"普里茜呻吟着说,同时脸朝下伏在车板上,扭动着身子不肯起来。

思嘉只得转过身,举起那根做马鞭用的树枝在普里茜背上抽了一下。她实在太累太虚弱,而且担惊受怕得够了,因此容忍不了别人身上更多脆弱的表现。

"坐起来,你这笨蛋,"她说,"省得我把鞭子抽断了。"

普里茜哭叫着抬起头来,从马车一边的挡板上朝外看了看,看见真是一头母牛,一头红白花的大母牛,站在那里用一双吃惊的大眼睛巴巴地瞧着他们。这时母牛又张开嘴"哞——"地叫了一声,仿佛有什么苦处似的。

"这牛是受伤了吧,叫声听起来可不像一般的牛叫。"

"俺看这叫声像是奶袋发胀了,母牛急着要人给挤奶呢,"普里茜说,她这时已平静些了,"说不定是麦金托什先生家的,黑鬼们把牛赶进了树林,北方佬才没把牛抓了去。"

"我们把它带走,"思嘉立即决定,"这样我们就有牛奶给婴儿吃了。"

"咱们怎么带得走它呢,思嘉小姐? 咱们可不能带头母牛走呀。母牛要是很久没挤奶了,就更不好办。那奶袋快胀破了。怪不得它这样叫唤呢。"

"你既然这么在行,那就把你的衬裙脱了,撕成布条,把它拴在马车后面。"

"思嘉小姐,你知道俺好久没有裙子,后来有了一条,可俺不能白白拿来用在牛身上呀。俺也从没跟母牛打过交道。俺见了母牛都害怕呢。"

思嘉撂下手里的缰绳,把自己的裙子提起来。底下那条镶花边的衬裙又漂亮又完整,那是她唯一的一条了。她解开腰带,把衬裙脱下来,双手使劲揉搓着那些柔软的褶子。这花边和亚麻布是瑞德用他通过封锁线的最后一艘走私船从纳索给她带来的,她花了整整一星期才做成这件衣裳。现在她断然抓住裙边狠狠地撕扯着,把它放到嘴里咬着,直到它终于绽裂,随即哗的一声撕开了。她一次又一次使劲咬呀,双手撕扯呀,结果衬裙变成了一堆布条摆在眼前。她把布条一条条连结起来,直累得起泡的手指流出血来,颤抖不已。

"把这布绳系在牛角上。"她吩咐普里茜。可是普里茜拒绝不干。

"俺是怕牛的,思嘉小姐。俺从来没跟牛打过交道。俺不是那种干场院活的黑仆。俺只干家务活呢。"

"你是个傻黑子。我爸干的最大一件错事就是把你给买来了,"思嘉慢吞吞地说,因为她实在太累,已经懒得生气了,"不过,只要我这胳臂还能动弹,我就拿这鞭子狠狠抽你。"

瞧,思嘉心里想,我在这里说了"黑子",可母亲很不喜欢这样说呢。

普里茜惶恐地转动着两只眼珠,先瞧瞧女主人板着的面孔,又看看那头正在哀叫的母牛。比较起来,思嘉还不是那么可怕的,因此普里茜抓住车上的挡板,待在那里一动不动。

思嘉挪动着两条发僵的腿从座位上爬下来,每个动作都使肌肉胀痛一下。其实普里茜并不是这里唯一怕牛的人。思嘉也一直害怕牛,连最温驯的母牛她也觉得太凶了。不过,如今有那么多最可怕的事物摆在她面前,她就不能再屈服于那些小小的危险了。幸好这头母牛还是温和的。它在痛苦中到处寻找人类来帮助它,所以当她把那条用衬裙做的绳子系在牛角上时,牛也没有做出任何威胁的姿态。她把布绳的另一端系在马车背后,凭她那几个破指头所有的劲儿拉了拉,觉得牢靠了才松了手。然后,她准备回到驾驶座上去,可是突然一阵难以抵御的疲惫感涌上心来,她头晕眼花,天旋地转,只好双手抓住车厢板站住,才没有倒下。

媚兰睁开眼睛,看见思嘉站在她身旁,便低声说:"亲爱的——我们到家了吗?"

家!思嘉一听家这个字眼便热泪盈眶了。家吗?媚兰还不明白已经没有什么家了,他们正无依无靠地流落在一个狂暴而荒凉的世界上啊!

"还没有呢?"她用发紧的嗓子尽量温和地回答说,"不过很快就要到了。我刚才找到一头母牛,我们很快就有牛奶给你和婴儿喝了。"

"可怜的小家伙。"媚兰低声说,一面无力地伸手去摸孩子,可是还没摸到手就瘫落了。

要爬回到驾驶座上去,那是需要思嘉付出浑身力气的,不过她终于做到了,而且拿起了缰绳。可这时那匹马奄拉着脑袋站在那里,拒不动身。思嘉无情地用鞭子抽打。她希望上帝会饶恕她这样伤害一只已经累坏了的牲畜。如果上帝并不饶恕,那她只好深感遗憾了。毕竟塔拉已经就在眼前,再走四分之一英里马就可以凭自己高兴倒在车辕下休息了。

马终于慢吞吞地挪动了四蹄,车轮吱吱嘎嘎地滚动,母牛跟在后面一步一声哀叫。这畜生充满痛苦的叫声使思嘉的神经像针刺般难受,因此她很想停下来把牛放开。要是在塔拉已经空无人迹,那么这头母牛对他们还有什么用呢?她不会给它挤奶,而且即使她会挤,那畜生也可能你一碰它的乳房就踢你呢。不过,她既然有了这头牛,她就要养着它。如今在这世界上她很少有旁的东西了。

他们终于到了一个斜坡脚下,这时思嘉感情激动,眼睛也模糊起来,因为越过这个斜坡就是塔拉了!可随即她的心又往下沉——这匹跛脚老马怎么爬得上去呀!以前总觉得这个山坡又小又平缓,算不了什么,她常常跨着她的快脚母马飞驰而上,毫不费力。想不到,没过多久,今天会显得这么陡峻了。无疑这老马破车,负载又重,是怎么也上不去的。

她疲惫地下了车,拉住马的缰辔。

“下来,普里茜,”她命令道,“带着韦德,抱着或是让他自己走都行。将婴儿放在媚兰小姐身旁。”

韦德吓得又哭又嚷,也不知嚷些什么,思嘉只听出几个字来:“黑——黑——韦德害怕!”

“思嘉小姐,俺不能走。俺脚上起泡了,俺的鞋也坏了。韦德和俺并不太重呢——”

“下来!赶快下来,省得我来拖你!到那时就把你丢在这儿,让你一个人在黑暗里。快!”

普里茜一面悲叹,一面凝望着周围浓密的树影,生怕下车时会碰到那些树枝被挂住了。不过她还是把婴儿放到媚兰身旁,然后自己爬下车,再踮着脚尖把韦德抱出来。这孩子哭着,畏缩地紧偎着自己的保姆。

"叫他别哭了,我受不了!"思嘉说着,抓住马缰辔,拖着马一步步往前走,"要像个小伙子,韦德,不要再哭了。要不,我就跑过来抽你。"

上帝干吗要叫人生孩子呢?她胡乱地想着,一面在黑暗的路上拼命向前挣扎——他们一点用也没有,就会哭哭啼啼,讨厌极了,还经常要你照管,经常拖累你。这时韦德在普里茜身边,拽着她的手,抽着鼻子,自己啪哒啪哒地走着,但思嘉早已精疲力竭,实在没有怜悯这个受惊孩子的心肠了。她只觉得厌倦——居然生下他来!她只觉得迷惑不解——怎么会跟查尔斯·汉密尔顿结婚的呢?

"思嘉小姐,"普里茜抓住女主人的胳臂小声说,"可别让咱们到塔拉去呀。他们不在那里。他们全都走了。说不定他们死了——俺妈和所有的人。"

实际上思嘉自己心里也是这么想的,因此大大激怒了她,她立即甩脱了普里茜抓住她胳臂的那只手。

"那么,把韦德的手给我吧。你可以就在这里坐下,别动了。"

"不行,小姐,不行呀!"

"那就闭住你的嘴!"

可这马走得多慢啊!马嘴里冒出的白沫和淌下的涎水都滴落在她手上。她心头不觉响起她曾经跟瑞德一起唱过的那句歌词——但其余的记不起了:

只要再过几天,就能把这副重担卸掉——

536

"只要再走几步,"她在脑子里一遍又一遍地哼着,"只要再走几步,就能把这副重担卸掉。"

后来,他们总算爬到了坡顶,塔拉的橡树就在眼前,黑乎乎的一大片高耸在阴沉的天宇下。思嘉赶紧朝前望去,看有没有什么灯光。可是哪儿也没有。

"他们都走了!"她心里想,胸口像压着冰冷的铅块,"走了!"

她掉转马头,驶上车道,这时头顶上交抱的橡树把他们荫蔽在一片漆黑中了。思嘉眯细眼睛仰望着这条黑暗的隧道,看见前面——啊,真的看见了?难道是她那疲倦的眼睛在跟她捣鬼?——啊,前面是塔拉农场的白砖房,尽管模模糊糊看不十分清楚。家!家!那些可爱的白色墙壁,那些帘帷飘拂着的窗户,那些宽敞的走廊——它们全都在她前面那一片朦胧之中吗?或者这黑暗好意地把一幅像麦金托什家住宅那样的惨象给遮住了?

林荫道似乎有好几英里长,而她使劲地拖着的那匹马却挪动得愈来愈慢了。她瞪着眼睛在黑暗中搜索。屋顶似乎还很完整呢。这可能吗——这可能吗——?不!这不可能。战争是毫不留情的,即使对塔拉农场这座仿佛能保持五百年的房子。战争是不可能放过塔拉的。

接着,朦胧的轮廓渐渐清晰了。她拉着马尽量走得更快些。那些白色墙壁真的从黑暗中露出来了。而且没有被烟火熏黑呢。塔拉逃过来了!家呀!她抛开缰辔,放脚跑了这最后几步,随即一跃上前,想抓住那些墙紧紧抱在自己怀里。接着她看见一个人影,朦胧中看不清楚的人影,从前院走廊的黑暗中隐约出现,站在台阶顶上。塔拉并不是荒无人烟呢。还有人在家里啊！

她正要喊，要欢呼，可是却咽在喉咙里了。房子黑沉沉的，毫无声响，而且那个人影也没有挪动或向她招呼。这是怎么回事？怎么回事？塔拉完整无缺，可周围同样是笼罩着整个破碎乡村的那片可怖的寂静。这时那人影开始移动了，它僵硬地缓缓走下台阶。

"是爸？"她沙哑地低声喊道，可几乎还在怀疑究竟是不是他，"是我——凯蒂·思嘉。我回来了！"

杰拉尔德向她走来，像个梦游人似的一言不发，拖着他那条僵直的腿。他走近了，用惶惑的神态看着她，仿佛相信自己是在梦里。接着他伸出手来，搭在她的肩上。思嘉感到他的手在哆嗦，好像他刚做了一个噩梦，现在还处于半睡半醒的状态。

"女儿，"他好不容易才叫出声来，"女儿。"

他随即又沉默了。

怎么——他成了个老人！思嘉心里想。

杰拉尔德的两肩耷拉着。他的面孔虽然看不十分清楚，可是她看得出脸上已没有那种活力，杰拉尔德的安静不下来的活力；那双注视着她的眼睛里也有着几乎像小韦德的眼睛那样吓呆了的神情。他已经变成个小老头儿，而且很衰弱了。

如今，一种茫无根据的恐惧抓住了她，仿佛从黑暗中猝不及防地向她猛扑过来，她只得站在那里，瞪着眼睛朝他看着。所有的疑问像潮水般涌来，可是在她嘴边被堵住了。

从车里又传来微弱的啼哭声，杰拉尔德好像在竭力让自己完全清醒过来。

"那是媚兰和她的婴儿，"思嘉赶紧小声说，"她病得很厉害——我把她带回家来了。"

杰拉尔德把他的手从她臂膀上放下来,挺了挺肩膀。他慢慢向马车边走去,那姿态使人蓦然惊诧地记起过去欢迎客人的塔拉农场主,仿佛杰拉尔德是在模糊的记忆中说话似的。

"媚兰姑娘!"

媚兰的声音含糊不清地咕哝着。

"媚兰姑娘,这就是你的家啦。'十二橡树'村已经给烧了。你得跟我们住在一起了。"

这时思嘉想起媚兰受了很久的折磨,觉得必须即刻行动了。她这又回到了现实世界。现在得把媚兰和她的孩子安置在一张柔软的床上,还得着手去做那些能够替她做的琐屑事情。

"得叫人把她抬出来。她不能走呢。"

一阵慌乱的脚步声伴着一个黑影从前厅的门洞里钻出来。波克跑下台阶。

"思嘉小姐! 思嘉小姐!"他一路喊叫着。

思嘉抓住他的两臂。波克,塔拉农庄的台柱子,就像那些砖墙和廊檐一样宝贵呀! 她感觉到他的眼泪簌簌地落在她手上,他一面笨拙地拍着她,大声说:"真高兴,你回来了! 真——"

普里茜也放声大哭,断断续续地咕哝着:"波克! 波克,亲爱的!"还有小韦德,他被这些大人的伤感劲儿鼓起勇气来了,便抽着鼻子嚷道:"韦德渴啦!"

思嘉把他们都抓在手里,听她使唤。

"媚兰小姐在车里,她的婴儿也在里面。波克,你得把她十分小心地抬上楼去,安排在后面客房里。普里茜,你把婴儿和韦德带进屋去,给韦德一点水喝。嬷嬷在不在,波克?告诉她,我请她来一下。"

波克听了思嘉这种命令的口气,怎敢怠慢。于是他走到马车边,在马车后厢摸索着。他把媚兰从她躺了这么久的羽绒床垫上半抱半拖地搬出来,媚兰忍不住呻吟了几声。随即波克用强大的两臂把她抱起来,她像孩子似的将头搁在他肩上。普里茜一手抱着婴儿,一手牵着韦德,跟着他们登上宽阔的台阶,走进黑暗的穿堂去了。

思嘉迫不及待地用几个流血的手指摸索父亲的手。

"她们都好些了吗,爸?"

"两个女孩子好起来了。"

接着是沉默,在这沉默中一个可怕到不能用言语表达的想法形成了。思嘉不能,就是不能把它说出口来。她一次又一次吞咽着,吞咽着,可是突然口干得仿佛喉咙两壁都粘在一起了。这是不是对可怕的塔拉沉默之谜的解答呢?仿佛是回答她心中的那个问题,杰拉尔德终于开了口。

"你母亲——"他刚要说下去又停顿了。

"唔——母亲?"

"你母亲昨天故去了。"

思嘉紧紧抱住父亲的胳臂,摸索着走过宽阔而黑暗的穿堂,那里虽然漆黑,却像她自己的心一样熟悉。她避开那些高靠背椅,那些空枪架和那些带突出爪脚的旧餐具柜,觉得自己是在本能的驱使下向后面那间小小的办事房走去,那是爱伦经常坐着不停地记账的地方。无疑,她一走进那个房间,便会发现母亲仍坐在写字台前,她又会抬起头来,手里握着笔杆,带着幽雅的香气和窸窣的裙圈起身迎接她这疲乏的女儿。爱伦不可能已经死了,即使爸这样说过,像只鹦鹉一遍又一遍说过它唯一会说的一句话:"她昨天故去了——她昨天故去了——她昨天故去了!"

奇怪的是她现在居然毫无感觉,除了一种像沉重的铁链般锁住她的四肢的疲惫和使她的两个膝头发抖的饥饿之外,什么感觉也没有了。她过一会儿再去想母亲吧。她必须暂时把母亲从心里放下,否则她就会像杰拉尔德那样愚蠢地摔倒,或者像韦德那样单调而令人厌倦地啼哭。

波克从宽阔黑暗的楼梯上走下来迎接他们,他连忙凑到思嘉跟前,像只受冻的动物靠近火炉。

"灯呢?"她问,"为什么屋里这么黑,波克?拿蜡烛来。"

"思嘉小姐,他们把所有的蜡烛都拿走了,只剩下一支,咱们用来在夜里找东西的,也快用完了。嬷嬷晚上看护卡琳小姐和苏伦小姐,是拿根破布条放在一碟子油里点着呢。"

"把剩下的那点蜡烛拿来吧,"她命令他,"拿到母亲房里——那间办事房里去。"

波克连忙跑到饭厅去,思嘉却摸索着进了那间漆黑的小屋,在沙发上坐下。这时她父亲的胳臂仍然插在她的臂弯里,显得那么无可奈何,那么可怜温顺,这种神态是只有幼童和很衰弱的老人才会有的。

"他老了,而且很疲乏了。"她又一次想起,并且暗暗思量她怎么就没能多关心他一点呢。

波克高高地端着一支竖立在盘子里的燃了半截的蜡烛进来了,房间里顿时亮堂起来,也恢复了生机。他们坐着的那张塌陷的旧沙发,那张写字台,写字台前顶着天花板的高书架;

这边是母亲那把单薄的雕花椅,那个放文件的方格架里面仍塞满了母亲手写的文件和册页;还有那块磨破了的地毯——所有这一切,全都是老样子,只有爱伦不在了,爱伦,连同她那柠檬马鞭草香囊的隐约香味和眼梢微翘的美妙顾盼,现在都不见了。思嘉感到内心隐隐作痛,好像被一个深深的伤口麻痹了的神经在拼命和重新发挥作用似的。现在她决不能让它复苏;她今后还有大半辈子要活,到时候叫它尽量去痛吧。可现在不行!求求你了,上帝,现在不行啊!

思嘉注视着杰拉尔德青灰色的面孔,她生来头一次发现他没有刮脸,他那本来红润的脸上长满了银白的胡须。波克把蜡烛放到烛台上,便来到她身边。思嘉觉得,假如他是一只狗,他就会把嘴伸到她膝腿上来,恳求她用温存的手抚摩他的头了。

"波克,家里还有多少黑人?"

"思嘉小姐,那些不中用的黑鬼都跑了,有的还跟着北方佬跑去——"

"还剩下多少?"

"还有俺和嬷嬷,思嘉小姐。嬷嬷整天伺候两位姑娘。还有迪尔茜,她如今陪伴姑娘们。就俺三个,思嘉小姐。"

"就俺三个",可以前有一百呢。思嘉费劲地仗着那僵疼的脖子把头抬起来。她明白她必须保持一种坚定的口气。令她吃惊的是,她说起话来还是那么冷静自然,仿佛压根儿没发生过战争,她还能一挥手就叫来上十个家仆似的。

"波克,我饿了。有什么吃的没有?"

"没有,小姐。全都给他们拿走了。"

"园子里呢?"

"他们把马赶到里面去了。"

"难道连种甘薯的坡地也去了？"

波克的厚嘴唇上浮现出一丝欣喜的微笑。

"思嘉小姐，俺才没有忘记那山芋呢。俺想它们还在那里的。北方佬从没见过山芋，他们以为那不过是些什么根，所以——"

"现在月亮快上来了。你出去给我们挖一点来烤烤。没有玉米片了？没干豆了？鸡也没了？"

"没了，没了，小姐。他们在这里没吃完的鸡，都挂在马鞍上带走了。"

他们——他们——他们，他们干的那些事，还有个完吗？难道烧了杀了还不够？难道他们非得让女人、孩子和无依无靠的黑人也饿死在他们蹂躏过的乡村里不行？

"思嘉小姐，俺弄到些苹果，嬷嬷把它们埋在地底下。今天俺还吃过呢。"

"好，先把苹果拿来，然后再去挖山芋。还有，波克——我——我觉得头晕。酒窖里还有没有一点酒，哪怕黑莓酒也行。"

"唔，思嘉小姐，酒窖是他们最先去的地方呀！"

一阵由饥饿、失眠、劳累和迎头打击所混合引起的恶心突然袭来，她迅速抓住椅子扶手上的雕花，定一定神。

"不要酒了。"她茫然地说，一面记起过去地窖里那一长列一长列的酒瓶。一种缅怀之情油然而生。

"波克，爸埋在葡萄架下大橡木桶里的那些玉米威士忌酒怎么样了？"

波克的黑脸上再次掠过一丝诡秘的笑影，这是愉快而敬重的微笑。

"思嘉小姐,你真是他最好的孩子!我丝毫也没忘记那个大木桶。不过,思嘉小姐,那威士忌不怎么好。它埋在那里才一年左右的光景,而且太太们喝威士忌也没好处呀。"

这些黑人多蠢啊!他们是什么也不去想的,除非你告诉他们,可北方佬还要把他们解放呢。

"对于我这位太太和爸来说,那已经够好的了。快去,波克,把它挖出来,给我们斟上两杯,再加些薄荷和糖,我要调一种混合酒呢。"

他脸上露出很不以为然的神色。

"思嘉小姐,你知道在塔拉已经很久没有糖了。薄荷也全给他们的马吃掉了,玻璃杯也全都给他们打碎了。"

只要他再说一声"他们",我就会尖叫起来。我实在受不了啦,她想。接着,她高声说:"好吧,快去拿威士忌,赶快!我们就净喝好了。"于是,他刚一转过身去,她又说:"等等,波克。该做的事情太多,我好像想不起来……唔,对了,我带回一匹马和一头母牛,那牛该挤奶了,急得很呢。你把马从车上卸下来,饮一下马,然后告诉嬷嬷,叫她去照顾那头母牛。媚兰小姐的娃娃,要是没有点吃的,就会死了。还有——"

"媚兰小姐难道——不能——"波克故意没有说下去。

"媚兰小姐没有奶。"我的上帝,要是母亲在,听了这话又该吓坏了。

"唔,思嘉小姐,让俺家迪尔茜喂媚兰小姐的孩子吧。俺家迪尔茜自己刚生了个孩子,她的奶够两个孩子吃还要多呢。"

孩子,孩子,孩子!上帝怎么尽叫人生孩子呀!可是不,不是上帝叫生的。是蠢人自己生的。

"对了,太太,是个又大又胖的黑小子呢。他——"

"去告诉迪尔茜,叫她别管那两个姑娘了。我会照顾她们的。叫她去奶媚兰小姐的孩子,也尽量替媚兰小姐做些事情。叫嬷嬷去照管那头母牛,同时把那匹可怜的马关进马栏里。"

"没有马栏了,思嘉小姐。他们拿它当柴烧了。"

"不许你再说'他们'怎样怎样了。叫迪尔茜去干这些事吧。你呢,波克,快去把威士忌挖出来,然后弄点山芋。"

"不过,思嘉小姐,俺没有灯怎么去挖呀?"

"你可以点根柴火嘛,不行吗?"

"柴火也没了——他们——"

"想点办法嘛……怎样都行,我不管。只要把那些东西挖出来,马上就挖。好,快去。"

波克听她的声音急了,便赶忙走出去,留下思嘉单独跟杰拉尔德坐在房里。她轻轻拍打着他的腿,这才注意到他那两条本来肌肉鼓鼓的大腿如今已萎缩成什么样子。她必须设法把他从目前的冷漠状态中拉回来——可是她不能问起母亲。那得过些时候再说,等她经受得住了再说。

"他们怎么没把塔拉烧了呢?"

杰拉尔德瞪大眼睛看了她一会儿,仿佛没有听见似的,于是她重问了一遍。

"怎么——"他好像在记忆中搜索,"他们把这房子用作司令部了。"

"北方佬——在这幢房子里?"

她心里突然感觉到这些可爱的墙壁被玷污了。这幢房子,由于爱伦在里面住过而变得神圣的房子和里面这些——所有这些东西。

"就是那样呢,女儿。我们看见'十二橡树'村冒烟了,在河对面,那时他们还没过来。不过霍妮小姐和英迪亚小姐,以及他们家的一些黑人,都逃到梅肯去了,所以我们并不替他们担心。可是我们不能到梅肯去。两个姑娘正病得厉害,还有你母亲,我们不能马上去。我们的黑人跑了——我还不知道都到哪里去了。他们偷走了车辆和骡子。嬷嬷和迪尔茜还有波克——他们没有跑。两个姑娘,还有你母亲,我们不能挪动她们啊。"

"是的,是的。"他决不应该谈起母亲。其他一切都可以。哪怕谈到谢尔曼将军本人把这间房子——母亲的办事房——用作了司令部。别的什么都可以谈。

"北方佬向琼斯博罗扑过来了,来截断铁路。他们成千上万地从河边拥向铁路,有炮兵也有骑兵,成千上万。我在前面走廊上碰到他们。"

"啊,好一个英勇的小杰拉尔德!"思嘉心里想,她的心兴奋得膨胀起来,杰拉尔德在塔拉农场的台阶上迎接敌人,仿佛是在他背后而不是在他前面站着一支大军呢!

"他们说我得走开,说他们马上要烧这幢房子。我就说他们烧房子时不妨把我埋在底下。我们不能走,两个姑娘,还有你母亲,都在——"

"后来呢?"难道他非提到母亲不行?

"我告诉他们,屋里有病人,是伤寒病,动一动就会死的。我说他们可以烧,把我们烧死在里面好了。反正我怎么也不离开——不离开塔拉农庄。"

他的声音渐渐消逝,于是他茫然四顾,看着周围的墙壁,思嘉懂得他的意思了。在杰拉尔德背后站着许多爱尔兰祖先,他们都死守在小小一块田地上,宁愿战斗到最后一息也不离开家乡,不离开他们一辈子居住、耕种、恋爱和生儿育女的家乡。

"我说他们要烧房子,就把三个垂死的女人烧死在里面。但是我们不离开。那个年轻军官是——是个有教养的人。"

"一个有教养的北方佬?怎么了,爸?"

"一个有教养的人。他跨上马跑了,很快就带回来一位上尉,他看了看两个姑娘——还有你母亲。"

"你让一个该死的北方佬进她们的房间了?"

"他有鸦片。可我们没有。他救活了你的两个妹妹。那时苏伦正在大出血。他很明理,也很和气。他报告说她们的确病了,结果便没有烧房子。他们搬了进来,有位将军,还有他的参谋部,都挤进来了。他们住满了所有的房间,除了病人住的那间以外。而那些士兵——"

他又一次停顿下来,好像太累,说不下去了似的。他那满是胡茬儿的下颌沉重而松弛地垂在胸前。接着他又吃力地继续说下去。

"他们在房子周围搭起帐篷,在棉花田里,玉米地里,到处都是。牧场上尽是军人,一片的蓝色。晚上点起上千堆营火。他们把篱笆拆了拿来生火做饭,还有仓房、马厩和熏腊间,也是这样。他们把牛呀,猪呀,鸡呀,甚至我的那些火鸡,都给宰了。"火鸡是杰拉尔德的宝贝,可现在没了。"他们拿东西,连画也要,还有一些家具,瓷器——"

"银器呢?"

"波克和嬷嬷在银器上做了点手脚——是放在井里吧——不过我现在记不得了。"杰拉尔德说这话时显得有点恼火。"后来他们就从这里——从塔拉——发起进攻了。周围是一片嘈杂,人们有的骑马,有的走路都到处奔跑。不久大炮在琼斯博罗像轰雷一般打响了,连病中的姑娘们都听得见,她们一遍又一遍地说:'爸,让他们别响了吧。'"

"那么——那么母亲呢? 她知道北方佬在屋里吗?"

"她——始终什么也不明白。"

"感谢上帝。"思嘉说。母亲总算免了。母亲始终不清楚,始终没听见楼下房间里敌人的动静,没听见琼斯博罗的枪炮声,不知道她看作心头肉的这块土地已受到北方佬的蹂躏了。

"我很少看见他们,因为我跟姑娘们和你母亲一起待在楼上。我看见最多的是那个年轻医生。他为人和气,思嘉,真和气呢。他整天忙着照料伤兵,可休息时总要上楼来看她们。他甚至还给留下些药品。等到他们临走时,他告诉我两位姑娘会渐渐好起来,可是你母亲——她太虚弱了,他说,恐怕最终是熬不过去的。他说她已经把自己的精力消耗完了……"

接着是一阵沉默,这时思嘉想象着母亲在最后一段日子里必然表现的情状。她作为塔拉农庄一根单薄的顶梁柱,始终在那里护理病人,做事,整天不吃,整夜不眠,为了让别的人吃得够,睡得好……

"后来,他们开走了。后来,他们开走了。"

他沉默了好一会儿,然后开始摸索她的手。

"你回来了,我很高兴。"他简单地说。

这时后院走廊上传来一阵刮擦的声音。那是可怜的波克,他四十年来养成了进屋之前先把鞋底擦干净的习惯,就像目前这种时候也没忘记。他小心地提着两个葫芦走进门来,可是一股强烈的酒香已赶在他前面飘进来了。

"俺给洒掉了不少,思嘉小姐,要把酒倒进一个小小的葫芦口,可真不容易呢。"

"这就很好了,波克,谢谢你。"她从波克手里接过湿淋淋的长柄葫芦勺,鼻孔立即被酒气刺激得皱起来。

"喝了这一勺,爸。"她将一勺威士忌酒塞到他手里,随即又从波克手里接过第二勺来。杰拉尔德像个听话的孩子,端起酒来咕咚咕咚喝下去,她递来第二勺时他却摇摇头表示不要了。

她把那勺酒收回来,送到自己唇边,这时她看见父亲在注视她,眼睛里隐约流露出不赞成的神色。

"我知道没有小姐太太喝酒的,"她简单地说,"不过今天我不是小姐,爸,而且晚上还有事要做呢。"

她端着勺子深深闻了一下,便迅速喝起来。那热辣辣的酒像火烫一样通过喉咙直吞到肚子里,呛得她快流眼泪了。接着,她又一次闻了闻,把勺子端到了嘴边。

"凯蒂·思嘉,一勺就够了,"杰拉尔德这种命令口吻,思嘉回来后还是头一次听到,"你并不懂得酒性,它是会使你醉的。"

"醉?"她古怪地笑了一声,"醉? 我还希望它把我醉倒呢。我真想喝醉了,把这一切都忘记得干干净净。"

她又喝了一勺,这时一股缓慢的暖流已进入她的血脉,渗透她的周身,连手指尖也有点激动了。这种温和的兴奋给人的感觉是多么幸福啊! 它好像已穿透她那颗冰封的心,力量已回到她体内运行。她看见杰拉尔德的表情又惶惑又痛苦，便再次拍拍他的膝腿，努力装出他一向很喜欢的那副淘气笑容来。

"它怎能让我醉着呢，爸？我是你的女儿。难道我没有继承克莱顿县那个最冷静的头脑吗？"

他那张憔悴的脸上几乎浮出微笑来。威士忌酒也在他身上引起兴奋。她又把酒递回给他。

"你再喝一点吧。然后我就扶你上楼去，让你上床睡觉。"

她赶紧住口，没有再说下去，因为这是她对韦德说话的口气呢。她不该这样跟父亲说话。这是不尊重的。不过他还在等她说下去。

"是的，服侍你上床睡觉，"她小声补充说，"再给你喝一口——或者就把这一勺都喝了，然后扶你去睡。你需要睡了，让凯蒂·思嘉留在这里，这样你就什么都不用操心了。喝吧。"

他又顺从地喝了一些，然后，她挽住他的胳臂，搀着他站起来。

"波克……"

波克一手提着葫芦，一手挽着杰拉尔德。思嘉端起闪耀的蜡烛，三个人慢慢进入黑暗的穿堂，爬上盘旋楼梯，向杰拉尔德的房间走去。

苏伦和卡琳的房间里晚上点着的唯一灯光，是在一碟子腊肉油里放根布条做的，因此充满一股很难闻的气味。她俩躺在一张床上，有时辗转反侧，有时喁喁细语。思嘉头一次推开门进去,房间里因为所有的窗都关着,那股浓烈的怪味,混合着病房药物和油腥味儿,便迎面扑来,差一点叫她晕倒了。可能大夫们会说,一间病房最怕的是吹风,可是要叫她坐在这里,那就非有空气不可,否则会闷死的。她把三个窗子都打开,放进外面的橡树叶和泥土气息,不过这新鲜空气对于排除这间长期关闭的房子里的腐臭味并没有多大效果。

卡琳和苏伦同样地形容消瘦,面色苍白,她们时睡时醒,醒时便躺在那张高高的四柱床上,瞪着大眼低声闲聊。在过去光景较好的日子里,她们就一起在这张床上喁喁私语惯了。房间的一个角落里还摆着一张空床,一张法兰西帝国式的单人床,床头和床腿是螺旋形,那是爱伦从萨凡纳带来的。爱伦死前就睡在这里。

思嘉坐在两个姑娘身旁,痴呆呆地瞧着她们。那空肚子喝的威士忌酒如今在跟她捣鬼了。有时候,她的两个妹妹好像离她很远,形体很小,她们断断续续的声音也像虫子在嗡嗡叫似的。可随即她们又显得很大,以闪电般的速度冲着她来了。她疲倦了,彻骨地疲倦了。她可以躺下来,睡个三天五天。

她要是能躺下来睡觉,醒来时感到爱伦在轻轻摇着她的臂膀,说:"晚了,思嘉。你不能这样懒呀。"——那多好啊!可是,她再也没有那样的机会了。只要爱伦还在,或者她能找到一个比爱伦年纪大,比她更加聪明而又不知疲倦的女人,该多好啊!要是有个人可以让她把头钻进怀里,让她把自己身上的担子挪到她肩上,该多好啊!

房门轻轻开了,迪尔茜走进屋来,她怀抱着媚兰的婴儿,手里提着酒葫芦。她在这烟雾沉沉、摇曳不定的灯光里显得比思嘉上次看见她时瘦了些,脸上的印第安人特征也更加明显:高高的颧骨已越发突出,鹰钩鼻也显得更尖,棕红色的皮肤也更光亮了。她那件褪色的印花布衣裳敞到腰部,青铜色胸脯完全裸露在外面。媚兰的婴儿偎在她怀里,他把那张玫瑰花蕾般的小嘴贪馋地压在黑黑的奶头上,吮着吮着,一面抓着两个小拳头撑住那温软的肌肤,就像只小猫偎在母亲肚子上温暖的绒毛中似的。

思嘉摇摇晃晃地站起来,把手放在迪尔茜的肩膀上。

"迪尔茜,你留下来了真好。"

"俺怎能跟那些不中用的黑人走呢,思嘉小姐?你爸心眼儿那么好,把俺和小普里茜买了来,你妈又那么和气!"

"坐下,迪尔茜。这婴儿吃得很好吧?媚兰小姐怎么样?"

"这孩子就是饿了,没什么毛病。俺有的是奶给这饿了的孩子吃。媚兰小姐也很好。她不会死的,思嘉小姐。你用不着操心。俺见得多了,白人黑人,像她这样的。她大概是累了,好像有点神经质,为这孩子给吓怕的。俺刚才拍了拍她,给她喝了点葫芦里剩的酒,她就睡了。"

这么说,玉米威士忌全家都喝了!思嘉十分可笑地想,她不如给小韦德也喝上一点,让他别再打嗝儿了。还有,媚兰不会死了。艾希礼回来时——要是他真会回来的话……不,这些也以后再去想吧。该想的事多着呢——以后再说!有那么多的事情要处理——要做出决定。要是能够把结账的时间永远推迟下去,那多好啊!她想到这里,突然一跃而起,因为她听见外面一阵吱吱嘎嘎的声音和有节奏的喀嗽——喀嗽——的声响,打破了深夜的沉寂。

"那是嬷嬷在打水,要来给两位姑娘用海绵擦身了。她们经常洗澡呢。"迪尔茜解释说,一面把葫芦放在桌上的药水瓶和玻璃杯中间。

思嘉恍然大笑起来。要是连她从小就熟悉了的井台上的辘轳声也会把她吓倒,那么她的神经就一定是崩溃了。她笑的时候,迪尔茜在沉着地看着她,她那威严的脸上纹丝不动,可是思嘉觉得迪尔茜是了解她的。她重新坐到椅子上。要是她能够把箍紧的胸衣、那让她感到窒息的衣领和仍然塞满沙粒和石子在她脚上磨起血泡的便鞋都脱掉,该多好啊!

辘轳缓慢地吱吱嘎嘎地响着,井绳被一圈圈绞起来,随着这响声吊桶逐渐升到了井口。嬷嬷马上就要到她这里来了——爱伦的嬷嬷,思嘉自己的嬷嬷。她静静地坐着,仿佛一无所求,这时婴儿已吃饱了,但由于奶头不在嘴里而嘤嘤啼哭。迪尔茜也一声不响,只把孩子的嘴引回到原来的地方,让孩子乖乖地躺在怀里不再哭了,这样思嘉静静地能听见嬷嬷拖沓的脚步一路走过后院。夜多么静啊!连极细微的声音她听起来也似乎很响呢。

当嬷嬷的笨重身躯一步步来到门口时,仿佛楼道都震得颤抖了。她挑着两大桶水,显得那么沉重,把肩膀都压弹了。她黝黑的脸上流露着几分固执的哀愁,就像猴子脸上常有的那样。

她一看见思嘉,眼睛就亮起来,雪白的牙齿也在微笑中显得越发光洁了。她放下水桶,思嘉立即跑过去,把头偎在她宽阔松弛的胸口——有多少黑人和白人的头曾在这里紧紧地依偎过啊。这里是个安稳的地方,思嘉想,是永不变更的旧生活所在的地方。可是嬷嬷一开口,这个幻象便消失了。

"嬷嬷的孩子回来了！唔，思嘉小姐，如今爱伦小姐已进了坟墓，咱们怎么办呀？哦，思嘉小姐，还不如连俺也跟爱伦小姐躺在一起呢！俺没有爱伦小姐可不行。如今啥也没有，只有伤心和烦恼。只有重担，宝贝儿，只有重担。"

　　思嘉把头紧紧靠在嬷嬷胸口，任凭嬷嬷唠叨，可这时有两个字引起了她的注意，那就是"重担"。这也就是那天下午在她脑子里不断嗡嗡响的那两个字，它们没完没了地重复，使她厌烦透了。此刻，她记起了那支歌的其余几句，怀着沉重的心情想起了它们：

　　　　只要再过几天，就能把这副重担卸掉！
　　　　且不管它的分量永远不会减！
　　　　再过几天，我们将蹒跚着走上大路——

　　"且不管它的分量永远不会减"——她把这句歌词记在自己疲倦的心里。她的担子也永远不会减轻吗？难道回到塔拉并不意味着幸福的休息，反而是更重的负担吗？她从嬷嬷怀里挣脱出来，伸手抚摩她那张皱巴巴的黑脸。

　　"宝贝，看你这双手！"嬷嬷拿起那双满是水泡和血块的小手，用极不赞成的眼光打量着，"思嘉小姐，俺不是一次又一次告诉过你，你常常能凭一双手来断定一位小姐太太吗？还有，你的脸也晒黑了！"

　　可怜的嬷嬷，尽管战争和死亡刚刚从她头上过去，她还在这些无关紧要的事情上严格要求你呢。再过一会儿她就会说，手上起泡和脸上有斑点的年轻姑娘们往往会永远找不到丈夫了。于是思嘉连忙采取预防措施，堵住这个话头。

　　"嬷嬷，我要你谈谈母亲的情况。我不敢让爸谈，那是叫人受不了的。"

嬷嬷一面弯下腰去提那两桶水，一面伤心得热泪盈眶了。她一声不响把水提到床边，揭开床单，开始替苏伦和卡琳把睡衣往上卷起来。思嘉在昏暗的灯光下凝望着两个妹妹，看见卡琳穿一件虽然干净但已破了的睡衣，而苏伦只裹着一件宽大的旧便衣躺在那里，那是一件棕色亚麻布袍子，上面还留有许多爱尔兰花边的残屑。嬷嬷用一块旧围裙残余的破布当海绵，擦拭着两个枯瘦的身子，一面悄悄地哭泣。

"思嘉小姐，都是斯莱特里家那些贱货、坏透了的下流白人，他们把爱伦小姐害死了。俺告诉过她，俺说她替那下流白人做事没有好处，可是爱伦小姐就是善良，心肠软，谁要是需要她，她都从来不拒绝。"

"斯莱特里家？"思嘉惶惑地问，"他们怎么进来的？"

"他们也害了这种病，"嬷嬷用破布指了指两个光着身子湿淋淋的姑娘，"老斯莱特里小姐的女儿埃米得这个病了，斯莱特里小姐急忙到这里来求爱伦小姐，就像平常一有急事就来。她干吗不照料自己的女儿呀？爱伦小姐还有更多的事脱不了身呢。可是爱伦小姐还是去了，她在那里照料埃米。而且爱伦小姐自己身体也不怎么好，思嘉小姐。你妈不舒服已经有很久了。这一带已经没有太多的东西好吃了，因为供应部把咱们出产的一切都偷走了。爱伦小姐像个雀儿似的总是吃一点点。俺对她说了，叫她别去管那些下流白人的事，可是她不听俺的。这就好了！大约埃米好像快要好起来的时候，卡琳小姐就病倒了。是的，那伤寒病像飞也似的一路传过来，传给了卡琳小姐，接着苏伦小姐也害上了。这样，爱伦小姐就得同时护理她们了。

"那时候沿着大路到处打起仗来,北方佬过河了,咱们也不知道会出什么事,那些干大田活的每晚都有人逃跑,俺都气疯了。不过爱伦小姐还照样冷静,像没事一样。她只担心两个年轻姑娘,因为咱们没有药,什么也没有。有天夜里我们给两位小姐擦了十来遍身,后来她对俺说:'嬷嬷,要是我能出卖我的灵魂,我也要买些冰来给两个女孩子冰冰头呢。'

"她不许杰拉尔德先生进这屋来。也不让罗莎和丁娜来,除了俺谁也不让进,因为俺是害过伤寒病的。接着,她自己也得病了,思嘉小姐,俺一看就知道没办法啦。"

嬷嬷直起身来,拉起衣襟擦满脸的泪水。

"她很快就走了,思嘉小姐,连那个好心的北方佬大夫也对她一点没有办法。她什么也不知道。俺喊她,对她说话,可她连自己的嬷嬷也不认识了。"

"她有没有——有没有提起过我——呼唤过我呢?"

"没有,宝贝。她以为她还是在萨凡纳的那个小女孩呢。谁的名字也没叫过。"

迪尔茜挪动了一下,把睡着的婴儿横放在膝上。

"叫过呢,小姐。她叫过什么人的。"

"闭住你的嘴吧,你这印第安黑鬼!"嬷嬷转过身去恶狠狠地咒迪尔茜。

"别这样,嬷嬷!她叫谁了?迪尔茜,是爸吗?"

"不是的,小姐。不是你爸。那是棉花被烧掉的那天晚上——"

"棉花都烧了——快告诉我!"

"是的,小姐,全烧光了。北方兵把棉花一捆捆从棚子里滚出来,堆到后院里,嘴里大声嚷着'看这佐治亚最大的篝火呀!'一会儿就化成灰了!"

接连三年积存下来的棉花——值十五万美元,一把火完了!

"那火烧得漫天通红,就像早晨一样。咱们给吓得什么似的,生怕把房子也烧了。那时这屋里一片雪亮,简直从地上拾得起针来。后来火苗伸进了窗子,好像把爱伦小姐给惊醒了,她在床上笔直坐起来,大声叫喊,一遍又一遍的:'菲利普!菲利普!'俺可从没听见过这样的名字,不过那是个名字,她就在喊他呢。"

嬷嬷站在那里像变成了石头似的,瞪大眼睛盯着迪尔茜,可是思嘉把头低下来用双手捧着寻思起来。菲利普——他是谁,他和母亲有什么关系,怎么她临终时这样叫他呢?

从亚特兰大到塔拉,这漫长的道路算是结束了,在一堵空白的墙上结束了,它本来是要在爱伦怀抱中结束的!思嘉再也不能像个孩子似的安然待在父亲的屋顶下,再也不能让母亲的爱像一条凫绒被子般裹着她,保护她不受任何威胁了。她已没有什么安全的地方或避风港可去躲藏的了。无论怎样转弯或迂回,都逃不出她已走进的这个死胡同了。没有人可以让她把肩上的担子推卸给他了。她父亲已经衰老痴呆,她的两个妹妹在生病,媚兰软弱无能,孩子们孤苦无依,几个黑人都怀着天真的信念仰望着她,倚靠着她,满以为爱伦的女儿会一如爱伦本人那样成为他们的庇护所呢。

从窗口向外望,只见月亮正冉冉上升,淡淡的月华照着塔拉农庄在她面前伸展,但是黑人走了,田地荒芜,仓库焚毁,像个血淋淋的躯体躺在她的眼前,又像她自己的身子在缓缓地流血。这就是那条路的尽头,瑟瑟发抖的老年,疾病,嗷嗷待哺的嘴,无可奈何地拽着她裙子的手。这条路的尽头一无所有——除了一个拖着个孩子的寡妇,十九岁的思嘉·奥哈拉·汉密尔顿之外,一无所有。

她拿这一切怎么办呢?在梅肯的皮蒂姑妈和伯尔家可能把媚兰和她的婴儿接过去。如果两位姑娘病好了,爱伦的娘家也得收留她们,不管她们愿意与否。至于她自己和杰拉尔德,就可以投奔詹姆斯和安德鲁伯伯家去了。

她打量着两个瘦弱病人的模样,她们在她眼前翻滚着,那些裹着她们的床单由于擦身时溅了水而潮湿发黑了。她不喜欢苏伦。现在她突然清清楚楚地明白了这一点。她从来没喜欢过她。她也并不特别爱卡琳。凡是懦弱的人,她都不爱。不过她们是她的骨肉同胞,都是塔拉的一分子。不,她不能让她们作为穷亲戚在姨妈们家里度过一辈子。一个奥哈拉家的人作为穷亲戚,看人家施舍的脸色过苦日子吗?啊,决不能这样!

难道就逃不出这条死胡同了?她疲惫的头脑细细思忖。她把双手费力地举到头上,仿佛空气就是她的两只手臂在奋力搏击的水浪似的。她把放在玻璃杯和瓶子中间的葫芦拿过来,往葫芦里看了看。葫芦底里还剩下些威士忌,但灯光太暗,看不清究竟还有多少。奇怪的是此刻强烈的酒味并不觉得刺鼻了。她慢慢地喝着,但这一次也不觉得发烫,只不过带来一股缓缓的暖意。

她放下空葫芦,然后向四下里看看。这完全是在梦里,烟雾沉沉的昏暗房间,两个瘦削的姑娘,蹲在床边的丑陋肥胖的嬷嬷,还有迪尔茜一动不动像一尊怀抱着睡觉娃娃的青铜雕像——所有这一切都是个梦,她会从这个梦中苏醒,醒来时将闻到厨房里的烤肉香,听到黑人们的咯咯笑声和正要驶往大田去的马车的吱吱嘎嘎声,那时母亲的手正不断在她身上轻柔地推着呢。

接着,她发现她到了自己的房间里,睡在自己的床上,淡淡的月光透过黑暗照出一片朦胧的情景,嬷嬷和迪尔茜正在替她脱衣裳。那件箍紧的胸衣不再使她的腰肢疼痛,她可以畅快地敞开心扉自由而平静地呼吸了。她感觉到她的袜子给轻轻脱下来,听见嬷嬷给她洗起了泡的脚时在模糊不清地喃喃细语,声音十分亲切。那水多么清凉啊!躺在这柔软的床上,像个孩子似的,多么舒服啊!她叹息着放松腰背,伸开四肢,过了不知多少时候——也许长达一年,也许不过一秒钟——才发现自己原来一个人在这里,房间里已更加明亮,因为月色像水银般漫过她的床上了。

她不知道自己是喝醉了,因为过度疲劳和过多的威士忌而醉了。她只知道自己摆脱了疲乏的身躯,漂浮到上边什么地方,那里没有痛苦和辛劳,她的脑子能以超凡的透明度洞察周围的一切。

她是用一双新的眼睛在看事物,因为在通往塔拉的漫长道路上,在沿途某个地方,她把自己的少女时代抛弃掉了。她不再是一团可以随意捏塑、愿意接受每一个新的经验印记的黏土了。这黏土已经在漫无止境和延续了千百年的一天里变得坚硬起来。今天晚上是她平生愿意像个孩子般叫人伺候的最后一次。她从此成了个成年妇女,青春已一去不复返了。

不,她决不能、也决不愿意投奔杰拉尔德或爱伦的家族。奥哈拉家的人是不接受施舍的。奥哈拉家的人凡事都靠自己。她的负担是她自己的;负担只能用强壮的双肩去扛。她从她的高处俯视一切,毫不惊奇地觉得她的双肩已经承担过生平可能遇到的最大风险,现在足以挑起任何的重担了。她不会放弃塔拉;她属于这些红土地,远比它们属于她更加真实。她的根扎在这血红的土壤里吸取生机,就像棉花一样。她无论如何要留在塔拉农庄,经营它,赡养她的父亲和两个妹妹,赡养媚兰和艾希礼的孩子,以及那几个黑人。明天——啊,明天! 明天她就要把牛轭套在自己颈上。明天将有许多事情要做啊! 要到"十二橡树"村和麦金托什村去,看看那些废弃的园子里还有没有留下什么东西;到河边沼泽地去,找找走失的牲畜和家禽;带着爱伦的首饰到琼斯博罗和洛夫乔伊去,那里一定还留得有人在卖吃的东西。明天——明天——她的脑子慢慢地转着,愈来愈慢,像一座发条在逐渐松散的时钟,可是仍然十分清晰。

突然,那些经常谈起的家族故事,她从小就听、尽管有点不耐烦但仍然似懂非懂地听着的故事,现在像水晶般清晰起来。身无分文的杰拉尔德在塔拉白手起家;爱伦挺起腰杆战胜了某种神秘的不幸遭遇;外祖父罗毕拉德在拿破仑王朝覆灭时幸存下来,到美国佐治亚肥沃的海滨重新建立了家业;外曾祖父普鲁多姆在海地黑暗的丛莽中开创出一个小小的王国,后来失败了,但终于活着在萨凡纳赢得自己的声誉。有些父系族人曾经与爱尔兰志愿兵一起为自由爱尔兰而战斗,并勇敢地走上了绞架,也有些母系族人为争取自己的权利而在博伊恩英勇牺牲了。

他们全都遭受过毁灭性的灾难,但结果并没有被毁掉。他们没有在帝国的覆亡、造反奴隶的大刀、战争、叛乱、放逐和没收的打击下一蹶不振。致命的厄运有时掐断了他们的头颈,但从不曾扼杀他们的勇气。他们没有抱怨过,他们只有战斗。他们死了,那是消耗了全部精力之后死的,绝不是被征服而死的。所有这些在思嘉血脉中留下了血液但并不显赫的人物,现在似乎都在这月色朦胧的房间里悄悄移动。思嘉看见他们,看见这些接受了命运的最悲惨赐予并用来铸造出了最佳业绩的亲人们,一点也不觉得惊奇。塔拉就是她的命运,就是她所面临的战斗,她一定要征服它。

她半睡半醒地翻了个身,一片缓缓蠕动的黑暗渐渐将她的心包围起来。他们真的在这里默默无言地鼓励她吗?或者只是梦幻而已?

"不管你们在不在这里,"她睡意犹浓地喃喃自语道,"祝你们晚安,谢谢。"

第二十五章

第二天早晨,思嘉浑身酸痛,发僵,这是长途跋涉和颠簸的结果,现在每动一下都感到困难得很。她的脸被太阳晒得绯红,起泡的手掌也绽裂了。舌头上长了舌苔,喉咙干得像被火烤焦了似的,任你喝多少水也不解渴。她的头总是发胀,连转动一下眼睛也觉得不舒服。胃里常常有作呕的感觉,这使她想起怀孕初期的经验来,吃早点时一看见桌上热气腾腾的山芋就受不了,连闻闻那气味也不行。杰拉尔德可能会说这是头一次喝烈性酒引起的反应,现在活该她受苦了,好在他并没有注意这些。他端坐在餐桌上首,俨然一个须发花白的龙钟老人,一双视力衰弱和茫然若失的眼睛死死地盯着门口,脑袋略略偏着,显然在谛听爱伦的衣裙窸窣声,闻着那柠檬马鞭草的香味。

思嘉坐下后,他便喃喃地说:"我们得等等奥哈拉太太。她晚啦。"她抬起胀痛的头,用惊疑的目光望着他,同时看见站在杰拉尔德椅子背后的嬷嬷在使眼色。她摇摇晃晃地站起身来,一只手摸着喉咙,俯视着早晨阳光下的父亲。他朝她茫然地仰望着,这时她发现他的手在颤抖,头也在微微摆动。

直到此刻她才明白,她以前是怎样依靠杰拉尔德来发号施令,来指点她做这做那,而现在——怎么,他昨天晚上还显得很正常呢。尽管已经没有往常那样的神气和活力了,但至少还告诉了她一段连贯的情节,可如今——如今他连爱伦已经去世的事也不记得了。北方佬的到来和爱伦的死这双重打击把他打懵了。思嘉正要开口说话,但嬷嬷拼命摇头,同时撩起围裙揩拭她发红的眼睛。

"哦,难道爸神志不清了吗?"思嘉心想,她那本来震颤的头在这新的刺激下觉得就要爆裂了,"不,不。他只是头晕眼花罢了。看来他有点不舒服。但他会好的。他一定会好的。要是他不会好,我怎么办呢?——我现在不去想这些。我现在不去想他或者母亲,或者任何这些可怕的事情。不,要等到我经受得住了以后才去想。要想的事太多了——只有先不去想那些没有办法的事,才能想好眼前这些有办法的事呢。"

她一点没吃就离开饭厅,到后院走廊上去了。她在那里遇到了波克,只见他光着脚,披着那件原先最好,但如今已破烂不堪的礼服,坐在台阶上剥花生。她的脑袋还在轰响和震颤,而耀眼的阳光又刺痛了她的眼睛。她凭借自己最大的毅力才勉强站在那里,并尽量简短地跟波克交谈,把母亲平常教她对待黑人的那套规矩和礼貌全都省掉了。

她一开口便突如其来提出问题,并断然发布命令。波克翻着眼睛手足无措了。爱伦小姐可从不曾这样斩钉截铁地对人说话,即使发现他们在偷小母鸡和西瓜也不用这样的态度呢。思嘉又一次问起田地、园子、牲口,那双绿眼睛闪着严峻的光芒,这是波克以前从未见过的。

"是的,小姐,那匹马死了,躺在俺拴着它的地方,鼻子还伸在它打翻的那只水桶里呢。不,小姐,那头母牛没有死。你不知道吗?它昨天晚上下了个牛犊呢。这就难怪它那样叫了。"

"你家普里茜能当一个上好的接生婆了，"思嘉挖苦说，"她说过牛那样叫是因为奶袋发胀呢。"

"那么，小姐，俺家普里茜不一定当得上母牛的接生婆了，"波克圆滑地说，"不过咱们总算运气好，因为牛犊会长成大母牛，会有大量的牛奶给两位小姐喝。照那个北方佬大夫说的，她们很需要呢。"

"那很好，你说下去吧。有没有留下什么牲口？"

"没有，小姐。除了一头老母猪和一窝猪崽，啥也没有了。北方佬来的那天，俺把它们赶到了沼泽地里，可是如今，天知道到哪里去找呢？那老母猪坏透了。"

"我们会找到的。你和普里茜马上就去找。"

波克大吃一惊，也有点恼火了。

"思嘉小姐，这种事情是干大田活的黑人做的。俺可历来是干家务活的呀。"

思嘉仿佛觉得有个小小的恶魔拿着钳子在她的眼球背后使劲拔似的。

"你们两个要把母猪逮回来——要不就从这里滚开，像那些干大田活的人一样。"

波克顿时眼泪汪汪，忍不住要哭了。唔，要是爱伦小姐健在，就好了。她为人精细，懂得干大田活和干家务活的黑人之间的巨大区别呢。

"滚开吗，思嘉小姐？俺滚到哪里去呀，思嘉小姐？"

"我不知道，我也管不了。不过任何一个在塔拉的人，要是不劳动，就可以跑到北方佬那儿去嘛。你也可以把这一点告诉其他的人。"

"是的,小姐。"

"那么,我们的玉米和棉花怎么样了,波克?"

"玉米吗?我的上帝,思嘉小姐,他们在玉米地里放马,还把马没有吃掉或糟蹋掉的玉米通通带走了。他们把炮车和运货车开过棉花田,把棉花全毁了,只剩下那边小河滩上很少几英亩,那是他们没有注意的。不过那点棉花也没多大意思,最多能收三包左右就不错了。"

三包。思嘉想起塔拉农庄往常收获的棉花包数,不觉更加头痛了。才三包啊!这个产量跟好吃懒做的斯莱特里家比也好不了多少。更为糟糕的是,还有个纳税的问题。联盟政府收税是拿棉花当税金的,可这三包棉花连交税也不够呢。不过,既然所有干大田活的黑人都逃跑了,连摘棉花的人也找不到,那么这个问题对思嘉或对联盟政府都没有多大关系了。

"好吧,我也不去想这些了,"她暗自说道,"不管怎么说,纳税总不是女人的事。爸应当管这种事情,可是爸——现在也不去想他吧。联盟政府休想捞到它的税金了。目前我们需要的是食品呢。"

"波克,你们有没有人到'十二橡树'村或麦金托什村去过,看看那边园子里还留下什么东西没有?"

"没人去过,小姐。俺没离开过塔拉。北方佬会逮俺呢。"

"我要派迪尔茜到麦金托什村去。说不定她会在那里找到点什么。我自己就到'十二橡树'村去走走。"

"谁陪你去呢?"

"我一个人去。嬷嬷得留在家里照料姑娘们,杰拉尔德先生又不能——"

波克令人生气地大喝了一声。"十二橡树"村可能还有北方佬或下流黑人呢。她不能一个人去。

"我一个人就够了,波克。告诉迪尔茜,叫她马上动身。你和普里茜去把母猪和那窝猪崽找回来。"她说一不二地吩咐,末了转身就走。

嬷嬷的那顶旧遮阳帽尽管褪色了但还干净,挂在后院走廊的钉子上,现在思嘉戴了它,一面恍如隔世地回想起瑞德从巴黎给她带来的那顶饰着弯弯翠羽的帽子来。她拿起一只用橡树皮编制的篮子,从后面楼梯上走下来,每走一步脑子就跟着震荡一次,她觉得从头盖骨到脊椎都好像要碎裂了似的。

到河边去的那条路是红色的,发烫的,两旁的棉花地都荒废了。路上没有一棵可以遮阴的树,阳光直射下来,穿透了嬷嬷那顶遮阳帽,仿佛它不是又厚又带有印花布衬里,而是薄纱做的一般。同时尘土飞扬,纷纷钻入她的鼻孔和喉咙里,她觉得只要一说话,干燥的黏膜就会破裂。深深的车辙把大路割得遍体鳞伤,那是骡马拖着重炮碾过之处,两旁都有车辆轧成的红色沟渠。棉苗被碾得支离破碎,因为骑兵步兵都被炮兵挤出这狭窄的通道,跑到了棉田里,他们一路践踏着一丛丛翠绿的棉树,把它们踩入泥土,给彻底毁了。在路上或田里,到处可以看到带扣、马嚼子和鞍鞯上的碎皮件,还有踏扁的水壶、弹药箱的轮子、纽扣、军帽、破袜子和血污的破布,以及行军时丢下的种种七零八碎的东西。

她走过香柏林和一道矮矮的砖墙,那是家族墓地的标志,但她设法不去想她三个弟弟的小小坟塚旁边新添的那座坟墓。啊,爱伦——她蹒跚地走下一个光秃的山坡,经过斯莱特里家住宅遗址上的一堆灰烬和半截残存的烟囱,恨不得整个家族都跟这房子同归于尽了。要不是为了斯莱特里家的人——要不是为了那个淫猥的埃米（她跟他们的监工养了个私生子），爱伦是不会死的！

一颗尖石子扎破了她脚上的血泡，她痛得叫了一声。她在这里干什么呢？干吗她这全县闻名的美人，思嘉·奥哈拉，塔拉农庄的宠儿，会在这崎岖的山道上几乎光着脚行走呢？她这双娇小的脚生来是要跳舞，而不是瘸着走路的；她这双小巧的便鞋也是要从光亮的绸裙底下勇敢地窥视男人，而不是用来收容小石子和尘土的。她生来应当受到纵容和服侍，可如今却弄得憔悴不堪，衣衫褴褛，饿着肚子到邻居园子里去寻找吃的了。

这小山脚下是一条小河，那些枝叶交错悬垂到河上的树木多么荫凉安静啊！她在低低的河岸上坐下来，脱掉破鞋烂袜，把一双发烫的脚浸在清凉的河水里。要是能整天坐在这儿，避开塔拉农场里那些可怜巴巴的眼光，周围只有瑟瑟的树叶声和汨汨的流水声，那才好呢。但是她不得不重新穿上鞋袜，沿着长满青苔和树荫浓密的河岸一直走下去。北方佬把桥烧毁了，可是她知道再过几百码到河床狭窄的地方有座独木桥。她小心翼翼地走了过去，然后费力地爬上山坡，从这里到"十二橡树"村只有大约半英里了。

十二棵大橡树高耸在那里，从印第安时代以来一直是这样，不过现在树叶被火熏黑了一些，枝杈有的烧毁有的烤焦了。在它围着的那个圈子里，就是约翰·威尔克斯家住宅的遗址。这幢曾经显赫一时的大厦高踞在小山顶上，白柱长廊，庄严宏伟，可现在已沦为一片废墟。那个原来是酒窖的深坑，那些烧黑了的粗石墙基和两个巨大的烟囱，便是这幢大厦所在的唯一标志。有根圆柱还烧剩一半,横倒在草坪上,把茉莉花丛压碎了。

思嘉在那半截圆柱上坐下来;她面对这景象十分伤心,实在看不下去了。这片荒凉深深地触动了她,因为她以前从没有过这样的经验。这里,在她脚下的尘土中,就是威尔克斯家族引以自豪的家业啊!这里就是那个亲切而彬彬有礼的家庭的下场,这个家庭曾经随时欢迎她,而且她还在天真的美梦里渴望过要当它的女主人呢。她在这里跳过舞,吃过饭,调过情,还怀着嫉恨心理看媚兰怎样迎着艾希礼微笑。也是在这里,在风凉的树荫下,当她说愿意跟查尔斯·汉密尔顿结婚时,他曾多么狂热地紧紧捏过她的手啊!

"啊,艾希礼,"她心想,"我倒希望你是死了!我真不忍心让你回来看这光景啊!"

艾希礼是在这里跟他的新娘结婚的,可是他的儿子和儿子的儿子永远也不会带着新娘到这个家来了。在这个她曾经那样热爱和盼望来管理的地方,再也不会有人成亲和生儿育女了。对于思嘉来说,这所住宅已经死亡,而且好像所有威尔克斯家的人也全都在这灰烬中死了。

"我现在不去想它。我现在经受不住。以后再想吧。"她大声说着,回过头去不管它了。为了寻找那个园子,她在废墟中蹒跚行走,经过威尔克斯家姑娘们曾经细心照料过而现在已塌倒了的玫瑰花坛,横过后院,穿过熏腊室、库房和鸡圈。鸡圈周围的篱笆已经毁坏,一行行原来整整齐齐的常绿植物也像塔拉农场的一样遭到了厄运。柔润的土地上满是深陷的车辙和马蹄印,青菜完全被踩到了泥里。这里已没有一点点可以留给她的东西了。

她又经过后院回来,朝住宅区那排粉刷过的棚屋走去,一路喊着"喂!喂!",但是毫无反应,连一声狗吠也没有。显然,威尔克斯家的黑人都跑掉了,或者跟北方佬走了。她知道每个黑人都有自己的一片菜园子,因此走到住宅区时她希望看到那些小小的菜地没有遭灾,给留了下来。

　　她没有白找,终于发现了萝卜和卷心菜,后者由于缺水已经蔫了,但还没有倒伏;还有棉豆和青豆,虽然发黄,还是可以吃的。不过她这时已十分疲倦,这些东西引不起太大的兴趣了。她坐在畦垅上,用颤抖的手掘着,慢慢装满了篮子。今天晚上塔拉农场会有一顿美餐了,尽管没有腌猪肉熬青菜。也许迪尔茜用来点灯的那种腊肉油可以当作调味品用一点。她必须记住要告诉迪尔茜,叫她以后点松枝照明,好将油脂省下来炒菜吃。

　　在一间棚屋后面的台阶旁,她发现了短短一畦的红萝卜,这时她突然觉得饿了。她正馋着想吃一个香甜可口的红萝卜呢。几乎没来得及用裙裾把泥土抹掉,半个萝卜就被一口咬下吞到肚里去了。这个萝卜又老又粗,而且辣得她眼泪都流出来了。她咬下的那一块刚刚落肚,本来饿坏了的空胃就产生反感,她即刻伏在柔润的泥土上艰难地呕吐起来。

　　棚屋里隐隐飘出一股黑人所特有的气味,这使思嘉越发感到恶心,她无力反抗,只得继续干呕着,直闹得头晕眼花,觉得周围的棚屋和树木都在飞快地旋转。

　　过了好一阵,她虚弱地趴在地上,觉得泥土又柔软又舒适,像个羽绒枕头似的,这时她的心思在懒懒地到处漂游。她,思嘉·奥哈拉,躺在一间黑人棚屋的后面,在一片废墟当中,因过度疲乏虚弱而无法动弹,也没有一个人知道。即使有人知道也不会管她的,因为每个人自己都有许多麻烦,不能为她操心了。可是这一切都发生在她思嘉·奥哈拉身上,她本来是什么也不做,连伸手从地板上拾一只袜子或系系鞋带之类的小事也不做的呀。她那些小小的令人头疼的毛病和坏脾气,便是在娇惯纵容和一味迎合的环境下养成的。

她直挺挺地躺在那里,太虚弱了,无法击退那些记忆和烦恼,只好任凭它们纷纷袭来、包围着她,像兀鹰等待着一个人咽气似的。她再也没有力气这样说:"我以后再去想爸、妈、艾希礼和这片废墟——是的,等我经受得住再去想吧。"她现在还经受不住,可是无论愿意与否,她却正在想他们。这些思想在她头上盘旋并猝然扑将下来,把它们的尖嘴利爪戳进她的心里。她静静地躺着,也不知躺了多久,脸贴着尘土,太阳火辣辣地直射在身上,她回想着已经一去不复返的那种生活方式,展望着未来黑暗可怕的远景。

她终于站起来,又看见了"十二橡树"村一片焦黑的废墟,她的头高高地扬着,但她脸上那种显示青春美丽和内在温柔的东西已荡然无存。过去的总归是过去了。死了的总归是死了。往日悠闲奢侈的生活已经一去不返。于是,当思嘉把沉甸甸的篮子挎在臂弯里时,她已经定下心来要过自己的生活了。

既然没有回头路好走,她就一直向前走去。

在未来五十年里,整个南方会到处有那种带讽刺眼光的女人在向后看,回顾逝去的年代和已逝去的人,勾起令人徒然伤心的记忆,并且以拥有这些记忆为极大骄傲来忍受眼前的贫困。可是思嘉却不是这样,她永远也不会向后看。

她注视着那些烧黑了的基石,并且最后一次地看见"十二橡树"村仍像过去那样屹立在她眼前,富丽堂皇,充分象征着一个族系和一种生活方式。然后她走上回塔拉去的大道,一路上那只沉重的篮子把她的臂弯都快吊断了。

她肚里空空,饿得不行了,这时她大声说:"凭上帝做证,凭上帝做证,北方佬是征服不了我的。我要闯过这一难关,以后就不会再挨饿了。不,我家里的人谁也不会挨饿了。即使我被迫去偷,去杀人——凭上帝做证,我也绝不会再挨饿了。"

在以后的一段日子里,塔拉几乎成了鲁宾逊的荒岛,那么寂静,与世隔绝。世界就在几英里之外,可是好像有一片波涛滚滚的大洋横亘在塔拉和琼斯博罗和毗邻的几家农场之间似的。随着那匹老马死亡,他们丧失了一种交通工具,现在既没有时间也没有精力去步行那么远的路了。

有时候,思嘉正累得直不起腰来,或者为生活拼命挣扎,为三个生病的姑娘无穷无尽地操劳时,她突然发现自己正侧耳倾听那些熟悉的声音——住宅区黑人孩子尖厉的笑声,从田野回来的吱吱嘎嘎的大车声,杰拉尔德的公马在放牧地飞驰而过时雷霆般的轰轰声,马车在车道上驶来的辚辚声以及邻居们偶尔进来闲聊时的说笑声,等等。可是结果她什么也没听见。大路上静静的,寂无人影,从来不见一团红色的尘雾预告有客人到来。

世界上有的地方和家庭里,人们仍在自己的屋顶下安然吃饭睡觉。有的地方,姑娘们穿着翻改过三次的衣裳正在快活地调情,高唱着《到这场残酷的战争结束时》,就像几星期前她自己还在做的那样。有的地方还在打仗,炮声隆隆,城市起火，士兵们在臭气熏天的医院里缓缓地溃烂和死亡。有的地方，一支光着脚、穿着脏粗布衣裳的军队还在行进，战斗，打瞌睡，饿肚子，疲惫不堪而希望业已消失。还有在佐治亚山区什么地方，北方佬军队仍漫山遍野，他们吃得好好的，骑着毛色光滑、膘肥腿健的战马……

离塔拉不远处就是战争，就是纷纷攘攘的世界。可是在农场里，战争除了作为记忆已不复存在，这些记忆每当你精疲力竭便会袭上心头，你必须奋力击退。在腹内空空或处于半空虚状态，并要求你予以满足时，世界便暂时退避，让生活把自己改组成两种相互关联的思想，那就是食物和怎样得到食物。

食物！食物！为什么肚子比心有更好的记忆力呢？思嘉能够忘记伤心事，可就是忘不了饥饿，以致每天早晨半睡半醒地躺在床上，当记忆还没有把战争和饥饿带回她心上时，她会迷迷糊糊地蜷在那里等待着煎腊肉和烤卷子的香味。每天早晨她总是使劲地闻着闻着，仿佛真正闻到了食物的香味，这才完全醒过来的。

塔拉的餐桌上有苹果、洋芋、花生和牛奶，但连这样简单的食品也从来是不够的。每天三次，思嘉一看见它们便回想起往日和那时开饭的情形，譬如，那灯烛辉煌的席面和香浓味美的食品。

那时他们对于食物是多么不在乎，多么奢侈浪费啊！卷子，玉米松饼，小甜面包，鸡蛋饼，滴滴答答的黄油，每顿饭都有。餐桌的一端摆着火腿，另一端是烤鸡。成锅的芥蓝菜炖得酽酽的，上面漂着一层放彩的油花。青豆在亮晶晶的花瓷盘里，堆得像一座小山。油炸果泥丸子，炖秋葵，拌在浓浓的奶油调味汁里的胡萝卜,等等。餐后有三样点心供每人自己挑选,它们是巧克力饼干、香草奶油糕和堆满甜奶油的重油蛋糕。想起这些喷香可口的食物时,她不禁要伤心得落泪,而战争和死亡却不曾做到这一点。同时这种回忆也能使她的辘辘饥肠转而恶心欲呕。关于食欲,嬷嬷是很替她伤心的,因为一个十九岁姑娘的正常食欲,由于她从未听说过的持续不停的艰苦劳动而增加了四倍。

对于食欲的这种烦恼,在塔拉农场并不只她一个人有。实际上她无论走到哪里,所看到的不分黑人白人都是一张饥饿的脸。卡琳和苏伦也很快会有病愈时难以满足的饥饿感了。甚至小韦德也经常不断地抱怨:"韦德不爱吃洋芋。韦德肚子饿。"

旁的人也在嘟嘟囔囔地叫苦。

"思嘉小姐,俺要是不多吃一点,俺就哪个孩子也奶不了了。"

"思嘉小姐,俺要是肚子里不多装点东西,俺就劈不动木柴了。"

"孩子,这种东西俺实在吃不下去了。"

"女儿,难道咱们就经常吃山芋吗?"

唯独媚兰不诉苦。媚兰,她的脸愈来愈消瘦,愈来愈苍白了,甚至睡觉时也在抽搐。可她总是说:"思嘉,我不饿。把我那份牛奶给迪尔茜吧。她奶着两个孩子,更需要呢。生病的人是从来不觉得饿的。"

不过,正是她的这种温柔的毅力比旁人絮絮叨叨的哀诉更加惹怒了思嘉。思嘉对别人可以挖苦地痛骂一阵,可是面对媚兰这种无私的态度却无可奈何——无可奈何又十分恼火。杰拉尔德、黑人们和韦德现在都靠近媚兰,因为媚兰即使虚弱也还是亲切的和同情人的,可思嘉近来却既不亲切也没有一点同情心了。

韦德尤其经常到媚兰房里去。看来韦德有点不对头,但究竟是什么毛病,思嘉没有工夫去琢磨。她听了嬷嬷的话,认为这孩子肚子里有蛔虫,便给他吃了爱伦常给黑人小孩吃的干草药和树皮。可是这种驱虫剂却使韦德越来越苍白。最近她就索性不把他当一个人放在心上了。韦德只不过是又一个累赘,又一张需要喂饱的嘴而已。等到有一天危机过去了,她会跟他玩,给他讲故事,教他拼音,可现在她还没有时间,也没有这个兴致。而且,由于韦德常常在她最疲劳和烦恼的时候显得碍手碍脚,她还时常声色俱厉地训斥他呢。

思嘉感到苦恼的是,她的严厉训斥竟把他吓得瞪大眼睛半天说不出话来,那样子实在又天真又可怜。她不明白,这孩子怎会经常生活在一种大人无法理解的恐怖气氛中。可以说恐惧每天和韦德做伴,这种恐惧震撼着他的心灵,使他在深夜也会惊叫醒来。任何一种突如其来的喧声或一句咒骂的话都会叫他吓得发抖,因为在他心目中,喧声和恶言恶语是跟北方佬连在一起的,他对北方佬当然比对普里茜用来吓唬他的鬼更加害怕。

在围城的炮声打响以前,他一直过的是愉快平稳而宁静的生活。尽管他母亲没有注意他,他经常听到的仍然都是些宠爱亲切的话,直到有天夜里他突然从睡梦中惊醒,发现天上一片火光,外面是震耳欲聋的爆炸声。就在那天夜里和第二天白天,他头一次挨了母亲的耳光,听到了母亲对他的高声叫骂。桃树街上那幢可爱的砖房里的生活,他所经历过的唯一生活,就在那天晚上消失了,这一损失是他永远也无法从中恢复过来的。从亚特兰大逃走以后的经过他什么也不清楚,只知道北方佬就在后面,他们会逮住他,把他砍成碎块。他至今仍然在害怕这个。每当思嘉大声责备他时,他便模糊地记起她第一次骂他时那种恐怖感,很快便吓得一声不响了。这样,在他心目中北方佬和一种粗暴的声音永远联系在一起,因此他很害怕母亲。

思嘉不能不注意到她的孩子在开始回避她。有时她好不容易有一点空闲,想考虑考虑这个问题,可结果只引起了一大堆的苦恼。这比他整天跟在屁股后面更叫人难以忍受。她最恼火的是韦德把媚兰的床边当避难所,在那里悄悄地玩着媚兰教给他的游戏,或听她讲故事。他敬重"姑姑",因为她声音温柔,笑容满面,从来不说:"别闹,韦德! 看你叫我头疼死了。"或者"别烦人了,韦德! 看在上帝面上!"

思嘉既没工夫也没心思来爱抚他,但是看到媚兰这样做又很妒忌。有一天她发现他在媚兰床上竖蜻蜓,并且倒下来压到了媚兰身上,她便抽了他一个耳光。

"你就没有别的好玩,偏要这样跟生病的姑姑捣乱? 好,快到后院玩去,别再到这里来了。"

可是媚兰伸出瘦弱的胳臂,把号哭的孩子拉了过来。

"好了,好了,韦德。你并不想跟我捣乱,是吗? 思嘉,他没有烦我呢。就让他留在我身边吧。让我来照看他。在我病好之前,这是我唯一能做的事,而你手头已经够忙的了,哪能顾上他呀。"

"别傻了,媚兰,"思嘉干脆说,"看来你不会很快好的。要再让韦德摔到你肚子上,又有什么好处呢? 我说,韦德,我要是再看见你在姑姑床上胡闹，就狠狠揍你。现在别哭了。一天到晚老在哭。也该学做个大孩子了。"

韦德抽泣着飞跑到楼下去躲起来。媚兰咬着嘴唇，眼里闪着泪花，嬷嬷站在穿堂里也看见了这情景，气得横眉瞪眼，直喘粗气。但是以后好几天谁都没有回驳思嘉一声，他们都害怕她那张利嘴，都害怕这个正在暗暗成长的新人物呢。

思嘉现在已处于塔拉的最高统治地位，而且像别人一样突然建立了威信，她天性中那些欺压人的本能也暴露出来了。这并非因为她本性残暴，而是因为她心里害怕，对自己缺乏信心，又深恐别人发现她无能而拒不承认她的权威，所以才采取了粗暴的态度。此外，她也觉得动辄训人并相信人家对她畏惧是颇为有趣的事。思嘉发现这样可以使她过分紧张的神经放松一些。她并非看不到自己的个性正在改变这一事实。有时她随意发号施令，使得波克咬住下嘴唇表示不服，嬷嬷也嘟囔着"有的人近来摆起架子来啦"，她这才惊讶自己怎么这样不客气。爱伦曾经苦心灌输给她的所有那些礼貌与和蔼态度，现在全都丢掉了，就像秋天第一阵凉风吹过后树叶都纷纷掉落了一样。

爱伦曾一再说："对待下人，尤其对黑人，既要坚定又要和气。"可是她一和气，那些黑人就会整天坐在厨房里闲聊了，谈过去的好光景，说那时干家务活的黑人不作兴下大田，等等。

"要爱护和关心你的两个妹妹。对那些受苦特别是有病的人要仁慈一些，"爱伦说，"遇到人家伤心和处境困难，要给他们安慰和温暖。"

可现在她不怎么爱护两个妹妹。她们简直成了她肩上可怕的负担。至于照顾她们,她不是在给她们洗澡、梳头、供养她们,甚至不惜每天跑多少里路去寻找吃的吗?她不是在学着给母牛挤奶,即使提心吊胆怕那摆弄着犄角的家伙会伤害她,也没有动摇过吗?说到和气,这完全是浪费时间。要是她对她们太和气了,她们就会长期赖在病床上,可她需要她们尽快起来,给她增添两双手帮着干活呢。

她们在慢慢康复,但仍然消瘦而虚弱地躺在床上。她们不知道就在自己失去知觉的那段时间里世界发生了变化。北方佬来过了,家里的黑人跑了,母亲死了。这三桩令人难以置信的事是她们心目中无法接受的。有时她们相信自己一定还处于精神恍惚的状态,这些事情根本不曾发生。思嘉竟变得这样厉害,这无疑也不可能是真的。每当她坐在她们床脚边,设想她们病好以后她要叫她们做的工作时,她们总是注视着她,仿佛她是个妖魔似的。要说她们再也没有一百个奴隶来干活了,那她们是无法理解的。她们无法理解,一位奥哈拉家的小姐居然要干起劳力活来了。

"不过,姐姐,"卡琳说,她那张幼稚得可爱的脸上充满了惶惑的神色,"我不会劈柴火呀!那会把我的手给毁了呢!"

"你瞧我的。"思嘉面带吓人的微笑回答,同时伸出一双满是血泡和茧子的手给卡琳看。

"我看你这样跟小妹和我说话,实在太吓人了!"苏伦惊叫道,"我想你是在骗人,是在吓唬我们吧。要是母亲还在,她才不让你对我们这样说呢!劈柴火,真是!"

苏伦怀着无可奈何而又不屑的神色看着大姐,觉得思嘉说这些话的确是太卑鄙了。苏伦是死里逃生,而且失去了母亲,现在又这样孤单害怕,她需要人们来爱抚和关怀呀!可思嘉不这样,她每天只坐在床脚看着,那双吊着眼角的绿眼睛里闪着新的可恶的光辉,称赞她们的病好多了,并一味谈什么铺床、做饭、挑水和劈柴火的事。看样子,她对这些可怕的事还津津乐道呢。

思嘉的确对此很有兴趣。她之所以威胁那几个黑人,折磨两个妹妹的情感,不仅是因为她太烦恼,太紧张,太疲乏,只能这样,而且还因为这可以帮助她忘记自己的痛苦——她发现母亲告诉她的有关生活的一切都错了。

她母亲教给她的一切现在已经毫无用处了,因此思嘉深感痛心,也十分迷惑不解。她没有想过爱伦不可能预料到她教养女儿时的那种文明会崩溃,不可能预先设想她培养女儿们去好好适应的那种社会地位会在今天消失。思嘉也没有想过,爱伦当时所瞻望的是一个平静岁月的未来远景,就像她自己经历的太平年代那样,因此她教育思嘉要温柔善良,高尚厚道,谦虚诚实。爱伦说过,妇女们只要养成了这些品德,生活是不会亏待她们的。

思嘉只是绝望地想道:"没有,没有,她的教导对我一点帮助也没有! 当今世界,厚道能给我什么好处,温柔有什么用? 还不如当初像黑人那样学会犁田、摘棉花呢。啊,母亲,你错了!"

她没有平心静气想一想,爱伦那个秩序井然的世界已经成为过去,取而代之的是一个残酷的社会,在这个社会里所有的标准和价值观都变了。她仅仅看到,或者自以为看到她母亲错了,于是就赶紧掉转头向这个新世界走去,而对于这个世界她事先是没有准备的。

唯独她对塔拉的感情没有改变。她每次疲乏地从田野里回来,看见那幢建筑得并不怎么整齐的白房子时,总要感到满怀激情和归家的欢乐。她每次站在窗口望着那翠绿的牧场、红红的田地和高大稠密的沼泽林地时,总是充满着新鲜的美感。她热爱这个有着蜿蜒的红土丘陵的地方,热爱这片美丽的包含有血红、深红、朱红各种红色而又奇迹般地生长丛丛灌木的土地。这种感情已成为思嘉生命中一个永不变更的部分。世界上任何别的地方都找不到这样的土地了。

她看着塔拉时,便能部分地理解战争为什么会打起来了。瑞德说的人们为金钱而战,那是不对的。不,他们是为犁沟整齐的广袤耕地而战,为放养牲口的碧绿牧场而战,为缓缓蜿蜒的黄色河流而战,为木兰树中荫凉的白色房子而战。只有这些东西才值得他们去拼死争夺,去争夺那些属于他们和他们子孙的红土地,那些为他们的子子孙孙生产棉花的红土地。

塔拉那些被践踏的耕地现在是留给思嘉的唯一财富,因为艾希礼和母亲已经死去,杰拉尔德又在战争折磨下变得十分衰老,而金钱、黑人、安全和地位都在一夜之间全部化为乌有了。她恍如隔世地记起一次与父亲之间关于土地的谈话,当时父亲说土地是世界上唯一值得用战争去夺取的东西,而她自己竟那样幼稚无知,没有了解其中的意义。

"因为它是世界上唯一持久的东西……而对于任何一个有爱尔兰血统的人来说,他们所赖以生活的土地就是他们的母亲……它是唯一值得你为之工作、战斗和牺牲的东西。"

是的,塔拉是值得人们为之战斗的。她简单而毫无疑问地接受这场战斗。谁也休想从她手中把塔拉夺走。谁也休想使她和她家里的人外出漂流,去靠亲戚们的施舍过活。她要抓住塔拉,哪怕让这里的每个人都累断脊梁,也在所不惜!

第二十六章

　　思嘉从亚特兰大回到塔拉已两个星期,脚上的血泡已开始化脓,脚肿得没法穿鞋,只能踮着脚跟蹒跚地行走。她瞧着脚尖上的痛处,一种绝望之情便在她心头涌起。要是它像士兵的创伤那样溃烂起来,她没法找到医生,就得等死了?尽管现在生活这样艰难,可她还想活下去呢。如果她死了,谁来照管塔拉农场呀?

　　她刚回到家时,曾经希望杰拉尔德往常的精神依然存在,他会主持家政,可是两周以来这个希望逐渐幻灭了。现在她已十分清楚,不管她乐意与否,这个农场和它所有的人口都得依靠她这双毫无经验的手去安排呢。因为杰拉尔德仍坐在那里一动不动,像个梦中人似的,那么毫不关心塔拉,那么温厚随和。每当她征求他的意见时,他总是这样回答:"你认为最好怎么办就怎么办吧,女儿。"要不便回答得更糟,居然说:"孩子,跟你妈去商量呀。"

　　他再也不会有什么两样了,这个事实现在思嘉已经心安理得地承认,那就是说杰拉尔德将永远等待爱伦,永远注意倾听有没有她的动静。他是在某个边境地区,那儿时间静止不动,而爱伦始终在隔壁房间里等着他。他的生存的主发条已经在爱伦去世那天被拆掉了,同时消失的还有他那充分的自信,他的鲁莽和闲不住的活力。爱伦是杰拉尔德·奥哈拉平生演出过的那场闹剧的观众,现在台前的帷幕永远降落了,脚灯熄了,观众也突然消失,而这个吓呆了的老演员还留在空空的舞台上等待着别人给他提词呢。

那天早晨屋子里很安静,因为除了思嘉、韦德和三个生病的姑娘,大家都到沼泽地里找母猪去了。就连杰拉尔德也来了点劲儿,一手扶着波克的肩膀,一手拿着绳子,在翻过的田地里艰难地向那里走去。苏伦和卡琳哭了一阵睡着了,她们每天至少要来这么两次,因为一想起母亲便感到悲伤,觉得自己孤苦无依,眼泪也就簌簌地从深陷的两腮上往下流。媚兰那天头一次支撑着上身靠在枕头上,盖着一条补过的床单夹在两个婴儿中间,一只臂弯里偎着一个浅黄色毛茸茸的头,另一只同样温柔地搂着一个黑色卷发的小脑袋,那是迪尔茜的孩子。韦德坐在床脚边,在听一个童话故事。

对思嘉来说,塔拉的寂静是难以忍受的,因为这使她清楚地想起她从亚特兰大回来那天一路经过的那些寂寞荒凉的地带。母牛和小牛犊已很久没出声了。她卧室的窗外也没有鸟雀啁啾,连那个在木兰树瑟瑟不停的树叶中繁衍了好几代的模仿鸟家族这天也不再歌唱了。她拉过一把矮椅放在敞开的窗口,眺望着屋前的车道、大路那边的草地和碧绿而空旷的牧场。她把裙子撩过膝盖,将下巴搁在胳臂上,伏在窗口寻思。她身边地板上放着一桶井水,她不时把起泡的脚伸进水里,一面皱着眉头忍受那刺痛的感觉。

她心里烦躁起来,下巴钻进了臂弯里。恰好在她需要拿出最大力气的时候,这只脚尖却溃烂起来了。那些笨蛋是抓不到母猪的。为了把小猪一只只捉回来,他们已经花了一星期,现在又过了两星期,可母猪还没抓到。思嘉知道,如果她跟他们一起在沼泽地里,她就会高高卷起裤腿,拿起绳索,很快把母猪套住。

可是把母猪抓到以后——要是真的抓到了,又怎么样呢?好,你就把它和那窝小崽子吃掉,可是再往后呢?生活还得过下去,食欲也不会停止呀。冬天快到了,食物眼看就要吃光,连从邻居园子里找来的那些蔬菜也所余无几了。他们必须弄到干豆和高粱,玉米糁和大米,还有——啊,还有许许多多东西。明年春播的玉米和棉花种子,新衣服,都需要啊。所有这些东西从哪儿来,她又怎么买得起呢?

她已经偷偷看过杰拉尔德的口袋和钱柜,唯一能找到的只有一堆堆联盟政府的债券和大约三千美元联盟的钞票了。这大约够他们吃一顿丰足的午餐吧,她带讽刺意味地想,因为现在联盟的票子已经一文不值啦。不过,即使她有钱,也能买到食物,她又怎么把它拉回塔拉来呢?上帝为什么让那匹老马也死掉了?要是瑞德偷来的这个可怜的畜生还在,那也会使他们的生活大为改观的。啊,那些皮毛光滑的惯于在大路对面牧场上尥蹶子的骡子,那些漂亮的用来驾车的高头大马,她自己的那匹小骡马,姑娘们的马驹子,以及杰拉尔德的到处风驰雷动般飞奔的大公马——啊,只要它们还有一匹留下来,哪怕是倔强的骡子,该多好啊!

但是,也不要紧——一旦她的脚好起来,她就要步行到琼斯博罗去一趟。那将是她有生以来最远的一次步行,不过她愿意走着去。即使北方佬把那个城市完全烧毁了,她也一定要在那里找到一个能教她怎样弄到食物的人。这时韦德那张痛苦的小脸浮现在她眼前。他又一次嚷着他不爱吃山芋;他要一只鸡腿，一点米饭和肉汤呢。

　　前院里灿烂的阳光仿佛忽然被云翳遮住，树影也模糊起来，思嘉眼里已经泪汪汪的了。她紧紧抱着头，强忍着不要哭出声来。如今哭也没有用。只有你身边有个疼爱你的人，哭才有点意思。于是她伏在那里使劲抿着眼皮不让泪水掉下来，但这时忽然听见嘚嘚的马蹄声，不免暗暗惊讶。不过她并没有抬起头来。在过去两星期里，无论黑夜白天，她不时觉得听见了什么声响，就像觉得听见了母亲衣裙的窸窣声那样，这已经不足为怪了。她的心在急跳，这也是每逢这种时刻都有的，她随即便断然告诫自己：“别犯傻了。”

　　但是马蹄声很自然地缓慢下来，渐渐变成从容不迫的漫步，在石子路上喀嚓喀嚓地响着。这是一匹马——塔尔顿家或方丹家的！她连忙抬起头来看着。原来是个北方佬骑兵。

　　她本能地躲到窗帘后面，同时急着从帘子的褶缝中窥探那人，心情十分紧张，呼吸急促，快要喘不过气来了。

　　他垂头弓背坐在马鞍上，是个强壮粗暴的家伙，一脸蓬乱的黑胡须飘散在没有扣纽子的蓝军服上。他在阳光里眯着一双小眼睛，从帽檐下冷冷地打量这幢房子。他不慌不忙地下了马，把缰绳撂在拴马桩上。这时思嘉突然痛苦地缓过气来，好像肚子上挨了一拳似的。一个北方佬，腰上挎着长筒手枪的北方佬！而且，她是单独跟三个病人和几个孩子在家里呢！

　　他懒洋洋地从人行道上走来，一只手放在手枪套上，两只小眼睛左顾右盼。这时思嘉心中像万花筒般闪烁着一幅幅杂乱的图景，主要是皮蒂姑妈悄悄说过的关于坏人袭击孤单妇女的故事，譬如，用刀子割喉咙呀，把病危的女人烧死在屋里呀，拿刺刀把哭叫的孩子捅死呀，种种难以言喻的恐怖场面，都因北方佬的缘故而紧紧连在一起了。

她的头一个恐惧的想法是躲到壁橱里去,或者钻到床底下,或者从后面飞跑下楼,一路惊叫着奔向沼泽地,反正只要逃得掉就行。接着她听见他小心翼翼地走上台阶,偷偷地进了过厅,她才知道已经逃不出去了。她吓得浑身发冷,无法动弹,只听见他在楼下从一个房间进入另一个房间,步子愈来愈响,愈来愈胆大,因为他发现屋里一个人也没有。现在他进了饭厅,眼看马上要从饭厅出来,到厨房去了。

思嘉一想到厨房,便仿佛有把刀子扎进她的心脏,顿时怒火满腔,把恐惧都驱散得无影无踪了。厨房啊!厨房的炉火上正炖着两锅吃的,一锅是苹果,另一锅是千辛万苦从"十二橡树"村和麦金托什村园子里弄来的各种菜蔬的大杂烩,这些尽管不一定够两个人吃,可是要给九个挨饿的人当午餐呢。思嘉熬着饥饿等待别的人回来,已经好几个小时,现在想到这个北方佬会一下吃光,难怪她气得全身哆嗦了。

让这些家伙通通见鬼去吧!他们像蝗虫般洗劫了塔拉,让它只好慢慢地饿死,可现在又回来偷这点剩余的东西。思嘉肚子里饥肠辘辘,心想:凭上帝做证,这个北方佬休想再偷东西了!

她轻轻脱掉脚上的破鞋,光着脚匆匆向衣柜走去,连脚尖上的肿痛也不觉得了。她悄悄地拉开最上面的那个抽屉,抓起那把她从亚特兰大带来的笨重手枪,这是查尔斯生前佩带但从没使用过的武器。她把手伸进那个挂在墙上军刀下面的皮盒子里摸了一会儿,拿出一粒火帽子弹来。她竭力镇静着把子弹装进枪膛里。接着,她蹑手蹑脚跑进楼上过厅,跑下楼梯,一手扶着栏杆定了定神,另一只手抓住手枪紧紧贴在大腿后面的裙褶里。

"谁在那里?"一个带鼻音的声音喊道。这时她在楼梯当中站住,血脉在耳朵里轰轰地跳,她几乎听不见他在说什么。"站住,要不我就开枪了。"那声音在接着喊叫。

他站在饭厅里面的门口,紧张地弓着身子,一手瞄着手枪,另一只手里拿着那个花梨木针线盒,里面装满了金顶针、金柄剪刀和金镶小钻石之类的东西。思嘉觉得两条腿连膝盖都冷了,可是怒火烧得她满脸通红。他手里拿的是母亲的针线盒呀!她真想大声叫嚷:"把它放下!把它放下!你这脏——"可是偏偏嚷不出声来。她只能从楼梯栏杆上俯身凝视着他,望着他脸上那粗暴的紧张神色渐渐转变为半轻蔑半讨好的笑容。

"那么这家里是有人了,"他说,把手枪塞回到皮套里,一面走进饭厅,差不多正好站在她下面,"就你一个人吗,小娘儿们?"

她迅雷不及掩耳地把手枪从栏杆上伸出去,瞄准他那满是胡须的脸。他甚至还没来得及摸枪柄,这边枪机已经扳动了。手枪的后坐力使她的身子晃了一下,同时砰的一声枪响冲耳而来,一股强烈的火药味也刺进了她的鼻孔。随即那个北方佬扑通一声仰天倒下,上半身摔在饭厅门里,把家具都震动了。针线盒也从他手里摔出来,盒里的东西撒满一地。思嘉几乎下意识地跑到楼下,站在他旁边,俯身看着他那张胡须蓬蓬的脸,只见鼻子的地方有个血糊糊的小洞,两只瞪着的眼睛被火药烧焦了。这时两股鲜血还在发亮的地板上流淌,一股来自他的脸上,另一股出自脑后,思嘉瞧着瞧着,似乎才恍然明白是怎么回事。

是的,他死了。毫无疑问,她杀死了一个人!

硝烟袅袅地向房顶上升,两摊鲜血在她脚边不断扩大。也不知过了多大一会儿,她站在那里,仿佛在这夏天午前闷热的死寂中,每一种不相关的声音和气味,如她心脏擂鼓般的怦怦急跳声,木兰树叶的轻微瑟瑟声,远处沼泽地里一只鸟儿的哀鸣,以及窗外花卉的清香,等等,都大大加强了。

她杀死了一个人。她,本来连打猎时都不爱靠近被追杀的动物,是一个连牲畜被宰杀时的哀号或罗网中野兔的尖叫声都不忍听的姑娘。杀人了!她意识迟钝地思索着。我没有犯谋杀罪。啊,我不会做这样的事!她向地板上针线盒旁边那只毛茸茸的手瞟了一眼,突然又振作起来,心中涌起了一种冷静而残忍的喜悦。她简直想用脚跟往他鼻子上那个张开的伤口碾几下,并从她赤脚上沾染了鲜血那种暖乎乎的感觉中汲取难得的乐趣。她总算替塔拉农场——也替爱伦打出了复仇的一击了。

楼上穿堂里传来急速踉跄的脚步声,接着停顿了一下,随即又更加快了,但显然是虚弱而艰难的,中间还夹杂着金属的叮当声。这时思嘉恢复了时间和现实的概念,她抬头一看,看见媚兰在楼梯顶上,身上只穿了件当睡衣的破衬衫,一只瘦弱的手臂因拿了查尔斯的那把军刀而沉重地奄拉着。媚兰把楼下的全部情景,包括那具穿蓝军服倒在血泊中的尸体,他旁边那只针线盒,手里握着长筒手枪,脸色灰白、光脚站在那里的思嘉,通通看得一清二楚。

她默默地看着思嘉,那张通常是温柔的脸上闪烁着严峻而骄傲、赞许和喜悦的微笑,这和思嘉胸中那团火热的混乱情绪正相匹配。

"怎么——怎么——她也像我一样啊！她了解我这时的心情呢！"思嘉在长长的一段沉默中这样想着，"她也会干出同样的事啊！"

她浑身激动地仰望着那个脆弱的摇摇欲倒的姑娘，那个让思嘉从没好感，只有厌恶和轻蔑的姑娘。现在，思嘉竭力克制住自己对艾希礼妻子的憎恨，心中涌起了一股敬佩的友情。她突然以一种从来不曾被什么琐屑情感触发过的洞察力看见了，在媚兰那轻柔的声音和鸽子般和善的眼光下有着一片锐利的无坚不入的钢刃，同时感到媚兰宁静的血液中也同样蕴藏着勇敢的旗帜和号角！

"思嘉！思嘉！"苏伦和卡琳怯弱的尖叫声从关着的房间里传出来，同时韦德在哭喊着"姑姑，姑姑！"媚兰连忙用一个手指抿着嘴，一面把军刀放在楼梯顶上，艰难地横过楼上的穿堂，把病室的门推开。

"别害怕，姑娘们！"听声音她似乎兴致很好，"你们大姐想把查尔斯的那支手枪擦擦，结果枪走火了，差点把她吓死！"……"好了，韦德·汉普顿，妈妈不过把你爸的手枪打了一响嘛！等你长大些，她也会让你打的。"

"多冷静的一个撒谎家！"思嘉不由得钦佩地想，"我可不会这么快就编出来啊。可是，干吗要说谎呢？他们总会知道我干了些什么。"

她又低头看看那具尸体，不过因为怒火和惊骇都已经消失，现在只有满怀厌恶的感觉，同时两个膝盖也因此战栗起来了。这时媚兰又挣扎着来到楼梯顶上，扶着栏杆，紧紧咬住灰白的下嘴唇，一步步走下楼来。

"回床上躺着去，傻瓜，你这是自己找死呀！"思嘉向穿得很少的媚兰嚷着,可媚兰还是艰难地走到了楼下穿堂里。

"思嘉,"她小声说,"我们得把他从这里弄出去埋起来才行。他可能不是单独一个人,要是旁的人发现他在这里——"她抓住思嘉的胳臂站稳了身子。

"他一定是单独一人,"思嘉说,"我在楼上窗口没看见有别人。他一定是个逃兵。"

"即使他是单独一人,也不能让人知道。那些黑人会议论的,然后他们就会来抓你了。思嘉,我们一定得赶在那些去沼泽地的人回来以前把他埋掉。"

思嘉在媚兰的极力主张和热情督促下开始心动了,她苦苦思索起来。

"我可以把他埋在花园葡萄架底下的一个角落里。那里土很松,是波克挖酒桶的地方。可是我怎么把他弄去呢?"

"我们俩每人抓住一只腿,把他拖去。"媚兰果断地说。

思嘉虽然不怎么赞成,可她对媚兰却越发敬佩了。

"你连只猫也拖不动呢。我一个人来拖吧,"她粗声粗气地说,"你回床上躺着去。你这会害了自己的。别妄想给我帮忙了,否则我要亲自把你背回楼上去。"

媚兰苍白的脸上浮出一丝理解的微笑,"你真可爱,思嘉。"她说着便在思嘉脸颊上轻轻吻了一下,当思嘉还没从惊讶中恢复过来,她又继续说:"要是你能把他拖出去,我就来擦地——擦这些脏东西,趁那几个人还没回来,不过思嘉——"

"嗯?"

"你说我们不妨搜搜他的背包,好吗?他可能有些吃的东西呢。"

"我看可以，"思嘉说，深恨自己竟没有想到这一点，"你去拿背包，我来搜他的口袋。"

她厌恶地弯下身把他上衣上剩下的几颗纽扣解开，然后挨次掏他的口袋。

"我的天，"她小声说，一面掏出一个用破布卷好的鼓鼓囊囊的钱包来，"媚兰——媚兰，我想这里面全是钱呢！"

媚兰默不作声地突然在地板上坐下，背靠着墙壁一动不动。

"你看，"她颤抖着说，"我觉得有点发软了。"

思嘉把那块破布撕掉，两手哆嗦着打开皮夹子。

"你瞧，媚兰——你瞧呀！"

媚兰看了看，觉得眼睛发胀。那是一大堆乱成一团的钞票，联盟的和联邦的票子混在一起，中间夹着三枚闪闪发光的金币，一枚十美元和两枚五美元的。

"暂时别去数了，"媚兰看见思嘉动手数那些钞票，便这样说，"我们没时间——"

"媚兰，难道你不明白，这些钱就意味着我们有了吃的呢。"

"是的，是的，亲爱的，我明白，不过现在没有时间。你再看看旁的口袋，我就去拿那个背包。"

思嘉很不愿意放下钱包。一幅光辉的远景就在她眼前摆着——现金，北方佬的马，食物！上帝毕竟不亏待我们，尽管他采取了十分古怪的手段，但总算在救助我们了。她坐在那里凝望着钱包笑个不停，结果媚兰只得索性把钱包从她手里夺了过来。

"快！"

裤袋里什么也没有,只有一截蜡烛、一把小折刀、一小块板烟和一团绳线。媚兰从背包里取出一包咖啡,她贪馋地闻了闻,仿佛是世界上最香的东西;接着取出一袋硬饼干,一张嵌在镶珍珠的金框里的小女孩相片,看到这相片时她的脸色变了。还有一枚石榴石别针、两只很粗的带细链条的金镯子、一只金顶针,一只小银杯、一把绣花用的金剪刀、一只钻石戒指和一副吊着梨形钻石的耳环,这钻石连外行一看都知道每颗超过了一克拉。

　　"一个贼!"媚兰小声说,不由得从那尸体旁后退了两步,"思嘉,这些东西一定都是偷来的!"

　　"当然喽,"思嘉说,"他到这里来也是想偷我们的东西呢。"

　　"幸亏你把他打死了,"媚兰温柔的眼睛严峻起来,"现在赶快,亲爱的,把他弄出去吧。"

　　思嘉弯下身去,抓住那具尸体脚上的靴子,使劲往外拖。她突然感到他那么沉重,而自己的力气实在太小了。也许她根本拖不动他?于是她转过身去,背对着尸体,两只手各抓起一只靴子夹在两腋下,拼命往前拖。那尸体果然移动了,但又突然停下来。原来她那只肿痛的脚在兴奋时全给忘了,如今却一阵剧痛,使她不得不改换姿势,把重心放在脚后跟上,咬着牙一步步挪动。就这样拖着,挣扎着,累得满头大汗,她把他弄到了穿堂里,身后地板上留下一道血迹。

　　"要是一路血淋淋地穿过后院,我们就隐瞒不住了,"她气喘吁吁地说,"媚兰,把你的衬衣脱下来,我要把他的头包上,堵住那个伤口。"

　　媚兰苍白的脸陡地绯红了。

"别傻了,我不会瞧你的,"思嘉说,"我要是穿了衬裙或内裤,也会脱下来的。"

媚兰背靠墙壁蹲下,将那件破旧的亚麻布衬衣从身上脱下来,悄悄扔给思嘉,然后交抱着双臂尽可能遮住自己的身子。

"感谢上帝,好在我还没羞怯到这个地步。"思嘉心想,同时感觉到而不是看到了媚兰那十分尴尬的模样。于是她用破衣裳把那张血污的脸包起来。

歪歪倒倒挣扎了好一阵,她才把那具尸体从穿堂拖到了后面走廊上,然后停下来,用手背擦掉额上的汗珠,回头看看媚兰,只见她背靠墙根坐在那里,两臂紧抱膝盖遮掩着裸露的乳房。媚兰在这样的时刻还一味地拘礼害羞,真是太傻了,思嘉想到这里就恼火了,因为正是这种过分拘谨的作风常常叫思嘉瞧不起她。不过她随即又觉得有点惭愧,因为毕竟——毕竟,媚兰在分娩后不久就挣扎着从床上爬起来,并且拿起一件连她也很难举起的武器赶着支援她来了。这里表现了一种思嘉深知自己并不具备的勇气,一种犀利而坚韧的勇气,如媚兰在亚特兰大陷落那天夜里和回家的长途旅行中所表现的那样。这种捉摸不着也不显眼的勇气,正是威尔克斯家的人所共有的,但思嘉却不理解,只不过勉强表示赞赏罢了。

"回床上躺着去,"她回过头来说了一声,"要不你就活不成了。让我把他埋掉以后再来擦洗这些脏东西吧。"

"我去拿条破地毯来擦吧,"媚兰小声说,一面皱着眉头看看那摊血污。

"那好,你就自己找死去,我不管了。要是我还没有弄完就有人回来了,你把他们留在屋里,告诉他们那匹马是刚刚从别处跑来的。"

媚兰坐在早晨的阳光下瑟瑟发抖,一面捂住耳朵,免得听见死人脑袋一路敲着走廊台阶的砰砰声。

没有人问起那匹马的来历。一看便知道它是从最近的战斗中跑散的,而且大家都很高兴把它养起来。那个北方佬被思嘉埋在葡萄架下她刨的一个浅坑里。撑着葡萄藤的那几根柱子早已腐朽,那天晚上思嘉用菜刀把它们砍了几下,结果连棚带藤倒下来,盖住了那个坟堆。后来思嘉从不提起要换几根柱子把这棚架修复一下,即使那几个黑人知道了其中的缘故,他们也没有作声。

好几个漫漫长夜,她躺在床上因过度疲劳而睡不着时,也不见有鬼魂从那浅浅的坟穴里出来打扰她。她回想起来既不害怕也不懊恼。她纳闷地想,要是一个月以前,她还根本干不出这种事来呢。年纪轻轻的汉密尔顿太太,两颊上漾着酒窝,戴着叮叮当当的耳坠子,看起来似乎懦弱无能,却居然把一个男人的脸打得稀烂,然后赶忙刨了个坑把他埋了!思嘉咧着嘴狰狞地笑了笑,心想要是那些认识她的人知道了这件事,他们会吓成什么样子啊。

"我再也不去想这件事了,"她这样决定,"事情既然过去就完了。而且我要是不杀了他,那才傻呢。我想——我想我回来以后是有点变了,否则我是干不出来的。"

以后,凡是遇到什么不愉快或者棘手的事,她心里就出现一个念头:"我连人都杀过,这等事当然干得了。"她并非有意识地这样想,而是一种隐蔽的思想活动,不过它的确能帮助她鼓起勇气来。

她的变化实际上比她自己所知道的要大得多。她的心上

592

已逐渐长起了一层硬壳,那是她在"十二橡树"村奴隶住宅区的菜地里躺着时开始形成的。

　　如今有了一匹马,思嘉可以自己去看看邻居们家里发生的事了。自从她回家以后,她心里一直有个问题在不断折磨她:"我们是这个县里唯一留下的人家吗?难道别的人家都给烧光了?他们全都逃到梅肯去了?"她每一想起刚刚目睹过的"十二橡树"村、麦金托什村和斯莱特里家那些废墟,就几乎不敢去了解全县的真相了。不过无论情况怎么坏,了解了总比整天纳闷要好一些。于是她决定首先骑马到方丹家去看看,这倒不是因为他们家最近,而是想到可能方丹大夫还在那里。媚兰需要请大夫看看呢。她本来应该逐渐恢复了,可现在仍很虚弱,思嘉有些担心。

　　这样,一等她的脚好了些能穿上鞋时,她就骑上北方佬的那匹马出发了。她一只脚搁在缩短了的马镫里,另一条腿像跨女鞍似的盘在鞍头,策着马经过田野向米莫萨跑去。她一路上硬起心来做好准备,因为说不定那地方也被烧了。

　　她又惊又喜地看见那所褪色的黄灰泥房子仍站立在米莫萨的树林里,似乎还跟过去一样。当方丹家的三个女人从屋里出来叫嚷着欢迎她吻她时,她心里感到又温暖又喜悦,兴奋极了。

　　可是,等到头一阵喜相逢的热烈劲儿过去,她们一起走进饭厅坐下之后,思嘉便觉得周围有点冷淡了。原来北方佬并没有到过米莫萨,因为这里离大路比较远。因此方丹家的牲口和粮食都还保留着,只不过也像塔拉和整个乡下一样周围是一片罕见的寂静。除了四个干家务的女仆,所有的奴隶因为害怕北方佬要来都跑掉了。庄子里已没有男人,只有萨莉的小男孩乔,可他刚刚扔掉尿布还不能算个男人呢。这所大房子里只住着七十多岁的方丹老太太,还有她的儿媳,一个已经五十来岁但大家都习惯称为少奶奶的女人,以及刚过二十的萨莉。他们和邻舍家离得很远,孤零零的,不过他们即使害怕也不轻易表现出来。思嘉想,这大概是因为萨莉和少奶奶过于畏惧那位十分脆弱但又倔强的老太太,不敢流露内心的不安吧。这位老太太,连思嘉自己也怕她,因为她那眼尖嘴利的厉害劲儿,思嘉早已领教过了。

这几个女人尽管没有血缘关系,年纪又相差很远,可她们在精神和经验上有一种共同之处把她们联系在一起了。她们三个都穿着家染的丧服,都显得疲倦、忧伤、烦恼,心里都忍受着一种悲痛,这悲痛虽不表现为愠怒或诉苦,但却从她们的微笑和欢迎的话语中隐隐流露出来。因为她们的奴隶都跑了,她们手中的钱成了废纸,萨莉的丈夫乔已在葛底斯堡牺牲,年轻的方丹大夫在维克斯堡得痢疾死后少奶奶也当了寡妇。至于另两个小伙子,亚历克斯和托尼,他们到了弗吉尼亚什么地方,谁也不知道是死是活;连老方丹大夫也跟着惠勒的骑兵上前线去了。

"老傻瓜都七十三了,尽管他自己想装得年轻一些。而且一身的风湿病就像猪身上的跳蚤一样。"老太太说着,对自己的丈夫满怀骄傲,眼睛里流露的光辉早已把这些假意讽刺的话给揭穿了。

"你们这里有亚特兰大的什么消息吗?"思嘉等她们心境平静了些才这样问,"我们完全被困在塔拉,什么也不了解呢。"

"唔,孩子,"老太太说,她像惯常那样把话头接过来,"我们这里也像你们一样闭塞死了。除了听说谢尔曼终于占领了城市,就什么也不知道了。"

"唔,他到底占着了。那他现在怎么样? 仗打到了哪里呢?"

"三个女人孤零零地住在这乡下,几个星期也看不到一封信或一张报纸,还了解什么打仗的情况呀?"老太太尖刻地说,"我们这里有个黑人遇到过另一个黑人,那个黑人有个朋友到琼斯博罗去过,我们这才听说了一点消息,否则什么也不知道。据他们说,北方佬就待在亚特兰大休整他们的人马,不过这是不是真的,我和你一样都只能自己去判断了。按说经过我们这一阵打击,他们也的确需要休息休息了。"

"你想想看,你们这阵子一直待在塔拉,我们竟一点也不知道!"少奶奶插嘴说,"啊,我多么懊悔自己没有骑马到那边去看看呀! 不过这边的事情也实在太多,黑人们都跑了,我脱不了身。说起来自己也真不像个邻居呢。不过的确,我们还以为塔拉像'十二橡树'村和麦金托什家那样被北方佬烧了,你们都逃到梅肯去了。我们做梦也没想到你思嘉还在家里呢。"

"可不是,那时奥哈拉先生家的黑人跑到这里来,吓得眼睛鼓鼓的,告诉我们说北方佬要烧塔拉了,这叫我们怎能不那样想呢?"老太太插嘴说。

"而且我们还看得见——"萨莉也开口了。

"我正要说呢,别打岔嘛,"老太太赶快又抢了过去,"他们还说北方佬在塔拉到处都搭起了帐篷,你家的人一定会到梅肯去。接着,那天夜里我们看见塔拉那边升起了一片火光,连续了好几个小时,这可把我们的傻黑人吓坏了,他们随即全跑了。那究竟烧的什么呀?"

"我们家全部的棉花——价值十五万美元的棉花。"

"还幸亏不是房子呢,"老太太说,她将下巴颏儿搁在拐杖把上,"你们家的棉花向来比哪一家都多,能够收满一屋子。顺便问一下,你们是大家都动手摘棉花的吧?"

"不,"思嘉说,"何况如今大部分棉花都毁了。我想剩下的不会超过三包了,都在河滩下很远的田里,这能派什么用场呢?我们家那些干田间活的人全都跑了,没人摘棉花了!"

"我的天,'我们家那些干田间活的人全都跑了,没人摘棉花了!'"老太太模仿着说了一遍,然后讽刺地向思嘉瞥了一眼,"小姐,你自己这双灵巧的手,还有你那两个妹妹的,都出了什么毛病了?"

"我?摘棉花?"思嘉惊讶地叫起来,仿佛老太太要她干什么坏事,"像个干田间活的?像那些穷白人?像斯莱特里家的女人那样吗?"

"穷白人,真是!难道这辈人不是又温和又高尚吗?让我告诉你,小姐,我当姑娘的时候父亲彻底破产了,我就甘愿老老实实凭自己的一双手干活,也干田间活,直到父亲又攒下钱买了些黑人。我自己锄地,自己摘棉花,而且如果需要今天还能做一些。看样子我还真得做呀。穷白人,真是!"

"唔,不过方丹妈妈,"她的儿媳喊道,一面向那两个姑娘投去祈求的眼色,请她们帮忙安抚安抚老太太,"那是多年以前的事了,跟今天完全不一样,如今时代变啦。"

"就需要老老实实劳动这一点来说,时代是永远不会变的,"这位眼光犀利的老太太继续说,她根本不接受安抚,"而且思嘉,我很为你母亲害臊,叫你站在这里说这种话,仿佛老老实实的劳动会把穷白人排除在高尚人类之外似的。'在亚当和夏娃男耕女织的时候'——"

为了改变话题,思嘉赶快询问:"塔尔顿家和卡尔弗特家怎么样了?都给烧了没有?他们逃到梅肯去了吗?"

"北方佬从来没到过塔尔顿家。他们家像我们一样,离大路很远。不过北方佬到卡尔弗特家去过,把那里的牲口和家禽都给抢走了,黑人们也跟着他们走了——"萨莉开始这样说。

老太太插嘴接下去。

"嗨!他们答应给那些婊子穿绸缎衣服,戴金耳坠子——这就是他们干的勾当。凯瑟琳还说过,那些骑兵竟把黑人傻子放在背后马鞍上带走呢。好吧,她们最后得到的都不过是些混血娃娃罢了,我想北方佬的血统对这个种族也不会起什么改良作用的。"

"啊,方丹妈妈!"

"用不着吓成这个样子嘛,媳妇。我们都是结了婚的,不是吗?而且,上帝知道,我们在这以前已见过不少的黑白混血儿了。"

"他们怎么没有把卡尔弗特家的房子烧掉呢?"

"那房子是靠了小卡尔弗特太太和她的北方佬监工希尔顿同声求情才获救的。"老太太说。她经常把那个前任女家庭教师称为小卡尔弗特太太,虽然第一位卡尔弗特太太死了已二十年了。

"'我们是坚决的联邦同情者。'"老太太用她又长又细的鼻子瓮声瓮气地模仿着说,"凯瑟琳说他们两人不顾一切地发誓,说卡尔弗特一家全是北方人。还说卡尔弗特先生是死在大荒原呢!还说雷福德死在葛底斯堡,凯德死在弗吉尼亚军队里!凯瑟琳感到可耻极了,她说宁愿那房子被烧掉呢。她说凯德回家后听了这些会气炸的。不过,这正是一个男人娶上北方老婆应得的报应——她们没有自尊心,不顾体面,只考虑自己的性命……可他们怎么会没有把塔拉烧掉呢,思嘉?"

思嘉迟疑了一会儿才回答。她知道紧接着还会有这样的问题:"那么你们家的人都怎样了? 你的亲爱的母亲呢?"她知道不能告诉她母亲死了。她知道如果说出那几个字,甚至只要在这几位富于同情心的女人面前想起那几个字来,她就会伤心落泪乃至放声大哭的。可她不能哭呀。她这次回家以后还没真正哭过,但她知道只要一旦把闸门打开,她那勉强保持着的勇气就会消失了。不过她惶惑地面对周围这几张友好的脸孔时,心里也很清楚,要是她瞒着不告诉她们母亲死了,方丹全家的人都永远也不会饶恕她的。老太太特别钟爱爱伦,在全县妇女中还很少有人像爱伦那样受到她的赞赏呢。

"好,说下去,"老太太催她,两只眼睛严厉地盯着,"难道你还不清楚,小姐?"

"唔,你看,我是到这边的战争结束后那天才回家的,"她赶忙回答,"那时北方佬全都走了。爸——我爸对我说——说他让北方佬没有把房子烧掉,理由是苏伦和卡琳得了伤寒,正病得厉害,不能移动。"

"我这可是头一回听说北方佬做这样的好事呢,"老太太说,好像她很不高兴听人说侵略者的好话似的,"那么这两个女孩子现在怎样了?"

"唔,她们好些了,好得多了,只不过还很虚弱。"思嘉回答。接着,眼看老太太话到嘴边就要问起爱伦来了,她急忙寻找别的话题。

"我——我想,不知你们能不能借点吃的给我们?北方佬像蝗虫一样把我们家的东西都吃光了。不过,要是你们家也短缺,那就不妨直说,而且——"

"叫波克赶辆车子过来,让他把我们家的东西,像大米呀,玉米粉呀,火腿呀,还有鸡,都拉一半过去。"老太太说,一面突然向思嘉犀利地盯了一眼。

"啊,那太多了!真的,我——"

"别说了!我不爱听这种话。如果那样,还要邻居干什么?"

"你真是太好了,我怎么能——不过我得走了。家里的人会为我着急的。"

老太太忽地站起身来,抓住思嘉的胳臂。

"你们俩留在这里,"她命令儿媳妇和萨莉,一面推着思嘉到后面走廊去,"我要跟这孩子说句悄悄话。思嘉,扶我下台阶去。"

少奶奶和萨莉跟思嘉道了声再见,并答应很快就去看她。她们十分诧异,不知老太太要跟思嘉说些什么。这一点,除非她自己透露,她们是永远也不会知道的。年老的太太们总是这样古怪,少奶奶低声对萨莉说,接着她们都回头干自己的缝纫活去了。

思嘉一只手抓着缰辔站在那里,心中纳闷不知老太太要说什么。

"现在,"老太太盯着思嘉的脸孔严肃地说,"塔拉到底怎么样了? 你还隐瞒着什么呢?"

思嘉抬头注视着那双犀利的老眼睛,知道自己可以忍住眼泪把真相说出来了。因为在方丹老太太面前,如果不得到她的明白同意是谁都不敢哭的。

"母亲死了。"思嘉低沉地说。

这时那只握着她胳臂的手抓得更紧,使她觉得痛了,同时老太太那又黄又皱的眼皮在迅速眨动着。

"是北方佬杀了她?"

"她是得伤寒病死的。我回家的前一天去世的。"

"别去想这些了,"老太太用严厉的口吻说,思嘉见她正竭力抑制自己的感情,"那么你爸呢?"

"爸已经——爸已经不正常了。"

"你这话是什么意思? 说下去,他病了吗?"

"那震动——他显得很奇怪——他不怎么——"

"不要说他不正常。你的意思是有点心理失常吧?"

听到事情的真相就这样率直地说明了,思嘉顿时感到轻松,如释重负。这位老太太多好,她也不表示同情来让你伤心呢。

"是的,"她沉思地说,"他心理失常了。他显得晕晕乎乎,似乎连母亲去世也不记得了。唔,老太太,看着他久久地坐在那里耐心等待着母亲,我真受不了。他以前急躁得像个孩子。不过,如果他记得母亲已经不在了,那就更糟了。他端坐在那里侧耳倾听有没有母亲的动静时,常常会突然跳起来,笨拙地走出门去,一直走到墓地。过了一会儿,他才拖着两条腿走回家来,泪流满面地反反复复说:'凯蒂·思嘉,奥哈拉太太死了呢。你母亲死了。'仿佛我才头一次又听到这个消息。其实我早就听厌了,都忍不住要惊叫了。有时在深夜,我听见他在呼唤她,便不得不从床上爬起来,走过去对他说她正在棚屋区护理一个生病的黑人呢。这时他焦躁起来,因为她是经常为了看护病人而没日没夜地忙碌的。于是,你就很难让他回到床上去了。他就像个孩子。啊,我真希望方丹大夫还在家呢!我想他对爸一定有办法的。而且媚兰也需要请个大夫瞧瞧。她产了那个婴儿之后一直没有恢复过来,本来应当——"

"媚兰——婴儿? 她跟你们在一起?"

"是的。"

"媚兰跟你们在一起干什么? 她干吗不跟她姑妈和别的亲人住在梅肯? 我从不认为你会怎么喜欢她,小姐,尽管她是查尔斯的妹妹。那么,跟我谈谈这件事吧。"

"说起来话长,老太太。你要不要回到屋里去,好坐下来细谈?"

"我能站嘛,"老太太简单地说,"而且如果你当着别人的面讲你这段故事,他们便会大声嚷嚷,会让你为自己感到遗憾。好,我们就谈吧。"

思嘉从围城和媚兰的怀孕开始讲起,最初还有点支支吾吾,但在那双犀利的老眼睛不放松的注视下,她讲着讲着,那些生动和恐怖的词句便源源不绝地出口了。所有的情节都记起来了,如婴儿诞生的那个大热天,恐惧时的痛苦,全家逃跑和瑞德的中途抛弃。她谈了那天晚上的一片漆黑和敌我莫辨的炽旺营火,第二天清早看见的那些孤零零的烟囱,沿途的死人死马,饥饿,荒凉,以及生怕塔拉也被烧掉的焦急心情,等等。

"当时我想只要能回到母亲身边,她就可以安排一切,我就可以卸掉肩上的担子了。我在回家的路上曾经觉得世界上最可怕的事都发生在我身上,可是直到我听说母亲去世时,才意识到什么是真正最可怕的事了。"

她垂下眼睛看着地上,等老太太说话。可接着来的是一段颇长的沉默,以致她怀疑老太太是否理解了她这绝望的处境。最后老太太才开了口,那声调是温和的,比思嘉听过她对任何人说的都温和得多。

"孩子,对于女人来说,要对付一个比可能遇到的还要坏的处境,是十分不幸的事,因为她一旦对付了最坏的处境,以后就什么也不害怕了。可是一个女人要是什么也不害怕,那就糟啦。你以为我不理解你刚才说的——你所经历过的那些事吧?不,我很理解。我在你这个年纪,碰上了克里克印第安人的叛乱,正好是米姆斯要塞大屠杀①之后——是的,"她若有所思地说,"就在你这个年纪,因为那是五十年前的事了。那时我设法逃到灌木林里躲起来,躺在那里看见我们的房子被放火焚烧,还看见印第安人剥我兄弟和姐妹们的头皮。可我只能躺着,祈祷那火光不要把我躲藏的地方照出来。他们把母亲拖到外面,在离我大约二十英尺的地方把她杀害了。接着又剥了她的头皮。还不断有印第安人跑回来用鹰头斧子砍她的脑盖骨。我呢,我是母亲最宠爱的孩子,可就躺在那里眼睁睁看着这一切。第二天早晨,我动身到最近一个居留地去。它在大约三十英里开外的地方,可是我花了三天才走到,

---

① 1813年8月30日,起义的克里克印第安人袭击并屠杀了米姆斯要塞的553名边区居民。米姆斯在亚拉巴马河上。

中间穿过沼泽地,也遇到过印第安人。到那里之后,他们还以为我发疯了呢……我就是在那里碰见方丹大夫的。他照顾我……唉,是的,我说过,那是五十年前的事了。从那以后,我就什么事或什么人也没有怕过,因为我已经见识过可能碰到的最坏情况了。而这种无所畏惧给我带来了许多麻烦,剥夺了我大量的幸福。上帝有意要让女人胆小怕事,因此一个不怕事的女人总是有点不怎么正常的……思嘉,你还是应当保留一点东西让自己害怕——就像保留一点东西让自己珍爱一样……"

她的声音渐渐低了,仿佛默默地站在那里回顾半个多世纪以前令她害怕过的年月。思嘉不耐烦地挪动着身子。她原以为老太太是要了解她,也许还会给她指出某种解决问题的办法。可是像所有的老年人一样,她却一味谈起你还没有出生时的往事来了。这种事情谁会感兴趣呢?思嘉真后悔自己不该把实情全部告诉她。

"好,回家去吧,孩子,要不他们会惦记你了,"她突然这样说,"叫波克今天下午就赶着车子来……也不要以为你自己能放下担子。因为你就是放不下嘛。我很清楚。"

那年的深秋季节一直持续到十一月,而温暖天气对于在塔拉的人来说是很舒适的。最困难的时期已经过去。他们现在有了一匹马,可以不用步行外出了。他们早餐时有煎蛋,晚餐有火腿,再也不是千篇一律的山芋、花生和苹果干,甚至有一次过节还吃了烤鸡呢。那头老母猪已终于抓到了,现在和它的那窝小猪被关在屋基底下的猪圈里,正高兴地嘟哝呢。有时猪大声尖叫,闹得屋里的人没法说话,不过这声音听起来也是满愉快的。这意味着冷天和宰猪季节一到,白人就有新鲜猪肉、黑人也有猪下水好吃了,同时还意味着大家冬季都有吃的啦。

思嘉拜访方丹家以后精神上受到的鼓舞,比她自己所意识到的要大得多。只要知道了她还有邻居,她家的一些朋友和他们的旧居都安然无恙,就足以把她回塔拉最初阶段所经受的损失和孤独感驱散了。方丹和塔尔顿两家的农场都不在军队必经的地区,他们又很慷慨,把家里仅有的东西分了一部分给她。按照这个县的传统习惯,邻居们应当彼此帮助,因此他们不要思嘉一分钱,说她自己也会那样做的,还说等到明年塔拉又有了收成以后,再偿还也可以。

思嘉现在有食物养家了,而且还有一匹马,还有从北方佬逃兵身上搜到的那些钱和珠宝。如今最需要的是衣服。她明白,如果打发波克到南边去买,那是很冒险的事,因为无论北方佬还是联盟军队都很可能把马掳去。不过,她至少已有钱买衣服,有马和车子可以外出了。也许波克去办这件事不一定会被抓吧。总之,最苦的时期已经过去。

每天早晨思嘉一起来,就感谢上帝给了她一个晴天和暖烘烘的太阳,因为每一个好天气都可以推迟那必然到来的寒冷季节,那时就不能不穿暖和的冬衣了。如今,每天都有新的棉花搬进原先奴隶们住的棚屋,那是农场剩下的唯一贮藏处。田里的棉花实际上比思嘉和波克所估计的要多,大概能收到四包,因此眼看就要把棚屋堆满了。

思嘉不打算自己到田里去摘棉花,尽管方丹老太太曾尖刻地批评过。要让她这位奥哈拉家的小姐,如今塔拉农场的女主人,亲自下大田去劳动,这毕竟是不可想象的事。要是那样,不就把她摆在跟蓬头散发的斯莱特里太太和埃米同等的地位上了吗?她的打算是让黑人干田间活,她和几位正在恢复健康的姑娘干家务,但这里碰到了一种等级制情绪的反抗,这情绪比她自己的还要强呢。波克、嬷嬷和普里茜一想到要下大田干活,便大声嚷嚷起来。他们反复强调自己是干家务的黑人,不是干田间活的。特别是嬷嬷,她激愤地宣称她连院子里的活也从没干过。她出生在罗毕拉德家族的大宅里,而不是在奴隶的棚屋里;她是在老夫人卧室里长大的,晚上就睡在夫人床脚边的一张褥垫上。唯独迪尔茜什么也不说,并且瞪着眼睛狠狠盯住普里茜,叫这个小家伙很不自在。

思嘉毫不理睬他们的抗议,把他们通通赶到棉田里去。不过嬷嬷和波克动作那么慢,又不停地唉声叹气,结果思嘉只得叫嬷嬷回厨房做饭,叫波克到林子里捉野兔和负鼠,到河边钓鱼。看来摘棉花有点降低波克的身份,而打猎和钓鱼就不同了。

接着,思嘉将两个妹妹和媚兰也安排到田里干活,可效果同样不好。媚兰把棉花摘得又快又干净,很乐意在大太阳下干了一个小时,可随即一声不响地晕倒了,于是只得卧床休息一周。苏伦闷闷不乐,热泪盈眶,也假装晕倒在田里,但思嘉往她脸上浇了一葫芦凉水后她便立刻清醒,像只恶猫似的啐起唾沫来。最后她干脆拒绝不去了。

"我就不愿意跟黑人一样在田里干活嘛!你不能强迫我。要是我们的朋友有人知道了怎么办呢?要是——要是让肯尼迪先生知道了呢?唔,如果母亲知道——"

"只要你敢再提一句母亲,苏伦·奥哈拉,我就把你揍扁,"思嘉大声喝道,"母亲干起活来比这里的哪个黑人都辛苦,难道你不知道,你这千金小姐?"

"她没有!至少不是在田里。你也不能强迫我去干。我要到爸那里去告你,他不会让我干的。"

"看你敢去找爸,拿我们这些事打扰他!"思嘉既生妹妹的气,又怕父亲伤心,真是狼狈透了。

"我来帮你做吧,姐姐,"卡琳温顺地插嘴说,"我会把苏伦和我自己的活都干完的。她还没有完全好,也不该出门晒太阳呢。"

思嘉满怀感激地说:"谢谢你,小乖乖。"但她瞧着这位小妹妹又发起愁来。卡琳一直很娇嫩,以前像果园里春风吹开的花朵般白里透红,可现在红晕已经消失,只不过那张沉思可爱的脸上还流露着花一般的品性。她自从在病中恢复知觉时发现母亲去世以后,就变得沉默寡言,而且有点心神不定。她发现思嘉像个碎嘴婆婆似的,周围的环境已完全改变,不停地劳动已成为新的生活规律了。像卡琳这样天性娇弱的人,是很难适应这些变化的。她简直不理解这个时期所发生的一切,只像个梦游人似的走来走去,做着分配给她做的事情。她看来很脆弱,实际上也是这样,但她同时又随和,听话,乐于帮助别人。她要么是在按思嘉的吩咐做事,要么就拿起念珠,嘴里念念有词地为她母亲和布伦特·塔尔顿祈祷。思嘉从没想到卡琳会对布伦特的死这样念念不忘,这样伤心不已。在思嘉心目中,卡琳还是那个"小妹妹",还那么幼小,不可能有一桩真正严肃的恋爱事件呢。

思嘉站在太阳下的棉田里,她已累得腰酸背痛,腰都直不起来,两只手也被棉桃磨粗了,真希望有个能把苏伦的精力和体力跟卡琳的温柔品性结合起来的妹妹啊。因为卡琳摘得又卖力又认真,可是劳动一个小时之后就可以看出她(不是苏伦)实际上身体还没有全好,还不宜做这种活儿,结果思嘉只得把她也送回家去了。

现在跟她一起留在棉田里劳动的只有迪尔茜和普里茜母女俩了。普里茜懒懒散散、时紧时松地摘着,不断地抱怨脚痛背痛,还说肚子也有毛病,浑身都瘫了,等等,直到她母亲拿起棉花秆抽她,她才尖叫几声完事。这以后她可能稍稍好一点,同时故意离得远远的,叫母亲再也打不着她。

迪尔茜不知疲倦、默默无言地干着,像一架机器。思嘉自己除腰酸背痛外,肩膀也因背棉花袋被磨破了,因此更觉得迪尔茜十分可贵,就好比是金子铸的。

"迪尔茜,等到将来又过好日子了,我决不忘记你这样辛辛苦苦地劳动。你真是太好了。"她真诚地说。

这个青铜般的女巨人跟旁的黑人不一样,她受到夸奖时既不高兴得咧嘴微笑,也不兴奋得浑身哆嗦。她只把那张毫无表情的脸转向思嘉,并郑重其事地说:"谢谢你,太太。不过杰拉尔德先生和爱伦小姐都对俺很好。杰拉尔德先生把俺的普里茜也买了过来,省得俺惦记她,这俺总不能忘记嘛。俺是个带印第安血统的人,印第安人对那些待他们好的人是不会忘记的。俺就担心俺的普里茜。她真没用啊。看样子纯粹是黑人,像她爸一样。她爸就很不认真。"

尽管思嘉请人帮着摘棉花碰到困难,尽管她自己劳动时感到非常辛苦,可是眼看棉花一点点从田里搬进了棚屋,她的热情也就越来越高了。棉花这东西总能给人一种可靠和稳定的感觉。塔拉农场是靠棉花致富的,甚至整个南方都是如此;而思嘉是个不折不扣的南部人,她充分相信南部会从这些红土壤的田地里复兴起来。

当然,她收获的这点棉花不算多,可还是有些用处。这会换来一小笔联盟政府的钞票,因此可以帮助她把北方佬钱包中的那些联邦货币和金币留下来,等以后需要时再用。明年春天她要设法让联盟政府把他们征用的大个子萨姆和其他干田间活的黑人放回来;要是政府不放,就用北方佬的钱向邻居租用一些。明年春天,她将要播种啊,播种……想到这里,她把累弯了的腰背挺得笔直,眺望着正在变为褐色的深秋原野,仿佛看见明年的庄稼已经苗壮地、碧绿地一亩接一亩绵亘在那里了。

明年春天啊!也许到明年春天战争已经结束,好日子又回来了。无论联盟方面是胜是败,日子总会好过些。只要不日日夜夜提心吊胆,双方军队不彼此袭击,不管你怎样都行。战争一结束,就可以靠一个农场老老实实过日子。啊,只要战争结束就好了!那时人们就可以种庄稼,就会有相当的把握取得收获了。

现在有希望了。战争总不会永远打下去。思嘉有了一点棉花,有了吃的,有了一匹马,有了一笔小小的积蓄。是的,最困难的阶段已经过去了。

第二十七章

十一月中旬的一个中午,他们围着餐桌聚在一起,吃最后一道点心,那是嬷嬷用玉米粉和干越橘加高粱饴糖调制成的。户外已经有点凉意,一年中最初的凉意,这时波克站在思嘉的椅子背后,喜滋滋地搓着两只手问道:"是不是到了宰猪的时候了,思嘉小姐?"

"你可以准备吃那些下水了,不是吗?"思嘉咧嘴一笑说,"好吧,我自己也可以吃新鲜猪肉,只要这种天气再持续几天,我们就——"

这时媚兰插嘴了,汤匙还放在嘴边。

"你听,亲爱的,有人来了!"

"有人在喊呢。"波克心神不安地说。

深秋爽朗的微风传来了清晰的马蹄声,它像一颗受惊的心在怦怦急跳似的,同时一个女人的声音在尖叫:"思嘉!思嘉!"

全桌的人都面面相觑,不知是怎么回事,接着才把椅子往后挪动,一齐站起来。尽管一时都吓得没敢说话,但毕竟听出了那是萨莉·方丹的声音。一个小时前她因到琼斯博罗去路过塔拉,还在这里停下来闲聊了一会儿呢。如今大家争着奔向前门,挤在那里观看,只见她骑着一匹汗水淋漓的马在车道上飞驰而来,她的头发披散在脑后,帽子也吊在帽带上迎风飘动。她没有勒马,但一路跑来时向他们挥着手臂,指着后面她来的那个方向。

"北方佬来了! 我看见他们了! 沿着这条大路来了! 那些北方佬——"

她拼命把缰绳一收,将马嘴勒转过来,差一点没让马蹦上台阶。随即马来了个急转弯,腾跃了三次就跨过侧面的草地,然后她像在狩猎场上似的策马越过了那道四英尺高的篱笆。接着,他们听见嗒嗒的马蹄声穿过后院,走上住宅区棚屋当中的小道,便知道萨莉正横过田野回米莫萨去了。

他们一时像麻木了似的,呆呆地站在那里,随后苏伦和卡琳彼此紧紧抓住手哭开了。小韦德站着一动不动,浑身哆嗦,不敢哭出声来。自从那天晚上离开亚特兰大以来,他一直害怕的事情如今终于发生了。北方佬就要来把他捉去呢。

"北方佬?"杰拉尔德困惑不解地说,"可是北方佬已经到过这里呢。"

"我的天!"思嘉叫了一声,朝媚兰惊慌的眼睛看了看。这时她突然脑子里一闪,记起在亚特兰大最后一个晚上的恐怖情景,沿途所见乡下那些被烧毁的住宅和所有关于奸淫虐杀的故事。她又看见那个北方佬大兵手里拿着爱伦的针线盒站在过厅里。她想:"我要死了。我就要死在这里了。我原先还以为一切都熬过去了呢。我要死,我再也无法忍受了。"

这时她的眼光落到那匹已套上鞍辔拴在那里的马上,它正等着驮波克到塔尔顿村去办一件事。这是她的马,她唯一的马啊! 北方佬会把它抢走,把那头母牛和牛犊也抢走。还有母猪和一窝猪崽——啊,辛辛苦苦花了多少工夫才把这头母猪和一窝活泼的小猪抓回来啊！他们还会把方丹家给她的那只大公鸡，那些正在孵蛋的母鸡，以及那些鸭子都抢走的。还有放在食品柜里的那些苹果和山芋，还有面粉、大米和干豆，还有北方佬大兵皮夹里的那些钱呢。他们会把一切都抢走，让这些人挨饿！

"他们休想得逞！"她大喊一声，旁边的人都吃惊地回过头来，担心这消息把她气炸了，"我决不挨饿！他们休想得到这些东西！"

"怎么了，思嘉？怎么了？"

"那匹马！那头母牛！那些猪！他们休想得到！"

她急忙向躲在门道里的四个黑人走去，他们的黑脸早已吓得发灰了。

"到沼泽地去。"她火急火燎地命令他们。

"哪个沼泽地？"

"河边沼泽地嘛，你们这些笨蛋！把猪赶到沼泽地去。大家都去。快！波克，你和普里茜钻到屋基底下把猪赶出来。苏伦和卡琳去拿篮子装吃的东西，只要你们提得动就尽量多装一些，带到林子里去。嬷嬷，你把银餐具还是放到井里。还有波克！波克，你听着，别站在那里发呆了！你带着爸走。别问我往哪儿！哪儿都行！爸，你跟波克走吧。爸爸真好。"

她虽然忙得要发疯了，可仍然想到杰拉尔德看见那些蓝衣兵时，他那彷徨莫定的心态会经受不住。她站在那里搓着两只手寻思，这时小韦德惊恐的抽泣声使她更加心乱如麻，不知所措了。

"让我干什么呢，思嘉？"媚兰的声音在周围那些啜泣啼哭和奔忙的脚步声中显得格外冷静。尽管她脸色惨白，浑身颤抖,但就是那种平静的声调已足以使思嘉镇定一些,觉得大家都在等待她发命令下指示呢。

"那头母牛和牛犊子,"她赶紧说,"在原来的牧场里。骑马去把它们赶到沼泽地里去,并且——"

没等她说完最后一句话,媚兰就摆脱韦德的手下了台阶,提着宽阔的裙裾向那匹马跑去了。思嘉匆匆一眼瞥见媚兰那两条瘦腿和飘拂的裙裾和内裤,随即发现她已经跨上马鞍,两只脚垂挂在离马镫很高的地方摆荡着。她迅速拉紧缰绳,用脚后跟在马肋上蹬了几下,那匹马正准备一跃而出,可这时她忽然把马勒住,脸上露出非常惊慌的神色。

"我的孩子!"她惊叫道,"啊,我的孩子! 北方佬会把他杀了的! 快把他给我呀!"

她一手抓住鞍头,准备跳下马来,可这时思嘉厉声喝住她。

"你走吧! 你走吧! 去赶那头母牛吧! 我会照料孩子的! 走吧,我叫你走! 你以为我会让他们把艾希礼的孩子抓走吗? 你走吧!"

媚兰绝望地回顾着,同时用脚后跟狠狠蹬着马的两肋,于是四只马蹄踢溅着碎石,一溜烟向牧场奔去了。

思嘉暗想:"我从没想到会看见媚兰·汉密尔顿叉开两腿骑上大马呢!"然后她走进屋里。韦德紧跟在后面,一面哭泣,一面伸手去拉她飘荡的裙子。她一蹦三跳地跑上台阶,看见苏伦和卡琳两人胳臂上挎着橡树皮编的篮子向食品柜走去,波克则有点粗手笨脚地抓住杰拉尔德的臂膀,拖着他往后面走廊上跑。杰拉尔德一路喃喃地抱怨着,像个孩子似的总想挣脱他的手跑开。

她在后院里听到嬷嬷的尖叫声："喂,普里茜!你钻到屋底下去,给俺把那些猪崽轰出来!你明明知道俺太胖了,钻不进那个格子门。迪尔茜,你来给我把这小坏蛋——"

　　"我想这可是个好主意,把猪养在房子底下,没人能偷它们,"思嘉心里想,一面回自己房里去,"啊,我何不在沼泽地底下给它们盖个圈呢?"

　　她拉开衣柜顶上的抽屉,在衣服里搜索了一会儿,找着了那个北方佬的钱包。她急忙从针线篮里取出藏在那里的钻石戒指和耳坠,随即塞进钱包里。可是把钱包藏到哪里好呢?床垫里面?烟囱顶上?扔到井里?或者揣在自己怀里?不,决不能放在这个地方!钱包鼓鼓囊囊的,会从胸衣底下鼓起一大块,要是北方佬看出来了,准会撕开她的衣服来搜呀!

　　"他们要是那样,我就宁愿死掉!"她愤怒地想。

　　楼下到处是奔忙的脚步声和哭泣声,一片混乱。思嘉即使暴躁极了,也还是希望媚兰能在身边,因为媚兰的声音那么镇静,而且在她击毙北方佬那天显得那么勇敢。媚兰一人能顶上三个人。媚兰——媚兰刚才说什么来着?啊,是的,那婴儿!

　　思嘉一把抓起钱包,跑过穿堂,向小博睡觉的房间奔去。她把他从矮矮的摇床里抱起来,这时他醒了,正一面挥舞着小拳头一面迷迷糊糊地流涎水。

　　如今她听见苏伦在喊叫:"来呀,卡琳!来呀!我们装够了。啊,妹妹,快!"后院里是一片尖叫声和愤怒的抱怨声。思嘉跑到窗口,看见嬷嬷蹒跚着急匆匆地走过棉花地,两个臂弯底下各夹着一只小猪在拼命挣扎。她后面是波克,他也夹着两只小猪,同时推着杰拉尔德在一路奔跑。杰拉尔德踉踉跄跄地跨过一条条垄沟,手里急匆匆地挥舞着拐杖。

思嘉倚在窗棂上唤道:"迪尔茜,把母猪带走!叫普里茜把它轰出来。你们可以赶着它从地里过嘛!"

迪尔茜抬起头来,她那青铜色的脸上显得很为难了。她围裙里兜着一堆银餐具呢。她只得指指房子下面。

"母猪咬了普里茜,俺把它关在房子下面了。"

"那也好。"思嘉心里想。她连忙跑回房里,赶紧把她从北方佬身上搜出来藏在房里的金镯子、别针、小相框和杯子一一取出来。可是藏到哪里去好呢?要一手抱着小博,一手抱着那只钱包和这些小玩意儿,多不方便啊!她决定先把婴儿放在床上。

婴儿一离开她的臂弯就哇地哭了,这时她忽然想出一个好主意来。要是将东西藏在婴儿尿布里,那不是最好的办法吗?她连忙把他翻了个身,拉起他的衣裳,把钱包塞进他后腰上的尿布底下。婴儿经这么一摆布,放声大哭起来,可是她不管,急忙用三角布把他两条乱踢的腿包好,系紧。

"好了,"她深深地抽了一口气,"现在可以到沼泽地去了。"

她一只胳臂紧紧搂着哭叫的婴儿,另一只手抱着那些珠宝,迅速跑到楼上穿堂里。可是她突然停下来,吓得两腿发软。这屋里多么寂静啊!静得多么可怕!他们都离开了,只剩下她一个人了吗?难道谁也没等她一会儿?她并没有意思叫他们全都先走,把她单独留在这里。这年月一个孤单的女人是什么都可能碰到的,而且北方佬就要来了——

一个微弱的声音把她吓了一跳,她连忙转过身去,看见她那被遗忘的孩子蹲在栏杆旁边,两只受惊的眼睛瞪得老大老大的。他想要说话,可是喉咙颤抖着说不出声。

"站起来,韦德·汉普顿,"她立即命令说,"起来自己走,妈现在不能抱你。"

他向她走过来,像只吓坏了的小动物,然后紧紧抓住她宽大的裙裾,把脸埋在里面。她能感觉到他的两只小手在裙褶里摸索她的腿。她开始下楼,但因韦德在后面拉着,每走一步都妨碍她,这时她厉声喊道:"放开我,韦德,把手松开,自己走!"可是那孩子反而抓得更紧了。

她好不容易走到楼梯脚下,似乎楼下的一切都迎着她跑上来了。所有那些熟悉的、珍爱的家具似乎都在低声说:"再见! 再见!"一阵呜咽涌上她的喉咙,但她极力抑制住。办事房的门敞开着,那里是爱伦生前勤奋工作的地方,现在她还能看上一眼那只旧写字台的一角呢。那是饭厅,桌旁的椅子已经散乱,但食品还在盘子里。地板上铺着爱伦亲手织染的旧地毯。罗毕拉德祖母的肖像挂在墙上,胸脯半袒着,头发堆得高高的,两个鼻孔旁边的纹路很深,使她脸上永远浮出一丝高傲的冷笑。这里的一事一物都是她最早记忆的一个部分,都跟她身上那些扎根最深的东西紧紧地连在一起,而此刻它们都在低声说:"再见! 再见,思嘉·奥哈拉!"

"北方佬会把它们通通烧掉——通通烧掉啊!"

现在是她最后一次看到这个家了,今后除了从树林荫蔽下或沼泽地里看看那包围在烟雾中的高高烟囱和在火焰中崩塌的屋顶外,就再也看不见它了。

"我离不开你啊,"思嘉心里念叨着,一面害怕得牙齿直打战,"我离不开你。爸也不愿意离开你。他告诉过他们,要烧房子就把他烧死在里面。那么,就让他们把我烧死在里面吧。因为我也离不开你呀。你是我剩下的唯一财产了。"

下了这样的决心，她的惊慌情绪反而减轻了些，现在只觉得胸中堵得慌，好像希望和恐惧都凝结了似的。这时她听见从林荫路上传来杂沓的马蹄声，缰辔和马嚼子的叮当声，铿铿锵锵的军刀磕碰声；接着是一声粗嘎的口令："下马！"她立即俯身嘱咐身旁的孩子，那口气虽然急迫但却温柔得出奇。

"放开我，韦德，小宝贝！你赶快跑下楼，穿过后院，到沼泽地去。嬷嬷和媚兰姑姑都在那里。赶快跑，亲爱的，不要害怕！"

那孩子听出她的声调变了，便抬起头来看她，这时思嘉一见他那眼神就吓坏了，他活像一只陷阱里的小野兔呢。

"啊，我的上帝！"她暗暗祈祷，"千万别让他犯惊风症呀！千万——千万不要在北方佬跟前这样。千万不能让他们看出我们在害怕呢。"可是孩子把她的裙裾拉得更紧了，她才毫不含糊地说："要像个大孩子了，韦德。他们只是一小伙该死的北方佬嘛！"

于是，她下了楼梯，迎着他们走去。

谢尔曼的部队从亚特兰大穿过佐治亚中部向海滨挺进。他们背后是浓烟滚滚的亚特兰大废墟，这个城市他们撤离时就一把火烧了。他们前面则是三百英里的领土，那里除了少数的本州民兵和由老人孩子组成的乡团之外是毫无防御能力的。

这里是广袤的沃野，上面散布着许多农场，农场里住着女人和孩子，年迈的老头和黑人。北方佬在沿途八十英里宽的地带掳掠烧杀，形成一片恐怖。成百上千家的住宅毁于烈火，成百上千个家庭遭到蹂躏。但是,对于看着那些蓝衣兵涌入前厅的思嘉来说,这不是一场全县性的灾难,而纯粹是她个人的事,是针对她和她一家的暴虐行动。

她站在楼梯脚下,手里抱着婴儿;韦德紧紧靠在她身边,把头藏在她的裙褶里,因为他不敢看那些北方佬在屋里到处乱窜,从她身边粗鲁地拥挤着跑上楼,有的将家具拖到前面走廊上去,用刺刀和小刀插入椅垫,从里面搜寻贵重的东西。他们在楼上把床垫和羽绒褥子撕开,弄得整个穿堂里羽绒纷飞,轻轻飘落到思嘉头上。她无可奈何地站在那里,眼看着他们连拿带抢,糟蹋破坏,满腔怒火不由得把剩余的一点点恐惧也压下去了。

指挥这一切的那个中士是个罗圈腿,头发灰白,嘴里含着一大块烟草。他头一个走到思嘉跟前,随随便便地朝地板上和思嘉裙子上啐唾沫,并且直截了当地说:

"把你手里的东西给我吧,太太。"

她忘记了那两件本来想藏起来的小首饰,这时只得故意模仿相片上的罗毕拉德祖母发出一声动人的冷笑,索性把它们扔在地上,接着便怀着几乎是欣赏的心情看着他急忙捡起来的那副贪婪相。

"还要麻烦你把戒指和耳环取下来。"

思嘉把婴儿更紧地夹在腋窝下,让他脸朝她挣扎着啼哭起来,同时把那对石榴石耳坠子——杰拉尔德送给爱伦的结婚礼物——摘下来。接着又将下查尔斯作为订婚纪念给她的那只蓝宝石戒指。

"别扔在地上,就交给我吧,"那个中士向她伸出两手,"那些狗杂种已经捞得够多的了。你还有什么?"他那双眼睛在她的胸衣上犀利地打量着。

顷刻间思嘉几乎晕过去了,她已经感觉到那两只粗鲁的手伸进她怀里,在摸索怀里的带子。

"全都在这里了。我想,照你们的规矩还得把衣服脱下来吧?"

"唔,我相信你的话。"那中士好心地说,然后啐口唾沫走开了。思嘉把婴儿抱好,设法让他静下来,并伸手摸摸尿布底下藏钱包的地方。谢天谢地,媚兰竟有一个孩子,而这孩子又有一块尿布!

她听见楼上到处是笨重的皮靴声,那些家具被拖过来拖过去,像抗议似的吱嘎乱叫。瓷器和镜子哗哗啦啦被打碎了,中间还夹杂着下流的咒骂,因为找不到什么好东西了。院子里也传来高声喊叫:"砍了它的头!别让它跑了!"同时听见母鸡绝望地咯咯大叫,嘎嘎的鸭叫声和鹅叫声混成一片。突然砰的一声枪响,痛苦的尖叫立即息止,这时一阵剧痛震撼着思嘉全身,因为她知道母猪被打死了。该死的普里茜,她丢下母猪不管,自顾自跑啦!但愿那些小猪平安无事!但愿家里人都安全到达沼泽地!可是你没法知道呀。

她静静地站在穿堂里,眼看着周围的大兵在喊叫咒骂,乱成一团。韦德还是十分害怕,狠狠地抓住她的裙子不放。她感觉到他紧挨着她时身子在索索发抖,可是她自己也没法给他壮胆。她鼓不起勇气来对北方佬说话,无论是祈求、抗议或者表示愤怒。她唯一要感谢上帝的是她的两条腿还有力量支撑着她,她的头颈还能把脑袋高高地托着。不过当一小队满脸胡须的人扛着各种各样的东西笨拙地走下楼来,她看见其中有查尔斯的那把军刀时,便不禁大声喊叫起来。

那把军刀是韦德的,是从他祖父和父亲一代代传下来的,后来思嘉又把它当作生日礼物送给了自己的儿子。授予这生日礼物时还举行了小小的仪式,当时媚兰哭了,她感到又骄傲又伤心,并吻着小韦德说他长大后一定要像父亲和祖父那样做个勇敢的军人。小韦德也颇觉自豪,时常爬到桌上去看挂在墙上的这个纪念物,用小手轻轻抚摩它。思嘉对于她自己的东西给仇人和陌生人抢走还能忍受,可是她孩子的珍贵纪念物就不行了。现在小韦德听见她喊叫,便从她的裙裾里探出头来窥视,并鼓起勇气边哭泣边说起话来。他伸出一只手嚷道:

"我的!"

"那把刀你不能拿!"思嘉赶紧说,也伸出一只手来。

"我不能,嘿?"那个拿军刀的矮小骑兵厚颜无耻地咧嘴一笑,"嗯,我不能! 这是把造反的刀呢!"

"它是——它不是! 这是墨西哥战争时期的军刀。你不能拿走。那是我孩子的。是他祖父的! 唔,队长,"她大声喊着向那个中士求援,"请叫他还给我吧!"

中士听见有人叫他队长,乐得升级了,便走上前来。

他说:"鲍勃,让我瞧瞧这把刀。"

小个儿骑兵很不情愿地把军刀递给他,说:"这刀柄全是金子做的呢。"

中士把刀拿在手里转动了一下,又将刀柄举起对着太阳光读刀柄上刻的字:

"'给威廉·汉密尔顿上校,纪念他的英勇战功。参谋部敬赠。一八四七年于布埃纳维斯塔。'"

"嗬,太太,我本人那时就在布埃纳维斯塔呢。"

"真的?"思嘉冷冷地说。

"怎么不是呢?那是一场激战,我告诉你。我在这次战争中可从没见过那样激烈的战斗。那么,这把军刀是这个小娃娃的爷爷的了?"

"是的。"

"好,他可以留着。"中士说,他有了他包在手帕里的那几件珠宝首饰,就已经十分满足了。

"不过那刀柄全是金的呀。"小个儿骑兵坚持不让。

"我们把它留给她,好叫她记得我们。"中士咧着嘴笑笑。

思嘉接过军刀,连"谢谢"也没说一声。她干吗因为退还了她自己的东西就要谢这些强盗呢?她紧紧地抱着军刀,让那小个儿骑兵继续跟中士纠缠。

"老天爷做证,我要留给这些该死的叛乱分子一点东西,让他们好记住我。"士兵最后大声嚷着,因为中士生气了,叫他滚蛋,也不许再顶嘴。他一路咒骂着向屋后走去,这时思嘉才松了口气。他们谁也没说要烧房子呢。他们没有叫她离开,好让他们放火。也许——也许——接着士兵们都从楼上和外面松松垮垮地回到穿堂里。

"找到什么没有?"中士问。

"一头猪,还有一些鸡鸭。"

"一些玉米和少量的山芋和豆子。我们看见的那个骑马的野猫一定来报过信了,这就完了。"

"保罗·里维尔,怎么样?"

"我看,这里没多少油水,中士。你零零碎碎拿到一点就算了。咱们还是快走,不要等大家都知道咱们来了。"

"你们挖掘过地下熏腊室没有?他们一般把东西埋在那

里呢。"

"没有什么熏腊室。"

"黑人住的棚屋里挖过了没有?"

"棚屋里只有棉花,别的什么也没有。我们把它烧了。"

思嘉一时间想起了在棉田里那些漫长的炎热日子,又感到腰酸背痛,两肩磨得皮开肉绽的可怕滋味。一切都白费了。棉花全完了。

"说真的,你们家没多少东西,太太,是不是?"

"你们的部队以前来过了。"思嘉冷冷地说。

"这是事实。我们九月间来过这一带,"有个士兵说,一面在手里转动着一个什么东西,"我忘记了。"

思嘉看见他手里拿的是爱伦的金顶针。这个闪闪发光的顶针她以前常常看见母亲戴的。她睹物伤怀,想起母亲纤细的手指辛苦忙碌的情景。可如今顶针却在这个陌生人多茧的肮脏的手心里,而且很快就会流落到北方去,戴在北方佬女人的手指上,那个女人还会因为用掠夺来的物品而感到骄傲呢。爱伦的顶针啊!

思嘉低下头,免得让敌人发现她在哭,这时泪水只能缓缓地往婴儿头上滴。她模糊地看见那些人朝门道走去,听见中士用洪亮而粗暴的声音在喊口令。他们动身走了,塔拉农场已经安全了,可是她仍在伤心地回忆爱伦,很难高兴起来。军刀磕碰的声音和马蹄声并没有让她感到放心,她站在那里,突然觉得两腿发软,尽管他们已沿着林荫道渐渐走远了,每个人身上都带着掠夺品,衣服、毯子、图片,鸡鸭,还有那头母猪。后来她闻到刺鼻的烟火味,才转过身来想去看看那些棉花,可是经过一阵紧张之后感到特别虚弱,几乎挪不动身子了。从饭厅窗口望出去,她看见浓烟还在缓缓地从黑人棚屋里冒出来。棉花就在那里被烧掉了。纳税的钱和维持他们一家度过这个严冬的衣食开支也化为乌有了。她没有办法,只好眼巴巴地看着。她以前见过棉花着火的情景,知道那是很难扑灭的,不管你有多少人来抢救都无济于事。谢天谢地,那棚屋区离正房还很远,否则就糟了!谢天谢地,幸好今天没有风,没有把火星刮到农场屋顶上来!

她突然像根指针似的僵直地转身,睁着一双惊恐的眼睛从穿堂、过道一直向厨房凝望过去。厨房里也在冒烟啊!

她把婴儿随手放在穿堂和厨房之间一个什么地方,随即又甩开韦德的小手,甩得他撞在墙壁上。她冲进烟雾弥漫的厨房,可立即退了回来,连声咳嗽着,呛得眼泪直流。接着,她用裙裾掩住鼻子,又一次冲了进去。

厨房里黑沉沉的,尽管有个小窗口透进亮光,但烟雾太浓,她什么也看不见,只听到火焰的咝咝声和噼啪声。她一只手遮着眼睛窥视了一下,只见地板上到处有细长的火苗在向墙壁扑去。原来有人把炉子里烧着的木柴撒在地板上,干透了的松木地板便很快着火并到处燃烧起来了。

她冲出厨房向饭厅里跑去,把那里的一块破地毯抓起来,弄得两把椅子哗啦啦翻倒在地上。

"我绝不可能把它扑灭——绝不可能!啊,上帝,要是有人帮忙就好了!塔拉农场完了——完了!啊,上帝!这就是那个小坏蛋干的,他说过他要留给我一点什么,让我好记住他呢!啊,我还不如让他把军刀拿走算了!"

在穿堂过道里,她从小韦德身边经过,这孩子现在抱着那把军刀躺在墙角里。他闭着眼睛,脸色显得疲惫松弛,但却异常地平静。

"我的上帝！他死了！他们把他吓死了！"她心里一阵剧痛，但仍然从他身边跑开，赶快拿水桶去了，水桶是经常放在厨房门口的过道里的。

她把地毯的一端浸入水中，然后憋足力气提着它冲进黑烟滚滚的厨房，随手关上了门。似乎过了很久，她在那里摇晃着，咳嗽着，用地毯抽打着一道道的火苗，可不等她抬头火苗又迅速向前蔓延开来。有两次她的长裙子着了火，她只得用手把火扑灭了。她闻见自己头发上愈来愈浓的焦臭味，因为头发已完全松散，披在肩上。火焰总是比她跑得快，像些火蛇似的蜿蜒跳跃，向四壁和过道蔓延。她早已精疲力竭，浑身瘫软，感到完全绝望了。

这时门突然打开，一股气流涌入，火焰蹿得更高。接着砰的一声门又关了，思嘉从烟雾中隐约看见媚兰在用双脚践踏火苗，同时拿着一件又黑又重的东西用力扑打。她看见她跌跌撞撞，听见她连声咳嗽，偶尔还能看见她苍白而坚毅的面孔和冒着浓烟眯得细细的眼睛，看见她举起地毯抽打时那瘦小的身躯一俯一仰地扭动。不知又过了多久，她们两人并肩战斗，极力挣扎，好不容易思嘉才看见那一道道火焰在逐渐缩短了。这时媚兰突然向她回过头来惊叫一声，用尽全身力气从她肩后猛抽了一阵。思嘉在一团浓烟中昏沉沉地倒下去。

她睁开眼睛，发现自己舒服地枕着媚兰的大腿，躺在屋后走廊上，午后的太阳在她头上暖和地照着。她的两只手、脸孔和肩膀都严重烧伤了。黑人住宅区还在继续冒烟，把那些棚屋笼罩在浓浓的黑雾里，周围弥漫着棉花燃烧的焦臭味。思嘉看见厨房里还有一缕缕黑烟飘出来，便疯狂地挣扎着想爬起来。

但是媚兰用力把她按下去,一面用平静的声音安慰她:"好好躺着,亲爱的。火已经熄了。"

她这才放心地舒了一口气,闭上眼睛,静静地躺了一会儿。这时她听见媚兰的婴儿在旁边发出的咯咯声和韦德清晰打嗝的声音。原来他没有死啊,感谢上帝! 她睁开眼睛,仰望着媚兰的面孔,只见她的卷发烧焦了,脸上被煤烟弄得又黑又脏,可是眼睛却兴奋得神采奕奕,而且还在微笑呢。

"你像个黑人了。"思嘉低声说,一面把头懒懒地钻进柔软的枕头里。

"你像个扮演黑人的滑稽演员呢。"媚兰针锋相对地说。

"你干吗那样抽打我呀?"

"因为,亲爱的,你背上着火了。可我没有想到你会晕过去,尽管天知道你今天实在累得够呛了……我一把那牲口赶到沼泽地安置好,就立即回来。想到你和孩子们单独留在家里,我也快急死了。那些北方佬——他们伤害你了没有?"

"如果你指的是糟蹋,那倒没有,"思嘉说,一面哼哼着想坐起来,枕着媚兰的大腿虽然舒服,但身子躺在走廊地上是很不好受的,"不过他们把所有的东西全都抢走了。我们家的一切都丢光了——唔,什么好事让你这么高兴?"

"我们彼此没有丢掉嘛,我们的孩子都安然无恙嘛,而且还有房子住,"媚兰用轻快的口气说,"要知道,这些是目前人人都需要的……我的天,小博尿了! 我想北方佬一定把剩下的尿布都拿走了。他——思嘉,他的尿布里藏的什么呀?"

她惊慌地把手伸到孩子的腰背底下,立即掏出那个钱包来。她一时茫然地注视着,仿佛从来没见过似的,接着便哈哈大笑,笑得那么轻松,那么畅快,一点也没有失常的感觉。

"只有你才想得出来呀!"她大声喊道,一面紧紧搂住思嘉的脖子,连连地吻她,"你真是我的最淘气的妹妹啊!"

思嘉任凭她搂着,因为她实在太疲倦,挣扎不动了;因为媚兰的夸奖使她既感到舒服又大受鼓舞;因为刚才在烟雾弥漫的厨房里,她对这位小姑子产生了更大的敬意,一种更亲密的感情。

"我要为她这么说,"她有些不情愿地想道,"一旦你需要她,她就会在身边。"

第二十八章

霜冻一开始，严寒天气就突然出现了。冷风从门槛下袭进屋里，将松动的窗玻璃刮得格格地响个不停。光秃秃的树枝上连最后一片叶子也掉落了，只有松树还照常苍翠，衬印着灰沉沉的天空挺立在那里。满是车辙的红土大道冻得像火石一般坚硬，饥饿乘着寒风在整个佐治亚州肆虐。

思嘉心酸地记起方丹老太太跟她的那次谈话。两个月前的那天下午，现在仿佛已过去多年了，那时她告诉老太太，她已经经历了她可能碰到的最坏处境，这话是打心底里说出来的。可现在回想起来，那简直是个女学生的夸大之辞，幼稚得很呢。在谢尔曼的部队第二次经过塔拉之前，她本来有了一笔小小的财富，包括食品和现金在内，同时还有几家比她幸运的邻居，有一些可以让她度过冬天的棉花。可现在棉花烧光了，食品被抢走了，金钱也因为买不到吃的没有什么用处，而且几家邻居的处境比她更坏。至少她还有那头母牛和那只牛犊子，有几只小猪，以及那匹马，而邻居家除了藏在树林里和埋在地底下的那点东西，就什么也没了。

塔尔顿家所在的费尔希尔农场被烧个精光，塔尔顿太太和四个姑娘现在只得住在监工的屋里。芒罗家在洛夫乔伊附近，现在也成了一片废墟。米莫萨农场的木板厢房也烧掉了，正屋全靠它厚厚的一层坚实灰泥，亏得方丹家的妇女和奴隶们用湿毛毯和棉被拼命扑打，才被救下来。卡尔弗特家的房子由于那个北方佬监工希尔顿从中调停，总算又一次幸免于难，不过那里已没有一头牲口、一只家禽和一粒玉米了。

在塔拉，以及全县，目前主要的问题是食物。大多数家庭除了剩下未收的一点山芋和花生，以及能在树林里抓到的一些猎物外，全都一无所有。他们剩下的这点东西也得跟那些更不幸的朋友们分享，就像在平时比较富裕的日子里那样。不过眼看就要没有东西可分享的了。

在塔拉，如果波克运气好捉得到的话，他们能吃到野兔、负鼠和鲇鱼。旁的时候就只有少量的牛奶、山胡桃、炒橡子和山芋了。他们经常挨饿。思嘉觉得她动不动就遇到向她伸出的手和乞求的眼光。他们的这副模样逼得她快要发疯了，因为她自己跟他们一样也在饿肚子！

她命令把牛犊宰掉，因为它每天要吃掉那么多宝贵的牛奶。那天晚上人人都吃了过多的新鲜牛肉，结果都生病了。她知道还得宰一只小猪，可是她一天天往后推，希望把猪崽养大了再说。猪崽还很小呢。要是现在就把它们宰了，那不会有多少好吃的，可是如果再过些时候，就会多得多了。每天晚上她都跟媚兰辩论，要不要打发波克骑马出去用联邦政府的钞票买些粮食回来。不过，由于害怕有人会把马掳去，把钱从波克手里抢走，她们才没有下决心。她们不知道北方佬军队现在打到哪里了。他们可能远在千里之外，也可能近在河对岸。有一次，思嘉实在急了，便准备亲自骑马出门寻找吃的，可是全家人都生怕她遇上北方佬，这才迫使她放弃了自己的计划。

波克搜寻食物的范围很广,好几次整夜没有回家,思嘉也不问他到哪里去了。有时他带些猎物回来,有时带几个玉米棒子或一袋豌豆。有一次他带回来一只公鸡,说是在林子里捉到的。全家都吃得津津有味,不过总觉得有点内疚,因为明明知道这是偷来的,正像他偷豌豆和玉米一样。就在第二天晚上,夜深人静时他来敲思嘉的门,露出一条受了严重枪伤的腿给她看。思嘉替他包扎时他很难为情地解释说,他在费耶特维尔试图钻进一个鸡窝,结果被人家发现了。思嘉也没有追问那是谁家的鸡窝,只含泪轻轻拍了拍波克的肩膀。黑人有时惹人生气,而且又蠢又懒,不过他有一颗用金钱也买不到的忠心,一种与白人主子一条心的感情,这驱使他们不惜冒生命危险去给一家人找吃的呢!

要是在从前,波克这种小偷小摸的行为就会成为一件严重的事了,说不定会吃一顿鞭子。要是在从前,思嘉就不得不至少狠狠地责骂他一通。"亲爱的,你必须记住,"爱伦曾经说过,"对于那些由上帝托付给你照管的黑人,你在物质生活和道德两方面都是要负责的。你必须明白,他们就像小孩子一样管不住自己,你得防备他们误入歧途,而且你要随时随地给他们树立一个好的榜样。"

可现在思嘉把这番训诫完全抛到了脑后。现在她鼓励偷窃,哪怕是偷那些比她境况更坏的人家,并且毫不觉得这是违背良心的事了。事实上,那种为人处世的道德准则在思嘉心目中已无足轻重。她不仅不惩罚或者责备波克,反而为他的受伤感到遗憾。

"你得更加小心,波克。我们可是少不了你啊。要是没有你,叫我们怎么办呀?你一直很好,很忠诚。等到我们又有

了钱,我要给你买一只大金表,上面刻下一句《圣经》里的话:
'完美、善良而忠实的仆人'。"

波克听了这句赞扬的话不觉眉飞色舞,小心翼翼地抚摩着那条包扎好了的腿。

"思嘉小姐,这话可说得太好了。你看什么时候会有那笔钱呢?"

"我不知道,波克,不过我总归会有的。"她俯身茫然地看了他一眼,那眼神显得热情而痛苦,波克被感动得很不自在了。"总有一天,这场战争一结束,我就会得到许多钱,那时我就该不会再挨饿受冻了。我们谁也不会挨饿受冻。我们人人都要穿得漂漂亮亮,每天都吃烤鸡,并且——"

她没有继续说下去。因为塔拉农场有一条十分严格的规矩,一条由思嘉自己制订和强迫执行的规矩,那就是谁也不许谈他们以前吃得多么好,或者说如果有条件的话,今天想吃什么。

波克看见思嘉在那里瞪着眼睛出神,便从房间里悄悄溜出来。在往年,那早已消逝了的往年,生活曾经是那么复杂,那么充满了彼此纠缠不清的问题。那时她一方面极力想赢得艾希礼的爱情,一方面又要维持那十来个围着她转,可又并不讨人喜欢的男朋友。还有些小错小过要设法瞒着大人,有些爱吃醋的姑娘要你去故意嘲弄或安慰;还要挑选不同式样的衣服和不同花色的料子,要试梳各式发型,等等。此外,还有许许多多的事要考虑决定。可如今,生活倒是简单极了。如今唯一重要的是得到足够的食物以免挨饿,有足够的衣裳以免受冻,还需要一个没有过多漏洞的屋顶来遮风避雨。

就是在这些日子里,思嘉开始接连做同一个噩梦,那是以后多年都要常常做的。这个梦的内容始终一成不变,但梦中的恐怖气氛却一次比一次更强,以致思嘉连醒着时也因为生怕再梦到它而十分苦恼。她非常清楚地记得第一次做这个梦那天所经历的意外遭遇。

那时已连续几天阴雨,屋里多处透风,又冷又潮湿。生炉子的木柴也是湿的,烟特别多,可是一点不暖和。吃过早餐后,除了牛奶就什么也没了,因为山芋已经吃完,波克打猎钓鱼也毫无所获。看来第二天如果他们还得吃东西,就只好宰一只小猪了。一张张板着的饥饿的面孔,无论黑的白的,都在瞪眼睛看她,默默地请她拿出食物来。她差一点冒丢掉那匹马的危险打发波克去买吃的了。更糟糕的是韦德嗓子痛,正发高烧,可是既没有大夫,又买不到药来为他治病。

思嘉久久地守着孩子,现在累了,肚子又饿,只得让媚兰照料一会儿,自己倒在床上打个盹儿。她冻得双脚冰冷,害怕和绝望的心情又分外沉重,因此在床上翻来覆去睡不着。她反复思量:"我怎么办?我向哪里求援去?世界上还有人能帮助我吗?"世界的安全都到哪里去了呢?为什么就没有一个人,一个强大而聪明的人,能够替她挑起这副担子来呢?她不是生来挑这副担子的呀。她不知怎样去挑它。想着想着,她进入了一种不安的微睡状态。

她到了一个荒凉古怪的地方,那里大雾迷漫,伸手不见五指。她脚下的地面动摇不定,时常有鬼怪出没,而且寂静得可怕;她迷了路,像黑夜里迷路和吓坏了的孩子似的。她又冷又饿,又很害怕浓烟中在她周围潜伏着的东西,因此很想大喊大叫,可是喊不出声来。迷雾中有什么怪物悄悄地伸出无情的双手,张开十指抓她的衣裙,要把她拖到她脚下正在震动的地底下去。后来,她知道周围一片模糊中有个什么地方,那里可以躲避,可以得到帮助,是个安全而温暖的天堂。可是它在哪里呢?她能够赶在那双手抓住她拖到脚下的流沙中去之前到达那里吗?

突然她飞跑起来,发疯似的穿过浓雾,呼喊着,尖叫着,伸出两只胳臂在空中乱抓,但那潮湿的雾中什么也抓不着。天堂在哪里啊?它躲避她,但的确在什么地方,只是看不见罢了。她要是能找到它就好了!要是找到了它,她就安全了!可是恐惧使她两腿发软,饥饿使她头脑发晕。她绝望地大叫一声醒过来,只见媚兰正焦急地俯身瞧着她,还在用手摇她,叫她完全清醒过来。

这个梦一再重复,每当她空着肚子睡觉就必然会梦见。它来得太频繁了。它使她害怕极了,以致常常不敢去睡觉,即使她真心实意地告诉自己,这样的梦实际上什么可怕的东西也没有。梦见雾,的确没有什么好叫她这样惊恐的。根本什么也没有——可是她一想起要陷到大雾弥漫的地方就害怕极了,结果只得和媚兰在一起睡了,因为只要她一开始在梦中哼哼挣扎,说明她又在受折磨了,媚兰就会把她摇醒。

在这种紧张心理的压迫下,她变得苍白和消瘦了。她脸上已失去圆乎乎的娇美轮廓,颧骨突了出来,使那双翘着眼角的绿眼睛显得更加触目,她也越发像只急于要抓到猎物的饿猫了。

“即使没有我梦见的那些东西,白天已冗长得像个噩梦了”,她怀着这样绝望的心情,开始每天把食物留到临睡前才去吃,看能不能减轻梦中可怖的程度。

圣诞节期间,弗兰克·肯尼迪带着一支小小的队伍从征购部慢慢来到塔拉,他一路给军队搜集粮食和牲畜,但收获甚少。他们衣衫褴褛,人很残暴,骑着又跛又乏、显然已派不上更大用场的马匹。就像这些牲口一样,他们自己也是从前线被淘汰下来的,而且除了弗兰克本人,都是些残疾人,不是缺一条胳臂就是瞎了一只眼睛,或者关节僵直了,一瘸一拐的。他们大多穿着北军俘虏的蓝色上衣,因此一时间叫塔拉的人大为惊慌,以为是谢尔曼的人又回来了。

他们那天晚上在农场过夜,躺在客厅地板上,垫着暖和的地毯美美地睡了一觉,因为他们已很久不在屋里过夜了,长期睡在松针堆里和硬邦邦的土地上。他们尽管满脸肮脏的胡子,一身的破衣烂衫,但却是些有教养的人,经常在愉快地闲谈,开玩笑,恭维别人,很高兴能在这大宅子里围着漂亮的女人过圣诞节,就像很久以前惯常过的那样。他们对战争不怎么认真,喜欢说些可怕的谎言来逗引姑娘们欢笑,给这所被洗劫一空的房子头一次带来轻松愉快的气氛,使它头一次接连好几天颇有节日的气氛。

"这几乎像我们从前开家庭晚会的那些日子了,你说是吗?"苏伦高兴地小声对思嘉说。苏伦已经异想天开,觉得屋子里又有一个她的情人,那双眼睛始终盯着弗兰克·肯尼迪不放。思嘉惊奇地发现苏伦居然漂亮起来了,尽管她那病后消瘦的容貌并没有完全改变。她的两颊上有了红晕,眼睛也在熠熠发光呢。

"她准是看上他了,"思嘉不屑地想,"我猜她要是有了丈夫,即使是弗兰克这样一个爱挑剔的人,她也很可能会变得富于人情味的。"

卡琳也显得活泼了些,那天晚上连她眼神中的梦游症状也完全消失了。她发现他们中间有个人认识布伦特·塔尔顿,并在布伦特牺牲的那天跟他在一起,因此她答应晚饭后同这个人单独长谈一次。

吃晚饭时,媚兰勉强自己一反羞怯的常态,忽然变得快活了,这叫大家十分惊讶。她又笑又乐,几乎在向一个独眼大兵卖弄风情,以致后者乐得用过分的殷勤回报她。思嘉很清楚,媚兰在精神和生理两方面都在勉强自己,因为她在任何男性的事情面前都是十分羞涩的。此外,她的身体还没有完全恢复。她坚持说自己已经很健康,甚至比迪尔茜还要做更多的事情,可是思嘉知道她实际上还病着呢。每当她拿起什么东西时,脸色就要发白,而且用力过多就会突然坐下来,仿佛两腿支持不住似的。但是今天晚上她也像苏伦和卡琳那样,在尽可能使那些士兵过一个愉快的圣诞节。唯独思嘉对这些客人不感兴趣。

嬷嬷做的晚餐有干豌豆、炖苹果干和花生,这些军人又加上他们自己的炒玉米和腌猪肉,摆了满满一桌子,所以军人们说这是他们好几个月以来吃得最好的一顿饭了。思嘉瞧着他们吃,但心里很不舒服。她不但对于他们每吃一口都感到妒忌和吝啬,而且有点提心吊胆,生怕他们发现波克头天杀了一只小猪。小猪肉如今还挂在食品间,她已经警告过全家的人,谁要是对客人说了这件事或谈到关在沼泽地里的其他几只小猪,她就要把他的眼睛挖掉了。这些饿痨鬼会把整只小猪一顿就吃光的,而且如果知道还有几只活的,他们就会把它们征调走了。同时她也替那头母牛和那匹马担心,但愿当初把它们藏到了沼泽地里而不是拴在牧场那头的树林中。要是征购队把她的牲口弄走了,塔拉农场就很可能过不了这个冬天。它们是没法取代的啊!至于说军队吃什么,她可管不着。要是军队有办法,就让他们自己供养自己好了。她要供养自己的一家已经够困难的了。

那些军人又从他们的背包里拿出一种叫作"通条卷子"的点心来,这是思嘉第一次看到这种联盟军的食品,这种食品曾经像虱子一样引起过许多笑话呢。这是一种像木头似的烤焦了的螺旋形食品。他们鼓励她咬一口尝尝,她真的咬了一点,发现熏黑的表层下面原来是没放盐的玉米面包。士兵们把玉米面加水和好,有盐加点盐,然后把面团卷在通条上放到营火上烤,这就成了"通条卷子"。卷子像冰糖一样坚硬,像锯木屑似的毫无味道,所以思嘉咬了一口就在士兵们的哄笑声中还给他们了。她和媚兰相对而视,两人脸上的表情说明了同一个想法……"要是他们尽吃这种东西,怎能去打仗呀?"

这顿饭吃得非常愉快,连心不在焉地坐着首席的杰拉尔德,也居然设法从模糊的意识中搬来了一点当主人应有的礼貌和不可捉摸的笑容。那些军人兴高采烈地谈论着,妇女们也满脸微笑,百般讨好——这时思嘉突然扭过头去想询问弗兰克·肯尼迪关于皮蒂帕特小姐的消息,但她立即发现他脸上有种异样的表情,这使她几乎把想要说的话都忘掉了。

原来弗兰克的目光已经离开苏伦的面孔,正在向房子里四顾张望,他有时看看杰拉尔德那双孩子般惶惑的眼睛,有时望着没铺地毯的地板,或者装饰品全部被拿走的壁炉,或者那些弹簧松了、垫子被北方佬用刺刀割开了的沙发,餐具柜上头被打碎的镜子,墙壁上原来挂相框的地方留下的方块,餐桌上的简陋餐具,姑娘的身上仔细补缀过的旧衣裳,以及已经给韦德改成苏格兰式短裙的那个面粉袋,等等。

弗兰克在回忆他战前熟悉的那个塔拉农场,脸上的表情是忧伤、厌倦和无可奈何的愤怒交织在一起的。他爱苏伦,喜欢她的姐姐妹妹,敬重杰拉尔德,对农场也有真诚的好感。自从谢尔曼的部队扫荡了佐治亚以后,他在这个州征集军需品时到处看到许多可怕的情景,可是从没有像现在塔拉农场这样使他深有感触。他要给奥哈拉一家尤其是苏伦做点事情,可是又毫无办法。他正无意识地摇头慨叹,啧啧不已时,忽然发现思嘉在盯着他。他看见思嘉眼睛里闪烁着愤愤不平和傲慢的神色,便感到十分尴尬,默默地垂下眼帘吃饭了。

姑娘们渴望得到一点新闻。因为亚特兰大陷落以来,邮路断绝已经四个月了。现在究竟北方佬到了哪里,联盟军部队打得怎么样,亚特兰大和老朋友们的情况如何,所有这些,她们都一无所知。弗兰克由于工作关系经常在这个地区到处跑动,无疑是个很好的信使,甚至比信使还要好,因为从梅肯以北直到亚特兰大,几乎每个人都跟他有亲属关系或者认识他,他还能够提供一些有趣的私下的传闻,而这些却常常被报纸删掉了。为了掩盖他遇到思嘉的眼光时那种尴尬局面,他乘机赶快谈起新闻来。他告诉她们,联盟军队已在谢尔曼撤出之后改变了亚特兰大,但是由于谢尔曼已经把它彻底烧毁,这次收复也就没有什么意思了。

"不过我想亚特兰大是我离开那天晚上烧掉的,"思嘉有点迷惑不解地说,"我还以为那是我们的小伙子们烧的呢!"

"啊,不,思嘉小姐!"弗兰克吃惊地回答,"我们可没烧过我们自己人住的任何一个城镇!你看见烧的是我们不让落到北方佬手中的那些仓库和军需品,以及兵工厂和弹药。仅此而已。谢尔曼占领城市时,那些住宅和店铺都还是好好儿的,他的军队就驻扎在里面呢。"

"可人们怎么样了? 他——他杀过人吗?"

"他杀了一些,但不是用枪打死的。"那个独眼大兵冷冷地说,"他一开进亚特兰大就告诉市长,城里所有的人都得搬走,一个活人也不让留下。那时有许多老人经不起奔波,有许多病人不应当移动,还有小姐太太们,她们——她们也是不该移动的。结果他在罕见的狂风暴雨中把他们成百上千地赶出城外,将他们扔在拉甫雷迪附近的树林里,然后捎信给胡德将军,叫他来把他们领走。因此有许多人经不起那种虐待,都患肺炎死了。"

"唔,他干吗要这样呢? 他们对他不会有什么害处嘛。"媚兰大声嚷道。

"他说他要让他的人马在城里休整,"弗兰克说,"他让他们在城里一直休息到十一月中,然后才撤走。临走时他在全城纵火,把一切都烧光了。"

"唔,不见得都烧光了吧?"姑娘们沮丧地说。

很难想象她们所熟悉的那个扰扰攘攘的城市,那个人口众多,驻满了军队的城市,就这样完了。所有那些荫蔽在大树底下的可爱的住宅,所有那些宏大的店铺和豪华的旅馆——决不会全都化为乌有的! 媚兰好像要哭出声来了,因为她是出生在那里,从来不知道还有别的家乡。思嘉的心情也很沉重,因为除了塔拉,那是她最爱的一个地方。

"唔,差不多都烧光了。"弗兰克显然对她们脸上的表情感到有点为难,才连忙纠正说。他想要显得愉快一些,因为他不主张叫小姐太太们烦恼。女人一烦恼，他自己也就烦恼起来，不知怎么办好。他不能只顾讲那些最惨的事。让她们向另一个人去打听好了。

他不能告诉她们军队开回亚特兰大，进城时所看到的情景，譬如说，那许许多多耸立在废墟上的烧黑的烟囱，那一堆堆没有烧完的垃圾和堆积在街道上的残砖碎瓦，那些已经被烧死但焦黑的枝杈还迎着寒风撑持在地上的古树，等等。他还记得那一片凄凉的光景曾如何使他难受，联盟军弟兄们面对城市遗迹时曾怎样深恶痛绝地诅咒。他希望妇女们永远也不会听说北军挖掘墓地的惨状，因为那将会使她们一辈子也摆脱不掉。查尔斯·汉密尔顿和媚兰的父母都埋在那里。墓地上的情景至今还常常给弗兰克带来噩梦呢。北方佬士兵希望拿到给死者殉葬的珠宝，便挖掘墓穴，劈开棺木。他们抢劫尸体上的东西，撬掉棺材上的金银名牌，连上面的银饰品和银把手也不放过。尸体和骸骨凌乱地抛撒在劈碎的棺木中间，暴露在风吹日晒之下，景象极为凄惨。

弗兰克也不能告诉她们城里猫狗的遭遇。小姐太太们是很爱喂养小动物的。可是成千上万挨饿的动物由于主人被强行撤走而无家可归了，它们的凄惨境遇也像墓地上那样使珍爱猫狗的弗兰克大为痛心。那些受惊的动物忍冻挨饿，变得像林子里的牲畜一样粗野了。它们弱肉强食，彼此等待着对方成为牺牲品供自己饱餐一顿。同时那片废墟上头的凛冽天空中，有不少兀鹰嘴里叼着动物的腐尸残骸在盘旋飞舞。

弗兰克搜索枯肠，想找些缓和的话题，让小姐们感到好过些。

"那里有些房子还没有毁掉，"他说，"像那些离其他建筑物很远没有着上火的房子。教堂和共济会会堂也还在,还有少数的店铺。可是商业区和五点镇铁路两旁的建筑物——是的,女士们,城市的那个部分全都夷为平地了。"

"那么,"思嘉痛苦地喊道:"铁路那头查理留给我的那个仓库也一起完了吗?"

"如果是靠近铁路,那就没有了,不过——"他突然微微一笑,他怎么事先没有想到这一点呢?"你们应当高兴起来,女士们!你们皮蒂姑妈的房子还在呢。它尽管损坏了一些,但毕竟还在嘛。"

"啊,它是怎么幸免的呀?"

"我想是这样,那房子是砖造的,还有亚特兰大唯一的一个石板屋顶,因此尽管落上了不少火星也没有烧起来。加上它又是城市最北端的一幢房子,而那一带的火势并不怎么猛,这不就幸免了?当然,驻扎在那里的北方佬军队把它毁坏了不少。他们甚至把护墙板和楼梯上的红木栏杆都拆下来当柴烧了,不过这都算不了什么!反正那房子从外表看还是完好的。上星期我在梅肯碰到皮蒂小姐时——"

"你看见她了?她怎么样?"

"不错。不错。我告诉她她的房子还在,她就决定立即回家去。那就是说——如果那个老黑人彼得让她回来的话。大批大批的亚特兰大市民都已经回来了,因为他们在梅肯实在待腻了。谢尔曼没有占领梅肯,可是人人都担心威尔逊的突击大队很快会打到那里,他比谢尔曼更坏。"

"不过,要是房子都没了,他们还冒冒失失地跑回来,不也太傻了吗?"

"思嘉小姐,他们都是住帐篷、小木屋和棚屋,有的六七家挤在少数几间幸存的房子里。同时他们正在想办法重建。所以,思嘉小姐,你就不好说他们傻了。你跟我一样很了解亚特兰大人。他们是死心塌地要蹲在那个城市里,就像查尔斯顿人要蹲在查尔斯顿城那样,哪怕北方佬再来,再烧一次,也不能阻止他们回去。亚特兰大人嘛——媚兰小姐,恕我直言——都固执得像骡子。我不明白这是什么缘故,因为我常常觉得那个城市是个很爱冲动和鲁莽冒失的地方。不过话又说回来,我这人本来就生长在乡下,不喜欢城市生活。而且我要告诉你们,那些最早回来的人都是些聪明能干的角色。而那些最晚才回来的呢,恐怕就连他们房基上的一根棍子、一块石头或一块砖都找不到了,因为人人都在全城到处找东西来重盖他们的房子。就在前天,我们看见梅里韦瑟太太和梅贝尔小姐,以及她们家的黑人老婆子,她们推着一辆独轮车在外面捡砖头。米德太太也告诉我,她正在考虑等大夫回来盖一所小木屋。她说她第一次来亚特兰大时,这地方还叫马撒斯维尔,当时住的就是小木屋,那么现在再来也不会有什么困难的。当然,她只是开玩笑,不过这也说明了他们一般的想法。”

“我看他们的精神都振作起来了,”媚兰骄傲地说,“思嘉,你难道不这样看吗?”

思嘉点点头,她心里也为这个作为第二故乡的城市暗暗地感到高兴和自豪。像弗兰克说的,那是个很爱冲动和鲁莽冒失的地方,可正因为这样她才喜欢它。它不像一些较老的城市那样顽固守旧,而是洋溢着一种跟她自己很一致的不惜冒险的精神。“我就像亚特兰大,”她心里暗想,“即使北方佬再来,再烧一次,也休想叫我们一蹶不振,从此站不起来了。”

"思嘉你看,如果皮蒂姑妈要回亚特兰大,我们最好也回去跟她住在一起,"媚兰打断思嘉的一连串设想,突然这样说,"不然,她一个人住在那里会吓死了。"

"可是,亲爱的,我怎么能离开这里呢?"思嘉有点不以为然地问,"如果你急于要去,就去好了。我不会阻拦你。"

"唔,我不是那个意思,亲爱的,"媚兰嚷道,脸色有点发急了,"瞧我多么粗心! 当然你不能离开塔拉,而且——而且,我想,彼得大叔和厨娘也能照顾好姑妈的。"

"谁也不会阻拦你。"思嘉率直地说。

"你知道我不愿意离开你嘛,"媚兰回答说,"何况我——我要是没有你,就简直会吓死了。"

"那就随你的便吧。而且,你也不用劝我回亚特兰大去。说不定他们刚刚盖好几间房子,谢尔曼就回来又把它烧了。"

"他不会回来,"弗兰克说,尽管他努力控制,他的脸还是沉下来,"他已经穿过佐治亚到海滨去了。这个星期他打下了萨凡纳,据说他们正在向南卡罗来纳开去。"

"萨凡纳被占领了?"

"是的。怎么,女士们,萨凡纳是不能不丢的。他们没有足够的兵力守住它,只好利用可能得到的每一个人——每一个还能拖着腿走路的人。你们可知道,北方佬向米列奇维尔进攻时,他们把军事学校的学员不管多么年轻全都调出来了,甚至还打开了州立监狱,从中得到新的兵力呢。是的,先生,他们释放了每一个愿意去打仗的犯人,并且应许他只要能熬过战争便将获得赦免。这叫我好像看见了那些幼小的军事学校学生跟盗贼和杀人犯站在同一支队伍里,真是恶心死了!"

"他们把罪犯都放出来害我们!"

"唔,思嘉小姐,你不用着急。他们离这里远着,而且他们会成为上好的士兵呢。我想一个人做过贼也并不妨碍他当一个好兵嘛,是不是?"

"我觉得那太奇怪了。"媚兰轻轻地说。

"可是,我倒并不觉得奇怪,"思嘉坦然地说,"反正这个州里已经到处是盗贼横行了,又有北方佬,又有——"说到这里她赶紧打住了,可是那些军人已大笑起来。

"又有北方佬,又有我们征购部。"他们补充说,这使她有点不好意思了。

"不过,胡德将军的部队在哪里呢?"媚兰急忙插进来,"要是他在萨凡纳,一定会守得住的。"

"怎么,媚兰小姐,"弗兰克略带惊讶和责备的神情,"胡德将军根本就没有到那一带去过。他一直在田纳西作战,想把北方佬从佐治亚拖出去。"

"他这个小算盘倒是打得不错嘛!"思嘉讽刺地喊道,"他让该死的北方佬穿过我们这地方,可这儿只有学生娃娃和罪犯在保卫我们。"

"女儿,"杰拉尔德鼓起勇气说,"你这样说太不应该了,你母亲会伤心的。"

"他们就是该死的北方佬!"思嘉激动地大声说,"我从来不想叫他们别的什么。"

提起爱伦,人人都感到诧异,谈话便突然中断了。这时媚兰又插进来。

"你们在梅肯时有没有见过威尔克斯家的英迪亚和霍妮?她们是不是——她们听到过关于艾希礼的消息没有?"

"唔,媚兰小姐,你知道如果我们有艾希礼的消息,我们早就从梅肯赶过来告诉你了，"弗兰克略带责备地说，"不，她们没有什么消息，不过——媚兰小姐，你不用替艾希礼着急。我知道你已经很久没收到他的信了，可是你不能指望一个关在牢狱里的人给你写信嘛，你说对吗？而且北方佬牢狱里的情况并不像咱们的那样坏。毕竟北方佬那里能吃得饱，还有足够的药品和毯子。他们不像我们这样——我们连自己的肚子也填不饱，俘房就更不行了。"

"唔，北方佬的东西的确不少，"媚兰非常痛苦地大声说，"可他们就是不给俘房嘛。肯尼迪先生，你知道他们是不给的。你这样说，只不过想叫我好过些罢了。你知道我们的小伙子在那边冻得要死，饿得要命，而且不看医生不吃药就死了。这仅仅因为北方佬是那么恨我们呀。啊，要是我能够把北方佬从这地球上通通消灭掉，那才好呢！啊，我知道艾希礼已经——"

"不许这样说！"思嘉惊叫道，她的心都跳到喉咙里了。只要没有人说艾希礼已经死了，她心里就总怀有一线希望，相信他仍然活着，可是她觉得要是她听到别人说出那个死字，艾希礼便会在这一瞬间死掉的。

"听我说，威尔克斯太太，你不必为你丈夫担心，"那个独眼大兵插进来安慰她，"我在头一次马纳萨斯战役后被北方佬俘房过，后来才交换回来的。我在牢狱里时，他们尽给我吃那个地方的肥肉，还有烤鸡和热饼干——"

"我想你是在骗人吧，"媚兰略带笑容说，这时思嘉第一次看见她对一个男人表现出一点兴奋的神情，"你觉得怎么样？"

"我也这样想。"独眼龙拍着大腿笑了。

"要是你们都到客厅里来,我倒想给你们唱一支圣诞歌呢,"媚兰接着说,很高兴换个话题,"钢琴是北方佬没法带走的一样东西。它是不是走调很厉害了,苏伦?"

"厉害着呢。"苏伦答道,一面含笑招呼弗兰克。

但是当他们一齐走出饭厅时,弗兰克故意落在后面,拉了拉思嘉的衣袖。

"我可以单独跟你谈谈吗?"

思嘉一时间十分惊慌,生怕他问起她的那些牲畜,于是她鼓起勇气,要找一个恰当的谎话。

等到别的人都走开了,他们两人站在炉边,这时弗兰克在众人跟前装出的快乐神色已经消失,思嘉发现他完全像个老头了。他的脸又干又黑,像塔拉草地上到处飘零的落叶,他那姜黄色的胡须稀疏散乱,有些已开始发白。他心不在焉地搔着胡须,又假咳了几声,这才用一种烦恼不堪的神色开始说话。

"我很为你母亲感到难过,思嘉小姐。"

"请不要谈这个吧。"

"还有你爸——他成了这个样子,是从——"

"是的,他是——他有点失常,你看得出的。"

"他自然很舍不得她嘛。"

"唔,肯尼迪先生,请不要谈起——"

"对不起,思嘉小姐,"他神经质地不断挪动他的双脚,"事实是我要跟你爸商量一件事,可如今发现那没有用了。"

"也许我能帮忙,肯尼迪先生。你看——我如今是这一家之主啊。"

"那好,我,"弗兰克刚要开口又神经质地搔起胡须来,

"事实是——嗯,思嘉小姐,我在打算向他求苏伦小姐呢。"

"你的意思是要告诉我,"思嘉又惊又喜地喊道,"你还没有向我爸提出要苏伦吗? 可你追求她已经好几年了!"

弗兰克的脸红了,他难为情地咧嘴笑了笑,像个羞涩而怯懦的孩子。

"你看,我——我不知道她会不会要我呢。我比她大这么多,而且——有那么多漂亮的年轻小伙子在塔拉农场周围转悠——"

"哼,"思嘉心想,"他们在围着我转呢,还轮得到她呀!"

"我不知道她会不会要我。我还从没问过她,不过她一定明白我的感情。我——我想我应当征得奥哈拉先生的同意,把实情告诉他。思嘉小姐,我现在手头一个钱也没有。我以前是很有钱的,如果你原谅我这样说的话,可是如今我只剩下一匹马和身上穿的衣服了。你想,我入伍时便卖掉了家里的地,把所有的钱都买了联盟的债券,这债券你知道如今还值多少,它们连印刷的纸张费都不值了。何况我至今也没有拿到手,因为北方佬烧我姐姐的房子时连债券也烧掉了。我知道,我如今身无分文却要向苏伦小姐求婚,这未免太冒昧了,可是——可事情就是如此。我也曾想过,我们还不知道这场战争打下去究竟会是什么样的结果。在我看来,它的确像是世界的末日。我们对任何事情都没有把握,因此——因此我想,如果我们订了婚,那对我和她都将是很大的安慰。这种安慰才是实实在在的。我要等到能养活她的时候才跟她结婚,思嘉小姐,可我不知道这还要多久。不过,如果真诚的爱情还有点价值的话,你就可以相信,苏伦小姐即使没有任何别的东西也会是够富裕的了。"

他说最后几句话时,那态度是淳朴庄严的,这使思嘉虽然觉得有趣,却也深受感动。她很不理解怎么世界上会有人爱苏伦。在她看来,她这妹妹是个自私自利的怪物,她经常怨天尤人,同时还有一种怪毛病你简直难以言喻,只好说是地地道道的执拗症了。

“怎么,肯尼迪先生,”她温和地说,“这很不错嘛。我相信我是能替爸说话的。他一直很器重你,他一直在期待着苏伦跟你结婚呢。”

“他真的这样?”弗兰克赶忙追问,他已经面有喜色了。

“当然是真的。”思嘉答道,同时忍住一声冷笑,因为她想起杰拉尔德时常隔着餐桌对苏伦大声吼叫:“怎么样,小姐!你那位火热的情郎还没有把问题提出来吗?要不要我问问他的意思呢?”

“我今天晚上就去问她,”肯尼迪说,这时他的脸皮在颤抖,他抓住思嘉的手使劲摇着,“你真好,思嘉小姐。”

“我会叫她来找你。”思嘉微笑说,一面朝客厅走去。媚兰正开始演奏。钢琴是严重走调了,但有的和弦听起来仍然很美。媚兰放开嗓子领着大家高唱《听啊,报信的天使们在歌唱!》。

思嘉站住了。这看来是不可能的,当两次遭到战争洗劫,他们正生活在一个破败的乡村濒于饥饿时,竟唱起这支古老而甜美的圣诞赞美诗来了。她突然朝弗兰克回过头来。

“你说你觉得这有点像世界的末日,那是什么意思呢?”

“我坦白说吧,”他慢吞吞地回答,“不过我希望你不要拿我的话去吓唬别的太太小姐。战争已经持续不了多久了。已没有新的兵源去补充部队,而逃兵却愈来愈多——多到了军队不愿承认的地步。你看,当人们知道他们的家人在挨饿时,他们怎能忍受这远离故乡的痛苦呢?所以他们偷着跑回来设法帮助家庭。我不能责怪他们,可是这削弱了军队呀。而且军队不能饿着肚子打仗,可粮食却没有了。我了解这些,因为你知道我的任务就是征集军粮嘛。自从收复亚特兰大以来,我就一直在这整个地区跑来跑去,可弄到的食物还不够一只樫鸟吃的。这种情况在萨凡纳以南三百英里的地区也同样存在。军队都在挨饿,铁路又早已被截断,如今已根本没有新枪支,子弹也用完了,而且压根儿找不到皮革来做鞋……所以,你看,末日就差不多到了。"

不过,联盟前途的黯淡在思嘉心中并不怎么严重,更加严重的倒是缺乏粮食。她一直在考虑要打发波克赶着马和车子,带着那些金币和联邦钞票,出去到乡下搜购粮食和做衣服的料子。但是,如果弗兰克说的这些话可靠——

不过梅肯并没有沦陷。那里一定会有粮食的。一旦等到征购队平平安安地上了路,她就要派波克到梅肯去,即使那匹马有被军队掳去的可能,也要试一试。看来她已不得不冒这个险了。

"好吧,我们今晚别谈那些不愉快的事了,肯尼迪先生,"思嘉说,"你过去,坐在我母亲的小办事房里,我就叫苏伦去见你,这样你便可以——对,你们就好私下里谈谈了。"

弗兰克红着脸,微笑着,悄悄溜出饭厅,思嘉看着他走了。

"他眼下还不能娶她,这太可惜了,"她心中暗想,"否则就会省去一张吃饭的嘴呢。"

第二十九章

第二年四月,约翰斯顿将军已回来指挥他过去所率领的残余部队了,他在北卡罗来纳向北军投降,战争就此宣告结束。不过这个消息两星期后才传到塔拉。从此塔拉的人就有够多的事情好忙了。他们要回去探听情况,听别人的闲谈和议论,而且因为邻居们也同样忙碌,彼此串门的机会很少,新闻传播十分缓慢。

春耕正处于大忙季节,波克从梅肯带回的瓜菜和棉籽也在赶着播种。而且波克外出回来以后几乎什么活也不干了,他觉得自己安全地带回了满车的穿用物品,以及种子、家禽、火腿、腌肉和玉米面,便骄傲得了不得,整天吹嘘回塔拉的途中怎样备历艰险,走小道闯难关,还越过旧的铁路,绕过荆棘草莽,真是劳苦功高。他在路上耽搁了五个星期,这也是思嘉最为焦急不安的日子:不过他到家后,思嘉并没责备他,因为他这一趟跑得很成功,而且还剩下那么多钱带回来了。她还深感怀疑,觉得他所以能够剩下这许多钱,是因为那些家禽和大部分食品都不是花钱买的。至于波克本人,他认为既然沿路有的是无人看管的鸡笼和方便的熏腊室,他要是再花钱去买,那就未免太丢人了。

他们既然有了一点吃的,便人人都忙着想办法恢复生活的常态,想过得像样些了。每个人都有工作要做,而且工作太多,永远也忙不完。去年的干棉秆儿必须清除,好腾出地来栽种新的,而那匹倔犟的马偏偏不习惯拉犁,总是要走不走地在田里磨蹭。园子里的野草也得拔掉,才好种瓜菜籽。还得劈木柴,并且开始修理那些被北方佬恣意烧毁的牲口棚圈和一道道漫长的篱笆。波克设下的野兔网得每天巡看两次,河边的钓线也要不时去换钓饵。至于屋里,就得有人铺床、擦地板、做饭、洗碗、养猪、喂鸡、捡鸡蛋。那头母牛要挤奶,要赶到沼泽地附近去放牧,还要有个人整天看着它,以防北方佬或弗兰克·肯尼迪的征购队回来把它赶走。甚至连小韦德也有自己的任务,他每天早晨煞有介事地提着篮子出门,去捡小树枝和碎木片来生火。

投降的消息是方丹家的小伙子们带来的,因为战争一结束他们就首先回家了。亚历克斯还有皮靴自己走路,托尼却光着脚,骑着一头光背骡子。托尼在家里总是千方百计占便宜。他们经历了四年日晒雨淋之后,已变得更黑更瘦也更坚实,加上从战争中带回来的那脸乱蓬蓬的黑胡须,如今完全像陌生人了。

他们在赶往米莫萨的途中,因急于回家,只在塔拉停留了一下,吻了吻几位姑娘,并告诉她们投降的消息。他们说一切都过去了,通通结束了,并且显得无所谓似的,也不想多去谈它。他们唯一想知道的是米莫萨有没有烧掉。他们从亚特兰大一路南来时,经过朋友们家原来的住宅处剩下的一个又一个烟囱,便对于自己家里或可幸免的希望感到愈来愈渺茫了。他们听了姑娘们告诉的喜讯才放心地叹了口气,并且,当思嘉描述萨莉怎样骑马奔来通报北方佬到达的消息,以及她又怎样干净利落地越篱而走时,都一齐拍着大腿笑起来。

"她真是个有胆量的姑娘,"托尼说,"可惜的是她命太苦,乔居然牺牲了。你们家里没有一点烟草呀,思嘉?"

"没有,只有兔儿烟①,爸放在玉米棒子里抽的。"

"我还不至于落到那个地步呢,"托尼说,"不过也可能以后会这样。"

"迪米蒂·芒罗好吗?"亚历克斯关心而又不好意思地问,这叫思嘉隐约想起他是喜欢萨莉的妹妹的。

"唔,很好。她如今跟她姑妈住在费耶特维尔。你知道他们在洛夫乔伊的房子给烧掉了。她家里其余的人都在梅肯。"

"他这话的意思是——迪米蒂有没有跟乡团某位勇敢的上校结婚了?"托尼取笑说,亚历克斯回过头来愤愤地瞪着他。

"当然,她还没有结婚喽。"思嘉饶有兴味地回答说。

"要是她结婚了,也许还好些呢,"亚历克斯沮丧地说,"你看这鬼世界——请原谅,思嘉。可是当你家里的黑人全都解放了,牲口也完了,身上已没有一个子儿,这时你怎么好开口要一个女孩子跟你结婚呀?"

"你知道迪米蒂是不会计较这些的。"思嘉说,她能真心对待迪米蒂并说她的好话,因为亚历克斯·方丹从来都不在她的情人之列。

"那才丢你三辈子的脸呢——唔,再一次请你原谅。我

---

① 兔儿烟是美国中部和东部的方言,兔儿草属凤仙花类植物,有香味,亦可当烟草抽。

实在不该说这些咒骂的话了，要不老太太要揍我的。我是说我不会要求任何姑娘嫁给一个叫花子。就算她不计较这些，可我自己得计较呀！"

思嘉在前面走廊上跟两个小伙子说话，这时媚兰、苏伦和卡琳听到投降的消息后早已悄悄溜进屋里。等到小伙子们穿过农场后面的田地回家去了，思嘉才进来并听见几位姑娘一齐坐在爱伦办事房里的沙发上哭泣。一切都完了，她们所喜爱和期待的那个美丽的梦想，那个牺牲了她们的朋友、爱侣和丈夫并使她们的家庭沦于贫困的主义，已经完了。那个主义她们原来认为是决不会失败的，现在永远失败了。

不过对于思嘉来说，这也没有什么好哭的。她听到消息的最初一瞬间曾经这样想：谢天谢地，那头母牛再也不会被偷走了！那匹马也安全了。我们能够把银器从井里捞出来，给每人一副刀叉了。我们用不着害怕，可以赶着车子到乡下四处寻找吃的了。

多么轻松啊！从此她再也用不着一听见马蹄声就吓一跳了。她再也用不着深夜醒来，屏息静听，不知是真的还是在梦中，仿佛院子里有马嚼子的格格声，马蹄践踏声，以及北方佬军官粗嘎的口令声。最令人高兴的是塔拉安全了！从今以后，她永远不必站在草地上看着滚滚黑烟从她心爱的房子里冒出来，听见屋顶在烈火中哗啦一声坍塌了。

是的，南方的主义已经死亡，不过思嘉本来就厌恶战争，喜欢和平。她平日看见星条旗在旗杆上升起时从没有什么激情，听见南部联盟的军歌也毫无肃然起敬的感觉。她之所以熬过了穷困和令人厌恶的护理工作，以及围城时期的恐惧和最后几个月的饥饿生涯，并不是由于有一种狂热的感情在支持着,而对于别的人来说,则正是这种感情使得他们能够忍受一切,只要主义能实现就行了。如今一切都过去了,什么都了结了,她也用不着哭了。

一切都过去了!那场本来好像没完没了的战争,那场不请自来和不受欢迎的战争,曾经把她的生活截成两段,中间的裂痕如此分明,以致她很难记起前一段那些无忧无虑的日子了。她能够冷静地回想起,漂亮的思嘉穿着绿色摩洛哥山羊皮便鞋,荷叶边里散发着薰衣草的清香,可是她怀疑自己是不是那个女孩子,思嘉·奥哈拉,那时全县的小伙子都拜倒在她脚下,周围有百来个奴隶供她使唤,身后有塔拉农场的财产做靠山,有溺爱她的双亲随时满足她心中的要求。那是个宠坏了的无所顾忌的思嘉,她从来不知道世界上有什么达不到的愿望,除了有关艾希礼的事情以外。

不知什么时候,在过去四年曲折迂回的道路上,那个佩着香囊,穿着舞鞋的姑娘悄悄地溜走了,留下来一个瞪着绿眼睛的女人,她锱铢必较,不惜亲手去做许多卑微的工作,因为对她来说,破产之后已一无所有,只剩下脚上这片毁灭不掉的红土地了。

如今她站在穿堂里听着姑娘们哭泣,同时心里正忙着打自己的算盘。

"我们要种更多的棉花,比往年多得多。我要打发波克明天到梅肯去再买一些种子。现在北方佬再也不会来烧了,我们的军队也没有这个必要。我的好上帝!今年秋天棉花会堆得天高呢!"

她走进那间小小的办事房,不理睬坐在沙发上哭泣的几位姑娘,自己坐到写字台前,拿起笔来计算手头的余钱还能买多少棉籽。

"战争结束了。"她刚一想起就突然感到满怀兴奋,把手中的笔也放下了。战争既然结束,艾希礼便会——如果艾希礼还活着,他便会回家来呀!她不知道媚兰在哀悼主义的时候是否也想到了这一点。

"我们很快会收到信——不,不是信。我们还收不到信呢。但是很快——啊,反正他会让我们知道的!"

可是日子一天天过去,接着是一个一个星期地过去,艾希礼还是没有信息。南方的邮务还很不正常,乡下各个地区就压根儿没有。偶尔有个从亚特兰大来的过客捎来皮蒂姑妈的一张字条,她在伤心地恳求姑娘们回去。可是艾希礼毫无音信。

投降以后,思嘉和苏伦之间一直存在的关于那匹马的争论眼看要爆发了。既然已经没有来自北方佬的危险,苏伦就想去拜访邻居。她很寂寞,很怀念过去那种愉快的社交生活,因此渴望去看看朋友们,即使没有别的理由,就去了解了解县里别的人家也像塔拉一样衰败,自己心里踏实些也好。可是思嘉很强硬。那匹马是干活用的,譬如,从林地拉木头,耕地,让波克骑出去收购粮食,等等。到星期天,它就有权在牧场上啃点草根休息休息了。如果苏伦一定要去访邻会友,她可以步行嘛。

直到去年,苏伦生来还不曾走过上百码的路程,如今叫她步行外出,这可有点为难了。因此她待在家里整天抱怨,有时哭闹,动不动就说:"哼,要是母亲还在就好了!"这时思嘉便照她常说的给她一记耳光,而且下手那么重,打得她尖叫着倒在床上不起来，同时引起全家一阵莫大的惊慌。不过从那以后，苏伦倒是哭得少了，至少在思嘉跟前是这样。

思嘉说她要让那匹马得到休息，那是真话，不过这还只是真情的一半。另一半是在投降后的头一个月里她已经赶着马和车子把全县的朋友和邻居拜访了一遍，发现他们那里的景况实在不妙，因而动摇了她的信心，尽管自己并不完全承认。

方丹家靠萨莉的辛苦奔波，光景算是最好的，不过这也是跟别的处境很惨的邻居相比较而言。方丹老太太自从那天领着大家扑灭大火、救出房子，累得犯了心脏病以来，至今还没有完全复原。老方丹大夫被截去一只胳臂，也还在慢慢康复。亚历克斯和托尼在犁耙等农活方面都几乎变成新手了。思嘉去拜访时他们倚在篱笆上跟她握手，并且取笑她那辆摇摇晃晃的破车，不过他们的黑眼睛是忧伤的，因为他们取笑她时也等于在取笑他们自己。她提出要向他们买些玉米种，他们表示答应，接着就谈起农场上的问题来了。他们有十二只鸡、两头母牛、五头猪和从前带回来的那匹骡子。有一头猪刚刚死了，他们正担心旁的那几头也保不住。听见他们这样严肃地谈猪，思嘉不由得笑了，不过这一次也是苦笑。要知道，这两位以前的花花公子除了品评最时髦的领结，是从来不认真对待生活的！

在米莫萨，人们都很欢迎她，并且坚持要送给她玉米种，而不是卖给她。她把一张联邦钞票放在桌上，但他们无论如何也不接受，这就充分显示出方丹这一家人的火爆脾气。思嘉只得收下玉米，然后偷偷将一张一美元的票子塞到萨莉手里。自从八个月前思嘉刚回到塔拉时萨莉来欢迎过她以来，她已经完全变成另一个人了。那时她尽管面黄肌瘦，但显得还比较轻松活泼。可现在那轻松活泼的神气完全消失了,仿佛联盟军投降的消息把她的整个希望都毁灭了似的。

"思嘉,"她抓住那张票子小声说,"你说那一切都落得了什么好处呢?我们当初为什么打这场仗呀?啊,我的亲爱的乔!啊,我那可怜的娃娃!"

"我不明白我们究竟为什么打的,我也不去管它,"思嘉说,"而且我对这些毫无兴趣。我从来就不感兴趣。战争是男人的事,与女人无关。目前我关心的是一个好的棉花收成。好吧,拿这一美元给小乔买件衣服。上帝知道,他实在很需要呢。我不想剥夺你们的玉米,尽管亚历克斯和托米都那样客气。"

两个小伙子跟着她来到车旁,扶她上了车。他们虽然穿得破破烂烂,但仍然彬彬有礼,显出了方丹家特有的那种愉快轻松的神气。不过,思嘉毕竟看见了他们那贫困的光景,在驶离米莫萨时心情未免有些凄凉。她对于饥寒交迫的日子实在过得厌烦了。要是能看到人民生活宽裕,用不着为下一顿饭操心,那将是多么愉快的事啊!

凯德·卡尔弗特家在松花村,是一幢老房子,思嘉以前曾常去那里跳舞。当思嘉走上台阶时,她发现凯德的脸色像死人一样。他十分消瘦,不断咳嗽,躺在一把安乐椅里晒太阳,膝上盖着一条围巾,但是他一见思嘉脸色就开朗了。他试着站起来迎接她,说只是受了一点凉,觉得胸中发闷。原来是在雨地里睡得太多,才得了这个病。不过很快会好起来,那时他就能参加劳动了。

凯瑟琳·卡尔弗特听见外面有人说话,便走出门来,一下看见思嘉那双绿眼睛,同时思嘉也立即从她的神色中看出了绝望的心情。凯德可能还不知道,但凯瑟琳知道了。松花村显得很凌乱,到处长满了野草,松子已开始在地里长出嫩苗,房屋已相当破败,也很不整洁。凯瑟琳本人也很消瘦,紧张。

他们兄妹二人,以及他们的北方佬继母和四个异母的小妹妹,还有那位北方佬监工希尔顿一起住在这幢寂静而又常常发出古怪回响的旧房子里。思嘉对于希尔顿从来不比对自己家的监工乔纳斯·威尔克森更有好感,现在就更不喜欢他了。因为他走上前来跟她打招呼时,居然像个平辈人似的没一点尊敬的样子。他从前也有威尔克森那种既卑躬屈膝又鲁莽无礼的两面态度,但自从卡尔弗特先生和雷福德在战争中牺牲以后,他就把卑屈的一面完全抛掉了。小卡尔弗特太太一向不懂得怎样迫使黑人奴仆守规矩讲礼貌,对于一个白人就更没办法了。

"希尔顿先生很好,留下来跟我们一起度过了这段苦日子,"卡尔弗特太太很感动似的说,一面向她旁边那位沉默的继女儿瞟了一眼,"真好啊。我想你大概听说了,谢尔曼在这里时他两次救出了我们的房子。我敢说要是没有他,我们真不知该怎么对付,一个钱也没有,凯德又——"

这时凯德苍白的脸涨红了,凯瑟琳也垂下了长长的眼睫毛,紧闭着嘴。思嘉知道,他们一想到自己居然得依靠这个北方佬监工,就压不住满腔怒火,可又无可奈何。卡尔弗特太太像急得要哭似的,她不知怎的又说了错话。她总是说错话。她简直不理解这些南方人,尽管在佐治亚生活了二十年了。她始终不知道哪些话是不该对这两个前娘孩子说的,可是不管她怎么说,怎么做,他们却照样对她很客气。她暗暗发誓要带着自己的孩子回北方去,离开这些古怪顽固的陌生人算了。

思嘉拜访过这几家之后，不想到塔尔顿家去了。既然那四个小伙子都不在了，房子也给烧毁了，一家人挤在监工的小屋里，她还有什么兴致去看呢。不过苏伦和卡琳都要求去，媚兰也说要是不去拜访一下，表示欢迎塔尔顿先生从战场上回来，那是不合邻居情谊的。于是，在一个星期天她们一起动身前往。

　　这可是最惨的一家了。

　　她们赶车经过住宅的废墟时，看见比阿特里斯·塔尔顿穿着破骑马服，臂下夹着一条马鞭，坐在牧场周围的篱笆顶上，一双忧郁的眼睛茫然地凝望着前方。她旁边蹲着一个罗圈腿的小个子黑人，他本来是替她驯马的，现在也像他的女主人那样显得快快不乐。围场里以前有许多嬉戏奔跑的马驹和文静的母马，可如今空荡荡的，只有塔尔顿先生在停战后骑回家来的那匹骡子了。

　　"现在我的那些宝贝儿全都完了，我真不知拿我自己怎么办呢！"塔尔顿太太说，一面从篱笆上爬下来。如果是不认识的人听了这话，准以为她是在说她死去的四个儿子，可是塔拉农场的姑娘们很清楚，她心目中只有她的马，"我那些漂亮的马都死光了。啊，我可怜的乃利！只要我还有乃利就好了！可是这里只剩下一头该死的骡子了。一头该死的骡子！"她重复说，气恼地瞧着那只瘦弱的畜生，"想起我那些纯种的宝贝，看看眼前这头骡子，真觉得莫大的侮辱啊！骡子是一种杂交的变态产物，本来是不该饲养的。"

　　吉姆·塔尔顿蓄了满脸胡须，完全变样了，他从监工房里走出来欢迎这几位姑娘，亲切地吻了吻她们。他那四个穿着补丁衣裳的红头发女儿也跟着出来，她们差一点被那十几只黑色和褐色的猎狗绊倒了,因为后者一听到陌生的声音便狂吠着向门外奔来。他们一家露出一种勉强装出来的欢乐神情,这比米莫萨村的痛苦和松花村的死气沉沉更加使思嘉觉得彻骨冰凉,很不好受。

塔尔顿家的人执意留几位姑娘吃午饭,说他们最近很少有客人来,并且要听听外面的种种消息。思嘉不想在这里逗留,因为这里的气氛使她感到压抑,可是媚兰和她的两个妹妹却希望多待一会儿,结果四人都留下来吃饭了,尽管吃得很简单,只有腌猪肉和干豆,而且是专门招待她们的。

饭菜虽然简便些,不过都吃得有说有笑。塔尔顿的姑娘们谈到补衣服的窍门时,更是咯咯地笑个没完,仿佛在说最有趣的笑话。媚兰中途接上去,绘声绘色地谈塔拉农场经历的种种苦难,不过说得轻松而有风趣。她的这种本领是出人意料的,叫思嘉惊叹不已。思嘉自己几乎什么也不说。屋子里没有那四个出色的塔尔顿小伙子在走动,抽烟,取笑,便显得冷冷清清没什么意思。而且,如果她都觉得冷清,那么塔尔顿家这些正在全力殷勤接待邻居的人,又会有什么样的感觉呢?

卡琳在整个午餐席上很少说话。她一吃完就溜到塔尔顿太太身旁,向她低声嘀咕什么。塔尔顿太太的脸色顿时变了,清脆的笑声也随之消失,她只伸出一只胳臂搂住卡琳纤细的腰身,同时站起身来。她们一走,思嘉觉得这屋里再也待不下去,便跟着离开。她们沿着那条穿过花园的便道走去,思嘉明明看见她们是朝坟地那边去了。可现在她也不好再回屋去,那样实在显得太失礼。不过谁知道当塔尔顿太太正在竭力克制着,装出坚强的样子,卡琳为什么偏要把她拉出来,一起去看小伙子们的坟墓呢?

在柏树下砖砌的墓框里有两块新的石碑,它们还很新,连雨水也没有溅上一点红泥。

"我们上个星期才把这碑立起来,"塔尔顿太太骄傲地说,"是塔尔顿先生到梅肯去用车接回来的。"

墓碑!这得花多少钱呀!思嘉突然不像起初那样为那几位塔尔顿小伙子感到悲伤了。任何人,在连饭都吃不上的时候还能花这么多钱来立墓碑,那就不值得同情了。而且每块墓碑上都刻了好几行字。字刻得愈多就愈费钱。看来这家人一定是发疯了!何况把三个小伙子的遗体拉回家来,也费了不少钱呢。至于博伊德,他们却始终没有找到一丝踪影。

在布伦特和斯图尔特的坟塚之间有一块石碑,上面刻的是:"他们活着时是可爱而愉快的,而且至死也没有分离。"

另一块石碑上刻着博伊德和汤姆的名字,还有几行以"Dulce et"打头的拉丁文,但是思嘉一点也看不懂,因为她在费耶特维尔女子学校念书时就设法逃避了拉丁文课。

所有这些花在墓碑上的钱都白费了!可不,他们全是些傻瓜!她心里十分生气,好像是她自己的钱给浪费掉了似的。

卡琳的眼睛亮得出奇。

"我看这很好。"她指着第一块墓碑小声说。

卡琳当然会觉得好的。她对任何伤感的事物都会动心的。

"是的,"塔尔顿太太说,她的声音很温柔,"我们觉得这很合适——他们几乎是同一个时候死的,斯图尔特先走一步,紧接着是布伦特,他拿起他丢下的那面旗帜。"

姑娘们赶着车回塔拉,思嘉有个时候一声不响,琢磨着她在那儿家看到的情形,并且违心地回忆这个县以前的繁荣景象。那时家家宾客盈门,金钱满柜,下房区住满了黑人,整整齐齐的棉花地里白花花的一片,真喜人啊!

"再过一年,这些田地里就到处长起小松树来了,"她心里暗想,一面眺望着四周的树林,感到不寒而栗,"没有黑人,我们就只能养活自己不致饿死。谁也不可能不依靠黑人就把一个大农场经营起来,因为大片大片的田地无人耕种,树林就会重新把它们接管过去,很快又成为新的林地了。谁也种不了那么多棉花,那我们怎么办呢? 乡下人会变成什么样子呢? 城里人不管怎样总有办法。他们一直是这样过的。可是我们乡下人就会倒退一百年,像当初的拓荒者,只能住小木屋,凭着一双手种很少几英亩土地——勉勉强强活下去。

"不——"她倔强起来,"塔拉不会那样。即使我得亲自扶犁,也决不能那样。整个地区,整个的州,如果愿意的话,可以倒退回去成为林地,可是我不能让塔拉倒退。而且我也不打算把钱花在墓碑上,或把时间用来为战争失败而哭泣。我们总能想办法的。我知道,只要不是所有的人都死光了,我们总有办法。失掉黑人并不是什么了不得的事。最糟糕的是男人们死了,年轻人死了。"这时她又想起塔尔顿家四兄弟、乔·方丹、雷福德·卡尔弗特和芒罗弟兄,以及她在伤亡名单中看到的所有费耶特维尔和琼斯博罗的小伙子们。"只要还有足够多的男人留下来,我们就有办法,不过——"

她忽然想起另一个问题——也许她还得再结婚呢。当然,她不想再结婚了。还有谁要娶她呀? 这个想法真可怕。

"媚兰,"她说,"你看南方的姑娘们将来会怎样?"

"你这话是什么意思?"

"就是我说的这个意思嘛。她们将来会怎么样? 没有人会娶她们了。你看,媚兰,所有的小伙子都死了,整个南方成千上万的姑娘就会一辈子当老处女了。"

"而且永远也不会有孩子。"媚兰说,在她看来这是最重要的事。

这种想法显然对苏伦并不新奇,她如今坐在车子后部突然哭起来。从圣诞节以来她还没有听到过弗兰克·肯尼迪的消息。她不清楚究竟是因为邮路不畅通的缘故呢,还是他仅仅在玩弄她的感情,如今早已把她忘了。或许,他是在战争最后几天牺牲了吧!后一种可能比忘记她要可取得多,因为一种牺牲了的爱情至少还有点庄严的意味,就像卡琳和英迪亚·威尔克斯的情况那样。要是成为一个被遗弃的未婚妻,那就毫无意思了。

"啊,看在上帝分上,求你别哭了好吗?"思嘉不耐烦地说。

"唔,你们可以说,"苏伦还在抽泣,"因为你们结过婚而且有了孩子,人人都知道有人娶过你们。可是,瞧我这光景!而且你们这样坏,竟在我控制不住自己时公然奚落我,说我会成为老处女。你们真可恶极了。"

"啊,你别闹了!你知道我就看不惯那种成天嚷嚷的人。你很清楚那个黄胡子老头并没有死,他会回来娶你的。他没有什么头脑。不过要是我的话,我就宁愿当一辈子老小姐也不嫁给他。"

车后边总算清静了一会儿。卡琳在安慰姐姐,心不在焉地拍着她的肩背,因为她自己的心思也到了遥远的地方,仿佛布伦特·塔尔顿坐在身边跟她一起沿着那条三年来的老路在奔驰似的。这时她情绪高涨,眼睛发亮。

"哎,咱们的漂亮小伙子们都没了,南方会怎么样啊?"媚兰伤心地说,"如果他们今天还活着,南方又会是什么样子呢?那我们就可以充分利用他们的勇气、他们的力量和他们的智慧了。思嘉,我们这些有孩子的人都得把孩子抚养大,让他们接替那些已经去世的,成为像死者一样勇敢的男子汉。"

"再也不会有他们那样的人了,"卡琳低声说,"没有人能接替他们。"

这以后,她们就一路默默地赶车回家了。

不久后的一天,凯瑟琳·卡尔弗特在日落时分来到塔拉。她是骑着一匹思嘉很少见过的瘦骡子来的。那畜生耷拉着两只耳朵,跛着脚,一副可怜样儿,而凯瑟琳也几乎跟它一样憔悴。她那褪色的方格布衣裳是以前用人穿的那种式样,一顶遮阳帽只用绳子系在下巴底下。她一直来到前面走廊口,也没下马,这时正在看落日的思嘉和媚兰才走下台阶去迎接她。凯瑟琳跟思嘉拜访那天的凯德一样苍白,苍白、冷峻而刚脆,仿佛一说话她的脸就会破裂似的。不过她的腰背笔直,她向她们点头招呼时脑袋也仍然高昂着。

思嘉突然记起威尔克斯家举办大野宴那天,她和凯瑟琳一起低声议论瑞德·巴特勒的情形。那天凯瑟琳多么漂亮和活泼啊,身着天蓝色蝉翼纱裙子,饰带上佩着玫瑰花,穿着娇小的黑天鹅绒便鞋,脚腕子上是一圈花边。可如今那位姑娘的一点影子也没有了,剩下的是个骑在骡子背上的僵直身躯。

"我不下马了,谢谢你们,"她说,"我只是来告诉你们一声,我要结婚了。"

"什么?"

"跟谁结婚?"

"凯茜,多伟大呀!"

"什么时候?"

"明天,"凯瑟琳平静地说,她的声音有些异样,脸上的笑容因此也立即收敛了,"我来告诉你们,我明天要结婚了,在琼斯博罗——可我不想邀请你们大家。"

她们默默地琢磨这句话的意思,莫名其妙地抬头望着她。后来媚兰才开口了。

"是我们认识的人吧,亲爱的?"

"是的,"凯瑟琳简单地说,"是希尔顿先生。"

思嘉甚至连"啊"一声也说不出来了,可是凯瑟琳突然低下头来看着媚兰,小声而粗鲁地说:"媚兰,你要是哭,我可受不了。我会死的。"

媚兰一句话也不说,只轻轻拍着凯瑟琳那只穿家制布鞋挂在鞍镫上的脚。她的头低低地垂着。

"也用不着拍我! 这我同样受不了。"

媚兰把手放下,但仍然没有抬头。

"好,我得走了。我只是来告诉你们一声。"她那苍白而刚脆的脸又板起来,她提起缰绳。

"凯德怎么样?"思嘉赶紧问。她完全懵了,不知说什么好,好不容易想起这个问题,才用来打破尴尬的沉默局面。

"他快死了,"凯瑟琳依旧简单地回答,口气中根本不带一点感情似的,"只要我能安排好,他就会放心而平静地死去,用不着发愁他死后谁来照顾我。你看,我那位继母和她的孩子们明天就要回北方定居。好,我得走了。"

媚兰抬头一看,正碰着凯瑟琳的眼光。媚兰眼睫毛上泪珠莹莹,眼睛里充满理解的深情,凯瑟琳面对此情此景,像个强忍着不哭的勇敢男孩,只撇了撇嘴唇装出微笑的样子。这些对于思嘉来说都是很难理解的,她还在竭力琢磨凯瑟琳·卡尔弗特要嫁给监工这一事实——凯瑟琳,一个富裕农场主的女儿;凯瑟琳,仅次于思嘉,比全县任何别的姑娘都有更多的情郎呢!

凯瑟琳俯下身子,媚兰踮起脚尖,她们亲吻了。然后凯瑟琳狠狠地抖动缰绳,那匹老骡子向前走去。

媚兰望着她的背影,眼泪簌簌地从脸上淌下来。思嘉瞪大眼睛看着她,仍然莫名其妙。

"媚兰,你看她是不是疯了?你知道她是不会爱上他的。"

"爱上?啊,思嘉,这样可怕的事请千万提也别提了!啊,可怜的凯瑟琳!可怜的凯德!"

"胡说八道!"思嘉喝道,她开始生气了。媚兰对于任何事情都比她看得清楚,这是很叫人受不了的。她觉得凯瑟琳的情况主要是令人惊讶,而并非什么可悲的事。当然,要跟一个北方穷白人结婚,想起来也着实很不愉快,不过一个姑娘毕竟不能单独守着农场过日子;她总得有个丈夫帮着经营才好嘛。

"媚兰,就像我前天说的那样。已经没什么人好让姑娘们挑选的了,可她们总得嫁人呢。"

"啊,她们也不一定要嫁人呀!当老处女也没什么丢人的。看看皮蒂姑妈。啊,我还宁愿凯瑟琳死了呢!我知道凯德就会宁愿她死的。那么一来,卡尔弗特家就全完了。只要想一想,她的——他们的孩子会成为什么样的人!啊,思嘉,叫波克赶快备马,你火速去追上她,让她回来跟我们一起住!"

"哎哟,我的天!"思嘉喊道,她对于媚兰这样随意把塔拉农场当人情奉送的态度大为震惊。思嘉可绝对没有意思要在家里多养活一口人了。她正要这样说,但是一看见媚兰惶恐的脸色便打住了。

"她不会来的,媚兰,"她改口说,"你知道她不会来。她为人那么高傲,还以为这是一种施舍呢。"

"这倒是真的,倒是真的!"媚兰惶惑地说,眼看着凯瑟琳背后那团红尘在一路远去,渐渐消失了。

"你跟我们在一起已经好几个月了,"思嘉心里暗想,一面看着小姑子,"可你从来没考虑过你是在靠别人的周济过日子。我想你永远也不会意识到这一点。你是个没有被战争改造过的人,因此思想行为一如既往,仿佛什么事也不曾发生——仿佛我们仍然十分富足,有的是粮食,用不着精打细算,多来几个客人也没关系。我想我下半辈子得把你这个包袱背下去了。可是,我不能把凯瑟琳也背上!"

第 三 十 章

　　战争结束后头一个炎热的夏天,塔拉的隔离状态突然被打破了。从那以后好几个月里,有些衣衫褴褛、满脸胡须、走坏了脚又往往饿着肚子的人,源源不绝地翻过红土山坡来到塔拉农场,在屋前阴凉的台阶上休息,既要吃的又要在那里过夜。他们都是些复员回家的联盟军士兵。约翰斯顿的残余部队由火车从北卡罗来纳运到亚特兰大,在那里下车后就只好长途跋涉步行回家了。等到这股人流过去以后,从弗吉尼亚军队中来的一批疲惫的老兵又紧跟着来了,然后是从西部军复员的人,他们要赶回南边去,尽管他们的家可能已不存在,他们的亲人也早已逃散或死掉了。他们大都走路,只有极少数幸运的人骑着瘦骨嶙峋的马和骡子,那是投降协议允许保留的,不过全是些又羸又乏的畜生,即使一个外行人也能断定走不到佛罗里达和南佐治亚了。

　　回家去啊! 回家去啊! 这是士兵心中唯一的想法。有些人沉默忧郁,也有的比较快活,把困难不放在心上,觉得一切都已过去,现在支持他们活下去的只有还乡一事了。很少有人表示怨恨,他们把怨恨留给自己的女人和老人了。他们已英勇地战斗过,但结果被打败了,现在很想平安地待下来,在他们为之战斗的旗帜下种地过日子。

回家去啊！回家去啊！他们别的什么也不谈，既不谈打仗也不谈受伤，既不谈坐牢也不谈今后。今后，他们可能还要打仗，要把他们曾经怎样搞恶作剧，怎样抢东西，怎样冲锋和饿肚子，怎样连夜行军和受伤住院等等，通通告诉自己的儿子和孙子。可是现在不谈这些。他们有的缺胳膊短腿，有的瞎了一只眼，但更多的人带着枪伤，这些枪伤，如果他们活到七十岁，是每到阴雨天就要痛的，不过现在还不要紧。至于以后，那就是另一回事了。

年老的和年轻的，健谈的和沉默的，富农和森林地带憔悴的穷白人，他们全都有两种共同的东西，即虱子和痢疾。联盟军士兵对于受虱子折磨的尴尬局面已习惯了，他们已经毫不介意，甚至在妇女面前也泰然自若地搔起痒来。至于痢疾——妇女们巧妙地称之为"血污"——那仿佛对谁也不饶过，从小兵到将军一视同仁。为时四年的半饥半饱状态，四年粗糙的、半生不熟和腐烂发酸的配给食品，对这些人起到了应有的作用，以致每个在亚特兰大停留的士兵要么刚在逐渐康复，要么还病得厉害呢。

"他们联盟军部队里就没一个是肚子好的。"嬷嬷一面流着汗在炉子上煎黑莓根汤药，一面这样苛刻地评论。黑莓根是爱伦生前拿来治这种病的主要药方，嬷嬷当然学会了，"据俺看，打垮咱们部队的不是北方佬，倒是他们自家的肚肠。先生们总不能一面拉肚子一面打仗嘛。"

所有的人，嬷嬷都给他们吃这个药方，也不问他们的肠胃情况究竟怎样；所有的人都乖乖地皱着眉头吃她给的这种黑汤，也许还记得在很远的地方曾经也有这样严厉的黑女人用无情的手喂他们吃过药呢。

在住宿方面,嬷嬷的态度也一样坚决。凡是身上有虱子的士兵都不许进入塔拉农场。她把他们赶到后面丛密的灌木林里,给他们一盆水和一块含强碱的肥皂,叫他们脱下军服,好好洗浴一番,还准备了被褥和床单让他们将赤裸的身子暂时覆盖住,这时她用一口大锅把他们的衣服煮起来,直到虱子彻底消灭为止。姑娘们热烈争论,说这样做使士兵们太丢脸了,嬷嬷回答说,要是姑娘们将来发现自己身上也有虱子,不是更丢脸吗?

等到每天都有士兵到达的时候,嬷嬷就提出抗议,反对让他们使用卧室。她总是害怕有个把虱子逃过了她的惩处。思嘉知道跟她争论也没有用,便把那间铺了厚天鹅绒地毯的客厅改作宿舍。嬷嬷认为让这些大兵睡在爱伦亲手编织的地毯上简直是一种亵渎行为,便大嚷大叫起来,可是思嘉仍很坚决。他们总得有个地方睡嘛。而且,投降后几个月来,地毯上的绒毛已开始出现磨损的迹象,尤其是鞋跟践踏和靴刺不小心划着的地方,连那下面的线纹也快露出来了。

她们向每个士兵都急切地打听艾希礼的消息。苏伦也克制着经常探询肯尼迪先生的情况。可是这些士兵谁也没听说过他们,同时也不想谈失踪的事。只要他们自己还活着就够了,至于那成千上万没有标明姓氏的坟塜,谁还高兴去管呢。

每次打听没有结果的时候,全家人都支持媚兰不要灰心丧气。当然,艾希礼没有死在狱中。如果他真的死了,北方佬监狱里的牧师会写信的。他当然快要回来了,不过他所在的监狱离这里远着呢。可不,坐火车也得走几天呢,如果艾希礼也像这些人是步行的话……那他干吗没写信呢?唔,亲爱的,你知道现今的邮路是个什么情况——即使在那些已经恢复了的地方也很不可靠；丢三落四的。不过也许——也许他在回家的路上死了呢。要是那样，媚兰，也一定会有北方佬女人写信告诉我们嘛！……北方佬女人，呸！……媚兰，北方佬女人也有好的呀。唔，是的，是有的！上帝不可能让整个一个民族没有几位好的妇女在里面呢！思嘉，你记得我们在萨拉托加那一次，不是就遇见了一个很好的北方佬女人吗？——思嘉，跟媚兰谈谈那个女人吧！

"好吗，去你的吧！"思嘉答道，"她问我们家养了几只猎狗用来追赶黑人呢！我同意媚兰的看法。我从没见过一个好的北方佬，无论男的女的。不过你别哭，媚兰，艾希礼会回来的。因为要走很远的路，而且可能——可能他没有弄到靴子呢。"

于是想到艾希礼在光脚走路，思嘉也快哭了。让别的士兵穿着破衣烂衫，用麻布袋和破毡条裹着脚，一瘸一拐去走路吧，但艾希礼可不行：他应当骑一匹风驰电掣般的快马，穿着整洁的戎装，蹬着雪亮的靴子，帽子上插着羽毛，威风凛凛地赶回家来。她要是设想艾希礼已经沦落到像这些士兵一样的境遇，那是她把自己大大地贬低了。

六月间的一个下午，塔拉农场所有的人都聚在后面走廊上，急切地看着波克将头一个半熟的西瓜剖开，这时他们忽然听见屋前车道上马蹄踏着碎石的声音。普里茜没精打采地动身朝前门走去，其余的人留在后面热烈争论，如果门外的来客又是一个士兵的话，究竟要不要把西瓜藏起来，或者留到晚餐时再吃。

媚兰和卡琳在小声嘀咕，说士兵也应当分给一份，可思嘉在苏伦和嬷嬷的支持下示意波克快去把西瓜藏起来。

"别傻了,姑娘们! 实际上连我们自己吃还不够呢,要是外面还有两三个饿急了的大兵,我们大家就连尝一口的希望也没有了。"思嘉说。

波克紧抱着那个小西瓜站在那里,不知究竟怎么办好,这时恰巧听见普里茜在大声喊叫。

"我的上帝! 思嘉小姐! 媚兰小姐! 快出来呀!"

"那是谁呢?"思嘉惊叫道,一面从台阶上跳起来奔过穿堂直往外跑,媚兰紧跟着她,别的人也随即一哄而出。

一定是艾希礼,她想。唔,也许——

"是彼得大叔呢! 皮蒂帕特小姐家的彼得大叔呢!"

他们一齐向前面走廊上奔去,看见皮蒂姑妈家那个头发花白的高个子老暴君正在从一匹尾巴细长的老马背上爬下来,老马背上还捆着一块褥子当马鞍。他那张宽宽的黑脸上,既有习惯的庄严也有看见老朋友时的欢乐,两相争斗,结果就使得他的额头皱成了几道深沟,而他的嘴却像没牙的老猎狗似的咧开了。

人人都跑下台阶去欢迎他,不分黑人白人都争着跟他握手,提出问题,但是媚兰的声音比谁都响。

"姑妈没生病吧,是吗?"

"没有,太太。只是有点不舒坦,感谢上帝!"彼得回答说,先是严厉地看一眼媚兰,接着看看思嘉,这样她们便忽然感到内疚,可是也不明白是什么原因,"她不怎么舒坦,可是她对你们两位年轻小姐很生气,而且认真说起来,俺也有气呢!"

"怎么,彼得大叔! 究竟是什么——"

"你们都休想为你们自己辩护。皮蒂小姐不是给你们写过信,叫你们回去吗？俺不是看见她边写边哭,可你们总是回信说这个老种植园事情太忙,回不去吗？"

"不过,彼得大叔——"

"你们怎能把皮蒂小姐一个人丢开不管,让她担惊受怕呢？你们和俺一样很清楚,她从没一个人生活过,从梅肯回来后就一直挪着两只小脚走来走去。她叫俺来老实告诉你们,她真不明白你们怎么在她最困难的时候把她给抛弃了。"

"好,别说了!"嬷嬷尖刻地说,她在旁边听人家把塔拉叫作"老种植园",便再也按捺不住了。无疑的,一个生长在城里的黑人弄不清农场和种植园的区别。"难道俺就没有困难的时候了？俺这里就不需要思嘉小姐和媚兰小姐而且需要得厉害？皮蒂小姐要是真的需要,怎么没去请求她哥哥帮助呢？"

彼得大叔狠狠地瞪了她一眼。

"我们已经多年不跟亨利先生打交道了,何况我们现在已老得走不动了。"他回过头来看着几位姑娘,她们正强忍着笑呢。"你们年轻小姐们应当感到羞耻,把可怜的皮蒂小姐单独丢在那里。她的朋友半数都死了,另一半住在梅肯,加上亚特兰大到处都是北方佬大兵和新放出来的下流黑人。"

两位姑娘硬着头皮尽量忍受着彼得大叔的谴责,可是一想到皮蒂姑妈会打发彼得来责备她们,并要把她们带回亚特兰大去,便觉得有点太过分,实在克制不住了。她们不由得前俯后仰地大笑起来,彼此靠着肩膀才没有倒下去。自然,波克、迪尔茜和嬷嬷听见这位对他们亲爱的塔拉妄加诽谤的人受到了藐视,也乐得大声哄笑了一阵。苏伦和卡琳也咯咯地笑着,连杰拉尔德的脸上也微露笑容了。人人都在笑,只有彼得除外,他感到万分难堪,两只笨大的八字脚交替挪动着,不知怎样摆好。

"你怎么了,黑老头儿?"嬷嬷咧着嘴问,"难道你老得连自己的女主人也保护不好了?"

彼得深感受了侮辱。

"老了!俺老了?不,太太!俺还能跟往常一样保护皮蒂小姐呢。俺逃难时不是一路护送她到梅肯了吗?北方佬打到梅肯时,她吓得整天晕过去,不是俺保护着她吗?不是俺弄到了这匹老马把她带回亚特兰大,并且一路保护着她和她爸的银器吗?"彼得挺着身子站得笔直,理直气壮地为自己辩护,"俺不要谈什么保护。俺谈的是态度怎么样。"

"谁的态度呢?"

"俺谈的是有些人采取的态度,眼见皮蒂小姐独个儿住在那里。人们对于那些独个儿生活的未婚姑娘尽说坏话呢,"彼得继续说,他的话你听起来很明显,在他心目中皮蒂帕特还是个十六岁的丰满迷人的小姐呢,因此她得有人保护不受别人的议论,"俺是决不让人家议论她的。不,太太……俺也决不让她请人住进来给自己做伴。我已经跟她说过了。'现在你还有自己的亲骨肉,她们适合来陪伴你呢。'我说。可如今她的亲骨肉拒绝她了。皮蒂小姐只不过是个孩子罢了,而且——"

听到这里,思嘉和媚兰笑得更响了,由于支持不住,便一齐坐到了台阶上。末了媚兰才把欢乐的眼泪拭掉,开口说话。

"可怜的彼得大叔啊!我对不起笑了你了。千真万确的。你看!请饶恕我吧。思嘉小姐和我目前还回不去。也许九月间收过棉花以后我能走成。姑妈打发你一路跑来,难道就是要让这把瘦骨头把我们带回去呀?"

彼得被她这样一问,下巴骨立即耷拉下来,那张皱巴巴的黑脸上也露出又抱歉又狼狈的神情,他突出的下嘴唇即刻缩回去,就像乌龟把头缩进壳底下似的。

"媚兰小姐,俺说过俺已经老了,俺一时间干脆忘了她打发俺干什么来了,可那是很重要的呢。俺给你带了封信来。皮蒂小姐不信任邮局或任何别的人,专门叫俺来送,而且——"

"一封信? 给我? 谁的?"

"唔,那是——皮蒂小姐,她对我说:'你,彼得,轻轻地告诉媚兰小姐。'我说——"

媚兰从台阶上站起身来,一只手放在胸口。

"艾希礼! 艾希礼! 他死了!"

"没有,太太! 没有,太太!"彼得叫嚷着,他的声音提高到了嘶喊的地步,一面在破上衣胸前的口袋里摸索,"他活着呢! 这就是他寄来的信。他快要回来了。他——我的上帝! 挽住她,嬷嬷! 让我——"

"不许你碰她,你这老笨蛋!"嬷嬷怒冲冲地吼着,一面挣扎着扶住媚兰瘫软的身子不让她倒下,"你这个假正经的黑猴子! 还说轻轻地告诉她呢! 波克,你抱住她的脚。卡琳,托住她的头。咱们把她放到客厅里的沙发上去。"

除思嘉以外,所有的人都围着晕倒的媚兰手忙脚乱,七嘴八舌地大声嚷嚷,有的跑去打水,有的跑去拿枕头,一时间思嘉和彼得大叔两人给留在人行道上没人管了。思嘉像生了根似的站在原来的地方,她是听到彼得谈起艾希礼时一下跳过来的,可现在也给吓得不能动弹了,只瞪大眼睛望着彼得手里那封颤动的信发呆。彼得那张又老又黑的面孔显得十分可怜,像个受了母亲责骂的孩子似的。他那庄严的神气已经彻底垮了。

思嘉一时说不出话来,也挪不动脚,尽管她在心里喊叫:"他没有死!他快回来了!"可是这消息给她带来的既不是喜悦也不是激动,而是一种目瞪口呆的麻木状态。这时彼得大叔说话了,他的声音好像来自一个遥远的地方,既带有哀愁又给人以安慰。

"我们的一个亲戚威利·伯尔先生从梅肯给皮蒂小姐带了这封信来。威利先生跟艾希礼先生待在同一个牢房里。威利先生弄到一匹马,所以他很快就回来了。可艾希礼先生是走路,所以——"

思嘉从他手里把信抢过来。信封上写的收信人是媚兰,是皮蒂小姐的手笔,不过她对此毫不犹疑,便把它拆开了,里面一个由皮蒂小姐封入的字条随即掉落在地上。信封里装着一张折叠的信笺,因为被带信人揣在肮脏的口袋里弄得灰乎乎的而且有点破了。开头艾希礼是这样写的:"佐治亚亚特兰大萨拉·简·汉密尔顿小姐转,或琼斯博罗'十二橡树'村,乔治·艾希礼·威尔克斯太太收。"

她用颤抖的手指把信笺打开,默默地读道:

"亲爱的,我就要回到你身边来了——"

眼泪开始潸潸地往下流,她没法再读下去。她只觉得心在发胀,顿时高兴得无法克制自己了。于是她抓住那封信贴在胸口,迅速跳上台阶,跑进穿堂,经过那间闹哄哄的客厅,径直来到爱伦的办事房里。这时塔拉农场所有的人都还拥挤在客厅里为打救不省人事的媚兰忙碌着呢。可思嘉不管这些,她把门关好，锁上，猛地倒在那张下塌的旧沙发里，哭着，笑着，吻着那封信。

"亲爱的，我就要回到你身边来了。"她悄悄地念着。

人们凭常识也知道，除非艾希礼长了翅膀，否则他要从伊利诺伊回到佐治亚就得走好几个星期，甚至几个月，不过大家还是天天盼望，只要一有军人在塔拉的林荫道上出现，心就禁不住急跳起来。仿佛每一个破衣烂衫的人都可能是艾希礼。即使不是艾希礼，那个士兵说不定也知道一点艾希礼的消息，或者带来了皮蒂姑妈写的一封有关他的信。不分黑人白人，他们每次一听到脚步声就向前面走廊上奔去。只要看到一个穿军服的人影，每个在柴堆旁、在牧场上和在棉花地里劳动的人，就有理由飞跑过去了。收到那封信以后的一个月中，农田里的活儿已几乎陷于停顿状态。因为谁都不愿意当艾希礼到家时自己不在屋里。思嘉是最不愿意碰上这种情况的人，既然自己这样不安心工作，她也就无法坚持要别人认真劳动了。

但是一个一个星期过去，艾希礼还是没有回来，也没有什么消息，于是塔拉农场又恢复了原先的秩序。渴望的心情也只能到这个地步。不过思嘉心里产生了一种恐惧感，那就是担心艾希礼在路上出了什么事。罗克艾兰离这里那么远，他可能获释出狱时身体就十分虚弱或者有病呢。而且他身边无钱，所走过的区域又全是些憎恨联盟军的地方。要是她知道他如今在哪里，她倒愿意寄些钱给他，把她手头所有的钱通通寄去，哪怕让全家的人都饿肚子也罢，只要他能够坐火车赶快回来就行了。

"亲爱的，我就要回到你身边来了。"

在她刚看到这句话便引起的第一阵喜悦中,它好像只意味着他就要回到她身边来了。可如今比较理智而冷静地想一想,才发现他原来是要回到媚兰身边来呢。媚兰最近总是在屋子里到处走动,高兴地唱个不停。有时思嘉怀恨地想起,为什么媚兰在亚特兰大生孩子时竟没有死呀?要是死了,事情就完全不同了!那样她就可以在一个适当的时期以后嫁给艾希礼,将小博也作为一个很好的前娘儿子抚养起来。每当想到这些,她也并不急于向上帝祈祷,告诉他她不是这个意思,她对上帝已不再害怕了。

士兵还陆陆续续地来,有时一个两个,有时十几二十个,一般都是饿肚子的。思嘉绝望地觉得这比经受一次蝗灾还可怕。这时她又诅咒起那种好客的习惯来,那是富裕时代盛行起来的,它规定对任何一个旅客,不分贵贱都得留下住一晚,以尽可能体面的方式连人带马好好地款待一番。她知道那个时代已经永远过去了,可是家里其余的人却不这样想,那些士兵也不这样想,所以每个士兵照样受欢迎,仿佛是盼望已久的客人似的。

这些士兵没完没了地经过,她的心肠便渐渐硬了。他们吃的是塔拉农场养家糊口的粮食,思嘉辛辛苦苦种下的菜蔬,以及她从远处买来的食品。这些东西得来如此不易,而且那个北方佬皮夹里的钱也不是用不完的。如今只剩下少数的联邦钞票和那两个金币了。她干吗要养活这群饿痨鬼呢?战争已经结束。他们再也没有保卫她的安全的作用了。因此,她向波克发出命令,凡是家里有士兵,伙食必须尽量节俭一些。这个命令一生效,她便发现媚兰说服波克在她的盘子里只盛上少量的食品,剩下的大部分口粮全给了士兵,可媚兰自从生了孩子以来身体还一直很虚弱呢。

"你不能再这样了,媚兰,"思嘉责骂她,"你自己还有病在身,如果不多吃一点,你就会躺倒了,那时我们还得服侍你。让这些人挨饿去吧。他们经受得起。他们已经熬了四年,再多熬一会儿也无妨的。"

媚兰回头看着她,脸上流露出她头一次从这双宁静的眼睛里看到的公然表示激动的神情。

"啊,思嘉,请不要责怪我!让我这样做吧。你不知道这多么使我高兴。每次我给一个挨饿的人吃一部分我的食品,我就想也许在路上什么地方有个女人把她的午餐分给了我的艾希礼一点,帮助他早日回家来。"

"我的艾希礼。"

"亲爱的,我就要回到你身边来了。"

思嘉一声不响地走开了。从那以后,媚兰注意到家里有客人时餐桌上的食品丰富了些,即使思嘉每吃一口都要抱怨。

有时那些士兵病得走不动了,而且这是常有的事,思嘉便让他们躺在床上,也不怎么照顾。因为每留下一个病人就是添一张要你给饭吃的嘴。还得有人去护理他,这就意味着少一个劳动力来打篱笆、锄地、拔草和犁田。有个脸上刚刚开始长出浅色茸毛的小伙子,被一个到费耶特维尔去的骑兵卸在前面走廊上。骑兵发现他昏迷不醒,躺在大路边,便把他横搭在马鞍上带到最近的一户人家塔拉农场。姑娘们认为他必定是谢尔曼逼近米列奇维尔时从军事学校征调出来的一个学生,可是结果谁也没弄清楚,因为他没有恢复知觉就死了,而且从他的口袋里也找不出什么线索来。

那个小伙子长相很好,显然是个上等人家的子弟,而且是南部什么地方的人,那儿一定有位妇女在守望着各条大路,琢磨着他究竟在哪里,何时会回家来,就像思嘉和媚兰怀着急不可耐的心情注视着每一个来到她们屋前的有胡子的人那样。她们把这个小伙子埋葬在她们家墓地里,紧靠着奥哈拉的三个孩子。当波克往墓穴填土时,媚兰忍不住放声恸哭,心想不知有没有什么陌生人也在给艾希礼的长长的身躯作同样处理呢。

还有一个士兵叫威尔·本廷,也像那个无名无姓的小伙子,是在昏迷中由一个同伙放在马鞍上带来的。威尔得了肺炎,病情严重,姑娘们把他抬到床上时,担心他很快就会进墓地跟那个小伙子做伴去了。

他有一张南佐治亚山地穷白人疟疾患者的蜡黄脸,淡红色的头发,一双没精打采的蓝眼睛,尽管在昏迷中也显得坚忍而温和。他有一条腿被齐膝截掉了,马马虎虎地装上了一段木头。他显然是个山地穷白人,就像她们刚埋葬的那个小伙子显然是个农场主的儿子一样。至于姑娘们怎么会知道这个,那就很难说了。可以肯定的是威尔跟许多到塔拉来的上等人比较起来,他绝不比他们更脏,或者身上有更多的毛和虱子。可以肯定的是,他在说胡话时用的语言绝不比塔尔顿家那对孪生兄弟的语言更蹩脚。不过她们也很清楚,就像她们分得清纯种马和劣等马一样,他决不是她们这个阶级的人。当然,这并不妨碍她们去尽力挽救他。

在经受了北方佬监狱一年的折磨之后,又拐着那条安装得很糟的木制假腿步行了那么远,他已经十分疲惫,几乎没有一点力气来跟疟疾作斗争了。因此他好几天躺在床上呻吟,挣扎着要爬起来,再一次进行战斗。他始终没有叫过母亲、妻子、姐妹或情人一声,这一点是很叫卡琳惶惑不解的。

"一个男人总该是有亲人的嘛,"她说,"可他让你感觉到好像他在这世界上什么人也没有了。"

别看他那么瘦,他还真有股韧劲呢,经过细心护理,便居然活过来了。终于有一天,他那双浅蓝色眼睛已能认出周围的人来,看得见卡琳坐在他身旁掐着念珠祈祷,早晨的阳光照着她的金黄头发。

"那么我到底不是在做梦了,"他用平淡而单调的声音说,"我但愿自己没有给你带来过多的麻烦才好,女士。"

他康复得很慢,长期静静地躺在那里望着窗外的木兰树,也很少打扰别人。卡琳喜欢他平静而自在的默默无言的神态。她愿意整个炎热的下午都守在他身边,一声不响地给他打扇子。

卡琳近来好像没有什么话要说的,只是像个幽灵似的灵敏地干着她力所能及的一些事情。看来她时常祈祷,因为每次思嘉不敲门走进她房里,都发现她跪在床边。思嘉一见这情景就要生气,她觉得祈祷的时代早已过去。要是上帝认为应当这样惩罚他们,他不待你祈祷就会那样做了。对于思嘉来说,宗教只不过是个讨价还价的过程而已。她为了得到恩赐便答应要规规矩矩做人。可是在她看来上帝已经一次又一次背约,她就觉得自己对他也没有任何义务了。因此,每当她发现卡琳本来应当午睡或缝补衣服时却跪在那里祈祷,便觉得她是规避自己的责任了。

有天下午,威尔·本廷能够在椅子里坐坐时,思嘉对他谈起了这件事。令人惊讶的是他居然平淡地说:"由她去吧,思嘉小姐。这使她觉得心里舒服呢。"

"心里舒服？"

"是的，她在为你妈和他祈祷嘛。"

"'他'是谁？"

他那双淡蓝色的眼睛从浅褐的睫毛下平静地看着她。他好像对什么事情也不惊讶或兴奋似的。也许他见过的意外之事太多，再也不会大惊小怪了。对于思嘉不了解她妹妹的心事，他也不认为有什么不寻常的地方。他把它看作很自然的事，正像他觉得卡琳很乐意跟他这个陌生人说话是很自然的。

"她的情人，那个名叫布伦特什么的人，在葛底斯堡牺牲的那个小伙子。"

"她的情人？"思嘉简单地重复，"她的情人，废话！他和他哥哥都是我的情人呢。"

"是的，她对我说过。看来好像全县大多数的小伙子都是你的。不过，这无关紧要，他被你拒绝以后便成了她的情人，因为他最后一次回家休假时他们就订婚了。她说他是她唯一喜欢过的小伙子，因此她为他祈祷便觉得心里舒服。"

"哼，胡说八道！"思嘉说，隐隐感到有根妒忌的小刺扎进她的心里。

她满怀好奇地瞧着这个消瘦的青年人，他那皮包骨头的肩膀耷拉着，头发淡红，眼神平静而坚定。看来他已经了解她家里连她自己也懒得去发现的情况了。看来这就是卡琳整天痴痴地发呆和频频祈祷的原因。不过，这很快就会过去的。许多女孩子对自己情人乃至丈夫的伤悼到时候都过去了。她自己当然早已把查尔斯忘却了。她还认识一个亚特兰大的姑娘，她在战时接连死过三个丈夫，可到现在仍然不放弃对男人的注意呢。她也对威尔讲了这些，可他听了直摇头。

"卡琳小姐不是那种人。"他断然说。

威尔很高兴人家跟他谈话,因为他自己没有多少话好说,但却是一个很会理解别人的听话者。思嘉对他谈起许多问题,诸如除草、锄地和播种,以及怎样养猪喂牛,等等,他也对此提出自己的意见,因为他以前在南佐治亚经营过一个小小的农场,而且拥有两个黑人。他知道现在他的奴隶已经解放,农场也已杂草丛生,甚至长出小松树来了。他的唯一的亲属姐姐多年前便跟着丈夫搬到了得克萨斯,因此他成了孤单一人。不过所有这些,跟他在弗吉尼亚失掉的那条腿比起来,都不是使他感到伤心的事了。

是的,思嘉最近过的是一段这样困难的日子,她整天听着几个黑人嘟嘟囔囔,看着苏伦时骂时哭,杰拉尔德又没完没了地问爱伦在哪里,这时有了威尔在身边,便感到十分宽慰了。她可以将一切都告诉他。她甚至对他说了自己杀死那个北方佬的事,而当他二话不说只称赞她"干得漂亮"时,更是眉飞色舞。

事实上全家所有的人都喜欢到威尔的房里去坐坐,谈谈自己心中的烦恼——连嬷嬷也是这样,她本来疏远他,理由是他出身门第不高,又只有两个奴隶,可现在改变态度了。

等到他能够在屋里到处走动了,他便着手编制橡树皮篮子,修补被北方佬损坏的家具。他手很巧,会用刀子削刻东西,给韦德做了几个玩具,那也是这孩子仅有的几个玩具,因此韦德整天在他身边。屋子里有了他,人人都觉得安全了,出去工作时便常常把韦德和两个婴儿留在他那里,因为他能像嬷嬷那样熟练地照看他们,只有媚兰才比他更会哄那两个爱哭爱闹的娃娃。

"你们待我真好，思嘉小姐，"他说，"何况我只是个过路人，跟你们毫无关系。我给你们带来许多麻烦和苦恼，因此只要对你们没有更多妨碍，我想留在这里帮助你们做点事情，直到我得以稍稍报答你们的恩情为止。我永远不可能全部报答，因为对于救命之恩是谁也偿还不了的。"

这样，他就留下来了，并且渐渐又自然而然地让塔拉农场的很大一部分负担从思嘉肩头转移到了威尔那瘦骨嶙峋的肩膀上。

九月摘棉花的时候到了。在初秋午后的愉快阳光下，威尔·本廷坐在前面台阶上思嘉的脚边，用平淡而疲弱的声音不断地谈起轧棉花的事，说费耶特维尔附近那家新的轧棉厂收费太高了。不过他那天在费耶特维尔听说，如果他把马和车子借给厂主使用两个星期，收费就可以减少四分之一。他还没有答应这笔交易，想跟思嘉商量后再说。

思嘉打量着这个靠在廊柱上、嘴里嚼着干草的瘦个子。的确，像嬷嬷经常说的那样，威尔是上帝专门造就的一个人才，他使得思嘉时常纳闷，如果没有他，塔拉农场怎能闯得过那几个月呢？他从来不多说话，从来不显示自己的才能，也从不显得对周围正在进行的事情有多大兴趣，可是他却了解塔拉每个人的每一件事。而且他一直在工作。他一声不响地、耐心地、胜任地工作着。尽管他只有一条腿，他却比波克干得还快。他还能从波克手里得到工作，这在思嘉看来，简直是不可思议的事。当母牛犯胃痛，或者那匹马得了怪病好像再也不能使唤了，威尔便整夜守着它们，救治它们。思嘉一经发现他还是个精明的生意人，便更加敬重他了。因为他早晨运一两筐苹果、甘薯或别的农产品出去,便能带回来种子、布匹、面粉和其他生活必需品,这些东西她知道自己决不能买到,尽管她也称得上是个会做买卖的人了。

他渐渐上升到了一个家庭成员的地位,晚上就睡在杰拉尔德卧室旁边那间小梳妆室里的帆布床上。他闭口不谈要离开塔拉,思嘉也小心地从不问起,生怕他走了。有时她想,如果威尔还是个有抱负的男子,他就会回去,哪怕他已经没有家了。不过即使有这种看法,她还是热情地祈祷,希望他永远留在这里。有个男子汉在家里,真方便多了。

她还觉得,要是卡琳还有一点点判断力,她就能看出威尔对她是感兴趣的。如果威尔向她提出要娶卡琳,她就会对他感激不尽了。当然,在战前威尔肯定不是个合格的求婚者。他尽管不是个穷白人,但也根本不属于农场主阶级。他只不过是个普通的山地人,一个小农,文化程度不高,说话时间或有文法错误,也不怎么懂得奥哈拉家族在上流社会习惯了的那些礼貌。实际上思嘉怀疑他究竟能不能算个上等人,最后的结论是不能。媚兰却极力为他辩护,说任何人,只要能像威尔这样心地善良,又很尊重和体贴别人,他就是上等人家庭出身的了。思嘉知道,要是爱伦还在,想到自己的女儿竟要嫁给这么一个男人,必然会晕过去的。不过思嘉如今为现实所迫已远远背离了爱伦的教导,那么这种事也就用不着去烦恼了。现在男人可不容易找到呢。可女孩子总得嫁人,塔拉也得有个男人来帮助管理。只是卡琳仍一味沉溺在她的《祈祷书》里,脱离周围的现实世界愈来愈远,对待威尔也和对待波克一样亲切,好像理所当然地犹如兄妹似的。

"如果卡琳还有一点感激我的意思,知道我一直是爱护她的,她就得跟他结婚,不让他离开这里,"思嘉愤愤地想,"可是,不,她偏要整天像失魂丧魄似的想那个傻男孩,尽管他不见得就认真地喜爱过她。"

这样,威尔仍留在塔拉,她也不明白是什么缘故,只是发现他对她采取的那种讲求实际的坦率态度既令人高兴也很有好处。他对迷迷糊糊的杰拉尔德非常恭顺,不过他事实上是把思嘉看作这一家的主人,凡事都听她的吩咐。

她赞成他的主意,把马租出去,尽管这样一来,全家就暂时没有交通工具好用了。苏伦尤其会埋怨这一点。她的最大喜悦是在威尔赶车出门办事时跟他一起到琼斯博罗和费耶特维尔去玩。她仿佛是全家在人前最受宠爱的一个人,喜欢拜访老朋友,听县里人所有的传闻,并且觉得自己又是以前塔拉的奥哈拉小姐了。苏伦从不放过机会离开农场到邻居们中去炫耀自己,因为人们还不知道她近来常在家里拔草铺床呢。

思嘉心想,我们的漂亮小姐要有两个星期不能出外闲逛了,这么一来,我们也只得忍耐忍耐她的抱怨和叫骂了。

媚兰跟大家一起坐在前廊上,怀中抱着婴儿;后来又在地板上铺了条旧毯子,让小博在上面爬。自从读了艾希礼的信以后,媚兰每天不是兴高采烈地唱歌就是急不可待地盼望。但是无论高兴也好不安也好,她显得更加苍白而消瘦了。她毫无怨言地做着自己分内的工作,可是常常生病。老方丹大夫诊断她有妇女病,并且提出了与米德大夫相一致的看法,说她根本就不该生小博。他还坦率地指出,她如果再生孩子就休想活了。

"我今天在费耶特维尔拾到一样可爱的小东西,"威尔说,"我想你们女士们会高兴看看的,便把它带回来了。"他从后面裤袋里摸出一个印花布小包,那是卡琳给他做的,里面衬着树皮,倒也很挺;接着又从小包里掏出一张联盟政府的钞票来。

"如果你觉得联盟政府的钞票很可爱,我可决不同意,"思嘉简单地说,因为她一见联盟的钱就气极了,"我们刚刚从爸的衣箱里找到了三千美元这样的钱,嬷嬷就跟在后面要拿去糊阁楼墙壁上的破洞,免得自己受风着凉呢。我想我也会那样做的。那么这种票子就有点用处了。"

"'不可一世的凯撒大帝,也人亡物故,变成了泥土'呢,"媚兰面带苦笑说,"别那样吧,思嘉。把票子留给韦德。有一天他会引为骄傲的。"

"唔,我对专横的凯撒大帝一无所知,"威尔容忍地说,"不过媚兰小姐,我所理解的和你刚才所说关于韦德的话是一致的。贴在这张钞票背面的是一首诗。我知道思嘉小姐对于诗没有多大兴趣,不过我想这一首可能会使她喜欢。"

他把钞票翻过来。那背面贴着一块粗糙的褐色包装纸,用淡淡的土制墨水写了几行字。威尔清了清嗓子,缓慢而艰涩地念起来。

"题目是《写在一张联盟钞票上》。"他说。

> 如今在这人世间已毫无用处,
> 　在最困难的时期更是等于零——
> 它作为一个灭亡了的国家的证物,
> 　朋友,请你保存好并出示于人。
>
> 出示给那些人,他们还愿意倾听
> 　这玩意儿所说的那些爱国志士

曾经梦想的关于一个在风暴中诞生
但后来毁灭了的自由国家的故事。

"啊,多美呀!多么动人呀!"媚兰喊起来,"思嘉,你不要把那些钞票给嬷嬷拿去糊墙壁了。它不仅仅是一张纸——就像诗里说的,而是'一个灭亡了的国家的证物'呢!"

"啊,媚兰,你别伤感了!纸就是纸,而且我们正缺纸用,嬷嬷又经常抱怨阁楼上的一些墙缝,我都听得厌烦死了。我想韦德长大以后,我会有大量的联邦钞票给他,而不是这些联盟的废纸了。"

当她们争论时,威尔一直拿那张票子逗着小博在毯子上爬。可这时他抬起头来,用手遮着阳光向车道那边凝望。

"那边有人来了,"他在阳光中眨巴着眼睛说,"又是个大兵。"

思嘉朝他观看的方向看去,看见一个熟悉的人影,一个有胡子的人缓缓地在林荫道的柏树底下走来,他穿着一身褴褛的蓝色灰色混杂的军服,疲乏地耷拉着脑袋,慢吞吞拖着两条沉重的腿。

"我还以为不会再有大兵来了,"思嘉说,"但愿这不是个饿痨鬼才好。"

"他肯定是饿了。"威尔简单地说。

媚兰站起身来。

"我想还是去告诉迪尔茜,叫她另外准备一份饭吧,"她说,"还要警告嬷嬷,不要急急忙忙让这可怜虫脱下衣服和——"

她说到这里突然打住了,思嘉回过头来看着她,媚兰纤瘦的手放在喉咙上,紧紧地抓住,仿佛那里疼极了似的,思嘉看得出,她那白皙皮肤下的青筋在急急地跳动。她的脸色更苍白,那双褐色的眼睛也瞪大到了吓人的程度。

她快要晕倒了,思嘉心想,便连忙跳起来抓住她的胳臂。

可是一刹那间媚兰就把她的手甩开,跑下台阶。她朝碎石道上飞跑而去,像只小鸟似的轻盈而迅疾,那条褪色的裙子在背后随风飘舞,两只胳臂直挺挺地伸着。接着,思嘉明白了,她像挨了当头一棒。那个人仰起一张长满了肮脏的金黄胡须的脸,停住脚步,站在那里望着房子,好像疲惫得再也挪不动一步了,这时思嘉才晕头转向地向后一退,靠在走廊里的一根柱子上。她的心脏忽而急跳,忽而停止不动,眼看着媚兰抽抽搭搭地投入那个肮脏士兵的怀抱,他也俯下头来吻她。思嘉满怀狂喜地向前跑了两步,但威尔拉住她的裙子,把她拦住了。

"不要破坏这个场景。"他悄悄地说。

"放开我,你这傻瓜!放开我!这是艾希礼呢!"

他没有松手。

"毕竟他是她的丈夫嘛,是不是?"威尔冷静地问。这时思嘉低下头,怀着一种又高兴又冒火,但却无能为力的惶惑神情看着他,她从他宁静的眼睛深处看到了理解和怜悯之情。

外国文学名著丛书

〔美〕米切尔／著

飘 下

戴侃 李野光 庄绎传／译

"外国文学名著丛书"编委会

人民文学出版社
PEOPLE'S LITERATURE PUBLISHING HOUSE

第 四 部

第三十一章

一八六六年一月一个严寒的下午,思嘉·奥哈拉坐在办事房给皮蒂姑妈写信,详细解释为什么她自己、媚兰或艾希礼都无法回到亚特兰大去同她一起住。这已是第十次写这样的信了,她很不耐烦,因为知道皮蒂姑妈一读完开头几句就会把信放下,然后又一次来信诉苦:"可是我真害怕独自一个人生活呀!"

她的手冻僵了,便停下来使劲搓搓,同时将双脚深深踹入裹着脚的旧棉絮里。她的拖鞋后跟实际上已经磨掉,只得用碎毡片垫起来。毡片尽管使她不必直接踩地,但已没有多少保暖作用。那天早晨,威尔把马牵到琼斯博罗钉蹄铁去了。思嘉暗想这世道真变得怪了,马还有鞋穿,而人却像院子里的狗那样光着脚。

她拿起笔继续写信,但这时听到威尔正从后门进来,便又把笔放下。她听到他那条木腿在办事房外面的穿堂里梆梆地响,后来没有声息了。她等了一会儿,想必他会进来,但毫无动静,于是她只好喊他。他进来了,两只耳朵冻得通红,淡红色的头发一片蓬乱,站在那里俯视着她,嘴角浮现着一丝幽默的笑意。

"思嘉小姐,你究竟攒了多少现款呀?"他问。

"难道你贪图我的钱要同我结婚吗,威尔?"她有点粗鲁地反问他。

"不,小姐,我只是想知道。"

她讯问地注视着他。威尔显得不很认真,不过他从来就是这个样子。反正她觉得出了什么事。

"我手头有十个金美元,"她说,"这是那个北方佬留下的最后一点钱了。"

"唔,小姐,这会不够的。"

"不够干什么?"

"不够交纳税金。"他答道,一面蹒跚地走到壁炉前面,弯下腰伸手烤火。

"税金?"她简单地重复了一遍,"我的上帝,威尔! 我们已经交过税了呀!"

"是的,小姐。不过他们说你交得不够。这是今天我在琼斯博罗那边听到的。"

"可是,威尔,我弄不明白。你究竟是什么意思?"

"思嘉小姐,我的确很怕再给你添烦恼,因为你已经苦得够受了,可是我又不得不告诉你。他们说你还得付更多大笔的税金。他们把塔拉的税额增加得吓人地高——我敢说超过了县里任何一宗不动产。"

"但是既然我们付过一次了,他们就不能让我们交更多的税金。"

"思嘉小姐,你从来不大到琼斯博罗去,我也高兴你这样。那是这些日子一位夫人不该去的地方。可是假如你去得多了,你就会知道,那里近来有不少的流氓,共和党和提包党人在当政。他们会叫你气炸的。而且,还常常发生黑鬼把白人从人行道上推下去的事,以及——"

"可这同我们的税金有什么关系呢?"

"我正要说呢,思嘉小姐。由于某种原因,那些无赖已经对塔拉的税金表示很不满意,仿佛那是个年产上千包棉花的地方。我听到这消息,便到那些酒吧间附近去胡混,收集人们的闲话。然后我发现,有人希望在你付不出这些额外税金时,州府将公开拍卖,于是他便可低价买下塔拉。谁都明白你交不起这么高的税款。我还不知道究竟是谁想买这块地方。我调查不出来。不过我想,希尔顿这胆怯的家伙,那个娶了凯瑟琳小姐的人,他准是知道的,因为我正要向他探听,他便尴尬地笑了。"

威尔在沙发上坐下,抚摩着他的半截腿。这条残腿每逢天气寒冷就要疼痛,而那半截木头又镶嵌得不好,很不舒服。思嘉愣愣地望着他。他谈到塔拉这个要命的消息时,态度还是那么随便。由州府公开拍卖吗? 那么他们大家往哪儿去呢? 而且塔拉会属于另外一个人! 不,这根本不可思议!

她早已专心致志于塔拉的生产,因此不大关心外界发生的事。既然有威尔和艾希礼去料理她在琼斯博罗和费耶特维尔可能要办的一切事务,她就很少离开农场。甚至像她在战争爆发前对于父亲有关战争的谈论听而不闻那样,她如今对于威尔和艾希礼在晚餐后有关开始重建的闲谈也不怎么注意了。

当然喽,她听说过那些倚仗共和党大谋私利的南方败类,以及那些提包党人。后者是些南方一宣告投降就像蝗虫般拥来的北方佬,他们把自己的全部财产装在一个提包里带来了。她还同那个所谓的"自由人局"打过几次很不愉快的交道。

她也听说过有些被解放的黑人已变得相当傲慢无礼了。这最后一点她却难以置信，因为她有生以来还从没见过一个傲慢的黑人呢。

但是，有许多事情是威尔和艾希礼合谋向她隐瞒了。随着战争灾害而来的是重建时期的更大灾害，只不过他们两人商量好了，在家里谈论当前形势时不提那些更可怕的具体情况。而当思嘉不加回避高兴听听时，也大多是一只耳朵进另一只耳朵出。

她听艾希礼说过，南部正在被当作一个被征服的省份对待，而征服者所采取的主要政策便是报复。不过，这样一种报道对于思嘉来说照例毫无意义，政治是男人们的事。她听威尔说过，似乎北部就是不准备南部重新站起来。好吧，思嘉心想，男人们总要为一些蠢事操心。至于她，北方佬过去没有鞭打过她，这一次看来也不会。如今最要紧的是拼命工作，再不要为北方佬政府犯愁。反正，战争已经过去了。

思嘉并不明白竞争的一切规律都已改变，诚实的劳动不再能赚到公正的报酬了。佐治亚州如今几乎处于军法管制之下。北方佬士兵镇守着整个地区，"自由人局"完全控制一切，而他们正在确立适合于他们自己的法规。

这个由联邦政府组织起来的局，其职责是管理那些懒惰而激动的前黑奴，现在正吸引他们成千上万地从种植园转移到乡村和城市中来。局里供养着他们，任其游手好闲，并且毒化他们的思想，使之反对以前的主子。杰拉尔德家从前的监工乔纳斯·威尔克森负责设在塔拉的分局，他的助手是凯瑟琳·卡尔弗特的丈夫希尔顿。他们两人竭力散布谣言，说南方人和民主党人正等待时机要让黑人重新沦为奴隶，而黑人逃避这一厄运的唯一希望在于这个局以及共和党给他们提供的保护。

威尔克森和希尔顿进一步告诉黑人们,他们在哪个方面都不亚于白人,并且很快就要允许白人与黑人通婚了,而他们以前的主子们的财产也将很快被瓜分,每个黑人都将分到四十英亩地和一头骡子归自己所有。他们以所谓白人逞凶犯罪的故事煽动黑人,因此在一个素以主奴关系亲善闻名的地区,仇恨和猜疑又开始抬头了。

"自由人局"由士兵撑腰,同时军方发布了许多自相矛盾的管制被征服者行为的命令。人们动辄被捕,甚至对该局官员冷淡也会构成罪名。军方颁发的命令有关于学校的,关于卫生的,关于谁的衣服上所钉的纽扣种类的,关于日用品销售以及其他几乎一切事物的。威尔克森和希尔顿有权干涉思嘉所经营的任何买卖,并且对她所出售和交换的一切物品规定价格。

幸喜思嘉很少同这两个人发生联系,因为威尔早已说服她让他来经管买卖上的事,而她自己只管理农场。威尔凭他那种温和的办法克服了好几种这一类的困难,并对她什么也没有说。威尔能够同提包党和北方佬周旋下去——如果他必须这样做的话。不过现在出现了一个大问题,大到他自己无法处理了。这就是那笔额外规定的税金和丧失塔拉农场的危险,这些事不能不让思嘉知道——而且得立即知道。

她瞪着两眼望着他。

"啊,该死的北方佬!"她嚷道,"他们狠揍了我们,让我们成了乞丐,难道这还不够,要放任流氓来凌辱我们吗?"

战争结束了,和平已宣布到来,但是北方佬仍然有权掠夺她,仍然能叫她挨饿,仍然能把她赶出家门。而她竟那样傻,曾经以为熬过这段艰难日子,只要她能够坚持到春天,就会万事大吉的。可威尔带来的这个令人绝望的消息却在整整一年累死累活和苦苦盼望之后降临,这无疑是将她彻底压垮的最后一份负担了。

"唔,威尔,我还满以为战争结束后我们的困难也就完了呢!"

"不会的,"威尔扬起他那张瘦削的乡巴佬面孔,镇定地注视着她,"我们的困难还刚刚开头呢。"

"他们要我们付多少额外税金呢?"

"三百美元。"

一时间她被吓得张口结舌了。三百美元呀!这听起来就像三百万美元一样。

"怎么,"她慌乱地嗫嚅着,"怎么——怎么,那我们无论如何得筹集三百美元了。"

"是的,又是月亮又是虹,或者两个都要,很不容易啊。"

"啊,不过威尔!他们是不能出卖塔拉的。你看——"

他那温和暗淡的眼睛流露出深深的仇恨和痛苦,这超过了她原先的估计。

"唔,他们不能?我看,他们不但能而且会乐意出卖的!思嘉小姐,国家已经完全沦为地狱了,如果你原谅我这样说的话。那些提包党和流氓有投票权,而我们民主党人大多没有。这个州的任何民主党人,只要他一八六五年在税收册上有两千美元以上的税额,就不能投票选举。这个规定把你父亲和塔尔顿先生以及麦克雷家和方丹家的少爷们都排除在外了。凡属在战时担任过联盟军上校以上军官的人都不能投票,而且,思嘉小姐,我打赌这个州有比南部联盟任何别的一个州更多的上校。同时，凡是在联盟政府下面担任过公职的人也不能投票，这样一来，从公证人到法官都被排除了，而林区是到处有这种人的。事实上，北方佬制造那个大赦誓言的办法就是让每个在战前稍有身份的人都一律不能投票。聪明能干的人不能，上流社会的人不能，有钱的人也不能。

"哼，我就能投票，只要我履行他们那个讨厌的宣誓。一八六五年我一个钱也没有，当然更不是上校或别的什么体面人物。可是我就不去宣誓。再怎么倒霉也不去！要是北方佬行为正当，我也许已经立誓忠于他们了，可如今已经不行了。我可以被迫回到联邦，但决不能被改造成一个联邦分子。我宁愿永远丧失选举权，也决不去宣那个誓。然而像希尔顿那样的流氓，他却有选举权；像乔纳斯·威尔克森，像斯莱特里家那样的下流白人，以及像麦金托什家那样的废物，他们却有选举权。而且他们都在管事。而且，如果他们要欺负你，叫你付上十倍的额外税款，也是办得到的。就像一个黑人杀了白人而不判刑。或者——"他没有说下去，觉得难以启齿，而他们两人都分明记得，在洛夫乔伊附近那个偏僻的农场里一个孤单单的白人妇女曾遭遇到什么……"那些黑人能够做出任何不利于我们的事，而'自由人局'和士兵们都用枪杆子给他们撑腰，可我们不能参加选举，对此毫无办法。"

"选举，"思嘉嚷道，"选举！投票选举对于眼前的事究竟有什么相干呀，威尔？我们谈的是税金……威尔，谁都知道塔拉是多么好的一个农场。如果迫不得已，我们可以用它抵押到一笔钱，够付税金就行了。"

"思嘉小姐，你为人一点也不傻，可有时说起话来却有点傻乎乎的。试问，谁有钱来押贷这个农场呢？除了那些想要从你手里弄到塔拉的提包党,还有谁呀?你看,每个人都有了土地。每个人的土地都是贫瘠的。你的土地押不出去。"

"我还有从那个北方佬身上取下的钻石耳坠呢,我们可以把它卖掉。"

"思嘉小姐,这附近谁还有钱买耳坠呢?人们连买腌肉的钱也没有,别说什么首饰了。如果你有了十个金美元,那么我敢打赌,这已经超过大多数人的存款了。"

这时他们又沉默下来。思嘉感到她的头仿佛在撞一堵石壁。过去一年竟有那么多石壁来让她撞啊。

"我们怎么办呢,思嘉小姐?"

"我不知道。"她茫然地说,并且觉得不去管它了。这实在是额外碰到的一堵石墙,而她突然感到如此疲乏,连骨头都酸疼了。她为什么要那样工作,挣扎,并把自己折磨完呢?每一番挣扎的结果都好像是失败在等待着嘲弄她。

"我不知怎么办好,"她说,"但是千万别让爸知道了。那会使他烦恼的。"

"我不会。"

"你告诉过别人吗?"

"没有,我一听说就来找你了。"

是的,她想,无论谁听到了什么坏消息总是立即来找她,而她对此感到烦透了。

"威尔克斯先生在哪里?说不定他能出些主意。"

威尔用温和的眼光看着她,这使她感到,就像从艾希礼回家的头一天起那样,他是什么都明白的。

"他在下面果园里劈栅栏呢。我刚才拴马时听见他的斧子声。不过他赚到的钱决不会比我们所有的更多一些。"

"要是我想同他谈谈这件事,我可以谈,难道不行吗?"她突然高声说,同时踢开那块裹着双脚的棉絮,站起身来。

威尔不表示反对,但继续在炉火前搓着双手。"最好披上你的围巾,思嘉小姐。外面怪冷的。"

可是她没戴围巾便出去了,因为围巾在楼上,而她需要见艾希礼,把她遇到的麻烦摆在他面前。这可是很紧迫的事,不容再等了。

要是能发现他独自一人在那里,那该多幸运啊!自从他回来以后,她一直不曾私下同他谈过半句话。他经常同家人在一起,经常有媚兰在他身边,后者总不时地摸摸他的袖子,好像只有这样才能确信他真的在那里。这副亲昵的样子曾惹起思嘉的满腔妒火,虽然有几个月她心想艾希礼兴许已经亡故,因而这种情感也一度平息。如今她决计独自去见他。这一次不会有人妨碍她同他单独谈话了。

她从光秃秃的树枝下穿过果园,潮湿的野草打湿了她的双脚。她听见从沼泽地传来艾希礼劈栅栏时斧子震响的声音。要把北方佬恣意烧光的那些篱笆重新修复,是一桩艰苦而费时的劳役。一切工作都是艰苦费时的,她很不耐烦地这样想,并为此感到既厌倦又恼火又烦闷透了。假如艾希礼就是她的丈夫而不是媚兰的,那么她去找他,把自己的头靠在他的肩膀上嚷着操着,将身上的负担都推给他,叫他尽最大的努力加以解决,那该多好啊。

她绕过一丛在寒风中摇曳着光秃秃的枝丫的石榴树,便看见他倚着斧把,用手背擦拭额头。他身上穿的是一条破粗布裤子和一件杰拉尔德的衬衫,这件衬衫以前完好的时候只有开庭日和参加野宴时才穿的,如今已经皱巴巴的,而在新主人身上显然是太短了。他把上衣挂在树枝上,因为这种劳动是要流大汗的,她走过来时,他正站着休息。

眼见艾希礼身披褴褛,手持利斧,她心中顿时涌起一股怜爱和怨天之情,激动得难以自禁了。她不忍看她那温文尔雅、心地纯良的艾希礼竟是一副破衣烂衫,辛苦劳累的模样。他的手天生不是来劳动的,他的身体也只能穿戴绫罗。上帝是叫他坐在深院大宅之中,同宾客们高谈阔论,或者弹琴写诗,而这些音韵优雅的作品又无须有什么含义。

她能容忍让自己的孩子用麻布袋做围裙,姑娘们穿着肮脏的旧布衣裳,让威尔比大田里的苦力工作得更辛苦,可是决不忍心让艾希礼受这种委屈。他太文雅了,对于她来说是太宝贵了,决不能过这样的生活。她宁愿自己去劈木头,免得眼见他干这种活时自己心里难受。

“人们说亚伯·林肯就是劈栅栏出身的呢,”当她走上前来时艾希礼这样说,“想想看,我可能爬到多么高的地位!”

她皱起眉头。他总是在困难面前谈这样轻松的事。在她看来那都是些严重的问题,所以有时候她几乎被他的话激怒了。

她直截了当把威尔带来的消息告诉他,话是那么简洁,觉得一说出来便如释重负了。无疑,他会提供一些有益之见的。可是他什么也没说,只不过发现她正在哆嗦时连忙把上衣取下来披在她的肩上。

“怎么,”她终于说,“难道你不觉得我们必须从哪儿弄到那笔钱吗?”

“当然,”他说,“可是哪儿有呢?”

“我在问你呀。”她答道,有点恼了。那种卸了担子的感觉业已消失。即使他帮不上忙,可为什么连句宽慰的话也没有,哪怕说一声"唔,我很抱歉"也行啊。

他微微一笑。

"我回来好几个月,只听说过一个人是真正有钱的,那就是瑞德·巴特勒。"他说。

原来上星期皮蒂帕特姑妈已给媚兰来了信,说瑞德带着一辆马车和两匹骏马以及满袋满袋的美钞回到了亚特兰大。不过她表示了这样的意思,即他的这些东西是来路不正的。皮蒂姑妈有种理论,这在亚特兰大颇为流行,那就是瑞德曾经设法夹带联盟州金库里一笔数百万的神秘款子跑掉了。

"让我们别谈他了,"思嘉打断他的话头,"只要世界上有下流坯,他就是一个。可是,我们大家会怎么样呢?"

艾希礼放下斧子,朝前望去,他的眼光仿佛伸向很远很远她跟不上的地方。

"我担心的不仅是在塔拉的我们,而且是整个南部的每一个人,大家都会怎么样呢。"他这样说。

她觉得要突然喊出来:"让南部的每个人见鬼去吧!问题是我们怎么样?"但是她忍着没有说,因为那种厌倦的感觉又回到她心头,而且比以前更强烈了。原来艾希礼竟一点忙也帮不了。

"到头来究竟会怎么样,只要看历史上每当一种文明遭到毁灭时所发生的情况就知道了。那些有头脑有勇气的人可以通过这种浩劫,而那些没有头脑和勇气的就将被淘汰掉。我们能亲眼看到这样一次 Götterdämmerung①,这尽管令人不

––––––––––

① 德语,意为:世界在诸神与巨人的斗争中归于毁灭。

怎么舒服,但毕竟还是很有趣的。"

"看到一次什么?"

"一次诸神的末日。不幸的是我们南方人并不认为自己是神。"

"看在苍天面上,艾希礼·威尔克斯!请你不要站在这里给我胡扯淡了,这次是我们要被淘汰呢!"

她这种夸张了的疲惫感似乎稍稍渗入他的心灵,将他从遥远的漫游中唤回来,因而他亲切地捧起她的双手,把她的手翻转过来,手心朝上,审视手上的老茧。

"这是我见过的最美的两只手,"他一面说,一面轻轻亲吻两只手心,"这双手很美,因为这双手很坚强,每个老茧都是一枚纪念章,思嘉,每个血泡都是对你勇敢无私的奖赏。这双手是为我们大家,为了你父亲,那些女孩子们,媚兰,那婴儿,那些黑人,以及我,而磨出老茧来的。亲爱的,我知道你在想什么。你是在想,'这里站着一个不切实际的傻瓜在空谈关于古代诸神的废话,而活着的人却面临危机。'难道这不是真的?"

她点点头,但愿他继续握着她的双手永远不放开,可是他却把她的双手放下了。

"你现在跑到我这里来,是希望我帮助你。可是我没这能耐。"

他用凄苦的眼光望着那把斧子和那堆木头。

"我的家和全部财产都已经完了,我过去从来不明白那财产是归我所有的。我在这个世界上毫无用处,因为我所属于的那个世界已经消失。我无法帮助你,思嘉,只能以尽可能老老实实的态度学着当个笨拙的农夫。可这样做并不能帮你保全塔拉。你以为我们在这里依靠你的周济过活,还不明白这处境的悲惨吗——唔,是的,全靠你的周济。我永远也报答不了你为我和我们一家所做的牺牲,出自你仁慈心肠的牺牲。我一天天愈来愈深切地感觉到这一点。我愈来愈清楚地看到自己多么无能,以致不配接受这加诸我们身上的所有恩惠。我这种可恨的逃避现实的习性,使得我愈来愈难以面对新的现实了。你明白我的意思吗?"

她点点头。她对于他说的意思并没有一个十分清楚的概念,可是她屏息静气地听着他的每一句话。这是他头一次向她倾诉自己心中的想法,尽管他外表上显得离她那么远。她十分激动,仿佛自己面临着一个新的发现似的。

"不愿意正视赤裸裸的现实,这是我的不幸。直到战争爆发为止,生活对于我从来就像幕布上的影子戏那样,谈不上真实。而且我宁愿如此。我不喜欢事物的轮廓太清晰了。我喜欢它们稍稍模糊些,有点朦胧。"

说到这里他停顿下来,淡淡地一笑,同时因风寒衣薄而微微颤抖。

"换句话说,思嘉,我是个懦夫。"

他那些关于影子戏和模糊轮廓的话,对她没有任何意义,可是最后一句却是她在语言上能听懂的。她知道这不是真话。他身上没有懦弱的成分。他细长身躯上的每根线条都说明他家历代祖先的勇敢英俊,而且他在这次战争中的经历是思嘉所深知的。

"怎么,实际上并不是这样!难道一个懦夫会在葛底斯堡爬上大炮去鼓舞士兵重新战斗吗?难道将军会亲自给媚兰写信谈一个懦夫的事迹吗?还有——"

"那不是勇敢，"他不屑地说，"战争好比香槟酒。它像影响英雄的头脑那样也能迅速影响懦夫。在战场上，你不是勇敢，就是被杀掉，所以傻瓜也会勇敢起来的。我现在讲的是另一码事。而且我的这种怯懦，比起初次听到炮声便冲上去那样的情况，还要糟糕得多。"

　　他的话说得缓慢而又颇为吃力，仿佛说出来使他感到痛心，因此要站到一旁来伤心地看这些话似的。要是别人这样说，思嘉准会轻蔑地把这些武断之言当作假意谦虚或者希图得到赞扬而不予理睬。可是艾希礼好像真是这样想的，他的眼睛里还流露出对她躲躲闪闪的神色——这不是恐惧，不是抱歉，而是对于一种无法避免又势不可当的压力的紧张心情。寒风吹拂着她又湿又冷的双脚，她又瑟瑟颤抖起来，但这颤抖与其说由于冷风，不如说由于他的话在她心中激起了恐怖。

　　"不过，艾希礼，你究竟害怕什么呢？"

　　"唔，是些不可名状的东西。一些用言语说出来显得十分可笑的东西。最主要的是害怕生活突然变得太现实了，从此得与它切身相处，太切身了，不得不与一些琐碎事打交道。这不是说我不乐意在这泥泞中劈木头，而是我难以接受这件事所说明的意义。我的确不能忍受让我所爱的过去生活中的美从此丧失。思嘉，在战前，生活是美的。那时它富有魅力，像古希腊艺术那样是圆满的、完整的和匀称的。也许并非对每个人都是这样。这一点如今我懂得了。可是对于我，生活在'十二橡树'村是真正美好的。我完全适合于那种生活。我就是它的一部分。可是现在它已经完了，而我与这种新的生活格格不入，因此我感到害怕。现在我明白了，我以前看的是一出影子戏。我回避所有那些非虚幻模糊的东西，那些过分现实而有生气的人和情景。我不喜欢它来干扰我。我也回避你,思嘉。你太有活力,太现实了,而我却怯懦得宁愿与影子和梦想为伍。"

"可是——可是——媚兰呢?"

"媚兰是个最轻柔的梦,是我的梦想的一部分。假如战争没有发生,我会悠闲地度过我的一生,幸福地长眠在'十二橡树'村,心满意足地看着生命消逝而不觉得自己就是它的一部分。可是战争一来,生活的真面目就站出来反对我。我第一次投身于行动时——你知道那是布尔溪战役——我看到我的童年伙伴们被击得粉碎,濒死的马匹在厉声嘶叫,这使我领略到开枪杀人和眼看他们扑倒喷血时那种令人作呕的恐怖感觉。可这些还不是战争中经历的最坏情景,思嘉。战争中最恶劣的是我必须同他们相处的那些人。

"我一生都在回避不去与人们打交道,为此只交了很少几位朋友。可战争使我明白,我曾经创造过一个自己的世界,其中住着的都是些梦想人物。它教育我真实的人是什么样的,不过它却没有教我怎样同这些人在一起生活。我怕的是永远也学不会。现在我知道,为了赡养我的妻子儿女,我必须在那些与我毫无共同之处的众人中间开辟自己的生路。至于你,思嘉,你是抓住双角和生活扭打,让它顺从你的意志。可是我还能怎样去适应生活呢?告诉你,我就害怕这一点。"

当他用低沉洪亮的声音,用一种令人难以理解的感情独自继续诉说时,思嘉间或抓住一些话,竭力想了解它们的意思。但是那些话像野鸟般从她手中噗地飞走了。看来是有某种东西在背后驱赶它,用一条残忍的鞭子驱赶它,但她不明白那究竟是什么。

"思嘉,我不知道究竟是什么时候我才孤独而绝望地明白我个人的那出影子戏已经完了。也许就是布尔溪战役爆发后五分钟,我看到我杀死的第一个人倒地的时候结束了。但那时我清楚事情已经结束,我再也不能当旁观者了。不,我突然发现自己到了影幕上,成了一个演员,在徒劳地摆姿势,我那小小的内心世界已经消失,被人们侵占去了,这些人的思想不是我的思想,他们的行动也像野蛮人的行动那样与我根本不同。他们用污秽的脚到处蹂躏我的小天地,以致当情况坏到难以容忍时我也找不到一席躲避之地。我在监狱里时曾经这样想:战争结束后,我可以回到旧的生活和旧的梦想中去,并且再看看那影子戏。但是,思嘉,回去是不行的。而当前我们大家面临的是比战争还要坏、比监狱还要坏——对我来说比死亡还要坏的局面……所以,你看,思嘉,我是由于害怕而在受惩罚呢。"

"但是,艾希礼,"她开口说,仿佛在一片令人困惑的泥沼中挣扎,"如果你担心我们会挨饿,那么——那么——啊,艾希礼,我们总会想办法的!我知道我们会的!"

他那双灰色的晶莹的大眼睛又转过来看着她的脸,眼光中流露着钦佩的神色。但是不一会儿,目光又突然显得茫然了,这时她的心猛地一沉,意识到他并不是在考虑什么挨饿的问题。他们常常像是用不同的语言在交谈的两个人。然而她是那么深深地爱他,以致每逢他像现在这样退缩时,便觉得仿佛和煦的太阳在迅速西沉,把她遗弃在黄昏时分的冷露里。她要抓住他的肩膀把他拉进怀里,让他明白她是个有血有肉的人,而不是他所读到过或梦见过的什么东西。只要她能够领略到那种与他合而为一的感觉就好了,这种感觉自从很久以前他从欧洲回来、站在塔拉的台阶上朝她微笑那一天起,她就一直在渴望着啊!

"挨饿是不好受的,"他说,"我清楚,因为我挨过饿,可是我并不觉得可怕。我觉得可怕的是,在没有了我们已经丧失的那种旧生活中的慢悠悠的美感时,还得面对生活。"

思嘉绝望地思索着,觉得也许媚兰会懂得他这句话的意思。媚兰和他经常谈这样的蠢话,什么诗呀,书本呀,梦呀,月色呀,流星尘呀,等等。他不害怕她所怕的那些事物,不害怕肚子空空,不害怕寒风刺骨,也不害怕从塔拉被赶出来。而他现在正面对着索索发抖的恐惧,却是她所从未经历过也无法想象的。因为,她坚信,在这个劫后凋残的世界上,除了饥饿和寒冷,以及丧失家园,还有什么可怕的呢?

而且她思量过,只要她注意倾听,她是会懂得怎样去回答艾希礼的。

"啊!"她这声音里含着失望之情,仿佛一个孩子打开装潢漂亮的包裹发现里面空无一物似的。听到这样的声调时,他只好惨然一笑,似乎在表示歉意。

"原谅我讲了这些话,思嘉。我无法使你理解,因为你不明白恐惧的含义。你有一颗狮子的心,同时又根本没有想象力,对于这两种品性我都非常妒忌你。你永远也不会害怕面对现实,你永远也不需要像我这样逃避现实。"

"逃避?!"

仿佛这才是他所说的唯一能懂的字眼。原来艾希礼也像她那样对斗争感到厌倦了,所以他要逃避。她想到这里便呼吸紧迫起来。

"啊,艾希礼,"她嚷道,"你错了。我也想逃避呀。我对这一切简直厌倦极了！"

他困惑地扬起眉头，思嘉却把一只滚热而殷切的手放在他的臂膀上了。

"听我说，"她连忙滔滔不绝地说起来，"告诉你，我对这一切都厌倦。简直厌倦到极点，再也不想忍受下去了。我曾经为吃的用的拼命挣扎过，我拼命拔草，锄地，摘棉花，甚至扶犁耙，直到连一分钟也坚持不下去了为止。我告诉你，艾希礼，南方已经死了！它已经死了！那些北方佬和自由黑鬼以及提包党人抓住了它，什么也没我们的份儿了。艾希礼，让我们逃走吧！"

他严厉地瞥了她一眼，然后略略低下头来逼视她那已经红得发烧的脸庞。

"是的，让我们逃走——丢下他们所有的人！我实在懒得替他们干下去了。有人会照顾他们的。经常有人会照顾那些不能照顾自己的人。啊，艾希礼，让我们逃走，你和我。我们可以到墨西哥去——墨西哥军队中需要军官，在那里我们会惬意的。我会替你做事，艾希礼，什么事我都会替你做。你知道你并不爱媚兰——"

这时艾希礼一怔，要插嘴说话，脸上浮现惊诧的神色，可是她滔滔不绝的谈势把他的话头打断了。

"那天你曾告诉我你更加爱我——啊，你是记得那一天的！而且我知道你并没有改变！我敢说你没有改变！而且你刚才还说她不过是个梦罢了——啊，艾希礼，我们逃走吧。我一定会使你快活的。无论如何，"她又恶狠狠地补充说，"媚兰可不能——方丹大夫说过她再也不能给你生孩子了，而我还能给你——"

他用双手紧紧抓住她的肩头，痛得她没有再继续说下去，而且她已累得喘不过气来了。

"我们应当忘记在'十二橡树'村的那一天。"

"你当我会忘记吗？难道你已经忘记了？你能老老实实说你不爱我吗？"

他深深地吸了口气，然后赶紧回答。

"不，我不爱你。"

"那是撒谎。"

"即使是撒谎，"艾希礼的声音竟平静得可怕，"那也是不容讨论的事。"

"你的意思是——"

"难道你认为我可以丢下媚兰和婴儿自己跑掉，就算我恨他们两个人？难道我能让媚兰心碎？让他们娘俩靠朋友们的周济过活？思嘉，你疯了？你心里就没有一点点忠诚的意识了？你是不能丢下你父亲和那些女孩子的。你对他们负有责任，就像我对媚兰和小博负有责任一样，因此不管你是否厌倦，他们还在这里，你还得为他们负责。"

"我可以丢下他们——我已经厌恶他们——对他们不耐烦——"

他朝她俯过身去，这时她紧张得连心脏都要停止跳动了，她以为他要来拥抱她呢。但是，不，他只拍拍她的臂膀，像抚慰一个小孩那样说起来。

"我知道你已经厌倦了，疲乏了。因此你才说出这样的话来。你已经肩负起三个男人的重担。不过我会帮助你的——我不会永远这样笨拙下去——"

"你要帮助我只有一个办法，"她阴郁地说，"那就是带我离开这里,让我们到别处去重新开始,寻找自己的幸福。这里已经没有什么值得我们留恋的了。"

"没有什么,"他平静地说,"除了名誉——什么也没有了。"

她怀着几经顿挫的热望瞧着他,仿佛头一次看到他那两道新月形的眼睫毛浓密得犹如熟透了的金黄麦穗。他的头高傲地盘踞在裸露的脖子上,瘦长挺直的身躯充分体现出高贵和尊严的气质,即使一身褴褛也掩盖不了。她的眼光同他的碰在一起了,她觉得自己的目光流露出祈望之情,而对方的眼睛却像灰色天空下的山中湖泊那么辽远。

她从他的眼睛里看出一种对于她的放荡梦想和狂热欲望的恐惧。

一股伤心和疲惫的感觉漫过她的全身,她双手捧着头哭了。他从没见过她哭泣。他从没想到像她那样性格刚强的妇女居然也有眼泪,这时他心中涌起怜爱和悔恨之情。他连忙凑近她,立即把她抱在怀里,亲切地抚慰着,把她的头紧紧贴在自己胸口上,低声说:"亲爱的! 我的勇敢可爱的人儿——别这样! 你千万不要哭呀!"

由于这一接触,他感觉到她在他的怀抱中发生了变化,他抱着的苗条身躯有一股狂热和魅力,那双仰视着他的碧绿眼睛中洋溢着热烈而温柔的光辉。突然,周围已不再是荒凉的冬天。对于艾希礼,春天已经再一次回来了,那个业已部分地忘怀了的充满着翠绿的沙沙声和喃喃声的柔和的春天,一个舒适而懒洋洋的春天,那种年轻人的渴望又在他身上激荡的无忧无虑的日子,如今又回来了。而从那以后的所有痛苦的年月都已经隐退,他只看见朝他凑过来的两片樱唇那么鲜红,那么动人地颤抖,于是他吻了她。

她觉得耳鼓里响起低低的怪叫声,仿佛是放在耳旁的海螺发出来的;她从这声音中听到自己的心脏在怦怦急跳。她的身体好像融化到他的身体中去了,也不知过了多久,他们合而为一地站着,他如饥似渴地紧紧吻着她的嘴唇,似乎永远也吻不够。

后来他突然放开她,她感到自己无法单独站住,便抓住篱笆来支撑着。她抬起那双燃烧着爱欲和胜利之火的眼睛望着他。

"你是爱我的!你是爱我的!说吧——说吧!"

他的两手仍然搭在她肩上,她觉得他的手还在颤抖,并且很喜爱这样的颤抖。她热烈地向他凑过去,可是他稍稍退却,没有让她贴近,同时用那双已经毫无疏远之意,而如今正苦于绝望挣扎的眼睛看着她。

"不要!不要这样!"他说,"如果你再这样,我就要对你无礼了。"

她快活而热情地微笑着,这表示她已经忘记了时间、地点和一切,只记得他的嘴唇紧贴着她的嘴唇时的滋味。

他突然抓住她用力摇着,摇得她满头黑发凌乱地披散到肩上,仿佛怀着对她——和对他自己的满腔怒火在摇着她。

"我们不能这样!"他说,"我告诉你我们决不能这样!"

看来如果他再摇下去,她的脖子就要折断了,头发已经蒙住了她的双眼,她被他的行动吓呆了。她竭力挣脱开来,然后瞪着眼睛看他。他的额上渗出小小的汗珠,他紧握双拳,似乎在经受某种痛苦。他直望着她的脸,那双灰色的眼睛仿佛要把她刺穿。

"这都是我的错——与你无关,而且永远不会再发生了,因为我要带着媚兰和婴儿离开这里。"

"离开?"她痛苦地嚷道,"啊,不!"

"是的,千真万确!你以为做了这种事我还会留下来吗?而且这种事以后还可能发生——"

"但是,艾希礼,你不能走。你为什么要走呢?你是爱我的呀——"

"你还要我这样说吗?好,我就说,我爱你。"

他忽然鲁莽地向她凑过去,吓得她连忙朝后退,把身子靠到篱笆上。

"我爱你,爱你的勇敢,爱你的顽强,爱你的情火,爱你那十足的冷酷无情。我爱你到什么程度?爱到我刚才几乎败坏了这个殷勤款待过我和我一家的庇护所,爱到几乎忘掉了我那世界上再好没有的妻子——爱到我在这泥地里就能对你放肆,把你当作一个——"

她在一团混乱思绪中挣扎,心里像被冰凌戳了似的,感到痛苦,感到心寒。她犹豫地说:"如果你有了那样的感觉——而又没有把我怎么样——那么你就是并不爱我。"

"我是永远无法使你理解的。"

他们彼此相视,都不再说话了。突然思嘉打了个寒噤,她仿佛作了一次长途旅行后回来,看见如今还是冬天,赤裸裸的田野由于那些割剩的残梗而显得分外凄凉,她自己更觉得寒冷极了。她也看见艾希礼苍老而冷漠的面孔,那张她如此熟悉的面孔,如今也回来了,那面孔也是一幅寒冬景象,并且由于伤痛和悔恨而显得越发萧瑟。

这时她本想掉过头来,抛下艾希礼,进屋去找个隐蔽的地方躲藏起来,可是她太疲倦了,懒得走动,甚至连说话也觉得劳累。

"没有什么好说的了,"她终于说,"我是说,一切都完了。没有什么可爱的了。没有什么还值得奋斗的了。你走了,塔拉也很快就会完了。"

他注视着她,过了好一会儿,然后弯下腰从地上挖起一小块红泥土。

"可是,还有些东西留着呢,"他说着,脸上又浮现出原先那种微笑的影子,这样的微笑带有既嘲弄他自己又嘲弄思嘉的意味,"有些你爱得比我更深的东西,尽管你并没有意识到。你还拥有塔拉呢。"

他拿起她柔软的手,把那块润湿的泥土塞到她手里,把她的手指并拢。现在他的双手已经不发烫了,她的手也是这样。她朝那块红泥土看了片刻,觉得这对她毫无意义。她看着他,渐渐模糊地意识到他身上有一种精神的完整性,那是她那双热情的手所无法分裂的,而且无论什么样的手都办不到。

即使你把他杀了,他也决不会丢下媚兰。即使他至死热爱着思嘉,他也决不会同她苟合,并且将竭力设防与她保持一定的距离。她永远也不会穿过那身铁甲了。殷勤好客、忠诚名誉,这些字眼对他来说有着比她更大的意义。

泥土在她手里是冷冰冰的。她又一次看着它。

"对了,"她说,"我还拥有这个呢。"

起初,她觉得艾希礼那些话毫无意思,而泥土只不过是红泥土而已。但她突然想起塔拉周围的红色海洋,觉得它多么可爱,而且为了保留它她曾多么艰苦地奋斗过——为了今后继续拥有它她还必须多么艰苦去进行奋斗。她再一次看着他,不知那炽热的感情洪流如今究竟到哪里去了。现在她可以思考,但无法感觉,无论对艾希礼,还是对塔拉,都是这样,因为她的全部热情都已经枯竭了。

"你不必走,"她明白地说,"我不会让你们大家挨饿的,就算是我讨好你也罢。刚才那样的事再也不会发生了。"

她转身向荒地那边的房子走去,一面把她的头发绾成一个发髻贴在颈后。艾希礼目送她,看她抬起瘦小的肩膀向前走去。而这一姿势映到他的心灵上,比她所说过的任何话都更加深刻。

第三十二章

　　思嘉走上屋前的台阶时,她手里还抓着那团红泥。她小心地避免走后门,因为嬷嬷眼尖,一定会看出她做了什么大不该的事。她不想看见嬷嬷或任何别的人。她觉得她再也不敢同别人见面或交谈了。她没有什么难为情、失望或痛苦的感觉,只觉得两腿发软,心里十分空虚。她用力捏紧那团泥土,捏得从拳头缝里挤出泥来,同时她一次又一次像鹦鹉学舌似的说:"我还有这个呢。是的,我还有这个。"

　　她没有什么别的东西了;除了这块红土地,除了这块她刚刚几分钟前还想将它像块破手帕似的丢掉的土地,她什么也没有了。现在,这土地又显得可爱起来,她暗暗诧异,不知是一股什么疯傻劲儿支使她,竟把这块土地看得一钱不值了。要是艾希礼让步了,她此刻肯定已经和他一起离开,义无反顾地丢下家庭和朋友,不过,即使在内心空虚时她也知道,要丢下这些可爱的红色山冈和久经冲洗的沟渠,以及黑黝黝的枯瘦松林,那是令人揪心的事。她的心思一定会如饥似渴地回到它们身边来,直到她临终那一天为止。即使艾希礼也难于填补她心中因塔拉被挖走而留下的空白。艾希礼是多么聪明又多么清楚地了解她呀!他只要把一团湿土塞到她手里,她头脑就清醒了。

她正在穿堂里准备关门,这时她听到了马蹄声,便转过身去看马车道上的动静。万一偏偏在这个时候有客人来,那就太讨厌了。她将赶忙回自己房里去推说头疼。

但是马车驶近时,她大为惊讶,便不再逃跑了。那是一辆新马车,漆得锃亮,鞍辔也是新的,还镶着许多闪光的铜片。这无疑是生客。凡是她认识的人当中没有一个能买得起这样显赫而簇新的装备。

她站在门道里看着。冷风吹动着她的衣裙,在她那双湿脚周围飕飕地飘拂。这时马车在屋前停下,乔纳斯·威尔克森跳下车来。思嘉看见他们家这位前监工居然坐上了这么漂亮的马车,穿上了这么精致的大衣,不觉大吃一惊,几乎不相信自己的眼睛。威尔告诉过她,自从他在"自由人局"谋到新的差使以来,他显得很阔绰,赚了许多钱,欺诈黑人或政府,或者没收人们的棉花,硬说那是联邦政府的。毫无疑问,这些钱决不会让他在这样艰难岁月里正正当当挣来的。

如今就是这个威尔克森,从那辆漂亮的马车上下来,然后又搀扶一个穿着打扮与她身份相称的妇人下了车。思嘉一眼便觉得那衣服颜色亮得刺眼,庸俗到了极点,不过她还是很有兴趣地从头到脚打量了一番。很久以来,对于时髦的衣着她甚至连看看的机会也没有了。嗯!今年不怎么兴宽阔的裙箍了,她心里想,同时打量着那件红色花纹的长衣。还有,她合拢那件黑天鹅绒宽外套时,你便知道当今的外套有多短了。多小巧的帽子!无边帽准是过时了。因为这顶带檐帽只不过是一个平顶红天鹅绒的怪东西,戴在妇女头顶上像个硬邦邦的大饼。帽带不是像软帽那样系在下巴底下,而是系在背后那束高耸的发卷下面,发卷从帽子后边往下垂着,使得思嘉不能不特别注意,但帽子无论在颜色或质地上都与这个女人的头发不相配。

那女人下了马车,一双眼睛立即朝房子望去。思嘉发现她扑满了白粉的兔儿脸上有点似曾相识的东西。

"呀,原来是埃米·斯莱特里!"她嚷道,因为十分惊异,不觉提高了嗓门。

"是的,是我!"埃米说,含一丝傲慢的微笑扬起头来,开始走上台阶。

埃米·斯莱特里!这个狡猾的娼妇,爱伦给她的婴儿施过洗礼,可她却把伤寒症传染给爱伦,送了她的命。这个浓妆艳抹、粗俗而肮脏的白人渣滓,如今正昂首阔步、得意扬扬地走上塔拉的台阶,仿佛她就是这里的人了。思嘉想起爱伦来,感觉又突如其来地回到她那空虚的心田,一股暴怒像疟疾似的震撼着她。

"滚下台阶,你这贱货!"她大声喝道,"从这里滚开!滚开!"

埃米的颚骨顿时垂下来,她看看乔纳斯,只见他正皱着眉头往上走。他尽管很生气,但仍竭力保持威严。

"不许你用这种态度对我妻子说话。"他说。

"妻子?"思嘉不禁轻蔑地笑起来,这大大刺伤了对方,"你早该讨她做老婆了。你害死我母亲以后,是谁替你后来的孩子们施洗礼的呢?"

埃米"啊!"了一声便连忙转身下台阶,但乔纳斯一把拉住她的胳臂,不让她向马车那边逃跑。

"我们是来拜访的——友好的拜访嘛,"他咆哮说,"想同老朋友谈一桩小事情——"

"朋友？"思嘉的声音厉害得像抽了一鞭子，"我们什么时候跟你们这样的人交过朋友？斯莱特里家当初靠我们的施舍过活，后来却以害死我母亲当作回报——而你——你——我爸因为你跟埃米养了私生子才把你开除了，这一点你很清楚。这是朋友吗？从这里滚开吧，免得我把本廷先生和威尔克斯先生叫来。"

听到这里，埃米便挣脱了丈夫的手向马车逃去，拖着那双带有雪亮的红鞋帮和红流苏的漆皮小靴爬上马车。

这时乔纳斯也跟思嘉一样气得浑身发抖，他那张松弛的胖脸涨得发紫，活像一只愤怒的土耳其火鸡。

"你还是那么有权有势？可是，我对你一清二楚。我知道你连双鞋也没有，打赤脚了。我知道你父亲已经成了白痴——"

"从这里给我滚开！"

"哼，我看你这调调儿也唱不了多久了。我知道，你已经完蛋了。我知道，你连税金也付不起。我到这儿来是想买你的这个地方——给你出个公道的价钱。埃米巴望住在这里。可现在，老实说，我连一分钱也不给你了！你们这些住惯了沼泽地、自以为了不起的爱尔兰人，等你们因为交不起税金被赶走的时候，便会明白在这里掌权的究竟是些什么人了。到那个时候，我要买下这块地方，通通买下来——连家具带一切——那时我要住在里面。"

原来，一心想要塔拉的人就是乔纳斯·威尔克森——乔纳斯和埃米，他们用迂回的手法极力要搬进曾经使他们蒙受侮辱的住所，以达到报复的目的。思嘉的全部神经充满仇恨，就像那天她把枪筒对准那个北方佬长满络腮胡的面孔开火时似的。她巴不得此刻手里还握着那支枪呢。

"不等你们的脚迈进门槛，我就要把这所房子一块石头一块石头地拆掉，把它烧光，然后遍地撒上盐，"她高声喊道，"我叫你滚出去！给我滚开！"

乔纳斯恶狠狠地瞪着她，想继续往下说，但随即向马车走去。他爬进马车，坐在那个正在抽泣的婆娘身边，然后掉转马头。他们走时，思嘉还真想啐他们一口。她真的啐了。她明知这是一种粗俗的孩子气的举动，但却因此觉得舒畅多了。她巴不得他们还看得见这一举动。

那些该死的黑人同情者竟敢跑到这里来当面奚落她的贫穷！那个卑鄙的家伙压根儿就不想给塔拉出什么价钱。他只不过以此为借口来到思嘉面前炫耀自己和埃米罢了。那些无耻的提包党人，浑身长虱子的穷白人，还吹牛要住到塔拉来呢。

可是，她突然害怕起来，这时怒气全消了。该死的！他们想住到这里来呢！她竟毫无办法阻止他们购买塔拉，毫无办法阻止他们扣押每一面镜子，每一张桌子和床，扣押爱伦的桃花心木和花梨木家具，以及每一件尽管已经给北方佬暴徒弄坏但对她却仍然十分珍贵的东西。还有那些罗毕拉德家的银器。我绝不让他们得逞，思嘉愤愤地想。不，即使我不得不把这地方烧毁！埃米·斯莱特里永远也休想踏上任何一小块母亲曾经走动过的地方！

她关起门来，将背靠在门上，但仍然感到十分害怕，甚至比谢尔曼的军队进这所房子里的那天还怕得厉害。那天她最感到害怕的是塔拉可能会不由她分说硬被烧掉。可这次更糟——这些卑劣的坏蛋将住在这所房子里向他们的狐朋狗党吹嘘他们如何如何把骄傲的奥哈拉家赶出去了。说不定他们还会把黑人带进来吃饭睡觉。威尔告诉过她,乔纳斯曾煞有介事地让黑人与他平起平坐,同他们一起吃喝,到他们家里去拜访,让他们坐他的马车同他一起兜风,还一路抱着他们的肩膀亲热呢。

她一想到塔拉有可能遭受这样一次最后的侮辱,心就怦怦乱跳,几乎要透不过气来了。她竭力镇静下来考虑眼前的问题,设想一条出路,但她每次集中思考时,总有一股新的愤怒与恐惧的激情震撼她。出路一定会有的,一定会有人能借钱给她。不可能恰好这时候钱都用光了,或者吹走了。有钱人总是有的。于是艾希礼开玩笑的话又回到她的耳边:

"只有一个人,瑞德·巴特勒……他有钱。"

瑞德·巴特勒。她匆匆走进客厅,随手把门关上。从百叶窗透进来的幽暗的微光和冬天的暮色把她紧紧地包围着。谁也不会想起要到这里来追逐她,而她正需要时间来安静地想一想。刚才脑子里闪出的那个念头原来如此简单,她不明白为什么她以前竟没有想到过。

"我要从巴特勒那里弄到钱。我要把钻石耳环卖给他,要不就向他借钱,用耳环做抵押,将来有了钱再还给他。"

一时间,她觉得大大轻松了,结果反而显得虚弱起来。她将交纳税金,并在乔纳斯·威尔克森面前放声大笑。可是紧跟着这个愉快的念头,出现了严酷的事实。

"我不光是今年要交纳税金,还有明年和我今后一生中的每一年呢。要是我这次交了,他们下次会将税额提得更高,直到把我赶走为止。如果我的棉田来一次丰收,他们会抽它的税,到头来叫我一无所得,或者干脆将棉花没收,说它是联邦政府的。北方佬和那帮追随他们的恶棍已经把我逼到他们所需要的地步了。只要我还活着，便一辈子都得担心他们会把我抓住。我得一辈子担惊受怕，拼命挣钱，直到累死，眼看着自己的劳动一无所获，棉花被人家抢走了事……就说借三百美元来交税款，这也只能救一时之急。我所需要的是永远跳出这个圈套，好让我每晚安心睡觉，用不着为明天、下个月乃至明年将要发生的事情操心。"

她继续这样思忖着。有个念头冷静而自然地在她的脑子里形成了。她想起瑞德，想起他那在黝黑皮肤衬托下闪光的雪白牙齿，以及那双一直在抚慰她的黑眼睛。她记起亚特兰大被围困的最后阶段那个炎热的夜晚，那时他坐在皮蒂姑妈的一半为夏天的朦胧夜色所掩蔽的走廊上，她感觉到他那只炙热的手又握住了她的胳臂，他一面说："我想要你超过以前想要的任何一个女人——我对你比对任何一个女人都等待得更久了。"

"我要跟他结婚，"她冷静地想道，"到那个时候，我就再也用不着为钱操心了。"

多么幸福的念头啊，比登天的希望还可爱呢，永远也不必再为钱操心，相信塔拉永远平安无事，而且全家不愁吃穿，她自己也无需再在石壁上碰得鼻青脸肿了！

她感到自己很老了。下午的几件事耗尽了她的全部感情，首先是那个关于税金的惊人消息，然后是艾希礼，最后是她对乔纳斯·威尔克森的一场暴怒。如今，她身上已没有剩下什么感情了。如果说她的感觉能力还没有完全枯竭，那么她身上一定会有某种力量起而反对她头脑中正在形成的那个计划，因为这世界上没有第二个人像瑞德那样叫她憎恨的了。

但是她已经没有感情作用。她只能思考,而她的思想是非常实际的。

"那天夜里当他在路上把我们甩掉的时候,我对他说过些可怕的话,不过我可以让他忘掉,"她这样毫不在意地想着,显然相信自己仍旧是迷人的,"只要我在他身边,巴特勒还是不好轻易消受的。我要叫他觉得我曾经一直爱他,而且那天晚上不过是心烦意乱又十分害怕而已。唔,男人总是自命不凡的,只要你奉承他,说什么他也相信……我决不能让巴特勒意识到我们当前已陷入怎样的困境,要先征服他再说。嗯,决不能让他知道!即使他怀疑我们已经穷了,他也得知道我所需要的是钱而不是他这个人。反正他无法知道,因为连皮蒂姑妈也不了解真实情况呢。而等到我同他结婚以后,他便不得不帮助我们了。他总不能让自己妻子家的人饿肚子呀。"

他的妻子。瑞德·巴特勒夫人。在她的冷静思考之下潜藏着的某种带着反感的意识隐约动了动,但很快就平静了。她想起她同查尔斯度过的那个短暂蜜月中的尴尬而讨厌的情景,他那摸索的双手,他那笨拙劲儿,他那不可思议的激情——以及韦德·汉普顿。

"现在不去想它。等同他结了婚再去动这个脑筋吧……"

等到同他结了婚以后。记忆摇动了警铃。一股凉飕飕的感觉从她的脊椎直往下流。她又一次记起在皮蒂姑妈家的走廊上那个夜晚,记起她怎样询问他是否在向她求婚,记起他又是怎样恶狠狠地笑起来,并且说:"亲爱的,我是不准备结婚的呀!"

也许他是不准备结婚。也许,尽管她那样迷人和狡黠,他还是拒绝娶她。也许——啊,多可怕的想法!——也许他完全把她忘了,并且正在追逐别的女人。

"我想要你超过以前我想要的任何一个女人……"

思嘉狠狠地握着拳头,几乎把指甲掐到手心肉里去了。"如果他把我忘掉了,我也要叫他记起来。我要叫他再一次想要我。"

而且,如果他不愿意娶她而只是仍然想要她,那也有办法拿到钱的。毕竟,他曾经有一次要求她当他的情妇嘛。

她在客厅暗淡的光线中竭力要同那三条最能束缚她灵魂的绳子进行一次迅速的决战——那就是对爱伦的怀念、她的宗教信条,以及对艾希礼的爱。她知道自己心中的主意对于她那位即使远在温暖天国(她一定在那里)的母亲来说也必然是丑恶的。她知道私通是一种莫大的犯罪。她也知道,像她现在这样爱着艾希礼,她的计策更是双重的卖淫。

但所有这些在她心头无情的冷酷和绝望的驱策面前都让步了。爱伦已经死了,而死亡或许会赋予人们理解一切的能力。宗教用地狱之火来威胁,禁止私通,可是只要教会想想她是在不遗余力挽救塔拉,使它安然无恙,同时挽救她一家免于饥饿——那么,如果教会还要懊恼就让它懊恼去吧。她自己才不懊恼呢。至少现在还不。而且艾希礼——艾希礼并不要她呀。是的,他是要她的。她每回想起他吻她的嘴唇时那种温馨的感觉,便相信这一点。但是他永远也不会把她带走。真奇怪,怎么想跟艾希礼逃走就好像不是犯罪似的,而一跟瑞德——

在这个冬天下午的苍苍暮色中,她来到了从亚特兰大沦陷之夜开端的那条漫长道路的尽头。当初踏上这条路时,她还是个娇惯了的、自私自利而不谙世故的少女,浑身的青春活力,满怀热忱,很容易为生活所迷惑。如今,走到了这条路的尽头,那个少女在她身上已经一去无踪了。饥饿和劳累,恐惧和经常的紧张,战争和重建的恐怖,早已带走了她的全部温暖、青春和柔情。在她生命的内核周围已经形成一层硬壳,而且,随着无尽的岁月,这层硬壳已经一点一点、一层一层地变得很厚了。

然而,直到今天为止,还剩下两个希望在支持着她。她一直希望战争结束后生活会渐渐恢复它的本来面目。她一直希望艾希礼的归来会给生活带回某种意义。如今这两个希望都已成了泡影。而乔纳斯·威尔克森在塔拉前面走道上的出现更使她明白了,原来对于她,对于整个南方来说,战争是永远不会结束的。最剧烈的战斗,最残酷的报复,还刚刚开始呢。而且艾希礼已经被自己的话永远禁锢起来,这是比牢房还要坚固的呀。

和平令她失望了,艾希礼令她失望了,两者都在同一天发生,这仿佛那层硬壳上的最后一丝缝隙已被堵上,最后一层皮已经硬化了。她已经成为方丹老太太曾劝她不要做的那种人,即成为一个饱历艰险因而天不怕地不怕的妇女。无论是生活或者母亲,或者爱情的丧失,或者社会舆论,一概不在乎了。只有饥饿和饥饿的梦魇才是她觉得可怕的。

她一经横下心来反对那些将她束缚在旧时代和旧的思嘉的一切,这时她便感到浑身轻松自在了。她已经做出决定,并且托上天的福一点也不害怕了。她已经没有什么可丧失的了,她的决心已经下定。

只要她能够引诱瑞德跟她结婚，便一切称心如意了。可是万一——她办不到呢——那也没有什么，她同样会拿到那笔钱。她有那么一会儿竟怀着自然的好奇心想起当情妇会是什么样的滋味。瑞德会不会坚持叫她留在亚特兰大，就像人们说的他把沃特琳那个女人养在那里一样呢？如果他叫她留在亚特兰大，那就得付钱——付出足够的钱来弥补因她离开塔拉而受到的损失。思嘉对于男人生活中的隐蔽一面毫无所知，也无法去了解这种安排可能牵涉到的问题。她还说不准要不要有个孩子。那毫不含糊是活受罪呀。

　　"我现在不去想它，以后再去想吧。"就这样她把这个不受欢迎的念头抛到脑后，免得动摇自己的决心。今晚她就告诉家里人，她要到亚特兰大去借钱，必要时设法用农场做抵押。他们只需知道这一点就行，等到以后他们发现满不是那么回事时，那就活该了。

　　一想到行动，她就昂起头挺起胸来。她清楚，这桩事不会是轻而易举的。上一次，那是瑞德在讨好她，而她自己是掌权人。可如今她成了乞丐，是个无权提出条件的乞丐了。

　　"可是我决不像乞丐去求他。我要像个施恩的王后那样到他那里去。他万万不会知道的。"

　　她走到那块高高的壁镜前，昂起头来端详自己。她看见带裂纹的镀金镜框里站着一个陌生人。仿佛一年来她真是头一次看见自己。事实上她每天早晨都照镜子，看自己的脸是否干净，头发是否整齐，不过她每次都因为有别的事情压在心上，很少真正照见自己。可是这个陌生人呀！这个瘦削的、脸颊下陷的女人无疑不可能就是思嘉呀，思嘉有着一个漂亮的、迷人的、容光焕发的脸蛋呀！可是她照见的这张脸一点不漂亮,也丝毫没有她清楚记得的那种魅力了。这是张苍白憔悴的脸,而且那双向上斜挑着的翠绿眼睛上方的黑眉毛,在苍白皮肤的衬托下,也像受惊鸟儿的双翅那样突然扬起,给人以骇异的感觉。她脸上呈现出一种艰辛而窘迫的神态。她想:"我的容貌已引不起他的兴趣了。"于是又有了绝望的心情。"我消瘦了——消瘦得多可怕啊!"

她拍拍自己的面颊,又急切地摸摸锁骨,觉得它们已经从紧身上衣里蠹出来了。而她的乳房已那么干瘪,几乎跟媚兰的一样小了。看来她已不得不在胸部垫些毛絮什么的,使乳房显得丰满些才行,可她一贯瞧不起搞这种假名堂的女孩子呢。假乳房嘛!这叫她想起另一件事情。她的衣着。她低头看看自己的衣裙,把补过的衣褶摊在手里看着。瑞德喜欢女人穿着好,穿得时髦。她怀着渴望的心情想起她服丧后第一次出门时穿的那件带荷叶边的绿衣裳和他带来的那顶有羽毛装饰的绿色帽子,这些赢得了他的连声赞赏。她还怀着羡慕甚至嫉恨的心情想起埃米·斯莱特里那件红格衣服,那双带穗的红靴子和那顶煎饼式的有边帽。这些东西都很俗气,但是又新又时髦,准能惹人注意。而现在,瞧,她多么需要惹人注意啊!尤其是瑞德·巴特勒的注意!要是他看见她穿着旧衣服,他便会明白在塔拉什么都不行了。可是万万不能让他明白呀。

她居然以为凭着她这又细又瘦的脖子,馋猫般的眼睛,破旧的衣着,就可以到亚特兰大去按自己的需要拿住人家,这多么愚蠢啊!要是她在自己最美、穿着最漂亮的时候还没能赢得他向她求爱,那么如今又丑又邋遢,她怎么还敢存这种希望呢?如果皮蒂姑妈讲的故事属实,那他会是亚特兰大最有钱的人,并且很可能对那里所有的漂亮妇女,好的坏的都挑拣过了。好吧,她泄气地想,我只具有大多数漂亮女人所没有的东西,那就是下定了决心。不过,要是我有一件漂亮衣服——

在塔拉可没有什么漂亮衣服,甚至连一件没有翻改过两次的衣服也没有。

"就这样吧。"她心里嘀咕着,遗憾地俯视着地板。她看见爱伦的苔绿色天鹅绒地毯,它已经很旧,有的地方磨坏了,撕破了,而且由于无数人在上面睡过而留下了许多污渍,何况思嘉一看见它便明白塔拉也像这地毯一样破旧不堪,心里觉得更加沮丧。整个那间愈来愈暗的房子都使她丧气,这时她走到窗前,举起窗棂,打开百叶窗,将冬日傍晚最后的光线放进房里。她关好窗户,把头倚在天鹅绒窗帘上,两眼越过荒凉的田野向墓地上的苍苍柏树林望去。

那苔绿色的窗帘使她脸颊上有一种刺痒而柔软的感觉,她欣慰地把脸贴在上面轻轻摩擦。忽然她像只猫似的瞪着眼睛呆呆地看着它。

一分钟后,她将那张沉重的大理石面桌子从对面拉过来。桌腿下面生锈的脚轮像抗议似的吱吱作响。她把桌子推到窗下,将裙子扎起来,爬到桌上,踮起脚尖去抓那笨重的窗帘杆。但是那杆子挂得太高,她很难够得着,只得耐心地一次又一次跳起来去抓它,好不容易才把铁钉从木框上拉出来,窗帘和杆子一齐掉下来,哗啦一声落在地板上。

仿佛施了魔法似的,那道客厅的门忽地开了,嬷嬷那张宽宽的黑脸随即出现在门口,几乎每道皱纹都流露出热切的好奇和深深的疑惑。她很不以为然地看着思嘉,后者正站在桌上,撩起裙子,露出膝盖,准备跳下地来。她脸上浮现出兴奋和胜利的神色,嬷嬷立刻怀疑起来。

"你动爱伦小姐的窗帘干什么?"嬷嬷问。

"你为什么站在门外偷听?"思嘉反问道,一面轻捷地跳下地来,然后将这块因年久尘封而越发沉重的天鹅绒叠好。

"根本用不着在门外偷听,"嬷嬷反驳她,一面双手叉腰,准备干仗了,"爱伦小姐的窗帘碍你什么了,犯得着你把杆子也拔出来,一股脑儿拽掉在尘土里。爱伦小姐生前那么爱惜这些帘子,俺可不让你这样来糟蹋!"

思嘉用妒忌的眼光盯着嬷嬷,这双热切而愉快的眼睛使人想起从前幸福年月里那个顽劣的小姑娘,对于那些年月,嬷嬷如今只有惋叹了。

"嬷嬷,快到阁楼上去把我那只装衣服样子的箱子取下来,"她嚷着,轻轻推了她一把,"我要做一件新衣裳。"

嬷嬷一面想着要她这二百磅的笨重身躯爬上爬下十分恼怒,一面又恐惧地感到有什么可疑的事要发生了。她连忙把几块窗帘从思嘉手里一把抢过来,紧紧抱着压在她那对下垂的大乳房上,仿佛那是神圣不可侵犯的遗物。

"你不能用爱伦小姐的窗帘来做新衣服,要是你居然打这个主意的话。只要俺还有一口气,你就休想。"

一时间,嬷嬷惯于形容为"牛脾气"的那种表情在她的小主妇脸上掠过,但随即又变为微笑,这使嬷嬷不好反对了。可是这并没有骗过这个老太婆。她明白思嘉姑娘只不过用微笑争取她,而这件事她是决不放过的。

"嬷嬷,别小气了。我要到亚特兰大去借钱,可总得有件新衣裳呀。"

"你用不着穿什么新衣裳。别的太太们也没有穿新衣裳的。她们都穿旧的,还显得很体面呢。爱伦小姐的孩子只要高兴也可以穿破衣裳,这没有什么好奇怪的,而且人家会尊敬她,就像她穿了绫罗绸缎一样。"

那种牛脾气的表情又出现了。"天哪,真有趣,怎么思嘉小姐越长大越像杰拉尔德先生而不像爱伦小姐了呢!"

"告诉你吧,嬷嬷,皮蒂姑妈写信来,说范妮·埃尔辛小姐星期六结婚,我当然要去参加婚礼。所以我得有件新衣裳穿啊。"

"俺看你身上穿的这件衣裳就和范妮小姐的结婚礼服一样漂亮了。皮蒂小姐不是来信说过,埃尔辛一家也穷得很嘛。"

"可是我一定得有件新衣裳才行呀!嬷嬷,你还不清楚我们多么需要钱用。那笔税金——"

"是的,俺知道所有关于税金的事,不过——"

"你知道?"

"是呀,上帝也给了俺耳朵,不是吗?难道俺就听不见?尤其是威尔先生,他从来就懒得关门。"

难道嬷嬷什么都没有放过,全都听到了吗?思嘉觉得奇怪,这个走动起来连地板都要摇晃的笨重身体,居然听从嬷嬷使唤,神不知鬼不觉地来偷听人家的谈话了。

"好吧,要是你什么都听见了,我想你一定知道乔纳斯·威尔克森和埃米——"

"是的。"嬷嬷说,眼里流露着潜藏的怒火。

"那么,你就别固执了,嬷嬷。难道你没看见我必须到亚特兰大去弄钱来交税金吗?我得弄到一笔钱呀,我只好这样了。"她一只手握拳打另一只手的手心。"老实说,嬷嬷,他们要把我们通通赶走,那时候我们往哪里去呢?你看,那个害死了母亲的贱妇埃米·斯莱特里正准备搬进这所房子里来,到母亲生前睡的床上来睡觉呢,这时候你还用得着为母亲的窗帘这种小事跟我争吵吗?"

嬷嬷像只不安分的大象似的,将身子的重心从一只脚挪到另一只脚上。她隐约地感觉到自己快要让步了。

"不,俺决不让那贱货到爱伦小姐的屋里来,也决不让俺们大家给撵到大路上去,不过——"她突然用责备的眼光死死盯住思嘉,"你准备换上新衣裳去向他借钱,那个人究竟是谁呀?"

"那个嘛,"思嘉刚一开口又止住了,接着支支吾吾地说:"那是我自己的事。"

嬷嬷狠狠地盯着她,就像思嘉小时候做了错事想用看来似乎真实的借口来蒙骗她,被她看穿了那样。她仿佛看透了思嘉的心思,这时思嘉无可奈何地俯首低眉,对自己的蓄意行为感到羞愧。

"原来你需要穿一件簇新的漂亮衣裳去借钱。可这种事俺觉得并不怎么对头。你又不直说究竟钱从哪儿来的。"

"我什么也不想说,"思嘉厌烦地说,"那是我自己的事。你到底给不给我那块帘子,帮我做件衣裳?"

"好吧,"嬷嬷轻声说,她突如其来的妥协口吻反而引起思嘉满腹狐疑,"俺来帮你做。俺说可以把那帘子的缎子衬里做条裙子,上面的花边可以拆下来镶短裤边。"

她把那块天鹅绒窗帘递给思嘉,脸上掠过一丝狡狯的笑容。

"媚兰小姐同你一起到亚特兰大去吗,思嘉姑娘?"

"不，"思嘉简捷地回答说，她开始明白快要发生的事了，"我一个人去。"

"这是你的想法喽，"嬷嬷断然说，"不过俺要跟你一起去，还让你穿上那件新衣裳。是的，姑娘，一路上我会寸步不离的。"

思嘉顷刻之间想象着她的亚特兰大之行和自己同瑞德谈话时，嬷嬷像只巨大的黑色看门狗①那样横眉怒目地站在背后。于是她又摆出笑脸拍了拍嬷嬷的肩膀。

"好嬷嬷，你那么好心要跟我一起去，一路上照顾我，可是这里没有你，他们怎么活呀？你知道你简直就是塔拉的管家了。"

"哼，"嬷嬷说，"别给我灌米汤了，思嘉姑娘。从俺给你垫第一块尿布，俺就知道你。俺说过俺要跟你去亚特兰大，俺就去定了。要是你一个人到遍地都是北方佬和自由黑人之类的城市去，爱伦小姐在坟墓里也要躺不住了。"

"可是我会住到皮蒂姑妈家去的。"思嘉拼命找借口为自己辩解。

"皮蒂帕特小姐是个好人，她自以为什么都懂，可实际并不是那样。"嬷嬷说着，便转过身去，装出一副威严的样子，好像宣告谈话到此结束。她走进大厅。这时地板又颤动起来，因为她在大声喊叫：

"普里茜，孩子，搭起楼梯，把思嘉小姐的装衣服样子的箱子从阁楼上搬下来，想办法找一把好剪刀，可别闹个通宵还干不完哪。"

---

① 原文是希腊神话中看守冥府大门的三头狗。

"这可糟了,"思嘉满心不高兴地暗忖着,"我背后很快就会有一只大警犬跟着了。"

晚餐后,收拾完餐具,思嘉和嬷嬷把衣服样子铺在饭厅桌子上,这时苏伦和卡琳忙着拆窗帘的缎子衬里,媚兰用干净刷子刷天鹅绒窗帘上的尘土。杰拉尔德、威尔和艾希礼坐在房间里抽烟,一面笑嘻嘻地看着妇女们在忙活。思嘉身上似乎有一股愉快的兴奋之情感染了大家,但他们并不理解这种兴奋的意义。思嘉脸上泛着红晕,眼睛里闪耀着光辉,老是笑个不停。她的笑声使大家都很开心,因为他们已好几个月没听到她真正笑过了。这使杰拉尔德尤其高兴。他的眼睛跟着她轻盈的体态转,往常那种呆滞的眼神大大减少了,而且每当她从身边经过时都要赞赏地拍拍她的臂膀。女孩子们都兴奋得像在准备一次跳舞晚会,她们拆呀,剪呀,缝呀,仿佛在给自己做一件晚礼服似的。

思嘉是要到亚特兰大去借钱,或者必要时把塔拉抵押出去。可是,究竟什么叫抵押呢?思嘉说他们可以用下一年的棉花毫不费力地赎回来还绰绰有余呢。她说得那么斩钉截铁,以致谁也想不到还有什么好问的了。当有人问起谁来借给她这笔钱时,她说:"谁管闲事也白搭。"这样狡狯的答复把大家都逗乐了,她们纷纷开玩笑,问她的那位百万富翁朋友究竟是谁呢。

"一定是瑞德·巴特勒船长。"媚兰略带揶揄的口气说,这个看来荒谬的设想又引起大家一阵嬉笑,因为他们知道思嘉最恨巴特勒,每回谈到他没有不骂他是"下流坯"的。

但是思嘉对媚兰的揶揄并没有反唇讥讽,而同样在取笑的艾希礼一看到嬷嬷匆匆对思嘉丢了个防范的眼色，便突然不取笑了。

苏伦被这种场合的晚会气氛感动得慷慨起来，拿出她那件虽然旧了但还相当漂亮的爱尔兰花边护肩来，卡琳也坚持要思嘉穿她的便鞋到亚特兰大去，因为这是目前在塔拉再好也没有的一双鞋了。媚兰恳求嬷嬷给她留下足够的天鹅绒碎片来修补她那顶旧软帽的框边，说那只老公鸡要不马上跑到沼泽地里去，便要同它那些华丽的古铜色和翠绿色尾毛分家了，这话惹起了一阵大笑。

思嘉瞧着那些飞针走线的手指，听着那些笑声，内心暗暗感到悲痛和耻辱。

"他们压根儿没有想到对于我或者对于他们自己和整个南方正在发生什么样的事情。他们还以为，不管周围的一切，他们谁也不会碰到真正可怕的事，因为他们还是他们，奥哈拉家的，威尔克斯家的，汉密尔顿家的，没有什么不同。甚至那些黑人也这样想。多么愚蠢的人啊！他们永远也不会明白！他们还会这样想下去，生活下去，习以为常，什么也改变不了。媚兰可以穿得破破烂烂，可以摘棉花，甚至帮我杀人，但怎样也不会使她改变。她还是那个羞怯而高尚的威尔克斯太太，那个十全十美的贵妇人！艾希礼能够面对死亡和战争，能够受伤、蹲监狱，然后回家过这种比一无所有还要坏的生活，可他同那个拥有'十二橡树'村农场全部产业的绅士仍然一模一样。威尔是不一样了。他懂得事物的真实情形，不过他从来就是个没有多少东西可丧失的人。至于苏伦和卡琳——她们还以为这一切都是暂时的呢。她们以不变应万变，因为她们觉得这局面很快就会过去的。她们心想上帝会创造一个尤其对她们有利的奇迹。然而上帝不会这样。在这附近唯一会出现的就是我正要到瑞德·巴特勒身上去创造的那个奇迹……他们是不想改变的。也许他们不能变。我才是唯一改变了的人——可是如果我还有办法,我也是不会这样改变的。"

嬷嬷终于把所有的男人都赶出了饭厅,把门关好,然后好开始试衣裳。波克扶杰拉尔德上楼去睡了,只有艾希礼和威尔还在前厅灯光下坐着。他们有好一会儿没说什么,威尔嚼着烟草,像只平静的反刍动物。不过,他那张和善的面孔可非常安静呢。

"这番到亚特兰大去,"他终于慢吞吞地说,"我可不赞成。一点也不赞成。"

艾希礼迅速看了看威尔,然后将眼光移往别处。他什么也没说,只暗自纳闷是否威尔也有他心中那种可怕的疑虑。然而那是不可能的。威尔并不知道那天下午在果园里发生的事情,以及它是怎样迫使思嘉走投无路的。威尔不可能注意到嬷嬷听见说起瑞德·巴特勒的名字时脸上的那种表情;而且,威尔也不了解瑞德有钱和名声很坏的情况。至少,艾希礼不认为他可能知道这些事,不过他自从回到塔拉以后已经明白,威尔像嬷嬷一样似乎不用说便知道所有的事情,甚至在事情发生之前便能预感到。周围空气中有某种艾希礼说不清楚的不祥之兆,可是他没有能力挽救思嘉,使她不致陷于这一不祥的境地。那天夜里她没有正眼看过艾希礼一眼,她对艾希礼的那种严厉而活泼的快乐神气简直吓人。他感到揪心的疑虑太可怕了,无法用言语形容。他没有权利问她那是否属实而使她感到侮辱。他紧握双拳。凡是有关她的事情,他都无权过问;当天下午他已经把这种权利彻底丧失了,永远丧失了。他已不能帮助她。谁也无法帮助她。不过,他想起嬷嬷和她剪裁天鹅绒窗帘时表现的那种冷峻的决心,便稍稍感到欣慰了。嬷嬷会照顾思嘉的,无论思嘉愿意与否,她都会这样。

"这些都是我引起的,"他懊丧地想,"是我把她逼到了这个地步。"

他记起那天下午她是怎样挺起胸脯从他身边走开的,记得她倔强地昂起头来的模样。他的那颗由于自己的无能为力而破碎、由于对方的仰慕而被误解了的心在向她靠近。他知道在她的词汇里没有"仗义"这样的字眼,如果你说她是你平生所见最最勇敢的人,她会瞠目而视,莫名其妙。他知道,她不会了解,当他觉得她勇敢时曾将多少真正高尚的事情都归功于她。他知道,她在任何情况下都能勇敢地面对生活,用她自己坚韧的精神去抵抗可能遇到的任何困难,以不承认任何失败的决心勇往直前,即使发现失败已不可避免,也继续战斗下去。

但是,过去四年他也看到了另一些不肯承认失败的人,一些明知处境十分危险但凭自己的勇气而慷慨以赴的人。然而他们失败了,结果还是失败了。

他在阴暗的客厅里注视着威尔,心想他从没见过像思嘉·奥哈拉身上所拥有的这种勇敢,她要穿戴用她母亲的天鹅绒窗帘和公鸡尾毛做的衣帽,动身去征服世界了。

第三十三章

　　第二天早晨,思嘉和嬷嬷迎着寒风呼啸和彤云疾卷的阴沉天色在亚特兰大下了火车。火车站在全城大火中毁了,还没有重建起来,她们是在那堆高出废墟好几码的灰烬和烂泥中跳下来的,它们告诉人们,这里就是火车站了。思嘉在旧习惯的支配下环顾周围,寻找彼得大叔和皮蒂姑妈的马车,因为在战争年月每次她从塔拉回到亚特兰大时都是他们来接的。随即她忽然醒悟过来,对自己的下意识举动一笑置之。当然了,彼得没有来,因为她并没有把自己要到这里来的事预先通知皮蒂姑妈,而且她记得老太太在有一封信里悲伤地说过,投降后彼得在梅肯要求领回来的那匹老马已经死了。她环顾车站周围车辙纵横和被分割得零零碎碎的空地,想找到一位老朋友或旧相识的马车,好央求人家把她们带到皮蒂姑妈的住处去,可是无论黑人白人她一个也不认识。如果皮蒂写信告诉他们的情况属实,也许她的熟人中谁也不再有马车了。时世这么艰难,要让人们有吃有住也是很不容易的,更不用说牲畜了。皮蒂的大多数朋友,像她自己一样,现在都是双脚步行了。

　　有很少几辆货车在运货车厢旁装货,还有几辆溅满了泥污的四轮单座马车,车上坐着粗笨的车夫,但载人的马车只有两辆,其中一辆是轿车,另一辆是篷车,里面坐着一个穿着很讲究的妇人和一个军官。思嘉一见那身制服便狠狠地抽了一口气。尽管皮蒂姑妈在信中说过亚特兰大驻扎了军队,街上到处是大兵,思嘉乍一见到这些穿蓝军服的人还是感到惊异和害怕。这很难使人记起战争已经结束,也难相信这些人不会追逐她,抢劫她,侮辱她。

车站周围一片空荡荡的景象使她想起一八六二年的一个早晨,那时她作为年轻寡妇身穿丧服、满怀厌倦地来到了亚特兰大。她记得这个地方当时多么拥挤,到处是货车、客车和运送伤员的车辆,车夫们的咒骂声和叹息声,人们迎接朋友的招呼声汇成一片喧嚣。她不禁为战时那种心情轻快的激动而感叹,接着又叹息如今不得不一路步行到皮蒂姑妈家去。不过她仍然满怀希望,觉得只要到了桃树街,她就会遇到熟人让她们搭车。

正当她站在那里回顾观望时,一个棕色皮肤的中年黑人赶着一辆轿车向她驶来,一面从车里探出身来问:"要车吗,太太? 两块钱,到亚特兰大城里啥地方都行。"

嬷嬷恶狠狠地瞪了他一眼。

"是辆野鸡车!"她咕哝着,"黑鬼,你把我们当什么人了?"

嬷嬷是个乡下黑人,但她又并非一直住乡下;她还懂得没有哪个体面妇女会坐野鸡车,尤其是轿车的,除非家里有男人在身边护送。即使有个黑人侍女跟在身边,从习俗上讲也还是不够的。嬷嬷看见思嘉仍在恋恋不舍地打量那辆出租马车,便狠狠地瞪了她一眼。

"咱们走吧,思嘉姑娘! 一辆野鸡车和一个刚刚冒出来的黑鬼！不错,真是个好搭档!"

"俺可不是刚冒出来的自由黑人,"车夫生气地申辩道,"俺是老塔尔伯特小姐家的。这是她家的马车,俺赶出来给家里挣点钱花。"

"哪个老塔尔伯特小姐?"

"米列奇维尔的苏珊娜·塔尔伯特小姐呀。俺们是老马尔斯被打死以后搬到这里来的。"

"你认识她吗,思嘉姑娘?"

"不认识,"思嘉遗憾地说,"我认识的米列奇维尔人很少。"

"那么,我们走,"嬷嬷坚决地说,"你赶你的车吧,黑鬼。"

她提起里面装着思嘉的新天鹅绒长袍、帽子和睡衣的帆布袋,把包着自己衣物的干净包袱夹在腋下,然后领着思嘉走过到处是煤渣和灰烬的湿地。思嘉尽管宁愿坐车,也不同她理论,因为她不想与嬷嬷发生争执。自从头天下午她摘窗帘被嬷嬷抓住,嬷嬷眼里始终流露出一副警惕的疑惑神情,这是思嘉很不喜欢的。看来很难逃脱她的陪伴,而且只要不是绝对需要,她也并不想激起嬷嬷的好斗脾气。

她们沿着狭窄的人行道朝桃树街走去,思嘉一路上都觉得惊恐和悲伤,因为亚特兰大已经显得如此荒凉,同她记忆中的情景大不一样了。她们走过从前瑞德和亨利叔叔住过的亚特兰大饭店所在地,如今那高雅的建筑只剩下一个空壳和部分焦黑的断垣残壁了。那些毗连铁路长达四分之一英里、存放着大量军需品的库房还没有重建起来,它们那些长方形屋基在灰暗的天空下看来分外凄凉。由于两旁都没有了建筑物的墙壁,同时车库已经消失,因此火车道上的铁轨便显得赤裸裸地毫无遮掩了。这些废墟中有一个与别处没有什么区别的地方，还保留着查尔斯留给她的产业上的仓库遗址。亨利叔叔已经替她付过去年的租金。过些时她得偿还这笔钱。这又是一件叫她烦恼的事。

她们拐了个弯走进桃树街时，她朝五点镇望去，不禁高声惊叫起来。尽管弗兰克告诉过她城镇已被大火夷为平地，她也从没真正想到这样彻底的毁灭。在她心目中，她所热爱的那个城镇仍然到处是密集的建筑物和漂亮的房子。可是她现在看到的这条桃树街连一个旧的标志也没有了，它显得如此陌生，仿佛她从没见过似的。这条泥泞的大街，战时她曾驾车走过千百次的大街，围城时她埋着头冒着在空中开花的炮弹慌慌张张奔跑过的大街，她在撤离那天紧张匆忙而痛苦的时刻最后告别的大街，如今竟是这样陌生，以致她伤心得要哭了。

尽管自从谢尔曼在大火中撤出这座城镇和联盟军回来那一年起，这里已陆续建造了许多新房子，可是五点镇周围仍然有大片大片的空地，荒榛枯草中是一堆堆烧焦的断砖碎瓦。其中还有几幢房子的遗址是她能辨认出来的，房子只剩下几截砖墙在暗淡的阳光里兀立着，没有玻璃的窗户张开大口，摇摇欲坠的烟囱显得分外孤单。她也偶尔高兴地看见一两家熟悉的店铺，那是在炮火中部分幸存下来并修复了的，其中那些耀眼的新红砖与灰色的旧墙形成强烈的对照。她从那些新店铺门面和新办公楼的窗口看到受欢迎的旧相识的名字，但更多的名字是不熟悉的，尤其那成百上千的陌生医生、律师和棉花商的牌号。以前她在亚特兰大几乎认识每个人，而现在眼前出现了这么多陌生人的名字，这使她感到沮丧。当然，眼看着街道两旁新建筑物迎面而来,她也不能不为之鼓舞。这些建筑物也是成百上千的,有些还是三层楼房呢!到处都在兴建新房子。她在大街上朝前望去,想要让自己的观念适应这新的亚特兰大,这时她耳边是一片欢快的锯子声和锤头声,眼前是一个又一个高耸的脚手架,人们扛着砖头在梯子上攀登。她朝前望去,望着这条自己那么喜爱的大街,眼睛不觉有点湿润了。

她心想:"他们把你放火烧了,他们把你夷为平地,可是他们并没有把你打垮。他们打不垮你。你重获新生,变得像你过去那样巨大,那样豪壮!"

她沿着桃树街往前走,后面跟着蹒跚的嬷嬷。一路发现人行道上仍像战争紧张时期那么拥挤,这复苏的城镇周围仍然是那种仓皇喧扰的气氛,许久以前,她头一次拜访皮蒂姑妈来到这里时,这城镇曾使她极为兴奋,仿佛浑身血液都要歌唱似的。如今也像当时一样有那么多的车辆(只不过没有运送伤员的军车)在泥洼中挣扎,有那么多马匹和骡子拴在店铺木棚前面的拴马桩上。尽管人行道上还那么拥挤,可是她所看到的面孔也像头顶上的招牌一样,都是陌生的,都是些新人,许许多多容貌粗鲁的男人和穿着俗丽的女人。街上到处是游手好闲的黑人,有的斜倚着墙壁,有的坐在路边石上,怀着小孩看马戏团游行的天真好奇心观看着过往的车辆。大街上一片乌黑。

"尽是些刚放出来的自由黑鬼!"嬷嬷打鼻子里哼了一声,"他们一辈子都没个体面样儿。还有那一脸的流氓相。"

他们就是一副流氓相,思嘉也这样想,因为他们总是无礼地盯着她。不过她一看到那些穿蓝军服的大兵,便吓得把这些黑人忘记了。城里到处是北方佬士兵,有的骑着马,有的步行,有的坐在军车里,在街上闲荡,从酒吧间出出进进。

我永远也看不惯这些家伙,她紧握双拳,心里想。永远也不会！一面回过头去对嬷嬷说:"快走,嬷嬷,赶快离开这群家伙。"

"等俺踢开这个挡路的黑鬼再说,"嬷嬷高声回答道,一面用提包猛撞那个在她前面故意慢悠悠地磨蹭的黑人,使他不得不跳到一边去了,"俺不喜欢这个城镇,思嘉姑娘。这里北方佬和刚放出来的黑鬼太多了。"

"那些不怎么拥挤的地方会好一些。只要我们过了五点镇,就不会这样了。"

她们择路越过那些放置在迪凯特街泥泞里的溜滑的垫脚石,然后继续沿桃树街往前走,这里行人比较稀疏。她们到了韦斯利礼拜堂,这是一八六四年思嘉去找米德大夫那天停下来歇口气的地方,现在她瞧着它,不由得鄙夷地冷冷一笑。嬷嬷的机警眼光带着猜疑和询问的神色搜索她,但她的好奇心没有获得满足。原来思嘉是在回想那天自己的恐惧心情,觉得太可笑了。那时她被北方佬吓坏了,被媚兰即将分娩的紧张情况吓坏了,简直是在心惊胆战地爬行啊。此刻想起来,她真不懂有什么必要那样害怕,就像孩子听到一声巨响那样害怕呢？而且那时她觉得,北方佬和火,以及战争失败的结局,将是她可能碰到的最坏的事情。可它们同爱伦的死和杰拉尔德的精神恍惚比起来,同饥寒交迫,同累断脊梁的劳动和面临不安全的活生生的梦魇比起来,是多么无关紧要的事啊！如今叫她在侵略军面前英勇无畏,那是很容易做到的,可是要面对塔拉被侵吞的危险却显得十分困难了。不,除了挨饿,她什么也不怕！

一辆轿式马车在桃树街迎面驶来，思嘉急切地站到路边石上看是否认识车上的人，因为皮蒂姑妈的住处离这里还有好几条街呢。马车来到身边，她和嬷嬷都凑拢去细看，这时思嘉正准备抛出一个微笑，可是当轿车窗口探出一个女人的头——一个戴着高贵的毛皮帽的红得耀眼的头时，她几乎失声喊叫起来。原来双方都认出来了，脸上都露出惊异的神情，思嘉更不由得后退了一步。这是贝尔·沃特琳！在她再次缩回头去之前，思嘉还瞥见她那两只因表示厌恶而张大的鼻孔。真奇怪，她首先看到的那张熟悉面孔偏偏是贝尔的！

"那是谁呀？"嬷嬷猜疑地问，"她认识你却不向你鞠躬。俺可一辈子也没见过这样颜色的头发。就连在塔尔顿家也没见过。那好像——嗯，我看是染过的！"

"是染过。"思嘉不屑地回答了一声，加快了脚步。

"你认识一个染了发的女人？俺问你，她到底是谁？"

"她是城里的坏女人，"思嘉简单回答说，"我向你保证，我并不认识她，你别问了。"

"我的天哪。"嬷嬷轻轻叹了一口气，用满怀好奇的眼光望着那辆驶去的马车，呆呆地连下颚都快掉下来了。自从二十年前她同爱伦离开萨凡纳以来，还不曾见过妓女，因此她很遗憾刚才没有仔细地看看贝尔。

"她穿得这么漂亮，还有这么好的一辆马车和一个车夫，"她喃喃地自言自语，"俺不懂上帝安的什么心，让那些坏女人这样享福，而俺们好人倒要饿肚子，打赤脚。"

"多年以来上帝就不管咱们了，"思嘉粗鲁地说，"可是你也不用对我说，母亲听我说这个话会在坟墓里翻来覆去睡不着。"

她理应觉得自己在社会地位和品行上高于贝尔,但是做不到。如果她的计划能顺利进行,她就会和贝尔处于同样的地位并受到同一个男人的资助了。她尽管对自己的决定一点也不后悔,但这件事实质上还是使她感到困窘的。"我现在不去想它。"她心里对自己说,同时加快了脚步。

她们经过以前米德大夫住宅所在的那个地段,可是住宅只剩下两个石级和一条走道,上面什么也没有了。至于原来惠廷家所在的地方,现在已完全夷为平地,连那些屋基石和砖砌的烟囱也不见了,只有运走它们时留下的车轮痕迹还依稀可辨。埃尔辛家的砖房仍兀立在那里,而且新盖了二层楼和一个新的屋顶。邦内尔家修补得很难看,上面用粗木板当瓦片盖了个屋顶,看来是在设法掩饰那副破烂相,想尽量显得适合于居住。然而,这些房子的窗口哪儿也没有一张面孔露出来,门廊里也不见一个人影,这倒是使思嘉感到高兴的。她现在不想跟任何人谈话。

皮蒂姑妈家的新石板屋顶和红色砖墙,终于在前面出现了,这时思嘉的心也怦怦地跳起来。上帝多么仁慈啊,竟没有让这所房子损毁得不可收拾!彼得大叔正从前院走出来,胳臂上挎着一只采购的篮子,他瞥见思嘉和嬷嬷一路艰难地走来,黝黑的脸庞上漾开了一丝爽朗又不敢轻信似的微笑。

思嘉暗想,"我要狠狠地吻这个老迈的黑傻瓜,我多么高兴看到他呀!"她随即愉快地喊道:"彼得,快去把姑妈的眩晕药瓶子拿来,真的是我呀!"

那天晚上,皮蒂姑妈家的晚餐桌上摆着少不了的玉米粥和干豌豆。思嘉一面吃一面暗暗发誓，一旦她又有了钱，便决不让这两样东西再次出现在她的餐桌上。而且，无论付出什么样的代价，她也要再捞些钱，比交纳塔拉的税金还要多的钱。总之，有一天她会得到许多钱，即使犯杀人罪也在所不惜。

在饭厅的淡黄灯光下，思嘉问皮蒂的经济状况怎样，她希望事情会出乎她的意料，查尔斯家能够借给她所需要的那笔钱。这个问题本来一点儿也不微妙，可是皮蒂正高兴有机会同一位家庭成员谈话，对于提问题的这种唐突方式并没有注意。她立即伤心地谈起自己所有的苦情来了。她连自己的农场、城里的财产和钱到哪里去了也不知道，只发现一切都溜走了。至少哥哥亨利是这样对她说的。他已经付不出她的地产税了。除了她现在住的这所房子外，一切都已化为乌有，何况皮蒂还没有想这所房子并不属她一人所有，而是与媚兰和思嘉的共同财产。哥哥亨利仅仅能够交纳这所房子的税金。他每月给她一点点钱作生活费，而且，尽管要他的钱是十分寒碜的，她也只好这样做了。

"哥哥亨利说他肩上的负担那么重，租税又那么高，他真不知怎样维持下去。不过，当然喽，他也许是在撒谎，而手头还有一大笔钱，只是不想多给我一点罢了。"

思嘉知道亨利叔叔说的不是谎话。这从他写给她的几封谈查尔斯财产的信中可以看出。这位老律师在英勇奋斗要保住房子和城里原先仓库所在的那片地产，好让韦德和思嘉在破产之后还留有一点东西。思嘉知道他正在冒巨大的牺牲替她维持这些税金。

"当然，他没有什么钱了，"思嘉冷峻地心想，"好吧，把他和皮蒂姑妈从名单上画掉。除了瑞德,再没有别的人了。我只好这么办。我必须这么办。不过,我现在用不着想它……我得让她自己谈起瑞德,然后我再乘机提出叫她邀请他明天到这里来。"

她满脸笑容地紧紧握住皮蒂姑妈那双胖乎乎的手。

"好姑妈,"她说,"我们别再谈那些关于金钱什么的烦恼事了。让我们把这些事抛到脑后,谈些开心的话题吧。你得告诉我每一桩关于老朋友们的新闻呀。梅里韦瑟太太怎么样了?还有梅贝尔呢?我听说梅贝尔的小克留尔安然回家了。可是埃尔辛家和米德大夫夫妇呢?"

皮蒂帕特一转换话题就开颜了,她那张娃娃脸已不再在泪痕下伤心地抽搐。她一桩桩地报道老邻居的近况,他们在干什么、吃什么、穿什么、想什么。她用惊恐的声调告诉思嘉,在雷内·皮卡德从战场上回来之前,梅里韦瑟太太和梅贝尔怎样靠做馅饼卖给北方佬大兵来维持自己的生活,想想那光景吧!有时候几十个北方佬站在梅里韦瑟家的后院里,等着母女俩把馅饼烤出来。如今雷内回来了,他每天赶着一辆旧货车到北方佬军营去卖蛋糕、馅饼和小面包。梅里韦瑟太太说,等到她再多攒点钱,她就要在城里开个面包铺。皮蒂并不想批评这种事,不过毕竟——至于她自己,皮蒂说,她是宁愿挨饿也不会跟北方佬做这种买卖的。她特别注意每次碰到大兵都要给他蔑视的脸色,并且走到街道的另一边去,以此来表示最大的蔑视,尽管这样做在雨天是很不方便的。思嘉看出,对于皮蒂帕特小姐来说,只要能表示对联盟政府的忠诚,无论什么样的牺牲,即使是两天弄脏一双鞋,都不是过分的。

米德大夫夫妇的家是在北方佬放火烧城时毁掉的,既然费尔和达西都牺牲了,他们便既无钱也无心思来重建了。米德太太说她再也不想建立家庭,因为没有儿孙住在一起还算个什么家呢。他们感到十分孤单,只得去和埃尔辛一家住在一起,后者总算把自己房子的毁坏部分修复了。惠廷夫妇也在那里占有一个房间,如果邦内尔太太幸运能把自己的房子租给一个北方佬军官和他一家去住,那么她也有意要搬进去。

"可是,他们这么多人怎么挤得下呀?"思嘉大声问,"有埃尔辛太太,有范妮,还有休——"

"埃尔辛太太和范妮睡在客厅里,休睡在阁楼上,"皮蒂解释说,她是了解所有朋友们的家务安排的,"亲爱的,我本不想告诉你这些事,可是——埃尔辛太太称他们为'房客',可是,"皮蒂压低声音,"他们真是地地道道的寄宿者啊。埃尔辛太太就是在开旅店嘛!你说可怕不可怕?"

"我想这是了不起的,"思嘉冷冷地说,"我倒宁愿去年在塔拉有这样一批房客,而不是免费寄宿。要是这样,我们现在也不会这样穷了。"

"思嘉,你怎么能说出这种话来?你母亲在坟墓里连想起要向在塔拉接待的人们收费,也会辗转不安的!当然,埃尔辛太太这样做也纯粹是迫不得已的,因为单靠她揽点缝纫活,范妮画画瓷器,休叫卖柴火,是维持不了生活的。想想吧,亲爱的休竟卖起柴火来了!而他是一心要当个出色的律师的。眼看着我们的孩子竟落到这个地步,我真想哭呢。"

思嘉想起塔拉像铜钱般闪耀的天空下那一行行的棉花和她弓着身子侍弄它们时那种腰酸背痛的感觉。她记起自己用一双毫无经验的、满是血泡的手扶着犁把时的滋味。她觉得休·埃尔辛也并不是特别值得同情的。皮蒂是个多么天真的老傻瓜呀,而且,尽管周围是一片废墟,她还住得真不错呢!

"要是他不高兴卖柴火,干吗不当律师呢?难道在亚特兰大就没有律师的事了?"

"啊,亲爱的,不是这样!律师的事还多着呢。这些日子,实际上每个人都在控告别人。由于什么都烧光了,界线也消失了,谁也说不清自己的地界在哪里。不过你要打官司也打不起,因为大家都没有钱了。因此休只好一心一意卖自己的柴火……啊,我差点忘了!我写信告诉你了吗?范妮·埃尔辛明天晚上要结婚了。当然,你应当参加婚礼。埃尔辛太太只要知道你到了城里,一定很欢迎你去。我真希望你除了这身穿着还另外有件衣服。并不是说这一件不好看,亲爱的,可是——嗯,它显得有点旧了。啊,你有件漂亮的长袍?我真高兴,这将是亚特兰大沦陷以来头一次举行的真正的婚礼呢。婚礼上将有蛋糕,有酒,然后是跳舞会,尽管我不明白埃尔辛家怎么花得起,因为他们本来是够穷的。"

"范妮嫁给谁呀?我想达拉斯·麦克卢尔在葛底斯堡牺牲之后——"

"乖乖,你可不能批评范妮。不是每个人都像你对查尔斯那样忠于死者呀。让我想想,他叫什么名字来着?我总是记不住名字——也许叫汤姆什么的。我同他母亲很熟,曾经一起上过拉格兰奇女子学院。她姓托姆林森,是拉格兰奇人,而她母亲是——让我想想……姓珀金斯,珀金斯?珀金森!对了。斯巴达人。门第很好,可还是一样——嗯,我知道本来不该说的,可不明白范妮怎么会让自己去嫁给他的!"

"他喝酒?还是——"

"不,亲爱的。他的品性完美无缺,不过你瞧,他下身受了伤,被一颗开花弹打的,打坏了两腿——把它们——把它们,唉,我很讨厌用那个字眼,总之是使他只能叉开两腿走路了。这叫他行走起来非常难看——嗯,可真不体面呢。我不明白她为什么要嫁给他。"

"姑娘们总得嫁人嘛!"

"说真的,这倒不一定,"皮蒂皱皱眉头,表示异议,"我就从没想过。"

"你看,亲爱的,我不是说你呀!谁都知道你多么惹人爱慕,而且至今还是这样。要不,老法官卡尔顿还常常向你飞媚眼呢,以致我——"

"唔,思嘉,别说了!那个老傻瓜!"皮蒂咯咯地笑着,情绪又好起来,"不过,无论怎么说,范妮是那样讨人喜欢,她本该嫁一个更好的人,而且我就不信她真的爱上这个汤姆什么的。我不信她对于达拉斯·麦克卢尔的牺牲会不再伤心了。不过她跟你不一样,亲爱的。你对心爱的查理至今忠贞不渝,即使你想再嫁,可能嫁过多次了。媚兰和我时常谈起你为查理守节多么坚贞,虽然别人在背地里议论你,说你简直是个没心肝的风流女子。"

思嘉对于这种不高明的表白漠然置之,只一心要诱导皮蒂从一个朋友谈到另一个朋友,而且始终迫不及待地将谈话绕到瑞德身上。她是决不会直截了当问起他的,何况自己刚到这里。而且那样做可能引起老太太去琢磨一些最好不去触动的想法。要是瑞德拒绝娶她,不愁没有机会惹起皮蒂对她的猜疑呢!

皮蒂姑妈很高兴喋喋不休地说下去,就像一个孩子好不容易获得了自己的听众似的。她说在亚特兰大,由于共和党人做了许多缺德事,现今的局面是可怕的。而且这一趋势没有尽头,其中最糟糕的是他们向穷黑人头脑里灌输思想的那种方式。

"亲爱的,他们要让黑人投票选举呢!你说世界上还有比这更荒谬的事吗?尽管——我不明白——反正我这样想,彼得大叔比我见到的哪个共和党人都更加清醒,也更有礼貌,不过,当然喽,像彼得大叔这样有教养的人是决不想参加选举的。可是,光这种想法本身就把黑人搞得简直昏昏沉沉了。何况他们中间有些人是那么粗野无礼。天黑以后你在大街上走路是有生命危险的,甚至大白天他们也会把姑娘们推搡到路边的泥泞里去。而且,如果有位绅士胆敢表示抗议,他们就逮捕他,以致——亲爱的,我告诉过你没有?巴特勒船长已经进监狱了。"

"瑞德·巴特勒?"

即使是这么个消息,思嘉也要感激不尽,因为皮蒂使她无需亲自提到巴特勒的名字就谈起他来了。

"是的,千真万确!"皮蒂已激动得两颊发红,腰也挺得笔直了。"他就是因为杀了一个黑人立即被抓起来的。说不定要判处绞刑呢!想想吧,巴特勒船长判处绞刑!"

思嘉顿时像个泄了气的皮球,喘不过气来了,只是呆呆地望着这位胖老太太,老太太却因自己讲的事产生了效果而扬扬得意。

"他们还没有找到充分的证据,不过的确有人杀了这个侮辱白人妇女的黑鬼。北方佬感到十分恼火,因为最近有那么多气势汹汹的黑人被杀了。他们在巴特勒船长身上找不到证据,可是正如米德大夫说的,他们总得搞出一个样板。大夫认为如果他们真把他绞死,也是北方佬干的第一桩大好事,不过那样一来,我就不明白……想想看,巴特勒船长上星期还到过这里,给我带来了一只怪可爱的鹌鹑当礼物呢。他还问起你,说他担心围城时期得罪过你,你大概永远也不会原谅他的。"

"他得在监狱里待多久?"

"谁知道呢。也许一直要关到执行绞刑那天吧。不过,也可能他们最终落实不了他的杀人罪。当然喽,对于北方佬来说,只要能抓住一个人判绞刑就行了,至于究竟谁有罪没罪,那是用不着操心的。他们恼火极了。"皮蒂神秘地压低声音——"至于那个三K党,在你们乡下也有三K党吗?亲爱的,我相信一定有的,只不过艾希礼不会把这种事告诉你们姑娘家罢了。三K党人是不让谈这个的。他们在晚上装扮得像魔鬼似的,骑着马四处转悠,寻找偷钱的提包党人和盛气凌人的黑鬼。有时他们只吓唬吓唬他们,警告他们快离开亚特兰大,可是如果他们不规矩就动手用鞭子抽,并且,"皮蒂悄悄地说,"有时把他们杀掉,扔到很容易发现的地方,上面还放着三K党的名片呢……所以北方佬非常气恼,想来个杀一儆百……不过休·埃尔辛告诉我,他认为他们不至于绞死巴特勒船长,因为北方佬觉得他知道那笔钱的下落,只是不说罢了。他们正在想办法让他说出来。"

"那笔钱?"

"你还不知道呀?我不是写信告诉你了吗?亲爱的,你是给埋在塔拉了,不是吗?巴特勒船长回来时城里简直都轰动了,他驾着漂亮的马车,口袋里装满了钞票,可我们大家正愁着下顿饭没米下锅呢!这真叫每个人都气炸了,一个惯常说联盟政府脏话的老投机商竟有这么多的钱,而我们大家却穷得要命。每个人都急于要知道他是怎样积攒起钱来的,可是谁也没勇气去问他——就我敢问,但他只笑着说:'不是老老实实挣的,你放心好了。'你看要从他嘴里掏点正经的东西多不容易呀!"

"不过,当然了,他的钱是跑封锁线捞到的——"

"当然,是这样,宝贝,有一部分是的。不过,跟他实实在在拥有的那笔钱比起来,这只是缸里的一滴水。每个人,包括北方佬在内,都相信他得到了藏在某个地方,属于联盟政府所有的成百万的金美元。"

"成百万的——金美元?"

"嗯,宝贝,你说我们联盟政府的黄金都到哪里去了呢?到了某些人的手里,而巴特勒就是这某些人中的一个。北方佬以为是戴维斯总统离开里士满时携带着这批金美元,但等到他们逮捕这个穷老头子时,才发现他原来身无分文。战争结束时国库是没有钱的,所以大家认为是有些跑封锁线的商人拿到了这笔钱,他们现在闭口不谈了。"

"成百万的——金美元? 可怎么——"

"巴特勒船长不是给联盟政府运过好几千包棉花到英国和纳索去卖了吗?"皮蒂得意地问,"不只是他自己的棉花,还有政府的棉花呢! 而且你知道,战时把棉花运进英国是怎么回事。你要价多少就是多少呀! 他是一个替政府办事的自由经纪人,为的是卖出棉花,然后用这笔钱给我们买进军火。好,当封锁线愈来愈紧缩时,他就没法把军火运进来了。这时他当然不可能将全部棉花用于军火,于是便有了成百万的钱由巴特勒和其他跑封锁线的商人存在英国银行里,等候放松封锁时再使用。而且你很难说他们存钱时是用的联盟政府的名义。他们把钱存在自己名下，而且至今还在那里呢……从宣布投降以来，谁都在谈论和狠狠批评那帮跑封锁线的家伙，而北方佬以杀害黑人的罪名逮捕巴特勒船长时，一定已经听到这种传闻，因为他们已经在迫使他将钱的下落告诉他们了。你看，我们联盟政府的全部资金现在都归北方佬所有了——至少北方佬是这样想的。可是巴特勒船长声称他什么也不知道……米德大夫说他们还是应当把他绞死，只不过绞刑太便宜这个窃贼和投机商了——亲爱的，你怎么了，怎么这副样子！你有点头晕？我谈这些叫你厌烦了吗？我知道他曾经是你的一位求爱者，可是我以为你早已把他撇到一边了呢。就人品而论，我从没喜欢过他，这么个无赖汉——"

"他不能算是我的朋友，"思嘉着重说，"围城期间，你到梅肯去了以后，我跟他吵了一架。可如今——如今他在哪里？"

"就在那边公共广场附近的消防站呢！"

"在消防站？"

皮蒂姑妈咯咯地笑起来。

"是呀，他在消防站。如今北方佬把那里当作一间军事监狱了。北方佬驻扎在广场市政厅周围的营房里，而消防站就在附近街上，所以巴特勒也关在那里。我说，思嘉，昨天我听到关于巴特勒船长的一桩最有趣的事。我忘记了是谁对我讲的。你知道他这个人总是那么爱修饰——一个地地道道的花花公子——而他们把他拘留在消防站里，也不让他洗澡，他每天都坚持一定要洗一次澡，最后他们只好把他从那个面对广场的小间里放出来，广场上有个长长的饮马槽，全团都在同一盆水里洗澡呢。他们告诉他可以在那里洗,他说,不,说他宁愿保留自己南方人的污垢,而决不沾上北方佬的污垢——"

思嘉见她兴致勃勃,不停地唠叨,可是她一句话也没听进去。她心里只有两个念头:瑞德拥有比她所希望的多得多的钱,他现在蹲在监狱里。他关在监狱里并且可能被判处绞刑这一点多少改变了事情的面貌,实际上是使事情显得稍稍明朗了一些。她很少想到瑞德要被判处绞刑。她对钱的需要太迫切,太紧急,以致没有工夫去为他的最终命运操心了。此外,她也部分同意米德大夫的意见,处绞刑太便宜他了。任何一个男人,不惜在两军对垒之际,深更半夜把一个女人扔下不管,只是为了投入一桩业已失败的事业而战斗,这样的人是活该被绞死的……要是在他蹲监狱时她能设法同他结婚,要是他随后被处决,那么,那成百万的金美元就全是她的,全是她一个人所有的了。要是不可能结婚呢,那么,或者她只要答应在他获释后嫁给他,或者答应——啊,管他什么都行! ——她便能从他那里拿到一笔贷款。再说,如果他们把他绞死,她就永远不用偿还了。

一想到在北方佬政府的好意干预下她要成为寡妇,她的想象力便顿时燃烧起来。成百万的金美元呢!她能够把塔拉修复好,雇些工人种植多少英亩的棉花。她能购买许多漂亮衣服和她想吃的一切,还有苏伦和卡琳也是这样。韦德会有足够的营养品把他那瘦弱的身子吃得胖胖的,衣服穿得暖暖的,还要雇家庭教师,以后上大学……再不会光着脚长大成人,成为一个像山区穷汉那样的笨蛋。那时也能雇一位医生照料爸爸了。至于艾希礼——她还有什么不能替他做呢?

皮蒂姑妈的独角戏突然中断了,这时她用探询的口气说:"是这样吗,思嘉?"思嘉猛地从梦想中醒过来,看见嬷嬷站在门道里,两手藏在围裙底下,眼里流露着机警逼人的神色。她不知嬷嬷站在那里多久了,听到和观察到多少东西。从她那双老眼里的光辉看来,说不定一切都明白了呢。

"思嘉姑娘好像是累了。俺说她最好去睡吧。"

"我是累了,"思嘉说,一面站起身来,怀着孩子般无可奈何的表情望着嬷嬷的眼睛,"我恐怕还受了点凉呢。皮蒂姑妈,万一我明天要躺着休息一天,不跟你去看望邻居,你不会介意吧?我什么时候都可以去看望他们,尤其想去参加明晚范妮的婚礼。但如果我的感冒再加重,便不能去了。躺着休息一天便是给我的最好不过的治疗了。"

嬷嬷摸了摸思嘉的手,看了看她的脸色,显得有点着急。她准是神色不怎么好。她昂奋的思绪突然低落下去,她脸色发白,身子微微颤抖。

"你的两手冰凉冰凉的,乖乖。你快去躺下,我给你熬点黄樟茶,烧块热砖拿来,好让你发发汗。"

"我多么大意呀,"胖老太太嚷道,即刻从椅子上站起,拍拍思嘉的肩膀,"我一直唠叨个没完,全没管你了,宝贝,明天你整天躺着休息,我陪你闲聊——啊,亲爱的,不行!我不能陪你了。我已答应明天去陪伴邦内尔太太呢。她在患流行性感冒,她家的厨子也病倒了。嬷嬷,我真高兴你能在这里。明天早上你得同我一起过去,给我帮忙呀。"

嬷嬷催促思嘉爬上黑暗的楼梯,一面喃喃地抱怨手凉啦,鞋太单薄啦,等等,这时思嘉倒显得温顺和心满意足了。要是她能够进而平息嬷嬷的猜疑并让她明天不待在家里,那就太好了。那时她就能到北方佬监狱里去看望瑞德了。她在爬楼梯时隐约听到隆隆的雷声,于是她站在那熟悉的梯顶走廊上思量着这声音多么像围城时期的炮声。她浑身颤抖。从那以后,她总是一听到雷声便联想起大炮和战争来了。

第三十四章

第二天早晨,太阳断断续续地照耀着,狂风驱赶乌云飞速地掠过它的面孔,刮着窗玻璃发出嘎嘎的响声,在房屋周围隐隐地呼啸着。思嘉念了一句简短的祈祷,感谢头天晚上的雨已经住了,因为她曾躺在床上听着雨刷刷地下个不停,心想这样下去她的天鹅绒衣服和新帽子就全完了。如今她能偶尔瞥见太阳在短暂地露脸了,她的兴致便飞扬起来。她在床上几乎躺不住了,也没法再装出困倦的样子和发出抱怨的叫声,一心等待皮蒂姑妈、嬷嬷和彼得大叔出门到邦内尔太太家去。终于,大门砰的一声关了,剩下她一个人留在家里,此外只有厨娘在厨房里唱歌,这时她从床上一跃而起,赶快把衣橱挂钩上的新衣裳取下来。

经过一夜休息,她又觉得头脑清晰、精力充沛了,于是她开始从内心深处汲取勇气。看来她还得同一个男人——同任何一个男人——在智力上进行一场无情的搏斗,这使得她大受鼓舞,而且经历了长期以来的无数挫折和斗争,她懂得自己终于遇到了一个毫不含糊,但她能够凭自己的努力予以打翻的敌手,想到这里她颇有扬扬得意之感。

没有人帮忙穿衣裳,这倒是一件难事,不过最终还是完成了,接着她便戴上那顶装有华丽羽饰的帽子,跑到皮蒂姑妈房里,在穿衣镜前修饰打扮起来。她显得多么漂亮啊!那几支公鸡毛赋予她一种俏皮的神气,而暗绿色天鹅绒帽子更使她的眼睛分外增辉,几乎成了翡翠色了。而且衣裳也是无比出色的,显得那么富丽、大方,可又十分高雅!能够再次穿上一件称心的衣裳,真是妙极了!知道自己显得美丽动人,这是令人愉快的,她不禁俯身向前去亲吻镜子里的映像,但随即又嘲笑自己太傻气了。她拿起爱伦的那条羊毛披肩围在自己身上,可是它那些暗淡了的方块的颜色与苔绿色的衣裳很不协调,这使她反而显得有点寒酸了。她把皮蒂姑妈的衣橱打开,取下一件宽幅绒布的外套,一件皮蒂姑妈只在礼拜日才穿的薄薄的秋大衣,把它穿在身上。她把从塔拉带来的那副钻石耳环伶俐地穿进自己那两只穿过耳朵眼的耳垂上,然后摇摇头观看效果。耳环发出愉快的叮当声,令人听着非常满意,以致她想同瑞德在一起时一定要记住常常摇头才好。跳跃着的耳环总是能吸引男人并给予一个姑娘天真活泼的神气的。

多寒碜,皮蒂姑妈除了她那双胖手上戴的手套以外便没有别的手套了!女人不戴手套就很难叫人觉得是位上流社会的太太,可是思嘉自从离开亚特兰大以来就没有过。在塔拉的艰难岁月中,她的手被长期磨得粗糙乃至很难说是秀丽的了。好吧,这已经是无法补救的事。她想用皮蒂姑妈那个海豹皮手筒,好将自己的手藏在里面。思嘉觉得这样一来她那身雅致的打扮就算完美无缺了。现在谁见了她也不会疑心她正负荷着贫穷和匮乏的重担了吧?

最重要的是不要让瑞德产生疑心。决不能叫他想起她这次来访可能别有原因,而不是出于对他的好感。

她踮着脚尖走下楼梯,走出屋外,这时厨娘还在厨房里随意叫嚷着呢。她沿着贝克街匆匆向前走,避免邻居们所有注视的眼光,接着在艾维街一所烧毁了的房子前面的候车处坐下,等待有马车或货车经过时请人家让她搭乘一程。太阳在匆匆飞渡的云朵后面时隐时现,以一种变幻莫测的光辉照耀着大街,毫无暖意的寒风却吹拂着她内裤腿下的饰边,这使她发现天气比原先设想的冷多了,便把皮蒂姑妈的那件薄外套紧裹着身子,但仍禁不住瑟瑟发抖。正当她准备步行穿过城镇到北方佬营地去时,一辆破旧的货车来了。车上有个老太婆,嘴唇上满是鼻烟渣,那张久历风霜的脸躲在一顶干巴巴的太阳帽底下,她赶着一匹慢悠悠的老骡子。她是朝市政厅方向去的,但经过思嘉央求才满不乐意地答应带她一程。不过很明显,那衣裳、帽子和皮毛手筒并没有赢得老太婆对她的好感。

"她还以为我是个贱货呢,"思嘉心想,"不过也许她竟猜对了!"

她们终于到了广场,看得见市政大厅的圆屋顶了。她向老太婆道谢,爬下货车,眼看着这个农妇驾车走了。她仔细看看周围,发现没有人注意她,便使劲捏了捏两颊,让面颊泛起红晕,又紧咬嘴唇,直到嘴唇痛得涨红了。她整了整头上的帽子,将头发往后捋得整整齐齐,然后环顾广场。那幢两层楼的红砖市政厅是城镇被焚毁时幸存下来的,它在灰沉沉的天宇下显得荒凉而又凌乱。它的四周,在以这一建筑物为中心的广场上,遍布着一排排溅满泥污的军营棚屋。北方佬士兵在到处溜达,思嘉心怀疑惧地瞧着他们,原先的勇气有点动摇了。她怎么在这座敌人军营中去寻找瑞德呢?

她朝大街前边的消防站望去,看见那些宽阔的拱门都紧闭着并且扣上了笨重的铁杠。有两个哨兵分别在房子的两旁来回走动。瑞德就在那里面。可是她该对那些北方佬怎么说呢？他们又会对她怎么说呢？她两肩向后一靠,挺起胸来。既然她有胆量杀死一个北方佬,她就不应当连对另一个北方佬说话也害怕啊!

她小心翼翼踩着街上泥泞中那些垫脚石朝前走去,直到一个因为怕冷而把外套扣子全部扣上的哨兵把她拦住。

"怎么回事,太太?"他带有中西部口音,但还是客气和文明的。

"我要到里面去看一个人——他是个犯人。"

"这个嘛,我不清楚,"哨兵说,一边抓抓脑袋,"这里对于会客的规定可严格呢,而且——"他说到这里便打住了,一面机警地注视着思嘉。"怎么,太太,你别哭呀!你到那边总部去问问那些当官的。我敢保证他们会让你去看他的。"

思嘉本来不准备哭,这时便朝他笑了。他回过头来对另一个正在缓缓踱步的哨兵喊道:"喂,比尔,你来一下。"

后一个哨兵是个大块头,穿着一件蓝上衣,只露出一脸讨厌的黑络腮胡。他踩着泥泞向他们走来。

"你带这位太太到总部去。"

思嘉向他道谢,然后跟着哨兵走了。

"请当心,别在这些垫脚石上扭伤了脚,"哨兵说着,搀着她的臂膀,"你最好把衣裳撩起一点,免得溅上泥污。"

从络腮胡中发出的声音同样带有浓重鼻音的特点,但也是温和愉快的。他搀扶着她的手显得既坚定又有礼貌。怎么,北方佬并不全是坏人嘛!

"这么大冷天,一位太太出门可不容易呀,"她的这位"扈从"温情地说,"你走了很远一程路吧?"

"唔,是的,从城镇对面一直走过来的呢!"她答道,由于哨兵说话和气使她感觉暖和起来。

"这天气可不是让太太们外出的呀,"哨兵似乎带点责备地说,"很容易感冒啊。喏,这就是哨兵指挥部,太太——你有什么事?"

"这房子——这房子就是你们的总部?"思嘉抬头望着这所可爱的面对广场的老住宅,几乎要哭了。战争年代她参加过在这里举行的多少晚会啊。它本来是个那么愉快漂亮的地方,可如今——屋顶上飘扬着一面合众国的旗帜。

"怎么回事?"

"没什么——只不过——只不过我从前认识住在这里的人。"

"唔,那可太叫人扫兴了。我猜想现在连他们自己看了也认不出来了,因为里面实在已经搞得不成样子。好,你进去吧,太太,去找队长。"

她走上台阶,一路抚摩着那些损坏了的白栏杆,然后推开前门。大厅黑暗而凄冷,像个地下墓穴似的。一个冻得瑟瑟发抖的哨兵倚在那扇紧闭着的双开门上,在过去兴旺的时候这里原是饭厅。

"我要见队长。"她说。

他把门拉开,让她进去,这时她的心脏紧张地跳着,她的脸颊因感到窘迫和激动而涨得通红。房子里有一股闭塞沉闷的气息,混杂着烟火、烟叶、皮革、发潮的毛料制服和汗臭的身躯的气味。她的第一个印象是挂着破碎壁纸的光裸的墙壁,一排排挂在铁钉上的蓝军服和皱巴巴的帽子,一堆嗞嗞响的柴火,一张铺满了文件的长桌和一群穿铜纽扣蓝制服的军官。

她咽了一口气,觉得自己能说出话来了。她可不能让这些北方佬知道她胆怯呀。她一定要在他们面前显露出她最漂亮最大方的本相。

"谁是队长?"

"我就是队长。"一个敞开紧身上衣的胖子回答说。

"我要看一个犯人,他叫瑞德·巴特勒船长。"

"又是巴特勒!这人可真是交际广阔,"队长笑着说,从嘴上摘下一支咬碎了的雪茄,"你是亲属,太太?"

"是的——是——他的妹妹。"

他又笑起来。

"他的姐妹可真多呀,昨天还刚来过一个呢!"

思嘉脸红了。同瑞德·巴特勒厮混的一个贱货,很可能就是那个叫沃特琳的女人。而这些北方佬却把她当作又一个那样的人了。这是不能容忍的。即使是为了塔拉的命运,她也决不能再在这里逗留哪怕一分钟来蒙受这样的侮辱了。她转身向门口走去,愤怒地去抓门把手,这时另一个军官很快来到她身旁。他是个刚刮过脸、眼神显得愉快而和气的青年人。

"等等,太太。你想在火炉边暖和的地方坐坐吗?我可以去试试给你想点办法。你叫什么名字?昨天来的那位——女士,他可是拒绝会见她呢。"

她在挪过来的椅子上坐下,瞪着眼睛看着显得很尴尬的胖队长,报了自己的名字。伶俐的青年军官匆匆穿上外套出去了,其余的人都挪到桌子的另一端,在那里低声谈论和翻动公文。她乐得把双脚伸到火炉边取暖,这时才发现脚已冻得多么厉害,她想起如果事先在那只便鞋脚跟的洞里塞进一块硬纸片,那该多好呀。过了一会儿,门外传来一阵低声细语,她听见瑞德的笑声。门一打开,随着一股冷风冲进房里,瑞德出现了,他没戴帽子,只随便披上了一个披肩。他显得很脏,没有刮脸,也没系领结,但看来情绪还挺不错,一见思嘉便眨着那双黑眼睛乐开了。

"思嘉!"

他拉起她的双手,并像往常那样热烈、充满活力和激动地紧紧握住不放。在她还没意识到他的用意时,他已经低下头吻她的两颊,那髭须刺得她痒痒的了。他觉得她的身子在惊惶中回避他,但他紧紧抱住她的双肩说:"我乖乖的小妹妹!"接着便咧开大嘴笑嘻嘻地瞧着她,似乎在欣赏她无法抗拒他的爱抚时的窘相。她也只好对他这种强占便宜的手法报以笑声了。真是十足的流氓!监狱也没能改变他一丝一毫。

胖队长边吸雪茄边对那个快活的军官咕哝什么。

"太不合乎规定了。他应当在消防站会面。你是知道规定的。"

"唔,算了吧,亨利! 在那边仓库里这位太太会冻僵的。"

"唔,好了,好了,那是你的责任。"

"我向你们保证,先生们,"瑞德朝他们转过身去,但仍然紧紧抱住思嘉的双肩,"我妹妹并没有带锯子和锉刀来帮助我逃跑!"

他们全都笑了,就在这时思嘉迅速地向周围看了看。天哪,难道她只能当着六个北方佬军官的面同瑞德说话吗? 难道他竟是个那样危险的罪犯,需要他们随时随地牢牢看守着他? 那个好心的军官看见她焦灼的眼神,便将一扇门推开,同两个一见他进去便站起来的列兵低声说了几句,他们立即拿起步枪向门厅走去,并随手把门带上了。

"要是你们愿意,就坐在这间整整齐齐的屋里谈吧,"年轻的队长说,"可是别想从那扇门逃出去!哨兵就在外面。"

"思嘉,你看我就是这么个危险人物,"瑞德说,"谢谢你,队长。你这样做真是太开恩了。"

他随随便便鞠了一躬,拉着思嘉的胳臂让她站起来,把她推进那个昏暗而整齐的房间。过后她再也想不起那个房间是什么样子了,只记得房间又小又暗,也不怎么暖和,剥落的墙壁上钉着手写的文件,还有带牛皮坐垫的椅子,坐垫上还带毛呢。

巴特勒把门关上,急忙向她走来,俯身瞧着她。她懂得他的意图,便连忙把头扭开,但是从眼角挑逗地朝他一笑。

"难道现在还不能真正吻你?"

"吻前额,像个好哥哥那样。"她故作正经回答说。

"不,谢谢你。我宁愿怀着希望等待得到更好的东西。"他的眼光搜索着她的嘴唇,并在她的嘴唇上停留了片刻,"不过你能来看我,这就好极了,思嘉!自从我入狱以后,你还是头一个来看我的正经人,而且狱中生活是很叫人珍重朋友的。你什么时候到城里来的?"

"昨天下午。"

"于是今天你一早就跑出来了?哎哟哟,亲爱的,你真太好了。"他微笑着俯视她,这一真诚愉快的表情是她以前从没在他脸上看见过的。思嘉内心激动地微笑着,低下头来,似乎觉得不好意思。

"当然了,我立即出来了,皮蒂姑妈昨晚跟我说起你的情况,我就——我简直一夜都睡不着,总是在想这太糟糕了。瑞德,我心里难过极了!"

"怎么,思嘉!"

他的声调很温柔,但有点震颤。她仰起头来直视着他黝黑的脸,却没有看到丝毫困惑的迹象,也就是她所十分熟悉的那种嘲弄的神色。在他咄咄逼人的目光下,她的眼光带着真正的困惑又一次垂下来。看来事情进行得比她希望的还要好。

"能再一次看见你并听到你说这样的话,这监狱也就不算白蹲了。当他们通报你的名字时,我还真的不相信自己的耳朵呢。你瞧,那天晚上我在拉甫雷迪附近大路上出于义愤得罪了你,从那以后,我从没想到你还会宽恕我。不过,我可以把你这次来看我看作你对我的原谅吗?"

她感到怒火在迅速上升。即使迟至今日,但她一想起那天晚上就气极了。不过她还是将怒火压下去,把头一扬,那双耳环也丁丁地跳跃起来。

"不,我没有宽恕你。"她噘着小嘴说。

"又一个希望也破灭了。在我把自己奉献给国家,光着脚在弗兰克林雪地里战斗,并且作为对这一切劳苦的报酬而得了一场你闻所未闻的严重的痢疾之后,又一个希望破灭了!"

"我不要听你的那些——劳苦,"她说,仍旧噘着小嘴,但从她那对向上翘的眼角给了他一个微笑,"我还是觉得那天晚上你太狠心了,从没想过要宽恕你。在一种什么意外事故都可能碰到的情况下,你竟用那样的态度把我孤零零地抛下不管!"

"可是你并没遇到什么意外呀! 所以,你看,我对你的信心已经证明是不错的了。我料定你准能平平安安回到家里，也料定你一路上决不会碰到北方佬的！"

"瑞德，你怎么居然做出这种傻事来——居然在最后一分钟入伍，那时你明明知道我们就要完蛋了？而且你毕竟说过只有白痴才会自己站出来当枪靶子的呀！"

"思嘉，饶恕我吧！我每回想到这一点就羞愧得无地自容呢。"

"好，你已经懂得为你对待我的那种方式感到羞愧，我很高兴。"

"你想错了。我遗憾地告诉你，我的良心并没有因为丢下你而感到内疚。至于入伍的事——那时我想的是穿上高筒靴和白麻布军装以及佩带两支决斗用的手枪参加军队。等到靴子穿破了，也没有外套和任何食品可以吃的时候，在雪地里行军挨冻……我不知道自己为什么竟没有开小差。那是一种最单纯的疯狂行动，但这是一个人的血气使然。南方人永远也忍受不了一桩事业的失败。不过请不要管我的什么理由了。只要得到了宽恕就够了。"

"你没有得到宽恕。我觉得你是只猎犬。"不过她说最后这个字眼时带有爱抚的口气，听起来像是在说"宝贝儿"了。

"别撒谎，你已经宽恕我了。一般年轻的太太们，如果仅仅出于慈善心肠，是不敢闯过北方佬岗哨来看一个犯人的，何况还整整齐齐地穿着天鹅绒长袍，戴着羽饰软帽和海豹皮手筒呢。思嘉，你显得多漂亮呀！感谢上帝，你总算没穿着破衣烂衫或者丧服到这里来！我对那些穿得又邋遢又老气和永远带着黑纱的女人腻烦透了。看来你日子过得不错啊。转过身去，亲爱的，让我好好瞧瞧。"

他果然注意到她的衣裳了。他理应看重这些东西,否则就不是瑞德了。她不禁兴奋地笑起来,警觉地连连旋转起来,同时两臂张开,裙箍高高飘起,露出带饰带的裤腿。他那双黑眼睛贪婪地从头到脚品味着她,这眼光生怕稍有遗漏地遍身搜索着,这一贯厚颜无耻的赤裸裸的目光常常使她浑身起鸡皮疙瘩,难受极了。

"你显得非常精神,非常非常整洁。简直叫人馋涎欲滴呢! 要不是因为外面有北方佬——不过亲爱的,你十分安全。坐下吧。我不想趁机占你的便宜了,像上次见到你时那样。"他露出假装悔恨的表情摸摸自己的脸颊,"老实说,思嘉,你不觉得那天晚上你有点自私吗? 想想我为你做的一切,冒着生命危险——偷来一匹马——而且是那么好的一匹马呀! 然后冲上前去保卫我们光荣的事业! 可是所有这些劳苦给我换来什么呢? 是一些恶言恶语和非常凶狠的一记耳光。"

她坐下来。谈话并没有完全朝着她所希望的方向进行。他刚一看见她时曾显得那么兴致勃勃,对她的到来那么真诚地欢迎。他几乎真像个有良心的好人,而不是她所熟知的乖戾的坏蛋。

"难道你的劳苦一定要得到报酬吗?"

"噢,那当然喽! 你要知道,我就是个自私自利的怪物。我每付出一点代价,总是希望得到报酬的。"

这话使她感到一股凉意贯透全身。不过她还是振作起精神,又一次将耳环摇得丁丁地响起来。

"唔,你也的确并不怎么坏,瑞德。你只是喜欢夸耀罢了。"

"嘿,你倒真的变了!"他笑着说,"你怎么变成基督徒了?

我通过皮蒂帕特小姐追踪你,可是她没有告诉我你变得更富有女性的温柔了。多谈谈你自己吧,思嘉。我们分手以后你都干了些什么?"

被他激起来的旧恨宿怨此刻还在她心中起作用,因此她很想说些刻薄话。不过她还是装出满脸笑容,一副逗人怜爱的模样。他拉了把椅子过来紧靠她身旁坐下,她也就凑过去,漫不经心地把一只手轻轻地搁在他的臂膀上。

"唔,谢谢你,我过得还蛮不错,如今在塔拉一切都好起来了。当然,在谢尔曼经过这里之后过了一段艰苦日子,不过他毕竟没有把房子烧毁,而黑人们把牲口赶到沼泽地,大部分保全下来了。就在今年秋天我们获得了丰收,轧了二十包棉花。不错,这跟塔拉所能奉献的比起来实在算不了什么,但我们下地的人手不多呀。爸说,当然,来年会干得更好些。不过,瑞德,如今在乡下可真没意思呢!你想想,没有舞会,也没有野宴,人们谈论的唯一话题就是艰难时世!天哪,我都厌烦死了!最后,到上个星期,我实在受不了了,爸这才发话说我应当作一次旅行,好好享受一番。所以我就到这里来了,想做几件衣裳,然后再到查尔斯顿去看看姨妈。要能再参加舞会,那才带劲呢。"

那不,思嘉得意地想,我就这样轻巧而适当地把事情交代过去了!既不说得太富裕也一点不寒酸。

"你穿上跳舞服就是美,亲爱的,这一点可惜你自己也很明白。我想你去舞会的真正理由是你把那些乡下情人都玩遍了,现在想到远处找个新鲜的吧。"

思嘉感到值得庆幸的是,瑞德在国外待了好几个月,最近才回到亚特兰大。否则他便决不会说出这么可笑的话来。她略略想了想那些乡下小伙子，那些穿得破破烂烂的憔悴的小个儿方丹兄弟，芒罗家那些破落了的男孩子，琼斯博罗和费耶特维尔的纨绔子弟，他们因忙于耕地、劈栅条和饲养老牲口，早把以前有过的什么跳舞和调情之类的玩意儿忘得一干二净了。但是她立刻不去想这些，故意咯咯地笑起来，仿佛表示他的确猜对了似的。

"唔，瞧你说的。"她略带辩驳地笑道。

"你是个没心肝的家伙，思嘉，不过这也许正是你的魅力所在呢。"他照例微笑着，将一个嘴角略略向下成了弧形，可是她知道他是在恭维她，"因为，当然喽，你明白自己有着比天赋条件更多的魅力。甚至我也有这种感觉，尽管我的为人是有点僵化的。我时常纳闷你究竟有什么特点，竟叫我这样永远记得。因为我认识那么多女人，她们比你还要漂亮，还要机灵，而且恐怕品性上更正直，更和善。可是，不知为什么，我却永远记着你。即使投降以来这么久了，我在法国和英国既没见到你也没听到你的消息，而且同周围许多漂亮太太来往密切，可是我照样时刻想你，惦记着你目前的情况。"

思嘉听到他说别的女人比她漂亮，比她聪明厚道，不觉生起气来，不过又很高兴他居然常常怀念她和她的魅力，因此暂时的恼怒很快便消失了。他果然没有忘记她呀！这样一来事情就好办多了。而且他表现得那么文雅，即使一位绅士在这种情况下也不过如此了。如今她只要把话题引到他自己身上，她就可以向他暗示她也并没有忘记他，然后——

她轻轻捏了捏他的胳臂，同时又露出笑靥来。

"唔，瑞德，看你说的，简直是在戏弄我这个乡下姑娘了！我心里十分清楚，自从那天晚上你丢开我以后，你压根儿就没再想起过我。既然你周围有了那些漂亮的法国和英国姑娘，你就不能说你常常想念我了。不过我不是专门跑来听你谈这些有关我的废话的。我来——我来——是因为——"

"因为什么？"

"唔，瑞德，我真是为你发愁！为你担惊受怕！他们什么时候才让你离开这个鬼地方呀？"

他马上按住她的手，紧紧握住，压在他的胳臂上。

"我很感激你为我担忧。至于我什么时候出去，这就很难说了。大概他们要把绳索放得更长一点吧。"

"绳索？"

"对，我想我会在绳索放到末了的时候离开这里的。"

"他们不会真的绞死你吧？"

"他们会的，如果能再得到一点不利于我的证据。"

"啊，瑞德！"她把手放在胸口喊了一声。

"你会伤心吗？如果你伤心极了，我就要在遗嘱里提到你。"

他那双黑眼睛在无情地嘲笑她，同时他捏紧了她的手。

他的遗嘱啊！她生怕泄露了自己的心事，连忙将眼睛向下看，可是来不及了，他的眼神已经突然闪出了好奇的光辉。

"按照北方佬的意思，我应当好好地立个遗嘱。现在人们对我的经济状况很有兴趣。我每天要被拖到一个个不同的问讯台前去回答一些愚蠢的问题。似乎外间已在流传这样的谣言，说我携带联盟政府那批神秘的黄金出逃了。"

"那么——是这样吗？"

"这简直是在诱供嘛！你跟我一样很清楚，联盟政府只有一台印刷机而没有制造货币的工厂。"

"那么你的钱都是从哪儿来的呢？做投机生意吗？皮蒂姑妈说——"

"你倒真会盘问啊！"

该死的家伙！他当然是有那笔钱的。她非常激动，要想把话说得温和些已经很难了。

"瑞德，我对你目前的处境感到十分不安。难道你觉得没有什么获释的机会吗？"

"我的箴言是'绝望也没有用'。"

"这是什么意思？"

"意思是'也许有'，我的迷人的小傻瓜。"

她扬起浓密的眼睫毛向他看了一眼，随即又垂下来。

"啊，像你这么个机灵人是不会被他们绞死的！我相信你会想出个聪明的办法来击败他们，获得释放的！等到那时候——"

"到那时候怎么样？"他亲切地问，向她靠得更近些。

"那么，我——"她装出一副娇羞的神态，似乎说不下去了。她脸上的红晕是不难做到的，因为她已经喘不过气来，心也像打鼓似的怦怦地跳。"瑞德，我很抱歉，我对你——我那天晚上对你说的——你知道——在拉甫雷迪。那时我——啊，我多么害怕和着急，而你又是那么——那么——"她眼睛向下，看见他那只褐色的手把她的手腕抓得更紧了，"所以——那时我想我永远永远也不饶恕你！可是等到昨天皮蒂姑妈告诉我说，你——说他们可能会绞死你——这把我突然吓倒了，所以我——我——"她抬起头来，用迫切祈求的目光注视着他的眼睛，她的目光中还含着揪心的痛苦，"啊，瑞德，要是他们把你绞死了，我也不要活了！我受不了！你瞧，我——"这时,由于她再也经受不住他眼中那炽热的光辉,她的眼睑才又霎动着落下来。

再过一会儿我就要哭了,她怀着又惊愕又激动的惶惑心情暗自思忖。我应当让自己哭出来吗?那会不会显得更加自然些?

他急忙说:"哎哟,思嘉,你可不能起那种念头——"说着便狠狠地将她的手捏了一把,她痛得仿佛骨头都要碎了。

她紧闭双眼,想挤出几滴眼泪来,但又记得把脸微微仰起来好叫他便于亲吻。此刻,他的嘴唇眼看就要贴到她的嘴唇上来了,那两片结实而执着的使她过后感到疲乏的嘴唇啊,她如今还记得多么清楚!可是他并没吻她。失望之情在她心头油然而生,于是她把眼睛微微睁开,偷偷觑了他一眼。他那黑茸茸的头正向她的双手凑过来,只见他拿起一只手,轻轻吻了一下,然后举起另一只手,放到他的脸颊上贴了一会儿。她本来准备承受一番狂暴劲儿的,现在这一温柔亲昵的举动反而使她大吃一惊。她很想知道他脸上是什么样的表情,可是因为他还低着头,便没法弄清楚了。

她赶快垂下眼睛,免得他忽然抬起头来看见她脸上的表情。她知道她浑身洋溢的那股胜利之情必然明显地表现在她的眼睛里。他立刻就要向她求婚了——或者至少会说他爱她,然后……正当她透过眼睑观察他时,他把她的手翻过来,手心朝上,准备也要吻它,可是他突然紧张地吸了一口气。她也低下头去看自己的手心,仿佛一年中真的头一次看它似的,这时她吓得浑身都凉了。这是一个陌生人的手心,而绝不是思嘉·奥哈拉那柔软、白皙、带有小涡和柔弱无力的纤手。这只手由于劳动和日晒已变得粗糙发黑了,并且布满了斑点。

指甲已经损坏和变形,手心里结了厚厚的茧子,拇指上的血泡还没有完全好呢。上个月因溅上滚油而留下的那个微红的伤疤是多么丑陋刺眼啊! 她怀着恐怖的心情看着它,随即不加思索地赶快把手握紧了。

这时他仍然没有抬起头来。她仍然看不见他的脸。他毫不容情地把她的拳头掰开,凝视着它,然后把她的另一只手也拿起来,把双手合在一起,默默地捧着,俯视着。

"看着我,"他最后抬起头来说,但声音显得十分冷静,"放下那副假装正经的样子吧。"

她很不情愿地看着他的眼睛,满脸反抗和烦乱的神色。他的黑眉毛扬起来,眼里闪着奕奕的光辉。

"你就这样在塔拉一直过得很好,是吗? 种棉花赚了那么多钱,能够出外旅行来了。你用自己的双手在干什么——耕地?"

她试着把手挣脱出来,可是他拉住不放,一面用拇指抚摩着那些茧子。

"这不是一位太太的手呀!"他说罢就把她的双手放到她的膝上。

"啊,住嘴!"她高声喊道,觉得顿时得到解脱,可以发泄自己的感情了,"我用自己的双手在干什么,谁管得着!"

"瞧我多么傻呀,"她恼火地想,"我应当把皮蒂姑妈的手套借来或者偷到手呀! 可是我没发现自己的手那么难看。当然,他是会注意的。现在我实在按捺不住自己的性子,看来一切都完了。啊,怎么恰好在他马上就要表白的时刻偏偏发生这种事呀!"

"你的手我当然管不着。"瑞德冷冷地说,一面将身子挪回来，懒懒地靠到椅背上，他的脸上似乎毫无表情。

看来他要变得不好对付了。那么，如果还想从这一挫折中夺回胜利，即使她很不乐意，也得乖乖地忍受些许，只要她甜言蜜语地说说他——

“我看你也太鲁莽了，把我这双手肆意说成那样。只不过上星期我没戴手套骑马，把手弄——”

“骑马，见鬼去吧！”他以同样平板的语调说，“你明明是用这双手在劳动，像个黑鬼一样在劳动。难道不是这样吗？为什么要骗我说在塔拉一切都好呢？”

“现在，瑞德——”

“我看还是打开天窗说亮话吧。你这次来究竟要干什么？我几乎被你虚情假意的媚态迷住了，还以为你真的关心我，替我着急呢。”

“啊，我就是为你着急呀！真的！”

“不，你没有。即使他们把我吊得比海曼还高，你也不会在乎的。这明明写在你的脸上，就像艰苦的劳动写在你手上一样。你是对我有所求，而且这需求非常急迫，才不得不装出这副样子。你干吗不开门见山把你的要求告诉我呢？那样你会有更多的机会得到满足，因为，如果说女人有什么品性让我赞赏的话，那就是坦率了。可是不，你到这里来，却像个妓女晃荡着丁丁响的耳坠子，噘着嘴，嬉笑着讨好一位嫖客似的。”

他讲最后几句话时并没有提高嗓门或用别的方式加重他的语气，可是这些话对于思嘉仍然像鞭子一样噼啪作响，这使她伤心地看到她引诱他向她求婚的愿望破灭了。要是他大发脾气，伤害她的虚荣心，或者斥责她，像别的男人那样，她还能够对付。然而他可怕的平静声调却把她吓蒙了,使她根本无从考虑下一步该怎么办。尽管他是个犯人,北方佬就在隔壁,可她突然觉得巴特勒是个危险人物,谁也休想去冲撞他。

"我看我的记忆力出毛病了。我本来应当记得你这个人跟我一样,做任何事情都不会没有一个隐秘的动机。现在让我猜猜,你究竟打的什么主意,汉密尔顿太太?你不会糊涂到认为我会向你求婚吧?"

她的脸顿时涨得通红,可是她没有回答。

"不过你不该忘记我经常讲的那句话,就是说,我是不准备结婚的。"

她还是一言不发,这时他忽然粗暴地问:

"你没有忘记吧?回答我。"

"没有忘记。"她无可奈何地答道。

"思嘉,你可真是个赌徒!"他讥讪地说,"你想碰碰运气,以为我蹲在监狱里,不能同女人亲近了,便会像鳟鱼咬饵似的把你一手抓过来啦。"

"可你正是这样做的呀,"思嘉愤愤地想道,"要不是因为我的这两只手——"

"好,现在我们已经大体上谈清楚了,除了你的理由以外一切都明白了。就看你敢不敢老实对我说究竟为什么要引诱我结婚。"

他的声音里有一种温和的,甚至是挑逗人的语调,这使她又有了勇气。也许到头来并没有全完蛋呢?当然,她已经把结婚的希望给毁了,不过,即使在绝望中她也不无高兴之处。这个木然不动的男人身上有些叫她恐惧的地方,因此她现在觉得那种同他做夫妻的念头是可怕的。可是,如果她能机灵些并利用他的同情心和记忆,她也许还能得到一笔借款。于是她装出一副稚气的想要和解的样子来。

"唔,瑞德,你能给我很大的帮助——只要你为人温和一点就好了。"

"为人温和——这是我最乐意不过的了。"

"瑞德,讲点老交情,我要你帮个忙。"

"看来这位磨硬了手心的太太终于要谈谈自己的使命了。我担心你扮演的真正角色并不是'探监'。你到底要什么呢,钱吗?"

他问得这么直截了当,使她原先设想用委婉动情的迂回手法来诱导的计划一笔勾销了。

"别那么小气吧,瑞德,"她娇声娇气说,"我的确需要一笔钱。我要你借给我三百美元。"

"到底说真话了。讲的是爱情,要的是金钱。多么地地道道的女性呀! 这钱要得很急吗?"

"唔,是——嗯,也不那么急,不过我要用。"

"三百美元。这是一大笔钱呢。你拿它干什么?"

"交塔拉的税金。"

"你原来是要借钱。好吧,既然你跟我讲生意经,我也就跟你讲生意经了。你给我什么作抵押呢?"

"什么——什么?"

"抵押。作为我的投资担保。我当然不想把这笔钱白白丢掉。"他的口气很圆滑,甚至有讨好的意思,可是她没在意。也许到头来一切都蛮不错呢。

"拿我的耳环。"

"我可不喜欢耳环。"

"我愿意用塔拉作抵押。"

"这时候我要个农场干什么?"

"喏,你可以——你可以——那是个上好的种植园呢。你决不会吃亏的。我一定拿明年的棉花来偿还你。"

"我倒觉得不怎么可靠。"他往椅背上一靠,把两只手插进衣袋里,"棉花价格正在一天天下跌呢。时世那么艰难,钱又那么紧。"

"啊,瑞德,你这不是逗我玩吗!你明明有几百万的家当嘛。"

他打量着她,眼里流露出一丝温暖而捉摸不定的恶意。

"看来一切都满顺利,你并不十分需要那笔钱喽。那好,我听了心里也很高兴。我总是盼望老朋友们万事如意。"

"啊,瑞德,看在上帝的面上……"她开始着急起来,勇气和自制都失灵了。

"请你把声音放低些。我想你不至于要让北方佬听到你的话吧。有没有人告诉过你,你像只猫——黑暗中的猫,眼睛尖得很呢!"

"瑞德,别这么说!我愿意把一切都告诉你。这笔钱我的确要得很急。我——我说一切顺利,这是在撒谎。一切都糟得不能再糟了。我爸已经——已经——精神恍惚了。从我妈死后,他就变得古怪起来,对我没有任何帮助。他完全像个孩子了。而且我们没有一个会干田间活的人去种棉花,可需要养活的人却很多,一共十三个。何况税金——高得很呢。瑞德,我把什么都告诉你。过去一年多,我们差点儿没饿死呢。啊,你不知道!你也不可能知道呀!我们一直不够吃,白天黑夜地挨饿,那滋味真可怕啊!而且我们没有什么暖和的衣裳,孩子们经常挨冻,生病,还有——"

"那你这身漂亮衣着又是从哪里弄到的?"

"这是用母亲的窗帘改做的,"她答道,因为心里着急,编不出谎话来掩盖这桩有失体面的事了,"挨饿受冻我能忍受得住,可如今——如今那些提包党人把我们的税金提高了,而且必须立即交钱。但是除了一个五美元的金币,我什么钱也没有。我非得有钱来交那些税款不行了。难道你还不明白?要是我交不出,我就会——我们就会失掉塔拉,而我们是万万不能失掉它的! 我决不放走它!"

"你干吗不一开始就告诉我这些情况,却来折磨我这颗敏感的心——常常一碰到漂亮女人就要发软的心呢? 不,思嘉,不要哭。你除了这一着外什么手段都采用过了,可这一着我恐怕是经受不住的。当我发现原来你所需要的是我的钱而不是我这个有魅力的人时,失望和痛苦便把我的感情撕碎了。"

她记起,每当他嘲讽别人时,总是说一些有关自己的大实话,于是她便赶快抬起头来看着他。难道他的感情真正被伤害了? 他真的有意于她吗? 当他看她的手时,他是预备提出结婚的要求了吗? 或者他那时仅仅准备像以前两次一样提出那种可厌的要求来呢? 要是他真正有意于她,或许她还能使他温驯下来。然而他的黑眼睛紧盯她时不是用一种爱人般的神态,而是在轻轻地嬉笑呢。

"我不稀罕你的抵押品。我不是什么种植园主。你还有什么别的东西拿得出来吗?"

好,他终于谈到正题上来了。该摊牌了! 她深深地吸了一口气,勇敢地面对着他的目光。她既然敢于冲出去抓那件她最害怕的东西,一切的风情媚态便都不复存在了。

"我——我还有我自己。"

"是吗?"

她的下颚紧张得成了方形,她的眼睛变成翡翠的颜色。

"你还记得围城期间在皮蒂姑妈家走廊上的那个夜晚,你说过——那时你说过你是要我的。"

他在椅子上漫不经心地向后一靠,注视着她那紧张的脸,同时他自己的棕色脸庞上露出一种莫测高深的表情。仿佛有什么在他眼睛后面闪烁,可是他一声不响。

"你说过——你说你从来没有像现在想要我这样想要过任何一个女人。如果你还想要我,你就能得到我了。瑞德,干什么我都行,你说好了。不过看在上帝面上,你得给我开张支票!我说话算数。我发誓决不食言。如果你感兴趣,我可以立个字据。"

他古怪地看着她,仍然难以捉摸,因此当她迫不及待地接着说下去时也弄不清他究竟是高兴还是在无可奈何地听着。她巴不得他能说点什么,无论说什么都好啊!她觉得自己脸上发烧了。

"我得马上要这笔钱呢,瑞德。他们会把我们赶出门去,然后我爸的那个天杀的监工就会来占领,并且——"

"别急嘛。你怎么会认为我还要你呢?你怎么会认为你值三百美元呢?大部分女人都不会要价那么高呀。"

她的脸顿时通红,心里感到莫大的侮辱。

"你为什么要这样搞?为什么不放弃那个农场,住到皮蒂帕特小姐家去呢?那幢房子你有一半嘛。"

"天哪!"她叫道,"难道你是傻瓜?我不能放弃塔拉,它是我们的家嘛。我决不放弃。只要我还有一口气就决不!"

"爱尔兰人真是最不好对付的民族,"他说着,一面向后靠在椅子上躺平,把两只手从衣袋里抽出来,"他们对许多没意思的东西,譬如,土地,看得那么重。其实这块地和那块地完全一样嘛。现在,思嘉,让我把这件事说个明白吧。你是到这里来做交易的了。我愿意给你三百美元,你呢,做我的情妇。"

"好。"

这个讨厌的字眼一经说出,她便觉得轻松多了,同时希望也在她心中重新升起。他说了"我愿意给你"呢。那时他眼里闪耀着一丝残忍的光辉,仿佛有什么叫他大为高兴似的。

"不过,我以前厚着脸皮向你提出同样一个要求时,你却把我拒之于门外。而且还用许多十分恶毒的话骂我,并捎带声明你不愿意养'一窝小崽子'。不,亲爱的,我不是在揭疮疤。我只是想知道你的古怪心理。你不愿意为自己享乐做这种事,但为了不饿肚子却愿意做了。这就证明了我的观点,即一切所谓的品德都只不过是个代价问题罢了。"

"唔,瑞德,看你说的! 要是你想侮辱我,你就继续说下去吧,不过得把钱给我。"

现在她平静了一些。出于本性,瑞德自然要尽可能折磨她,侮辱她,对她以往的轻视和最近蓄意耍的手腕进行报复。好吧,她能够忍受,什么都能忍受。为了塔拉,这一切都是值得的。有一会儿,她想象着在仲夏天气,午后的天空蓝湛湛的,她昏昏欲睡地躺在塔拉草地上浓密的苜蓿里,仰望飘浮的朵朵白云,吸着白色花丛中的缕缕清香,静听着蜜蜂愉快而忙碌地在耳旁嗡嗡不已。午后的寂静和远处那些从红土地里归

777

来的大车的声音,更使人悠然神往。这一切完全值得你付出代价,还不止值得呢!

她抬起头来。

"你准备把钱给我吗?"

他那模样仿佛正自得其乐似的,但他说起话来语气中却带着残忍的意味。

"不,我不准备给。"

这句话出人意料,一时间她的心情又被搅乱了。

"我不能把钱给你,即使我想给也不行。我身上一分钱也没有,在亚特兰大一个美元也没有。是的,我有些钱,但不在这里。我也不准备告诉你钱有多少,在什么地方。可是如果我想开张支票,北方佬就会盯住我,像只鸭子盯住一只无花果虫那样,那时我们谁也休想拿到它了。你说呢?"

她的脸色很难看,都发青了,那些斑点突然在她的鼻子两边显露出来,而那张扭歪的嘴和杰拉尔德激怒得要杀人时一模一样。她忽地站起来,怪叫了一声,这使得隔壁房间里的嗡嗡声都突然停止了。瑞德也迅猛得像头豹子,一下跳到她身边,用一只手狠狠捂住她的嘴,另一只紧抱住她的腰。她拼命挣扎着反抗他,想咬他的手,踢他的脚,尖叫着借以发泄她的愤怒、绝望和那被伤害了的自尊心。她弓着身子左右前后地扭动,想挣脱他那只铁一般的胳臂,她的心就要爆炸了,她那紧箍着的胸衣勒得她快要断气了。他那么紧、那么粗暴地将她抱住,使她疼痛不堪,而那只捂在她嘴上的手已残忍地卡进了她的两颚之间。这时他那棕黑的脸已紧张得发白了,他的眼光严峻而炙热,他把她完全举了起来,将她高高地紧压在他的胸脯上,抱着她在椅子上坐下,任凭她继续挣扎。

"乖乖,看在上帝面上,别再作声,别嚷嚷了! 再嚷,他们马上就会进来。快静一静。难道你要北方佬看见你这副模样吗?"

她已顾不得谁看见她怎样了,什么都不顾了,只是火烧火燎,一心要杀死他,不过这时她浑身感到一阵晕眩。他把她的嘴捂住,她都不能呼吸了;她的胸衣像一根迅速缩紧的铁带;两只胳臂抱着她使她怀着无可奈何的仇恨和愤怒在浑身颤抖。随后他的声音渐渐减弱了,模糊了,他那张俯视着她的脸在一片令人作呕的迷雾中旋转起来,这片迷雾愈来愈浓,直到她再也看不见他——也看不见任何别的东西了。

当她轻轻扭动身子,渐渐恢复知觉时,她感到浑身彻骨地疲倦、虚弱和迷惑不解。如今她是躺在椅子上,帽子脱了,瑞德正在拍打她的手腕,一双黑亮的眼睛焦急地察看着她的脸色。那个好心的年轻队长正动手将一杯白兰地灌进她嘴里,可是酒洒出来,流到脖子上去了。其他军官不知所措地在旁边走来走去,摆着手悄悄地议论。

"我想——我准是晕过去了。"她说完觉得自己的声音仿佛是从很远的地方传来的,便不由得害怕了。

"把这杯酒喝下去吧。"瑞德说,端过酒杯送到她嘴边。这时她想起来了,但只能无力地狞视着他,因为她已疲乏得连发火的力气也没有了。

"请看在我的面上,喝吧。"

她喝了一口便呛得咳嗽起来,可是瑞德又把杯子送到她嘴边。这样她便喝了一大口,那烈性液体立即从喉管里火辣辣地冲下去了。

"我看她已经好些了,先生们,我十分感谢你们,"瑞德说,"她一明白我将要被处决,就受不了啦。"

穿蓝制服的军官们在地上擦着脚,显得很尴尬。他们干咳了几声,清了清嗓子,便出去了。只有那个年轻队长还待在门口。

"还有什么事需要我做吗?"

"没有了,谢谢你。"

他走出去,随手把门关上。

"再喝一点。"瑞德说。

"不了。"

"喝了吧。"

她又喝了一大口,热流开始向全身灌注,力气也缓缓地回到两条颤抖的大腿上。她推开酒杯,想站起来,可是他又把她按了回去。

"放开我吧,我要走了。"

"现在还不行。再过一会儿。你还会晕倒的。"

"我宁愿晕倒在路上也不要跟你待在这里。"

"反正都一样,我总不能让你晕倒在路上呀。"

"让我走。我恨你。"

听她这么一说,他脸上又露出一丝笑意。

"这话才像你说的。你一定感觉好些了。"

她轻松地躺了一会儿,想凭怒气来支撑自己,同时汲取一点力量。可是她太疲乏了。她已经疲乏得不想去恨谁,以致对一切都不怎么在乎了。失败像铅块一般压抑着她的精神。她孤注一掷,结果输个精光!连自尊心也没有了。这是她最后一线希望的破灭。这是塔拉的下场,是他们全体的下场。她仰靠在椅背上躺了好一会儿,闭着眼睛,静听着身边瑞德沉重的呼吸,这时白兰地的热劲已逐渐渗透全身,带给她以温暖和一种虚假的力量。末了她睁开眼睛,凝望着他的面孔,怒气又油然而生。当她那双高挑的眉毛向下一落显出一副蹙额不悦的神气时,瑞德原先那种微笑又重新出现了。

"现在你好些了。从你这眉头一皱的神态就看得出来。"

"当然,我完全好了。瑞德·巴特勒,你这人真可恨,如果说我见过流氓的话,你就是个流氓,我一开口你就明明知道我要说什么,同时也打定主意不给我那笔钱。可是你还让我一直说下去。你本来可以不要我说了——"

"不要你说,白白放弃机会不听你说的整个故事吗?不大可能。我在这里太缺少可供消遣的玩意儿了。我还真的从没听过这么令人满意的故事呢!"他忽然又像往常那样嘲讽地大笑起来。她一听这笑声便跳起来,抓起她的帽子。

他猛地抓住她的肩膀。

"现在还不行。你觉得完全好了可以谈正经话了吗?"

"让我走!"

"我看你是完全好了。那么,请你告诉我,我是你火中唯一的一块铁吗?"他的眼光犀利而警觉,审视着她脸上的每一丝变化。

"你这话是什么意思?"

"我是不是你要玩弄这把戏的唯一对象?"

"这同你有什么关系呢?"

"比你所意识到的关系要大得多。你的钓丝上还有没有别的男人?告诉我!"

"没有。"

"这不可信。我不能想象你就没有五六个后备对象保留在那里。一定有人会站出来接受你这个有趣的提议。我对这一点很有把握,因此要给你一个小小的忠告。"

"我不需要你的忠告。"

"可我还是要给你。目前我能给你的大概也只有忠告了。听着,因为这是个好的忠告。当你想从一个男人身上取得什么的时候,可千万不要像对我这样直通通地说出来。要装得巧妙一些,更带诱惑性一些,那会产生更好的效果。你自己是懂得这一着的,而且很精通,可就在刚才,当你把你的——你借钱的——抵——押——品提供给我时,你却显得像铁钉一样生硬。我曾经在距我二十步远的决斗手枪上方看见过像你这样的眼睛,那可不是令人舒服的景象。它激不起男人胸中的热情。这玩意儿不能用来操纵男人,亲爱的。看来你快要把早年受的训练忘得一干二净了。"

"我的行为用不着你来教训。"她说,一面疲惫地戴上帽子。她不明白他怎能在自己脖子上套着绞索和面对她的可怜处境时还这么开心地说笑。她甚至没有注意到他的两手捏着拳头插在衣袋里,似乎对自己的无能为力在竭力挣扎。

"振作起来吧,"他说,一面看着她把帽带系好,"你可以来观看我的绞刑,这会使你舒坦多了。那样一来,我们之间的旧账——包括这一次在内,就一笔勾销了。我还准备在遗嘱里提到你呢。"

"谢谢你,不过他们也许迟迟不给你行刑,到时候再交纳税金也就晚了。"她说这话时突然发出一声与他针锋相对的狞笑,她的话的确也就是这个意思。

第三十五章

她从消防站走出来时正在下雨,天空是阴沉沉的一片浅灰色。广场上的士兵们都到棚屋里躲雨去了,大街上也很少有行人。她看不见哪里有什么车辆,便明白自己只能一路步行回家,可路还远着呢。

她一路艰难地走着,白兰地的热劲渐渐消退了。寒风吹得她瑟瑟发抖,冷如针刺的雨点迎面向她打来。雨水很快淋透了皮蒂姑妈那件薄薄的外套,弄得它黏糊糊地贴着她的身子。她知道那件天鹅绒新衣也快糟蹋完了,至于帽子上的羽毛已水淋淋地耷拉下来,就像它们原先的主人雨天戴着它们在塔拉后仓场院里走动时那样。人行道上的砖块多已损坏,而且大段大段的路面上已完全没有砖了。这些地方泥泞已经齐脚踝深,她的便鞋陷在里面像被胶粘住似的,有时一拔脚鞋就掉了。每回她弯下腰去用手提鞋时,衣服的前襟便落在泥里。她甚至懒得绕过泥坑,而随意踏到里面,撩着沉重的衣裾径直走过去。她能感觉到那湿透了的裙子和裤腿边缘冰冷地纠缠在脚踝上,可是她已不再去关心这套衣裳的命运了,尽管在它身上她曾经押了那么大一笔赌注。她只觉得凄冷、沮丧和绝望。

她怎么好在说过那些大话之后就这样回到塔拉去见大伙

呢？她怎能告诉他们，说他们都得流落到别处去呢？她怎能丢下那一切，丢下那些红色的田地、高大的松树、褐黑色的沼泽腹地、寂静的坟地呢？那坟地上的柏林深处还躺着她的母亲爱伦呀！

她在溜滑的道路上吃力地走着，心中又燃起了对瑞德的仇恨之火。这人简直是个无赖！她巴不得他们把他绞死，免得她日后再要同这个对她的丑事和受的屈辱了如指掌的人见面。当然，要是他愿意，他是完全可以替她弄到那笔钱的。啊，绞刑还太便宜了他呢！感谢上帝，他现在已经看不见她，看不见她浑身湿透、披头散发、牙关打战的模样！她一定显得十分难看，而他见了准会哈哈大笑的！

她一路上遇到的一些黑人都对她露齿而笑，他们还相互嬉笑着看她在泥泞中连行带滑地匆匆走过，有时停下来喘着气提鞋，显得非常狼狈。他们竟敢笑话她，这些黑猴儿！他们竟敢对她这位塔拉农场的思嘉·奥哈拉小姐龇牙咧嘴！她恨不得把他们全都痛打一顿，打得他们的脊背鲜血淋漓。那些把他们解放、让他们来嘲笑白人的北方佬，真该死啊！

她沿着华盛顿大街走去，这时周围的景色同她自己的心情一样阴沉。这里一点也没有她在桃树街见到的那种喧闹和欢乐气氛。这里曾经有过许多漂亮的民房，但如今很少有重建起来的。那些经过烟熏火燎的房基和黑乎乎的烟囱（如今叫作谢尔曼的哨兵）令人沮丧地不断出现。杂草丛生的小径所到之处，往往是原来有房子的地方，或者是早已荒废的旧草地，标着她所熟悉的名字的停车间，以及再也不知缰绳为何物的拴马桩，等等。眼前只有寒风冷雨、泥泞和光秃秃的树，寂静与荒凉。她的双脚多么湿冷，回家的路又是多么长啊！

她听到背后马蹄蹚水的声音,便在狭窄的人行道上更往里靠一点,免得让更多的污泥溅上皮蒂姑妈的那件外套。一辆四轮马车在街上缓缓地驶着,她回过头去观看,要是赶车的是个白人便决定求他带上一程。当马车来到近旁时,她在雨雾中虽然看得不怎么清楚,但看得见驾车的人从高高的防雨布后面探出头来,他的面貌似曾相识。她走上街道去仔细一看,那人不好意思地轻轻咳了一声,随即用一种熟悉的声音惊喜地喊道:"怎么,那不会是思嘉小姐吧?"

　　"啊,肯尼迪先生!"她喊着,蹚过街道,俯身靠在泥泞的车轮上,也不管那件外套会不会弄得更脏了,"我遇见谁也没像现在这样高兴过呢!"

　　他一听她说得这么亲热就高兴得脸都红了。随即从马车对面吐出一大口烟叶汁,然后轻快地跳下来。他热情地同她握了握手,掀起那块防雨布,扶她爬上车去。

　　"思嘉小姐,你一个人跑到这里干什么来了?你不知道近来这里很危险吗?而且你浑身湿透了。赶快拿这条毯子把脚裹起来。"

　　当他像只咯咯叫的母鸡忙着照料她时,她一动不动,乐得享受他的殷勤好意。有这么一个男人,即使是弗兰克·肯尼迪这么个婆婆妈妈的男人也好,在身边忙活,咯咯地叫,疼爱地责怪她,那有多美呀!在刚刚受过瑞德的冷遇之后,便尤其感到惬意了。还有,在她远离家乡时看到一张同乡人的面孔,更是多么可喜的事呀!她注意到他穿得很好,马车也是新的。那匹马显得年轻膘壮,可是弗兰克好像比他的实际年龄老多了,比他和他的那伙人到塔拉时那个圣诞之夜又苍老了些。他很瘦,脸色憔悴,一双发黄多泪的眼睛深陷在面部松弛的皱褶里。他那把姜黄色的胡子显得比以前少了,上面沾着烟叶汁,而且有点蓬乱,仿佛他在不断地搔它似的。然而,在思嘉到处碰到的那些愁苦、忧虑而疲惫的面孔对比下,他看来还算是精神焕发、心情愉快的呢。

"看到你很高兴,"弗兰克热情地说,"我不知道你到城里来了。上星期我还见到皮蒂帕特小姐,可她没有说起你要到这里来。有没有——嗯——有没有别人从塔拉跟你一道来?"

他在想苏伦呢,这可笑的老傻瓜!

"没有,"她说,一面用那条暖和的旧毛毯把身子裹好,并试着将它拉上来围住脖子,"我一个人来的,事先也没有通知皮蒂姑妈。"

他对马吆喝了一声,车轮便开始转动,谨慎地在泥滑的街道上行驶起来。

"塔拉的人都好吧?"

"唔,是的,都还可以。"

她必须想出点事情来说说才好,可是要谈起来也真不容易。她的心情沮丧得像铅一般沉重,因此她只想裹着暖和的毯子,仰靠着独自思量:"现在我不想塔拉的事,以后再去想吧,那时候就不会像现在这样难受了。"要是她能引这老头谈一个可以一路谈下去的话题就好了,那时她就用不着说什么话,只需间或说一声"真好"或"你真能干"就行了。

"肯尼迪先生,我真没想到会遇见你呢!我明白自己太不应该了,没有同老朋友们保持联系,不过我并不知道你到了亚特兰大。仿佛有人跟我说过你是在马里塔嘛。"

"我在马里塔做买卖,做过不少买卖呢,"他说,"苏伦小姐没有告诉你我已经在亚特兰大落脚了吗？她没有对你说起过我开店的事？"

她模糊地记得苏伦唠叨过弗兰克和他的铺子，可是她从来就不注意苏伦口里的话。她只要知道弗兰克还活着和他总有一天会把苏伦从她手里领走就足够了。

"不，她一句也没说，"她撒了个谎，"你开了个铺子？看你多能干呀！"

他听说苏伦竟没说关于他的消息，心里颇为难过，可是随即思嘉的一句恭维话又使他乐开了。

"是的，我开了个铺子，并且我觉得还是个满不错的铺子。人们说我是个天生的买卖人呢。"他开心地笑着，他那似乎忍不住的咯咯笑声，思嘉一听就觉得讨厌。

她心想：看这个自命不凡的老傻瓜！

"唔，你无论干什么都一定会成功的，肯尼迪先生。不过你怎么居然会开起店来了呢？记得前年圣诞节你说过你手里一分钱也没有嘛。"

他刺耳地假咳了几声，又搔了搔胡子，流露出一丝羞涩不安的微笑。

"唔，说来话长，思嘉小姐。"

真是谢天谢地！她心想。也许这可以让他唠叨下去，不到家不罢休了。于是她高声嚷道："你就说吧！"

"你记得我们上次到塔拉搜集军需品的时候吧？对了，就在那以后不久，我便积极行动起来。我的意思是投身于真正的战争。因为我已经没有别的差使好干了。那时候也不怎么需要原来这种差使，因为，思嘉小姐，我们已经很难给军队做什么事了；所以我想对于一个身体还不错的人来说最好是去参战。于是我便跟着骑兵打了一阵子,直到肩膀上挨了一颗小小的子弹。"

他显得很骄傲,这时思嘉说:"多可怕呀!"

"唔,那也没有什么,只不过皮肉受了点伤罢了,"他似乎不大赞成思嘉这么大惊小怪,"后来我被送进南边一家医院,等到我快要好起来时,不料北方佬的突击队冲过来了。乖乖,乖乖,那可真叫紧张啊!我们事先一点风声也没听到,突然消息传来,凡是能够行走的人都得帮助把军备物资和医院设备搬到铁路上去启运。我们刚要装完一列货车时,北方佬冲进了城镇的一端,于是我们只好尽快从另一端撤出去。乖乖,乖乖,多么凄惨的一幅景象呀,你坐在列车顶上眼看着北方佬焚烧那些我们不得不丢在站台上的军需品。思嘉小姐,他们把我们堆置在铁路旁边长达半英里的物资全都烧掉了。我们仅仅让自己空着手逃出来了。"

"多可怕呀!"

"是的,就是这样。可怕呀。那时我们的人已回到亚特兰大,我们的火车也就开到了这里。你看,思嘉小姐,那已经是战争结束前不久的事,因此——好了,有许多的瓷器、帆布床、床垫、毯子等等没有人来认领。我可以肯定这些都是北方佬的东西。我想这些就是我们投降的条件吧,难道不是吗?"

"唔。"思嘉心不在焉地应着。她现在已渐渐暖和过来,有点瞌睡了。

"我至今也不明白我到底做得对不对,"他带点发牢骚的口气说,"不过据我看来,这批物资对北方佬是毫无用处的。他们很可能会把它烧了。而我们的人却为它付出了硬邦邦的现款,因此我觉得它应当仍属于联盟政府或属于联盟政府的人。你明白我的意思吗?"

"唔。"

"我很高兴你同意我的看法,思嘉小姐。不知怎的,我良心上总有点过意不去。有不少人对我说:'哎,忘了它吧,弗兰克。'可我就是忘不了。只要我做了点什么亏心事,我就抬不起头来。你认为我做得对吗?"

"当然对。"她说,但不明白究竟这个老傻瓜刚才都说了些什么。似乎,是良心上有点不自在。一个人到了弗兰克这个年纪,应当早就学会不去介意那些无关紧要的事了。可他却总是这样胆小怕事,小题大做,像个老处女似的。

"听你这么一说我就高兴了。宣布投降以后,我有大约十块银元,别的一无所有。你知道他们对琼斯博罗和我在那里的房子和店铺都干了些什么。我简直不知怎么办才好。可是我用这十块钱在五点镇旁边一家旧铺子上盖了个屋顶,然后将那些医院设备搬进去并做起买卖来。谁都需要床、瓷器和床垫的,我便把它们卖便宜一点,因为我琢磨着这些现在归我所有的东西本来也可能属于别人的嘛。不过我用卖得的钱又买来更多的东西。这样一来,生意就满不错了。我想只要继续兴旺下去,我是会从中赚到许多钱的。"

一谈到"钱"这个字,她的心思一清二楚地回到他身上来了。

"你说你赚了钱是吗?"

他发现她有兴趣,显然更加起劲了。除苏伦之外,还很少有女人向他表示过超乎敷衍的殷勤呢。如今得到像思嘉这样一位他曾经倾慕过的美人来倾听他的话,真是莫大的荣幸了。他让马走慢一点,好叫他们在他的故事结束之前不会到家。

"我还不是百万富翁呢,思嘉小姐;而且想到我从前有过那么多的钱,目前所有的就显得少了。不过我今年赚了一千美元。当然,其中的五百美元已用在进新货、修理店铺和交纳税金上。我只是净挣了五百美元,并且从眼前必然兴旺的趋势看,明年我应当能净赚两千美元。这笔钱我也完全用得着的,因为,思嘉小姐,我手头还有一桩活儿准备干呢。"

思嘉一谈起钱就兴致勃勃了。她垂下那两扇浓密而不怎么驯顺的眼睫毛微微地觑着他,同时挪动身子向他靠近了一点。

"你这话是什么意思,肯尼迪先生?"

他笑笑,将手中的缰绳在马背上抖了抖。

"我想,尽谈这些生意经会叫你厌烦的,思嘉小姐。像你这样一位美人儿,是用不着懂生意上的事的。"

看这老傻瓜。

"唔,我知道我对做生意一窍不通,可是我非常感兴趣呀!请你只管讲下去吧,我不懂的地方你可以解释嘛!"

"好吧,告诉你,我另一桩要办的事是个锯木厂。"

"什么?"

"一个锯木料和刨木板的厂子。我还没有把它买到手,可是正准备买。一个名叫约翰逊的人有这么个厂子,在桃树街那头,他急于要卖掉它。他眼下需要一笔现款,所以想卖给我,同时准备自己留下来替我经营,工资按周支付。这一带只剩下很少几家锯木厂,其余的都叫北方佬给毁了。现在谁要是有这么一家,谁就等于有了一个金矿,因为近来卖木材可以自己要价,要多少算多少呢。北方佬在这里烧掉了那么多的房子,如今人们住房不够,便发疯似的一个劲儿盖房。他们弄不到木料,或者缓不应急。人们还在大量拥进亚特兰大,他们全是从乡下来的,因为没有了黑人,已无法从事农业;还有就是那些北方佬和提包党人,他们也蜂拥而来,想把我们已经刮过的骨头刮得更干净一点。我告诉你,亚特兰大很快就会成为一个大城市。人们需要木料盖房子,所以我想尽快买下这家锯木厂——尽快,只要收集到一部分赊欠户的账就动手买。到明年这时候,我手头便会松多了。我——我想你是知道我为什么这样急于要挣钱的,难道不是吗?"

他脸红了,又呵呵地笑起来。他在想苏伦呢,思嘉只觉得讨厌。

她考虑了一会儿,想问他借三百美元,但又觉得没意思,便打消了这个念头。他会感到不好办的,他会支支吾吾,会找到借口,总之是不会借给她的。他辛辛苦苦挣了这点钱,到春天便可以同苏伦结婚了,可是如果拿钱作了旁的用途,他就不得不再推迟婚期。即使她设法博得他的同情和对未来家庭的责任感,让他答应借笔钱给她,她知道苏伦也绝不会允许的。苏伦愈来愈明白她事实上已成了个老姑娘,她无论如何也不会容许任何人再来推迟她的婚期了。

这个成天唉声叹气的姑娘,她身上究竟有何妙处会使得这个老傻瓜急于要给她安排一个安乐窝呢? 苏伦不配有这么个心爱的丈夫,也不配做一个商店和一家锯木厂的老板娘。一旦她手头稍稍有了点钱,她就会摆起令人作呕的架子而决不会为保存塔拉拿出一分钱来的。苏伦决不会的! 她只会拿那笔钱图自己的舒服,也不管塔拉是否因交不起税金而丧失或者被烧得一干二净,只要她自己能穿上漂亮衣裳,同时拐得个"太太"的称号就行了。

思嘉想起苏伦安乐的未来和自己与塔拉岌岌可危的命运，不禁怒火中烧，觉得人生太不公平了。她连忙从马车里向泥泞的街道望去，生怕弗兰克发现她脸上的表情。她想她快要丧失所有的一切了，而苏伦呢——突然之间，她心上萌生了一个决心。

　　苏伦不应当享有弗兰克，以及他的商店和锯木厂！

　　苏伦不配享有它们。思嘉要把它们据为己有。她想起塔拉，也想起乔纳斯·威尔克森，他恶毒得像条响尾蛇，站在屋前台阶上，这时她抓住了命运之船沉没时上面飘浮着的最后一根稻草。瑞德叫她失望了，但上帝给她送来了弗兰克。

　　"可是，我能得到他吗？"她紧握十指，茫然地向雨中凝望，"我能够让他忘掉苏伦立即向我求婚吗？既然我能够让瑞德也几乎向我求婚了，我想我是准能得到弗兰克的！"她侧过脸来，朝他浑身上下迅速地瞟了一眼，"他的确不怎么漂亮，牙齿长得很难看，呼吸中有股臭味，而且老得可以当我父亲了——"她这样冷冷地思忖着，"此外，他还有些神经质，胆小怕事，婆婆妈妈，这些我看是一个男人所能有的最糟糕的品性了。不过他至少是个上等人，我想我可以凑合着同他生活，比同瑞德过得还好些。他当然更容易由我操纵。不管怎样，一个穷得像乞丐的人是没有权利挑选的。"

　　他是苏伦的未婚夫，这一点并没有在她身上引起良心的不安。要知道，正是道德上的彻底破产促使她到亚特兰大来找瑞德的，事到如今，把她妹妹的情人据为己有便显得只是小事一桩，不值得为它伤脑筋了。

　　既然有了新的希望，她的腰杆便硬起来，也忘记双脚又湿又冷的难受劲儿了。她眯着眼睛坚定地望着弗兰克，以致他颇觉惊恐,她也连忙把眼光移开,因为记得瑞德说过:"我在一支决斗的手枪上方看见过像你这样的眼睛⋯⋯它们是不会激起男人胸中的热情的。"

"怎么了,思嘉小姐? 你觉得冷吗?"

"是呀,"她无可奈何地答道,"你不会介意——"她胆怯地支吾着,"要是我把手放进你的外套口袋里,你不会介意吧? 天这么冷,我的皮手筒又湿透了。"

"唔——唔——当然不会了! 何况你连手套也没有戴! 真是,真是,看我这老糊涂,一路上只顾这么慢吞吞地闲聊,聊得都昏头昏脑了! 也没想到你在挨冻,需要马上烤烤火呢! 快,萨利! 顺便说说,思嘉小姐,我老是忙着谈自己的事,也没问问你在这鬼天气跑到这一带来干什么?"

"我刚才到北方佬总部去了。"她不加思索地答道。他听了大吃一惊,两道灰黄的眉毛直竖起来。

"可是,思嘉小姐! 那些大兵——唔——"

"圣母马利亚,让我想出个上好的谎言来吧。"她急忙暗暗地祈祷。对于弗兰克来说,是万万不能让他疑心到她见过瑞德了。弗兰克认为瑞德是个最卑劣的无赖,一个规矩女人连跟他说话也是很不妥当的。

"我去那儿——我去那儿看看是不是——是不是有什么军官要买我的针线活儿带回去送给他们的妻子。我的绣花手艺蛮不错呀。"

他惊慌得往座位上沉重地一靠,厌恶之情与惶惑的感觉在他脑子里揪斗起来。

"你到北方佬那里去——可是思嘉小姐! 你不应当去的。你看——你看⋯⋯肯定你父亲不知道! 一定的,皮蒂帕特小姐——"

"啊,要是你告诉皮蒂姑妈我就完了!"她真的焦急得哭起来了。要哭是容易的,因为她身上又冷,心里又难受,可是哭的效果却惊人地显著。弗兰克感到很难为情又毫无办法,这样的困境即使是思嘉突然要把衣服脱下来也不过如此了。他的舌头好几次顶着牙齿发出啧啧的声音,叨念着"天啊,天啊!"同时做出无可奈何的手势。他心里忽然冒出个大胆的念头,想把她的头搂过来靠在自己肩上,抚慰她,拍拍她,可是他从来没有对任何女人这样做过,也不懂该怎样动手。思嘉·奥哈拉,一位漂亮得无以复加的年轻太太,正想把自己的针线活儿兜售给北方佬呢。他的心燃烧起来了。

她继续啜泣着,间或说一两句话,这便让弗兰克猜想塔拉的景况一定很不妙了。奥哈拉先生仍处于"精神严重失常"的状态,家中又没有足够的粮食养活那许多人。所以她才跑到亚特兰大来想挣点钱维持自己和孩子的生活。弗兰克嗫嚅了片刻,突然发觉她的头已经靠在他肩上了。他也不大明白它是怎样靠过来的。他确确实实没有挪动过她的头,但是她的头确实已经靠在他肩上,思嘉已经无力地靠在他的胸脯上嘤嘤地哭泣了,这对他来说可是一种又兴奋又新奇的感觉。他小心翼翼地拍着她的肩膀,起初还是怯生生的,后来发现她并不反抗才变得胆大起来,拍得也更起劲了。这是个多么可怜、可爱而又温柔的小家伙呀。她居然尝试着凭自己的针线活儿挣钱,又显得多么勇敢而幼稚可笑!不过,同北方佬打交道就太不应该了。

"我不会告诉皮蒂帕特小姐,可是你得答应我,思嘉小姐,你再也不做这种事了。只要想想你是你父亲的女儿——"

她那翠绿的眼睛无可奈何地搜寻他的目光。

"可是,肯尼迪先生,总得想办法呀。我得照顾我那可怜的孩子,可现在谁也不来管我们了。"

"你是一个勇敢可爱的女人,"他毫不含糊地说,"不过我不想让你做这样的事。要不你的家庭会羞死的!"

"那么我做什么好呢?"她那双泪盈盈的眼睛仰望着他,仿佛她认为他懂得一切,现在就等他的话来决定了。

"唔,眼下我也不大清楚。不过我会想些办法的。"

"啊,我就知道你会的! 你真能干——弗兰克。"

她以前从没称呼过他的名字,第一次这么叫他,他听得又高兴又惊讶。这可怜的姑娘大概是糊涂了,连自己说漏了嘴也没发觉。他对她感到十分亲切和满怀爱护。要是他能替苏伦的姐姐做点事情,他一定是乐意做的。他掏出一条红色大手帕递给她,她接过来擦了擦眼睛,然后对他嫣然一笑。

"你看我这个可笑的小笨蛋,"她用抱歉的口吻说,"请不要见怪才好。"

"你才不是小笨蛋呢。你是个十分勇敢可爱的女人,竟想把一副过分沉重的担子挑在自己肩上。我怕的是皮蒂帕特小姐对你不会有多少帮助。我听说她的大部分财产已经丧失,而亨利·汉密尔顿先生自己的景况也不好过。我但愿自己有个家可以接待你。不过,思嘉小姐,请你记住这句话,等到苏伦小姐和我结了婚,我们家里将经常为你保留一席之地,韦德也可以带来。"

现在是时候了! 准是圣徒和天使们在守护她,终于给她带来了这么个天赐良机。她设法装成一副吃惊和难为情的样子,张开嘴像马上要说话似的,可是又吧嗒一声闭上了。

"到春天我就要当你妹夫了,别假装你还不知道似的。"他用一种神经质的快乐口吻说。接着,发现她眼里满含泪水,他又惊恐地问:"怎么了,苏伦小姐没有生病吧,难道她病了?"

"啊,没有! 没有!"

"一定出什么事了。你得告诉我。"

"啊,我不能! 我不知道! 我还以为她一定写信告诉你了呢——啊,真丢人!"

"思嘉小姐,怎么回事呀!"

"唔,弗兰克,我这话本来不想说的,不过我以为,当然喽,你知道——我以为她写了信给你——"

"写信给我说什么?"他焦急得哆嗦起来。

"啊,对一个像你这样的好人做这种事!"

"她做了什么呀?"

"她真的没写信告诉你? 唔,我猜想她是太不好意思了。她理应感到羞耻嘛! 啊,我偏偏有这么一个丢人的妹妹!"

到这个时候,弗兰克连提问题的勇气也没有了。他坐在那里呆呆地望着她,脸色发灰,手里的缰绳也放松了。

"她下个月就要同托尼·方丹结婚了。唔,我真抱歉呀,弗兰克。这件事要由我来告诉你,真不是滋味。她实在等得不耐烦了,生怕自己会当老姑娘呢。"

弗兰克搀扶思嘉下车时,嬷嬷正站在屋前走廊上。她显然在那里站了好一会儿了,因为她的破头巾已经淋湿,那件紧紧围在肩头的旧披肩上也有许多雨点。她那张皱巴巴的黑脸上流露着气恼和忧惧的神色,嘴唇噘得比以往思嘉见过的哪一次都高。她匆匆地瞥了弗兰克一眼,等到发现是谁时才变了脸色——变得又愉快又惶惑,同时掺杂着一丝歉疚的意思。她蹒跚着向弗兰克走来表示欢迎他,但当他要同她握手时,她却咧开嘴大笑着行起鞠躬礼来了。

"能在这里看到家里人真不错啊,"她说,"你好呀,弗兰克先生? 我的天,你这不是阔起来啦! 要是俺知道思嘉姑娘是跟你出去了,俺也不会担这份心了。俺知道她得有人照顾着。俺回来一发现她出门了,俺就慌得像只没了头的小鸡,心想她在这城里一个人乱跑,可大街上到处是刚放出来的下流黑鬼呢。怎么,宝贝儿,你也不告诉我一声就出去了? 而且你还在感冒呀!"

思嘉狡黠地向弗兰克眨了眨眼睛。尽管刚刚听到的那个消息正使他苦恼不堪,他还是微微一笑,懂得她的意思是要保持沉默,叫他参与眼下那个好玩的密谋。

"你快去给我找几件干衣服来,嬷嬷,"她说,"还弄点热茶。"

"天哪,你的新衣裳全给糟蹋完了,"嬷嬷嘟哝着,"俺得花时间把它烘干刷净,这样才能穿上去参加今天晚上的婚礼。"

她进屋去了,这时思嘉紧挨着弗兰克悄悄说:"今天晚上来吃饭吧。我们太孤单了。然后我们一起去参加婚礼。你要当我们的护送人呀! 还有,请不要在皮蒂姑妈面前说起——说起苏伦的事。那会使她十分难过,而且,要是她知道我妹妹——,我也受不了呀。"

"唔,我不会! 我不会!"弗兰克急忙说,他一想起这来就胆战心惊呢。

"今天你对我太好了,帮了我那么大的忙。现在我又勇敢起来了。"分手时她用力捏了捏他的手,同时用那双电火般的眼睛牢牢地盯住他。

这时,正好在门口等候着的嬷嬷丢给她一个难以捉摸的眼色,跟着她呼哧呼哧地到楼上卧室里去。她一声不响替思嘉脱下湿衣服,把它们挂在椅子上,然后推着她上了床。她端来一杯热茶和一块包在绒布里的热砖,然后俯身瞧着她,用一种思嘉听到过的最近乎抱歉的口气说:"乖乖,你怎么不告诉自己的嬷嬷你究竟在干什么呢? 要不,俺就不会这么老远跟着你到这亚特兰大来了。俺年纪也大了,身子也胖,没法儿这样到处跑了呀。"

"你这话是什么意思?"

"宝贝,你骗不了俺。俺是了解你的。俺刚才看见了弗兰克先生的脸色,也看了你的脸色,俺对你的心思就一清二楚了。俺还听见你对他讲的悄悄话,关于苏伦小姐的。俺要是早知道你是来找弗兰克先生,俺就待在家里不出来了。"

"好吧,"思嘉简单地说,便在毯子底下蜷缩起来,明知要想不让嬷嬷闻到一点风声是白费力气的,"你认为我是来找谁呀?"

"孩子,俺不知道,可是俺昨天实在不乐意看你那张脸,俺还记得皮蒂帕特小姐写信给媚兰小姐说过,那个流氓巴特勒有许多钱,而且俺也忘不了俺听到的那些话。不过弗兰克先生嘛,他是个上等人,虽然长相并不怎么好。"

思嘉严厉地瞥了她一眼,嬷嬷也毫不示弱地回瞪了她一眼,意思是说一切我都知道。

"那么,你打算怎么样呢,泄露给苏伦吗?"

"俺要想一切办法帮助你,使得弗兰克先生更加高兴。"嬷嬷说,一面将思嘉颈边的被头塞严实些。

趁嬷嬷在房间里忙着收拾时,思嘉静静地躺了一会儿,她觉得现在满可以放心了,她们之间已用不着再费口舌。人家也没要你加以说明,也没有责备你。嬷嬷已经明白,一声不响了。思嘉发现嬷嬷是个比她自己更不妥协的现实主义者。那双带斑点的机警的老眼睛看人看事既深刻又清楚,有着如原始人和孩子般的直率,凡她心爱的事物遇到危险时,便能挺身而出,决不为良心所阻挠。思嘉是她的宝贝孩子。凡是这个宝贝孩子所想要的,即使属于别人所有,她也一定要帮助她去得到。至于苏伦和弗兰克·肯尼迪的权利,她根本就不放在心上,最多只暗中冷冷地笑笑罢了。如今思嘉遇到了困难并正在尽最大的努力去解决,何况思嘉还是爱伦小姐的孩子呢。嬷嬷振作精神去帮助她,毫不犹豫。

思嘉感觉到了无言的支持,而且脚头的那块热砖也使她暖和起来了,于是原先在马车上挨冻时已隐约闪烁的那个希望,此刻便成了熊熊火苗。它叫她浑身发热,心脏怦怦跳着使血液在血脉中迅速循环。力气也恢复了,在一种难以控制的激情之下她不禁要大笑起来。还没有被击倒呢,她愉快地想。

"把镜子给我,嬷嬷。"她说。

"用毯子把肩膀盖好,不要露出来。"嬷嬷命令她,一面把手镜递过来,厚厚的嘴唇上漾着一丝微笑。

思嘉瞧着自己。

"我苍白得像个鬼了,"她说,"头发乱得像马尾巴似的。"

"你的确不那么精神了。"

"唔……外面雨下得很大吗？"

"可不，在下瓢泼大雨呢。"

"好吧，不管怎么样，你得给我上街跑一趟。"

"冒着这样大的雨，我可不去。"

"反正，要不你去，要不我自己去。"

"有什么等不及的事要办呀？我看你这一整天也累得够了。"

"我要一瓶科隆香水，"思嘉说，一面仔细打量着镜子里的自己，"你可以给我洗头发，用科隆水漂清。还得给我买一缸榅桲籽汁，好用来把头发抿得服帖些。"

"这种天气俺不会给你洗头发，你也不必往头上洒什么香水，像个妖妇那样。只要我还有一口气，你就休想干这种事。"

"啊，不，我就是要嘛。快从我的钱包里拿出那个五美元的金币来，到街上去。还有——对了，嬷嬷，你顺便给我买盒胭脂带回来。"

"买盒什么？"嬷嬷怀疑地问她。

思嘉对嬷嬷的那双怀疑的眼睛故意不加理睬。因为你根本不知道还有什么办法可以把她吓住。

"你不用管。只说要买胭脂就是了。"

"俺可从来不买那种俺不知道的东西。"

"你真爱管闲事，告诉你吧，那是颜料，用来擦脸的。不要气鼓鼓地像只蛤蟆，站在那里发呆了，快走吧。"

"颜料！"嬷嬷一字一顿地说，"擦脸的！好吧，别看你长这么大了，俺不能揍你！俺可从来没丢过这种脸呢。你真叫发昏了！爱伦小姐这会儿正在坟墓里为你难过呢！把你的脸擦得像个——"

"你明明知道罗毕拉德奶奶就常常用胭脂擦脸，而且——"

"是啊,而且她只穿一条裙子,还故意用水打湿,让裙子黏在身上使大腿原形毕露,但这并不说明你也可以那样做呀!在老小姐年轻的时代就是那样不要脸的,可现今时代变了,而且——"

"天哪!"思嘉忍不住嚷起来,她已经急了,用力把毯子掀掉,"你给我马上滚回塔拉去!"

"除非俺自己愿意走,否则你休想叫俺回塔拉去。俺是自由的,"嬷嬷也怒气冲冲地说,"而且俺就是要待在这里。还是上床躺着吧。难道你硬是想得个肺炎不成?把那件胸衣脱下来!脱下来吧,乖乖。反正,思嘉小姐,这种天气你哪里也不能去。可是我的天!你多像你爸呀!上床躺下——俺可不能去给你买什么颜料呀!谁都会知道俺是给自家孩子买的,那不羞死人了吗!思嘉小姐,你那么可爱,长得那么漂亮,用不着擦什么了。宝贝,你知道,除了坏女人,谁也不擦那种东西的。"

"可是你看她们擦了不是显得更漂亮吗?"

"我的天,你听她说的!宝贝,别说这种丢人的话了。把湿袜子脱下来,俺决不让你自己去买那玩意儿。爱伦小姐会恨俺的。快上床去躺下。我就走。说不定能找到一家没人认识俺的铺子呢。"

那天晚上在埃尔辛太太家,范妮举行了婚礼,当老利维和别的乐师出来为舞会演奏的时候,思嘉兴致勃勃地观看周围的动静。又一次亲临舞会,可真叫人兴奋啊。她对于自己所受到的亲切款待也很高兴。她挽着弗兰克的臂膀进屋时,在场的每一个人都拥上前来惊喜地叫着欢迎她,吻她,同她握手,说他们曾多么想念她,并且叫她再不要回塔拉去了。男人们显得那么豪爽,仿佛已经忘记从前她挖空心思让他们伤心的那些事,而姑娘们似乎也不记得她曾千方百计引诱她们的情人的事了。甚至连梅里韦瑟太太、惠廷太太、米德太太,以及别的在战争后期曾对她十分冷淡的寡妇们,也忘记了她的轻率行为和她们对她的反感,而只记得她在她们共同遭受挫折的时候受到的磨难,以及她是皮蒂的侄媳和查尔斯的遗孀。她们吻她,含着眼泪谈到她母亲的去世,并详细询问她父亲和妹妹们的情况。每个人都问到媚兰和艾希礼,请她说说究竟为什么他们也没有回到亚特兰大来。

思嘉尽管由于大家的欢迎态度而高兴,但内心总有些惴惴不安的感觉始终无法排除,这便是她那身天鹅绒衣裳引起的。那件衣裳从膝部以下仍旧是湿的,而且边上还有泥污,虽然嬷嬷和厨娘曾经用滚水壶和刷子烫了又烫,刷了又刷,又提着在火炉跟前使劲抖了半天,也没有解决问题。思嘉生怕有人注意到她这副邋遢相,从而知道她原来只有这一件漂亮衣裳。她稍感欣慰的是,在场许多客人的衣裳显得比她的这件还差得多。那都是些旧衣裳,显然是仔细补过和熨过的。她的衣裳尽管湿了,但至少是完整而簇新的——除了范妮那件白缎子结婚礼服,她这件实际是晚会上唯一的一件新衣裳了。

思嘉记得皮蒂姑妈告诉她的埃尔辛家的经济状况,不知道他们哪里来的这许多钱,竟买得起缎子衣服,以及用来开支晚会上的茶点、装饰和乐队,等等。这得花一大笔钱啊。也许是借了债,要不就是整个埃尔辛家族都给予支援,才举行了范妮的这个奢华的婚礼。在目前艰难时期举行这样一个婚礼,这在思嘉看来完全是一种奢侈行为,与塔尔顿兄弟们的墓碑不相上下,所以她也像站在塔尔顿家墓地上那样觉得很不舒服。随意挥霍金钱的时代毕竟已经过去了。为什么当旧时代已一去不复返时这些人还要装得像往常那样阔气呢?

不过她很快就把这瞬息的反感摆脱掉了。再说这又不是花她的钱,也用不着她为别人做的蠢事而烦恼和破坏她自己今晚的兴致呀!

她发现新郎原来是个熟人,是从斯巴达来的托米·韦尔伯恩,一八六三年他肩部受伤时她曾护理过他。那时他是个六英尺多高的英俊小伙子,从医学院休学参加了骑兵部队。如今他显得像个小老头了,由于臀部受伤成了驼背。他走起路来显得很吃力,如皮蒂姑妈所形容的,叉开两腿一瘸一拐的,样子很难看。但是他好像对自己的外表一点也不觉得,或者说满不在乎,那神气就像对谁也不领情似的。他已经完全放弃继续学医的希望,当起承包商来了,手下有一支爱尔兰劳工队伍,他们正在建造一个新的饭店。思嘉心想像他这个模样怎么会干起如此繁重的行当来,不过她没有问,只又一次辛酸地意识到:一旦为生活所迫,几乎什么事都是做得到的。

托米和休·埃尔辛还有那个小猴儿似的雷内·皮卡德同她站在一起谈话,这时椅子和家具已推到墙边,准备跳舞了。休还是一八六二年思嘉最后一次见到时那个模样,没有什么改变。他仍是那个瘦弱和神经过敏的孩子,仍然是那一绺浅褐色的头发覆盖着前额,那双纤细的手显得毫无用处,这些她都记得很清楚呢。可是雷内从上次休假回来同梅贝尔·梅里韦瑟结婚以后,模样已变了不少。他那双黑眼睛里仍然闪烁着高卢人的神采和克里奥尔人①对生活的热情,不过,尽管他有时开怀大笑,他脸上仍然隐约地流露出某种严峻的表情,而这是战争初期所没有的。而且,他身着显耀的义勇军制服时那种傲慢的高雅风度现在也完全消失了。

"两颊美如花,双眼绿如玉!"他说着,一面亲吻思嘉的手并赞赏她脸上的胭脂,"还像在义卖会上初次见到你时那样漂亮呀。你还记得吗? 我永远也忘不了你那只结婚戒指丢到我篮子里的情形。嘿! 那才叫勇敢呢! 不过我可真没想到你会等了那么久都没戴上另一只戒指呀!"

他狡黠地眨着眼睛,用胳臂肘碰了碰休的肋部。

"我也从没想到你会卖起馅饼来了,雷内·皮卡德。"她说。雷内倒并不因为有人当面揭他这不光彩的职业而感到羞耻,反而显得高兴,并且拍着休的肩膀放声大笑起来。

"说得对!"他大声喊道,"不过,这是岳母梅里韦瑟太太叫我干的,是我这辈子干的头一桩工作。我雷内·皮卡德本来是要拉小提琴,饲养赛马终老一生的呀! 可是如今我推着馅饼车也高兴着呢! 岳母大人能让你干任何事情。她本来可以当一位将军,好让我们打赢这场战争,你说呢,托米?"

好吧! 思嘉心想。尽管他的家族曾经在密西西比河沿岸拥有广袤的土地,在新奥尔良也有一幢大厦,他竟高兴推着车子卖馅饼!

"要是我们的岳母也参了军,我们保准一个星期就把北方佬打垮了,"托米这样说表示同意他的看法,一面偷偷觑着

① 克里奥尔人是路易斯安那州的法国移民的后裔。

他那位新丈母娘瘦长而威武的身影，"我们之所以能坚持这么久，全亏我们背后那些不愿投降的太太们。"

"她们绝不投降，"休纠正说，脸上流露出骄傲而稍带讽刺的微笑，"今晚这里没有哪位太太是投降过的，无论她们的男人在阿波马托克斯的表现怎样。她们的遭遇要比我们的坏得多。至少我们还能在战斗中出出气呀。"

"可她们就只有恨了，"托米补充说，"哎，思嘉，你说是这样么？太太们看到自己的男人沦落到如此地步，会比我们难过得多。本来休要当法官，雷内要在欧洲的国王面前拉小提琴——"他发现雷内要揍他，便躲开了，"而我呢，要当大夫，可是如今——"

"给我们时间吧！"雷内喊道，"到时候我会成为南部的馅饼王子哩！我的宝贝休将成为引火柴大王，而你，我的托米，你会拥有爱尔兰奴隶而不是黑奴了。多大的变化——多大的玩笑啊！还有，思嘉小姐和媚兰小姐，你们会怎么样呢？难道你们还挤牛奶，摘棉花？"

"真是，不！"思嘉冷静地说，她不能理解雷内这种逆来顺受的态度，"我们让黑人干这种活儿。"

"媚兰小姐嘛，我听说她给她的孩子取名'博雷加德'①。你告诉她，我雷内赞成，并且说过除了'耶稣'，没有比这更好的名字了。"

虽然他微笑着，但他的两眼由于路易斯安那这位冲劲十足的英雄的名字而闪出自豪的光芒。

"可是，还有'罗伯特·爱德华·李'呢，"托米提醒他，

①　博雷加德是美国南北战争时期南方的一位将领。

"我并不想贬低博的名气,不过我的第一个儿子将命名为'鲍勃·李·韦尔伯恩'。"

雷内笑着耸了耸肩膀。

"我给你讲个笑话,不过这是真事。你看克里奥尔人对于我们英勇的博雷加德和你的李将军是怎么想的吧。在驶近新奥尔良的列车上,一个属于李将军部下的弗吉尼亚人遇到了博雷加德军队中的一个克里奥尔人。那个弗吉尼亚人不断地谈着李将军说了些什么,做了些什么。而那位克里奥尔人显得很客气,他皱着眉头听着,仿佛要记住似的,然后微笑着说:'李将军!啊,是的!现在我知道了!李将军!就是博雷加德说他很好的那个人!'"

思嘉想要有礼貌地附和他们的笑声,可是她不明白这个故事的真正含义,只觉得克里奥尔人也像查尔斯顿人和萨凡纳人那样傲慢罢了!而且,她一直认为艾希礼的儿子本来应该按照他自己的名字命名的。

乐队奏完开场曲以后立即转入《老丹·塔克》的乐曲,这时托米请她跳舞。

"你想跳吗,思嘉?我不敢请你,不过休或者雷内——"

"不,谢谢。我还在为母亲守孝呢,"思嘉连忙婉谢,"我要坐在这里,一次也不跳。"

她从人群中找到了弗兰克·肯尼迪,并招呼他从埃尔辛太太身旁走过来。

"我想到那边壁龛里坐坐,如果你给拿点吃的来,我们可以在那里好好聊聊。"等那三个人一走开她便对弗兰克这样说。

他连忙去给她拿一杯葡萄酒和一片薄饼来,这时思嘉在客厅尽头那个壁龛里坐下,仔细摆弄着她的裙子,将那些最显眼的脏点遮掩起来。看到这么多人和又一次听到音乐,她感到激动,就把早晨她在瑞德那里发生的丢人的事,置诸脑后了。等到明天她回想起瑞德的行为和她的耻辱时,再去折磨自己吧。等到明天,她将琢磨究竟自己是否在弗兰克那颗受伤而困惑的心上留下了什么印象。不过今晚用不着。今晚她感到浑身是劲,满怀希望,两眼也熠熠生辉了。

她从壁龛中向大厅望去,观看那些跳舞的人,回想她在战时头一次到亚特兰大来时这间客厅多么华丽。那时候这些硬木地板像玻璃似的一片锃亮,头顶上空枝形吊灯的千百个小巧的彩色棱镜,反映和散播着几十支蜡烛放射的每一道光辉,像客厅四周那些钻石、火苗和蓝宝石的闪光一样。墙上挂的那些古老画像曾经是那么庄严优雅,以热情而殷勤的神态俯视着宾客。那些红木沙发是那么柔软舒适,其中那最大的一张当时就摆在她坐着的这个壁龛的尊贵位置。这曾经是思嘉参加舞会时喜爱坐的一个座位。从这里可以观望整个客厅和那边的餐厅,以及那张有二十个座位的红木餐桌和那端端正正靠墙放着的二十把细腿椅子,还有笨重的餐具架和柜台,上面摆满了银器、七枝形烛台、高脚杯、调味瓶、酒瓶和亮晶晶的小玻璃杯。战争初期思嘉常常坐在这张沙发上,由一位漂亮的军官陪伴着,欣赏小提琴和低音大提琴、手风琴和班卓琴的演奏,同时听到舞步在打过蜡的锃亮地板上发出令人兴奋的瑟瑟声。

如今头顶上的枝形吊灯不亮了。它歪歪斜斜地垂挂在那里,大部分的棱镜已经损坏,仿佛北方佬占领军的长筒马靴把它们的美丽模样当成了靶子似的。如今客厅里只点着一盏油灯和几支蜡烛，而大部分亮光却来自那个宽大火炉里高声嘶叫的火苗。火光一闪一闪映照出灰暗的旧地板已经磨损和破裂到无法修补的程度了。褪色墙纸上的那些方块印迹表明那里曾经挂过画像，而墙灰上那个大的裂口则使人记起围城时期这所房子上落过一发炮弹，把房顶和二层楼的一些部分炸毁了。那张摆着糕点和酒瓶的沉重的老红木餐桌，在显得空荡荡的饭厅里仍然居首要地位，可是它的好些地方被划破了，损坏的桌腿也说明是粗陋地修理过的。那个餐具架、那些银器，以及那些纺锤形的椅子，都不见了。原来挂在客厅后面那些法国式拱形窗户上的暗金色锦缎帷幔也找不到了，只有那些带饰边的旧窗帘还留在那里，它们虽然干净但显然是补缀过的。

她从前十分喜爱的那张弧形沙发所在的地方，如今摆的是一张不怎么舒适的木条凳。她坐在条凳上，尽量装得优雅些，希望裙子还能凑合着让她跳舞。能重新跳舞是多么惬意呀！不过，实际上她同弗兰克坐在这个僻静的壁龛里，会比卷入紧张的旋舞有更大的收获。她可以着迷地倾听他谈话，并且逗引他进入更加想入非非的境地。

可是音乐的确很动人。当老利维哇的一声拉响班卓琴和发出弗吉尼亚舞的指令时，她的便鞋不禁和着老利维肥大而笨拙的脚打起拍子来了。脚步在地板上瑟瑟地挪动着、擦着、磨着，两排跳舞的人相互向对方前进又后退，旋转着，将手臂连接成弧形。

"老迈的丹·塔克，他醉了——"

（摇摆呀，舞伴们！）

"倒在马车里，踢马一脚！"

（轻快地跳呀，太太们！）

　　在塔拉农场过了一段阴郁而劳累的生活以后，能再一次听到音乐和舞步声，看到熟悉亲切的面孔在朦胧的灯光下欢笑，互相戏谑，说俏皮话，挑逗，挖苦，调情，的确是惬意的事。这使人觉得仿佛死而复生，又好像是五年前的光辉日子重新回到了自己身边。要是她能够闭住眼睛，看不见那些翻改过的衣服、补过的马靴和修补过的便鞋，要是她头脑里不再浮现那些从舞蹈队中消失了的小伙子们的面孔，她便几乎会觉得一切如旧，什么变化也不曾发生了。可是她瞧着，观看着老年人在饭厅里摸索酒瓶，主妇们成排地靠墙站着，用没有拿扇子的手遮着嘴谈话，年轻的舞伴们在摇摆、蹦跳，这时她突然凄凉而惊恐地发觉一切都完全变了，仿佛这些熟悉的人影也都是鬼魂似的。

　　他们看起来还和过去一样，但实际上不同了。这是怎么回事呢？仅仅因为他们又长了五岁吗？不，不只是时间流逝的结果。而且有某些东西已经从他们身上、从他们的生活中消失。五年前，有一种安全感将他们包裹着，它是那么轻柔，以致他们一点也不觉得。他们在它的庇护下进入了锦绣年华。如今它一去不复返了，连同它一起消失的还有往日就在这个角落里洋溢着的那种兴奋之情，那种欢乐和激动的感觉，也就是他们的生活方式的传统魅力。

　　她知道她自己也变了，不过不是像他们那样变的，而且这叫她迷惑不解。她在那里坐着，观看着他们，觉得自己是他们中间的一个外来人，就像来自另一世界的一个外来人那样，讲一种他们听不懂的语言，同时她也听不懂他们的话。于是她明白了，这种感觉和她同艾希礼在一起时的感觉是一样的。

她同他以及他那一类人（他们构成了她生活圈子中的大部分）在一起时，总觉得自己是被某种她所无法理解的东西排除在外了。

他们的面貌没有多大变化，态度则根本没有变，可是在她看来，老朋友们给她保留下来的也只有这两种东西了。一种历久不衰的庄严，一种没有时间性的慷慨，仍然牢牢地附着在他们身上，而且将终生不渝，可是他们会怀着无尽的痛苦，一种深重得难以形容的痛苦，走向坟墓。他们是些说话温柔、强悍而疲倦了的人，即使失败了也不明白什么叫失败，被损害了也仍然屹立不屈。他们已备受摧残，无依无靠，沦为被征服领地上的公民。他们注视着自己心爱的国土，眼看着它被敌人和那些戏弄法律的恶棍们践踏，原来的奴隶转而作威作福，自己的人民被褫夺公权，妇女横遭污辱。而且他们还记着那些坟墓。

他们那个旧世界的一切都变了，可旧的形态没有变。旧的习俗还在继续流行，也必须继续流行，因为习俗是唯一留给他们的东西了。他们牢牢掌握着他们从前所最熟悉、最喜爱的东西，那种悠闲自在的风度、礼节、彼此接触时那种可喜的互不介意的神情，特别是男人对他们的妇女所持的保护态度。男人们忠于自己从小受到教养的那个传统，一贯是讲礼貌的、谦和的；他们几乎成功地创造了一种维护妇女的风气，使之不受任何她们所难以接受的粗暴行为的侵扰。思嘉心想，这是最荒谬不过的事，因为在过去五年中，即使隐遁得最远的妇女也很少见过和听说过的那种风尚，如今实际上已所余无几了。她们护理过伤员，抿阖过死者的眼睛，蒙受过战争烽火和灾难的折磨，也懂得了恐怖、逃亡和饥饿。

但是,无论他们眼见了什么样的情景,已经和还要完成多么卑下的任务,他们依然是太太和绅士,在流离失所——悲惨、凄凉、无聊时仍保持忠诚,相互关注,像钻石一般坚贞,像他们头顶上那个破碎了的枝形吊灯上的水晶玻璃一般清亮。往昔的岁月已经一去不返,但这些人仍会走自己的路,仿佛旧日子依然存在,他们还是那么可爱,悠闲,坚定,决不像北方佬那样为蝇头小利而奔走钻营,决不放弃所有的昔日风尚。

思嘉很清楚,她自己也大大地变了。否则她就不会做出离开亚特兰大以来所做的那些事情;否则她如今也不会考虑去干她正拼命想干的那种勾当了。不过她的坚强与他们的有所区别,至于究竟是什么样的区别,她暂时还说不清楚。也许就在于她能无所不为,而这些人却有许多事情是宁死也不愿意做的。也许就在于他们虽然不抱希望却仍然笑对生活,温顺地过日子,而思嘉却做不到这一点。

她无法漠视生活。她必须活下去,可是生活太残酷、太不友善了,使得她想要微笑着为它掩饰也是不行的。对于她那些朋友们的宝贵品质和勇气以及不屈不挠的尊严,思嘉可一点也看不到。她只看到一种对事物采取微笑观望而拒不正视的愚蠢的倔强精神。

她凝望着跳得满脸兴奋的舞伴们,心想他们是不是也像她那样为种种事物所驱使,为已故的情侣、伤残的丈夫、饥饿的儿女、失掉的土地,以及那些庇护过陌生人的可爱的住宅。不过,毫无疑问,他们是迫不得已啊!她了解他们的环境,比了解她自己的只略略少一点。他们的损失就是她的损失,他们的苦难就是她的苦难,他们的问题也和她的问题一样。不过,他们对这一切却采取了不同的态度。她在客厅里正观看着的这些面孔,并不是些面孔;它们是些面具,是永远也拿不下来的极好的面具。

但是,如果他们也像她那样在痛切地经受着残酷环境的折磨(实际就是如此),那么他们怎能保持这种欢乐的神态和轻快的心情呢?说真的,他们为什么要装出这副样子来?他们真叫她难以理解和有点不耐烦了。她可不能像他们那样。她不能用满不在乎的态度来观察这劫后的世界。她好比一只被追猎的狐狸,怀着破碎的心在拼命逃跑,想赶在猎犬追上之前到达一个藏身的洞穴。

她突然恨起他们来了,原因是他们和她不一样,他们以一种她无法做到也决不想做到的态度在对待他们所丧失的东西。她恨他们,恨这些面带笑容、脚步轻快的陌生人,这些骄傲的傻瓜,他们从丧失的事物中捞取自尊心,好像正因为丧失了才引以自豪似的。妇女们把自己装扮得像太太,她知道她们就是太太,虽然她们每天得做些卑下的活儿,也不清楚她们下次要穿的衣裳从哪儿来。全是些太太呢!可是她并不觉得自己是个太太,尽管她有天鹅绒衣裳和喷了香水的头发,尽管她可以对自己的家庭出身和曾经拥有过的财产感到自豪。自从她同塔拉农场的红土地辛酸地打上交道之后,她那优美的风度就全被剥夺了,她知道自己再也不会觉得像一位太太,除非她的餐桌上摆满了银质的和水晶玻璃的餐具以及热腾腾的美味佳肴,她的马厩里有了自己的骏马和马车,她的农场里由黑人而不是白人摘棉花。

"啊,这就是区别!"她长叹一声愤怒地想道,"他们尽管穷,但仍然觉得自己是太太,可我就不是这样。这些笨蛋好像不明白,你没有钱就不能当太太呀!"

甚至在这突如其来的新发现中她也隐约地认识到他们虽然显得愚蠢，可他们的态度还是对的。爱伦如果还活着也可能这样想。这使她十分不安。她知道她应当像这些人一样看待自己，可是她不行。她也知道她应当像他们那样虔诚地相信，一位天生的太太永远是太太，即使已沦于贫困，可是她不能使自己相信这一点。

她一辈子听人们对北方佬嗤之以鼻，因为北方佬的故作高雅是以财富而不是以教养为基础的。然而就在此刻，尽管有点异端邪说的味道，她仍不能不认为北方佬在这件事上是对的，即使他们在别的方面全都错了。要做太太就得花钱。她知道，要是爱伦从女儿嘴里听到这样的话，她准会昏过去的。无论怎样贫困，都不能使爱伦引为羞耻。羞耻嘛！是的，这就是思嘉的感觉。她因为穷了，沦落到了不择手段、吝啬和干黑人干的活儿，所以觉得羞耻呀！

她恼怒地耸了耸肩膀。也许这些人是对的而她错了，不过，反正一样，这些自大的傻瓜并不像她那样聚精会神地向前看，甚至不惜冒丧名受辱的危险去夺回已经失掉的东西。要去肆无忌惮地捞取金钱，这对他们中的许多人来说是有点太降格了。时世是艰难无情的。你如果想征服它，就得进行艰苦无情的斗争。思嘉知道这些人的家庭传统会阻止他们去作这样的斗争——公然以挣钱为目的的斗争。他们全都觉得毫不含糊地挣钱，甚至谈论金钱也是俗不可耐的事。当然，也有例外。梅里韦瑟太太做馅饼生意，雷内叫卖馅饼，休·埃尔辛卖劈柴，托米搞承包，就是如此。弗兰克也有勇气开店呢。但是他们中的大多数人又怎么样呢？那些农场主会弄到几英亩土地过穷日子。那些法官和医生会回到他们原先的职业中去等待再也不会来的主顾。可其余的人,那些本来依靠收入过闲散日子的人呢?他们会落到什么样的境地呢?

但是她不会一辈子穷下去的。她不会坐下来等待一个什么奇迹来帮助她。她要闯进生活中去,从那里攫取她所能取得的东西。她父亲作为一个穷苦的移民小伙子起家,终于挣到了塔拉那片广大的土地。凡是他所做到的,他的女儿也能做到。她跟这些人不一样,他们曾经将一切作为赌注押在一桩已经完蛋的事业上,如今还在心安理得地为丧失那桩事业而感到自豪,因为据说那是值得你做出任何牺牲的。他们从过去汲取勇气。可她则是在从未来汲取勇气啊。如今,弗兰克·肯尼迪就是她的未来。至少,他拥有一个店铺,还有现金。只要能同他结婚,弄到那笔钱,她就可以使塔拉再支撑一年了。一年以后——弗兰克必定会买下那个锯木厂。那时她倒要亲自看看那城镇怎样迅速繁荣,而如今,在很少有人竞争的时候,谁能办起一家木材厂谁就会有一个金矿呢。

这时,从思嘉内心深处冒出了战争初期瑞德说的关于他在封锁期间赚了一笔钱的那些话。当时她并没有费心思去理解这些话的意思,可现在它们显得再明白不过了,因此她奇怪为什么当时那样幼稚无知而认识不到呢?

在一种文明崩溃的时候也像在它兴起时一样,有大量的金钱好捞的。

"这就是他预见到的崩溃,"她想,"而且他是对的。现在还有许多许多的钱让每一个不怕辛劳的人去赚——或者去攫取呢。"

她看见弗兰克从对面向她走过来,手里端着一杯黑莓酒和一碟糕饼,她这才勉强装出一副笑脸。她可从没想过是否为了塔拉值得同弗兰克结婚。她知道这是值得的,所以主意一定便没有再去想它了。

她朝他微笑着,饮着果子酒,明知自己脸上的红晕比任何酒瓶里的东西都更加迷人。她把裙子挪动了一下,让他坐在身旁,然后懒懒地挥动手帕,让他能闻到香水淡淡的芳香。她为自己喷洒了这种香水而感到骄傲,因为舞厅里别的女人谁也没有,而且弗兰克已经注意到了。出于一时冲动,他还在她耳边悄悄说过她红润、芬芳得像朵玫瑰花呢。

要是他不这么胆小就好了!他让她想起一只怯懦的棕色老野兔。他要是有一点塔尔顿兄弟们那样的豪爽和热情,或者就像瑞德·巴特勒那样的粗野无礼,那该多好呀!不过,如果他有了这些特质,他也许就能感觉到她那故作正经地扇动着的眼睑下暗藏的拼命挣扎之情了。实际上,他对女人还不够了解,不会去猜想她打算干什么勾当。这是她的幸运,但这并没有提高她对他的尊敬。

第三十六章

两个星期之后,经过一场旋风式的求婚,思嘉与弗兰克·肯尼迪结婚了。她红着脸告诉对方,他那种求婚方式使她没有一点喘息的机会来拒绝他的热情。

其实,弗兰克根本不知道在这两个星期里思嘉一直因为他对她所给予的暗示和鼓励反应迟钝而急得咬牙切齿,整夜在房里转悠不得安眠,祈求苏伦那边千万不要寄什么不合时宜的信来破坏她的计划。她感谢老天爷,幸亏妹妹是个最不爱写信的人,只高兴收到别人的信,而不喜欢给别人写信。但是当思嘉披着爱伦那条褪色的围巾在卧室冰凉的地板上来回走动度过漫长的夜晚时,她总是想事情还不牢靠,就怕有个万一呀。弗兰克也不知道她收到过一封威尔的短信,说乔纳斯·威尔克森又到塔拉来过一次,发现她去了亚特兰大,便大发雷霆,结果威尔和艾希礼只得把他赶出门去。威尔的信还强调一件她最明白不过的事情,那就是交纳额外税金的期限愈来愈近了。看到一天天就这样悄悄地过去,她简直急得走投无路,恨不得能将报时的沙漏抓到手里,让沙粒停止流动。

但是她将自己的感情掩饰得如此周密,将自己的角色扮演得如此出色,以致弗兰克一点未起疑心,他只看见表面上的一切——查尔斯·汉密尔顿的这位漂亮而孤弱无助的年轻寡妇,每天晚上在皮蒂帕特小姐的客厅里接待他,带着钦佩之情屏息静气地听他谈论将来经营店铺的种种计划和他指望赚多少钱来买下那家锯木厂。她对他所说的每一句话都表示深切的同情和浓厚的兴趣,这就足以医治他因苏伦的所谓变节而在感情上受到的创伤了。他对苏伦的行为感到痛心和惶惑,而他的虚荣心,那种中年单身汉明知自己对女人已没有吸引力的羞怯而敏感的虚荣心,更是极大地受到了伤害。他不能写信给苏伦,责备她不忠实,联想到这个念头都觉得害怕。但是跟思嘉絮絮叨叨苏伦的事,倒可以减轻他心头的痛苦。思嘉没有说一句贬低苏伦的话,只不过告诉他,她了解她妹妹待他多么不好,并说他理应得到一个真正赏识他的女人的体贴和照顾。

小巧玲珑的汉密尔顿太太就是这样一位双颊红润的漂亮女子,她一想起自己的苦楚便唉声叹气,但当他说点笑话逗她高兴时,又马上发出像小银铃般令人欢快的甜蜜笑声了。她身上那件经嬷嬷洗得干干净净的绿色长袍,衬托着她苗条的身段,更显得纤腰楚楚,而且,她的手帕和头发里不时飘出的淡淡清香多么迷人啊!这样一个娇小漂亮的女子,在连她自己都不了解其艰难的险恶世界中,竟会如此孤苦伶仃,这简直是人世间的耻辱。目前既没有丈夫、兄弟,也没有父亲来保护她。弗兰克觉得对于一个孤单的女人来说,这个世界实在太残酷了,思嘉也默默地完全同意他的看法。

他每天晚上都来看她,因为皮蒂家的气氛令人愉快和宽慰。嬷嬷总是站在前门对他微笑,而这种微笑是只给有身份的人的。皮蒂拿咖啡加白兰地招待他,还不断奉承他,思嘉则一直全神贯注地倾听他的每一句话。有时下午他外出做生意,便赶着马车带思嘉同去。这些旅行特别愉快,因为她提出那么多愚蠢的问题——"真是妇道人家。"他得意地自言自语道。他觉得思嘉对生意经如此一窍不通,便忍不住大笑起来,她也笑着说:"当然喽,你不能指望像我这样一个傻女人会懂得你们男人的事呀!"

思嘉让他在他那老处女般的生活中第一次感到自己成了个堂堂男子,上帝赋予了他一种比别人更高尚的气质,让他来保护那些孤弱无助的蠢女人。

终于,他们站在一起举行婚礼了,这时弗兰克拉着她那表示信任的小手,思嘉的眼睫毛轻轻垂下,在微红的双颊上方形成两道浓黑的新月,可是他仍然不明白这一切究竟是怎么发生的。他只知道这是他有生以来第一遭完成了某种罗曼蒂克和令人兴奋的大事。他弗兰克·肯尼迪居然使这个美人儿倾倒,投入他有力的怀抱里了。这是一种飘飘然的感觉。

他们的婚礼没有请一个亲友参加。证婚人是从大街上叫来的陌生人。思嘉坚持这样做,他也就让步了,尽管有点勉强,因为他原来希望他在琼斯博罗的妹妹和妹夫能来参加。要是能在皮蒂小姐的客厅里举行个招待会,请一些朋友来喝喝酒祝贺新娘,那他会更高兴的。但思嘉甚至连皮蒂小姐参加也不同意。

"只要我们两个人,弗兰克,就像私奔那样,"她紧紧抓住他的臂膀央求道,"我一直就想跟人逃到外面去结婚,亲爱的。为了我,你就这样做吧!"

正是这种讨人喜欢、他至今还觉得新鲜的言词,以及她恳求时那浅绿眼睛的眼角边挂着的晶莹泪珠,终于把他征服了。毕竟,男人总得对他的新娘做出某种让步吧,尤其是关于结婚仪式,因为女人对于这种动感情的事总是看得很重的。

这样,在他还没来得及弄清是怎么回事之前,他便结婚了。

弗兰克给了她那三百美元,但对于她竟要得如此之急仍然很不理解,起初还有点不太情愿,因为这意味着他立即购买锯木厂的希望落空了。不过,他总不能眼看着她的一家人被撵出去呀,而且一看到她兴高采烈的模样,他的失望情绪就开始减退,再看看她对他的慷慨"深表感激"时的娇媚样儿,失望情绪更一下子烟消云散了。过去还从来没有一个女人对弗兰克"深表感激"过,因此他觉得这笔钱毕竟是花得很值的。

思嘉打发嬷嬷立即去塔拉,叫她完成三个使命:一是将钱交给威尔,二是宣布她的婚事,三是将韦德带回亚特兰大。两天以后她接到威尔的一个便条,她把这条子带在身边,一遍又一遍地看着,越看越高兴。威尔说税款已经付清,但乔纳斯·威尔克森对这一消息"表现得相当无礼",尽管至今尚未提出其他的恫吓。威尔在便条最后祝她幸福,这是一种简单的礼节性祝贺,不带丝毫个人的意见。她知道威尔理解她所采取的行动和她为什么要这样做,他既不会责怪也不会对她加以赞许。但是艾希礼会怎么想呢?她狂热地猜想着。不久以前就在塔拉果园里我还和他说过那样的话,可如今,他会把我看成什么样的人啊?

她还收到一封苏伦的来信,写得别字连篇,措词激烈,公然辱骂,信上还沾有泪痕,总之是一封充满恶毒语言和对她的品质作了真实写照的信,它使她终生难忘,而且永远也不会原谅写这封信的人。不过塔拉已平安无事了,至少摆脱了眼前的威胁,这给她带来的快乐是连苏伦的那些话也无法加以冲淡的。

她要认识到如今她的永久家庭是在亚特兰大而不是在塔拉,这还是很不容易的。在她拼命为那笔税金奔走时,除了塔拉和威胁它的命运之外,她没有想过什么别的。甚至在结婚的那一刻,她也没有想到过她为保全家庭所付出的代价竟是使自己永远离开家了。现在木已成舟,她才明白过来,感到心中有一种难以排遣的思家之痛。但事已至此,她已达成了这笔交易,就得遵照执行。而且她对弗兰克挽救了塔拉如此感激,不免对他也产生了感情,同时下定决心不让他对娶她为妻感到懊悔。

亚特兰大的女人对于邻居家的事了解得差不多跟自己家里的事一样,而且兴趣更大。她们全都知道弗兰克·肯尼迪同苏伦之间有一种“默契”已经好几年了。事实上,他曾经羞答答地说过他准备明年春天结婚。因此他和思嘉悄悄结婚的事一经宣布,便引起大家纷纷议论、猜测和深表怀疑,这是不足为怪的。梅里韦瑟太太从来就爱刨根问底,她竟直截了当地质问弗兰克,究竟为什么跟一位姑娘订了婚却娶了她的姐姐。后来她告诉埃尔辛太太,她过问此事得到的全部回答却是对方的一副傻相。可是对于思嘉,梅里韦瑟太太这个精明能干的人竟也不敢当面去问。这些天来,思嘉显得是够娴静和温顺的,但她眼里含着一种自鸣得意的神情,叫人看了恼火。不过她天性好斗,谁又犯得上去惹她呢!

她知道亚特兰大人都在议论她,但她并不在乎。毕竟,嫁男人是没有什么不道德的。反正塔拉已经平安无事,就让人家去议论好了。她可还有许多别的事情要动脑筋呢。最要紧的是得用一种很巧妙的方式让弗兰克明白他那爿店必须赚更多的钱。自从受到乔纳斯·威尔克森的那番恫吓之后，她再也无法安宁，除非她和弗兰克往后能有点积蓄。而且即使没有什么意外事情发生，弗兰克也还需要赚更多的钱，以便她积攒下来付明年的税金。此外，她心里还老挂着弗兰克提起过的那个锯木厂。弗兰克可以从锯木厂的经营中赚许多钱。现在木材如此昂贵，谁有了锯木厂谁就可以发财。她暗暗发愁，因为弗兰克的钱如果付了塔拉的税金就没法买那个锯木厂了。她下定决心要让弗兰克的那爿店尽量多赚钱，快赚钱，这样他便可以在别人还没来得及抢走那个锯木厂之前将它买下来。她看得出这是一笔好买卖。

如果她是男人，她一定要把店抵押出去，用这笔钱来买锯木厂。但是婚后第二天当她轻描淡写地向弗兰克暗示这一想法时，他只微微一笑，叫她那可爱的小脑袋瓜不必为生意上的事操心。她居然还知道什么叫抵押呢，这叫他有点惊讶。起初他还觉得很有趣，但是就在新婚后不几天，这种乐趣便很快消失了，随之而来的是某种震惊。有一次他无意中告诉她"有些人"（他很谨慎地没有讲出他们的姓名）欠了他的钱，但目前还不出来，而他当然也不想去逼这些老朋友和绅士们。从那以后思嘉一次又一次问起这件事，弗兰克才后悔当初不该对她说了。她还装出一副迷人的孩子气，说自己只是出于好奇，想知道究竟哪些人欠了他的钱，一共欠了多少。弗兰克对这件事总是躲躲闪闪，再也不想多谈。他只神经质地干咳着，摆着手，重复那句关于她那可爱的小脑瓜的气人的话。

弗兰克逐渐明白过来，这可爱的小脑袋瓜同时还是个"善于算计"的脑袋瓜。事实上比他自己的算计功夫要精得多,而知道了这一点是令人焦虑不安的。他发现她能用心算的方法很快将一长串数字加起来,而他对三位以上的数字都得用笔才能计算。还不只此,连分数的算法对她来说也毫不困难,这一发现着实让他大吃一惊。他觉得一个女人懂得分数和生意这类事情是有失体面的,而且认为如果她不幸生来就有这样一种不符合贵妇人身份的理解能力,她就应该装出不懂的样子。现在他不再喜欢跟她谈生意上的事情了,而在婚前他是很高兴这样做的,因为那个时候他以为这些事情她全然不懂,向她解释是一种愉快。现在看到她对这一切了如指掌,这种表里不一便激起了他作为男子汉通常具有的那种义愤。再加上他发现女人还有头脑,就觉得自己的幻想破灭了。

弗兰克究竟在婚后什么时候才明白过来思嘉为达到嫁给他的目的采取了欺骗手段,这一点谁也不清楚。也许是那位显然未婚的托尼·方丹来亚特兰大做生意时向他透露了。但也可能是他在琼斯博罗的妹妹听到他结婚的消息后大吃一惊,直接写信告诉他的。肯定他并没有从苏伦本人那里听到什么。她从未给他来信,自然他也不好写信去作解释。既然他已经结婚了,解释还有什么用呢?一想到苏伦将永远不明真相,永远以为他无情无义地抛弃了她,内心深感不安。说不定旁人也在这样想,也在批评他,这肯定将他置于一种非常尴尬的处境了。而他又无法洗刷自己,因为一个男人总不好说自己被一个女人搞昏了头吧——一个有身份的男人总不能到处宣传自己的妻子用谎话让他上了圈套吧。

思嘉已经是他的妻子了,妻子有权利要求自己的丈夫忠诚。再说,他不能让自己相信她是随随便便嫁给他的,对他根本没有感情。他那男性的虚荣心不允许这种想法长期留在心里。他宁愿相信思嘉是突然爱上了他,结果便撒了个谎把他骗到手。但这一切都是令人费解的。他知道,对于一个比他年轻一半而又漂亮精明的女人来说,他没有什么大的吸引力,不过弗兰克毕竟是个有身份的人,他只好将这些疑团放在心里。思嘉已经是他的妻子了,他总不能向她提出一些可笑的问题去侮辱她,何况那也无济于事啊!

弗兰克并不是特别想挽回什么,因为看来他的婚姻也可算美满的了。思嘉在女人里面算得上是最美最动人的,他认为她完美无缺——除了她太任性。婚后他很快发现只要依着她,生活便可以过得很快乐,不过要是不依她——只要依着她,她就像孩子那样高兴,老是笑呀,说些傻气的笑话呀,坐在他膝头上,捋他的胡须,直到他发誓他觉得自己年轻了二十岁。她还会表现得出人意料地温柔和细致,晚上他回家时,她已经把他的拖鞋烘在火炉边,还大惊小怪地抱怨他脚湿了,生怕他又要感冒。她总是记得他喜欢吃鸡胗,咖啡里要放三匙糖。是的,同思嘉在一起,生活是十分甜蜜和舒适的——只不过凡事都得依着她。

婚后两个星期,弗兰克传染上流行性感冒,米德大夫让他卧床休息。在战争的头一年,弗兰克得过肺炎在医院里躺了两个月,从那以后,他生怕重犯,所以这次也乐得躺下盖着三条毯子发发汗,乖乖地喝嬷嬷和皮蒂姑妈每隔一小时给他送来的汤药。

可是病拖着不见好,弗兰克眼看日子一天天过去,愈来愈担心起他那爿店来。现在店里的事情由一个站柜台的店员在管理,每天晚上到家里来向他汇报一天的交易,但弗兰克还是不放心。他很烦躁,而思嘉却一直在等待着这样一个机会,这时便把冰凉的手放在他额头上试探着说:"现在,亲爱的,要是你老这样烦躁,我可也受不了啦。还是让我去城里看看事情到底进行得怎样吧。"

她终于去了,临走前把他劝好了。他有气无力地提出反对时,她还微笑。在她新婚的这三个星期里,她一直急切地想看看他的账本,好查明他的财产状况。他病倒了,真是幸运!

那爿店就在五点镇附近,新修的屋顶在被烟熏黑的旧砖墙的衬托下,显得分外耀眼。从人行道直到街边搭着个板篷,连结板篷柱子的长铁杆上拴着几匹骡马,骡马背上覆盖着破毯子和棉絮,骡马奄拉着脑袋任凭那蒙蒙细雨淋着。店铺里面就像布拉德在琼斯博罗的那爿店似的,只是这里烧得哗啦作响的炉子周围没有闲人在消遣和向沙箱里吐烟草汁。这爿店比布拉德的店要大,但阴暗得多。板篷挡住了大部分冬天的阳光,店里又脏又暗,只是从两侧墙壁高处的两个有蝇屎斑的小窗透进一丝亮光。地板上撒满了沾着烂泥的木屑,而且到处是尘土和脏物。店里的前头一部分似乎整齐些,阴暗处立着一些很高的货架,堆满了色彩鲜艳的布匹、瓷器、烹饪器皿和零碎日用品等。但是隔板后面,即后边那个部分,便都是乱七八糟的了。

隔板后面没有地板,硬地上杂乱地堆放着各式各样的东西。在半明半暗中,她看到有成箱成袋的货物,以及犁头、马具和廉价的松木棺材。黑暗处还摆着些旧家具,从廉价的桉木到桃花心木和红木的旧家具。还有一些破旧但名贵的织锦椅垫和马鬃椅垫,这些同周围一片零乱景象很不谐调。地上还乱扔着一些瓷便壶、成套的碗碟和水罐；四壁周围还有几个很深的贮藏箱，里面很暗，她点起蜡烛才看清楚里面装着一些种子、铁钉、螺钉和木工用具。

"我原以为弗兰克这样婆婆妈妈像老处女，一定会把事情搞得更有条理，"她想，一面用手帕擦擦她那双弄脏了的手，"这地方简直是个猪圈。你看他是怎么开店的呀！他只要把这些东西上的灰尘掸掉，把它们摆到前面去让人们看得见，不就可以卖得快多了吗？"

既然他的货物是这个样子，他的账目肯定更不用说了！

她想我现在就得去看看他的账本，于是端起灯到店铺的前面去了。站柜台的店员很不乐意地把背面很脏的厚厚的账本递给她。显然他尽管年轻，却同弗兰克的观点一样，认为女人是不该参与生意经的。但思嘉用尖刻的话镇住他，打发他出去吃午饭。这时她感到舒坦多了，因为他那不以为然的神气叫她很恼火。她坐在靠近炉子的一张破椅子上，盘起一条腿，将账本摊开。这时正是吃中午饭的时间，街上空无一人。店里也没有顾客来，只剩下她一个人了。

她慢慢地翻着账本，仔细审视弗兰克写的那一行行很难辨认的人名和数字。正如她所预料的那样，她看到了弗兰克缺乏生意人头脑的最新证据，因而皱起了眉头。人家欠他的债款至少有五百美元，有些已经拖欠了好几个月，而那些欠债人的名字她都很熟悉，其中有梅里韦瑟家和埃尔辛家的。从弗兰克不愿意提起"人们"欠他钱的态度来看，她一直以为这笔钱为数不多。想不到竟是这么大一笔啊！

"要是他们真还不出钱来，为什么还照样来买东西呢？"她恼怒地想道。"要是他知道他们还不起钱，又为什么还照样卖给他们东西呢？只要他叫他们还钱,其中许多人是还得起的。埃尔辛家既然给范妮买得起新缎子礼服,办得起奢侈的婚礼,肯定也还得起钱。弗兰克就是心太软了,人们利用了他这一点。嗨,只要他将这笔钱的一半收回来,便可以买下那家锯木厂,而且很容易替我交清税金了。"

　　于是她想:"弗兰克居然还想去经营锯木厂呢!那可真是见鬼了。要是他把这个店都开得像个慈善机构,他还有什么希望在锯木厂上赚钱呀?不满一个月,厂子就会被官府没收了。嗨,要是让我来经营这爿店,准会比他强多了。由我来经营一个木厂,也一定能胜过他。尽管我对木材生意还一窍不通呢!"

　　思嘉从小受的是这样一种传统观念的教育,即男人是万能的,而女人则不可能有什么才智,因此说一个女人可以和男人一样出色地做生意,甚至比男人做得更好,这种想法在思嘉来说就是惊人和革命的了。当然她也发现这种想法并不完全正确,但它仍然是个令人愉快的假设。因此牢牢地据守在她心头。她以前从来没有将这种惊人的想法说出来过。她静静地坐在那里,膝头上摊着那本厚厚的账簿,惊异得微微张开嘴,心想在塔拉那几个月贫困的日子里,她确实干过一个男人干的活儿,而且干得很出色呢。她一直受到这样的教育,认为一个女人是不能单独成事的,可是在威尔到来之前,她没有任何男人的帮助,不也居然把农场管起来了吗?那么,那么,她心里嘟哝着,我就相信女人没有男人帮忙也能够做成世上所有的事情——除了怀孩子,而且天晓得,任何神志正常的女人,只要可能,谁会愿意怀孩子呀。

　　一想到她和男人同样能干,她便突然感到扬扬得意,而且迫切想证实这一点,想像男人一样来为自己挣钱。挣来的钱将是她自己的,用不着再去向任何男人乞求,更用不着向他报账了。

"但愿我有足够的钱,自己来买下那家锯木厂,"她大声说着,叹了一口气,"我一定要使厂子兴旺起来。连一块木片也不赊给人家。"

接着她又叹起气来。她没有什么地方可以去弄钱,因此这个主意是办不到的。而弗兰克只要把人家欠他的钱收回来便可以买下木厂。这是一个可靠的赚钱办法。等到他有了这家木厂之后,她一定会设法让他经营得比以前开店更认真一些。

她从账本后面撕下一页,开始抄那些已经好几个月未还钱的欠债人名单。她一回家就得向弗兰克提出这件事,要他处理。她要让他明白,即使他们都是些老朋友,即使逼他们还账确实有点不好意思,但这些人无论如何也得还了。这也许会让弗兰克为难,因为他胆子小,而且喜欢朋友们称许他。他的面皮如此之嫩,竟宁可不要钱也不愿公事公办地去讨债呢。

或许他会告诉她谁也没有钱还他的债。嗯,也许这是真的。贫穷对于她来说确实不是什么新闻了。但是几乎每个人都保留着一些银器或珠宝,或者死守着一点不动产。弗兰克可以把它们当现金要来嘛。

她想象得出当她把这个想法向弗兰克摊牌时,他会怎样悲叹。居然让他拿朋友的首饰和财产!是呀,她耸了耸肩膀,随他自己的便去悲叹好了。我得告诉他,他可以为了友谊而甘愿继续受穷,可我不愿意。要是弗兰克没有一点勇气,他将永远一事无成!他必须赚钱,即使我不得不当家掌权,好叫他这样去做。

她正强打精神、咬紧牙关赶忙抄写时,店堂的前门忽然推开了,一阵冷风随着刮进来。一位高个子男人迈着印第安人的轻快脚步走进阴暗的店里,她抬头一看,原来是瑞德·巴特勒。

他穿着漂亮的新衣服和大衣,一件时髦的披肩在他那厚实的肩膀上往后飘着。当他俩的目光相遇时,他摘下那顶高帽子,将手放在胸前有皱褶的洁白衬衫上,深深鞠了一躬。他那一口雪白的牙齿在那张褐色的面孔衬托下显得分外触目,他那双大胆的眼睛在她身上搜索着。

"我亲爱的肯尼迪太太,"他边说边朝她走去,"我最亲爱的肯尼迪太太!"接着便欢快地放声大笑起来。

起先她像是看见鬼闯入店堂似的吓一大跳,随后急忙放下那只盘着的腿,挺起腰来,冷冷地白了他一眼。

"你到这里来干什么?"

"我去看过皮蒂帕特小姐,听说你结婚了,所以我匆匆赶来向你道喜。"

回想起那次在他手下受到的侮辱,她顿时羞得满脸通红。

"我真没想到你居然狗胆包天还敢来见我!"她喊道。

"正好相反!你怎么还敢见我呢?"

"哎哟,你真是最最——"

"让我们吹休战号好不好?"他向她咧嘴一笑,这种一闪即逝的微笑显得轻率,但并没有对他自己的行为感到羞愧或对她的行为有所谴责的表示。她也不禁报之一笑,但那是很不自在的苦笑。

"他们没绞死你,真令人遗憾!"

"恐怕别人也有你这种想法。来,思嘉,放轻松些吧。你像吞了一根通条在肚子里似的,这可不合适呀。我想你一定已经有充分的时间忘掉我那个——嗯——我开的那个小小的玩笑了吧。"

"玩笑？哼！我是决不会忘掉的！"

"唔，会的，你会忘掉的。你只是装出一副气势汹汹的样子罢了，因为你觉得只有这样才是正当体面的。我可以坐下来吗？"

"不行。"

他在她身边的一把椅子上坐下来，又咧嘴一笑。

"我听说你连两星期也不肯等我呢，"他讥讽地叹了口气，"女人真是反复无常啊！"

他见她不回答，又继续说下去。

"告诉我，思嘉，作为朋友——最熟悉和最知心的朋友，请你告诉我，你如果等到我出狱以后，是不是更明智一些？难道跟弗兰克·肯尼迪这老头儿结婚，比跟我发生不正当的关系，更有诱惑力吗？"

事情常常是这样，每当他的嘲讽引起她满腔怒火时，她总想以大笑取代愤怒来反击他的无礼。

"别胡说八道了。"

"你能否满足我的好奇心，回答一个我想了许久的问题？你嫁给不止一个而是两个你根本不爱，甚至连一点感情也没有的男人，难道就没有一点女性的厌恶感，没有内心深处的顾虑吗？或者说，我对于我们南方女性的脆弱认识有错误呢？"

"瑞德！"

"我有我自己的答案。尽管小时候人们向我灌输过这种美好的想法，说女人都是脆弱、温柔而敏感的，但我总觉得女人具有一种男人所不知道的韧性和耐心。不过，照欧洲大陆的礼教习俗来看,夫妻之间彼此相爱毕竟是一种非常糟糕的结合形式。确实,从趣味上说是非常糟糕的。欧洲人在这件事情上的想法我始终认为很好。为彼此方便而结婚,为寻欢作乐而恋爱。这是一种明智的制度,你说是吗?你比我所想象的更接近那个古老的国家。"

要是向他大喝一声:"我可不是为了方便而结婚的!"那才痛快呢。但遗憾的是,瑞德已经镇服了她,如果提出抗议,说自己清白无辜,受了冤枉,只会从他那里引出更多带刺的话米。

"看你说到哪里去了,"她冷冷地说,为了急于改变话题,她问道:"你是怎么出狱的呢?"

"唔,这个嘛,"他摆出一副逍遥自在的神气回答说,"没遇到多大麻烦。他们是今天早晨让我出来的。我对一个在华盛顿联邦政府机构中担任高级职务的朋友搞了一点巧妙的讹诈。他是个杰出人物——一位坚强的联邦爱国人士,我常常从他那里为南部联盟购买军械和有裙箍的女裙。我那令人苦恼的困境通过正当途径让他注意到时,他立即利用他的权势,这样我便被放了出来。权势就是一切,思嘉。你一旦被抓起来时,便要记住这一点。权势能解决一切问题,至于有罪无罪,那只不过是个理论上的问题罢了。"

"我敢发誓,你绝不是无罪的。"

"对,反正现在我已经逃出罗网,可以坦率地向你承认我和该隐①一样有罪了。我确实杀了那个黑鬼。他对一位贵妇

---

① 按《圣经·旧约》,该隐是亚当和夏娃的长子,亚伯之兄。该隐种地,亚伯牧羊。因耶和华看中了亚伯和他的供物,而看不中该隐和他的供物,为此该隐嫉妒,将其兄弟杀死。

人傲慢无礼,我身为一个南方的上等人,除了杀掉他还能干什么? 既然我在向你坦白,我还得承认在某家酒吧间里我还和一位北方佬骑兵斗了几句嘴,并把他毙了。这事已经过去很久了,却没有人指控我,或许某个别的可怜虫代替我上了绞刑架吧。"

他对自己的杀人勾当如此津津乐道,吓得思嘉毛骨悚然。她想说几句从道义上加以谴责的话,但是突然想起埋在塔拉农场葡萄藤下面的那个北方佬。这个北方佬犹如她踩死的一只蚂蚁一样,她早已不放在心上了。不过,既然她同瑞德一样有罪,她又怎能参与对他的判决呢。

"而且,既然我已经向你和盘托出,我还得再告诉你一件绝密的事(那就是说千万不要告诉皮蒂帕特小姐!),我确实有那笔钱,安全地存在利物浦的一家银行里。"

"那笔钱?"

"是的,就是北方佬最爱打听的那笔钱。思嘉,你上次向我借钱时,我没有给你,那可不完全是小气呀。因为如果我开了张支票给你,他们就会追查它的来源,那时恐怕你连一个子儿也拿不到的。我唯一的希望是寄托在不动声色上。我知道那笔钱是相当安全的。因为即使发生最坏的情况,他们找到这笔钱,并且设法从我手里拿走了,那么我就会把战争期间卖给我枪弹器械的北方佬爱国人士一个个都点出名来。那时丑事便会声张出去,因为他们中间有些人如今已在华盛顿身居要职了。事实上,正是我威胁要透露有关他们的秘密,这才让我出了狱呢。我——"

"你的意思是你——你真的有南部联盟的金子?"

"不是全部。天哪,不是! 以前做封锁线生意的,肯定有五十个或者更多的人把大笔的钱存在纳索、英国和加拿大。南部联盟的支持者中那些不如我们灵活的人会很不喜欢我们。我捞到了将近五十万。思嘉，你想想，五十万美元，只要当时你克制住你那火爆性子，不匆匆忙忙再结婚的话！"

五十万美元。一想到那么多的钱，她就觉得简直像生了病似的一阵剧痛。她根本没有理解他嘲笑她的话，甚至连听都没有听见。很难相信在这充满苦难和贫穷的世界上会有这么多钱，这么多的钱，如此之多，但是为别人所占有，别人轻而易举地拿到了却并不需要它。而在她和这个敌对世界之间，她却只有一个又老又病的丈夫和这爿肮脏而微不足道的小店。像瑞德·巴特勒这样一个流氓居然那么富有，而负担如此沉重的她却几乎两手空空，这真是不公平呀。她恨他，恨他穿得像个花花公子坐在这里奚落她。那么，她决不能恭维他的聪明，使他更加扬扬得意。她拼命想找些尖刻的话来刺他。

"我想你自以为保留这笔南部联盟的钱是正当的吧。得了，一点也不正当。这明明白白就是偷，而且你自己也很清楚。凭良心说，我是决不会要的。"

"哎哟，今天的葡萄可真酸呀！"他皱起眉头喊道，"不过，我究竟是从谁手里偷来的呢？"

她没作声，确实得想想是从谁手里偷的。说到底，他所干的也无非是弗兰克干的那一套，不过后者的规模小一点罢了。

"这笔钱的一半是我靠正当手段赚来的，"他接着说，"是靠诚实的联邦爱国人士的帮助正当赚来的，这些人情愿背地里出卖联邦——在他们的货物上获得百分之百的利润。还有一部分来自战争开始时我在棉花上投放的一小笔资金，这些棉花我买进时很便宜，到英国工厂迫切需要棉花的时候，便以每磅一美元的价格卖出去。也有一部分是我做粮食投机买卖赚来的。为什么我就该让北方佬来侵吞我的劳动果实呢？不过其余部分确实属于联盟所有。联盟让我们将他们的棉花设法通过封锁线运出去，然后在利物浦以高价出卖。他们真诚地把棉花交给我，让我将卖得的钱给他们买回皮革和机械。而我也是真诚地拿着棉花准备买回他们所要的东西。我奉命将金子以我的名义存在英国银行里，这样我的信用会好一些。你记得封锁线吃紧之后，我的船根本无法进出任何南部港口，这笔钱也就只好留在英国了。对此我又有什么办法呢？难道我就该像傻瓜一样把所有的金子从英国银行里抽出来设法弄回威尔明顿，然后让北方佬拿走吗？封锁线吃紧了，那难道是我的过错？我们的事业失败了，难道也是我的过错？这笔钱过去属于联盟所有，可是，现在已不存在什么南部联盟了——虽然你从不了解，只是听别人谈起而已。那么，这笔钱我又该给谁呢？难道去给北方佬政府吗？让人们把我当贼看待，我真恨死了。"

他从口袋里拿出一个皮夹子，抽出一根长长的雪茄，津津有味地闻了闻，装出一副焦急的模样瞧着她，似乎等待她回答。

"该死的，他总是抢先我一步，"她想，"他的主张我听起来总有些错的地方，可我却总也指不出到底错在哪里。"

"你可以把这笔钱分发给那些真正需要钱的人嘛，"她一本正经地说，"南部联盟是没有了，但还有许多联盟的人和他们的家属正在挨饿呢。"

他把头朝后一仰，粗鲁地放声大笑起来。

"你装出现在这副伪善样子，真是再迷人而又可笑不过了，"他坦然高兴地嚷道，"思嘉，你总得说老实话。不能撒谎。爱尔兰人是世界上最不善于撒谎的。来吧，还是坦率些吧。你对于已经不复存在的南部联盟从来也不在乎，更不会去关心那些挨饿的联盟人。要是我提出把所有的钱都给他们，你准会尖叫起来抗议的，除非我首先把最大的一份给你。"

"我可不要你的钱！"她尽量装出一副冷漠严肃的样子说。

"哎哟，你真的不要吗？我看你现在都急得手心痒痒的了。只要我拿出一个二角五分的银币来给你看，你就会扑过来抢的。"

"如果你到这里来就是为了侮辱我和笑我穷的话，那你就请便吧。"她一边抗议，一边设法挪开膝头上那本厚厚的账簿，以便站起来使她的话显得更有力些。但他抢先站起来，凑到她跟前，笑着将她推回椅子上去。

"你一听到大实话便发火，这个脾气什么时候才能改呀？你讲人家的大实话可一点不客气，为什么人家讲一点有关你的，你就不许了呢？我不是在侮辱你。我认为贪得之心是一种非常好的品德。"

她不十分明白"贪得之心"是什么意思，但既然他表示赞许，她的心情也就稍稍平静了些。

"我到这里来，并不是为了要嘲笑你穷，而只是想来祝贺你婚姻幸福和长寿。此外，苏伦对你的偷窃行为又怎么想呢？"

"我的什么？"

"你公然偷走了她的弗兰克。"

"我并没有——"

"好吧,我们不必在措辞上躲躲闪闪了。她到底怎么说的?"

"她没说什么,"思嘉说,他一听便眉飞色舞起来,指出她在撒谎。

"她可真是宽宏大量呀。现在让我来听听你诉穷吧。当然我有权了解,因为不久前你还到监狱来找过我。弗兰克有没有你想要的那么多钱呀?"

他丝毫不掩饰自己的放肆态度。她要么忍受,要么就请他离开。不过,现在她并不想让他走。他说的话是带刺的,但都是些带刺的大实话。他了解她所做的一切,以及她为什么要这样做,但似乎他并不因此而看不起她。而且,虽然他提出的问题一针见血,很讨厌,但好像还是出于一片友好的关心。他是她唯一可以彼此讲老实话的人。这对她是一种宽慰,因为她很久不向别人倾吐自己的心事了。要是她把心里话都说出来,恐怕谁听了都会大吃一惊的。而跟瑞德谈心,就好比穿了一双太紧的鞋跳舞之后换上一双旧拖鞋那样,让人感到又轻松又舒坦。

"你弄到交税的钱了没有?可不要告诉我在塔拉还有挨饿的危险。"说这话时,他的声调有点不一样了。

她抬起头来看他那双黑眼睛,看见他脸上的一种表情,它使她先是感到吃惊和惶惑,接着便突然微微一笑,这种甜蜜而迷人的微笑是近来她脸上难得出现的。他可真是个任性的坏蛋,但有时又显得多么好啊。她现在才明白了,他之所以来看她的真实原因并不是要嘲弄她,而是想弄清楚她是否弄到了她急需的那笔钱。她现在才明白他为什么一出监便急急忙忙赶来找她——虽然装出一副从容不迫的样子。实际上,只要她仍然需要钱,他便会借给她的。不过,尽管如此,如果她指责他,他还是要折磨她,侮辱她,不承认他自己有这种意图。他真是个叫人捉摸不透的家伙。难道他真对她有意,比他自己所乐于承认的还要有意些?或者他怀有某种别的意图?她想也许是后者吧。但是谁知道呢?有时他尽做些这样的怪事。

"不,"她说,"我们已经不会有挨饿的危险了。我——我弄到钱了。"

"但绝不是没有经过一番斗争就弄到手的,我敢保证。你是千方百计地克制自己直到戴上了结婚戒指为止吧?"

她尽量忍着才没有笑出来,因为她的行为竟被他这样一语道破了,但她还是按捺不住露出了一点酒窝。他又坐下来,称心惬意地伸开那两条长腿。

"好了,谈谈你的困境吧。弗兰克这个畜生是不是在他的前景方面让你受骗了?这样欺骗一个孤弱女子,真该结结实实揍他一顿。来,思嘉,把一切都告诉我吧。你对我是不应该保守秘密的。说真的,连你最糟糕的秘密我都知道呢。"

"唔,瑞德,你真是个最坏的——唔,我不知该怎么说才好!不,他倒不完全是欺骗我,不过——"她突然变得很乐意表白自己了,"瑞德,只要弗兰克能把人家欠他的账都收回来,我也就什么也不用担心了。不过,瑞德,你知道有五十来个人欠他的钱呢,可他却不肯去催他们还。他就这样脸皮薄。他总说上等人不能对别的上等人干这种事。所以我们也许还得等好几个月,也许永远拿不到这些钱了。"

"唔,你要这些钱干什么用呀?难道你非得收回这些钱才够吃用吗？"

"那倒不是,不过,唉,事实上我目前就需要用点钱呢。"一想起那个木厂,她的两眼就发亮了。也许——

"要钱干什么？还要付更多的税？"

"这事跟你有什么关系？"

"有关系。因为你正要笼络我借给你一笔钱呀。唔,我了解你的这套迂回战术,而且会借给你的——也不需要你不久前提供的那种迷人的抵押品,我亲爱的肯尼迪太太。当然,你要是坚持,那也未尝不可。"

"你真是个最粗鄙的——"

"根本不是。我只是想让你放心。我知道你会在这一点上担心的。当然不怎么厉害。但是有一点。我是愿意借给你钱的。不过我得了解你打算怎么花这笔钱。我想我是有这个权利的。要是拿去给你自己买件漂亮的大衣或买辆马车,那我同意。不过,要是给艾希礼·威尔克斯买两条长裤,那我恐怕就得拒绝了。"

她突然大发雷霆,结结巴巴地说不出话来。

"艾希礼·威尔克斯从来没有向我要过一个子儿,即使他快饿死了,我也没法让他接受我的一个子儿呢！你根本不了解他,他有多自重,多骄傲！当然你不可能了解他,像你这样一个——"

"让我们别开始骂人吧。我也可以拿出一些骂人的话来回敬你,它们会跟你骂我的话不相上下。你忘了我一直在通过皮蒂帕特小姐了解你的情况。这位好心的老小姐只要遇到一个同情者是无话不谈的。我知道艾希礼从罗克艾兰回家之后一直住在塔拉。我也知道你甚至还容忍他的妻子守在他身边。这对你一定是个严峻的考验吧。"

"艾希礼是——"

"唔,是的,"他毫不在意地摆摆手说,"艾希礼实在是太崇高了,像我这种俗人又哪能理解他呢。但是请你别忘了,当初你在'十二橡树'村跟他扮演的那个亲热镜头,我可是个感兴趣的见证人呀,而且从那以后有些迹象告诉我他始终没变。你也没有变。要是我没记错的话,他那天给人的印象并不见得那么崇高。我并不认为他现在就能给人更好的印象了。他为什么不带着家眷自己出外去找工作,不再住在塔拉呢?当然,这只不过是我突然想到的一点,不过,要是你让塔拉还帮着养活他,那我是一个子儿也不借给你的。在男人当中,那些让女人来养活他们的人是非常不光彩的。"

"你怎么敢说出这样的话来?他一直像个干农活的苦力一样在劳动呢!"她尽管非常生气,但一想起艾希礼劈栅栏时的情景,便不由得一阵心酸。

"我敢说,他所值的黄金和他的体重一样多。在制造肥料方面,肯定是把好手,而且——"

"他是——"

"唔,是的,我知道。我们可以承认他确实尽了自己最大的努力,不过我不能想象他会给你多大帮助。你休想让一个威尔克斯家的人成为干农活的能手——或者别的有用人才。他们这个家族纯粹是摆设。现在,消消气吧,别介意我对那位骄傲而尊贵的艾希礼说了这许多粗鲁话。我真奇怪连你这样一个精明而讲求实际的女人居然也会抱着这些幻想不放。你到底要多少钱,打算干什么用呢?"

她不回答,于是他又重复说:

"你到底打算干什么用？看看你能不能做到跟我讲实话。讲实话和撒谎是会同样有效的。事实上,比撒谎好。因为如果你对我撒谎,肯定有一天我会发现,想想那该有多难为情。思嘉,你要牢牢记住这一点,除了撒谎以外,我可以忍受你的一切——你对我的厌恶、你的脾气、你所有的那些泼妇作风,就是不许撒谎。好,你到底要钱干什么呢？"

瑞德对艾希礼的攻击使思嘉十分恼火,她不惜付出任何代价去啐他一口,并把他提供借款的诺言对准他嘲笑的面孔毅然扔回去。她几乎就要这样做了,可是一会儿那只理智而冷静的手赶快拉住了她。她勉强压住火气,设法装出一副文雅庄重的表情。他往后仰靠在椅背上,将两条腿伸到炉边。

"要是世界上有一桩事情比任何别的事情都更使我快活的话,"他说,"那就莫过于看到你的思想斗争了。我指的是原则和金钱之类的实际东西之间的斗争。当然,我知道你天性中实际的一面总是赢的,不过我要守在你身边,看看你那更好的一面是否有一天也会取胜。要是这一天果然来到,那我就得卷起铺盖永远离开亚特兰大了。有许多女子,她们天性中那更好的一面总是取得胜利的……好,我们还是言归正传吧。你到底要多少,干什么用？"

"我也不大清楚到底需要多少,"她绷着脸说,"不过我想买一家锯木厂——而且我想我能廉价买到。另外,我还需要两辆货车和两头骡子。骡子要好的,还要一匹马和一辆马车给我自己用。"

"一家锯木厂？"

"是的,要是你肯借钱给我,我可以把一半的盈利给你。"

"我要个锯木厂干什么用呀？"

"赚钱呀！我们可以赚多多的钱。或者我可以给你的借款付利息——让我们看看，合适的利息是多少？"

"百分之五十算是相当好的了。"

"五十——啊，你是在开玩笑吧！不许笑，你这个鬼家伙。我可是一本正经的。"

"我正是在笑你的一本正经。我怀疑除了我还有谁能明白，你那张骗人的可爱面孔背后那个脑袋瓜里，究竟在转些什么念头？"

"得了！谁管这个？听着，瑞德，你看看这是不是一笔好买卖。弗兰克告诉我有个人有家锯木厂在桃树街，他想卖掉。他急着要现金，所以愿意廉价出售。现在这一带没有多少锯木厂，而人们盖房子的那股劲儿——嗨，我们就可以高价卖木材了。这个人可以留下，让他管理工厂挣点工资。这是弗兰克告诉我的。要是有钱，弗兰克自己就把它买下了。我猜想他原来是打算用那笔给我付税金的钱买这家厂子的。"

"可怜的弗兰克！一旦你告诉他正是你从他鼻子底下抢着把这个厂子买下来他会怎么说呢？你又如何向他解释我怎么借给你钱而不致有损你的名誉呢？"

思嘉没有考虑过这一点，她一心想的是这个木材厂可以赚多少钱。

"嗯，我不告诉他就是了。"

"他总该知道你的钱不是从灌木林中捡到的吧。"

"那我就告诉他吧——嗨，真是，我就告诉他，我把我的钻石耳环卖给你了。而且我也的确准备给你呢。这就算是我的抵——抵什么品吧。"

"我可不要你的耳环作抵押品。"

"我也不要,我不喜欢这副耳环。其实,它们也并不真是我的。"

"那是谁的呢?"

她立即回忆起那个大热天的中午,塔拉周围那一片寂静,以及那个躺在穿堂里的穿蓝军服的死人。

"这是一个死人给我留下的。现在完全可以算我的了。拿去吧,我并不需要。我宁可把耳环换成现钱。"

"天哪!"他不耐烦地嚷道,"你除了钱还想过别的没有?"

"没有想过,"她坦白地回答说,一面用她那双尖利的绿眼睛盯着他,"要是你也经历过我那一段,你也就不会再想别的了。我发现钱是世界上最最重要的东西。而且上帝可以替我做证,我决不打算再受穷了。"

她记起那火辣辣的太阳,她那晕乎乎的脑袋底下枕着的柔软红土,"十二橡树"村废墟后面那间小屋里散发出来的黑人气味,以及那时在她心里不断重复的一句话:"我决不再挨饿了,我决不再挨饿了。"

"总有一天我会有钱的,会有许许多多钱,我想吃什么就吃什么。到那个时候,我的餐桌上不会再有玉米粥和干豌豆了。我会有漂亮的衣服,全都是绸子的——"

"全都是?"

"全都是,"她简单地回答,对他言外的挖苦之意甚至不屑脸红,"我要有许许多多钱,使北方佬永远休想将塔拉从我手中抢走。我还要给塔拉盖新房子和一个新仓库,还要买些耕地和好骡子,种上你以前从未见过的那么多的棉花。韦德将永远也不会尝到他得不到自己所需要的东西时那种失望的滋味。永远也不会!他将获得世界上所有的东西。还有我的全家人,他们也绝不会再挨饿了。我说到做到,每句话都算数。你是无法理解的,因为你是这样自私自利的一条猎犬。你从来没有遇到过提包党人想赶你走的事情。你也从来不曾挨过冻,穿过破衣裳,为了免于挨饿而不得不折断自己的脊梁骨!"

他温和地说:"不过,我是在联盟军部队里待过八个月的呀。我不知道还有什么地方比在那里更能体会挨饿的滋味了。"

"部队!呸!你从来也没摘过棉花,除过谷草。你从来——不许你笑我!"

她嗓门一粗,他的手便又放到了她的手上。

"我不是在笑你。我只是笑你的外表和实际有多么不同。我在回忆我第一次在威尔克斯家的野宴上遇见你的情景。那时你穿着一件绿衣裳,一双小小的绿便鞋,身边围着一大群男人,多么得意呀。我敢担保当时你连一块美元合多少美分也不知道。当时你的脑袋瓜里一门心思想的就是去诱惑艾希——"

她把手猛地从他手底下抽开。

"瑞德,要是我们还想相处下去的话,请你一定不要再谈论艾希礼·威尔克斯了。我们总是为他争论不休,因为你压根儿没法理解他。"

"我想你对他是了如指掌的吧,"瑞德不怀好意地说,"不过,思嘉,要是我借给你钱,我得保留谈论艾希礼的权利,我爱怎么说他,便怎么说。我可以放弃利息,但决不放弃刚才说的那种权利。还有不少关于这个年轻人的事情我想知道呢。"

"我没有必要同你讨论他。"她简单地答道。

"唔,可是你必须这样做!你看,我掌握着钱袋口的绳子呢。等到你有了钱的时候,你也可以行使自己的权利去这样对待别人嘛……显然你对他还是有意的——"

"我没有。"

"唔,从你这样急于维护他的模样来看,事情就更明显了。你——"

"我不能容忍让我的朋友受人讥讽。"

"那好,咱们暂时先不谈这个吧。他现在对你还有意吗?或者经过在罗克艾兰那段日子,他已经把你忘了?或者也可能他已经懂得欣赏自己那个十分珍贵的妻子了?"

一提到媚兰,思嘉的呼吸便开始急促起来,几乎忍不住要吐露全部真情,告诉他艾希礼只是为了保全面子才同媚兰在一起的。但话到嘴边又憋回去了。

"唔,那么说,他还没有充分感受到威尔克斯太太的好处了?甚至监狱里的艰苦生活也没有减轻他对你的热情?"

"我看没有必要谈论这个问题。"

"我要谈,"瑞德说,他说话的声音里有种低调,思嘉没有理解,但也不想听了,"而且,老实说,我就是要谈,并且等着你回答。那么,他还爱着你了?"

"唔,就算是又怎么样?"思嘉生气地嚷道,"我不愿意跟你谈论他,因为你根本不了解他,也不了解他的那种爱。你所知道的爱只是那种——嗯,就像你跟沃特琳一类女人搞的那一种嘛。"

"唔,"瑞德的口气显得温和了,"那么说,我就只能有淫欲了?"

"唔,你自己明白就是这么回事。"

"现在我才明白你为什么不愿意跟我谈论这件事了。原来我这不干净的手和嘴唇会玷污他的纯洁爱情呢。"

"嗯,是的——差不离。"

"我倒是对这种纯洁的爱情很有兴趣——"

"瑞德,别这样讨厌了。要是你坏到那种地步,竟以为我们之间有过什么不正当的关系——"

"唔,这我倒从来没有想过,真的。正是因为这样,我才对这一切感兴趣呢。但是为什么你们之间就不曾有过一点不正当的关系呢?"

"要是你以为艾希礼会——"

"啊,照此说来,那是艾希礼而不是你在为这种纯洁性而斗争了。说真的,思嘉,你不该这样轻易地出卖自己。"

思嘉又惶惑又气愤地窥视着他平静而不可捉摸的面孔。

"我们再也不要谈这件事了,好吗?我也不要你的钱,你给我滚吧!"

"唔,不,你是要我的钱的。那么,既然已经谈到这里,怎么又不谈了呢?讨论这样圣洁的一首情诗肯定不会有什么害处——既然其中没有什么不正当的嘛。这样说,艾希礼爱的是你的心,你的灵魂,你那高尚的品德喽?"

思嘉听了他这番话痛苦极了。当然,艾希礼所爱的正是她的这些东西。正因为了解这一点,她才觉得生活还能忍受下去。她了解艾希礼很欣赏那些深深埋藏在她身上、唯独他看得见的美好东西,但是为了保全名誉,他只能够对她保持着一种遥远的爱。不过这些东西一旦被瑞德揭露出来,尤其是用他那暗含讥讽而平静得很能欺骗人的言语揭露出来,便显得不那么美好了。

"这使我想起了童年时代的理想,以为这样一种爱在这猥亵的世界里是可以存在的。"他继续说,"这样说来,他对你的爱就没有一点点肉体的因素了?要是你长得很丑,没有这雪白的皮肤,情况也会一样吗?要是你没有那么一双让男人神魂颠倒、很想把你抱在怀里的绿色眼睛,他也会爱你吗?还有你那屁股一扭一扭、对任何九十岁以下的男人都带诱惑性的浪劲呢?还有你那两片嘴唇——唔,我可决不能让自己的淫欲去冒犯呀!难道艾希礼对于这一切什么都没看见?还是说他看见了,但居然无动于衷呢?"

思嘉不由得又想起那天在果园里的情景:艾希礼两臂哆嗦着将她紧紧搂在怀里,那张嘴狂热地吻着她,似乎永远不离开了。想到这里她不禁一阵脸红,而脸红是逃不过瑞德的眼睛的。

"这样,我就明白了,"他说,声音里带有一点近似愤怒的激动,"原来他爱你,仅仅是因为你的心呢。"

他怎敢用他那龌龊的手指来搜刮秘密,使她生活中唯一美好而神圣的东西反而显得卑贱了。如今他正在冷静而坚决地突破她的最后一道防线,眼看就要得到他所需要的情报了。

"是的,他就是!"她一边喊,一边将她对艾希礼嘴唇的回忆推往脑后。

"我亲爱的,他恐怕连你有没有心都不知道呢。要是吸引他的果真是你的心,他就不必对你严加防范,像他为了让这种爱保持'神圣'(我们可以这样说吧?)而努力做的那样了。总而言之,他尽可以心安理得地不去管它,因为一个男人毕竟不妨爱慕一个女人的心灵,而同时保持上等人的身份和仍然忠实于自己的妻子。不过,对于艾希礼来说,他既要保全威尔克斯家的名誉,又对你的肉体那样垂涎欲滴,那一定是很困难的。"

"你总是以你自己的小人之心来度君子之腹!"

"唔,我从来不曾否认过我是贪图你的肉体的,如果你就是这个意思的话。不过,谢天谢地,我对名誉这类东西倒是毫不在乎。凡是我想要的东西,只要能到手我就拿,所以我用不着跟魔鬼或天使去搏斗。看你给艾希礼建造了一个多么快乐的地狱啊!我简直要可怜他了。"

"我替他建造了一个地狱?"

"是的,就是你!你的存在对于他是一种永恒的诱惑,但是他跟他家族里的大多数人一样,为了保全这些地方所谓的名誉,无论多深的爱情都可以抛弃。照我看来,现在这个可怜虫似乎既没有爱情也没有名誉来宽慰他自己了!"

"他是有爱情的!……我的意思是,他爱着我!"

"他真的爱你吗?那么请你回答我这个问题,然后我们今天的讨论便可以宣告结束,你也可以拿到钱,哪怕你扔到阴沟里我也不管了。"

瑞德站起身来,将他抽了一半的雪茄扔进痰盂里。他的动作跟亚特兰大陷落那天夜里思嘉所注意到的一样,带有异教徒的放肆劲儿和受到抑制的力量,是有点阴险而可怕的。"要是他真爱你,他怎么会让你跑到亚特兰大来弄这笔税金呢?如果我让一个我所爱的人来干这种事,我便——"

"他不知道呀!他没想到我——"

"难道你就没想到过他应该是知道的吗?"他的声音里分明带有好不容易才压住的火气,"要像你说的那样,他真爱你,他就应该知道你在绝望的时候会干出些什么事来。他哪怕把你杀了也不该让你跑到这里来找——不找别人偏偏来找我,真是天晓得!"

"不过,他真的不知道呀!"

"要是没人告诉他他自己就猜不出来,那便说明他对你和你那可贵的心根本不会了解。"

他多么不公平啊!好像艾希礼会猜别人的心思似的。好像艾希礼如果知道了便能阻止她来似的。但是她突然觉得艾希礼真是能够阻止她来的。只要他在果园里给她一丁点儿暗示,说总有一天情况会有所变化,她便决不会想来找瑞德了。在她临上火车的时候,他只消说一句温存的话,哪怕只表示一点惜别的爱抚之意,也会使她回心转意的。可是他只谈到了名誉。不过——难道还是瑞德对了? 难道艾希礼真的不会不知道她的心思吗? 她赶快甩掉这个不忠的想法。当然,他没有怀疑她。艾希礼决不会怀疑她居然会想做这样不道德的事情。艾希礼那么高尚,决不会有这种念头。瑞德只不过想尽力破坏她的爱情罢了。他正在想方设法要毁掉她所最珍重的东西。总有一天,她恶狠狠地想道,她的店站住了脚,厂子经营得令人满意,她手里有了钱,那时她就得让瑞德·巴特勒为他现在加给她的苦恼和屈辱付出应有的代价了。

瑞德站在她跟前有点逗乐地俯视着她。那阵曾经使他激动的情绪已经过去了。

"这一切到底与你有什么相干呢?"她问,"这是我的事,是艾希礼的事,可不是你的事。"

他耸了耸肩膀。

"不过有这么一点,思嘉,我对你的忍耐力抱有深深的不带个人成见的赞赏,而且我真不愿意看到你的精神在过多的重担下被压得粉碎。就说塔拉吧,它本身就是一副需要由男子汉来挑的重担。再加上你那位有病的父亲。他永远不会帮你什么忙了。还有那些姑娘和黑人。现在你又有了个丈夫,或许还要加上皮蒂帕特小姐。即使艾希礼和他的一家不要你照管,你的担子已经够重的了。"

"他不用我照管。他帮忙——"

"啊,天哪,"他不耐烦地说,"让我们别再谈这个了。他帮不了你什么。他现在靠你,将来还得靠你,或者靠别人,直到他死。就我个人来说,我已经很腻烦,不想把他当作一个话题来谈了……你到底要多少钱?"

她真想把他狠狠地辱骂一顿。他给了她种种的侮辱,迫使她将心里最宝贵的东西和盘托出,并放肆地践踏它们。经过这一切之后,他居然以为她还会要他的钱呢!

但是她还是克制住自己没有骂出来。要是能够傲然拒绝他的许诺,让他滚出店门,那该有多好呀!但是,只有真正富有的人和真正无所顾虑的人,才能这样痛痛快快照自己的意愿行事呢。只要她还穷,她就还得忍受这样的场面。不过,等到她有了钱——啊,多么美好而令人兴奋的一个想法!——等到她有了钱时,她决不忍受自己所不高兴的任何事情,也决不做她所不愿意做的任何事情,甚至对人礼貌不礼貌也得看人家是否叫她高兴了。

我要叫他们全都充军到哈利法克斯去,她想,瑞德当然是头一个了!

想到这里,她高兴得那双绿眼睛闪出了光芒,嘴上也浮现出一丝丝笑影。瑞德也微微一笑。

"你真是个可爱的人,思嘉,"他说,"尤其在你动什么坏脑筋的时候。只要能看看你那个酒窝,我就愿意给你买十三头骡子,如果你要的话。"

前门打开了,站柜台的店员走了进来,一边用牙签剔牙。思嘉站起身来,披上围巾将下巴底下的帽带系紧。她已经打定主意了。

"你今天下午忙吗? 能不能现在就跟我去一趟?"她问。

"到哪里去?"

"我要你赶车带我到那家木厂去。我答应过弗兰克,不单独赶车出城。"

"冒雨去木厂?"

"是的,我现在就要把木厂买下来,省得你变卦。"

他突然哈哈大笑,笑得那么响,竟把站在柜台后面的那个店员吓了一跳,好奇地看着他。

"你难道忘了你又结婚了吗? 叫大家看见肯尼迪太太同流氓巴特勒一起赶车出城,那可够你受了。要知道我是上等人家客厅里不接待的人呀。你难道不顾自己的名声了?"

"名声,胡说八道! 我得赶在你变卦之前,并且趁弗兰克还没有发现我打算买,就把这厂子给买下来。别这样慢慢吞吞了,瑞德,一点小雨有什么关系呢? 让我们快走吧。"

那个锯木厂! 弗兰克每一想起它便要叹息一番,怨自己当初不该向她提起。她将自己的耳环卖给了巴特勒船长(不卖别人偏偏卖给他!)而且不跟自己的丈夫商量便把厂子买了下来,这已经很不对了,更何况她还不把厂子交给丈夫去经营。看来这真不妙。似乎她根本就不信任丈夫或他的判断力。

弗兰克同他所认识的所有男人一样,认为一个妻子总应该尊重丈夫比她高明的见识,应该全面接受丈夫的意见,而决不自作主张。他本来可以容许大多数的女人自行其是。女人就是这样一些有趣的小家伙嘛,对她们的癖好迁就一点不会有什么坏处。弗兰克的为人生来温和文雅,对于妻子决不会过分苛求。他会欣然满足一个娇小人儿的傻念头,最多只怜惜地责怪她愚蠢和奢侈。可是思嘉决心要干的那些事情,他却觉得太不可思议了。

譬如说,那家锯木厂吧。当她带着甜蜜的微笑回答他提出的一些问题,说她自己准备经营这个厂子时,他确实吓坏了。"我自己做木材生意。"这是她的原话。弗兰克永远也忘不了那个时刻他所感到的恐怖。她自己去做生意!这简直难以想象。在亚特兰大,没有一个女人做生意的。事实上,弗兰克从来也没听说过哪里有女人做生意的事。如果在艰难时世女人不幸要被迫赚点钱来贴补家用,她们也总是悄悄地干点适合女人身份的事情——如梅里韦瑟太太烤馅饼卖,埃尔辛太太和范妮画瓷器、做针线活和收留寄宿者,或者像米德太太教书,邦内尔太太教音乐。这些太太们在挣钱,但她们都像女人应该做的那样留在家里干活。可是,身为一个女人,却离开家庭的保护,冒险跑出来进入粗野的男人世界,同他们在生意上竞争,同他们厮混在一起,受人侮辱和议论……尤其是当她有一个能够充充裕裕养活她的丈夫,无需被迫这样做的时候!

弗兰克原先以为她只是逗逗他,或者跟他开个玩笑,一个不太得体的玩笑,但很快他便发现她真的要这样做,她果然将锯木厂经营起来了。她比他起得还早,赶车去桃树街,经常要到他锁上店门回皮蒂姑妈家吃完晚饭后很久才回家来。赶车到木厂去要跑很远一段路程,只有不赞成她的彼得大叔在护送她,经过的树林里又全是些自由黑人和北方佬流氓。弗兰克没法陪她去,因为那片店占去了他全部的时间,但他表示反对时她只简单地说:"要是我不对约翰逊那个狡猾的家伙保持警惕,他就会偷卖我的木料把钱装进自己的腰包。什么时候我能找到一个好人来替我经营这个厂子,我就不必这样经常到那里去了。到时候,我可以把时间花在城里卖木料了。"

在城里卖木料!那可是最糟糕的了。她确实时常从厂里腾出一天时间来兜售木料,遇到那样的日子,弗兰克就只好躲在店堂后面的黑屋里,生怕碰见什么熟人。他的妻子居然在卖木料呀!

人们对思嘉纷纷议论起来。说不定也在议论他呢,说他居然允许自己的妻子干这种不合妇道的行当。弗兰克在柜台上遇到一些顾客,听他们说"我刚才看到肯尼迪太太在……",这时他真难为情啊!大家都尽力告诉他她干了些什么。大家都在谈论建造新旅馆的地方所发生的事情。原来当托米·韦尔伯恩正在从另一个人手里买木料时,思嘉恰好赶车经过那里。她立即从车上爬下来,当着那些正在铺地基的干粗活的爱尔兰工人的面直截了当地告诉托米他上当了。她说她的木料质量更好又便宜,为了证实这一点,她在头脑里列出一连串数字,当即给他作了估算。她让自己插足于一群陌生的干粗活的工人中间,这就够失体面的了,更糟的是一个女人居然敢在大庭广众中显示她那样善于算计。当托米接受了她的估算并给了她订单以后,思嘉仍不赶快乖乖地离开,却继续到处闲逛,同爱尔兰工头、一个名声很坏、凶狠的矮个子男人约翰尼·加勒格尔说话。仅这件事就在城里被议论了好几个星期呢。

最重要的是,她果然在这个厂的经营上赚了钱,而任何男人都不会因自己的老婆在这样不合妇道的活动中取得成功而感到自在。她也从来没有拿出钱来交给丈夫用在店铺上。大部分的钱都寄到塔拉去了,而且她没完没了地给威尔·本廷写信,告诉他该如何花这些钱。她还告诉弗兰克,等塔拉的修缮工作完成之后,她准备将钱作为有抵押的贷款放出去生利了。

"唉!唉!"弗兰克每当想起这一点便不胜感叹。女人根本就没有权利懂得什么叫抵押嘛。

这些天来思嘉满脑子都是计划,但对于弗兰克来说,好像这些计划一项比一项更糟了。她甚至提出要在她的被谢尔曼烧毁的仓库地基上建造一家酒馆。弗兰克倒不是什么戒酒主义者,但他强烈反对这个主意。当酒馆的房东是一种不吉利的买卖,一种不名誉的买卖,几乎跟出租房子开妓院一样不名誉。至于究竟为什么,他也说不出个道理来,因此思嘉对他那站不住脚的主张只报以"胡说八道"。

"酒馆总是最好出租的,亨利叔叔这样说过,"她告诉他,"租酒馆的人总是按时交租金,而且弗兰克,你听我说,我可以用卖不出去的次木料建一家造价低廉的酒馆,从中取得可观的租金,靠这些租金和厂里赚来的钱,再加上从抵押贷款中挣得的钱,我便可以再买几个锯木厂了。"

"宝贝儿,你可不需要再多的锯木厂了!"弗兰克吓得大喊起来,"你该做的是卖掉你已经有的那个厂。它已经把你累得要死,而且你知道找自由黑人在那里工作会给你带来多大的麻烦……"

"自由黑人当然都是没用的,"思嘉表示同意说,但全然不理会他所暗示的她该卖掉厂子的话,"约翰逊先生说,他从来也不知道他早晨来干活时那一帮人是否都到齐了。你根本已无法再依靠黑人。他们干上一两天便不干了,一直等到工钱花光了才又回来。整个这一帮人很可能一下子全跑光的。我越看这个解放运动,越觉得它是犯罪。它简直把黑人都毁了。许许多多的黑人根本不干活,我们厂里能雇到的那些人也都是些吊儿郎当,得过且过,根本没有用的。要是你为了他们好,骂他们几句,打当然更谈不上了,'自由人局'便会像鸭子抓无花果虫那样向你扑过来。"

"宝贝儿,你没有让约翰逊先生揍那些——"

"当然没有,"她不耐烦地回答说,"我刚才不是说过了吗,要是我这样做,北方佬就会送我进监狱了。"

"我敢断定你爸这一辈子从来也没有揍过黑人一下。"弗兰克说。

"嗯,只揍过一回。有一次爸打了一天猎回来,黑人马夫没有把马擦干,挨了他的打。不过,弗兰克,那个时候不同呢。如今这些获得自由的黑人又是另一回事了,狠狠揍一顿对他们中的某些人来说,也许很有好处。"

弗兰克不仅对他妻子的观点和计划感到吃惊,同时对他们婚后几个月来她的变化也大为诧异。她已经不再是当初他娶她为妻时那个温柔甜蜜而富于女性的人了。在向她求婚的短短一段时间里,他曾经认为从她对生活的种种反应、无知、羞怯和娇弱来看,他还从未见过一个女人比她更富有女性魅力了。现在她的种种反应却都是男性化的了。虽然她仍有粉红色的双颊、酒窝和迷人的微笑,但她说起话来,做起事来活像个男人。她说话的声音尖刻果断,她遇事立即下决心,没有一点点女孩子犹豫不决的样儿。她一旦知道自己需要什么,就像个男人似的通过最简捷的途径去追求,而不是以女人所特有的那种躲躲闪闪和迂回的办法。

弗兰克并不是在此之前从没见过这种泼辣的女人。亚特兰大像所有南部城市一样,也有一部分有钱的贵妇人,她们是谁也碰不得的。没有人比得过那位矮胖的梅里韦瑟太太的威风,比得过文弱的埃尔辛太太的专横傲慢,也没有人比得过满头银发、声音很甜的惠廷太太,她在追求自己的目的时真是机灵透了。不过,无论这些太太们为了实现自己的心愿采取了什么样的手段,她们所采取的毕竟还是女人的手段。她们始终对男人的意见表现得毕恭毕敬,且不管是否真正听他们的。她们讲究这种礼貌,显得听男人的话,这才是要紧的。可是思嘉只听她自己的;至于别人谁的话也听不进去。她办起事来跟男人一模一样,这就难怪全城的人都在议论她了。

“而且,”弗兰克苦恼地想,“或许还在议论我,居然让她这么不守女人的本分。”

此外,还有巴特勒那个男人。他经常到皮蒂姑妈家来,这是最最丢脸的事。弗兰克一直讨厌这个人,即使在战前和他做生意的时候。他经常感到苦恼,当初不该将瑞德带到“十二橡树”村去,并把他介绍给自己的朋友们。他之所以瞧不起瑞德,是由于后者在战争时期残酷地做投机生意捞钱,而且没有参军。瑞德在联盟军里服役过八个月的事只有思嘉一个人知道,因为瑞德曾经带着假装害怕的样子央求她不要向任何人泄露他的这件“丑事”。弗兰克最最瞧不起他的是他抓住南部联盟的金子不放,而像布洛克海军上将和其他遇到同样情况的老实人,则将大量金钱都归还给联邦国库了。但是,不管弗兰克愿不愿意,瑞德仍是皮蒂姑妈家的一位常客。

表面上他是来看望皮蒂姑妈,而皮蒂小姐觉察不出什么,只能相信这是真的,因而对他的来访还洋洋自得。不过弗兰克有一种很不舒服的感觉,认为吸引他来的并不是皮蒂小姐。小韦德虽然对大多数人都显得很怕生,偏偏非常喜欢他,甚至叫他"瑞德伯伯",这使弗兰克十分恼火。弗兰克不由得回忆起战争年代瑞德在思嘉身边献过殷勤,那时人们对他们便有过议论。他想现在人们对他们的议论可能更不像话了。弗兰克的朋友们谁也没有勇气向他提到这类事情,尽管对于思嘉办木厂的事有时直言不讳。但是他不免要注意到邀请他和思嘉吃饭或参加宴会的事情渐渐少了,来拜访他们的人也愈来愈少了。思嘉对她的邻居们大多不喜欢,就是她所喜欢的那几个人也由于厂里的事情太忙而顾不上去看望,因此关于很少有客人来访一事她并没有在意。但弗兰克却敏锐地感觉到了。

弗兰克一辈子受着一句话的支配:"邻居们会怎么说呢?"如今他妻子因一再无视礼节而引起了这么大的震动,他对此毫无办法。他觉得人人都在非难思嘉,都在怪他容许妻子"有失妇道"而瞧不起他。她做了那么许多丈夫不应该允许做的事情,可是照他的看法,要是他不允许她做,跟她争论,或者甚至批评她,那么一阵暴风雨就会劈头盖脸泼来了。

"唉,唉,"他无可奈何地想,"她比我见过的任何女人都容易发疯,而且会疯得更久!"

即使有时一切都很顺当,可令人吃惊的是,这位在屋里独自哼着歌儿、充满深情又显得很调皮的妻子,会突然摇身一变成为完全不同的一个人。只要他说一声："宝贝儿，如果我是你的话，我就不会——"暴风雨便马上降临了。

只要她那双黑眉突如其来地在鼻梁上方皱成一个尖角，弗兰克便明显地哆嗦起来。思嘉具有鞑靼人的脾气和野猫的凶劲儿，一发作起来她就根本不顾自己说些什么或者多么伤人了。在这种情况下，家里总是笼罩着阴云。弗兰克提早去店里，并且待到很晚才回家。皮蒂就像兔子找地洞躲起来似的钻进自己的卧室。韦德和彼得大叔退缩到车房里去，厨娘则留在厨房里克制自己不提高嗓门唱赞美诗。只有嬷嬷能沉住气，忍受思嘉的脾气，因为嬷嬷同杰拉尔德·奥哈拉和他的火爆性子打交道有了许多年，已经锻炼出来了。

思嘉也并非存心暴躁，其实她也很想成为弗兰克的好妻子，因为她喜欢他，而且对他为挽救塔拉所给予的帮助十分感激。但是他确实如此经常并且以如此不同的许多方式在考验她的耐心，直到她实在忍无可忍了。

她决不能尊重一个听任她骑在头上的男人，可他在无论怎样不愉快的情况下对她或对别人总是表现得那么胆怯迟疑，这种态度她是无法容忍的。她本来也可以放过这些事情，甚至高高兴兴过日子，因为现在有些经济问题她已经在着手解决了，可是还有许多小事说明弗兰克既不善于做生意又不让她成为一个好生意人，这就又要经常使她生气了。

正如她所预料到的，弗兰克一直不肯去收别人赊欠的账，直到思嘉催了又催，他才带着歉意马马虎虎地去问了问对方。这种经历最后向她证明，肯尼迪家永远只能维持一种勉强过得去的生活，除非她决定亲自去挣钱。她现在才明白弗兰克只要在他那片肮脏的小店里把后半辈子闲混过去，他就心满意足了。他似乎还没有意识到,他们的根基还如此单薄,生活还得不到保障,而在当今乱世只有金钱才能防御新的灾害,因此多挣钱是非常必要的。

弗兰克在战前那些太平日子里也许能够做一个成功的商人,至于现在,她觉得他已古板到了令人讨厌的地步,还在顽固地想按老办法行事,而这些老办法早已跟旧时代同时一去不复返了。残酷无情的新时代所需要的是侵略性,而这正是他所完全缺乏的。思嘉自己倒具有这种侵略性,也想施展它,不管弗兰克是否喜欢。他们需要钱,她正在挣钱,但这是一项艰苦的工作。照她看来,弗兰克至少不应该去干涉她正在取得成果的那些计划。

由于她缺乏经验,经营这个新厂可不是容易的事。现在的竞争比刚开始时更加激烈了,因此她每天夜里回家总是筋疲力尽,心事重重,而且烦恼不堪。在这种情况下,每当弗兰克带着歉意地干咳一声说:"宝贝儿,我可不会干这种事",或者"宝贝儿,我要是你,就决不会干那件事",这时思嘉只能按捺住自己不大发脾气,不过她经常是按捺不住的。要是他自己没有勇气闯出去挣点钱回来,他为什么还要找她的茬儿呢?而且他找茬儿的地方又尽是些可笑的事!在这样的年头,即使她干得不像个女人,又有什么关系?何况这个不是女人所应干的木厂还在不断地赚钱,而这些钱又是他们——她自己、这个家和塔拉,还有弗兰克——所非常需要的!

弗兰克需要休息和安静。他所虔诚服役的那场战争已经损坏了他的健康,断送了他的财产,而且使他成了一个老头儿。对于所有这些,他全不后悔。经过这四年战争之后,他对生活只求平安无事,和和气气,周围是亲善的面孔,处处受到朋友们的赞扬。但不久他便发现现在家里要得到安宁是需要付出代价的,那就是要让思嘉随心所欲,不论她想干什么都依从她。由于他感到疲劳,他便按照她提出的条件买了个安宁。有时他在寒冷的黄昏从外面回来,思嘉微笑着替他开前门,在他的耳朵、鼻子或其他某个不合适的地方吻一下,或者晚上在暖和的被窝里感觉到她的头睡意蒙眬地偎在他肩膀上,那时他认为这个代价还是很值得的。只要思嘉能随心所欲,家庭生活便可以过得满愉快。不过他所得到的安宁是空的,徒有其表而已,因为他付出的代价是放弃了婚后生活中他认为理当享受的一切。

"一个女人总得更多地关心自己的家和家里人,不该像个男人那样在外面闲荡。"他想道,"现在要是她有一个孩子——"

一想到孩子他就微笑了,而且他经常在想孩子呢。可思嘉却直截了当地宣称她不要孩子,而孩子也很少是等在那里一请便来的呀。弗兰克知道许多女人说不要孩子,只不过是愚蠢和害怕罢了。要是思嘉有了孩子,她一定会爱他的,一定会像其他女人一样甘心情愿待在家里抱娃娃了。到那个时候她便只好卖掉那木厂,他的问题也就迎刃而解了。所有的女人都要有了孩子以后才觉得十分愉快,而弗兰克知道思嘉现在是不愉快的。虽然他对女人一无所知,但思嘉有时觉得不愉快这一点,他还不至于压根儿看不见吧。

有时他半夜醒来,听到身边有蒙着枕头的轻轻啜泣声,他头一次醒来感觉到她抽泣得连床都震动了的时候,曾惊恐地问过她:"宝贝儿,怎么回事呀?"可是她生气地一声斥责:"唔,别管我!"他就这样给顶了回去,从此再也不吭声了。

不错,有了孩子能使她愉快起来,而且会使她的脑子摆脱那些与她不相干的傻事。有时弗兰克独自叹息,觉得自己抓到了一只热带鸟,它一身光焰,色彩斑斓,但对于他来说,只要有只鹡鸰也就行了。实际上那会更好一些。

第三十七章

四月的一个夜晚,外面下着暴雨,托尼·方丹从琼斯博罗骑着一匹汗水淋漓、累得半死的马来到他们家门口敲门,将弗兰克和思嘉从睡梦中惊醒,吓得心惊肉跳。这是四个月以来思嘉第二次敏锐地感觉到重建时期的全部含义是什么,而且更全面地理解了威尔说"我们的麻烦还刚刚开始"的意思,同时也懂得了艾希礼那天在冷风飕飕的塔拉果园里说的那些凄凉的话是多么正确——他当时说:"面对我们大家的是比战争还要坏、比监狱还要坏——比死亡还要坏的局面呢。"

她第一次与重建时期面对面地接触是她听说乔纳斯·威尔克森在北方佬支持下要将她从塔拉撵出去的时候。但这次托尼的到来以一种可怕得多的方式使她更深切地明白了重建时期的含义。托尼在黑夜里冒着大雨跑来,几分钟之后又重新消失在黑夜里,但就在这短短的片刻之间他拉开了一场新恐怖剧的帷幕,而思嘉绝望地感到这帷幕永远也不会再落下来了。

在那个狂风暴雨的夜晚,来人把门敲打得如此紧急,思嘉披着围巾站在楼梯平台上往下面大厅一看,瞥见了托尼那张黝黑阴郁的面孔,但托尼立即上前把弗兰克手里的蜡烛吹灭了。她赶快摸黑下楼,紧握着他那双冰冷潮湿的手,听他轻轻地说:"他们在追我——我要到得克萨斯去——我的马快死了——我也快饿死了。艾希礼说你们会——可不要点蜡烛呀!不要把黑人弄醒了……我希望尽可能不给你们带来什么麻烦。"

直到厨房里的百叶窗被放下来,所有的帘子也全都拉到了底之后,托尼这才允许点上一支蜡烛,向弗兰克急急忙忙说起来,思嘉则在一旁奔忙着为他张罗吃的。

他没有穿大衣,浑身都湿透了,帽子也没戴,一头黑发贴在小脑壳上。不过,当他一口吞下思嘉端来的威士忌之后,那双飞舞的小眼睛又流露出方丹家小伙子们的欢快劲儿,尽管在当时情况下,它有点令人寒心。思嘉感谢上帝,幸亏皮蒂小姐正在楼上大打呼噜,没有被惊醒,否则她看见这个幽灵准会晕过去的。

"该死的杂种,不中用的家伙,"托尼咒骂着,一面伸出杯子想再喝一杯,"我赶得已经筋疲力尽了,不过要是我不赶快离开这里,我的这张皮就完了,不过这也值得。老天爷做证,真是如此!我现在得设法赶到得克萨斯去,在那里藏身。艾希礼在琼斯博罗跟我在一起,是他叫我来找你们的。弗兰克,我得另外找一匹马,还要一点钱。我这马快要死了——它一路上在拼命赶呢——我今天像个傻瓜,像从地狱里出来的蝙蝠一样从家里跑出来,既没穿大衣又没戴帽子,身上一个子儿也没带。不过家里也真没有多少钱了。"

说着说着他笑起来,开始贪馋地吃着涂了厚厚一层冻黄油的凉玉米面包和凉萝卜叶子。

"你可以把我的马骑去,"弗兰克平静地说,"我手头只有十块钱,不过,要是你能等到明天早晨——"

"啊,地狱着了火,我可等不及了!"托尼加重语气但仍很高兴地说,"或许他们就在我后面。我是急急忙忙动身的。要不是艾希礼把我从那里拉出来,让我赶快上马,我会像个傻瓜似的还待在那里,说不定现在已经被绞死了。艾希礼可真是个好人。"

这么说,艾希礼也被卷进了这个可怕的莫名其妙的事件中去了。思嘉浑身发冷,心快蹦到喉咙里了。北方佬现在抓到了艾希礼没有?为什么弗兰克不问个究竟?为什么他把这一切看得如此平淡,似乎是理所当然的呢?她忍不住开口提问了。

"是什么事情——是谁——"

"是你父亲过去的监工——那个该死的乔纳斯·威尔克森。"

"是你把——他死了吗?"

"天哪,思嘉·奥哈拉!"托尼怒气冲冲地说,"要是我打算宰了某某人,你不会以为我只拿刀子钝的那面刮他一下就满意了吧?不,天哪,我将他碎尸万段了。"

"好,"弗兰克漫不经心地说,"我向来就不喜欢这个家伙。"

思嘉朝他看了看。这可不像她所了解的那个温顺的弗兰克,那个她发现可以随便欺侮、只会胆小地捋胡子的人。他此刻显得那么干脆、冷静,在紧急情况面前一句废话也不说了。他成了一个男子汉,托尼也是个男子汉,而这种暴乱场合正是他们男子汉显身手的时候,可没有女人的份儿呢。

"不过艾希礼——他有没有——"

"没有。他想杀那个家伙,但我告诉他这是我的权利,因为萨莉是我的弟媳。最后他明白了这个道理。他同我一起去琼斯博罗,怕万一威尔克森先伤了我。不过我并不认为老艾会受到牵连的。但愿如此。给我在这玉米面包上涂点果酱好吗?能不能再给我包点东西留在路上吃?"

"要是你不把一切情况都告诉我,我可要大声嚷嚷了。"

"等我走了以后,如果你想嚷嚷就请便吧。趁弗兰克给我备马的这会儿工夫,我把事情讲给你听吧。那个该死的——威尔克森早就惹了不少麻烦。你知道,他在你的税金问题上做了些什么文章。这只不过是他卑鄙无耻的一个方面罢了。最可恶的是他不断煽动那些黑人。要是有人告诉我,说我能活着看到我可以憎恨黑人的那一天那就好了。那些黑人真该死,他们居然相信那帮流氓告诉他们的一切,却忘了我们为他们做的每一件活生生的事情。现在北方佬又在谈论要让黑人参加选举,可他们却不让我们选举。嗨,全县几乎只有极少几个民主党人没有被剥夺选举权了,因为他们又排除了所有在联盟军部队里打过仗的人呢。要是他们让黑人有选举权,我们就完了。该死的,这是我们的国家呀!并不属于北方佬!天哪,思嘉,这实在无法忍受,也不能忍受了!我们得起来干,即使这意味着另一场战争也在所不惜。不久我们便将有黑人法官,黑人议员——全是些从树林里蹦出来的黑猴子——"

"请你——快点告诉我吧!你到底干了什么?"

"慢点包,让我再吃口玉米面包吧。是这样,传说威尔克森干的那些搞黑人平等的事走得实在太远了点。他成天同那些傻黑鬼谈这些事,他竟胆敢——"托尼没奈何急急地说,"说黑人有权跟——白种女人——"

"唔,托尼,不会吧!"

"天哪,就是这样!你好像很难过,这我并不奇怪。不过,地狱着了火,思嘉,这对你来说,不会是新闻了。他们在亚特兰大这里也正在对黑鬼这样说呢。"

"这我——我可不知道。"

"唔,肯定是弗兰克不让你知道。不管怎样,在这之后我们大家认为我们得在夜里私下去拜访拜访威尔克森先生,教训他一顿,可是还没等我们去——你记得那个叫尤斯蒂斯的黑鬼吗,就是过去一直在我们家当工头的那个人?"

"记得。"

"就是那个尤斯蒂斯,今天萨莉正在厨房做饭的时候,他跑到厨房门口——我不知道他跟她说了些什么。我想现在我再也不会知道他说些什么了。反正他说了些话,接着我听见萨莉尖叫起来,便跑到厨房里去,只见他站在那里,喝得烂醉像个浪荡子——思嘉,请原谅我说漏了嘴。"

"说下去吧。"

"我用枪把他打死了,母亲急忙赶来照顾萨莉,我便骑上马动身到琼斯博罗去找威尔克森,他是应该对此负责的。要不是他,那该死的傻黑鬼是决不会想到做这种事情。一路经过塔拉时,我遇见了艾希礼,当然他便跟我一起去了。他说让他来干掉威尔克森,因为他早想对他在塔拉的行为进行报复了。不过我说不行,因为萨莉是我死去的同胞兄弟的妻子,所以这该是我的事。他还一路上跟我争论不休。等我们到了城里,天哪,思嘉你看,我竟没带手枪!我把它丢在马房里了。把我给气疯了——"

他停下来,咬了一口硬面包,这时思嘉在哆嗦。方丹家族中那种危险的狂暴性格在本县历史上早就闻名了。

"所以我不得不用刀子来对付他。我在酒吧间找到了他,把他抓到一个角落里,艾希礼把别的人挡住。我首先向他说明来意,然后才将刀子猛戳过去,随即,还没等我明白过来事情便完了,"托尼一边想着,一边说,"等我明白过来的第一件事是艾希礼让我上马,叫我到你们这里来。艾希礼在紧要关头是个好样的。他一直保持着清醒的头脑。"

弗兰克拿着自己的大衣进来了,随手把大衣递给了托尼。这是他唯一的一件厚大衣,但思嘉没有表示异议。她似乎对这件事完全站在局外,这可纯粹是男人的事呀。

"不过,托尼,家里需要你着呢。的确,要是你回去解释一下——"

"弗兰克,你真是娶了个傻老婆呀,"托尼一面挣扎着把大衣穿上,一面咧着嘴笑笑,"她以为北方佬还会给一个保护女同胞不受黑鬼污辱的男人发奖呢。他们会发的,那就是临时法庭和一根绳子。思嘉,亲我一下吧。弗兰克不会在意,我也许和你从此永别了。得克萨斯离这里远着呢。我可不敢写信,所以请告诉我家里人,到目前为止,我还平安无事。"

思嘉让他亲了一下,两个男人便一齐走出去,进入倾盆大雨之中。他们在后门口又站了一会儿说了些什么。接着,思嘉突然听到一阵马蹄溅水的声音,托尼走了。她打开一道门缝,看见弗兰克牵着一匹喘着气、趑趄绊绊的马进了马房。她关上门,颓然坐下,两个膝盖仍在哆嗦。

现在她明白重建运动究竟意味着什么了,就像明白如果家里被一群只束着遮羞布蹲在那里的光身子野人所包围时的意思一样。许多最近她很少想到的事情现在一下子涌上了心头,譬如说,她听到过但当时并没有注意去听的那些话,男人们正在进行但她一进来便中止的议论,还有一些当时看来并没有什么意思的小事情,以及弗兰克枉费心机地警告她不要在只有虚弱的彼得大叔保护下赶车去木厂,等等。现在这一切汇在一起,便形成一幅令人害怕的景象了。

黑人爬到了上层,他们背后有北方佬的刺刀保护着。思嘉可能被人杀死,被人强奸,对于这种事很可能谁也没有办法。要是有人替他报仇,这个人便会被北方佬绞死,也无需经过法官和陪审团的审判。那些对法律一窍不通、对犯罪情节更不注意的北方佬军官们,只需草草通过举行一次审判的动议,便可以把绞索套到南方人的脖子上了。

"我们怎么办呢?"她绞着双手,处在一种恐惧无依的极端痛苦之中,"那些魔鬼会绞死像托尼这样好的小伙子,就因为他为了保护自己的女同胞而杀死了一个黑醉鬼和一个恶棍般的无赖,对这些魔鬼我们有什么办法呀?"

"实在无法忍受!"托尼曾经大声呐喊过,他是对的。实在是无法忍受。不过他们既然无所依靠,不忍受又怎么办呢?她开始浑身哆嗦,并且有生以来第一次客观地看待一些人和事,清楚地看到吓怕了的孤弱无助的思嘉·奥哈拉并不是世界上唯一要紧的事了。成千上万像她那样的女人遍布南方,她们都吓怕了,都是些孤弱无助的人。还有成千上万的男人,他们本来在阿波马托克斯放下了武器,现在又将武器拿起来,准备随时冒生命危险去保护这些女人。

托尼脸上有着某种在弗兰克脸上也反映出来的表情,一种她最近在亚特兰大别的男人脸上也看见了的表情,一种她注意到了但没有考虑要去分析的神色。这种表情同投降后从战场上回来的男人脸上那种厌倦而无可奈何的表情完全不一样。当时那些男人只想回家，别的什么也不管。可现在他们又在关心某些事情了，麻木的神经恢复了知觉，原先的锐气又在燃烧。他们正怀着一种冷酷无情的痛苦在重新关心周围的一切。像托尼一样，他们也在思索："实在无法忍受！"

她见过多少南方的男人，他们在战前说话温和，但好勇斗险，在最后战斗的绝望日子里不顾一切，坚韧不屈。但是，就在短短的片刻之前，从那两个男人隔着烛光相对注视的面孔中，她看到了某种不同的东西，某种使她感到鼓舞而又害怕的东西——那是难以形容的愤怒，无法阻挡的决心。

她第一次感到自己同周围的人有了一种类似亲属的密切关系，感到同他们的忧虑、痛苦和决心已融为一体了。的确，实在无法忍受！南方是如此美好的一个地方，决不容许不进行斗争就将它放弃；南方是如此可爱，决不容许那些痛恨南方人、想把他们碾得粉碎的北方佬来加以践踏；南方是如此珍贵的家乡，决不容许将它交给那些沉醉在威士忌和自由之中的无知黑人。

她一想到托尼的突然来临和匆匆离去，便觉得自己同他有了血缘关系，因为她记起她父亲在一次对他或他的家族来说不算杀人的谋杀事件之后连夜匆匆离开爱尔兰的故事。她身上有杰拉尔德的血，暴力的血。她记起自己开枪打死那个抢东西的北方佬时那股激动的高兴劲儿。他们身上都有暴力的血，它危险地接近表面，就潜伏在那温文尔雅的外貌下。他们大家，她认识的所有男人，连那两眼蒙眬的艾希礼和婆婆妈妈的老弗兰克也在内，都有那种潜伏在底下的气质——必要时都能杀人，都会使用暴力。就连瑞德这个没有一点道德观念的流氓,也因为一个黑人"对贵妇人傲慢无礼"而把他杀了呢。

当弗兰克淋得浑身湿透,咳嗽着进来时,她才猛地一跃而起。

"唔,弗兰克,像这种日子,到底还要熬多久呀?"

"只要北方佬还恨我们,我们就得过下去,宝贝儿。"

"难道就一点办法也没有了吗?"

弗兰克用疲倦的手捋了捋湿胡子,"我们正在想办法呢。"

"什么办法?"

"干吗不等我们搞出点名堂以后再谈呢?也许得花好多年的时间。或许——或许南方将永远是这个样子了。"

"唔,不会的。"

"宝贝儿,去睡吧。你一定着凉了。你在发抖。"

"这一切什么时候才结束呀?"

"等我们大家都可以再投票选举的时候,宝贝儿。等每一个为南方打过仗的人都能投票选举南方人和民主党人的时候。"

"投票选举?"她绝望地喊道,"投票选举管什么用,要是黑人都失去了理智——要是北方佬毒化了他们,让他们反对我们?"

弗兰克继续耐心地向她解释,但是说通过投票选举可以摆脱这一困境,这道理实在太复杂了,她怎能听得懂呢。她十分感激地想起乔纳斯·威尔克森永远不会再对塔拉构成威胁了。她还在想托尼。

"啊,可怜的方丹这一家!"她大声喊道,"只剩下亚历克斯了,而在米莫萨却有那么多的事情要做。托尼干吗不理智一点——等到半夜再干,那样就没人知道是谁干的了。春耕的时候他要能帮上忙,比在得克萨斯要强得多了。"

弗兰克伸出臂膀搂住她。通常他总是战战兢兢地搂她,好像预感到会被她不耐烦地推开,不过今夜他的眼睛似乎在遥望着远处,竟无所畏惧地把她的腰紧紧搂住了。

"现在有比耕种更重要的事情要做呀,宝贝儿。吓唬这些黑鬼,给那些无赖狠狠地教训一顿,这就是我们要做的事情之一。只要像托尼这样的好青年还在,我想我们就不用过多地为南方担忧。让我们去睡吧。"

"不过,弗兰克——"

"我们只要团结在一起,对北方佬寸步不让,我们总有一天会胜利的。别让你那可爱的小脑袋瓜为这事烦恼了,宝贝儿。让你的男同胞去操心吧。或许那一天不会在我们这一代实现,但肯定总有一天会来到的。当北方佬看到他们无法削弱我们的力量,他们会感到腻烦,不再纠缠我们。到那时候,我们便可以在一个合我们意的世界里生活,养育我们的子女了。"

她想起韦德,还有好几天来悄悄藏在她心头的那个秘密。不,她可不愿意让她的孩子们在充满仇恨和不安、酝酿着暴力和痛苦,陷于贫穷、苦难和缺乏安全的一片混乱之中成长。她决不希望她的孩子们知道这一切。她需要一个安定的、有良好秩序的世界,可以让她朝前看,深信孩子们面前有一个平平安安的未来。她需要一个让她的孩子们只知道宽厚、温暖和丰衣足食的世界。

弗兰克以为这一理想可以通过投票选举来实现。投票选举？那又有什么用呢？南方的好人再也不会有选举权了。世界上只有一种东西，一种能防备命运带来任何灾难的可靠保障，那便是金钱。她狂热地向往着他们要有钱，要有许多许多钱，使他们能防备一切灾难，平安无事。

她突然告诉弗兰克，她快要有孩子了。

托尼逃走以后的几星期里，皮蒂姑妈家屡遭北方佬大兵的搜查。他们不事先打招呼随时闯进屋里来，在各个房间穿来穿去，见人便盘问，翻箱倒柜，甚至连床底下也要看看。军方当局听说有人曾劝过托尼到皮蒂小姐家去，因此他们肯定他还藏在那里或附近什么地方。

这样，皮蒂姑妈便经常处于彼得大叔所谓的“过分紧张”之中，不晓得什么时候自己的卧室里会闯入一个军官和一帮子大兵。弗兰克和思嘉都没有提到过托尼的短暂来访，因此老太太即使想透露也透露不出任何消息来。她喋喋不休地分辩她有生以来只见过一次托尼·方丹，那便是一八六二年的圣诞节。这话倒一点不假。

“而且，”她为了把情况说得更有利些，又连忙向北方佬士兵们补充一句，“那时候他喝得相当醉呢。”

思嘉正在怀孕初期，感到很不舒服，心情也很不好，一方面非常憎恨那些穿蓝军服的大兵闯入她的私室，经常顺手牵羊拿走一些他们喜欢的小玩意儿，一方面也十分害怕托尼的事会最终毁了他们大家。监狱里关满了人，他们都是没有多少理由便被抓进去的。她知道哪怕一丁点儿的真相被查出来，不仅她和弗兰克，就连无辜的皮蒂也得去坐牢。

有一段时间华盛顿那边在宣传鼓动没收全部“叛逆者的

财产",以便合众国偿还战债。这种宣传鼓动已经使得思嘉处于一种极为痛苦的忧虑之中。除此之外,现在亚特兰大还盛传一种谣言,说凡是触犯军法者都要没收其财产,思嘉听了更是吓得发抖,生怕她和弗兰克不仅会失去自由,还会失去房子、店铺和木厂。即使财产没有被军方没收,但是如果她和弗兰克被关进了监狱,那同没收还有什么两样呢,因为他们自己不在,谁来照管他们的生意呀?

她怨托尼给他们带来了这样的麻烦。托尼怎能对自己的朋友做出这样的事来? 艾希礼又怎么会叫托尼到他们这里来呢? 她再也不愿帮任何人的忙了,如果这意味着让北方佬像一窝蜂似的拥来向她勒索的话。是的,她会将需要她帮助的人都拒之门外。当然艾希礼除外。托尼来过之后的几个星期里,只要外面路上有一点动静,她便会从不安的睡梦中惊醒,生怕是艾希礼由于帮了托尼的忙也在设法逃跑,到得克萨斯去。她不知道艾希礼目前的情况如何,因为他们不敢往塔拉写信谈论托尼半夜来访的事。他们的信可能会被北方佬截取,给农场带来麻烦。但是几个星期过去了,他们没有听到什么坏消息,知道艾希礼总算没有被牵连上。最后,北方佬也不再来打扰他们了。

但是,即使如此,思嘉也没有从托尼来访时开始的恐惧中摆脱出来。这种恐惧比围城时的炮弹所引起的震惊更为厉害,甚至比战争最后几天里谢尔曼的部队所造成的恐怖还要厉害。似乎托尼在那个暴风雨之夜的出现一下子把她眼前那幅仁慈的屏障搬走了,迫使她看到了自己的生活确实是很不牢靠的。

一八六六年早春,思嘉环顾周围,明白了自己和整个南方面临着什么样的前途。她可以筹划和设计未来,她可以比自己的奴隶干得更加卖力,她可以成功地克服种种艰难困苦,她可以凭借自己的坚强意志解决她在早年生活中从未经历过的种种问题。然而,无论她做出多大的努力和牺牲,也无论她有多大的应变能耐,她那付出了巨大代价才创立的一个小小开端却可能随时被人家一把夺走。如果真的发生这样的事情,那么除了像托尼痛苦地提到过的那种临时法庭和蛮横霸道的军事裁判之外,她是没有任何合法权利,也不可能取得任何补偿的。这些日子只有黑人才拥有权利或者能取得补偿。北方佬已经使南方屈服了,他们还打算老这样下去。南方就像被一只狠毒的巨手搞得完全颠倒了,过去当权的人现在比他们以前的奴隶还要没有办法了。

佐治亚州到处有重兵驻守,派到亚特兰大的人比别的地方更多。各个城市北方佬部队的指挥官们有着绝对的权力,对于当地居民甚至操有生杀之权,而且他们行使了这种权力。他们可以而且确实凭一点点理由或者无缘无故地将市民送进监狱,夺走他们的财产,将他们绞死。他们可以而且确实用种种自相矛盾的规章制度来折磨市民,例如,怎样经商、付仆人多少工资、在公开或私下场合说什么话、给报纸写什么文章,等等,都是有规定的。他们规定垃圾该什么时候倒,倒在什么地方,如何倒法。他们规定过去南部联盟拥护者的妻子女儿只能唱什么样的歌,因此谁要是唱了《狄克西》或《美丽的蓝旗》,便构成仅次于叛逆的罪名了。他们规定任何人如果没有履行"绝对忠诚"的宣誓,就休想从邮局取到信件。他们甚至禁止发给新婚夫妇结婚证书,除非他们乖乖地宣读了这令人憎恶的誓言。

报界的言论自由完全被剥夺了,以致对于军方的种种目无法纪或劫掠行为根本不敢提出公开的抗议,而个人的抗议也由于生怕遭到逮捕而沉默下来。监狱里关满了有声望的市民,他们待在那里没有获得早日审判的希望。陪审团审讯和人身保护法实际上都已废除。民事法庭勉强还存在,但完全由军方随意行使职能。军方可以而且确实在干预裁决,所以那些不幸被捕的市民实际上全凭军事当局摆布了。被逮捕的人实在多得很。只要有煽动反对政府的一点点嫌疑,有三K党同谋的嫌疑,或者有黑人控告他态度傲慢,这就足以让一个市民进监狱了。不需要什么犯罪的证明和证据,只要控告就行。由于"自由人局"的煽动,愿意出来控告的黑人随时都能找到。

黑人虽然现在还没有获得选举权,但北方已决定他们是应该有的,同时决定他们的选票必须倾向于北方。心里有这么个谱,这对黑人是再好不过的了。无论黑人想干什么,北方佬士兵总是替他们撑腰,而白人要想让自己惹祸,最保险的办法就是去控告黑人。

过去的奴隶如今都成了天之骄子,加上北方佬的帮忙,那些最低贱无知的黑人都爬到了上层。有些比较好的黑人貌视自由,他们也同自己的白人主子一起在吃大苦。许许多多管家的用人,他们在奴隶中原来属于最高的等级,现在却都留在白人主子家,干过去下等黑人干的体力活。许多干田间活的忠心奴隶也拒绝接受这种新的自由。不过闹事最凶的那群"无用的自由黑鬼"却大部分来自干农活的阶层。

在奴隶制时代,这些低贱的黑人一直是被干家务活和庭园活的黑人所瞧不起的,他们被看成不中用的家伙。正如爱伦那样,整个南方其他农场主妇都让那些黑人的孩子经过一番培训和淘汰,从中选出最优秀的去承担较重要的任务。派到地里干活的那些黑人是最不愿意也最没有能力学习、智力最低下,最不老实,最不可靠,最坏和最野蛮的。不过现在,这个在黑人社会层次中最低下的阶层已将南方搞得民不聊生了。

原先的农奴,在主持"自由人局"的那帮狂妄冒险家的支持下,加上北方那种近乎宗教狂热的炽烈仇恨的怂恿,现在发现自己突然青云直上身居要职了。他们在那里理所当然地被指望着像个小情报机构那样行事。就像一群猴子或小孩被无拘无束地放进一堆珠宝之中,这些珠宝的价值,他们当然无法理解,于是便在那里放肆起来——不是任意破坏取乐,便是无理取闹。

那些黑人,包括智力最低下的在内,也有值得赞扬的地方,那就是他们中间只有极少数人接受恶意的指使,而且这极少数人甚至在奴隶制时代通常也是些"难以驯服的黑鬼"。而他们作为一个阶级来说,都是思想上很幼稚,容易受人摆布,并且长期养成了接受命令的习惯。过去是他们的白人主子命令他们,现在他们有了一批新的主子,即"自由人局"的提包党,他们的命令是:"你们其实跟任何白人都一样,因此就可以像他们那样行事。只要你们哪一天能够为共和党人投票,你们便可以得到白人的财产。实际上现在他们的财产已等于是你们的了。只要能拿到手,就尽管拿吧!"

黑人们被这些鬼话搞得头昏眼花,自由成了一顿永远吃不完的野餐,每个星期,天天都有的野宴,一场游荡、盗窃和傲慢无礼的狂欢。农村里的黑人拥进了城市,使得农业地区没有劳动力种庄稼了。亚特兰大挤满了农村来的黑人，而且还在大批大批地继续拥来。由于受了这种新学说的教育，他们都是些又懒又危险的分子。他们拥挤在肮脏的小木屋里，相互传染着天花、伤寒和肺病。在奴隶制时代，他们习惯于生病时受到女主人的照顾，可现在他们却不知道如何看护自己和他们的病人了。过去他们依靠主子们来照料他们的老人和婴儿，而现在他们对那些无依无靠的人却没有一点点责任感。"自由人局"对政治上的事兴趣太大了，他们已顾不上提供像农场主过去提供的那种照顾。

没人管的黑人孩子们像丧家之犬在城里四处乱跑，直到好心肠的白人将他们领回自己厨房去养活为止。被儿女抛弃了的农村老年黑人，在这喧闹的城市里感到惊慌失措，坐在路边向过往的妇女哭着哀求："太太，请您给我在费耶特维尔的老主人写封信，告诉他我在这里。他会来带我这老黑奴回家的。天哪，这种自由我可受够了！"

黑人源源不断地拥来，其数目之大把"自由人局"吓坏了，他们这才意识到部分的错误，但为时已晚，只好尽力设法将他们送回原来的主人那里去。他们告诉那些黑人，如果回去，可以算自由工人，受书面合同的保护，按天计算工资。这些老黑人高高兴兴地回到农场，给那些目前已贫穷不堪的农场主加重了负担，但后者又不忍心赶他们出去。不过年轻的黑人还是留在亚特兰大。他们不愿意到任何地方去干任何一种工作。肚子吃得饱饱的，干吗还要工作呢？

黑人有生以来第一次可以喝威士忌了，而且想喝多少有多少。在奴隶制时代，这是他们除圣诞节外从来也尝不到的一种东西，只有到了圣诞节，每个黑人在领取礼物时可以尝到那么"一滴儿"。现在他们不仅有"自由人局"的鼓动家们和提包党人在怂恿，而且还有威士忌的刺激，因此严重的违法行为就不可避免了。在他们的威胁下，生命财产得不到保障，不受法律保护的白人感到十分恐慌。街上的行人往往遭到喝得烂醉的黑人的侮辱，房屋和仓库往往半夜被人纵火烧掉，牛马和鸡鸭往往在光天化日之下被偷走，各式各样的犯罪层出不穷，但罪犯却很少有缉拿归案的。

但是这些无耻的行为和威胁同白人妇女所遇到的危险相比，又算不了什么了。许多妇女由于战争失去了男人的保护，独自住在远离市中心的地区和偏僻的街上。正是大量的凌辱妇女的暴行以及人们对妻女安全经常的提心吊胆，逼得南方的男人憋着一股令人不寒而栗的怒火，于是一夜之间冒出了三K党。北方的报纸在大声疾呼反对这个夜间活动的组织，却从未觉察到成立这个组织的悲惨的必然性。北方佬将追捕每一个三K党徒将他们处以绞刑，因为后者居然胆敢将惩罚罪犯的权力拿到了他们手里，而实际上这个时候一般的法律程序早已被入侵者推翻了。

这里是一幅令人触目惊心的景象：半个民族正企图用刺刀强迫另半个民族接受黑人的统治，而这些黑人中有许多从非洲丛林中出来还不到一代人的时间呢。必须给黑人以选举权，而他们原先的主人则大多得不到这种权利。南方必须被压服；剥夺白人的选举权正是压服南方的一种办法。凡是为南部联盟打过仗、在它的政府中有过一官半职或者帮过忙和给过它方便的人，大多数不允许参加投票选举，没有选择其国家官员的权利，他们完全被置于一种外来统治的控制之下。许多人清醒地想起李将军的话和榜样，愿意宣誓，再成为公民,并忘记过去的一切,但是他们没有被允许这样做。其他的人是允许宣誓的,可他们却坚决拒绝,决不向一个故意要他们屈服于残暴和羞辱之下的政府宣誓效忠。

"假使他们的行为像样一点,那我在投降之后就会宣那个该死的誓了。我可以回到合众国去。但是天晓得,我无法让他们改造成那个样子!"这样的话思嘉听过不知多少遍,早已腻烦得要尖叫起来了。

在这些令人不安的日子里,思嘉日日夜夜被恐惧折磨着。目无法纪的黑人和北方佬大兵的威胁,无时无刻不在扰乱她的心。财产被没收的危险经常存在,甚至在睡梦中也无法摆脱。她还担心会有更可怕的事情发生呢。她常常为自己和她的朋友以及整个南方的无能为力感到沮丧,所以这些天来她总是在想托尼·方丹说过的那些话,就一点也不奇怪了。托尼当时十分激动地说:"天哪,思嘉,这实在无法忍受,也不能忍受了!"

虽然经历过战争、大火和重建运动,亚特兰大现在又成了一个繁华的城市。在许多方面,这个地方很像南部联盟初期那个热闹的年轻都会。唯一使人难堪的是拥挤在大街上的士兵穿上了一种讨厌的制服,钱掌握在一些不该拿的人手里,黑人在享着清福,而他们原先的主人却在挣扎,在挨饿。

在这表面现象下面是苦难和恐惧,但从一切外观来看仍是一个正在废墟中迅速重建的繁荣城市,一个喧闹扰攘的城市。亚特兰大似乎不管情况变得如何,总应该是匆匆忙忙的。萨凡纳、查尔斯顿、奥古斯塔、里士满、新奥尔良则从来不是这样。只有缺乏教养和北方佬化了的地方才会匆忙。不过,在当前这个时期,亚特兰大比过去或将来任何时候都更加缺乏教养和更加北方佬化。"新人"从四面八方蜂拥而来,大街上从早到晚都熙熙攘攘,挤满了人。北方佬军官的妻子和新近致富的提包党人坐着雪亮的马车,把泥水溅到本地人破旧的货车上;外来富人所建造的华丽而俗气的新房子在原有市民安静而稳重的住宅中间纷纷涌现。

战争确立了亚特兰大在南方事务中的重要地位,这个向来不引人注目的城市现在已经变得远近闻名了。谢尔曼曾为之战斗了整整一个夏天和杀了许多人的那些铁路,如今又在刺激这个城市的生活了。亚特兰大又成了一个广阔地区的活动中心,就像它遭到破坏之前那样,同时它正在接纳一大批蜂拥而入的新市民,其中有受人欢迎的,也有不受人欢迎的。

入侵的提包党人把亚特兰大当作他们的司令部,他们在大街上任意推搡那些也是新来的南方古老家族的代表。谢尔曼进军期间农业地区被烧毁的一些人家,由于已没有奴隶给他们种棉花维持生计,也只好到亚特兰大来谋生了。从田纳西和卡罗来纳每天都有新的定居者来到这里,因为在他们那里重建运动的手比在佐治亚伸得更长呢。许多曾在联邦军队里领过津贴的爱尔兰人和日耳曼人,遣散之后也在亚特兰大定居了。北方佬驻军的妻子和家人对经历了四年战争的南方充满了好奇,也跑到这里来凑热闹。各式各样的冒险家蜂拥而入,希望在这里发家,同时农村的黑人还在大批地陆续进来。

这座城市一片喧嚷,大大开放,就像在边境上的一个村庄,一点也不想掩饰其缺陷和罪恶。酒馆突然兴旺起来,有时一个街区便有两三家。入夜之后,大街上到处都是醉汉,有黑人也有白人，摇摇晃晃地在人行道上左跌右撞。暴徒、小偷和娼妓鬼鬼祟祟地躲在没有灯光的小巷里和阴暗的大街上。赌场经营得最兴旺，几乎没有一夜不发生开枪、动刀子或打架的事。正派的市民极为愤慨地发现在亚特兰大有着一个很大而且繁荣的红灯区[①]，比战争时期的还要大，还要繁荣。从拉下的帷帘背后通宵达旦地传出刺耳的钢琴声，以及粗鲁的歌声和笑声，还不时被尖叫声和枪声所打断。住在这些房子里的人比战争时期的娼妓还要胆大，竟敢厚着脸皮探身窗外招徕过往的行人。每到星期日下午，红灯区鸨母们的漂亮马车在大街上招摇过市，里面全是些打扮得非常时髦的姑娘，她们从放下来的锦帘后面探出头来呼吸新鲜空气。

在这些鸨母中，贝尔·沃特琳是最臭名昭著的一个。她开了一家自己的新妓院，那幢两层大楼使区内邻近的妓院看上去就像破旧的养兔场一样。她这家妓院楼下有个长长的酒吧间，墙上雅致地挂着油画，每天晚上还有一个黑人乐队在那里演奏。传说楼上配备着最上等的豪华家具，沉甸甸的花边窗帘和进口的金框镜子。这家妓院所养的十二个年轻姑娘打扮起来都非常标致，而且举止行为比其他妓院的姑娘要文静些。至少警察很少光顾贝尔的妓院。

这家妓院已成为亚特兰大的已婚妇女们暗地里窃窃私语的话题，说教的牧师们用谨慎的措词称之为邪恶的污秽场所，一个为人们所蔑视和谴责的地方。大家都知道贝尔这类女人不可能有那么多钱来盖这样豪华的房子，她一定有后台，一个有钱的后台老板。瑞德·巴特勒从来没有考虑到体面而隐瞒

---

① 红灯区指妓院所在的地方。

他和贝尔的关系,因此显然这个后台不是别人就是他。如果有人偶尔朝那辆由一名鲁莽的黄种黑人赶着的马车里看上一眼,便会发现贝尔本人也是很阔绰的。每当她在一对良种的栗色马背后驱车经过,沿街两旁所有的男孩子都会避开自己的母亲跑过去偷看她,并且兴奋地低声说:"这就是她! 就是那个贝尔! 我看到她的红头发了!"

同那些弹痕累累、用旧木片和熏黑的砖瓦片修补的房屋并排而立的是提包党人和发战争财的人新建的漂亮住宅,有阁楼、三角墙和塔楼,还有染色玻璃的窗户和宽广的草坪。那些新建的住宅里,夜夜灯火辉煌,音乐声和舞步声从窗帘后阵阵飘出。穿着昂贵鲜艳的丝绸衣服的妇女们在长长的阳台上散步,由一些穿晚礼服的男子殷勤地在一边伺候着。香槟酒的瓶塞噼噼啪啪地纷纷打开。桌上铺着带装饰图案的网织的桌布,上面是七道菜的晚餐。深红色的火腿、蒸鸭、肥鹅肝酱,各种罕见的应时和不应时的水果,满满地摆了一桌子。

在那些破旧的老房子里,人们过着饥寒交迫的生活——越是出身高贵而勇敢的人,日子过得越苦,越是表面上装出对物质需求毫不在乎的傲态,内心越发紧张。米德大夫能说出一些家庭不幸的故事,例如,某某人先从公寓大厦被撵到了供膳食的寄宿舍,后来又被迫搬到了后街一些暗黑的房子里。他有许多女病人都患有"心脏衰弱"和"肺痨"之类的疾病。他知道,而且她们也清楚他知道,毛病就出在慢性的饥饿上。他还能诉说一些肺病和糙皮病如何传染给全家的事,这种情况过去只在贫穷的白人中发生,而如今在亚特兰大最上等的人家里也出现了。有些婴儿两条腿细得像患佝偻病似的,也有些母亲没奶喂孩子。过去这位老医生每接一个孩子出生,总要虔诚地感谢上帝一番,而如今他并不觉得生命是那么可贵的了。对于初生的婴儿和那么多出生几个月便死去的婴儿来说,这个世界实在太残酷了。

豪门大宅里有的是华灯、美酒、小提琴、舞蹈、锦缎、呢绒,而就在它周围的那些角落,人们却在饥寒交迫中慢慢地死亡。征服者有的是专横傲慢和冷酷无情,可留给被征服者的便只有痛苦和仇恨了。

第三十八章

思嘉亲眼目睹这种种情形,白天身临其境,夜间又带着它们上床睡觉,担心以后还会发生什么事情。她知道由于托尼的事,她和弗兰克已列入了北方佬的黑名册,随时都可能大难临头。不过,尤其是现在,她可承受不起前功尽弃的损失——现在一个婴儿即将出世,木厂正开始有点赚头,塔拉还要她继续花钱,直到秋天收了棉花为止。啊,要是她会失去一切怎么办!或许她还得用那羸弱的武器,面对这疯狂的世界,一切从头开始呢!还得用她的朱唇、碧眼和狡猾而浮浅的脑子,同北方佬以及他们的一切主张做斗争啊。她实在担心得不耐烦了,觉得与其重新开始还不如自杀算了。

在一八六六年春天那一片破坏和混乱之中,思嘉将全部精力放在木厂上,一心一意要让它赚钱。在亚特兰大,钱有的是。盖新房的浪潮正在给她以所需的机会,她知道只要她不蹲监狱就准能发财。她不断告诫自己,处世得温和些,谨慎些,受到侮辱得逆来顺受,遇到不公平的事要让步,不要冒犯任何可能伤害她的人,无论是白人还是黑人。她跟别人一样,十分憎恨那些傲慢无礼的自由黑人,每次听到他们的辱骂或放声大笑时都要气得浑身不舒服。但是她从来连一个轻蔑的眼色也不敢向他们表示。她恨提包党人以及那些参加了共和党的南方白人,恨他们那样容易便发家致富,而她自己却在艰难地挣扎着过日子,但是她从来不说一句指责他们的话。在亚特兰大,没有人比她更厌恶北方佬的了,只要看到那身蓝军服便气得要命,但另一方面即使暗自在家里她也从不谈起他们。

我绝不做多嘴多舌的傻瓜,她冷峻地想道。让别人为往昔的日子和那些永不复生的人伤心去吧。让别人对北方佬的统治和因丧失投票权而愤怒去吧。让那些说了实话的人去蹲监狱,或者参加了三K党的人去受绞刑吧。(三K党这个名字多么可怕,对于思嘉来说,几乎就同黑人一样呢。)让别的女人为她们的丈夫参加了三K党而感到自豪吧。谢天谢地,弗兰克总算没有混到里面去!让别人去为那些他们毫无办法的事情烦恼、生气和出谋划策吧。过去,同紧张的现在以及没有把握的未来相比,又算得了什么?当面包、住房和争取不蹲监狱成了真正的问题时,投票选举又算得了什么?请上帝保佑,让我平安地过到六月,不要出什么事呀!

总得要到六月呀!思嘉知道到了六月她就得在皮蒂姑妈家待着休息,直到孩子生下来为止。人家已经在批评她,这种情况下居然还敢在外面抛头露面。没有哪个女人怀了孕还在公开场合出现的。弗兰克和皮蒂早就求她不要再露面,不要给她自己——以及他们——丢丑,而她也答应他们到六月就不再工作了。

总得要到六月呀!在六月以前,她必须使木厂稳稳地站住脚跟,这才能够放心离开。在六月以前,她必须积攒足够的钱,对可能发生的不幸作一个小小的防备。还有那么多事情要办,而时间却又那么短促。她希望一天能有更多的小时,并且争分夺秒地拼命弄钱，弄更多的钱。

由于她不断唠唠叨叨责骂胆小的弗兰克，那爿店总算现在有了点起色，连一些老账他也收了。不过思嘉还是将希望寄托在那家木厂上。当今的亚特兰大就像一棵被砍倒在地的大树，正在重新长出茁壮的幼芽，更稠密的叶子，更繁茂的枝条。对建筑材料的需求已经远远超过了可以供应的数量。木材、砖瓦和石头和价格在猛涨，思嘉经营的那家木厂从天一亮直到黄昏掌灯时分，始终忙得不亦乐乎。

每天她花费一部分时间在木厂里，盯着每一件事情，尽力制止她确信在发生的盗窃事件。但大部分时间她却坐着车在城里转悠，同那些建筑师、承包商和木匠周旋，甚至去拜访一些听说将来可能要盖房的陌生人，诱骗他们答应买她的木材，而且只买她一家的木材。

很快她就成了亚特兰大大街上一个常见的人物。她坐在一辆轻便马车里，旁边是一位神情严肃但不大以为然的老黑人车夫。她把那条膝毯拉得高高地围着她的肚皮，那双戴手套的小手紧紧抱住膝盖。皮蒂姑妈给她做了一件漂亮的绿色短斗篷，可以遮住她的体形，还做了一顶绿色的扁平帽，和她的眼睛正好相配。她总是穿着这些合适的服装出去做生意，并在双颊上抹上淡淡一点胭脂，再轻轻洒一点科隆香水，这使她显得十分迷人，只要不从车里下来露出自己的体形就行了。实际上也很少需要她下车的事，因为她一微笑打个招呼，人们就会迅速跑过来，而且经常光着脑袋冒雨站在车旁同她谈生意经。

她当然并不是唯一看到做木材生意好赚钱的人，但是她并不害怕竞争者。她对自己的精明颇为自豪，深信跟别人不相上下。她是杰拉尔德的亲生女儿，父亲遗传给她的那种狡猾的经商本能现在由于需要而磨练得更精了。

最初，其他生意人都嘲笑她，觉得女流之辈哪会做生意呢，因此嘲笑中还带点和善的轻视。不过现在他们不再嘲笑了。一看见她驱车过来，他们便暗暗诅咒。实际上正由于她是女流之辈，事情往往反而对她有利，因为有时她装出一副毫无办法和恳求的样子，人们一看心便软了。在无论什么情况下，她可以毫不费力也无需用言语表达，就能给人一种印象，觉得她是个勇敢而又怯懦的上等女人，只是被严峻的环境所迫才落到了如此令人厌恶的地步；这样一个孤弱娇小的女子，要是顾客不买她的木材，她说不定会饿死呢。不过，一旦她那贵妇人式的风度取不到应有的效果时，她便会变得像个冷酷无情的生意人，为了招徕一个新顾客而不惜亏本，用比竞争者更低的价格出售木材。只要她认定不会被人发觉，她会将次等木料按上等的价格出卖，而且毫无顾忌地滥骂其他做木材生意的人。她会做出一副不太情愿揭露事实真相的样子，叹着气告诉一位可能与她成交的顾客，说她的竞争者们的木材价格实在太高，而且都是些烂木头，到处是节孔，总之，质量糟透了。

思嘉头一次这样撒谎时还觉得有点难为情，事后也不无内疚——难为情是因为谎言居然可以如此轻松地脱口而出，内疚是由于她突然想起母亲会怎么说呢？

爱伦对于一个撒谎和损人利己的女儿会怎样训诫，那是很明显的。她会大吃一惊，难以置信，然后说些刺人但又不失文雅的话，谈论应该如何对待名誉、诚实、真理和帮助自己的邻居，等等。思嘉一想象母亲脸上的神情，便禁不住畏缩起来。但是很快这个形象便变得模糊不清,被一种冷酷无情、不讲道德和贪婪的冲动所抹杀,这种冲动产生于塔拉那些贫困的日子,如今又在目前不稳定的生活中大大加强了。这样,她就跨过了这个里程碑,就像跨过以前那些阻止她的规范一样——她叹息自己已经不是爱伦所希望她做的那种人了,同时耸了耸肩,重复一遍她那句万应灵丹式的口诀:"我以后再去想这些吧。"

从此,在做生意方面她就再也没有想起过爱伦,也再没有对自己抢别人买卖的手段后悔过了。她知道用谎言去损害人家,对她自己来说是绝对安全的。南方的骑士制度保护了她。南方的上等女人可以用谎言去损害一位绅士,而南方的绅士却无法用谎言来损害一个上等女人,更不能说这个上等女人是撒谎者。其他做木材生意的人只能在心里发火,在跟家人一起时激动地声称,但愿上帝保佑能让肯尼迪太太变成男人,哪怕五分钟也好。

迪凯特街上住着一位开木厂的穷白人,他确实想用思嘉的那套武器来对付她自己,公开说她是个专爱说谎的人和诈骗犯。但这丝毫没有帮助,反而害了他自己,因为大家都感到吃惊,怎么一个穷白人居然能对一个出身名门的上等女人说这种坏话呢,即使这个上等女人的行为多么不合妇道。思嘉听到那个穷白人的指责时,先是不失身份地默默忍着,后来便渐渐将注意力转向这个人和他的顾客了。她如此无情地以比他更低的售价来抢夺对方的生意,而且暗暗心疼地抛出一批优质木材来证明自己的诚实,结果那个人很快就破产了。于是她便自己出价将对方的木厂高高兴兴地买了过来,使得弗兰克也惊恐不已。

一旦木厂到了手,便碰到一个伤脑筋的问题——到哪里去找一个值得信赖的人来经管呢? 她不需要另一个像约翰逊那样的人。她知道尽管自己严加防范,他还是背着她在卖她的木材。不过她想,找个合适的人还是容易的。不是现在大家都穷得要命吗? 不是现在街上到处都是没有工作的人吗? 他们中间有些人过去很富裕,可现在失业了。没有哪一天弗兰克不给一些饥饿的退伍兵以施舍,皮蒂和她的厨娘不包些吃的给那些骨瘦如柴的乞丐。

不过,连思嘉自己也不知为什么,她不想要一个这样的人。"我可不要那种过了整整一年还没找到事情干的人。"她想,"要是他们还不能适应和平时期,他们也就无法适应我。而且他们看上去全都那么畏畏缩缩,像挨了揍似的。我可不要挨揍的人。我要的是精明能干,像雷内或托米·韦尔伯恩或凯尔斯·惠廷那样的,或者像西蒙斯家的一个小伙子,或者——或者任何一个属于这一类人。他们没有士兵们一投降便什么事也不管的那种神气。他们看上去像是十分关心许多事情呢。"

但是西蒙斯家的小伙子们正在开办一个砖窑,凯尔斯·惠廷在卖一种从他母亲厨房里制作的药剂,那是可以使黑人最蜷缩的头发涂上六次就能平直的灵丹,他们居然都彬彬有礼地朝思嘉微微一笑,婉言谢绝了她的雇用,这叫她大吃一惊。她又试了试许多别的人,结果都一样。实在没有办法了,她决定提高工资,但还是遭到了拒绝。梅里韦瑟太太有个侄子甚至傲慢地对她说,虽然他并不特别喜欢赶大车,但大车毕竟是他自己的,他宁愿自食其力使事业有所发展,也不愿到思嘉那里去。

一天下午,思嘉的马车追上了雷内·皮卡德的馅饼车,看见瘸子托米·韦尔伯恩因顺便搭车回家也坐在雷内的车上,于是她就跟他俩打招呼。

"雷内,你看,为什么你不来我这里干活?经营一家木厂可比赶一辆馅饼车要体面多了。我想你大概觉得不太好意思吧?"

"我吗,我看也没有什么不好意思的。"雷内咧嘴笑笑说,"谁算体面呢?我倒一向是体面的,直到这场战争将我像黑人一样解放了。我再也不必像过去那么高贵和闲得无聊了。我自由得像只小鸟了。我喜欢我的馅饼车。我喜欢我的骡子。我喜欢亲爱的北方佬,他们好心地买我岳母的馅饼。不,我的思嘉,我一定要成为馅饼大王。这是我命中注定了的!就像拿破仑一样,我听天由命。"他兴奋地挥舞起他的鞭子。

"但是你父母把你养大,绝不是让你来卖馅饼的,就像把托米养大不是来对付那帮粗野的爱尔兰泥瓦匠一样。而我那里的工作可要——"

"那我想你的父母准是把你养大来经营木厂的吧,"托米插嘴说,嘴角抽搐了一下,"是的,我正看见那个小小的思嘉坐在母亲膝头上,咬着舌头在背课文:'要是次木料能卖好价钱,可千万别卖好木料呀。'"

雷内一听大笑起来,他那双小猴眼高兴地飞舞起来,他用力捶了一下托米的驼背。

"不要放肆,"思嘉冷冷地说,因为她听不出托米的话里有多少幽默,"当然我父母养育了我,可不是叫我来开木厂的。"

"我并没有放肆的意思。不过你是在开木厂呀,不管你父母养你时是不是就要你干这一行。而且你也确实干得很好。得了,依我看,我们中间谁都不是在干原先打算干的那一行,不过我想我们照样都还干得不错呢。如果生活不能完全如意便坐下来哭鼻子,那才是可怜虫,才是一个可怜的民族。思嘉,你为什么不去找个有魄力的提包党人来替你干活呀?上帝知道,树林里有的是!"

"我可不要提包党人。提包党人不管什么东西,只要不是烧得通红的或者钉得牢牢的,都会给你偷走。如果他们眼下很得意,就会待在原地不动,决不会屈尊到这里来捡我们的骨头。我要的是一个好人,一个好人家出身的人,又精明能干又忠厚老实,还要——"

"你的要求倒还不算高呢。不过按你出的工钱,你是找不到这样的人的。你说的那种人,除非是完全残废的,现在全都找到了工作。他们也许不适宜干目前的活,不过他们毕竟全都在干着呢。他们情愿干些自己的事情,也不想去替女人干活呢。"

"只要你了解底细,便会发现男人是没有多少头脑的,难道不是吗?"

"也许这样,不过他们还是很有自尊心的。"托米冷静地说。

"自尊心! 我看自尊心的味道好得很,尤其在外皮容易剥落时放点蛋白糖霜,味道就更好了。"思嘉刻薄地说。

两个男人有点勉强地大笑起来,但思嘉似乎觉得他们作为男性在联合起来反对她。她想想托米的话是对的,这时她脑海中掠过一些她已经找过和打算去找的男人。他们全都很忙,忙着干某些事情,干得很辛苦,比战前他们可能想象得到的还要辛苦。也许他们干的并不是自己所愿意干、最容易干，或者曾被培养要干的事。可是他们毕竟是在干了。对于男人来说，这个世道的确太艰难，不能有什么选择。要是他们在为失去希望而悲伤，在渴望过去的生活方式，那除了他们自己谁也不清楚。他们正在打一场新的战争，一场比上一次更加艰苦的战争。他们现在又关心起生活来了，以那种在战争将他们的生活切成两段之前激励过他们的同样的迫切感和强烈意识关心着。

"思嘉，"托米尴尬地说，"我刚才对你无礼了，实在不愿意再求你帮忙，不过我还是得求你。也许这对你也还有好处。我的内弟，休·埃尔辛在卖柴火，干得不太顺利，因为除了北方佬，现在谁都自己出来捡柴火了。我知道埃尔辛一家的日子过得非常艰难。我尽力帮忙，但你知道我还得养范妮，还有母亲和两个寡姐在斯巴达要我照顾。休这个人很好，你要的正是一个好人，而且你知道的，他又是好人家出身，人很忠厚老实。"

"不过——嗯，休没有多大魄力，要不然他的柴火生意是会成功的。"

托米耸了耸肩膀。

"你看事情的眼光可真够厉害的了，思嘉，"他说，"不过，你可以再考虑一下休。事情做过头了反而会更糟的。我想，他的忠厚老实和心甘情愿会弥补他的魄力不足，而且绰绰有余呢。"

思嘉在全城游说遍了没有成功，而许多想干的提包党人却跑来纠缠不休，但都被她拒绝了。最后她终于决定接受托米的建议，让休·埃尔辛来干。休在战争时期是位干劲很大、足智多谋的军官,但是打了四年仗,受过两次伤,他的全部智谋好像已经彻底干涸,如今面对和平时期这一严峻的现实,像个孩子般糊涂起来了。近来他挑着柴火到处叫卖时,眼睛里流露出一种丧家犬的神色,看来根本不是思嘉所希望雇到的那种人。

"他很笨,"思嘉心想,"他对做生意几乎一窍不通,我敢打赌他连二加二等于多少都不会。而且我怀疑他也学不会了。不过,他至少是个老实人,不会欺骗我。"

这些日子思嘉并不怎么需要老实,不过她越是不看重自己的老实,便越发看重别人的老实了。

"可惜的是约翰尼·加勒格尔正同托米·韦尔伯恩合伙在盖房子,"她想,"他才是我所需要的那种人,硬得像钉子,滑得像蛇,要是给他的报酬适当,他也会老老实实的。我了解他,他也了解我,我们可以很好地共事。或许等那家旅馆盖好之后,我便可以把他弄过来了。在这之前,我只好让休和约翰逊先生将就对付着。要是我让休负责新厂,让约翰逊先生留在老厂里,我自己便可以待在城里管推销,锯木和运输的事由他们去办。不过,要是我总留在城里,那么在请到约翰尼之前,还得冒约翰逊先生偷木料的风险。他要不是个贼就好了!我想将查尔斯留给我的那块地分一半盖个木料堆置场。只要弗兰克不在我跟前那么大声嚷嚷,我还准备用另一半地建一个酒馆呢!不管他怎样激动,只要拿到了足够的钱,我马上就要建酒馆的。要是弗兰克的面皮不那么嫩就好了。啊,天哪,要是我不偏偏在这个时候要生孩子,那多好呀!很快我的肚子就要大得不能出门了。哦,天哪,我怎么就要生孩子了呢?而且,天哪,要是那些该死的北方佬不来管我,要是——"

要是！要是！要是！生活中竟有那么多的"要是"，什么事也没有把握，一点安全感也没有，总在担心会失去一切，重新受冻挨饿。当然，现在弗兰克赚的是多了一点，不过弗兰克总爱感冒生病，经常一连几天得在床上躺着。说不定他会成为一个废人。不，她不能过多地指望弗兰克。除了她自己，谁也不能指望。而现在她能挣到的钱似乎实在太少了。哦，要是北方佬跑来将她的东西全部拿走，她该怎么办呢？要是！要是！要是！

她每月挣的钱，一半寄到塔拉交给了威尔，一部分还瑞德的债，其余的便自己存起来。没有哪个守财奴比她数钱数得更勤，也没有哪个守财奴比她更害怕失去这些钱。她不肯把钱存到银行里去，因为怕银行可能要倒闭，或者北方佬可能要没收。所以她把钱尽量带在自己身边，塞在自己的紧身衣内，将一小叠一小叠的钞票藏在屋子周围，放在壁炉的砖缝里，放在废物袋内，夹在《圣经》的书页中。一个星期又一个星期过去，她的脾气越来越暴躁，因为每省下一块钱，到了灾难临头时，就会多丢掉一块钱啊。

弗兰克、皮蒂和仆人们对于她那种随时随地都可能爆发的无名火都极为体贴地容忍着，将她的坏脾气归咎于怀孕，从没意识到真正的原因。弗兰克知道对于怀孕的妇女就得迁就，所以他抑制着自尊心，任凭她继续经管木厂，任凭她在目前这种任何女人都不该再出去抛头露面的时候继续在城里到处乱跑，绝口不提任何意见。她的行为不断使他感到很难为情，不过他料想再忍耐一段时间就差不多了。只要孩子一下地，思嘉又会成为当年他追求过的那个富于女性美的可爱姑娘了。但是不管他如何姑息迁就，她还是不停地发脾气，因此他觉得她很像是鬼迷心窍了。

究竟什么东西迷住了她的心窍,什么东西使她变得像个疯婆子,看来谁也不明白。实际上那是一种强烈欲望的表现,她要在自己不得不闭门隐居之前赶快将她的事情安排好,赶快尽可能多攒些钱以防万一,赶快建立一个坚实的金钱堤坝来防御北方佬日益高涨的仇恨浪潮。这些日子正是金钱迷住了她的心窍。要说有时她也想到孩子,那只是对孩子来得不是时候而莫名其妙地生气。

"死亡,纳税,生孩子! 这三件事,哪一件也没有合适的时间容你挑选的!"

当思嘉作为一个女人开始经营木厂时,亚特兰大人普遍感到震惊。但是随着时光的流逝,大家便断定她这个人是什么事都做得出来的。她做生意使用的酷辣手段令人骇异,何况她那可怜的母亲还是罗毕拉德家的小姐呢。而且,当谁都知道她怀了孕的时候,她却照样在大街上到处奔跑,这就更加不合适了。无论哪个正派的白人或黑人妇女,只要一怀疑自己有了身孕,便几乎都不再迈出家门,因此梅里韦瑟太太愤慨地说,从思嘉的所作所为来看,她大概是想把孩子生在大街上了!

不过以前人们对她的行为所做的种种批评,同现在城里人对她的流言蜚语比较起来,就根本算不了什么了。思嘉不仅同北方佬做买卖,而且无处不显得她是真正喜欢这样做呢!

梅里韦瑟太太和许多别的南方人也在同刚来这里的北方佬做生意,但不同的是他们并不喜欢,而且明白地表示不喜欢。可思嘉却的确喜欢,或者说,似乎喜欢,那也一样是够糟的了。她确实在北方佬军官家里同他们的妻子喝过茶呢！事实上她什么事都干过，只差没邀请他们到她自己家里来了，而且全城的人都在猜想，要是没有皮蒂姑妈和弗兰克，她准会请他们去的。

思嘉知道全城人都在议论她，但她并不在乎，也顾不上去计较。她对北方佬的恨还是同当年他们想烧掉塔拉时那样厉害，不过她能够把这种仇恨掩饰起来。她很清楚，如果她打算赚钱，便只能从北方佬那里去捞，而且她也明白，用微笑和好言好语去巴结他们，准能把他们的生意拉到她的木厂来。

等到有一天，她十分富有了，而且把她的钱藏到了北方佬无法找到的地方，到那时她便可以告诉他们她对他们的真实看法，告诉他们她恨他们，厌恶他们，瞧不起他们。那会多高兴呀！但是在那个时刻到来之前，她还得同他们融洽相处，这是简单明了的常识。要说这是虚伪，就让亚特兰大人尽量利用这种虚伪吧。

她发现，同北方佬军官做朋友就像射击地上的鸟一样容易。他们在一个敌对的地方成了寂寞的流亡者，其中许多人渴望与女性有礼貌地交往，因为在这个城市里，正派女人从他们跟前经过时往往掉头不理，好像要啐他们一口才解气似的。只有妓女和黑人妇女才跟他们说话和气。但是思嘉显然是个上等女人，一个有门第的上等女人，尽管目前在干活，因此只要她嫣然一笑，那双碧绿的眼睛滴溜儿一转，他们就浑身激动了。

往往，思嘉坐在车里对他们说话，向他们摆弄两个酒窝，这时她实际上对他们厌恶极了，恨不得劈脸骂他们一顿。不过她还是克制住自己，而且发现将北方佬随意玩弄玩弄，一点也不比跟南方男子这样逗乐要难多少,只不过这不是逗乐而是一桩可恨的事罢了。她所扮演的角色是一位在患难中的文雅温柔的南方贵妇人。她具有庄重而娴雅的风度,可以使她的受骗者与她保持适当的距离,不过她那和蔼的态度仍叫北方佬军官一想起肯尼迪太太便心里暖洋洋的。

这种暖意是非常有利的——也正是思嘉想要得到的。许多驻防的军官由于不知道自己在亚特兰大要待多久,把妻子和家眷都接过来了。由于旅馆和公寓早已客满,他们便正在自己盖房子,并且很高兴从这位和气的肯尼迪太太那里买木料,因为她待他们比城里任何别的人都更有礼貌。那些提包党人和无赖也正在用他们新捞到的巨款建筑豪华住宅、店铺和旅馆,他们也发现同她做生意比同原先联盟军的大兵们打交道要愉快一些。那些大兵虽然也很客气,但这种客气只不过比直言不讳的憎恨更加合法和冷酷而已。

所以,正因为她长得又漂亮又迷人,而且有时又显得很可怜无助,他们便都乐意光顾她的木材厂以及弗兰克的店铺,觉得他们应该帮助这位有胆量但显然只有一个无能的丈夫在养活她的小妇人。思嘉注视着她事业的进展,觉得不仅目前她在靠着北方佬的钱,而且将来还得靠这帮人庇护呢。

同北方佬军官的关系保持在她想保持的水平上,这比她所预料的要容易些,因为他们全都很怕南方的上等女人,不过思嘉也很快便发现这些军官的妻子引起了一个她没有料到的问题。同北方佬妇女联系并不是她所乐意的。她很想避开她们,可是办不到,因为这些军官的妻子一心要见见她。她们对南方和南方妇女怀有一种强烈的好奇心,而且思嘉最先给了她们满足这一愿望的机会。亚特兰大的其他妇女根本不同她们发生任何联系,甚至在教堂里也拒绝向她们点头,因此每当思嘉为了生意到她们家里去时,那就好像是她们日夜祈求的事情实现了。往往,思嘉在一家北方佬门前坐在自己车里同这家的男人谈论木料和屋顶板时,这个男人的妻子便会跑出来搭讪,并坚持要她进屋喝杯茶。思嘉尽管心里老大不愿意,但很少拒绝,因为她总希望有个机会自然地建议她们去光顾弗兰克的店铺。不过她的自我克制能力多次受到严重考验,因为她们经常提出种种涉及私人的问题,而且对南方的一切都表现出一种沾沾自喜和好意屈就的态度。

北方佬妇女认为《汤姆叔叔的小屋》这本书的启示仅次于《圣经》,所以她们全都问起南方人家养的用来追逐逃跑奴隶的那种猎狗。而且她们根本不相信她所说的她有生以来只见过一只猎狗,而且是一只温和的小狗,并非凶恶庞大的猛犬。她们还想看看农场主用来在奴隶脸上打印记的那种可怕的烙铁和用来打死奴隶的有九根皮条的鞭子。思嘉觉得她们对于纳奴隶为妾的问题表现出来的兴趣,实在非常庸俗和没有教养。尤其当她看到北方佬军队在亚特兰大定居以后黑白混血婴儿大量增加时,更是十分愤恨。

听到这类带有偏见的无知言论,亚特兰大无论哪一个女人都会气得要命,但思嘉却设法忍着,她所以忍得住,是因为她们在她内心引起的鄙视多于愤怒。她们毕竟是北方佬,谁也不会指望北方佬干出什么好事,说出什么好话来。因此,她们所表现的对于她的国家和人民及其伦理道德的种种轻率的侮辱,都始终未能深深地触动她,只不过从她心上轻轻擦过,引起一种很好地掩藏起来的轻蔑和讥笑,直到发生了一件叫她怒不可遏的事情为止。这件事向她表明,如果她需要什么表明的话,那就是南北之间的鸿沟有多么宽阔,而且要想跨越这道鸿沟是完全不可能的。

有一天下午,她同彼得大叔赶车回家,经过一所住着三家北方佬军官的房子,这些军官正在用思嘉的木料盖自己的住宅。她驱车经过时,三个军官的妻子正好都站在门口,她们向她挥手,请她把车停下来。她们出来,跑到她的马车旁边同她打招呼,那口音又一次使她觉得,对于北方佬,除了他们那种声调之外,几乎什么都可以原谅了。

"我正想见你呢,肯尼迪太太,"一个来自缅因州的瘦高个女人说,"我想从你那里了解一点关于这个愚昧城市的情况。"

思嘉怀着理所当然的鄙视吞下了这种对亚特兰大的侮辱,勉强装出一副笑容。

"要我告诉你些什么呢?"

"我的保姆布里奇特回北方去了。她说她在这些她称为'黑鬼'的人当中多一天也待不下去了。孩子们现在成天缠得我心烦意乱,请告诉我,怎样才能再找到一个保姆。我不知道到哪里去找呀。"

"这并不难,"思嘉说着,笑起来,"如果你能找到一个刚从农村来的还没有被'自由人局'宠坏的黑人,你就会有一个最好的仆人了。你就站在这里,站在你家门口,询问每一个经过这里的黑女人,我保证——"

那三个女人气得大声嚷嚷起来。

"你以为我会放心将我的孩子交给一个黑鬼吗?"缅因州的女人喊道,"我是要一个爱尔兰的好姑娘呀。"

"我怕你在亚特兰大是找不到爱尔兰仆人了,"思嘉冷冷地回答说，"我自己就从未见过一个白种仆人，我家也不想要，而且，"她忍不住在话里略带讥讽的语气，"我可以向你保证，黑人并不会吃人，倒是很值得信赖的。"

"天哪，这可不行！我家里可不能用黑人。怎么能这样想呀！"

"我连看都不要看，怎么还能信任他们呢，至于让他们带我的孩子……"

思嘉想起嬷嬷那双亲切而粗糙的手，那双由于伺候爱伦、她自己和韦德而变得难看的手。这帮陌生人对于黑人的手能知道什么，她们哪里会知道黑人的手多么可贵，多么令人鼓舞，多么准确无误地懂得怎样去抚慰人、体贴人和逗爱人，她想到这里轻轻地笑了笑。

"真奇怪，你们会是这样想的。不正是你们大家把他们解放了吗？"

"天哪，可不是我呀，亲爱的，"缅因州女人笑着说，"上个月我来南方之前，还从没见过一个黑人呢，而且也不想再见另外一个了。他们让我浑身起鸡皮疙瘩。我可不能信任他们中间的任何一个人……"

思嘉早就感觉到彼得大叔在急促地喘气了，他坐得笔挺，两眼牢牢盯着马耳朵。这时那个缅因州的女人偏偏突然大笑起来，指着彼得大叔给她的同伴看，这便促使思嘉更加注意彼得的神情了。

"瞧那个老黑鬼，像只癞蛤蟆似的，气得鼓鼓的，"她咯咯地笑着，"我敢断定他就是你家的一个老宝贝吧，是吗？你们南方人根本不懂得怎样对待黑鬼。你们把他们都宠坏了。"

彼得倒抽了一口气，眉头皱得更紧了，但两眼仍直勾勾地朝前看。他这一生还没有被一个白人叫过"黑鬼"。其他黑人倒是这样叫过他,可从来没有白人叫过。至于被看作"难以信任"和称为"老宝贝",对于他这个汉密尔顿家多年来的庄严柱石更是从来没有过的。

思嘉尽管没有看见但却感觉得到,由于自尊心受到伤害的那个黑下巴开始在颤动,她不禁浑身震怒。这些女人贬低过南方的军队,滥骂过戴维斯总统,并且诬陷南方人虐待和残杀他们的奴隶,这些思嘉都带着默默的轻蔑听过去了。只要对她有利,她还能忍受对她个人品德和诚实的种种侮辱。但是听到他们用愚蠢的话语伤害这个忠实的老黑奴,她就像一包火药被点着了似的。她朝彼得腰带上挂着的那支大马枪瞧了一会儿,两只手痒痒地想去摸它。她们这些人该杀,这些傲慢无知、气焰嚣张的征服者真该杀啊!但是她咬紧牙关,直到两颊的肌肉都鼓出来了,仍然不断提醒自己时机尚未来到,到时候她要告诉北方佬们她究竟是怎样看他们的。是的,总有一天。天哪,一定!不过现在还没到时候呢。

"彼得大叔是我们自己家里人,"她的声音有点发抖,"再见。咱们走吧,彼得。"

彼得突然朝马背上抽了一鞭,把马吓得往前一跳,马车便颠簸着离开了。思嘉听见那个缅因州女人用一种困惑不解的语气说:"她家里人?不见得是她的亲戚吧?他黑得很厉害呢。"

该死的家伙!她们应当从地球上被清除出去。等到我有很多钱了,我一定要往她们脸上啐唾沫。我一定要——

她朝彼得瞅了一眼,看见有颗泪珠正从他鼻梁上淌下来。顷刻间一种因他受辱而引起的悲伤与怜惜的感情压倒了她,使她的眼睛也酸痛了,就好像看见有人毫无理智地虐待了一个孩子一样。这些女人伤害了彼得大叔——这个同老汉密尔顿上校一起参加过墨西哥战争的彼得,他曾经将濒死的主人抱在自己怀里,后来将媚兰和查尔斯抚养成人,接着又伺候不中用而愚蠢的皮蒂帕特小姐,逃难时保护她,投降之后又弄了一匹马越过战后的一片废墟,将她从梅肯带回家来——就是这样一位彼得呀!而她们居然说她们决不信赖黑鬼!

"彼得,"她把手放在他那瘦削的肩膀上,声音在发颤,"你要哭,我可替你难为情了。你管她们干什么呢?她们只不过是些该死的北方佬罢了!"

"他们当着俺的面说这种话,好像俺是头骡子,不懂她们的话——好像俺是个非洲人,一点听不懂她们说些什么,"彼得说着,用鼻子响亮地哼了一声,"她们还叫我黑鬼,可从来也没有哪个白人这样叫过我。她们说我是老宝贝,说黑鬼一个也不能信赖!我不能信赖吗?老上校临死的时候跟我说,'你,彼得,请你照看我的孩子们吧。好好照顾你那年轻的皮蒂帕特小姐,'他说,'因为她像个蚂蚱一样没有头脑。'这些年来俺就一直好好照顾她——"

"除了大天使加百列①,谁也不能比你更会安慰体贴人了,"思嘉安慰他说,"没有你,我们简直就无法活呢。"

"是的,姑娘,谢谢你的好意。这些事情我知道,你知道,但他们这些北方佬可不知道,也不想知道。他们怎么跑来管我们的事呢,思嘉小姐?他们根本就不了解咱们这些支持南

---

① 按《圣经》,加百列是大天使之一,他慰劳人类并同情人类。他向但以理解释异象,向撒迦利亚预言其妻将生施洗约翰,向马利亚预言耶稣的降生。

部联盟的人。"

　　思嘉没说话,因为她那股在北方佬女人面前没有发泄出来的怒火仍然在心里燃烧。两人默默地赶车回家。彼得不再用鼻子吸气,他的下嘴唇开始慢慢突出来,直到长长地伸出来吓坏人了。如今最初的伤痛正在平息,他却越发气愤起来。

　　思嘉想:北方佬是些怎样该死的怪人啊!这些女人似乎觉得既然彼得是黑人,他就没有耳朵能听,就没有像她们那种脆弱的感情,容易受到伤害了。她们不懂得对待这些黑人应该亲切一些,把他们当作孩子,教导他们,夸奖他们,疼爱他们,责骂他们。她们根本不了解这些黑人,不了解这些黑人和他们原先的主人之间的关系。但是他们居然发动一场战争来解放他们。既然解放了黑人,他们又不愿和黑人打交道,只一味利用他们来恐吓南方人。他们并不喜欢黑人,不信任他们,也不理解他们,然而他们却还不断地在大喊大叫,说南方人根本不知道如何同黑人相处下去。

　　不信任黑人!思嘉信任他们远远超过大多数白人,肯定比对北方佬要信任得多。黑人身上有忠诚、耐劳和仁爱的品德,这些是任何严峻的情势也无法使之破裂,金钱也无法买到的。她想起面对北方佬入侵时仍然留在塔拉的那几个忠心耿耿的黑人。他们可以逃走,或者参加军队去过闲荡的生活,可是他们却留下来了。她想起迪尔茜怎样在棉花地里挨着她干苦活,想起波克怎样冒着生命危险去邻居鸡窝里偷鸡给全家吃,想起嬷嬷怎样陪伴她到亚特兰大来,不让她做错事。她还想起一些邻居家的仆人,他们怎样保护那些男人到前线去了的女主人,怎样护送她们逃过战争的恐怖,怎样看护受伤的人,掩埋死者,安慰生者,干活,行乞,偷窃,为了让餐桌上有吃的便什么都干。而且即使现在,"自由人局"向他们许了各种各样惊人的诺言,可他们还是牢牢跟着他们的白人主子,而且比过去当奴隶时干得更加辛苦。但是,所有这些事情北方佬都不理解,而且永远也不会理解。

"不过,是他们解放了你们呢。"思嘉大声对彼得说。

"不,小姐!他们没有解放俺。俺也不要让这帮废物来解放,"彼得生气地说,"俺还是属于皮蒂小姐。要是俺死了,她也得把俺埋在汉密尔顿家的坟地里,因为俺是属于这里的呀……俺要是告诉皮蒂小姐,你怎样让北方佬女人侮辱了我,她准会非常生气的。"

"我可没有干这种事呀!"思嘉吃惊地喊道。

"你就是干了嘛,思嘉小姐,"彼得说着,嘴唇皮往外伸得更长了,"重要的是你和俺都没有理由去跟北方佬打交道,让他们可以侮辱俺。要是你不跟她们说话,她们就不会有机会把俺比作骡子或非洲人了。而且,你也没替俺责备她们呀。"

"我还是责备她们了呀!"思嘉说,显然被这种批评刺痛了,"我不是告诉她们你是我们家自己人吗?"

"这不算责备,只是事实罢了,"彼得说,"思嘉小姐,你没有理由跟这些北方佬去打交道。没有哪家的小姐像你这样。你决不会看见皮蒂小姐理睬那帮废物的。要是她听见她们说俺的那番话,她准会不高兴的。"

彼得的批评,比起弗兰克和皮蒂姑妈或者邻居们的话来,更使她觉得伤心。她感到那样恼火,恨不得使劲摇晃这个老黑奴,直到他那两片没牙的牙床碰得嘎嘎响为止。彼得说的倒全是真话,不过她深恨这些话出自一个黑人而且是自家黑奴之口。在自家仆人心目中都得不到尊敬,这对于一个南方人来说简直是最丢脸的事。

"一个老宝贝呢!"彼得嘟囔着说,"我想皮蒂小姐听了这种话决不会再让俺给你赶车了。肯定不会,小姐!"

"皮蒂姑妈还会让你照样给我赶车的,"她厉声说,"所以,咱们别再提这事了。"

"俺想俺的背快出毛病了,"彼得阴郁地警告说,"俺的背现在就痛得要命,几乎直不起来了。只要俺的背一痛,小姐就不会让俺再赶车了……思嘉小姐,要是咱自家人都不赞成你的做法,就算那些北方佬和白人渣滓都捧你,那对你也不会有什么好处呢。"

这句话对于思嘉当前的处境可真是概括得好极了,致使她陷入一种无比愤怒的沉默中。是的,征服者们确实都对她表示赞许,但她的家人和邻居却不那样。她知道全城的人都在纷纷议论她。而现在连彼得也对她那样反感,甚至不愿跟她一起出现在大庭广众之中了。这真是一个致命的打击啊。

在这之前,她对人家的议论是根本不在乎的,不但不在乎,而且有点瞧不起。但彼得的话在她心中点起了愤恨的怒火,迫使她采取守势,使她突然对邻居如同对北方佬一样厌恶起来。

"他们管我干什么呢?"她想道,"他们准以为我喜欢跟北方佬交往,喜欢像干农活的黑奴一样卖苦力吧。他们这样做,只不过给我难上加难罢了。但是,任凭他们怎样想,我不管它,我才不让自己去管呢。而且目前我也管不起。不过有一天——有一天——"

啊,总会有一天的! 等到她的生活又有了保障的那一天,她便可以交抱着两臂舒坦地休息,成为跟母亲爱伦那样的贵妇人了。她会像贵妇人那样娇弱,躲在家里,那样一来,人人都会夸奖她了。啊,如果她又有了钱,她会变得多么了不起啊!到那个时候,她会让自己变得像爱伦那样和蔼可亲,处处为别人着想,处处都注意礼仪了。她不会再从早到晚地担惊受怕,因为生活会变得平静而悠闲呢。她将有时间跟她的孩子们一起玩耍,听他们念课文。遇到冗长而暖和的下午,那些上等女人会来拜访她,在一片塔夫绸裙的窸窣声和棕榈扇刺耳而有节奏的噼啪声中,她会叫仆人给她们送上茶水和可口的三明治,以及蛋糕,等等,同她们悠闲地聊天,消磨时光。对于那些遭遇不幸的人,她会十分和蔼地对待他们,给穷人送去一篮篮的食物,给病人送去羹汤和果冻,同时在漂亮的马车里向那些不如她得意的人"装腔作势"一番。她会像她母亲过去那样成为一个真正南方式的上等女人。到那时候,大家都会像爱爱伦那样爱她,会赞扬她多么无私,会称她为"慷慨的夫人"。

她对未来的种种想法感到很有乐趣,这一点,尽管她心里明白自己并没有真正想要变得慷慨无私或和蔼可亲,但总也是不会有什么问题的。她所希图的只是具有这些品德的好名声。不过她那副脑筋动得太粗了,根本辨不出这类细微的差别来。只要有那么一天,她有了钱,人人都赞许她,就足够了。

有一天!但不是现在。现在不行,不管人家怎么说她。现在还不是成为一个伟大女性的时候。

彼得的话果然说对了。皮蒂姑妈真的激动起来,彼得的背也一夜之间痛到确实无法再赶车了。从此思嘉只好自己一个人赶车,她手心上的茧子又重新磨起来了。

就这样,春天的几个月过去了,四月的冷雨天结束,温润芳菲的五月天气随之而来。这几个星期思嘉一直被一大堆工作和忧虑所包围。肚子愈来愈大,行动愈来愈不方便,老朋友们愈来愈冷淡,家里人则愈来愈体贴,愈来愈觉得焦急,愈来愈摸不着头脑,不知究竟是什么在驱使她这样干。在这些焦虑不安和奋力挣扎的日子里,她眼中只有一个人是可以依靠和能够理解她的,那就是瑞德·巴特勒。说也奇怪,在这方面居然所有的人中间偏偏是他,因为他这个人像水银一样飘忽不定,像一个刚从地狱出来的魔鬼一样邪恶倔强呢。但是他同情她,而这一点是她从任何别的人身上都得不到而且也从不指望得到的。

　　瑞德经常出城,神秘地去新奥尔良,可从来不解释去干什么,只是思嘉总带点醋意,觉得肯定同某个女人——或者一些女人有关。但自从彼得大叔拒绝替她赶车之后,瑞德留在亚特兰大的时间便愈来愈长了。

　　在城里,他大部分时间是在一家名叫"时代少女"的酒馆楼上赌博,或者在贝尔·沃特琳的酒吧间里跟那帮比较有钱的北方佬和提包党人亲切交谈赚钱的计划,这使城里人对他比对他那班密友更加厌恶。他现在不来皮蒂家拜访了,这也许是为了尊重弗兰克和皮蒂的感情,因为思嘉现在的处境很微妙,男人去拜访会使弗兰克和皮蒂受不了。不过她几乎每天都会偶然遇见他。当她赶车经过桃树街和迪凯特街那段偏僻的路到木厂去时,他屡次骑马追上了她。他总是勒住缰绳跟她谈一会儿话,有时将马拴在她的马车背后,替她赶着车在两个木厂之间巡视一番。这些天来,她尽管不承认但实际上是比过去更容易疲劳了,因此也乐意让他这样做,心里还暗暗感激他。他每次都在他们回到城里之前便离开她,可是城里人还是全知道了他们相会的事情,因此这又给人们提供了一些新的闲谈资料,在思嘉触犯礼仪的那一长列条目中也添上了新的一条。

她有时猜想,他们的这些相遇难道完全是偶然的吗?几个星期过去了,随着城里黑人闹事的紧张气氛不断加剧,他们相遇的次数也愈来愈多了。不过为什么他偏偏在目前她的模样最难看的时候来找她呢?要是说从前他对她有过什么不良企图的话,那么现在他肯定没有,而且连以前究竟有没有,她现在也开始怀疑了。他已经好几个月没有嘲笑地提到他们在北方佬监狱中那令人气恼的场面了。他再也没有提起艾希礼以及她爱他的事,更没有说什么他"垂涎她"那类没教养的粗话。她想最好还是别无事找碴,不必去要求解释为什么他们会经常相遇。最后她认定,瑞德是因为除了赌博没有什么别的可干,而且在亚特兰大又很少有知己,因此找她无非就是为了找个伴而已。

且不管瑞德的理由是什么,反正思嘉发现他这个伴还是最受欢迎的。他总是全神贯注地听她发牢骚,说她怎样失去了顾客,怎样放了呆账,约翰逊先生如何欺诈她,以及休多么无能,等等。他听说她赚钱了,便鼓掌喝彩,而弗兰克听了只会溺爱地微微一笑,皮蒂更是茫然,只能"哎呀"一声完事。她很清楚瑞德一定经常在帮她揽生意,因为他很熟悉或认识所有阔绰的北方佬和提包党人。但是,他却始终否认自己帮了什么忙。她了解他的为人,而且从来也不信任他,不过只要看见他骑着那匹大黑马沿林荫路转弯过来,她便会高兴得打起精神,有点情不自禁了。等到他跳进她的马车,从她手里接过缰绳,对她说几句俏皮话,她更觉得自己既年轻又快活,又娇媚动人,尽管满怀忧虑,肚子一天天大起来,也全不在意了。她对他几乎可以无话不谈,不用考虑隐瞒自己的动机或自己的真实意见,也从来没有过觉得无话可说的情况,像跟弗兰克在一起的时候那样——或者,如果她对自己坦白的话,甚至像跟艾希礼在一起似的。不过,当然,她同艾希礼的谈话中有那么多东西由于面子关系是不好说出来的,因此也就不好多加评论了。总之,有一个像瑞德这样的朋友,很使她感到欣慰,何况目前由于某种无法解释的原因,他又决定对她规规矩矩。这非常令人宽慰,因为近来她的朋友实在太少了。

"瑞德,为什么这个城里的人都这样卑鄙下流,都这样议论我呢?"就在彼得大叔发出最后通牒之后不久她暴躁地这样问他,"他们说得最糟糕的人,到底是我还是提包党人,都很难说了!其实我只不过管我自己的事,从没干过什么坏事,而且——"

"要说你没干过什么坏事,那只是因为你没有碰到机会罢了,而且也许他们模模糊糊地也意识到了这一点。"

"唔,请你严肃一点吧!他们都把我气疯了。我所干的也不过是想弄点钱嘛,而且——"

"就因为你所干的跟别的女人所干的不一样,而且你又取得一点小小的成就。正像我以前告诉过你的,这就是在任何一个社会都不能宽恕的一种罪恶。只要你跟别人不一样,你就该死!思嘉,就因为你的木厂办得成功,这对于每一个没有成功的男人来说,便是一种耻辱。你要记住,一个有教养的女性应该待在家里,应该对这个复杂而残酷的世界一无所知才好。"

"但如果我一直待在自己家里,我就会没有什么好待的了。"

"总的说来,就是你应该高雅而自豪地去饿肚子。"

"嘿,胡说八道!你就看看梅里韦瑟太太吧。她在卖馅饼给北方佬,这可比开木厂更糟呢。埃尔辛太太在给人家缝缝补补,招些房客。至于范妮,她是在瓷器上画些谁也不要看的丑东西,可是为了帮助她谁都去买,而且——"

"不过你没有看到问题的点子上,我的宝贝儿。她们的事业都不得意,所以没有触犯那些南方男人强烈的自尊心。这些男人还会说:'可怜而又可爱的傻娘们,她们干得多苦呀!不过那也好,就让她们去觉得自己是在帮忙吧。'再说,你提到的那些太太可并不觉得干活是一种享受。她们总让大家知道,她们现在干活是不得已的,一等到有个男人来解放她们,让她们摆脱这种不适合女人的劳动,她们就不干了。因此大家都为她们感到难过。可是你呢,你显然是喜欢干活的,而且显然不想让任何男人来管你的事,所以也就没有人会为你感到难过了。就为这一点,亚特兰大人也绝不会原谅你。因为替别人感到难过是一桩十分令人高兴的事呀。"

"有时我真希望你能严肃一点。"

"你有没有听到过这样一句东方的格言:'尽管狗在狂吠,大篷车继续前进。'让他们叫去吧,思嘉。我想什么东西也无法阻挡你这辆大篷车的。"

"但是我赚点钱,他们凭什么要管呢?"

"思嘉,你可不能什么都想要呀!你要么像现在这样不守妇道只管赚钱,同时到处受人家的冷笑,要么就自命清高,受穷挨饿,赢得许多朋友。可是你已经做出自己的选择了。"

"我可不愿受穷,"她马上说,"不过,这是正确的选择吧,你说呢?"

"如果你最需要的是钱。"

"是的,我爱钱胜过世界上任何别的东西。"

"那么你就只有这个唯一的选择了。不过这一选择,就像你所需要的大部分东西那样,附带着一种惩罚,那就是寂寞。"

这话使她沉默了片刻。那倒是真的。她静下来想想,确实是有点寂寞——因为缺乏女性的伴侣而感到寂寞。在战争年代,她情绪低落时可以去找爱伦。自从爱伦去世之后,一直总还有媚兰和她做伴,虽然她和媚兰除了在塔拉一起干苦活以外没有什么共同之处。可现在一个伴也没有了,因为皮蒂姑妈除了她自己那小小的闲谈圈子之外,对人生是没有什么想法的。

"我想——我想,"她开始犹豫地说,"就跟女人的关系而言,我始终是寂寞的。但亚特兰大的女人之所以讨厌我,也不仅仅是因为我在工作。反正她们就是不喜欢我。除了我母亲,没有哪个女人真正喜欢过我,就连我那些妹妹也是如此。我真不知道到底为什么,不过即使在战前,甚至在我跟查理结婚之前,女人们对我所做的一切就似乎都不赞成——"

"你忘了威尔克斯太太了吧,"瑞德的眼睛恶意地闪亮了一下,"她总是完全赞成你的嘛。我敢说,除了杀人,你无论干什么她都会赞成的。"

思嘉冷酷地想道:"她甚至也赞成杀人呢。"接着便轻蔑地笑起来。

"啊,媚兰!"她忽然想起,但紧接着就悲叹道:"只有媚兰是唯一赞成我的女人,不过那肯定也不是我的什么光荣,因为她根本连一只母鸡的见识都没有。要是她真有点见识——"她有点发窘,没有说下去了。

"要是她真有点见识,她会看到有些事情她是无法赞同的,"瑞德替她把话说完,"好了,你当然对于这些比我更清楚。"

"啊,你这该死的记忆力和臭德行!"

"对于你这种不公平的粗鲁劲儿,我理应不予理睬,现在就算了吧,让我还是言归正传。我看你得自己打定主意。要是你与众不同,你就得与世隔绝,不仅与你的同龄人,而且还得与你的父辈那一代,以及你子女那一代,全都隔绝。他们绝不会理解你,无论你干什么,他们都会表示愤慨。不过你的祖父母或许会为你感到骄傲,或许会说:'这个女儿跟她父亲一模一样了。'同时你的孙子辈也会羡慕地叹息:'我们的老祖母准是个十分泼辣的人物呢!'他们都想学你。"

思嘉给逗得大笑起来。

"有时候你真能悟出个真理来!我的外祖母罗毕拉德就是这样。以前我只要一淘气,嬷嬷就拿她来警诫我。外祖母像冰一样冷酷,对自己和别人的举止都很严格,但是她嫁了三次人,引起那些情敌为她决斗过无数次,她抹胭脂,穿领口低得吓人的衣服,而且没有——嗯——不怎么喜欢穿内衣。"

"所以你非常佩服她,尽管你还是尽量想学你的母亲!我有个祖父,是巴特勒家族的,他是个海盗。"

"不是真的吧!是让俘虏蒙着眼走船板的那种海盗?"

"我敢说只要那样能弄到钱,他是会让人蒙着眼走船板的。总之,他搞到好多钱,后来留给我父亲一大笔遗产。不过家里人总是小心地称他为'船长'。在我出生之前很久,他在一家酒馆跟人吵架时被打死了。不用说,他的死对于子女倒是一大解脱,因为这位老先生一天到晚喝得醉醺醺的,酒一落肚便忘记自己是个退休的船长,一味诉说过去的经历,把他的儿女们都吓坏了。不过我很钦佩他,而且竭力想更多地模仿他而不是我自己的父亲,因为我父亲是位和蔼可亲的绅士,有许多体面的习惯和虔诚的格言——所以你看事情就是这样。我保证你的孩子们不会赞成你,思嘉,就像梅里韦瑟太太和埃尔辛太太现在不赞成你这样。你的孩子们或许会是些吃不了苦,缺乏男子汉气质的人,因为一般吃过苦的人的子女往往是这样。而且对他们更糟的是,你跟所有的母亲一样,大概已下定决心不让他们去经历你所经历过的苦难了。这可全错了。吃苦要么使人成材,要么把人毁掉。所以你就得等待你的孙子辈来赞同你了。"

"我不知道我们的孙子辈会是什么样子的人呢!"

"你这个'我们'是不是暗示我和你会有共同的孙子辈呀?去你的吧,肯尼迪太太!"

思嘉立刻意识到自己说漏了嘴,脸涨得通红。叫她难为情的不只是他那句开玩笑的话,因为她突然想到了自己这愈来愈粗的腰身。他俩谁也没有提到她怀孕的事,因为她跟瑞德在一起时总是把膝毯一直盖到腋窝底下,即使天气很暖和也是这样;她总以女人的习惯安慰自己,觉得这样一盖人家就看不出来。现在发现他已经知道,便突然恼羞成怒,受不了了。

"你给我滚下车去,你这个下流坏。"她声音颤抖地说。

"我才不会做这种事情,"他心平气和地回答,"等你还没到家天就要黑了,这里又来了一帮新的黑人,就住在泉水附近的帐篷和棚屋里,听说都是些下流的黑鬼。我看你又何苦给那些容易感情冲动的三K党人制造一个理由,让他们今天夜里穿上睡袍出去奔跑呢。"

"你滚吧!"她喊叫着,使劲去夺他手里的缰绳,可突然觉得一阵恶心向她袭来。瑞德立刻勒住马,递给她两条干净的手帕,又相当熟练地把她那个歪在马车边上的脑袋托起来。傍晚的太阳从一片新长出嫩叶的树林中斜照过来,暂时织成一个令人头晕目眩的金黄碧绿的旋涡。当这阵发晕作呕过去之后,她便双手捧住头,不胜羞愧地哭起来。她不仅在一个男人面前呕吐——这件事本身就尴尬得可怕,足以把一个女人吓坏了——而且这样一来,她怀孕这一丢脸的事也就昭然若揭了。她觉得自己再也没有勇气正面看他了。这件事偏偏发生在他跟前,在这个从来不尊重妇女的瑞德跟前呀!她一边哭,一边准备听他说出一些叫她一辈子也忘不了的粗鲁打趣的话来。

"别傻了,"他平静地说,"你要是觉得难为情而哭,那才傻呢。来吧,思嘉,别耍小孩脾气了。你本来就该知道,我又不是瞎子,早已看出你怀孕了。"

她以万分惊恐的语气"啊"了一声,然后用两手紧紧捂住绯红的面孔。"怀孕"这个字本身就把她吓坏了。弗兰克每次提到她怀孕时总是难为情地用"你那状况"来表示。她父亲杰拉尔德在不得不提起这类事情时也往往微妙地用"坐房"这样的字眼,而女人则体面地把怀孕说成"在困境中"。

"你要是以为我不知道,你可真是个小孩子了,尽管你总用膝毯把自己捂得严严的。当然,我早知道了。要不然你想我为什么老是——"

他突然打住不说了,于是两人都沉默着。他提起缰绳,朝马吆喝了一声,然后继续心平气和地说下去。随着他那慢条斯理的声调高兴地在她耳边浮动,她面孔上的红晕也逐渐消退了。

"我没想到你这样容易激动,思嘉。我原以为你是个有理智的人,可现在失望了。难道你心中还能有羞怯之感?我恐怕自己向你提起这件事情就不能算是上等人了。其实,我也知道我不是上等人,就凭我在孕妇面前竟不觉得发窘这一点来看,也可以说明我觉得可以把她们当作正常人看待——为什么能看天看地或看任何别的地方,就不能看她们的腰围,然后却偷偷向那里瞥一两眼——我以为这才是最不礼貌的呢!我干吗要来这一套呀?这完全是正常的情况嘛。欧洲人就比我们明智多了。他们是要给那些快要做母亲的人道喜的。尽管我不想建议我们也要像他们那样做,不过那比我们这种设法回避的态度毕竟要明智些。这是一种正常情况,女人应该为此感到骄傲,而不需要躲在闺房里好像犯了罪似的。"

"骄傲!"思嘉压低嗓门喊道,"骄傲——呸!"

"难道你不觉得有个孩子值得骄傲吗?"

"啊,天哪,决不!——我恨孩子!"

"你指——恨弗兰克的孩子?"

"不——不管谁的孩子都恨。"

霎时间她对自己的再次漏嘴感到懊丧,但他还是轻松地继续谈着,好像根本没有注意到似的。

"那么我们就不一样了,我喜欢孩子。"

"你喜欢?"她抬起头来喊道,对他的话感到如此吃惊,竟忘了自己的窘境,"你多会撒谎呀!"

"我喜欢小毛头,也喜欢小孩子,要等到他们开始长大,养成大人的思维习惯和大人撒谎骗人的本领并变得下流之后,才不喜欢了。这对你也不会是什么新闻,因为你知道我很喜欢韦德,虽然他还不是个很理想的孩子。"

思嘉想这倒是真的,并突然感到惊异起来。他确实好像很愿意跟韦德玩儿,并且经常给他带礼物来呢。

"既然我们已经把这个可怕的话题谈开了,而且你承认不久的将来你就要有个孩子,那么我现在就把几个星期以来我一直想跟你说的话说出来吧。有两件事情。第一,你单独赶车是很危险的。你知道这一点,而且大家也跟你说够了。即使你个人并不在乎你是否会被人强奸,你也得考虑考虑后果呀。由于你的固执,你可能给自己惹出事来,那时本城一些豪侠的男人便不得不去吊死几个黑人替你报仇。这就会招致北方佬对他们进行惩罚,有些人也许会被绞死。你有没有想到过,那些上等女人之所以不喜欢你,其中一个原因可能是怕你的行为会给她们的儿子丈夫惹出大祸来?再说,要是三K党人把黑人处理得多了,北方佬便会对亚特兰大人采取更为严厉的手段,结果使人们觉得连谢尔曼也好像是天使了。我这样说是有依据的,因为我一直跟北方佬关系很好。说起来也难为情,他们待我就像自己人一样,所以我听见他们公开这样说过。他们要彻底消灭三K党,为此不惜再次烧毁这整个城市,并且把十岁以上的男人全都绞死。这会伤害你的,思嘉。你的钱可能也保不住了。谁也说不准一旦大火起来会烧到哪里为止。没收财产,提高税金,对可疑的女人课以罚款——这些办法我都听他们提出过。三 K 党人——"

"你认识三 K 党人吗? 像托米·韦尔伯恩, 休, 或者——"

瑞德不耐烦地耸了耸肩膀。

"我怎么会知道呢? 我是个叛徒, 变节者, 流氓。难道我可能知道吗? 不过我确实知道那些被北方佬怀疑过的人以及他们发动的一次冒失行动, 这些人几乎都被绞死了。虽然我知道你对邻居们上绞架不会感到悲痛, 但我相信你一定会因为失去你的木厂而伤心的。我从你脸上的固执劲儿看, 你肯定不相信我, 因此我的话也等于白说了。所以我唯一能说的是请你经常把那支手枪带在身边——而且, 只要我在城里, 我会尽量出来替你赶车的。"

"瑞德, 你真的——难道真的是为了保护我, 你才——"

"是的, 我亲爱的, 是我那大肆宣扬的骑士精神在促使我保护你。"他那双黑眼睛里的讥讽神色开始闪烁, 脸上那副一本正经的表情全都消失了。"还为什么呢? 还由于我深深地爱着你, 肯尼迪太太。是的, 我一直在默默地如饥似渴地想占有你, 站得远远地崇拜你; 不过我同艾希礼先生一样, 也是个高尚的人, 我把这一切向你隐瞒了下来。因为, 唉, 你是弗兰克的妻子, 为了名誉, 我不能把这些告诉你。不过, 就连威尔克斯先生那样讲究名誉的人, 有时也免不了要露馅儿, 所以现在我也在露馅, 把自己的秘密情感向你透露, 还有我那——"

"啊, 看在上帝分上, 请你闭嘴吧!"思嘉打断他说, 因为每当他把她弄得像个自高自大的傻瓜时, 她总是十分气恼, 而且也不愿意把艾希礼和他的名誉作为他们的话题继续谈下去了。于是她说: "你要告诉我的另一件事又是什么呀?"

"怎么,当我正在暴露一颗热爱着但却被撕碎了的心时,你却想改变话题了?好吧,另一件事是这样的。"他眼里的嘲讽神气又消失了,脸变得阴郁而平静。

"我要你对这匹马想点办法。这匹马脾气太倔,它的嘴像铁一样硬了,你赶起它来一定很累吧,是吗?嗨,要是它想脱缰逃跑,你根本无法制止它。而且如果你被翻到阴沟里,那可能使你和孩子都活不成了。你应该给它戴上一副最重的马嚼子,要不然就让我牵去给你换一匹口头比较嫩、比较驯服的马来。"

她抬起头来朝他那张没有表情但温和的面孔看了看,突然之间她的火气全消了,正如他就她的怀孕作了那番谈话之后她的羞怯反而消失了一样。刚才,当她还巴不得自己死了的时候,他却那样好奇地让她平静下来,心安理得了。现在他变得更加好心,连对她的马都想得非常周到,这不免引起她一阵感激之情,心想为什么他不能始终是这样呢?

"这匹马的确很难赶,"她温柔地表示同意说,"由于不断地使劲拉它,我的胳臂整夜痛得不行。你说怎样对付它最好,就照你的办吧,瑞德。"

他的两眼恶作剧地闪烁着。

"这话听起来倒满甜,很有点女性味道呢,肯尼迪太太。这完全不像你平时那种专横的腔调了。是的,只要对付得当,是可以使你成为一个乖乖地依靠男人的妇女的。"

她的脸一沉,又发起脾气来了。

"这次你非给我滚下车不行,要不我可用马鞭抽你了。我真不知道为什么我就能容忍你——为什么总尽量对你那么好。你一点礼貌也没有。一点道德不讲,简直就是个——算了,你滚吧。我就是这个意思。"

他爬下车来,从车背后解开他那匹马,然后站在黄昏的马路上向她挑逗地咧嘴一笑,这时思嘉也不由得朝他咧咧嘴,才赶着马走了。

是的,他很粗鲁,又很狡猾,他不是一个你能放心跟他打交道的人。你永远也说不准你放在他手里的那把钝刀子,什么时候你稍不防备就会变成最锋利的武器。但是,尽管如此,他毕竟很有刺激性,就像——是的,就像偷偷地喝上一杯白兰地!

这几个月以来,思嘉已经懂得了白兰地的用处。每天傍晚回家,被雨水淋得湿透了,而且由于长时间在车上颠簸,浑身觉得酸痛,这时她除了想起背着嬷嬷那双贼亮的眼睛藏在衣橱顶层抽屉里的那个瓶子之外,便没有任何东西能支撑得住了。米德大夫没有想到要警告她,女人在怀孕期间不该喝酒,因为他从未想到一个正派女人也会喝比葡萄酒更烈性的酒呢。当然,在婚礼上喝杯香槟,或者感冒很厉害时上床睡觉前喝杯热棕榈酒,也还是可以的。当然,也有些不幸的女人喝酒,因而使全家的人一辈子丢脸的,正如有些发疯或离了婚的女人,或者像苏珊、安东妮小姐那样相信妇女应该有选举权的女人,也常常喝酒。但是,尽管米德大夫对思嘉有许多地方不以为然,可他还从没怀疑她竟会喝酒呢。

思嘉发现晚餐之前喝一杯纯白兰地大有好处,只要事后嚼点咖啡,或者用香水漱漱口,是不会让人闻出酒味的。为什么人们竟那样可笑,不许妇女喝酒,而男人却可以随心所欲地喝得酩酊大醉呢?有时弗兰克躺在她身边直打呼噜,她又睡不着觉,当她躺在那里翻来覆去,为担心受穷、害怕北方佬、怀念塔拉和惦记艾希礼而受尽折磨时,要不是那个白兰地酒瓶,她早已发疯了。只要那股愉快而熟悉的暖流悄悄流过她的血管,她的种种烦恼便开始消失。三杯酒落肚之后,她便会自言自语地说:"这些事情等我明天更能经受得住以后再去想吧。"

但是有几个夜晚,甚至连白兰地也无法镇住她心头的疼痛,这种疼痛甚至比害怕失去木厂还强烈,那是因渴望见到塔拉而引起的。亚特兰大的嘈杂,它的新建筑物,那一张张陌生的面孔,那挤满了骡马、货车和熙熙攘攘的人群的狭窄的街道,有时似乎使她感到窒息,受不了了。她是爱亚特兰大的,但是——啊,它又怎比得上塔拉那种亲切的安宁和田园幽静,那些红土地,以及它周围那片苍苍的松林啊!哦,回到塔拉去,哪怕生活再艰苦也好!去靠近艾希礼,只要看得见他,听得到他说话,知道他还爱自己,这就足够了。媚兰每次来信都说他们很好,威尔寄来的每一封短笺都汇报棉花的种植和生长情况,这使她的思乡之情愈加深切了。

我六月份要回家去。六月以后我在这里便什么事也干不成了。我可以回家住上两个月。她想着想着情绪便好起来了。果然,她六月回到了家里,但不是如她所盼望的那样,而是六月初威尔来信说她父亲杰拉尔德去世了。

第三十九章

　　火车很晚才到达琼斯博罗。思嘉走下车来。六月的黄昏显得格外长，深蓝的暮色已经笼罩着大地。村子里剩下的为数不多的几家商店和几所住宅射出了黄色的灯光。大街上的建筑物，有的被炮弹打坏了，有的烧坏了，因此，房子与房子之间往往有很长的间隔。残破的房子呆呆地盯着她，黑黝黝的，一点声音也没有，房顶上有炮弹打的洞，半边墙也被炸掉了。布拉德商店的木板棚旁边拴着几匹马，还有几头骡子。红土路上空无一人，死气沉沉。在宁静的暮色中，整个村子里只能听到马路那头一家酒店里传出来的喊叫声和醉汉的欢笑声。

　　车站在战争中烧毁了，还没有重建。现在这里只有一个木棚，四周什么也没有，无法遮风挡雨。思嘉在棚子下面走了一会儿，在一只空木桶上坐下，那几只空木桶放在那里，显然是让人坐的。她顺着马路张望，看威尔·本廷来了没有。威尔本应到这里来接她。他应该知道：收到他那封简短的信，得知父亲杰拉尔德去世的消息，她必然会乘最早的一班火车赶来的。

　　她走得十分仓促，小旅行包里只有一件睡衣，一把牙刷，连换洗的内衣也没有带。她没有时间去买丧服，问米德太太借了一件黑色连衣裙，但是太瘦，她穿着很不舒服。米德太太现在很瘦,而思嘉已怀孕很久,穿着这件衣服,觉得特别不舒服。她虽然为父亲去世感到忧伤,但也没有忘记自己是个什么样子,她低头看了看自己的身子,觉得很不好看。身段已经全然没有了,脸和脚腕子也都肿了。在此以前,对于自己是个什么样子,她并不十分在意,可是现在,她马上就要见到艾希礼了,就非常在意了。她虽然处于悲痛之中,然而一想到和他见面,而她怀的又是另外一个男人的孩子,就感到不寒而栗。她是爱他的,他也爱她,此时此刻她意识到这个不受欢迎的孩子仿佛成了她不忠于爱情的罪证。她那苗条的腰身和轻盈的脚步都已消失,无论她多么不希望他看到这一点,她现在也完全无法回避了。

她焦躁不安地跺起脚来。威尔应该来接她呀。她当然可以到布拉德商店去询问一下他的情况,要是知道他不能来,她也可以找个人赶车,把她送到塔拉去。但是她不愿意到布拉德商店去。因为那是星期六晚上,可能区里有一半男人都在那里。她不愿意让人家看见她这副样子,因为这件不合身的黑衣裳不但不能对她的体形有所遮掩,反而使之更加突出了。此外,她也不想听人们出于好意,对她父亲之死没完没了地说些表示同情的话。她不需要同情。她怕一听到有人提到他的名字,她就会哭起来。她并不愿意哭。她知道,一哭起来就控制不住。上次,在那可怕的黑夜里,亚特兰大陷落,瑞德把她扔在城外黑黢黢的路上,她抱着马的脖子痛哭,悲痛欲绝,怎么也抑制不住。

她的确不想哭。她的喉咙又感到一阵哽咽,自从噩耗传来,她不时地有这种感觉,但是哭是无济于事的。只会弄得她心烦意乱,而且还消耗体力。唉,威尔、媚兰,还有那些姑娘们,为什么就不写信告诉她父亲生病了呢?她会马上乘火车到塔拉来照顾他的,必要的话,还可以从亚特兰大请个医生来嘛。这些傻瓜,他们都是些傻瓜。难道他们离了她就什么事也办不了吗?她不可能同时待在两个地方呀,而且上帝知道,她在亚特兰大也为他们尽心尽力了。

思嘉坐在木桶上东张西望,还不见威尔来接她,感到坐立不安。他上哪儿去了呢?这时她突然听见身后铁路上的煤渣沙沙响,转身一看,只见亚历克斯·方丹扛着一口袋燕麦,越过铁路,朝一辆马车走去。

"天哪!这不是思嘉吗?"他喊道,随即撂下口袋,跑过来,握住思嘉的手,他那痛苦的黑黝黝的小脸露出愉快的神情:"看到你,我真高兴。我看见威尔在铁匠铺钉马掌呢。火车晚点了,他以为能来得及。我跑去叫他,好吗?"

"好吧,亚历克斯。"她说,她虽然很难过,却也露出了笑容。见到一个老乡,她觉得好受多了。

"唉——唉——思嘉,"他仍然握着她的手,吞吞吐吐地继续说,"我为你父亲感到非常难过。"

"谢谢你。"她答道,其实她并不希望他提起这件事,因为他这么一说,使她感到父亲的音容笑貌历历如在眼前。

"如果我能使你得到安慰,我可以告诉你,思嘉,我们这儿的人都为他而感到自豪,"亚历克斯一面说,一面松开了手,"他——嗯,我们知道他死得像个战士,是在战斗中死去的。"

他这话是什么意思,思嘉感到莫名其妙。像个战士?是有人开枪把他打死了吗?难道他和托尼一样,和共和党人交火了吗?然而她不能再听亚历克斯讲下去。一谈到父亲,她就要哭,而她是不能在这里哭的。要哭,也要等到坐上车,和威尔一起上了路,没有生人看见的时候再哭。威尔看见没有关系,因为他就像自己的哥哥一样。

"亚历克斯,我不想谈这件事。"她一句话把人家顶了回去。

"思嘉,这没关系,"亚历克斯说,这时他一股怒气涌上心头,涨得满脸通红,"她要是我的姐妹,我就——哎,思嘉,提到任何一个女人,我都没说过一句粗鲁的话,可是,老实说,我真是觉得应当有个人拿皮鞭教训教训苏伦。"

他在胡扯些什么呀?思嘉一点也不明白。苏伦和这件事有什么关系呢?

"可惜呀,这地方人人对她都是这个看法。只有威尔不责怪她,当然还有媚兰小姐,她是个大好人,在她眼里谁都没有缺点——"

"我刚才说了,我不想谈这件事。"思嘉冷冰冰地说,可是亚历克斯好像不知趣。他仿佛知道她为什么这样不客气,这就使得思嘉更为恼火。她不愿意从一个局外人那里听到自己家中不好的消息,不希望这个局外人看出她对自己家中发生的事全然不知道。威尔怎么不把所有的细节都写信告诉她呢?

思嘉希望亚历克斯不要那样盯着看她。她感到亚历克斯觉察到她已经怀孕了,这使她很不好意思。亚历克斯则在昏暗的暮色中一面看着她一面想,她的容貌完全变了,刚才是怎样认出她来的呢。这变化也许是因为怀孕的缘故。女人怀了孕,都是很丑的。此外,奥哈拉老先生之死,也一定使她特别难过。她父亲一向是最宠爱她的。但是还不止于此,还有更深刻的变化。和上次见到她的时候相比,她现在的气色好多了。至少现在她看上去似乎一天能吃上三顿像样的饭了。昔日那种失魂落魄的神情已经消失了很多。过去她那恐惧不安的目光,现在坚定了。她现在有一种威严、自信、果敢的神气,即使在微笑之中也流露出这种神气。弗兰克这个老家伙一定和她生活得很愉快。她的确是变了。她是个漂亮的女人,这是肯定无疑的,不过她脸上那温柔甜美的表情看不见了,她仰着头讨好男人的神态,过去他比谁都熟悉,现在也完全消失了。

不过话又说回来了,难道不是大家都变了吗?亚历克斯低头看了看自己的破衣服,脸上立刻又露出平时那种痛苦的样子。晚上有时躺着睡不着觉,他就琢磨怎样才能让母亲做手术,怎样才能使死去的可怜的乔留下的小儿子受教育,怎样才能弄到钱,再买一头骡子,每到这种时候,他就觉得还不如继续打下去,他真希望战争永远打下去。他们当时也不知道自己的命运如何。在军队里总有吃的,即或是玉米饼子也无所谓,在军队里总有人命令你做什么事情,而不必受这份罪,面对着一大堆问题,无法解决。在军队里,什么都不用操心,只要别被打死就行了。此外,还有迪米蒂·芒罗。亚历克斯想和她结婚,但是他知道这是不可能的,因为已经有这么些人指望他来养活了。他爱她已经爱了很久,现在她脸上的红晕在逐渐褪去,眼中的欢乐在逐渐消失。要是托尼不一定非跑到得克萨斯去,该有多好啊。家里要是还有一个男人,情况就完全不同了。他那可爱的脾气暴躁的小兄弟,身无分文,跑到西部去了。他们的确是都变了。怎么会不变呢?他深深地叹了一口气。

"你和弗兰克帮了托尼的忙,我还没谢谢你呢,"亚历克斯说,"是你帮着他逃走的吧? 你可太好了,我打听到了一点消息,说他在得克萨斯平平安安的。我没敢写信问你,不过你和弗兰克是不是借给他钱了? 我愿意归还——"

"唔,亚历克斯,快别说了。现在不谈这个。"思嘉说。钱对她说来竟然无关紧要了。

亚历克斯停顿了片刻,接着说:"我去把威尔找来。明天我们都来参加葬礼。"

亚历克斯扛起那口袋燕麦,转身要走。就在这当儿,一辆马车摇摇晃晃地从一条小路上拐出来,吱嘎吱嘎朝他们驶来。威尔没顾上下车就喊道:"对不起,思嘉,我来晚了。"

威尔笨手笨脚地下了车,迈着沉重的步子走到思嘉面前,鞠了个躬,吻了吻她。他从未吻过她,每次提到她的名字,也总要加上"小姐"二字。因此,威尔这样欢迎她,虽然出她所料,却使她感到温暖,感到非常高兴。他小心翼翼地扶她躲开车轮,上了车。她低头一看,发现这就是她逃离亚特兰大的时候乘坐的那辆快要散架的旧车。这么长时间,怎么竟然没有散架呢? 一定是威尔非常注意维修。现在看到这辆车,她感到有点不舒服,而且又回想起那天晚上离开亚特兰大的情景。她想,就是不吃不穿,也得给家里添辆新车,把这辆旧的烧掉。

威尔起初没有说话,思嘉对此十分感激。他把自己那顶破草帽往马车后面一扔,对牲口吆喝了一声,他们就出发了。威尔还是老样子,细长的个子,看上去有些别扭,淡红色的头发,温和的眼睛,和牲口一样有耐性。

他们离开村子,走上了通往塔拉的红土路。天边依然残留着一丝微红,大片羽毛般的云彩染成了金色和淡绿色。乡间的夜幕悄悄地降临,笼罩着周围的一切,像祈祷一样使人感到安逸。她在纳闷,几个月来,没有乡间的清新空气,没有新犁过的土地,没有甜美的夏夜,自己是怎样熬过来的。那湿润的红土那么好闻,那么熟悉,那么亲切,她都想下车去捧上一把。路边红土沟里长满了忍冬,枝叶纵横交错,雨后发出浓郁的香气,和世界上最好的香水一样香。突然有一群燕子扑打着翅膀,从他们头顶上掠过,还不时地有受惊的兔子穿过大路,白色的尾巴摇动着,像是一个鸭绒的粉扑。从耕种的土地中间穿过,她高兴地看到两边的棉花长势良好,还有那绿色的灌木在红土里茁壮成长。这一切是多么美呀!潮湿的沟底里那灰色的薄雾,那红色的土地和茂盛的棉花,坡地上一行行弯弯曲曲的庄稼,远处还有黑色的松树,宛如一片片黑色的屏障。她怎么能在亚特兰大待这么久呢,连她自己也不明白。

"思嘉,等一会儿我再告诉你关于奥哈拉先生的情况,在回到家以前,我要把所有的情况都告诉你。我想先就一件事听听你的意见。你现在大概是一家之主了吧。"

"什么事呀,威尔?"

他扭过头来,温和而冷静地盯着她看了一会儿。

"我只要求你同意我和苏伦结婚。"

思嘉紧紧地抓住坐垫,感到非常吃惊,几乎向后倒下。和苏伦结婚!自从她把弗兰克·肯尼迪从苏伦那里抢走以后,就从来没有想到有谁会愿意和苏伦结婚。有谁会要苏伦呢?

"哎哟,威尔!"

"这么说,你是不介意喽?"

"介意?不,我不介意,可是——威尔,你真叫我奇怪!你和苏伦结婚?威尔,我一直以为你喜欢卡琳呢。"

威尔两眼盯着马,抖了抖缰绳。从侧面看,他的姿势没有变,但思嘉觉得他轻轻地叹了一口气。

"也许是的。"他说。

"怎么,她不跟你吗?"

"我从来没有问过她。"

"哎呀,威尔,你真傻。你就问问她嘛。她比两个苏伦都要强!"

"思嘉,在塔拉发生的许多事情你都不知道。近几个月来,你哪里有多少心思来关心我们呀。"

"我不关心,是吧?"思嘉发起火来,"你以为我在亚特兰大干什么呢?坐着四匹马的大马车到处参加舞会吗?我不是每个月给你们寄钱吗?我不是交了税,修了屋顶,买了新犁耙,还买了骡子吗?我不是——"

"你先别发火,使你们爱尔兰人的性子,"他心平气和地打断了她的话,"要说你做的事情,我比谁都清楚,够两个男人干的。"

她的情绪稍微平静一点之后,她问道,"那你是什么意思?"

"这个,你让我们有安身之处,让我们有饭吃,这我不否认。可是这里的人们脑子里在想些什么,你就不大关心。我不责怪你,思嘉,你一向是这个样子。人们心里的事,你从来不怎么感兴趣。我想告诉你,我压根儿就没问过卡琳,因为我知道,问也无用。她就好像是我的一个小妹妹,我估计她有什么事都对我说,不对别人说。可是她始终忘不了那个死了的情人,永远也忘不了。我也不妨告诉你,她正想上查尔斯顿,去做修女呢。"

"你在开玩笑吧?"

"这个,我料到你会大吃一惊的,思嘉,我只想求你不要说她,不要笑她,也不要阻拦她。让她去吧。她只有这么一点要求,她的心碎了。"

"我的天哪!心碎的人多了,也没见谁去当修女。就拿我来说吧,我送掉了一个丈夫。"

"可是你的心没有碎。"威尔心平气和地一面说,一面从脚下捡起一根草棍,放到嘴里,慢慢咀嚼起来。这句话倒使她泄了气。她一向是这样,如果别人说的话是合乎实际的,无论多么难以接受,她也会老老实实地承认这是合乎实际的。她沉默了一会儿,心里盘算着,要是卡琳当了修女,会是怎样的一种情况。

"你答应我,不要说她了。"

"那我就答应你吧。"思嘉说罢,看了看威尔,觉得对他有了进一步的了解,同时也感到有些惊讶。威尔爱过卡琳,现在还很爱她,设法帮助她,使她顺利得到解脱。可是他竟然要和苏伦结婚。

"可是这苏伦是怎么回事?你不是不喜欢她吗?"

"唔,我也不是完全不喜欢她,"他一面说,一面把草棍从嘴里拿出来盯着看,好像十分有趣,"苏伦并不像你想象的那么坏,思嘉。我想我们俩会和睦相处的。苏伦差就差在她需要一个丈夫,生上一帮孩子,女人都是这样。"

马车沿着车辙很深的路摇摇晃晃地向前驶去。有几分钟的工夫,两人坐在那里不吭声,思嘉的心里左思右想。问题一定不像表面上这样简单,一定还有更深一层、更重要的情况,否则性情温和、言语亲切的威尔是不会想和苏伦这样一个爱唠叨的人结婚的。

"威尔,你没有把真正的原因告诉我。你要是觉得我是一家之主,我就有权问清楚。"

"你说得对,"威尔说,"我想你会理解的。我不能离开塔拉这个地方。这里就是我的家,思嘉,是我唯一的真正的家。我爱这里的一草一木。我为它出过力,觉得它就像自己的一样。你要是在某件东西上出过力,你就会对它有感情。你明白我的意思吗?"

思嘉的确是明白他的意思。而且听到他说他也喜爱自己最喜爱的东西,心里升起一股暖流,对他有一种亲切之感。

"我是这么想的。你爸爸死了,卡琳再当了修女,这里就只剩下我和苏伦了。我要是不和她结婚,自然是不能在这里住下去的。你知道人们会说闲话呀。"

"不过——不过,威尔,那里还有媚兰和艾希礼呀——"

一提起艾希礼这个名字,威尔就转过脸来看着思嘉,灰色的眼睛发出深沉的目光。她又一次感到威尔对她和艾希礼的事很清楚,很理解,不过他既不指责,也不表示赞成。

"他们很快就要走了。"

"走? 上哪儿去? 塔拉是你的家,也是他们的家。"

"不,这里不是他们的家。艾希礼正是因此而烦恼。他不觉得这里是他的家,也不觉得自己是在挣钱养活自己。他农活干得不好,他自己也知道。他很努力,可是天知道,他天生不是干农活的料,这你我都是很清楚的。你要是叫他劈柴火,他准得把自己的脚丫子劈掉。要是叫他下地扶犁,他还不如小博扶得直。怎么种庄稼,他很多事都不懂,够写一本书的。这倒也不是他的过错,他天生就不是干这个的。他觉得自己是个男子汉,可是住在塔拉,靠一个女人施舍过日子,又没有法子报答,所以很烦恼。"

"施舍?他真的说过——"

"没有,他从来没有说过。你是了解艾希礼的。但是我看得出来。昨天晚上,我们俩坐着给你爸爸守灵的时候,我对他说我向苏伦求婚,苏伦同意了。艾希礼说,这倒使他松了一口气,因为他说他住在塔拉,总觉得像条狗似的。既然奥哈拉先生死了,他想他和媚兰小姐就不得不在这里待下去,否则人们就会说我和苏伦的闲话了。现在既然这样,他说他就准备离开塔拉,到别处找工作去了。"

"找工作?什么工作?到哪里去找工作?"

"我也不知道他究竟要干什么,不过他说要到北方去。他在纽约有个朋友,是个北方佬,给他写信,让他到那里一家银行去工作。"

"啊,不行!"思嘉出自肺腑地喊了一声。威尔一听,又扭过头来看了她一眼。

"也许他还是到北方去的好。"

"不,不!我看不会的。"

思嘉心里思绪万千。她想,无论如何也不能让艾希礼到北方去。艾希礼要是走了,就可能永远见不着他了。虽然过去几个月没有见到他,而且自从在果园里出了那件事之后一直没有单独跟他说过话,但是她没有一天不想念他,一想到为他提供了栖身之处就感到高兴。她每次给威尔寄钱,都意识到这可以使艾希礼生活宽裕些,因此觉得愉快。他当然不是个像样的庄稼汉。她认为他生来就是干大事的,为他感到自豪。他生来就高人一等,就该住大房子,骑好马,念念诗,还可以使唤黑奴。现在大房子没有了,马没有了,黑奴没有了,书也很少了,可是这都没有关系。艾希礼不是生来就该种地劈柴的。难怪他要离开塔拉了。

但是她不能让他离开佐治亚。必要的话,她可以逼着弗兰克在店里给他安排个工作,辞退那个站柜台的伙计。可是,不能这么办,因为艾希礼不光种田不行,站柜台也是不行的。威尔克斯家的人怎么能做买卖呢?啊,那是绝对不行的!一定会有个合适的工作——对呀,当然可以把他安插在她的木材厂里!她想到这里,如释重负,不禁露出了笑容。但是艾希礼会不会接受她这份好意呢?他会不会认为这也是一种施舍呢?她一定要想个办法,使艾希礼觉得是在帮她的忙。她可以辞掉约翰逊先生,让艾希礼去管老厂,让休管新厂。她要向艾希礼解释,就说弗兰克身体不好,店里的活儿也太重,帮不了她的忙,她还可以以怀孕为理由,说明为什么非请他帮忙不可。

思嘉无论如何也得让艾希礼明白,眼下非帮她一把不可。他要是肯把木材厂接过去,她宁愿把利润分一半给他。只要能把他留在身边,只要能看见他脸上露出愉快的笑容,只要有机会看到他眼神里无意中仍然流露出爱慕之情,她是什么都肯给的。不过她也告诫自己,千万不要再鼓励他表白爱情,千万不要让他放弃他比爱情更看重的纯朴的荣誉感。她无论如何也要想办法让他知道她刚刚做出的决定。否则他会不干的,因为他怕再出上次那种糟糕的事。

“我能在亚特兰大给他找个事做。”她说。

“那就是你和艾希礼你们俩的事了,”威尔说,随即又把草棍放到嘴里去了,“驾!快点儿,谢尔曼。我还得求你一件事,然后才能说你爸爸的事。那就是请你不要责怪苏伦。祸,她已经闯下了,你就是把她的头发全揪光,也不能让奥哈拉先生复活了。何况她还真的以为自己是要把这件事办好的。"

"我刚才就想问你。这苏伦到底是怎么回事?亚历克斯说得含含糊糊,说应该用鞭子抽她一顿。她到底做错了什么事?"

"是啊,大家都对她很气愤。今天下午在琼斯博罗,谁见了我都说再见到她就要宰了她,不过他们也许过一会儿就好了。现在你得答应我,不去责怪她。奥哈拉先生的遗体还在客厅里,今天晚上我不希望发生争吵。"

"他不希望发生争吵!"思嘉心里想,她感到有些生气,"听他的口气,好像塔拉已经是他的了。"

接着她又想到父亲杰拉尔德还停在客厅里,于是突然哭起来,抽抽搭搭地,好伤心啊。威尔伸出一只胳臂把她搂过来,使她感到舒服一些,什么也没说。

他们慢慢地颠簸前行,路也越来越黑。思嘉把头靠在威尔的肩膀上,帽子歪在一边。她忘记了近两年来父亲的情况:一位糊涂的老人呆呆地看着门口,等待一个永远不会再来的女人。她记得的是一位精力充沛的老人,留着鬈曲的白色长发,声音洪亮,性格开朗,急起来跺脚,乐起来开个不伦不类的玩笑,对人总是慷慨大方。她记得小时候,觉得父亲是世界上最好的人。这位爽朗的父亲带她骑马,让她坐在前面,骑着马跳篱笆。她淘气的时候,就把她按住,打她的屁股。她要是一哭,父亲也跟着哭,然后给她两毛五分钱一个的硬币,她就不哭了。她记得父亲从查尔斯顿和亚特兰大回家来,带着许多礼物,从来没有一件合适的。她还记得父亲在琼斯博罗参加法院开庭日庆祝活动以后,深夜回到家里,醉醺醺的,骑着马跳过篱笆,扯着嗓子唱《身穿绿军装》。记得他第二天见到母亲爱伦时有多么难为情。唉,现在他去和母亲做伴去了。

"你怎么不写信告诉我他病了呢?我很快就能赶回来——"

"他没有生病,连一分钟也没病过。来,亲爱的,给你手绢,我来详细地给你说一说。"

她用他的印度绸大手帕擦了擦鼻涕,因为她离开亚特兰大的时候很仓促,连手绢也没拿。擦完鼻涕,她又偎在威尔的怀里。威尔真好!遇上什么事都不着急。

"思嘉,你听着,是这么回事。你一直给我们寄钱来,我和艾希礼我们交了税,买了那头骡子、种子什么的,还买了几头猪,一群鸡。媚兰小姐养鸡养得不错,确实养得很好。媚兰小姐,她可真是个好人。这么说吧,我们为塔拉买了这些东西之后,就剩不下多少钱买衣服了,不过大家也没什么怨言,只是苏伦不同。

"媚兰小姐和卡琳小姐待在家里,都穿自己的旧衣服,好像也觉得很好。思嘉,你是了解苏伦的。没有新衣服,她是受不了的。她每次不得不穿着旧衣服跟我去琼斯博罗,或者更远一点,去费耶特维尔,都觉得难受得要命。特别是有些北方来的冒险家的太太,她们打扮得花枝招展,到处扭来扭去。'自由人局'里那些该死的北方佬,他们的太太也爱打扮。本地的妇女就不同,她们穿着最难看的衣服进城,表示不在乎,而且引以为荣。苏伦可不是这样。她还说要一辆大马车呢。她说你就有一辆。"

"那也不是大马车,而是一辆旧的敞篷车。"思嘉气愤地说。

"唉,不管是什么车吧。我还要告诉你,苏伦对于你和弗兰克·肯尼迪结婚始终耿耿于怀,我也觉得这不能怪她。你知道,这是一种卑鄙的伎俩,姐妹之间可不该耍这一套。"

思嘉从他肩膀上抬起头来,气得像一条响尾蛇,准备咬人。

"卑鄙的伎俩,是吧?你说话这么文雅,我得谢谢你呀,威尔·本廷!他喜欢我,不喜欢她,叫我有什么办法?"

"你是个聪明的女子,思嘉,我想你是有办法让他喜欢你的。女孩子都会干这个。不过我觉得你恐怕是花言巧语把他骗到手的。你认为必要的时候,你会是很迷人的,可是不管怎么说,他是苏伦的情人呀。就在你去亚特兰大之前一个星期,她收到他一封信,信里的话甜如蜜,还说等他再赚一点钱就结婚。她给我看过这封信,所以我知道。"

思嘉默不作声,因为她知道他说的是事实,她想不出什么好说的。别人也就罢了,可是威尔出来对她进行评判,她是万万没有料到的。她用谎言欺骗了弗兰克以后,从来没有觉得良心上有什么不安。她觉得一个女孩子要是连自己的情人都保不住,那就只能怪她自己了。

"威尔,说句公道话,"她说,"要是苏伦和他结了婚,你觉得她会为塔拉,或者为我们哪一个人,花一分钱吗?"

"我刚才说了,你认为必要的时候,你会是非常迷人的,"威尔一面说,一面转过脸来朝她微微一笑,"是啊,我觉得那就不能指望从弗兰克这个老家伙那里得到一分钱了。不过你的确使了卑鄙的伎俩,这是无法回避的事实。如果你想以手段来为目的作辩解,那就不干我的事了。我是什么人,有什么资格来抱怨？但是不管怎么说，从那以后，苏伦就像一只大黄蜂。我认为她倒也不见得就觉得弗兰克这个老家伙有多么好，只是她的虚荣心受到了伤害。她老说你如何穿好衣服，坐大马车，住在亚特兰大，而她却埋没在塔拉这个地方了。你知道，她的确爱出去会客，参加宴会，还爱穿漂亮衣服。这我不怪她。女人就是这样。

"大约一个月以前，我带她到琼斯博罗去，让她去看朋友，我就办我的事。回来的时候，她乖得像只小耗子，可我看得出来，她心里是非常激动的，简直要炸开了。我以为她了解到某人要——也许是她听到了一些有趣的闲言碎语，也就没怎么注意。大约有一个星期，她在家里跑来跑去，就那么激动，也不怎么说话。她去看过凯瑟琳·卡尔弗特小姐——思嘉，你会为凯瑟琳小姐难过得哭瞎了眼。那可怜的孩子还不如死了好，嫁给了那个叫希尔顿的北方佬，他是个窝囊废。你知道，他把房子抵押出去，也弄不回来了，现在非离开这里不可。"

"我根本不知道，也不想知道。我只想了解爸爸的情况。"

"我这就告诉你，"威尔耐心地说，"她回来以后就对我们说，我们对希尔顿的看法不对。她还管他叫希尔顿先生，还说他是个很能干的人，我们大家都笑她。后来她就老在下午带着你爸爸出去散步。好多次，我在地里干完活儿回来，就看见他们俩坐在墓地周围的矮墙上，她一个劲地跟他说，还做着各种手势。老先生呆呆地看着她，显出莫名其妙的样子，而且不断地摇头。你是知道他的情况的，思嘉。他的头脑越来越不清醒，连他自己在哪儿，我们都是什么人，他也弄不大清楚了。

有一次,我见她指了指你母亲的坟,老先生就哭起来了。她回到家里,又高兴,又激动,我就训了她一顿,还满凶呢。我说:'苏伦小姐,你干吗要折磨你那可怜的老爸爸,让他又想起你妈呢?平时他不大想得起你妈已经死了,你这不是故意刺激他吗?'她呢,把头一扬,笑了笑,说:'你别多管闲事。我现在这么做,到时候你们就都高兴了。'媚兰小姐昨天晚上对我说,苏伦把她的计划告诉她了,但是媚兰小姐说她当时以为苏伦只是说着玩的。她说她没有告诉我们任何人,是因为这个想法使她感到非常不安。"

"管他什么想法?你能不能直截了当地告诉我?回家的路都走了一半了。我关心的是我爸爸。"

"我正在给你说呢,"威尔说,"既然快到家了,我看咱们就在这里停一会儿,说完了再走吧。"

他一拉缰绳,马就停住了,呼哧呼哧地直喘气。路边有一道用茂盛的山梅花筑成的篱笆,这是麦金托什家的地界。思嘉从黑黢黢的树底下看过去,可以隐隐约约看出几根阴森森的大烟囱还在寂静的废墟上矗立着。她心里责怪威尔,怎么把车停在这样一个地方。

"简而言之,她的想法就是让北方佬赔偿,赔他们烧掉的棉花,赔他们赶走的牲口,赔他们拆毁的篱笆和马厩。"

"让北方佬来赔?"

"你没听说吗?南方同情联邦的人,财产受到破坏的,只要提出申请,北方政府一律赔偿。"

"我当然听说过,"思嘉说,"但是这和我们有什么关系?"

"依苏伦看来,关系大着呢。那一天,我带她去琼斯博罗,她碰上了麦金托什太太。她们闲聊的时候,苏伦自然注意到麦金托什太太穿得多么讲究，而且自然要问一问。麦金托什太太就很神气地对她说，她丈夫如何向联邦政府提出申请，要求赔偿一位联邦同情者的财产损失，这位忠诚的同情者从来没有给南部联盟任何形式的帮助和支持。"

"他们从来不给任何人帮助和支持，"思嘉厉声说，"这帮苏格兰血统的爱尔兰人！"

"唔，也许是这样。我不认识他们。不管怎么样，政府给了他们——唔，我不记得是几万几千块钱了。反正是相当可观的一笔钱。这给了苏伦很大的启发。她琢磨了一个星期，没有对我们说，因为她知道我们会笑她。可是她又非得找个人说说不可。所以她就去找凯瑟琳小姐，而那个废物白人希尔顿就又给她出了一些主意。他说你爸爸甚至不是在这个国家出生的，也没有参加打仗，也没有儿子参加打仗，也没有在南部联盟任职。他说，他们如果把这些情况加以引申，就可以说奥哈拉先生是联邦的一个忠诚的同情者。他给她出了一大堆这样的馊主意，她回来以后就开始对奥哈拉先生做工作。思嘉，我敢保险你爸爸有一半时间不知道她在说些什么。她也正是想利用这一点，让他去立下绝对可靠的誓言，而他根本不知道这是怎么回事。"

"让爸爸去立下绝对可靠的誓言！"思嘉嚷道。

"近几个月以来，他的神志越来越不清楚，我想她也正要利用这种情况。你要知道，我们谁也没有怀疑会有这样的事。我们光知道她在搞什么名堂，但是没想到她竟然会利用你那死去的妈妈来责备你爸爸，说他明明可以从北方佬那里弄到十五万块钱，而非要让自己的女儿们穿破衣烂衫。"

"十五万块钱，"思嘉自言自语，她刚才听说要立誓言而产生的恐惧也逐渐消失了。

这可是一大笔钱呢！而且要得到这笔钱只需要签署一份效忠于美国政府的誓词，说明签字人一向支持政府，从未帮助或支持过反对政府的人。十五万块钱！撒这么一个小谎就得这么一大笔钱！唉，她怎么能责怪苏伦呢！天哪！难道这就是为什么亚历克斯说要用皮鞭抽她吗？这就是为什么当地人说要宰了她吗？傻瓜，都是些傻瓜。她要是有这么些钱，干什么不行呢！当地任何人有了这笔钱，干什么不行呢！撒这么个小谎有什么要紧？不管怎么说，从北方佬那里拿多少钱都是合理的，怎么拿都行。

"昨天中午前后，我和艾希礼在劈栅栏条，苏伦就用这辆车送你爸进城去了，也没跟任何人打招呼。媚兰小姐了解一点情况，但是她只希望苏伦由于某种原因而改变主意，所以也没对任何人说。她完全想不出苏伦怎么能做这样的事。

"今天我了解到了详细的情况。希尔顿那个窝囊废在城里那些投靠北方的人和共和党人中间有些影响，苏伦和他们商量好了，如果他们睁一只眼，闭一只眼，承认奥哈拉先生是忠于联邦的人，再渲染一下他是爱尔兰人，没有参军打仗等等，最后在推荐书上签字，就分给他们一些钱——究竟分多少，我不知道。你爸爸只需要宣个誓，在宣誓书上签个字，宣誓书就寄到华盛顿去了。

"他们稀里呼噜很快就把誓词念完了，你爸爸也没说什么，一切进行得很顺利，接着苏伦就让他签字。就在这时候，他好像突然醒悟了，便摇了摇头。我觉得他也不见得知道这是怎么回事，但是他不愿意干，苏伦也的确是老让他生气。这样一来，苏伦可就急了，所有的劲儿都白费了。于是她就领他出了办事处,上了马车,在街上来回地跑,一面对他说你妈在九泉之下哭着指责他,明明可以好好地养活孩子们,却让她们受苦了。听人家说,你爸爸坐在车上,像个孩子似的号啕大哭,他一听到你母亲的名字总是这样。这情景城里的人都看见了,亚历克斯·方丹凑上去问这是怎么回事,苏伦把人家抢白了一顿,叫他少管闲事,没把人家气疯了。

"不知她哪儿来的鬼点子,下午弄了一瓶白兰地,又陪奥哈拉先生来到办事处,然后就拿酒灌他。思嘉,一年来我们在塔拉就没有烈性酒,只有一点迪尔茜酿的黑莓酒和野葡萄酒。奥哈拉先生受不了,真喝醉了。苏伦连哄带骗,过了两三个钟头,他终于屈服了。他说,好吧,她让他签什么,就签什么。他们把誓词又拿出来,他刚拿起笔来要写,苏伦可犯了大错。她说:'这样一来,斯莱特里家和麦金托什家就不用对我们神气了!'你知道,思嘉,斯莱特里因为北方佬烧了他家一所小破房子,要求赔偿一大笔钱,埃米的丈夫也在华盛顿给他办通了。

"听说苏伦一提这两个人的名字,他爸爸直起腰来,抖了抖肩膀,用敏锐的眼光盯着她。他一点也不糊涂了,他说:'斯莱特里和麦金托什,他们也签过这样的东西吗?'苏伦顿时紧张起来,结结巴巴地一会儿说签了,一会儿又说没签。他就扯着嗓子喊:'你得说清楚,那个该死的奥兰治分子,那个该死的白人穷小子,他们也签过这种东西吗?'希尔顿那家伙顺口说:'是的,先生,他们都签了,得到了一大笔钱,您也能得到一大笔钱。'

"老先生接着就大发雷霆。亚历克斯·方丹说,他在离办事处老远的一家酒馆里都听见他嚷了。他带着很重的爱尔兰口音说:'你以为塔拉的奥哈拉家的人能和那该死的奥兰治分子,和那该死的白人穷小子,同流合污吗?'他说完就把那誓词一下撕成两半,朝苏伦脸上扔去。他还嚷了一声:'你不是我的女儿!'就一溜烟儿跑掉了。

"亚历克斯说看见他像头牛一样冲到街上。他说,自从你妈死后,老先生这是头一次恢复了原来的样子。他说,看见他醉得摇摇晃晃,还扯着嗓子骂,从来没听见谁骂得这么好听呢。亚历克斯的马就在街上,你爸爸爬上去,也不问一声让不让骑,就骑着跑了,扬起的尘土能把你给呛死。他一边跑,一边还在骂呢。

"快到天黑的时候,我和艾希礼坐在门前的台阶上,注视着那条大路,心里非常着急。媚兰小姐在楼上趴在床上大哭,什么也不说。突然我们听见路那头有马蹄声,还有个人喊叫,像是打猎的时候追狐狸的喊声。艾希礼说:'真怪呀!听着像奥哈拉先生,战前他骑马来看我们的时候就是这样的。'

"接着我们就看见他在草场的尽那头,他一定是在那里跳过篱笆进来的。接着他就顺着山坡拼命往上跑,同时高声唱起歌来,好像他在世上完全没有牵挂的样子。我还不知道你爸爸有这么一副好嗓子。他唱的是《矮背马车上的佩格》,一边唱,一边用帽子打那匹马,那马也就像疯了似的猛跑。等他跑到草场的这一头,他应该勒住缰绳,可是他没有勒,看来他是要跳过篱笆。我们一看这情况,都吓坏了,连忙跳起来,接着就听见他喊:'来,爱伦,看我跳这个篱笆!'可是那马跑到篱笆前,把屁股一抬就站住了,它不肯跳,可是你爸爸就从马头上面折了过去。他一点罪也没受。等我们赶到那里,他已经死了。大概是把脖颈子摔断了。"

威尔等了一会儿，以为她会说点什么，可是她什么也没说，于是他又抓起了缰绳。"驾！快跑，谢尔曼。"他这样一吆喝，马便又沿着回家的路奔跑起来。

第 四 十 章

这一夜,思嘉睡得很少。天亮以后,太阳从东边小山上的青松后面升起,她也从破床上起身,坐在窗口一张凳子上,用一只胳臂支着沉甸甸的头,往窗外看去,看见了打谷场,果园,还有远处的棉花地。一切都是那样清新、湿润、宁静、碧绿。她一看见那棉花地,她那痛苦的心就感到一定的安慰。虽然塔拉的主人已经故去,在清晨看得出这地方是有人爱护的,是有人精心照料的,是平静的。矮矮的木鸡舍外面糊着一层泥,免得让耗子和鼬鼠钻进去,而且用白粉刷得干干净净。用木头盖的马厩也是这样。园子里种着一行行的玉米、又黄又亮的南瓜、豆子、萝卜,没有一点杂草,四周是橡树枝条做成的篱笆,显得整整齐齐。果园里没有杂乱的树丛,一行行果树下面只有雏菊在生长。绿叶遮掩下的苹果和长满绒毛的粉红桃子,在闪烁的阳光下看得格外清楚。再往远处看,弯曲成行的棉花在清晨金色的天空下呈现出一片绿色,纹丝不动。成群的鸡鸭正漫步向田里走去,因为在那新耕的土地里可以找到最美味的虫子和蜒蚰。

思嘉知道这一切都要归功于威尔,因此心里充满了殷切的感激之情。她虽然对艾希礼是一片忠心,也不认为艾希礼为这兴旺景象作了多少贡献,因为塔拉的兴旺不是靠一位种田的贵族,而是靠一个热爱土地的"小农"的辛勤劳动。眼下农场只有两匹马,远没有昔日那样气派。当年草场上到处是骡子、骏马,棉花地和玉米地一眼望不到边。不过现有的这一部分也还是不错的,那大片荒地等将来日子好了还可以开垦嘛,休耕一段时间,还会更肥呢。

要说威尔干的活,还不限于种了几英亩地。他制服了佐治亚州种田人的两个死敌:靠种子繁殖的松树和一蓬蓬杂乱的黑莓。他们没有悄悄地侵入花园、牧场、棉田、草地,也没有在门廊附近肆意滋生。佐治亚州有无数农场,却很少见到这种情况。

思嘉想到塔拉差一点就变成一片荒野,心里感到一阵后怕。幸亏她和威尔两个人干得不错。他们顶住了北方佬的侵犯,也挡住了大自然的掠夺。最使她感到宽慰的是威尔已经告诉她,等到秋天棉花收进来以后,她就不必再寄钱了,除非贪婪的北方佬看上了塔拉,非要课以重税不可。她知道,要是没有她的帮助,威尔的日子会是很艰难的,但她佩服而且敬重他那种独立的精神。过去他的身份是雇工,思嘉给的钱他都是接受的,可是现在他就要当思嘉的妹夫了,要当一家之主了,他就想靠自己努力了。的确可以说,威尔是上帝为她安排的。

头一天晚上,波克就把墓穴挖好了,紧挨着爱伦的墓。这时他手执铁锹,站在湿润的红土后面,等着过一会儿把土铲回去。思嘉站在他的身后,躲在一棵矮小的疙里疙瘩的雪松下面一小片树荫里。六月的清晨,灼热的阳光洒在她身上,呈现出无数的斑点。她两眼望着别处,尽量不看面前那红土墓穴。

吉姆·塔尔顿、小休·芒罗、亚历克斯·方丹和麦克雷老头儿最小的孙子,他们四个人用两块橡木板抬着杰拉尔德的棺木从房子里出来,沿着小路歪歪斜斜地慢慢走来。后面,隔着一段适当的距离,跟着一大群邻居和朋友,穿着破旧的衣服,默默地往前走。当他们来到花园里充满阳光的小路上的时候,波克把头靠在铁锹把顶上,哭起来。思嘉看到波克的头发,几个月前她去亚特兰大时还是乌黑发亮的,现在却已花白了,心里不禁感到惊讶。

思嘉感到有些疲倦。她托上帝的福,昨天晚上就把眼泪哭干了,所以现在她能站在那里,眼睛干干的。苏伦在她身后掉眼泪,这哭声使她难以忍受,要不是攥紧了拳头,真会转身在那发肿的脸上给她一耳光。不论是有意还是无意,父亲的死是苏伦造成的,按理说,在对她不满的众位邻居面前,她应该克制自己的感情。那天早晨,没有一个人和她说话,也没有人向她投以同情的目光。大家都默默地与思嘉亲吻,与她握手,悄悄地对卡琳甚至对波克说些安慰的话,看见苏伦,却像没这么个人似的。

他们认为,苏伦的过错还不止于杀害了自己的父亲。她还曾设法使父亲背叛南方。在当地那种严厉的封闭的社会里,这样做就等于背叛他们大家的荣誉。她打破了本地区在世人面前展示的牢固的联合阵线。她试图向北方政府要钱,这就和从北方来的冒险家和投靠北方的南方人站到一起去了,而这样的人比北方军的大兵还要遭恨。她出身于一个历史悠久的坚决支持联盟的家庭,出身于一个农场主的家庭,却投靠了敌人,从而给本地的各家各户带来了耻辱。

送葬的人一方面因为气愤而激动,一方面因为悲伤而沉闷,其中有三个人尤其是这样。一个是麦克雷老头儿,自从许多年前杰拉尔德从萨凡纳搬到这里,他们就是最要好的朋友。另一个是方丹老太太,她喜欢杰拉尔德,因为他是爱伦的丈夫。还有一个是塔尔顿太太,她对杰拉尔德比对别的邻居更亲近些,她常常说,当地只有杰拉尔德一人能分得出公马和阉马。

葬礼之前,在停放灵柩的客厅里,这三个人怒容满面,艾希礼和威尔一看这情况,感到有些紧张,就来到爱伦生前的办事房里商量对策。

"他们有人要数落苏伦,"威尔直截了当地说,一面说,一面把一根稻草咬成两段,"他们自以为有理由数落她。也许他们是有道理的。这一点,我管不着。可是,艾希礼,无论他们该说不该说,我们都不能赞成,因为我们是家中管事的男人。这样一来,就会出麻烦。谁能不能想个法子,别让麦克雷老头讲话,他聋得像个木头桩子,他要是讲起来,谁阻止他,他也听不见。你知道,方丹老太太要是唠叨起来,天底下谁也没法让她停下来。至于塔尔顿太太,你没看见吗,她每次见到苏伦,红眼珠子不停地转。她现在什么都听不进去,到了急不可耐的地步。他们要是说些什么,我们就非得顶他们不可。即使不和邻居顶嘴,现在我们这里的麻烦事也够多的了。"

艾希礼叹了口气。他非常担心。对于邻居们的脾气,他比威尔更了解。而且他知道,在战前,邻居之间的争吵,甚至互相开枪,多半是因为送葬者要对着死者的灵柩讲几句话这种习俗而引起的。送葬者一般都是说些赞美的话,但也不尽然。有时说话者的本意是要表示极大的尊敬,而死者的亲属过于敏感,却产生了误会,因此棺材上面刚填完最后一锹土,接着就出现了麻烦。

琼斯博罗和费耶特维尔这两个地方的卫理公会牧师和浸礼会牧师都表示愿意来帮忙,但是都被婉言谢绝了。既然没有牧师,就由艾希礼拿着卡琳的《忠诚福音》来主持仪式。卡琳信奉天主教,比她的姐妹们更为虔诚,对于思嘉没有想到从亚特兰大请一位牧师来非常不满。后来人们提醒她,等以后有牧师来主持威尔和苏伦的婚礼时,还可以到杰拉尔德坟上去祈祷一番,这才使她的气消了一点。就是她反对请附近的新教牧师,而把仪式交给艾希礼来主持,她还把书中该读的段落作了记号。艾希礼在这位老秘书的帮助下可以主持仪式,但他深知自己肩负着防止出麻烦的重任,同时也了解老乡们的火爆脾气,不知如何主持才好。

"真没办法,威尔,"艾希礼一面抓着光亮的头发,一面说,"我既不能把方丹老太太和麦克雷老头儿打倒在地,也不能捂住塔尔顿太太的嘴不让她说话。他们起码也会说苏伦是个杀人犯,是奸细。要不是她,奥哈拉先生是不会死的。这种对着死者说话的习俗真是要命。这是一种野蛮的做法。"

"你听我说,艾希礼,"威尔慢条斯理地说,"我今天绝不让任何人议论苏伦,不管他是怎么想的。你等着看我的吧。你念完了经书,做完了祈祷,说'谁想讲几句话吗',这时你就看一看我,我就头一个出来讲话。"

思嘉呢,她看着那几个人抬着棺材勉强进了小门,来到墓地,她却没有想到仪式之后会出什么麻烦。她心情非常沉重,觉得父亲这一入土,意味着她与往昔无忧无虑的幸福生活之间的纽带又少了一条。

抬棺材的人最后把棺材放在墓穴旁,站在一边,活动活动发疼的手指。艾希礼、媚兰和威尔依次来到墓地,站在奥哈拉家三姐妹的身后。比较亲近的邻居挤了进来,其他人站在砖墙外面。思嘉头一次和这些人见面,对这么多人来送葬有些惊讶,也很感动。交通工具有限,来的人就算很多了。总共大约有五六十人,有些人是远道而来的,思嘉不知道他们是怎样得到消息,及时赶来的。有些是全家带着黑奴从琼斯博罗、费耶特维尔和洛夫乔伊赶来的。许多小农场主从河那边赶了很远的路来参加葬礼,在场的还有几个从山林和沼泽地来的穷苦人。沼泽地的男人都是细高个子,留着长胡子,身穿粗毛外衣,头戴浣熊皮帽,长枪随便挂在胳臂上,口里含着烟叶。他们的老婆也都来了,这些女人光着脚站在松软的红土地上,下嘴唇上沾满了烟末。她们戴着遮阳帽,脸色发灰,仿佛得了疟疾,但是都干干净净,浆过熨过的印花布衣服显得发亮。

左邻右舍是全体出动了。方丹老太太面容憔悴,脸色发黄,像是一只掉了毛的鸟,倚着手杖在那里站着。在她身后是萨利·芒罗·方丹和年轻的方丹小姐。她们小声恳求老太太,甚至拽她的裙子,想让她坐在矮墙上,可老太太就是不肯坐。老太太的丈夫,人们管他叫老大夫,没有在场。他已经在两个月之前去世了,从那时起,许多生活的乐趣就从老太太的眼睛里消失了。凯瑟琳·卡尔弗特·希尔顿独自一人站在那里,这倒也合适,因为眼前这场悲剧,她丈夫也是有责任的。她戴着一顶褪了色的遮阳帽,低着头。思嘉看见凯瑟琳的细纱长裙上挂着油渍,手上长了黑斑,也不干净,指甲盖底下都是泥,这使思嘉感到惊讶。现在的凯瑟琳已经失去了上流社会的风度。她穷了。不仅如此,她贫困潦倒、无精打采、邋邋遢遢、无可奈何地混日子。

"她不定哪一天就会嚼烟末了，说不定她已经嚼上了。"思嘉想到这里，感到惊恐不安，"我的天哪！真是今非昔比啊！"

她打了一个冷战，连忙把眼光从凯瑟琳身上移开，因为她意识到上流社会与穷百姓之间的距离是微乎其微的。

"我就是能干，"思嘉这样想，她又想到南方投降以后，她和凯瑟琳是在同样的条件下干起来的，都是一个脑袋两只手，心里感到一阵欣慰。

"我干得不错。"她一面想，一面仰起脸来，露出了微笑。

她这微笑只笑了一半便收敛起来，因为她注意到塔尔顿太太正在瞪着大眼看她。塔尔顿太太眼圈都哭红了，她用责备的目光瞪了思嘉一眼以后，又把目光转到苏伦身上，她那极度愤怒的眼神说明苏伦要倒霉了。在她和她丈夫身后站着塔尔顿家的四个姑娘，她们的红头发对眼前这严肃的场合是不适宜的，她们那红棕色的眼睛和欢蹦乱跳的小动物的眼睛一样，又精神，又让人害怕。

过了一会儿，艾希礼站出来，手里拿着卡琳的旧经书《忠诚福音》。这时大家都不再走动，帽子都摘了，两手交叉着，连裙子的窸窣声也听不见了。艾希礼低着头站了一会儿，阳光照得他那一头金发闪闪发光。人群中间没有一点声音，微风吹过木兰的枝叶发出的窃窃私语可以听得清清楚楚，远处一只模仿鸟不停地发出刺耳的哀鸣，让人难以忍受。艾希礼开始读祈祷文，所有的人都低头听他用洪亮而有节制的声音一字一顿地读那简短而庄重的经文。

"啊！他的声音多好听啊！"思嘉想着，喉咙里感到一阵哽咽，"如果说一定得有人主持爸爸的葬礼，我倒愿意让艾希礼来主持。我宁可让他主持,也不让一位牧师来主持。我宁愿让他也不愿让一个生人来掩埋父亲的遗骨。"

艾希礼该读炼狱里的灵魂一节了,这一节也是卡琳作了记号让他读的,但是他突然停下来,把书合上了。只有卡琳注意到他没读这一节,她感到不解,就抬起头来,只见艾希礼接着读起了主祷文。艾希礼这样做,是因为他知道在场的人有一半没有听说过炼狱,而那些听说过炼狱的人如果发现他暗示像奥哈拉先生这样的好人也没有直接进入天堂,即使是在祈祷文中作这种暗示,也会认为他是进行人身攻击。因此,他尊重大家的意见,把炼狱这一节省略了。大家热情地跟着他读主祷文,但是在他开始读"万福马利亚"的时候,大家的声音逐渐减弱,以至于完全沉静下来,使人感到尴尬。他们从来没听说过这篇祈祷文,于是偷偷地交换眼色,只有奥哈拉家的小姐们,媚兰,还有几个仆人跟着说:"请为我们祈祷,现在以及将来我们死的时候都为我们祈祷。阿门。"

艾希礼抬起头来,站了一会儿,不知如何进行下去。邻居们用期待的眼光看着他,同时调整了一下姿势,站得随便一点,等着听长篇讲话。大家都觉得仪式还得继续下去,谁也没想到他主持的这天主教祈祷仪式就要结束了。这里的葬礼一向拖得很长。卫理公会和浸礼会的牧师主持葬礼,没有固定的祈祷文,而是根据情况需要边想边说,而且一般都要说得所有送葬的人落泪,死者家属中的妇女号啕大哭。为亲密的朋友举行的葬礼,如果只读几篇简短的祈祷文就算完了,邻居们是会感到惊讶,感到难过,感到气愤的。这一点,艾希礼比谁都清楚。人们会把这件事当作饭桌上的话题谈上几个星期,老百姓会认为奥哈拉家的小姐们对父亲不够尊敬。

所以,艾希礼很快看了卡琳一眼,表示歉意,接着就又低下头,背诵起圣公会葬礼祈祷文来了,他曾多次在"十二橡树"村用这篇祈祷文给奴隶们送葬。

"我能使你复活,我能给你生命……无论何人……凡信我者,必将永生。"

这篇祈祷文他也没有记得很清楚,所以他讲得很慢,有时甚至停下来,回忆下面应该怎么说。但是他这样一字一顿地说,却使得他的话更为感人。一直没有掉泪的人现在也开始掏手绢了。虔诚的卫理公会教徒和浸礼会教徒都认为这是一次天主教仪式,起初他们以为天主教仪式都是庄严肃穆,不动感情的,现在也改变了他们的看法。思嘉和苏伦都毫无觉察,还觉得艾希礼的话又入耳又动听。只有媚兰和卡琳意识到:一位虔诚的爱尔兰天主教徒安息,为他举行的却是英国国教的葬礼。卡琳由于过分悲伤,看到艾希礼这样胡闹又感到非常伤心,只是没有出来制止。

艾希礼讲完以后,睁大他那双悲哀的灰色的眼睛,环顾四周。接着他与威尔交换了个眼色,就说:"有谁想讲几句话吗?"

塔尔顿太太的嘴唇动了动,显得很紧张,可是没等她开口,威尔就吃力地迈步向前,站在棺材前面讲起话来。

"朋友们,"他用平静的语调说,"我头一个出来讲话,也许你们会觉得我太狂妄了,因为我是大约一年前才认识奥哈拉先生的,而你们认识他已经二十年,或者二十多年了。但是我有一条理由:他要是能多活上个把月,我就可以叫他爸爸了。"

人群里一阵惊讶。这些人都是很有教养的,不会悄悄地说话,但他们的脚交替挪动,眼睛转向卡琳。卡琳低着头站在那里。谁都知道威尔在默默地爱着卡琳。威尔看到大家都往那边看,便若无其事地继续说下去。

"因为我即将与苏伦小姐结婚,只等牧师从亚特兰大前来主持婚礼,我想我是有权第一个讲话的。"

威尔的话还未说完,人群里就出现了一阵轻微的骚动,发出了像蜜蜂嗡嗡叫的愤怒的声音。这声音里既包含着愤怒,也包含着失望。大家都喜欢威尔,都尊敬他,因为他为塔拉出了大力。大家也都知道他喜欢卡琳,因此当他们听到他要和左近最受人鄙视的人结婚的消息时,感到难以接受。善良的威尔怎么会和那个卑鄙可恶的小人苏伦·奥哈拉结婚呢?

气氛一度十分紧张。塔尔顿太太两眼又射出了愤怒的目光,嘴唇动了动,仿佛要说什么,却没有说出声来。在一片寂静之中,可以听见麦克雷老头高声恳求孙子告诉他刚才威尔说了什么。威尔面对众人,脸色依然温和,但他那双浅蓝色的眼睛却仿佛在说,看谁敢对他未来的妻子说三道四。霎时间人们难以决定,他们既疼爱威尔,又鄙视苏伦。后来还是威尔胜利了。他继续讲下去,仿佛刚才的停顿是讲话中自然的停顿。

"奥哈拉先生风华正茂的时候你们就认识他了,而我不认识他。我就知道他是位善良的老先生,不过有点糊涂。我从你们那里了解到他过去的所作所为。我想说的是:奥哈拉先生是一位爱尔兰战士,是南方的一位高尚的人,是最忠于联盟的一个人。这三种品质集中在一个人身上,这是很难得的。以后恐怕也不会有很多像他这样的人,因为产生像他这样的人的时代和他本人一样,已经过去了。他是在国外出生的,我们今天给他送葬,但是他比我们所有送葬的人更具有佐治亚人的特质。他和我们过同样的生活,他热爱我们的土地,说真的,他和那些战死的士兵一样,是为我们的事业而死的。他是我们当中的一员,他有我们的优点,也有我们的缺点,有我们的长处,也有我们的短处。他的一个优点就是一旦他决心做某件事情,那就什么力量也拦不住他,什么人也吓不倒他。任何来自外界的东西都不能把他怎么样。

"当时英国政府要绞死他,他并不害怕。他离开家,溜了。他刚来美国的时候很穷,可是他一点也不怕,他找到了工作,挣到了钱。这个地方原来是一片荒野,刚把印第安人赶走,就来开发这个地方,可是他一点也不怕。他硬是在荒野之中开出了一个大农场。战争爆发以后,他的钱越来越少了,可是他不怕再过穷日子。北方佬来到塔拉以后,有可能烧他的房子,或把他杀死,可是他一点也不怕,他们也没能把他怎么样。他就直挺挺地站在那里,寸步不让。所以我说他具有我们的优点。任何来自外界的力量也不能把我们怎么样。

"不过他也有我们的缺点。他是可以从内部攻破的。我的意思是说,虽然整个世界都不能把他怎么样,他的心却能做到这一点。奥哈拉太太去世的时候,他的心也死了,他被攻破了。后来我们看到的奥哈拉先生已经不是原来的奥哈拉先生了。"

威尔说到这里停顿下来,扫视了一下周围的人们。他们站在烈日之下,好像入了神,固定在地上了。不论他们对苏伦多么愤恨,这时也都忘得一干二净。威尔的目光在思嘉身上停了片刻,眼角微微眨了眨,仿佛内心里在微笑,以给她一些安慰。思嘉一直在抑制自己的泪水,这时的确感到了安慰。

威尔的话句句在理,他没有说什么在另一个更美好的世界里团聚之类不中听的话,也没有劝她屈从于上帝的意旨。而思嘉听到在理的话,总感到增加了力量,得到了安慰。

"我希望大家不要因为最后出了那样的事而对死者有所轻视。你们大家,还有我,也都和他一样。我们也有同样的短处,同样的弱点。任何人都不能把他怎么样,也不能把我们怎么样,无论是北方佬,还是从北方来的冒险家,无论是艰苦的生活,苛捐杂税,还是严重的饥荒,都不可能把我们怎么样。但是我们心中的弱点却能在一眨眼的工夫把我们毁掉。不一定要失去亲人才触动我们的感情,像奥哈拉先生那样。人好比一部机器,都有一个发条,而这发条又因人而异。我的意思是:如果谁身上的发条断了,他就不如死了的好。在当今的世界上没有他的位置,他还是死了更快活……所以我说你们大家现在不必为奥哈拉先生感到悲伤。昔日谢尔曼来到这里,奥哈拉先生失去妻子的时候,倒是应该感到悲伤的。现在他的躯体去与他的心会合了,我们就没有理由为他感到悲伤了,如果还感到悲伤,就太自私了。我爱他就像爱自己的父亲,所以才这样说……如果大家不介意,咱们就讲到这里。家属都很难过,别再增加他们的痛苦了。"

威尔说完这话,转向塔尔顿太太,放低了声音说:"夫人,能不能请您扶着思嘉回屋里去? 让她在太阳底下站这么长时间不合适。方丹老太太看上去精神也不大好,我可不是说她有对死者不尊敬的意思。"

话题突然从颂扬死者转到思嘉身上,使她感到非常惊讶。大家都把目光向她投来,她很难为情,脸立时就红了。她怀孕已经很明显了,威尔为什么还要加以宣扬呢? 她不好意思而又气愤地瞪了威尔一眼,威尔不动声色地看着她,她只好屈服了。

威尔的眼神仿佛在说:"请吧!我是有意这样做的。"

他已经成了这个家的主人了。不过思嘉不想大闹一番,所以就无可奈何地朝塔尔顿太太走去。由于威尔故意把塔尔顿太太的注意力从苏伦身上引开,引到生育问题上来,而这又正是她一向最感兴趣的问题,无论是动物生育还是人生育都一样,因此这时她就挽起了思嘉的胳臂。

"到屋里去吧,我的宝贝儿。"

她一面说,一面脸上露出非常关心的样子,思嘉也就由她搀着走,人们给她让出一条通路来。大家低声向她表示同情,有人在她走过时还伸出手来拍拍她,表示慰问。她走到方丹老太太跟前时,老太太伸出一只干瘦的手,说:"孩子,我扶着你进去吧。"她还用严厉的目光看了看萨莉和年轻的方丹小姐,说:"你们不用来,我不要你们。"

她们慢慢穿过人群,人们随即又合拢了。她们沿着树荫下面的小路向房子走去。塔尔顿太太过于热心,使劲托着思嘉的胳膊肘,几乎每走一步都要把思嘉提得脚不着地了。

等她们走远了,别人听不见了,思嘉激动地说:"威尔为什么这样说?这简直等于说:'你们看哪!她要生孩子了!'"

"怎么,难道你不真是要生孩子吗?"塔尔顿太太说,"威尔那样做是对的。你本来就不该在大太阳底下站着。你要是晒得晕倒了,就会流产的。"

"威尔并不是担心她流产。"方丹老太太一面吃力地穿过前院朝房前的台阶走去,一面气喘吁吁地说。老太太心眼多,对刚才的情况看得明白,因此脸上带着笑容,"威尔干得漂亮。比阿特里斯，你要知道，他既不希望你也不希望我在墓旁再待下去。他怕我们说些什么，只好这样把我们打发走……还不光是这样。他还不愿意让思嘉听见土块落在棺材上的声音。他这样做是对的。思嘉，你要记住，你只要没听见往棺材上盖土的声音，死去的人对你说来就还没有死。可是你一旦听见那声音……那可是世界上最可怕的一种声音，因为它意味着终结……要上台阶了，扶我一下，孩子，帮我一把，比阿特里斯。思嘉用不着拐杖，也用不着你搀她。我倒正像威尔刚才说的，精神不大好……威尔知道你是你父亲的宠儿，你已经够受的了，他不想让你受更多的罪。他觉得你那两个妹妹会比你好受一点。苏伦做了亏心事，理应在那里顶着，卡琳有上帝保佑。而你就没有什么可依靠的了，孩子，是不是？"

"是的，"思嘉答道，她一面搀着老太太上台阶，一面暗自惊讶，老太太哑着嗓子说话，说得还真有点道理，"我从来没有什么依靠，只依靠过我母亲。"

"可是你失去母亲以后是能独立生活的，是不是？有些人就不行。你爸爸就是这样。威尔说得对。你用不着难过。你爸爸离开你妈爱伦就没法生活，现在他去了，反倒好了。我也一样，等我去跟我那老大夫做伴的时候就好了。"

她说这话并不是想博得别人的同情，那两个搀她的人也没有向她表示同情。她讲得轻松，自然，仿佛老伴依然活着，就在琼斯博罗，坐上小马车，一会儿就可以见面。老太太的确太老了，经历的事也太多了，所以她是不会怕死的。

"不过，您也可以独立生活呀。"思嘉说。

老太太愉快地看了她一眼，说：

"是呀，不过有时候是很难受的。"

"哎，老太太，"塔尔顿太太插话说，"你可不该对思嘉说这样的话。她已经够难过的了。她从外地赶回来，衣裳又这么瘦，心里这么难过，天气又这么热，这就足以让她流产了，你还在这里说什么痛苦啊，悲伤啊。"

"活见鬼！"思嘉厌烦地说，"我并不难过。我也不是那种弱不禁风就会流产的笨蛋。"

"那可难说，"塔尔顿太太怀着无所不知的神情说，"我的头胎就流产了，就因为我看见一只公牛用犄角拱伤了我们的一个黑奴。你还记得我那匹枣红马吧？它叫乃利，你从来没见过那么壮的马，可是它容易紧张，它怀驹的时候，要不是我看得紧，它就——"

"快别说了，比阿特里斯，"老太太说，"思嘉肯定不会流产的。咱们在过道里坐一会儿吧，这里凉快，有过堂风。比阿特里斯，你上厨房去看看有没有脱脂牛奶，给我们拿一杯来。要不就到放食品的地方看看有没有酒。我现在可以喝上一杯了。咱们就坐在这儿，等他们来告别以后再走。"

塔尔顿太太打量了思嘉一番，用非常肯定的语气说，"思嘉该上床去歇着了。"好像她很内行，连预产期是几点几分都能计算出来。

"去吧。"老太太一面说，一面用手杖捅了她一下。塔尔顿太太随手把帽子往碗橱上一扔，用手指拢了拢她那湿漉漉的红头发，朝厨房走去。

思嘉往后靠在椅背上，解开紧身衣最上面的两个扣子。过道的屋顶很高，屋里阴凉，再加上过堂风从后面一直吹到前面，在太阳底下晒了一阵之后，感觉特别凉爽。思嘉顺着过道看去就看到客厅，杰拉尔德的灵柩原来就停放在这里。不过此刻她顾不上多想父亲,又把眼光移到壁炉上方悬挂的祖母罗毕拉德的肖像。这幅肖像虽然有刺刀破坏的痕迹,但那高挽的头发,那半袒的胸脯和那冷漠高傲的神态,依然和往常一样,使她感到精神振奋。

"我真不知道,比阿特里斯·塔尔顿究竟是丢了孩子更心疼,还是丢了马匹更心疼,"方丹老太太说,"她对吉姆和那几个女儿一向不大关心,你知道吗? 她就是威尔刚才所说的那种人。她身上的发条已经断了。有时候我觉得说不定她也会走你爸爸那条路。她只有亲眼看着人生孩了马下驹儿的时候才高兴,此外她就没有高兴过。她那几个女儿也都没有出嫁,而且也没希望能在本地找到丈夫,所以她就没有什么好操心的。她就是这么个怪人……威尔说要娶苏伦,这是真的吗?"

"是真的。"思嘉两眼盯着老太太说。她记得过去怕这位方丹老太太怕得要命。可现在,她长大了,老太太要是再来掺和,她就会立刻对老太太说去见鬼去吧。

"他可以找一个更好的嘛。"老太太坦率地说。

"是吗?"思嘉顶了她一句。

"别那么神气了,小姐,"老太太尖刻地说,"我并不想说你那宝贝妹妹的坏话。我刚才要不是从坟地里走开,也许是会说些什么的。我觉得既然现在在这里男人少,威尔可以从大部分女孩子里随便挑。有比阿特里斯的四只野猫,有芒罗家的几个女儿,还有麦克雷家——"

"他准备娶苏伦,就这么定了。"

"苏伦能捞到他,真是走运。"

"塔拉能捞到他,才真是走运呢。"

"你很喜欢这个地方吧,是不是?"

"是的。"

"那你就只图有个男人来照料塔拉,竟不考虑等级而让她下嫁吗?"

"等级?"思嘉说,她对老太太的这种想法感到惊讶,"什么等级? 现在讲等级有什么用,女孩子只要能找到一个丈夫来照顾她就行了。"

"这个问题值得研究,"老太太说,"有人会说你这是合乎常理的。有人会说你这是模糊了界限,而这界限是丝毫模糊不得的。威尔无论如何也不能算是上等人,而你们家有些人却是上等人啊。"

老太太敏锐的目光落到思嘉的祖母罗毕拉德的肖像上去了。

这时思嘉想到威尔,他身材瘦削,其貌不扬,性情温和,总在嚼一根草棍儿,看上去无精打采,南方的穷苦人大都这样。他没有很多有钱有势血统高贵的祖先。他家里最初踏上佐治亚州土地的人说不定欠了奥格尔索普①的债,也说不定是个奴隶。威尔也没上过大学。实际上他受过的教育不过是在边远偏僻的学校里念过四年书。他诚实可靠,踏实肯干,不过他的确不是上等人。用罗毕拉德那样的标准来衡量,苏伦嫁给他,确实是降低身份了。

"看来你是同意让威尔到你们家来了?"

"是的。"思嘉正言厉色地答道。老太太要是敢再反对,

---

① 詹姆斯·爱德华·奥格尔索普(1696—1785),英国将军,佐治亚殖民地的创建者。

思嘉就会朝她扑过去。

没想到老太太却说："你吻我一下吧。"她一面说，一面微笑，表现出极力赞许之意，"我从来没有像现在这样喜欢你，思嘉。你从小就固执，硬得像个山核桃，我不喜欢固执的女人，我自己不算。不过我的确喜欢你处事的方法。对于你无能为力的事，即使你不赞成，也不大吵大闹。你好比一个好猎手，做起事来干净利落。"

思嘉笑了笑，感到有些莫名其妙。既然老太太把布满皱纹的脸凑了过来，她便顺从地轻轻吻了一下。虽然她不大明白老太太这番称赞是何用意，但她还是感到很愉快。

"你让苏伦嫁给一个穷光蛋，虽然这里人人喜欢威尔，可还是会有许多人要议论的。他们会异口同声说威尔是个好人，同时又说奥哈拉家的小姐屈尊下嫁多么可怕。不过这种话你也不必介意。"

"我对于别人说些什么，从来不介意。"

"这我倒也有所耳闻，"老太太的语气里有点尖酸刻薄的味道，"不论人们说些什么，你别介意就是了。这门亲事说不定是很美满的。当然喽，威尔以后也还是一副穷光蛋的样子，结婚以后，他的语法也不会有什么进步。他即使赚上一大笔钱，也不可能像你父亲那样，为塔拉增添一分光彩。穷光蛋是没有多少光彩的。不过威尔是个正直的人。他知道应该怎么办。刚才在坟地里，我们的想法是错误的，只有像他这样一个天生正直的人才能及时加以纠正。世上没有什么东西能拿我们怎么样，可是我们要是老想恢复失去的东西，老想着过去，就会毁了我们自己。对苏伦来说，对塔拉来说，威尔的确是不错的。"

"这么说来,您是赞成我让他娶苏伦了?"

"不然,"老太太用疲倦而痛苦的声音说,但语气很坚定,"赞成穷光蛋和名门世家通婚? 不可能! 我怎么能赞成让下等人和上等人结合呢? 说起来,穷光蛋也是善良的,可靠的,诚实的,不过——"

"可是您刚才还说这门婚事也许是很美满的呀!"思嘉惊愕地说。

"唔,我认为苏伦嫁给威尔是件好事,其实她嫁给任何人都是件好事,因为她非常需要有一个丈夫。上哪儿去找呢? 你又上哪儿找这样一个好管家,来照料塔拉呢? 不过这不等于说我喜欢眼下这种状况,你不也一样吗?"

"可我是喜欢眼下这种状况的,"思嘉一面想,一面琢磨老太太的意思,"威尔娶苏伦,我是高兴的。她为什么认为我会介意呢? 她凭想象就认为我介意,她总是这样。"

思嘉感到莫名其妙,而且有点不好意思。别人把他们自己的情绪和想法强加于她,说她如何如何,她当然不理解,不好意思。

老太太扇着棕榈叶做的扇子,兴致勃勃地接着说:"我和你一样,也不赞成这桩婚事,不过我是讲究实际的,你也一样。碰上不愉快的事,而又没有办法,喊叫哭闹都无济于事。这样来对付生活中的曲折是不行的。我们家和老大夫家经历的曲折比谁都多,所以我知道该怎么办。要说我们有什么格言,那就是:'不要喊叫只要笑,时机自然会来到。'许多难关,我们都是这样渡过的,一面笑,一面等待时机,我们成了渡过难关的专家了。这也是不得已啊。我们压宝总压不到点子上。碰上胡格诺教派,我们逃出了法国,碰上查理一世的保王党,我们逃出了英格兰,碰上邦尼·普林斯·查理,我们逃出了苏格兰,碰上黑人,我们逃出了海地,现在又让北方佬给收拾了。可是每一次我们用不了几年就又出人头地了,你知道这是什么缘故吗?"

说到这里,她把头一摇,思嘉觉得说她是一只懂事的老鹦鹉,真是再像不过了。

"我不知道,我真是不知道。"思嘉客气地回答说。不过她实在厌烦透了,和那天听老太太讲克里克人①暴动的故事一样厌烦。

"那你就听我说。我们对无法回避的事总是低头的。我们不是小麦,而是荞麦。小麦熟了的时候,因为是干的,不能随风弯曲,风暴一来,就都倒了。荞麦熟了的时候,里面还有水分,可以弯曲。大风过后,几乎可以和原来一样挺拔。我们不是挺着脖子硬干的那种人。刮大风的时候,我们是柔和顺从的,因为我们知道这样最有利。遇到困难,我们向无法回避的事情低头,而不大吵大闹,我们干活,我们微笑,这样来等待时机。对那些地位低下的人,我们应付他们,尽量从他们身上得到好处。等到我们有力量的时候,就把那些垫脚石踢开。这就是渡过难关的窍门儿,我的孩子。"她停了停又接着说:"现在我可把这窍门儿教给你了。"

老太太说罢,咯咯地笑起来,虽然她的话十分恶毒,她却好像觉得非常有趣。看样子她以为思嘉会对她的话有所评论,可是思嘉还不大理解她这番话,一时也不知说什么好。

---

① 克里克人是美国以马斯科吉部族为主的一个印第安大部族,原住佐治亚州和亚拉巴马州。

"你没看见，"老太太继续说，"我们的人倒了还会爬起来，可是左近有许多人就不是这样。就拿凯瑟琳·卡尔弗特来说吧。你看她成了什么样子，成了穷人。比她嫁的那个男人寒酸多了。再来看看麦克雷一家。穷困潦倒，一筹莫展，不知道干什么好，什么也不会干，而且也不想干。一天到晚唉声叹气，惋惜过去的好日子。再来看看——哎，左邻右舍看谁都一样，除了我们家的亚历克斯和萨莉，除了你和吉姆·塔尔顿，还有他的几个女儿和另外几个人，别的人都倒下了，他们身上缺少那水分，也缺乏重新站起来的勇气。这些人就知道钱，就知道黑奴，现在钱没有了，黑奴也没有了，他们也成了一伙穷光蛋了。"

"您忘了威尔克斯一家了。"

"不，我没有忘记。我想为了礼貌起见，就不提他们了，因为艾希礼是你们家的客人呀。你既然提到他们，就来看看他们的情况吧。那个英迪亚，听说她已经成了一个干瘪的老太婆。因为斯图尔特·塔尔顿被打死了，她就完全是一副寡妇的神气，既不想把他忘掉，也不想再嫁人。她的年纪的确不小了，不过她要是想找，还可以找一个死了老婆，带着一大帮孩子的人嘛。那可怜的霍妮想找个男人都快想疯了，呆头呆脑像只老母鸡。至于艾希礼，瞧他那副样子！"

"艾希礼可是个好人。"思嘉顶了她一句。

"我从来没说他不是好人，可他好比四脚朝天的乌龟，一点办法也没有。要是威尔克斯一家人能顺利渡过眼前这难关，他们靠的是媚兰，而不是艾希礼。"

"媚兰！我的天！老太太，您在说些什么？我和她在一起待过，对她有所了解。她弱不禁风，胆小怕事，连对鹅吆喝一声的勇气都没有。"

"现在有谁会想对鹅吆喝呢？我总觉得那完全是浪费时间。媚兰也许不敢对鹅吆喝，可是无论什么东西要是威胁到她那可爱的艾希礼，她的儿子，或者她对文明行为的信仰，哪怕是整个世界，哪怕是北方佬的政府，她都敢冲着它大声吆喝。她的做法和你不同，也和我不同，思嘉。你母亲要是还活着，她会这样做。媚兰使我想起你母亲年轻的时候……她也许能使威尔克斯一家顺利地渡过难关。"

"唔，媚兰是个好心的小傻瓜。可是你对艾希礼太不公平了。他——"

"哎哟！艾希礼就会看书，别的什么都不行。碰上眼前这种难关，他是无法摆脱的。我听说，他在本地干农活干得最差。你只要把他和我们家的亚历克斯比一比就行了。没打仗的时候，亚历克斯是个最无聊的花花公子，一心想弄条新领带，要不就喝得烂醉，或者朝人乱开枪，或者追那些不怎么样的女孩子。可他现在怎么样了呢？他学会了种地，不学不行啊。不学就得饿死，我们全都得饿死。他种棉花是这一带种得最好的。小姐，的确是这样，比塔拉的棉花好多了。养猪，养鸡，他也都很在行。别看他脾气不好，他可是个好小伙子啊。他知道怎样等待时机，随机应变。等这艰苦的恢复时期一过，你就等着瞧吧，我那亚历克斯马上就会阔起来，和他父亲和祖父一样有钱。而艾希礼呢——"

思嘉听她这样贬低艾希礼，感到很难过。

"我觉得这都是些无稽之谈。"她冷淡地说。

"怕不见得吧，"老太太一面说，一面两眼使劲盯着她，"自从你去了亚特兰大，你走的就是这么一条路。真的。别看我们待在乡下,你耍的那些把戏我们也都听到了。时代变了,你也跟着变了。我们听说你讨好北方佬,讨好穷白人,还讨好从北方来的冒险家,从他们身上榨取钱财。我听说你还装得一本正经。就这么干下去吧。把他们的钱都刮出来,一个子儿也别剩。等你刮够了,就把他们一脚踢开,因为他们不能再为你效劳了。你一定要这样做,而且要做好,要是让那些穷鬼沾上你,你可就完了。"

思嘉两眼看着她,紧皱着双眉,揣摩她这番话的意思。她还是不大理解,而且对老太太把艾希礼描绘成四脚朝天的乌龟仍然余怒未消。

"我觉得您这样说艾希礼是不对的。"她突如其来说。

"思嘉,你好糊涂啊。"

"那是您的看法。"思嘉粗鲁地说,恨不得上去给她一记耳光。

"要是说起几块钱,几毛钱,你是够精明的,不过那是男人的精明。而你作为女人却一点也不精明。和人打交道,你可不能算精明。"

思嘉一听这话,顿时两眼冒出怒火,两只手不停地攥拳头。

"我把你惹火了,是不是?"老太太笑着问,"我是故意这样做的。"

"啊,是吗?请问这是为什么呢?"

"理由很多呀。"

老太太往后一仰,靠在椅背上。这时思嘉突然意识到老太太很累,而且显得特别衰老。两只鸡爪般的小手交叉着搭在扇子上,黄得像蜡做的,和死人的手一样。思嘉一转念,怒气全消。她往前凑了凑,双手抓起老太太的一只手。

"您可真会装蒜,"思嘉说,"您唠叨了半天,并没有一句真心话。您不停地说,是不让我想我爸爸,是不是?"

"你别瞎摩挲!"老太太毫不客气地说,一面把手抽回来,"不光是这个原因,还因为我的话有道理,只是你太笨,不能领会罢了。"

思嘉听了这伤人的话并不介意,笑了笑。刚才她心里还为老太太说艾希礼的话生气,现在这气已经全消了。她意识到老太太说话并没有当真,感到很高兴。

"我照样要谢谢您。您和我谈话,对我真关心。关于威尔和苏伦的事,您同意我的意见,我感到很高兴,虽然——虽然许多人是不赞成的。"

这时,塔尔顿太太顺着过道走来,手里端着两杯脱脂牛奶。什么家务事她都不会干,两杯奶都洒出来了。

"我一直跑到冷藏室才弄到这两杯奶,"她说,"快喝了吧,他们马上就从坟地到这儿来了。思嘉,你真要让苏伦嫁给威尔吗?我不是说威尔和她不般配,你要知道,他可是个穷光蛋呀,而且——"

思嘉和老太太互相递了个眼色。老太太的眼神里有讥讽的意思,思嘉的眼神里也有同样的意思。

第四十一章

最后一个送葬者告别了,最后一辆车的车轮声和马蹄声消失了,思嘉走进母亲爱伦过去的办事房,从秘书的文书格子中发黄的故纸堆里取出一件发亮的东西,这是她前一天晚上藏在这里的。听见波克在饭厅里一面摆桌子,一面抽抽搭搭地哭,就叫他过来。他走进来,他那张黑脸像丧家狗的脸一样难看。

"波克,"她正言厉色地说,"你要是再哭,我就——我就也要哭了。你可不能再哭了。"

"是,小姐。俺不哭了,可是每次俺忍着不哭,就想起杰拉尔德老爷——"

"那你就别想。别人哭,我都可以忍受,唯独你哭,我受不了。你看,"说到这里,她停顿了一下,口气变得温和了,"你还不明白吗?你哭,我受不了,是因为我知道你多么爱护老爷。去擤擤鼻子,波克。我要送你一件礼物。"

波克一面大声擤鼻子,一面流露出有些感兴趣的目光,不过与其说他感兴趣,不如说他是出自礼貌。

"那天晚上,你去偷人家的鸡,让人家开枪打伤了,你还记得吗?"

"哎呀,思嘉小姐!俺从来没有——"

"好了,怎么没有,事到如今你也就别对我撒谎了。我说过我要给你一只表,奖励你的忠诚,你还记得吗?"

"是,小姐,俺记得。俺猜想您已经忘了。"

"没有,我没忘,现在就给你。"

思嘉伸出手来给他看一只沉甸甸的金表,上面刻着很多立体的花纹,一根链子垂下来,链子上也有一些装饰品。

"哎呀,思嘉小姐!"波克说,"这是杰拉尔德老爷的表!俺看见老爷看这只表,不知看了多少次。"

"不错,是爸爸的表,波克,现在我把它送给你了,拿去吧。"

"唔,俺不要,小姐,"波克往后退缩,显出害怕的样子,"这是白人老爷们用的表,是杰拉尔德老爷的。思嘉小姐,您怎么能说把它送给俺呢? 这只表照理应该属于小少爷韦德·汉普顿。"

"现在这只表属于你了。韦德·汉普顿为我爸爸干过什么事? 爸爸生病虚弱的时候,他照顾过他吗? 给他洗过澡,换过衣裳,刮过脸吗? 北方佬来的时候,随时跟他在一起吗? 为他偷过东西吗? 你别这么傻,波克。要是说谁配得到一只表,那就是你了。我知道,爸爸要是在世,也会同意的。拿去吧。"

说罢,她抓起波克一只手,把表放在了他的手心里。波克怀着崇敬的心情看着这只表,脸上慢慢显出十分愉快的神色。

"给俺了,真的,思嘉小姐?"

"是的,真给你了!"

"那么——谢谢您,小姐。"

"愿不愿意让我拿到亚特兰大,去刻上几个字呀?"

"刻字是什么意思?"波克用怀疑的语气问。

"意思就是在后面用刀刻几个字,比如——比如'勤劳忠实的好仆人波克——奥哈拉全家赠'这类的话。"

"不用了,谢谢您,小姐。不必刻字了。"波克后退了一步,手里紧紧握着那只表。

思嘉的嘴角露出一丝微笑。

"你怎么了,波克? 你不相信我会把它捎回来吗?"

"小姐,俺相信您——不过,唔,也许您会改变主意的。"

"不会的。"

"那您也许会把它卖了。俺估计它值好多钱呢。"

"你以为我会把我爸的表卖掉吗?"

"是呀,小姐,如果您需要用钱的话。"

"你说这样的话,应该揍你一顿,波克。我都想把表收回来了。"

"不,小姐,您不会的!"悲伤了一整天的波克,这时脸上露出了一丝笑容,"俺了解您——不过,思嘉小姐——"

"说下去,波克。"

"您对待黑人的这一片好心,只要拿一半去对待白人,俺想人们对您也会好一些的。"

"人们对我够好的了,"思嘉说,"你去找一下艾希礼先生,让他到这里来见我,马上就来。"

艾希礼坐在爱伦书桌前的小椅子上。他身材高大,椅子显得又小,又不经坐。思嘉跟他谈木材厂的事,利钱对半分。他对思嘉一眼也不看,一声也不吭,坐在那里,低着头看自己的两只手,慢慢地翻动着,看了手心看手背,好像从来没见过。这双手虽然干重活,却依然细长,看上去一定感觉敏锐。对一个庄稼汉来说,这双手是保护得够好的。

他低头不语,思嘉感到有些焦虑,于是就竭力宣扬这个木材厂有多么吸引人。她甚至把她具有的微笑和眼神的魅力也都使出来了,可惜这也是白费力,因为他一直连眼皮也不抬。他要是看她一眼就好了!思嘉没提威尔告诉她的关于艾希礼决定到北方去的消息,言谈之中假装看不出有什么障碍使他不能同意她的计划。艾希礼还是一言不发,她渐渐也没什么话好说了。他那瘦削的肩膀给人以坚定正直的感觉,思嘉不禁为之一惊。他一定不会拒绝吧!他有什么站得住脚的理由拒不接受呢?

“艾希礼。”她刚一开口又停下来。她本来不想把怀孕也当作一条理由,怕让艾希礼看见她肚子鼓鼓的那副丑样子,可是她用的其他一些理由都不起作用,就决定把此事以及她如何没有办法作为最后一张牌打了出来。

“你一定要到亚特兰大来。我现在非常需要你帮忙,因为我管不了厂里的事了。可能要等好几个月呢,因为——你看——唔,因为……”

“快别说了,看在老天爷分上!”他粗鲁地说。

他站起来,突然向窗口走去。他站在窗口,背对着思嘉,注视着窗外一群鸭子在粮仓的院子里鱼贯而行。

“难道——难道这就是为什么你不肯看我一眼吗?”思嘉无可奈何地问。“我知道我的样子——”

艾希礼猛地转过身来,他那灰色的眼睛正好接上思嘉的目光。他眼中喷射出强烈的感情,使思嘉紧张得情不自禁地把两手提到了嗓子眼儿。

“快别说你的样子了,”他异常激动地说,“你知道,我一向觉得你很漂亮。"

思嘉一听这话,感到无限地喜悦,顿时眼睛里充满了泪水。

"你真好,肯说这样的话。让你看到我这副样子,实在不好意思——"

"你不好意思?你有什么不好意思的?应该是我不好意思,我也的确是不好意思。当初要不是我事情办得那么蠢,你现在也不必这样为难了。你也绝不会嫁给弗兰克了。去年冬天,我本不该让你离开塔拉。我怎么这么愚蠢啊!我应该了解你——知道你当时走投无路,实在是走投无路,所以你——我应该——我应该——"他脸上现出痛苦的神色。

思嘉的心跳得非常猛烈。艾希礼当时没有和她一起出逃,现在后悔了。

"我当时起码也可以劫道甚至杀人,来把税款替你弄到,因为你像收留叫花子一样收留了我们。唉,都是我把什么事全给弄糟了。"

思嘉感到失望,她的心一阵收缩,刚才那喜悦的心情也消失了一些,因为她并不希望听艾希礼说这样的话。

"我当时反正是要走的,"她说,脸上显得有些疲倦,"再说,我也不会让你去做那样的事。现在这些事都已经过去了。"

"是的,已经过去了,"他痛苦地慢慢说,"你不会让我去做任何不光彩的事,可是你却把自己卖给了一个你并不爱的男人——还要为他生孩子,为的是让我们一家不至于饿死。我无能,你照应了我,你可太好了。"

他话里有话,说明他心灵上尚未愈合的创伤还在发痛。

他的话还使思嘉眼里流露出愧色。艾希礼很快就意识到这一点,脸色也就变得温和了。

"你没有以为我是在责怪你吧?天晓得,思嘉,我可没有责怪你呀。你是我认识的最勇敢的一个女人。我是在责怪自己呢。"

他又转身去看窗外,他的肩膀在她眼中已不像刚才显得那样坚定了。思嘉默默地等了半天,希望艾希礼的情绪有所变化,再出现刚才说她漂亮时的那种心情,希望他再说一些她喜欢听的话。她很久没有见他了,在这段时间里,她一直沉浸在对往事的回忆之中。她知道他还在爱她。这是很明显的,他的一举一动,他说的每一句痛苦自责的话,他由于她为弗兰克生孩子而产生的不满情绪,都可以说明这一点。她很想听他亲口表达他的爱,很想说点什么使他自动表白,但是她又不敢这样做。她记得去年冬天自己曾在果园里许诺不再挑逗他的感情。她虽然很难过,但是她知道,要想使艾希礼留在她身边,她必须遵守诺言。她只要说一句表示情欲的话,使一个祈求拥抱的眼色,那就一切全完了。艾希礼就一定会到纽约去。可是让他走,是绝对不行的。

"唔,艾希礼,你也不要责怪自己了!怎么会是你的过错呢?还是到亚特兰大来帮我个忙吧,好吗?"

"不行。"

"可是,艾希礼,"由于痛苦和失望,她的声音都变了,"可是我一直都在指望着你呢。我的确非常需要你。弗兰克帮不了我。他忙着照应商店,你要是不来,我真不知道到哪儿去找人!在亚特兰大,有本事的人都在忙着干自己的事,别人呢,又都没能耐,还有——"

"说也无用,思嘉。"

"你的意思是宁可到纽约去和北方佬生活在一起,也不到亚特兰大来,是不是?"

"谁告诉你的?"他转过身来看着思嘉,心里有些不快,额头皱了起来。

"威尔。"

"是的,我已经决定到北方去。有个老朋友,战前曾和我一起去'长途旅行',在他父亲的银行里给我找了个差使。这样比较好,思嘉。我对你没什么用,我不懂木材业务。"

"可是银行业务你更不懂,更难学! 而且我知道,你没有经验,我可以原谅你,北方佬可不会轻易原谅你的。"

艾希礼一愣,思嘉马上意识到这话说得不妥。艾希礼转身又往窗外看了。

"我不需要谁来原谅我。我要凭本事自力更生。到现在为止,我这一辈子都干了些什么呢? 我得做出点成绩来,要不就完了,不过那也是我自己的过错。我在你的牢笼里待的时间太长了。"

"可是木材厂赚的钱,我愿意和你对半分,艾希礼! 你是在自力更生呀,因为——因为那是你自己的买卖呢。"

"那也一样。对半分,也不是我挣来的,而是你送给我的。你送我的东西已经太多了,思嘉——我自己,媚兰,还有我们的孩子,我们吃的,住的,甚至穿的衣服,都是你送的。可是我还没有给过你什么报答呢。"

"哎,你是给过的。威尔就不可能——"

"我现在劈劈柴已经劈得不错了。"

"艾希礼!"她用绝望的声音说道。艾希礼那讥讽的语气使她两眼充满了泪水。"我离开的这一段时间,你出了什么事?你现在说话这样严肃,这样辛酸!过去你可不是这样啊!"

"出了什么事?一件很重要的事,思嘉。我一直在思考。投降以后,一直到你离开这里这一段时间里,我觉得我没有真正地思考过。我处于一种假死的状态之中,只要有东西可以吃,有床可以睡,就行了。但是你去亚特兰大的时候,是肩负着一个男人的重任去的,我觉得自己比男人差得远,甚至比女人也差得远。有这样的想法而不能摆脱,可不是什么愉快的事。我要摆脱这种想法。有些人在战争结束的时候,情况还不如我,可是你看看他们现在的情况吧。所以我要上纽约去。"

"可是,我不明白!你要是想找工作,亚特兰大和纽约不是一样吗?而且我的木材厂——"

"不行呀,思嘉。这是我最后一次机会了。我要到北方去。我要是去亚特兰大给你干活,那我就彻底完了。"

"完了——完了——完了"这个字眼儿就像丧钟一样在她心中一阵阵回荡,使她感到害怕。她立刻朝他望去,看见他明亮的灰眼睛睁得大大的正在看着她,并且透过她看到了一种命运,而这是她既看不到,也不能理解的。

"完了?你是说——难道你做过什么事,亚特兰大的北方佬能拿你治罪吗?我是说——关于帮助托尼逃跑的事,要不——要不——艾希礼,你没有参加三K党吧?"

他立刻把望着远处的目光收回来,微微一笑,刚刚开始就又收住了笑容。

"我忘了你喜欢按字面上的意思去理解。我并不怕北方佬,我的意思是,我要是到亚特兰大去继续接受你的帮助,我就把任何自立的希望永远葬送了。"

"噢,"她马上松了一口气,"原来就为了这个!"

"是啊,就为了这个,"他又笑笑,比刚才更没有笑意,"就为了我作为男人的骄傲,为了我的自尊心,还有一点,你也许会称之为我的永不泯灭的灵魂。"

"不过,"她又开始了一个新的回合,"你可以逐渐把木材厂从我这里买过去,它就是属于你的了,然后——"

"思嘉,"他用严厉的口气打断她,"我告诉你,不行!我还有别的原因呢。"

"什么原因?"

"你比任何人都清楚。"

"噢——那个呀?不过——没关系,"她连忙解释好让他放心,"你知道,去年冬天,我在果园里答应过的,我会履行我的诺言,而且——"

"这么说,你比我更能控制自己。我可不敢保证一定能履行这样一个诺言。我本不该提这件事,不过我不得不让你明白。思嘉,这件事我不想再谈了,已经了结了。威尔和苏伦结婚以后,我就到纽约去了。"

他两眼睁得大大的,发出强烈的目光,和思嘉的目光接触了一下,他就匆匆地朝门口走去。他的手放在门把上。思嘉痛苦地望着他。这次谈话结束了,她失败了。经过这一天的劳累和悲伤,加上眼前的失望,她突然感到软弱无力,神经也一下子垮了,她大叫一声:"哎,艾希礼!"接着她就倒在破旧的沙发上,号啕大哭起来。

她听见他迈着犹豫不定的脚步离开屋门走过来,听见他无可奈何地一遍一遍在她头上唤着她的名字。接着又听见一阵急促的脚步声从厨房顺着走廊传过来,媚兰突然来到屋里,她睁着两只大眼睛,显出非常吃惊的样子。

"思嘉……不是孩子……?"

思嘉趴在满是尘土的软垫上,又大喊起来。

"艾希礼——他真坏!坏透了——真可恨!"

"唉,艾希礼,你把她怎么了?"媚兰蹲在沙发旁边,把思嘉搂在怀里,"你对她说什么了?你怎么能这么干呢?这会使她早产的。来,亲爱的,把头靠在我的肩膀上。出了什么事呀?"

"艾希礼——他真——真顽固,真可恨!"

"艾希礼,你真让我吃惊!害得她这样伤心,也不看看她那情况,而且奥哈拉先生又是刚刚下葬。"

"你别朝他发火!"思嘉自相矛盾地说。她突然把头从媚兰肩上抬起来,她那浓黑的头发也从发网里散落出来,满脸都是眼泪,"他有权爱怎么干就怎么干!"

"媚兰,让我解释一下,"艾希礼说,他的脸色煞白,"思嘉好心要在亚特兰大给我安排一个工作,在她的一家木材厂里当经理——"

"当经理!"思嘉气愤地说,"我说赚的钱和他对半分,他——"

"我对她说,我已经安排好了,我们要到北方去,她——"

"哎呀,"思嘉一边说,一边又哭起来,"我对他说了又说,我多么需要他——我如何找不到人来管理这个木材厂——我又要生孩子了——可他还是不肯来!所以现在——现在我只好卖掉这个木材厂,而且我也知道卖不上个好价钱,这样我就要赔钱,我估计我们还得挨饿,可他毫不关心。他坏透了!"

她说完了,又把头搭在媚兰瘦小的肩上。这时她发现有一线希望,也就不像刚才那样痛苦了。她意识到媚兰对她忠心耿耿,能够助她一臂之力。她感到媚兰非常气愤,因为任何人,哪怕是自己亲爱的丈夫,只要把思嘉惹哭了,都会使她气愤的。媚兰像一只倔犟的小鸽子飞到艾希礼面前,对着他啄起来,这可是她平生第一次。

"艾希礼,你怎么能不听思嘉的呢?她为我们做了多少事啊!这样我们显得多么忘恩负义呀!她现在怀着孩子,有什么办法——你怎么这样不懂事。咱们需要帮助的时候,人家帮了咱们,现在人家需要帮助了,你却不干!"

思嘉偷眼看了看艾希礼,见他两眼盯着媚兰愤怒的黑眼睛,脸上带着明显的惊异和犹豫不决的神情。同时,思嘉也为媚兰进行攻击的猛烈程度感到惊讶,因为她知道媚兰认为自己的丈夫是无需妻子来指责的,认为他的决定仅次于上帝的决定。

"媚兰……"他刚想说话,又两手一摊,无可奈何地停下来。

"艾希礼,你还犹豫什么?想一想她为我们——为我,做过多少事吧!我生小博的时候,要不是她,我就死在亚特兰大了。而且她——是的,她还杀了一个北方佬,就为了保护我们。这件事你知道吗?为了我们,她杀过一个人。你和威尔还没回来的时候,她像奴隶一样,干呀,干呀,就为了我们这两张嘴。我一想起她犁地、摘棉花的情景,我就——啊,亲爱的!"说到这里,她又飞奔到思嘉身旁,怀着无限忠诚的心情,吻起思嘉散乱的头发来。"现在她头一回要求我们为她做

975

点事——"

"她为我们做的事,你就不必说了。"

"艾希礼,你想一想!除了帮助她以外,你还该想到,在亚特兰大和自己人生活在一起,而不必和北方佬生活在一起,这对我们来说,又意味着什么呢?那儿有皮蒂姑妈和亨利叔叔,还有我们那么多朋友,小博可以和许多小朋友玩,还可以去上学。要是到北方去,我们就不能让他去上学,和北方佬的孩子混在一起,和小黑鬼同班上课,那我们就得请家庭教师,可我们又怎么负担得起呢——"

"媚兰,"艾希礼说,他的语调极其平静,"你真的这么想去亚特兰大吗?我们商量去纽约的时候,你可没说呀。你从来没表示——"

"噢,咱们商量去纽约的时候,我觉得你在亚特兰大无事可做,而且我也不便多言多语。丈夫到哪里,做妻子的就该跟到哪里。现在既然思嘉这么需要我们,这项工作又非你来承担不可,那咱就回家吧!回家!"她紧紧地搂着思嘉,用非常兴奋的语调说,"这样我就又可以看到五点镇和桃树街了,还有——还有——啊,我多么想看看所有这些地方啊!也许我们还能够有一个自己的小家庭。多么小,多么简陋,都没关系,那可是我们自己的家呀!"

她眼睛里射出了兴奋、喜悦的光芒,另外那两个人目不转睛地看着她,艾希礼显出不知所措的样子,思嘉则又惊讶又羞愧。她从来没想到媚兰这样留恋亚特兰大,盼着回去,盼着有一个自己的家。媚兰在塔拉显得心满意足的样子,她说她想家,的确使思嘉感到吃惊。

"思嘉,你为我们想到这一切,你可真太好了。你知道我多么想家呀。"

媚兰爱称赞别人良好的动机,其实别人也不见得有此动机,思嘉遇到这种情况总觉得惭愧和不快,现在就是这样,所以她突然感到无法正眼看艾希礼和媚兰了。

"我们可以有自己的一所小房子。你想到过没有,我们结婚已经五年了,却还没有一个家?"

"你们可以和我们一起住在皮蒂姑妈家里。那里就是你们的家。"思嘉含含糊糊地说。她在玩弄一个沙发靠垫,两眼往下看,以免流露出获得初步胜利的心情,因为她意识到情况在向有利于她的方向发展。

"谢谢你,亲爱的,不必了。那样太拥挤。我们还是自己弄一所房子吧——喂,艾希礼,快说同意呀!"

"思嘉,"艾希礼用非常平淡的语气说,"看着我。"

思嘉吃了一惊,抬起头来,看见一双灰眼睛充满了痛苦与无可奈何的神情。

"思嘉,我去亚特兰大……我对付不了你们俩。"

他说完以后,转身走出屋去。思嘉心中胜利的喜悦在一定程度上被一种无法摆脱的恐惧心理所抵消。艾希礼刚才说话的神情,和先前他说要是去亚特兰大就彻底完了的神情一模一样。

苏伦和威尔结了婚,卡琳到查尔斯顿进了修道院,随后艾希礼和媚兰就带着小博来到亚特兰大。迪尔茜也跟他们来了,给他们做饭,看孩子。普里茜和波克暂时留在塔拉,等将来威尔另外找到黑人帮他干农活儿的时候,他们也要到城里来的。

艾希礼在艾维街找到一所小砖房,就在这里安了家。这所房子就在皮蒂姑妈的房子后面,两家的后院紧挨着,中间只隔一道水蜡树篱笆,没有修剪,显得乱糟糟的。媚兰选定这个地方,就是因为靠得近。回到亚特兰大的头一天早晨,她就一会儿笑,一会儿哭,一会儿搂着思嘉和皮蒂姑妈不放。她说,离开亲人的时间太长了,住得再近也不嫌近。

房子原来是两层的,城市被围攻的时候,炮弹把上面一层打坏了。投降以后,房主回来,也无钱修复,只好给残存的这一层加了个平顶。这样一来,这所房子就又矮又宽,显得不成比例,好像是孩子们用鞋盒子垒着玩的一样。不过这所房子离开地面还是很高的,下面有一个很大的地窖,一长溜台阶弯着通到上面,看上去有点可笑。这地方虽然显得简陋残破,却也有所补偿。有两棵秀丽的大橡树为它遮阴,台阶旁还有一棵落满灰尘的玉兰,开着许多白色的花朵。大片的草地上长满了三叶草,边上是杂乱无章的水蜡树篱笆,上面还缠绕着散发着芳香的忍冬的藤蔓。草地上,有一簇簇的玫瑰,经过摧残之后,主干上又发出了新枝。还有粉色白色的紫薇争芳斗艳,仿佛它们头顶上不曾发生战乱,北方佬的战马也不曾啃过它们的枝叶。

在思嘉看来,没有比这再难看的房子了,可是媚兰觉得就连"十二橡树"村那样的大厦也不及这所房子好看。这是他们的家,她和艾希礼和小博总算在自己的家里团聚了。

英迪亚·威尔克斯从一八六四年就和霍妮一起住在梅肯,现在也搬到她哥哥这里来住了,房子不大,有些拥挤。但是艾希礼和媚兰还是欢迎她的。时代变了,钱也不多,可是什么也改变不了南方的老规矩:对于亲属中生活无着落或未婚的女子,家家都是热烈欢迎的。

霍妮嫁人了,而且据英迪亚说,嫁了个不如她的人。此人是个粗人,原来住在西边的密西西比州,后来在梅肯落了户。他红脸膛儿,大嗓门,一天到晚乐呵呵的。英迪亚不赞成这门婚事,正因为如此,住在一起就不愉快。她一听说艾希礼有了自己的家,很高兴,这样她就能搬出来,免得别扭,也免得看着妹妹和一个不般配的人在一起还觉得满幸福,使她难受。

家中除了英迪亚以外,其他人私下里都认为霍妮头脑简单,就知道傻笑,竟然也找到了一个男人,令人惊讶,比人们原来料想的情况好多了。她丈夫倒也是个正经人,还颇有些财产,不过英迪亚生在佐治亚州,又是在弗吉尼亚州受的教育,所以她认为东海岸以外的人都是野人,都是蛮夷。她搬出来,感到高兴,说不定霍妮的丈夫也同样感到高兴,因为近来英迪亚很难伺候。

英迪亚已经完全是一副老处女的样子了。她二十五,看上去也的确是这个年纪,因此也就没有必要再追求美貌了。她那没有睫毛暗淡无光的眼睛毫不妥协地正视世上的一切事物,她那薄薄的嘴唇总是闭得紧紧的,显得很傲慢。她现在有一种庄重、骄傲的神气,这种神气,说也奇怪,竟然比她在"十二橡树"村时一心想表现的少女的妩媚对她更为适宜。人们差不多拿她当寡妇看待。大家都知道,斯图尔特·塔尔顿要不是战死在葛底斯堡,准会和她结婚,因此都把她看作虽未结婚却有安排的女人,对她十分尊重。

艾维街上这所小屋共有六间房,很快就布置起来,但非常简陋,用的是弗兰克店里最便宜的松木和橡木家具,因为艾希礼身无分文,只好赊账,除了最贱的最必需的以外,一概不要。

这使得弗兰克感到尴尬,因为他很喜欢艾希礼,这也使得思嘉颇为难受。思嘉和弗兰克本来愿意免费把店里最精致的红木家具和雕花黄檀木家具给他们用,但威尔克斯夫妇坚持不收。因此他们家难看得要命,而且显得光秃秃的。思嘉见艾希礼住的房子既无地毯,又无窗帘,很是过意不去。但艾希礼对周围的情况似乎毫不在意。媚兰呢,这是他们结婚以后头一次有了自己的家,非常高兴,甚至为有这样一个家而感到骄傲。思嘉觉得如果朋友们看到他们没有窗帘,没有地毯,没有靠垫,椅子、茶具也不够用,她会感到难为情。而媚兰接待客人,却仿佛不缺豪华窗帘和锦缎沙发。

媚兰表面上很幸福,身体却很不好。生小博就把她的身体搞垮了,生了以后在塔拉过于劳累,使得她更加虚弱。她非常瘦,身上的小骨头好像要扎透她那白皙的皮肤似的。她带着孩子在后院里玩,从远处看,她就像个小女孩,腰细得令人难以相信,更谈不上有什么身段。她的前胸不高,臀部和小博一样平,再说她既不爱好也想不起来(思嘉这样认为)在衣服前襟上加个褶边,或在后腰上用点衬,因此越发显得瘦骨嶙峋。身上这样,脸上也是这样,又瘦又苍白,两道柔软的眉毛,弯弯的,细细的,像蝴蝶的触须一样,在没有血色的皮肤上显得特别黑。在她那张小脸上,两只眼睛太大,因而不美,下面两片黑,更使眼睛显得特别大,不过那眼神还和无忧无虑的少女时代一模一样,没有改变。战乱与无休止的痛苦与劳累都未能影响她那恬静的眼神。这是一个乐观女人的眼睛,任何狂风暴雨也不能打乱这样一个女人内心的平静。

思嘉心里纳闷,她这双眼睛是怎样保养的呢?她一看见,就感到羡慕。思嘉知道自己的眼睛有时像饿猫的眼睛一样。

有一次瑞德谈到媚兰的眼睛,他说什么来着,是不是用了一个无聊的比喻,说是像两支蜡烛?对了,他说像是顽皮的世界上做出的两件好事。的确也像是两支周围有遮挡的蜡烛,什么风也吹不着,光线柔和,放射着重归故里的幸福光芒。

这座小小的住宅总是宾客盈门。媚兰从小就讨人喜欢,大家听说她回来了,都来欢迎她。每个人都给她带来了礼物。有装饰品,画片,一两把银汤匙,麻布枕套,餐巾,碎呢地毯等。这些小东西都是他们设法保存下来没有被谢尔曼抢走的,所以非常珍贵,不过他们说这些东西现在自己不大用得着,一定请她收下。

有些老年人来看她,这些人曾和她父亲一起在墨西哥打过仗,他们还带着别的客人来看看"当年汉密尔顿上校这位可爱的小姐"。她母亲的老朋友也聚集到她这里来,因为她对长辈非常尊敬,眼下年轻人又都忘了规矩,为所欲为,所以长辈们可以从她这里得到安慰。她的同辈人,那些年轻的妻子、母亲和寡妇喜欢她,因为她和她们一样吃过苦,受过罪,然而并不怨天尤人,还能怀着同情心听她们倾诉衷肠。年轻人也上她这里来,因为在她家里可以痛快地玩儿,可以见到想见的朋友,所以当然要来。

媚兰待人和蔼,又不爱出风头,在她周围很快就聚集了一伙人,有年轻的,有年老的,他们代表着残存的战前亚特兰大的社会精华,他们的钱袋是空的,为自己的家族感到自豪,维护旧制度最坚决。亚特兰大经过战乱已经四分五裂,有些人已经死去,整个社会对当前的变化感到不知所措,这样一个社会仿佛看到媚兰是一个坚强的核心,亚特兰大可以由此而得到重生。

媚兰虽然年轻,但她具有劫后余生所珍视的一切品质:贫穷并因此而感到自豪,有勇气,不抱怨,开朗,热情,慈爱,还有最重要的一条,忠于一切旧的传统。媚兰不肯改变,甚至不肯承认在不断变化的环境中有改变之必要。在她家里,仿佛昔日的光景又重新出现,大家都兴致勃勃,以更加鄙视的眼光看着那些北方来的冒险家和那些共和党暴发户过骄奢淫逸的生活。

　　人们从媚兰那年轻的脸上可以看出,她对过去的一切是忠贞不渝的。这时人们会暂时忘掉自己一伙人中那些使人愤怒、使人害怕、使人心碎的败类。这样的人为数不少。有些人,家庭背景不错,但由于贫穷,走投无路,投靠了敌人,加入了共和党,接受了胜利者给他们安排的工作,否则他们全家就要依靠救济了。有些年轻人当过兵,现在又没有勇气面对现实,花好多年的时间去积累自己的财产。这些年轻人学着瑞德·巴特勒的样子,和北方来的冒险家勾结起来,以极不光彩的手段赚钱。

　　败类之中最坏的要算亚特兰大有些名门大户的女儿们了。这些女孩子是在投降以后才成长起来的,对于那次战争只有小时候留下的一些印象,而没有长辈感受的痛苦。她们既没有失去丈夫,也没有失去情人。她们已不大记得过去那种富裕豪华的生活,而北方来的军官又那么英俊,衣着那么讲究,性情那么随和。他们举办那么盛大的舞会,他们的马也那么漂亮,他们对南方的姑娘们简直是崇拜得很呢! 他们把南方的姑娘们当作女王来看待,小心翼翼地避免伤害她们的自尊心,这就使得姑娘们心里想,为什么不和他们来往来往呢?

　　他们比城里那帮年轻人可帅多了,城里那些人穿得那样差,态度那样严肃,干起活儿来又那样认真,他们就没有什么时间玩儿了。因此发生过好多起和北方军军官私奔的事,有关的家庭感到十分痛心。有些兄弟在街上和姐妹相遇也不理睬,有些父母也不肯再提起女儿的名字。那些以"不屈服"为座右铭的人想起这些悲惨的事就吓得出一身冷汗,但他们一看到媚兰温柔而又刚毅的面孔,这种恐惧心理便全然消释。老年妇女都说,她为城里的姑娘们树立了榜样,是她们的楷模。因为她并不炫耀自己的美德,年轻姑娘们也没有对她不满。

媚兰没有想到自己竟逐渐成了新社会里的重要人物。她只觉得大家对她很好,到家里来看她,让她参加她们的缝纫组、舞蹈俱乐部、音乐社团等。亚特兰大一向爱好音乐,喜欢好的乐曲,南方有些城市讽刺它,说它没有文化,它也不介意。现在日子越来越艰苦,气氛越来越紧张,人们反倒对音乐又产生了兴趣,而且兴趣越来越大,因为一听音乐,他们就很容易忘掉街上那些趾高气扬的黑人,忘掉那些穿蓝军装的驻军。

媚兰成了新成立的周末乐团的负责人,这使她感到很不好意思。她是怎样荣任这一职务的,连她自己也说不清楚,可能就是因为她会弹钢琴,给谁都能伴奏。就连五音不全又特别爱唱二重唱的麦克卢尔姐妹,她也能为她们伴奏。

实际情况是这样的:媚兰巧妙地把妇女竖琴乐队、男声合唱团、女青年曼陀林与吉他乐队都合并到周末乐团里,这样一来,亚特兰大就能听到很像样的音乐了。说真的,许多人认为乐团演出的《波希米亚女郎》比纽约和新奥尔良的专业乐团还要好得多。她设法把妇女竖琴乐队合并之后,梅里韦瑟太太就对米德太太和惠廷太太说一定要让媚兰负责乐团。梅里韦瑟太太说,媚兰要是能和竖琴乐队合得来,就能和任何人合得来。这位太太本人是卫理公会教堂唱诗班的风琴伴奏,作为一个演奏风琴的人,她对竖琴和演奏竖琴的人是看不上的。

媚兰还当上了阵亡将士公墓装修协会的秘书和联盟赈济孤寡缝纫会的秘书。这两个组织开了一次联席会,会上争论激烈,有人扬言要武力解决,并断绝多年的友谊,这次会议之后,媚兰就荣幸地得到了这个新的职务。会上争论的问题是要不要为联盟战士墓旁的联邦战士墓清除杂草。北方军人墓在这里很不协调,使得妇女们为美化自己亲人的坟墓的努力前功尽弃。压在胸中的怒火一下子猛烈燃烧起来,两个组织形成对立,互相怒目而视。缝纫组是赞成清除杂草的,美化协会的女士们却坚决反对。

米德太太代表后一种意见。她说:"为北方佬的坟拔草?只要给我两分钱,我就把所有的北方佬都挖出来,扔到垃圾堆上去。"

一听这话,双方都激动地站了起来,人人各抒己见,谁也不听谁的。这次会是在梅里韦瑟太太家的客厅里举行的。当时梅里韦瑟爷爷被她们轰到厨房里去了。据他后来说,她们吵得就像富兰克林战场上的炮声一样。他还说,据他估计,参加富兰克林战斗要比参加这些女士们的会议安全得多。

不知怎的,媚兰钻到了这伙人的中心,而且还以她那素来温柔的声音压住了她们的争吵声。她壮着胆向这群愤怒的人说话,心里非常害怕,心都提到嗓子眼儿了,声音也发颤,但是她不停地喊:"女士们,请听我说!"后来人们渐渐安静下来。

"我想说的是——我的意思是——我已经想了很久——我们不但应该把杂草除掉,还应该把鲜花种在——我——我不管你们是怎么想的,反正我每次往亲爱的查理墓上放鲜花的时候,总要在附近一个北方佬的墓上也放一些。看上去太凄凉了!"

人们一听这话,又骚动起来,比刚才嚷得更厉害了,不过这次两个组织合在一起了,他们的意见是一致的。

"往北方佬的墓上放鲜花!媚兰,你怎么干得出这样的事!""他们杀死了查理!""他们还差一点把你也杀了!""你忘了,那些北方佬可能连刚出生的小博也不放过。他们甚至想把塔拉的房子烧掉,让你无家可归呢!"

媚兰靠在椅背上,勉强支撑着,她从来没受过这样的指责,这压力几乎要把她压垮了。

"啊,朋友们!"她用乞求的语气说,"请听我把话说完!我知道我没有资格谈论这个问题,因为我的亲人之中就死了查理,而且托上帝的福,我还知道他埋在哪里。但是今天在座的有许多人,他们的儿子、丈夫、兄弟埋在什么地方他们都不知道,而且——"

她激动得讲不下去,屋里一片沉寂。

米德太太愤怒的目光变得忧郁了。葛底斯堡战斗结束之后,她曾长途跋涉赶到那里,想把达西的尸体运回来,但是无人能够告诉她达西埋在哪里了。只知道是在敌人的地区里,埋在一条匆匆忙忙挖的沟里。阿伦太太的嘴唇颤抖了。她的丈夫和兄弟跟着倒霉的摩根进军俄亥俄,她最后听到的消息是,北方的骑兵冲过来,他们就在河边倒下了。埋在何处,她不得而知。艾利森太太的儿子死在北方的一个战俘营里,她是个最穷的穷人,无力把自己儿子的尸体运回家来。还有一些人从伤亡名单上看到这样的字样:"失踪——据信已阵亡"，这就是他们送别亲人之后了解到的最后一点情况，今后也不会听到什么消息了。

大家都转向媚兰，她们的眼神似乎在说："你为什么又触动这些创伤呢？不知道亲人埋在哪里——这样的创伤是永远无法愈合的。"

在一片寂静之中，媚兰的声音慢慢坚定起来。

"他们的坟墓在北方地区的某个地方，正如有些北方人的坟墓在我们这里，要是有个北方妇女说要把坟挖开，那有多么可怕——"

米德太太轻轻地惊叫了一声。

"可是如果一个善良的北方妇女——我觉得总有些北方妇女是善良的。不管人们怎么说，北方女人也不都是坏人。要是她们为我们的人清除墓上的杂草，摆上鲜花，虽然是敌人，也这样做，我们要是知道了，该有多高兴呀。如果查理死在北方，我会得到安慰，要是——我不管你们各位对我怎么看，"说到这里，她的声音又颤抖起来，"我要退出你们这两个俱乐部，我要——北方人的坟墓，凡是我能找到的，我就要把杂草清除干净，还要种上花。看谁敢阻拦我！"

媚兰怀着毫无畏惧的神情说完这番话以后，就哭起来了，踉踉跄跄地朝门口走去。

梅里韦瑟爷爷在时代少女酒馆划定的男子活动区里安全无事，一小时后，对亨利·汉密尔顿叔叔说，大家听了媚兰的话，都哭起来，和她拥抱，最后形成了一次充满友好感情的盛会。就这样，媚兰当上了这两个组织的秘书。

"所以她们准备把杂草清除干净。糟糕的是多丽说我特别愿意帮忙，因为我反正也没有什么别的事可做。我并不讨厌北方人,我认为媚兰小姐是对的,另外那些泼妇是不对的。不过,在我这个年纪,再加上腰痛,也得去拔草,不可想象。"

媚兰还是孤儿院管理委员会的委员,她还征集图书,赠给刚成立的青年读书会。塞斯庇安一家每月利用业余时间演出一场话剧,就连他们也要媚兰帮忙。媚兰胆小,不敢站到煤油脚灯前面去讲话,但是她会做服装,必要时她能用粗布制作演戏的服装。莎士比亚朗读会决定除朗读莎翁的作品外,还读些狄更斯先生和布尔沃-利顿先生的作品,而没有采纳一个年轻会员的建议,读些拜伦勋爵的诗,这就是在媚兰的帮助之下决定的。媚兰私下里认为那位年轻会员是一个放荡不羁的单身汉。

夏末的夜晚,她那灯光昏暗的小屋总是坐满了人。椅子不够坐的,妇女们就坐在门前的台阶上,周围的男人靠在栏杆上,要不他们就坐在纸箱子上或下面的草坪上。有时客人们坐在草地上品茶,媚兰也只能够用茶水招待客人,思嘉看到这种情况,心里不禁纳闷,媚兰让人家看这副穷相,也不嫌寒碜。思嘉要是不把房子布置得和战前一样,而且能给客人喝好酒、冷饮,吃火腿、野味,她就无意在家里招待客人,更不会招待媚兰请的那样有名气的客人。

佐治亚州的著名英雄戈登将军经常和家里人一起到这里来。瑞安神父是联盟的著名诗人,他每次路过亚特兰大,也一定要到这里来。参加聚会的人听他那风趣的讲话听得津津有味,不用怎么催促,他就朗诵他写的《李将军的战刀》或朗诵他那不朽的诗篇《被征服的战旗》。他每次朗诵这首诗都把妇女们感动得落泪。前南部联盟副总统亚历克斯·斯蒂芬斯,每次来到亚特兰大都要到这里来。人们一听说他在媚兰家里,就都赶来,把屋子挤得满满的,一坐就是几个小时,倾听这位体弱的人洪亮的声音。经常有十几个儿童在场,在父母的怀里打瞌睡,他们早就该上床睡觉了。谁家也不想让孩子错过这个机会,这样,过些年他们就可以说接受过伟大副总统的亲吻,握过他那曾参与指挥这场斗争的手。每一位要人来到亚特兰大,都要到威尔克斯家做客,而且常常在这里过夜。这就使这所平顶的小屋显得愈加拥挤,结果英迪亚不得不在小博活动的小屋里打地铺,迪尔茜穿过后院的篱笆,跑到皮蒂姑妈那里去借鸡蛋来准备早点。虽然如此,媚兰还是热心款待客人,像大公馆一样。

媚兰根本没想到,人们聚集在她周围,仿佛聚集在一面褪了色的受人拥护的军旗周围。因此,有一天,米德大夫的举动使她又惊讶,又羞愧。米德大夫在媚兰家度过了一个愉快的夜晚,他出色地朗读了麦克白①的台词,吻了吻她的手,以他先前谈论我们的光荣事业的语气说:

"亲爱的媚兰小姐:到你家来做客,我总感到特别荣幸和愉快,因为你——还有和你一样的许多妇女——是一个核心,维系着我们大家,维系着我们劫后保存下来的一切。他们夺去了我们男子的精华,也夺去了我们年轻女子的笑声。他们损害了我们的健康,毁灭了我们的生活,改变了我们的习惯。他们破坏了我们的繁荣,使我们倒退了五十年,他们造成了沉重的负担,使我们的娃娃们不能上学,使我们的老人不能晒太阳。然而我们要重建家园,因为我们有你们这样的核心做基础。只要我们有你们这样的核心,北方佬拿走什么都没

---

① 麦克白是莎士比亚剧作《麦克白》的主人公。

关系。"

后来思嘉的身子越来越重，即使披上皮蒂姑妈的大黑披肩也遮盖不住了。不过在这之前，她和弗兰克经常穿过后院的篱笆，到媚兰的门廊上参加聚会。思嘉总是坐在灯光照不到的地方，躲在阴影里，这样她就不但不引人注目，而且可以尽情地欣赏艾希礼的面庞而不被人发觉。

实际上是艾希礼把她吸引来的，因为人们谈话的内容使她厌烦，使她难过。老是那一套——首先，艰苦生活；其次，政治形势；然后总要谈到内战。妇女们抱怨什么东西都涨价，问男人们是否认为好日子还会回来。无所不晓的男人们则总是说一定会回来的。不过是时间问题而已。生活困难只是暂时的。妇女们知道这些男人在撒谎，男人们也知道妇女认为他们在撒谎。但他们还是照样兴致勃勃地撒谎，妇女们也都假装相信他们的话。人人都知道艰苦的日子是不会过去的。

谈完了艰苦的生活，妇女们就要谈黑人如何越来越无礼，北方来的冒险家如何令人气愤，北方士兵在街上闲逛多么令人无法忍受。他们问男人们，北方佬改造佐治亚，还有完没完？男人们就给她们吃定心丸，说改造很快就会结束，换言之，一旦民主党人重新获得选举权，改造就结束了。她们很能体谅男人们的难处，也就不再追问究竟何时结束了。谈完了政治形势，就该开始谈内战了。

要是两个过去支持联盟的人不管在哪里碰到一起，他们就只有一个话题。要是十几个人聚在一起，那就肯定要兴高采烈地再打一遍。他们最爱说的就是"如果怎样怎样"。

"如果当时英国承认了我们——""如果当时杰夫·戴

维斯征集了所有的棉花,而且在加强封锁之前就运到英国——""如果朗斯特里特将军在葛底斯堡服从命令的话——""如果斯图尔特将军在马尔斯·鲍勃需要他的时候他就在身边,而不是在进行袭击——""如果石壁杰克逊没有牺牲——""如果维克斯堡没有陷落——""如果我们能再坚持一年——"总要提到的还有:"如果他们没有让胡德取代约翰斯顿——"或者说"如果他们在多尔顿是让胡德指挥,而没有让约翰斯顿指挥——"

如果!如果!他们在安静的黑夜里,越说越激动,越说越快——步兵,骑兵,炮兵,使他们回忆起火红的年代,在垂暮之年回想起那炽热的炎夏。

"他们怎么不谈点别的呢?"思嘉暗自寻思,"光是谈内战,老是谈内战,除了内战,什么都不谈。大概一直到死,他们也不会谈别的了。"

她环顾四周,看见小孩子躺在父亲的怀里,睁着大眼睛,喘着粗气,听大人讲述如何夜间出击,骑兵勇猛往前冲,把战旗插在敌人的防御工事上。他们能听到战鼓声、号角声、南方起义者的呼叫声,他们能看见脚上打了泡的士兵扛着破碎的旗子在雨中行进。

"这些孩子将来长大了也只会谈论内战,不会谈论别的。他们会认为打北方佬是了不起的事,是光荣的事,哪怕是瞎着回来,瘸着回来,甚至根本回不来。他们都愿意记住这场战争,谈论这场战争。我可不愿意。这场战争,我连想都不愿意想。要是能忘,我就把它忘得一干二净——啊,要是能把它忘得一干二净有多好啊!"

媚兰说起在塔拉发生的事情,把思嘉描绘成一个英雄,说她怎样对付侵略者,怎样保住了查理的战刀,怎样勇敢地扑灭了大火。思嘉一面听,一面起鸡皮疙瘩。对于这些往事,她既不感兴趣,也不感到骄傲。她根本就不愿意想这些事。

"唉,他们为什么不能忘掉这些事呢?为什么不能不往后看,而往前看呢?我们打那场战争是不明智的。还是赶快把它忘掉的好。"

不过看起来除了她,谁也不愿意把它忘掉。所以思嘉很高兴能如实地对媚兰说,即便是在黑夜里,她也不想露面,怕难为情。媚兰对这样的解释是非常理解的,和生育有关的任何事情她都很能体谅。媚兰很想再生一个孩子,但是米德大夫和方丹大夫都说,如果再生孩子,她就活不成了。但她又不肯完全听从命运的摆布,所以就大部分时间和思嘉待在一起,借以体验怀孕的乐趣,虽然自己并没有怀孕。思嘉本来就不大想要这个孩子,而且嫌他来得不是时候,因此觉得媚兰这种态度非常无聊。但她暗自感到喜悦,因为大夫发了话,艾希礼和他妻子就不可能再痛痛快快地过性生活了。

现在思嘉经常见到艾希礼,但是从来没有单独见过他。他每天从木材厂下班回家,总是先到思嘉这里来报告一天的工作情况,但往往有弗兰克和皮蒂在场,有时更糟糕,连媚兰和英迪亚也在场。她只能问几个和生意有关的问题,出几个主意,然后就说:"谢谢你来一趟。明儿见。"

思嘉心里想,要是没有怀孩子该多好啊!有这天赐良机,她就可以每天早上和他一起赶车到木材厂去,路上经过那清静的小树林,没有人盯着他们,他们可以想象重新回到战前那悠闲的日子了。

不过她决不会要求他说什么表白爱情的话,决不再提爱

991

情的事。她已经对自己起过誓,不再做这样的事了。但是,如果有机会单独和他在一起,说不定他会摘下他那假面具。自从来到亚特兰大,他一直是那副一本正经的样子。说不定他还会回到老样子,重新成为那次野宴之前的艾希礼,成为他们彼此表露爱情之前的艾希礼。即使他们不能成为情人,也可以重新做朋友,借他的友谊之光来温暖自己冷漠的心。

"我要是赶快把孩子生下来就好了,"她焦急地盘算着,"到那时候,我们就可以天天一起赶着车去上班,可以一路上聊天——"

她恨不得赶快把孩子生下来,还不只是因为她强烈地希望和他在一起,木材厂也需要她照料。她不直接管事,交给休和艾希礼来经营,从那时起,两个厂子一直是亏损。

休虽然很努力,却是极不称职。他不会做生意,更不会对付工人。谁都能压他的价。要是有个精明的顾客非说木材质量不高,不值要的那个价,休就会觉得,作为一个正人君子,只能表示歉意,低价出售。休卖了一千英尺的地板料,思嘉知道售价后,气得大哭了一场。那是厂里生产的质量最高的地板料,休简直是白送了!此外,他也不善于对付工人。黑人要求每天开工钱,领了工钱就去喝酒,常常喝得酩酊大醉,第二天早上就不来上工。遇到这种情况,休就不得不另找别的工人,造成误工。因为这些困难,休一连数日未能进城去推销木材。

利润从休的手上流走了。他这么笨,思嘉自己又无能为力,因此急得不得了。等她生完孩子,一上班,就把休辞掉,另找一个人,谁都会比他强。她再也不用自由的黑人,给自己找麻烦了。自由的黑人说走就走,靠他们怎么能干活呢?

因为有工人没来上工,休前来报告,思嘉和他大吵了一通,随后对丈夫说:"弗兰克,我差不多拿定主意了,我要雇几个囚犯到厂里来干活。不久以前,我和约翰尼·加勒格尔谈了谈。他是托米·韦尔伯恩的领班。我说我们用黑鬼干活儿,不出活。他问我为什么不用囚犯。我一听,觉得这个主意不错。他说,我可以从别人手里转雇几个,用不了多少钱,供他们吃饭也很便宜。他还说,我可以爱怎么使唤就怎么使唤他们,'自由人局'也不能像一窝蜂似的来给我找麻烦,多管闲事。约翰尼·加勒格尔和托米的合同一到期,我就把他雇来经营你管的那个厂。他既然能让他管的那帮难对付的爱尔兰人干活,就一定能让囚犯们干很多活儿。"

用囚犯干活!弗兰克惊异得瞠目结舌。这是思嘉提出的许多异想天开的计划中最坏的一个,甚至比开一个酒馆的想法还要糟糕。

这个主意,至少在弗兰克和他接触的思想保守的人看来,是不好的。这种雇用犯人的新制度之所以出现,是因为战后佐治亚州很穷。政府养不起犯人,就让需要大批劳力的人把他们雇去,修铁路,或在松树林和伐木场干活。虽然弗兰克和他结交的那些文质彬彬的教徒认识到有必要实行这种制度,他们照样加以指责。其中有些人本来也不相信奴隶制度,他们认为这种制度比过去的奴隶制度还要坏得多。

思嘉竟然想雇犯人干活!弗兰克知道,如果思嘉这样做,他就永远抬不起头来了。这比拥有木材厂并且亲自经营要坏得多,比她做过的任何事情都坏得多。过去他表示反对,还总要问这样一个问题:"别人会怎么说呢?"不过这次——这次就不光是害怕舆论界的反应了。他觉得这是贩卖人口和卖淫一样坏。如果他允许思嘉做这件事,这就是他灵魂中的一项罪孽。

　　弗兰克深信此事不妥,就鼓起勇气制止思嘉,不让她干,言词之强烈使得思嘉吃了一惊,不吭声了。最后,为了平息他的怒气,思嘉赔着笑脸说她并不想真干。还说她只是拿休和那些自由黑人没办法,才发脾气的。可是她暗中仍在盘算这件事,而且有点想干。雇用犯人干活,这能解决她最大的一个难题,不过要是弗兰克如此强烈地反对——

　　她叹了一口气。哪怕两个木材厂有一个是赚钱的,她也能顶得住。可是艾希礼经营木材厂并不比休高明。

　　起初,艾希礼没有很快把厂子管好,没有比思嘉自己经营时多赚一倍的钱,使得思嘉感到惊讶,感到失望。他很精明,又读过很多书,完全没有理由经营不好,赚不到很多钱。但是他并不比休经营得好。他没有经验,处理不当,完全没有商业头脑,不肯进行激烈的讨价还价,在这些方面,他和休是一样的。

　　爱情使得思嘉很快为艾希礼找到了借口,她认为这两个人是不同的。休就是笨,笨得没办法,而艾希礼则只是业务生疏。不过她还是觉得艾希礼不能像她那样在脑子里迅速作出判断,出一个合适的价。有时她甚至怀疑他什么时候才能学会辨认地板和窗台板。因为他自己是个正人君子,可以信赖,他就觉得和他打交道的那些无耻之徒也都是可以信赖的。有好几次,若不是思嘉巧妙地进行干预,就赔钱了。此外,他要是喜欢某一个人——看来他喜欢的人还真不少——他就把木材赊给他们,从来也想不起要查一查,看这些人有没有银行存款或别的财产。在这一方面,他和弗兰克一样不灵。

　　但是思嘉觉得,他总能学会的。在他学的过程中,思嘉以母亲般的慈爱容许他处理不当,并且耐心等待他加以改正。每天晚上他到思嘉这里来,无精打采的样子,她总是孜孜不倦地给他出些主意,既不伤他的自尊心,又对他有帮助。虽然她这样鼓励他,安慰他,但他眼睛里总有一种莫名其妙的呆滞的眼神。她感到不可理解,而且感到害怕。他变了,和以前大不一样了。只要她能单独见一见他,说不定就能找出其中的奥秘。

这种情况使她一连好多天睡不好觉。她为艾希礼担心,一方面是因为她知道艾希礼不愉快,另一方面也是因为她知道他这种不愉快的心情无助于他成为一个好的木材商人。让休和艾希礼这样两个没有商业头脑的人来经营她的木材厂,简直是受罪。为了度过这最艰难的几个月,她曾花了很大的力气,制订了周密的计划,现在眼看着竞争的对手把最好的顾客都吸引去了,实在感到痛心。唉,她要是能马上开始工作就好了! 由她亲自来照顾艾希礼,他就肯定能学会。约翰尼·加勒格尔管另外那个木材厂,她来主持销售,这样情况就好了。至于休,他要是还想干,就让他赶车送货。他也就能干点这个。

当然,加勒格尔虽然很能干,却是一个十分狡猾的人,可是——不用他,又用谁呢? 为什么那些既能干又诚实的人不来给她干活呢? 现在如果有这么一个人能为她承担休的工作,她就用不着这么操心了,但是——

托米·韦尔伯恩虽然腰部有伤,却成了城里生意最好的包工头,人们说他赚钱像造钱一样。梅里韦瑟太太和雷内也干得不错,在繁华地区开了个面包房。雷内是用真正法国人的勤俭精神来经营这个店的。梅里韦瑟爷爷也兴致勃勃地从厨房角落里解放出来,赶车替雷内送糕点呢。西蒙斯家的几个男孩子也忙得很,他们经营一个砖窑,工人一天三班倒。凯尔斯·惠廷利用他那头发拉直机也大赚其钱,因为他对黑人说,要是他们的头发老这么鬈曲着,就永远不让他们投共和党的票。

所有思嘉认识的能干的年轻人,包括大夫、律师、店主,情况也都一样。内战刚结束的时候那种垂头丧气的样子一扫而光,大家都忙着为自己赚钱,谁也顾不上帮她赚钱。清闲的只有像休这样的人,像艾希礼这样的人。

又要做生意,又要生孩子,真是乱作一团了。

"我绝不再要孩子了,"她下定了决心,"我可不能像别的女人那样,一年生一个。天哪!一生孩子,一年就有半年不能去木材厂。现在我看明白了,木材厂我一天不去都不行。我要直截了当告诉弗兰克,我不再要孩子了。"

弗兰克是希望多要孩子的,但是思嘉有办法对付他。她已下定决心,这是最后一个孩子了。木材厂重要得多。

第四十二章

　　思嘉生了一个女儿。小家伙不大,头上光秃秃的,丑得像只没毛的猴子。她长得像弗兰克,真是可笑。父亲特别疼爱她,只有他才觉得女儿有几分好看。不过邻居们出自好心,都说小的时候丑,长大了就漂亮了,小孩子都是这样。女儿取名爱拉·洛雷纳,爱拉是为了纪念外婆爱伦,洛雷纳是当时女孩子最流行的名字,正如生了男孩子取名罗伯特·李,或叫"石壁杰克逊",黑人生了孩子就叫亚伯·林肯,或者叫"解放"。

　　这孩子是在一个星期的中间出生的。当时亚特兰大气氛紧张,人心惶惶,觉得大难临头。一个黑人夸耀说他强奸了一个白种女人,于是就被抓起来了。但是还没来得及审判,三 K 党就冲进监狱,悄悄把他绞死了。三 K 党这样做,是为了使这个尚未暴露姓名的不幸的女人不必到公开的法庭上去做证。这个女人的父兄就是把她杀了,也不会让她抛头露面,去宣扬自己的耻辱。因此市民们认为把这个黑人绞死似乎是一个合乎情理的解决办法,实际上这也是唯一可行的体面的解决办法。但是军事当局却大发雷霆,他们不明白这个女人为什么会不愿意当众做证。

　　军队到处抓人,声言即使把亚特兰大所有的白人男子全都关进监狱,也要把三 K 党消灭干净。黑人很害怕,很不满,低声抱怨说要放火烧白人的房子进行报复。谣言满天飞,有的说北方佬抓住肇事者要统统绞死,有的说黑人要集体暴动,反对白人。老百姓关门闭户,待在家中,男人们也不敢去上班,怕把妻子儿女留在家里无人保护。

思嘉身体虚弱,卧床休养,默默地感谢上帝,艾希礼头脑清楚,没有参加三K党,弗兰克年纪太大,而且没有精神,所以也没有参加。否则老嘀咕北方佬不定什么时候就突然出动,把他们抓起来,那有多么可怕呀! 现在的情况就够糟糕的了,三K党里那些没有头脑的年轻人怎么就不能暂时不添乱,不这样刺激北方佬呢? 说不定那个女人根本没有被奸污。说不定她只是受了惊吓,胡言乱语,而许多人却可能因为她而送命。

气氛十分紧张,就好像看着一根点燃的导火线慢慢向一桶炸药烧去。在这种气氛下,思嘉很快恢复了体力。她那充沛的精力曾帮她在塔拉渡过难关,现在又在发挥很大的作用。生下爱拉·洛雷纳不到两周,她就能坐起来,还责怪女儿不爱动。又过了一个星期她就下地了,她还说非要去照料厂子不可。厂子没有人管,因为休和艾希礼都不敢整天把家眷扔下不管。

然而她遭到了沉重的打击。

弗兰克刚刚做父亲,非常得意,就鼓足勇气禁止思嘉外出,因为外面情况很危险。思嘉本不必为此事着急,她可以不予理睬,径自出去办事就是了,可是弗兰克已经把她的马和车放在车房里,而且发了话,除了他本人以外,谁也不准动用。更糟糕的是在思嘉卧床的时候,弗兰克和嬷嬷在家里耐心搜寻,把她藏的钱都挖出来了,而且在银行里存在了他的名下,因此思嘉现在连车也没法雇了。

思嘉对弗兰克和嬷嬷大发雷霆，接着又软下来，苦苦哀求，最后她像一个得不到满足而急得发狂的孩子，整整哭了一上午。她虽然这么痛苦，却只听见人家说："哎呀，宝贝儿！别耍小孩子脾气呀！"或者说："思嘉小姐呀，你要是再哭啊，你的奶就要变酸了，孩子吃了是要肚子疼的哟！"

思嘉气呼呼地跑出去，穿过后院，来到媚兰家里，扯着嗓子诉说她的委屈，声言就是走着也要到木材厂去，她要告诉亚特兰大所有的人，她嫁给了一个多么坏的坏蛋，她可不能像个没有头脑的顽皮孩子，让人家耍着玩儿。她要带上一支手枪，谁威胁她，就打死谁。反正已经打死过一个人了，她想——的确很想——再打死一个。她要——

媚兰本来连自家大门口都不敢出，听她说要这样干，简直吓坏了。

"哎呀，你可不能冒险呀！你要是有个三长两短，我也就活不成了。你可千万——"

"我偏去！我偏去！我走着——"

媚兰看着她，发现她不像是一个产后体弱的女人在撒泼。思嘉脸上那种天不怕地不怕、决心要干的表情，和她父亲杰拉尔德·奥哈拉拿定主意的时候脸上的表情一模一样。媚兰对这种表情是很熟悉的。她伸出胳臂搂住思嘉的腰，搂得紧紧的。

"都是我不好，我没有你那么勇敢，这几天艾希礼该到厂里去，我也没让他去。唉，亲爱的，我真糊涂！亲爱的，我会告诉艾希礼，我一点也不害怕，我可以过来和你和皮蒂姑妈做伴，让他去上班——"

思嘉自己也知道,当时艾希礼是不可能独自应付局面的,所以她就大声说:"你可不能这样干!他要是老惦记着你,去上班又有什么用?没有一个人不可恨!就连彼得大叔都不肯和我一起出去。可是我不在乎!我自己去。我要一步一步走着去,总能在什么地方找几个黑鬼干活儿——"

"不行,不行!你可不能这样。你会出事的。听说迪凯特街上的棚户区有很多为非作歹的黑鬼,你还非得从那儿经过不可。让我想一想——亲爱的,答应我你今天什么事情也不做,让我想个法子。回家去躺会儿吧,你的脸色很不好。你要答应我。"

思嘉由于生气,这时已经筋疲力尽,也就只好这样了。她无精打采地表示同意,然后就回家去了。家里人想与她和好,都被她顶了回去。

那天下午,一个陌生人穿过媚兰家的矮树篱笆,一拐一拐地走进皮蒂姑妈的后院。显然他就是嬷嬷和迪尔茜所说的那种"无业游民",媚兰小姐在街上碰见就把他们接到家里,让他们住在地窖里。

媚兰这所房子有三间地下室,过去两间给用人住,一间放酒。现在迪尔茜住着一间,另外两间住的是破衣烂衫的可怜的过路人,川流不息。除了媚兰,谁也不知道他们从哪儿来,到哪儿去,也只有她知道是在哪儿碰上他们的。也许那两个仆人说的是对的,她的确是在街上碰见他们的。不过既然有些重要人物和不那么重要的人物到她的小客厅里来,不幸的人们也就可以到她的地窖里来,吃点东西,睡一觉,带上点吃的,再赶路。到这里住宿的,一般都是过去南部联盟的兵,他们粗鲁,没有文化,无家可归。他们也没有亲人,到处流浪,寻求工作。

在这里过夜的还常常有面色黝黑、饱经风霜的农村妇女，带着一大群金黄头发、默不作声的孩子。这些妇女在战争中失去了丈夫，丢掉了农场，正在到处寻找失散的亲人。令人吃惊的是附近有时也出现外国人，他们不会讲或者只会讲一点英语，他们是听了花言巧语，以为南方的钱好挣，才到这里来的。有一天，一个共和党人在这里过夜。至少嬷嬷非说他是个共和党人，她说共和党人她能闻得出来，就像马能闻出响尾蛇一样。可是谁也不相信嬷嬷说的这一套，因为大家觉得媚兰慈爱也会有个限度。至少大家希望如此。

那陌生人走进后院时，思嘉正坐在侧面的回廊上，怀里搂着小女儿，在十一月微弱的阳光下晒太阳。思嘉一看见他就想："是的，他一定是媚兰的那帮瘸腿狗。他还真是个瘸子呢！"

这个人装着一条假腿，走起路来和威尔一样，一拐一拐的。他是一个又高又瘦的老人，头发已经脱落，头皮红得发亮，看上去很脏，灰白胡子长得可以塞到腰带底下。他满脸皱纹，面无表情，看上去六十开外，但身体还不显得衰老。此人其貌不扬，虽然装了假腿，走起路来却和长虫一样快。

他上了台阶，朝思嘉走来，还没讲话，思嘉就发现他鼻音很重，带卷舌音，这在平原地带是很少见的，因而断定他是在山里长大的。他虽然衣服又脏又破，却和大部分山里人一样，有一种沉静而高傲的神气，决不容许别人冒犯。他的胡子上有嚼烟叶的口水，嘴里含着一大团烟叶，显得脸都有些变了形。他的鼻子又窄又高，两道眉毛又粗又弯，耳朵上长了很多毛，和山猫的耳朵一样。一道眉毛下边是一个空洞，腮帮子上有一条很长的伤疤,形成一条对角线,一直插到胡子里。另一只眼睛很小,冷淡而无光,那是一只呆板无情的眼睛。在他的腰带上挂着一支沉甸甸的手枪,很显眼,破靴子的口上还露着一把单刃猎刀的刀柄。

他冷冰冰地回敬了思嘉一眼,隔着栏杆啐过一口痰来,这才开始说话。他那只独眼中有一种鄙视的眼光,但不是鄙视她个人,而是针对整个女性。

"威尔克斯小姐让我来给你干活。"他简短地说。他说起话来断断续续,好像不习惯于说话,说得很慢,很费劲,"我叫阿尔奇。"

"对不起,我没有活儿给你干,阿尔奇先生!"

"阿尔奇是我的名字。"

"请原谅。那你姓什么?"

他又啐了一口痰。"这不干你的事,"他说,"你就叫我阿尔奇吧。"

"你姓什么我不管!我没有活儿给你干。"

"我看是有活干的。威尔克斯小姐听说你要像个傻瓜似的到处乱跑,非常担心,所以派我来给你赶车。"

"是吗?"思嘉说。此人说话如此无礼,媚兰多管闲事,都使她感到很生气。

他那只独眼怀着敌意与思嘉的眼光相遇,但这敌意并不是为她而发的。"是啊,男人要保护自家女人,女人就不该找麻烦。你要是非出去不可,我就给你赶车。我恨那些黑鬼,也恨北方佬。"

他把嘴里的烟叶从一边倒到另一边,没等主人让,就在最高一磴台阶上坐下来。"不是说我愿意给女人赶车。可是威尔克斯小姐待我好哇。她让我住在她的地窖里。是她让我来给你赶车的。"

"不过——"思嘉无可奈何地说。但她刚一开口就又停住了,对这个人端详起来。过了一会儿,她脸上露出了笑容。这个老家伙的相貌她并不喜欢,不过用了他,事情就好办了。有他赶车,思嘉就可以进城去,到木材厂去,或者去找顾客。有他做保镖,谁也不用怕她不安全,一看他那副模样,谁也不会说什么闲话。

"就这样吧,"她说,"不过这件事得征求我丈夫的同意。"

弗兰克单独和阿尔奇谈了谈,也就勉强同意了,接着就给车房发话,思嘉的马车可以使用了。他原来希望思嘉做了母亲以后会变,现在他失望了,而且有些伤心。但一转念,又觉得如果思嘉决意要到那些该死的木材厂去,阿尔奇可就来得太巧了。

对于这样一种安排,起初整个亚特兰大都感到吃惊。阿尔奇和思嘉在一起很不相称。一个是面貌凶恶的脏老头子,拖着一条假腿,耷拉在挡泥板上。一个是衣着整洁的漂亮少妇,双眉紧蹙,若有所思。只见他二人不停地在城里城外到处奔波,彼此很少说话,显然是互相嫌弃。他们在一起,是因为各有自己的需要,他需要的是钱,而她需要有人保护。城里的女人都说,至少这比她在光天化日之下和那个叫巴特勒的男人驾着车到处跑要好。她们都在纳闷,不知道瑞德·巴特勒这些日子到哪里去了。三个月以前,他突然消失了,就连思嘉也不知道他到哪里去了。

阿尔奇是个沉默寡言的人,别人不跟他说话,他是不吭声的。回答别人的问话,也是咕噜咕噜地说不清楚。每天早上从媚兰的地窖里出来,就坐在皮蒂姑妈房前的台阶上,一面嚼烟叶,啐唾沫,一面等候思嘉。思嘉一出来,彼得便把她的马车从车房赶出来。彼得大叔很怕阿尔奇,只是不像怕魔鬼和三K党那么厉害罢了。就连嬷嬷也是蹑手蹑脚地从他身旁走过,不敢出声。他恨黑人,黑人也知道,而且怕他。除了原来的手枪和猎刀以外,他又增加了一把手枪。他在黑人中间,真是远近闻名。他从来不必真的拔出手枪,甚至不必往腰带上伸手。光凭心理上的影响就足够了。只要是阿尔奇在附近黑人是连笑也不敢笑的。

有一次,思嘉出于好奇心,问他为什么仇恨黑人,他的回答使思嘉感到意外,因为平时不管问他什么问题,他总是回答说,"这不干你的事。"

这一次,他是这样回答的:"我恨他们,我们山里人都恨他们。我们从来就不喜欢他们,从来不要那玩意儿。这场战争就是他们闹出来的。就冲着这个,我也不能不恨他们。"

"可是你也参加打仗了。"

"我觉得那是一个男人应该干的。我也恨那些北方佬,比恨黑人更厉害。我最恨的是好说话的女人。"

阿尔奇露骨地说这样无礼的话,使得思嘉在一旁生闷气,恨不得把他甩掉。但是离开他又怎么行呢?还有什么别的办法使她能这样想到哪儿去,就到哪儿去呢?他既无礼,又肮脏,有时甚至身上有味儿,但是他能解决问题。思嘉去木材厂,他送她,接她,还送她一家家去找她的顾客,在她谈生意或下指示的时候,他就一边啐唾沫,一边望着远处出神。她一下车,他也下车,紧紧跟在后面。她要是和粗野的工人、黑人或北方的军队打交道,他一般总是待在身边,寸步不离。

过了不久，人们对于思嘉和她的保镖也就看惯了，看惯了以后，妇女们就开始羡慕她的行动自由。自从三K党绞死人以后，妇女们几乎是被软禁起来了，即便是进城买东西，也必得六七个人结伴而行。但是这些女人生来喜欢交往，这样一来，她们就坐立不安，因此就把面子撂在一旁，来找思嘉，求她把阿尔奇借给她们用用。她倒也够大方的，只要自己不用，总是让他去为女友效力。

　　阿尔奇很快就仿佛成了亚特兰大专营保镖行业的人，妇女们争先恐后地在他闲暇的时候雇用他。几乎每天早上吃早饭的时候都有一个孩子或者黑人仆人送来一张条子，上面写道："今天下午如果您不用阿尔奇，请让我用一下，我要到公墓去献花。"或者说："我得去买一顶帽子。""我想让阿尔奇赶车送内利姑妈出去兜兜风。"还有的说："我需要到彼得斯大街去一趟，但爷爷身体不大好，不能陪我去。能不能让阿尔奇——"

　　姑娘，太太，寡妇，他都去给她们赶车，对她们都表现出那种寸步不让的鄙视态度。很明显，除了媚兰之外，他是不喜欢女人的，和对待黑人和北方佬的态度一样。妇女们一开始对他的无礼感到吃惊，不过到后来也就习惯了，再加上他沉默寡言，只是有时候吐些嚼烟叶的唾液，大家自然把他和他赶的马同样看待，而忘记了还有他这样一个人。有一次，梅里韦瑟太太把侄女生孩子的所有细节向米德太太说了一遍，根本没想起来阿尔奇就坐在前面赶车。

　　只有在当前这种局势之下才可能出现这样的情况。在战前，妇女们连厨房也不会让他进的。她们在后门口拿给他一些吃的，就把他打发走了。现在大家都欢迎他，因为有他在场就感到安全。他粗鲁,没有文化,而且肮脏,但他能有力地保护妇女们免受重建时期各种恐怖行为的威胁。他以保镖为业,保护妇女的安全,这样她们的丈夫白天就可以去工作,夜晚有事也可以出去。

思嘉渐渐发觉,自从阿尔奇来给她干活之后,弗兰克常常晚上出去。他说店里的账目需要结,现在生意好,上班时间顾不上结账。有时他说朋友生病了,需要去照料一下。另外还有一个民主党人的组织,每星期三晚上聚会,研究如何重新获得选举权,而弗兰克从未缺席。思嘉认为这个组织聚在一起不谈别的,光是议论戈登将军怎样比其他各位将军功劳大,仅次于李将军,他们还要把整个战争重打一遍。她看得很清楚,在重新争取选举权方面没有取得什么进展。弗兰克显然是很喜欢参加这些聚会的,因为他总是待到最后,待到很晚。

艾希礼有时也出去照料病人,他也参加民主党人的集会,而且往往是和弗兰克同一天晚上出去。每逢这种时候,阿尔奇就护送皮蒂、思嘉、韦德和小爱拉穿过后院,到媚兰家去,两个家庭在一起度过这个夜晚。这几个女人做针线活儿,阿尔奇就直挺挺地躺在客厅里的沙发上打呼噜,每呼一声,他那灰白胡子就跳动一阵。谁也没有请他在沙发上坐,而且这沙发是全家最精致的一件家具,每次见他往上面一躺,还把靴子放在漂亮的软垫上,她们就心疼得不得了。可是她们谁也没有这个勇气出来阻拦他。有一次,他说幸亏他一躺下就睡着,否则一帮女人像一群母鸡似的不停地唠叨,会使他发疯的。大家一听,更不敢阻拦他了。

有时思嘉也纳闷,阿尔奇究竟是哪里人,在媚兰的地窖里住下之前是干什么的,但一直没有问过他。一看他那只有一只眼睛的严厉的面孔,好奇心也就消失了。她只知道,听他的口音,他是北方的山里人,他当过兵,在南方军队投降之前不久,他受了伤,丢了一只眼睛、一条腿。有一天,她大骂休·埃尔辛,倒使得阿尔奇和盘托出了自己的经历。

有一天早上,这个老头儿赶着车送思嘉到休经管的木材厂去。思嘉发现厂子没开工,黑人都不在,休垂头丧气地在树底下坐着。工人都不露面,他也不知如何是好。一看这情形,思嘉十分恼火,便毫不客气地向休发作起来,因为她刚弄到一份购买大宗木材的订单,而且要得很急。这份订单是她费了好大的力气,搭上自己的姿色,而且争了半天才弄到手的,而木材厂现在却不开工。

"送我到那个厂子去,"她向阿尔奇吩咐道,"我知道路上要走很长时间,饭也吃不上了,不过我花钱雇你又是为了什么呢?我要让威尔克斯先生把手上的活儿停下来,先把我这批木材赶出来。说不定他那里也没开工呢。那可就好了!我从来没见过休·埃尔辛这样的蠢货!等约翰尼·加勒格尔一把商店盖好,我就把他赶走。加勒格尔在北方佬军队里干过事,这有什么关系?他能干活儿。我没见过爱尔兰人有发懒的。我再也不用得到自由的黑鬼了。那些人靠不住。我要把加勒格尔找来,再雇上几个犯人,他会让他们干活儿的,他——"

阿尔奇一听这话,回过头来看着她,眼睛里充满了恶意,接着他用沙哑的声音带着冷酷的怒气说:

"你什么时候雇来犯人,我什么时候走。"

思嘉吃了一惊,说:"哎呀!那是为什么?"

"我知道雇犯人是怎么回事。我管它叫谋杀犯人。买人就像买骡子一样,他们受到的待遇连骡子都不如,他们挨打,挨饿,还要遭杀害。有谁过问呢?政府不管。政府已经把钱拿到手了。雇犯人的,他们也不管。他们只想花最少的钱管他们饭,让他们干最多的活儿。见鬼去吧,太太。我历来看不起女人,现在就更看不起女人了。"

"这和你有什么关系嘛?"

"有的,"他的答话十分简单,他停顿了一下又接着说:"我当犯人当了将近四十年。"

思嘉倒抽了一口冷气,一时间,倚在靠垫上直往后缩。原来阿尔奇这个谜的谜底在这里。他之所以不肯说出自己的姓和出生地,不肯谈自己的经历,原因就在这里。他说话不流畅,对世界采取冷酷、仇恨的态度,原因也在这里。四十年啊!他入狱的时候一定还年轻。四十年啊!他一定是判的无期徒刑,而判无期徒刑的人——

"是不是因为——杀人?"

"是的,"他直截了当地答道,同时抖了抖缰绳,"杀了老婆。"

思嘉吓得直眨眼睛。

胡子遮盖着的嘴唇好像动了动,仿佛他在讥笑思嘉这样害怕。"你要是怕我杀你,感到紧张,那你可以放心,太太,我是不会杀你的。我没有理由杀死任何一个女人。"

"你杀了你的老婆!"

"她和我兄弟乱搞。他跑了。我就把她杀了。放荡的女人就该杀。法律也不能为了这个就把一个人关起来,可就把我关起来了。"

"可是——你是怎么出来的呢?跑出来的吗?还是赦免了?"

"也可以说是赦免。"他紧紧地皱了皱那两道灰色的浓眉，好像连续讲话有困难。

"早在一八六四年，谢尔曼打到这里，当时我在米列奇维尔监狱，四十年来我一直关在那里。狱长把我们这些犯人都召集起来，对我们说，北方佬来了，他们杀人，放火。现在除了黑鬼和女人以外，我要是还有什么更恨的东西，那就是北方佬。"

"那是为什么？你曾经——你是不是认识几个北方佬？"

"不是，太太。不过我听别人谈起他们。听说他们最爱多管闲事。我就恨那些多管闲事的人。他们在佐治亚干了些什么呢？放走我们的黑奴，烧了我们的房子，杀了我们的牲畜，这是为什么？狱长说，军队急着招兵，我们这些人谁要是参加，打完仗就可以释放——要是还能活着的话。可是我们这些判了无期的，我们这些杀人犯，狱长说军队不要。说是要把我们送到另外一所监狱去。我对狱长说，我和另外那些无期的不同。我进来，是因为杀了老婆，而她是该杀的。我要打北方佬。狱长看我言之有理，就把我夹在其他犯人里边，一块儿放出来了。"

他停下来，呼哧呼哧地喘了喘气。

"说起来，真有意思。他们把我关起来，因为我杀了人，他们把我放了，还给我一杆枪，让我去杀更多的人。重新得到自由，手里还拿着枪，可真美呀！我们从米列奇维尔出来的人打得不错，杀了不少人，我们自己也死了一些。没听说有一个人开小差。投降以后，就把我们都放了。我丢了一条腿，丢了一只眼，不过我不后悔。"

"噢。"思嘉有气无力地说。

她尽量回想,当时急于挡住谢尔曼的军队猖狂进攻,把米列奇维尔监狱的犯人放了出来,关于这件事,她听到过一些什么情况。一八六四年圣诞节的时候,弗兰克提起过这件事。他是怎么说的? 当时的情况她记不清了。她仿佛又感到了那些日子里出现的野蛮恐怖气氛,又听到围城的炮声,又看到一串大车,鲜血滴滴答答,落在红土路上,又看到乡团列队出发,其中有年轻的士官生,有儿童,比如费尔·米德,有老人,比如亨利叔叔和梅里韦瑟爷爷。犯人们也列队出发,有的在联盟末日战死,有的在田纳西最后一战,在冰天雪地里冻僵。

　　一时间思嘉觉得这个老头儿实在太傻。政府夺去了他一生中四十年的光阴,他却还为它而战。为了一桩算不上犯罪的罪过,佐治亚州剥夺了他的青春和中年,而他却把一条腿和一只眼奉献给了佐治亚州。这使她回想起瑞德在战争初期说过的话。她记得他说他在这个社会里受排挤,决不会为它而战。但是到了紧急关头,他还是为这个社会而战了。这和阿尔奇的情况是一样的。在思嘉看来,所有南方人,无论地位高下,都是注重感情的傻瓜,他们重视毫无意义的言论,却不关心自己的皮肉。

　　思嘉看了看阿尔奇那双骨节肿大的老手,那两支手枪和短刀,不禁又产生了一阵恐惧之感。在社会上流窜的还有没有其他像阿尔奇这样的犯人,为了联邦的利益而赦免的杀人犯、无赖、小偷? 真的,街上的每一个陌生人都可能是杀人犯。弗兰克要是知道了阿尔奇的真实情况,可就麻烦了。要是皮蒂姑妈——她会吓死的。至于媚兰——思嘉恨不得把阿尔奇的真实情况告诉她,也算是对她的一种惩罚,谁让她收容不三不四的人,还硬塞给亲戚朋友呢?

"我——我很高兴,你能把这些情况都告诉我,阿尔奇。我——我不会告诉别人的。威尔克斯太太和其他一些妇女要是知道了,会感到非常惊讶的。"

"其实,威尔克斯太太是知道的。头一天晚上,她让我在地窖里住下的时候,我就告诉她了。你难道认为像她这样和善的女人,我能不告诉她,就让她收容我吗?"

"神明保佑我们!"思嘉非常惊讶地说。

媚兰明明知道这是个杀人犯,而且杀过女人,却没有把他撵出去。她还把自己的儿子托付给他,把自己的姑妈、嫂子和朋友也托付给他。她是一个最胆小的女人,单独和这样一个人待在家里,竟然不觉得害怕。

"威尔克斯太太是一个很有头脑的女人。她觉得我没有问题。她觉得骗子总要骗人,小偷总要偷东西,但是谁要是杀了人,他一辈子也不会再杀人了。她还认为不管谁为联盟打过仗,就把他过去干的坏事抵消了。虽然我认为杀了老婆也不能算是干了什么坏事……威尔克斯太太的确是一个有头脑的女人……我对你明说了吧,你哪一天去雇犯人,我就哪一天离开你。"

思嘉没有立刻回答,但她心想:

"对我说来,你越早离开越好。你这个杀人犯!"

媚兰怎么能这么——这么——。她不该收留这个老无赖,又不告诉朋友们他是个犯人。这么说,在军队里服役就能抵消过去的罪孽了!媚兰把服役和接受洗礼混为一谈了!不过话又说回来了,媚兰是很糊涂的,什么联盟,什么老兵以及与此有关的事,她都弄不清楚。思嘉暗地里咒骂那些北方佬,又多了一条反对他们的理由。要不是他们,怎么会出现这种情况,闹得一个女人不得不让一个杀人犯来当她的保镖。

阿尔奇赶着车在寒冷的暮色中送思嘉回家去,思嘉突然发现在时代少女酒馆门前聚着一伙人,有马,有马车,有货车。艾希礼骑在马上,脸上的神情严肃而紧张。西蒙斯家兄弟几个从马车上往外探着身子拼命做手势。休·埃尔辛有一缕棕色的头发遮住了眼睛,他在那里招手。梅里韦瑟爷爷卖馅饼的货车停在这群人的中间,思嘉来到近处,看到托米·韦尔伯恩和亨利·汉密尔顿叔叔也挤在梅里韦瑟爷爷的坐位上。

思嘉有些不快,她想:"我真希望亨利叔叔不要这样回家。让人家看见,多么难为情。他又不是没有自己的马。他就是想每天晚上跟爷爷一起到酒馆去。"

思嘉来到这伙人跟前,也感觉到一点他们的紧张气氛,虽然她不怎么敏感,心里也觉得一阵害怕。

"哎呀!"她想道,"不是又有什么人被强奸了吧! 三K党要是再绞死一个黑人,北方佬就得把我们消灭光!"她接着就对阿尔奇说:"停车。出事了。"

"你不会想在酒馆门口停车吧。"阿尔奇说。

"你没听见吗? 停车。各位晚上好。艾希礼——亨利叔叔——出什么事了? 你们都那么——"

大家都回过头来看着她,微笑着摘了摘帽子向她致意,但是他们的眼睛里都闪烁着十分兴奋的目光。

"是好事,也是坏事,"亨利叔叔大声说,"全在你怎么看了。依我看,州议会不可能不这样做。"

一听是州议会,思嘉松了一口气。她对州议会没有多少兴趣,觉得那里的事情几乎与她无关。她原来以为北方佬的军队又要来骚扰,才感到害怕的。

"州议会现在怎么了?"

"他们坚决拒绝批准修正案,"梅里韦瑟爷爷说,他的声音里流露出骄傲的心情,"那些北方佬,这一下子够他们瞧的。"

"咱们吃不了他妈的兜着——思嘉,请原谅我说这样的粗话。"艾希礼说。

"啊!修正案?"思嘉问,尽量显得挺明白的样子。

要说政治,思嘉是一窍不通,她也很少花时间考虑政治问题。前些时候,批准过一个第十三条修正案,也许是第十六条,但"批准"究竟是什么意思,她是全然不知的。男人总要为这样的事感到激动。艾希礼看到思嘉脸上不甚明了的神情,微微一笑。

"就是让黑人参加选举的修正案呀,"艾希礼解释道,"修正案提交州议会,他们拒绝批准。"

"他们真糊涂!北方佬肯定会逼着我们就范的!"

"我刚才说吃不了他妈的兜着,就是这个意思。"艾希礼说。

"我为州议会感到骄傲,为他们的胆量感到骄傲!"亨利叔叔喊道。"只要我们顶住,北方佬是没有办法逼我们就范的。"

"他们能这样做,也一定会这样做的。"艾希礼虽然语气镇定,眼睛里却露出忧虑的神情,"这样一来,我们今后的日子就要困难得多了。"

"不,艾希礼,肯定不会!日子再难也难不过现在这个样子了!"

"会的,情况会更糟,会比现在更糟。假如我们有一个黑人州议会怎么办?假如我们有一个黑人州长怎么办?假如军事条例比现在更坏怎么办?"

思嘉逐渐开了窍,害怕得要命,眼睛越睁越大。

"我一直在想,怎么样才对佐治亚最有利,对我们大家最有利,"艾希礼板着面孔一本正经地说,"最明智的做法究竟是像州议会这样对着干,刺激北方佬,使得他们把全部军队开过来,不管我们接受不接受,就把黑人选举权强加在我们头上。还是尽量忍气吞声,乖乖地顺从他们,轻易地把这件事对付过去。到头来,都是一样的。我们毫无办法。我们只能任凭人家摆布。说不定我们还是老老实实地接受为好。"

他的话,思嘉没听进去多少,其中的含义更是没有领会。她知道艾希礼总是考虑问题的两面,而她却只考虑问题的一面,那就是:这样打北方佬的耳光,会对她自己产生什么影响。

"要当激进派,投共和党的票了吧,艾希礼?"梅里韦瑟爷爷毫不客气地讥讽说。

接着是一阵沉默,气氛紧张。思嘉看见阿尔奇很快地把手伸向手枪,可是又停了下来。阿尔奇不但认为而且老说爷爷是个爱说废话的老头子。即便媚兰小姐的丈夫说的是蠢话,阿尔奇也不想让梅里韦瑟爷爷这样侮辱他。

艾希礼眼中困惑的神情突然消失了,他的怒火在燃烧。但是还没等他说话,亨利叔叔就朝爷爷开了火。

"你——你胡说——对不起,思嘉——爷爷,你发昏了,怎么这样对艾希礼说话?"

"艾希礼会照顾他自己,用不着你来替他辩护,"爷爷冷漠地说,"他说话像个投靠了北方佬的南方人。屈服吗?见鬼去吧!对不起,思嘉。"

"我不相信退出联邦能解决问题,"艾希礼说,因为生气,他的声音有些发颤,"但是佐治亚退出的时候,我是支持它的。我也不相信战争能解决问题,可是打起来以后,我也参加了战斗。现在我不相信把北方佬搞得更加疯狂会有什么用处。但是,既然州议会决定这么干,我愿意支持州议会。我——"

"阿尔奇,"亨利叔叔突然说,"送思嘉小姐回家去吧。这不是她待的地方。政治本来就不是女人的事,何况一会儿大家还会对骂。走吧,阿尔奇。晚安,思嘉。"

他们顺着桃树街走去,思嘉的心吓得怦怦直跳。州议会干了这样的蠢事,会不会影响她的安全呢?会不会惹火了北方佬,拿走她那两个木材厂呢?

"唉,先生,"阿尔奇独自在那里咕哝,"我以前听人说起,兔子朝猎狗脸上啐唾沫,现在才见着。州议会里那些人要是觉得对他们有好处,对我们也有好处,未尝不可以高呼'杰夫·戴维斯万岁!南部联盟万岁!'那些喜欢黑人的北方佬已经下定决心让黑人来管我们了。不过你还是该佩服州议会里那些人,他们精神可嘉!"

"让我佩服他们?见鬼去吧!佩服他们?他们都该枪毙!这样一来,北方佬就会猛扑过来,像鸭子吃无花果虫一样把我们吃掉。他们为什么不批——批——怎么说来着?就是要求他们干的那个事儿,他们怎么不让北方佬静下心来,而又刺激他们呢?他们会让我们屈服的,我们不如现在就屈服,何必等到将来呢?"

阿尔奇冷冷地瞪了她一眼。

"不打一打就屈服? 女人跟山羊一样,连一点自尊心也没有。"

思嘉雇来了十个犯人,两个木材厂一边五个。阿尔奇说到做到,马上就不干了。媚兰出面说情,弗兰克答应给他涨工钱,也都无济于事。他还愿意护送媚兰、皮蒂、英迪亚和她们的朋友到城里去,就是不护送思嘉。要是思嘉和太太小姐们一起坐车,他也不赶。真是令人尴尬呀,竟然要这个老无赖评判她的所作所为,更加令人尴尬的是听说她的家里人,乃至她的朋友,也都同意那个老头儿的看法。

弗兰克劝她不要走这一步。艾希礼起初坚持不用犯人,后来违心地接受了,这是因为思嘉流着泪苦苦哀求,而且答应情况好转以后就雇自由的黑人。邻居都公开表示反对,弄得弗兰克、皮蒂、媚兰都抬不起头来。就连彼得和嬷嬷都说,用犯人干活,真是倒霉,不会有好结果的。大家都说乘人之危是不对的。

"用奴隶干活儿的时候,你们并没有反对呀!"思嘉气愤地说。

唔,那可不一样。奴隶可没有处于危难之中。黑人当奴隶比现在的自由好得多。她要是不信,看一看周围的情况就清楚了。但是有人反对只会使思嘉更坚定地走自己的路,历来就是这样。她不让休经营木材厂了,让他赶车去运货。她要雇用约翰尼·加勒格尔,各项细节也已最后敲定了。

据她了解,似乎只有加勒格尔赞成雇用犯人。他把那子弹形状的头轻轻点了点,说这一着儿实在高明,思嘉看了看这个过去的小个子骑手,见他两腿弯曲,身体健壮,一副土地神的面孔严肃而认真,心中想道:"谁要是拿自己的马给他骑,那就是不心疼马肉。我可不让他靠近我的马,走到离马一丈远的地方。"

但是她把一伙犯人交给他,却一点也不心疼。

"这伙人,我可以随意使唤吗?"他问。他的眼睛冷冰冰的,好像两个灰色的玻璃球。

"可以随意使唤。我只要求你把厂子管好,我什么时候要木材,什么时候有,我要多少,就有多少。"

"我跟你干,"约翰尼简捷地说,"我去通知韦尔伯恩先生,我不跟他干了。"

他穿过一群石匠、木匠、小泥瓦匠,渐渐远去,思嘉方才舒了一口气,精神振作起来。约翰尼的确是一个很好的人选。此人十分干练,而且没有闲话。弗兰克看不起他,指责他说"爱尔兰穷小子就知道赚钱"。然而正因为这个缘故,思嘉却器重他。她知道,假如一个爱尔兰人决心做出点成绩来,他就是一个难得的人才,而不必问他个人情况如何。她觉得她和约翰尼比和自己同一阶层里的男人更亲近一些,因为约翰尼懂得钱的重要性。

约翰尼接管了木材厂以后,第一个星期就使思嘉感到很满意,因为他让五个犯人干的活比休让十个自由黑人干的还要多。这且不说,他还使得思嘉更清闲了,自从一年前她来到亚特兰大就没这么清闲过,这是因为约翰尼不愿意让她到厂里去,而且是毫不客气地这样对她说的。

"你在那头管卖货,我在这头管生产,"他简捷地说,"犯人营不是女人待的地方，要是别人没告诉你，现在我约翰尼·加勒格尔告诉你了。我的任务是发货，对不对？那就得了！我不喜欢像威尔克斯先生那样天天有人盯着。他需要有人盯着。我不需要。"

因此思嘉虽不十分情愿，却不常到约翰尼的厂子里去，怕去得太勤，他就不干了，那可就糟了。他说艾希礼需要有人盯着，思嘉听了很不愉快，因为此话确实有些道理，只是她不肯承认罢了。艾希礼使用犯人和使用自由劳力相比，变化不大，究竟为什么，他自己也说不清楚。此外，他好像因为使用犯人而感到羞愧，近日来也没有什么话对她说了。

思嘉对于艾希礼身上发生的变化惴惴不安。他那光亮的头发里出现了灰发，由于劳累，肩膀也不那么挺了。他也很少露出笑容。他不再是许多年前她一见钟情的英俊的艾希礼了。仿佛有一种难以忍受的痛苦在暗中折磨他，而他的嘴又总是闭得紧紧的，思嘉不但迷惑不解，而且感到心疼。她恨不得一把把他拉过来，让他把头靠在她的肩膀上，轻轻抚摸着他那花白的头发对他说："你有什么烦恼，告诉我，我来解决。我能帮你处理好的。"

然而他严肃，冷淡，始终和她保持一定的距离。

第四十三章

十二月里,难得有这么一天,太阳暖烘烘的,差不多和小阳春时节一样。皮蒂姑妈院里的橡树上依然挂着干了的红叶子,渐渐枯萎的小草还能看出一丝黄绿色。思嘉抱着孩子来到侧面的回廊上,在一片有阳光的地方坐在了摇椅上。她穿一件新做的绿色薄长裙,镶着许多波浪式的黑色花边,戴一顶新的网眼便帽。这都是皮蒂姑妈给她做的。这两件东西对她很合适,她也知道,因此心里感到很高兴。几个月以来一直那么难看,现在又漂亮起来了,多开心呀!

她坐在摇椅上,一面摇着孩子,一面哼着小曲儿,忽然听见后街上传来马蹄声,她从过道上杂乱的枯藤缝里好奇地向外望去,只见瑞德·巴特勒正骑着马朝她家走来。

他离开亚特兰大有好几个月了。他走的时候,杰拉尔德刚刚去世,爱拉·洛雷纳还差很长时间没有出生。思嘉曾经想念过他,但是现在她真是想找个什么办法躲开,不见他。实际上,她一看见他那黑脸膛,心里就因内疚而感到慌乱。有一件事涉及艾希礼,一直使她心里不安,而且她不愿意与瑞德讨论这件事,但是她知道,不论她多么不想讨论,瑞德是一定要讨论的。

他在大门外停下来,翻身轻轻地下了马。思嘉一边紧张地看着他，一边想，觉得他很像韦德经常央求她读给他听的一本书里画的插图。

"他就缺少一副耳环和衔在嘴里的短刀了，"思嘉想，"唉，管他是不是海盗，只要我有办法，今天怎么样也不能让他把我给杀了。"

他沿着小路走过来，思嘉向他打了个招呼，同时装出一副最甜蜜的笑脸。她正好穿着一件新衣服，戴着一顶适合于她的帽子，显得那么漂亮，真是幸运呢！他很快地打量了她一番，这时思嘉知道，他也认为她是很漂亮的。

"刚生的孩子！哎呀，思嘉，可真没想到哇！"他一边说，一边笑了，同时弯腰掀开毯子，看了看爱拉·洛雷纳难看的小脸。

"听你说的，"思嘉说，脸也红了，"瑞德，你好吗？你离开很长时间了呢。"

"的确是这样。思嘉，让我抱抱孩子吧。唔，我知道怎么抱孩子。我有许多奇怪的才能。他的确很像弗兰克，就是没有胡子，不过到时候会长的。"

"还是别长得好。这是个女孩儿。"

"是个女孩儿？那就更好了。男孩子都讨人嫌。你可别再生男孩儿了，思嘉。"

思嘉本来想回敬他一句，说无论男孩儿女孩儿都不想再生了，可是话到嘴边，她又收住了。她笑了笑，在脑子里到处搜寻合适的话题，以拖延时间，暂时不讨论她怕谈的那个问题。

"这次出去，一切都好吗，瑞德？你这次到了哪里？"

"唔，到了古巴——新奥尔良——还有一些别的地方。

哎呀,思嘉,快把孩子接过去吧。她流哈喇子了,我又没法掏手绢儿。我知道,她是个好孩子,不过她把我的前襟弄湿了。"

思嘉把孩子接过来,放在腿上,瑞德懒洋洋地坐在栏杆上,从一个银盒子里取出一根雪茄。

"你老上新奥尔良去。"她说。她噘了噘嘴又接着说:"你从来不肯告诉我你在那儿都干些什么。"

"我这个人工作勤奋呢,思嘉,我可能是为了公事而去的吧。"

"你还工作勤奋!"她不客气地笑起来,"你一辈子就没工作过。你太懒了。你就会资助北方来的冒险家,让他们偷盗,好处和你对半分。然后你就贿赂北方的官员,让你参与他们的计划,来掠夺我们这些纳税人。"

他把头往后一仰,大笑起来。

"你是多么想攒够了钱去贿赂官员们,你好也那么干呀!"

"你这个想法——"思嘉开始有些恼火。

"也许有朝一日你赚足了钱以后,就大规模行贿。说不定你靠那些雇来的犯人能发大财呢。"

"啊!"思嘉说。她有些心烦意乱了,"你怎么这么快就知道我雇用犯人了?"

"我昨天晚上就到了这里,在时代少女酒馆过的夜。那里什么消息都有,是个闲言碎语大汇合的地方,比妇女缝纫会可强多了。大家都说你雇了一伙犯人,让那个小恶棍加勒格尔管着他们,要把他们累死。"

"这不是真的,"她气愤地说,"他不会把他们累死的。我可以保证。"

"你能保证吗?"

"我当然能保证。你怎么会提出这样的问题?"

"唔,请原谅,肯尼迪太太!我知道你的动机一向是无可非议的。然而约翰尼·加勒格尔是个冷酷的小无赖。我没见过第二个像他这样的人。最好盯着他点,要不检查员一来,你就麻烦了。"

"你走你的阳关道,我过我的独木桥。"思嘉气愤地说,"犯人的事,我不想多谈了。人人都说不赞成,可雇用犯人是我自己的事——你还没告诉我你在新奥尔良干什么呢。你老往那里跑,大家都说——"说到这里,她住了口。她本来不想提这件事。

"大家都说什么?"

"说——说你在那里有个情人。说你要结婚了。是吗,瑞德?"

她很久以来就想知道究竟有没有这回事,所以现在她按捺不住,就直截了当地提出了这个问题。她一想到瑞德要结婚,就有一种莫名其妙的妒忌心理使她感到有些痛苦。至于为什么这样,她自己也说不清楚。

他平静的眼神顿时警觉起来。他迎着思嘉的视线,盯着她看,看得她两颊泛起了红晕。

"这对你有很大关系吗?"

"怎么说呢,我不愿意失去你的友情啊。"思嘉一本正经地说。为了显得对这件事并不十分关心,她还低下头拉了拉毯子,把孩子的头围了围。

他突然大笑一声,接着说:"思嘉,你看着我。"

她勉强抬起头来,脸更红了。

"你那些朋友要是问起来,你就说如果我结婚,那是因为我没有别的办法把那个女人弄到手。到现在为止,我还没发现一个女人我非娶她不可。"

这样一来,她倒真的不明白了,而且感到难为情,因为她想起围城期间,有一天晚上,也是在这个回廊上,他说:我这个男人是不准备结婚的,而且流露出要她做情妇的意思。她还想起那天到监狱去看他的可怕情景,想到这里她又感到一阵羞愧。瑞德注视着她的眼神,脸上渐渐显出了一副奸笑。

"不过你既然直截了当问我,我还是满足你这无聊的好奇心吧。我到新奥尔良去,不是为了什么情人,而是为了一个孩子,一个小男孩儿。"

"一个小男孩儿!"这突如其来的消息使她吃了一惊,她倒明白了。

"是的,我是他的监护人,要对他负责。他在新奥尔良上学。我常到那里去,就是去看他的。"

"给他带礼物吗?"她问。这时她意识到原来这就是为什么他总知道韦德喜欢什么礼物。

"是的。"他有些不耐烦,简单回答说。

"我可从来不给。他长得好看吗?"

"太好看了,不过这对他并没有好处。"

"他乖吗?"

"不乖。可淘气了。我真希望从来就没这么个孩子。男孩子都讨人嫌。你还有什么要问的吗?"

他突然显出生气的样子,脸色不快,仿佛后悔不该提起这件事。

"你要是不想说，我也就不问了，"她高傲地说，其实她是很想再了解一些情况的，"不过我实在看不出你怎么能当监护人。"说完了，大笑起来，想借此来刺他一下。

"你当然看不出。你的视野是很有限的嘛。"

他没有说下去，抽着烟沉默了一会儿。思嘉很想找一句无礼的话来回敬他，可是怎么也想不出来。

"这件事你要是不对别人说，我就很感激你了，"他最后说，"不过我觉得要求一个女人保守秘密是不可能的。"

"我是能保守秘密的。"她说，感到自尊心受到了伤害。

"你能吗？了解到朋友的真实情况当然是很好的。思嘉，别噘着嘴了。对不起，我刚才失礼了，不过你非要盘根问底，也只好怪你自己了。对我笑一笑，咱们愉快地待一会儿吧，下面我就要提出一个令人不快的话题了。"

"哎呀！"她心想，"现在他要谈艾希礼和木材厂的事了。"于是她赶快装出一副笑脸，露出酒窝，想借以讨他的欢心，"瑞德，你还去过什么地方？总不会一直待在新奥尔良吧，是不是？"

"对。最近这一个月，我在查尔斯顿。我父亲去世了。"

"唔，真遗憾。"

"不必感到遗憾。对于他的死，我敢说，他不遗憾，我也不遗憾。"

"瑞德，你怎么这样说话，真可怕！"

"我要是明明不遗憾，却要装作遗憾的样子，岂不更要可怕得多吗？我们两个人一向没有好感。我不记得老头子在我哪件事情上没有采取不赞成的态度。我太像我爷爷了，而他对我爷爷也是说不赞成就不赞成。我长大以后，他由不赞成渐渐变成了不折不扣的厌恶，我承认，我也没有想办法改变他对我的这种态度。父亲要求我做什么事，做什么人，都是非常无聊的。最后他把我赶出家门，我身上没有一分钱，也没受过什么训练，只能当一个查尔斯顿男子汉、神枪手和扑克高手。我没有饿死，而是充分发挥了打扑克的本事，靠赌博，日子过得很不错。但我父亲认为这是对他的莫大侮辱。巴特勒家出了赌徒，他受不了，所以我第一次回家，他就不许我母亲见我。战争期间，我在查尔斯顿外面跑封锁线的时候，母亲撒了个谎，才溜出来看了看我。这自然不会增加我对他的好感。"

"唔，这些情况原来我都不知道。"

"我父亲，人们说他是一位善良的老先生，是属于老派的，也就是说，他既无知，又顽固，而且容不得人，和老派的先生们想法一样，没有自己的想法。他把我抛弃，说我死了，大家都非常佩服他。'假如你的右眼使你犯罪，把它挖出来。'①我就是他的右眼，他的长子，他为了报复，就把我挖掉了。"

说到这里，他微微一笑，由于回忆这段有趣的往事，他两眼一动不动。

"唉，这一切我都可以不计较，但是一想到战后他是怎样对待我母亲和我妹妹的，我就不能宽恕他。她们生活没有着落。农场的房子烧掉了，稻田又变成了沼泽地。因为纳不起税，镇上的房子也完了。她们住的两间房是连黑人都不住的。我给母亲寄钱去，可父亲又把钱退回来——这钱不干净啊，你明白吗？——有几次我回到查尔斯顿，偷偷把钱塞给我妹妹。可是父亲总能发现，对她大发雷霆，闹得她活不下去，真可怜

---

① 见《圣经·新约·马太福音》第5章第29节。

啊！钱还是退回来了。我不知道她们是怎么生活的……我也不是不知道。我弟弟尽力帮助，但又拿不出多少钱来，他也是不肯接受我的帮助——用投机商的钱不吉利，你明白吗？另外就是靠朋友接济。你姨妈尤拉莉一直对她们很好。你知道，她和我母亲最要好。她送给她们衣服，还有——我的天哪！我母亲到了靠人周济的地步！"

思嘉很少见他这样摘去面具，他脸上露出了对父亲的痛恨，和对母亲的怜恤。

"尤拉莉姨妈！可是天知道，瑞德，除了我给她的钱以外，她还有什么呢？"

"噢，原来她的钱是从你这里来的！你可太没教养了，我的宝贝儿，竟然当着我的面吹嘘这件事来寒碜我。我非把钱还给你不可！"

"那好极了。"思嘉说。她突然一撇嘴笑了，瑞德也朝她笑了。

"唔，思嘉，怎么一提到钱，你就眉开眼笑？你能肯定除了爱尔兰血统以外，你身上就没有一点苏格兰血统吗？说不定还有犹太血统呢！"

"真讨厌！我刚才并不是有意谈起尤拉莉姨妈，使你感到难堪。不过说实话，她以为我浑身是钱，所以老写信来要钱。天晓得，就算不接济查尔斯顿那边，我的开销也已经够多了。你父亲是怎么死的？"

"慢慢饿死的，我想是这样——我也希望是这样。他罪有应得。他是想让母亲和罗斯玛丽和他一起饿死的。现在他死了，我就可以帮助她们了。我在炮台山给她们买了一所房子，还有用人伺候她们。当然她们不能说钱是我给的。"

"那是为什么?"

"亲爱的,你还不了解查尔斯顿吗!你上那里去过。我家虽然穷,也得维持它的社会地位。要是让人家知道这是用了赌徒的钱,投机商的钱,北方来的冒险家的钱,这地位就无法维持了。她们对外是这么说的:父亲留下了一大笔人寿保险金——他生前为了按期交款,节衣缩食以至于饿死,就是为了他死后她们的生活能有着落。这样一来,他这个老派先生的名声可就更大了……事实上,他成了为家庭殉难的人。他要是在九泉之下知道母亲和罗斯玛丽都过上了好日子,他的劲儿都白费了,因而不能瞑目,那就好了……他是想死的——是很愿意死的,所以我对他的死,可以说,感到遗憾。"

"为什么?"

"唔,实际上他是在李将军投降的时候就死了。你知道他那种人。他永远也不可能适应新的时代,没完没了地念叨过去的好日子。"

"瑞德,老年人都是这样吗?"她想到父亲杰拉尔德以及威尔说的关于他的情况。

"天哪!不是的。你就看亨利叔叔和那老野猫梅里韦瑟先生,就举他们二人为例吧。他们随乡团出征的时候,就开始了一段新的生活。依我看,他们从那以后显得更年轻了,更有活力了。我今天早上还碰见梅里韦瑟老人,他赶着雷内的馅饼车,和军队里赶车的一样,一边走,一边骂牲口。他对我说,自从他从家里出来,躲开媳妇的照顾,开始赶车以来,他觉得年轻了十岁。还有你那亨利叔叔,他在法庭内外和北方佬斗,保护寡妇和孤儿,对付北方来的冒险家,干得可起劲了——我估计他是不要钱的。要不是发生了战争,他早就退休,去治他的关节炎去了。他们又年轻了,这是因为他们又有用了,而且感到人们需要他们。新的时代给老年人提供了机会,他们是喜欢这个新时代的。但是许多人,许多年轻人与我父亲和你父亲一样。他们既不能适应,也不想适应。既然说到这里,我就要和你讨论一个不愉快的问题了,思嘉。"

瑞德突然改变话题,使得思嘉慌乱起来,所以她结结巴巴地说:"什么——什么——"而在内心里痛苦地说:"老天爷!问题来了。不知能不能把他压住。"

"我了解你的为人,所以不指望你说实话,顾面子,公平交易。不过我当时信任你,真是太傻了。"

"我不明白你的意思。"

"我想你是明白的。无论如何,你看上去是心里有鬼的。我刚才来的时候,路过艾维街,有人在篱笆后面跟我打招呼,不是别人,正是艾希礼·威尔克斯太太。我当然停下来,和她聊了一会儿。"

"真的吗?"

"真的。我们谈得很愉快。她说她一直想告诉我,她认为我在最后时刻还能为了联盟而出击,这是多么勇敢的行为啊。"

"全是胡扯!媚兰是个糊涂虫。由于你的英雄行为,那天晚上她差一点死了。"

"如果死了,我想她会认为自己是为了高尚的事业而牺牲的。我问她在亚特兰大干什么,她为我这样不了解情况感到惊讶,她说他们现在搬到这里来住了,还说你待他们很好,让威尔克斯先生与你合伙经营木材厂了。"

"那有什么关系?"思嘉简捷地问。

"我借钱给你买那家木材厂的时候,作过一条规定,你也是同意了的,那就是不能用这家木材厂来养活艾希礼·威尔克斯。"

"你可真讨厌。你的钱我已经还了,现在这个厂归我所有,我要怎么办,是我自己的事。"

"你能不能告诉我,你还账的钱是怎么来的?"

"当然是卖木材赚的。"

"你是利用我借给你创业的钱赚来的。这才是你的意思。你把我的钱用来养活艾希礼了。你这个女人完全不讲信用,如果你现在还没有还我的钱,我就会来逼债,你要是还不起,我就把你拿去拍卖,那才有意思呢。"

他的话虽然不重,眼里却冒着怒火。

思嘉连忙把战火引到敌人的领土上去。

"你为什么这么恨艾希礼?我想你准是妒忌他吧。"

她这话一说,恨不得把舌头咬掉,因为瑞德仰天大笑,弄得她很不好意思,满脸通红。

"你不但不讲信用,而且还非常自负,"他说,"你以为你这全区的大美人儿可以没完没了地当下去,是不是?你老觉得自己是最漂亮的小姑娘,男人见了没有不爱的。"

"不对!"她气呼呼地说,"可我就是不明白你为什么这么恨艾希礼。我能想到的就只有这个解释。"

"你再想想吧,小妖精,这个解释不对。至于我恨艾希礼——我既不喜欢他,也不恨他。实际上,我对他和他这一类的人只感到怜悯。"

"怜悯?"

"是的,还有一点鄙视。你现在可以像火鸡那样叫唤,你可以告诉我像我这样的流氓，一千个也顶不上他一个，怎么敢如此狂妄，竟然对他表示怜悯或鄙视呢。等你发完了火，我再向你说明我的意思，如果你有兴趣的话。"

"唔，我没有兴趣。"

"我也还是告诉你吧，因为我不忍心让你继续作你的美梦，以为我妒忌他。我怜悯他，是因为他早就应该死了，但他没有死。我鄙视他，是因为他的世界已经完了，但他不知如何是好。"

思嘉觉得他这些话有点耳熟。她模模糊糊记得听到过类似的话，但想不起是在什么时候，什么地方听到的了。她正在气头儿上，所以也没有多想。

"照你那样说，南方所有的正经人就都该死了！"

"要是按照他们的想法去办，我想艾希礼之类的人是宁可死了的。死了就可以在坟头上竖一块方方正正的碑，上面写着：'联盟战士为南国而战死长眠于此'，或者写着：'Dulce et decorum est——'①或者写着其他常见的碑文。"

"我看不明白这是为什么！"

"要是不用一英尺高的字母写出来，放在你鼻子底下，你是什么也看不明白的，对不对？我是说，一了百了，他们死了就不必解决问题了，那些问题也是无法解决的。此外，他们的家庭会世世代代为他们而感到自豪。我听说死人都是很幸福的。你觉得艾希礼·威尔克斯幸福吗？"

"那当然——"她没有说下去，因为她想起最近看到的艾希礼的眼神。

---

① 拉丁语，意为：令人怀念和卓有成就的。

"难道他,还有休·埃尔辛,还有米德大夫,他们都幸福吗?他们比我父亲、比你父亲幸福吗?"

"唉,也许他们没有得到应有的幸福,因为他们都失去了自己的钱财。"

他笑了。

"不是因为失去了钱财,我的宝贝儿。我告诉你吧,是因为失去了他们的世界——他们从小就生活在里面的那个世界。他们好像鱼离开了水,猫长了翅儿。他们受的教养要求他们成为某一种人,做某一种事,占有某一种地位。李将军一到阿波马托克斯,那种人、那种事、那种地位就都一扫而光了。思嘉呀,看你那副傻样子! 你想,现在艾希礼的家没有了,农场也因交税的事而被没收了。至于文雅的绅士,现在一分钱能买二十个。在这种情况下,艾希礼·威尔克斯有什么可做的呢? 他是能用脑子,还是能用手干活呢? 我敢打赌,自从让他经管木材厂以来,你的钱是越赔越多了。"

"不对!"

"太好了! 哪个星期天晚上你有空,让我看看你的账本好吗?"

"你见鬼去吧,而且用不着等你有空。你可以走了,随你的便吧。"

"我的宝贝儿,鬼我见过了,他是个非常无聊的家伙。我不想再去见他,就是你让我去,我也不去了……当初你急需用钱,我借给你,你也用了。我们当时有一个协议,规定这笔钱应该怎么用,可你违反了这个协议。请你记住,可爱的小骗子,有朝一日你还要向我借钱。你会让我资助你,利息低得难以想象,这样你就可以再买几家木材厂,再买几头骡子,再开几家酒馆。到那时候,你就别想弄到一个钱。"

"用钱的时候,我会到银行去借。谢谢你吧。"她冷淡地说,但胸口一起一伏,气得不得了。

"是吗? 那你就试试看吧。我在银行里有很多的股份。"

"真的吗?"

"是啊,我对一些可靠的企业很感兴趣。"

"还有别的银行嘛——"

"银行倒是不少。不过我要是想点办法,你就别想从他们那里借到一分钱。你要是想用钱,去找北方来的放高利贷的吧。"

"我会很高兴去找他们的。"

"你可以去找他们,但是一听他们要的利息,你是不会高兴的。我的小宝贝儿,你要知道,生意人之间,搞鬼是要受罚的。你应该规规矩矩地跟我打交道。"

"你不是个好心人吗? 又有钱,又有势,何必跟艾希礼和我这样有困难的人过不去呢?"

"不要把你自己和他扯在一起。你可算不上有困难。什么也难不住你。但是他有困难,而且解脱不了,除非他一辈子都有一个强有力的人支持他,引导他,保护他。我决不希望有人拿我的钱来帮助这样一个人。"

"你就曾帮过我的忙,当时我有困难,而且——"

"你是个冒险家,亲爱的,是个很有意思的冒险家。为什么呢? 因为你没有依赖亲属中的男人,没有为怀念过去而流泪。你出来大干了一场,你的财产现在有了牢固的基础,不仅有从一位死者的钱包里偷来的钱,还有从联盟偷来的钱。你的成就包括杀人,抢别人的丈夫,有意乱搞,说谎骗人,坑人的交易,还有各种阴谋诡计,没有一项是经得起认真审查的。真是令人佩服。这说明你是一个精力充沛、意志坚强的人,是一个很会赚钱的冒险家。能帮助那些自己肯干的人,是件很愉快的事。我宁愿借一万块钱给那位罗马式的老妇人梅里韦瑟太太,甚至可以不立字据。她是从一篮子馅饼起家的,看看她现在怎么样了!开了一家面包房,有五六个伙计,上了年纪的爷爷高高兴兴地送货,那个法国血统的不爱干活的年轻人雷内,现在也干得很起劲,而且喜欢这份工作⋯⋯还有那可怜的托米·韦尔伯恩,他的身体相当于半个人,却干着两个人的活儿,而且干得很好——唉,我不说了,再说你就烦了。"

"我已经烦了,烦得要发疯了。"她冷冰冰地说了这么一句,故意让他生气,改变话题,不再谈这件涉及艾希礼的倒霉事。而他却只笑了笑,并不理会她的挑战。

"像他们这样的人是值得帮助的。而艾希礼·威尔克斯——呸!在我们这样一个天翻地覆的世界里,他这样的人是无用的,是没有价值的。每逢这个世界底儿朝天的时候,首先消失的就是他这样的人。怎么不会这样呢?他们没有资格继续生存下去,因为他们不斗争——也不知道怎样斗争。天翻地覆,这不是第一次,也不是最后一次。过去发生过,以后还会发生。一旦发生天翻地覆的大事变,个人的一切全都失去,人人平等。然后白手起家,大家都重新开始。所谓白手起家,就是说除了脑子好使手有劲之外,别的什么也没有。但有些人,比如艾希礼,脑子既不好使,手也没有劲,或者说,虽然脑子好使手有劲,却顾虑重重,不敢加以利用。就这样,他们沉了底,他们也应该沉底。这是自然规律。除掉这样的人,世界会更美好。但总有少数坚强的人能够挺过来,过些时候,他们就恢复到大事变之前的状况。"

"你也过过穷日子！你刚才还说你父亲把你赶出家门的时候，你身无分文，"思嘉气愤地说，"我觉得你该理解而且同情艾希礼才对呀！"

"我是理解他的，"瑞德说，"但如果说我同情他，那就见鬼了。南方投降以后，艾希礼的财产比我被赶出家门的时候多得多。他至少有些朋友肯收留他，而我是个被社会唾弃的人。但是艾希礼又为自己做了些什么呢？"

"你要是拿他和你自己相比，你这个高傲自负的家伙，那为什么——感谢上帝，他和你不一样。他不愿意像你那样把两手弄脏，和北方佬、冒险家和投靠北方的人一块儿去赚钱。他是一个谨慎、正直的人。"

"可是他并没有因为谨慎、正直而不接受一个女人给他的帮助，给他的钱。"

"他不这样又怎么办呢？"

"我怎么能说呢？我只知道我自己，被赶出来的时候干了什么，现在干什么。我只知道另外有些男人干了什么。我们发现在旧文明的废墟上有机会可以利用，于是我们就充分利用这个机会，有的光明磊落，有的见不得人，现在我们还在尽可能利用这个机会。艾希礼之流在这个世界上也有同样的机会，却不加以利用。他们就是不会想办法，思嘉，而只有会想办法的人才有资格活下去。"

瑞德说了些什么，思嘉几乎没有听进去，因为瑞德开始讲话时她回想起来的一些模糊印象，现在清楚了。她记得那天冷风吹过塔拉的果园，艾希礼面对着她，站在一堆准备做栏杆用的木棍旁，两眼望着远处。他说——他说什么了？他提到一个很滑稽的外国名字,听起来像是异教徒的语言,他还谈到了世界的末日。当时她不理解他的意思,现在她明白了,感到非常吃惊,同时也有一种疲倦、不适的感觉。

"唉,艾希礼说过——"

"他说过什么?"

"在塔拉的时候,他有一天谈到——谈到诸神的末日,谈到世界的末日,以及诸如此类的傻话。"

"啊,Götterdämmerung!"瑞德的眼神表现出极大的兴趣,"他还说什么了?"

"唉,记不清了。我当时也没注意听。噢,对了,他还说过什么强者通过,弱者被淘汰。"

"这么说,他是清楚的。这他就更难以忍受了。他们大部分人不清楚,也永远弄不清楚。他们一辈子都弄不明白,失去的幻影消失到哪里去了。他们只好默默地忍受着一切,既感到高傲,又感到无能为力。但艾希礼和他们不同,他是清楚的,他知道自己被淘汰了。"

"不对,他没有被淘汰! 只要我还有一口气,就不能让他被淘汰。"

瑞德静静地看着思嘉,他那棕色的脸膛是舒展的。

"思嘉,你是怎么取得他的同意,到亚特兰大来为你经营这个木材厂的? 他有没有极力推辞?"

思嘉马上想起父亲葬礼之后她和艾希礼谈话的情景,但随即置之脑后。

"当然没有,"她回答道,显得很生气的样子,"我对他说我需要他帮忙,因为当时经管木材厂的那个家伙,我信不过他,弗兰克自己又忙得顾不上帮我,而且我也快要——快要生这个小爱拉了。他是很愿意来给我帮忙的。"

"拿做母亲当借口可真不错！原来你是这样说服他的。现在你把他放到你需要他的地方，这个可怜虫，你用他的责任心把他拴住，和用链子把你那些犯人拴住是一样的。我祝你们二人幸福。不过刚才一开始我就说了，今后不管你要什么见不得人的鬼把戏，也别想再从我这里得到一分钱。你这个两面三刀的女人。"

思嘉又生气，又失望，非常痛苦。她已经盘算了很久，想再向瑞德借钱在城里买一块地，再开一家木材厂。

"我用不着你的钱，"她说，"我靠约翰尼·加勒格尔那个厂赚钱，赚了很多钱，因为现在不用自由的黑人了。我还有作抵押的钱，而且我们的店做黑人生意，也很赚钱。"

"是啊，我听说了！你可真聪明，专门找那些生活没有着落的人，孤儿寡妇，愚昧无知的人，从他们身上捞钱。你要是非捞不可，思嘉，为什么不去找那些有钱有势的人，而非找这些软弱的穷人呢？自从罗宾汉到现在，劫富济贫才是最高尚的行为！"

"那是因为穷人的钱好捞得多，捞起来也安全得多——姑且就用你说的这个'捞'字吧。"思嘉直截了当地说。

他悄悄地笑起来，连肩膀都抖动了。

"思嘉，你是一个很坦率的流氓！"

流氓！这话也能使她伤心，真有意思。她激动地对自己说，我可不是流氓啊。至少她并不想当流氓。她想当一个有地位的女人。她突然回想起多少年前的情况，仿佛看见母亲在走来走去，层层的裙子沙沙作响，随身的香囊散发着清香，两只小手不知疲倦地为别人操劳，赢得了人们的爱戴、尊敬和怀念。想到这里,她心里突然感到一阵难受。

"你要是存心折磨我,那是白搭,"她说,脸上显得有些疲倦,"我知道我近来没有保持应有的——谨慎。也不像小时候的教育要求的那样宽厚、和气。可是,瑞德,我没有法子呀。的确是没法子。不这样又怎么办呢?那个北方佬闯进塔拉的时候,我要是手软一点,会怎么样呢?我和韦德,整个塔拉,我们所有的人,会有什么结果呢?我当时是应该——不过现在我连想也不愿意想了。还有乔纳斯·威尔克森来抢占房子的时候,我要是宽厚、谨慎,会怎么样呢?我们大家现在住到哪里去呢?还有我当时要是天真、顺从而没有盯着弗兰克去解决那倒霉的债务,我们就会——唉,不说了。也许我是个流氓,瑞德,但我不会永远当流氓的。可是这些年来,甚至现在,不这样又怎么办呢?我有什么别的出路呢?我觉得仿佛是在风暴中划一只装得很满的船,勉强保持在水面上已经很不容易,我哪里还顾得上那些无关紧要的东西,那些弃之也并不可惜的东西,比如仪态端庄,以及——以及诸如此类的东西。我非常害怕船会沉下去,就把看起来最不重要的东西扔掉了。"

"自尊心、体面、真诚、纯洁、宽厚,"他和颜悦色地一一列举,"思嘉,你做得对呀!船要沉的时候,这些东西是不重要的。可是看一看你周围的朋友吧。他们或者把船安全地划到岸边,货物完好无损,或者宁愿仪容整齐地全船覆没。"

"他们是一群傻瓜,"她气冲冲地说,"一时有一时的情况嘛。等我有了很多钱,我也会像你说的那样好好地做人。我会做一个老实人。到那时候我就做得起老实人了。"

"现在你也做得起——但是你不愿意做。落水的货物是难以打捞上来的,即或打捞上来,也往往业已损坏,无法恢复原状了。恐怕等你有能力把你扔掉的体面、纯洁与宽厚打捞上来的时候,你会发现它们已经在海里起了变化,但我想并没有变得充实,变得新奇……"

他突然站起来,拿起帽子。

"你要走吗?"

"是的。你不觉得松了一口气吗?你要是还有良心的话,我走以后,你就好好问问你的良心吧。"

说到这里,他停下来,低头看了看孩子,伸出一个手指让孩子来抓。

"我想弗兰克一定美得很吧?"

"当然,当然。"

"我想他一定为孩子作了很多安排?"

"哎呀,你还不知道男人对孩子总是胡思乱想。"

"那就告诉他,"瑞德说到这里突然停下来,脸上有一种奇怪的表情,"告诉他如果他想实现他对孩子的那些安排,他就最好晚上多待在家里,而不要像现在这样。"

"你这是什么意思?"

"没有什么别的意思。告诉他待在家里。"

"你这个坏蛋!你怎么敢说可怜的弗兰克会——"

"哎呀,我的天哪!"瑞德放声大笑起来,"我不是说他去玩儿女人去了!弗兰克!啊,我的天哪!"

他一边笑,一边走下台阶。

第四十四章

三月里有一天下午,天气很冷,风也很大。思嘉把膝毯往上拉了拉,掖在胳臂底下。这时她正赶车沿着迪凯特街到约翰尼·加勒格尔的木材厂去。近来独自一人赶车外出是很危险的,这一点她也知道。现在比过去任何时候都危险,这是因为对黑人完全失去了控制。正如艾希礼预言的那样,自从州议会拒绝批准那修正案以来,可真吃不了兜着了。州议会断然拒绝,好像给了北方佬一记耳光。北方佬一怒之下要进行报复,而且来得很快。北方佬要把黑人选举权强加于佐治亚州,为了达到这个目的,他们宣布佐治亚州发生了叛乱,宣布在这里实行最严厉的戒严。佐治亚作为一个州已经被消灭了,和佛罗里达州和亚拉巴马州排在一起,编为第三军事区,受一位联邦将军管辖。

如果说在此以前生活不安全,人心惶惶,现在就更是如此。前一年宣布的军事条令当时似乎很严厉,现在和波普将军宣布的条令一比就显得温和了。面对着黑人统治的可能性,前景暗淡,没有希望,有不满情绪的佐治亚州惴惴不安,处于痛苦之中。至于黑人,他们看到了新近获得的重要地位,念念不忘。由于他们意识到有北方佬军队给他们撑腰,他们的暴行愈演愈烈,谁也得不到安全。

在这个混乱、恐怖的时期,思嘉感到害怕了——虽然害怕,却很坚定,她仍旧独自一人赶着车来来往往,把弗兰克的手枪插在马车缝里,以备不时之需。她默默地诅咒州议会,不该给大家带来这更大的灾难。这种好看的大无畏的立场,这种人人赞扬的豪杰行动,究竟有什么好处? 只把事情搞得糟而又糟。

　　再往前走不远有一条小路,穿过一片光秃秃的小树林通到沟底,这里便是棚户区。思嘉吆喝了一声,让马快点跑。她每次从这里经过都感到紧张。这里有一些军队扔下的帐篷,还有一些石头房子,又脏又乱。这是亚特兰大城内城外名声最坏的一个地方,因为这个肮脏地方住着走投无路的黑人,当妓女的黑人,还有一些最下层的穷白人。听说黑人或白人犯了罪的,也躲到这里来。北方佬军队要是追捕某个人,首先就到这里来搜查。枪杀刀砍的事件在这里层出不穷,当局也懒得调查,一般就让住在这里的人自己解决那些见不得人的麻烦事。后面的树林里有一个造酒的作坊,能用玉米生产劣质威士忌。到了晚上,沟底的小屋里就传出醉鬼的嚎叫声和咒骂声。

　　就连北方佬也承认这是个藏污纳垢的地方,应当加以铲除,可是他们并不采取行动。亚特兰大和迪凯特的居民感到愤怒,呼声甚高,因为他们往来于这两个城市之间,非走这条路不可。男人路过棚户区时都把手枪套解开,正派女人根本就不愿意路过这里,即便丈夫保护也不愿意,因为常有黑人中的浪荡女人喝得醉醺醺的,坐在路旁说些粗话辱骂行人。

　　过去只要有阿尔奇在思嘉身边,她就不把这棚户区放在眼里,因为就连最放肆的黑人女人也不敢当着她的面笑一笑。

可是自从她不得不自己驾车以来,不知出了多少次使人不快或令人伤脑筋的事。她每次驾车从那里经过,那些浪荡女人似乎都要出来捣乱。她没有办法,只好置之不理,自己生闷气。回家以后,她也不敢把这些事给邻居或者家里人说一说,从他们那里得到一点安慰,因为邻居们会得意地说:"啊,你还指望有什么好事吗?"家里人就又要拼命劝说,让她不要再去。而她是决计不想就此不出去的。

谢天谢地,今天路边倒没有衣衫褴褛的女人。她路过通向棚户区的那条小路时,看见午后暗淡的斜阳下,一片小破房子趴在沟底,顿时产生了一阵厌恶的感觉。一阵凉风吹来,她闻到烧木柴的气味、炸猪肉的气味,还有没人打扫的露天厕所的气味,混在一起。她把头一扭,熟练地把缰绳在马背上一抖,马儿加快了速度,拐了一个小弯,继续向前跑去。

她刚想松一口气,突然又吓得把心提到了嗓子眼儿,因为有一个身材高大的黑人悄悄地从一棵大橡树后面溜了出来。她虽然受了一惊,但还没有糊涂。霎时间,她把马停住,一把抓起弗兰克的手枪。

"你要干什么?"她尽了最大的努力,正颜厉色地喝道。那黑人又缩到大树后面,从他回话的声音可以听得出,他是很害怕的。

"哎呀,思嘉小姐,别开枪,俺是大个子萨姆呀!"

大个子萨姆!一时间她不明白他的话。萨姆本来在塔拉当工头,围城的日子里她还最后见过他一面。他怎么……

"出来让我看看你到底是不是萨姆!"

那个人犹犹豫豫地从大树后面出来,他是个邋里邋遢的大个子,光着脚,下身是斜纹布裤子,上身是蓝色的联邦制服,他穿着又短又瘦。思嘉认出来了,这的确是萨姆,就把手枪放回原处,脸上也露出了愉快的笑容。

"啊,萨姆! 见到你,我真高兴!"

萨姆连忙冲到马车旁,两眼兴奋得不停地转,洁白的牙齿闪闪发光,两只黑手像大腿一样大,紧紧地攥住思嘉伸给他的手。他那西瓜瓤一样红的舌头不停地翻动着,他高兴得整个身子左右扭动着,这动作竟像看门狗跳来跳去一样可笑。

"我的老天爷,能再见到家里的人,可真太好了!"他说,一面使劲攥着思嘉的手,她觉得骨头都要裂了。"您怎么也这么坏,使起枪来了,思嘉小姐?"

"这年头儿,坏人太多啊,萨姆,我不得不使枪啊。你到底在棚户区这个糟糕的地方干什么,你是个体面的黑人呀?怎么不到城里去找我呢?"

"思嘉小姐,俺不住在棚户区,只是在这里待一阵子。俺才不住在这个地方哩。一辈子没见过这么懒的黑人。俺也不知道您就在亚特兰大,俺还以为您在塔拉呢。俺原想一有机会就回塔拉去。"

"自从围城以后,你就一直待在亚特兰大吗?"

"没有,小姐! 俺还到别处去过。"这时他松了手,思嘉忍着疼活动了一下自己的手,看骨头是否仍然完好。"您还记得最后一次看见俺的时候吗?"

思嘉回想起来,那是围城前的一天,天气很热,她和瑞德坐在马车里,一伙黑人以萨姆为首,排着队穿过尘土飞扬的大街,朝战壕走去,一面高唱《去吧,摩西》。思嘉想到这里,点了点头。

"唉,俺拼命挖壕沟,装沙袋,一直干到联盟军离开亚特兰大。带领俺们的队长被打死了,没人说怎么办,俺就在林子里躲了起来。俺想回塔拉去,可又听说塔拉一带全烧光了。另外,俺想回也回不去,怕叫巡逻队抓去,咱没有通行证呀。后来北方佬来了,有个军官是个上校,他看中了俺,叫俺去给他喂马,擦靴子。

"是啊,小姐,俺那时候可神气了,当上了跟班的,和波克一样。可俺本来是个庄稼汉呀。俺没告诉上校俺是个庄稼汉,他——您知道,思嘉小姐,北方佬糊涂得很,他们分不清楚!就这样,谢尔曼将军开到萨凡纳,俺也跟着上校到了萨凡纳。天哪,思嘉小姐,那一路上,从来没见过那么可怕的事。抢啊,烧啊——思嘉小姐,他们烧没烧塔拉?"

"他们是放了火,可我们把火扑灭了。"

"噢,那就好了。塔拉是俺的家,俺还想回去呢。仗打完了以后,上校对俺说:'萨姆,跟我回北方去吧。我多给你工钱。'当时俺和其他黑人一样,很想尝一尝这自由的味道再回家,所以就跟着上校到了北方。俺们去了华盛顿,去了纽约,后来还到了波士顿,上校的家在那里。是啊,小姐,我这个黑人跑的地方还不少呢!思嘉小姐,北方佬的大街上,车呀,马呀,多得很呢!俺老怕叫车压着哩!"

"你喜欢北方吗,萨姆?"

"也喜欢——也不喜欢。那个上校是个大好人,他了解黑人。他太太就不一样。他太太头一次见到俺,称俺'先生'。她老这么叫俺,俺觉得别扭极了。后来上校告诉她叫俺'萨姆',她才叫我'萨姆'的。可是所有的北方人,头一次见到俺,都叫俺'奥哈拉先生'。他们还请俺和他们坐在一起,好像俺和他们是一样的。不过俺从来没和白人坐在一起过，现在太老了，也学不会了。他们待俺就像待他们自己人一样，思嘉小姐。可是他们心里并不喜欢俺——他们不喜欢黑人。他们怕俺，因为俺块儿大。他们还老问俺猎狗怎么追俺，俺怎么挨打。可是天知道，思嘉小姐，俺多会儿挨过打呀！您知道杰拉尔德老爷从来不让人打俺这样一个值钱的黑人。

"俺把这情况告诉他们，还对他们说太太对待黑人多么好，俺得肺炎的时候，她是怎样觉也不睡，照料俺一个星期，可他们都不相信。思嘉小姐，俺想念太太，想念塔拉。后来俺实在受不了，一天晚上就溜出来，上了一辆货车，一直坐到亚特兰大。您要是给俺买张票，俺马上就回塔拉去。俺愿意回去看看太太，看看老爷。这自由俺可是受够了。俺愿意有个人让俺按时吃得饱饱的，告诉俺干什么，不干什么，生了病还照顾俺。俺要是再得了肺炎怎么办？那北方佬的太太能照料俺吗？不可能。她可以称俺'奥哈拉先生'，但是她不会照顾俺的。可是太太，俺要是病了，她会照顾俺的——思嘉小姐，您怎么了？"

"爸爸和母亲都死了，萨姆。"

"死了？思嘉小姐，您在开玩笑吧。您可不该这样对待俺呀！"

"不是开玩笑，是真的。母亲是在谢尔曼的军队开到塔拉的时候死的。爸爸——他是去年六月去世的。唉，萨姆，别哭啊。不要哭了！你要再哭，我也要哭了！萨姆，别哭！我实在受不了。现在咱们不谈这个了，以后有时间我再详细给你说……苏伦小姐在塔拉，她嫁了一个非常好的丈夫，威尔·本廷先生。卡琳小姐，她在一个——"思嘉没有说下去。她对这个哭哭啼啼的大汉，怎么能把修道院是什么地方说清楚呢。

"她现在住在查尔斯顿。不过波克和普里茜都还在塔拉……来,萨姆,擦擦鼻子。你真想回家去吗?"

"是的,可这个家不像俺想象的那样有太太在——"

"萨姆,留在亚特兰大,给我干活儿怎么样? 我需要一个赶车的。现在到处坏人这么多,我非常需要这么一个人。"

"是啊。您肯定是需要的。俺一直想对您说,您一个人赶着车到处跑可不行呀,思嘉小姐。您不知道现在有些黑人有多么坏呀,特别是住在这棚户区的人。您这样可不安全呢。俺在棚户区只待了两天,已经听见他们议论您了。昨天您经过这里,那些下贱的黑人女人冲着您大叫。当时俺就认出您来了,可您的车跑得太快,我没追上。不过俺让那些人掉了一层皮,真的。您没注意她们今天就没出来吗?"

"我倒是注意到了,这真得谢谢你,萨姆。怎么样,给我赶车好吗?"

"思嘉小姐,谢谢您的好意。不过俺想俺还是上塔拉去吧。"

萨姆低下头,他那露着的大拇脚指头在地上划来划去,不知他为什么有些紧张。

"告诉我,这是为什么。我多给你工钱。你一定要留在我这里。"

他那张黑黑的大脸膛,傻乎乎的,和孩子的脸一样容易看出内心的感情。他抬头看了看思嘉,脸上露出恐惧的神情。他走到近处,靠在马车边上,悄悄地说:"思嘉小姐,俺非离开亚特兰大不可。俺一定要到塔拉去,俺一到那里,他们就找不着俺了。俺——俺杀了一个人。"

"一个黑人?"

"不,是一个白人。是一个北方佬大兵。他们正在找俺。所以俺才待在棚户区。"

"事情是怎么发生的?"

"他喝醉了,朝俺说了些什么,俺受不了,就掐住了他的脖子——俺并不想掐死他,思嘉小姐,可俺的手特别有劲,一会儿的工夫,他就死了。俺吓坏了,不知怎么办才好。所以就躲到这里来了。昨天看见您从这里经过,俺就说:'上帝保佑,这不是思嘉小姐吗!她照顾过俺,她不会让北方佬把俺抓走的。她一定会送俺回塔拉。'"

"你说他们在追捕你? 他们知道是你干的吗?"

"是的。俺这么大个子,他们不会弄错的。俺想俺大概是全亚特兰大最高的黑人了。昨天晚上他们已经到这里来找过俺了。有一个黑人姑娘,她把俺藏在树林里一个洞里了,他们走了俺才出来。"

思嘉皱着眉头坐了一会儿。她一点也没有因为萨姆杀了人而感到震惊,或者伤心,而是因为不能用他赶车而感到失望。像萨姆这样身材高大的黑人当保镖,不亚于阿尔奇。她总得想法把他平平安安地送到塔拉去,当然不能让当局把他抓去。这个黑人很有用,把他绞死可太可惜了。是呀,他是塔拉用过的最好的工头了! 思嘉根本没想到他已经自由了。在她心目中,他仍然是属于她的,和波克、嬷嬷、彼得、厨娘、普里茜都一样。他仍然是"我们这个家庭中的一员",因此必须受到保护。

"我今天晚上就送你到塔拉去,"她最后说,"萨姆,现在我还要往前面赶路,不过天黑以前我还要回到这里。你就在这里等我回来。你要去的地方,谁也别告诉。你要是有帽子,拿来,可以遮一遮脸。"

"俺没有帽子呀!"

"那就给你两毛五分钱,从这里的黑人那里买一顶,然后到这里来等我。"

"好吧,小姐。"现在又有人告诉他做什么了,他松了一口气,脸上也显得精神了。

思嘉一边赶路一边想。威尔肯定欢迎这样好的一个庄稼汉到塔拉来。波克干地里活儿一直干得不大好,将来也不会干得好。有了萨姆,波克就可以到亚特兰大来,和迪尔茜待在一起,这是父亲去世的时候她答应过的。

她赶到木材厂的时候,太阳已经快落了,没想到会在外面待到这么晚。约翰尼·加勒格尔站在一所破房子的门廊上,这房子就算是这家小木材厂的厨房吧。还有一所石头房子,是睡觉的地方,房前有一根大木头,上面坐着四个犯人,这就是思嘉派给约翰尼的五个犯人之中的四个。他们穿的囚服,因为有汗,又脏又臭。他们拖着疲倦的脚步走动时,脚镣发出哗啦哗啦的响声。这几个人都带着一种消沉、绝望的神情。思嘉一眼就看出,他们都很瘦,健康状况很差。可是就在不久以前,她把他们雇来的时候,他们都是挺结实的呀。思嘉下了车,这些人连眼皮也不抬,只有约翰尼转过脸来,还顺手把帽子摘下来。他向思嘉打了个招呼,他那棕色的小脸盘儿硬得像核桃一样。

"我不喜欢这些人这个样子,"她直截了当说,"看上去,他们身体不好。还有一个在哪里?"

"他说他有病,"约翰尼待理不理的说,"在里边躺着呢。"

"他有什么病?"

"多半是懒病。"

"我去看看他。"

"你别去，说不定他光着身子哩。我会照顾他的。他明天就上班。"

思嘉犹豫了一下。她看见一个犯人无力地抬起头来瞪了约翰尼一眼，表现出深恶痛绝的样子，接着又低下头，两眼看地了。

"你用鞭子抽他们吗？"

"对不起，肯尼迪太太，现在谁在管这个厂子？你让我负责管这个厂。你说过，我可以随意使唤。你没有什么好指责我的，对不对？我比埃尔辛先生出的木材多一倍，难道不是这样吗？"

"的确是这样。"思嘉说，但她打了一个寒噤，仿佛有一只鹅踩了她的坟。

她觉得这个地方和这些难看的房子有一种可怕的气氛，而过去休·埃尔辛经管的时候，这种气氛是没有的。她还觉得这里有一种孤独、与世隔绝的感觉，这也使她不寒而栗。这些犯人和外界离得那么远，什么联系也没有，任凭约翰尼·加勒格尔摆布。他要是想抽打他们，或用别的办法虐待他们，她是无从知道的。犯人是不敢向她诉苦的，他们怕她走了以后会受到更重的惩罚。

"这些人看上去都很瘦啊。你让他们吃饱吗？天知道，我在伙食上花的钱足可以把他们喂得像猪一样肥。上个月，光是面粉和猪肉就花了我三十块钱。晚饭你给他们吃什么？"

思嘉走到厨房前面，往里看了看。有一个黑白混血的胖女人正在一只生了锈的旧炉子前做饭，一见思嘉，轻轻地行了个礼，就又接着搅她煮的黑眼豆。思嘉知道约翰尼·加勒格尔和这个女人同居，但她觉得还是不理会这件事为好。她看得出来，除了豆子和玉米饼子之外，并没有准备什么别的可吃的东西。

"还有什么别的给他们吃吗？"

"没有。"

"豆子里没搁点腌肉吗？"

"没有。"

"也没搁点炖咸肉吗？黑眼豆不搁咸肉可不好吃，吃了不长劲儿呀。为什么不搁点咸肉？"

"约翰尼先生说用不着搁咸肉。"

"你给我往里搁。你们的东西都放在哪里？"

那女人很害怕，她的眼睛朝着放食品的壁橱转了转，思嘉过去一下子把门打开。只见地上放着一桶打开的玉米面、一小口袋面粉、一磅咖啡、一点白糖、一加仑高粱饴，还有两只火腿。其中一只火腿在架子上，是最近才做熟的，只切掉了一两片。思嘉气冲冲地回过头来看约翰尼，约翰尼也是满脸怒气，正在冷冰冰地看着她。

"我上星期派人送来的五袋白面到哪里去了？那一口袋糖和咖啡呢？我还派人送过五只火腿，十磅腌肉，还有好多甘薯和爱尔兰土豆。这些东西都到哪里去了？就算你一天给他们做五顿饭吃，也不至于一个星期就都用光啊。你卖了！你准是卖了，你这个贼！把我送来的好东西卖了，把钱入了自己的腰包，然后就给这些人吃干豆子、玉米饼子。他们怪不得这么瘦呢。你给我躲开！"

她怒气冲冲地从他身旁走过，来到门廊上。

"你，头上那个——对，就是你。给我过来！"

那人站起来，吃力地向她走来，脚镣哗啦哗啦地直响。她看了看他光着的脚脖子，磨得通红，甚至都磨破了。

"你最后一次吃火腿是什么时候？"

那人低着头往地上看。

"说话呀！"

那人还是站在那里不吭声，垂头丧气的样子。后来他终于抬起头来看了思嘉一眼，好像在恳求她，接着又把头低下去了。

"不敢说，是不是？那好吧，你到食品柜去把架子上的火腿拿来。丽贝卡，把刀给他。拿过去和那几个人把它分了。丽贝卡，给这几个人准备点饼干和咖啡。多给他们点高粱饴。马上动手，我要看着你拿给他们。"

"那是约翰尼先生自己的面粉和咖啡。"丽贝卡低声说，害怕得不得了。

"约翰尼先生自己的，真可笑！这么说，那火腿也是他自己的了。叫你怎么办，你就怎么办。动手吧。约翰尼·加勒格尔，跟我到马车这里来一下。"

她大步穿过那到处是垃圾的院子，上了车。看见那些人一面撕火腿，一面拼命往嘴里塞，仿佛害怕随时会有人拿走似的。她看到这情景，虽然还在生气，也算得到了一点安慰。

"你是个少见的大流氓！"她怒不可遏地对约翰尼喊道。这时约翰尼站在车轮旁，耷拉着眼皮，帽子戴在后脑勺上。"我送来的这些吃的，你如数还我钱吧。以后，吃的东西天天送，不按月送了。那你就没法跟我捣鬼了。"

"以后我就不在这里了。"约翰尼·加勒格尔说。

"你是说要走吗?"

这时,思嘉很想说:"滚就滚吧!"话都到了嘴边,冷静一想,还是得慎重。约翰尼要是一走,她可怎么办呢? 他比休出的木材多一倍呀。她手上还正有一项大宗订货,数量之大,从未有过,而且还要得很急。一定要把这批木材送到亚特兰大。约翰尼要是走了,她又能找谁来接着管这个厂呢?

"是的,我是要走。你是让我在这里负全责的,你还说只要求我尽量多出木材。当时你没有告诉我应该怎样管这个厂,现在更不必多此一举。我这木材是怎么搞出来的,这不干你的事。你不能责怪我不守信用。我为你赚了钱,挣了我那份薪水——有外快可捞,我也捞着。可是你突然跑来插一杠子,问这,问那,当着众人的面让我威信扫地。这叫我以后怎么维持纪律呢? 这些人,有时候打他们一顿有什么关系? 这些懒骨头,打他们一顿还算便宜他们呢。他们吃不饱,他们的要求满足不了,这又有什么关系? 他们也不配有更好的待遇。咱们要么井水不犯河水,要么我今天晚上就走。"

他板着的面孔这时看上去比石头还要硬,思嘉进退两难了。他要是今天晚上就走,她怎么办呢? 她不能整夜待在这里看着这些犯人啊。

思嘉这种进退两难的心情在她的眼神里流露出来,因为约翰尼的表情也悄悄地发生了变化。他的脸不像刚才绷得那么紧了,说话的语气也婉转一些了。

"天不早了,肯尼迪太太,您最好回家去吧。我们总不至于为了这点小事就闹翻了呀? 这么办吧,您下个月扣我十块钱工资,这件事就算了结了。"

思嘉的眼睛不由得转向那帮可怜的人,他们还在那里啃火腿,她还想到那个在透风的破房子里躺着的病人。她得把约翰尼·加勒格尔弄走。他是个贼,是个惨无人道的人。谁知道她不在的时候他是怎样对待犯人的。可是另一方面,这个人很能干,她还碰巧正需要一个能干的人。现在可不能让他走啊。他能替她赚钱呀。今后她一定要想办法让犯人吃上他们该吃的东西。

"我要扣你二十块钱工资,"她直截了当说,"明天早上我还要来跟你谈这件事。"

她随手抓起缰绳。但她知道这件事不会再谈了。她知道这件事就算了结了,而且她知道约翰尼对这一点也是清楚的。

思嘉赶着马车沿着小路朝迪凯特街奔去。这时她的良心和她那赚钱的欲望展开了激烈的搏斗。她知道自己不该把活人的性命交给那个铁石心肠的小个子,任凭他去处置。如果他造成任何一个犯人的死亡,那么她也有责任,因为她明明知道此人惨无人道,却还让他管他们。可是——可是话又说回来了,他们也不该犯罪呀。要是他们犯了法,被抓住了,受到不好的待遇就活该了。想到这里,她也就有点安心了,可是等她上了大路以后,犯人们那一张张无精打采的面孔又不断浮现在她的脑海里。

"唉,以后再想吧。"她的决心一下,就把这件事推进了她心中的木材库,把大门也关上了。

思嘉来到棚户区前面大路拐弯的地方,这时太阳已经完全下去了,附近的树林黑黝黝的。太阳一落,暮色中大地笼罩着刺骨的寒气,冷风吹过黑暗的树林,秃枝断裂,枯叶沙沙作响。她从来没有这么晚还一个人待在外面,因此她很紧张,盼望赶快回到家里。

大个子萨姆连影子也没有,思嘉停下来等他,不禁为他担起心来,他不在这里,是不是让北方佬抓去了。过了一会儿,她听见通往村子的小路上有脚步声传来,才松了一口气。她想,萨姆让她久等,一会儿非好好训他一顿不可。

但是从大路拐弯的地方过来的不是萨姆。

来的是一个衣衫褴褛的大个子白人和一个小个子黑人,前胸后背都像是个大猩猩。她赶紧抖动缰绳,顺手抄起手枪。这马刚刚起步,因那白人伸手一拦,便又突然愣住了。

"太太,"那白人说,"给我一个两毛五的硬币吧。我饿坏了!"

"闪开,闪开!"她回答说,一面尽量保持镇定,"我没带钱。驾! 驾! 快跑!"

那人手疾眼快,一把抓住了马笼头。

"抓住她!"他对那黑人喊道,"她的钱大概在胸口那儿!"

下面发生的事对思嘉来说就像一场噩梦。一切都发生得那么快。她只记得她抄起手枪,但她本能地觉得不能对那白人开枪,怕伤了马。那黑人朝着马车跑来,脸上挂着淫荡的微笑,她就对他开了枪。打中了没有,不得而知。不过紧接着她的手被人紧紧抓住,几乎把手腕子折断,她的枪也被抢走了。那黑人突然出现在她身旁,因为靠得近,连他身上的臭味儿都闻见了。那黑人想把她拉下车去,她就用那只还能活动的手拼命挣扎,抓那人的脸,后来她觉得那人的大手摸到了她的喉咙,只听哧的一声,她的紧身衣从领口到腰全给撕开了。接着那黑手就在她胸口乱摸。她从来没感到过这么害怕,这么厌恶，就像疯了似的大喊大叫起来。

"堵住她的嘴！把她拉下来！"那白人喊道，于是那黑人便在思嘉脸上乱摸，摸到了她的嘴。她死命咬了那人的手，接着又喊叫起来。这时她听见那白人的咒骂声，因此她意识到这黢黑的马路上还有第三个人。萨姆朝这个黑人冲过来，他才松开堵住她嘴的那只手，跳了下去。

"快跑哇，思嘉小姐！"萨姆喊道，一面还在与那个黑人交手。思嘉颤抖着，喊叫着，抓起缰绳和鞭子。那马一抽就跑起来，她感到轮子底下压着了一件柔软的有弹性的东西。原来是那白人，萨姆把他打倒以后，他就躺在那里了。

思嘉吓破了胆，不停地抽那匹马，马也跑得飞快，弄得马车又颠又摇晃。惊吓之中，思嘉觉得后面有跑动的脚步声，她就对马吆喝，让它再跑快点儿。她要是再落到那个黑猩猩手里，就是死了，也不能让他碰她一碰。

这时一个声音从后面传来："思嘉小姐，停下！"

她没敢放慢步子，先战战兢兢地回头一看，果然是萨姆跟在后面奔跑，两条腿快得像动力很大的活塞。思嘉停住车，萨姆赶到跟前，纵身跳到车上，他因为块儿大，把思嘉挤到了一边。他脸上，汗水和血往下淌。他上气不接下气地问：

"您伤着了没有？他们伤着您了没有？"

思嘉一时说不出话来，只见萨姆的视线很快移动了一下，朝别处看去，这时她才意识到自己的紧身衣已经撕到了腰，光光的胸脯和内衣都露在外面。她吓得哆哆嗦嗦地把撕开的两边拉在一起，低下头，抽抽搭搭地哭起来。

"把缰绳给我，"萨姆说着，就把缰绳从她手里抢了过去，"好马，快跑啊！"

鞭子一响,那马一惊,接着就狂奔起来,差一点把车甩到沟里去。

"但愿我把那个黑鬼弄死了,不过我没来得及看清楚,"他气喘吁吁地说,"他要是伤害了您,思嘉小姐,我就非回去把他弄死不可。"

"不要——不要——快走吧。"她呜咽着说。

第四十五章

那天晚上,弗兰克把思嘉、皮蒂姑妈和孩子们安顿在媚兰家以后,就和艾希礼一起骑马出去了。思嘉几乎要大发雷霆伤心落泪了。在这样的一天晚上,他怎么还能出去参加政治集会呢?政治集会!就在这天晚上,她刚在外面受了欺侮,而且当时说不定还会出什么事,他怎么能这么干呢?这个人可真没心肝,自私自利。还不止于此,自从她哭着,敞着怀,萨姆把她抱进屋来,他一直很平静,他这种态度简直能把人气疯了。她一面哭,一面诉说事情的经过,他都始终没有着急。他只慢条斯理地问:"宝贝儿,你是伤着了——还是光是受了惊?"

她当时又气又恼,说不出话来,萨姆就主动替她说只是受了点惊。

"他们没来得及再撕她的衣服,我就赶到了。"

"萨姆,你是个好孩子,我不会忘记你的好处。要是我能帮你做点什么——"

"是的,先生,您可以送我到塔拉去,越快越好!北方佬正在抓我呢。"

弗兰克听他这么说,也是很平静,而且也没问他什么话。弗兰克的表情很像他在托尼来敲门的那天晚上的表情,仿佛这完全是男人的事,而且处理起来越少说话,越不动感情越好。

"你去上车吧。我叫彼得今天晚上送你,把你送到拉甫雷迪,你在树林子里躲一夜,明天一早坐火车去琼斯博罗。这样比较稳妥……啊,宝贝儿,别哭了。事情已经过去了,也并没有伤着你。皮蒂姑妈,请把嗅盐拿来给我用用,好吗?嬷嬷,去给思嘉小姐倒杯酒来。"

这时思嘉又大哭起来,这一次是生气而哭的。她需要得到他的安慰,需要他表示愤怒,说要为她报仇。她甚至希望他对她发火,说早就告诉她会出这样的事——怎么都行,可别这样显得无所谓的样子,认为她没有遇到什么不得了的危险。他当然很关心,很体贴,可就是心不在焉,好像在想什么事,比这重要得多。

原来这件重要的事就是去参加一次小小的政治集会。

思嘉听弗兰克说让她换衣服,准备送她到媚兰家去待一晚上,她真不敢相信自己是不是听清楚了。他应该知道她今天碰上这样的事有多么痛苦,现在筋疲力尽,神经受了刺激,极需躺在床上,盖上毯子,暖暖和和地休息休息,再来一块热砖头暖暖脚,来一杯热甜酒压压惊,怎么会有心思到媚兰家去待一晚上呢。弗兰克要是真爱她,在这样一天的晚上,无论有什么事,他也不能离开她的身边呀。他应该待在家里,握住她的手,一遍又一遍地对她说,她要是出了什么事,他也就活不成了。等他今天晚上回来,他们俩单独在一起的时候,一定要把这个意思告诉他。

每逢弗兰克和艾希礼一道外出,女眷们聚集在媚兰的小客厅里做针线活儿,气氛总是很宁静的,今晚也不例外。屋里炉火熊熊,使人感到温暖而愉快。桌上的灯发出幽静的黄色光芒,照在四个女人光亮的头发上,她们就着这盏灯在埋头做针线。四个人的裙子轻轻飘动,八只小巧的脚轻轻地搭在脚凳上。育儿室的门开着,从里面传出韦德、爱拉和小博的轻微的呼吸声。阿尔奇坐在壁炉前的一张凳子上,背对着炉火,满嘴的烟叶把腮帮子撑得鼓鼓的,他在那里认真地削一块木头。这个蓬头垢面的老头儿和四位梳妆整齐、衣着讲究的妇人在一起,形成了鲜明的对照,仿佛他是一只花白的凶猛的看门老狗,而她们则是四只小猫。

媚兰用略带气愤的口气没完没了地轻声述说最近妇女竖琴乐队发火的事。在下次音乐会出什么节目的问题上,妇女竖琴乐队未能和男声合唱团取得一致意见,于是当天下午就找到媚兰,宣布她们全都要退出乐团。媚兰尽全力调停,才说服她们暂不实行这项决定。

思嘉的心情依然不能平静,听媚兰这样滔滔不绝地讲,几乎要大喊:"去他妈的妇女竖琴乐队!"她想谈谈她自己的可怕经历。她非常想详细谈一谈,让大家分担一下她所受到的惊吓。她想告诉她们自己当时是多么勇敢,这样她就可以借自己的声音向自己证实自己当时的确是很勇敢的。可是她每次提起这个话题,媚兰就巧妙地扯到别的无聊的事情上去。这就使得思嘉大为不快,几乎到了难以容忍的地步。这些人怎么都和弗兰克一样坏呢!

她刚逃脱那么可怕的一次遭遇,这些人怎么就能这样坦然,这样无动于衷?让她说一说,她会感到好受些,可这些人连这样一个机会也不给她,真是缺乏起码的礼貌。

这天下午发生的事对她震动很大,虽然她不肯承认,连对自己也不肯承认这一点。她一想起黄昏时分在树林附近的路上，一张凶恶的黑脸在暗处向她窥视，就吓得她浑身哆嗦。她一想起那只黑手在她胸口乱抓，要是萨姆不来，还会发生什么事，她就把头垂得更低，把眼睛闭得紧紧的。她坐在这平静的客厅里沉默不语，尽力安心做针线，一面听着媚兰说话，可是越这样，她的神经绷得越紧。她觉得她的神经随时都会像班卓琴的弦一样砰的一声绷断的。

阿尔奇在那里削木头，她也感到不快，对着他直皱眉。突然她又觉得奇怪，他为什么要坐在那里削木头呢？往常他晚上守卫的时候，总是直挺挺地躺在大沙发上睡觉，鼾声震耳，每呼一口气都把他那长胡子吹得飘动一阵。使她觉得更为奇怪的是无论是媚兰，还是英迪亚，谁也不提醒他在地上铺张纸，免得木屑掉得到处都是。他已经把炉前的地毯弄得一塌糊涂，她们却仿佛没有看见。

她正看着阿尔奇，他突然一转身往火上吐了一大口嚼烟叶的唾沫，声音之大，使得英迪亚、媚兰和皮蒂都跳了起来，好像方才响了一颗炸弹。

"至于这么大声儿吗？"英迪亚说。她因为又紧张，又不快，声音都有些嘶哑了。思嘉看了看她，又感到奇怪，因为英迪亚一向是比较矜持的。

阿尔奇也两眼盯着她，不甘示弱。

"我看就得这样。"他顶了一句，又吐了一口。媚兰朝着英迪亚皱了皱眉。

"我就喜欢爸爸从来不嚼烟叶。"皮蒂姑妈也开口说话了。媚兰眉头皱得更厉害了，她回过头来说皮蒂，思嘉还没听见她说过这么难听的话呢。

"唔,别说了,姑妈。你真不会说话。"

"哎哟!"皮蒂说着就把针线活儿往腿上一撂,嘴也噘了起来,"我可告诉你们,我不知道你们这些人今天晚上这是犯了什么病。你和英迪亚还不如两根木头棍子好说话呢。"

谁也没理她。媚兰并没有因为说话太冲而向她赔不是,只安安静静地继续做起针线来。

"你的针脚太大了,"皮蒂自鸣得意地说,"全得拆下来重做。你是怎么了?"

媚兰仍然一声不吭。

她们出了什么事吗?思嘉感到纳闷。她是不是光去想自己受的惊吓而没注意呀?真的,虽然媚兰千方百计想使大家觉得今天晚上和大家在一起度过的许多夜晚是一样的,气氛却与往常不同。这种紧张气氛不可能完全是由于下午的事使大家感到吃惊而引起的。思嘉偷偷地看另外几个人,碰巧英迪亚也在看她。她感到心里很不是滋味,因为英迪亚长时间地打量她,冷酷的眼神里包含的不是痛恨与鄙视,而是更强烈的感情。

"看样子她以为我是罪魁祸首了。"思嘉愤怒地这样想。

英迪亚把视线又转到阿尔奇身上,刚才脸上那种不耐烦的神色已经一扫而光,用一种焦急询问的眼光望着他。但阿尔奇没有理会。他倒是在看思嘉,和英迪亚一样冷冰冰地看着她。

媚兰没有再说什么,屋里鸦雀无声。在沉寂中,思嘉听见外面起风了。她突然觉得这是一个很不愉快的夜晚。现在她开始感到气氛紧张,心想也许整个晚上气氛都是紧张的,只是自己过于烦恼,没有注意吧。阿尔奇的脸上有一种警惕、等待的神色,他竖着两只毛茸茸的耳朵,像只老山猫一样。媚兰和英迪亚也都是强忍着心中的不安,一听见路上有马蹄声,或悲风吹动秃枝发出的阵阵呜咽声,或枯叶在草坪上滚动发出的沙沙声,她们都要放下手中的活儿,抬起头来静听。炉火中木柴轻微的爆裂声也会使她们一惊一惊的,仿佛听到有人偷偷走来的脚步声。

肯定是出事了,但她不知道究竟出了什么事。事情仍在进行之中,她却一无所知。看一看皮蒂姑妈那胖乎乎的善良的脸,皱着眉,噘着嘴,就知道她和自己一样莫名其妙。但是阿尔奇、媚兰和英迪亚是知道的。在寂静之中,她几乎可以感觉得出英迪亚和媚兰思绪翻滚,犹如关在笼子里的松鼠疯狂地跳动一般。虽然她们装得若无其事,她们是知道一些情况的,是料到要发生什么事的。她们这种内心的不安也传给了思嘉,使得她也更加紧张起来。她手底下一乱,就把针扎到拇指上了,她又疼又懊恼,不由得轻轻叫了一声,把大家吓了一跳。她挤了挤,挤出了鲜红的一滴血。

"我太紧张,缝不下去了,"她大声说,随即把要补的衣服扔在地上,"我太紧张了,简直要喊叫。我要回家睡觉去。这弗兰克是知道的,他真不该出去。他说啊,说啊,说啊,老说保护妇女,对付黑鬼和北方来的冒险家,现在需要他保护了,他到哪儿去了呢? 在家里照顾我吗? 不是,他跟着一帮人东跑西窜去了,这帮人也是光会说——"

思嘉怒气冲冲地看了看英迪亚的脸,她停下,不说了。英迪亚呼吸急促,她那没有睫毛的灰色眼睛正恶狠狠地盯着她,向她投来冷酷的目光。

"要是不太难为你,英迪亚,"思嘉用讥讽的口吻说,"你能告诉我为什么今天晚上老盯着我,我就感激不尽了。难道我的脸发绿了,还是怎么了?"

"谈不上难为我,我很乐意告诉你,"英迪亚说,眼里也闪出了光亮,"我不愿意听你贬低肯尼迪先生这样一个好人。你要是知道——"

"英迪亚!"媚兰提醒她不要说下去,手里的活儿攥得紧紧的。

"我想我对自己的丈夫比你更了解。"思嘉说。她从来没跟英迪亚吵过架,现在一看要吵,她就来劲儿了,也不紧张了。媚兰和英迪亚互相看了看,英迪亚就勉强把嘴闭上了。可是接着又说起来,冷酷的语气里夹杂着恨。

"你真让我恶心,思嘉·奥哈拉,你还说什么要受到保护!有没有保护,你根本不放在心上!否则这几个月你就不会那样东奔西走,招摇过市,惹得那些陌生的男人为你着迷了。今天下午的事也是你自找的,要是有公理的话,这就算便宜你了。"

"英迪亚,快别说了!"媚兰说。

"让她说下去,"思嘉说,"我听着很高兴。我早就知道她恨我,可是她太虚伪,不肯承认。要是她觉得有人会迷上她,她就会一天到晚光着屁股在街上耍了。"

英迪亚一下子站起来,她受不了这样的侮辱,她那瘦削的身子不停地发抖。

"我就是恨你,"她用颤抖而清楚的声音说,"过去我不说,并不是因为我虚伪。你一不懂礼貌,二缺乏教养,你哪里会明白。我是想到假如我们大家不抱成一团,把个人恩怨放在一边,那就不可能战胜北方佬。可是你——你——你却处处破坏正派人的威信,弄得一个好丈夫抬不起头来,让北方佬和那些无赖笑话我们,污蔑我们,说我们没有教养。北方佬不知道你压根儿就和我们不是一条心。他们呆头呆脑的,也没意识到你这个人是没有什么教养的。你到树林子里去乱窜,惹得那些黑人和下流白人对你下了手,他们也就会对城里所有的正派女人下手的。你还给我们那些男人带来了生命危险,因为他们不得不——"

"英迪亚!我的上帝呀!"媚兰说,思嘉虽然仍在生气,对媚兰这样随便呼唤上帝还是感到吃惊,"你千万别说!她不知道啊,而且她——你千万别说!你答应过——"

"孩子们,别吵了!"皮蒂姑妈嘴唇颤抖着在一旁恳求。

"我不知道什么?"思嘉也站了起来,她气愤极了,直直地望着冷酷的怒不可遏的英迪亚和在一旁苦苦哀求的媚兰。

"你们这帮蠢货!"阿尔奇突然用轻蔑的语气说。谁也还没来得及斥责他,只见他把披着灰发的头一扬,猛地站了起来。"外面有人来了。不是威尔克斯先生。你们都别嚷嚷了!"

还是男人说话有人听,那几个女人站在那里,突然不吭声了,脸上的怒容也很快消失了,都看着他向门口蹒跚走去。

"谁呀?"没等外边的人敲门,他就问。

"巴特勒船长。快开门。"

媚兰飞快地向门口扑去,她的裙子飘得厉害,膝盖以下的裤腿都露出来了。阿尔奇的手还没摸到门把手,她就一下子把门打开了。瑞德·巴特勒站在门廊上,黑呢帽低低地压着眼睛,狂风把他的披肩吹得左右翻腾,发出啪啪的响声。这时候,他也顾不上客气了。他既没摘帽子,也不和别人说话。只盯着媚兰一个人，也不招呼一下，就直截了当地说起话来。

"他们在哪儿？快告诉我。这是生死攸关的事。"

思嘉和皮蒂姑妈都惊呆了，她俩面面相觑，不知道这是怎么回事。英迪亚像一只老瘦猫，一下子蹿到了媚兰身边。

"什么也别告诉他，"她急忙说，"他是奸细，他投靠了北方佬！"

瑞德连看都不屑于看她一眼。

"快说吧，威尔克斯太太！也许还来得及。"

媚兰好像吓傻了，两眼直直地看着他的脸。

"这究竟是——"思嘉刚要说话，就被打断了。

"住嘴，"阿尔奇厉声喝道，"媚兰小姐，你也不要说了。你他妈的滚，你这个该死的投敌分子。"

"不要这样，阿尔奇，不要这样！"媚兰喊道。她一面说，一面把一只颤抖的手搭在瑞德的胳臂上，好像是要保护他，怕阿尔奇动手。"出了什么事？你是——你是怎么知道的？"

瑞德黑黑的脸上显得很不耐烦，可又不能不顾及礼貌。

"我的天哪，威尔克斯太太，他们从一开始就都受到怀疑了，只是他们干得巧妙，才拖到今天晚上。我是怎么知道的？今天晚上我和两个喝醉酒的北方船长打扑克，是他们泄露出来的。北方佬知道今天晚上要出事，他们就做了准备。那些傻瓜上了人家的圈套了。"

一时间，媚兰好像被什么东西重重地打了一下，站立不稳，瑞德伸手搂住了她的腰，她才没有摔倒。

"别告诉他！不要上他的当！"英迪亚喊道，一面恶狠狠地看着瑞德，"你没听见他说吗，他刚才是和北方军官在一起呢。"

瑞德还是看也不看她。他的眼睛死死地盯着媚兰苍白的脸。

"告诉我,他们上哪里去了?他们有开会的地方吗?"

思嘉虽然心里害怕,而且不知道究竟是怎么回事,她可看得清楚,瑞德板着脸,丝毫没有一点表情。但媚兰显然看出了一点什么,使她感到可以信赖他。于是她摆脱了瑞德的胳臂,直了直她那瘦小的身子,用颤抖的声音轻轻地说:

"在迪凯特街旁边棚户区附近。他们在原先沙利文农场的地窖里碰头——就是烧得很厉害的那个农场。"

"谢谢。我马上赶去。北方佬要是来了,就说你们什么也不知道。"

他飞奔出去,拖着黑披肩消失在黑夜之中。屋里的人一直到听见外面石子乱进,猛烈的马蹄声疾驰而去,方才意识到他的确来过这里。

"北方佬要到这里来?"皮蒂姑妈喊道,她两脚一软瘫倒在沙发上,吓得连哭都不敢哭了。

"这究竟是怎么回事?他是什么意思?你们要是不告诉我,我就要发疯了!"思嘉一把抓住媚兰拼命地摇,好像使劲摇就能从她嘴里摇出答案来。

"什么意思?意思就是艾希礼和肯尼迪先生大概就死在你手里了!"英迪亚虽然因为担心而痛苦万分,说话的声音里却带着胜利者的语调。"别摇媚兰了。她快晕过去了。"

"不会,我不会晕的。"媚兰小声说,一面伸手抓住椅子靠背。

"我的天哪!我真不明白!怎么会杀了艾希礼呢?请你们哪一位告诉我吧——"

阿尔奇的声音像生锈的门轴发出的吱吱声,打断了思嘉的话。

"坐下,"他命令道,"拿起你们的针线活儿,就像什么事也没发生一样。说不定北方佬从天一黑就在监视这所房子呢。我叫你们都坐下,做活儿。"

她们都战战兢兢地照着做了,就连皮蒂姑妈也抓起一只袜子,哆里哆嗦地拿在手里,一面像受了惊的孩子一样,睁着大眼看周围的人,希望有人告诉她这是怎么回事。

"艾希礼在哪里? 他出什么事了,媚兰?"思嘉喊道。

"你丈夫在哪里? 你就不关心他吗?"英迪亚的灰色眼睛喷射着疯狂的毒焰,两只手不断揉搓正在缝补的那条旧毛巾。

"英迪亚,别说了!"媚兰恢复了讲话的声音,但从她那吓得煞白的脸和痛苦的眼神可以看出她也是勉强支撑着。"思嘉,也许我们早就应该告诉你,可是——可是你今天下午遭了那么大的罪,所以我们——所以弗兰克就说先别——而且你又一向是公开反对三K党——"

"三K党——"

起初思嘉说这个词儿,好像从来没有听见过,也不知道它的含义,可是接着她就几乎尖声喊叫起来:

"三K党! 艾希礼可不是三K党! 弗兰克也不可能! 哦,他答应过我呀!"

"肯尼迪先生当然是三K党,艾希礼也是,我们认识的男人,他们都是,"英迪亚大声说,"他们都是男子汉,是白人,南方人,难道不是吗? 你应当为他感到自豪,而不该让他偷偷地退出来,好像这是什么见不得人的事,而且——"

"你们一直都知道,而我却——"

"我们怕惹你烦恼。"媚兰伤心地说。

"这么说来,他们说去参加政治集会,而实际上是去干这个去了,是不是？唉,他可是答应过我呀！现在北方佬要来了,他们会没收我的木材厂,没收那个商店,还会把他关进监狱——唔,瑞德·巴特勒究竟是什么意思啊？"

英迪亚和媚兰面面相觑,两人都很害怕。思嘉站起来,把手里的活计扔到地上。

"你们要是不告诉我,我就进城去了解。我见人就问,非问个——"

"坐下,"阿尔奇说,眼睛盯着思嘉,"我来告诉你。你今天下午出去乱跑,遇上麻烦,这也是你自找的。就是因为这个,威尔克斯先生和肯尼迪先生还有另外那些男人今天晚上就都出去了,他们要宰了那个黑人和那个白人,要是能抓住他们的话,还要把棚户区连窝儿端了。要是那个投敌分子说的是实话,那就是北方佬产生了怀疑,不知怎么得到了消息,派了兵埋伏在那里。我们的人就上了圈套。要是巴特勒说的不是实话,他就是个奸细,他会报告北方佬,我们的人还是得让他们打死。他要是真的告发了,我就把他弄死,即便我自己也活不成了,那也无所谓。他们要是不死,就都得赶快离开这里,到得克萨斯去,在那里销声匿迹,也许永远不能再回来。这都是你的过错,你的手上沾满了血啊。"

从媚兰的脸上可以看出,她现在不再害怕,而是生起气来。她注意到思嘉慢慢地明白了,而且脸上马上就显出了恐怖的神色,就站起来,把手搭在思嘉肩膀上,正言厉色地说:

"阿尔奇,你再说这样的话就给我出去。这不是她的过错。她只是做了——做了她认为应当做的事。我们的先生们也做了他们认为该做的事。人都是这样,该怎么做,就得怎么做。我们的想法不同,做法不同,因此不能——不能拿我们自己的标准来衡量别人。你和英迪亚怎么能说这样难听的话呢?说不定她丈夫和我丈夫都——都——"

"听!"阿尔奇轻轻打断了她的话,"都坐下。有马的声音。"

媚兰坐在一把椅子上,拿起艾希礼的一件衬衫,把头一低,无意识地把褶边撕成了碎条。

马越来越近,蹄声也越来越大。还可以听见马具的碰撞声和嘈杂的人声。马蹄声在房前消失了,一个人的声音压倒了其他人,他下了一道命令,屋里的人就听见脚步声穿过侧面的院子,奔后面的过道去了。他们觉得仿佛有一千只恶毒的眼睛正从前面没有遮挡的窗户往里面看,她们四个人心里很怕,却还要低着头,一本正经地做针线。思嘉不断地在心里吼叫:"是我害了艾希礼!是我害了他!"在这疯狂的时刻,她连想也没想到她可能还害了弗兰克呢。她脑子里顾不上想别的,只有艾希礼的形象,他躺在北方佬骑兵的脚下,他那漂亮的头发沾满了血。

门口传来一阵粗暴急促的敲门声,思嘉看了看媚兰,发现她那紧张的小脸上有了一种新的表情,和她刚才看到的瑞德·巴特勒脸上的无动于衷的表情完全一样,那是一个打扑克的人手里只有两张两点的牌却还要唬人时脸上不动声色的样子。

"阿尔奇,开门去。"她平静地说。

阿尔奇把短刀往靴筒里一插,把腰带上的手枪解开了扣儿,一拐一拐地走到门口,把门开开。皮蒂姑妈一看门廊里挤着一个北方佬军队的队长和几个穿着蓝军装的士兵，就惊叫了一声，好像一只耗子发现捕鼠器的机关压下来了一样。但别人都没有说话。思嘉发现她认识这个军官，于是微微松了一口气。他是汤姆·贾弗里队长，是瑞德的朋友。她曾经把木材卖给他盖房子。她知道他是个正派人。既然他是个正派人，也许不至于把她们关到监狱里去。他也一下子认出了思嘉，于是摘下帽子，鞠了一个躬，感到有些不好意思。

"晚上好，肯尼迪太太。你们哪一位是威尔克斯太太呀？"

"我是威尔克斯太太，"媚兰答道，说着便站了起来，她虽然身材矮小，却显得非常庄重，"我有什么事需要你们闯到我家里来？"

队长的眼睛很快地看了看屋里的人，在每个人的脸上都停了一下，接着又把视线从人们的脸上转到桌上，转到帽架上，仿佛要看看屋里有没有男人的痕迹。

"如果可以的话，我想和威尔克斯先生和肯尼迪先生谈一谈。"

"他们不在。"媚兰说，声音不大，却极为冷淡。

"你能肯定吗？"

"威尔克斯太太的话，你就不必怀疑了。"阿尔奇说，他的胡子也翘了起来。

"对不起，威尔克斯太太。我不是不尊重您。如果您能做出保证，我就不搜查了。"

"我可以保证。不过你要是想查就查吧。他们进城到肯尼迪先生的店里开会去了。"

"他们没在店里。今天晚上没有会，"队长板着脸说，"我们要等在外面，一直等到他们回来。"

他微微鞠了一个躬就走了出去，随手把门也关上了。屋里的人听见外面有人以严厉的语气在下命令，因为有风，听不清楚，好像是："包围这所房子。每个门窗站一个人。"接着是杂乱的脚步声。思嘉模模糊糊看见一张张留着大胡子的面孔在窗外望着她们，心里就感到非常害怕。媚兰坐下来，顺手从桌上拿起一本书，她的手并没有发抖。她拿的是一本旧书，书名是《悲惨世界》，过去联盟的战士最喜欢。他们就着篝火的亮光读这本书，还严肃而风趣地称之为"悲惨的李将军"。她从中间翻开了一页，就用清晰而单调的声音念起来。

"缝啊。"阿尔奇又哑着嗓子小声给她们下了命令。三个女人听见媚兰那冷静的朗读声，情绪也镇定下来，拿起她们的活计，埋头缝补起来。

媚兰在四周有人监视的情况下究竟念了多长时间，思嘉始终不知道，但好像有好几个钟头。媚兰念的什么，她一个字也没听进去。她现在不只想到艾希礼，也开始想到弗兰克了。他今天晚上显得很镇静，原来是这个原因啊！他答应过她，说不和三K党发生任何关系。当时她就是怕出这样的事啊！她一年来取得的成果都要付诸东流。她奋斗，她担忧，她风里来雨里去，现在全都白费了。谁又会想到弗兰克这个无精打采的老家伙会去参与三K党的莽撞行动呢？此时此刻，说不定他已经死掉了。即或没有死，北方佬抓住他，也得把他绞死。还有艾希礼，也是一样。

她两手紧紧攥在一起，指甲掐着手心，掐出了四个月牙形状的红印子。艾希礼有被绞死的危险，说不定都已经死了，媚兰怎么还能平心静气地在这里没完没了地念呢？但是媚兰用冷静、温柔的声音读到冉·阿让的悲惨遭遇,使她有所感受,因此她也镇定下来,而没有跳起来大喊大叫。

她回想起托尼·方丹那天晚上来找他们的情景。有人追赶他,他已经筋疲力尽,又没有钱。要是他没有及时来到他们家,拿到钱,换上一匹马,早就被绞死了。弗兰克和艾希礼要是现在还没死,他们的处境就和托尼一样,比他更糟。房子被军队包围了,他们要是回来拿钱,拿衣服,就不可能不被抓住。说不定这条街上所有的房子都有北方佬军队监视,那他们也就无法找朋友帮忙了。可是也说不定他们正连夜向得克萨斯飞跑呢。

但是瑞德——也许瑞德及时赶到他们那里了。瑞德总是随身带着很多钱。他可能借给他们一些钱,让他们渡过难关。不过这就怪了。瑞德为什么要自找麻烦,关心艾希礼的安全呢?他肯定是不喜欢他的,肯定说过他鄙视他。那为什么——这个不解之谜使她又为艾希礼和弗兰克的安全而担起心来。

“哎,都是我不好!”她痛心地责备自己,“英迪亚和阿尔奇说的是对的。都是我不好。但我从来没想到他们哪一个会糊涂到这种地步,去加入三K党呀!而且我从来也没想到我真会出什么事。不过我也不能不这么干呀。还是媚兰说得对。人都是这样,该怎么做,就得怎么做。我就该维持那两个木材厂。我还得赚钱!现在看来,可能都保不住了,而且不知怎的,还是我自己不好!”

过了很长时间以后,媚兰的声音颤抖了,渐渐变小了,终于听不见了。她回过头来盯着窗户看,仿佛没有北方佬军队隔着玻璃往里面看。另外几个人抬起头来,见她在倾听的样子,就都跟着听起来。

外面有马蹄声,有歌声,因为门窗紧闭,再加上有风,听不清楚,倒是还能听得出来。唱的是人们最讨厌的一支歌,是歌颂谢尔曼的队伍的——《横扫佐治亚》——那唱歌的不是别人,而是瑞德·巴特勒。

瑞德刚刚唱完头一句,就有另外两个人的声音,也是醉汉的声音,跟他嚷嚷起来。那两个人气呼呼地胡言乱语,说起话来结结巴巴,含含糊糊。贾弗里队长在前面的过道里下了一道简短的命令,接着就是一阵杂乱的脚步声。在这之前,屋里的几个女人已经吓得面面相觑,因为她们听出来了,和瑞德争论的那两个醉汉就是艾希礼和休·埃尔辛。

前院小路上的喧闹声更大了。有贾弗里队长简短的盘问声,还有休的尖叫声掺杂着傻笑声。瑞德的声音深沉而急躁,艾希礼的声音很怪,很不自然,不断地喊:"见鬼了! 见鬼了!"

"这不可能是艾希礼!"思嘉暗自想道。她感到莫名其妙。"他是从来不喝醉的。还有瑞德——他是怎么回事? 他要是醉了,就越来越安静,从不这样喊叫。"

媚兰站了起来,阿尔奇也跟着站了起来。他们听见队长喊道:"这两个人被捕了。"阿尔奇马上抓住了枪把子。

"不要这样,"媚兰坚定地低声说,"让我来。"

这时媚兰脸上的表情,和那天在塔拉她手里无力地握着沉甸甸的战刀,站在最高的一磴台阶上,看着下面那具北方佬尸体时的表情是一样的。一个温和、胆小的人在环境的驱使下会变得像雌老虎那样警觉,那样凶猛。她一把开开了前门。

"扶他进来吧,巴特勒船长,"她用清楚的音调大声说,里面夹杂着非常不满的情绪,"我看你们是又把他给灌醉了。扶他进来吧。"

在黢黑的院子里,北方佬军队的队长在风中喊道:"对不起,威尔克斯太太,你丈夫和埃尔辛先生被捕了。"

"被捕?为了什么?就因为他喝醉了酒?要是在亚特兰大凡是喝醉了的人都得被捕,整个北方驻军就得永远待在监狱里了。还是扶他进来吧,巴特勒船长——要是你自己还能走得了路的话。"

思嘉的脑子转得不够快,对眼前发生的一切还是不理解。她知道瑞德和艾希礼并没有醉,她也知道媚兰也知道他们并没有醉。可是这个平时温和、文静的媚兰,现在为什么当着北方佬的面像泼妇一样大喊大叫,非说他们两个人醉得走不了路呢?

外面传来一阵模模糊糊的争论声,夹杂着咒骂声,接着就是有人摇摇晃晃上台阶的声音。艾希礼在门廊里出现了,他脸色苍白,耷拉着脑袋,光亮的头发乱作一团,他这个大个子从脖子到膝盖裹在瑞德的大黑披肩里。休·埃尔辛和瑞德两个人自己也站立不稳,却还在两边架着他,很明显,要是没有他们架着,他就瘫在地上了。北方佬军队的队长跟在他们后面,看他脸上的神气,他是又怀疑,又觉得有趣。他在门廊上站住了,他手下的人在他身后探头探脑,冷风也一个劲地往屋里刮。

思嘉非常害怕,又迷惑不解,看了一眼媚兰,又回过头来看着那站也站不住的艾希礼。她有点明白了。她刚要说:"可他是不会喝醉的,"就把这话又咽下去了。她意识到自己是在看一场戏,一场性命攸关的戏。她知道她和皮蒂姑妈都没有在戏里扮演角色,但另外几个人是参与的,他们彼此衔接得很好,就像经常排练的演员一样。她只看懂了一部分,但她很识相,没有吭声。

"把他放在椅子上,"媚兰气愤地说,"你,巴特勒船长,给我马上离开这里！你今天又把他灌成这个样子,怎么还有脸到这里来！"

那两个人轻轻地把艾希礼放在一把安乐椅上,瑞德摇摇晃晃地顺手抓住了椅子背才勉强站稳,用痛苦的音调对那位队长说:

"这对我是多好的报答呀,是不是？谁让我帮他躲过警察,还把他送回家来呢？一路上他还大嚷大叫,还想抓我的脸哩！"

"还有你,休·埃尔辛,我真替你感到难为情！你那可怜的母亲会怎么说呢？喝醉了,而且是和巴特勒船长一起喝的,而他是一个——一个喜欢北方佬的投敌分子啊！哎哟,威尔克斯先生,你怎么能干这样的事呀？"

"媚兰,我没怎么醉。"艾希礼含含糊糊地说,说完了就往前一扑,抱着头趴在桌子上。

"阿尔奇,把他送到他屋里,让他睡觉吧,往常不也是这样吗？"媚兰说,"皮蒂姑妈,请您赶快去给他铺床。啊——啊,"她突然大哭起来,"啊,他怎么能这样呢？他答应过我呀！"

阿尔奇把胳臂伸到艾希礼的胳肢窝底下,皮蒂姑妈虽然吓得两腿发软,也已经站起来了,队长出来拦住了他们。

"不要碰他。他被逮捕了。中士！"

那位中士拖着枪迈步走进屋来,瑞德显然还是站立不稳,他把一只手搭在队长胳臂上，费了好大的劲才把眼神集中起来。

"汤姆，你干吗要抓他呢？他没怎么醉。有时候比这醉得厉害。"

"什么喝醉了，见鬼去吧，"队长说，"他要是醉得躺在污水沟里，我也管不着。我又不是警察。可是他和埃尔辛先生参与了三K党的行动，今天晚上袭击了棚户区，这才逮捕他们的。这伙人杀了一个黑人，一个白人，罪魁祸首就是艾希礼先生。"

"今天晚上？"瑞德大笑起来。他笑得站立不住就顺势坐在沙发上，两手抱着头。过了一会儿他能说得出话来了，就接着说："不会是今天晚上吧，汤姆。今天晚上这二位和我在一起呀。他们没有开会，从八点钟起就跟我在一起。"

"跟你在一起，瑞德？可是——"那位队长皱起眉头，看看艾希礼在打呼噜，他的妻子在那里哭，一时看不透，就接着问："可是——你们在哪里呀？"

"我不想说。"瑞德一面说，一面醉醺醺地瞅了媚兰一眼。

"你还是说了好。"

"咱们到外面过道上去，我就告诉你我们在哪里。"

"你现在就得说。"

"当着太太们的面，我不好说。是不是请太太们先出去一下——"

"我不干，"媚兰嚷道，一面气得用手绢抹眼泪，"我有权知道，今天晚上我丈夫究竟在哪里。"

"在贝尔·沃特琳赌场，"瑞德说，脸上显出难为情的样子，"他在那里，还有休，还有弗兰克·肯尼迪，还有米德大夫——一大帮人呢。在那里开了个宴会，是个很大的宴会，有香槟，有姑娘——"

"在——在贝尔·沃特琳那里？"

媚兰痛苦地喊道，声音大得嘶哑了。大家吃了一惊，转过脸来看她。只见她用手捂着胸口，阿尔奇还没来得及扶她，她就晕倒了。接着就是一阵忙乱，阿尔奇把她从地上抱起来，英迪亚到厨房去拿水，皮蒂姑妈和思嘉一面给她扇风，一面拍打她的手腕，休·埃尔辛则不停地喊："你全给抖搂出来了！你全给抖搂出来了！"

"马上全城就都知道了，"瑞德恶狠狠地说，"这你就该满意了吧，汤姆。明天亚特兰大就没有谁家的太太会跟她丈夫说话了。"

"瑞德，我不明白——"虽然开着门，冷风一个劲往这位队长身上吹，他还是满头大汗。"这么办吧！你起誓担保他们是在——唔——在贝尔那里，可以吗？"

"妈的，可以，"瑞德不满地说，"你要是不信，就去问问贝尔本人吧。现在我来把威尔克斯太太送到她屋里去吧。阿尔奇，你把她给我，我能抱得动。皮蒂小姐，您拿着灯，带路。"

瑞德毫不费力地把媚兰纤弱的身子从阿尔奇怀里接过来。

"阿尔奇，你把威尔克斯先生也抱到床上去吧。出了今天晚上这样的事，我不想再看他一眼，或碰他一碰了。"

皮蒂姑妈的手直哆嗦，她举着灯，对这所房子的安全可是个威胁。不过她还算拿住了，朝着黢黑的卧室一步步走去。阿尔奇嘟囔着用胳臂把艾希礼架了起来。

"可是——我得逮捕这两个人。"

瑞德在昏暗的过道里转过身来说：

"那就明天早上再来逮捕他们吧。他们这个样子，反正也跑不了——我从来还不知道在赌场喝醉了酒就算犯法了。汤姆，你听我说，有五十个见证人能证明他们是在贝尔那里的。"

"一个南方人要找五十个人证明他在某个地方，也是找得着的，而他可能根本不在那个地方，"那位队长沮丧地说，"埃尔辛先生，你跟我走一趟。威尔克斯先生可以假释，如果有人——"

"我是威尔克斯先生的妹妹。我保证让他随传随到，"英迪亚冷冷地说，"请你们快走吧！折腾了一夜，够受的了。"

"我非常抱歉，"队长说着，鞠了一个不像样的躬，"我只希望他们能证明的确是在沃特琳，唔——小姐——太太那里。请你转告你哥哥，他明天早上必须到宪兵司令那里听候审问。"

英迪亚冷冷地点了点头，把手放在门把上，暗示让他赶快走。队长和中士退了出去，休·埃尔辛跟在后面，英迪亚砰的一声就把门关上了。她看也不看一眼思嘉，赶紧跑到窗口，把所有的窗帘都拉了下来。思嘉两腿还在发抖，一把抓住艾希礼刚才坐过的椅子才勉强站住。低头一看，靠垫上湿了一片，颜色很深，比她的手还要大。她正在纳闷，伸手一摸，吓了一大跳，沾了一手红色的黏黏糊糊的东西。

"英迪亚，"她悄悄地说，"英迪亚，艾希礼——他受伤了。"

"你这个笨蛋！你真以为他喝醉了吗？"

英迪亚拉下最后一个窗帘，就飞快地朝卧室跑去，思嘉紧跟在后面,心都提到了嗓子眼儿。瑞德高大的身材挡在门口,思嘉从他肩上看过去,看见艾希礼面色苍白,静静地躺在床上。媚兰刚才晕过,现在却异常敏捷,正拿一把绣花剪刀很快剪开他那沾满了血的衬衫。阿尔奇在床边低低地举着灯照亮,同时一个骨节肿大的手指放在艾希礼的手腕子上。

"他死了吗?"门口那两个女人同声说。

"没有死。只是失血过多,晕过去了。是从肩膀上打进去的。"瑞德说。

"你为什么把他送回家来,你这个傻瓜?"英迪亚喊道,"让我进去! 让我过去! 你为什么把他送回家来让他们逮捕他?"

"他走不动了。也没有别的地方可去呀,威尔克斯小姐。再说——你愿意让他像托尼·方丹那样流落他乡吗? 你愿意让好多邻居都化名到得克萨斯去,一辈子不再回来吗? 我们也许有可能让他们逃脱,只要贝尔——"

"让我过去!"

"不行,威尔克斯小姐。有件事要请你去办。你得去请个大夫——不要请米德大夫。他与此事有牵连,说不定这会儿正在受北方佬审问呢。另外找个大夫。夜里一个人出去,你害怕吗?"

"不怕,"英迪亚回答说,她那灰色的眼睛闪出了亮光,"我不害怕。"她说着就从走廊里的衣钩上取下媚兰的连帽披肩,"我去找迪安老大夫。"她已经不那么激动了,尽量装得心里很平静的样子,"对不起,我刚才叫你奸细,叫你傻瓜。我不了解情况。你这样帮助艾希礼,我非常感激你——不过我还是看不起你。"

"我喜欢坦率——谢谢你对我这样坦率。"瑞德向她鞠了一躬,嘴角往下一撇,露出愉快的微笑,"你赶快走吧,要走后门。回来的时候,要是发现周围有军队的迹象,就别进来了。"

英迪亚又痛苦地看了艾希礼一眼,披上披肩,轻轻地跑过走廊,到了后门,悄悄地消失在黑夜之中。

思嘉隔着瑞德使劲往里边看,看见艾希礼睁开了眼,她的心又怦怦地跳起来。媚兰从脸盆架上揪下一条叠好的毛巾,捂在他那流血的肩膀上,他无力地朝她笑了笑,表示让她放心。思嘉感到瑞德锐利的目光在拼命盯着她,也知道自己的心思都表现在脸上了,但她全都置之不顾了。艾希礼在流血,说不定还会死,而且是她这样一个爱他的人在他身上打了这个洞。她恨不得冲过去,跪在床边,把他搂在怀里。但是她两腿发抖,进不了屋。她捂着嘴注视着里面,看见媚兰又把一条毛巾放在他的肩上,使劲按,好像能把流出来的血按回去。但是这条毛巾又红了,像变戏法一样。

一个人怎么流这么多血还能活呢?幸好托上帝的福,他嘴边还没有流血沫——哦,那血沫是死亡的先兆,这她是很熟悉的。那一天在桃树沟的可怕的战斗中,受伤的人死在皮蒂姑妈的草坪上,嘴里就都流着血。

"你放心,"瑞德说,声音里带着一点讥讽的语调,"他死不了。现在你去把灯接过来,给威尔克斯太太照着,我得让阿尔奇办事去。"

阿尔奇隔着灯看了瑞德一眼。

"我才不听你指使呢。"他顶了一句,把烟叶从嘴的一边倒到另外一边。

"你要听他吩咐,"媚兰厉声说,"而且要立刻照办。巴特勒船长让你干什么,就干什么。思嘉,把灯接过来。"

思嘉走上前去,把灯接过来,她用两只手抓着,生怕灯掉在地上。艾希礼的眼睛又闭上了。他的胸膛露在外面,起来得很慢,下去得很快,媚兰慌张的小手止也止不住,血还是从她手指缝里往外流。思嘉好像听见阿尔奇咚咚地走到瑞德跟前,还听见瑞德很快地小声对他说了一些话。她的心思全都放在艾希礼身上了,只听见瑞德开头小声说:"骑上我的马……在外面拴着……赶快去。"

阿尔奇含含糊糊地问了一个问题,思嘉听见瑞德回答说:"原来的沙利文农场。袍子都塞到最大的那根烟囱里了。你找到以后,就烧掉。"

"嗯。"阿尔奇应了一声。

"还有两个——人在地窖里。你要尽量想办法把他们捆到马背上,送到贝尔家后面的空地上,就是她家和铁路之间那块空地。你可要小心。要是让谁看见,咱就都得一块儿被绞死。把他们放到空地上以后,还要把手枪放在他们身边——还是放在他们手里吧。来——把我的枪拿去。"

思嘉远远望去,看见瑞德把手伸到后襟底下,抽出两支左轮手枪。阿尔奇接过来,就别在了腰里。

"每支枪都要放一枪。让人家一看就认为这是一场决斗。你明白吗?"

阿尔奇点点头,好像他全明白了。一种敬佩的眼神不由得从他那冷漠的眼睛里流露出来。但思嘉还是很不理解。过去这半个钟头对她说来完全是一场噩梦,使她觉得今后什么事也弄不清楚了。然而看到瑞德在这可怕的局面中似乎应付自如,她又感到一点欣慰。

阿尔奇转身要走,又回过头来用他那只独眼以询问的神情盯着瑞德的脸。

"他?"

"是的。"

阿尔奇嘟囔了一阵,又往地上啐了一口唾沫。

"糟了。"他说着就顺着过厅朝后门走去。

最后这段小声的对话之中有什么东西使得思嘉产生了新的恐惧和疑虑,仿佛胸中出现了一个冰冷的水泡,不停地膨胀。最后终于破了——

"弗兰克在哪里?"她喊道。

瑞德赶紧走到床前,他这个大个子走起路来倒像猫一样轻巧。

"等会儿再说,"他说着,笑了笑,"把灯拿稳,思嘉。你不想把威尔克斯先生烧死吧。媚兰小姐——"

媚兰抬头看了看他,好像一个听话的小兵在等待命令。当时情况太紧张了,她也没注意瑞德第一次这样亲切地称呼她,只有家里人和老朋友才是这样称呼她的。

"对不起,我是想说,威尔克斯太太……"

"唔,巴特勒船长,不用说对不起。如果你去掉小姐二字,光叫我媚兰,我会感到很荣幸。我觉得你就像是我的——我的哥哥,或者——或者是我的表哥。你又宽厚,又能干。我怎么才能好好地谢谢你呢?"

"谢谢,"瑞德说,他感到一阵不好意思,"我不该这么冒昧,不过,媚兰小姐,"他用一种包含歉意的语调说,"很抱歉,我刚才不得不说威尔克斯先生在贝尔·沃特琳赌场。对不起,我说他和另外一些人去了这样一个——一个——可是我离开这里以后,得赶紧想个主意啊,于是我就想出了这么一个计划。我知道,我的话他们是会相信的,因为我在北方佬军队的军官中有那么多朋友呀。使我受宠若惊的是他们几乎拿我当自己人看待,因为他们知道我在本地人当中是——就说是'不得人心'吧。你看,我今天晚上一开始就在贝尔的酒吧里打扑克。有十几个北方佬军队的军官能证实这一点。贝尔和她那些姑娘们更是情愿不顾脸面地扯谎,说威尔克斯先生和另外几个人都是——整个晚上在她们楼上的。她们的话,北方佬是相信的。北方佬就是这么怪。他们想不到这个——这个行业里的女人也会极为忠诚,或者说有强烈的爱国心。这些今晚自称去开会的人究竟在哪里,亚特兰大的正派女人无论说什么,北方佬也不会相信,但是他们相信那些——那些花花姑娘说的话。我想,有了我这个投敌分子和十几个花花姑娘所做的保证,也许有希望能让他们几个人逃脱。"

瑞德说到最后几句话时,脸上露出了冷笑,但是他一看媚兰是以充满感激之情的脸相迎,他那冷笑的面孔也就消失了。

"巴特勒船长,你真能干!只要能救他们的命,即便你说他们今天晚上在地狱里待着,我也不会计较。因为我知道,其他一些重要的人也知道,我丈夫从来不到这种可怕的地方去!"

"不过——"瑞德感到不大好说,"事实上,他今天晚上的确去过贝尔那里。"

媚兰冷漠地直了直身子。

"我永远也不相信你这种谎话!"

"媚兰小姐,请听我解释一下。今天晚上我赶到沙利文旧址以后,发现威尔克斯先生受了伤,和他在一起的有休·埃尔辛、米德大夫,还有梅里韦瑟老人——"

"怎么还有这位老先生?"思嘉喊道。

"人老了也不见得就不傻。还有你那亨利叔叔——"

"哎哟,我的天哪!"皮蒂姑妈大声说。

"和军队一交锋,有些人就四散奔逃,没走的就来到沙利文旧址,把袍子藏到烟囱里,也来看一看威尔克斯先生的伤势如何。要不是他受了伤,他们就都逃到得克萨斯去了。可是他不能骑马走长路,他们也不愿意离开他。这就需要证明他们当时不在现场,而是在别的地方。因此我就带他们走后门来到贝尔·沃特琳那里。"

"噢,我明白了。我刚才说话冒失,请你原谅,巴特勒船长。现在我明白是有必要带他们到那里去的,不过——巴特勒船长,一定有人看见你们进去吧!"

"没人看见。我们是走自用的后门进去的。这后门对着铁路,总是黑黑的,而且是锁着的。"

"那你们是怎么——?"

"我有钥匙。"瑞德直截了当说。他和媚兰的眼光正好相遇。

等媚兰充分意识到这句话的含义时,她觉得很不好意思,手也不听使唤了,那毛巾就完全从伤口上滑开了。

"我并不是有意追问——"她含含糊糊地说,她那张白脸也红起来,一面连忙把毛巾挪回原处。

"我不得不对一位太太说这样一件事,我感到遗憾。"

"看来这是真的喽!"思嘉心里这样想,同时感到一阵说不出的痛苦。"看来他的确是住在沃特琳这个可恶的家伙那里！那所房子还是他的呢！"

"我见到贝尔，跟她说明了情况。我们给了她一张名单，今晚出去活动的人都列在上面了，要求她和她那些姑娘们证明这些人今天晚上都在她们那里。后来我们出来的时候，为了更能引起人们注意，她把在那里维持秩序的两个打手找来，把我们拖下楼来，我们自己彼此还在厮打，他们拖着我们穿过酒吧间，把我们推到大街上，说我们酒后胡闹，扰乱了这个地方的秩序。"

瑞德回想起当时的情景，笑了笑，又接着说："米德大夫装醉装得不像。到这种地方来，他就已经觉得有失体面了。但是亨利叔叔和梅里韦瑟爷爷装得像极了。要是没有他俩，这出戏就要大为逊色。他们好像兴致勃勃。梅里韦瑟先生演得很认真，恐怕把亨利叔叔的眼睛打青了。他——"

后门突然开了，英迪亚走了进来，后面是迪安老大夫。他那长长的白发乱蓬蓬的，他的旧皮包在披肩底下翘着。他微微点了点头，但没有跟在场的人说话，马上揭开了盖在伤口上的毛巾。

"稍高一点，没有伤着肺，"他说，"要是没有打断锁骨，问题就不大。多拿几条毛巾来，太太们，要是有棉花，也拿一点来，还要点白兰地。"

瑞德从思嘉手里把灯拿过来，放在桌上。媚兰和英迪亚跑来跑去，拿大夫要的东西。

"这里你也插不上手，到客厅里去烤烤火吧。"瑞德说着，拉起思嘉的胳臂，把她拽走了。无论是他的动作，还是他的声音，都与平时不同，非常温和，"你这一天可真够呛，是不是？"

思嘉听凭瑞德拉着她来到客厅。她虽然就站在炉前的地毯上,却还是发起抖来。她心中的疑团——那个水泡现在涨得更大了。不仅是怀疑,几乎已经肯定了,多么可怕呀!她看了看面无表情的瑞德,一时说不出话来,随后问道:

"弗兰克在——贝尔·沃特琳那里吗?"

"不在。"

瑞德的声音是呆板的。

"阿尔奇正在把他搬到贝尔家附近的空地去。他死了。一枪打在头上了。"

第四十六章

那天晚上,城北头没有几户人家睡过觉,因为三K党受打击和瑞德设计营救的消息很快就悄悄地传开了。英迪亚·威尔克斯的身影溜进一家家的后院,急切地在厨房门口小声谈一谈,就又消失在寒风劲吹的黑夜之中。她在走过的路上留下的是恐惧,是焦急的希望。

从外面看,每所房子都是黑的,静悄悄的,人们已经入睡。但在房子里面,人们怀着激动的心情小声交谈,一直谈到天亮。不只是当天晚上参加袭击的人,三K党的每一个成员都准备出逃。在桃树街,几乎各家各户的马都备好了鞍,等在黑暗的马厩里,手枪都挂在了腰带上,食品装在口袋里,放到了马背上。之所以没有一齐出走,就是因为英迪亚悄悄地传来了消息:"巴特勒船长说不要往外跑。路上有人监视。他已经和沃特琳那家伙安排好了——"在屋子里,人们在暗中窃窃私语:"我为什么要相信那个该死的投靠北方佬的人巴特勒呢?这可能是个圈套呀!"可以听见女人恳求的声音:"还是不要走吧! 要是他救了艾希礼和休,他就能救我们每一个人。要是英迪亚和媚兰信任他——"于是他们半信半疑地留了下来,因为没有别的出路可供他们选择。

在这之前,军队曾到十几户人家去敲门查问,谁要是说不出或不肯说当天晚上他在什么地方,就把谁抓走。雷内·皮卡德和梅里韦瑟太太的一个侄子、西蒙斯家的哥儿几个、安迪·邦内尔,还有另外一些人,都在监狱里蹲了一夜。他们参加了这次倒霉的袭击,但是一开火,他们就和其他人分开了。他们在往回跑的时候就被抓住了,因此他们不知道瑞德的计划。幸亏他们在受审问的时候都说那天晚上他们爱待在哪里就待在哪里,该死的北方佬管不着。当天晚上他们就被关起来了,等候第二天早上继续审问。梅里韦瑟爷爷和亨利·汉密尔顿叔叔都直言不讳地说他们一晚上都在贝尔·沃特琳的赌场里。贾弗里队长听了不高兴,说他们干这样的事年纪太大了,气得他们要揍他。

贝尔·沃特琳亲自回答了贾弗里队长的询问。队长还没来得及说明来意,她就嚷嚷起来。她说今天晚上已经关门了。刚才来了一帮喜欢打架斗殴的酒鬼,在这里打起来了,把这里弄得一塌糊涂,把她的几面极为精致的镜子也打碎了。姑娘们吓得不得了,只好今晚暂停营业。不过假如贾弗里队长想喝点什么,酒吧间还开着——

贾弗里队长很清楚,他手下的人都在一旁看笑话,他自己又如堕五里雾中,便声色俱厉地说我既不要年轻姑娘,也不要喝什么酒,只问贝尔知不知道这伙胡闹的顾客叫什么名字。贝尔当然是知道的。他们都是她这里的常客。他们每星期三晚上都来,自称是周三民主派,至于这是什么意思,她既不知道,也不感兴趣。他们在楼上过道里打碎的镜子要是不赔,就要跟他们打官司。她这可是个体面地方,而且——至于他们的名字,贝尔一口气说出了十二个人的名字,都是怀疑对象。贾弗里队长听了之后露出一脸的苦笑。

"这些该死的叛逆分子比我们的秘密警察组织得都好，"他说，"明天早晨你和你那些姑娘们都要到宪兵司令那里等候问话。"

"宪兵司令会不会让他们赔我的镜子呀？"

"别提你他妈的那些镜子了！去找瑞德·巴特勒，让他赔。这个地方不是他的吗？"

天还没有亮，城里过去参加过南部联盟的各家各户就什么都知道了。他们家里用的黑人，虽然没有人告诉他们，也什么都知道了，他们靠的是黑人地下通讯网，白人是弄不明白的。大家对各项细节都很清楚，比如，弗兰克·肯尼迪和瘸子托米·韦尔伯恩被打死了，艾希礼把弗兰克尸体弄走的时候受了伤，等等。

因为思嘉与这次悲惨事件有关，城里的妇女本来对她恨之入骨，后来知道她丈夫已经死了，她也听说了，但又不能承认，不能收尸，从而得不到些许的安慰，大家也就不那么恨她了。天亮以后，尸体被人发现，当局通知了她，但在此之前，她必须假装什么也不知道。弗兰克和托米，冰凉的手攥着手枪，躺在空地上的枯草丛里，身体慢慢僵硬了。北方佬会说他们是为了争夺贝尔的一个姑娘，酒后斗殴，互相射击而死的，这种事是司空见惯的。大家对托米的妻子范妮深表同情，她刚生完孩子，可是谁也不能趁着黑夜去看看她，安慰安慰她，因为她家周围有一队北方佬，守在那里等着抓托米。还有一队守在皮蒂姑妈的房子附近，等着抓弗兰克。

天还没有亮，消息就传开了，说军事法庭当天就要进行调查。城里的人都一夜没睡，又等得心焦，眼皮都非常沉重。他们知道，城里几位名人的安全寄托在以下三件事上——第一，艾希礼·威尔克斯要能在军事委员会面前站出来,仿佛只感到酒后头痛,并没有什么更严重的痛苦。第二,贝尔·沃特琳保证这些人整个晚上都是待在她那里。第三,瑞德·巴特勒保证他一直和他们在一起。

对于最后这两点,大家都惴惴不安。贝尔·沃特琳!怎么能把自己男人的性命寄托在她身上呢?真让人受不了!过去有些太太们在街上看见她走过来,就赶紧神气活现地过马路,躲开她,现在不知她是否还记得这样的事,要是她还记得,可真叫人害怕。男人们对于把自己的性命寄托在贝尔身上,倒不像太太们那样感到难为情,因为他们之中有许多人认为贝尔这个人并不坏。使他们感到难受的是不得不把自己的性命和自由寄托在瑞德·巴特勒身上,他是一个投机商,又是一个投靠北方佬的人啊。一个贝尔,她是全城出名的浪荡女人,一个瑞德,他是全城最遭恨的人。怎么大家竟然要仰仗这样两个人呢?

还有一件事使得他们生闷气。他们知道北方佬和北方来的冒险家一定会耻笑他们。让那些人看笑话吧!全城十二位最有名的公民现在暴露了,原来都是贝尔·沃特琳赌场的常客!其中二人因为争夺一个下贱女子而开枪打死了。有的人也因为醉得一塌糊涂,连贝尔都忍受不了,把他们轰出来了。有几个人被逮捕了,因为明明大家都知道他们是在那里的,他们却不承认。

亚特兰大害怕北方佬会耻笑他们,是有道理的。许久以来,南方人对他们冷淡、鄙视,使他们感到很憋气,现在可以痛痛快快地大笑一阵了。军官们把同事叫醒,把这件事向他们详详细细地述说一番。丈夫清早把太太叫醒,把能对女人说得出口的情节都告诉她们了。于是太太们就赶紧穿好衣服，去敲邻居的门，向他们传播这个消息。北方佬的太太们一听这消息欣喜若狂，笑得满脸都是眼泪。你们南方人号称尊重女性，见义勇为，原来就是这个样子！那些女人过去两眼只往天上看，对人待答不理，现在就别那么势利眼了，谁不知道她们的丈夫说是去参加政治集会实际上却在这里穷泡。还说是政治集会呢！真有意思！

笑虽然笑了，她们也还是对思嘉摊上这种悲惨的事而表示遗憾。不管怎么说，思嘉是个正派女人，在亚特兰大，有几个女人对北方佬还是不错的，她就是其中之一。她早就赢得了她们的同情，因为她丈夫不能或者说不愿好好地养活她，她非自己干活不可。虽然丈夫不好，可是又让可怜的思嘉发现他对她不忠，也实在太可怕了。还有，他死和发现他不忠这两件事同时发生，这就尤其可怕。无论如何，有个不好的丈夫也比没有丈夫强啊，所以北方佬的太太们决定要对思嘉特别好。至于别的女人，米德太太，梅里韦瑟太太，埃尔辛太太，托米·韦尔伯恩的寡妇，尤其是艾希礼·威尔克斯太太，今后再见到她们，是要当面耻笑她们的。好让她们也懂得一点礼貌。

那天夜里，北城各家在黢黑的屋子里悄悄议论的大都是这个话题。太太们都激动地对丈夫说，北方佬怎么想，她们一点也不介意。但是在内心里，她们觉得宁可挨印第安人的鞭子，也不愿忍受北方佬的耻笑，而且还不能说出自己丈夫的真实情况。

米德大夫因为瑞德硬把他和另外一些人推入这样的处境，冒犯了他的尊严，感到十分恼火。他对米德太太说，要不是怕牵连别人，他宁愿去自首，被他们绞死，也不愿意说他当时在贝尔那里。

"这是对你的侮辱啊,米德太太。"他气呼呼地说。

"反正大家都知道你并没在那里,因为——因为——"

"北方佬就不知道。我们要想保住性命,就得让他们相信这是真的。他们会发笑。我一想到有人会信以为真,而且还要笑,我就气得不得了。这对你是侮辱啊,因为——亲爱的,我对你一向是忠诚的。"

"这我知道。"米德太太在黑暗中微微一笑,把一只干瘦的手伸到大夫的手里。"但是我宁愿这是真的,也不愿意让他们动你一根头发丝儿。"

"米德太太,你知道你在胡说些什么吗?"米德大夫喊道,他对于妻子这样讲究实际,毫不怀疑,感到惊讶。

"我当然知道。我失去了达西,我也失去了费尔,你是我唯一的亲人了。只要不失去你,你永远住在那里都行。"

"你疯了! 你胡说些什么!"

"你这个老傻瓜。"米德太太温柔地说,同时把头靠在他的袖子上。

米德大夫气呼呼地沉默了一会儿,摸了摸太太的脸,接着又发作起来。"让我接受巴特勒那个人的恩惠! 那还不如被绞死的好。即或是他救了我的命,我对他也不能以礼相待。他傲慢到了极点,他投机倒把,是个无耻之徒,想起来我就有气。让我去感谢他救命之恩吗,他又没有打过仗——"

"媚兰说,亚特兰大失陷以后,他也参加了军队。"

"那是骗人的。无论哪个花言巧语的流氓说的话,媚兰小姐都会相信的。我不明白他为什么要这么做——费这么大的事。我不想这么说,不过——唉,人们一直在议论他和肯尼迪太太的关系。我看见他们一起赶着马车回来，这一年来，次数可就太多了。他一定是为了她才这么做的。"

"如果是为了思嘉，他就根本不会帮忙了。把弗兰克·肯尼迪绞死，他还不高兴吗？我想他是为了媚兰——"

"米德太太，你的意思可不是说他们两个人之间还有什么名堂吧！"

"你别瞎扯！不过自从他在战争期间设法把艾希礼交换回来，她就莫名其妙地喜欢他。我也得为他说句公道话，他和她在一起的时候，可从来不露出他那一副奸笑。他总是尽量显得和蔼、体贴，完全是另外一个人。从他对待媚兰的态度可以看出，他要是想做一个规矩人，他也是能做到的。我想他之所以这样做，是——"她没有说下去，"大夫，你也许不喜欢我这个想法。"

"关于这件事，我什么都不喜欢！"

"我觉得他这样做，一方面是为了媚兰，但是主要是因为他觉得这样可以跟我们开一个大玩笑。我们过去那么恨他，而且毫不隐讳这一点，现在他给咱们出了这个难题，你们这几个人要么承认是在那个叫沃特琳的女人那里，这样就使你们和自己的妻子都在北方佬面前丢面子，要么就得说实话，让他们绞死。而且他还知道，我们都得感谢他和他的——姘头，可是我们几乎是宁愿被绞死，也不愿意感谢他们给我们的好处。唉，我敢打赌，他正在一边儿乐呢。"

大夫叹了一口气，"他在那儿带我们上楼的时候，看样子，他的确觉得挺好玩。"

"大夫，"米德太太迟疑了一下，接着说："里头什么样子？"

"你在说什么呀,米德太太?"

"她那个地方,里边什么样子?有雕花玻璃吊灯吗?有红色长毛绒窗帘和十几面镀金的大镜子吗?那些姑娘们——她们是都不穿衣裳吗?"

大夫一听这话,吃惊不小,大喊一声:"我的天哪!"因为他从来没有想到一个贞洁的女人对那些不贞洁的姐妹们会有这么强烈的好奇心,"你怎么好意思问这样的问题?你发疯了吧!我得给你来一服镇静剂。"

"我不要镇静剂。我想知道。唉,亲爱的,我只有这么一个机会了解一下坏女人那里是个什么样子,你真可恶,不告诉我!"

"我什么也没看见。你听我说,我当时觉得,到这种地方来,实在难为情,没顾上看周围是个什么样子,"大夫郑重其事地说,他从来没有怀疑过妻子的品德,现在有所暴露,这件事比那天晚上在此以前发生的所有的事都使他感到更为不安,"如果你允许的话,我要去睡一会儿了。"

"那你就去睡吧,"她回答说,从她的语气里听得出,她是很失望的,大夫弯腰脱鞋的时候,她又在黑暗中用愉快的声调说:"我想多丽一定从梅里韦瑟爷爷那里都问出来了,她会告诉我的。"

"天哪!米德太太,你是说正经女人之间也谈这种事——"

"睡你的觉去吧。"米德太太说。

第二天,雨雪交加。冬季里天黑得早。黄昏时分,雨雪停了,刮起了大风。媚兰裹着斗篷,莫名其妙地跟着一个陌生的黑人顺着房前的小路往外走。这黑人是个马车夫,他来找媚兰,显得很神秘的样子,有一辆拉着窗帘的马车等在外边。媚兰走到马车跟前,车门开了,模模糊糊看见里面坐着一个女人。

媚兰又往前凑了凑,仔细看了看里面,问:"你是谁呀?到屋里来好吗?外面这么冷——"

"请你上来陪我坐一会儿吧,威尔克斯太太。"马车里传出了一种羞愧的声音,这声音似乎有些耳熟。

"唔,这不是沃特琳——小姐——太太吗?"媚兰说,"我也正想见您呢!快进屋里去吧。"

"不行啊,威尔克斯太太,"贝尔·沃特琳说,听她的声音,她是有些吃惊,"还是您上来陪我坐一会儿吧。"

于是媚兰上了车,车夫随即把门关上。她在贝尔身旁坐下,就伸手去拉贝尔的手。

"为了今天的事,我都不知道怎样谢您才好!我们大家都得好好地谢谢您啊!"

"威尔克斯太太,您今天早上不该派人去给我送那封信。我倒不是不愿意收到您的信,是怕它落到北方佬手里。至于说您想登门去谢我——威尔克斯太太,您怎么糊涂了?怎么想出这么个主意?天一黑我就赶紧来告诉您,您可千万别这么干。我呀——你呀——唉,这样做可太不合适了。"

"一位好心的女人救了我丈夫的命,我去登门道谢,有什么不合适。"

"得了,威尔克斯太太!您还不明白吗!"

媚兰沉默了一会儿,她领会了这句话的含义,觉得有些不好意思。昏暗的马车里坐着的这个衣着朴素的漂亮女人,论仪表,论谈吐,都不大像她想象的坏女人,妓院鸨母的样子。她说起话来——虽然有些俗气,她却是个好心人,热心人。

"今天您在宪兵司令那里表现得可真好,沃特琳太太。您,还有那个——您的那些——年轻姑娘们,是你们救了我们各家男人的命。"

"威尔克斯先生才真是表现得好呢。我不知道他怎么能站得住,而且平心静气地说明情况。昨天晚上我看见他那血哗哗地流。他问题不大吧,威尔克斯太太?"

"问题不大。谢谢您。大夫说只伤了点皮肉,血倒的确流了很多。今天早上,他——唉,他是靠白兰地撑着呢,要不他也挺不了那么大工夫。不过还是您沃特琳太太救了他们的命。您发起疯来,让他们赔镜子的时候,听起来还真——真叫人信服呢。"

"谢谢您,太太。不过我——我觉得巴特勒船长表现得也很不错。"贝尔说,声音里流露出得意的心情。

"啊,他好极了!"媚兰热情地说,"北方佬没法不相信他的证词。整个事情他都处理得那么好。我真不知道怎么感谢他,怎么感谢您才好! 你们可真是善良厚道的人啊!"

"您太客气了,威尔克斯太太。这是很愉快的事。我——我希望我当时说威尔克斯先生经常到我这里来,没有使您感到难堪吧。您知道,他从来没有——"

"这我知道。您这样说,没有使我感到难堪。我是一心感激您呢。"

"我敢说其他几位太太可不感激我,"贝尔突然恶狠狠地说,"我敢说,她们也不感激巴特勒船长。我敢说,她们现在反倒更恨他了。我敢说您会是唯一向我表示感谢的人。我敢说,她们要是在街上看到我,都不敢正眼看我。要是她们的丈夫全都被绞死,我也不管。可是威尔克斯先生,我不能不管。您知道,我没有忘记战争期间您对我是多么好啊,替我拿钱给了医院。全城没有谁家的太太像您对我这样好。人家对我好,我是不会忘记的。我想到如果威尔克斯先生被绞死,您就成了寡妇,还带着一个孩子——您那孩子可是个好孩子,威尔克斯太太。我自己也有一个孩子,所以我——"

"是吗?他住在——唔——"

"不,他不在亚特兰大。他没到这里来过。他在上学。从他很小的时候起,我就没再见过他。我——唉,反正巴特勒船长让我为他们做假证的时候,我就问他们都是谁,一听里面有威尔克斯先生,我就一点也没犹豫。我对丫头们说:'你们要是不想着说威尔克斯先生一晚上都在这里,我就通通把你们宰了。'"

"啊!"媚兰说。一听贝尔漫不经心地提到她那些"丫头",她就更觉得不好意思了。"唔,这件事——唔——多亏了您——也多亏了她们。"

"这都是应该为您做的呀,"贝尔热情地说,"要是为了别人,我就不干了。要是光是肯尼迪太太的丈夫,无论巴特勒船长怎么说,我也不会出一点力的。"

"那是为什么?"

"哎呀,威尔克斯太太,干我们这一行的,知道的事情可多了。许多人家的太太小姐要是知道我们对她们是多么了解,她们准得吓坏了。她可不是个好人,威尔克斯太太。她杀了自己的丈夫,还杀了韦尔伯恩那个好小伙子,和她亲手开枪打死他们是一样的。都是她惹出来的,一个人在亚特兰大到处乱跑,勾引那些黑人和无赖。我那些丫头就没有一个——"

"她是我的嫂子,你可不能说她的坏话。"媚兰正言厉色说。

贝尔赶紧伸出一只手,搭在媚兰胳臂上,想让她不要生气,但急忙又缩了回来。

"请您别对我这么冷淡,威尔克斯太太,我受不了啊,您刚才还对我那么和蔼可亲呢。我忘了您是那么喜欢她。我说了那样的话,感到很抱歉。可怜的肯尼迪先生死了,我也很难过。他是个好人。我常到他那里去买东西,他对我一向很客气。不过肯尼迪太太——唉,她和您可不一样,威尔克斯太太。她是一个冷酷的女人,我没法不这样想……准备几时给肯尼迪先生出殡呀?"

"明天早上。您那样说肯尼迪太太可是不对。此时此刻她伤心到了极点。"

"也许是吧,"贝尔说,她显然是不相信,"哎呀,我该走了。我要是再待下去,有人会认出这辆车的,那对您就不好了。还有,威尔克斯太太,您要是在街上碰见我,您——您不必跟我说话。我可以谅解您。"

"跟您说话,我会觉得很光荣呀。得到您的帮助也是很光荣的。我希望——我希望我们以后再会。"

"不,"贝尔说,"那样不合适。再见。"

第四十七章

思嘉坐在卧室里。嬷嬷用托盘送来了晚饭,她随便吃了一点,只听见那夜晚的风不停地吹。屋里静得可怕。几个小时以前,弗兰克的尸体还停在客厅里,现在比那时显得更加寂静。那时还能听见有人蹑手蹑脚地走路,放低了声音说话,有邻居轻轻地敲敲门,悄悄地进来说几句安慰的话。弗兰克的妹妹是从琼斯博罗赶来参加葬礼的,有时也要抽抽搭搭地哭上一阵。

现在屋里是一片沉寂。虽然开着屋门,她也听不见楼下有什么动静。自从弗兰克的尸体运回家来,韦德和小女儿就一直待在媚兰家里,现在她竟然很想听到儿子跑来跑去的声音,很想听到爱拉咯咯的笑声了。厨房里也暂时休战,听不见彼得、嬷嬷和厨娘争吵的声音传到她的屋里来。就连皮蒂姑妈在楼下书房里,也照顾到思嘉悲哀的心情,没有摇那咯吱咯吱响的安乐椅。

谁也没有来打搅她,以为她由于伤心,愿意独自待一会儿,但是她恰恰不希望独自待在那里。如果只是感到伤心,那么她过去经历过许多伤心的事,这次也是能够承受得了的。但是除了弗兰克之死给她一种强烈的空虚之感,她还感到恐惧、内疚,还为突然良心发现而不安。她生平第一次为自己的所作所为感到悔恨,悔恨之中还掺杂着一种难以摆脱的恐惧,以至于使她迷信起来,不停地斜眼看她和弗兰克睡过的那张床。

弗兰克是她杀死的。弗兰克肯定是她杀死的,就像她亲手扣了扳机一样。他求过她,让她不要一个人到处乱跑,可是她不听,现在他死了,就是因为她太固执。上帝会因为这件事而惩罚她的。但是还有一件事使她心里不安,这件事对她是一种更大的压力,更为可怕——不过是在弗兰克入殓以后,她再看一看他的遗容的时候,她才感觉到的。在那张宁静的脸上,有一种无可奈何的忧伤神情,这神情在对她进行控诉。弗兰克明明是爱苏伦的,而她却嫁给了弗兰克,上帝也会因为这件事而惩罚她。她不得不在审判席前面低头认罪,承认在从北方佬营地回来的路上,在马车里对他撒了谎。

也许思嘉可以申辩,说为了达到目的,可以不择手段,说她是迫不得已才骗他的,说有那么多人的生活需要靠她来维持,无法考虑弗兰克和苏伦的权利和幸福,但是现在说这些话也都无济于事了。事实明明白白地摆在那里,她是不敢正眼相看的。她是怀着一颗冷酷的心嫁给了他,利用了他。半年来,她本来是能够使他感到非常幸福的,然而却使他感到并不幸福。上帝会惩罚她,因为她没有好好地对待他,上帝会惩罚她,因为她欺负他,刺激他,朝他发火,挖苦他,疏远了他的朋友,还由于她办工厂,开酒馆,雇犯人而使他没脸见人。

她使他感到很不愉快,这她自己也是知道的,但他忍受了这一切而毫无怨言。她所做的唯一的一件使他真正高兴的事,就是给他生了小爱拉。她自己也清楚,当时要是有办法,她也不会生这个爱拉的。

她哆哆嗦嗦,战战兢兢,希望弗兰克还活着,她愿意好好地对待他,非常好地对待他,以弥补这一切。唉,上帝要是不那么生气,不那么想报复就好了!时间要是不过得这么慢,屋里也不这么静就好了!她要是不这么孤零零的一个人就好了!

　　要是媚兰和她在一起,媚兰就会安慰安慰她,她也就不那么害怕了。可是媚兰在家里照顾艾希礼呢。思嘉也曾想把皮蒂姑妈找来,缓和一下她良心上的不安,但是她又犹豫了。皮蒂姑妈要是来了,也许会更糟,因为她对弗兰克的死由衷地感到悲痛。他的年龄和她比和思嘉更接近,而且她一向对他很真诚。皮蒂姑妈觉得家里需要有个男人,他是再合适不过了,他在晚上为她读报,说明当天发生的一些事情,而她呢,就为他补袜子。他每次得了感冒,她都特别尽心照顾,专门为他准备吃的东西。她是非常怀念他的,一边擦着红肿的眼睛,一边反复地说:"他要是没有跟着三K党出去就好了!"

　　思嘉真希望有个人能来安慰安慰她,使她别那么害怕,给她说说她究竟怕的是什么,为什么这样心神不定。要是艾希礼——但是她不敢想下去。她不但杀了弗兰克,而且几乎杀了艾希礼。要是艾希礼一旦知道她是怎样把弗兰克骗到手的,对他又是多么不好,艾希礼就永远不会再爱她了。艾希礼这个人非常正直,非常真诚,非常厚道,看问题也看得很清楚。如果他了解事情的全部真相,他是会谅解的。哦,他一定会非常谅解,但是他决不会再爱她了。所以她决不能让他知道事情的真相,因为她需要继续得到他的爱。有了他的爱,她的力量就有了秘密的源泉,如果失去了他的爱,她可怎么活呢?不过要是能把头靠在他的肩膀上,把心中的不安向他哭诉一番,该是何等地舒心啊!

家中一片寂静,举办丧事的气氛依然浓厚,这就使她愈加感到孤独,感到难以忍受。她悄悄站起来,把门关上一半,拉开衣橱最下面的抽屉,在内衣下面摸索起来。她拿出来的是皮蒂姑妈的"救命酒"白兰地,这是她偷偷藏在那里的。她对着灯光一照,发现差不多已经喝了半瓶。从昨天晚上开始,也不至于喝了这么多吧。她又往水杯里倒了不少,咕嘟咕嘟一口气喝了下去。天亮以前,她得把这个瓶子添满了水,放回酒柜里去。出殡之前,抬棺木的人想喝一口,嬷嬷就找过一阵。厨房里的气氛已经很紧张,嬷嬷、厨娘和彼得在互相猜疑。

白兰地一下肚,火辣辣的,真舒服。需要喝上一口的时候,喝什么别的都不行。其实,几乎什么时候都是喝白兰地好,比其他那些没滋没味的酒好多了。为什么女人就只能喝温和的酒,而不能喝烈性酒呢?梅里韦瑟太太和米德太太在葬礼上显然是闻出她嘴里有酒味,她看见她们互相看了看,显出得意的样子。这两只老猫!

她又斟了一杯。今天晚上即或喝得有点醉意也无妨,反正一会儿就睡觉了,等嬷嬷上楼来帮她脱衣服的时候,她可以事先用香水漱漱口嘛。她真想就像父亲在法院开庭日那样喝得酩酊大醉。喝醉了,也许就会忘掉弗兰克那张消瘦的脸,否则老觉得他在谴责她毁了他的一生,最后还杀死了他。

她怀疑城里是不是人人都认为是她杀死了弗兰克。在葬礼上,人们对她显然是冷淡的。有些北方佬军队的军官在生意上跟她打过交道,只有他们的妻子在向她表示同情的时候显得比较亲热。城里的人怎样议论她,她觉得无所谓。除了考虑如何向上帝交待以外,她认为没有什么了不起的。

她想到这里,又喝了一杯,热辣辣的白兰地顺着嗓子灌下去,使得她浑身颤抖。现在她觉得身上很暖和,但仍老想到弗兰克,无法摆脱。男人都说喝了烈性酒可以忘却烦恼,真是一派胡言!除非她醉得不省人事,否则她还是会看到弗兰克那张脸,脸上是他最后一次求她不要独自驾车外出时的表情:胆怯、责怪、抱歉。

大门上的环子发出了沉重的敲门声,这声音在这所寂静的房子里到处回荡。思嘉听见皮蒂姑妈摇摇晃晃穿过过厅去开门。接着就是互相问候的声音和听不清的小声说话的声音。准是哪位邻居来谈谈葬礼的事,或者是送来了牛奶冻。皮蒂姑妈是很欢迎的。她很愿意接待前来吊唁的人,和他们认真地沉痛地进行交谈。

倒也不是由于好奇,不过思嘉的确是在纳闷,究竟是谁来了,忽然听见一个男人的声音压过了皮蒂姑妈那低沉的讲话声。这男人的声音洪亮,不紧不慢,她一下子就听出来了。这使她非常高兴,也松了一口气。进来的不是别人,而是瑞德。自从听他说了弗兰克死的消息之后,一直没有再见到他。这时在她的内心深处,她感到今晚只有他能够解除她的苦闷。

“我想她会见我的。”瑞德的声音传到楼上来。

“可是她已经睡下了,巴特勒船长,谁也不想见了。那可怜的孩子,她难过极了。她——”

“我想她是会见我的。请你告诉她,我明天就要走了,而且要离开一段时间。事情很重要。”

“可是——”皮蒂姑妈不知道说什么才好。

思嘉跑到过厅里,忽然觉得两腿站立不稳,感到很奇怪,连忙靠在栏杆上。

“我马上就下来,瑞德。”她喊道。

她看到皮蒂姑妈正仰头往上看,胖胖的脸上那两只眼睛跟猫头鹰一样,流露出又惊讶又不赞成的神情。“如果在我丈夫出殡的这一天我行为不检点,就会闹得满城风雨。”思嘉一边这样想,一边跑回房去,理了理头发。她把黑色紧身衣的扣子一直扣到脖子底下,又把皮蒂姑妈给她的和丧服配套的别针别在领口上。“我并不怎么好看,”她一面弓着身子照镜子,一面想,“过于苍白,也过于惊慌。”她曾伸手想从盒子里拿出胭脂,后来还是决定不拿了。她要是浓妆艳抹地走下楼去,那可怜的皮蒂姑妈可真是要生气了。她拿起香水瓶,往嘴里倒了一大口,漱了半天,吐在了痰盂里。

她赶紧下了楼,朝他们二人走去,这时他们还在过厅里站着,因为皮蒂姑妈正为思嘉的举动而生气,没顾上请瑞德坐下。瑞德郑重其事地穿着一身黑衣服,衬衫上镶着褶边,而且是浆过的,一切举止也都符合一位老朋友向失去亲人的人表示慰问的样子。一切都是那么周到,甚至到了可笑的地步,但皮蒂姑妈并没有察觉。他这么晚前来打搅,一本正经地向思嘉表示了歉意。他还说因为急于在临走之前把业务加以了结,未能前来参加葬礼,表示遗憾。

“他来干什么?”思嘉琢磨不透,“他这些话全是言不由衷的。”

“我并不愿意这么晚还来打扰,我有件生意上的事情需要讨论,不能耽误。是我和肯尼迪先生正在筹划之中的一件事——”

“我不知道你和肯尼迪先生还有生意上的来往。”皮蒂姑妈说,弗兰克竟然有些事情瞒着她,简直让她生气。

"肯尼迪先生的兴趣广得很呢,"瑞德恭恭敬敬地说,"咱们上客厅里去好吗?"

"不好!"思嘉大声说,顺便瞥了一眼那关着的折叠门。她觉得那棺材还停在客厅里。她希望永远不必再到那客厅里去。这次皮蒂姑妈还真识相,不过做得还是不够漂亮。

"到书房去好了。我得——我得上楼去拿针线活儿去。哎呀,这个星期我都把这件事给忘了。我说——"

她一面说,一面走上楼去,还回过头来瞪了他们一眼,不过思嘉和瑞德都没有看见。瑞德往旁边一闪,让思嘉先走,他也跟着进了书房。

"你和弗兰克筹划过什么事?"她直截了当地问。

他凑近了一点,小声说:"什么事也没有。我只是想让皮蒂小姐走开。"他停了一下,又低头看着她说:"这可不好啊,思嘉。"

"什么不好?"

"香水呀!"

"我不明白你是什么意思。"

"你不会不明白。酒,你可喝得不少啊!"

"喝得不少又怎么样?你管得着吗?"

"就算是心情不好,说话也得客气点呀。不要一个人喝闷酒,思嘉。别人总是会发觉的,这就毁了你的名声。再说,一个人喝闷酒也不是件好事。你怎么了,亲爱的?"

他领着她走到花梨木沙发前面,她默默地坐下了。

"我把门关上好吗?"

她知道,如果嬷嬷发现门是关着的,她就会非常反感,没完没了地说她。可是如果嬷嬷听见他们在谈论喝酒的事,那就更糟,尤其是考虑到白兰地酒瓶正好不见了。于是她点了点头,瑞德就把折叠门拉上了。他回来坐在她身旁,一双黑眼睛机敏地看着她的脸,仔细端详。他发出的活力驱散了她脸上的哀愁,使她觉得这书房似乎又变得可爱而舒适了,灯光也显得柔和而温暖。

"你怎么了,亲爱的?"

这样亲昵的称呼,谁也没有瑞德说得动听,即或是他在开玩笑,也是如此,不过现在看来,他不是在开玩笑。她抬起她那双痛苦的眼睛看着他,似乎从他那张没有表情的脸上得到了安慰。她不知道为什么会有这种感觉,因为他是一个捉摸不定没有感情的人。他常说,他们两个人极其相像,也许就是这个原因吧。有时候她觉得所有她认识的人都是陌生人,只有瑞德例外。

"不能告诉我吗?"他异常温柔地握住了她的手,"不只是因为弗兰克老头儿离开了你吧?你需要用钱吗?"

"钱?唔,不需要!啊,瑞德,我觉得非常害怕。"

"快别瞎说了,思嘉,你一辈子都没害怕过。"

"啊,瑞德,我的确是害怕!"

思嘉脱口而出。她是可以告诉他的,她什么事都可以告诉瑞德。他自己那么坏,是不可能对她说长道短的。现在世界上的人为了拯救自己的灵魂,都不肯说谎,宁可饿死也不做见不得人的事,认识他这样一个人,一个坏人,一个不光彩的人,一个骗子,倒也是很有意思的。

"我是怕我会死,要进地狱。"

如果他大笑起来,她马上就会死。但是他没有笑。

"你挺健康嘛——而且说不定根本就没有什么地狱。"

"啊,有的,瑞德!你知道是有地狱的!"

"我知道,是有地狱,不过就在这个地球上,而不是死后才进地狱。死了以后,就什么都没有了,思嘉。你现在就在地狱里啊。"

"啊,瑞德,说这话是亵渎神灵的呀!"

"但是怪得很,可以使人得到安慰。告诉我,你为什么要进地狱?"

现在他是在戏弄她,她从他的眼神里就可以看出,但是她不介意。他的手温暖而粗壮,抓在手里,可以得到安慰。

"瑞德,我不该嫁给弗兰克。我做错了。他是苏伦的情人,他爱苏伦而不爱我。可是我对他撒了个谎,我说她要嫁给托尼·方丹。唉,我怎么干出了这样的事呢?"

"啊,原来是这样!我还一直纳闷呢。"

"后来我又使得他很痛苦。我逼着他做许多他不愿意做的事,比如,逼着还不起债的人还债。我经营木材厂,开酒馆,雇犯人,也都使他非常伤心,弄得他抬不起头来。还有,瑞德,他是我杀死的。是我杀的。我不知道他加入了三K党。我做梦也没想到他有那么大的胆量。不过我应该想到这一点。是我杀死了他。"

"'大洋里所有的水,能够洗净我手上的血迹吗?'①"

"你说什么?"

"没什么。说下去吧。"

"说下去?就这些。还不够吗?我嫁给了他,我使他不快活,我杀死了他。啊,我的上帝!我不知道怎么会干出这样

———————————

① 引自朱生豪译莎士比亚剧作《麦克白》第2幕第2场。

的事。我对他扯了个谎,嫁给了他。当时我觉得完全应该这样做,可现在我明白了,这是多大的错误呀。瑞德,这不像是我干的事呀。我是对他很卑鄙,可我并不是一个卑鄙的人啊。我小的时候,也不是这样教育我的。我母亲——"她说不下去,咽了一口唾沫。这一整天她都不愿意想起自己的母亲爱伦,现在她无法回避了。

"我常常想,不知你母亲是个什么样子。你似乎很像你父亲。"

"我母亲——唔,瑞德,现在我是第一次为母亲的死而感到高兴。她死了,看不见我了。她从来没有教育我做一个卑鄙的人。她对每一个人都是那么宽厚,那么善良。她一定宁愿让我饿死,也不让我做这样的事。我多么想在各方面都像母亲那样,可是我一点也不像她。我没有想到这一点——需要想的事情实在太多——不过我的确是希望像母亲那样。我不愿意像父亲那样。我爱父亲,可是他——太——太不为别人着想。瑞德,有时候我也想尽量对人和蔼,好好地对待弗兰克,但我马上就又想起那场噩梦,吓得不得了。于是我就想跑出去,见钱就抢,不问这钱是不是应该属于我。"

眼泪哗哗地往下流,她也没有擦。她使劲握着他的手,指甲都掐到他的肉里去了。

"什么噩梦?"他的声音平静而温柔。

"唔——我忘了告诉你了。是这样的,我每次要对别人好,每次提醒自己不要只看见钱,到了睡觉的时候,就梦见又回到了塔拉,回到母亲刚去世,北方佬刚来过的情景。瑞德,你想象不出,我一想起这事就浑身发抖。我又看见一切都被烧光了的情景,周围一片寂静,什么吃的也没有。瑞德,我在梦里又觉得饿了。"

"说下去。"

"我很饿,我爸爸,我妹妹,还有家里那些黑人也都很饿,他们老说:'饿得慌。'我也饿得难受,可怕极了。我不断对自己说:'我要是能跑出去,就永远永远不会再挨饿了。'然后我就看见白茫茫的一片雾。我就跑起来,在雾里跑呀,跑呀,拼命地跑,心都快跳出来了,后面还有什么东西在追我,我跑得透不过气来,心里还在想,只要跑到那里,就没事了。可是究竟往哪里跑,自己也不知道。然后就醒了,吓得浑身发冷,生怕以后还得挨饿。做了这个梦之后,就觉得即使把世界上的钱都给我,我也不会不怕再挨饿。这时候,如果弗兰克再来拐弯抹角地不知说些什么,我一急,就要朝他发火。我想他不会明白这是怎么回事,我也没有办法使他明白。我一直在想,有朝一日我们有了钱,不用再担心挨饿了,我再补偿他的损失吧。现在他死了,太晚了。唉,当时我觉得是做得对的,其实是非常不对的。要是过去的事能够再来一遍,我会采取完全不同的做法。"

"得了,"瑞德说,接着就挣脱她那紧握着的手,从口袋里掏出一块干净手绢来,"擦擦脸吧。何苦这样把自己毁掉呢?"

她接过手绢,擦了擦脸上的泪,心中不由得有一种轻松的感觉,仿佛把自己的一部分负担转移到了他那宽阔的肩上。他看上去是那样能干,那样沉着,就连他轻轻地一撇嘴,也给她以安慰,仿佛可以证明她的痛苦和困惑是不必要的。

"觉得好一点吗?咱们索性彻底谈一谈吧。你刚才说,要是过去的事能够再来一遍,你会采取完全不同的做法。可是你会吗？现在你想一想。你真会采取完全不同的做法吗？"

"唔——"

"不会的。你还是要那样做的。你当时有别的办法吗？"

"没有。"

"那你有什么可悔恨的呢？"

"我对他那么不好，可现在他死了。"

"他要是现在没死，你也不会对他好的。据我所知，你并不悔恨嫁给弗兰克，欺负他，而且促成了他的早死。你悔恨，只是因为你怕进地狱。是不是这样？"

"唔——这倒把我说糊涂了。"

"你的道德观念也是一笔糊涂账。你现在就像一个小偷，让人家当场抓住了，他悔恨，并不是因为他偷了东西，他非常非常悔恨，因为他要蹲班房。"

"一个小偷——"

"哎呀，你不必抠字眼。换句话说，你要不是胡思乱想，觉得注定要永远在地狱里受煎熬，你就会觉得弗兰克死了更好。"

"啊，瑞德！"

"唔，我看你既然坦白，就索性把真实情况说出来吧。你为了三百块钱，就可以说放弃了那颗比命还宝贵的宝石，你的——唔——你的良心就没觉得不安吗？"

那白兰地使得她头晕目眩，她有些沉不住气了。对他撒谎有什么用呢？他总是能够看透她的心思。

"我当时并没怎么想上帝，也没有想地狱。后来我也想过，只觉得上帝是会谅解的。"

"可是你嫁给弗兰克,就不能指望上帝谅解吗?"

"瑞德,你明明不相信有上帝,为什么这样一个劲儿地说上帝呢?"

"可你是相信的,你相信上帝会生气,这一点眼下很重要。上帝为什么不谅解呢? 现在塔拉还是归你所有,那里也没有住着北方来的冒险家,你觉得懊恼吗? 你现在不挨饿,不穿破衣烂衫,你觉得懊恼吗?"

"唔,不觉得。"

"那好,当时你除了嫁给弗兰克,还有什么别的办法吗?"

"没有。"

"他并不一定非娶你不可,对不对? 男人自由啊。他也不一定非得让你逼着去做他不愿意做的事吧?"

"唔——"

"思嘉,你为什么要烦恼呢? 过去的事如果能再来一遍,你还是得撒谎,他也还得和你结婚。你还是要碰上危险,他也非得替你报仇。当时他要是娶了你妹妹苏伦,她大概不至于使他送了命,不过她也许会使他感到比和你在一起要加倍地痛苦。情况不会有什么不同。"

"可是我能对他好一点呀!"

"也许是的——不过那得换一个人。你生来就是能欺负谁就欺负谁。强者总是欺负人,弱者总是受欺负。弗兰克没有用鞭子抽你,那是他的过错……思嘉,你真使我惊讶,到了你这年纪,良心也还会增长。像你这样的机会主义者是不应当这样的。"

"什么是机——你刚才怎么说的?"

"我说的是见机会就利用的人。"

"这有什么不对吗?"

"人们都认为这是不光彩的——同样有机会而不加以利用的人尤其是这样看。"

"唔,瑞德,你在开玩笑呢。我还以为你会待我好呢!"

"对我说来,我是待你好啊。思嘉,亲爱的,你醉了,你的问题就出在这里。"

"你敢——"

"是的,我敢。不过我想换一个话题,省得你哭得像个泪人儿似的。我有些有趣的消息告诉你,让你高兴高兴。其实,我今天晚上到这里来,就是为了把这消息告诉你,然后再走。"

"你要到哪里去?"

"到英国去,可能要去几个月。思嘉,把你的良心放在一边吧。我不想再讨论你的灵魂。你不想听我的消息吗?"

"可是——"她有气无力地说,但是没有说下去。那白兰地逐渐缓解了悔恨的痛楚,瑞德的话虽有讥讽的口吻,却使人感到欣慰,于是弗兰克那惨淡的阴魂也就渐渐退去。也许瑞德说得对。说不定上帝是谅解的。她慢慢地清醒了,就决定先把这件事放一放,"明天再说吧。"

"你有什么消息?"她吃力地说,一面用他的手绢擦了擦鼻涕,把散乱的头发往后拢了拢。

"我的消息,"他笑着对她说,"就是:在我见过的女人当中,我最想要的还是你。现在弗兰克已经不在了,我想你也许愿意知道我这个想法。"

思嘉猛地把手从他手里抽回来,接着站了起来。

"我——你这个最没有教养的人,非得在这个时候到这里来胡说八道——我早就该知道你这个人本性难移。弗兰克还尸骨未寒呢。你要是个正经人——请你给我出——"

"轻点,要不皮蒂小姐马上就会下楼来,"他说,他没有站起来,只是伸出两只手,抓住了思嘉的拳头,"你恐怕误解了我的意思。"

"误解你的意思?我什么都没有误解。"她又把手抽回来,不让他握着,"你放开我,快滚吧。从来没见过你这样恶劣的人。我——"

"嘘,"他说,"我是向你求婚呀。我要是跪下,是不是你就相信了?"

她上气不接下气地"啊"了一声,便一屁股坐到了沙发上。

她张着嘴,两眼盯着他,心里盘算着,是不是那白兰地在作怪,无意中想起了他那句嘲笑的话:"亲爱的,我这个人是不结婚的。"她准是醉了,要不就是他疯了。不过看样子他没有疯。他显得很平静,仿佛是在议论天气一样。从他那不紧不慢的语调里,她也听不出有什么特别强调的含义。

"我一直想得到你,思嘉,自从我头一天在'十二橡树'村看见你又摔花瓶,又咒骂,使我觉得你不是个上等女人,我就想得到你。我想不论用什么办法我也要把你弄到手。但是因为你和弗兰克积攒了一点钱,我就知道你不会再被迫向我提出借钱的要求。所以我觉得非娶你不可。"

"瑞德·巴特勒,你又在跟我开一个恶毒的玩笑吧?"

"我对你以诚相见,你反倒起了疑心。我不是开玩笑,思嘉,我说的是真心话。我承认这个时候来找你不大合适,但是我有一个很好的理由。明天我就走了,而且要离开很长时间,我怕等我回来的时候,你就嫁给另外一个有钱的人了。所以我想你为什么不嫁给我呢,我也有钱呀。真的,思嘉,我不能一辈子老等着你,希望在你更换丈夫的时候得到你。"

他说的倒是实话。这是肯定的。她琢磨他这番话的含义,感到唇干舌燥,一面咽唾沫,一面盯着他的眼睛,想从中看出一些端倪。他眼中充满了笑意,但在深处也还蕴藏着一点别的东西,这是她从来没有见过的东西,是一种难以捉摸的眼神。他坐在那里,若无其事的样子,可是她觉得他正机警地盯着她,就像一只猫盯着耗子洞一样。她觉得在他平静的外表下面憋着一股劲儿,使她退缩,使她害怕。

他真是在向她求婚呢,这简直是不可思议的事。她曾经想过,如果他求婚的话,该怎样折磨折磨他。她也曾想过,如果他提出这种要求,就羞辱他一番,让他知道她的厉害,她会从中感到乐趣。现在他提出要求了,可是她把原来那些打算却忘得一干二净,因为她和过去一样,始终没能把他控制在手心里。实际上,他们的关系完全在他的控制之下,而她就像初次有人求婚的少女一样激动,脸也红了,话也说不出来了。

"我——我不再结婚了。"

"不会的。你生来就是要结婚的。那为什么不能和我结婚呢?"

"可是,瑞德,我——我并不爱你。"

"这不是什么缺点。我记得你头两次结婚也没有多少爱情呀。"

"唔,你怎么能这么说?你知道我是喜欢弗兰克的。"

他什么也没说。

"我喜欢他！我喜欢他！"

"这我们就不要争了。我走了以后,你考虑考虑我的要求吧。"

"瑞德,我不喜欢老拖着。我现在就答复你吧。我不久就要回塔拉去,英迪亚·威尔克斯留在这里陪着皮蒂姑妈。我回去要住很长时间,而且——我——我也不想再结婚了。"

"别胡说了。为什么呢?"

"唉,你就别问了。我就是不愿意结婚。"

"可是,傻孩子,你从来就没有真正结过婚。你怎么会知道结婚的乐趣呢?我认为你是运气不好——一次是赌气,一次是为了钱。你想没想过为了寻求乐趣而结婚呢?"

"乐趣！净说傻话。结婚没有什么乐趣可言。"

"没有? 为什么没有?"

她的心情渐渐恢复了平静,说起话来也恢复了白兰地勾起来的她那固有的冲劲儿。

"结婚只对男人有乐趣——不过也只有上帝知道为什么是这样。我始终弄不明白。结婚对于一个女人来说,无非是有口饭吃,有一大堆活儿要干,还要忍受男人的胡闹——还得每年生个孩子。"

瑞德一听这话大笑起来,在寂静的黑夜里,回声特别大,思嘉听见厨房有人开门的声音。

"嘘! 嬷嬷的耳朵和山猫一样尖,况且,刚——就这么大笑,也不像话呀。快别笑了。真是这样。什么乐趣！全是胡扯！"

"我说你是运气不好,你刚才的话也证明这一点。你先嫁了一个孩子,又嫁了一个老头儿。你母亲也一定对你说过,女人必须忍受'这些事',因为可以享受做母亲的愉快。我说,这都是不对的。为什么不嫁一个名声不好而又善于对付女人的漂亮的年轻男人呢?那是很有乐趣的。"

"你这个人又粗野,又自负。我觉得我们扯得够远的了。真是——真是粗俗得很。"

"也很有趣,是不是?我敢说,你从来没跟一个男人谈论过婚姻关系,甚至和查尔斯和弗兰克也没谈论过。"

她朝他皱了皱眉。瑞德知道的事太多了。他对女人了解得这么透彻,他是怎么知道的,思嘉感到纳闷。真是不正经。

"你别皱眉。说个日子吧,思嘉。考虑到你的名声,我并不要求马上结婚。我们可以等上一段像样的时间。顺便问一下,一段'像样的时间'是多长时间?"

"我还没答应嫁给你呢。在这个时候,就是议论这件事,也是很不像话的。"

"我已经告诉你我为什么现在来找你谈这件事。我明天就走了,而我又是那么热烈地爱着你,我再也无法控制自己的感情了。也许我追你追得太急了。"

突然间,她吃了一惊。因为瑞德从沙发上往下一溜,跪在了地上,一只手轻轻地放在胸口上,滔滔不绝地说起来:

"对不起,因为我感情奔放,使您受惊了,亲爱的思嘉——我的意思是亲爱的肯尼迪太太。您不会没注意到,许久以来,我心中对您的友情已经发展成更深的感情,更加美丽,更加纯洁,更加神圣。我能告诉您那是一种什么感情吗?啊!是爱情,是它给了我勇气。"

"快起来,"她央求说,"看你那个傻样儿。要是嬷嬷进来看见你这个样子怎么办?"

"她头一次看见我这样文雅,会感到吃惊,甚至不敢相信呢。"瑞德一面说,一面轻巧地站起来,"我说,思嘉,你不是小孩子、小学生了,不要用正经不正经之类无聊的话来搪塞我了。答应我吧,等我回来的时候就和我结婚,你要是不答应,我就对天起誓,不走了。我要在这里每天晚上在你窗前弹着吉他,扯着嗓子唱,出你的洋相,到那个时候,你为了保全面子,就非跟我结婚不可了。"

"瑞德,别不识相。我谁也不嫁。"

"谁也不嫁?你没有说出真正的原因。不会是因为像女孩子那样胆怯。那么究竟是什么原因呢?"

思嘉突然想起了艾希礼,仿佛看见他就站在身旁,他那光亮的头发,无精打采的眼睛,庄重的神情,和瑞德迥然不同。她之所以不想再结婚,其真正原因就是为了他,虽然她对瑞德并不反感,而且有时还的确对他有些好感。她觉得自己是属于艾希礼的,永远永远是属于他的。过去没有属于查尔斯,也没有属于弗兰克,今后也不会真正属于瑞德。她自己的全身心,她所做的一切,她所追求的一切,她所得到的一切,几乎全是属于艾希礼的,因为她爱他。艾希礼和塔拉,她是属于他们的。她过去给查尔斯和弗兰克的笑脸与亲吻,可以说都是给艾希礼的,只不过他没有提出这样的要求,今后也不会提出这样的要求。在她的内心深处,她有一种欲望:把自己留给他,虽然她明明知道他是不会要她的。

思嘉没有意识到自己脸上的表情是有变化的。她刚才陷入沉思的时候,脸上显得异常温柔,这是瑞德从来没有见过的一种表情。他看看她那眼角吊起的绿眼睛睁得大大的,流露出迷茫的神情,再看看她那温柔的弯曲的嘴唇,他的呼吸都暂

时停顿了。他突然把嘴一撇,急不可耐地大声说:

"思嘉·奥哈拉,你可真傻!"

她还没有完全从沉思中摆脱出来,他的两只胳臂已经搂住了她,就像许久以前去塔拉的路上,他在黑暗中搂她搂得那么紧。她又感到一阵无力,只有顺从,一股暖流上来,使她浑身发软。艾希礼·威尔克斯那沉静的面孔模糊了,逐渐消失了。他使她把头往后一仰,靠在他的胳臂上,便吻起她来。先是轻轻地吻,接着就越来越热烈,使她紧紧地贴在他身上,仿佛整个大地在摇动,令人头晕目眩,只有他是牢靠的。他顽强地用嘴分开了她那发抖的双唇,使她浑身的神经猛烈地颤动,从她身上激发出一种她从未想到自己会有的感觉。在她快要感到头昏眼花,天旋地转的时候,她意识到自己已在用热吻向他回报了。

"行了,行了,我都头晕了!"她小声说,一面无力地挣扎着,想把头扭开。他一把把她的头靠在自己的肩膀上,这时她模模糊糊地看了一眼他的脸。只见他两眼睁得大大的,眼神也不同寻常,他的胳臂在颤抖,真让她害怕。

"我就是要让你头晕。非让你头晕不可。这些年来,你早就该有这种感觉了。你碰上的那些傻瓜,谁也没有这样亲过你吧,是不是?你那宝贝查尔斯,弗兰克,还有那个笨蛋艾希礼——"

"快别说了——"

"我说你那个笨蛋艾希礼。这些正人君子——关于女人,他们了解什么?他们了解你吗?而我是了解你的。"

他的嘴唇又落在她的嘴唇上,她一点也没反抗就依从了他,她连扭头的力气也没有了,况且她本来也无意回避,她的心跳得厉害,震动着她的全身,他是那么有劲,使她感到害怕,而她自己是那么软弱无力。他打算干什么?他要是再不停下来,她就要头晕了。他要是停下来就好了——他要是永远不停下来就好了。

"你就说声好吧!"他的嘴向下对着她的嘴,他的眼睛也靠得那么近,显得大极了,好像世界上除了这两只眼睛,再没有别的东西。"说声好吧,你他妈的,要不——"

她还没来得及思索,一个"好"字已经轻轻地脱口而出。这简直就像是他要这个字,她就不由自主地说出了这个字。可是这个字一经说出,她的心情就突然平静下来,头也不晕了,白兰地带来的醉意也不那么浓了。她本来无意答应和他结婚,却答应了。她也说不大清楚这一切是怎么发生的,不过她并不懊悔。现在看起来,她说这个"好"字是很自然的——很像是神明干预,一只比她更有力的手介入了她这件事,为她解决了问题。

他一听她说出这个"好"字,倒抽了一口气,低头仿佛又要吻她,她闭着眼,仰着头,等他亲吻。可是他突然收住了,这使她不免有些失望,因为她觉得这样被人亲吻有一种异样的感觉,而且使人兴奋。

他一动不动地坐了一会儿,依然扶着她的头靠在自己肩上,仿佛经过一番努力,他的胳臂不再颤抖了。他松开了一点,低头看着她。她也睁开眼睛,发现他脸上刚才那种使人害怕的红光已经消失了。但不知怎的她不能正眼看他,心里一阵慌乱,她又低下头。

他又开始说话了,语调非常平静。

"你说话算数吗?不会收回你的诺言吧?"

"不会。"

"是不是因为我凭我的热情使得你——那话是怎么说的？——'飘飘然'了？"

她无法回答，因为她不知说什么好，她也不敢看他的眼睛。他把一只手放在她下巴底下，托起她的脸。

"我对你说过，你对我怎么样都行，只是不要说谎。现在我要你说实话。你究竟是为什么说'好'的？"

她仍然不知说什么好，不过比刚才镇定一些了。她两眼朝下看着，显得难为情的样子，同时抿着嘴笑了笑。

"你看着我。是不是为了我的钱？"

"啊，瑞德！你怎么这么说？"

"抬起头来，别给我来甜言蜜语。我不是查尔斯，也不是弗兰克，也不是本地的傻小子，你只要眨眨眼，就上当。究竟是不是为了我的钱？"

"唔——是，但不全是。"

"不全是？"

他并没有感到不快。他倒抽了一口气，一下子把她的话引起的急切神情从眼角里抹掉了。这神情，由于她过于慌乱而没有觉察。

"是啊，"她无可奈何地说，"钱是有用的，你知道，瑞德，可惜弗兰克并没有留下多少钱。不过，瑞德，你知道，我们是能够相处的。在我见过的许多男人之中，只有你能够让女人说真话。你不把我当傻瓜，不要我说瞎话，有你这么个丈夫是幸福的——何况——何况我还是挺喜欢你的。"

"喜欢我？"

"嗯，"她焦躁不安地说，"我要是说爱你爱得发疯了，那是瞎话,再说你也是知道的。"

"有时候我觉得你对说真话也过于认真了,我的小乖乖。难道你不觉得即便是瞎话,你也应当说一声'瑞德,我爱你'?言不由衷也没关系。"

他究竟是什么意思,她想不透,觉得更糊涂了。他的神气好像很奇怪,很殷切,很伤心,又带有讽刺的意味。他把手从她身上抽回去,深深地插到裤子口袋里,她还发现他握起了拳头。

"即使丢掉丈夫,我也要说真话。"她暗自下定了决心,她的情绪又激动起来了,只要瑞德一刺激她,她总是这样。

"瑞德,那是一句谎话呀,我们为什么也要按照那俗套子来做呢?我刚才说了,我喜欢你。这你是知道的。有一次你对我说你并不爱我,可是我们有很多共同之处。我们都是流氓,这是你自己说的——"

"天哪!"他轻轻地自言自语,把脸转向一边,"真是自作自受!"

"你说什么?"

"没什么。"他看了看她,笑起来,但那笑声并不愉快。"说个日子吧,亲爱的。"说罢,他又笑起来,还弯腰吻了她的双手。看到他不再心烦,情绪恢复正常,她松了一口气,也露出了笑容。

他抓着她的手,抚摩了一会儿,又朝她笑了笑。

"你在小说里有没有看到过这样的情节:妻子对丈夫没有感情,后来才爱上了自己的丈夫?"

"你知道我从来不看小说,"她说,为了迎合他那轻松愉快的心情,她接着说:"况且有一次你说过夫妻相爱是最要不得的。"

"我他妈的说过的话太多了。"他马上顶了她一句，就站起来了。

"你不要咒骂呀。"

"这你可得适应一下，而且要学着骂。你得适应我所有的坏习惯。你说——你说喜欢我，而且还想用你那漂亮的小爪子抓我的钱，那就得付出代价，这才是代价的一部分。"

"你不必因为我没有撒谎，没有让你神气，就朝我发火。你也并不爱我，对不对？我为什么一定要爱你呢？"

"是的，亲爱的，你不爱我，我也同样不爱你，如果我爱你，我也不会告诉你。愿上帝帮助那个真正爱你的人吧。你会使他伤心的，亲爱的，好比一只残暴的破坏成性的小猫，不管不顾，为所欲为，甚至不肯收住自己的爪子。"

说到这里，他一把把她拉起来，又吻起她来，不过这一次与刚才不同，他似乎不考虑是否会使她难受——他似乎故意要使她难受，故意要侮辱她。他的嘴唇滑到了她的脖子底下，最后他的嘴唇贴在了她的胸前，他是那么用力，时间又那么长，所以虽然隔着一层府绸，她还是感到烫得慌。她用两手挣扎着把他推开，又气愤，又不好意思。

"你不能这样！你怎么敢这么放肆！"

"你的心突突跳得像只小兔子哩，"他讥讽地说，"我冒昧地说一句，我觉得如果只是喜欢的话，心也不至于跳得这么快吧。你也不必生气。你这好像处女一样羞羞答答的样子完全是装出来的。快直说吧，要我从英国给你带点什么回来？戒指？要什么样的？"

作为一个女人，她想把装模作样地生气这场戏再拖长一

点,同时她又对瑞德说的最后这句话产生了兴趣,她犹豫了一下,说:

"唔——钻石戒指——瑞德,一定要买个特大的。"

"这样你就可以在穷朋友面前炫耀说:'看我这是什么!'是不是?好吧,我一定给你买个特大的,让你那些不怎么富裕的朋友只能互相安慰,悄悄地说:看她戴那么大的钻石戒指,真俗气。"

他突然站起来朝门口走去,她跟在后面,不知所措。

"怎么了?你上哪里去?"

"回去收拾行李。"

"唔,可是——"

"可是什么?"

"没有什么。祝你旅途愉快。"

"谢谢。"

他打开书房门,来到过厅里。思嘉跟在后面,不知怎么办好,感到有些失望,没想到这出戏竟这样草草收场。他顺手穿上大衣,拿起了手套和帽子。

"我会给你写信的。你要是改变主意,就来信告诉我。"

"你就不——"

"怎么?"他急着要走,似乎有些不耐烦了。

"你就不亲亲我,表示告别吗?"她小声说,怕别人听见。

"一个晚上,亲了你那么多次,还不够吗?"他反问道,并低头朝她笑了笑。"想一想你这样一个懂事的有教养的年轻女子——我刚才说了,是有乐趣的,你看,是不是?"

"啊,你真坏!"她大声嚷嚷起来,也顾不上怕嬷嬷听见了。"你永远不回来,我也不在乎。"

她转身朝楼梯走去,估计他会伸出温暖的手,拉住她的胳臂,不让她走。但是他却打开前门,进来一股冷风。

"可是我一定要回来。"他说完就走了出去,剩下她一个人站在头一磴台阶上,看着关上了的大门发愣。

瑞德从英国带回来的戒指的确很大,大得思嘉都不好意思戴了。她是喜欢华丽贵重的首饰,不过她仿佛觉得大家都说这只戒指很俗气,也确实俗气,所以她感到有些不安。当中是一颗四克拉的钻石,周围有一圈绿宝石。这戒指盖住了整整一节手指,好像重重地压在手上。思嘉怀疑瑞德是费了很大力气定做了这只戒指,而且不怀好意,故意做得这么扎眼。

瑞德回到亚特兰大并把戒指戴在思嘉手上之前,思嘉没有把她的打算告诉任何人,连家里人也没告诉。她把订婚的消息一宣布,顿时引起了一场风波,人们议论纷纷。三 K 党事件之后,除了北方佬和北方来的冒险家之外,瑞德和思嘉就成了全城最不受欢迎的人。很久以前,查尔斯·汉密尔顿死后,思嘉早早地把丧服脱去,就遭到了众人的指责。经营木材厂是一般女人不干的事,怀孕之后还抛头露面,也显得很不体面,此外还有许多别的事情,引起人们更加严厉的指责。可是自从她造成了弗兰克和托米的死,而且危害了另外十几个人的生活,人们的指责一下子就变成了公开的谴责。

至于瑞德,战争期间他搞投机生意,就受到全城的痛恨,后来投靠共和党人,也没有赢得人们的好感。可是说也奇怪,他救了亚特兰大几位知名人士的命,却遭到亚特兰大的太太们强烈的仇恨。

她们并不是悔恨她们的丈夫依然健在。她们强烈不满,是因为她们的丈夫之所以健在,要归功于瑞德这样一个人,要归功于那样使人难堪的计谋。一连几个月,她们受到北方佬的讥笑和鄙视,抬不起头来,她们认为而且直言不讳,如果瑞德真为三K党着想,他就会以更体面的方式来解决问题。她们说,他是故意把贝尔·沃特琳扯进来,使得城里有威望的人名誉扫地。因此,他虽然救了人,人们既不感谢他,也不宽恕他过去的罪过。

这些女人乐于助人,富有同情心,能吃苦耐劳,但是如果谁对她们的不成文法规稍有违反,她们是毫不留情的。她们的法规也很简单:拥护联盟,尊敬老战士,忠于传统,人穷志不穷,宽厚待人,痛恨北方佬。在她们看来,思嘉和瑞德违反了法规中所有的要求。

瑞德救出来的那些人为了顾全面子,也为了感谢瑞德,想让他们的家属保持沉默,然而难以办到。在瑞德和思嘉还没有宣布准备结婚的时候,他们俩就很不受欢迎了,不过大家表面上对他们还客客气气。现在就连这种冷淡的客气也没有了。他们订婚的消息就像炸弹一样炸开来,来得突然,威力又大,全城为之震动,就连脾气最好的女人也直言不讳,谈起来非常激动。弗兰克死了刚刚一年,她就又嫁人了,弗兰克还是她杀死的呢!她嫁的这个名叫巴特勒的男人开着一家妓院,还和北方佬和北方来的冒险家合伙干各种见不得人的勾当。他们俩,要是单独说来,大家还觉得可以忍受,但是这样肆无忌惮地结合在一起,实在让人受不了。两个人都是臭名昭著的恶人。真该把他们赶走,不让他们待在这个城市里。

如果他们俩订婚的消息是在另外一种情况下宣布的,亚特兰大也许会对他们俩采取较为宽容的态度。可是眼下瑞德结交的那些北方来的冒险家和投靠北方佬的南方人在当地有名望的公民之中名声特别不好。他们订婚的消息在亚特兰大传开的时候,正赶上当地的老百姓反对北方佬及其追随者的情绪最强烈,因为佐治亚州反对北方统治的最后一个堡垒刚被攻破。四年前谢尔曼从多尔顿以北向南进军,由此开始的漫长战役终于达到了高潮,屈辱的生活遍及整个佐治亚州。

重建运动已经进行了三个年头,这是充满了恐怖的三年。大家都觉得情况已经坏得不能再坏了。现在人们才意识到佐治亚州重建时期最苦的日子才刚刚开始。

三年来,联邦政府一直想把自己的思想和统治强加在佐治亚州身上。因为它依靠军队强制实行,所以在很大程度上是成功的。但这新政权完全是靠武力维持的。佐治亚州虽然是在北方佬的统治之下,但是没有得到本州人的同意。州里的领导人不停地斗争,要求本州按照自己的意志实行自治的权利。他们坚决抵制,不肯屈服,拒不接受华盛顿的旨意作为本州的法律。

佐治亚州政府从未正式投降,但是它所进行的斗争是徒劳无益的,只有节节败退。在这场斗争中,它是不可能获胜的,不过它至少推迟了那不可避免的结局。在南方别的州里,已经有大字不识的黑人身居高位,或者进入了黑人和北方冒险家控制的州议会。但是佐治亚顽强抵抗,至今仍能避免这种厄运。三年之中,州议会大部分时间控制在白人和民主党人手中。北方佬军队到处都是,在这种情况下,政府官员除了抗议和抵制之外,很难有所作为。他们的权力是有名无实的,不过他们至少还能把州政府控制在佐治亚州本地人手中。现在就连这最后一个堡垒也被攻破了。

四年前,约翰斯顿及其部下从多尔顿往亚特兰大节节败退,一八六五年以后出现了类似的情况,那就是佐治亚的民主党人步步退让。联邦政府在佐治亚州的权力日益增大,干涉州里的事务,影响百姓的生活。动用武力的情况日趋严重,军方的命令越来越多,使得文职官员越来越无能为力。最后,佐治亚州沦为一个军事区,不论本州的法律是否允许,根据命令,选举一定要让黑人参加。

　　就在思嘉和瑞德宣布订婚前一个星期,举行了一次州长选举。南方民主党人的候选人戈登将军是州里最受人爱戴、最有威望的人。和他竞选的共和党人名叫布洛克。选举进行了不是一天,而是三天。一列一列的火车把黑人从一个城市拉到另一个城市,沿途在各个选区投票选举。布洛克当然获胜。

　　如果说谢尔曼拿下佐治亚,百姓怨声载道,冒险家、北方佬和黑人最后拿下州议会就民怨沸腾了。这是佐治亚州从未有过的情况。亚特兰大,乃至整个佐治亚,群情激昂,怒气冲天。

　　而瑞德·巴特勒却是人们深恶痛绝的布洛克的朋友。

　　思嘉一向是除了鼻子底下的事以外,什么都不注意,所以这次选举,她几乎不知道。瑞德并没有参与这次选举,他和北方佬的关系也和过去没有什么两样。不过瑞德总归是一个投靠北方佬的人,而且是布洛克的朋友。这桩婚事成了以后,思嘉也就成了投靠北方的人。对于敌人营垒中的人,亚特兰大无意采取宽容或谅解的态度。他们订婚的消息一传开,人们只想到与他二人有关的种种坏事,好事就都不记得了。

　　思嘉知道全城都对她不满,然而不知道群众气愤到了什么程度。后来梅里韦瑟太太在教友的催促下自告奋勇出来对她进行规劝。

"因为你母亲去世了,皮蒂小姐又没结过婚,没有资格来——唔——来跟你谈这件事,所以我觉得不能不提醒你,思嘉,巴特勒船长这个人,良家妇女都不应该嫁给他,他是个——"

"他救了梅里韦瑟爷爷的命,还救了你的侄儿呢。"

梅里韦瑟太太一听这话,气得鼓鼓的。一个钟头以前,她还跟爷爷有过一段不愉快的谈话。那老头儿说,即或瑞德·巴特勒投靠北方,是个流氓,也不能一点都不感谢他,否则就是不把他这把老骨头放在心上。

"他只是在我们身上耍了一个鬼花招呀,思嘉,让我们在北方佬面前出丑,"梅里韦瑟太太接着说,"这个人是个大流氓,这咱们都是知道的。他一向是个流氓,现在大家恨死他了。正经人是决计不会接待他的。"

"不接待他?这就怪了,梅里韦瑟太太。战争期间,他也是你家的常客呀。他还送给梅贝尔一件白缎子结婚礼服,对不对?要不就是我记错了。"

"战争期间情况可就不同了,善良的人接触的许多人都不怎么——那都是为了事业,是完全正当的。你千万不要嫁给这样一个人,他不但自己没有参军打仗,还讥笑那些参军的人,你说是不是?"

"他也是参过军的。他在军队里待了八个月。参加过最后一次战役,在富兰克林打过仗,是跟着约翰斯顿将军投降的。"

"这可没听说过,"梅里韦瑟太太说,看样子她不相信有这样的事,"可是他没受过伤。"她得意地补了这么一句。

"很多人都没受伤呀。"

"像个样子的人都受伤了。我就没听说谁没受伤。"

这句话可把思嘉惹火了。

"你认识的那些人大概都是傻瓜,下雨不避,子弹不躲。现在请你听着,梅里韦瑟太太,你也可以转告你那些爱管闲事的朋友。我要跟巴特勒船长结婚,就算他为北方佬打过仗,我也不管。"

这位尊贵的妇人气呼呼地走了出去,帽子一翘一翘的。这时思嘉意识到这个人已经不再是一个对她不满的朋友,而成了公开的敌人。但她毫不介意。无论梅里韦瑟太太说什么话,或做什么事,对她说来都无所谓。谁说什么,她都不在乎——只是嬷嬷的话例外。

皮蒂姑妈一听说他们要结婚就晕倒了,思嘉熬了过来。艾希礼听到消息,突然老了许多,向她祝贺的时候,连看都不正眼看她,她也挺了过来。波琳姨妈和尤拉莉姨妈从查尔斯顿来信,使她啼笑皆非,她们听到消息之后都吓坏了,连忙阻止这门婚事,说这不但有损于她自己的社会地位,还会危及她们的声望。媚兰紧蹙双眉诚心诚意地对她说:"巴特勒船长当然要比许多人想象的好得多。他又厚道,又有办法,这才救出了艾希礼。他也总算是为联盟战斗过。不过,思嘉,最好不要这么仓促决定,你说是不是?"思嘉对媚兰这番话一笑置之。

任何人的话她都不在乎,但是嬷嬷的话不同,因为嬷嬷的话使她非常生气,非常伤心。

嬷嬷说:"你做的很多事,爱伦小姐要是知道,会伤心的。

我也很难过。不过这件事你做得最不像话。嫁给一个下流坏！我就叫他下流坏！你不必说他是什么上好的人家出身，那也没有用。上等家庭出来的下流坏，也还是下流坏。思嘉小姐，我看着你从霍妮小姐手里把查尔斯先生抢过来，可是你并不爱他。我还看着你从亲妹妹手里把弗兰克先生抢过来。你干了很多事，我都没吭声，比方说，把坏木头当好木头卖，说同行的坏话，一个人赶着车到处乱跑，招惹那些自由黑人，让弗兰克先生送了命，你还不让犯人吃饱，差点把他们饿死。这些事，我都没吭声，就连爱伦小姐在九泉之下也会责怪我说：'嬷嬷，嬷嬷！你怎么不好好照看我的孩子呀！'好吧，那些事都过去了，可这件事，我不赞成，思嘉小姐。你不能嫁给一个下流坏。只要我还有一口气，就不能让你这样干。"

"我爱嫁谁就嫁谁，"思嘉无动于衷说，"我看你是忘了自己的身份吧，嬷嬷！"

"是啊，我早就该这么办了。我要是不对你说这些话，谁会对你说这些话呢？"

"我一直在考虑，嬷嬷，我觉得你最好回塔拉去吧。我给你一点钱，还有——"

嬷嬷摆出一副很神气的样子。

"我有我的自由，思嘉小姐。我要是不想去，你让我上哪儿，我也不去。让我回塔拉去，你得跟我一块儿去。我不能丢下爱伦小姐的孩子不管，说什么我也不走。我也不能丢下爱伦小姐的外孙和外孙女，让那个下流坏做继父，来抚养他们。我反正待在这里，不走。"

"我不能让你留在这里冲撞巴特勒船长。我已经决定嫁给他，没有什么话可说了。"

"要说的话很多。"嬷嬷慢条斯理地顶了她一句,她那充满泪水的老眼里露出了决心大战一场的神情。

"我从来不想对爱伦小姐家的人说这样的话。可是,思嘉小姐,你听着。你完全是一头骡子,配了一套马笼头。你可以把骡子的脚擦得光光的,把皮擦得锃亮,把笼头都用铜叶子包起来,驾到一辆华丽的马车上。可是骡子还是骡子,这是骗不了人的。你也是这样。你穿着绸子衣裳,开着木材厂,开着商店,又有钱,还摆出一副架子,很像一匹好马,可你终究是头骡子。你也同样骗不了人。那个巴特勒,家庭出身好,打扮得像参加赛马一样漂亮,可他和你一样,也是一头套着马笼头的骡子。"

嬷嬷目不转睛地盯着女主人。思嘉听到这样的辱骂,气得浑身发抖,说不出话来。

"你要是非嫁给他,你就嫁给他吧,谁让你和你爸一样固执呢。可是,你别忘了,思嘉小姐,我是不会走的。我要在这里待下去,看个究竟。"

嬷嬷没等思嘉答话,一转身就走了。如果她当时说一声"等着瞧吧",那语调也会令人毛骨悚然的。

后来他们在新奥尔良度蜜月的时候,思嘉把嬷嬷的话告诉了瑞德。瑞德一听嬷嬷说的骡子套着马笼头,便大笑起来,弄得思嘉又惊讶,又气愤。

"我从来没听见有人用这样简洁的语言说明深刻的道理,"他说,"嬷嬷是个很有头脑的老人,这样的人不多,我希望能得到他们的尊敬和谅解。不过我既然是头骡子,恐怕永远也不会得到她的尊敬和谅解了。婚礼之后,我兴致勃勃地给她一个十块钱的金币,可是她拒不接受。很少见到有人在金钱面前不发软的。可是她瞪了我一眼,谢了谢我,说她不是自由的黑人,不需要我的钱。"

"她干吗要那么激动呢?人们为什么要像一群老母鸡似的朝我咯咯乱叫呢?我和谁结婚,结几次婚,完全是我个人的事。我从来不爱管闲事,可有些人为什么老爱管别人的闲事呢?"

"我的小乖乖,世人什么都可以原谅,就是不能原谅不爱管闲事的人。可是你干吗要像一只烫伤的猫似的嗷嗷乱叫呢?你常说无论人家怎么议论你,你都不在乎。为什么不证明一下呢?你知道,你在小事上常常受人指责,在这件大事上,你怎么能指望躲过人们的非议呢?你早就知道,嫁给我这样的坏人,是要招人议论的。如果我是个出身卑贱,一文不名的坏人,别人可能没有多少话好说。可是我这个坏人又有钱,又干得红火——这当然就不可饶恕了。"

"我希望你有时候能认真一点。"

"我现在就很认真。好人要是看见坏人像芝麻开花一样兴旺发达,心里就难受,历来如此。你也不必烦恼,思嘉,我记得有一次你对我说,你之所以要很多钱,主要是为了能对任何人说见鬼去吧。现在你的机会来了。"

"可是我主要是想对你说见鬼去吧。"思嘉一面说,一面笑了。

"你现在还想对我说见鬼去吧?"

"不像以前那么想说了。"

"你什么时候想说,就说吧,只要能让你高兴就行。"

"我并不感到特别高兴。"思嘉说,低头随便亲了他一下。他那黑色的眼睛朝她脸上闪了一闪,想从她的眼中找到什么

东西,可是什么也没找到。他笑了笑,说:

"忘掉亚特兰大吧!忘掉那些老猫吧!我带你来新奥尔良,是为了让你高兴高兴的,我一定要使你感到高兴。"

第 五 部

第四十八章

思嘉在新奥尔良的确过得很愉快,从战前最后一个春天到现在,她从来没有感到这样愉快。新奥尔良是一个奇异的热闹地方,思嘉就像一个判了无期徒刑的囚犯突然获释一样,玩得痛快极了。北方来的冒险家在城里大肆掠夺,许多诚实的人流落街头,不知下一顿饭到哪里去找。一个黑人占据着副州长的位置。不过瑞德在新奥尔良带她去的地方,是她从未见过的繁华地区。她所见到的人,看上去都有的是钱,而且完全不必操心。瑞德介绍她认识了十几位妇女,她们长得漂亮,穿着鲜艳的袍子,两手细嫩,不像干过重活的样子,遇见什么事都要笑,从来不谈无聊的正经事,也不谈艰难困苦的日子。她见到的男人——多么令人兴奋呀!他们与亚特兰大的男人实在不同——都争着和她跳舞,不遗余力地向她献殷勤,好像她是舞会上的年轻皇后一样。

这些男人和瑞德一样,脸上都带着固执、鲁莽的神情。他们的眼睛始终很机警,好像很久以来生活在危险之中,不敢疏忽大意。他们似乎无所谓过去,也没有未来。思嘉有时想找个话题,就问他们来新奥尔良之前是干什么的,或在什么地方,他们总是客气地把话题岔开。这本身就很奇怪,因为在亚特兰大,任何一个新来的体面人都急于把自己的经历讲一讲,炫耀一下自己的家庭,他们的亲属关系非常复杂,可以说遍布整个南方。

但是这些人都是沉默寡言的人,说起话来字斟句酌,非常谨慎。有时瑞德单独和他们在一起,思嘉在隔壁就听见他们的笑声,还断断续续听见他们的谈话,但她是听不明白的,只能听出零零碎碎的几个字,还有一些莫名其妙的名字,其中有封锁时期的古巴和纳索,淘金热,非法侵占他人的采矿权,走私军火,海盗行为,尼加拉瓜和威廉·沃克,以及他如何在特鲁希略撞墙而死。有一次,她突然走进去,他们正在谈论匡特利尔①领导的游击队最近遭遇如何,见她进来,便连忙住口,她只听见两个人名字:弗兰克·詹姆斯和杰西·詹姆斯。

不过他们都文质彬彬,衣着考究,显然对她十分殷勤,因此他们这样时髦,她觉得无所谓。对她来说,真正重要的是他们都是瑞德的朋友,有宽敞的住房,有华丽的马车。他们带着她和瑞德去兜风,请他们吃晚饭,为他们举行晚会。思嘉觉得非常开心。她把自己的这种心情告诉瑞德时,瑞德觉得很有意思。

"我想你是会这样的。"他一面说,一面笑。

"为什么不这样呢?"她和往常一样,一听见他笑,就起疑心。

"他们都是二流人物,是流氓,是恶棍。他们都是冒险家,北方来的贵族老爷。他们有的和你那亲爱的丈夫一样,做食品投机生意发了财,有的靠和政府签订非法合同或通过经不起调查的肮脏手段发了财。"

---

① 威廉·克拉克·匡特利尔(1837—1865),美国南部联盟游击队领袖。

"我才不信呢！你在开玩笑吧。他们都是最老实的人……"

"城里最老实的人都在挨饿呢，"瑞德说，"他们规规矩矩地住在茅草棚里，要是我去看他们，我真怀疑他们会不会接待我。亲爱的，你知道战争期间我在这里干过一些见不得人的勾当，这些人记性特别好，还没有把我忘掉。思嘉，你时时刻刻使我感到高兴。你总是喜欢那些不该喜欢的人，不该喜欢的事。"

"可是他们都是你的朋友啊！"

"唔，不过我喜欢流氓。我小时候就在内河一条船上赌博，所以我对这样的人是了解的。可是，他们究竟是些什么人，我是看得很清楚的。然而你——"他又笑了起来，"你是没有识别人的本能的，下等人，上等人，你是分辨不清的。有时候我觉得你接触过的上等人只有你母亲和媚兰小姐，可是她们好像都没给你留下什么印象。"

"媚兰！哎，她难看得要命，穿的衣裳也那么俗气，而且自己也说不出有什么看法。"

"太太，你还是不要妒忌吧。美貌不能使人高尚，衣着不能使人尊贵。"

"唔，真的吗？那你就等着瞧吧，瑞德·巴特勒，我要做个样子给你看看。现在我有了——我们有了钱，我要成为你从来没有见过的最尊贵的女性。"

"我非常乐意等着瞧。"他说。

思嘉会见的这些人固然使她兴奋，瑞德给她买的衣服更加使她兴奋。衣服的颜色、料子、款式都是他亲自挑选的。用圆箍撑起来的裙子现在已经不时兴了，流行的式样非常新颖，裙子从前面向后在腰垫处收拢,腰垫上装饰着花环、蝴蝶结,还有波浪形的花边。她觉得还是战争期间那种用圆箍撑起来的裙子好,现在这种新式裙子把肚子的轮廓全都露出来了,使她觉得有些难为情。那可爱的小帽子简直不像帽子,而是一个扁平的小玩意儿,斜着搭在一只眼上,上面别着花呀,果呀,走起路来羽毛跳跃,丝带飘动。(思嘉的头发像印第安人的发头一样硬,小帽子压不住,她买过一些假的发卷,想用来衬一下,可惜都让瑞德糊里糊涂地烧掉了。)还有修道院里做的精细的内衣,实在可爱,而且买了那么多套。还有一件件睡衣、睡袍、衬裙,都是用最细的亚麻布做的,上面绣着华丽的图案,纳着细碎的小褶。还有瑞德给她买的缎子拖鞋,后跟有三英寸高,玻璃大鞋襻闪闪发光。长筒丝袜有十几双,没有一双是棉筒的。真阔气呀!

她毫无节制地花钱给家里人买礼物。给韦德买了一只圣伯纳种的长毛小狗,因为他一直想要这样一条狗。给小博买了一只小波斯猫,给小爱拉买了一只珊瑚手镯。给皮蒂姑妈买的是一大串项链,上面挂着许多月长石坠子。给媚兰和艾希礼买的是一套《莎士比亚全集》。她给彼得大叔买了一套很像样的制服,包括一顶车夫戴的真丝高帽子,外带一把刷子,给迪尔茜和厨娘买的是衣料。给住在塔拉的人也都买了昂贵的礼物。

"可是你给嬷嬷买了什么呢?"瑞德在旅馆里把小狗小猫都赶到梳妆室里,一面看着床上摆的这一大堆礼物,一面问。

"什么也没买。这个人太可恨。她说咱们是骡子,干吗要给她礼物?"

"人家说的是真情实况,你何必怀恨在心呢,我的小宝贝儿？你一定得给嬷嬷一件礼物。你要是不给她礼物,就会刺伤她的心——像她那样的心是很可贵的,怎么能刺伤呢？"

"我什么也不给她买,她不配。"

"那我就给她买一件吧。我记得我的奶妈常说,她升天的时候要穿一条府绸裙子,这裙子要硬得能立得住,而且非常朴素,上帝一看会以为是用天使的翅膀做的。我就给嬷嬷买块红府绸,让她做一条漂亮的裙子吧。"

"她不会接受你的礼物的。她宁可去死,也不会穿的。"

"这我相信。不过我还是要做个姿态嘛。"

新奥尔良的商店里物品丰富,使人目不暇接,和瑞德一起买东西是令人兴奋的。和他一起下馆子,也令人兴奋,甚至更加令人兴奋,因为他知道点什么菜,也知道菜是应该怎么做的。新奥尔良的葡萄酒、露酒和香槟,对她说来都很新鲜,喝下去感到心旷神怡,因为她只喝过自家酿制的黑莓酒、野葡萄酒和皮蒂姑妈的"一喝就醉"的白兰地。这且不说,还有瑞德点的那些菜呢。新奥尔良的菜肴最有名。思嘉想到过去在塔拉挨饿的苦日子,又想到不久以前拮据的生活,吃起这些丰盛的菜肴来,觉得老也吃不够。有法式烩虾仁、醉鸽、酥脆的牡蛎馅饼、蘑菇杂碎烩鸡肝、橙汁烤鱼,等等。她的胃口总是很好的,因为她一想到在塔拉没完没了地吃花生、豆子和白薯,就想尽量多吃一些法式菜肴。

"你每次吃饭就像吃最后一顿饭似的,"瑞德说,"不要刮盘子呀,思嘉。厨房里肯定还有呢。只要叫堂倌去拿就行了。不过你要是老这么大吃大嚼,你就会胖得跟古巴女人一样,到那时候,我可就要和你离婚了。"

可是她只朝他吐了吐舌头,接着又要了一份点心。这点心上面是厚厚的一层巧克力,中间还夹了一层糖。

想花多少钱,就花多少钱,不必一分一厘地算计,惦记着存钱纳税,或者买骡子,这可实在是痛快。交往的人都很高兴,很阔气,不像亚特兰大的人那个穷酸样儿,真是痛快。穿着窸窸窣窣的锦缎衣裳,显出腰身,露着脖子和胳臂,胸脯也露着不小的一块,而且还知道男人们对你垂涎欲滴,真是痛快。想吃什么,就吃什么,也没有人指责你缺乏大家闺秀的风度,真是痛快。香槟酒,想喝多少喝多少,也真是痛快。她头一次喝醉的时候,坐着敞篷马车,穿过新奥尔良的大街小巷回旅馆去,一路上高唱《美丽的蓝旗》。第二天清早,醒来以后,头疼得像要裂开一样,想起头一天晚上那样出洋相,感到很不好意思。她以前连女人微有醉意也没见过。她只见过一个女人,就是那个名叫沃特琳的家伙,在亚特兰大失陷的那一天喝得酩酊大醉。她感到非常难为情,简直没有脸见瑞德,但他觉得这件事很有意思。无论她干什么事,他都觉得很有意思,仿佛她是一只性情活泼的小猫。

和他一道出去,是一件非常令人兴奋的事,因为他长得漂亮。过去不知怎的,她从来没有考虑过他的相貌。在亚特兰大,人们光看他的缺点,没有议论过他的相貌。可是在新奥尔良,她发现别的女人老拿眼睛盯着他,他弯腰吻她们的手,她们是那么激动。她意识到别的女人觉得她丈夫很有吸引力,也许还在羡慕她,这使她突然感到和他在一起十分光彩。

“唔,我们两口子都很漂亮。”思嘉想道,心里乐滋滋的。

是的,的确是像瑞德所说的那样,结婚是有很多乐趣的。不光是有乐趣,她还学到了很多东西。这件事说起来也很怪,因为她曾经认为生活不可能再教给她什么新东西了。可现在她觉得自己像个孩子,每天都会有新的发现。

首先,她发现和瑞德结婚,与先前和查尔斯结婚,和弗兰克结婚,有很大的不同。他们都尊重她,怕她发脾气。他们都向她乞求恩惠,她要是高兴,也就给他们一些恩惠。瑞德则并不怕她,而且她常常觉得瑞德也不怎么尊重她。他想干什么,就干什么,思嘉要是不喜欢,他就觉得很有趣。思嘉并不爱他,但和他生活在一起确实很有意思。最有意思的是,虽然他这个人发起火来有时让人觉得他有些冷酷,有时他倒是痛快了,别人却感到厌烦,他却总能控制自己的感情,驾驭自己的感情,就像有一副马嚼子似的。

"我想这大概是他并不真爱我的缘故吧,"她心里想,而且她对这种情况也是满意的,"我还真不希望他完全放纵自己的感情。"不过她觉得这种可能性也是存在的,这个想法使她既兴奋又好奇。

她和瑞德结合之后,了解到他许多新的情况,她原来还以为对他非常了解呢。她了解到他的声音可能一会儿温柔得像猫咪,一会儿又变成尖厉的咒骂声。他可以表面上一本正经地赞扬在他去过的怪地方发生的英雄的、光荣的事迹和关于贞节与情爱的故事,马上又说一些最无情的玩世不恭的下流故事。她知道任何男人都不会对妻子讲这样的故事,不过这些故事的确有趣,而且能在她身上引起一种粗俗的感情。他可以是一个热诚的几乎可以说是温柔的恋人,一转眼他又成了挖苦人的恶魔,把她那火药一般的脾气揭开盖子,点上火,引起爆炸,从中取乐。她了解到他的奉承话总有两层截然相反的含义,他表现出来的最温柔的感情也是值得怀疑的。实际上,她待在新奥尔良的两个星期里,她了解了他各方面的情况,就是没有了解他究竟是个什么人。

　　有时他早上不用女用人,亲自用托盘把早点给她送到房里,一点一点地喂她,仿佛她是个孩子。他还把头刷从她手里拿过来,给她刷头发,刷得那乌黑的长头发噼啪作响。可是,有时候他早上突然把她身上盖的东西全掀开,挠她的脚,粗暴地把她从酣睡中惊醒。有时候他很认真地仔细听她述说生意中的各项细节,点头称赞她办事有头脑,有时候他就把她那些不是很正当的做法叫作捡便宜,叫作巧取豪夺。他带她去看戏,却悄悄地对她说也许上帝不赞成她到这种娱乐场所来,惹得她心烦。他带她到教堂去,却小声对她说些有趣的下流话,然后又责怪她发笑。他鼓励她有什么说什么,随便说,不拘束。她从他那里学了一些讽刺人挖苦人的字眼,而且逐渐喜欢使用这些字眼,觉得这样可以压人家一头。但是她还不会像瑞德那样,在恶毒之中掺上几分幽默,讥笑自己的时候,实际上是在讥笑别人。

　　他想让她玩儿,而她几乎已经忘了怎么玩了。生活一直是那么严峻,那么艰难。他是知道怎么玩的,于是就带着她一起玩。但是他不是像小孩子那样玩了;他是一个成年人,他的一举一动,她都是不会忘记的。女人看到尚有童心的男人做出滑稽可笑的动作不免要发笑,而思嘉是不能凭着女人的优越感看不起瑞德,朝他发笑的。

　　她一想到这种情况,就觉得不愉快。要是能比瑞德高出一筹就好了。她所认识的别的男人,她都可以置之不顾,以半带鄙视的口吻说:"简直是个孩子!"比如她父亲,比如好开玩笑、喜欢各种恶作剧的塔尔顿孪生兄弟,方丹家长着长毛、爱耍小孩子脾气的年轻人,查尔斯,弗兰克,所有在战争期间追求过她的人——实际上包括所有的人,艾希礼除外。只有艾希礼和瑞德是她无法理解无法控制的人,因为他们是成年人,身上没有孩子气。

她并不了解瑞德,也不想费事去了解他,虽然他有时候有些事使她迷惑不解。比如他有时以为她不注意,就偷眼看她,那眼神就很怪。她突然一转身,常常发现他在看她,眼中流露出机警、殷切与等待的神情。

"你为什么这样盯着我?"有一次她不高兴地问,"好像一只猫盯着耗子洞!"

但是他立刻换上一副模样,只笑一笑。过一会儿,她就忘了,不再费脑筋想这件事,和瑞德有关的什么事也都不想了。他这个人反复无常,不必为他多费心思,生活也过得挺愉快——可是一想到艾希礼就不同了。

瑞德弄得她很忙,顾不上时常想到艾希礼。白天,她脑子里几乎就没有艾希礼,可是到了晚上,她跳舞跳累了,或者喝香槟喝得头晕脑涨——这时候,她就想起艾希礼来了。她迷迷糊糊地躺在瑞德怀里,月光洒落在床上,在这种情况下,她常常想,要是艾希礼的胳臂这样紧紧地搂着她,该有多好呀!要是艾希礼把她的黑发从自己脸上撩开,拢在下巴底下,该有多好呀!

有一次,她这样想着,叹了一口气,扭头朝窗口看去。过了一会儿,她感到脖子底下这只有力的胳臂好像成了铁的一样,在寂静之中听见瑞德的声音说:"上帝该把你永远打入地狱,你这个小妖精!"

说罢,他就起来,穿上衣服,走了出去。思嘉非常吃惊,拦他也拦不住,问他他也不理。第二天早晨,她正在自己屋里吃早饭,他又回来了。头发乱蓬蓬的,喝得醉醺醺的,不满的情绪依然很重,他既没有道歉,也没有说明干什么去了。

思嘉什么也没问,对他十分冷淡。妻子受了委屈,这样做也是很自然的。她吃完饭之后,瑞德用带着血丝的眼睛看着她换上衣服,出去买东西去了。等她回来时,他已经走了,到吃晚饭的时候才回来。

这顿饭吃得很沉闷,思嘉一直耐着性子,因为这是她在新奥尔良吃的最后一顿晚饭了,而且她还想好好享受一下龙虾的美味。可是瑞德老盯着她,使她吃也吃不痛快。不过她还是吃了一只大的,还喝了好多香槟。也许是因为各种因素加在一起,当天晚上她又做起了过去做过的噩梦。她醒来,出了一身冷汗,抽抽搭搭地哭起来。她梦见自己又回到了塔拉,而塔拉是一片荒凉。母亲去世了,世上的一切力量与智慧也都随之消逝。世界上没有人可以投靠,没有人可以依赖。有一个可怕的东西在追她,她就跑啊,跑啊,心都快炸开了,就这样在茫茫大雾之中一边跑,一边喊,模模糊糊地想在周围的雾里找到一个不知名的、没有去过的地方躲藏起来。

她醒来,发现瑞德正弯着腰看她。他什么话也没说,就把她抱起来搂在怀里,好像搂着孩子一样,搂得紧紧的。他那结实的肌肉给她以安慰,他那无言的低声细语使她感到镇静,过了一会儿,她也就不哭了。

"唔,瑞德,我刚才又冷,又饿,又累,而且怎么也找不着。我在雾里跑啊,跑啊,可就是找不着。"

"你找什么,亲爱的?"

"我也不知道。我要是知道就好了。"

"又是以前做过的梦吗?"

"嗯,是的!"

他轻轻地把她放在床上,在黑暗之中摸索着点上一支蜡烛。在烛光下,他的眼睛带着血丝,他的脸上纹路清晰,像石头一样,看不出任何表情。他穿着衬衫,敞着怀,棕色的胸膛露在外面,上面长着厚厚的黑毛。思嘉还在吓得发抖,心里想,这个胸膛可是真坚强。她悄悄地说:"抱抱我吧,瑞德。"

"亲爱的!"他马上一边说,一边把她抱起来,坐在一把大椅子上,把她的身子紧紧搂在怀里。

"唔,瑞德,挨饿可是真可怕呀!"

"晚饭吃了七道菜,包括一只大龙虾,夜里睡觉还要梦见挨饿,一定是非常可怕的。"他笑了笑,不过眼睛里还是射出了和蔼的目光。

"唔,瑞德,我使劲跑啊,跑啊,找我要找的什么东西,就是找不着。躲在雾里,看不见。我知道,我要是能找到它,我就永远生活安定,再也不会受冻挨饿了。"

"你是在找一个人,还是在找一样东西?"

"我也不知道。我没好好想过。瑞德,你觉得我还会做梦想上生活安定的地方去吗?"

"不会的,"他说着,捋了捋她那蓬乱的头发,"我认为不会的。做梦不是这样做的。不过我认为你要是平时习惯于安定的生活,吃得饱,穿得暖,你就不会再做那样的梦了。思嘉,我一定使你过安定的生活。"

"瑞德,你真好。"

"感谢您的照顾,太太。思嘉,我劝你每天早上起来的时候就对自己说:'我永远不会再挨饿了,我永远不会再有麻烦了,只要瑞德和我在一起,只要美国政府能维持下去。'"

"美国政府?"她吃惊地问,随着就坐起来,脸上的泪珠还没有干。

"过去联盟的钱现在已经变成了贞洁的女人,我用一大部分买了公债了。"

"我的老天爷!"思嘉喊道,直直地坐在他的腿上,刚才的噩梦也全然忘记了,"我的意思是说你把钱借给了北方佬吗?"

"利息相当高啊。"

"百分之百的利息我也不管。你一定要马上卖掉。让北方佬用你的钱,亏你想得出。"

"那我这钱该怎么花呢?"他笑着问,这时他发现她已经不像刚才那样吓得睁着大眼睛了。

"怎么——怎么,你可以到五点镇去买地皮呀。我敢说,你那些钱把整个五点镇都买下来也够了。"

"谢谢你,可是我不想要五点镇。现在冒险家的政府真正控制了佐治亚,很难说会发生什么事。成群的秃鹰正从四面八方向佐治亚扑来,我不想逃避,我要和他们周旋,你明白吗,做一个像样的投靠北方的人就得这么干,不过我并不信任他们。我也不想把钱用来买房地产。我愿意买公债。公债可以藏起来。房地产就不那么好藏了。"

"你认为——"她问,因为她想起自己的木材厂和商店,脸都白了。

"我不知道。不过你不必这么害怕,思嘉。新上任的漂亮州长是我的朋友。现在时局太不稳定,我不想把很多钱投放在房地产上。"

他把她挪到一条腿上,微微向后一仰,伸手拿了一支雪茄,点上。她两只赤脚悬空坐在那里,看着他棕色胸膛上的肌肉伸缩,就把害怕的事全忘了。

"既然谈到房地产,思嘉,"他说,"我打算盖一所房子。你可以强迫弗兰克住在皮蒂小姐的房子里,我可不干。一天听她嚷嚷三回,我可受不了。还要,彼得大叔就是把我杀了,也不会让我住进神圣的汉密尔顿家的房子。皮蒂小姐可以请英迪亚·威尔克斯小姐去和她同住,免得坏人来捣乱。咱们回到亚特兰大以后,先住在民族饭店的新婚套间里,等咱们的房子盖好了就搬过去。咱们离开亚特兰大之前,我就在跟他们讨价还价,准备买下桃树街上那一大片空地,就是莱顿家旁边那块空地。你一定知道我说的地方。"

"啊,瑞德,太好了。我多么想有一所自己的房子呀。我要一所特大的。"

"咱们总算在某件事情上有了一致的看法。盖一所白灰墙、铁花栏杆的房子,和这里的法式建筑一样,好不好?"

"唔,不好,瑞德。不要新奥尔良这种老式的房子。我知道要什么样的。我要最新式的,我看到过一个图样,在——让我想一想——在我看的一份《哈泼斯周报》上。是模仿一所瑞士 chalet①。"

"一所瑞士什么?"

"chalet."

"哪几个字母?"

她把这个词的拼法告诉了他。

"噢。"他一面说,一面捋了捋小胡子。

---

① 英语,意为:木结构别墅。

"非常好看。斜度不同分成两段的屋顶,上面有一溜栅栏,两头各有一个尖塔,是用彩色木瓦板盖的。尖塔上的窗户镶着红蓝玻璃。看上去可时髦了!"

"我想回廊上还有锯齿形的栏杆吧?"

"是啊。"

"回廊屋顶的边上还有木头做的云形花饰垂下来,是不是?"

"是的。你一定见过这么一所房子。"

"我是见过——但不是在瑞士。瑞士人非常聪明,对建筑艺术更有独到之处。你真的要这样一所房子吗?"

"啊,是呀!"

"我原来希望你和我结婚之后,能提高你的格调。你为什么不喜欢法式房子,或六根白柱子的殖民地式的房子呢?"

"实话对你说吧,看上去俗气的,过时的,我都不要。里面我要用红纸糊墙,用红天鹅绒做门帘。啊,我要好多高级胡桃木家具,还要华丽的厚地毯,还要——啊,瑞德,人人看了咱们的家,人人都会羡慕得脸色发青的。"

"有必要让大家都羡慕咱们吗? 你要是高兴,可以让他们羡慕得脸色发青。不过,思嘉,你想过没有,现在大家都这么穷,咱们布置房子这样摆阔气,能算是格调高吗?"

"我就要这样。"她固执地说,"过去他们对我那么刻薄,现在我也不能让他们好受。我们要大开宴会,让全城的人后悔当时不该说那样难听的话。"

"可是谁会来参加我们的宴会呢?"

"怎么,当然是人人都会来的。"

"那可不一定。这些保守派是宁肯死了也不认输的。"

"唔,你这是说什么呀!你只要有钱,大家就一定喜欢你。"

"南方人可不是这样。有钱的投机商要想进入上等人家的客厅,比骆驼穿针眼还要难。至于投靠北方的人——我是说我和你,我的宝贝儿——要是不受到唾弃,就算走运了。不过你要是想试一试,我可以支持你,亲爱的,我也一定会为你所做的努力感到非常高兴。既然现在谈到钱,那就让我把话说清楚。家里过日子,买穿戴,你要多少钱,我给你多少钱。你要是喜欢首饰,也可以买,但是要由我来挑选,你的格调太低,我的宝贝儿。给韦德,给爱拉,想买什么,你就买什么。要是威尔·本廷种棉花种得好,我也愿意资助,帮你卸掉在克莱顿县你那么喜爱的那个沉重的包袱。这可以说是很公平了吧?"

"当然,当然。你是很慷慨的。"

"不过请你仔细听明白。一分钱也不能花在你那商店上,一分钱也不能花在你那劈柴厂上。"

"唔。"思嘉说,脸也沉下来。蜜月期间,她一直在想怎样提起这个话题,要一千块钱,再买五十英尺地,扩大木材厂。

"我记得你老吹嘘,说自己是个开明的人,我做生意,别人有些什么议论,你全不在意,谁知你和所有的男人都一样,就怕人家说我当家。"

"咱们巴特勒家谁当家,那是任何人都不会有什么疑问的。"瑞德慢条斯理地说,"傻瓜们说些什么,我是不介意的。其实,我缺乏教养,现在有个能干的老婆,也是件值得骄傲的事。我想让你继续经营你的商店和木材厂。给你的孩子们留着吧。等韦德长大以后,他会觉得不便让继父养活他,他就可以接过去，接着经营。但是无论是商店，还是木材厂，我一分钱都不给。"

"那是为什么？"

"因为我不想资助艾希礼·威尔克斯。"

"你又来了，是不是？"

"不是。是你要问原因，我就把原因告诉你。还有一件事，不要以为你可以在账目上耍花招，蒙骗我，说你买衣服花多少钱，家里的开销要多少钱，结果却把钱拿去替艾希礼买骡子，或者再买一个木材厂。我要监督审查你的各项开支，什么东西多少钱，我是清楚的。唔，不要以为我是在侮辱你。你非这样做不可。我对你是不会放松的。实际上，凡是涉及塔拉和艾希礼的地方，我都不会对你放松。塔拉倒还无所谓。艾希礼可一定要划在界线以外。我正在缓缓地驾驭着你，我的宝贝儿，可是你不要忘记，同样也是有马嚼子和马刺的。"

第四十九章

埃尔辛太太竖起耳朵听了听过道里的动静。她听见媚兰的脚步声逐渐消失在厨房里,厨房里碟子和银器的碰撞声说明正在准备点心,她就回过头来悄悄地对在场的几位太太说起话来。当时这几位太太正在客厅里围坐在一起做活,针线筐子就搁在腿上。

"就我个人而言,我现在不想,永远也不想去拜访思嘉。"她说,脸上高傲的神气显得特别冷酷。

联盟赈济孤寡缝纫会的其他成员一听这话,都连忙放下手中的活计,拉了拉摇椅,凑得更近了。这几位太太早就想议论思嘉和瑞德,但是因为媚兰在场,不便开口。就在两天以前,这对夫妇从新奥尔良回来了,现在就住在民族饭店的新婚套间里。

"休说出于礼貌也要去拜访一下,因为巴特勒船长救过他的命。"埃尔辛太太继续说,"可怜的范妮也同意他的意见,说她也要去拜访。我对她说:'范妮,要不是思嘉,托米现在也还活得好好的。你要是去拜访,这岂不是对死者的侮辱吗?'范妮没有头脑,竟然说:'妈,我不是去拜访思嘉。我是去拜访巴特勒船长。他为救托米尽了力,没有救成,也不是他的过错呀。'"

"年轻人就是糊涂！"梅里韦瑟太太说，"还要去拜访，真是的！"她曾劝思嘉不要和瑞德结婚，思嘉对她非常粗暴，她想起这件事，气得她那宽厚的胸脯一起一伏，"我们家的梅贝尔和你们家的范妮一样地糊涂。她说要和雷内一块儿去拜访，因为巴特勒船长出了力，雷内才没有绞死。我说要不是思嘉出去乱跑，雷内根本就没有危险。梅里韦瑟爷爷也要去拜访，他老糊涂了，竟然说即便我不感激，他也要感激那个大流氓。我敢说，自从梅里韦瑟爷爷到沃特琳这狗东西那里去了一趟之后，就干起丢人现眼的事来了。还说去拜访呢，真是的！我可不去。思嘉真是作孽，竟然嫁给这样一个人。他在战争期间做投机生意，刮我们的钱，让我们挨饿，真是坏透了。现在他又和北方冒险家和投靠北方的南方人勾结在一起，他还是——是那臭名远扬的布洛克州长的朋友呢——还说要去拜访，真是的！"

邦内尔太太叹了一口气。她是个皮肤黝黑的胖女人，总是笑眯眯的。

"他们只去拜访一次，为了礼貌嘛，多丽。我不想责怪他们。听说那天晚上参加活动的人都想去拜访他，我觉得这也是应该的。不知怎的，我总觉得难以想象思嘉是她母亲的孩子。我在萨凡纳和她母亲爱伦·罗毕拉德是同学，当时没有比她更可爱的姑娘了，我跟她也很要好。她想嫁给堂兄菲利普·罗毕拉德，她父亲要是不反对就好了。其实那孩子也没有什么不好——年轻人难免干些荒唐事。可是后来爱伦就不得不和奥哈拉老头儿逃走，结了婚，生了思嘉这么一个女儿。看在爱伦的分上，我也得去拜访他们一次，真的。"

"婆婆妈妈的，简直是胡扯！"梅里韦瑟太太气呼呼地说，

"基蒂·邦内尔,丈夫死了刚一年就又嫁了人,这样一个女人,你也要去拜访吗? 这个女人——"

"肯尼迪先生实际上也是她杀害的,"英迪亚插言说,她的语调冷淡而尖刻,她一想到思嘉,就想起斯图尔特·塔尔顿,就连礼貌也顾不上了,"肯尼迪先生还没死的时候,我就总觉得她和那个叫巴特勒的人有特殊关系,一般人没注意就是了。"

几位太太一听这话,特别是听一位老处女说这样一件事,都感到非常惊讶。她们惊魂未定,媚兰就在门口出现了。她们刚才专心致志地在那里叽咕,没有听见媚兰轻盈的脚步,现在看见女主人站在面前,她们就像小学生咬耳朵,被老师抓住了一样。媚兰的脸色一变,她们不但惊愕,而且害怕了。她生气是理所当然的。她气得满脸通红,温柔的眼睛冒起火来,鼻翅也不停地颤抖。过去谁也没有见媚兰生过气。在场的人谁也没想到她也是会生气的。她们都很喜欢她,但是她们都认为她是一个最温柔最随和的女人,尊敬长辈,从来不谈个人的看法。

"你怎么敢说这样的话,英迪亚?"她用颤抖的声音小声说,"你这样妒忌,会走到哪一步田地呢? 真可耻!"

英迪亚的脸色变得煞白,头倒还抬得高高的。

"我说的话,决不收回。"她的话很简短,但心绪是极不平静的。

"我妒忌吗?"她问自己。她想到斯图尔特·塔尔顿,想到霍妮和查尔斯,难道她没有理由妒忌思嘉吗? 难道她没有理由恨她吗? 特别是现在她怀疑思嘉已经设法使艾希礼落入了她的罗网。她想:"关于艾希礼和你那宝贝思嘉,我有许多话要对你说。"英迪亚一方面想保持沉默,借以保护艾希礼,一方面又想把自己的一切怀疑告诉媚兰,告诉全世界,借以把艾希礼解脱出来,她还在犹豫不决。她要是一说出来,就会迫使思嘉彻底放弃她对艾希礼的控制。不过现在时机还不成熟。她还没有真凭实据,只是怀疑而已。

"我说的话,绝不收回。"她又重复说。

"那么,值得庆幸的是你不再和我们一起过日子了。"媚兰说,语气非常冷淡。

英迪亚一听这话,马上站起来,发黄的面孔涨得通红。

"媚兰,你——你是我的嫂子——不会为了这件小事和我争吵吧——"

"思嘉还是我的嫂子呢,"媚兰说,她和英迪亚互相瞪着眼,好像陌生人一样,"而且对我比亲姊妹还要亲。我从她那里得到的好处,你要是这么容易就忘了,我可忘不了。围城的时候,她一直陪着我,而她本来是可以回家去的,当时就连皮蒂姑妈都跑到梅肯去了。北方佬眼看就到亚特兰大了,她还亲自张罗为我接生,而且不辞劳苦地把我和小博送到塔拉,她当时也不是不可以把我丢在这里的一所医院里,让北方佬把我抓去。她照料我,给我喂饭,而她自己又累又饿。因为我身体不好,又有病,我睡的是塔拉最好的床垫。后来我能走路了,仅有的一双像样的鞋也给我穿了。她为我做的这些事,英迪亚,你忘得了,我可忘不了。后来艾希礼回来了,生着病,心灰意懒,无家可归,口袋里一个大子儿也没有,她像姐妹一样收留他。后来我们觉得非去北方不可,而又舍不得离开佐治亚,这时候又是思嘉出来,让他经营木材厂。巴特勒船长还救了艾希礼的命,这也是他的一片好心,人家又不欠艾希礼什么情分。所以我感激他们,既感激思嘉,又感激巴特勒船长。而你,英迪亚!你怎么能忘了思嘉对我和艾希礼的好处呢?你怎么能把你哥哥的生命看得无足轻重,反而用恶言中伤救过他命的人呢?你就是在巴特勒船长和思嘉面前下跪,也不为过呀。"

"得了,媚兰,"梅里韦瑟太太用尖酸的语调说,这时她的心情已经平静下来,"别这样对英迪亚说话呀。"

"你说思嘉的那番话,我也听见了,"媚兰说,她转过身来对付这位胖老太太了,神气就像一个参加格斗的人,刚从一个倒下的对手身上拔出剑来,又猛烈地朝另一个对手刺去,"还有你,埃尔辛太太。你们那些可爱的脑袋瓜里对她是怎么想的,我不管,因为那是你们的事。但是你们在我家里议论她,或者让我听见,我就得管。可是你们怎么会有那样可怕的想法呢,而且还说出来?难道你们的丈夫就那么不值得爱护,你们不愿意让他们活着,宁愿让他们死掉?对于救了他们的人,对于冒着生命危险救了他们的人,你们就一点也不感激吗?事实真相要是一暴露,北方佬当时很可能就认为他也是三 K党的成员了。那样,他们就会把他绞死。然而他还是冒着生命危险救了你们家里的人。他救了你公公,梅里韦瑟太太,还救了你女婿和两个侄儿。邦内尔太太,他救了你的兄弟;埃尔辛太太,他还救了你的儿子和女婿。你们是一帮忘恩负义的人!我要求你们每一个人道歉。"

埃尔辛太太站起来,顺手把活计塞到筐里,嘴唇紧闭,显出很坚决的样子。

"没想到你也这么没有教养,媚兰——我决不道歉。英迪亚说得对。思嘉是个轻浮放荡的女人。我不会忘记她在战争期间的所作所为。也不会忘记她有了几个钱之后,做起事来有多么下贱——"

"你真正不会忘记的是,"媚兰打断她的话,握起两只小拳头插在腰间,说,"她不让休管木材厂了,因为他太无能。"

"媚兰!"大家一起发出了抱怨声。

埃尔辛太太把头一扬,朝门口走去。她抓着门把,停住脚步,转过身来说:"媚兰,"她的语气变得温和了,"亲爱的,这件事让我伤心呀。我是你母亲最要好的朋友,是我帮着米德大夫把你接到这个世界上来的。我把你当自己的孩子一样疼爱。要是为了什么要紧的事,你这样说倒也罢了。可是我们说的是思嘉·奥哈拉这样一个女人,她马上就会坑害你,就像对待我们一样——"

埃尔辛太太开始说这番话时,媚兰的眼睛还有些湿润,等这位老妇人说完,媚兰的脸色反而显得坚定了。

"请各位注意,"她说,"如果谁不去拜访思嘉,谁就永远不要再来看我。"

大家一听这话,顿时嚷嚷起来,混乱之中,她们站起身来。埃尔辛太太把针线筐子往地上一扔,走了回来,假发也歪到一边去了。

"这我不干!"她说,"这我不干。你是发昏了,媚兰,不过我不责怪你。你我仍然是朋友,不能让这件事影响咱们的关系。"

她说着说着哭起来。不知怎的,媚兰也在她怀里哭起来了,不过她还抽抽搭搭地说她刚才的话是当真的。还有几位妇女也放声大哭。梅里韦瑟太太一边用手绢捂着脸痛哭,一边把埃尔辛太太和媚兰都搂起来了。皮蒂姑妈原来只是呆呆地在一旁看着,这时忽然瘫在地上。她过去也常晕倒,有时是真晕倒,这一次可的确是晕倒了。有人哭泣,有人亲吻,有人忙着找嗅盐,有人跑着去拿白兰地,就在这一片混乱之中,只有一个人脸色沉静,两眼不湿。英迪亚·威尔克斯趁着无人注意,溜走了。

过了几个钟头,梅里韦瑟爷爷在时代少女酒馆见到亨利·汉密尔顿叔叔,就把他从儿媳妇那里听来的上午发生的事,一五一十地述说了一遍。他谈得津津有味,因为总算有个人能镇住他那凶狠的儿媳妇。他自己可没那个勇气。

"那么这一伙没有头脑的傻瓜最后打算怎么办呢?"亨利叔叔不耐烦地问。

"我也说不清楚,"梅里韦瑟爷爷说,"不过据我看,这场争论,媚兰没怎么费劲就占了上风。我敢说,她们都会去拜访的,至少也得去一次。你那个侄女,大家是很看重的,亨利。"

"媚兰是个傻瓜,倒是另外那些女人说得对。思嘉是个滑头女人,不知道查尔斯当时怎么会娶她做老婆,"亨利叔叔闷闷不乐地说,"不过媚兰的话也有一定的道理。巴特勒船长救的人,是应当和家属一起去拜访拜访,要不就不像话。说实在的,我对巴特勒并不怎么反感。那天晚上他救了我们的命,像个男子汉。思嘉才是眼中钉,肉中刺。这个女人太聪明,反而害了她自己。反正我是要去拜访他们的。管他是不是投靠了北方佬,思嘉总还是我的侄媳妇。我想今天下午就去拜访他们。"

"我和你一块儿去,亨利。多丽要是听说我去了,非发疯不可。等我再喝一杯就走。"

"别喝了,咱们去喝巴特勒船长的酒吧。说句公道话,他那里总是有好酒喝的。"

瑞德早就说那些顽固派是不会认输的,他这话还真说对了。有些人来拜访他们,他知道这是没有多大意义的,他也知道他们为什么来看他们。参加三K党那次不成功的行动的人,他们的家属起初是来拜访过,但是很明显,后来就很少来了。而且他们也不邀请瑞德·巴特勒夫妇到他们家里去做客。

瑞德说,这些人要不是怕冒犯媚兰,是不会来看望他们的。他为什么会这么想,思嘉也不知道,只觉得这个想法很无聊,也的确是很无聊。因为媚兰怎么可能影响埃尔辛太太和梅里韦瑟太太这样的人呢?他们来过一次就不再来了,思嘉并不怎么在意,其实,她几乎就没有发现,因为他们这套房子里常常挤满了另一种类型的客人。长期住在亚特兰大的本地人管他们叫"外来户",这还不是最不客气的称呼呢。

民族饭店里住着很多"外来户",他们和瑞德和思嘉一样,也是因为自己的房子还没有盖好。他们很活跃,很阔气,很像瑞德在新奥尔良结交的那些朋友。他们的衣服很考究,花起钱来大手大脚,至于来历,就不清楚了。这些人之中,男的都是共和党人,都是"因与州政府有关的公务而到亚特兰大来的"。究竟是什么公务,思嘉既不知道,也不想费心思去了解了解。

其实瑞德就可以把确切的情况告诉她——他们所要干的和秃鹰对快死的动物所要干的是一样的。他们从远处闻到死亡的气味,就一下子聚到这里来,准备饱餐一顿。佐治亚靠本州的百姓管理自己的局面已不复存在,这个州已陷于瘫痪,于是冒险家便蜂拥而来。

瑞德认识的投靠北方的人和北方来的冒险家,他们的太太们成群结队地来拜访,有些"外来户"为了盖房子,从思嘉这里买过木料,也前来拜访。瑞德说,既然在生意上和她们打过交道,就要接待她们。接待她们之后,思嘉觉得和她们在一起很愉快。她们都穿着漂亮的衣服,从来不谈论那次战争,也不谈论艰苦的生活,谈话内容限于时髦衣服,风流韵事,和怎样打惠斯特桥牌。思嘉从来没有打过牌,打起这种牌来很感兴趣,没有多久就打得很不错了。

只要她待在饭店里,总有一帮牌友聚集在她那里。不过近来她并不常在饭店里,因为她忙着盖新房,顾不上招待客人了。近日来,她对于是否有人来访,并不在意。她想把社交活动推迟一下,等到房子盖好以后,她就成了亚特兰大最大的一所住宅的女主人,就可以主持全城规模最大的宴会了。

天气温暖,她一天天看着她那红石头灰木瓦板的住宅不断增高,非常壮观,比桃树街上任何其他住宅都要显眼。她把商店和木材厂全忘了,把时间都花在工地上,一会儿跟木匠争吵,一会儿和石匠顶嘴,催促承包人尽快完工。墙壁很快就起来了,她满意地想:这所房子盖好以后,要比全城所有的房子更大,更好看。甚至比附近的詹姆斯公馆还要气派,这座公馆不久以前刚被买去做布洛克州长的官邸了。

州长的官邸,栏杆和屋檐上都镶着锯齿状的花边,但是思嘉的住宅装饰着复杂的云形花样,使州长的官邸大为逊色。官邸里有一间舞厅,但是和思嘉住宅里占了整个三层楼的大厅相比,简直就像是个台球桌了。实际上思嘉的住宅在各方面都要超过州长的官邸,超过全城任何一所房子。它圆顶多,塔楼多,尖塔多,阳台多,避雷针多,彩色玻璃窗更是多得多。

房子四周有回廊,四面各有一溜台阶,与地面相通。院子宽大,绿草如茵,几条朴素的铁凳散落在各处。一座铁制凉亭,按照时髦的叫法,叫作"格子堡",人家向思嘉做过保证,一定是纯粹哥特式的。院子里还有两只铁兽,一只是牡鹿,一只是大狗,和设特兰矮种马差不多大小。这个新的家这样大,这样华丽,为了追求时髦,室内光线昏暗,韦德和爱拉搬进来之后有些不大适应,唯有院子里这两只铁兽使他们感到高兴。

房子里的陈设完全是按照思嘉的意思布置的。满屋里都铺着厚厚的红地毯,门上挂着红色天鹅绒门帘。黑色胡桃木家具漆得特别亮,样子也是最新式的,连一寸光滑的木头也不留,全要刻上花纹。马毛呢做的坐垫非常滑,太太小姐们坐在上面必须很小心,生怕从上面滑下来。墙上到处挂着镶着镀金框子的大镜子小镜子——正如瑞德无意之中说的那样,这里的镜子和贝尔·沃特琳那里的镜子一样多。镜子之间也有些钢版印制的版画,镶着大框子,有的有八英尺之长,是思嘉从纽约专门定做的。墙上糊着华丽的深色壁纸,天花板很高,但屋里总是很暗,因为窗子上挂着绛紫色长毛绒窗帘,几乎把阳光全都遮住了。

总而言之,这所房子使人看了惊叹不已。思嘉踏在柔软的地毯上,或躺在羽绒床上,就像掉进安乐窝里一样,想起在塔拉的时候,那冰凉的地板,那稻草铺的床铺,这时也就心满意足了。她觉得这是她见过的最漂亮、陈设最讲究的一所房子,但是瑞德却说这是一场噩梦。不过只要她喜欢,就让她尽情地住在这里吧。

"一个陌生人,对我们毫不了解,一看这所房子,就会知道它是用不义之财盖起来的,"瑞德说,"你知道,思嘉,常言说得好:斜路上来的钱,去路不正。这所房子正好说明这个道理。只有投机商才会盖这样的房子。"

但是思嘉沉浸在骄傲和幸福之中,只想在新居里完全安顿下来之后怎样招待客人,听了瑞德的话,只是顽皮地拧了一下他的耳朵,说:"别胡扯了!你还有什么好说的?"

现在她也知道了,瑞德总爱奚落她,要是认真听他那些挖苦人的话,就会觉得扫兴。要是跟他计较,就得跟他吵,而思嘉并不想跟他交锋,因为她总是要输的。因此几乎他说什么她都不听,非听不可的时候,也只当是句玩笑话。至少有一段时间,她就是这么干的。

蜜月期间,和住在民族饭店的大部分时间里,他们在一起生活得很融洽。可是他们刚搬进新居,思嘉刚交了几个新朋友,他们就开始突然激烈地争吵起来。每次争吵的时间都不长,因为和瑞德争吵不可能持续很长时间,他对她的激烈言词总是采取冷漠的态度,等待时机,冷不防,给她一下子。她吵啊,嚷啊,瑞德则不这样。他只用毫不含糊的言词评论她本人,她的活动,她的房子,她的新朋友。他有些意见不同一般,她不能置之不理,也不能当作开玩笑。

比如,她想摘掉原来的招牌"肯尼迪百货商店",换一块更吸引人的招牌,于是就让他起个名字,其中一定要包括 emporium① 这样一个词。瑞德建议用 Caveat Emptorium② 这个招牌,还向她保证,说这个招牌对店里卖的东西来说,再合适不过了。她觉得这个名字很好听,而且也让人去做招牌去了,才听见感到尴尬的艾希礼·威尔克斯把真实意思给她翻译出来。她气得不得了,瑞德则大笑一阵。

再比如他怎样对待嬷嬷。嬷嬷寸步不让,始终认为瑞德是披着马鞍的骡子。她对瑞德很客气,但很冷淡。她总是称他"巴特勒船长",从来不称他"瑞德先生"。瑞德送给她红裙子,她也没有屈膝行礼,而且也不穿这条裙子。她尽量不让他看见爱拉和韦德,虽然韦德很喜欢瑞德叔叔,瑞德显然也很喜欢这孩子。可是瑞德不但没有辞退嬷嬷,或者对她特别厉害,不爱理她,反而对她极为尊重,比对思嘉新近结交的太太小姐们客气得多。实际上,比对思嘉本人还要客气。他总要得到嬷嬷的允许,才带着韦德去骑马,总要先征求她的意见,才给爱拉买娃娃。而嬷嬷对他却不怎么客气。

思嘉觉得瑞德应该对嬷嬷严厉,这样才符合一家之主的身份,而瑞德只是笑一笑,说嬷嬷才是真正的一家之主。

有一次,他把思嘉惹火了,因为他冷冷地说几年以后共和党的统治要在佐治亚州倒台,民主党人要重新掌权,到那时候,他就该替她后悔了。

"等将来民主党人有了自己的州长,自己的州议会,所有你新结交的这些庸俗的共和党朋友就全得倒台,重操旧业,开酒吧,倒污水,他们也就配干这样的营生。你就会孤零零一个人,处于危险的境地,既没有民主党的朋友,也没有共和党的朋友。唉,这都是将来的事,现在不必担心。"

思嘉听了,大笑起来,她是笑得有道理的,因为当时布洛克在州长的位置上坐得稳稳当当,州议会里已经有了二十七个黑人,佐治亚州有数千名选民失去了选举权。

"民主党人永远不会重新上台了。他们只会刺激北方佬,这就只能推迟他们重新上台的时间。他们就会夸夸其谈,晚上出去搞三 K 党的活动。"

"他们会回来的。我了解南方人。我了解佐治亚人。他们很坚强,很倔犟。如果非得再打一仗,才能重新上台,他们就会再打一仗。如果需要像北方佬那样花钱收买黑人的选票,他们就会花钱收买黑人的选票。如果需要像北方佬那样让一万名死人参加选举,那么佐治亚州每一个公墓里的每一具尸体都会到投票站去。在我们的好友鲁弗斯·布洛克的仁政之下,情况会非常糟,佐治亚很快就要把他赶走了。"

"瑞德,话不要说得这么难听!"思嘉大声说,"听你这么说,好像我不希望民主党重新掌权似的!而你明明知道,情况不是这样!我是很喜欢他们回来的。难道你以为我愿意看着这些兵在这里走来走去,使我想起——难道你以为我愿意——唉,我也是个佐治亚人呀!我希望看到民主党人重新上台。可是他们不上台,老也不上台。即便他们上了台,对我的朋友会有什么影响呢?他们的钱还是他们的,对不对?"

"那就得看他们能不能存住钱了。看他们现在这个花钱的样子,我怀疑他们的钱能留过五年。来得容易,去得快呀。他们的钱对他们不会有什么好处。正如我的钱也没有给你带来什么好处一样。它肯定还没有把你变成一匹马,是不是,我可爱的小骡子?"

最后这句话引起了一场口角,他们吵了好几天。思嘉绷着脸,不说话,显然是要求瑞德向她赔不是。这样过了四天之后,瑞德到新奥尔良去了,把韦德也带去了,嬷嬷对这件事是反对的。他一直待到思嘉的怒气消了才回来。不过瑞德不肯屈服，依然使她感到难受。

瑞德从新奥尔良回来时，心平气和，思嘉也就尽量强压着怒火，暂时把这件事置诸脑后，留待将来再考虑。她现在不想在令人不快的事情上费心思。她希望快活，因为她满脑子想的都是如何在新居里首次大宴宾客。那将是一次规模极大的晚宴，要用棕榈树装点起来，还要请一支管弦乐队。四周的回廊全要用帆布遮起来，那各式小吃使她一想到都要流口水。她在亚特兰大所有认识的人她都要请，包括所有的老朋友和度完蜜月回来后认识的所有那些漂亮的新朋友。准备这次宴会，使她感到兴奋，在大部分时间里，她也就忘了瑞德那些刺耳的话。她感到快活，在她考虑怎样举办这次宴会的时候，她感到几年来从未有过的快活。

啊，有钱可真有意思！开宴会可以不计算花销！买最贵的家具、衣服和食品，也可以不考虑怎样付款！可以把数额相当大的支票寄给查尔斯顿的波琳姨妈和尤拉莉姨妈，寄给塔拉的威尔，多么开心呀！啊，那些妒忌人的糊涂虫竟然说钱无所谓！瑞德还说钱没给她带来什么好处，真叫人不可理解！

思嘉向所有的朋友发出了请帖，老朋友，新朋友，比较熟的，不太熟的，甚至她不喜欢的，都请到了。就连梅里韦瑟太太，她上民族饭店去拜访思嘉的时候简直可以说是粗暴无礼，还有埃尔辛太太，她的态度冷若冰霜，也都没有排除在外。她还邀请了米德太太和惠廷太太，虽然她明明知道她们都不喜欢她，也明明知道她们参加这样体面的聚会，没有像样的衣服可穿，会感到尴尬。因为思嘉这次新居大聚会，一半是宴会，一半是舞会，当时管这样的晚间聚会叫"大聚会"，亚特兰大还从未见过这样盛大的聚会呢。

　　到了那天晚上,大厅里和帆布遮起来的回廊上挤满了客人。他们喝着她用香槟配制的香甜饮料,吃着她的小馅饼和奶油牡蛎,随着乐队演奏的乐曲跳舞,乐队前面整整齐齐地摆着一排棕榈和橡皮树。但是瑞德称之为"老团兵"的人,除了媚兰和艾希礼、皮蒂姑妈、亨利叔叔、米德大夫夫妇,梅里韦瑟爷爷之外,别人都没有来。

　　"老乡团"有许多人经过一番犹豫之后,是决定要来参加这次"大聚会"的。有的人是看了媚兰的态度而接受邀请的。有的人是因为觉得瑞德救了他们的命,或救了他们亲属的命,而接受邀请的。然而就在宴会的前两天,有一条谣言在亚特兰大传开了,谣言说布洛克州长也受到了邀请。"老团兵"表示反对,寄来了一大摞明信片,说他们不能接受思嘉的善意邀请,感到遗憾。为数不多的几位老朋友虽然来了,可是州长一到,他们感到尴尬,就毫不犹豫地退席了。

　　思嘉看到这些情况,既惊讶,又气愤,觉得这次宴会完全失败了。多么排场的"大聚会"呀!她精心安排了这次活动,想让大家看一看这了不起的场面,可是老朋友只来了那么几个,老对头则一个也没来。天亮的时候,客人都走完了,她恨不得大哭大闹一番,可是又怕瑞德哈哈大笑,怕看他那转个不停的黑眼睛,因为他虽然没有说,却流露出这样的意思:"我早就告诉你了嘛!"所以她只好强压住怒火,装作无所谓的样子。

　　第二天早上,她就对着媚兰一个人大肆发作起来。

　　"你真让我下不来台,媚兰·威尔克斯,你还让艾希礼和那些人一块让我下不来台。你要是不拉着他们走,他们是不会那么早就走的。唉,我看见你了!我正要把布洛克州长带过来,介绍给你们,你就像兔子一样跑掉了。"

"我想他不会——我想他不可能真来参加,"媚兰不高兴地回答说,"虽然大家都说——"

"大家?这么说来,大家都在叽叽咕咕议论我,是不是?"思嘉气愤地嚷道,"你是不是说,你要是事先知道州长要来参加,你也和他们一样,根本就不来了?"

"是的,"媚兰两眼看着地板,低声说,"亲爱的,在那种情况下,我是不能来的。"

"你可真行啊!原来你也会和他们一样,让我下不来台呀!"

"唔,别这么说,"媚兰非常难过地说,"我不是有意伤你的心。你就是我的姐妹,亲爱的,是我的亲兄弟查理的妻子,我——"

她怯生生地把一只手搭在思嘉胳臂上。可是思嘉一下子把它甩开了,恨不得自己也能像父亲杰拉尔德那样,生起气来大发雷霆。但是媚兰并不示弱。她两眼盯着思嘉那双愤怒的绿眼睛,瘦削的肩膀挺了挺,顿时显出一副庄重的神气,虽然和她那略带稚气的面孔和她的身材有些不相称。

"对不起,让你伤心了,亲爱的。但是布洛克,或者任何一个共和党人,或者任何投靠北方的人,我都不能见。我在你家里不见他们,在别处也不见他们。即或我不得不——我不得不"——媚兰往四下里扫了一眼,想找一个最重的词儿——"即或我不得不显得粗暴无理,我也不见他。"

"你是在指责我的朋友们吗?"

"不是,亲爱的。不过他们是你的朋友,不是我的朋友。"

"你是指责我不该把州长请到家里来吗?"

媚兰无法回避了,但她仍旧盯着思嘉的眼睛,毫不动摇。

"亲爱的,你做什么事情,都是有道理的,我喜欢你,信赖你,我是不会指责你的。谁要是指责你,让我听见,我就不答应。不过,思嘉呀!"突然间,激动的话语脱口而出,滔滔不绝,声音不大,里面却包含着无法消除的恨,"这些人是怎样对待我们的,难道你忘了吗?亲爱的查理死了,艾希礼的身子垮了,'十二橡树'村烧了,难道你忘了吗?唔,思嘉,你打死的那个家伙,他手里就捧着你母亲的针线盒,你总没有忘记吧!谢尔曼的队伍开到塔拉,把咱们的内衣都偷走了,他们还想把房子烧掉,还真的拿我父亲的战刀耍弄了一番,你也不会忘记吧!思嘉呀,这些人抢过我们,折磨过我们,还让我们挨过饿,你就是把这些人请来参加你的宴会了!就是这些人,他们使得那些黑鬼对我们那么神气,他们抢走了我们的财物,不让我们参加选举。我忘不了,也不想忘掉这一切。我不会让我的小博忘记这一切,我还要教我的孙子痛恨这些人,如果上帝让我活下去,我还要教我孙子的孙子痛恨这些人。思嘉,你怎么能忘记呢?"

媚兰说到这里,停下来喘一口气,思嘉注视着她,媚兰感情强烈,声音颤抖,使她感到吃惊,把她的怒气也驱散了。

"你以为我是傻瓜吗?"她不耐烦地问,"我当然记得!可是这一切都已经过去了,媚兰。我们要尽量利用现有的条件,现在我就是在这么干。布洛克州长,还有一些比较好的共和党人,如果我们善于跟他们打交道,是能够给我们很大帮助的。"

"比较好的共和党人是没有的,"媚兰斩钉截铁地说,"再说,我也不愿意让他们帮助。我也不想尽量利用现有的条件,如果这指的是北方佬。"

"我的天哪,媚兰,干吗要赌气呀?"

"啊!"媚兰说,显得有些过意不去的样子,"看我说了些什么!思嘉,我本来并不想使你伤心,也不想指责你。各人有各人的想法,人人都有权坚持自己的想法。你听我说,亲爱的,我是爱你的,而且你也知道我爱你。不管你做什么事,我也不会改变对你的态度。你也还是爱我的,是不是?我没有让你恨我吧?思嘉,咱们俩要是有什么不和,我可受不了——咱们毕竟是同舟共济,一起过来的呀!说声没关系吧。"

"快别胡说了,媚兰,你真会小题大做。"思嘉不满地说,但是媚兰轻轻地用手搂住了她的腰,她没有再甩掉。

"行了,我们又和好了,"媚兰愉快地说,不过她又悄悄地补充说,"亲爱的,我希望咱们还和过去一样,互相看望。共和党人和投靠北方的人哪一天来看你,你只要告诉我一声,我待在家里就是了。"

"你来不来,对我来说,根本无所谓。"思嘉说着,戴上帽子,气呼呼地回家去了。媚兰脸上露出伤心的样子,这使得思嘉觉得她那受到损害的虚荣心得到了一定程度的满足。

首次宴会之后,一连几个星期,思嘉感到要对大家的看法装作根本无所谓的样子是很困难的。除了媚兰、皮蒂姑妈、亨利叔叔和艾希礼之外,老朋友都不来看她,也不邀请她去参加他们的小型聚会,这使她大惑不解,而且非常难过。难道她没有尽量捐弃前嫌,并且向他们表示,虽然他们散布流言蜚语,进行恶意中伤,她对他们并无恶感吗?他们应该清楚,她和他们一样不喜欢布洛克州长,对他笑脸相迎,不过是权宜之计。这些糊涂虫!要是人人都对共和党人笑脸相迎,佐治亚州很快就可以摆脱她现在所处的这种困境。

她当时还没有意识到,她和过去的生活、昔日的朋友之间的脆弱的联系,她已经一下子切断了,永远接不起来了。即便媚兰出来运用她的影响,也无济于事。何况媚兰又惊讶,又伤心,但依然忠贞不渝,也不想帮着恢复那种联系了。即或思嘉想再像以前那样生活,和老朋友打交道,现在也已经不可能了。全城都对她板起了面孔,和花岗石一样硬。人们对布洛克政权的恨,也落到了她的身上,这种恨里面没有多少火气,而是非常冷酷,难以消逝。思嘉已经把自己的命运和敌人拴在了一起,无论她的出身和家庭背景如何,她现在都要算是变节分子、黑人的支持者、叛徒、共和党人——还要算是一个投靠北方的人。

思嘉痛苦了一阵子之后,便收起了她那假装无所谓的样子,而露出了真面目。她这个人从来不对人们的所作所为做过多的考虑,也不因一件事做不成而长期闷闷不乐。没有多久,梅里韦瑟、埃尔辛、惠廷、邦内尔、米德和其他人家对她有什么看法,她就置之不顾了。至少媚兰带着艾希礼来看她,而艾希礼才是最重要的一个人。亚特兰大还有一些别的人是愿意来参加她的宴会的,这些人比那些思想保守的老家伙随和得多。她什么时候想大宴宾客,就可以发出邀请,这些客人和那些反对她的思想僵化的老糊涂虫相比,心情愉快得多,衣服也漂亮得多。

这些人都是不久以前才到亚特兰大的。她们有的是瑞德的朋友,有的在那些神秘的活动中和他有联系。他向思嘉提到这些活动时就说:"做生意而已,我的宝贝儿。"客人之中有的是思嘉住在民族饭店时认识的一对一对的夫妻,有的是布洛克州长任命的官员。

现在和思嘉交往的有各式各样的人。盖勒特夫妇曾在十几个州里居住过,显然每次都是因为他们的欺骗勾当被发觉而仓促离开的。康宁顿夫妇在离这里很远的某一个州里曾和"自由人局"有联系,从无知的黑人身上赚了很多钱,而他们是应当保护这些黑人的。迪尔夫妇曾把"硬纸板"鞋卖给联盟政府,战争的最后一年不得不到欧洲去躲了起来。亨登夫妇在许多城市的警察局里挂了号,但又常常在投标中获胜,得以和州政府签合同。卡拉汉夫妇是靠开赌场起家的,现在正利用州政府的钱修建并不存在的铁路,来进行更大规模的赌博。弗莱厄蒂夫妇一八六一年以一分钱一磅买下的盐,一八六三年涨到五角钱一磅,因而大发其财。巴特夫妇战争期间曾在北方某大城市开过一家最大的妓院,现在也在北方冒险家的社交界进进出出。

现在和思嘉来往密切的就是这样一些人,但是参加她的大型宴会的还有另外一些人,他们有一定的文化,有一定的修养,许多人有很好的家庭背景。除了冒险家先生们之外,颇有些资产的人也从北方来到亚特兰大,因为他们看到在这重建与发展的时期,这里的生意是源源不断的。北方有钱的人家把年轻的儿子送到南方,让他们在新的地区进行开拓。北方的军官退役之后就在他们浴血奋战攻下的这座城市里定居了。起初,他们人生地不熟,很愿意应邀参加又阔气又好客的巴特勒太太举行的豪华宴会,但是不久他们就逐渐退出她的圈子。这些善良的人们只要与那些冒险家们和冒险家政权稍一接触,就会像佐治亚州的本地人一样憎恶他们。许多人加入了民主党,比南方人还像南方人。

还有一些格格不入的人依然留在思嘉的圈子里,只是因为他们到哪里都不受欢迎。他们倒是愿意到老乡团的安静的客厅里去做客,可是老乡团不请他们去。这些人里面有一些是北方来的女教师,她们到南方来,目的是教育黑人,教育投靠北方的南方人,这些南方人本来都是不错的民主党人,南方投降以后,成了共和党人。

不现实的北方来的女教师,和投靠北方的南方人,这两种人哪一种更为亚特兰大的本地人所痛恨呢?很难说得清楚,不过人们可能更加痛恨第二种人。关于北方来的女教师,人们可以说:"哦,北方佬喜欢黑人,你对他们能有什么指望呢?他们当然觉得黑人和他们都是一样的。"但是对于为了个人利益而加入共和党的佐治亚人来说,就没有借口了。

"我们能挨饿,你们也应该能挨饿。"这就是老乡团采取的态度。许多人过去在联盟的队伍里当过兵,知道家里缺衣少食的人多么害怕,因此以较为宽容的态度对待过去的战友,如果他们为了让家人得以糊口而改变了自己的政治面目。老乡团的女眷则不然,这些女人是社会首领的坚定不移的后盾。在她们心目中,事业虽然失败了,现在却比鼎盛时期更强大,更亲切。现在它成了崇拜的对象。和它有关的一切都成了神圣的了。比如为它而献身的死者的坟墓,打仗的战场,破碎的战旗,交叉着挂在大厅里的战刀,褪了色的前线来信,参加过战斗的老战士,等等。这些女人对先前的敌人不帮助,不接待,不留宿,现在思嘉也被划到敌人里边去了。

在这个由形形色色的人出自政治形势的需要而结合在一

起的社会里,只有一个共同点,那就是钱。他们之中,许多人在战前从来没有在手里一次拿着二十五块钱,现在却恣意花钱,其奢侈程度在亚特兰大是前所未有的。

在政治上,共和党人掌权,亚特兰大进入了一个浪费和讲排场的时期,表面上的文雅微微地遮掩着下面的庸俗与罪恶。很富的人和很穷的人之间的差距,从来没有像现在这么明显。居高位者对不那么幸运的人毫不关心。黑人当然除外。他们的一切都一定是最好的:最好的学校,最好的住宅,最好的衣服,最好的娱乐,因为他们掌握着政权,每一张黑人选票都是起作用的。至于新近陷于贫困的亚特兰大人,他们可以挨饿,或者栽倒在大街上,刚刚富起来的共和党人是无动于衷的。

在这庸俗的浪潮中,思嘉处于领先的地位,兴高采烈。她刚结了婚,打扮得花枝招展,又有瑞德的钱做坚强的后盾。当时的情况是合乎她的口味的:人人都毫不掩饰地炫耀自己,妇女的衣着都过于华丽,家里的陈设都过于讲究,珠宝太多了,马匹太多了,食品太多了,威士忌太多了。思嘉有时也静下心来想一想,她知道如果严格地用母亲爱伦的标准来衡量,那么她新近结交的这些女人都不能算是正经人。但是自从很久以前,她在塔拉站在客厅里,决心做瑞德的情妇以来,屡次违反母亲爱伦的标准,所以现在也就不怎么觉得良心上过不去了。

严格说来,这些新朋友也许不能算是先生和女士,但是他们和瑞德在新奥尔良交的朋友一样,都是很有意思的人。这些人比她以前在亚特兰大认识的性情压抑、常去教堂、喜欢读莎士比亚的那些朋友,有趣得多。除了度蜜月时那段短暂的时间外,她很久没感到乐趣了。她也很长时间没有安全感。现在生活安定了,她想跳舞,她想玩,她想放荡,她想大吃大喝,她想穿绸缎,她想睡在柔软的羽毛床上,或坐在舒适的沙发上。这一切,她都做到了。瑞德让她由着性子干,觉得很有趣,她现在也摆脱了幼年时代的束缚,甚至最终摆脱了受穷的顾虑,于是她就要实行她过去常常抱有的一种奢望了,这奢望就是:想干什么,就干什么,谁不赞成,就叫他见鬼去。

思嘉陶醉了,她的心情与赌徒、骗子、彬彬有礼的女冒险家、一切靠耍心眼儿制胜的人一样,这种人活在世上,对于有组织的社会来说,简直是一种耻辱。思嘉真是想说什么,就说什么,想干什么,就干什么,她那傲慢的态度几乎马上就膨胀得无边无际了。

思嘉对待新结识的共和党人和投靠北方的人也是蛮横无理的,但是她对北方驻军的军官及其家属比对任何其他人都更为粗暴,更为傲慢。流入亚特兰大的,有各式各样的人,唯有军人,她是既不接待,也不欢迎的。她甚至故意显得对他们不礼貌。蓝军装意味着什么,不光是媚兰一个人不会忘记。对思嘉来说,那军装和那金黄色的纽扣永远意味着围城的恐怖气氛,逃难的可怕经历,意味着掠夺,焚烧,意味着极度穷困的生活和在塔拉的艰苦劳动。现在她有钱了,而且结交了州长和许多显要的共和党人,社会地位稳固了,就有资本对每一个穿蓝军装的人无礼了。她也的确对他们无礼了。

瑞德有一次漫不经心地对她说,在他们家聚会的男客,大部分人不久以前还穿着这身蓝军装呢。思嘉却反驳说,北方佬只要不穿军装,就不像是北方佬了。瑞德答道:"你真固执得可爱,"耸了耸肩膀,显出无可奈何的样子。

思嘉讨厌驻军穿的笔挺的淡蓝军装,特别喜欢怠慢他们,因为她这种态度实在使他们感到愕然。驻军的家属自然是要感到惊愕的,因为她们大都是文质彬彬的有教养的人,她们在这怀有敌意的异乡感到孤独,盼着回到北方去,而且为不得不维护那个无赖的统治而感到有些惭愧。这些人肯定比和思嘉来往的那些人强。驻军军官的太太们看着活跃的巴特勒太太竟然把红头发的丑陋的布里奇特·弗莱厄蒂一类的女人当作挚友,而故意怠慢她们,自然是感到迷惑不解的。

然而就连思嘉视为挚友的女人也不得不忍气吞声。不过她们是心甘情愿的。对她们来说,思嘉不仅象征着财富与风度,而且体现着旧的制度,包括旧的人物,旧的家庭,旧的传统,等等,而她们正殷切地希望和这些旧的事物结合在一起。她们所向往的那些旧家庭恨不得把思嘉赶出去,但是新兴的达官贵人的太太们对于这一点,是全然不知的。她们只知道思嘉的父亲当年是个大奴隶主,她的母亲来自萨凡纳的罗毕拉德家族,她的丈夫是查尔斯顿的瑞德·巴特勒。对她们来说,这就很够了。旧的社会集团鄙视她们,对她们不回访,在教堂里只对她们冷淡地点头致意,她们一心想打入这样一个旧的社会集团,就用得着她这块敲门砖。事实上,思嘉还不光是她们进入社会的一块敲门砖。她本来并不引人注目,刚刚发迹,对她们来说,她就是社会的体现。她们本人也不是真正上流社会的女士,因此对于思嘉这一套虚假的外表,她们看不清楚,思嘉自己也看不清楚。她们是按照思嘉对自己的看法来看待她的,因此在她面前忍气吞声。她摆架子,她施恩惠,她发脾气,她耍态度,她当面对人粗暴无礼,她毫不客气地指责人家的缺点,这一切,她们都忍受了。

她们没有根基,对自己也没有信心,因此特别希望显得文雅,不敢发火,也不敢顶嘴,生怕人家说没有女士的风度。不管付出什么代价,她们也要像个女士的样子。她们装出一副非常娇嫩谦恭与天真的模样。听听她们说的话,你会觉得她们与罪恶的下层社会既无联系,也不了解。红头发的布里奇特·弗莱厄蒂皮肤白皙,娇嫩怕晒,操着柔和的爱尔兰口音,谁也想不到她竟会盗走父亲暗中收藏的财物,来到美国,在纽约一家饭店里做女招待。看一看西尔维亚(原先叫萨迪·贝尔)·康宁顿和玛米·巴特那多愁善感的样子,谁也不会想到前者是在父亲在鲍厄里开的酒店楼上长大的,忙时还要帮着照看酒吧,谁也不会想到后者据说本是她丈夫开的妓院里的一个姑娘。现在她们都成了娇滴滴的风雨不愁的宝贝儿了。

男人们虽然会赚钱,却不善于学习新的生活方式,或者说他们可能对新绅士向他们提出的要求还不够耐心。他们在思嘉的宴会上喝酒喝得很凶,实在太凶了,宴会之后往往有一位或几位客人临时留下来过夜。他们喝酒,和思嘉小时候那些人喝酒的样子可大不相同。他们满脸发涨,反应迟钝,丑态毕露,脏话连篇。此外,无论思嘉在显眼的地方摆上多少只痰盂,第二天早上还是可以在地毯上看到嘴里流出的烟汁的痕迹。

思嘉看不起这些人,可是她又喜欢和他们在一起。因为她喜欢和他们在一起,她家里就老有许多这样的人。因为她看不起他们,他们一把她惹烦了,她就叫他们去见鬼。不过他们倒也能忍受。

瑞德的话,他们也能忍受,这就更不容易了,因为瑞德把他们看透了,这一点,他们也是知道的。他甚至就在自己家里,也是说揭他们的短,就揭他们的短,而且总是弄得他们无话可说。关于自己如何赚钱,他认为是没有什么见不得人的,因此他假装认为别人怎样发迹,也没有什么见不得人的,于是他几乎一有机会就要说,而大家一致认为,为了照顾面子,还是不说为好。

不定什么时候瑞德就会举着一杯香甜饮料和蔼地说:"拉尔夫,我要是不糊涂,就该像你那样,把金矿股票卖给寡妇和孤儿,而不应该去跑封锁线。你那个办法保险得多。"或者说:"哎呀,比尔,我看到了,你又买了两匹新马呀!是不是又卖了几千块钱的并不存在的铁路工程的债券?干得不错呀,伙计!"或者说:"祝贺你,阿莫斯,祝贺你和州政府签了合同。真糟糕,你不得不贿赂这么多人,才把合同拿到手。"

总而言之,太太们觉得瑞德庸俗得让人无法忍受,对他十分讨厌。先生们则在他背后管他叫猪猡,杂种。过去亚特兰大不喜欢他,他没有想办法讨好他们,现在亚特兰大依然不喜欢他,他也依然没有想办法讨好他们。他自行其是,感到自得其乐,看不起别人,对周围的人提出的看法置之不理,客气得使人觉得他这种客气实际上是一种进攻。对思嘉来说,他依然是个谜,不过她已不再为解这个谜而伤脑筋了。她确信,他对什么都不满意,将来也不会满意;他或者是急需什么东西,而恰恰没有这件东西,或者是从来就不需要什么东西,因此对任何东西都觉得无所谓。他讥笑她做的每一件事,他鼓励她任意挥霍,待人傲慢,他讽刺她华而不实,虚装门面——他为她付所有的账单。

第五十章

瑞德一向是举止圆滑稳重，从不脱出这一常规，就连他们最亲密的时候也是如此。但是思嘉始终不能消除那种由来已久的感觉，觉得他总是偷偷地注视着她，如果她猛一回头，一定会惊动他眼中那揣测、等待的神情，这神情表现出一种几乎难以忍受的耐性，而思嘉对这种耐性是无法理解的。

和他一起生活，有时是很愉快的，虽然他有个怪毛病，不许别人在他面前扯谎、装模作样或夸夸其谈。他耐心地听她说商店、木材厂和酒店的情况如何，听她说犯人的情况以及花多少钱养活他们，同时也给她出一些很高明很实际的主意。他有用不完的精力来参加她喜欢举行的舞会和宴会。偶尔晚上就他们俩，吃完了饭，面前摆着白兰地和咖啡，他有许多不登大雅之堂的故事讲给她听，给她解闷。她发现，只要她老老实实地提出来，她要什么他都给，她问什么他都答。可是如果她拐弯抹角，有话不直说，或者耍女人爱耍的手腕，想这样来得到什么东西，他就什么也不给。他能看透她的心思，而且粗鲁地笑她，他这个毛病真让思嘉受不了。

瑞德总是对她采取漠不关心的态度，思嘉想到这一点，往往觉得纳闷，倒也不是由于好奇，真是不明白他为什么和她结婚。男人结婚，有的是为了爱情，有的是为了建立家庭，生儿育女,有的是为了金钱。但是思嘉知道,瑞德和她结婚完全不是为了这些原因。他肯定是不爱她的。他说她这所心爱的房子是一座可怕的建筑,还说宁愿住在一家经营有方的饭店里,也不愿住在家里。他与查理和弗兰克也不一样,从来没有表示愿意要个孩子。有一次,她挑逗他,问他为什么和她结婚,他两眼流露出喜悦的目光,答道:"我和你结婚,是要把你当作一件心爱的东西留在身边,我的宝贝儿。"这话使得思嘉大为恼火。

他和思嘉结婚,的确不是由于一般说来男人和女人结婚的那些原因。他和她结婚,完全是因为他想占有她,靠别的办法,他是不可能得到她的。他向她求婚的那天晚上,他就已经如实地招认了。他想占有她,就像过去他想占有贝尔·沃特琳一样。这种联系着实令人不快。实际上,这完全是一种侮辱。但是思嘉已经学会对任何不愉快的事耸耸肩,算了,因此对这件事也就耸了耸肩,算了。不管怎么说,他们已经做成了交易,而且就她这一方面的情况来说,她是满意的。她希望他也同样是满意的,不过他究竟满意不满意,她也并不怎么关心。

然而有一天下午,思嘉因为消化不良,去看米德大夫,了解到一件令人不快的事,这件事可不能耸耸肩膀就算了。黄昏时分,她气冲冲地来到自己的卧室里,两眼真是冒着怒火,对瑞德说,她怀孕了。

瑞德身穿绸浴衣,正懒洋洋地坐着吸烟,一听这话,马上扭过头去聚精会神地看着她的脸。不过他什么也没说。他静静地望着她,紧张地等她说下去,但是她却说不出话来。她又生气,又没办法,什么事情也顾不上想了。

"我不想再要孩子了,这你也知道。我从来就不想要孩子。每当我顺心的时候,就非得生孩子。唉,别光坐在那儿笑哇!你也是不要孩子的呀!我的天哪!"

要说他刚才等她说下去,可不是等着听她说这样一番话。他稍稍地板起面孔,两眼显得有些茫然。

"唔,不能把他送给媚兰小姐吗?你不是说她想不通,还想再要一个孩子吗?"

"哦,我非把你宰了不可!这个孩子,我不要,告诉你说,我不要!"

"不要?你再说下去。"

"有办法。以前我是个乡巴佬,什么也不知道,现在可不同了。我知道,女人要是不想要孩子,就可以不生孩子。是有办法的——"

瑞德一下子站起来,抓住她的手腕子,脸上露出非常害怕的神情。

"思嘉,你这个傻瓜,快说实话!你做了没有?"

"还没有,不过我要去做的。我的腰身刚刚细了一点,我也正想享受一番,你想我能再一次让他把我的身材弄得不成样子吗?"

"你怎么会有这个想法?是谁告诉你的?"

"玛米·巴特——她——"

"这样的鬼把戏,连妓院的老板也知道。这个女人永远不许再进我家的门,你听见了吗?这毕竟是我的家,我还是一家之主。我还不许你再跟她说话。"

"我想怎么办,就怎么办。你别管我。你干吗管我的事?"

"你生一个孩子也罢,生二十个孩子也罢,我都不管,可是如果你要死,我就得管。"

"要死? 我?"

"是的,是会死的。一个女人做这样的事,要冒多大风险,玛米·巴特大概没有告诉你吧?"

"没有,"思嘉吞吞吐吐地说,"她光说这样就可以解决问题。"

"天哪! 我非杀了她不可!"瑞德喊道,他的脸气得通红。他低头看了看思嘉泪流满面,气也就渐渐消了,但依然板着面孔。他突然把她搂在怀里,坐在椅子上,紧紧地搂着她,好像怕她跑掉似的。

"你听着,我的小乖乖,我不能让你拿性命当儿戏,你听见了吗? 我和你一样,也并不想要孩子,但是我能养活他们。我不想再听你胡言乱语了,你要是敢去试一试——思嘉,有一次,我亲眼看着一个女孩子这样死的。她不过是个——唉,她可是个好人。这样死,是很痛苦的。我——"

"怎么了,瑞德!"她喊道。听他说话的声音,他很激动,这使得思嘉很惊讶,顿时忘了自己的痛苦。她从来没有见他这样激动过,"那是在什么地方? 那个人是谁——"

"在新奥尔良——唉,那是很多年以前的事了。当时我很年轻,容易冲动。"他突然低下头,把嘴唇贴在她的头发上,"思嘉,即使今后九个月我不得不把你拴在我的手腕子上,你也得把这个孩子生下来。"

她在他腿上坐了起来,坦率地用好奇的眼光盯着他。在她的注视之下,瑞德的脸突然舒展了,平静了,好像有一种魔力在起作用。他的眉毛上去了,嘴角也下来了。

"我对你说来有这么重要吗?"她一边问,一边把眼皮耷拉下来。

瑞德冷静地看了她一眼,仿佛估量一下这个问题里面有多少卖弄风情的成分。弄清了她的真实用意之后,便随口答道:

"是呀!你看,我在你身上花了这么多钱,我可不想白花呀。"

思嘉生了一个女孩,媚兰从思嘉屋里出来时,虽然累极了,却高兴得流出了眼泪。瑞德在走廊里站着,很紧张,周围有好几个雪茄烟的烟头,把那上好的地毯都烧出洞来了。

"现在你可以进去了,巴特勒船长。"媚兰说,她感到有些难为情。

瑞德连忙从她身边过去,进到屋里,媚兰瞥见他弯腰去看嬷嬷怀里那个光着屁股的婴儿,接着米德大夫就过来把门关上了。媚兰瘫在一把椅子上,满脸通红,因为刚才无意中看见那样亲切的情景,怪不好意思的。

"啊! 真好啊!"她想,"可怜的巴特勒船长操了多大的心啊! 在这段时间里,他一点酒都没喝。他多好啊! 有多少男人,到孩子生下来的时候,他们都喝得酩酊大醉了。我想他现在一定很想喝杯酒。要不要提醒他一下? 算了,那就显得我太冒失了。"

她缩在椅子里,觉得舒服一些。近来她一直腰痛,这会儿痛得像要断成两截。看,思嘉多么幸运啊,生孩子的时候,巴特勒船长就在门外等着。她生小博的那个可怕的日子,要是艾希礼在身边,她就不会受那么大的罪了。屋里那个小女孩要是她自己的,而不是思嘉的,那该多好啊!"唉,我怎么这么坏呢,"她又责怪起自己来,"思嘉一向待我这么好,我竟妄想要她的孩子。主啊,饶恕我吧!我并不是真的想要思嘉的孩子,而是——而是非常希望自己生一个孩子呀!"

媚兰把一个小靠垫塞在腰下,把疼的地方垫一垫,如饥似渴地盘算自己生一个女儿。可是米德大夫在这个问题上从不改口。虽然她本人很愿意冒着生命的危险再生一个,艾希礼却是说什么也不干。生一个女儿,艾希礼多么希望有个女儿呀!

女儿!天哪!她慌忙坐起来。"我忘了告诉巴特勒船长,是个女儿呀!他当然盼望一个男孩。唉,多么可怕啊!"

媚兰知道,对女人来说,男孩女孩都一样喜欢,但是对男人来说,尤其是像巴特勒船长这样倔犟的人,生个女孩对他是个打击,是对他那刚强性格的惩罚。媚兰只能生一个孩子,上帝竟然让她生了个男孩,她是多么感激啊。她心里想,如果她是那可怕的巴特勒船长的妻子,她就宁可心满意足地在产床上死去,也不能头一胎给他生个女儿呀。

不过这时候嬷嬷翘翘趄趄地笑着从屋里走出来,解除了媚兰的思想顾虑——同时也使她纳闷,不知巴特勒船长究竟是个什么样的人。

"俺刚才给孩子洗澡的时候,"嬷嬷说,"俺都可以说向瑞德先生道歉了,因为不是个男孩。可是,媚兰呀,你猜他说什么?他说:'快别说了,嬷嬷!谁要男孩呀?男孩没意思。男孩只会添麻烦。女孩才有意思哩。要是有人拿一打男孩来换我这个女孩,我也不换。'接着他就想把那光溜溜的女孩儿从俺手里抢过去,俺在他手腕儿上给了他一巴掌,俺说:'老实点,瑞德先生!俺要等着瞧,等你什么时候得了儿子,欢天喜地的时候,看俺笑你不笑你。'他笑着摇了摇头说:'嬷嬷,你好糊涂呀!男孩一点用也没有。我不就是个例子吗?'是啊,媚兰小姐,在这件事情上,他还真像个上等人,"嬷嬷说完了,显出很满意的样子。媚兰注意到了,瑞德这样做已经在很大程度上改变了嬷嬷对他的看法。"也许俺以前错怪了瑞德先生。今天对俺来说是个喜庆的日子,媚兰小姐。俺为罗毕拉德家照看了三代女孩儿了,今天可真是个喜庆的日子呀!"

"哦,是啊,的确是个喜庆的日子,嬷嬷。孩子出生的日子是最高兴的日子!"

然而对于家里的某一个人来说,这并不是一个高兴的日子。韦德·汉普顿挨了骂之后,大部分时间无人理睬,只好在饭厅里消磨时间,可怜极了。那一天清早,嬷嬷突然把他叫醒,急忙给他穿上衣服,把他和爱拉一起送到皮蒂姑妈家吃早饭。他光听说是母亲病了,他要是在这里玩就会吵得母亲不得安生。皮蒂姑妈家里也乱成一团,因为思嘉生病的消息传来,姑妈一下子就病倒了,保姆去照顾她,彼得将就着为孩子们做了一顿简单的早饭。过了一些时候,韦德心里开始感到害怕。母亲死了怎么办?别的男孩就有死了母亲的。他亲眼看见过灵车从小朋友家里开出来,还听见小朋友哭呢。母亲要是死了怎么办?韦德虽然很怕母亲,可是也很爱母亲,他一想到要把母亲装上黑色的灵车,前面黑马的笼头上还插着羽毛,他那小小的胸口就疼,几乎透不过气来。

到了中午,彼得在厨房里忙个不停,韦德就趁此机会溜出前门,尽快往家赶,心里害怕,跑得特别快。他想瑞德伯伯,或者媚兰姑妈,或者嬷嬷一定会把真实情况告诉他。可是瑞德伯伯和媚兰姑妈都找不着。嬷嬷和迪尔茜拿着毛巾,端着一盆盆热水在后面的楼梯上跑上跑下,根本没发现他在前面的过道里。楼上的房门一开,他有时能听见米德大夫简短的说话声。有一次,他听见母亲的叫声,他便抽抽搭搭地哭起来。他知道母亲快死了。为了寻求安慰,他就去逗一只金黄色的猫,这猫名叫汤姆,当时正躺在前面过道里洒满阳光的窗台上。谁知汤姆上了几岁年纪,不喜欢打扰,竖起尾巴,发出了低沉的吼叫声。

最后嬷嬷从前面的楼梯上下来,围裙又脏又皱,头巾也歪到一边去了。嬷嬷一看见他,就斥责起来。嬷嬷一向是给他撑腰的,现在她一皱眉,韦德就发抖了。

"没见过像你这么淘气的孩子,"她说,"俺不是把你送到皮蒂姑奶奶那儿去了吗?快回那儿去吧!"

"母亲是不是要——她会死吗?"

"没见过像你这么讨厌的孩子!死?俺的老天爷,死不了。男孩子就是讨人嫌。上帝干吗要往人家里送男孩儿呢?走开吧,走开吧!"

可是韦德并没有走开。他在过道里躲在门帘后面,因为他不完全相信她的话。她说男孩子讨人嫌,这话很刺耳,因为他一贯是努力做好孩子的。又过了半个钟头,媚兰姑妈匆匆走下楼来,面色苍白,非常疲倦,脸上却带着微笑。她在帘子后面看见他那张可怜的小脸,大吃一惊。平时媚兰姑妈对他总是非常耐心的,从来不像母亲那样说:"现在别来烦我,我有急事,"或者说:"走开,韦德,我忙着呢。"

但是今天早上她说:"韦德,你可真淘气呀!怎么不待在皮蒂姑奶奶那儿?"

"我母亲是不是要死了？"

"哎呀，不会的，韦德。你怎么这么傻呀？"接着又和蔼地说："米德大夫刚才给你妈送来了一个可爱的小娃娃，是个很好看的小妹妹，你可以哄着她玩。你要真是乖乖的，今天晚上就能看见她。现在出去玩吧，别嚷。"

韦德悄悄地走进宁静的饭厅，觉得他那个不稳定的小世界发生了动摇。今天的天气这么好，大人们的举动都这么怪，难道一个七岁的孩子，心里还有事，就没有个地方待吗？他在窗台上坐下来，看见阳光底下盒子里种着一棵秋海棠，就咬了一小口。谁知它辣乎乎的，辣得他直流眼泪，哭起来。母亲快死了，谁也不关心他，所有的人都围着一个新来的孩子转——而且还是个女孩。韦德对小孩不感兴趣，对女孩尤其不感兴趣。他熟悉的小女孩只有一个，那就是爱拉，不过到现在为止，她还没有做出什么像样的事来赢得他的尊敬和好感。

过了好半天，米德大夫和瑞德伯伯才走下楼来，站在过道里小声说话。大夫走了以后，瑞德伯伯赶紧来到饭厅里，拿起酒瓶，倒了一大杯，这时他才看见韦德。韦德往后退缩，估计又要挨骂，说他淘气，非让他回到皮蒂姑奶奶家去，可是不然，瑞德伯伯笑了。韦德从来没见他这样笑过，没见他这样高兴过，于是他的胆子也就大了，他马上离开窗台，朝瑞德伯伯跑了过去。

"你有了一个小妹妹，"瑞德紧紧地握着他的手说，"你知道吗，你从来没见过这么漂亮的小妹妹。怎么，你干吗哭哇？"

"母亲——"

"你母亲正在大吃一顿，有鸡，有米饭，有肉汤，有咖啡。过一会儿，我们还要给她做一点冰激凌。你要是想吃，可以吃两盘。我还要让你看看小妹妹呢。"

这时韦德放心了,他感到浑身无力,想说句客气话,欢迎这个新来的妹妹,却说不出来。大家都在关心这个女孩,谁也不再关心他了,就连媚兰姑妈和瑞德伯伯也是这样。

"瑞德伯伯,"他说,"是不是大家都喜欢女孩儿,不喜欢男孩儿?"

瑞德放下酒杯,认真地看了看那张小脸,马上就明白了。

"不对,不能这么说,"他严肃地回答说,仿佛在认真考虑这个问题,"只不过女孩子麻烦事比男孩子多,大家总爱对麻烦事多的操心更多一些。"

"嬷嬷刚才就说男孩儿讨人嫌。"

"哦,嬷嬷刚才心情不好。她不是那个意思。"

"瑞德伯伯,你本来是不是很想要个男孩儿,不想要个女孩儿?"韦德满怀希望地问。

"不是,"瑞德简洁地答,他看着韦德低下头去,就接着说:"你看,我已经有一个男孩了,还要男孩儿干什么?"

"有了?"韦德一听,张着大嘴问,"在哪儿?"

"就在这里呀!"瑞德一面说,一面把韦德抱起来,放在膝上,"我有你这个男孩儿就足够了,孩子。"

这时韦德知道还是有人要他的,心里觉得踏实了,高兴得几乎又要哭起来。他觉得喉咙里堵得慌,便将头靠在瑞德胸前。

"你就是我的男孩儿,是不是?"

"能做两个人的男孩儿吗?"韦德问,他一方面忠于从未见过面的生身父亲,一方面又爱这样体贴地抱着他的这个人,两种感情在激烈地斗争着。

"是的，"瑞德斩钉截铁地说，"就像你既是你母亲的孩子，也是媚兰姑妈的孩子。"

韦德琢磨了一下这句话的意思，觉得有道理，笑了笑，不好意思地在瑞德怀里扭动起来。

"你知道小孩儿的心思吗，瑞德伯伯？"

瑞德那黑黑的面孔顿时像往常一样严肃起来，嘴唇绷得紧紧的。

"是的，"他用痛苦的声音说，"我知道小孩儿的心思。"

这时韦德又害起怕来，不光是害怕，而且还突然产生了一种忌妒的心理。瑞德伯伯心里想的不是他，而是另外一个人。

"你没有别的小男孩儿吧，有吗？"

瑞德把他推开，让他站在地上。

"我要喝杯酒，你也喝一杯，韦德，这是你第一次喝酒，咱们祝贺你这个新来的小妹妹。"

"你没有别的——"韦德说了一半，接着就看见瑞德伸手去拿装着红葡萄酒的大酒瓶，意识到要和成年人一起喝酒了，感到一阵兴奋，便没有再追问下去。

"哦，我不能喝，瑞德伯伯！我答应过媚兰姑妈，大学毕业以前不喝酒，她说我要是不喝，她到时候给我一只表。"

"我再给你配上一条链子——你要是喜欢，就把我现在用的这条给你，"瑞德说着，又笑了起来，"媚兰姑妈做得很对。不过她指的是烈性酒，不是露酒。孩子，你要学着像有风度的人那样喝酒，眼前就是一个最好的学习机会。"

瑞德很熟练地用玻璃瓶里的白水把葡萄酒冲淡，冲得还微微有点红色的时候，才把杯子递给韦德。就在这个时候，嬷嬷走进饭厅里来了。她已经换上了最好的衣服，围裙和头巾也是新换的,整整齐齐。她一扭一扭地蹒跚而行,裙子发出丝绸摩擦的窸窣声。那焦虑不安的神情已经从她脸上消失了,牙几乎全掉了,露着牙床,笑得很开心。

"你大喜了,瑞德先生!"她说。

韦德举着酒杯正要喝,一听这话,愣住了。他知道嬷嬷一向不喜欢他这位继父。她总是称他"巴特勒船长",从来没听见她用过别的称呼。在他面前,她的举动总是庄重而冷淡。可是现在,她竟然嘻嘻哈哈地管他叫"瑞德先生"了!今天怎么全乱了套了!

"我看你是想喝朗姆酒,而不是红葡萄酒吧,"瑞德说着就伸手到酒柜里,拿出一个矮瓶子,"我的女儿很漂亮啊,是不是,嬷嬷?"

"当然漂亮。"嬷嬷答道,一面咂着嘴唇把酒接过来。

"你还见过比她漂亮的吗?"

"哦,思嘉小姐生下来和她差不多漂亮,不过还稍差一点。"

"再喝一杯,嬷嬷。还有,嬷嬷,"说到这里,他的语调变得严厉起来,可是他的眼睛一眨一眨的,"那窸窸窣窣的是什么声音?"

"天哪! 瑞德先生,不是别的,是俺的红绸子衬裙呀!"嬷嬷一面咯咯地笑,一面扭来扭去,连她那宽厚的上身也都抖动起来。

"是你的衬裙! 我不相信。听起来像是干树叶子摩擦的声音嘛。让我看看。把裙子撩起来。"

"瑞德先生,你真坏! 就是——哦,天哪!"

嬷嬷轻轻地叫了一声,往后退了退,在一码远的地方小心翼翼地把裙子提起了几英寸,露出了红绸衬裙的褶边。

"放了这么长时间你才穿哪。"瑞德低声说,但他的黑眼睛却流露着活泼的笑意。

"是呀,放的时间太长了。"

瑞德随后说的话,韦德就听不明白了。

"不再说套着马笼头的骡子了吧?"

"瑞德先生,思嘉小姐真坏,怎么把这样的话都告诉你了!你不会抓着这件事不放,来责怪俺这个黑老婆子吧?"

"不会,我不会抓住不放的。我只想问问清楚。再来一杯吧,嬷嬷。把这瓶酒全喝了吧。喝呀,韦德。给我们祝酒吧。"

"为妹妹干杯。"韦德大声说,接着就一饮而尽。这杯酒呛得他又咳嗽,又打嗝儿,两个大人大笑一阵,连忙在他背上拍打起来。

瑞德有了这个女儿以后,谁见到他都觉得他的举止很怪。这就影响了人们已经形成的对他的许多看法,而全城的人和思嘉都不愿意改变这些看法。谁能想到他这个人怎么也会不知羞耻地当众炫耀做父亲的光彩,何况头胎生女儿,没有生儿子,本不是什么光彩的事。

他做父亲的新鲜感迟迟没有消退。这使得有些女人暗中羡慕,因为她们生了孩子,还没有受洗礼,她们的丈夫早就认为生儿育女是理所当然的事了。他在街上遇见什么人,就没完没了地详细对人家说他的女儿又创造了什么奇迹,开头也不先说一句虚伪的客气话:"我知道人人都觉得自己的孩子好,不过——"他认为自己的女儿出众,并非一般人的孩子们可比,而且逢人便说。一个新来的女仆让孩子吃了一点肥肉,引起了头一次剧烈的肚子疼,瑞德的举止使得有经验的父母大笑不止。他连忙请来了米德大夫,还请了另外两位大夫,人们费了很大的劲,才拦住他,没有用鞭子抽那个可怜的女仆。这个女仆被辞退了,随后又来了几个,最长也只能待一个礼拜。瑞德定下的苛刻条件,她们谁也满足不了。

来来去去的这些女仆,嬷嬷也都不喜欢,因为她忌妒任何新来的黑人,她还认为没有理由说她不能照顾这个孩子,同时也照顾韦德和爱拉。但是嬷嬷年纪大了,这是明摆着的事,而且她的风湿病也使得她那摇摇晃晃的步子更加迟缓。瑞德没有勇气举出这些理由来另外雇人,却对嬷嬷说,像他这种地位的人不能只雇一个女仆,不体面呀。他想再雇两个人干重活,让她当头儿。嬷嬷对这一点十分理解。再来几个用人,不仅为瑞德增加光彩,也为她自己增加光彩。但是她对瑞德说,决不能让那些不像样的自由黑人来照顾孩子。于是瑞德就派人到塔拉去接普里茜。他知道她的弱点,但她毕竟是个家奴。此外,彼得大叔说他有了一个侄孙女,名叫卢儿,是属于皮蒂姑妈一个姓伯尔的表亲的。

思嘉还没到能够起来活动的时候,就发现瑞德过多地注意这个孩子,他当着客人的面炫耀自己的女儿,使思嘉感到不快,也觉得难为情。一个男人喜欢自己的孩子,本是无可非议的,但是她觉得瑞德表露这样的感情,是缺乏男子汉的气概的。他应该像别的男人那样,随便一点,自然一点。

"你在当众出丑啊,"她不满地说,"我不明白这是什么道理。"

"不明白?哦,你是不会明白的。这道理就在于:她是第一个完全属于我的人。"

"她也是属于我的呀!"

"不,你有另外两个孩子。她是属于我的。"

"好家伙!"思嘉说,"这孩子是我生的,不是吗? 这且不说,亲爱的,我也是属于你的呀!"

瑞德从孩子那黑黑的头发上面看过去,看了她一眼,不自然地笑了。

"是吗,亲爱的?"

近日来,他们两人之间似乎很容易发生争吵,说吵就吵,眼下就是因为媚兰走进来,才避免了一场争吵。思嘉强忍着怒火,看着媚兰从瑞德手上把孩子接过去。原来为孩子商定的名字是尤金妮亚·维多利亚①,可是那天下午媚兰无意中给了一个名字,后来就用这个名字了,正如"皮蒂"这个名字用开以后,谁也不记得原名萨拉·简了。

事情的经过是这样的:媚兰接过孩子之后,瑞德弯腰看着孩子说:"她的眼睛一定是豆绿色的。"

"才不是呢,"媚兰气愤地说,她忘了思嘉的眼睛差不多也是这个颜色的,"一定是蓝色的,和奥哈拉先生的眼睛一样,就像——就像美丽的蓝旗那么蓝。"

"就叫邦妮·布卢②·巴特勒吧,"瑞德笑着说。他又把孩子从媚兰手里接过来,更加仔细地端详那双小眼睛。从此孩子就叫邦妮,后来连她的父母也不记得还曾为她借用过一位皇后和一位女王的名字了。

---

① 前者为法国皇帝拿破仑三世之后,后者为英国女王。
② 邦妮、布卢是英语"美""蓝"二词的译音。

第五十一章

思嘉终于又能出去活动了。她让卢儿帮她穿胸衣,绳子能拉多紧,就拉多紧。然后用皮尺量了量腰身。二十英寸!她大声嚷嚷起来。生孩子,结果就把你的身材弄成这个样子。她的腰身竟然和皮蒂姑妈一样粗,和嬷嬷一样粗了。

"再拉紧点,卢儿。看能不能紧到十八英寸半,否则我的衣服就都不能穿了。"

"再拉,绳子就断了,"卢儿说,"你的腰就是粗了,思嘉小姐,一点办法也没有。"

"办法是有的,"她一面想,一面使劲把缝撕开,准备放出几英寸来,"我可再也不生孩子了。"

当然,邦妮很漂亮,这也为她增了光。瑞德也很喜欢这个孩子,可是她再也不想生孩子了。但是怎样才能做到这一点,她自己也不知道,因为她不能像对付弗兰克那样来对付瑞德。瑞德是不怕她的,可能很难对付。他在邦妮身上已经表现得如此愚蠢,说不定明年又想要个儿子了,虽然他说过如果她为他生了儿子,就把他淹死。唉,她不想再给他生男孩儿,也不想再给他生女孩儿了。一个女人生过三个孩子,也就足够了。

卢儿把她撕开的缝缝好,熨平,帮她穿好扣好,她就要了马车,到木材厂去了。她走着走着,兴致来了,把腰身的事也就忘了,因为她到了木材厂就会见到艾希礼,还要和他一起看账呢。她要是运气好,也许能单独见他。邦妮出生以前,她就很久没有见艾希礼了。她怀孕时,肚子那么大,她也根本不愿意让他看见。她一直很怀念过去每天和他的接触,虽然当时总有某人在场。在她不能出来活动的那段时间里,她常想到木厂生意的重要性和业务活动。当然,现在她不需要再干下去了。她可以很容易就把两个木材厂卖掉,把钱拿去投资,以备韦德和爱拉将来使用。不过那样一来,就意味着她没有什么机会见到艾希礼了,只能在正式的社交场合,在周围有许多人的情况下见面。和艾希礼在一起工作,这是她最大的乐趣。

她赶着车来到木材厂,高兴地看到木材堆得多么高,顾客多么多,他们正站在一堆堆木材之间,和休·埃尔辛谈话呢。那里有六套骡子,六辆车,黑人车夫正在装车。"六套车呀,"她自豪地想,"这都是我自己搞起来的呀。"

艾希礼来到小办事房门口,再次和她相见,感到很高兴,眼睛里流露出愉快的神情。他搀着她下了马车,进了办事房,拿她当女王一样看待。

但是她一看这个木材厂的账目,和约翰尼·加勒格尔的账目一比,她那愉快的心情就遮上了一层阴影。艾希礼勉强收支相抵,约翰尼却赚了一大笔钱,说明他干得好。思嘉看了看这两张报表,克制着自己,什么也没说,但她脸上的表情,艾希礼是看得清楚的。

"思嘉,我很抱歉。我没有什么好说的,只是不想再用犯人了,希望你能同意我雇自由黑人。这样干,我相信会干得好一些。"

"雇黑人!给他们开工钱,我们就得破产。犯人多便宜呀！如果约翰尼使用犯人能赚这么多钱——"

艾希礼的眼睛从她肩上看过去,他能看见的东西,思嘉是看不见的,他眼中愉快的光芒消失了。

"我不能像约翰尼·加勒格尔那样使唤犯人。我不能逼着人干活。"

"见鬼去吧！约翰尼干得可好了！艾希礼,你就是心肠太软。你应该让他们干更多的活。约翰尼对我说,每次有人想装病不干活,就来找你,说他病了,你就给他一天假。上帝呀！艾希礼,这可不是赚钱的法子呀。无论生什么病,只要不是腿断了,抽上两鞭子,差不多就治好了——"

"思嘉！思嘉！快别说了！听你这样说话,我受不了,"艾希礼喊道,他的目光带着强烈的感情回到她脸上,打断了她的话,"难道你就没有想到他们是人——他们有的有病,吃不饱,很痛苦,而且——啊,亲爱的,我真不忍心看着他把你变成一个残暴的人,你过去是多么温柔啊——"

"你说谁把我怎么样了？"

"我应当说,而没有权利说呀。但我非说不可。就是你那个——瑞德·巴特勒。他碰过的东西,都要中他的毒。你也中了他的毒,你过去是那么温柔,大方,和蔼,虽然有些急躁。他毒害了你,通过和你的接触,使你的心肠变硬了,使你变得残暴了。"

"唔。"思嘉喘着气说,她本来感到内疚,现在又产生了喜悦的心情,因为艾希礼对她感情这么深,到现在还觉得她温柔。幸好他认为都是瑞德不好,她才这样贪财的。其实这事和瑞德毫不相干,本来就是她自己不好,不过在瑞德身上再添一个污点,对他也没什么坏处。

"这要是任何别的人,我也就不这么介意了——可他恰恰是瑞德·巴特勒!他对你做了些什么,我都看见了。在你不知不觉之中,他就把你的思想绕着弯子引到他那条无情的轨道上去了。唉,我知道我不该说这些话——他救了我的命,我是很感激他的,但是我愿向上帝表示,当时如果不是他,而是别人就好了。其实,我也没有权利对你讲这些——"

"唔,艾希礼,你是有这个权利的——别人才没有呢!"

"告诉你,我实在受不了,我不愿意看着你那美好的一切被他糟蹋,我不愿意知道你的美貌和魅力要由这样一个人来支配——我一想到他和你接触,我——"

"他这是要吻我吧!"思嘉兴奋地想,"这就怪不得我了!"她朝着他往前凑了凑。但是他突然往后退缩,好像意识到自己说得太多了——有些话,他本来是不想说的。

"我非常真诚地向你道歉,思嘉。我——我刚才暗中说你丈夫不是上等人,其实,我自己的话证明我才不是上等人。谁也没有权利对着一个人的妻子批评她丈夫。我没有借口,只是——只是——"他说不下去了,他的脸也在抽搐。思嘉屏住呼吸,等他说下去。

"我什么借口也没有。"

回家的路上,思嘉坐在马车上,思绪不停地翻滚。什么借口也没有,只是——只是他爱她!一想到她躺在瑞德怀里,他就怒火中烧,这是思嘉没有料到的。不过这倒是她可以理解的。她要不是知道他和媚兰的关系只是和兄妹关系一样,她也会感到非常痛苦的。艾希礼还说瑞德拥抱她就是糟蹋了她,把她变成了残暴的人!好吧,要是他这样想,她完全可以不让瑞德拥抱她嘛。她心里想,如果他们两个人虽然都和别人结了婚,却能在肉体上互相保持忠诚,这有多么美好,多么风流啊。这个想法久久地停留在她的脑子里,她也感到非常愉快。同时这还解决了一个实际的问题。这就意味着她不必再生孩子了。

等她回到家里,撂下马车以后,艾希礼的话在她心中引起的喜悦就开始渐渐消失了,因为她得向瑞德说明她要求各人睡各人的卧室,以及随之而来的各种事情。这就很难办。此外,她又怎样对艾希礼说,为了满足他的心愿,她已经不再让瑞德碰她了呢?可是如果没有人知道,这样的牺牲又有什么实际的意义呢?爱面子,难为情,这种心理实在碍事!她要是能和艾希礼坦率地谈一谈,就像和瑞德谈话一样,那有多好哇!不过,也没关系。她总有办法把真实情况透露给艾希礼的。

她上楼去,打开育儿室的门一看,只见瑞德坐在邦妮的小床边,爱拉坐在他腿上,韦德正从口袋里掏东西给他看。瑞德这样喜欢孩子,对他们这样看重,实在幸运。有些继父对前夫的孩子是非常讨厌的。

"我有话跟你说。"她说,接着就到他们自己的卧室里去了。最好还是趁现在她不再要孩子的决心非常坚定,趁艾希礼对她的爱还在给她力量,把这件事了结了吧。

瑞德走进卧室,随手把门关上。思嘉突然对他说:"瑞德,我已经决定不再要孩子了。"

如果说他对思嘉突然说这样的话感到惊讶,他并没有表现出来。他慢慢走到一把椅子跟前坐下,往后仰着,弄得椅子也往后斜了。

"我的宝贝儿,邦妮还没生下来的时候,我就对你说过,你生一个孩子,还是生二十个孩子,对我说来是无所谓的。"

他推得一干二净,真不像话,仿佛采取无所谓的态度就可以影响实际的生与不生。

"我觉得三个已经够了。我不想一年生一个。"

"三个似乎是够多了。"

"你很清楚——"她刚要讲,又觉得难为情,脸都红了,"你明白我的意思吗?"

"我明白。你知道不知道,如果你不让我实行结婚赋予我的权利,我是可以和你离婚的?"

"你这个人真不像话,怎么会想到这样的事?"谈话没有按照她计划的那样进行,她很恼火,就嚷起来,"你要是有一点尊重女性的意思,你就会——你就会体贴人,就像——唔,就看看艾希礼·威尔克斯吧。媚兰是不能再生孩子了,他——"

"艾希礼,他可是个正人君子呀,"瑞德说,两只眼睛射出了奇怪的光芒,"请你说下去。"

思嘉一下子憋住了,她要说的话已经说完了,也没有什么别的可说了。现在她才意识到自己有多傻,竟然想和和气气地解决这样一个重大的问题,特别是碰上像瑞德这样自私自利的猪猡。

"你今天下午到木材厂去了吧,是不是?"

"到那儿去,和这件事有什么关系?"

"你喜欢狗,对不对,思嘉？你是希望狗待在狗窝里,还是待在马槽里呢?"①

---

① 狗待在马槽里,意思是心眼不好的人对于别人需要的东西,即使自己用不着,在一边放着,也不让别人用。

思嘉这时又气愤，又失望，烦躁不安，这个典故，竟然没听出来。

瑞德轻轻地站起来，走到她面前，把手放在她下巴颏下面。往上一抬，她的脸正对着他的脸。

"你真是个孩子！你已经和三个男人在一起生活过了，可是对男人的脾气却还是一无所知。你大概觉得他们都像过了更年期的老太婆吧。"

他顽皮地在她脸上拧了一把，这才放下手来。他竖着一根浓眉，低着头冷冷地对她端详了老半天。

"思嘉，你要明白。如果你和你的床对我还有什么魅力的话，你无论是枷锁，还是恳求，都是拦不住我的。我无论做什么事都不用怕难为情，因为我是和你订了契约的——我一直遵守这个契约，而你却在毁约了。得了，去保持你的贞节吧，亲爱的。"

"你的意思是不是，"思嘉气愤地喊道，"你不管——"

"你对我厌倦了，是不是？唉，男人比女人更容易厌倦。你就保持圣洁吧，思嘉。这不会给我造成困难。没有关系，"他耸了耸肩膀，笑了，"幸亏世界上到处都有床——而且大部分的床上都睡满了女人。"

"难道你真是要——"

"我的小天真儿！不过，那是当然的喽。在此之前，我并没有走过多少邪路，这也真奇怪。我从来不认为贞节是一种美德。"

"我每天晚上都要把门锁上！"

"何必费事呢？我要是想要你，什么锁也没有用。"

他转过身来，好像觉得这个题目已经讨论完了，接着就走了出去。思嘉听见他又回到育儿室里去了,还听见孩子们欢迎他。她突然坐下来。她的目的已经达到了。这是她的愿望,也是艾希礼的愿望。但是这并没有使她感到高兴。她的虚荣心受到了伤害,她本人也受到了侮辱,因为她觉得瑞德并不很看重这件事,也不需要她,而且把她和别处床上的女人同样看待了。

她希望想出一个巧妙的办法告诉艾希礼她和瑞德实际上已经不再是夫妻了。但是她知道现在是不可能的。现在似乎是乱作一团了,她又有点后悔,觉得不该提起这件事。过去她和瑞德躺在床上谈论很多有趣的事,他那雪茄烟的红光在黑暗中一亮一亮的。过去她梦见自己在寒冷的雾里奔跑,惊醒之后,瑞德把她搂在怀里,给她安慰。这些情景,她都会怀念,却不可能再出现了。

她突然感到非常难过,把头靠在椅子扶手上,哭起来。

第五十二章

一个雨天的下午，那时邦妮刚刚过了她的周岁生日，韦德闷闷不乐地在起居室里走来走去，间或到窗口去将鼻子紧贴在水淋淋的窗玻璃上。他是个瘦长而孱弱的孩子，虽然八岁了，但个儿很小，文静得到了羞怯的地步，除非别人跟他说话，否则是从来不开口的。他显然觉得无聊，想不出什么好玩的事，因为爱拉正在一个角落里忙着摆弄她的玩具娃娃，思嘉坐在写字台前算账，要将一长串的数字加起来，嘴里不停地嘟哝着，而瑞德则躺在地板上，用两个手指捏着表链将表在邦妮面前晃荡，可是又不让她抓着。

韦德翻出几本书来，但每次拿起一本又立即啪的一声放下，一面还深深地叹气，这样接连好几次，惹得思嘉恼怒地转过身来。

"天哪，韦德！你到外面玩去吧。"

"不行。外面在下雨呢。"

"真的吗？我可没注意到。那么，找点事做吧。你老是坐立不安的，把我烦死了。去告诉波克，让他套车送你到那边跟小博一起玩去。"

"他不在家，"韦德叹气说，"他去参加拉乌尔·皮卡德的生日宴会去了。"

拉乌尔是梅贝尔和雷内·皮卡德生的小儿子,思嘉觉得他很讨厌,与其说是小孩还不如说是个猴儿呢。

"那么,你高兴去看谁就去看谁吧。快去告诉波克。"

"谁都不在家,"韦德回答,"人人都去参加那个宴会了。"

韦德没有说出来的那几个字"人人——除了我"是谁也察觉得到的,可是思嘉一门心思在算账,根本没有注意。

瑞德将身子坐起来,说:"那你为什么没去参加宴会呢,儿子?"

韦德向他挨近些,一只脚在地板上擦来擦去,显得很不高兴。

"我没接到邀请,先生。"

瑞德把他的表放在邦妮那只专门摔坏东西的小手里,然后轻轻地站起身来。

"放下这些该死的数字吧,思嘉。为什么韦德没有被请去参加那个宴会呢?"

"看在老天面上,瑞德!你现在别来打搅我了。艾希礼把这些账目搞得一团糟——唔,那个宴会?唔,我看人家不请韦德也没有什么,即使请了他,我还不让他去呢。别忘了拉乌尔是梅里韦瑟太太的孙子,而梅里韦瑟太太是宁愿让一个自由黑人也不会让我们家的人到她那神圣的客厅里去的呀!"

瑞德若有所思地观察着韦德那张小脸,发现这孩子在畏缩。

"到这里来,儿子,"他边说,边把孩子拉过来,"你想去参加那个宴会吗?"

"不,先生。"韦德勇敢地说,但同时他的眼睛往下看了。

"嗯。告诉我,韦德,你去参加小乔·惠廷或者弗兰克·

邦内尔,或者——唔,别的小朋友的生日宴会吗?"

"不,先生。许多宴会我都没有接到邀请呢。"

"韦德,你撒谎!"思嘉转过身来喊道,"你上星期就参加了三次,巴特家孩子们的宴会,盖勒特家的宴会和亨登家的宴会。"

"你这是骡子身上配了一套马笼头,把什么都拉到一起来了,"瑞德说,接着他的声音渐渐变温和了,又问韦德:"你在那些宴会上感到高兴吗? 你只管说。"

"不,先生。"

"为什么不呢?"

"我——我不知道,先生。嬷嬷——嬷嬷说他们是些坏白人。"

"我马上就要剥她的皮,这个嬷嬷!"思嘉跳起来大声喊道,"至于你嘛,韦德,你这样说你母亲的朋友——"

"孩子说的是真话,嬷嬷也是这样。"瑞德说,"不过,当然喽,你是从来都不会认识真理的,即使你在大路上碰到了……别难过,儿子。你用不着再去参加你不想去的宴会了。给,"他从口袋里掏出一张钞票给他,"去告诉波克,套上马车带你到街上去玩。给你自己买些糖果——买多多的,不要怕吃得肚子太痛了。"

韦德开心了,把钞票塞进口袋,然后焦急地望着他母亲,希望得到她的同意。可是思嘉正皱着眉头在看瑞德。这时他已从地板上把邦妮抱起来,让她偎在他怀里,小脸紧贴着他的面颊。她看不出他脸上的表情,但发现他眼睛里有一种近乎恐惧的神色——恐惧和自责的神色。

韦德从继父的慷慨中得到了鼓励,羞涩地走到他跟前。

"瑞德伯伯,我可以问你一件事吗?"

"当然可以。"瑞德的神情有点不安,但又好像心不在焉似的,他把邦妮的头抱得更靠近一些,"什么事,韦德?"

"瑞德伯伯,你是不是——你在战争中打过仗吗?"

瑞德的眼睛机警地往后一缩,但还是犀利的,不过声音有点随随便便了。

"你干吗问这个呀,儿子?"

"嗯,乔·惠廷说你没有打过,弗兰克·邦内尔也这样说。"

"哎,"瑞德说,"那你对他们怎么说呢?"

韦德显得不高兴了。

"我——我说——我告诉他们我不知道。"接着赶忙补充,"不过我并不在乎,而且我揍了他们。你参加战争了吗,瑞德伯伯?"

"参加了,"瑞德说,突然显得厉害起来,"我参加过战争。我在军队里待了八个月。我从洛夫乔伊一直打到田纳西的富兰克林,约翰斯顿投降时我还在他的部队里。"

韦德骄傲得扭摆起来,但是思嘉笑了。

"我想你会对自己的战争史感到羞耻呢,"她说,"你不是还叫我不要对别人说吗?"

"嘘!"他阻止她,"韦德,你现在满意了吧?"

"啊,是的,先生!我本来就知道你参加了战争。我知道你不会像他们说的那样害怕。不过——你干吗没有跟别的小朋友的父亲在一起呀?"

"因为别的孩子的父亲都是些傻瓜,他们给编到步兵队里去了。我从前是西点军校的学生,所以编在炮兵队里。是

在正规的炮兵队,韦德,不是乡团。要进炮兵队可不简单呢,
韦德。"

"我说准是那样,"韦德说,他的脸发亮了,"你受过伤吗,
瑞德伯伯?"

瑞德迟疑着。

"把你的痢疾讲给他听听吧。"思嘉挖苦地说。

瑞德小心地把孩子放在地板上,然后把他的衬衣和汗衫
从裤腰带里拉出来。

"过来,韦德,我给你看我受伤的地方。"

韦德兴奋地走上前去,注视着瑞德用手指指着的地方。
一道长长的隆起的伤疤越过褐色的胸脯一直伸到肌肉发达的
腹部底下。那是他在加利福尼亚金矿区跟别人打架动刀子留
下来的一个纪念。但是韦德不知道,他呼吸紧张,心里十分
高兴。

"我猜你大概跟我父亲一样勇敢,瑞德伯伯。"

"差不多,但也不全一样,"瑞德说,一面把衬衣塞进裤腰
里,"好了,现在带着那一块钱出去花吧,以后再有哪个孩子
说我没打过仗,就给我狠狠揍他。"

韦德乐得蹦蹦跳跳地出去了,一路喊叫着波克,同时瑞德
又把孩子抱起来。

"你干吗撒这些谎呢,我的英勇的大兵少爷?"思嘉问。

"一个男孩子总得为他父亲——或者继父感到骄傲嘛。
我不能让他在别的小鬼面前觉得不光彩。孩子们,真是些残
酷的小家伙呀。"

"啊,胡说八道!"

"我还从来没想过这跟韦德有什么关系,"瑞德慢悠悠地

说,"我从没想过他会那样苦恼。不过将来邦妮不会碰到这种情况了。"

"什么情况?"

"你以为我会让邦妮为她父亲感到羞耻吗?到她九岁十岁时,难道也只能一个人待着不去参加那些集体活动?你以为我会让她像韦德那样,不是由于她自己的过错而是由于你的和我的过错,便受到屈辱吗?"

"唔,孩子们的宴会嘛!"

"年轻姑娘们最初的社交活动就是从孩子们的宴会中培养出来的呀。你以为我会让我女儿完全置身于亚特兰大上流社会之外,关在家里成长起来吗?我不会因为她在这里或查尔斯顿或萨凡纳或新奥尔良不受欢迎,而送她到北方去上学或者访问的。我也不会因为没有哪个体面的南方家庭要她——因为她母亲是个傻瓜,她父亲是个无赖,而眼看着她被迫嫁给一个北方佬或一个外国人的。"

这时韦德已经回来,站在门口,在很感兴趣而又迷惑不解地听着。

"邦妮可以跟小博结婚嘛,瑞德伯伯。"

瑞德转过身去看这个小孩,脸上的怒气全消了,他显然在严肃地考虑孩子的话,这是他对待孩子们的一贯态度。

"这是真的,韦德,邦妮可以嫁给博·威尔克斯,可是你又跟谁结婚呢?"

"唔,我跟谁也不结,"韦德很自信地说,他非常得意能同这个人平等地谈话,这是除媚兰以外唯一的一个人,他从不责备他,反而经常鼓励他,"我将来要上哈佛大学,学当律师,像我父亲那样,然后我要做一个像他那样勇敢的军人。"

"我但愿媚兰闭住她那张嘴才好,"思嘉喊道,"韦德,你将来不上哈佛大学。那是一家北方佬学校,可我不希望你到北方佬学校去念书。你将来上佐治亚大学,毕业后给我经营那个店铺。至于说你父亲是个勇敢的军人嘛——"

"嘘,"瑞德不让她说下去,因为他注意到韦德说起他那位从未见过的父亲时眼睛里闪烁的光辉,"韦德,你长大了是要成为一个像你父亲那样勇敢的人。正是要像他那样,因为他是个英雄;要是有人说的不一样,你可不要答应呀。他跟你母亲结婚了,不是吗?所以,这也证明他是个有英雄气魄的人了。我会高兴看到你去哈佛大学,学当律师。好,现在去叫波克,让他带你上街去吧。"

"谢谢你了,请让我自己来管教我的孩子吧。"思嘉等韦德一出门便嚷嚷起来。

"让你去管教才倒霉呢!你已经把韦德和爱拉全给耽误完了,可是我决不让你那样对待邦妮!邦妮将来要成为一个小公主,世界上所有的人都喜欢她。她没有什么地方不能去的。我的上帝,你以为我会让她长大以后跟这个家里那些来来往往的下流坯打交道吗?"

"对于你来说,他们已经够好的了——"

"对于你才他妈的太好了,我的小宝贝儿。可是对邦妮不行。你以为我会让她跟一个你整天厮混的那帮流浪汉结婚吗?损人利己的爱尔兰人,北方佬,坏白人,提包党暴发户——我的出自巴特勒血统和罗毕拉德门第的邦妮——"

"还有奥哈拉家族——"

"奥哈拉家族曾经有可能成为爱尔兰的王室,可是你父亲只不过是个损人利己的精明的爱尔兰农人罢了。你也好不了多少——不过嘛,我也有错。我像一只从地狱里飞出来的蝙蝠似的混过了前半生,任意妄为,觉得一切都对我毫无关系。可是邦妮不是这样,关系大着呢。天哪,我以前多么愚蠢!邦妮在查尔斯顿不会受到欢迎,无论我的母亲或你的尤拉莉姨妈或波琳姨妈想了多少办法——而且很明显,要是我们不赶快采取行动,她在这里也会站不住脚的。"

"唔,瑞德,你把问题看得那么严重,真好玩!我们有了这许多钱——"

"让这些钱见鬼去吧!用我们全部的钱也买不到我要给她的东西呀!我宁愿让邦妮被邀请到皮卡德的破房子里或埃尔辛太太家那摇摇晃晃的仓房里去啃干面包,也不让她去当共和党人就职舞会上的明星。思嘉,你也太傻了。你应当早就给孩子们在社会上准备一个位置的——可是你没有。你甚至连自己原来有的位置也没有留心保住。所以事到如今,要你改正自己的为人处世之道也实在太难了。你太热衷于赚钱,太喜欢欺负人了。"

"我觉得整个这件事情就是茶壶里的风暴,小题大做。"思嘉冷冷地说,一面把手里的账本翻得哗哗响,意思是对她来说这场讨论已经结束了。

"我们只有威尔克斯太太能帮助我们,可你偏偏在尽力疏远她,侮辱她。唔,求求你不要在我面前诉说她的贫穷和褴褛了。只有她才是亚特兰大一切精华的灵魂和核心呢。感谢上帝把她给了我们。她会在这方面给我帮忙的。"

"那你准备怎么办呢?"

"怎么办?我要向这个城市里每一位保守派的女头目做工作,尤其是梅里韦瑟太太、埃尔辛太太、惠廷太太和米德太太。哪怕我必须五体投地爬到每一位恨我的胖老猫面前去，我也愿意干的。我愿意乖乖地忍受她们的冷落，忏悔我过去的恶行。我愿意给她们那些该死的慈善事业捐款，愿意到她们的鬼教堂里去做礼拜。我愿意承认并且吹嘘我给南部联盟做的种种事情，并且，如果万不得已，我愿意加入他妈的那个三 K 党——尽管上帝不见得会那样无情，居然对我做出这种残酷的惩罚。而且我会毫不犹豫地提醒那些我曾经挽救过他们生命的人，叫他们记住还欠着我一笔债呢。至于你，太太，请你发发善心，不要在我背后拆台，对于那些我正在讨好的人不要取消她们赎取抵押品的权利，不要卖烂木头给她们，或者在别的方面侮辱她们。还有，千万不要再让布洛克州长进我们的家门了。你听见了没有？你一直在交往的那一帮文雅的盗贼，也不许再来了。你要是不顾我的要求仍邀请他们，那就只好让你的宾客在这里找不到主人，使你陷入万分尴尬的境地了。如果他们进了这个门，我就要跑到贝尔·沃特琳的酒吧间去，告诉那里的每一个人，他们听说我不愿意跟那帮人在一起，是会十分高兴的。"

思嘉一直在忍痛听着他的话，这时才挖苦地笑了。

"这么一来，那个驾河船的赌棍和投机家便要成为正人君子了！我看，你要改邪归正的话，最好还是首先把贝尔·沃特琳的房子卖掉吧。"

这支箭是瞎放的。因为她至今不敢绝对肯定那所房子就是瑞德的。他突然大笑起来，仿佛猜着思嘉的心思了。

"多谢你的建议了。"

要是瑞德事先已经尝试过的话，他就不会选择一个像现在这样困难的时刻来实行改邪归正了。不前不后,恰好现在共和党人和参加共和党的南部白人名声最坏,因为提包党政权已经腐败到了极点。而且,自从投降以来,瑞德的名字已经跟北方佬、共和党人和参加共和党的南方白人难分难解地连在一起了。

在一八六六年,亚特兰大人曾经以无可奈何的愤怒心情感到世界上没有什么东西比他们当时的军事管制更坏的了,可是如今在布洛克的统治下方始明白这才是最坏的呢。共和党人和他们的同盟者依靠黑人的投票牢牢地确立了他们的统治,如今正在恣意蹂躏那个手中无权但仍在反抗的少数党。

黑人中间广泛流传着一种言论,说《圣经》中只提到过两种人,即税吏和罪人①。没有哪个黑人要加入一个完全由罪犯组成的政党,因此他们便争先恐后地参加了共和党。他们的新主子屡次投票支持他们,选举穷白人和参加共和党的南部白人担任高级职务,有时甚至选举某些黑人。这些黑人坐在州议会,大部分时间是吃花生和不停地把穿不惯的新鞋子穿了又脱,脱了又穿。他们中间没有几个是会读书写字的。他们刚从棉花田和竹丛中出来,可是手中却掌握着投票表决有关税收、公债和对他们自己及其共和党朋友们的巨额支出账单的权力。他们当然投票表决予以通过。这个州在税收问题上有步履维艰的感觉,因为纳税人发现那些作为公共事业费表决通过的钱有许多落进了私人腰包,他们是怀着满腔怒火在交税的。

州议会所在地被一大群企业推销人、投机家、承包竞争者

---

① 见《圣经·新约·马太福音》第9章第10节等。

以及其他希望在这场消费大赛中捞一把的人水泄不通地包围了，其中有许多正在无耻地成为阔佬。他们可以毫不费力地拿到州里为修筑铁路拨出的经费，可是铁路却永远修不起来；可以拿到买机车和火车车厢的钱，但结果什么也没有买；也可以支取盖公共建筑的款子，可是这些建筑除了存在于它们的发起人心中，是永远也不会出现的。

债券成百万地发行，其中大部分是非法的，骗人的，但照发不误。州政府的财务局长是个共和党人，但为人诚实，他反对这种非法债券，拒不签字，可是他和另一些想阻止这种渎职行为的人，在那股泛滥的潮流面前也毫无办法。

州营铁路本来是州的一部分财产，可现在成了一种负担，它的债务已达到上百万的数额。这已经不再是铁路了。它成了一个巨大的无底食槽，猪猡们可以在里面肆意大喝大嚼，甚至打滚糟蹋。许多主管人是凭政治关系委任的，根本不考虑他们是否有经营铁路的知识，职工人数达到了所需名额的三倍，共和党人凭通行证免费乘车，大批大批的黑人也乐得免费到处游览，并在同一次选举中一再投票。

州营公路的管理不善尤其使纳税人气愤，因为免费学校的经费是要从公路赢利中拨给的。可是现在不但没有赢利，反而欠债，结果也就没有免费的学校了。由于有钱送孩子上学的人为数很少，因此出现了从小在无知中成长起来的一代人，他们将在以后若干年中散播文盲的种子。

但是跟浪费、管理不善和贪污比起来，人们更加深恶痛绝的是州长在北方描述这些问题时所采取的错误观点。当佐治亚人民奋起反对腐败时，州长便急急忙忙跑到北方去，在国会控诉白人凌辱黑人，控诉佐治亚在准备搞另一次叛乱，并提议在那里进行严厉的军事管制。其实没有哪个佐治亚人要同黑人闹纠纷,而只是想避免这种纠纷。没有哪个佐治亚人想打第二次内战,也没有哪个佐治亚人要求和需要过刺刀下的管制生活。佐治亚唯一要求的是不受干扰,让它自己去休养生息。但是,在被州长称之为"诽谤制造厂"的摆弄下,北方政府所看到的佐治亚是一个叛乱的需要严厉管制的州,而且的确加强了对它的管制。

对于那帮掐着佐治亚脖子的人来说,这是一件值得庆祝的大喜事。于是产生了一股巧取豪夺的风气,高级官员也公开偷窃,而许多人对此采取冷漠的犬儒主义态度,这是令人想起来都不寒而栗的。事实上无论你抗议也罢,抵制也罢,都毫无用处,因为州政府是受合众国军事当局的鼓励和支持的啊。

亚特兰大人诅咒布洛克以及那帮拥护他的南方白人和共和党人,他们也憎恨那些同他们勾搭在一起的家伙。瑞德就是同他们有联系的。人人都说他跟他们很好,对他们所有的阴谋诡计都很熟悉。可是如今,他转过身来要抵制那股他不久以前还混在里面的潮流了,并且开始在奋力拼搏,逆潮流而上。

他缓缓地巧妙地进行他的活动,不让亚特兰大人发现他一夜之间判若两人而产生怀疑。他避免接触那些可疑的亲密伙伴,也不再同北方佬官员和拥护他们的南方白人以及共和党人在一起公开出现了。他出席民主党的集会,并且故意张扬地投民主党人的票。他戒掉了高赌注的牌戏,喝酒也比较有节制了。即使他有时还到贝尔·沃特琳那里去,也是在晚上偷偷去的,像本市一些较为体面的男人那样,而决不在下午去,把马拴在她的门前,让人家一看就知道他在里面。

他带着韦德上圣公会教堂做礼拜，但去得比较晚，当他踮着脚尖轻轻走进去时，几乎全场的人都惊讶得站起来了。他们不仅对瑞德而且对韦德的出现也大吃一惊，因为大家都以为这个孩子是天主教徒呢。至少思嘉是天主教徒，或者大家认为她是。可是她多年没进教堂的门了，因为宗教也像爱伦的其他许多教导一样，早已被她抛弃得一干二净。大家都觉得她疏忽了对孩子的宗教教育，因此对于瑞德，由于他居然在设法纠正这一点，便比较有好感了，尽管他没有把孩子带到天主教堂去，而是带到圣公会教堂来了。

瑞德只要注意管住他的舌头，并且不让他那双黑眼睛恶意地嘲弄别人，他是能够显得又严肃又可爱的。他已经多年不注意这样做，可是现在却注意起来，装出严肃可爱的模样，甚至连背心也是穿颜色更加朴素的了。对于那些受过他救命之恩的人来说，瑞德要同他们建立友好关系是没有什么困难的。要是瑞德的态度不使人觉得他们的感激无足轻重的话，他们早就向他表示谢意了。现在休·埃尔辛、雷内、西蒙斯兄弟、安迪·邦内尔和其他许多人都觉得他可亲而又谦虚，不愿意突出自己，而且当他们谈到他的恩惠时还显得很难为情呢。

"那不算什么，"他会表示不同的意见，"要是你们处在我的地位上，你们也都会这样做的。"

他向圣公会教堂修复基金会慷慨捐献，并且给了"阵亡将士公墓装修协会"一笔颇大而又大得适当的捐款。他请出埃尔辛太太来经办这一捐赠，并不好意思地请求她为这件事保密，虽然他明明知道这只会促使她到处传播这个消息的。埃尔辛太太不高兴接受这笔钱——"投机商的钱"——可是协会缺钱缺得厉害着呢！

"我倒有些不懂,怎么你也来捐钱哪。"她刻薄地说。

瑞德以适当冷静的态度告诉她,他是回想起以前在军队里的人,那些比他更勇敢可是不如他幸运的人,他们至今还躺在默默无闻的坟墓里,使他很受感动,因此才捐赠的。埃尔辛太太听得把胖胖的下颚张开了。梅里韦瑟太太曾告诉过她,思嘉说过巴特勒船长参加过军队,可是她当然不相信。实际上谁也没有相信过嘛。

"你参加过军队吗?你是哪个连——哪个团的?"

瑞德回答了。

"唔,炮兵队!我认识的人要么在骑兵队,要么是步兵。那么,这说明——"她突然打住了,不知怎么说好,只得准备看他那双眼睛恶意地眨巴了。但是他只垂下眼皮,玩弄他的那条表链。

"我本来想参加步兵,"他说,毫不理睬埃尔辛太太那讨好的语气,"可是他们发现我是西点军校出身的——尽管我没有毕业,埃尔辛太太,由于犯了孩子气的毛病——他们便把我编在炮兵队,正规的炮兵队,不是民兵里的。在那最后的战役中他们很需要有专门知识的人呢。你知道损失多重,死了多少炮兵队的人呀!在炮兵队是相当寂寞的。我在那里一个人也不认识。我想在我整个的服役期间我没见过一个亚特兰大人。"

"嗯!"埃尔辛太太心里有点迷乱了。如果他真的参加过军队,那么她就错了。她曾经讲过他许多坏话,说他是胆小鬼,现在想起来感到很内疚。"嗯!那你怎么从不对别人谈你这服役的事呢?你好像觉得进了军队很可耻似的。"

瑞德勇敢地直视着她的眼睛,他脸上显得毫无表情。

"埃尔辛太太,"他诚恳地说,"请你相信我,我对自己为南部联盟服务而感到的骄傲,胜过对于我以前所做和将来要做的一切呢。我觉得——我觉得——"

　　"好吧,可是你以前为什么要瞒着呀?"

　　"我不好意思说,想到——想到我过去的一些行为。"

　　埃尔辛太太把他的捐款和这次谈话详详细细地对梅里韦瑟太太说了。

　　"而且,多丽,我向你保证,他说到自己不好意思时,眼泪都快流出来了呢!真的,眼泪!那时我自己也差一点哭了!"

　　"一派胡言!"梅里韦瑟太太根本不相信,"我既不相信他参加过军队,也不相信他会流眼泪。而且我很快就能查出来。如果他参加过炮兵部队,我能够了解到实际情况,因为当时指挥那个部队的卡尔顿上校是我姑婆的女婿,我可以写信去问他。"

　　她给卡尔顿上校去了信,结果叫她大为狼狈的是,回信中竟明确无误地称赞瑞德在那里服役的表现,说他是一个天生的炮兵,一个勇敢的军人,一位从不叫苦的上等人,他十分谦逊,连提供给他职位时也拒不接受。

　　"好啊!"梅里韦瑟太太说,一面把信交给埃尔辛太太看,"你就这样毫不费力地把我击倒了!也许我们不认为他当过兵是把这个流氓估计错了。也许我们应当相信思嘉和媚兰说的,他在这个城市陷落那天入伍了。不过,反正一样,他是个支持共和党的无赖,我就是不喜欢他!"

　　"不知为什么,"埃尔辛太太犹疑不定地说,"不知为什么,我觉得他不一定那么坏。一个为南部联盟战斗过的人是不会坏到哪里去的。思嘉才坏呢。你知道吗,多丽,我真的相信,他——嗯,他为思嘉感到羞耻,不过作为一个上等人不太好意思说出口就是了。"

"羞耻! 呸! 他们两个完全是同样的货色。你怎么会有这种可笑的想法呢?"

"这并不可笑嘛,"埃尔辛太太生气地说,"昨天,在倾盆大雨中,他带着那三个孩子,请注意,连那个婴儿也在内,坐着他那辆马车出门,在桃树街上跑来跑去,还让我搭他的车回家了呢。那时我说:'巴特勒船长,你在大雨天带着这三个孩子出门,不是发疯了吗? 你干吗不赶快带他们回家呀?'他一言不发,只是显得很难为情似的。不过嬷嬷倒说话了:'家里挤满了下流白人了。孩子们在雨里比在家里能呼吸更好的空气呢!'"

"他怎么说?"

"他还能怎么说呀? 他只是对嬷嬷皱了皱眉头,就不再理会了。你知道思嘉昨天下午举办了一次桥牌会,所有那些下贱的女人全去了。我猜他是不让她们吻他的孩子呢。"

"好吧!"梅里韦瑟太太有点动摇,可仍然坚持不放。不过到了下一个星期,她就终于投降了。

瑞德如今在银行里有一张办公桌了。他究竟在那里干些什么,银行里那些莫名其妙的官员也不清楚,不过他持有那么多的股票,他们对此也不敢说什么话。过了一阵子,他们便忘记自己曾经对他产生过反感了,因为他又文静又和气,还真正懂得一些办银行和投资的事。不管怎样,他整天坐在办公桌前,装出很认真的模样,因为他希望同那些有工作而且勤奋工作的有声望的市民建立彼此平等的关系。

梅里韦瑟太太一心想扩充她的面包店,曾设法以她的房子做担保向银行借贷两千美元,可是银行拒绝借款,因为她的房子已经做了两处抵押了。这位壮实的老太太气冲冲地走出银行,这时瑞德把她拦住,向她问明了情由,然后抱歉地说:"这一定是发生了误会,梅里韦瑟太太。发生了某种严重的误会。怎么连你也得找担保了。要不,我借给你钱,只要你一句话就行!任何一位太太,只要她开办了像你开办起来的那种事业,就是世界上最好的担保了。银行正是要借钱给你这样的人嘛。好,请就在我这椅子上坐坐,我立即给你去办。"

他回来时温和地微笑着,说事情就像他所想的那样,是发生了误会。那两千美元已经存在那里,任凭她什么时候支取都行。那么,关于她那所房子——是否就请她现在签个字好吗?

梅里韦瑟太太心里又是气恼又是羞辱,想不到居然要从一个她所厌恶和不信任的人手中接受恩惠呀!因此她尽管口头表示谢意,但实际是没有什么好感的。

不过瑞德并没有注意到这一点。他把她送到门口,然后说:"梅里韦瑟太太,我一向非常钦佩你知识丰富,但不知你能不能传授我一点?"

她点点头,那帽子上的羽毛在一个劲儿颤动。

"你家梅贝尔小时候吮她的大拇指时,你是怎么对付的呢?"

"什么?"

"我家的邦妮吮大拇指,我怎么也制止不住她。"

"你应当制止她,"梅里韦瑟太太坚决地说,"那会弄坏她嘴巴的模样的。"

"我知道!我知道!她的嘴长得很美。可是我不知道怎么办呀。"

"那,思嘉总该知道嘛,"梅里韦瑟太太直率地说,"她还养了两个孩子呢。"

瑞德低下头来看着自己的鞋,长叹了一声。

"我已经试过,在她的指甲底下放点肥皂。"他说,没有理会她对思嘉的指责。

"肥皂!哼!肥皂根本没用。我从前给梅贝尔在大拇指上放奎宁,我说,巴特勒船长,她很快就不再吮大拇指了。"

"奎宁!我可从没想过呢!感谢你不尽了,梅里韦瑟太太。这件事真叫我伤脑筋呀。"

他对她微微一笑,显得那么高兴,那么感激,这使得梅里韦瑟太太一时有点糊涂了。不过她向他告别时也笑了一笑。她不高兴向埃尔辛太太承认自己看错了这个人,但她还是老实地表示一个人只要是爱他的孩子便不会没有优点的。思嘉居然对邦妮这样一个可爱的小家伙不感兴趣,这多叫人伤心啊!一个男人得设法亲自抚育一个小女孩,这也够可怜的了!瑞德很清楚地知道这光景多么感人,至于是否会损坏思嘉的名声,他可不管了。

自从那孩子学会了走路以后,瑞德便经常将她带在身边到处走动,有时坐马车,有时骑马,把她放在马鞍前头。每天下午他从银行回到家里,便带她出到桃树街散步,牵着她的手,自己放慢脚步让她蹒跚地行走,一路上耐心地回答她提出的无数问题。傍晚时候,人们常常站在自己的前院里或走廊上,看到邦妮这样一个满头黑色鬈发和眼睛蓝得发亮的小姑娘,都觉得她很好玩,总是忍不住要跟她说说话。瑞德从来不打搅这种谈话,只悄悄地站在一旁,流露出做父亲的骄傲和对人们这样夸奖他女儿的喜悦之情。

亚特兰大人的记性特好,他们对事物颇多疑忌,很不容易改变自己的习惯和看法。现在时世艰难,人们对任何一个跟布洛克州长及其一伙有关系的人都抱着深深的敌意。可是邦妮身上综合了思嘉和瑞德两人各自最可爱的地方,因此瑞德就把她作为一个小小的楔子,用来打进亚特兰大人冷酷的墙壁中去了。

邦妮一天天迅速成长,她越发显出作为杰拉尔德·奥哈拉的外孙女的本色来了。她的两条腿又粗又短,一双大眼睛呈现出爱尔兰人特有的天蓝色,而那个小小的正方形下颚更说明她是坚决要按自己的意志行事的。她像杰拉尔德那样很容易发脾气,发作起来便突然大叫大嚷,可是一旦她的愿望得到满足就压根儿忘了。只要她父亲在身边,她的愿望总是很快就得到满足的。不管思嘉和嬷嬷怎样反对,他仍然姑息迁就她,因为她处处讨他喜欢,只有一件事例外,那就是她害怕黑暗。

她同韦德和爱拉一起睡在育儿室里,两周岁之前常常很快就能睡着。后来,也不知什么缘故,只要嬷嬷一拿着灯走出房间她就哭了。接着又发展到经常在深夜醒来,恐怖地尖声叫喊,这不但把别的两个孩子惊醒,而且闹得全家都惶惶不安起来。有一次不得不把米德大夫请来,他诊断说是做噩梦,瑞德听了还很不满意。无论谁问她,得到的回答只有一个词儿:"黑暗。"

思嘉给这孩子闹得不耐烦了,便主张打她一顿。她不想迁就她,在育儿室通宵点一盏灯,因为那会使得韦德和爱拉不能睡觉。瑞德也很苦恼,但仍然很耐心,希望从女儿嘴里掏出更多的解释来;他说如果要打一顿的话,那就由他自己动手,而且是打思嘉。

这个问题的最终解决办法是将邦妮从育儿室搬到瑞德现在一个人住的那间房里。她那张小床摆在瑞德的大床旁边,桌上有一盏带罩的灯,常常通宵点着,这件事一传出去,全城都窃窃私语起来。不管怎么样,一个女孩子睡在父亲房里,总是有点不怎么合适嘛,哪怕这姑娘还只有两岁呢。这种闲言使思嘉在两个方面受到了压力。第一,它毋庸置疑地证实她跟丈夫是分房睡的,这本身就是骇人听闻的了。第二,人人都认为如果孩子不敢一个人单独睡,那就得跟她母亲在一起。而且思嘉觉得自己难以说明,她既不能点着灯睡觉,瑞德又不让孩子跟她在一起睡。

"你是只要她不大声喊叫就从不醒来的,而且醒来后可能还打她呢。"瑞德不满地说。

思嘉对于瑞德那么关心邦妮的夜哭症感到很恼火,但是她觉得她可能纠正这一局面,让邦妮再搬回育儿室去。所有的孩子都是害怕黑暗的,唯一的办法就是决不迁就。瑞德正是在这一点上处理错了,结果反而让她这个当妈的显得很尴尬,这好像是由于她把他关在门外而给她的报复呢。

自从那天晚上她告诉他她不要再生孩子以来,他一直没有迈过她的门槛,甚至连门把手也没有扭过。从那以后,一直到他由于邦妮害怕而开始留在家里为止,他不在家吃晚饭比在家吃的次数还多。有时他整夜不归,使得思嘉锁着门躺在床上睡不着,听着滴答的钟摆一直响到天明,也不知道他究竟到哪里去了。她记得他说过:"亲爱的,我还有别的床好去睡呢!"尽管她一想起这句话就心痛,可是也毫无办法。她什么话也不能说,因为一说就会突然引起争吵,那时他准要指摘她锁门的事,有时还可能牵涉到艾希礼呢。是的,他让邦妮在房里——在他房里——点着灯睡觉这样的蠢事,只不过是一种报复她的卑劣手段罢了。

她不理解他对邦妮那种可笑癖好给予的重视,以及他对于这个孩子的全心全意的钟爱,直到一个可怕的夜晚出现为止。那个夜晚是全家永远不会忘记的。

那天白天,瑞德遇见一个过去跑封锁线的同行,他们彼此有谈不完的话。他们究竟到哪里叙谈和喝酒去了,思嘉并不清楚,不过当然她怀疑他们是在贝尔·沃特琳那里。下午他没有回来带邦妮出去散步,也没回来吃晚饭。邦妮整个下午都在窗口焦急地盼望着,渴望在父亲面前展览一大堆被弄死了的甲虫和蟑螂,可最后不得不连哭带骂地被卢儿抱上床去睡觉了。

不知是卢儿忘记点灯呢,还是灯自己熄了,反正谁也弄不清是怎么回事,可是等到瑞德终于回来,尤其是喝了酒回来时,他还在马厩里便听见全家闹翻了天,邦妮的尖叫声显得特别刺耳。原来邦妮在黑暗中醒来了,她叫父亲,可是他不在,于是她想象中所有那些叫不出名来的妖魔鬼怪都一齐来把她抓住了。无论思嘉怎样抚慰,无论仆人们端来多亮的灯光,都无法让她安静,而瑞德三步并两步地奔上楼来时,也吓得像见了鬼了。

最后瑞德总算把她抱到了怀里,他问她怎么回事,她边喘,边抽泣着,从中只能听清楚"黑暗"这个词儿,于是他愤怒地回过头来向思嘉和几个黑人厉声质问。

"是谁把灯吹灭的？谁把她单独留在黑屋子里？普里茜,我要剥掉你的皮,你——"

"啊,上帝,瑞德先生! 那不是俺呀! 是卢儿呢!"

"天知道,瑞德先生,俺——"

"住嘴! 你明明知道我的命令。上帝做证,我要——给我滚! 别再回来了。思嘉,给她点钱,打发她走,在我下楼之前就走。现在,你们都给我出去,都出去!"

几个黑人都溜了,那个倒霉的卢儿还一路用围裙捂着脸伤心地哭泣。但思嘉留在那里。看到自己心爱的孩子在瑞德怀里渐渐安静下来,而刚才她抱着时却哭得那么可怜,这滋味是不好受的。同样,看到那两条小小的胳臂抱着他的脖子,听到那哽咽的声音在述说她是怎么受惊的,而她思嘉刚才从她嘴里却什么也没掏出来,这叫她多么尴尬呀!

"这么说,它是坐在你胸口上了,"瑞德温柔地说,"它是个很大的家伙吗?"

"啊,是的! 大极了。还有爪子呢。"

"哎,还有爪子。现在好了。我一定整晚坐着,只要它回来就枪毙它。"瑞德的声音又认真又亲切,邦妮听着听着就不抽泣了。她的声音也不再那么受压抑,现在开始用一种只有他懂得的语言在详细描述她的那个大怪物。瑞德跟她讨论着,仿佛那是真的似的,这使思嘉又烦躁起来了。

"看在老天面上,瑞德——"

但是他摆摆手叫她别作声。后来邦妮终于睡着了,他把她放在床上,盖好被子。

"我要去活剥那个黑鬼的皮,"他低声说,"这也是你的过错。你干吗不上来看看是不是点了灯呢?"

"别傻了,瑞德,"她悄悄地说,"她养成了这个习惯,就是因为你迁就她。有多少孩子害怕黑暗,可是他们慢慢就克服了。韦德本来也怕,但我没有姑息他。你只要让她哭一两个晚上——"

　　"让她哭!"顷刻间思嘉以为他要动手打她了,"你要么是个笨蛋,要么是个我从没见过的最没人性的女人。"

　　"我可不要她长大以后变得又神经质又胆小。"

　　"胆小?见鬼去吧!她身上连一点胆小的影子也没有。只不过你毫无想象力,因此才不能理解那些有想象力的人——尤其是一个孩子——的痛苦罢了。要是一个有爪子有角的东西来坐在你胸口上,你会叫它滚开去吧,是吗?你会拼命那样叫呢!你好不好回想一下,太太,我曾经听见你像只烫坏的猫似的狂叫着醒来,那仅仅因为你梦见在雾里奔跑而已。而且这种事不久以前还发生过呀!"

　　思嘉被堵回去了,因为她从来不喜欢去想起那个梦。而且叫她去回忆瑞德曾经以几乎像现在安慰邦妮这样的态度安慰过她,也是很难为情的。所以她便迅速改换了进攻的方式。

　　"你这样做正好是姑息她,而且——"

　　"而且我打算继续姑息下去。只要我这样做,她就会逐渐克服它,把它忘了。"

　　"那么,"思嘉刻薄地说,"你要是打算当保姆,你就得想办法改变一下习惯,晚上早点回家,也不要再喝酒了。"

　　"我一定早早回来,不过我高兴时还会喝得烂醉的。"

　　从那以后他的确回来得早了,常常在邦妮上床睡觉以前好久就到了家里。他坐在她身旁,拉着她的手,直到她瞌睡得渐渐把手放松了为止。那时他才踮着脚尖悄悄下楼,让灯光明亮地点在那里,门也半开着,好叫她一旦醒来害怕时他听得见。从此他再也不想让她在黑暗中受惊那样的事重新发生了。全家的人都经常当心让那盏灯亮着,思嘉、嬷嬷、普里茜和波克时常蹑手蹑脚上楼去看看,保证不出什么意外。

他每次回家都没有喝醉,不过这绝不是思嘉的功劳。几个月来他一直在大量饮酒,尽管从没有真正醉过,而且有一天晚上他呼吸中的威士忌酒气还特别强烈。他把邦妮抱起来,把她一下扛在肩上,然后问她:"你要给你亲爱的爸爸一个吻吗?"

她耸起她那个翘翘的鼻子,扭摆着要下地来。

"不,"她坦率地说,"脏着呢。"

"我怎么了?"

"有股臭味。艾希礼叔叔没有臭味。"

"唔,那我该死,"他悔恨地说,一面把她放在地上,"我还从没想到居然我自己家里会有个提倡戒酒的人呢!"

不过从那以后,他就限制自己晚饭后只喝一杯葡萄酒了。邦妮是被允许喝他杯子里剩下的那一点的,她一点也不觉得葡萄酒有什么臭味。这样一来,他面颊上那两块开始隆起来的胖堆儿就渐渐消失,那双黑眼睛下面的两个圈圈也不再显得那么黯淡而深陷了。由于邦妮喜欢坐在他的马鞍前头外出,他现在骑马在外边游荡的时间也多了些,结果脸孔晒得黑黑的,肤色也比以前深了不少。他看来已更加健康,也更加快活,又像是战争早期激动过亚特兰大人的那个勇敢的年轻冒险家了。

每当他骑着马、鞍前带着那个小玩意儿从旁边走过时,那些原先厌恶他的人现在都开始露出了微笑。那些以前一直认为没有哪个女人跟他在一起不出乱子的妇女,如今也往往在大街上停下来跟他交谈,称赞邦妮几句。甚至有几位最古板的老太太都觉得,一个能像他这样细心地商讨孩子的毛病和问题的男人,是不可能坏到哪里去的。

第五十三章

那天是艾希礼的生日,媚兰在晚上举行了一个事先秘而不宣的招待会。其实除了艾希礼本人,别的人都是知道了的。连韦德和小博也明白,但发誓要保守秘密,因此还显得很神气呢。亚特兰大所有优秀的人物都受到邀请,也都准备来。戈登将军和他一家亲切地表示接受,亚历山大·斯蒂芬斯也答应只要他那一直不稳定的健康状况允许便一定出席。甚至连鲍勃·图姆斯,这个给南部联盟到处惹事的人,也说要来的。

那天整个上午,思嘉、媚兰、英迪亚和皮蒂姑妈在那座小房子里忙个不停,指挥黑人们挂上那些新洗过的窗帘,擦拭银器,给地板打蜡,烧菜,以及调制和品尝点心,等等。思嘉从没见过媚兰这样兴奋和愉快。

"你瞧,亲爱的,艾希礼一直没有做过生日,自从——自从,你还记得在'十二橡树'村举办的那次大野宴吗?那天我们听说林肯先生在招募志愿兵呢?嗯,从那以后,他就没做过生日了。他工作那么辛苦,晚上回来时已那么疲乏,一定不会想到今天是他的生日。那么,吃完晚饭后看见那么多人涌进门来,他不给吓坏才怪呢!"

"不过,你拿外面草地上那些灯笼怎么办呢?威尔克斯先生回来吃晚饭时会看见的。"阿尔奇显得烦躁地提出这个问题。

他整个上午都坐在那里观望大家忙着准备招待会,感到很有兴趣,但自己并不承认。他从来不知道大城市里的人是怎样办宴会或招待会的,这一次算是长了见识。他坦率地批评那些女人仅仅因为有几个客人要来便忙成那个样子,好像屋里着了火似的,不过他对这情景很有兴趣,恐怕来几匹野马也没法把他拉走。那些彩纸灯笼是埃尔辛太太和范妮临时扎的,阿尔奇特别喜欢它们,因为他以前从没见过"这样的新玩意儿"。它们本来给藏在地下室他的房间里,他已经仔细地看过了。

"哎哟,我倒没想到这一点!"媚兰喊道,"阿尔奇,幸亏你提出来了。糟糕,糟糕! 这怎么办呢? 它们得挂在灌木林和树上,里面插着小蜡烛,等到适当的时候,客人快来了就点上。思嘉,你能不能在我们吃晚饭时打发波克下去办这件事?"

"威尔克斯太太,你在妇女中是最精明的了,可是你容易一时糊涂,"阿尔奇说,"至于说到那个傻黑鬼波克,我看他还是不要去弄那些小玩意儿好。他会把它们一下子烧掉的。它们——可真不错呢,让我来替你挂吧,等你和威尔克斯先生吃饭的时候。"

"啊,阿尔奇,你真好!"媚兰那双天真的眼睛又感激又信赖地向他瞧着,"我真不知道要是没有你我怎么办。你看你能不能现在就去把蜡烛插在里面,免得临时措手不及呢?"

"好吧,我看可以。"阿尔奇有点粗声粗气地说,接着便笨拙地向地下室走去了。

"对这种人最好的办法就是给他说好听的,否则你怎么也不行呢,"媚兰看见那个满脸胡子的老头下了地下室的阶梯,才咯咯地笑着说,"我一直就在打算要让阿尔奇去挂上那些灯笼,可是你知道他就那样。你要请他做事,他偏不去。现在我们让他走开,好清静一会儿。那些黑人都那样害怕他,只要他在场就低着头喘气,简直什么也别想干了。"

"媚兰,我是不愿意让这个老鬼待在我屋里,"思嘉气恼地说,她恨阿尔奇就像阿尔奇恨她一样,两个人在一起几乎不说话,除非是在媚兰家里,否则他一见思嘉在场就要跑开,而且,甚至在媚兰家里他也会用猜疑和冷淡的眼光盯着她,"他会给你惹麻烦的,请记住我这句话吧。"

"唔,这个人也没有什么恶意,只要你奉承他,显得你是依靠他的,就行了,"媚兰说,"而且他那样忠于艾希礼和小博,所以有他在身边,就觉得安全了。"

"你的意思是他很忠于你了,媚兰,"英迪亚插嘴说,她那冷漠的面孔流露出一丝丝温暖的微笑,同时深情地看着自己的嫂子,"我相信你是这老恶棍第一个喜爱的人,自从他老婆——噢——自从他老婆死了以后。我想他会巴不得有什么人来侮辱你,因为这才有机会让他把他们杀了,显示他对你的尊敬呢。"

"哎哟,瞧你说到哪里去了,英迪亚!"媚兰说着,脸就红了,"他认为我笨得很,这你是知道的。"

"嗯,据我看,无论这个臭老头子究竟心里怎么想,也没有多大意思,"思嘉很不耐烦地说,她一想起阿尔奇曾经判断她的关于罪犯的意见,就怒不可遏,"我现在得去吃中饭了,然后要到店里去一下,给伙计们发放工钱,再去看看木料场,付钱给车夫和休·埃尔辛。"

"唔,你要到木料场去?"媚兰问,"艾希礼傍晚时候要到场里去看休呢。你能不能把他留在那里等到五点钟再放他走？要不然他回来早了，一定会看见我们还在做蛋糕什么的，那样就根本谈不上叫他吃惊了。"

思嘉暗自一笑，情绪又好起来。

"好吧，我会留住他的。"她说。

当她这样说时，她发现英迪亚那双没有睫毛的眼睛正犀利地盯着她。她想：每次我一说到艾希礼，她都这样古怪地看我。

"那好，你尽可能把他留到五点以后，"媚兰说，"然后英迪亚赶车去把他带上……思嘉，今晚你得早点来呀。我可要你一分钟也不耽误来参加招待会。"

思嘉赶车回家时，一路上郁郁不乐地思忖着："她叫我一分钟也不要耽误去参加招待会，啊？那么，她干吗不请我跟她和英迪亚和皮蒂姑妈一起接待客人呢？"

在通常情况下，思嘉并不在乎是否在媚兰举办的家宴上参加接待客人。可这一回是媚兰家里最大的一次招待会，并且是艾希礼的生日晚会呢，所以思嘉很希望能站在艾希礼身边，跟他一起接待宾客。但是不知为什么她没有被邀请来参加接待。当然，尽管她自己至今不明白，不过瑞德对于这个问题已经做过坦率的解释了。

"在所有知名的前南部联盟拥护者们都要出席的情况下，能让一个拥护共和党的南方白人来参加接待吗？你的想法倒是很迷惑人的，可人家也不是糊涂虫呀。我看只因为媚兰小姐对你一片忠诚，才居然邀请了你呢。"

那天下午思嘉动身到店里和木料场去之前，比往常多注意打扮了一下自己，穿了一件暗绿的可以闪闪变色的塔夫绸长衣,它在灯光下会变成淡紫色;还戴了一顶浅绿色的新帽子,周围装饰着深绿色羽毛。要是瑞德赞成她把头发剪成刘海式的,并在额前烫成鬈发,戴上这顶帽子还会好看得多呢!可是他已经宣布,只要她把额发弄成刘海,他就要把她的头发全剃光。何况近来他态度那样蛮横,说不定真会干呢。

那天下午天气很好,有太阳,但并不怎么热,很亮堂,但又不觉得刺眼,温暖的微风沙沙地吹拂着桃树街两旁的树木,使思嘉帽子上的羽毛也跳起舞来。她的心也在跳舞,就像每一次去见艾希礼时那样。也许,如果她早一点给运输队的车夫和休付了工资,他们便会回家,把她单独和艾希礼留在木料场中央那间小小的正方形办公室里。近来,要想单独会见艾希礼,可不那么容易呀。可是你想,媚兰居然请她把他留住呢!这太有意思了!

她赶到店里时心情十分愉快,立即给威利和别的几个店员付了钱,甚至也没有问一下当天营业的情况。那是个星期六,一周中生意最好的一天,因为所有的农人都在这一天进城来买东西,可是她什么也不问了。

到木料场去时,她沿途停了十来次车跟那些打扮得很讲究——但是并不如她的打扮那样漂亮,她高兴地想——提包党太太们说话,还有些男人也穿过大街上的红色尘土跑来,手里拿着帽子站在马车旁边向她表示敬意。这是个很可爱的下午,她很高兴,她显得很美,她的计划也进行得极为顺利。但是由于这些耽搁,她到达木料场时比原先打算的晚了一点,休和运输队的车夫已经坐在一堆木头上等候她了。

"艾希礼来了吗?"

"来了,他在办事房里。"休回答说,他一看见她那双愉快飞舞的眼睛,脸上照例有的那种烦恼的表情便消失了,"他是想——我的意思是他在查看账本呢。"

"唔,今天他不用费心了,"她说,随即又放低声音接着说:"媚兰打发我来把他留住,等他们把今晚的招待会准备好了才让他回去呢。"

休微笑起来,因为他也要去参加招待会。他喜欢参加宴会,并且猜想思嘉也是这样,这从她今天下午的神气就看得出来。她给运输队和休付了钱,然后匆匆离开他们向办事房走去,那态度明明显出她不愿意他们留在这里。艾希礼在门口碰到她,他站在午后的阳光下,头发闪闪发亮,嘴唇上流露出一丝几乎要露出牙齿来的微笑。

"怎么,思嘉,你这时候跑到市区来干什么? 你干吗没在我家里帮媚兰准备那个秘而不宣的招待会呢?"

"怎么了,艾希礼·威尔克斯?"思嘉生气地喊道,"本来是想不让你知道这件事的呀。要是你居然一点也不吃惊,媚兰会大失所望呢。"

"唔,我不会泄露的。我将是亚特兰大最感到惊讶的一个。"艾希礼眉开眼笑地说。

"那么,是谁这么缺德告诉你了呢?"

"实际上媚兰把所有的人都请上了。头一个是戈登将军。他说根据他的经验,妇女们要举行意外招待会时,总是选择男人们决定要在家里擦拭枪支的晚上举办。然后梅里韦瑟爷爷也向我提出了警告。他说有一次梅里韦瑟太太给他举行意外宴会,可结果最吃惊的人却是她自己,因为梅里韦瑟爷爷一直在暗暗地使用威士忌治他的风湿症,那天晚上他喝得烂醉,根本起不来床了——就这样,凡是那些为他们举行过意外宴会的人都告诉我了。"

"这些人真缺德啊!"思嘉骂了一句,但又不得不笑起来。

他仍然是以前她在"十二橡树"村认识的那个艾希礼的模样,那时也是这样笑的。可是他近来很难得有这种笑容。今天空气是这么柔和,太阳这么温煦,艾希礼的面容这么愉快,谈起话来又显得如此轻松,因此思嘉也有点欣喜若狂了。她的心在发胀,乐得发胀,好像整个胸膛充满了喜悦的、滚烫的没有流出的泪珠,被压得疼痛难忍。她突然觉得自己又变成了一个十六岁的姑娘,那么快活,还有点紧张和激动。她简直想把帽子扯下来,把它抛到空中,一面高呼"万岁!"接着她想象如果她真的这样做时,艾希礼会多么吃惊,于是她放声大笑,笑得眼泪都快流出来了。艾希礼也跟着仰头而笑,仿佛他欣赏这笑声似的,他还以为思嘉是对那些泄露了媚兰秘密的人的诡谲手法感到有趣呢。

"进来吧,思嘉。我正在查账呢。"

她走进阳光炽热的小房间,坐在写字台前的椅子上。艾希礼跟着坐在一张粗木桌子的角上,两条长腿悬在那里随意摇摆。

"艾希礼,咱们今天下午别弄什么账本了吧! 我都腻烦透了。我只要戴上一顶新帽子,就觉得我熟悉的那些数字全都从脑子里跑掉了。"

"既然帽子这样漂亮,数字跑掉也完全是应该的嘛,"他说,"思嘉,你愈来愈美了!"

他从桌子上滑下来,然后笑着拉住她的双手,把她的双臂展开,好打量她的衣裳,"你真漂亮! 我想你是永远也不会老的!"

她一接触到他便不自觉地明白了,她本来就是希望发生这种情况的。这一整个愉快的下午她都在渴望着他那双温暖的手和那对柔和的眼睛,以及他的一句表示情意的话。这是自从塔拉果园里那寒冷的一天以来,他们头一次完全单独在一起,头一次他们彼此不拘形式地拉着手,并且有很长一个时候她一直渴望着同他更密切地接触呢。而现在——

真奇怪,怎么跟他拉着手她也不觉得激动呀?以前,只要他一接近便会叫她浑身哆嗦。可现在她只感到一种异样温暖的友谊和满足之情。他的手没有给她传来炽热的感觉,她自己的手被握着时也只觉得心情愉快而宁静了。这使她莫名其妙,甚至有点惊惶不安。他仍旧是她的艾希礼,仍旧是她的漂亮英俊的心上人,她爱他胜过爱自己的生命。那么为什么——

不过,她把这想法抛到了脑后。既然她跟他在一起,他在拉住她的手微笑着,即使纯粹是朋友式的,没有什么激情,那也就足够了。当她想起他们之间所有那些心照不宣的事情时,便觉得这种情形实在不可思议。他那双清澈明亮的眼睛逼视着她,仿佛洞察她的隐情似的,同时用她向来很喜欢的那种神态微笑着,好像他们之间只有欢愉,没有任何别的东西。现在他们的两双眼睛之间已毫无隔阂,毫无疏远困惑的迹象了。于是她笑起来。

"唔,艾希礼,我很快就老了,要老掉牙了。"

"哎,这是十分明显的事嘛!不,思嘉,在我看来,你到六十岁也还是一样的。我会永远记住我们上次举办大野宴那天你的那副模样,那时你坐在一棵橡树底下,周围有十多个小伙子围着呢。我甚至还能说出你当时的打扮,穿着一件带小绿花的白衣裳,肩上披着白色的网织围巾。你脚上穿的是带黑色饰边的小小的绿便鞋,头上戴一顶意大利麦辫大草帽,上面还有长长的绿色飘带。我心里还记得那身打扮,那是因为在俘虏营里境况极其困苦时,我常常把往事拿出来像翻着图片似的一桩桩温习着,连每一个细节都不放过——"

说到这里他突然停住,脸上那热切的光辉也消失了。他轻轻地放下她的手,让她坐在那里等待他的下一句话。

"从那天以后,我们已走了很长一段路程,我们两人都是这样,你说是吗,思嘉?我们跑了许多从没想到要跑的路。你跑得很快,很利落,而我呢,又慢又勉强。"

他重新坐到桌上,瞧着她,脸上又恢复了一丝笑容。但这不是刚才使她高兴过的那种微笑了。这是一丝凄凉的笑意。

"是的,你跑得很快,把我拴在你的车轮上拖着走。思嘉,我有时怀着一种客观的好奇心,设想假如没你我会变成了什么样子呢。"

思嘉赶快过来为他辩护,不让他这样贬损自己,尤其因为她这时偏偏想起了瑞德在这同一个问题上说的那些话。

"可是艾希礼,我从没替你做过什么事呢。就是没有我,你也会完全一样的。总有一天你会成为一个富人,成为一个你应当成为的那种伟大人物。"

"不,思嘉,我身上根本没有那种伟大的种子。我想要不是由于你,我会早就变得无声无息了——就像可怜的凯瑟琳·卡尔弗特和其他许多曾经有过名气的人那样。"

"唔,艾希礼,不要这样说。你说得太叫人伤心了。"

"不,我并不伤心。我再也不伤心了。以前——以前我伤心过。可如今我只是——"

他停下来,这时思嘉突然明白他心里在想什么。这还是头一次,当艾希礼那双清澈而又茫然若失的眼睛扫过她时,她明白他是在想什么。当爱情的怒火在她胸中燃烧时,他的心是向她关闭的。如今,他们中间只存在一种默默的友情,她才有可能稍稍进入他的心里,了解一点他的想法。他不再伤心了。南方投降后他伤心过,她恳求他回亚特兰大时他伤心过。可如今他只有听天由命了。

"我不要听你说那样的话,艾希礼,"她愤愤地说,"你的话听起来就像是瑞德说的。他在许多事情以及所谓'适者生存'之类的问题上经常唱那样的调子,简直叫我腻烦透了。"

艾希礼微微一笑。

"思嘉,你也曾想过瑞德和我是基本相同的一种人吗?"

"啊,没有! 你这么文雅,这么正直,而瑞德——"她停下来,不知道怎么说好。

"但实际是那样。我们出身于同一类的人家,在同样的模式下教育成长,养成了同样的想法。不过在人生道路上某个地方我们分道扬镳了。但我们的想法仍然相同,只不过做出的反应不一样而已。举例说,我们谁都不主张战争,可是我参加了军队,打过仗,而他直到战争快结束时才去入伍。我们两人都知道这场战争是完全错误的。我们两人都知道这是一场必然要输的战争。可是我愿意去打这场必败的战争,而他却不是这样。有时我觉得他是对的,可是接着,又觉得——"

"唔,艾希礼,你什么时候才放弃从两个方面去看问题呢?"她问,但是她说这话时并没有像以前那样很不耐烦,"要是从两个方面去看,就谁也得不出什么结果了。"

"这也对,不过——思嘉,你究竟要得到什么结果呀? 我时常这样猜想。你瞧,我可是从来也不想得到什么结果的。我只要我自己自由自在地做人。"

思嘉要得到什么结果?这个问题太可笑了。当然,金钱和安全嘛。不过——她又觉得说不清楚了。她现在已经有了钱,也有了在这个不安全的世界上可望得到的安全。可是,仔细想来,这些也还是不够的。仔细想想,它们并没有使她特别快活,尽管已不再那么拮据,不再那么提心吊胆了。要是我有了钱和安全,又有了你,那大概就是我要得到的结果吧——思嘉这样想,一面热切地望着艾希礼。可是她没有说这个话,因为生怕破坏了他们之间此刻存在的那种魅力,生怕他的心又要向她关起门来。

"你只要自己自由自在地做人?"她笑着说,略略有点悲伤,"我经常的最大的苦恼就是不能让自己自由自在地活着!至于说我要得到什么结果,那么我想我已经得到了。我要成为富人,要安全,还有——"

"但是,思嘉,你有没有想过我这个人是不考虑富不富的呢?"

没有,她从没想过有什么人是不要做富人的。

"那么,你要的是什么呢?"

"我现在不清楚。我曾经是知道的,但后来大部分忘了。最重要的是让我逍遥自在,那些我不喜欢的人不要来折磨我,不要强迫我去做我不想做的事。也许——我希望旧时代重新回来,可是它已经一去不复返了,因此我时常怀念它,也怀念那个正在我眼前崩溃的世界。"

思嘉紧紧地闭着嘴,一声也不吭。这并非由于她不了解他的意思。因为那是他的声调本身而不是任何别的东西唤起了她对往昔的记忆，使得她突然心痛，因为她也是会怀念的。但是，自从那一天她晕倒在"十二橡树"村那荒凉的果园里，说了"我决不回顾"的话以后，她就一直坚决反对谈过去的事了。

"我更喜欢现在这样的日子，"她说，不过并没有看他的眼睛，"现在常常有些令人兴奋的事情，譬如，举行宴会，等等。一切都显得有了光彩。而旧时代是十分暗淡的。"（唔，那些懒洋洋的日子和温煦而宁静的乡村傍晚！那些来自下房区的响亮而亲切的笑声！生活中那种珍贵的温暖和对明天的令人安慰的期待！所有这些，我怎么能否认呢？）

"我更喜欢现在这样的日子。"她说，但是声音有点颤抖。

他从桌子上滑下来，轻轻地笑着，表示不怎么相信她的话。他一只手托着她的下巴，让她仰起脸来看着他。

"哎，思嘉，你太不会撒谎了！是的，现在生活显得有了光彩——某种光彩。可这就是它的毛病所在。旧时代没有光彩，可它有一种迷人之处，有一种美，一种缓缓进行的魅力。"

她的思绪在向两个方向牵引，她不觉低下头来。他说话的声音，他那手的接触，都在轻轻地打开她那些永远锁上了的门。那些门背后藏着旧日子的美，而现在她心里正苦苦渴望着重新见到它。不过她也知道，无论是什么样的美都必须藏在那里。因为谁也不能肩负着痛苦的记忆向前走啊。

他的手从她下巴上放下来，然后他把她的一只手拉过来，轻轻地握在自己的两只手里。

"你还记不记得。"他说——可这时思嘉心里响起了警钟：不要向后看！不要向后看！

不过她迅速把它排除，乘着一个欢乐的高潮直冲上去。

终于她开始了解他,终于他们的心会合了。这个时刻可实在宝贵,千万不能失掉,哪怕事后会留下痛苦也顾不得了。

"你还记不记得。"他说,这时他那声音的魅力使得办事房的四壁忽然隐退,岁月也纷纷后退了,他们在一个过去已久的春天里,一起骑着马在村道上并辔而行。他说话时那只轻轻握住她的手便捏得紧了,同时声音中也带有一点古老歌曲中那样的悲凉味。她还能听见他们在山茱萸树下行进,去参加塔尔顿家的野宴时那悦耳的缰辔叮当声,听见她自己纵情的笑声,看见太阳照得他的头发银光闪闪,并且注意到他骑在马背上那高傲而安详的英姿。他的声音里有音乐,有他们在那白房子里跳舞时小提琴和班卓琴的演奏声,尽管那座白房子如今已不在了。还有秋天清冷的月光下从阴暗的沼泽地里远远传来的负鼠犬的吠叫声,过圣诞节时用冬青叶缠绕着的一碗碗蛋酒的香味,以及黑人和白人脸上的微笑。于是老朋友们成群结队地回来了,仿佛这么多年来他们并没有死,仍然在笑着,闹着:斯图尔特和布伦特还是两个长腿红发、爱开玩笑的小伙子,汤姆和博伊德野得像两只小马驹,乔·方丹忽闪着一双热情的黑眼睛,凯德和雷福德·卡尔弗特行动起来仍然那么文雅而迟缓。还有约翰·威尔克斯先生;还有喝了白兰地面孔红红的杰拉尔德,以及低声细语一片芬芳的爱伦。在所有这一切之上笼罩着一种安全感,因为人们知道明天只可能带来与今天同样的幸福。

他的声音停顿了,这时他们长久而安静地相互注视着,彼此之间有的是那个他们曾经不加思索地共享过而后来便丧失了的阳光灿烂的青春。

"现在我明白你所以不能高兴起来的原因了,"思嘉黯然地想道，"以前我一直不理解。我一直不理解为什么我也一点不快乐。可是——怎么的，我们居然像两个年老的人那样谈起来了！"她又惊讶又忧郁地这样想，"老年人可以回顾过去五十年。可是我们还没老呀！这只是因为我们之间发生过那么多的事情。现在一切发生了变化，所以显得像是五十年前的事了。可是我们还没老呢！"

不过，她看看艾希礼，发现他已经不再年轻漂亮了。他正低着头心不在焉地看着他仍然握着的那只手，因此思嘉看见他那本来光亮的头发已经完全成了灰色的，就像月亮照在死水上那样的银灰色。不知怎的，四月下午那种炫亮的美现在已经消失，同样也从她心里消失了，而那有点悲凉的回忆的美味却苦得像胆汁一样了。

"我不该让他叫我回顾过去啊，"她绝望地思忖着，"当我说我决不回顾时是完全对的。那太折磨人了，它撕扯着你的心，直叫你除了回顾，别的什么也做不成。这就是艾希礼的毛病所在。他再也无法向前看。他看不见现在，他害怕未来，所以他才回顾过去呢。以前我一直不了解他。我以前一直不了解艾希礼。唔，艾希礼，我的情人，你不该向后看啊！那有什么好处呢？我不该让你来引诱我谈过去的事。当你回顾过去的幸福时，便会发生这样的情况，这样的痛苦，这样的伤心，这样的遗憾！"

她站起身来，但一只手还握在他的手里。她得走了。她不能待在这里回想过去，看他现在这张疲倦、悲伤和苍白的脸了。

"从那些日子以来，我们已走了很长一段路程呢，艾希礼，"她说，设法使自己的声音镇定些，努力控制她那紧缩的嗓子不让颤抖,"那时候我们有些美好的理想,不是吗?"接着她冲口而出,"唔,艾希礼,没有哪件事情是像我们所期待的那样啊!"

"那是永远也不会的,"他说,"生活并没有义务要给予我们所期待的东西呢。我们应当随遇而安,只要不每况愈下就感激不尽了。"

思嘉想起从那些日子以来她所走过的漫长道路,突然感到心里一阵隐隐的疼痛,觉得实在太疲倦了。她心中涌现出过去那个思嘉·奥哈拉来,那是个爱捉弄情人、爱穿漂亮衣服的女孩子,她打算到时机成熟时做一个像爱伦那样的伟大女性。

她不禁热泪盈眶,接着泪珠沿两颊潸潸而下。她站在那里默默地看着他,像个惊慌失措的孩子似的。他也一言不发,只轻轻地把她搂在自己怀中,让她的头紧靠着他的肩膀,然后歪着头把脸贴在她的面颊上。这时她酥软地靠着他,伸出两臂抱住他的身子。她陶醉在他温暖的怀抱里,眼泪渐渐干了。啊,就让他这样拥抱着,没有激情,也不觉得紧张,像一个亲爱的朋友,那也很好啊。不过这一点,也只有艾希礼,这个跟她有着共同的回忆和共享过青春的人,这个熟悉她的早年和目前情况的人,才能理解呢。

她听见外面有脚步声,但并不怎么在意,以为那是运输队的人回家了。她一时还站在那里,静听着艾希礼的心缓缓搏动。接着,艾希礼突然挣扎着要摆脱她,那猛劲儿使她莫名其妙。她仰起头来惊慌地注视着他的脸,可是艾希礼这时没有在看她。他正越过她的肩膀看着门口呢。

她回过头去,发现门口站着英迪亚,她脸色煞白,两只本来暗淡的眼睛像要迸出火花似的;还有阿尔奇活像一只恶狠狠的独眼鹦鹉。他们后面还站着埃尔辛太太。

她究竟是怎样跑出那间办事房的,她自己再也记不起了。不过,她是在艾希礼的命令下立即迅速离开的,留下艾希礼和阿尔奇在那间小屋里严肃地谈论什么,而英迪亚和埃尔辛太太站在外面,看见她出来时便背过身去不理睬她。她又羞又怕,赶快往回家的路上走,在她心目中那个蓄着主教胡须的阿尔奇已俨然成为《圣经·旧约》里的复仇天使了。

正当四月日落时分,家里静悄悄的,好像一个人也没有。仆人们都外出参加一个葬礼去了,几个孩子正在媚兰的后院里玩。媚兰呢——

媚兰!思嘉上楼到自己房里去时想起她,顿时浑身都凉了。媚兰一定会听到这件事。刚才英迪亚说过要告诉她呢。唔,英迪亚准要兴致勃勃地跟她说的,她既不考虑是否会给艾希礼的名声抹黑,也不考虑会不会刺伤媚兰的心,只要这样做能够损害思嘉就行!埃尔辛太太也会谈论,尽管实际上她什么也没瞧见,因为她当时站在木场办事房门口的英迪亚和阿尔奇背后。不过,她照样会谈的。这个消息到吃晚饭时便会传遍全城。而到明天用早点的时候,就会人人,甚至连黑人在内都知道了。在今晚的招待会上,女人们会三三两两聚在角落里,谨慎而又幸灾乐祸地低声谈论这件事。思嘉·巴特勒从她那有钱有势社会地位上一跤摔下来了!于是这故事会愈传愈奇。那是没有办法阻止的。它也不会停留在事实的真相上,即艾希礼拥抱着她,而她在哭泣。不到天黑,人们就会说她跟人通奸,被当场捉住了。可实际上那完全是清白无辜的、是友爱的举动！思嘉狂热地想:假如我们在他休假期间的圣诞节那天我跟他吻别时给抓住了,假如我们在塔拉果园里我恳求他和我一起逃跑时给抓住了——唔,假如我们在任何一次真正有犯罪行为的时候给抓住了,那还不至于这样糟糕呢!可是现在! 现在! 我正好是作为朋友让他拥抱的呀!

然而,谁也不会相信这一点。她连一个替她辩护的朋友也没有,没有一个声音会出来说:"我不相信她会干什么坏事。"她把那班老朋友得罪得太久了,现在他们中间已找不出一个对她仗义的人来。而那些新朋友都是在她的苛待下敢怒而不敢言的人,巴不得有机会来辱骂她呢。不,任何诽谤她的话人人都会相信的,哪怕他们可能惋惜像艾希礼这样一个好人也陷入这件丑闻里了。像通常那样,他们会把罪责都推到女方头上,而对男方便耸耸肩膀了事。而且,就这个事件来说,他们是对的。是她主动投进他怀里去的呀!

唔,所有的中伤、轻蔑、窃笑,以及全城的人可能说的一切,只要她必须忍受,她都忍受得住——可是媚兰不行啊!唔,媚兰不行! 她不知道自己为什么生怕媚兰知道,比任何别的人知道都更加害怕。可是她被一种对已往罪过的负疚心情压得太重,吓得太厉害了,因此还不想去理会这个问题。她一想到当英迪亚告诉媚兰,说她撞见了艾希礼在抚爱思嘉,媚兰眼睛里会出现什么样的神色时,便簌簌流泪了。那么,媚兰得知以后会怎么样呢? 难道离开艾希礼? 如果她还有点自尊心的话,不这样又怎么办? 还有,到那个时候艾希礼和我又该怎么对待呀? 思嘉狂乱地思索着,早已泪流满面。唔,艾希礼会羞死的,会恨我给他带来了这场大祸。这时她突然不流泪了,一种死一般的恐惧笼罩着她的心。要是瑞德知道了呢? 他会怎么办？

也许他永远不会知道。那句古话怎么说的，那句嘲弄人的古话？"老婆都跑了，丈夫最后才知道。"也许不会有人向他透露这个消息吧。你得有足够的胆量才敢去跟瑞德谈这种事呢，因为瑞德是有名的莽汉，他总是先开枪再问情由。求求你了，上帝，千万别叫人冒冒失失地去告诉他呀！可是她又记起了阿尔奇在木场办事房时的那副脸孔，那双冷酷、阴险、残忍的眼睛里充满着对她和一切妇女的仇恨。阿尔奇一不怕上帝，二不怕人，他就是恨放荡的妇女。他恨她们到了极点，竟动手杀了一个呢。他还说过他要去告诉瑞德。无论艾希礼怎样劝阻，他还是会告诉他的。除非艾希礼把他杀了，否则阿尔奇定会告诉瑞德，因为他觉得那是一个基督徒的天职。

思嘉脱了衣服，躺到床上，脑子里的漩涡还在不停地急转着。但愿她能够锁着门，永远永远关在这个安全的角落里，再也不要见任何人了。说不定瑞德今天晚上还发觉不出来。她打算说她有点头痛，不想去参加招待会了。到明天早晨她准已想出了某个借口，一个滴水不漏的辩解，好用来遮掩这件事。

"现在我不去想它，"她无可奈何地说，一面把脸埋在枕头里，"我现在不去想它。等到以后我经受得住的时候再去想吧。"

天黑时她听见仆人们回来了。她觉得他们动手做晚饭时都是安安静静的。难道这是她良心上不安的缘故？嬷嬷来到门外敲门，但思嘉把她打发走，说她不想吃晚饭。时间慢慢过去，最后她听见瑞德上楼来了。当他走进楼上门厅时，她紧张地支撑着自己，鼓起全部的勇气来准备迎接他，可是他走进自己房里去了。她松了口气。他还没有听说呢。感谢上帝,他还在尊重她那冷冰冰的要求,决不再跨进她卧室的门呢。如果他此刻看见了她,她那惊惶的脸色便会使事情露馅儿了。她必须竭力提起精神来告诉他,她实在很不舒服,不能去参加那个招待会。好,还有足够的时间可以使自己恢复镇静。可是,真的还有时间吗?自从当天下午那可怕的时刻以来,生活好像已没有时间性了似的。她听见瑞德在他房里走动,偶尔还对波克说话,已经有相当长的时候了。可她仍然鼓不起勇气去叫他。她静静地躺在床上,在黑暗中浑身哆嗦。

很久以后,瑞德过来敲她的门,她尽力控制住自己的声音,说:"进来。"

"难道我真的被邀请到这间圣殿里来了?"他边问边把门推开。房里是黑暗的,她看不出他的脸。她也无法从他的声音里发现什么。他进来,把门关上。

"你已经准备好去参加宴会了吧?"

"我真遗憾,现在正头痛呢。"多奇怪,她的声音听起来竟那么自然!真该感谢上帝,这房里暗得正好啊!"我怕我去不成了。你去吧,瑞德,并且替我向媚兰表示歉意。"

经过相当久的一番踌躇,他才慢吞吞地、尖厉地说起话来。

"好一个懦弱卑怯的小娼妇!"

他知道了!她躺在那里发抖,说不出话来。她听见他在黑暗中摸索,划一根火柴,房里便猛地亮了。他向床边走过来,俯视着她。她发现他穿上了晚礼服。

"起来,"他简单地说,声音里好像什么也没有,"我们去参加招待会。你得赶快准备。"

“唔，瑞德，我不能去。你看——”

“我看得见的。起来。”

“瑞德，是不是阿尔奇竟敢——”

“阿尔奇敢。阿尔奇是个勇敢的人。”

“他撒谎，你得把他宰了——”

“我有个奇怪的习惯，就是不杀说真话的人。现在没时间争论这些了。起来。”

她坐起身来，紧紧抱住她的披肩不放，两只眼睛慌张地在他脸上搜索着。那是一张黑黑的毫无表情的脸。

“我不想去，瑞德。我不能去，在这——在这次误会澄清以前。”

“你要是今天晚上不露面，你这一辈子就永远也休想在这个城市露面了。我可以忍受自己的老婆当娼妇，可不能忍受一个胆小鬼。你今晚一定得去，哪怕从亚历克斯·斯蒂芬斯以下每个人都刺你，哪怕威尔克斯太太叫我们从她家滚出去。”

“瑞德，请让我解释一下。”

“我不要听。没时间了。穿上你的衣服吧。”

“他们误会了——英迪亚和埃尔辛太太，还有阿尔奇。而且他们那样恨我。英迪亚恨我到这种程度，居然撒谎诬蔑她哥哥来达到让我出丑的目的。你只要让我解释一下——”

“唔，圣母娘娘，”她痛苦地想，“他要是果真说‘请你解释吧！’那我说什么呢？我怎么好解释呢？”

“他们一定对每个人都说了谎话。我今晚不能去。”

“你一定得去，”他说，“哪怕我只能拽着你的脖子往前拖，或者一路上踢你那向来很迷人的屁股。”

他眼里闪着冷峻的光芒，便一手把她拽了起来。接着他拾起那件胸衣朝她扔过去。

"把它穿上。我来给你束腰。唔，对了，束腰的事我全懂。不，我让嬷嬷来给你帮忙，也不要你把门锁上，像个胆小鬼偷偷地待在这里。"

"我不是胆小鬼，"她大喊大叫，被刺痛得把恐惧都忘了，"我——"

"唔，以后别再给我吹那些枪击北方佬和顶着谢尔曼军队的英雄事迹了。你是个胆小鬼——在别的事情上就是如此。不为你自己，就为邦妮着想，你今天晚上也得去。你怎么能再糟蹋她的前途呢？把胸衣穿上，赶快。"

她急忙把睡衣脱了，身上只剩下一件无袖衬衫。这时他要是看她，会发现她显得多么迷人，也许他脸上那副吓人的表情便会消失。毕竟，他已那么久那么久没有看见她穿这种无袖衬衣的模样了。可是他压根儿没有看她。他在她的壁橱里一件件打量那些衣服。他摸索着取出了她那件新的淡绿色水绸衣裳，它的领口开得很低，衣襟分披着挂在背后一个很大的腰垫上面，腰垫上饰着一束粉红色丝绒玫瑰花。

"穿这件，"他说着，便把衣服扔在床上，一边向她走来，"今天晚上用不着那种庄重的主妇式的紫灰色和淡紫色。你的旗帜必须牢牢钉在桅杆上，否则显然你会把它扯下来的。还要多搽点胭脂。我相信法利赛人抓到的那个通奸的女人决不会这样灰溜溜的。转过身来。"

他抓住她胸衣上的带子使劲猛勒，痛得她大叫起来，对他这种粗鲁的行为感到又害怕又屈辱，实在尴尬极了。

"痛吗，是不是？"他不在意地笑着说，可她连他的脸色也不敢看一眼，"只可惜这带子没有套在你脖子上。"

媚兰家里的每个窗口都灯火辉煌，他们在街上便远远听得见那里的音乐声。走近前门时，人们在里面笑语欢腾的声浪早已在耳边回荡了。屋里挤满了来宾。他们有的拥到了走廊上，有的坐在挂着灯笼显得有点阴暗的院子里。

"我不能进去——我不能，"思嘉心里想，她坐在马车里紧紧握着那卷成一团的手绢，"我不能。我不想进去。我要跳出去逃走，跑到什么地方，跑回塔拉去。瑞德干吗强迫我到这里来呀？人们会怎么样呢？媚兰会怎么样呢？她的态度、表情会怎样？哦，我不敢面对她。我要逃走。"

瑞德好像从她脸上看出了她的心思，他紧紧抓住她的胳臂，紧得胳臂都要发紫了，这只有一个放肆的陌生人才干得出来。

"我从没见过哪个爱尔兰人是胆小鬼。你那吹得很响的勇气到哪里去了？"

"瑞德，求求你了，让我回家，并且解释一下吧。"

"你有的是无穷无尽的时间去解释，可只有一个晚上能在这竞技场上当牺牲品。下车吧，我的宝贝儿，让我看看那些狮子怎样吃你。下车。"

她不知怎的走上了人行道。抓住她的那只胳臂像花岗石一样坚硬而稳固，这给了她一些勇气。老天爷做证，她能够面对他们，她也愿意面对他们。难道他们不只是一群妒忌她的号叫乱抓的猫吗？她倒要让他们瞧瞧。至于他们究竟怎么想，她才不管呢。只是媚兰——只是媚兰。

他们到了走廊上，瑞德把帽子拿在手里，一路不断地向左右两边鞠躬问好，声音冷静而亲切。他们进去时音乐停了，以思嘉的紊乱心情看来,人群像咆哮的海潮一般向她一拥而上,然后便以愈来愈小的声音退了下去。会不会人人都来伤害她呢?嗯,见他妈的鬼,要来就来吧!她将下巴翘得高高的,眼角微微皱起来,落落大方地微笑着。

她还没来得及向那些最靠近门口的人说话,便有个人挤出人群向她走来。这时周围突然是一片古怪的安静,它把思嘉的心一下子揪住了。接着,媚兰从小径上挪着细碎的步子匆匆走过来,匆匆赶到门口来迎接思嘉,并且还没跟任何别人打过招呼就对思嘉说起话来。她那副窄窄的肩膀摆得平平正正,挺着胸脯,小小的腮帮子愤愤地咬得很紧,不管心里怎么清楚还是显得除了思嘉没有别的客人在场似的。她走到她身边,伸出一条胳臂搂住她的腰。

"多漂亮的衣服呀,亲爱的,"她用细小而清晰的声音说,"你愿意当我的帮手吗?英迪亚今晚不能来帮忙我呢。你跟我一起来招待客人吧?"

第五十四章

思嘉安全地回到自己房里以后,便扑通一声倒在床上,也不顾身上的丝绸衣裳了。有个时候她只能静静地躺在那里回想自己站在媚兰和艾希礼中间迎接客人。多可怕啊!她宁愿再一次面对谢尔曼的军队也不要重复这番表演了!过了一会儿,她从床上爬起来,一面脱衣服,一面在地板上神经质地走来走去。

紧张过后的反应渐渐出现,她开始颤抖起来。首先,发夹从她的手指间丁零一声掉落在地上,接着当她按照每天的习惯用刷子刷一百下头皮时,却让刷背重重地打痛了太阳穴。一连十来次她踮着脚尖到门口去听楼下有没有声响,可下面门厅里又黑又静,像个煤坑似的。

瑞德没等招待会结束便用马车把她单独送回来了,她很庆幸能获得暂时的解脱。他还没有进来。感谢上帝,他没有进来。今天晚上她没有勇气面对他,自己那么羞愧、害怕、发抖。可是他如今在哪里呢?说不定到那个妖精住的地方去了。这是头一次,思嘉觉得这世界上幸喜还有贝尔·沃特琳这样一个人。幸喜除了这个家之外还有另一个地方可以让瑞德栖身,直到他那烈火般的、残暴的心情过去以后。很高兴让自己的丈夫待在一个婊子家里,这可是极不正当的,不过她没有办法啊。她几乎还高兴让他死了呢,如果那意味着她今天晚上可以不再见到他的话。

明天——嗯,明天就是另一天了。明天她要想出一个理由,一种反控,一个使瑞德处于困境的办法。明天她就不会因想起这个可恶的夜晚而被吓得浑身哆嗦了。明天她就不会时刻为艾希礼的面子、他那受伤的自尊和他的耻辱所困扰了。他这件可耻的事是她惹起的,其中很少有他本人的份儿。现在他会由于她连累了他而恨她吗,她心爱的可敬的艾希礼?现在他当然会恨她了——尽管他们两人的事都由媚兰用她那副瘦小的肩膀愤然担当起来了。媚兰用她口气中所表现的爱和坦诚的信任挽救了他们,当她在那炫亮的地板上走过来,面对那些好奇的、恶毒的、心怀敌意的众人,公然伸出胳臂挽住思嘉的时候,媚兰多么干净利落地制止了他们的诋毁,她在那可怕的晚会上始终站在思嘉身边呢!结果人们只表现得稍稍有点冷淡,有点惶惑莫解,可还是很客气的。

唔,整个这件不名誉的事都是躲在媚兰的裙裾后面,使那些恨她的人,那些想用窃窃私语来把她撕成碎片的人,都没有得逞!哦,是媚兰的盲目信任庇护了她——不是别人,偏偏就是媚兰呢!

想到这里,思嘉打了一个寒噤。她必须喝点酒,喝上几杯,才能躺下并且有希望睡着。她在睡衣外面围上一条披肩,匆匆出来走进黑暗的门厅里,一路上她的拖鞋在寂静中发出响亮的啪嗒啪嗒声。她走完大半截楼梯时,往下看了看餐厅那关着的门,发现从门底下露出一线亮光。她一时大为惊讶,心跳都停止了。是不是她回家时那灯光就点在那里,而她由于慌乱没有注意到呢?或者是瑞德毕竟回来了?他可能是悄悄地从厨房的门进来的。如果瑞德已经在家里，她就得蹑手蹑脚回到卧室里去，白兰地不管多么需要也休想喝了。只有那样，她才用不着跟他见面了。只要一到自己房里，她就安然无事，因为可以把门从里面反锁上。

她正弯着腰脱拖鞋，好不声不响赶忙回到房里去，这时饭厅的门突然打开，瑞德站在那里，他的侧影在半明半暗的烛光前闪映出来。他显得个子很大，比她向来所看见的还大，那是一个看不见面孔的大黑影，它站在那里微微摇摆着。

"请下来陪陪我吧，巴特勒夫人。"他的声音稍稍有点重浊。

他喝醉了，而且在显示这一点，可是她以前从没见他显示过，不管他喝了多少。她迟疑着，什么话也不说，于是他举起胳臂做了一个命令的姿势。

"下来，你这该死的！"他厉声喝道。

"他一定是很醉了。"她心里有点慌。往常他是喝得越多举止越文雅。他可能更爱嘲弄人，言语更加犀利带刺，但同时态度也更加拘谨——有时是太拘谨了。

"我可决不能让他知道我不敢见他呀。"她心里想，一面用披肩把脖子围得更紧，抬起头，将鞋跟拖得呱嗒呱嗒响，走下楼梯。

他让开路，从门里给她深深鞠躬，那嘲弄的神气真叫她畏缩不前。她发现他没穿上外衣，领结垂在衬衣领子的两旁，衬衣敞开，露出胸脯上那片浓厚的黑毛。他的头发很乱，一双充血的眼睛细细地眯着。桌上点着一支蜡烛，那只是一星小小的火光，但它给这天花板很高的房间投掷了不少奇形怪状的黑影，使得那些笨重的餐具柜像是静静蹲伏着的野兽似的。

桌上的银盘里有一个玻璃酒瓶,上面的刻花玻璃塞子已经打开,周围是几只玻璃杯。

"坐下。"他冷冷地说,一面跟着她往里走。

这时她心里产生了一种新的恐惧,它使得原先那种不敢面对他的畏惧心理反而显得微不足道了。他那神态,那说话的语调,那一举一动,都好像是个陌生人。这是她以前从没见过的一个很不礼貌的瑞德。以前任何时候,哪怕是最不拘礼的时刻,他最多也只是冷漠一些而已。即使发怒时,他也是温和而诙谐的,威士忌往往只会使他的这种品性更加突出罢了。起初,这样的情况使她很恼火,她尽力设法击溃那种冷漠态度,不过她很快就把它当作一桩很平常的事习惯了。多年来她一直认为,对瑞德来说,什么都是无所谓的,他把生活中的一切,包括她在内,都看作供他讽刺和取笑的对象。可是如今,她隔着桌子面对着他,才怀着沉重的心情认识到,终于有桩事情使他要认真对待,而且要非常认真地对待了。

"我看不出有什么理由你不能在临睡前喝一杯,即使我这个人如此没有教养,再随便些也没有关系,"他说,"要不要我给你斟一杯?"

"我不想喝酒,"她生硬地说,"我听到有声音,便来——"

"你什么也没听见。你要是以为我在家里,你就不会下来了。我一直坐在这里,听你在楼上踱来踱去。你一定是非常想喝。喝吧。"

"我不——"

他拿起玻璃酒瓶哗哗地倒了一杯。

"喝吧,"他把那杯酒塞到她手里,"你浑身都在发抖呢。唔,你别装模作样了。我知道你常常在暗地里喝,我也知道你能喝多少。有个时候我一直想告诉你不要千方百计地掩饰了，要喝就公开喝吧。你以为如果你爱喝白兰地，我会来管你吗？"

她端起酒杯，一面在心里暗暗诅咒他。他把她看得一清二楚呢。他对她的心思一向了如指掌，而他又是世界上唯一她不让知道她的真实思想的人。

"我说，把它喝了吧。"

她举起酒杯，把酒猛地倒在嘴里，一口吞下去，随即手腕一转杯底朝天，就像以前杰拉尔德喝纯威士忌那个模样，也没考虑这显得多么熟练而不雅观。瑞德聚精会神地看着她的整个姿势，不禁咧嘴微微一笑。

"现在坐下，让我们在家里关起门来，愉快地谈谈我们刚才出席的那个招待会。"

"你喝醉了，"她冷冷地说，"我也要上床睡觉去了。"

"我的确很醉了，但是我想喝得更醉一些，一直喝到天亮。不过你不要去睡——暂时还不要去。坐下。"

他的声音仍然保持着一点像往常那样冷静而缓慢的调子，但是她能感觉到里面尽力抑制着的那股凶暴劲儿，那股像抽响的鞭子一样残忍的劲儿。她犹豫不定，但他正站在身旁紧紧抓住她的胳臂。他将那只胳臂轻轻扭了一下，她便痛得暗暗叫了一声，赶快坐下。现在她害怕了，好像有生以来还不曾这样害怕过。他俯身瞧着她，她发现他的那张脸黑里透红，一双眼睛仍然闪着吓人的光芒。眼睛深处有一种她认不出来也无法理解的东西，一种比愤怒更深沉、比痛苦更强烈的东西，某种东西逼得他那双眼睛像两个火球般红光闪闪。他长久地俯视着她，使她那反抗的目光也只得退缩下来，于是他猛地转过身来,在她对面的椅子上坐下,又给自己倒了一杯酒。她心里急忙思考,要设置一道防线。可是他要不开口说话,她就不明白他究竟准备怎样谴责她,因此也就不知说什么好。

他慢慢地饮着,面对面瞧着她,而她感到神经很紧张,竭力控制自己不要发抖。有个时候他脸上的表情没有任何变化,可最后突然笑了,不过眼睛仍然盯住她不放,这时她可无法克制自己的颤抖了。

"那真是一出有趣的喜剧,今天晚上,是不是?"

她不出声,只使劲把脚指头在拖鞋里勾起来,用以镇住浑身的哆嗦。

"一出愉快的喜剧,角色一个个都表演得很精彩。全村的人都聚在一起要向那个犯错误的女人投石子,可她那受辱的丈夫却像个正人君子支持他的老婆,同时那个受辱的妻子也以基督精神站出来,用自己纯洁无瑕的名誉掩盖了整个丑闻。至于那个情夫嘛——"

"唔,请你——"

"我看不必了。今晚没有这个必要。因为太有趣了。我说,那位情夫像个该死的笨蛋,他巴不得自己死了好。你觉得怎么样,我的亲爱的,一个你痛恨的女人居然支持你,把你的罪过从头到尾给盖住了? 坐下。"

她坐下。

"我想,你并不会因此就对她好些的。你还在猜想她究竟知不知道你跟艾希礼的事——猜想如果她知道怎么还这样做呢——难道她仅仅是为了保全自己的面子? 你还认为她这样做,即使让你逃避了惩罚,也未免太傻了,可是——"

"我不要听——"

"不对，你是要听的。我要告诉你这些，是让你别那样烦恼。媚兰小姐是个傻瓜，但不是你所想的那一种。事情很明显，已经有人告诉她了，不过她并不相信。即使她亲眼看见，她也不会信的。她这个人太高尚了，以致不能想象她所爱的任何一个人身上会有什么不高尚之处。我不知道艾希礼对她说了什么样的谎话——不过无论什么笨拙的谎话都行，因为她既爱艾希礼也爱你。我实在看不出她爱你的原因，可她就是爱。让它成为你良心上的一个十字架吧！"

"如果你不是这样烂醉和肆意侮辱人，我愿意向你解释一切，"思嘉说，一面设法恢复一点尊严，"可是现在——"

"我对你的解释不感兴趣。我比你更了解事情的真相。你可当心点，只要你敢从椅子里再站起来一次——

"比起今晚的喜剧来，我觉得更有趣的倒是这样一个事实，即你一方面认为我太坏，那样贞洁地拒绝了我跟你同床的要求，另一方面却在心里热恋着艾希礼。'在心里热恋。'这可是个绝妙的说法，是不是？那本书里有许多妙语呢，你说对吗？"

"什么书？什么书？"她急于追问，显得又愚蠢又莫名其妙，一面狂乱地环顾周围，注意到那些笨重的银器在暗淡的烛光下隐约闪烁，这是些阴暗得多可怕的角落呀！

"我是因为太粗俗，配不上你这样高雅的人，而你又不想再要孩子，所以被撵出来了。这叫我多么难过呀，叫我多伤心呀，亲爱的！因此我便出外找欢乐和安慰去了，让你一个人去欣赏自己的高雅吧。于是你就利用这些时间去追踪长期忍受痛苦和折磨的威尔克斯先生。这个该死的家伙，也不知犯了什么毛病？他既不能在感情上对他的妻子专一，又不愿在肉体上对她不忠实。他干吗不实现自己的愿望呢？你是不会反对给他生孩子的,你会——把他的孩子当作是我的吧?"

她大叫一声跳起来,他也从座位上霍地站起,一面温和地笑着,笑得她浑身发凉。他用那双褐色的大手把她按到椅子里,然后俯身看她。

"请当心我这双手,亲爱的,"他说,一面将两只手放在她眼前晃动着,"我能用它们毫不费力地把你撕成碎片,而且只要能把艾希礼从你心中挖出来,我就会那样干的。不过那办不到。所以我想用这个办法把他从你心中永远搬走。我要用我的两只手一边一个夹住你的脑袋,这么使劲一挤,将你的头盖骨像个西瓜一样轧碎,那就可以把艾希礼勾销了。"

说着,他的两只手果然放到她的脑袋两旁,在披散的头发下,使劲抚摩着,把她的脸抬起来仰朝着他。她注视着那张陌生的脸,一个喝得醉醺醺的、用拖长的声调说话的陌生人的脸。她是从来不缺乏那种本能的血气之勇的,面临危险时它会愤怒地涌回血管,使她挺直脊梁,眯细眼睛,随时投入战斗。

"你这个愚蠢的醉鬼,"她说,"快把手放下。"

叫她吃惊的是他果真把手放下了,然后坐到桌子边上,又给自己斟了一杯酒。

"我一向佩服你的勇气,亲爱的。特别是现在,当你被逼得走投无路的时候。"

她拉着披肩把身子裹紧一些,心想,要是现在能够回到卧室里,把门锁起来,一个人待在里面,该多好啊。如今她总得把他顶开去,威逼他屈服,这个她以前从没见过的瑞德。她不慌不忙地站起身来,尽管两个膝盖在哆嗦,又将披肩围着大腿裹紧,然后把头发拢到脑后。

"我并不觉得走投无路了，"她尖刻地说，"你永远也休想逼我就范，瑞德·巴特勒，或企图把我吓倒。你只不过是只喝醉了的野兽，跟一些坏女人鬼混得太久，便把谁都看成坏人，别的什么也不理解了。你既不了解艾希礼，也不了解我。你在污秽的地方待惯了，除了脏事什么也不懂。你是在妒忌某些你无法理解的东西。明天见。"

她从容地转过身，向门口走去，这时一阵大笑使她收住了脚步。她回头一看，只见他正摇摇晃晃向她走过来。天哪，但愿他不要那样可怕地大笑啊！这一切有什么好笑的呀？可是他一步步向她逼近，她一步步向门口后退，最后发现背靠着墙壁了。

"别笑了。"

"我这样笑是为你难过呢。"

"难过——为我？"

"是的，老天爷做证，我为你难过，亲爱的，我的漂亮的小傻瓜。你觉得受不了了，是不是？你既经不起笑又经不起怜悯，对吗？"

他止住笑声，将身子沉重地靠在她肩膀上，她感到肩都痛了。他的面容也发生了变化，而且凑得那么近，嘴里那股浓烈的威士忌味叫她不得不背过脸去。

"妒忌，我真的这样？"他说，"可怎么不呢？唔，是的，我妒忌艾希礼·威尔克斯。怎么不呢？唔，你不要说话，不用解释了。我知道你在肉体上是对我忠实的。你想说的就是这个吗？哦，这一点我一直很清楚。这些年来一直是这样。我怎么知道的？哦，你看，我了解艾希礼的为人和他的教养。我知道他是正直的，是个上等人。而且，亲爱的，这一点我不仅可以替你说——或者替我说，为那件事情本身说。我们不是上等人，我们没有什么可尊敬的地方，不是吗？这就是我们能够像翠绿的月桂树一般茂盛的缘故呢。”

“让我走。我不要站在这里受人侮辱。”

“我不是在侮辱你。我是在赞扬你肉体上的贞操。它一点也没有愚弄过我。思嘉，你以为男人都那么傻吗？把你对手的力量和智慧估计得太低是绝不会有好处的。而我并不是个傻瓜。难道你不考虑我知道你是躺在我的怀里却把我当作是艾希礼·威尔克斯吗？”

她奋拉着下颚，脸上显然流露出恐惧和惊愕的神色。

“那是件愉快的事情。实际上不如说是精神上的愉快。好像是三个人睡在本来只应该有两个人的床上。”他摇晃着她的肩膀，那么轻轻地，一面打着嗝儿，嘲弄地微笑着。

“唔，是的，你对我忠实，因为艾希礼不想要你。不过，该死的，我才不会妒忌艾希礼占有你的肉体呢。我知道肉体没多大意思——尤其是女人的肉体。但是，对于他占有你的感情和你那可爱的、冷酷的、不知廉耻的、顽固的心，我倒确实有些妒忌。他并不要你的心，那傻瓜，可我也不要你的肉体。我不用花多少钱就能买到女人。不过，我的确想要你的情感和心，可是我却永远得不到它们，就像你永远得不到艾希礼的心一样。这就是我为你难过的地方。”

尽管她觉得害怕和迷惑不解，但他的讥诮仍刺痛了她。

“难过——为我？”

“是的，因为你真像个孩子，思嘉。一个孩子哭喊着要月亮。可是假如他果真有了月亮，他拿它来干什么用呢？同样，你拿艾希礼干什么用呢？是的，我为你难过——看到你用双手把幸福抛掉,同时又伸出手去追求某种永远也不会使你快乐的东西。我为你难过,因为你是这样一个傻瓜,竟不懂得除了彼此相似的配偶觉得高兴是永远不会还有什么别的幸福了。如果我死了,如果媚兰死了,你得到了你那个宝贵的体面的情人,你以为你跟他在一起就会快乐了吗?呸,不会的!你会永远不了解他,永远不了解他心里在想些什么,永远不懂得他的为人,犹如你不懂音乐、诗歌、书籍或除了金钱以外的任何东西一样。而我们呢,我亲爱的知心的妻子,我们却可能过得极其愉快,要是你给了我们半个机会的话,因为我们两人是十分相似的。我们俩都是无赖,想要什么就能得到什么。我们本来可以快快活活过日子,因为我爱你,也了解你,思嘉,彻头彻尾地了解,这绝不是艾希礼所能做到的。而他呢,如果他真正了解你,就会瞧不起你了……可是不,你却偏要一辈子痴心梦想地追求一个你不了解的男人。至于我,亲爱的,我会继续追求婊子。而且,我敢说,我们俩可以结成世界上少有的一对幸福配偶呢。"

他突然把她放开,然后歪歪倒倒地退回到桌旁去拿酒瓶。思嘉像生了根似的站了一会儿,种种纷乱的想法在她脑子里出出进进,可是她一个也没有抓住,更来不及仔细考虑。瑞德说过他爱她。他真的是这个意思吗?或者只是醉后之言?或者这又是一个可怕的玩笑?而艾希礼——那个月亮——哭着要那个月亮。她迅速跑进黑暗的门厅,仿佛在逃避背后的恶魔似的。唔,但愿她能够回到自己房里!这时她的脚脖子一扭,拖鞋都快掉了。她停下来想拼命把拖鞋甩掉,像个印第安人偷偷跟在后面的瑞德已来到她身旁。他那灼热的呼吸对着她的脸袭来,他的双手粗暴地伸进她的披肩底下,紧贴着赤裸的肌肤,把她抱住了。

"你把我撵到大街上,自己却跑去追求他。今天晚上无论如何不行了,我床上只许有两个人。"

他猛地将她抱起来,随即上楼。她的头被紧紧地压在他胸脯上,听得见耳朵底下他心脏的怦怦急跳。她被他夹痛了,便大声喊叫,可声音仿佛给闷住了似的,显得十分惊恐。上楼梯时,周围是一片漆黑,他一步步走上去,她吓得快要疯了。他成了一个疯狂的陌生人,而这种情况是她从来没有经历过的,它比死亡还要可怕呢。他就像死亡一样,狠狠地抱着她,要把她带走。她发出尖叫,但声音被他的身子捂住了。这时他突然在楼梯顶停住脚,迅速将她翻过身来,然后低着头吻她,那么狂热、那么尽情地吻她,把她心上的一切都抹拭得干干净净,只剩下那个使她不断往下沉的黑暗的深渊和压在她嘴唇上的那两片嘴唇。他在发抖,好像站在狂风中似的,而他的嘴唇在到处移动,从她的嘴上移到那披肩从她身上掉落下来的地方,在她柔润的肌肤上。他嘴里在喃喃自语,但她没有听见,因为他的嘴唇正在唤起她以前从没有过的感情。她陷入了一片迷惘,他也是一片迷惘,而在这以前什么也没有,只有迷惘和他那紧贴着她的嘴唇。她想说话,可是他的嘴又压下来了。突然她感到一阵从没有过的狂奋的刺激;这是喜悦和恐惧、疯狂和兴奋,是对一双过于强大的胳臂、两片过于粗暴的嘴唇以及来得过于迅速的命运的屈服。她有生以来头一次遇到了一个比她更强有力的人,一个她既不能给以威胁也不能压服的人,一个正在威胁她和压服她的人。不知怎的,她的两只胳臂已抱住他的脖子,她的嘴唇已在他的嘴唇下颤抖,他们又在向那片朦胧黑暗中上升,上升,那是一片柔软的、涡漩着的、包容一切的黑暗呢。

第二天早晨她醒来时,他已经走了,要不是她旁边那个揉皱的枕头,她还以为昨晚发生的一切全是个放荡而荒谬的梦呢。她回想起来不禁脸上热烘烘的,便把被头拉上来围着头颈,继续躺在床上让太阳晒着,一面清理脑子里那些紊乱的印象。

有两件事显得特别突出。一是好几年来她跟瑞德在一起生活,一起睡,一起吃,一起吵架,还给他生了个孩子——可是,她并不了解他。那个把她在黑暗中抱上楼来的人完全是陌生的,她做梦也没想过有这样一个人存在。而现在,即使她有意要去恨他,要生他的气,她也做不到了。他在一个狂乱的夜晚镇服了她,挫伤了她,虐待了她,而她对此却十分得意呢。

唔,她应当感到羞耻,应当一想起那个狂热的、漩涡般的销魂时刻就胆寒畏缩!一个上等女人,一个真正的上等女人,经历了这样一个夜晚以后便再也抬不起头来了。可是,比羞耻心更强的是想起那种狂欢、那种令人销魂和为之屈服的陶醉的经验。她有生以来头一次感到自己有了活力,感到有像逃离亚特兰大那天晚上所经历的那种席卷一切和本能的恐惧感觉,也像她枪击那个北方佬时抱着的那种仇恨一样令人晕眩而喜悦的激情。

瑞德爱她!至少他说过他爱她,而现在她怎么还能怀疑这一点呢?他爱她,这个跟她那么冷淡地一起生活着的野蛮的陌生人居然爱她,这显得多么古怪,多么难以理解和不可置信啊!对于这一发现,她压根儿不清楚自己的感觉究竟怎样,不过有个念头一出现她就突然放声大笑起来。他爱她,于是她终于占有他了。她本来几乎忘记了,她早先就曾渴望着引诱他来爱她,以便举起鞭子把这个傲慢的家伙驯服下来。如今这个渴望又出现了,它给她带来了巨大的满足。就这么一个晚上,他把她置于自己的支配之下,可这样一来她却找到了他身上的弱点。从今以后,只要她需要,她就可以拿住他。他的嘲弄长期以来把她折磨得够了,可现在她掌握了他,她手里拿着圈儿,高兴时就能叫他往里钻。

她想到还要在大白天面对面地同他相见,便陷入了一片神经紧张和局促不安之中,当然其中也有兴奋和喜悦的心情。

"我像个新娘一样紧张呢,"她想,"而且是关于瑞德的!"想到这里她不由得愚蠢地笑了。

但是瑞德没有回家吃午饭,晚餐时仍不见他的影子。一夜过去了,那是一个漫长的夜,她睁着眼睛直躺到天明,两只耳朵也始终紧张地倾听着有没有他开门锁的声响。可是他没有来。第二天也过去了,他毫无消息,她又失望又担心,急得要发疯似的。她从银行经过,发现他不在那里。她到店里去,对每个人都很警觉,只要门一响,有个顾客进来,她都要惊讶地抬头一望,希望进来的人就是瑞德。她到木料场去,对休大声呵斥,吓得他只好躲在一堆木头后面。可是瑞德并没有到那里去找她。

她不好意思去问朋友们是否看见过他。她不能到仆人们中间去打听他的消息。不过她感觉到他们知道了一些她不知道的事。黑人往往是什么都知道的。这两天嬷嬷显得不寻常地沉默。她从眼角里观察思嘉,但什么也不说。到第二天晚上过后,思嘉才下决心去报警察。也许他出了意外,也许他从马背上摔下来,躺在哪条沟里不能动弹了。也许——唔,多可怕的想法——也许他死了!

第二天早晨她吃完早点,正在自己房里戴帽子,她忽然听到楼梯上迅疾的脚步声。她略略欣慰地往床上一倒,瑞德就进来了。他新理了发,刮了脸,给人按摩过了,也没有喝醉,可他的眼睛是血红的,他的脸由于喝酒有一点浮肿。他神气十足地向她挥着手说:"唔,好啊。"

谁能一声不响地在外面过了两天之后,进门就这样"唔,好啊"呢? 在他们度过的那么一个晚上还记忆犹新时,他怎么能这样若无其事呢? 他不能这样,除非——除非——那个可怕的想法猛地在她心中出现。除非那样一个夜晚对他来说是很寻常的! 她一时说不出话来,她曾经打算在他面前表现的那些优美姿态和动人的微笑全都给忘了。他甚至没有走过来给她一个寻常而现成的吻,只是站在那里望着她,咧着嘴微微一笑,手里拿着一支点燃的雪茄。

"哪儿——你到哪儿去了?"

"别对我说你不知道! 我相信全城的人现在都知道了。也许他们全知道,只有你例外。你知道有句古老的格言:丈夫都跑了,老婆最后才知道嘛。"

"你这是什么意思?"

"我想前天晚上警察到贝尔那里去过以后——"

"贝尔那里——那个——那个女人! 你一直跟她——"

"当然。我还能到哪里去呢? 我想你没有为我担心吧。"

"你离开我就去——"

"喂,喂,思嘉! 别装糊涂说自己受骗了。你一定早就知道了贝尔的事。"

"你一离开我,就到她那里去,而且在那以后——在那以后——"

"唔,在那以后。"他做了一个毫不在意的手势,"我会忘记我的那些做法。我对上次我们相会时的行为表示抱歉。那时我喝得烂醉,你无疑也是知道的,同时又被你那迷人的魅力弄得神魂颠倒了——还要我一一细说吗?"

她突然想哭,想倒在床上痛哭一场。原来他没有变,一点也没有变,而她是上当了,像个愚蠢得可笑的异想天开的傻瓜,居然以为他真的爱她呢。原来整个这件事只不过是他醉后开的一个可恶的玩笑。他喝醉了酒便拿她来发泄一下,就像他在贝尔那里拿任何一个女人来发泄一样。现在他又回来侮辱她,嘲弄她,叫她无可奈何。她吞下眼泪,想重新振作起来。决不能让他知道她这几天的想法啊!她赶快抬起头来望着他,只见他眼里又流露出以前那种令人困惑的警觉神色——那么犀利,那么热切,仿佛在等待她的下一句话,希望——他希望什么呢?难道希望她犯傻上当,大叫大嚷,再给他一些嘲笑的资料?她可不干了!她那两道翘翘的眉毛猛地紧锁起来,显出一副冷冰冰的生气模样。

"我自然怀疑过你跟那个坏女人之间的关系了。"

"仅仅是怀疑?你干吗不问问我,好满足你的好奇心?我会告诉你的。自从你和艾希礼决定让我们俩分房睡以来,我就一直跟她同居着呢。"

"你居然还有胆量站在这里向你的妻子夸耀,说——"

"唔,请饶了我,别给我上这堂道德课了。你只要我付清那些账单,就无论我做什么都一概不管了。你也明白我近来不怎么规矩嘛。至于说你是我的妻子——那么,自从生下邦妮以后,你就不大像个妻子了,你说对吗?思嘉,你已经变成一个可怜的投资对象了,贝尔还好些呢。"

"投资对象?你的意思是你给她——"

"我想正确的说法应该是'在事业上扶植她'。贝尔是个精干的女人。我希望她长进,而她唯一需要的是钱,用来开一家自己的妓院。你应当知道,一个女人手里有了钱会干出什么样的奇迹来。瞧瞧你自己吧。"

"你拿我去比——"

"好了,你们俩都是精明的女生意人,而且都干得很有成就。当然,贝尔还比你略胜一筹,因为她心地善良,品性也好——"

"你给我从这房里滚出去好吗?"

他懒洋洋地向门口挪动,一道横眉滑稽地竖了起来。他怎能这样侮辱她啊,她气愤而痛苦地想道。他是特意来伤害和贬损她的,因此她想起,当他在妓院里喝醉了酒跟警察吵架时她却一直盼着他回家来,这实在太令人痛心了。

"赶快给我滚出去,永远也不要进来了。以前我就这样说过,可是你没有一点上等人的骨气,根本不理会这些。从今以后我要把这门锁上了。"

"不用操心了。"

"我就是要锁。经过那天晚上你的那种行为——醉成那个模样,那么讨厌——"

"你看,亲爱的!并不那么讨厌嘛,真是!"

"滚出去!"

"别生气呀。我就走。我答应再也不来干扰你了。那是最后一次。而且我正想告诉你,要是我这种不名誉的行为实在使你忍受不了,我就让你去办离婚吧。只是邦妮要给我,别的我不争。”

“我可不想办离婚来玷辱家门呢。”

“要是媚兰死了，你很快就会玷辱的，你说不会吗？我一想到那时候你会多么急于离掉我，我的头就晕了。”

“你走不走？”

“好，我就走。我回来就是要告诉你这件事。我要到查尔斯顿和新奥尔良去，还有——唔，对，我要逛一大圈。我今天就走。”

“啊！”

“而且我要把邦妮带在身边。让那个傻女孩普里茜把她的小衣服收拾一下。我想把普里茜也带去。”

“你永远也休想把我的孩子带出这个家去。”

“也是我的孩子嘛，巴特勒太太。我想你不会反对让我带她到查尔斯顿去看看她的祖母吧？”

“她的祖母，去你的！你以为我会让你把孩子从这里带走，而你每晚都喝得烂醉，很可能还带她到像贝尔那里的地方去——”

他把手里的雪茄狠狠往地上一掷，雪茄在地毯上嗤嗤地冒起烟来，一股烧焦的羊毛味直冲鼻子。他不管这些，只立刻走过来站到思嘉跟前，气得脸都发青了。

“你如果是个男人，我就先把你的脖子拧断再说。现在我只警告你闭上你那张臭嘴。你以为我就不爱邦妮，就会把她带到——她是我的女儿！老天爷，看这个笨蛋！至于你，你把你做母亲假装虔诚的架势摆给你自己去看吧。不是吗，作为一个母亲，你还不如一只猫呢！你几时给孩子们做过些什么？韦德和爱拉看见你就吓得要死，要没有媚兰，他们连什么叫爱和亲密都不会知道呢。可是邦妮,我的邦妮!你以为我不能比你照料得好些吗?你以为我会让你去威胁她,损害她的心灵,像你对韦德和爱拉那样做吗?见鬼去吧,我决不会的!快替她收拾好,让我一个小时后便能起身,否则我警告你,那后果会比前两天那个晚上要严重得多。我常常觉得,用马鞭子结结实实抽你一顿,对你会大有好处呢。"

他没等她说话便转过身去,迅速走出了她的房间。她听见他经过穿堂向孩子们的游艺室走去,随即把那扇门推开了。那里传来一片热烈高兴的儿童尖叫声,她听出邦妮的声调比爱拉的还要高。

"爹爹,你上哪儿去了?"

"去找张兔子皮来包我的小邦妮。给你亲爹爹一个最甜的吻吧,邦妮——还有你,爱拉。"

第五十五章

"亲爱的,我不要你做任何解释,也不想听你的,"媚兰坚决地说,一面将一只小手轻轻地捂住思嘉那两片扭曲的嘴唇,叫她不要说了,"你要是认为在你我之间还需要什么解释,那便是对你自己以及艾希礼和我的侮辱了。不是吗,我们三人一起在这世界上共同战斗了这么多年,如果以为什么闲言碎语便能使我们之间发生隔阂,想起来都不好意思呢。难道你觉得我会相信你和我的艾希礼——嗨,这怎么想得出来呀!难道你还不明白在这世界上我比谁都更加了解你?你以为我竟把你替艾希礼和小博以及我所做的种种了不起的无私的事情——从救我的性命到使我们一家免于饥饿,通通忘记了吗?你以为我不记得你几乎光着脚、握着两只满是血泡的手,跟在北方佬的那匹马后面犁地——就为了让婴儿和我能吃上饭——的情景,现在竟相信那些关于你的无耻谰言了?我不要听你的任何解释,思嘉·奥哈拉。一句也不听!"

"可是——"思嘉想要说什么又打住了。

就在一个小时之前,瑞德带着邦妮和普里茜离开了这个城市,这样一来思嘉便不仅又羞又恼,而且感到寂寞了。再加上她在跟艾希礼关系中的内疚以及媚兰给她的庇护,这个负担她实在承受不起了。要是媚兰听信了英迪亚和阿尔奇的话,在招待会上损了她,或者只冷淡地招呼了她,那她可以昂起头来,使用种种可能的武器给予回击。可如今,一想起媚兰曾经挺身而出,像一把薄薄的发亮的刀子,眼睛里焕发着信任和战斗的神采,毅然保护她不受社会舆论的攻击,她就觉得自己只能老老实实地认罪了。是的,应当把在塔拉农场那阳光灿烂的走廊上开始的长期以来所经过的一切不加掩饰地大胆说出来。

她是受到良心的驱使,这种现实的天主教徒的良心尽管被压制了很久,但还是能够起来的。"承认你的罪过,用悲伤和悔悟来表示忏悔。"这句话爱伦对她说过几十上百次。现在遇到了危机,爱伦的宗教训诲又回来把她抓住了。她愿意承认——是的,承认一切,一言一行,一颦一笑,以及那很少几次的爱抚——然后上帝就会减轻她的痛苦,给予她安宁。而且,由于她的忏悔,媚兰脸上会出现非常可怕的神色,从钟爱和信任变为怀疑的恐惧和厌恶。唔,这个惩罚可太严峻了,她极为痛苦地想到,因为她得终生记住媚兰的脸色,并且知道媚兰已了解她身上所有的卑下、鄙陋、两面派、不忠实和虚伪的品质啊!

要把事情的真相痛快淋漓地都摆到媚兰面前,同时眼见她那个愚人的天堂彻底崩溃,这种想法曾一度使她陶醉不已,觉得是一个值得付出任何代价的高招。可是现在,隔夜之间她就转而认为那是最没有意思的了。至于为什么会这样,她自己也不明白。她心里各种互相矛盾的念头实在太多太紊乱了,她实在理不出头绪来。她只知道,正像她曾经希望让她母亲始终以为她是谦逊、和气、心地纯洁的,她如今也热切地渴望保持媚兰对她的崇高评价。她心里唯一清楚的是,她不在乎这世界对她怎么看,或者艾希礼或瑞德对她怎么看,可是决不能让媚兰改变她对她的一贯看法,决不能让她有任何别的看法。

她不敢将真实情况告诉媚兰,可是她的一种少有的诚实本能却出来作怪。这种本能不让她在一个曾经为她战斗过的女人面前用虚假的色彩来伪装自己。所以那天早晨她等瑞德和邦妮一离开家便急急忙忙跑到媚兰那里去了。

但是,她刚刚迫不及待地说出"媚兰,我一定要解释一下那天的事——"时,媚兰就厉声阻止了她。于是思嘉羞愧地注视着那双焕发出爱恋交糅之情的眼睛,便心里一沉,明白自己已永远也得不到忏悔后的平静和安宁了。媚兰的头一句话就永远截断了她采取行动的途径。现在她以自己生平很少有过的一种成熟感情认识到,只有最彻底的自私自利才能解除她自己内心痛苦的负担。她要是认罪,便只能在解除自己负担的同时把这个负担强加在一个清白无辜和信任别人的人的心灵上。她因媚兰的仗义庇护已欠了她一笔大债,如今这笔债只能用沉默来偿还了。如果勉强让媚兰知道她的丈夫对她不忠,她的心爱的朋友是其中的一个同伙,从而让她终生痛苦,那将是多么残忍的一种偿还啊!

"我不能告诉她,"她伤心地想,"决不能,哪怕我的良心把我折磨死了。"她忽然不相干地记起了瑞德酒醉后的一段评论:"她不能想象她所爱的任何一个人身上有什么不高尚之处……让它成为你良心上的一个十字架吧。"

是的,它会成为她终生的十字架,让这种痛苦深埋在她心中,让她穿着那件羞辱的粗毛布衬衣①,让她以后每看见媚兰

————————

① 这种衬衣原是苦行者或终生忏悔者穿的。

做一个亲切的眼色和手势都深感不安,让她永远抑制着内心的冲动,不敢喊出:"不要对我这样好啊,不要为我尽力了啊,我是不值得你这么做的!"

"只要你不是这样一个傻瓜,这样一个可爱的、信任人的、头脑简单的傻瓜,事情也不至于那么困难。"她绝望地这样想,"我已经背上了许多累死人的负担,但看来这是最沉重最令人苦恼的一个了。"

媚兰面对着她坐在一张矮椅子里,但两只脚却稳稳当当地搁在一只相当高的脚凳上,因此她的膝头像个孩子般矗立在那里,而这种姿势,她要不是愤怒到了不顾体面的程度,她是做不出来的。她手里拿着一条梭织花边,正在用那根发亮的织针来回穿织着,同时她仍在愤愤不平,仿佛手里拿的就是一把决斗用的短剑。

要是思嘉也这样满怀愤怒,她早已像年轻时的杰拉尔德那样跺着双脚咆哮起来,呼吁上帝来看看人类可恶的欺骗和奸诈行为,并令人毛骨悚然地大喊着一定要报复。可是媚兰却只用那根银光闪闪的织针和拼命低垂的双眉来表示她心里是多么激动。她的声音是冷静的,说话也比往常更加简短。不过她说出来的话很有力量,这对平常很少发表意见和从不讲重话的媚兰来说,显然是不相称的。思嘉突然发现,原来威尔克斯家和汉密尔顿家的人也像奥哈拉家的人那样是会发怒的,有时甚至更厉害呢。

"亲爱的,我听人家对你的批评都听腻了,"媚兰说,"而这一次是他们捞到的最后一根稻草,我倒是要过问过问。这完全是由于他们妒忌你,由于你那么精明能干才发生的事。在许许多多男人都失败了的情况下,你却做出了成绩。我说这话,你可不要介意。我不是说你做过什么有违妇道或者妇女不该做的事,像许多人所说的那样。因为你并没有做。人们就是不了解你,就是容忍不了一个能干的女人。可是你的精明能干,你的成功,并没有给他们以那样的权力,任凭他们来说你和艾希礼——真是天知道啊!"

这最后一句失声慨叹的话颇为激烈,那要是由一个男人说出来,显然会带有亵渎的意味。思嘉凝视着她,被她这种从没有过的发作吓住了。

"他们这些人——阿尔奇、英迪亚、埃尔辛太太——居然拿他们捏造的那些谎话来对我说呢!他们怎么敢呀?当然,埃尔辛太太没有到这里来。不,说真的,她没有那个胆量。可是她也一贯恨你,亲爱的,因为你比范妮更有名气了。而且,她对于你不让休再经管那个木厂也很生气呢。不过你把他撤了是完全对的。他简直是个游手好闲、什么事也不干、一点用处也没有的家伙!"媚兰把她这个童年时代的玩伴儿、少女时代的情郎迅速摒弃了。"关于阿尔奇,这要怪我自己,我不该庇护这个老恶棍。人人都那样劝过我,可是我没有听。他不喜欢你,亲爱的,是由于那些罪犯的缘故,可他算老几,竟敢来批评你了?一个杀人犯,还是杀死过一名妇女的杀人犯!尽管我那样照顾了他,他还是跑来告诉我——要是艾希礼把他毙了,我一点也不会怜悯的。现在我可以告诉你,我把他大大奚落了一番之后,就打发他走了!他已经离开这个城市了。

"至于英迪亚那个坏东西!亲爱的,自从我第一次看见你们俩在一起,我便发觉她在妒忌你,恨你,因为你比她漂亮得多,又有那么许多追求你的人。尤其是在斯图尔特·塔尔顿的问题上她特别恨你。她对斯图尔特想得那么厉害——是呀,我很不愿意说艾希礼的妹妹的这件事,可是我认为她早已想得伤心透了！所以对于她这次的行动,不可能做任何别的解释……我已经告诉她从今以后不要再跨进这个家的门槛,我并且表示只要我听到她再说那么一句哪怕只带暗示的废话,我就要——我就要当众骂她撒谎！"

媚兰没有继续说下去,但脸上的怒气突然消失,接着来的是满脸愁容。媚兰有佐治亚人所特有的那种热烈忠于家族的观念,一想起这可能引起家庭矛盾就痛苦极了。她犹豫了一会儿。不过思嘉是最亲爱的,她心里首先考虑的是思嘉,于是她继续忠实地说下去:

"亲爱的,她一贯妒忌你,还因为我是最爱你的。以后她再也不会到这屋里来了,我也决不到任何一个接待她的人家去。艾希礼赞成我的想法,不过他还是很伤心的,怎么他的妹妹居然也说出这样一个——"

一提到艾希礼的名字,思嘉那过于紧张的神经便控制不住,她即刻哭起来。难道她就只能永远让他伤心下去了？她唯一的想法是要使他快乐、安全,可不知为什么却好像每一次都是要去伤害他似的。她破坏了他的生活,损伤了他的骄傲和自尊,打破了他内心的平静,那种建立在为人正直的基础上的安宁。可现在她离间了他和他心爱的妹妹之间的关系。为了保全她思嘉自己的名誉和艾希礼的妻子的幸福,英迪亚只能被牺牲,被迫承担撒谎的罪名,成为一个有点疯疯癫癫的妒忌心很重的老处女——英迪亚,她向来所抱的每一种猜疑和所说的每一句指控的话,都被证实了是绝对公正的。每当艾希礼注视着英迪亚的眼睛时,他都会看到那里闪耀着真实的光辉,真实、谴责和冷漠的轻视,这些正是威尔克斯家的人所擅长的！

思嘉知道艾希礼把名誉看得比生命还重，他现在一定觉得十分痛苦。他也和思嘉一样，被迫接受了媚兰的庇护。思嘉一方面懂得这样做的必要性，而且明白他之所以落到这个地步主要应当归咎于她，不过作为女人她想如果艾希礼把阿尔奇毙了，并且向媚兰和公众承认了一切，她还是会更加敬佩他的。她知道自己在这一点上不怎么公平，但是她实在太苦恼，已顾不得这些小节了。她记起瑞德说过的一些轻视和揶揄的话，便思忖是不是艾希礼在这一纠葛中真的扮演了不够丈夫气的角色，这样一来，自从她爱上艾希礼以后即一直在仰望着的他那个完美辉煌的形象便开始不知不觉地显得有点逊色了。同时，那片笼罩在她身上的耻辱和罪过的阴影也在渐渐向他扩展。她下决心要打退这种想法，可结果反而使她哭得更伤心了。

"别这样！别这样！"媚兰大声喊道，一面放下手里的梭织花边，急忙坐到沙发上，把思嘉的头移过来靠在她的肩上，"我本来根本不应该谈起这件事让你伤心的。我知道你一定会感到非常难过，今后决不再提了。不，我们彼此之间不要再提，也不要对任何人提起。让它就这样了结，像根本没有发生过一样。不过，"她暗含怨恨地补充说，"我要让英迪亚和埃尔辛太太看个究竟，她们休想再散布关于我丈夫和我嫂子的谣言。我要把这一点钉死了，叫她们俩谁也无法在亚特兰大抬起头来。而且，谁要是相信她们或接待她们，她就是我的敌人。"

思嘉满怀忧虑地瞻望着今后漫长的岁月，知道在这个城市和这个家里将进行一场绵延几代的分裂性斗争，而这场斗争的起因就是她自己。

　　媚兰说到做到。她再也没有向思嘉或艾希礼提起这件
事,也决不跟任何人谈论。她保持一种冷漠无关的态度,这种
态度在万一有人敢于暗示那个问题时便会变为冷冰冰的约束
力量。在她举行那个出其不意的招待会之后好几个星期里,
瑞德神秘地不见了,整个城市处于一种疯狂议论、煽动和派别
偏袒的状态,她从不饶恕那些诽谤思嘉的人,无论是她的老朋
友还是亲属。她口头不说,只以实际行动来表示。

　　她像一株苍耳①那样坚决站在思嘉一边。她让思嘉照样
每天早晨到店里和木料场去,而且由她陪着去。她坚持要思
嘉每天下午赶车出门,尽管思嘉本人不大想在城市居民好奇
的眼光下露面。赶车外出时她还坐在思嘉身旁。她还带她下
午出去进行正式的拜访,亲切地鼓励她进入那些已两年多没
有去过的人家。而且,媚兰以一种强烈的"爱屋及乌"的表情
跟那些大为惊异的女主人谈话,意思是她们必须同时尊重她
的朋友思嘉。

　　她叫思嘉在这种拜访中早些到场,并且要留到最后才走,
这就使得那些女人没有机会去三五成群地议论和猜测,免得引
起一些不怎么愉快的事。这些拜访对思嘉来说是特别折磨人
的,但她不敢拒绝跟媚兰一起去。她最害怕置身于那些暗暗怀
疑她是否真的被捉奸了的人当中。她最害怕发现,这些女人要
不是爱媚兰和不愿得罪她的话,她们是不会理睬她的。不过思
嘉也很清楚,她们一旦接待了她,以后就不能伤害她了。

---

　　①　苍耳是一种带刺的有毒植物,这里有佩剑卫士之意。

有一点很能说明人们对思嘉的看法,那就是很少有人从思嘉本人的正派与否来决定他们究竟是维护她还是批评她。"我对她没有很高的要求。"这就是一般的态度。思嘉树敌太多,如今已没有几个支持者了。她的言行在那么多的人心目中留下了创伤,因此很少有人关心这桩丑闻是不是伤害她了。不过人人都对伤害媚兰或者英迪亚感到强烈的兴趣,所以这场风暴是环绕着她们而不是思嘉在进行,它集中在这样一个问题上——"是英迪亚撒谎了吗?"

那些拥护媚兰一方的人得意地指出这一事实,即媚兰近来经常跟思嘉在一起。难道一个像媚兰这样很讲究节操的女人会去支持一个犯罪女人的行径吗,何况这个女人还是跟她自己的丈夫一起犯罪的呢?不会,绝对不会!而英迪亚恰好是个疯疯癫癫的老处女,她恨思嘉,就造她的谣,并且诱惑阿尔奇和埃尔辛太太相信了她的谎言。

但是,那些支持英迪亚的人便问,如果思嘉没有罪,巴特勒船长到哪里去了呢?他为什么不在这里陪着思嘉,让思嘉从他的鼓励中获得力量?这是一个无法回答的问题,而且随着时间一星期又一个星期过去,谣言就传播开来,说思嘉已经怀孕,于是支持英迪亚的那群人就满意地点点头,觉得自己完全对了。那不可能是巴特勒船长的娃娃嘛,他们说。因为他们彼此疏远的事实早已成为大家谈论的资料,因为全城的人早已对他们的分居感到极为愤慨了。

就这样,街谈巷议在继续,全城分成了两派,那些组织严密的家族,如汉密尔顿家、威尔克斯家、伯尔家、惠特曼家和温菲尔德家,也同样分裂了。家庭里的每一个人都不得不表明自己是站在哪一方的。没有中立的余地。媚兰保持冷静的庄严态度,英迪亚则一味地尖酸刻薄,各自观测着形势的发展。不过所有的亲朋好友,无论他属于哪一边,都一致抱怨是思嘉引起了他们之间的破裂。他们无不认为她不值得大家这样去为她争吵。亲戚们不管自己的立场怎样,都觉得由英迪亚出面来公开宣扬这件家庭丑事,同时把艾希礼也牵扯进去,这实在太痛心了。可既然英迪亚已经说出来了,许多人便踊跃为她辩护,站在她这一边反对思嘉,就像旁的人爱护媚兰,便站在媚兰和思嘉方面那样。

有一半的亚特兰大人是媚兰和英迪亚的亲戚,或者声称有亲戚关系,包括各种各样的表亲、姻亲,以及双重表亲、远亲,等等,其中的关系是那样错综复杂,只有地道的佐治亚人才弄得清楚。他们一贯是个排外的家族,在紧急时刻便团结成为一个共同对敌的严密阵容,不管他们个人彼此之间有什么分歧或隔阂了。只有一次,皮蒂姑妈对亨利叔叔发动了一场游击战,它作为家族中大家乐得看热闹的一出好戏,闹了多年。除此以外,这些人的和睦关系从没公开破裂过。他们为人文雅、含蓄,说话温柔,连半真半假的口角和争执都很少发生,这是在亚特兰大的其他家族所做不到的。

可是现在他们已分裂成为两派。全城的人便得以目睹那些五六等的堂表亲戚在这次亚特兰大从未见过的最糟糕的丑闻中都选择了自己的派别,卷入了斗争。这种局面给市民中那一半没有亲戚关系的人造成了很大的困难,也给他们的机智和耐性带来了考验,因为英迪亚与媚兰的争执实际上引起了每个社会集团的分裂,如塔里亚①协会,南部联盟赈济孤寡

① 塔里亚是希腊神话中赐人美丽和欢乐的三女神之一,意为花朵。

缝纫会,阵亡将士公墓装修协会,周末音乐集团,妇女交谊舞协会,青年图书馆,等等,都卷了进去。四个教堂,连同它们的妇女协进会和传教士协会,也是这样。人们得注意不要把对立派的会员选进同一个委员会里。

亚特兰大的主妇们每天下午在家时,特别是从四点到六点的时候,便特别着急,因为生怕媚兰和思嘉前来拜访时恰好英迪亚和她的好友还待在客厅里。

她们一家最可怜的要算皮蒂姑妈了。皮蒂这个人别无所求,只希望舒舒服服地在亲戚们相互友好的气氛中过日子,对于当前这场争执也很想两面讨好。可结果无论是这一方还是那一方,都不容许她采取这种骑墙派态度。

英迪亚本来跟皮蒂姑妈住在一起,但如果皮蒂像她所考虑的那样要站在媚兰一边,英迪亚就要离开。而如果英迪亚走了,可怜的皮蒂怎么办呢?她不能一个人过活呀!那时她只能叫一个生人来跟她做伴,要不就得锁上门到思嘉那里去住。可是皮蒂姑妈隐约感到,巴特勒船长不怎么高兴她去。那么,她就只好住到媚兰家里去,晚上睡在作为小博育儿室的那间小屋里了。

皮蒂不大喜欢英迪亚,因为英迪亚那个又冷淡又固执的模样以及对于目前事件采取的偏激态度使她害怕。不过英迪亚仍容许皮蒂保持自己的舒适生活,而皮蒂又主要是从个人舒服而不是道德观点来考虑问题的,所以英迪亚仍跟她住在一起。

不过英迪亚既然住在那里,皮蒂姑妈的家便成为一个风暴中心点了,因为媚兰和思嘉把这看成是她对英迪亚的庇护。思嘉断然拒绝继续在经济上支援皮蒂,只要她让英迪亚住在那里便决不通融。艾希礼每星期都给英迪亚送钱去,但英迪亚每次都骄傲地、不声不响地把钱退回,皮蒂姑妈对此感到又惊讶又惋惜。这座红砖房子里的经济状况要不是亨利叔叔的干预,将愈来愈可悲了。可是接受亨利叔叔的资助,皮蒂还觉得很可耻呢。

皮蒂在这个世界上除了她自己以外是最爱媚兰的,可现在媚兰对她只保持一种冷冷的客气态度,像个陌生人一样了。她尽管就住在皮蒂家的后院里,以前每天要通过那道篱笆出出进进走十几次,可现在一次也不来了。皮蒂主动去看望她,向她哭诉自己怎样爱她和忠实于她,但媚兰始终拒绝谈具体的事情,也从来不回访。

皮蒂很清楚她得过思嘉多大的恩惠——几乎是依靠她活过来的。的确,在战后那个极端困难的时期,皮蒂面临的抉择是要么接受亨利叔叔的接济,要么饿死,这时思嘉出来维持了她的家庭,给她吃的穿的,让她能够在亚特兰大抬起头来做人。思嘉结婚并搬到她自己家里以后,她对她依旧十分慷慨。那个既令人害怕又逗人喜爱的巴特勒船长,每次跟思嘉一起来拜访过以后,皮蒂总会发现桌上有个塞满了钞票的簇新钱包,或者用绣花手绢包着的一些金币偷偷地放在她的针线盒里。瑞德总是声称他对此一无所知,并且以一种不怎么高明的手法断言她一定有个秘密的爱慕者,通常认为就是那位满脸胡须的梅里韦瑟爷爷,在干这样的事。

是的,皮蒂受到媚兰的爱护,更从思嘉那里获得生活上的保障,可是英迪亚又给了她什么呢?英迪亚,除了住在她那里,让她的愉快生活得以维持,并用不着凡事自拿主意之外,对她什么好处也没有。这实在是太悲惨、太不体面了,皮蒂一辈子从来没有自己拿过主意,任凭事物自然发展,结果便将许多时间在暗暗伤心和哭泣中度过了。

最后,有些人彻底相信了思嘉是清白无辜的,但这不是由于她自己的个人品德,而是由于媚兰始终坚信这一点。另一些人思想上有所保留,但因为他们爱媚兰,希望保持对她的爱,便对思嘉采取了很有礼貌的态度。英迪亚的支持者们一般对思嘉表示冷淡,少数人仍在公开指责她。后面两种情况是令人发窘而生气的,不过思嘉也明白,要不是媚兰的坚决保护和迅速行动,全城居民都会板着面孔反对她,她早已成为一个被遗弃的人了。

第五十六章

瑞德走后已经三个月了,在这期间思嘉没有收到过他的任何音信。她不知道他到了哪里,也不知要多久才能回来。其实,他究竟还回不回来,她心里也没个数。在这几个月里她照样做自己的生意,表面上还是很神气的,可心里却懊丧得很。她觉得身体不怎么舒服,但在媚兰一个劲儿的怂恿下她每天都到店里去,好像对两个厂子也仍然很感兴趣似的。实际上那家店铺已开始叫她生厌,尽管营业额比上年提高了两倍,利润源源而来,她却觉得没有多大意思,对伙计们的态度也愈来愈严厉和粗暴了。约翰尼·加勒格尔负责的木厂生意兴隆,木料场也很快把存货卖了出去,但约翰尼的所作所为没有一点是叫她高兴的。约翰尼是个同她一样有爱尔兰人脾气的人,他终于受不了她那呶呶不休的责备而发起火来,便大肆攻击了她一通,最后说:"太太,我什么也不要了,让克伦威尔去诅咒你吧。"并威胁说自己要走。这一来,她才不得不低声下气地道歉,安抚着要他留下。

她从来不到艾希礼负责的那个厂里去。而且当她估计艾希礼到了木料场办事房时,她也不去那里。她知道他在回避她,也知道,由于媚兰的执意邀请她经常到他家去,对他会是一种折磨。他们从不单独说话,可她却很想问问他。她要弄清楚他现在是不是恨她，以及他究竟对媚兰说了些什么。但是他始终对她保持一定的距离，并恳求她不要说话。他那苍老憔悴和流露着悔恨之情的脸色更加重了她的精神负担，同时他的木厂每周都要亏本，这也成了她心中一个有苦难言的疙瘩。

他脸上那种对目前局面无可奈何的神色，她看了觉得厌烦。她不知道他怎样才能改善这个局面，但仍然认为是应当想些办法的。要是瑞德，他就会采取措施了。瑞德总是能想出办法来，哪怕是不正当的办法，在这一点上她尽管心中不乐意也还是非常佩服他。

如今，既然她对瑞德和他那些侮辱行为的怒火已经消失，她便开始想念他，而且由于很久没有音信，想念也越发深切了。如今，从瑞德留下的那一堆混合着狂喜、愤怒、伤心和屈辱的紊乱情绪中，愁苦已渐渐冒出头来，最后像只啄食腐尸的乌鸦蹲在她肩上。她想念他，很想再听听他讲的那些尖刻动人、叫她开怀大乐的故事，再看看他那可以排忧息怒的讽刺地咧嘴大笑的模样，乃至那些刺得她痛加驳斥的嘲弄。最叫她难受的是她不能在他面前絮叨了。在这方面瑞德是使她感到很满意的。她可以向他毫不害羞地叙述自己怎样从人们的牙缝里敲诈他们，他听了会大加赞叹。而别的人一听到她提起这种事，便会大惊失色了。

她没有他和邦妮在身边，觉得十分寂寞。她以前没有想到，一旦离开邦妮便会这样惦记她。现在她记起瑞德上次责备她的关于韦德和爱拉的那些恶言恶语，便试着拿这两个孩子来填补她内心的空虚。但这也没有用。瑞德的话和孩子们对她的反应打开了她的眼睛，使她面对一个惊人而可怕的事实。在这两个孩子的婴儿时期她都太忙了,太为金钱操心了,太严厉和太容易发火了,因此没有赢得他们的信任和感情。而现在,要不是太晚便是她缺乏耐心和本事,反正她已经无法深入他们那幼小而隐秘的心灵了。

爱拉!思嘉发现她是个弱智儿童,而且的确是的,这就叫人犯愁了。她无法把注意力集中在一件事物上,就像小鸟不能在一个枝头上待下来似的。即使思嘉给她讲故事时,爱拉也经常离题去胡思乱想,用一些与故事毫无关系的问题来打断,可是还没等思嘉开口去回答,她已经把问题完全忘了。至于韦德——也许瑞德的看法是对的。也许他真的怕她。这有点古怪,而且伤了她的自尊心。怎么她的亲生儿子,她的唯一的男孩,竟会这样怕她呢?有时她试着逗引他来谈话,他也只用查尔斯那样柔和的褐色眉眼盯着她,同时很难为情地挪动着两只小脚,显得十分不自在。可是他跟媚兰在一起时,却滔滔不绝地说个不停,并且把口袋里的一切,从钓鱼用的虫子到破旧的钓线,都掏出来给她看了。

媚兰对小家伙们很有办法。那是用不着你去证明的。她自己的小博就是亚特兰大最有规矩最可爱的孩子。思嘉跟他相处得比跟自己的孩子还要好,因为小博对于大人们的关心没有什么神经过敏的地方,每次看见她都会自动爬到她膝头上来。他长得多漂亮啊,跟艾希礼一模一样!要是韦德像小博那样就好了。当然,媚兰所以能那样尽心照顾他,主要是因为她只有一个孩子,也用不着像思嘉那样整天操心和工作。至少思嘉自己是想用这样的理由来为自己辩解的,不过扪心自问时她又不得不承认媚兰是个爱孩子的人,她巴不得生上一打呢。所以她那用不完的满怀钟爱也同样倾注在韦德和邻居家的孩子们身上了。

思嘉永远也不会忘记那一天她所感到的震惊,当时她赶车经过媚兰家去接韦德,还在屋前走道上便听见自己儿子提高嗓门在模仿南方士兵的号叫——韦德在家里可整天不声不响像只耗子呢。而像大人似的附和韦德的号叫的是小博的尖叫声。她走进那间起居室时才发现两个孩子手中举着大刀在向一张沙发进攻。他们一见她便尴尬地不作声了,同时媚兰从沙发背后站起身来,手里抓着发夹,摇晃着满头鬈发放声大笑。

"那是葛底斯堡,"她解释说,"我是北方佬,无疑已彻底打败了。这位是李将军,"她指着小博,"这位是皮克特将军。"她搂着韦德的肩膀。

是的,媚兰对孩子们有一套自己的办法,那是思嘉永远也不会懂得的。

"至少邦妮还爱我,也高兴跟我玩呢。"她心里想。可是凭良心说,她还是得承认,邦妮爱瑞德比爱她不知深过多少倍。而且说不定她再也见不到邦妮了。根据她至今所了解到的,瑞德可能到了波斯或者埃及,并且想永久在那里定居了。

当米德大夫说她又怀孕了时,她吓得发呆了,因为她本来估计是胆里的毛病或者精神过度紧张。这么一来,她就想起了那个狂乱的夜晚,并且立即满脸通红,很不好意思。原来就在那神魂颠倒的片刻——即使那个狂喜的片刻也因后来发生的事情而记不清楚了——一个孩子给怀上了。这时她最先的感觉是高兴又要添一个孩子。要是个男孩可好呀!一个漂亮的男孩,而不是像韦德那样畏畏缩缩的小家伙。她会多么喜欢他啊!那时她既有工夫去专心照料一个婴儿,又有钱去安排他的锦绣前程,这才真正高兴呢!她心中产生了一个冲动,要写封信告诉瑞德,由他母亲从查尔斯顿转去。老天爷,他现在必须回来了!要是到婴儿生下以后他才回家,那可不行!那她永远也解释不清了!可是,如果她写信去,他就会以为她是要他回家,就会暗暗笑起来。不,决不能让他觉得她在想他或者需要他啊!

她很高兴自己终于把这个冲动压下去了,这时恰巧查尔斯顿的波琳姨妈来信了,传来关于瑞德的第一个消息,似乎他正在那里看望他母亲。得知他至今还在这个合众国的领土上,哪怕波琳姨妈的信很使人生气,也毕竟叫她放心了。瑞德带着邦妮去看过她和尤拉莉姨妈,信中充满了对邦妮的夸奖。

"多漂亮的一个小姑娘!将来长大了,准会成为人人追求的美人儿呢。不过我想你一定知道,谁要是向她求爱,就得同瑞德来一次搏斗,因为我从没见过这样钟爱女儿的一位父亲。嗯,亲爱的,我想跟你说几句心里话。在我没有遇见巴特勒船长之前,我一直觉得你和他的婚姻是极不匹配的,因为查尔斯顿人的确从没听说过关于他的什么好话,而且人人都替他的一家感到十分惋惜。事实上,尤拉莉和我都对于是否应当接待他犹疑不决——不过,毕竟那个可爱的孩子是我们的姨外孙女嘛。这样,他就来了,我们一见便又惊又喜,非常地欣喜,并且发现听信那些流言蜚语实在是太不应该了。你看他是那样逗人喜欢,长得也很漂亮,而且又庄重又有礼貌。何况还那么钟爱你和孩子呢。

"现在,亲爱的,我得谈谈我们听到的一些事情——一些尤拉莉和我最初不愿意相信的事情。当然,我们已经听说你有时在肯尼迪先生留给你的那家店铺上所做的某些事情。我们确实听到过一些谣言,但我们否认了。我们懂得在战后初期那些可怕的日子里,那样做可能是必要的,因为环境就是那样嘛。不过现在就你来说已经没有这个必要了,因为我们知道巴特勒船长的境遇相当宽裕,而且有充分的能力替你经管所有的生意和财产。我们还不怎么了解那些谣传的真相,只好把这些使我们最伤脑筋的问题坦率地向巴特勒船长提了出来。

"他有点勉强地告诉我们说,你把每天上午的时间都花在那家店铺里,也不允许别人替你经管账目。他还承认你对一家或几家厂子都很有兴趣(我们并没有坚持要他谈这些,事实上我们乍一听到这个消息还觉得奇怪),因此得坐着马车到处跑,而据巴特勒船长告诉我们,赶车的那个恶棍还杀过人呢。我们看得出来,他对这一点很痛心,他必然是个最宽容——实际上是太过于宽容的丈夫了。思嘉,你不能再这样了。你母亲已经不在了,我就得代替她来教导你。想想看,等到你的孩子们长大以后,知道你曾经做过生意时,他们会有什么样的感觉呢?他们一旦知道了你经常到厂子里去,跟那些粗人打交道,受到他们侮辱,冒着让人随便议论的风险,会感到多么难过呀!这样不守妇道——"

思嘉没有看完就把信扔了,嘴里还在咒骂。她仿佛看见波琳姨妈和尤拉莉姨妈坐在那间破屋子里评判她,她们要不是思嘉每月寄钱去,就要揭不开锅了。不守妇道?天知道,如果不是思嘉不那么守妇道的话,波琳姨妈和尤拉莉姨妈很可能此刻就没有个栖身之地呢。该死的瑞德,竟把那家店铺和记账的事以及两家厂子都告诉她们了。勉强,他真是那样吗?思嘉很清楚,他最乐于蒙骗那些老太太们,在她们面前把自己装扮得既庄重有礼貌又逗人喜欢,而且是个宽容的丈夫和父亲。他一定喜滋滋地向她们描述了思嘉在那店铺、木厂、酒馆里的种种活动,叫她们气得不行。多坏的家伙! 怎么他就专门干这种缺德的事来取乐呀?

不过很快连这满腔的怒火也冷下去了。最近以来,有那么多本来很热衷的东西都已不复存在。要是她能够重新得到艾希礼的刺激和光彩——要是瑞德能够回家来逗她欢笑,那就好了。

他们事先没有通知就回来了。到家的第一个音信是行李卸在前厅地板上的扑通扑通的声音和邦妮高声喊叫:"妈妈!"

思嘉急忙从自己房里出来,走到楼梯顶,看见女儿正伸着两条短腿使劲要踏上梯级。一只驯顺的毛色带条纹的小猫紧紧抱在她胸前。

"奶奶给我的。"她兴奋地叫道,一面抓住小猫的颈背把它提起来。

思嘉一面将她抱在怀里,忙不迭地吻她,同时庆幸这孩子一在场,就免得她跟瑞德单独见面感到难为情。她抬头一看,只见他正在下面厅堂里给车夫付钱。然后他也仰起头来看见了她,便像往常那样恭恭敬敬地摘下帽子,鞠了一躬。她一瞥见他那双黑眼睛,心就怦怦跳起来了。不管他是什么人,也不管他干了些什么,只要回家了她就高兴。

"嬷嬷在哪里?"邦妮问,一面扭着身子想挣脱思嘉的怀抱,她只得把她放下地来。

仅仅以正常的若无其事的态度招呼瑞德,可又得向他透露怀孩子的事,这可比她预先设想的要困难得多。他上楼梯时她看着他的脸色,那是黝黑而冷漠的,那样难以捉摸和毫无表情。不,她得过些时候再告诉他。她不能现在就说出来。不过,这样的消息应该首先让丈夫知道,因为做丈夫的总是最爱听这种消息的。可是她觉得他听了也未必高兴。

她站在楼梯顶上,靠着栏杆,不知他会不会吻她。但是他没有吻。他只是说:"你的脸色有点苍白呢,巴特勒太太。是不是没胭脂了?"

一句想念她的话也不说,哪怕是假意虚情的也没有。至少在嬷嬷面前应当吻她一下嘛,但是不,眼看着嬷嬷匆匆一鞠躬便领着邦妮穿过厅堂到育儿室去了。他站在楼梯顶上她的身旁,用眼睛漫不经心地打量她。

"你这憔悴样儿是不是说明在想念我呢?"他嘴上微笑着问她,但眼里并没有笑意。

看来这就是他的态度了。他还会像以前那样恨她的。她突然觉得她怀着的那个孩子已成为令人作呕的一个负担,而不再是她高兴怀下来的血肉了,而这个漫不经心地拿着宽边巴拿马帽子站在她面前的男人则是她的死对头,是她的一切麻烦的起因了。她回答时眼睛里充满了怨恨,这种怨恨是一清二楚叫你怎么也不会忽略的,同时他脸上的笑容也消失了。

"如果我脸色苍白,那也是你的过错,而不是像你所幻想的那样是想念你的结果。那是因为——"唔,她没打算就这样告诉他,可是太性急了便冲口而出,于是索性向他摊开,也不顾仆人们会不会听见,"那是因为我又要有个孩子了!"

他猛地吸了口气,两眼迅速地打量着她。接着他向前迈了一步,似乎要把手放在她的胳臂上,但她把身子一扭,避开了,在她那怨恨的眼光下,他的脸孔板了起来。

"真的!"他冷冷地说,"那么,谁有幸当这个父亲呢?是艾希礼吗?"

她狠狠抓住楼梯栏杆上的柱子,直到那个木雕狮子的耳朵把她的手心扎痛了。她即使对他那样了解,也绝没想到他居然会这样来侮辱她。当然,他这是在开玩笑,但无论怎样的玩笑也不能开到如此难以容忍的程度!她真想用她那些尖尖的指甲掐进他的眼睛里,把那里面的古怪光芒给消灭掉。

"你这该死的家伙!"她的声音气恼得咻咻发抖,"你——你明明知道是你的。而我也和你一样根本不想要它。没有——没有哪个女人愿意跟你这种下流坏生孩子的。我但愿——啊,上帝,我但愿这是其他什么人的而不是你的孩子呢!"

她发现他那黝黑的面容突然变了,仿佛某种她无法理解的情感,连同愤怒一起,使它一阵痉挛,像被什么刺痛了似的。

"瞧!"她心里又好气又好笑地想,"瞧!我到底把他刺痛了!"

可是那个不动声色的老面具又回到了他脸上,他拉了拉嘴唇上的一撇髭须。

"高兴点吧,"他说,一面转过身去开始上楼,"当心你可能会流产呢。"

她顿时一阵头晕,想起怀孩子的滋味,譬如那种恶心的呕吐呀,没完没了的等待呀,大腹便便的丑态呀,长时间的阵痛呀,等等。这些都是男人永远也体会不到的。可他还忍心开玩笑。她要狠狠地抓他一把。只有看见他那张黑脸上有一道道的血痕,才能稍解这心头的怨气。她像猫似的偷偷跟着他追上去,但是他忽然轻轻一闪避到一旁,一面抬起一只胳臂把她挡开了。她站在新打过蜡的最高一级阶梯边上,当她俯身举起手来,使劲去打他那只伸出的胳臂时,觉得自己站不住了,便猛地去抓那根栏杆柱子,可是没有抓住。于是她想从楼梯上往下退,但落脚时感到肋部一阵剧痛,顿时头晕眼花,便骨碌碌地滚下来,直跌到楼梯脚下。

这是思嘉有生以来头一次病倒,此外就是生过几次孩子,不过那好像不算什么。那时她可没有像现在这样觉得又孤寂,又害怕,又虚弱又痛苦,而且惶惑不安。她明白自己的病情比人们说的要严重,隐约意识到可能要死了。她呼吸时,那根折断的肋骨便痛得像刀扎似的,同时她的脸也破了,头也摔痛了,仿佛整个身子任凭魔鬼用火热的钳子在揪,用钝刀子在割一般;有时偶尔停一下,便觉得浑身瘫软,自己也没了着落,直到疼痛又恢复为止。不,生孩子绝不是这样。那时候,在韦德、爱拉和邦妮生下来之前两个小时,她还能开心地吃东西呢。可现在,只要一想起吃的,除了凉水以外,便恶心得要吐了。

怀一个孩子多么容易,可是没生下来就失掉了,却多么痛苦啊!说来奇怪,她甚至在疼痛时一想起自己不能生下这个孩子也十分痛心呢。更加奇怪的是,这个孩子偏偏是她自己真正想要的一个!她想弄明白究竟为什么想要它,可是脑子太疲乏了。她这样疲乏,除了恐惧和死亡以外,什么也无法想了。死亡就在身边,她没有力量去面对它,并把它打回去,所以她非常害怕。她需要一个强壮的人站在她身边,拉着她的手,替她把死亡赶开,直到她恢复了足够的力量来自己进行战斗。

在痛苦中,怒气已经吞下肚里去了,如今她需要瑞德。可是他不在,而她又不能让自己去请他啊!

她记得起来的是在那阴暗的过厅里,在楼梯脚下,他怎样把她抱起来,他那张脸吓得煞白,除了极大的恐惧外什么表情也没有,他那粗重的声音在呼唤嬷嬷。接着,她模模糊糊地记得,她被抬上楼去,随即便昏迷了。后来,她渐渐感觉到愈来愈大的疼痛,房子里满是低低的嘈杂声,皮蒂姑妈在抽泣,米德大夫气急地发出指示,楼梯上一片匆忙的脚步声,以及上面穿堂里蹑手蹑脚的动静。后来,像一道炫目的光线在眼前一闪似的,她意识到了死亡和恐惧,这使她突然拼命喊叫,呼唤一个名字,可这喊叫也只是一声低语罢了。

然而,就是这声可怜的低语立即唤起了黑暗中床边什么地方的一个回响,那是她所呼唤的那个人的亲切的声音,她用轻柔的语调答道:"我在这里,亲爱的。我一直守在这里呢。"

当媚兰拿起她的手来悄悄贴在自己冰凉的面颊上时,死亡和恐惧便悄悄隐退了。思嘉试着转过头来看她的脸,可是没有成功。她仿佛看见媚兰正要生孩子,而北方佬就要来了。城里已烧得满天通红,她必须赶快,赶快离开。可是媚兰要生孩子,她不能急着走呀。她必须跟她一起留下,直到孩子生下来为止,而且她得十分坚强,因为媚兰需要她的力量来支持呢。媚兰痛得那么厉害——有些火热的钳子在揪她,钝刀子在割她,一阵阵的疼痛又回来了。她必须抓住媚兰的手。

但是,毕竟有米德大夫在这里,他来了,尽管火车站那边的士兵很需要他,因为她听见他说:"她在说胡话呢。巴特勒船长哪里去了?"

那天夜里一片漆黑,接着又亮了,有时是她在生孩子,有时又是媚兰在大声呼唤,媚兰一直守在身边,她的手冰凉,可她不像皮蒂姑妈那样爱做些徒然焦急的姿态,或者轻轻哭泣。每次思嘉睁开眼睛,问一声"媚兰呢?"她都会听到媚兰的声音在答话。她不时想低声说:"瑞德——我要瑞德。"同时像在梦中似的记起瑞德并不要她,瑞德的脸黑得像个印第安人,他讽刺人时露出雪白的牙齿。她要瑞德,可是瑞德却不要她。

有一回她说:"媚兰呢?"答话的是嬷嬷的声音:"是俺呢,孩子,"一面把一块冷毛巾放到她额头上。这时她烦躁地反复喊道:"媚兰——媚兰。"可媚兰很久也没有来。因为媚兰正坐在瑞德的床边,而瑞德喝醉了,在地板上斜躺着,把头伏在媚兰的膝上痛哭不已。

媚兰每次从思嘉房里出来,都看见瑞德坐在自己的床上,房门开着,观望着穿堂对面那扇门。他房里显得很凌乱,到处是香烟头和没有碰过的一碟碟食品。床上也乱糟糟的,被子没铺好,他就整天坐在上面。他没有刮脸,而且突然消瘦了,只是拼命抽烟,抽个不停。他看见她时从不问她什么。她往往也只在门口站一会儿,告诉他:"很遗憾,她显得更坏了,"或者说:"不,她还没有问到你。你瞧,她正在说胡话呢。"要不,她就安慰他两句:"你可不要放弃希望,巴特勒船长。我给你弄杯热咖啡,拿点吃的来吧。你这样会把自己糟蹋的。"

她很可怜他,常常为他难过,尽管她自己已经非常疲乏,非常想睡,几乎到了麻木的程度。人们怎么会说他那么卑鄙的一些坏话呢? ——说他冷酷无情,狂暴,对思嘉不忠实,等等,可是她却眼看他在一天天瘦下去,脸上流露着内心的极大痛苦!她虽然疲惫不堪,还是在设法要比往常对他更亲切一些,只要能见到他便告诉他一些病房里的最新情况。他多么像一个等待宣判的罪犯——多么像一个突然发现周围全是敌人的孩子。不过在媚兰眼里,谁都像个孩子。

但是,当她终于高兴地跑去告诉他思嘉好些了时,她却没有料到会发现什么样的情况。瑞德床边的桌上放着一个半瓶威士忌酒,满屋子弥漫着刺鼻的烟酒味。他抬起头来,用呆滞的眼光望着她,尽管拼命咬紧牙关,下颚上的肌肉仍在不断颤抖。

"她死了?"

"唔,不。她好多了。"

他说:"啊,我的上帝。"随即用双手抱着头。她怜悯地守着他,看见他那副宽阔的肩膀在抖动,好像打寒战似的。接着,她的怜悯渐渐变为恐惧,因为他哭起来了。媚兰从没看见男人哭过,尤其是瑞德这样的男人,那么温和,那么喜爱嘲弄,又那么永远相信自己。

他喉咙里发出的那种可怕的哽咽声把媚兰吓住了。她觉得他是喝醉了,而醉汉是她最害怕的。不过当他抬起头来时,她看了一下他的眼睛,便迅速走进屋里,轻轻把门关好,然后来到他跟前。她从没看见男人哭过,但是她安抚过许多哭丧着脸的孩子。她把一只温柔的手放在他肩上,这时他突然双手抱住了她的裙裾。她还不明白是怎么回事时自己已在床上坐下,他却坐在地板上,头枕在她膝头上,双臂和双手发疯似的紧紧抓住她,使她痛得快受不了了。

她轻轻抚摸着他那满头黑发的后脑,安慰地说:"好了!好了! 她会慢慢好起来的。"

他听了以后,便抓得更紧了,同时急切而嘶哑地说起话来,嘟嘟囔囔地好像在对一座永远神秘的坟墓唠叨什么,又好像是有生以来头一次诉说真情,把自己无情地暴露在媚兰面前,而媚兰开始时对这些一点也不理解,纯粹是一副母亲对孩子的态度。他断断续续地说着,把头愈来愈深地埋在她的膝头上,一面狠狠拉扯着她的裙裾。他的话时而模糊时而清晰,尽是些严苛而痛心的忏悔和自责,说一些她从没听到过的连女人也不提起的隐情,使她听了羞涩得脸上热烘烘的,同时又对他的谦卑之情深为感动。

她拍拍他的头,就像哄小博似的,一面说:"别说了! 巴特勒船长! 你不能跟我说这些事! 别说了!"但是他仍在滔滔不绝像激流一般倾诉着,同时紧紧抓住她的衣裳,仿佛那就是他生命的希望所在。

他指控自己做了不少坏事,但媚兰一点也不了解。他喃喃地说着贝尔·沃特琳的名字,接着狠狠地摇晃着媚兰大声喊道:"我杀死了思嘉,我把她害死了。你不明白。她本来是不要这个婴儿的,并且——"

"你给我住嘴! 你疯了! 不要孩子? 每个女人都要——"

"不! 不! 你是要孩子的。可她不要。不要我的孩子——"

"你别说了!"

"你不了解。她不要孩子,是我害她怀上的。这个——这个孩子——都是我的罪过呀。我们很久不同床了——"

"别说了,巴特勒船长! 这样不好——"

"我喝醉了,头脑不清了,就存心要伤害她——因为她伤害了我。我要——我真的——可是她不要我。她从来都不要我。她从来没有,但我努力过——我尽了最大的努力——"

"啊,求求你了!"

"可是我并不知道这个孩子的事,直到前几天——她跌下来的时候。她原来不知道我在哪里,不好写信告诉我——不过她即使知道,也不会写信给我的。我告诉你——我告诉你,我本来会马上回家的——只要我知道了——也不管她要不要我回来……"

"啊,是的,我知道你会回来!"

"上帝,这几个星期我人都疯了,又疯又醉!她告诉我的时候,就在那儿楼梯上——你知道我怎么来着?我说了些什么?我笑着说:'高兴点吧。当心你可能会流产呢。'而她——"

媚兰突然脸色发白,两只眼睛瞪得大大的,惊慌地俯视着在她膝头上痛苦地扭动着的黑脑袋。午后的太阳光从开着的窗口斜射过来,她突然发现他那双褐色的手多么粗大,多么坚强,手背上的黑毛多么稠密。她本能地畏缩着回避它们。但它们显得那么强暴,那么无情,但同时又那么软弱无助地在她的裙裾里绞着,扭着。

有没有可能是他听说并且相信了关于思嘉和艾希礼的那个荒谬的谎言,并且产生了嫉妒心呢?的确,自从那个丑闻传出以后,他便即刻离开了这座城市。不过——不,那不可能。巴特勒船长素来是说走就走,可以随时出外旅行的。他不可能听信那些闲言碎语。他为人十分理智。如果问题的起因真是那样,他还不设法把艾希礼毙了?或者,至少要求他们把事情说个清楚?

不,绝不可能是那样的。只可能是他喝醉了酒,而且精神过于紧张,结果心理失控,像个精神错乱的人似的,便说出些狂言乱语来。男人也像女人一样,是经不起精神紧张的。大概有什么事把他困住了,也许他和思嘉发生了一次小小的争吵,加重了那种心理状态。也许他说的那些事情有的是真的,不过决不会全都真实。唔,至少那最后一件事是这样,一定的!没有哪个男人会对他所热爱的女人说这种话,而这个男人又是那样热爱思嘉的。媚兰从不知道什么叫邪恶,什么叫残忍。现在她算是第一次碰见了,才发现它们真是不可想象和难以置信的。

"好了!好了!"她细声细气说,"现在别说了。我懂了。"

他陡地抬起头来,用那双布满血丝的眼睛仰望着她,一面狠狠地甩开她的手。

"不,上帝知道你并不了解我!你不可能了解我!因为你——因为你太善良了,无法了解。你不相信我,但这些全是真的,我就是一条狗。你知道我为什么那样做吗?我是发疯,妒忌得发疯。她一向不喜欢我,而我觉得我是能够使她喜欢的。但她就是不喜欢。她不爱我。她从没爱过。她爱——"

他那热烈的醉醺醺的眼光跟她的眼睛一接触,他便把话收住了,但嘴还张着,仿佛刚刚明白过来他是在对谁说话似的。她紧张得脸色发白,但眼光镇定而温柔,充满着怜悯和不敢置信的神色。那里面包含着明智和宁静,而那褐色瞳仁深处的天真仁爱之情更使他大为震动,仿佛给了他一个耳光似的,把他脑子里的醉意一扫而光,使他那些狂乱恣肆的话语也中途停顿了。他渐渐转入喃喃自语,眼睛开始回避着不再看她,眼睑迅疾地眨动着,他显然在艰难地慢慢清醒过来了。

"我是个坏蛋,"他嘟哝着,一面疲倦地把脑袋重新埋在她的膝头上，"不过我还没有坏到很大的程度。如果我以前告诉过你些什么，你是不会相信的，是吗？你太好了，所以不会相信我。我以前从没见过一个真正好的人。你不会相信我的，是吗？"

"不，我不相信你的话，"媚兰用安慰的口气说，同时又轻轻抚摸他的头发，"她会慢慢好起来的。好了，巴特勒船长！别哭了！她会慢慢好起来的。"

第五十七章

一个月以后,瑞德把思嘉送上到琼斯博罗去的火车,那时她身体还没复原,显得憔悴而又消瘦。韦德和爱拉跟她一起去,他们默默地看着母亲那张安静而苍白的脸。他们紧靠着普里茜,因为连他们那幼小的心灵也感觉得到,母亲和继父之间冷淡而不合人情的气氛中有着某种可怕的东西。

思嘉尽管虚弱,但还是决定回塔拉去。她觉得如果再在亚特兰大待下去,哪怕一天也会闷死的,因为她的心被迫整天在有关她当前处境的种种无益思索中转来转去,实在厌烦透了。她身上有病,精神上又疲惫不堪,像个在梦魇中迷惘恍惚找不到方向的孩子。

正如她曾经在入侵的敌军面前逃离亚特兰大那样,她如今又在逃避它,努力把当前的烦恼排诸脑后,并且使用了以前那种自卫的办法:"我现在不去想它,否则我会受不了的。明天到了塔拉再去想吧。明天就是另一天了。"仿佛只要回到了家乡那宁静的棉花地里,她的一切烦恼便会烟消云散,她就能够将那些凌乱破碎的思想塑造成为可以享用的东西了。

瑞德望着火车驶出车站,直到看不见了为止;他脸上始终是一片苦苦沉思的表情,一点也没有欢送的感觉。他叹了口气,便打发马车走了,自己跨上马沿着艾维街向媚兰家跑去。

那是个温暖的早晨,媚兰坐在葡萄藤遮阴的走廊上,身边的缝补篮里堆满了袜子。她看见瑞德下了马,将缰绳扔给站在路边的那个强壮的黑人孩子,心里便一阵惊慌,不知道怎么办好。自从那太可怕的一天——思嘉病成那样,而他又偏偏——偏偏喝得烂醉以来,她一直没有单独跟他见面。媚兰不愿意甚至去想"醉酒"这个词。在思嘉康复期间她只偶尔同他说话,她发现在这些场合她很不好意思接触他的眼光。不过他在那时候却像往常那样泰然自若,从没用言语眼色表露过他们之间曾发生那样一幕情景。艾希礼曾经告诉过她,男人往往记不起酒醉后说过的话和做过的事,所以媚兰衷心祈求巴特勒船长把那天的事情通通忘掉。她觉得她宁愿死也不愿知道他还记得他的那些倾诉。他沿着便道走过来时,她感到浑身胆怯,十分尴尬,脸上也泛起一片红晕。不过,他也许只是来问问小博能不能在白天跟邦妮一起玩。他总不会那样无聊,居然跑来对她那天的行为表示感谢吧!

她站起身来迎接他,像往常那样惊讶地发现,这么魁梧的一个男人走起路来竟如此轻捷。

"思嘉走了?"

"走了。塔拉对她会有好处的,"他微笑说,"有时候我觉得她就像大力士安泰①那样,一接触大地母亲便变得更加有力。叫思嘉过久地离开她所爱的那片红土地,那是不行的。那些茂密的棉树比米德大夫的滋补药品对她更见效呢。"

"你要不要坐坐?"媚兰说,两只手在微微颤抖。他的身

① 安泰是希腊神话中的大力士,大地之子,只要不离开其母大地便不可战胜。

材那么高大魁伟,而特别魁伟的男人总是叫她惴惴不安的。他们好像在放射一种力量和旺盛的生机,使她感到自己比原来更瘦小更软弱了。他显得那么黝黑而强大,肩膀上那两堆笨重的肌肉把一件白色亚麻布上衣撑成那个样子,她看着都要胆寒。这样强壮而粗野的一个男人,她居然亲眼看见服服帖帖地伏在自己脚边,现在看来似乎是不可能的。而且,她那时还把那个满头黑发的脑袋抱在膝上呢!

"唔,天哪!"她想起来很难过,不觉脸又红了。

"媚兰小姐,"他轻轻地说,"我在这里使你不安了吧? 你是不是宁愿我走开? 请坦白说吧。"

"唔,他还记得!"她心想,"而且他还知道我多么不好意思呢!"

她抬头望着他,好像要恳求他似的,但突然她的尴尬和惶惑都消失了。他的眼光是那么宁静,那么温和,显得那么通情达理,以致她惊讶自己怎么会那样愚蠢竟发起慌来了。他的面容看来很疲倦,而且她吃惊地觉得还很有点悲伤的神色呢。她怎么居然以为他那么缺乏教养,会把两人都宁愿忘却的事情重提起来啊?

"可怜的人,他为思嘉伤心得这样了。"她暗暗想,一面装出笑脸对他说:"你请坐,巴特勒船长。"

他沉重地坐下来,看着她把缝补的东西重新拿起来。

"媚兰小姐,我特来请求你帮个大忙,"他撇着两只嘴角微微一笑,"并且在一个骗局里帮我一下忙,这个骗局我知道你会有点害怕的。"

"一个——骗局?"

"是啊。说真的,我是来跟你谈一桩生意。"

"唔,天哪。那你就最好去找威尔克斯先生。我对生意经可一窍不通。我没有思嘉那样精明呢。"

"我是怕思嘉太精明了,反而对她自己不利,"他说,"所以我才要跟你谈这件事。你知道她——她病得多厉害。她从塔拉回来以后,又会拼命忙那家店铺和几个厂子的,因此我恨不得让它们哪个晚上给炸掉才好。我担心她的健康啊,媚兰小姐。"

"是的,她干得也实在太过分了。你一定得让她放手并照顾自己的身体。"

他笑了。

"你知道她多么固执。我从没开口跟她争论过呢。她就像个任性的孩子。她不高兴让我帮助她——不高兴任何人去帮助她。我曾经设法劝说她卖掉那几个厂子里的股份,但是她不愿意。因此,媚兰小姐,我才跟你商量来了。我知道思嘉只愿意把那几个厂子里的股份卖给威尔克斯先生,别人谁也不给,所以我要威尔克斯先生去买过来。"

"唔,我的天!那倒是很好,不过——"媚兰突然打住,咬着嘴唇不说了。她不能对一个局外人谈金钱上的事嘛。也不知怎的,无论艾希礼从那家木厂挣了多少,他们好像总是不够用。他们几乎省不下多少钱,这使她很伤脑筋。她不明白钱都用到哪里去了。艾希礼给她的钱是足够日常家用的,可是一旦需要特殊开支就紧张了。当然,她的医药费花去不少,还有艾希礼从纽约订购的书籍和家具也是要付钱的。此外,还要给那些住宿在他家地下室里的流浪儿童提供吃的穿的。何况艾希礼这个人很讲义气,凡是曾经参加过联盟军的人只要向他借钱,是从来不想拒绝的。而且——

"媚兰小姐,我想把所需的那笔钱先借给你们。"瑞德说。

"你能那样就太好了,不过我们可能永远也还不清呢。"

"我不要你们还。别生我的气啊,媚兰小姐！请听我把话说完。只要我知道,思嘉用不着每天辛辛苦苦,赶车跑那么远的路到厂里去,那就给我偿还得够了。那家店铺会够她忙的,也够她开心的了……难道你还不明白吗?"

"唔——明白——"媚兰犹豫不定说。

"你要给你孩子买匹小马,是不是? 还要让他将来上大学,到哈佛去,参加大旅游到欧洲去?"

"唔,当然了!"媚兰喊道,她总是那样,一提起小博就喜笑颜开了,"我要让他什么都有,不过——是呀,在眼下人人都这么困难的时候——"

"总有一天威尔克斯先生会凭那几个厂子赚起一大笔钱的,"瑞德说,"我很希望看到小博具备他理应得到的那些优越条件呢。"

"唔,巴特勒船长,你这人真狡猾!"她微笑着大声说,"你是在利用一个母亲的自豪心理嘛! 我都把你看得一清二楚了。"

"我希望不是这样,"瑞德说,他眼睛里头一次流露出光辉,"现在说,你究竟要不要我借给你这笔钱?"

"可是,这个骗局从哪儿搞起呢?"

"我们要合伙同谋,骗过思嘉和威尔克斯先生两个人。"

"啊,我的天! 我可不能这样!"

"要是思嘉知道了我在背着她搞阴谋,哪怕是为她好——那,你是知道她的脾气的! 我还担心威尔克斯先生会拒绝我提供给他的任何贷款。所以他们两人谁都不能知道这笔钱是从哪里来的。"

"唔,可是我相信威尔克斯先生不会拒绝,如果他明白事情真相的话。他是非常爱护思嘉的嘛。"

"是的,我也相信他很爱护她,"瑞德圆滑地说,"不过他还是要拒绝的。你知道威尔克斯家的人都是何等地傲慢啊。"

"啊,我的天!"媚兰痛苦地喊道,"我但愿——说真的,巴特勒船长,我不能欺骗我的丈夫。"

"即使为了帮助思嘉也不行吗?"瑞德显得很伤心,"可她是非常爱你的呢!"

媚兰眼睛里闪烁着泪花。

"你知道,我为了她可以做世界上任何的事情。我永远永远也报答不了一半她对我的帮助。你知道。"

"是的,"他直率地说,"我知道她为你做过些什么。那你能不能告诉威尔克斯先生,说这笔钱是某一位亲属在遗嘱中留给你的?"

"唔,巴特勒船长,我没有一位亲属留下过一个子儿的遗产呢!"

"那么,要是我通过邮局把钱寄给威尔克斯先生而不让他知道是谁寄的,你愿不愿意关照用这笔钱去买那几个木厂,而不至——嗯,随便用在那些贫困的联盟军退伍军人身上呢?"

起初她对他最后两句话感到气恼,仿佛那是在批评艾希礼,可是看见他满怀理解的笑容,也就回报他以微笑了。

"我当然愿意。"

"那就这样定了? 让我们都严守秘密好吗?"

"可是我从没对我丈夫保守过什么秘密呀！"

"我深信这一点，媚兰小姐。"

她望着他，觉得她一向对他的看法有多么正确，而其他那么许多人全都错了。人们说过他残忍，爱嘲弄人，没有礼貌，甚至不诚实。尽管有不少最公正的人现在承认他们以前错了。好啊！她可是从一开始就知道他是个好人呢。她从没受到过他别的什么待遇，只有最和善的态度，周到的考虑，绝对的尊敬，以及多么深切的理解啊！而且，他那么热爱思嘉！他以这种迂回而妥当的办法来免除思嘉肩上的一个负担，这是多么可爱的行为啊！

在一时感情冲动之下，她说："思嘉有一个对她这样好的丈夫，真是幸运啊！"

"你这样想吗？我怕她不会同意你呢，要是她听见你的话。而且，我也要对你好，媚兰小姐。我现在给予你的比给思嘉的还要多呢。"

"我？"她莫名其妙地问，"唔，你是说给小博的吧？"

他拿起帽子，站起来。他默默地站了一会儿，俯视着媚兰那张朴实的脸，额上卡着长长的 V 形发卡，两只黑眼睛显得十分认真。这样一张毫无尘世俗气的脸，说明她在人世间是从不设防的。

"不，不是小博。我是想给你某种比小博更重要的东西，不知你能不能想象出来。"

"不，我想象不出，"她又一次感到困惑了，"这世界上再没有比小博对我更珍贵的东西了，除了艾——除了威尔克斯先生。"

瑞德一声不响地俯视着她，他那黝黑的脸孔显得很平静。

"你还想替我做事,这实在是太好了,巴特勒船长,不过说真的,我已经这么幸运。我拥有世界上任何女人所想要的一切呢。"

"那就好了,"瑞德说,脸色突然阴沉下来,"我很想看到你好好保住它们。"

思嘉从塔拉回来时,她脸上的病容已经消失,两颊显得丰满而红润,那双绿眼睛也重新活泼明亮起来。瑞德带着邦妮在火车站接到了她,还有韦德和爱拉,这时她响亮地笑着,好像又恼火又开心,而这是几个星期以来的头一次呢。瑞德的帽檐上插着两根抖动的火鸡毛,邦妮身上那件星期天穿的长袍已撕破了好几处,脸颊上画有两条青紫色的对角线,鬈发里插着一根有她身材一半长的孔雀翎儿。他们显然正在玩一场印第安人的游戏,恰好接火车的时间到了便中途停止,因此瑞德脸上还有一种古怪的无可奈何的表情,而嬷嬷则显得又沮丧又生气,深怪邦妮不肯把装束改变一下,就这样来接自己的母亲了。

"好一个肮脏破烂的流浪儿!"思嘉连气带笑地说,一面亲吻孩子,随即又转过脸去让瑞德亲她。车站上人太多了,否则她决不让他来这一下呢。尽管她对邦妮的模样觉得怪不好意思的,可还是注意到了,群众中几乎人人都在微笑着观赏这父女俩的化装,这种微笑毫无讥讽之意,而是出于真诚的乐趣和好感。人人都知道思嘉的这个最小的女儿完全把她父亲制服了,这一点正是亚特兰大最感兴趣和大为赞赏的。瑞德对孩子的溺爱已经远近闻名,这便逐渐恢复了他在公众舆论中的地位。

在回家的路上,思嘉滔滔不绝地谈着县里的消息。天气又热又干,使得棉花飞快成长,你几乎听得见它在往上蹦似的。不过威尔说,今年秋天棉价会往下落。苏伦又要生孩子了——她对这一点详加解释,只是不要让孩子们听懂——爱拉把苏伦的大女儿咬了一口,表现了罕见的勇气。不过,思嘉指出,那也是小苏西自讨的,她跟她母亲完全一个样呢。可是苏伦发火了,结果她和思嘉大吵了一架,就像过去那样。韦德打死了一条水蛇,全是他一个人打的。塔尔顿家的兰达和卡米拉在学校教书,这不是开玩笑吗?他们家无论是谁连个"猫"字也拼写不出呢!贝特西·塔尔顿嫁给了一个从洛夫乔伊来的独臂的胖男人,他们和赫蒂、吉姆一起在费尔希尔种了一片很好的棉花。塔尔顿太太养了一匹母马和一只马驹,高兴得像当了百万富翁似的。卡尔弗特家的老房子已经住上黑人了!他们成群结队,实际已成为那里的主人了!他们是在强制拍卖会上把房子买下来的,不过它已经歪歪倒倒了,叫你看着都要害怕呢。谁也不知道凯瑟琳和她那不中用的丈夫到哪里去了。而亚历克斯正准备跟他兄弟的寡妇萨莉结婚呢!想想看,他们在同一所房子里住了那么多年呀!自从老姑娘和少姑娘去世以后,人们对于他俩单独住在那里就开始有闲话了,所以大家都说这是一桩现成的婚事。这差一点使迪米蒂·芒罗伤心透了。不过她也活该这样。她要是有点勇气,本来早就会找到别的男人,何必等待亚历克斯攒够了钱再来娶她呢。

　　思嘉谈得很起劲,不过还有许多事她隐瞒着没有谈,那是些想起来就伤心的事情。她和威尔赶着车到县里各个地方跑了一趟,也不想去回忆什么时候这成千上万英亩肥沃的田地里都种着茂密的棉花。现在，一个接一个的农场又荒废成为林地了，同时那些寂无人烟的废墟周围和原来种植棉花的地里也悄悄长满了小小的橡树和松树以及大片大片的扫帚草。原有的耕地如今只有百分之一还在种植。他们的马车就像是在荒野中穿行似的。

"这个地区即使还有恢复的一天，那也得五十年以后了，"威尔曾经说过，"塔拉是县里最好的一个农场，由于你我二人的努力，不过它只是使用两头骡子的农场，而不是大的垦殖场。其次是方丹家的，再其次才是塔尔顿家。他们赚不了多少钱，但能够维持下去，而且也有这个勇气。不过其余的大部分人家，其余的农场就——"

不，思嘉不喜欢去回想县里的荒凉景象。在亚特兰大这繁荣热闹场面的对比下，想起来就更叫人伤心了。

"这里有什么事情吗？"她回到家里，在前院走廊上坐下来，便开始询问。她一路上连续不断地谈着，生怕现在要静默了。自从她在楼梯上跌倒那天以后，她还没有跟瑞德单独说过话，而且现在也不怎么想同他单独在一起。她不知道他近来对她的感觉怎样。在她养病的那个艰苦时期，他是极其温和的，不过那只是一种陌生人的温和而已。那时他总是预先设想到她需要什么，设法使孩子们不去打扰她，并替她照管店铺和木厂。可是他从没说过："我很抱歉。"唔，也许他就是不感到歉疚呢。也许他仍然觉得那个没有出生的孩子不是他的呢。她怎么知道在那副温柔的黑面孔背后他心里究竟想的什么呢？不过他毕竟表现了一种要谦恭有礼的意向，这在他们结婚以来还是头一次，也好像很希望就那样生活下去，仿佛他们之间从没发生什么不愉快的事——仿佛，她快快不乐地想，仿佛他们之间根本什么事也没有似的。唔,如果他要的就是这个,那她也可以干她自己的嘛。

"一切都好吧?"她重复问:"店铺要的新瓦运来了吗?骡子换了没有?看在老天爷面上,瑞德,把你帽子上的羽毛拿下来吧。你这样子多傻气,并且你要是忘记拿掉,你就很可能戴着它们上街了。"

"不。"邦妮说,一面把她父亲的帽子拿过来,好像要保护它似的。

"这里一切都很好,"瑞德回答说,"邦妮跟我过得很开心,不过我想自从你走了以后她的头发一直没梳过呢。别去啃那些羽毛,宝贝儿,它们可能很脏呀。是的,瓦已经铺好了,骡子也交换得很合算。至于新闻,可真的什么也没有。一切都沉闷得很。"

接着,好像事后才想起似的,他又补充说:"昨天晚上那位可敬的艾希礼到这边来过了。他想知道我是不是认为你会把你的木厂和你在他那个厂子里占的股份卖给他。"

思嘉正在摇椅上前后摇晃,手里挥舞着一把火鸡毛扇子,她听了这话立即停住了。

"卖给他?艾希礼哪来的钱呀?你知道他们家从来是一个子儿也没有的。他挣得多快媚兰就花得多快呢。"

瑞德耸了耸肩。"我一向还以为她是很节俭的,不过我并不如你那样很了解威尔克斯家的底细呢。"

这是一句带刺儿的话,看来瑞德的老脾气还没有改掉,因此思嘉有点恼了。

"你走开吧,亲爱的,"她对邦妮说,"让妈跟爹谈谈。"

"不。"邦妮坚决地说,同时爬到瑞德的膝头上。

思嘉对孩子皱了皱眉头,邦妮也回敬她一个怒容,那神气与杰拉尔德·奥哈拉一模一样,使得思嘉忍不住笑了。

"让她留下吧,"瑞德惬意地说,"至于他从哪里弄来的这笔钱,那好像是他在罗克艾兰护理过的一个出天花的人寄来的。这使我恢复了对人性的信念,知恩必报的人还是有的。"

"那个人是谁?是我们认识的吗?"

"信上没有署名,是从华盛顿寄来的。艾希礼也想不出究竟寄钱的人是谁。不过艾希礼的无私品质已经举世闻名,他做了那么多的好事,你不能希望他全都记得呀。"

思嘉要不是对艾希礼的意外收获无比惊讶,她本来是会接受瑞德的挑战的,尽管在塔拉时她下定了决心再也不容许自己跟瑞德发生有关艾希礼的争吵了。在这件事情上她的立场还是非常不明确的,因此在她完全弄清楚究竟要站在他们哪一方面之前,她不想说出自己的意见。

"他想把我的股份买过去?"

"对了。不过当然喽,我告诉他你是不会卖的。"

"我倒希望你让我自己来管自己的事情。"

"可是,你知道你不会放弃那两个厂子。我对他说,他跟我一样清楚,你要是不对每个人的事都插一手是受不了的,那么如果你把股份全卖给了他,你就不能再叫他去管好他自己的事了。"

"你竟敢在他面前这样说我吗?"

"怎么不呢?这是真的嘛,是不是?我相信他完全同意我的话,不过,当然,他这个人太讲礼貌了,是不会直截了当这样说的。"

"你这是瞎说!我愿意卖给他。"思嘉愤愤地喊道。

直到这个时刻为止,她从来没有起过要卖掉那两个厂子的念头。她有好几个理由要保留它们,经济价值只是其中最小的一个。过去几年里她随时可以把它们卖到很高的价钱,但是她拒绝了所有的开价。这两个木厂是她的成就的具体证明,而她的成就是在无人帮助和排除万难的情况下取得的,因此她为它们和自己感到骄傲。最重要的是,由于它们是她与艾希礼联系的唯一途径,她决不能把它们卖掉。如果它们脱离了她的控制,那就意味着她很难见到艾希礼,而且可能永远不能单独见到了。可是她必须单独见他呀。她再也不能这样下去了,整天思忖着他对她的感情究竟怎样,思忖着自从媚兰举行招待会那个可怕的晚上以来,他的全部的爱是不是在羞辱中消失了。而在经营那两家厂子时她能找到许多适当的机会跟他交谈,也不致让人们觉得她是在追求他。并且,只要有时间,她知道她能够重新取得她在他心目中曾经占有的那个位置。可是,她如果卖掉这两家厂子——

不,她不想卖,但是,她一想到瑞德已经那么真实而坦率地把她暴露在艾希礼面前,便觉得问题值得重视了,于是立即下了决心。艾希礼应当得到那两个厂子,而且价钱应当低到那样的程度,让他明白她是多么慷慨。

"我愿意卖!"她愤愤地嚷道,"现在,你觉得怎么样?"

瑞德眼睛里隐隐流露出得意的神色,一面弯腰给邦妮系鞋带。

"我想你会后悔的。"他说。

其实她已经在懊悔刚才那句话说得太轻率了。如果不是对瑞德而是对别人说的,她还可以厚着脸皮收回来。她怎么会这样脱口而出呢?她满脸怒容地看看瑞德,只见他正用往常那种老猫守着耗子洞的锐利眼光望着她。他看见她的怒容,便突然露出雪白的牙齿大笑起来。思嘉模糊地感觉到是瑞德把她引进这个圈套了。

"你跟这件事有没有什么关系呢?"她冷不及防地问他。

"我?"他竖起眉头假装吃惊地反问,"你应当对我更清楚嘛。我这个人只要能够避免是从来不到处行好的。"

那天晚上她把两家木厂和她在里面所占的全部股份卖给了艾希礼。在这笔买卖中她没有损失什么,因为艾希礼拒绝了她最初所要的低价,而是以她曾经获得过的最高出价买下来。她在契据上签了字,于是这两家厂子便一去不复返了。接着,媚兰递给艾希礼和瑞德每人一小杯葡萄酒,祝贺这桩交易。思嘉感到自己若有所失,就像卖掉了她的一个孩子似的。

那两家厂子是她心爱的宝贝,她的骄傲,她那两只抓得很紧的小手的辛勤果实。她是以一个小小的锯木厂惨淡经营起家的。那时亚特兰大刚刚挣扎着从废墟中站起来,她面临着穷困的威胁,而北方佬的没收政策已隐约出现,银根很紧,能干的人到处碰壁。在所有这些艰苦的条件下,她拼命奋斗,苦心筹划,将两个厂子经营发展起来。如今亚特兰大已在整治自己的创伤,新的建筑到处出现,外地人每天成批地拥进城来,而她有了两家很不错的木厂,两个木料厂,十多支骡队,还有一批罪犯劳工廉价供她役使。这时候向它们告别,就像是将她生活的一个部分永远关起门来,而这个部分尽管又痛苦又严峻,但回想起来却叫她无限留恋,并从中得到最大的满足。

她办起了这桩事业,现在却把它卖掉了,而最使她不安的是恐怕没有她来掌舵,艾希礼会丧失这一切——她好不容易才建立起来的一切。艾希礼对谁都信任,而且至今还不怎么懂得事物的轻重利弊。可现在她再也不能给他出主意想办法了——因为瑞德已经告诉他,说她就是爱指挥别人。

"啊,该死的瑞德!"她心中暗暗咒骂,一面观察着他,越发相信他是这整个事件的幕后策划者了。至于他是为什么和怎样在策划的,她可还不清楚。他此刻正在同艾希礼谈话,她一听便立即警觉起来。

"我想你会马上把那些犯人打发回去吧?"他说。

把犯人打发回去? 怎么会想起要把他们打发走呀? 瑞德明明知道这两个厂子的大部分利润是从廉价的犯人劳动中得来的。他怎么会用这样肯定的口吻来谈论艾希礼今后要采取的措施呢? 他了解他什么了?

"是的,他们将立即回去。"艾希礼回答说,他显然在回避思嘉惊慌失色的眼光。

"你是不是疯了?"她大声嚷道,"你会丢掉租约上规定的那笔钱呢,而且你又找什么样的劳力去?"

"我要用自由黑人。"艾希礼说。

"自由黑人! 简直是胡说! 你知道他们的工钱该多少,而且你还会让北方佬经常盯着你,看你是不是每天给他们吃三顿鸡肉,是不是给他们盖鸭绒被子睡觉。而且如果你在一个懒黑鬼身上打两下,催他动作快一些,你就会听到北方佬大嚷大叫,闹翻了天,结果你得在监狱里蹲一辈子。要知道,只有犯人才是——"

媚兰低头瞧着自己在衣襟里绞扭着的那两只手。艾希礼显得很不高兴,但毫无让步的意思。他沉默了一会儿,然后跟瑞德交换了一个眼色,仿佛从中得到了理解和鼓励,但同时思嘉也看出来了。

"我不想用犯人,思嘉。"他平静地说。

"那好吧,先生!"她气冲冲地说,"可是为什么不呢?你害怕人家会像议论我那样议论你吗?"

艾希礼抬起头来。

"只要我做得对,就不怕人家议论。可我从来不认为使用犯人劳力是正当的。"

"但是为什么——"

"我不能从别人的强制劳动和痛苦中赚钱啊。"

"但是你从前有过奴隶呢!"

"可他们并不痛苦。而且,如果不是战争已经把他们解放了,我原来也准备在父亲死后让他们自由的。可是这件事却不一样,思嘉。这种制度引起的弊病实在太多。也许你不了解,可我是了解的。我知道得很清楚,约翰尼·加勒格尔在他的工棚里至少杀了一个人。可能更多——多也罢,少也罢,谁关心一个犯人的死活呢?据他说,那个人是想逃跑才被杀的,可是我从别处听到的却并非如此。我还知道,他强迫那些病得很重无法劳动的人去劳动。就说这是迷信吧,我还是相信从别人痛苦中赚来的钱,是不能带来幸福的。"

"天哪!你的意思是——要仁慈,艾希礼,你有没有把华莱士神父关于肮脏钱的那番吼叫都吞到肚里去了?"

"我用不着去吞它。早在他宣讲之前我就相信了。"

"那么,你一定以为我的钱全是肮脏的了,"思嘉嚷着,她开始发火了,"因为我使用犯人,还拥有一家酒馆的产权,而且——"她忽然停顿下来。威尔克斯夫妇都显得很难为情,瑞德却咧嘴嘻嘻笑着。思嘉气得在心里大骂:这个人真该死!他以为我又在插手别人的事了,可能艾希礼也这样想呢。我恨不得把他们两人的头放在一起轧碎! 她抑制着满腔怒火,想装出一副若无其事的样子来,但是装得不怎么像。

"当然,这不关我的事。"她说。

"思嘉,你可别以为我是在批评你! 我不是这个意思。只不过我们对事物的看法不一样,而对你适用的东西不一定适合于我。"

她突然希望同他单独在一起,突然迫切地希望瑞德和媚兰远在天涯海角,好让她能够大声喊出:"可是我也愿意用你对事物的看法来看待事物! 好不好请你说说你的意思,让我心里明白并且学你那样做呢?"

可是媚兰在场,似乎对这个令人痛苦的场面十分害怕,而瑞德却在懒洋洋地咧着嘴笑她,这使她只好以尽可能冷静和容忍的口气说:"我很清楚这是你自己的事业,艾希礼,因此根本用不着我来告诉你该怎么经营。不过,我必须说,我对于你的这种态度和刚才那番议论是很不理解的。"

唔,要是他们两人单独在一起,她就不会被迫说出这些冷冰冰的话了,这些话一定使他很不高兴呢!

"我得罪了你,思嘉,可我的本意不是这样。你一定得理解我,原谅我。我说的那些话里没有什么值得猜测的地方。我仅仅是说,用某些手段弄到的钱是很少能带来幸福的。"

"但是你错了!"她喊道,再也克制不住自己,"你看我!你知道我的钱是怎么来的。你知道我挣到这些钱以前是什么样的处境呀! 你还记得那年冬天在塔拉,天气那么冷,我们只好剪下地毯来做毡鞋,我们吃不饱,而且时常担心将来怎么让小博和韦德受到教育。你记得——"

"我记得，"艾希礼不耐烦地说，"不过我宁愿忘掉。"

"那么，你就不能说当时我们谁是愉快的了，是吗？可现在你瞧瞧我们！你有了一个美满的家庭和一个美好的未来。而且，谁有比我更体面的住宅，更漂亮的衣服和更出色的马匹呢？谁也摆不出一桌更丰盛的饭菜，举行不起更豪华的招待会，同时我的孩子们也应有尽有。那么，我是怎么弄来的钱办这许多事呢？从树上掉下来的吗？不，先生！犯人和酒馆租金和——"

"请不要忘了还杀死过一个北方佬，"瑞德轻轻地说，"他的确给过你起家的本钱呢。"

思嘉陡地转向他，咒骂的话已到了嘴边。

"而且那笔钱还使你非常非常幸福，是不是，亲爱的？"他恶狠狠地装出甜蜜的口吻问她。

思嘉一时语塞，眼睛迅速转向其他三个人，仿佛向他们求援。这时媚兰难过得快要哭了，艾希礼也突然变色，准备打退堂鼓，只有瑞德仍然拈着雪茄，不动声色，很有兴趣地打量着她。她大声喊起来："那当然喽，它是使我很快活！"

可是，不知怎的，她说不下去了。

第五十八章

自从思嘉生了那场病以后,她注意到瑞德的态度发生了变化,她也说不准自己对这种变化是不是喜欢。他变得清醒了,安静了,有时还心神不定似的。他现在时常回家吃晚饭,对仆人更和气,对韦德和爱拉也更亲热了。他从来不提过去的事,无论是愉快的或不愉快的,而且常常以沉默的态度让思嘉也不要提起。思嘉也乐得清静,因为相安无事总是比较好办的,所以生活过得十分顺畅,至少表面上是如此。从她养病期间开始,瑞德就对她保持一种一般的殷勤态度,现在还是这样。他不再用拉长声调的柔和而略带嘲弄的口气对她说话,也不用辛辣的讽刺折磨她了。她现在才明白,尽管他过去用恶言恶语激怒她,使得她做出强烈的反应,但他之所以那样做,毕竟是由于关心她的所作所为。可如今他是否还关心她的事呢,那就很难说了。他显得客气而淡漠,而她却很怀念他以前的那种关心,即使叫你感到别扭也好。她怀念过去那种吵吵嚷嚷的日子。

现在他很能使她高兴了,几乎像个客人似的;但是正如他过去整天盯着思嘉一刻也不放松那样,现在却整天盯着邦妮了。仿佛他的生活的洪流被引入了一条狭窄的河道。有时思嘉觉得,只要他把倾注在邦妮身上的心血和怜爱分一半给她,生活就会不一样了。有时听到人家说:"巴特勒船长多么宠爱那个孩子呀!"她就万分感慨,连笑都笑不出来了。可是,她要是不笑,人们就会觉得奇怪,而思嘉甚至对自己也决不承认她会妒忌一个小女孩,何况这女孩还是她亲生的呢。思嘉一贯是要在周围每个人心目中占据第一位的,但现在很明显,瑞德和邦妮已经在彼此的心中互占第一位了。

瑞德有时一连几夜回来得很晚,但回来时并没有喝醉。她常常听见他轻轻地吹着口哨经过她那关着的房门向穿堂走去。有时他在深夜带着几个人一道回来,然后坐在饭厅里饮酒谈笑。这并不是他婚后头一年时常来喝酒的那些人。现在他邀请来家的人中已没有提包党人,没有拥护共和党的南部白人,也没有共和党分子了。思嘉每每蹑手蹑脚到楼道栏杆边去听他们谈话,并且时常惊异地听到雷内·皮卡德、休·埃尔辛、安迪·邦内尔以及西蒙斯兄弟的声音。梅里韦瑟爷爷和亨利叔叔也常常在内。有一次她还大为吃惊地听见米德大夫的声音。这些人本来都认为瑞德是罪该万死的呢!

这一群人在思嘉心目中是永远跟弗兰克的死连在一起的,而且近来瑞德回家很晚,这叫她更加想起三K党作案和弗兰克丧命以前好几次的情况。她惊惶地记起,瑞德曾说过他甚至想参加该死的三K党来挤进上流社会呢,尽管他也希望上帝还不至于给他一个那么严厉的惩罚。假使现在瑞德也像弗兰克那样——

有天夜里比平常更晚了,他还没有回来,她紧张得实在受不了了。等到听见他在开房门的锁时,她披上围巾,走进点着汽灯的楼上穿堂里,在楼梯顶上碰见了他。他一见她站在那里,那茫然沉思的面容就变了。

"瑞德,我一定要知道!瑞德,我一定要知道,你是不是——是不是因为三K党——所以才这么晚回来?你是不是加入——"

在耀眼的汽灯下,他好奇地望着她,接着便不禁笑了。

"你已经远远落在时代后面了,"他说,"现在亚特兰大已经没有三K党了。也许并非全佐治亚都是这样。你是听你那些白人渣滓和提包党朋友讲三K党作恶的故事,听得太多了。"

"没有三K党?你这是在说假话安慰我吧?"

"亲爱的,我几时想安慰过你?不,真的没有三K党了。我们断定它弊多利少,因为那只能引起北方佬经常骚扰不休,同时给州长大人布洛克提供更多有用的资料。他懂得只要能使联邦政府、北方佬新闻界相信佐治亚还在酝酿叛乱,还到处潜伏着三K党,他就可以安安稳稳地继续当他的州长。为了继续当权,他一直在无中生有地拼命编造三K党暴行的故事,说忠诚的共和党人怎样被暗暗吊死,老实的黑人怎样以强奸的罪名被处以私刑。但所有这些都是无的放矢,他自己也很清楚。多谢你的担心,不过,在我不再拥护共和党而成为一个恭顺的民主党人以后不久,就没有三K党的活动了。"

他所说的关于布洛克州长的那些话,思嘉一只耳朵进,一只耳朵出,因为她的心思全都集中在三K党的问题上,只要不再有三K党她就放心了。瑞德不会再像弗兰克那样丧命了;她也不会丢掉她的店铺和他的那些钱了。但是,他说的有一个词却引起了她特别的注意。他说过"我们",这不就把他自己跟那些他以前称为"老团兵"的人自然地连在一起了吗?

"瑞德,"她突然问,"你跟三K党的解散有没有关系呢?"

他看了她好一会儿，两只眼睛又飞舞起来。

"亲爱的，有关系呢。艾希礼·威尔克斯和我负有主要责任。"

"艾希礼——和你？"

"是的，按照一般而确切的说法是这样，因为政治这东西是能够把完全不同的两个人结合在一起的。艾希礼和我谁也不怎么喜欢彼此结为同伙，不过——艾希礼从来不相信三K党，因为他反对一切暴力。而我不相信它，则是觉得它的办法实在太愚蠢，达不到我们的目的。它这样干只能保持北方佬对我们的压制，直到来世为止。在艾希礼和我两人之间有一种默契，那就是说服那些狂热分子，只要我们耐心地观察，等待和工作，我们就会取得比三K党那一套更大的进展。"

"你不是说那些小伙子们实际上接受了你的忠告，而你——"

"而我当过投机商当过拥护共和党的白人渣滓当过北方佬的同伙你忘了，巴特勒太太？我如今是个颇有地位的民主党人，正在不惜流尽最后一滴血来把我们这个心爱的州从掠夺者手中解放出来，恢复它原有的地位呢！我的忠告又是个很好的忠告，他们接受了。我在别的政治问题上的忠告也同样是好的。如今我们已在立法机构中占有多数席位，不是吗？而且很快，亲爱的，我们就要让我们的某些共和党好友去尝尝铁窗风味了。他们近来实在是太贪婪太放肆了一点呢。"

"你要出力把他们关进监狱里去？怎么，他们是你的朋友呀！他们曾让你参与那桩铁路债券的生意，让你从中赚了一大笔钱！"

瑞德突然咧嘴一笑，还是以前那副嘲弄人的模样。

"唔,我对他们并没有恶感。不过我现在站到了另一个方面,只要我能够出力让他们落得个罪有应得的下场,我是会干的。而且,那会大大提高我的声望呢!我对有些交易的内情十分清楚,等到立法机构深入追究时,那是很有价值的——而且从目前局势看,这已经为期不远了。他们也在开始调查州长的情况,只要可能,他们就会把他送进监狱里去。你最好告诉你的好友盖勒特家和亨登家,叫他们准备好一有风声就立即离开城市,因为人家既然能逮捕州长,就更能逮捕他们了。"

思嘉眼看共和党人凭借北方佬军队的支持在佐治亚当政了那么多年,因此对瑞德这些轻松的话并不怎么相信。州长的地位太巩固了,立法机构丝毫也奈何他不得,还谈得上进监狱呢!

"瞧你说的。"她好像要提起注意。

"他即使不蹲监狱,至少也不会再当选了。下一届我们将选出一位民主党人当州长,换换班嘛。"

"我想你大概会参与的吧?"她用讽刺的口气问。

"我的宝贝儿,我会的。我现在就参与了呢。这便是我夜里回来得很晚的原因。我比从前用铁锹挖金矿时还要卖力,拼命帮助组织下一届选举。还有——我知道,你听了会恼火的,巴特勒太太——我在给这次组织活动捐献一大笔钱呢。你还记得吗?许多年前你在弗兰克的店铺里告诉过我,说我保留联盟政府的黄金不交出来是不诚实的。现在我终于同意你的看法,联盟的黄金正在用来帮助联盟分子重新当政呢。"

"你这是把金钱往耗子洞里倒呀!"

"什么!你把民主党叫作耗子洞?"他用嘲弄的眼光盯着

她,接着便安静下来,没有什么表情了,"这次选举谁胜谁负,与我毫不相干。重要的是让人人都知道我为它出过力气,花过钱。这一点被大家记住了,将来对邦妮是大有好处的。"

"我听见你那样虔诚地说你改变了心肠时,我差一点给吓住了,可现在我发现你对民主党人并不比对任何别的东西更有诚意呢。"

"这根本谈不上改变心肠。仅仅是换一张皮罢了。你可以把豹子身上的斑点刮掉,可它仍然是豹子,跟原来完全一样。"

这时邦妮被穿堂里的声响惊醒了,她睡意蒙眬而又急切地喊着:"爹爹!"于是瑞德绕过思嘉,赶忙到孩子那里去了。

"瑞德,等一等。我还有件事情要告诉你,你以后下午去参加那些政治集会时,不要再带邦妮一起去啊。让一个小女孩到那种地方去,太不像样了!而且你自己也会叫人笑话的。我做梦也没想到你会带着她,直到最近亨利叔叔提起,他似乎以为我知道,并且——"

他猛地朝她转过身来,面孔板得很紧。

"一个小女孩坐在父亲膝上,而他在跟朋友们谈话,你怎么会认为这就不像样了呢?你可以觉得好笑,但实际上一点也不可笑。人们会长期记住,当我在帮助把共和党人赶出这个州时,邦妮就坐在我膝上呢。人们会长期记住——"他那板着的面孔放松了,两只眼睛又恶意地飞舞起来,"你知不知道,当人们问她最喜欢谁时,她回答说'爹爹和民主党人',又问最恨谁呢,她说'白人渣滓'。感谢上帝,人们就是记得这种事!"

思嘉气得厉声喊道:"我想你一定告诉她我是白人渣

滓了!"

"爹爹。"邦妮又在呼唤,而且显得有点生气了。这时瑞德仍然嬉笑着,他穿过门厅向女儿走去。

那年十月布洛克州长宣告辞职,逃离了佐治亚。在他的任期内,滥用公款和贪污浪费达到了严重的程度,以致压得他终于垮台了。公众的愤怒如此强烈,连他自己的党也陷于分崩离析。民主党人在立法机构中占据了多数,但这只是一个方面。布洛克知道他正要受到调查,生怕被弹劾,便采取了主动。他匆忙而秘密地撤走,并按照事先的布置,等到他安抵北方以后才宣布辞职的消息。

他逃走后一个星期,消息正式宣布,亚特兰大全城为之欢腾。人们聚集在街头,男人们笑嘻嘻地相互握手道贺,妇女们彼此亲吻着,哭叫着。大家都在家里举行庆祝晚会。这时消防队忙着到处奔跑,因为欢乐的小孩子们在户外燃起了喜庆篝火,一不小心就蔓延开了。

差不多渡过难关了!重建时期眼看就要过去了!不用说,代理州长仍是个共和党人,但是选举到十二月间就要举行,人人心里都明白结果会怎么样。选举开始后,尽管共和党人疯狂挣扎,佐治亚还是又一次选出了一个民主党州长。

那时又是一番欢喜和兴奋,不过跟布洛克逃跑后全城震动的情况不一样。这次是一种比较清醒的衷心喜悦,一种出自灵魂深处的感恩之情,因此当牧师们感谢上帝救出了这个州时,教堂里总是挤得满满的。人们也感到骄傲,与得意和欢欣汇合在一起的骄傲,觉得佐治亚又回到自己人的手中了——无论华盛顿政府怎么防范,也无论军队、提包党、白人渣滓和本地共和党人怎样阻拦，它终于回来了。

国会曾七次通过反对佐治亚州的严厉法规，硬要保持它的被征服地位，军队也在这里先后三次取消了民法，实行军管。黑人由于立法机构的纵容曾乐得逍遥嬉戏，贪婪的外来者曾胡乱管理州务，许多人渎职舞弊，损公肥私。佐治亚曾经被钉上枷锁，受尽屈辱折磨，陷入绝望的境地。但是现在，这一切全都结束了。佐治亚又重新属于它自己，而且是通过它自己人民的努力而获得的。

共和党人的突然垮台并没有使人人都感到高兴。它在那些白人渣滓、提包党和共和党人中引起了一片惊慌。盖勒特家和亨登家的人显然是得到了布洛克在宣布辞职前离开的消息，也仓皇逃出城去，各自回到他们原来的地方去了。那些留下来的提包党人和白人渣滓都惶惶不安，为了相互安慰而赶快聚集在一起，担心立法机关的调查会揭露出什么有关他们个人的案子来。他们现在不再那么傲慢无礼了。他们惊慌失措，困惑莫解，惶恐万状。那些前来看望思嘉的女人则反反复复地诉说：

"可是谁会想到事情竟落到这个地步呀？我们还以为州长的权力大极了。我们以为他还会待在这里。我们以为——"

思嘉也同样被目前的形势弄得困惑不解了，尽管瑞德曾经给她提示过它的发展趋向。她感到遗憾的不是布洛克走了和民主党人又回来了。尽管说起来谁都不会相信，但她确实对于北方佬州政府终于被推翻一事也隐约地感到高兴。她对于自己在重建时期的艰苦挣扎，以及对于军队和提包党可能没收她的金钱和产业的恐惧，还多么记忆犹新啊！她还清楚地记得,那时候自己多么孤苦无助,以及因此而多么惶恐;而对于将这个可恶的制度强加在南方头上的北方佬,又是多么仇恨。而且,她一直在恨他们呢。不过,为了设法随遇而安,为了获得最大的安全,她曾经跟北方佬走到一块去了。无论她多么不喜欢他们,她还是屈服于他们,割断了自己同老朋友们和以前那种生活方式的联系。可如今,征服者的权势已经完蛋了!她把赌注押到了布洛克政权的持续上,所以她也完了!

　　一八七一年的圣诞节是佐治亚人近十年来最愉快的一个圣诞节,思嘉环顾周围,心里很不好受。她不能不看到,本来在亚特兰大最令人厌恶的瑞德,由于乖乖地放弃了共和党的那套邪说,又付出了不少的时间、金钱和精力帮助佐治亚打回来,现在已成为最受欢迎的人了。他骑着马在大街上走过,一路上微笑着举帽致意,而浑身天蓝色的邦妮横坐在他胸前,这时人人都微笑答礼,热情问候,并钟爱地瞧着那位小姑娘。至于她,思嘉呢——

第五十九章

谁心里都清楚,邦妮·巴特勒越来越野了,有必要严加管教,然而她又是人人喜爱的宠儿,谁都不忍心去严格约束她。她是在跟父亲一起旅行那几个月里开始放纵起来的。她和瑞德在新奥尔良和查尔斯顿时,就得到允许晚上高兴玩到什么时候都行,常常在剧院里、饭店里或牌桌旁倒在父亲怀里睡觉。后来,只要你不加强制,她就决不跟听话的爱拉同时上床去睡。她和瑞德在外面时,瑞德总是让她穿自己想穿的衣服,而且从那时候起,每回嬷嬷叫她穿细布长袍和围裙,而不让穿天蓝色塔夫绸衣裳和花边护肩时,她就要大发脾气。

一旦孩子离家外出,以及后来思嘉生病去了塔拉,便失去了对她的管教,好像从此就再也管不住她了。等到邦妮长大了些,思嘉又试着去约束她,想不让她变得太任性、太娇惯,可是效果并不怎么好。瑞德常常护着孩子,不管她的要求多么荒唐,行为多么乖僻。他鼓励她随意说话,把她当大人看待,显然十分认真地倾听她的意见,并且装作听从似的。结果,邦妮常随意干扰大人的事,动不动就反驳父亲,使他下不了台。但是瑞德只不过笑笑而已,连思嘉要打她一下手心以示警诫,他也不允许。

"如果她不是这样一个可爱的宝贝儿,她也就吃不开了,"

思嘉郁郁不乐地想,明白她的孩子原来和她自己一样倔强,"她崇拜瑞德,要是他愿意的话,是完全可以让她变好的。"

可是瑞德没有表现出要教育孩子学好的意思。她做什么都是对的,她要月亮就给月亮,如果他能去摘下来的话。他对她的美貌,她的鬈发,她的酒窝,她的优美姿势,无不感到骄傲。他爱她的淘气,爱她的兴高采烈,以及她用以表示爱他的那种奇特而美妙的样子。尽管她有些娇惯和任性的地方,但她毕竟是那样可爱的一个孩子,他怎么忍心去约束她呢!他是她心目中的上帝,是她那小小世界的中心,这对他实在太宝贵了,他决不冒丧失这一地位的危险去训斥她。

她像影子似的紧跟着他。早晨,他还不想起来时她就把他叫醒;吃饭时坐在他旁边,轮换地吃着他和她自己碟子里的东西;骑马出门时坐在他面前的鞍头上;晚上睡觉时只让瑞德给脱衣服,把她抱到他旁边的小床上去。

思嘉眼看自己的女儿用一双小手牢牢地控制着她的父亲,心里又高兴又感动。谁想到像瑞德这样一条汉子,做起父亲来偏偏会如此严肃认真呢?不过,有时候思嘉也心怀妒忌,痛苦不堪,因为邦妮刚刚四岁,却比她更加了解瑞德,更能驾驭他了。

邦妮满四岁后,嬷嬷便开始唠叨,抱怨一个小姑娘不该骑着马,"横坐在她爸前面,衣裳被风撩得高高的"。瑞德对于这一批评颇为重视,因为嬷嬷提出的有关教育女孩子的意见,他一般都比较注意。结果他就买了一匹褐色的设特兰小马驹,它有光滑的长鬃和尾巴,连同一副小小的带有银饰的女鞍。从表面上看,这匹小马驹是给三个孩子买的,瑞德还给韦德也买了一副鞍子。可是韦德更喜爱他的那条圣伯纳狗,而爱拉又害怕一切动物,因此这匹小马驹便成了邦妮一个人的,名字就叫"巴特勒先生"。邦妮的占有欲得到了满足,唯一遗憾的是她还没有学会像她父亲那样跨骑在马鞍上。不过经过瑞德向她解释,说明侧骑在女鞍上比跨骑还要困难得多,她便感到高兴而且很快就学会了。瑞德对她骑马的姿势和灵巧的手腕是非常得意的。

"等着瞧吧,到她可以打猎了的时候,准保世界上哪个猎手也不如她呢,"瑞德夸口说,"那时我要带她到弗吉尼亚去,那里才是真正打猎的地方。还有肯塔基,骑马就得到那里去。"

等到要给她做骑马服了,照例又得由她自己挑选颜色,而且她照例又挑上了天蓝色的。

"不过,宝贝儿!还是不要用这种蓝丝绒吧!蓝丝绒是我参加社交活动时穿的呢,"思嘉笑着说,"小姑娘最好穿黑府绸的。"这时她看见那两道小小的黑眉已经皱起来了,便赶紧说:"瑞德,看在上帝面上,你告诉她那种料子对她多不合适,而且多容易脏呀!"

"唔,就让她做蓝丝绒的。要是弄脏了,我们就给她再做一件。"瑞德轻松地说。

这样,邦妮便有了一件蓝丝绒骑马服,衣襟直垂到小马的肋部;还做了一顶黑色的帽子,上面插着根红羽毛,那是受了媚兰讲的杰布·斯图尔特故事的启发。每当风和日丽,父女俩便骑马在桃树街上并辔而行,瑞德勒着缰绳让他那匹大黑马缓缓地配合那只小马的步伐溜达。有时他们一直跑到城郊的僻静道路上,把孩子们和鸡呀、狗呀吓得乱窜。邦妮用马鞭抽打着她的"巴特勒先生",满头纠缠着的鬈发迎风飘舞,瑞德则紧紧地勒着他的马,让她觉得她的"巴特勒先生"会赢得这场赛跑。

后来瑞德确信她的坐势已很稳当,她的手腕已很灵巧有力,而且她一点也不胆怯了,便决定让她学习跳栏,当然那高度只能是小马的腿长所能达到的。为此,他在后面场院里放置了一个栏架,并以每天二十五美分的工钱雇用彼得大叔的侄子沃什来教"巴特勒先生"跳栏。它从离地两英寸开始,逐渐跳到一英尺的高度。

这个安排遭到了最有关系的三方,即沃什、"巴特勒先生"和邦妮的反对。沃什是怕马的,只因为贪图高工钱才勉强应承教这只倔强的小马每天跳栏二十次。"巴特勒先生"让它的小女主人经常拉尾巴和看蹄子,总算还忍受得住,可是觉得它那肥胖的身躯是生来越不过那根栏杆的。至于邦妮,她最不高兴别人骑她的小马,因此一看见"巴特勒先生"被沃什骑着练习跳栏,便急得直顿脚。

直到瑞德最后认定小马已训练得很好,可以让邦妮自己去试试了,这孩子才无比地兴奋起来。她第一次试跳即欣然成功,从此便觉得跟父亲一起骑马外出没什么意思了。思嘉看着这父女俩那么兴高采烈,不禁觉得好笑,她心想一旦这新鲜劲儿过去,邦妮便会转到别的玩意儿上,那时左邻右舍就可以安静些了。可是邦妮对这项游戏毫不厌倦。后院里从最远那头的凉亭直到栏架,已出现一条踏得光光的跑道,从那里整个上午都不断传来兴奋的呐喊声。这些呐喊,据一八四九年做过横跨大陆旅行的梅里韦瑟爷爷说,跟一个阿帕切人①成

---

① 阿帕切人是美国西南部印第安人的一族。

功地剥了一次头皮后的欢叫完全一样。

过了一个星期,邦妮要求将栏杆升高些,升到离地一英尺半。

"等到你六岁的时候吧,"瑞德说,"那时你能跳得更高了,我还要给你买匹大一些的马。'巴特勒先生'的腿不够长呢。"

"够长。我已经跳过媚兰姑姑家的玫瑰丛了,那高得很呢!"

"不,你得等等。"瑞德说,这回总算表现得坚定些。可是这坚定在她不停的恳求和怒吼下又渐渐消失了。

"唔,好吧,"有天早晨他笑着说,同时把那根窄窄的白色横杆挪高一些,"你要是掉下来,可别哭鼻子骂我呀!"

"妈!"邦妮抬起头来朝思嘉的卧室尖叫着,"妈!快看呀!爹爹说我能跳啦!"

思嘉正在梳头,听见女儿喊叫便走到窗口,微笑着俯视这个兴奋的小家伙,她穿着那件沾满了尘土的天蓝色骑马服,模样可真怪。

"我真的得给她另做一件了,"她心里想,"尽管天知道我怎能说服她丢掉这件脏的啊。"

"妈,你看!"

"我在看着呢,亲爱的。"思嘉微笑着说。

瑞德将孩子举起来,让她骑在小马上,这时思嘉瞧着她那挺直的腰背和昂起的头,顿时从心底涌起一股自豪感,不禁大声喊道:

"你漂亮极了,我的宝贝儿!"

"你也一样呢,"邦妮慷慨地回赞她一句,一面用脚跟在

"巴特勒先生"的肋上狠狠一蹬,便向凉亭那边飞跑过去了。

"妈,你瞧我这一下吧!"她大喊一声,一面抽着鞭子。

瞧我这一下吧!
‥‥‥‥

记忆在思嘉心灵的深处隐隐发出回响。这句话里仿佛有不祥的意味。那是什么呀?难道她记不起来了?她俯视着她的小女儿那么轻盈地坐在飞奔的小马上,这时一丝凄冷陡地掠过她的胸坎。邦妮猛冲过来,她那波翻浪涌般的鬈发在头上掀动着,天蓝色的眼睛闪闪发亮。

"这像爸的眼睛,爱尔兰人的蓝眼睛,"思嘉心想,"而且她在无论哪个方面都像他呢。"

她一想起杰拉尔德,那正在苦苦搜索的记忆便像令人心悸的夏日闪电般霍然出现,立即把一整幅乡村景色照得雪亮了。她听得见一个爱尔兰嗓音在歌唱,听得见从塔拉草坡上疾驰而来的马蹄声,听得见一个跟她的孩子很相像的鲁莽的呼喊声:"爱伦,瞧我这一下吧!"

"不!"她大声喊道,"不! 唔,邦妮,你别跳了!"

正当她探身窗口时,一种可怕的木杆折裂声,瑞德的吼叫声,以及一堆蓝丝绒和飞奔的马蹄猝然坍倒在地上的声响,便同时传来了。然后,"巴特勒先生"挣扎着爬起来,驮着一个空马鞍迅速地跑开了。

邦妮死后第三个晚上,嬷嬷蹒跚着慢慢走上媚兰家厨房的台阶。她全身穿黑,从一双脚尖剪开了的大男鞋到她的黑色头帕都是黑的。她那双模糊的老眼里布满了血丝,眼圈也红了,整个笨重的身躯上几乎无处不流露出痛苦的神情。她那张脸孔皱巴巴的,像只惶惑不安的老猴似的,不过那下颚却说明她心中早已打定了主意。

她对迪尔茜轻轻说了几句，迪尔茜亲切地点点头，仿佛她们之间那多年以来的争斗就这样默默地休战了。迪尔茜放下手中的晚餐盘碟，悄悄地穿过餐具室向饭厅走去。不一会儿，媚兰来到了厨房里，她手里还拿着餐巾，满脸焦急的神色。

"思嘉小姐不是——"

"思嘉小姐倒是平静了，跟平常一样，"嬷嬷沮丧地说，"俺本来不想打搅你吃晚饭，媚兰小姐。可是俺等不及了，要把俺压在心里的话跟你说说呢。"

"晚饭可以等一会儿再吃嘛，"媚兰说，"迪尔茜，给别的人开饭吧。嬷嬷，跟我来。"

嬷嬷蹒跚着跟在她后面，走过穿堂，从饭厅门外经过，这时艾希礼已端坐在餐桌上首，小博在他旁边，思嘉的两个孩子坐在对面，他们正把汤匙弄得叮叮当当乱响。饭厅里充满着韦德和爱拉的欢快的声音。他们觉得能跟媚兰姑姑在一起待这么久，真像是吃野餐呢。媚兰姑姑一向很和气，现在尤其是这样。小妹妹的死对他们好像没有什么影响。邦妮从她的小马上摔下来，母亲哭了很久，媚兰姑姑把他们带回家来，跟小博一起在后院玩耍，想吃时便一起吃茶点饼干。

媚兰领路走进那间四壁全是书籍的起居室，关好门，推着嬷嬷在沙发上坐下。

"我准备吃过晚饭就马上过去的，"她说，"既然巴特勒船长的母亲已经来了，我想明天早晨就会下葬了吧。"

"下葬吗，正是这个问题呀，"嬷嬷说，"媚兰小姐，我们都弄得没办法了，俺来就是求你帮忙呢。这世上事事都叫人心烦，亲爱的，事事都叫人心烦啊！"

"思嘉小姐病倒了吗?"媚兰焦急地问,"自从邦妮——以来,我就很少看见她呢。她整天关在房子里,而巴特勒船长却出门去——"

泪水突然从嬷嬷那张黑脸上滚滚而下,媚兰坐到她身旁,轻轻拍着她的臂膀。一会儿,嬷嬷便撩起她的黑衣襟把眼睛拭干了。

"你一定得去帮忙我们呀,媚兰小姐。俺已经尽了俺的力了,可一点用处也没有。"

"思嘉小姐——"

嬷嬷挺直了腰板。

"媚兰小姐,你和俺一样了解思嘉小姐嘛。那孩子到了只得忍住的时候,上帝就给了她力量叫她经受得起了。这件事伤透了她的心,可她经得住。俺可是为了瑞德先生才来的呀。"

"我每次到那里,都很想见到他,可他要么进城去了,要么就锁在自己房里,跟——至于思嘉,她像个幽灵似的,一句话也不说——快告诉我,嬷嬷。你知道,只要我做得到,我是会帮忙的。"

嬷嬷用手背擦了擦鼻子。

"俺说思嘉小姐无论碰到什么事都经得住,因为她经受得多了。可是瑞德先生呢,媚兰小姐,他从没经受过他不愿经受的事,一次也没有。就是为了他,俺才来找你。"

"不过——"

"媚兰小姐,今儿晚上你一定得跟我一起回去呀,"嬷嬷的口气非常迫切,"说不定瑞德先生会听你的呢。他一向是尊重你的意见的。"

"唔,嬷嬷,到底是怎么回事呀? 你指的是什么呢?"

嬷嬷挺起胸来。

"媚兰小姐,瑞德先生已经——已经疯了。他不让我们把小姑娘抬走呢。"

"疯了? 啊,嬷嬷,不会的!"

"俺没有撒谎,这是千真万确的事。他不会让我们埋葬那孩子。他刚才亲口对俺说的,还没超过一个钟头呢。"

"可是他不能——他不是——"

"所以俺才说他疯了嘛。"

"但是为什么——"

"媚兰小姐,俺把一切都告诉你。俺不该告诉任何人,不过咱们是一家人,你又是俺唯一能告诉的。俺把一切都告诉你吧。你知道他非常喜爱那个孩子。俺从没见过一个人,无论黑人白人,是这样喜爱孩子的。米德大夫一说她的脖子摔断了,他就吓得完全疯了。他随即拿起枪跑出去,把那可怜的小马驹给毙了。老天爷,俺还以为他要自杀呢! 那时思嘉小姐晕过去了,俺正忙着照顾她,邻居们也都挤在屋里屋外,可瑞德先生却始终痴呆地紧抱着那孩子,甚至还不让俺去洗她那小脸上的血污。后来思嘉小姐醒过来了,俺才,谢天谢地,放心了! 俺想,他们俩会互相安慰了吧。"

嬷嬷又开始在流泪,不过这一次她索性不擦了。

"可是她醒过来后,到那房里一看,发现他抱着邦妮坐在那里,便说:'还我的女儿,她是你害死的!'"

"啊,不! 她不能这样说!"

"是呀,小姐,她就是那样说的。她说:'是你害死了她。'俺真替瑞德先生难过,俺也哭了,因为他那模样实在可怜。俺说:'把那孩子交给她嬷嬷吧。俺不忍心让俺的小小姐再这样下去呀。'俺把孩子从他怀里抱过来,将她放到她自己房里,给她洗脸。这时俺听见他们在说话,那些话叫俺听了血都凉了。思嘉小姐骂他是杀人犯,因为让孩子去跳那么高的栏给摔死了,而他说思嘉小姐从来不关心邦妮小姐和她的另外两个孩子……"

"别说了,嬷嬷!什么也别告诉我了。你是不该给我讲这些事的!"媚兰喊道。嬷嬷的话里描绘的那幅情景,叫她害怕得心直发紧。

"俺知道俺用不着对你说这些,可俺心里憋得慌,也不知哪些话不该说了。后来瑞德先生亲自把孩子弄到了殡葬处,随即又带回来放在他房里她自己的床上。等到思嘉小姐说最好装殓起来停在客厅里时,我看瑞德先生简直要揍她了。他立即说:'她应该留在我房里。'同时他回过头来吩咐俺:'嬷嬷,你留在这里看着她,等我回来。'接着他就骑马出门了,直到傍晚时候才回来。他急急忙忙回到家里时,俺发现他喝得醉醺醺的,不过还像平常那样勉强支持着。他一进门,对思嘉小姐和皮蒂小姐以及在场的太太们一句话也没说,便赶紧奔上楼去,打开他的房门,然后大声叫俺。俺尽快跑到楼上,只见他正站在床边,但因为屋里太黑,百叶窗也关了,俺几乎看不清楚。

"这时他气冲冲地对俺说:'把百叶窗打开,这里太黑了。'俺马上打开窗子,发现他正瞧着俺,而且,天哪,媚兰小姐,他那模样多古怪呀,吓得俺膝头都打战了。接着他说:'拿灯来,多拿些灯来!把它们全都点上。不要关窗帘或百叶窗。难道你不知道邦妮小姐怕黑吗?'"

媚兰那双惊恐的眼睛跟嬷嬷的眼睛相互看了看,嬷嬷不祥地点点头。

"他就是这样说的。'邦妮小姐怕黑。'"

嬷嬷不由得哆嗦起来。

"我给他拿来一打蜡烛,他说了一声:'出去!'然后他把门倒锁起来,坐在里面陪着小小姐,连思嘉小姐来敲门叫他,他也不开。就这样过了两天。他根本不提下葬的事,只早晨锁好门骑马进城去,到傍晚才喝醉酒回来,又把自己关在房里,不吃也不睡。现在他母亲老巴特勒夫人从查尔斯顿赶到这里参加葬礼来了,苏伦小姐和威尔先生也从塔拉赶来,可是瑞德先生对他们一声不吭。唔,媚兰小姐,这真可怕呀!而且越来越糟,别人也会说闲话呢!

"这样,到今天傍晚,"嬷嬷说着又停顿一下,用手擦了擦鼻子,"今天傍晚,他进来时,思嘉小姐在楼道里碰到了他,便跟他一起到房里去,并对他说:'葬礼定在明天上午举行。'他说:'你要敢这样,我明天就宰了你。'"

"啊,他一定是疯了!"

"是的,小姐。接着他们谈话的声音低了些,我没有全听清楚,只听见他又在说邦妮小姐怕黑,而坟墓里黑极了。过了一会儿,思嘉小姐说:'你倒好,为了表白自己,把孩子害死以后,却装起好心来了。'他说:'你真的不能宽恕我吗?'她说:'不能。而且你害死邦妮以后干的那些勾当我早就厌恶极了。全城的人都在唾骂你。你整天酗酒,并且,你要是以为我不知道你在哪里鬼混,那你就太愚蠢了。我知道你是到那个贱货家去了,到贝尔·沃特琳那里去了。'"

"啊,嬷嬷,不会的!"

"可这是真的,小姐。她就是这样说的。并且,媚兰小姐,这是事实。俺黑人对许多事情知道得比白人要快。俺也知道他就是到那个地方去了,不过没有说罢了。而且他也并不否认。他说:'是呀,太太,我正是到那里去了,你也用不着伤心,因为你觉得不要紧嘛。走出这个地狱般的家,那个下流地方便成了避难的天堂呢。何况贝尔是世界上心肠最好的人。她可不指责我说我害死了自己的孩子呢。'"

"啊。"媚兰伤心得喊了一声。

她自己的生活是那么愉快,那么安宁,那么为周围的人所爱护,那么充满着彼此间的亲切关怀,因此她对于嬷嬷所说的一切简直难以理解,也无法相信,不过她心里隐隐记得一桩事情,一幅她急于要排除就好比不愿意想象别人裸体一样的情景,那就是瑞德把头伏在她膝上哭泣那天谈起过贝尔·沃特琳。可是他爱思嘉。那天她不可能对此产生误解。而且当然,思嘉也是爱他的。他们之间发生了什么龃龉呢?夫妻之间怎么能这样毫不留情地相互残杀呢?

嬷嬷继续伤心地说下去。

"过了一会儿,思嘉小姐从房里出来,她的脸色煞白,但下颚咬得很紧。她看见俺站在那里,便说:'嬷嬷,葬礼明天举行。'说罢她就像个幽灵似的走了。那时俺心里怦怦直跳,因为思嘉小姐是说到做到的。可瑞德先生也是说一不二的呀,而且他说过她要是那样干,他就要宰了她呢。俺心里乱极了,媚兰小姐,因为俺良心上一直压着一桩事,再也忍不住了。媚兰小姐,是俺让小小姐在黑暗中受了惊呢。"

"唔,嬷嬷,可是这不要紧——现在不要紧了。"

"要紧着呢,小姐。麻烦都出在这里呀。俺想最好还是告诉瑞德先生,哪怕他把俺杀了,因为俺良心上过不去呀!所以俺趁他还没锁门便赶快溜了进去,对他说:'瑞德先生,俺有件事要承认。'他像个疯子似的猛地转过身来对俺说:'出去!'天哪,俺还从来没这样怕过呢!不过俺还是说:'求求您了,瑞德先生,请允许我告诉您。俺这是该杀的事。是俺叫小小姐在黑暗中受惊了呢。'说完,媚兰小姐,俺就把头低下来,等着他来打了。可是他什么也没说。然后俺又说:'俺不是存心的。不过,瑞德先生,那孩子很不小心,她什么也不怕。她常常等别人睡着了溜下床来,光着脚在屋里到处走动。这叫俺很着急,生怕她害了自己,所以俺对她说黑暗里有鬼和妖怪呢。'

"后来——媚兰小姐,你知道他怎么了?他显得很和气,走过来把手放在俺的臂膀上。这是他头一次这样做呢。他还说:'她真勇敢,你说是吗?除了黑暗,她什么也不怕。'这时俺哭了起来,他便说:'好了,嬷嬷,'他用手拍着俺,'好了,嬷嬷,别这样哭了。我很高兴你告诉了我。我知道你爱邦妮小姐。既然你爱她,就不要紧。重要的是一个人的心啊。'好了,他这样和气,俺就胆大了,就鼓起勇气说:'瑞德先生,安葬的事怎么样呢?'那时他像个野蛮人瞪大眼睛望着俺说:'我的天,我还以为要是别人都不懂,可你总会懂吧!你以为既然我的孩子那么害怕黑暗,我还会把她送到黑暗里去吗?现在我就听得见她平常在黑暗中醒来时那种大哭的声音呢。我不会让她受惊的。'媚兰小姐,那时俺就明白他是疯了。他喝酒,他也需要睡觉和吃东西,可这不是一切。他真是疯了。他就那样把俺推出门外,嘴里嚷着:'给我滚吧!'

"俺下楼来,一路想着他说的不要安葬,可思嘉小姐说明天上午举行葬礼,他又说要毙了她。家里所有的人,还有左邻右舍,都在谈论这件事,喊喊喳喳像群雌珠鸡似的。这样俺就想到了你,媚兰小姐。你一定得去帮我们一把。”

“唔!嬷嬷,我不能冒冒失失闯去呀!”

“要是你不能,还有谁能呢?”

“可是我有什么办法呢,嬷嬷?”

“媚兰小姐,俺也说不明白。不过你是能帮上忙的。你可以跟瑞德先生谈谈,兴许他会听你的话。他很敬重你呢,媚兰小姐。也许你不知道,但他的确这样。俺听他说过不止一次两次,说你是他所认识的最伟大的女性呢。”

“可是——”

媚兰站起来,不知怎么办好,一想到要面对瑞德心里就发怵。一想到要跟一个像嬷嬷描述的那样悲痛得发疯的男人去理论,她浑身都凉了。一想到要进入那间照得通亮、里面躺着一个她那么喜爱的小姑娘的房子,她的心就难过极了。她怎么办呢?她能向瑞德说些什么去缓解他的悲伤和恢复他的理智呢?她一时犹豫不决地站在那里,忽然从关着的门里传来她的孩子的欢快笑声,她猛地像一把刀子扎进心坎似的想起他要是死了呢。要是她的小博躺在楼上,小小的身躯凉了,僵了,他的笑声突然停止了呢?

“啊。”她惊恐地大叫一声,在心里把孩子紧紧抱住。她懂得瑞德的感情了。如果小博死了,她怎能把他抛开,让他孤零零地沦落在黑暗中,任凭风吹雨打啊!

“啊,可怜的、可怜的巴特勒船长啊!”她喊道,“我现在就去看他,马上就去。”

她急忙回到饭厅,对艾希礼轻轻说了几句,然后紧紧搂了孩子一下,激动地吻了吻他的金色鬈发,这倒把孩子吓了一跳。

她帽子也没戴,餐巾还拿在手里,便走出家门,那迅疾的步子可叫嬷嬷的两条老腿难以跟上了。一走进思嘉家里的前厅,她只向聚集在图书室里的人,向惊慌的皮蒂小姐和庄严的巴特勒老夫人,以及威尔和苏伦,匆匆地鞠躬致意,便径直上楼,让嬷嬷气喘吁吁地在背后跟着。她在思嘉紧闭的卧室门口停留了一会儿,但嬷嬷轻声说:"不,小姐,不要进去。"

于是媚兰放慢步子走过穿堂,来到瑞德的门前站住了。她犹豫了半晌,仿佛想逃走似的。然后,她鼓起勇气,像个初次上阵的小兵,在门上敲了敲,并轻轻叫道:"请开门,巴特勒船长,我是威尔克斯太太。我要看看邦妮。"

门很快开了,嬷嬷畏缩着退到穿堂的阴影中,同时看见瑞德那衬托在明亮的烛光背景中的巨大黑影。他摇摇晃晃地站在那里,嬷嬷好像还闻到他呼吸中的威士忌酒气。他低头看了看媚兰,挽起她的胳臂把她带进屋里,然后把门关上了。

嬷嬷侧着身子偷偷挪动到门旁一把椅子跟前,费劲地将自己那胖得不成样子的身躯塞在里面。她静静地坐着,默默地哭泣和祈祷着,不时撩起衣襟来擦眼泪。她竭力侧耳细听,但听不清房里的话,只听到一些低低的断断续续的嗡嗡声。

过了相当长一个时候,房门嘎的一声开了,媚兰那苍白而紧张的脸探了出来。

"请给我拿壶咖啡来,快一点,还要些三明治。"

一旦形势紧迫,嬷嬷是可以像个十六岁的活泼黑人那样敏捷的,况且她很想到瑞德屋里去看看,所以行动起来就更迅速了。不过,她的希望破灭了,因为媚兰只把门开了一道缝,将盘子接过去了。于是,嬷嬷又侧耳细听了很久,但除了银餐具碰着瓷器的声音以及媚兰那模模糊糊的轻柔语调外,仍然什么也听不清楚。后来她听见床架嘎吱一声响,显然有个沉重的身躯倒在床上了,接着是靴子掉在地板上的声音。又过了一会儿,媚兰才出现在门口,但是嬷嬷无论怎样努力也没能越过她看见屋里的情景。媚兰显得很疲倦,眼睫毛上还闪着莹莹的泪光,不过脸色已平静了。

"快去告诉思嘉小姐,巴特勒船长很愿意明天上午举行邦妮的葬礼。"她低声说。

"谢天谢地!"嬷嬷兴奋地喊道,"你究竟是怎么——"

"别这么大声说,他快要睡着了。还有,嬷嬷,告诉思嘉小姐,今晚我要整夜守在这里。你再给我去拿些咖啡,拿到这里来。"

"送到这房里来?"

"是的,我答应了巴特勒船长,他要是睡觉,我就整夜坐在那孩子身边。现在去告诉思嘉小姐吧,省得她再担心了。"

嬷嬷动身向穿堂那头走去,那笨重的身躯震撼着地板,但她心里轻松得唱起歌来了。她在思嘉门口沉思地站了一会儿,脑子里又是感谢又是好奇,那一片紊乱已够她受的了。

"媚兰小姐是怎样胜过俺把事情办成的呢?俺看天使们都站在她那一边了。俺要告诉思嘉小姐明天办葬礼的事,可俺想想最好把媚兰小姐守着小小姐坐夜的事先瞒着。思嘉小姐根本不会喜欢她这样做呢。"

第六十章

这世界好像出了点毛病,有一种阴沉可怕的不正常现象,犹如一片阴暗和看不透的迷雾,弥漫于一切事物之中,也偷偷地把思嘉包围起来。这种不正常比邦妮的死还要严重,因为邦妮死后初期的悲痛现在已逐渐减轻,她觉得那个惨重的损失可以默默地忍受了。可是目前这种对于未来灾难的恐惧感却持续着,仿佛有个邪恶的盖着头巾的东西恰好蹲在她的肩上,仿佛脚下的土地她一踩上就会变成流沙似的。

她从未经历过类似的恐惧。她有生以来一直牢牢地立足于常识的基础之上,曾经害怕过的总是些看得见的东西,包括伤害、饥饿、贫困,以及丧失艾希礼的爱,等等。她如今是在试着分析一种不能分析的东西,当然没有什么结果。她丧失了她最亲爱的孩子,但是她毕竟忍受得住,就像忍受了旁的惨重损失那样。她有健康的身体,有多得如愿以偿的金钱,而且仍然享有对艾希礼的爱,尽管近来看见他的机会愈来愈少了。甚至连媚兰那个倒霉的意外招待会以后,他们之间形成的拘束,也不怎么使她烦恼,因为她知道那是会过去的。不,她目前的恐惧不是属于痛苦、饥饿或丧失爱情这一类。那些恐惧从来没有像这次非同寻常的感觉一样使她颓丧不堪——这种折磨人的恐惧跟她从前在噩梦中的感觉,即她伤心地从中穿过的一片茫茫游动的迷雾,一个在寻找避难所的迷途的孩子,是极为相似的。

她回想起瑞德以前常常能用笑声把她从恐惧中解脱出来。她回想起他那宽阔的褐色胸膛和强壮的臂膀曾给过她多少安慰。因此她向他投以祈求的眼光,而这是好几个星期以来她头一次真正看见了他。她发现了他身上的变化,不觉大吃一惊。这个人现在不笑了,也不会来安慰她了。

邦妮死后,有个时候她对他过于恼怒,过于沉浸在自己的悲痛中,以致她只有在仆人们跟前才跟他客气地说说话。她曾经那么忙于追忆邦妮的啪哒啪哒的脚步声和潺潺不绝的笑声,因此很少意识到他也在痛苦地回忆,甚至比她自己更痛苦呢。在整个这段时期,他们只不过客客气气地见面和交谈,就像两个陌生人在一家饭店里相遇,住在同一幢房子里,在同一张餐桌上吃饭,但是从来没有谈过心,没有交流过思想。

现在她既然感到害怕和孤单了,如果可能,她是会打破两人之间这重障碍的,可是她发现他对她保持着一定的距离,仿佛不愿意同她深谈。现在既然她的怒气已渐渐平息,她便想告诉他她并不把邦妮的死归罪于他了。她想伏在他怀里痛哭,告诉他她也曾将孩子的马术引为骄傲,并对她的甜言蜜语过分溺爱了。现在她愿意老老实实地承认,她以前那样谴责他,只是由于自己心里难受,想用刺伤他的办法来减轻自己的痛苦。然而,好像始终没有找到适当的时机来说这些。他那双黑眼睛茫然地望着她,不给她以开口的机会。而表示道歉的行动一旦拖下来,便越拖越难办,最后简直不可能了。

她不明白怎么会这样。瑞德是她丈夫,他俩之间存在着密不可分的结合,他们同床共枕,生了一个共同钟爱的孩子,而且很快又一起看到将这个孩子埋葬了。只有在那个孩子的父亲的怀中,在记忆和悲哀的相互交替中,她才能找到安慰,尽管这悲哀起初可能伤人,但毕竟有助于创伤的愈合啊!可是现在,从两人之间的情况来看,她还宁愿投入一个陌生人的怀抱中去呢。

他很少待在家里。当他们坐下一起吃晚饭时,他常常是先从外面喝醉酒回来的。他喝酒时不再像以前那样越喝越文雅,酒兴上来了便爱刺激人,说些逗趣而刻薄的话,那会使她听得忘神,不禁哈哈大笑。如今他忧郁地喝闷酒,等到夜色深沉便突然酩酊大醉了。有时候,一大早她就听见他骑马跑进后院,去敲仆人住房的门,好让波克搀扶他爬上后面的楼梯,把他弄到床上。把他弄到床上去呢!以前瑞德是经常不动声色地将别人灌醉,让他们昏头昏脑,然后把他们弄上床去的呀!

他从前修饰得整整齐齐,可现在显得邋遢起来了。连波克要他在晚餐前换件衬衫,也得大吵半天。威士忌的作用已经在他脸上表现出来,那长长下颚的棱角分明的线条正在渐渐消失,被一种虚胖的表象所遮盖,而布满血丝的眼睛底下也长起了两个浮泡似的东西。他那肌肉结实的高大身躯显得柔软松弛了,腰围也开始粗笨起来。

他时常干脆不回家,或者公然捎来一句话说要在外面过夜。当然,他可能是喝醉了,在某家酒馆的楼上躺着打鼾呢,但是在这种情况下,思嘉总认为他是在贝尔·沃特琳那里。有一次,她在一家商店里看见了贝尔,她已经是个又粗又胖的女人,以前那些优美的风姿大多无影无踪了。不过,尽管她涂了那么多脂粉,穿着那么俗丽的衣裳,她还是显得胸乳丰满,几乎有母亲般的风度。贝尔并不像别的轻浮女人那样在上等妇女面前低眉俯首或怒目敌视,却跟思嘉相对凝望,用一种关心和近乎怜悯的眼光打量她,使得思嘉脸都红了。

可是她现在既不能骂他,不能向他发火,不能要求他忠诚或出他的丑,同时她自己也不能因为曾经为邦妮的死谴责过他而向他道歉。现在盘踞在她心头的是一种莫名其妙的冷漠和难以理解的忧郁,这种忧郁之深沉是她以前所没有体会过的。她感到孤单,前所未有地孤单。也许在此以前她从没有过真正孤单的时刻吧。她觉得又孤单又害怕,而且除了媚兰以外,没有一个人是她可以去求援的。因为现在连她的主要支柱嬷嬷也回塔拉去了。她永远不会回来了。

嬷嬷走前没有做任何解释。她向思嘉要路费时只瞪着一双疲惫衰老的眼睛伤心地瞧着她。思嘉流着眼泪恳求她留下来,她回答说:"俺仿佛听到爱伦小姐在对俺说:'嬷嬷,回来吧。你的事已经做完了。'所以俺要回去。"

瑞德听见了那次谈话,他给了嬷嬷路费,并拍了拍她的臂膀。

"你是对的,嬷嬷。爱伦小姐是对的。你在这里的事已经做完了。回去吧。你需要什么请随时告诉我。"看见思嘉又来愤愤不平地插嘴时,他便申斥说:"别说了,你这笨蛋!让她走!现在,人家为什么还要留在这里呢?"

他说这话时眼睛里迸发着凶悍的光芒,吓得思嘉畏缩着不敢作声了。

她后来怀着孤立无助的心情跑去找米德大夫,问道:"大夫,你看他可不可能——可不可能是发疯了?"

"不是，"大夫说，"不过他喝酒太多，再这样下去是会害死他自己的。思嘉，他爱那孩子呢，我猜他喝酒就是为了要忘记她。现在，小姐，我给你的忠告是尽快跟他再生一个孩子。"

"哼！"思嘉走出大夫的诊所时怨愤地想。说说容易，做起来可难哪！她倒是很乐意再生一个孩子，生几个孩子，只要他们能够把瑞德眼睛里那种神色消除掉，把她心中那个痛苦的空隙填补起来。一个像瑞德那样黝黑英俊的男孩，或者再来个小女孩，都行呀。唔，再来个女孩吧，一个漂亮、活泼、任性、爱笑的小女孩，不像爱拉那样浮躁，多好啊！为什么，唔，为什么上帝没有带走爱拉呢？如果他一定得带走她的一个孩子的话。现在邦妮死了，爱拉也不能给她什么安慰。可是瑞德好像并不想再要孩子。至少他从不到她卧室里来，尽管现在她已不再锁门，而且常常把门半开着。他好像不感兴趣。他好像除了威士忌和那个红头发的女人以外，对什么也不感兴趣了。

他原来是喜爱嘲讽人而又令人高兴的，可现在变得严酷了；原来是犀利中带点幽默的，可现在只剩下残忍了。自从邦妮死后，许多曾经因他跟女儿在一起时那么彬彬有礼而深受感动、并转而尊重他的邻居妇女，都很想安慰安慰他。她们在街上叫住他，对他表示同情，隔着篱栏跟他说话，说她们很理解他的心情。可现在既然邦妮死了，那个叫他讲究礼貌的原因不存在了，他的礼貌也就不见了。他简慢而粗暴地对待那些太太们，并打断她们的善意慰问。

奇怪的是太太们并不因此生他的气。她们很理解，或者自以为理解。每到黄昏时分他骑马回家时，他醉得快要坐不稳了，一见有人对他说话便皱起眉头，这时太太们只好说声"真可怜呀!"并且继续努力对他表示亲切和关怀。她们很替他难过，因为他伤心地回到家里，却只能受到思嘉那样的接待。

大家都知道思嘉为人多么冷酷，多么无情。大家看见她显得那么轻松就从丧失邦妮的悲痛中恢复过来了，都大为惊骇。他们从不了解，也不想去了解，她那貌似恢复的背后那番痛苦的挣扎。瑞德受到全城人的深切同情，而他对此既不明白也不在乎。思嘉为全城人所厌恶，但她却生平第一次感到需要老朋友们的关切了。

如今，除了皮蒂姑妈、媚兰和艾希礼外，她的老朋友们谁也不上她家里来了。只有那些新朋友才坐着锃亮的马车来拜访她，急切地向她表示同情，热烈地谈论其他新朋友的事来排遣她的忧愁，尽管她对后者根本不感兴趣。所有这些"新人"都是陌生人，没有一个例外! 她们不了解她。她们永远也不会了解她。她们对于她发家致富和住进桃树街上这幢大宅以前的生活，可以说一无所知。她们也不喜欢谈她们自己在穿着绸缎和坐上高车骏马之前的生活。她们不知道她曾经怎样奋斗，经历过什么样的穷困和种种艰险，最后才获得这幢大宅，这些美丽的服饰和银器，并且能举行豪华的招待会。她们都不清楚。她们也不关心，这些天知道从哪里冒出来的人，她们似乎永远生活在事物的表面，没有关于战争、饥饿和打仗的共同记忆，没有扎进同样的红土地中的共同根柢。

现在她觉得孤单了，便很想跟梅贝尔或范妮，埃尔辛太太或惠廷太太，甚至那位可畏的老斗士梅里韦瑟太太，在一起聊天，消磨下午的时光。或者是邦内尔太太或——或任何别的一位老朋友,或者邻居,都行。因为她们了解她。她们了解战争、恐怖和焚城的大火,见过亲人过早地死去,饿过肚皮,穿过破衣烂衫,受到过饥寒交迫的威胁。后来她们从废墟中建造了自己的幸福生活。

如果能跟梅贝尔坐在一起,回忆谢尔曼部队侵入时,梅贝尔埋葬了一个在逃难中死亡的婴儿,那倒是一种安慰呢。如果范妮来了,两人谈起彼此的丈夫都牺牲在戒严令时期最黑暗的日子里,也会很有意思。如果跟埃尔辛太太一起回忆亚特兰大陷落那天,这位老太太拼命鞭打着她的马跑出五点镇时那焦急的神色,以及车里那些从供销店抢出来的东西一路颠簸着撒落的情景,两人会哈哈大笑,觉得又后怕又好玩呢。至于梅里韦瑟太太,这位开面包店已开得兴旺起来的老太太,你要是和她争着讲往事,并对她说:"你还记得投降以后坏事怎样都变成好事了吗?你还记得我们不知道下一双鞋从哪里来的那个时候吗?可是,瞧瞧我们现在的光景!"那会多叫人高兴啊!

是的,那会叫人高兴的。现在她明白了,为什么两个从前支持联盟的人碰到一起,会谈得那样津津有味,那样自豪,那样对过去怀念不已。那些日子是考验人们思想感情的日子,可他们熬过来了。他们都是些老兵呢。她也是个老兵。不过她没有亲密的伙伴来重温往日的战斗了。啊,她多么希望同那些跟她自己一样的人在一起啊——那些跟她跋涉过同样历程的人,他们知道这历程有多么艰苦,可是它却成了你的一个伟大部分啊!

但是,不知怎的,这些人都溜走了。她明白这是她自己的过错。她从来没有关心过她们,直到现在才想起——直到邦妮已经死了,她自己觉得又孤单又害怕,抬头只看见雪亮的餐桌对面那个黝黑的神情恍惚的陌生人,他在她的眼光下已开始崩溃了。

第六十一章

思嘉是在马里塔时收到瑞德的加急电报的。恰好十分钟后就有一趟去亚特兰大的火车,她便搭上了,除了一个手提网兜没带任何行李,把韦德和爱拉留在旅馆里由普里茜照看着。

亚特兰大离马里塔只有二十英里,可是火车在多雨的初秋下午断断续续地爬行着,在每条小径旁都要停车让行人通过。思嘉被瑞德的电报吓慌了,急于赶路,因此每次停车都要气得大叫起来。列车笨拙地行进,穿过微带金黄色的森林,经过残留着蛇形胸墙的红色山坡,经过旧的炮兵掩体和长满野草的弹坑。在这条路上,约翰斯顿的部队狼狈撤退时曾经一步步苦战不已。对每一个站和每一个十字路口,列车员都是以一个战役或一次交火的名称来称呼。要是在过去,这会引起思嘉回想当时的恐怖情景,可现在她不去想这些了。

瑞德的电报是这样的:

"威尔克斯太太病重速归。"

火车驶进亚特兰大时,暮色已浓,加上一片蒙蒙细雨,城市就显得朦胧不清了。街灯暗淡地照着,像雾中一些昏黄的斑点似的。瑞德带着一辆马车在车站等候她。她一看他的脸色,便比收到电报时更惊慌了。她以前从没见过他这样毫无表情呢。

"她没有——"她惊叫道。

"没有。她还活着。"瑞德搀扶着她上了马车,"去威尔克斯太太家,越快越好。"他这样吩咐车夫。

"她怎么了?我没听说她生病嘛。上星期还好好的。她遇到了什么意外吗?唔,瑞德,情况并不像你说的那么严重吧?"

"她快死了,"瑞德说,声音也像面色一样毫无表情,"她要见你。"

"媚兰不会的!啊,媚兰不会的!她究竟出了什么毛病呀?"

"她小产了。"

"小——产,可是,瑞德,她——"思嘉给吓得说不出话。这个消息紧跟着瑞德宣布的濒危状况,使她连气都喘不过来了。

"你不知道她怀孕了吗?"

她甚至连头也没有摇一摇。

"哎,是的。我看你不会知道。我想她不会告诉任何人的。她要叫人家大吃一惊呢。不过我知道。"

"你知道?她绝不会告诉你的!"

"她没有必要告诉我。不过我知道。最近两个月来她显得那么高兴,我就猜这不可能是别的缘故。"

"可是瑞德,大夫曾说过,如果再生孩子就要她的命了!"

"现在就要她的命了。"瑞德说。接着他责问马车夫:"看在上帝面上,你能不能更快一点?"

"不过,瑞德,她不见得会死的!我——我都没有——"

"她的抵抗力不如你好。她一向是没有什么抵抗力的。

除了一颗好心以外,她什么也没有。"

马车在一座小小的平房前嘎的一声停住,瑞德扶她下了车。她胆战心惊,一种突如其来的孤独感袭上心头,她紧紧抓住他的臂膀。

"你也进去吧,瑞德?"

"不。"他说了一声便回到马车里去了。

她奔上屋前的台阶,穿过走廊,把门推开。艾希礼、皮蒂姑妈和英迪亚坐在昏黄的灯光下。思嘉心想:"英迪亚在这里干什么呢?媚兰说过叫她永远也不要再进这个门嘛。"那三个人一见到她便站起身来,皮蒂姑妈紧紧咬着嘴唇不让它们颤抖;英迪亚瞪大眼睛注视着她,看来完全是为了悲伤而没有恨的意思。艾希礼目光呆滞,像个梦游人似的向她走来,伸出一只手握住她的胳臂,又像个梦游人似的对她说话。

"她要见你,"他说,"她要见你。"

"我现在就去看她好吗?"她回头看看媚兰的卧室,卧室门是关着的。

"不。米德大夫在里面。我很高兴你回来了,思嘉。"

"我是尽快赶回来的。"思嘉将帽子和外衣脱了,"火车——她不是真的——告诉我,她好些了,是不是,艾希礼?你说呀!别这样愣着嘛!她不见得真的——"

"她一直要见你呢。"艾希礼说,凝视着她的眼睛。同时思嘉从他的眼神里找到了答案。顿时间,她的心停止了跳动,接着是一种古怪的恐惧,比焦急和悲哀更强大的恐惧,它开始在她胸膛里蹦跳了。这不可能是真的,她热切地想,试着把恐惧挡回去。大夫也会做出错误的诊断呢。我不相信这是真的。我不能说服自己相信这是真的。我要是相信便会尖叫起来了。我现在得想想别的事情了。

"我决不相信!"她大声喊道,一面注视着面前那三张绷紧的面孔,仿佛质问他们敢不敢反驳似的,"而且媚兰为什么没告诉我呢? 如果我已经知道,就不会到马里塔去了。"

艾希礼的眼神好像忽然清醒过来,感到很痛苦似的。

"她没有告诉任何人,思嘉,特别是没有告诉你。她怕你知道了会责备她。她要等待三个月——要到她认为已经安稳和有把握了的时候才说出来,叫你们全都大吃一惊,并笑话大夫们居然诊断错了。而且她是非常高兴的。你知道她对婴儿的那种态度——她多么希望有个小女孩。何况一切都很顺利,直到——后来,无缘无故地——"

媚兰的房门悄悄地开了,米德大夫从里面走出来,随手把门带上。他在那里站立了一会儿,那把灰色胡子垂在胸前,眼睛望着那四个突然吓呆了的人。他的眼光最后落到思嘉身上。他向她走来时,思嘉发现他眼中充满了悲伤,同时也有厌恶和轻蔑之情,这使她惊慌的心里顿时涌起满怀内疚。

"你毕竟还是来了。"他说。

她还没来得及回答,艾希礼便要向那关着的门走去。

"你先不要去,"大夫说,"她要跟思嘉说话呢。"

"大夫,让我进去看她一眼吧,"英迪亚拉着他的衣袖说,她的声音尽管听起来很平淡,但比大声的要求更加诚恳,"我今天一早就来了,一直等着,可是她——就让我去看看吧,哪怕一分钟也行。我要告诉她——一定要告诉她——我错了,在——在有些事情上。"

她说这些时,眼睛没有看艾希礼或思嘉,可是米德大夫冷冷的目光却自然地落到了思嘉身上。

"等会儿再说吧,英迪亚小姐,"他简单地说,"不过你得答应我不说你错了这些话去刺激她。她知道是你错了。你这时候去道歉只会使她烦恼的。"

皮蒂也怯生生地开口了:"我请你,米德大夫——"

"皮蒂小姐,你明白你是会尖叫的,会晕过去的。"

皮蒂挺了挺她那胖胖的小个儿,向大夫瞥了一眼。她的眼睛是干的,但充满了庄严的神色。

"好吧,亲爱的,稍等一等,"大夫显得和气些了,"来吧,思嘉。"

他们轻轻地走过穿堂,向那关着的门走去,一路上大夫的手紧紧抓住思嘉的肩膀。

"我说,小姐,"他低声说,"不要激动,也不要做临终时的忏悔,否则,凭上帝起誓,我会扭断你的脖子!你用不着这样呆呆地瞧着我。你明明懂得我的意思。我要让媚兰小姐平平静静地死去,你不能只顾减轻自己良心上的负担,告诉她关于艾希礼的什么事。我从没伤害过一个女人,可是如果你此刻说那种话——那后果就得由你自己承担了。"

他没等她回答就把门打开,将她推进屋里,然后又关上门。那个小小的房间里陈设着廉价的黑胡桃木家具,灯上罩着报纸,处于一种半明半暗的状态。它狭小而整洁,像间女学生的卧室,里面摆着一张低背的小床,一顶朴素的网帐高高卷起,地板上铺着的那条破地毯早已褪色,但却刷得干干净净。这一切,跟思嘉卧室里的奢侈装饰,跟那些高耸的雕花家具、浅红锦缎的帷帐和织着玫瑰花的地毯比起来,是多么不一样啊!

媚兰躺在床上,床罩底下萎缩单薄的形体就像是个小女孩似的。两条黑黑的发辫垂在面颊两旁,合着的眼睛深陷在一对紫色的圆圈里。思嘉见她这模样,倚着门框呆呆地站在那里,好像不能动弹了。尽管屋里阴暗,她还是看得清媚兰那张蜡黄的脸,她的脸干枯得一点血色也没有了,鼻子周围全皱缩了。在此以前,思嘉还一直希望是米德大夫诊断错了呢。可现在她明白了。战争时期她在医院里见过那么多这种模样的面孔,她当然知道这预示着什么了。

媚兰快要死了,可是思嘉心里一时还拒不承认。媚兰是不会死的。死,对于她来说是不可能的事。当她思嘉正需要她、那么需要她的时候,上帝决不会让她死去。以前她从没想到自己会需要媚兰呢。可如今真理终于显现,在她灵魂的最深处显现了。她一向依靠媚兰,哪怕就在她依靠自己的时候,但是她以前并不清楚。现在媚兰快死了,思嘉才知道,没有她,自己是过不下去的。现在,她踮着脚尖向那个静静的身影走去,内心惶恐万状,她才知道媚兰一向是她的剑和盾,是她的慰藉和力量啊!

"我要留住她! 我不能让她走!"她一面想,一面提着裙子在床边刷的一声颓然坐下。她立即抓起一只搁在床单上的软弱的手,发觉它已经冰凉,便又吓住了。

"我来了媚兰。"她说。

媚兰的眼睛睁开一条缝,接着,仿佛发现真是思嘉而感到很满意似的,又合上眼,停了一会儿,她吸了一口气轻轻地说:

"答应我吗?"

"啊,什么都答应!"

"小博——照顾他。"

思嘉只能点点头,感到喉咙里被什么堵住了,同时紧紧捏了一下握着的那只手表示同意。

"我把他交给你了,"她脸上流露出一丝微微的笑容,"我从前已经把他交给过你一次——记得吗?——还在他出生以前。"

她记不记得?她难道会忘记那个时候?她记得那样清清楚楚,好像那可怕的一天又回来了。她能感到那九月中午的闷热,记得她对北方佬的恐惧,听得见部队撤退时的沉重脚步声,记起了媚兰说如果自己死了便恳求她带走婴儿时的声音——还记得那天她恨透了媚兰,希望她死掉呢。

"是我害死了她,"她怀着一种迷信的恐惧这样想,"我以前时常巴望她死,上帝都听见了,因此现在要惩罚我了。"

"啊,媚兰,别这样说了! 你知道你是会闯过这一——"

"不。请答应我。"

思嘉忍不住要哽咽了。

"你知道我答应了。我会把他当作自己的孩子一样看待。"

"上大学?"媚兰用微弱的声音说。

"唔,是的! 上大学,到哈佛去,到欧洲去,只要他愿意,什么都行——还有——还有一匹小马驹——学音乐——唔,媚兰,你试试看! 你使一把劲呀!"

又没声息了,从媚兰脸上看得出她在挣扎着竭力要往下说。

"艾希礼,"她说,"艾希礼和你——"她的声音颤抖着,说不出来了。

听到提起艾希礼的名字,思嘉的心突然停止跳动,僵冷得像岩石似的。原来媚兰一向就知道啊。思嘉把头伏在床单上，一阵被抑制的抽泣狠狠扼住她的喉咙。媚兰知道了。思嘉现在用不着害羞了。她没有任何别的感觉，只觉得万分痛恨，恨自己多年来始终在伤害这个和善的女人。媚兰早已知道——可是，她仍然继续做她的忠实朋友。唔，要是她能够把那些岁月重新过一遍，她就决不做那种事，对艾希礼连看都不会看一眼的！

"上帝啊，"她心里急忙祈祷，"求求你了，请让她活下去！我一定要报答她。我要对她很好，很好。我这一辈子决不再跟艾希礼说一句话了，只要你让她好好活下去啊！"

"艾希礼。"媚兰气息奄奄地说，一面将手指伸到思嘉那伏着的头上。她的大拇指和食指用微弱得像个婴儿似的力气拉了拉思嘉的头发。思嘉懂得这是什么意思，知道媚兰是要她抬起头来。但是她不能，她不能面对媚兰的眼睛，并从中看出她已经知道了那件事的神色。

"艾希礼。"媚兰又一次低声说，同时思嘉极力克制着自己。她此刻的心情难过到了极点，恐怕在最后审判日正视上帝并读着对她的判决时也不过如此了。她的灵魂在颤抖，但她还是抬起头来。

她看见的仍是同一双黑黑的亲切的眼睛，尽管因濒于死亡已经深陷而模糊了，还有那张在痛苦中无力地挣扎着要说出声来的温柔的嘴。没有责备，也没有指控和恐惧的意思——只有焦急，恨自己没有力气说话了。

思嘉一时间惊惶失措，还来不及产生放心的感觉。接着，当她把媚兰的手握得更紧时，一阵对上帝的感激之情涌上心头，同时，从童年时代起，她第一次在心中谦卑而无私地祈祷起来。

"感谢上帝。我知道我是不配的,但是我要感激您没有让她知道啊!"

　　"关于艾希礼有什么事呢,媚兰?"

　　"你会——照顾他吗?"

　　"唔,会的。"

　　"他感冒——很容易感冒。"

　　又停了一会儿。

　　"照顾——他的事业——你明白吗?"

　　"唔,明白。我会照顾的。"

　　她做出一次很大的努力。

　　"艾希礼不——不能干。"

　　只有死亡才迫使媚兰说出了对他的批评。

　　"照顾他,思嘉——不过——千万别让他知道。"

　　"我会照顾他和他的事业,我也决不让他知道。我只用适当的方式向他建议。"

　　媚兰尽力露出一丝隐隐的微笑,但这是胜利的微笑,这时她的目光和思嘉的目光又一次相遇了。她们彼此交换的这一瞥眼光便完成了一宗交易,那就是说,保护艾希礼不被这过于残酷的世界所捉弄的义务从一个女人转移到了另一个女人身上了。同时,为了维护艾希礼的男性自尊心,保证决不让他知道这件事。

　　现在媚兰脸上已没有那种痛苦挣扎的神色了,仿佛在得到思嘉的许诺之后她又恢复了平静。

　　"你真聪明能干——真勇敢———向待我那么好——"

　　思嘉听了这些话,觉得喉咙里又堵得慌,忍不住要哽咽了,于是她用手拼命捂住自己的嘴。她几乎要像孩子似的大喊大叫,痛痛快快地说:"我是个魔鬼!我一向是冤屈你的!我从没替你做过什么事情!那都是为了艾希礼呀!"

她陡地站起身来,使劲咬住自己的大拇指,想重新控制住自己。这时瑞德的话又回到她的耳边:"她是爱你的。让这成为你良心上的一个十字架吧。"如今这十字架更加沉重了。她曾经千方百计想把艾希礼从媚兰身边夺走,已是够罪过的了。现在,终生盲目信任她的媚兰又在临终前把同样的爱和信任寄托到她身上,这就更加深了她的罪孽。不,她不能说。她哪怕只再说一声"努一把力活下去吧",也是不行的。她必须让她平平静静地死去,没有挣扎,没有眼泪,也没有悔憾。

门稍稍开了,米德大夫站在门口急迫地招呼她。思嘉朝床头俯下身去,强忍着眼泪,把媚兰的手拿起来轻轻贴在自己的面颊上。

"晚安。"她说,那声音比她自己所担心的要坚定些。

"答应我——"媚兰低声说,声音显得更加柔和了。

"我什么都答应,亲爱的。"

"巴特勒船长——要好好待他。他——那样爱你。"

"瑞德?"思嘉有点迷惑莫解,觉得这句话对她毫无意义。

"是的,是这样。"她机械地说,又轻轻吻了吻那只手,然后把它放在床单上。

"叫小姐太太们立即进来吧。"思嘉跨出门槛时米德大夫低声说。

思嘉泪眼模糊地看见英迪亚和皮蒂跟着大夫走进房里,她们把裙子提得高高的,免得发出声响。门关上了,屋里一片寂静。艾希礼不知到哪里去了。思嘉将头靠在墙壁上,像个躲在角落里的顽皮孩子,一面摩擦着疼痛的咽喉。

在关着的门里,媚兰快要去世了,连同她一起消失的还有多年以来思嘉在不知不觉依靠着的那个力量。为什么,啊,为什么她以前没有明白她是多么喜爱和多么需要媚兰呢?可是谁会想到这个又瘦小又平凡的媚兰竟是一座坚强的高塔啊?媚兰,她在陌生人面前羞怯得要哭,她不敢大声说出自己的意见,她害怕老太太们的非难;媚兰,她连赶走一只鹅的勇气也没有呢!可是——

　　思嘉回想起许多年前在塔拉时那个寂静而炎热的中午,那时一个穿蓝衣的北军的尸体侧躺在楼道底下,缕缕灰色的烟还在他头上缭绕,媚兰站在楼梯顶上,手里拿着查尔斯的军刀。思嘉记得那时候她曾想过:"多傻气!媚兰连那刀子也举不起来呢!"可是现在她懂了,如果必要,媚兰会奔下楼梯把那个北方佬杀掉——或者她自己被杀死。

　　是的,那天媚兰站在那里,小手里拿着一把利剑,准备为她而厮杀。而且现在,当她悲痛地回顾过去时,她发现原来媚兰经常手持利剑站在她身边,不声不响像她的影子似的,爱护着她,以盲目而热烈的忠诚为她战斗,与北方佬、战火、饥饿、贫困、舆论乃至自己亲爱的血亲战斗。

　　思嘉明白那把宝剑,那把曾经寒光闪闪地保护她不受人世欺凌的宝剑,如今已永远入鞘,因此她的勇气和自信也慢慢消失了。

　　"媚兰是我有过的唯一女友,"她绝望地想,"除了母亲以外,她是唯一真正爱我的女人。她也像母亲那样。凡是认识她的人都跟她亲近。"

　　突然,她觉得那关着的门里躺着的好像就是她母亲,她是第二次在告别这个世界。突然她又站在塔拉,周围的人都在议论,而她感到十分孤独,她知道失去那个软弱、文雅而慈善的人的非凡力量,她是无法面对生活的。

她站在穿堂里,又犹豫又害怕,起居室里的熊熊火光将一些高大的阴影投射在她周围的墙壁上。屋里静极了,这寂静像一阵凄冷的细雨渗透她的全身。艾希礼!艾希礼到哪里去了?

她跑到起居室去找他,好像一只挨冻的动物在寻找火似的,但是他不在那里。她一定得找到他。她发现了媚兰的力量和她自己对这个力量的依赖,只是一发现就丧失了,不过艾希礼还在呢。艾希礼,这个又强壮又聪明并且善于安慰人的人,他还在呢。艾希礼和他的爱能给人以力量,她可以用来弥补自己的软弱,他有胆量,可以用来驱除她的恐惧,他有安闲自在的态度,可以冲淡她的忧愁。

她想,"他一定在他自己房里。"于是踮着脚尖走过穿堂,轻轻敲他的门。里面没有声息,她便把门推开了。艾希礼站在梳妆台前面,对着一双媚兰修补过的手套出神。他先拿起一只,注视着它,仿佛以前从没见过似的。然后他把手套那么轻轻地放下,似乎它是玻璃做的,随即把另一只拿起来。

她用颤抖的声音喊道:"艾希礼!"他慢慢地转过身来看着她。他那灰色的眼睛里已经没有那种蒙眬冷漠的神色,却睁得大大的,显得毫无遮掩。她从那里面看到的恐惧与她自己的不相上下,但更加孤弱无助,还有一种深沉得她从没见过的惶惑与迷惘之感。她看到他的脸,原来在穿堂里浑身感到的那种恐怖反而加深了。她向他走去。

"我害怕,"她说,"唔,艾希礼,请扶住我,我害怕极了!"

他一动不动,只注视着,双手紧紧地抓着那只手套。她将一只手放在他胳臂上,低声说:"那是什么?"

他的眼睛仔细地打量着她,仿佛拼命要从她身上搜索出没有找到的东西似的。最后他开口说话,但声音好像不是他自己的了。

"我刚才正需要你,"他说,"我正要去寻找你——像个需要安慰的孩子一样——可是我找到的是个孩子,她比我更害怕,而且急着找我来了。"

"你不会——你不可能害怕,"她喊道,"你从来没有害怕过。可是我——你一向那么坚强——"

"如果说我一向很坚强,那是因为有她在背后支持我,"他说,声音有点哑了,一面俯视手套,抚摩那上面的指头,"而且——而且——我本来有的力量也全要跟她一起消失了。"

他那低沉的声音中有那么一种痛感绝望的语调,使得她不觉把搭在他臂上的那只手抽回来,同时倒退了两步。他们两人都不说话,这时她才觉得有生以来头一次真正了解他了。

"怎么——"她慢吞吞地说,"怎么,艾希礼,你爱她,是不是?"

他好像费了很大力气才说出话来。

"她是我曾经有过的唯一的梦想,唯一活着、呼吸着、在现实面前没有消失过的梦想。"

"全是梦想!"她心里暗忖着,以前那种容易恼怒的脾气又要发作了,"他念念不忘的就是梦,从来不谈实际!"

她怀着沉重而略觉痛苦的心情说:"你一向就是这样一个傻瓜,艾希礼。你怎么看不出她比我要好上一百万倍呢?"

"思嘉,求求你了!只要你知道我忍受了多少痛苦,自从大夫——"

"忍受了多少痛苦！难道你不认为——唔，艾希礼，你许多年前就应当知道你爱的是她而不是我！你干吗不知道呢？要是知道了，一切就会完全不一样了，完全——唔，你早就应当明白，不要用你那些关于名誉和牺牲一类的话来敷衍我，让我一直迷恋你而不知悔改。你要是许多年前就告诉了我，我就会——尽管我会非常伤心，但我还是挺得住的。可是你一直等到现在，等到媚兰快死的时候，方才发现这个事实，可现在已经晚了，什么办法也没有了。唔，艾希礼，男人应当是懂得这种事的——但是女人不懂啊！你本该早就看得清清楚楚，你始终在爱她，而我呢，你要我只不过像——像瑞德要沃特琳那个女人一样！"

艾希礼听了她这几句话，不由得畏缩起来，但是他仍然直视着她，祈求她不要再说下去，给他一点安慰。他脸上的每一丝表情都承认她的话是真的。连他那两个肩膀往下奔拉的模样也表现出他的自责比思嘉所能给予的任何批评都要严厉。他默默地站在她面前，手里仍然抓着那只手套，仿佛那是一只通晓人情的手似的，而思嘉在说了一大篇之后也沉默了，她的怒气已经平息，取代它的是一种略带轻视的怜悯。她的良心在责备她。她是在踢一个被打垮了的毫无防卫能力的人呢——而且她答应媚兰要照顾他啊！

"我刚刚答应过媚兰，就立即去对他说这些难听而伤人的话，而且无论是我或任何旁人都没有必要这样说的。他已经明白了，并且很难过，"思嘉凄凉地思忖着，"他是个还没有长大的人。他简直是个孩子，像我这样，并且正为失去她而十分痛苦，十分害怕。媚兰知道事情会怎么样的——媚兰对他的了解比我深得多，所以她才同时要求我照顾他和小博呢。艾希礼怎么经受得住啊？我倒是经得住。我什么都经得住。我还得经受许多许多呢。可是他不行——他没有她就什么都经受不住了。"

"饶恕我吧，亲爱的，"她亲切地说，一面伸出她的两臂，"我明白你得忍受多大的痛苦。但是请记住，她什么也不知道——她甚至从来不曾起过疑心——上帝对我们真好啊。"

他迅速走过来，张开两臂盲目地把她抱住。她踮起脚尖将自己暖烘烘的面颊温存地贴在他脸上，同时用一只手抚摩他后脑上的头发。

"别哭，亲爱的。她希望你勇敢些。她希望马上看到你，你得坚强一点才好。决不能让她看出你刚刚哭过。那会使她难过的。"

他紧紧抱住她，使她呼吸都困难了，同时他哽咽着在她耳边絮语。

"我怎么办啊？没有她我可活不成了！"

"我也活不成呢。"她心里想，这时她仿佛看见了后半生没有媚兰的情景，便陡地打了一个寒噤闪开了，但是她牢牢地克制住自己，艾希礼依靠她，媚兰也依靠她，记得过去有一次，在塔拉的月光下，她喝醉了，已十分疲惫，那时她想过："担子是要由肩强膀壮的人去挑的。"好吧，她的肩膀是强壮的，而艾希礼的却不是。她挺起胸膛，准备挑这副重担，同时以一种她远没感觉到的镇静吻了吻艾希礼泪湿的脸颊，这次的吻已经不带狂热，也不带渴望和激情，而只有凉凉的温柔罢了。

"我们总会有办法的。"她说。

媚兰的房门猛地打开了，米德大夫急切地喊道：

"艾希礼！快！"

"我的上帝！她完了！"思嘉心想，"可艾希礼没来得及跟她告别啊！不过也许——"

"快！"她高声喊道，一面推了他一把，因为他依旧呆呆地站着不动，"快！"

她拉开门，把他推出门去。艾希礼被她的话猛然惊醒，急忙跑进穿堂，手里还紧抓着那只手套。她听见他急促的脚步一路响去，接着是隐约的关门声。

她又喊了一声"我的上帝！"一面慢慢向床边走去，坐在床上，然后低下头来，用两只手捧住头。她突然感到疲倦，好像有生以来还从没这样疲倦过。原来当她听到那隐约的关门声时，她那浑身的紧张状态，那给了她力量一直在奋斗的紧张状态，便突然松懈下来。她觉得自己已筋疲力尽，感情枯竭，已没有悲伤和悔恨，没有恐惧和惊异了。她疲倦，她的心在迟钝地机械地跳动，就像壁炉架上那座时钟似的。

从那感觉迟钝近乎麻木的状态中，有一个思想逐渐明晰起来。艾希礼并不爱她，从来没有真心爱过她，但认识到这一点她并不感到痛苦。这本来应该是痛苦的。她本该感到凄凉，伤心，发出绝望的号叫。因为她长期指靠着他的爱在生活。它支持着她闯过了那么多艰难险阻。不过，事实毕竟是事实。他不爱她，而她也并不在乎。她不在乎，因为她已经不爱他了。她不爱他，所以无论他做什么说什么，都不会使她伤心了。

她在床上躺下来，脑袋疲惫地搁在枕头上。要设法排除这个念头是没有用的；要对自己说"可是我的确爱他。我爱了他多少年。爱情不能在顷刻之间变得冷淡"，那也是没有用的。

但是它能变，而且已经变了。

"除了在我的想象中，他从来就没有真正存在过，"她厌倦地想，"我爱的是某个我自己虚构的东西，那个东西就像媚兰一样死了。我缝制了一套美丽的衣服，并且爱上了它。后来艾希礼骑着马跑来，他显得那么漂亮，那么与众不同，我便把那套衣服给他穿上，也不管他穿了是否合适。我不想看清楚他究竟怎么样。我一直爱着那套美丽的衣服——而根本不是爱他这个人。"

现在她可以追忆到许多年前，看见她自己穿一件绿底白花的细布衣裳站在塔拉的阳光下，被那位骑在马上的金发闪闪的青年吸引住了。如今她能清楚地看出，他只不过是她自己的一个幼稚的幻想，并不比她从杰拉尔德手里哄到的那副海蓝宝石耳坠更为重要。那副耳坠她也曾热烈地向往过，可是一经得到，它们就没什么可贵的了，就像除了金钱以外的任何东西那样，一到她手里就失掉了价值。艾希礼也是这样，假使她在那些遥远的日子里最初就拒绝跟他结婚而满足了自己的虚荣心，他也早就没有什么价值了。假如她曾经支配过他，看见过他也像别的男孩子那样从热烈、焦急发展到嫉妒、愠怒、祈求，那么，当她遇到一个新的男人时，她那一度狂热的迷恋也就会消失，就好比一片迷雾在太阳出现和轻风吹来时很快飘散一样。

"我以前多傻啊！"她懊恼地想，"如今就得付出代价了。我以前经常盼望的事现在已经发生。我盼望过媚兰早死，让我有机会得到他。现在媚兰果真死了，我可以得到他了，可是我也不想要他了。他那死要面子的性格，一定会要弄清楚我愿不愿意跟瑞德离婚,跟他结婚的。跟他结婚!哪怕把他放在银盘子里送来,我也不要呢!不过还是一样,下半辈子我得把他这个负担挑到底了。只要我还活着,我就得照顾他,不让他饿肚子,也不让别人伤了他的感情。他会像我的另一个孩子似的,整天牵着我的裙子转。我失掉了爱侣,却新添了个孩子。而且,要不是我答应了媚兰,我就——即使今后再也看不见他,我也无所谓呢。"

第六十二章

思嘉听见外面有低语声,便走到门口,只见几个吓怕了的黑人站在后面穿堂里,迪尔茜吃力地抱着沉甸甸的正在睡觉的小博,彼得大叔在痛哭,厨娘在用围裙擦她那张宽阔的泪淋淋的脸。三个人一齐瞧着她,默默地询问他们现在该怎么办。她抬头向穿堂那边的起居室望去,只见英迪亚和皮蒂姑妈一声不响地站在那里,两人手拉着手,而且英迪亚那倔强的神气总算不见了。她们也跟那些黑人一样好像在恳求她,期待她发布指示。她走进起居室,两个女人立即朝她走过来。

"唔,思嘉,怎么——"皮蒂姑妈开口说,她那丰满的娃娃嘴颤抖着。

"别跟我说,否则我会尖叫起来。"思嘉说。她,由于神经过度紧张,声音已变得尖厉,同时把两只手狠狠地叉在腰上。现在她一想起要谈到媚兰,要安排她的后事,喉咙又发紧了,"我叫你们谁也不要吭声。"

听了她话里的命令语气,她们不由得倒退了一步,脸上流露出无可奈何的尴尬神色。"我可绝不能在她们面前哭呀,"她心里想,"我不能张口,否则她们也要哭了,那时黑人们也会尖叫,就乱成一团了。我必须尽力克制自己,要做的事情多着呢。殡仪馆得去联系,葬礼得安排,房子得打扫干净,还得留在这里跟人们周旋,他们会吊在我脖子上哭的。艾希礼不能做这些事情,皮蒂和英迪亚也不行。我必须去做。啊,多繁重的担子!怎么我老是碰到这种事,而且都是别人的事呀!"

她看看英迪亚和皮蒂的尴尬脸色,内心感到非常痛悔。媚兰是不会喜欢她这样粗暴对待那些爱她的人的。

"我很抱歉刚才发火了,"她有点勉强地说,"这就是说,我——我刚才态度不好,很抱歉,姑妈。我要到外面走廊上去一会儿。我得一个人想想。等我回来后我们再——"

她拍拍皮蒂姑妈便向前门走去,因为知道如果再留在这间屋里她就无法再克制自己。她必须单独待一会儿。她得哭一场,否则心就要炸了。

她来到黑暗的走廊,并随手把门关上。清凉而潮湿的晚风吹拂着她的面孔。雨停了,除了偶尔听到檐头滴水的声音,周围是一片寂静。世界被包围在满天浓雾中,雾气微觉清凉,带有岁暮年终的意味。街对面的房子全都黑了,只有一家还亮着,窗口的灯光投射到街心,与浓雾无力地相拼搏,金黄的微粒在光线中纷纷游动。整个世界好像都卷在一条笨重的烟灰色毛毯里。整个世界都寂静无声。

她将头靠在一根廊柱上,想痛哭一场,但是没有眼泪。这场灾难实在太深重,不是眼泪所能表现的了。她的身子在颤抖。她生活中两个坚不可破的堡垒崩溃的声音仍在她心中回响,好像在她耳旁轰隆一声坍塌了。她站了一会儿,想试试她一贯使用的那个诀窍:"所有这些,等到明天我比较能经受得住时再去想吧。"可是这个诀窍失灵了。现在她有两件事是必须想的:一是媚兰,她多么爱她和需要她;二是艾希礼,以及她自己拒不从实质上去看他的那种盲目的顽固态度。她知道,想到这两件事时,无论是到明天或她一生中哪一个明天,都一样会是痛苦的。

"我现在无法回到屋里去同他们谈话,"她想,"今晚我无法面对艾希礼并安慰他了。今晚不行!明天早晨我将一早就过来做那些必须做的事,说那些不得不说的安慰话。但是今天晚上不行。我没有办法。我得回家了。"

她家离这里只有五个街区。她不想等哭泣的彼得来套马车,也不想等米德大夫来带她回去。她忍受不了前者的眼泪和后者对她的无声谴责。她迅速走下屋前黑暗的台阶,也没穿外衣,没戴帽子,就进入夜雾中去了。她绕过拐弯处,向通往桃树街的一片小丘走去。天湿地滑,一片静悄悄,连她的脚步也悄无声息,像在梦中一样。

她爬上山坡时,眼泪已堵住胸口,可是流不出来,同时有一种虚幻的感觉袭上心头,那就是觉得她以前在同样的情况下,到过这黑暗凄凉的地方——而且不止一次,而是许多次。"这是多么可笑的事啊。"她不安地想,一面加快脚步。她的神经在跟她开玩笑呢。可是这种感觉继续存在,而且悄悄地扩展到她的整个意识之中。她疑惑莫解地窥视周围,结果这种感觉更强了,显得又古怪又熟悉,于是她机警地抬起头来,像只嗅出了危险的野兽似的。"这不过是我太疲乏的缘故吧,"她又试着宽慰自己,"夜是这么怪诞,这么雾气迷蒙。我以前从没见过这样浓密的雾,除非——除非!"

接着她明白了,顿时害怕起来。现在她明白了。在无数次的噩梦中,她曾经在这样的雾里逃跑过,穿过一个经常有鬼魂出没的茫茫无边的地域,那里大雾弥漫,聚居着一群幽灵和鬼影。现在她是不是又在做那个梦了,或者是那个梦变成了现实呢？

　　有一会儿，她离开了现实，完全迷失了。她好像坠入了那个老的噩梦中，比以前哪一次都深，她的心也开始奔突起来。她又站在死亡与寂静当中，就像她有一次在塔拉那样。世界上一切要紧的东西都不见了，生活成了一片废墟，她心里顿觉惶恐，好比一股冷风扫过似的。迷雾中的恐怖和迷雾本身把她抓住了。于是她开始逃跑。犹如以前无数次在梦中跑过一样，她如今被一种无名的恐惧追赶着，盲目地向不知什么地方飞跑，在灰蒙蒙的雾中寻找那个位于某处的安全地方。

　　她沿着那条阴暗的大街一路跑去，低着头，心怦怦直跳，迎着湿冷的夜风，顶着狰狞的树影。某处，某处，在这又静又湿的荒地里，一定有个避难所！她气喘吁吁地跑上那一片小丘，这时裙子湿了，清冷地卷着她的小腿，肺好像要炸了似的，扎得紧紧的胸褡勒着两肋，快把她的心脏压扁了。

　　接着，她眼前出现了灯光，一长列灯光，它们虽然只隐隐约约地闪烁，但却无疑是真的。她的噩梦里可从来没有过灯光，只有灰蒙蒙的迷雾。于是她的心全扑在那些灯光上了。灯光意味着安全、人们和现实。她突然站住脚，握紧拳头，奋力把自己从惊惶中拖出来，同时仔细凝望着那列闪烁的汽灯，它们分明告诉她这是亚特兰大的桃树街，而不是睡梦中那个鬼魂出没的阴暗世界。

　　她在一个停车台上坐下，牢牢把握住自己的神经，仿佛它们是几根要从她手中溜出去的绳索似的。

　　"我刚才好一阵跑呀，跑呀，就像发疯了！"她心里暗想，吓得发抖的身子略略镇定了一些，但心脏还在怦怦地跳，很不好受，"可是我在向哪里跑呀？"

现在她的呼吸渐渐缓和下来,她一手撑着腰坐在那里,顺着桃树街向前眺望。那边山顶上就是她自己的家了。那里好像每个窗口都点着灯似的,灯光在向浓雾挑战,不让它淹没它们的光辉呢。家啊!这是真的!她感激地、向往地望着远处那幢房子模糊而庞大的姿影,心情显得略略镇静了。

家啊!这就是她要去的地方,就是她一路奔跑着要去的地方。回到瑞德身边去呀!

明白了这一点,她就好比摆脱掉了身上的锁链,以及自从那天晚上狼狈地回到塔拉并发现整个世界都完了以来,她经常在梦中碰到的那种恐惧。那天晚上,当她抵达塔拉时,她发现安全没有了,所有的力量,所有的智慧,所有的亲爱温柔之情,所有的理解——所有体现在爱伦身上、曾经是她童年时代的堡垒的东西,都通通没有了。从那天晚上以后,她尽管赢得了物质上的生活保障,但她在梦中仍是一个受惊的孩子,仍经常在寻找那个失去了的世界中的失去的安全。

如今她认识了她在梦中寻找的那个避难所,那个经常在雾中躲避着她的温暖安全的地方。那不是艾希礼——唔,从来不是艾希礼!他身上的温暖比沼泽地里的灯光好不了多少,他那里的安全跟在流沙中不相上下。那是瑞德——瑞德有强壮的臂膀可以拥抱她,有宽阔的胸膛给她疲倦的脑袋当枕头,有嘲讽的笑声使她用正确的眼光来看事物。而且还有全面的理解力,因为他跟她一样,凡事讲求实际,不会被不切实际的观念如荣誉、牺牲或对人性的过分信任所蒙蔽。而且他爱她呢!她怎么没有了解到,尽管他常常从反面嘲骂她,但却是爱她的呀?媚兰看到了这一点,临死时还说过"要好好待瑞德"嘛。

"唔，"她想，"艾希礼不是唯一又蠢又糊涂的人，我自己也是呢。否则我应当早就看出来了。"

许多年来，她一直倚靠在瑞德的爱这堵石壁上，并且把这看作是理所当然的，就像对媚兰的爱那样，同时还扬扬得意地认为完全是凭她自己的力量呢。而且，就像当天下午她明白了在她与生活进行的几次搏斗中媚兰始终站在她身边，此刻她懂得瑞德也悄悄地站在背后，爱着她，理解着她，随时准备帮助她。在那次义卖会上，瑞德看出了她不甘寂寞的心情，便把她领出来跳苏格兰舞；瑞德帮助她摆脱了服丧的束缚，瑞德在亚特兰大陷落那天晚上护送她逃出了炮火连天的困境，瑞德借给她钱让她起家，瑞德听见她从那个噩梦中吓得哭醒时给她以安慰——怎么，一个男人要不是对一个女人爱得发疯，他能够做出这样的事来吗？

这时树上的雨水落在她身上，但她一点也不觉得。雾气在她周围缭绕，她也毫不注意。因为她在想瑞德，想象他那张黝黑的脸，他那雪白的牙齿和机警的眼睛，她正兴奋得浑身哆嗦呢。

"我爱他，"她思忖着，并且照例毫不迟疑地承认这个事实，就像小孩接受一件礼品似的："我不知道我爱他有多久了，但这是真的。而且要不是为了艾希礼，我早就明白这一点了。由于艾希礼遮住了视线，我一直没能看清这个世界呢。"

她爱他，爱这个流氓，爱这个无赖，没有犹豫，也不顾名声——至少是艾希礼所讲的那种名声。"让艾希礼的名声见鬼去吧！"她心里想，"艾希礼的名声常常使我坍台。是的，从一开始，当他不断跑来看我的时候，尽管那时他已经知道他家里准备让他娶媚兰了。瑞德却从没坍过我的台，即使在媚兰举行招待会那个可怕的晚上,那时他本该把我掐死的。即使在亚特兰大陷落那天晚上他中途丢下我的时候,那是因为他知道我已经安全了。他知道我总会闯出去的。即使在北方佬营地里当我向他借钱时,他好像要我用身子做担保似的。其实他并不想要我这个担保。他只是逗着我玩罢了。他一直在爱着我,可是我却待他那么坏。我屡次伤害他的感情,而他却那样爱面子,从不表现出来,后来邦妮死了——唔,我怎么能那样呀?"

她挺身站起来,望着山冈上的那幢房子。半个钟头以前她还想过,除了金钱以外,她已经丧失了世界上的一切,那些使她希望活下去的一切,包括爱伦、杰拉尔德、邦妮、嬷嬷、媚兰和艾希礼。她终于在失掉了他们大家之后,才明白过来她是爱瑞德的——爱他,因为他坚强,无所顾忌,热情而粗俗,跟她自己一样。

"我要把一切都告诉他,"她心里想,"他会理解的。他总是理解的。我要告诉他我以前多么愚蠢,现在又多么爱他,并且要报答他的一切。"

她突然觉得又坚强又愉快了。她并不害怕周围的黑暗和浓雾,而且她在心里歌唱着,相信自己从今以后再也不会害怕它们了。今后,无论有什么样的浓雾在她周围缭绕,她都能找到自己的避难所了。于是她轻捷地沿着大街走去,那几个街区好像很远,她恨不得立刻就回到家里。远了,太远了。她把裙子提到膝盖上,开始轻松地奔跑起来,不过这一次不是因恐惧而奔跑,而是因为前面有瑞德张开双臂站在那里呢。

第六十三章

前门微微开着,思嘉气喘吁吁快步走进穿堂,在枝形吊灯的彩色灯管下伫立了一会儿。尽管那么明亮,屋子里还是静悄悄的,不过不是人们睡后那种安适的宁静,而是那种惊醒而又疲乏了的带有不祥之兆的沉默。她一眼就看出瑞德不在客厅里,也不在藏书室,便不禁心里一沉。也许他出门去了——跟贝尔在一起,或者在他每次没回家吃晚饭时常去的某个地方?这倒是她不曾预料到的。

她正要上楼去找他,这时发现饭厅的门关了。她一看见这扇关着的门便觉得羞愧,心都有点发紧了,因为记起这年夏天有许多晚上瑞德一个人坐在里面喝酒,一直要喝得烂醉才由波克进来强迫他上楼去睡。这是她的过错,但她会彻底改的。从现在起,一切都会大变样——不过,请上帝大发慈悲,今晚可别让他喝得太醉呀。如果他喝醉了,他就不会相信我,而且会嘲笑我,那我就伤心死了!

她把饭厅的门轻轻打开一道缝,向里面窥望。他果然坐在桌旁,歪在他的椅子里,面前放着一满瓶酒,瓶塞还没打开,玻璃杯还空着。感谢上帝,他清醒着呢!她拉开门,努力克制自己才没有立即向他奔过去。但是当他抬起头来看她时,那眼光中好像有点什么使她大为惊讶,她呆呆地站在门槛上,来到嘴边的话也说不出来了。

他严肃地看着她,那双黑眼睛显得很疲倦,没有平常那种活泼的光芒了。尽管她这时头发蓬乱地披散着,由于气喘吁吁,胸脯在紧张地起伏,裙子从膝部以下沾满了泥污,神情十分狼狈,可是他显得一点也不惊异,也不问她什么,也不像往常那样咧开嘴角嘲笑她。他歪着身子坐在椅子里,衣服被那愈来愈粗的腰身撑着,显得又皱又邋遢,他身上处处表现出美好的体态已经被糟蹋,一张刚健的脸变粗糙了。饮酒和放荡也影响了他那英俊的外貌,现在他的头已经不像新铸金币上一个年轻异教徒王子的头像,而是一个旧铜币上的衰老疲惫的恺撒了。他抬头望着她站在那里,一只手放在胸口上,显得十分平静,几乎是一种客气的态度,而这是使她害怕的。

"进来坐下,"他说,"她死了吗?"

她点点头,犹豫地向他走去,因为看见他脸上那种新的表情,心里有点惊疑莫定了。他没有起身,只用脚将一把椅子往后挪了挪,她便机械地在那里坐下。她很希望他不要这么快就谈起媚兰。她现在不想谈媚兰的事,免得重新引起刚刚平息的悲伤。她后半辈子还有的是时间去谈媚兰呢。可是现在,她已迫不及待地渴望喊出"我爱你"这几个字,好像只剩下今天晚上,只剩下这个时刻,让她来向瑞德表白自己的心事了。然而,他脸上却露出那样一种表情,它阻止她,叫她突然不好意思启口,在媚兰尸骨未寒的时候便谈起爱来。

"好吧,愿上帝让她安息,"他沉痛地说,"她是我所认识的唯一完美的好人。"

"啊,瑞德!"她痛心地喊道,因为他的话使她立即生动地记起媚兰替她做过的每一件好事,"你为什么不跟我一起进去呢？那情景真可怕——我真需要你啊！"

"我也会受不了的。"他简单地说了一句，随即便沉默了。过了一会儿，他才勉强轻轻地说："一个非常伟大的女性！"

他那忧郁的目光越过她向前凝望，眼睛里流露的神情，跟亚特兰大陷落那天晚上她在火光中看见的完全一样，那时他告诉她，他要跟那些撤退的部队一起走了——这是一个彻底了解自己的人出其不意的举动，他突然从他自己身上发现了意外的忠诚和激情，并对这一发现产生了微带自嘲的感觉。

他那双忧郁的眼睛越过她的肩头看着前方，仿佛看见媚兰默默地穿过房间向门口走去。他脸上的表情中没有悲哀，没有痛苦，只有一种对于自己的沉思和惊异，只有一种从童年时代便死去了的激情的猛烈骚动。这时他又说了一遍："一个非常伟大的女性！"

思嘉浑身颤抖，心里那股热情，那种暖洋洋的感觉，以及鼓舞着她飞跑回来的那个美丽的设想，都顿时消失了。她只能大致体会到瑞德在心中给世界上他唯一佩服的那个人送别时的感情，因此她又产生了一种可怕的丧亡之感——尽管这已不再是个人的，心中仍倍觉凄凉。她不能完全理解或分析瑞德的感情，不过好像她自己也仿佛能感觉到，在最后一次轻轻地抚爱时，媚兰那窸窣有声的裙子在碰触她似的。她从瑞德眼里看到的不是一个女人的死亡，而是一篇伟人传的结束——它记载着那些温雅谦让而刚强正直的女人，她们是战时南方的基石，而战败以后她们又张开骄傲和温暖的双臂欢迎南方回来了。

他的眼睛回过来看着她，他的声音也变得轻松而冷静了。

"那么她死了。这样一来，你倒是好办了，不是吗？"

"唔,你怎么能说这种话,"她大声说,显然被刺痛了,眼泪马上就要流出来了,"你知道我多么爱她呀!"

"不,我不能说我知道这一点。这太出人意料,当然你还是值得称赞的,因为你一向喜爱那些坏白人,但到最后终于认识她的好处了。"

"你怎么能这样说呢? 我当然以前就尊重她嘛! 你却不是这样。你以前不像我这样理解她呀! 你这种人是不会理解她的——她有多好——"

"真的吗? 不见得吧。"

"她关心所有的人,除了她自己——噢,她最后的几句话是说的你呢。"

他回头看着她,眼睛里闪着真诚的光辉。

"她说什么?"

"唔,现在先不谈吧,瑞德。"

"告诉我。"

他的声音比较冷静,但是他狠狠抓住她的手腕,叫她痛极了。她不想告诉他,因为她没有打算用这种方式引到她爱他那个话题上去。可是他的手捏得实在太紧了。

"她说——她说——'要好好待巴特勒船长——他那么爱你。'"

他注视着她,一面放下她的手腕。他的眼皮垂下来,脸上只剩下一片黝黑了。接着他猛地站起来,走到窗前,把帘子拉起来,聚精会神地向外面凝望,仿佛外面除了浓雾之外他还看见了别的什么似的。

"她还说了别的吗?"他头也不回地问。

"她要求我照顾小博,我说我会的,像照顾自己的孩子一样。"

"还有呢?"

"她说——艾希礼——她要求我也照顾艾希礼。"

他沉默了一会儿,然后轻轻地笑了。

"得到了前妻的允许,这就很方便了,不是吗?"

"你这是什么意思?"

他转过身来,这时她虽然惶惑不安,还是发现他脸上并没有嘲笑的神色而大为惊异。他脸上同样没有一点感兴趣的样子,就像人们最后看完一个无趣味的喜剧时那样。

"我想我的意思已经够明白了。媚兰小姐死了。你一定有了足够的论据可以提出跟我离婚,而这样做对你来说对名誉也没有多大损害。你已经没有剩下多少宗教信仰,因此教会也用不着来管。那么——艾希礼和你的那些梦想,都随着媚兰小姐的祝福而成为现实了。"

"离婚,"她喊道,"不!不!"她一时不知怎么说好,便跳起来跑去抓住他的胳臂,"唔,你完全弄错了,大错特错了!我根本不想离婚——我——"她找不出别的话来说,便只得打住了。

他伸手托起她的下巴,轻轻地把她的脸抬起来对着灯光,然后认真地盯着她的眼睛看了一会儿。她仰望着他,仿佛全副心思都灌注在眼睛里,嘴唇哆嗦着说不出话来。她也真不知怎么说才好,因为她正从他脸上寻找一种相应的激情和希望与喜悦的光辉。现在,他必然知道了嘛!但是她焦急搜索的眼睛所找到的仍是那张经常使她失望的毫无表情的黝黑面孔。他将她的下巴放下来,然后转身回到他的椅子旁,又瘫软地坐在里面,将下巴垂到胸前,眼睛从两道黑眉下茫然若失地仰望着她。

她跟着走回到他的椅子旁,绞扭着两只手站在他面前。

"你想错了,"她又开始说,一面思量着该说什么,"瑞德,今晚我一明白过来,便一路跑步回家来告诉你。唔,亲爱的,我——"

"你累了,"他说,仍然打量着她,"你最好还是去睡吧。"

"可是我得告诉你呀!"

"思嘉,"他沉重而缓慢地说,"我不想听你——什么也不想听。"

"可是你还不知道我要说什么呢。"

"我的宝贝儿,那不明明摆在你脸上吗?大概有什么事,什么人,让你懂得了,那位不幸的威尔克斯先生是个死海里的果子,太大了,连你也啃不动呢。这么一来,我就在你面前突然显得新鲜起来,好像有点味道了。"他轻轻叹了一口气,"你讲这些是没有用的。"

她惊诧得倒抽了一口冷气。的确,他常常很容易就看透了她。在此以前她是很恼火这一点的,不过这一回,经过最初的震惊以后,她反而感到大为高兴和放心了。他既然知道,既然理解,她的工作便容易多了。的确用不着谈嘛!当然,他会为她的长期冷淡感到痛心的,他对她这个突然的转变当然要怀疑的。她还得亲切地讨他的欢心,热烈地爱他,才能使他相信,而且这样做也会很有乐趣呢!

"亲爱的,我要把一切都告诉你,"她说,一面把两只手放在他那椅子的扶手上,俯身凑近他,"我以前真是大错特错了,真是个大傻瓜——"

"思嘉,别这样了。用不着对我这样低声下气。我受不了。最好给我们留下一点尊严,一点沉默的思索,作为我们这几年结婚生活的纪念。免了我们这最后一幕吧。"

她猛地挺起身来。免了我们这最后一幕?他这"最后一幕"是什么意思?最后?这是他们的头一幕,是他们的开端呢。

"不过我要告诉你,"她赶忙追着说,好像生怕他用手捂住她的嘴不让她说下去似的,"唔,瑞德,我多么爱你,亲爱的!我本来应当多年以来一直爱你的,可我是这样一个傻瓜,以前不懂得这一点。瑞德,你必须相信我呀!"

他瞧着站在面前的她,过了好一会儿,一直把她的心看透了。她发现他的眼神里有了相信的意思,但好像没有多少兴趣。哦,他是不是偏偏这一次对她不怀好心了呢?难道要折磨她,用她自己的罪孽来报复她吗?

"唔,我相信你,"他终于这样说,"但是艾希礼·威尔克斯先生怎么办?"

"艾希礼!"她说,同时做了个不耐烦的手势,"我——我并不相信这么多年来我对他有过什么兴趣。那是——唔,那是我从小沾染上的一种癖性。瑞德,要是我知道了他实际上是这样的人,我就连想都不会想到要对他感兴趣了。他是这么一个毫无作为的精神苍白的人,尽管他经常喋喋不休地谈什么真理、名誉和——"

"不,"瑞德说,"如果你真要看清他实际上是怎样一个人,你就得老老实实去看。他是个上等人,只不过被他所不能适应的这个世界欺骗了,可是他还按照过去那个世界的规律在白费力气地挣扎呢。"

"唔,瑞德,我们不要谈他了吧!现在他还有什么意思呢？你难道不乐意想知道——我是说，我现在——"

他那疲倦的眼睛跟她的接触了一下，这使她像个初恋的姑娘似的觉得很难为情，便没有往下说了。要是他让她感到轻松一些，那该多好啊！他要是伸出双臂，让她能感激地倒进他的怀里，将头靠在他的胸脯上，该多好啊！要是她的嘴唇能贴在他的嘴唇上，就用不着凭她这些吞吞吐吐的话去打动他了。但是她看着他时才明白，他并不是在故意回避她，他好像精力和感情都已枯竭，仿佛她所说的话对他已毫无意义了。

"乐意？"他说，"要是从前我听到你说这些话，我是会虔诚斋戒地感谢上帝的。可时到如今，这已无关紧要了。"

"无关紧要吗？你这是说的什么？当然，这是很要紧的嘛！瑞德，你是关心我的，不是吗？你一定关心。媚兰说过你是关心的呢。"

"嗯，就她所知道的来说，她是对的。不过，思嘉，你想过没有，即使一种最坚贞不渝的爱也会消磨掉的。"

她看着他，小嘴张得圆圆的，无言以对。

"我的爱已经消磨尽了，"他继续说，"被艾希礼·威尔克斯和你那股疯狂的固执劲儿消磨尽了。你固执得像只牛头犬，抓住你认为自己想要的东西不放……我的爱就这样被消磨尽了。"

"可爱情是消磨不了的呀！"

"你对艾希礼的爱才是这样。"

"可是我从没真正爱过艾希礼呢！"

"那么，你真是扮演得太像了——一直到今天晚上为止。思嘉，我并不是责备你，控告你，谴责你。现在已经用不着那样做了。所以请不要在我面前为自己辩护和表白。如果你能静听我讲几分钟,不来打断,我愿意对我的意见做些解释。不过,天知道,我看已经没有解释的必要了。事情不是明摆着的嘛。"

她坐下来,刺目的煤气灯光照在她那苍白惶惑的脸上。她注视着那双她十分熟悉但又很不理解的眼睛,静听他用平静的声调说些她起初听不懂的话。他用这种态度对她说话还是头一次,就像一个人对另一个人,就像旁的人谈话一样,往常那种尖刻、嘲弄和令人费解的话都没有了。

"你有没有想过,我是怀着一个男人对一个女人的爱所能达到的最高程度在爱你的,爱了那么多年才最后得到你。战争期间我曾准备离开,想把你忘掉,可是我做不到,只好经常回来。战争结束后,我冒着被捕的危险就是为了回来找你。我对弗兰克·肯尼迪那么嫉恨,要不是他后来死了,我想我很可能把他杀了。我爱你,但是我又不能让你知道。思嘉,你对那些爱你的人总是很残忍的。你接受他们的爱,把它作为鞭子举在他们头上。"

但是所有这些话中,对她有意义的只有他爱她这一点。她从他的口气中隐约闻到了一点热情的反响,便又觉得欢喜和兴奋了。她屏息静气地坐在那里倾听着,等待着。

"我跟你结婚时知道你并不爱我。我了解艾希礼的事,这一点你也清楚。不过我那时很傻,满以为还能叫你爱我呢。你就笑吧,如果高兴的话,可那时我真想照顾你,宠爱你,凡你想要的东西都给你。我要跟你结婚,保护你,让你凭自己的高兴随意处理一切事物——就像我对邦妮那样。思嘉,你也的确奋斗了一番。我比谁都清楚你经历了哪些艰难,因此我要你休息一下,让我来为你奋斗。我要你去玩,像个孩子似的——何况你本来就是个孩子,一个勇敢的、时常担惊受怕的、倔强的孩子。我想你至今还是个孩子。只有一个孩子才会这样顽固,这样感觉迟钝。"

他的声音平静而疲倦,不过其中有某种特点引起了思嘉隐约的记忆。她曾经有一次听见过这样一种声音,那是在她生活中另外某个危机的时候。可是在什么地方呢?这是一个面对着自己和世界的,没有感觉、没有畏缩、也没有希望的男人的声音。

怎么——怎么——那是艾希礼,在塔拉农场寒风凛冽的果园里,用一种疲倦而冷静的声音谈论人生和影子戏,那最后判决般的口气比绝望的痛苦还要严重呢。正像那时艾希礼的声音曾使她对一些无法理解的事物害怕得不寒而栗那样,现在瑞德的声音使她的心直往下沉。他的声音,他的态度,比他所说的话的内容更加使她不安,让她明白她刚才那种喜悦兴奋的心情是为时过早了。她感到事情有些不妙,非常不妙。那究竟是什么问题,她还不清楚,只得绝望地听着,凝望着他黝黑的面孔,但愿能听到使这种恐惧最终消释的下文。

"事情很明显,我们俩是天生的一对。我明明是你的那些相识中唯一既了解你的底细又还能爱你的人——我知道你为人冷酷、贪婪和无所顾忌,跟我一样。我爱你,我决定冒这个危险。我想艾希礼会从你心中渐渐消失的。可是,"他耸了耸肩膀,"我用尽了一切办法都毫无结果。而我还是很爱你,思嘉。只要你给我机会,我就会像一个男人爱一个女人时能尽量做到的那样,亲切而温柔地爱你。但是我不能让你知道,因为你知道了便会认为我软弱可欺,用我的爱来对付我。而且,艾希礼始终在那里。这逼得我快要发疯了。我不能每天晚上跟你面对面坐着吃饭,因为知道你心里希望坐在我这个座位上的是艾希礼。同样,在晚上我也无法抱着你睡觉——不过,现在已经没有关系了。现在我才觉得奇怪,干吗要那样自讨苦吃呢。总之,那么一来,我就只好到贝尔那里去了。在那里可以得到某种卑下的安慰,因为总算是跟一个女人在一起,而她又那样衷心地爱你,尊敬你,把你当作一个很好的上等人——尽管她是个没有文化的妓女。这使我的虚荣心得到宽慰。而你却从来不怎么会安慰人呢,亲爱的。"

"唔,瑞德……"思嘉一听到贝尔的名字便恼火了,忍不住要插嘴,但瑞德摆摆手制止了她,自己继续说下去。

"然后,到那天晚上,我把你抱上楼去——当时我想——我希望——我怀着那么大的希望,以致第二天早晨我连见都不敢见你,生怕我被误解,而你实际上并不爱我。我非常担心你会嘲笑我,所以跑到外面喝醉了。我回来时还浑身哆嗦呢,那时只要你哪怕出来迎接我一下,给我一点表示,我想我是会跪下去吻你的脚的,可是你并没有那样做。"

"唔,不过瑞德,那时我的确很想要你,可是你却那么别扭!我真想要你啊!我想——是的,当我一明白自己爱你时,就应当是那样的呀。至于艾希礼——从那以后我就再没有对艾希礼感到有什么乐趣了。可是那时你真别扭,所以我——"

"唔,好了,"瑞德说,"看来我们是抱着彼此相反的看法了,是不是?不过现在已经没有关系。我只是告诉你,免得你老是纳闷,不知是怎么一回事。你那次害病,倒完全是我的过错,我站在你的房门口,希望你叫我,可是你却没有叫,于是我觉得自己太傻了,反正一切都完了。"

他停了停，眼睛越过她看着更远的地方，就像艾希礼时常做的那样，仿佛远处有她看不见的什么东西。而她只能默默无言地看着他那张沉思的脸。

"不过，那时候邦妮还在，我觉得事情毕竟还有希望。我喜欢把邦妮当作你，好像你又成了一个没有被战争和贫困折磨的小姑娘。她真像你，那么任性，那么勇敢快乐，兴致勃勃，我可以宠爱她，娇惯她——就像我要宠爱你一样。可是她有一点跟你不同——她爱我。于是我很庆幸能够把你所不要的爱拿来给她……等到她一走，就把一切都带走了。"

思嘉突然觉得很为他难过，难过得连她自己的悲伤，以及因不了解他说这些话的用意而感到的恐惧，全都忘了。这是她有生以来第一次替别人感到难过而不同时轻视这个人，因为这是她第一次真正了解另一个人呢。她能够了解他的精明狡诈——跟她自己的那么相像，以及他因为生怕碰壁而不肯承认自己的爱那样一种顽固的自尊心。

"哎，亲爱的，"她走上前说，希望他会伸出双臂把她拉过去抱在膝上，"亲爱的，我实在对不起你，但是我会全部补偿你的！我们会过得很愉快，因为我们已经彼此了解，而且——瑞德——看着我，瑞德！我们还可以——还可以再要孩子——不像邦妮，而是——"

"不，谢谢你了，"瑞德说，仿佛拒绝一片面包似的，"我不想拿自己的心去做第三次冒险了。"

"瑞德，别说这样的话嘛！唔，我怎么说才能让你了解呢？我已经告诉你我多么对不起——"

"亲爱的，你真是个孩子。你以为只要说一声'对不起'，多年来的过错和伤害就能弥补，就能从心上抹掉，毒液就能从旧的创口排除干净……把我这块手帕拿去,思嘉。在你一生无论哪个危急关头,我从没见过你有一条手帕呢。”

她接过手帕,擤了擤鼻子,然后坐下。看来很明显,他是不会搂抱她的。她开始清楚地意识到,他所说的关于爱她的话,实际上毫无意义。那已经是陈年的故事了,可他还在盯着它,仿佛他从没经历过呢。这倒是令人吃惊的。他用一种近乎亲切的态度看着她,眼里流露出沉思的神色。

“你多大年纪了,亲爱的?你从来不肯告诉我。”

“二十八岁。”她阴沉地回答,因手帕捂在嘴上显得闷声闷气的。

“这年纪不算大嘛。你得到整个世界却丢掉了灵魂时,还很年轻呢,是不是?别害怕。我不是说由于你跟艾希礼的事,你将被打入地狱,受到惩罚。我这只是一种比喻的说法罢了。自从我认识你以来,你一直想要的是两样东西。一是要艾希礼,二是要尽量发财,好任意践踏这个世界。好,你现在已经够富裕了,可以对这个世界呼三喝四,而且也得到了艾希礼,如果你还要他的话。可是如今看来,好像这一切还不够吧。”

她觉得害怕,但并非由于想起了地狱的惩罚。她是在想:“我的灵魂其实就是瑞德,可是我快要失掉他了。而一旦失掉他,别的东西就无关紧要了。不,无论是朋友或金钱——或任何东西,都无关紧要。只要有他,我哪怕再一次受穷也不在乎。不,我不在乎再一次挨冻,甚至饿肚子。但是,他不可能真是那个意思——啊,他绝不可能!”

于是,她擦擦眼睛,万分着急地说:

“瑞德,既然你曾经那样爱过我,你总该给我留下点什么吧?"

"我从中只发现还有两样东西留下来,那是你最憎恨的两样东西——怜悯和一种奇怪的慈悲心。"

怜悯!慈悲!"啊,我的天哪。"她绝望地想,什么都行,除了怜悯和慈悲。每当她对别人怀有这两种感情时,必然有轻视跟它们连在一起。难道他也在轻视她了?只要不是这样,什么都心甘情愿呢。哪怕是战争时期那种冷冷的嘲讽,哪怕是促使他那天夜里抱她上楼的疯狂劲儿,抓伤她身体的那些粗暴的手指,或者,她现在才明白是掩藏着热爱的那种拖长声调的带刺的话——所有这些,都比轻视好多了。什么都行,就是不能有这种与他本人无关的慈悲心,可是它明明在他脸上流露出来!

"那么——那么你的意思是我已经彻底把它毁了——你再也不爱我了?"

"是这样。"

"可是——可是我爱你呢。"她执拗地说,好像是个孩子,她仍然觉得只要说出自己的希望就能实现那个希望似的。

"那就是你的不幸了。"

她连忙抬起头来,看看这句话背后有没有玩笑的意味,但是没有。他是在简单地说明一个事实。不过这个事实她还是不愿意相信——不能相信。她用那双翘翘的眼睛望着他,眼里燃烧着绝望而固执的神情,同时她那柔润的脸颊忽然板起来,使得一个像杰拉尔德那样顽强的下颚格外突出了。

"别犯傻了,瑞德!我能使——"

他扬起一只手装出惊吓的样子,两道黑眉也耸成新月形,完全是过去那个讽刺人的模样。

"别显得这样坚决吧,思嘉! 你把我吓坏了。我看你是在盘算着把你对艾希礼的狂热感情转移到我身上来,可是我害怕丧失我的意志自由和平静呢。不,思嘉,我不愿意像倒霉的艾希礼那样被人追捕。况且,我马上就要走了。"

她的下颚在颤抖了,她赶忙咬紧牙关让它镇定下来。要走? 不,无论如何不能走! 没有他生活怎么过呢? 除了瑞德,所有对她关系重大的人都离开她了。他不能走。可是,怎样才能把他拦住呢? 她无法改变他那颗冰凉的心,也驳不回那些冷漠无情的话呀!

"我就要走了。你从马里塔回来的时候我就打算告诉你的。"

"你要遗弃我?"

"用不着装扮成一副弃妇的模样嘛,思嘉。这角色对你很不合适。那么我看,你是不想离婚甚至分居了? 好吧,那我就尽可能多回来走走,省得别人说闲话。"

"什么闲话不闲话!"她恶狠狠地说,"我要的是你。要走就带我一起走!"

"不行。"他说,口气十分坚决,好像毫无商量的余地。霎时间她几乎要像个孩子似的号啕大哭了。她几乎要倒在地上,蹬着脚跟叫骂起来了。好在她毕竟还有一点自尊心和常识,才把自己克制住。她想,如果我那样做,他只会嘲笑,或者干脆袖手旁观。我决不能哭闹;我也决不乞求。我决不做任何叫他轻视的事,他得尊重我,即使——即使他不爱我也罢。

她抬起下巴,强作镇静地问:

"你要到哪里去?"

他回答时眼中隐隐流露出赞许的光彩。

"也许去英国——或者巴黎。但也可能先到查尔斯顿，想办法同我家里的人和解一下。"

"可是你恨他们呢！我听你时常嘲笑他们，并且——"

他耸耸肩膀。

"我还在嘲笑——不过我已经流浪得够了，思嘉。我都四十五岁了——一个人到了这个年龄，应当开始珍惜他年轻时轻易抛弃的那些东西。如家庭的团结，名誉和安定，扎得很深的根基等等——啊，不！我并不是在改悔，我对于自己做过的事从不悔恨。我已经好好享受过一阵子——那么美好的日子，现在已开始有点腻烦，想改变一下了。不，我从没打算要改变自己身上的瑕疵以外的东西。不过，我也想学学我见惯了的某些外表的东西，那些很使人厌烦但在社会上却很受尊敬的东西——不过我的宝贝儿，这些都是别人所有的，而不是我自己的——那就是绅士们生活中那种安逸尊严的风度，以及旧时代温文尔雅的美德。我以前过日子的时候，并不懂得这些东西中潜在的魅力呢——"

思嘉再一次回想塔拉农场果园里的情景，那天艾希礼眼中的神色跟现在瑞德眼中的完全一样。艾希礼说的那些话如今清清楚楚就在她耳边，仿佛仍是他而不是瑞德在说似的。她记起了艾希礼话中的只言片语，便像鹦鹉学舌一般引用道："它富有魅力——像古希腊艺术那样，是圆满的、完整的和匀称的。"

瑞德尖厉地问她："你怎么说这个？这正是我的意思呢。"

"这是——这是艾希礼从前谈到旧时代的时候说过的。"

他耸了耸肩，眼睛里的光辉消失了。

"总是艾希礼。"他说完沉默了片刻,然后才接下去。

"思嘉,等到你四十五岁的时候,你也许会懂得我这些话的意思,那时你可能也对这种假装的文雅、虚伪的礼貌和廉价的感情感到腻烦了。不过我还有点怀疑。我想你是会永远只注意外表不重视实质的。反正我活不到那个时候,看不见你究竟怎样了。而且,我也不想等那么久呢。我对这一点就是不感兴趣。我要到旧的城镇和乡村里去寻找,那里一定还残留着旧时代的某些风貌。我现在颇有这种怀旧的伤感情绪。亚特兰大对我来说实在太生涩太新颖了。"

"你别说了。"思嘉突然喊道。他说的那些话她几乎没有听见。她心里当然一点也没有接受。可是她明白,无论她有多大的耐性,也实在忍受不了他那毫无情意的单调声音了。

他只好打住,困惑不解地望着她。

"那么,你懂得我的意思了,是吗?"他边问边站起身来。

她把两只手伸到他面前,手心朝上,这是一个古老的祈求姿势,同时她的满腔感情也完全流露在她脸上了。

"不,"她喊道,"我唯一懂得的是你不爱我,并且你要走!唔,亲爱的,你要是走了,我怎么办呢?"

他犹豫了一会儿,仿佛在琢磨究竟一个善意的谎言是不是终久比说实话更合乎人情。然后他耸了耸肩膀。

"思嘉,我从来不是那样的人,不能耐心地拾起一些碎片,把它们黏合在一起,然后对自己说这个修补好了的东西跟新的完全一样。一样东西破碎了就是破碎了——我宁愿记住它最好时的模样,而不想把它修补好,然后终生看着那些破碎了的地方。也许,假使我还年轻一点——"他叹了一口气,"可是我已经这么大年纪了,不能相信那种纯属感情的说法,说是一切可以从头开始。我这么大年纪了,不能终生背着谎言的负担在貌似体面的幻灭中过日子。我不能跟你生活在一起同时又对你撒谎,而且我决不能欺骗自己。就是现在,我也不能对你说假话啊!我是很想关心你今后的情况的,可是我不能那样做。"

他暗暗抽了一口气,然后轻快而温柔地说:

"亲爱的,我一切都不管了。"

她默默地望着他上楼,感到喉咙里痛得厉害,仿佛要窒息死了。随着楼上穿堂里他的脚步声渐渐消失,她觉得这世界上对她关系重大的最后一个人也不复存在了。她现在才明白,任何情感或理智上的力量都已无法使那个冷酷的头脑改变它的判决。她现在才明白,他的每一句话都是认真的,尽管有的说得那么轻松。她明白这些,是因为她感觉到了他身上那种坚强不屈、毫不妥协的品质——所有这些品质她都从艾希礼身上寻找过,可是从没找到。

她对她所爱过的两个男人哪一个都不理解,因此到头来两个都失掉了。现在她才恍惚认识到,如果她当初了解艾希礼,她是决不会爱他的;而如果她了解了瑞德,她就无论如何不会失掉他了。于是她陷入了绝望的迷惘之中,不知这世界上究竟有没有一个人是她真正了解的。

如今她心里是一片恍恍惚惚的麻木,她根据长期的经验懂得,这种麻木会很快变为剧痛,就像肌肉被外科医生的手术刀突然切开时,最初一瞬间是没有感觉的,接着才开始剧痛起来。

"我现在不去想它,"她暗自思忖,准备使用那个老法宝,

"我要是现在来想失掉他的事,那就会伤心得发疯呢。还是明天再想吧。"

"可是,"她的心在喊叫,它丢开那个法宝,开始痛起来了,"我不能让他走!一定会有办法的!"

"我现在不去想它,"她又说,说得很响,试着把痛苦推往脑后,或找个什么东西来把它挡住,"我要——怎么,我要回塔拉去,明天就走。"这样,她的精神又稍稍振作起来了。

她曾经怀着恐惧和失败的心情回到塔拉去过,后来在它的庇护下恢复了,又坚强地武装起来,重新投入战斗。凡是她以前做过的,不管怎样——请上帝保佑,她能够再来一次!至于怎么做,她还不清楚。她现在不准备考虑这些。她唯一需要的是有个歇息的空间来熬受痛苦,有个安静的地方来舔她的伤口,有个避难所来计划下一个战役。她一想起塔拉就仿佛有一只轻柔而冷静的手在悄悄抚摩她的心似的。她看得见那幢雪白发亮的房子在秋天转红的树叶掩映中向她招手欢迎,她感觉得到乡下黄昏时的宁静气氛像祝祷时的幸福感一样笼罩在她周围,感觉得到落在广袤的绿白相映的棉花田里的露水,看得见蜿蜒起伏的丘陵上那些赤裸的红土地和郁郁苍苍的松林。

她从这幅图景中受到了鼓舞,内心隐隐地感到宽慰,因此心头的伤痛和悔恨也减轻了一些。她站了一会儿,回忆着一些细小的东西,如通向塔拉的那条翠松夹道的林荫路,那一排排与白粉墙相衬映的茉莉花丛,以及在窗口飘拂着的帘帷。嬷嬷一定在那里。她突然急切地想见嬷嬷了,就像她小时候需要她那样,需要她那宽阔的胸膛,让她好把自己的头伏在上面,需要她那粗糙的大手来抚摩她的头发。嬷嬷,这个与旧时代相连的最后一个链环啊!

　　她具有她的家族那种不承认失败的精神,哪怕失败就摆在面前。如今就凭这种精神,她把下巴高高翘起。她能够让瑞德回来。她知道她能够。世界上没有哪个男人她无法得到,只要她下定决心就是了。

　　"我明天回到塔拉再去想吧。那时我就经受得住了。明天,我会想出一个办法把他弄回来。毕竟,明天又是另外的一天呢。"

"外国文学名著丛书"书目

第 一 辑

书 名	作 者	译 者
伊索寓言	〔古希腊〕伊索	周作人
源氏物语	〔日〕紫式部	丰子恺
堂吉诃德	〔西班牙〕塞万提斯	杨 绛
泰戈尔诗选	〔印度〕泰戈尔	冰 心 石 真
坎特伯雷故事	〔英〕杰弗雷·乔叟	方 重
失乐园	〔英〕约翰·弥尔顿	朱维之
格列佛游记	〔英〕斯威夫特	张 健
傲慢与偏见	〔英〕简·奥斯丁	王科一
雪莱抒情诗选	〔英〕雪莱	查良铮
瓦尔登湖	〔美〕亨利·戴维·梭罗	徐 迟
欧·亨利短篇小说选	〔美〕欧·亨利	王永年
特利斯当与伊瑟	〔法〕贝迪耶	罗新璋
巨人传	〔法〕拉伯雷	鲍文蔚
忏悔录	〔法〕卢梭	范希衡 等
欧也妮·葛朗台 高老头	〔法〕巴尔扎克	傅 雷
雨果诗选	〔法〕雨果	程曾厚
巴黎圣母院	〔法〕雨果	陈敬容
包法利夫人	〔法〕福楼拜	李健吾
叶甫盖尼·奥涅金	〔俄〕普希金	智 量
死魂灵	〔俄〕果戈理	满 涛 许庆道

书 名	作 者	译 者
当代英雄	〔俄〕莱蒙托夫	草 婴
猎人笔记	〔俄〕屠格涅夫	丰子恺
白痴	〔俄〕陀思妥耶夫斯基	南 江
列夫·托尔斯泰中短篇小说选	〔俄〕列夫·托尔斯泰	草 婴
怎么办?	〔俄〕车尔尼雪夫斯基	蒋 路
高尔基短篇小说选	〔苏联〕高尔基	巴 金 等
浮士德	〔德〕歌德	绿 原
易卜生戏剧四种	〔挪〕易卜生	潘家洵
鲵鱼之乱	〔捷〕卡·恰佩克	贝 京
金人	〔匈〕约卡伊·莫尔	柯 青

第 二 辑

荷马史诗·伊利亚特	〔古希腊〕荷马	罗念生 王焕生
荷马史诗·奥德赛	〔古希腊〕荷马	王焕生
十日谈	〔意大利〕薄伽丘	王永年
莎士比亚悲剧五种	〔英〕威廉·莎士比亚	朱生豪
多情客游记	〔英〕劳伦斯·斯特恩	石永礼
唐璜	〔英〕拜伦	查良铮
大卫·科波菲尔	〔英〕查尔斯·狄更斯	庄绎传
简·爱	〔英〕夏洛蒂·勃朗特	吴钧燮
呼啸山庄	〔英〕爱米丽·勃朗特	张 玲 张 扬
德伯家的苔丝	〔英〕托马斯·哈代	张谷若
海浪 达洛维太太	〔英〕弗吉尼亚·吴尔夫	吴钧燮 谷启楠
哈克贝利·费恩历险记	〔美〕马克·吐温	张友松
一位女士的画像	〔美〕亨利·詹姆斯	项星耀
喧哗与骚动	〔美〕威廉·福克纳	李文俊
永别了武器	〔美〕欧内斯特·海明威	于晓红

3

书　名	作　者	译　者
彭斯诗选	〔英〕彭斯	王佐良
艾凡赫	〔英〕沃尔特·司各特	项星耀
名利场	〔英〕萨克雷	杨　必
人性的枷锁	〔英〕威廉·萨默塞特·毛姆	叶　尊
儿子与情人	〔英〕D. H. 劳伦斯	陈良廷　刘文澜
杰克·伦敦小说选	〔美〕杰克·伦敦	万　紫　等
了不起的盖茨比	〔美〕菲茨杰拉德	姚乃强
木工小史	〔法〕乔治·桑	齐　香
恶之花　巴黎的忧郁	〔法〕波德莱尔	钱春绮
萌芽	〔法〕左拉	黎　柯
前夜　父与子	〔俄〕屠格涅夫	丽　尼　巴　金
卡拉马佐夫兄弟	〔俄〕陀思妥耶夫斯基	耿济之
安娜·卡列宁娜	〔俄〕列夫·托尔斯泰	周　扬　谢素台
茨维塔耶娃诗选	〔俄〕茨维塔耶娃	刘文飞
德国诗选	〔德〕歌德　等	钱春绮
安徒生童话选	〔丹麦〕安徒生	叶君健
外祖母	〔捷〕鲍·聂姆佐娃	吴　琦
好兵帅克历险记	〔捷〕雅·哈谢克	星　灿
我是猫	〔日〕夏目漱石	阁小妹
罗生门	〔日〕芥川龙之介	文洁若

第　四　辑

一千零一夜		纳　训
培根随笔集	〔英〕培根	曹明伦
拜伦诗选	〔英〕拜伦	查良铮
黑暗的心　吉姆爷	〔英〕约瑟夫·康拉德	黄雨石　熊　蕾
福尔赛世家	〔英〕高尔斯华绥	周煦良

书　名	作　者	译　者
月亮与六便士	〔英〕威廉·萨默塞特·毛姆	谷启楠
萧伯纳戏剧三种	〔爱尔兰〕萧伯纳	潘家洵 等
红字　七个尖角顶的宅第	〔美〕纳撒尼尔·霍桑	胡允桓
汤姆叔叔的小屋	〔美〕斯陀夫人	王家湘
白鲸	〔美〕赫尔曼·梅尔维尔	成　时
马克·吐温中短篇小说选	〔美〕马克·吐温	叶冬心
老人与海	〔美〕欧内斯特·海明威	陈良廷 等
愤怒的葡萄	〔美〕约翰·斯坦贝克	胡仲持
蒙田随笔集	〔法〕蒙田	梁宗岱　黄建华
悲惨世界	〔法〕雨果	李　丹　方于
九三年	〔法〕雨果	郑永慧
梅里美中短篇小说选	〔法〕梅里美	张冠尧
情感教育	〔法〕福楼拜	王文融
茶花女	〔法〕小仲马	王振孙
都德小说选	〔法〕都德	刘　方　陆秉慧
一生	〔法〕莫泊桑	盛澄华
普希金诗选	〔俄〕普希金	高　莽 等
莱蒙托夫诗选	〔俄〕莱蒙托夫	余　振　顾蕴璞
罗亭　贵族之家	〔俄〕屠格涅夫	陆　蠡　丽尼
日瓦戈医生	〔苏联〕帕斯捷尔纳克	张秉衡
大师和玛格丽特	〔苏联〕布尔加科夫	钱　诚
茨威格中短篇小说选	〔奥地利〕斯·茨威格	张玉书 等
玩偶	〔波兰〕普鲁斯	张振辉
万叶集精选	〔日〕大伴家持	钱稻孙
人间失格	〔日〕太宰治	魏大海

第 五 辑